a

山西省作家协会　编

再造
中华审美

新世纪三晋
新锐作家群论集

卷一

山西出版传媒集团　北岳文艺出版社
BEIYUE LITERATURE & ART PUBLISHING HOUSE

· 太原 ·

图书在版编目（CIP）数据

再造中华审美：新世纪三晋新锐作家群论集：全三卷 / 山西省作家协会编. —太原：北岳文艺出版社，2017.7

ISBN 978-7-5378-5278-4

Ⅰ.①再… Ⅱ.①山… Ⅲ.①中国文学—当代文学—文学评论—文集 Ⅳ.①I206.7-53

中国版本图书馆 CIP 数据核字（2017）第 170818 号

书　　名：再造中华审美：新世纪三晋新锐作家群论集
编　　者：山西省作家协会
责任编辑：郭　松
书籍设计：张永文

出版发行：山西出版传媒集团·北岳文艺出版社
地　　址：山西省太原市并州南路 57 号
邮　　编：030012
电　　话：0351-5628696（发行部）
　　　　　0351-5628688（总编室）
传　　真：0351-5628680
网　　址：http://www.bywy.com
E - mail：bywycbs@163.com
经 销 商：新华书店
印刷装订：山西人民印刷有限责任公司

开　　本：710mm×1000mm　　1/16
字　　数：1200 千字
印　　张：71
版　　次：2017 年 7 月第 1 版
印　　次：2017 年 7 月山西第 1 次印刷
书　　号：ISBN 978-7-5378-5278-4
定　　价：180.00 元（全三卷）

在新世纪"三晋新锐作家群" 研讨会上的讲话

（代序）

铁凝

各位来宾、朋友们：

今天，我们聚集一堂，研讨新世纪以来山西新锐作家群的文学创作状况。首先，请允许我代表中国作家协会并以我个人的名义，向会议的召开表示热烈祝贺！对各位嘉宾的到来表示诚挚的欢迎！向山西的作家朋友们致以由衷的敬意和良好的祝愿！

作为一名读者，我一直对山西作家的创作怀有期待，抱有热望。尽管，在理性上我也知道，用地域去描述、归纳一位作家，恐怕不那么恰当，就像用年龄、性别等指标将作家分类一样，不过是权宜之策、便宜之举。然而，在我个人的感性印象里，山西作家总是以"群"的形象站在一起。这印象，固然与曾经响彻全国的"山药蛋派"有关、与八十年代"晋军崛起"有关，更多的，还是来源于我们山西作家作品的气象与品格。他们的作品似乎都在无声地申明这样一个重要事实——是的，我们属于山西，我们始终站在山西这片土地上，我们永远与生活在这片土地上的人民在一起。我想，他们对于脚下站立的大地的执着的热爱，大约是我对他们的创作葆有期望的一个重要原因吧。

俗话说，一方水土养一方人，山西的山水、风云、河流汇聚到作家们的血脉里，山西的历史、传说、地方语言生长在他们的骨骼中，这一切无不潜移默化地流淌到他们的文字里，共同形成了我们所感知的山西文学精神。这精神是什么呢？有人说，山西文化和文学有厚重、开放、包容的特征；也有人说，山西素来就有乡土文学的创作传统，现实主义成了大多数作家的自觉选择；还有人说，山西的民情风俗参与了他们文学素质的构成。关于这一点，我满怀期待地希望听到我们的作家、评论家们的思考和见解。就我个人而言，我有一个朴素的感觉，山西作家似乎毫不费力、自然而然地就让地方色彩进入到作品中，那么生动活泼，那么可亲可感。读了他们的作品，我们对他们的生活世界有了直接的认识，对于他们之所以如此看世界有了更深入的了解。更重要的是，他们写山西，却不仅仅只是为了写山西，哪怕是在描摹一个偏远的小山村的时候，这山村里也有整个中国的影子。立足于地方，他们着眼的是中国，是世界，是活生生的人的生活与梦想。

提到山西文学，不能不想到我们的前辈作家赵树理。他所创作的《小二黑结婚》《李有才板话》《三里湾》等作品脍炙人口，至今留在人们的阅读记忆中，成为一个时代的标志性作品。在他的影响下，马烽、西戎、束为、孙谦、胡正，创作出了一批反映农村生活、为农民所喜闻乐见的作品，这就是"山药蛋派"。事实上，赵树理作为一个作家的影响至今绵延不绝。我曾经读到过葛水平的一段话，她说，"我与赵树理同来自一个故乡'山西沁水县'，同喝一条河水'沁河'，河水两岸至今传说着他走近农民农村的写作故事，而我在阅读他的作品时，一再感动他的创作素材始终是放置在乡间炕头的……他是一位来自民间的作家，永远把农民当作朋友的作家，一个敢于讲真话的作家，一个富有传奇色彩的作家，虽然已经离开我们40余年，但是，他的那种'深入生活，为平民百姓鼓与呼'的精神却永远留在了我的心中。"我十分感动，仿佛看到了一代代山西作家接替行走在人民的大地上的身影。从这个意义上说，山西作家是有来处的。深入生活、扎根人民已然成为他们十分珍视的传统，我相信，这一传统，必将成为他们创作的不竭动力。

我对山西文学充满了信心，还基于这样一个事实：山西作家始终坚持求变创新的文学精神。去年在山西的几天里，我惊喜地发现，老作家尽管年事渐高，但他们的创作激情并没有消减，仍然有众多的作品面世。同时，山西更年轻的作家们正在不断地涌现出来，且呈现出强劲的发展势头。他们接受了传统文化的深厚影响，又在不同时期进行具有时代特色的探索，使文学呈现出崭新的面貌，丰富了文学的主题、样式、表现手法，使文学的可能性得到了拓展。他们的努力体现了当下中国作家的担当和社会责任感，体现了中国作家在艺术表达上的自觉及创新精神，为中华审美的再造进行了积极的探索。

同志们朋友们，习近平总书记在文艺工作座谈会上的讲话为中国特色社会主义文学指明了方向，也为文学繁荣发展开辟了广阔的前景。他要求我们"通过更多有筋骨、有道德、有温度的文艺作品，书写和记录人民的伟大实践、时代的进步要求，彰显信仰之美、崇高之美，弘扬中国精神、凝聚中国力量，鼓舞全国各族人民朝气蓬勃迈向未来"。我认为，今天我们研讨山西新锐作家群的创作，就是总结创作经验、鼓舞干劲、开拓文艺新天地的具体行动。我相信，在大家的共同努力下，山西文学将收获累累硕果，也将有更加美好的前景和未来！

祝新世纪"三晋新锐作家群"研讨会圆满成功！

祝各位朋友精神愉快、身体健康！

谢谢大家！

（此文为中国作家协会主席铁凝在2016年8月13日召开的新世纪"三晋新锐作家群"研讨会上的讲话）

目录

世纪关注：传承与新变

山高水长：扬帆远航的"三晋新锐"作家群

我看文学：生活远比想象更精彩

挑灯看剑：不想做历史风云的看客

世纪关注:传承与新变

传承与新变

——山西小说的新锐力量

◆雷达

在我看来，三晋新锐作家群研讨会，虽有展示实力的意思，但主要还是讨论现代转型中的山西文学发展态势。山西文学在现代文学史上，根深叶茂，源远流长，不可小看。它有两大传统，一个是传统文化的传统，它是黄河文化的会聚之地，也是中华民族的发祥地之一，明清以降的晋商更是名声赫赫。另一个是革命文学的传统，尤其曾是解放区文艺的重镇，是以赵树理为代表的山药蛋派的故乡。

所以，在现代转型冲突的大背景下，山西文学一直面临着传统的继承与创新问题；乡土文学的继承、扬弃与开拓问题；新一代作家的培养、成长、续写辉煌问题，这在今天显得突出。这其实也是中国当下文学亟须面对的问题。

先说说赵树理传统，这个传统对山西文学是带根本性的，离开它不可能，永远恪守它也没有出路。赵树理是人民作家，是大众化，民族化，通俗化的前驱，其作品洋溢着中国作风，中国气派，为人民群众喜闻乐见。其作品的特色是，贴近群众，贴近土地，贴近时代，与现实生活节奏同步，具有新鲜朴素的民族形式，生动活泼的群众语言，清新舒张的乡土气息。但在当时，要他"停下来"去搞深化拓展也很难。

赵树理及其山药蛋派的艺术特色，今天仍然值得学习，传承。例如很善于讲一个首尾相衍的好看故事，一气呵成；例如，在行动中刻画人物，吸收中国古典小说和说话的动感性；再例如，善于抓人物特征，甚至善于起绰号，堪称一绝；再如，民俗民情的自然展开。李家庄变迁中之"吃烙饼"就十分有趣。再如，在晋南方言基础上锻造的鲜活生动，明白晓畅，幽默风趣的小说语言，有股子来自民间的达观精神。

山药蛋派是革命现实主义最具风格特征的流派之一，后来涌现了一大批优秀作家，如马烽的《三年早知道》《我的第一个上级》，西戎的《赖大嫂》，以及李束为，胡正，孙谦，韩文洲等人，在"十七年"文学中是一支耀眼的队伍。新时期以来，山药蛋的传统血脉还在，但已弱化。新的作家们，努力求新求变，创造了各式各样的小说，从一到多，使山西小说面貌发生了巨大的分化和流变。他们主要是李锐，成一，蒋韵，韩石山，张石山，周宗奇，曹乃谦，王祥夫，吕新以及两栖作家哲夫等等。

在这里，我要特别说一说属于新锐的李骏虎的《母系氏家》。这部书他不断地改，一直改到2014年底。能碰上一部好小说是让人惊喜的，《母系氏家》便是这样令人惊喜之作。此前他的中篇《前面就是麦季》，当然也不错，没有耸动的外在事件，也没有常见的苦难倾吐，它是那么平静，日常，通过一个农家三位女性的纠葛，围绕抱养孩子，置办满月酒，展开了一幅乡村风俗画，含有诉不尽的温情与关爱，被认为是"后赵树理写作"的代表作，不无道理。可是，毕竟有点轻，有点平，深度略逊。"母系"就深厚得多了，两作前后有贯通，但格局气象则完全不同。"母系"显露出某种大手笔的特点，语言功力和叙事能力渐趋老到。小说主要写了晋南农村的一个家庭和相关的一个村庄。每一个村庄都是一个大家庭，而每一个家庭，都隐喻着一方乡土的伦理精神；有时解剖一只麻雀，就能打开一个世界。我感到，它既有赵树理式的平实与风趣，却并不跟着生活节奏"平面走"，它能"停下来"，使文化内涵尽量得到扩大与深化。作者的笔力，主要落在人及人性的深度揭示上。可以见出，作品明显受到《金瓶梅》《红楼梦》笔法的某些影响，李已不是原先的李了。

从故事看，兰英嫁了个"武大郎"，为改变后代的血缘基因两次"借种"，这是否突兀，是否猎奇。但看进去，就不得不服了。一切是那样合乎人物逻辑。《母系》中确实有政治，有宗法文化，有阴盛阳衰，兰英身上那种强烈的控制欲，占有欲，延续子孙欲，从另一方面说，也是顽强的生命力的表现。她的建立家长权威，她的心计，口齿，颇像潘金莲，也像凤辣子。潘金莲偷情也好，"霸拦汉子"也好，凭着自己的聪明与色相，放纵与狠毒，企图改变自己的身份地位。兰英当然只是一个农妇，但也不要看得太简单，她利用"色欲"却并不沉溺于色欲，她为的是家族血缘的强旺。她没有别的法子，只有这一个办法了。那一对翡翠镯子的细节，运用得多么好。当年赵树理就很注重农村家庭的劳动分工、经济分配和乡村伦理以及家庭内部成员之间复杂的关系，李骏虎也有此特点，通过兰英，力图揭示旧的家长权威与新的变革生活之间的冲突，由此折射出南无村的变化。

葛水平是山西沁水人，赵树理的小同乡，与赵树理同饮一河水。赵树理去世的那年，她才四岁，但一方水土养一方人，耳濡目染之际，她不可能不受赵树理的影响。赵树理喜欢地方戏曲，葛水平也酷爱戏曲。我以为最主要的影响还在于热爱人民，扎根乡土上，在于对民间精神和民间伦理的浸渍上。其长篇《裸地》有句话："土地裸露着，日子过去了"，颇富禅意，犹如"天空没有痕迹，鸟儿已经飞过"。好像是说，土地是永恒的，日子是不停的，有如铁打的营盘流水的兵；土地永远是敞开的，无私的，宽厚的，泽被万物的，而时光却匆匆且无情。这是很令人怅惘的。但她的作品最好的还是中篇小说。她不是一个仅仅拿自身的、私人的生存经验作为主要资源来写作的。她的中篇气魄比较大，刚柔相济，在她笔下，太行山的世界是很丰富的。《喊山》是个拐卖故事，太行山深处农民身上的那种蓬勃的生命力，十分感人。看《黑雪球》，力度很强，我觉得不像一个女作家写的，她的《甩鞭》《地气》写得惊心动魄。作为年轻女作家，能把土地改革前后的中国乡土生活的韵味写到这样的程度很不容易。

王保忠的小说已形成自己独特的题材、写法及思想道德情感的倾向。《甘家洼风景》的名字让人想到是否受曹乃谦的影响，其实两者差异很大。王保忠有自己特有的民间思想资源和地域文化气质作为支撑，也有自己独特的调子和味道，像听山西民歌一样荡气回肠。他的小说看起来很舒服，平易如泥土般质朴，从容道来，不疾不徐，让生活自身自然地摊开来。他很会讲故事，"做"得痕迹不重，像巧合，误会，突转，这些手法他不是不运用，但总能被生活的土香厚厚地包裹，保持着生活本身的芬芳。他的小说也有对麻木愚昧的痛切批判，但其落脚点主要还是对美好人情、民间淳朴的伦理情感以及中国农民的宽厚胸怀的礼赞。他并非不批判，但他更主导的方面是维护和认同。

在新锐的探索氛围中，年龄稍大一点的女作家陈亚珍，其长篇小说《羊哭了，猪笑了，蚂蚁病了》在此不能不提。我读这本书时甚感意外，不知对作者本人来说，是否也是一种意外。因为她把陌生化的结构方式和深切的文化反思结合得如此融洽，实为难得。人们往往谈到这是一部沉甸甸的亡灵叙事。的确，作品借亡灵叙事的技法讲述了叙事者"我"死后二十年，灵魂重返人间，寻找未曾获得的人间亲情的故事，处理得非常自然。仇胜惠的亡灵飘浮在梨花庄，很像窦娥之显灵。然而，问题并不仅仅是这一叙述方式的选择，而在于作品反思了在革命老区的寡妇村中，从"抗战"到新中国成立后半个多世纪的历史中，潜藏在人们心底的英雄膜拜、革命情结、男性权力、女性伦理等等，是如何改变和重塑了特殊年代的人们的情感和道德。我们的文学需要反思和审视，也需要启蒙和忏悔，如果都回避的话，深刻之作，或"无愧于"是无从谈起的。

新锐作家群中，最年轻的一代小说作者如孙频，杨遥，李燕蓉，白琳，闫文盛等的作品读过一些。印象最深刻的要数孙频。孙频的小说大都寒凉，幽暗，惊悚，背负着剧痛。不大为人指出的是，她的小说还潜藏着传奇性。她自言，"冷眼观察着这人世间，却无法不深深地爱着这苍凉与残酷"。有一种看法是，认为她更像是男性作家，或是中老年的男性作家。对此，我很不同意。恰恰相反，我认为孙频小说的女性视角和女性意识鲜明而且强烈；虽然我们确实很难把她跟一个80后的年轻的女性作家联系起来。她的小说锋芒往往指向男性的性别霸权，她往往能揭示被遮蔽的女性的真实生命体验，她的小说主要写无助的底层的女性人物，常常与性爱、性倒错、罪与罚缠绕在一起，对女性人物的弱点她也并不宽恕，因而具有审视和拷问灵魂的性质。《月煞》是她的一部有影响的中篇，写了一个集体的性犯罪的故事，既控诉了小镇上犯罪者与旁观者的麻木不仁及有限的救赎，同时细致描写了祖孙三代女性的深重的精神痛苦。近作《丑闻》更把一个高知女性最隐秘的潜意识巧妙托出，引人深思。孙频的产量很高，我希望她能开拓更宽广的审美空间。

以上就我的视野所及，谈到我眼中三晋新锐作家的一些亮点，他们都与继承与创新的话题密切相关。

面对转型中的文学

◆段崇轩

　　中国社会和文学正经历着一场剧烈而深刻的转型，其标志是：从传统的农业文明与文化向现代工业科技文明和城市文化的蜕变，从作为主潮的乡村文学向现代城市文学的演变。但对这场前所未有的文学转型，我们的认识还不够清醒、自觉，我们的应对还不够有力、到位。据统计，2011年中国的城市人口首次超过农村人口，这一数字近年来在不断扩大。全国每天消失80到100个自然村，2012年前十年间消失的自然村落有90万个。据观察，乡村题材文学呈现衰退趋向，城市题材文学呈现繁荣态势，在长篇、中篇、短篇小说文体上都是如此。譬如每年公开发表的三四千篇短篇小说，乡村题材的比例占不到三分之一，城市题材占到三分之二以上。这些现象足以说明，中国社会、文化、文学的转型，正在走向深广，加速推进。在这场文学转型中，中国文学的格局、面貌、性质将发生深刻变化，一个以城市文学为主、乡村文学为辅的时代已经到来，逐渐展开。中国文学将会变得更为现代、高雅、成熟，进而融入世界文学大潮。

　　在这场文学转型中，乡村题材与城市题材之间的此消彼长、对峙交融，还只是一种表面现象、外在形态。因为题材只是社会生活的某个侧面和文学的一种载体。但它实际上折射了、蕴含了包括政治、经济、文化乃至社会、人生的丰富内容。特别是反映了从传统农业文明和文化向现代城市文明和文化的剧烈演进。当然，这一文学转型是复杂的、艰难的、漫长的。在这一过程中，乡村题材并不会消亡，它还会继续探索、变革，汲取城市文学的思想内容和艺术形式，在表现农业文明和文化衰落过程中谱写出杰出的乃至伟大的作品。而城市题材则会不断成长壮大，克服自身的局限和问题，借鉴乡村文学的传统和经验，真正形成具有中国特色的城市文学精神和风格。城乡交融题材将会有广阔的前景，在当下的现实生活中，乡村与城市已紧密地联系在了一起，在文学实践中同样也是如此。因此，在创作中，把乡村与城市放置在一起，做出对比的、交叉的、多侧面的描写，展现出更广阔的社会生活和更复杂的人生命运，是现实赋予作家的文学使命。

在全国文学格局中，山西文学有自己的独特位置和风格。从"山药蛋派"到"晋军崛起"，以至"晋军"之后的第四代作家，都是以农村题材小说创作为主的，形成了一种源远流长的文学传统，产生了大批的优秀作品乃至经典作品。而到20世纪90年代特别是21世纪之后，全国范围内城市文学强势兴起，乡村文学出现衰微，山西文学传统受到了前所未有的冲击和挑战，面临着艰难甚至是痛苦的转型。这种文学处境，陕西、河南、山东、河北等文学界也是感同身受的。为什么当年的"晋军"作家现在大多转向了纪实文学、影视文学创作？为什么第四代作家有的创作上止步不前、有的干脆罢笔？我想一个重要原因就在于难以适应今天的文学转型。幸运的是，山西文化和文学自古以来就有厚重、开放、包容的品格和特征，山西的第三、第四代作家从20世纪80年代中期就开始探索多样化的创作路子，这些都为山西的新锐作家——第五代作家的崛起和创新铺平了道路。

对山西文学来说，第五代新锐作家，既是承传、发展的一代，又是叛逆、创新的一代。他们中的部分作家继承了生生不息的乡村小说创作传统，坚持了现实主义文学精神，在一定程度上实现了突破和创新，对山西乃至全国的乡村题材创作做出了贡献。在这个方面，葛水平、王保忠是具有代表性的。同时，这一代作家中的许多位，已把创作重心转向了城市和城市人，转向了城乡交融地带，转向了更多样的题材领域，推动山西文学走向了一个开放、多元的时代。

葛水平走上文学坦途只有十几年时间，2004年她的中篇小说处女作《甩鞭》《地气》一炮打响，风行文坛。她既写现实乡村，也写历史乡村，在时空重叠中凸显古老土地和乡村社会的历史变迁，展示各种农民特别是底层女性的人生命运和情感世界。她的长篇小说《裸地》，讲述从清末民初到20世纪40年代，太行山一个乡镇的移民史和盖氏家族的兴衰史，把历史变迁与家族命运、农民与土地、时代风云与复杂人性等等熔为一炉，谱写出一部悲壮幽深的社会人生交响曲。葛水平的乡村小说，以广阔的社会生活、驳杂的思想内涵、遒劲的人物形象、峭拔的叙事方式，打破了山西乡村小说的创作传统与经验，给中国的乡村小说吹进一股自由的山野之风。王保忠的乡村小说却呈现出另一种风貌。在这一代作家中，他无疑是最得山西文学精神与写法的作家，但他又上下求索，努力融合，形成了自己的路子和风格。赵树理的"问题小说"写法，沈从文的诗化抒情模式，鲁迅的现代启蒙思想，都在他的创作中得到了吸取和体现。他执着短篇小说文体，《张树的最后生活》《美元》《家长会》等，成为脍炙人口的经典型作品。系列短篇构成的长篇小说《甘家洼风景》，逼真、艺术地记录了社会转型期一个晋北自然村的衰落情状，成为近年来乡村小说中的力作。同时我们也看到，葛水平、王保忠在坚守乡村题材创作中，也写了一些城市题材小说，而且视角新颖、风格特别，正是这种并行的、交叉的创作实践，开阔了他们的思想视野，强化了他们的表现能力。尽管他们的创作还存在这样那样的问题，但我们相信他们会推动乡村题材创作实现新的突破和跨越。

论李骏虎乡村小说里的女性形象

◆ 梁鸿鹰

　　山西青年一代作家求新求变，他们的创作都是有自己的一个独特领域，同时也能够开拓、延展自己的创作。比方说又有好多山西的青年作家与他们的前辈一样，描绘出了乡村与自己故土的精神，为那些非常有特点的乡村人物写心立传。李骏虎也是这样的，他同样喜欢写自己所生活过的家乡，写在那里辛劳和智慧的人们，他把村庄的历史视为自己小说的灵感，让村庄里那条无名的小小河流成为他创作的主题。他不能不这样做，因为对土地感情深，使他真正能够把自己经历的生活化为作品的血肉，让自己与小说中的那些人物融合在一起。读李骏虎的《前面是麦季》《母系氏家》《众生之路》这几部小说，感觉到他头脑里面全是乡村气象万千的东西，乡村的河流、田地、庄稼，那里面的植物和动物，对他来说已化为他的血肉。他的作品是乡村的百宝盒，一打开故事就往外飞，骏虎是个有编织故事才能的人，首先是因为他的生活厚实，与生活融合得紧密，他所在生活中获得的这样那样的感觉，使他在写作中完全不需要去编织什么或者说是去虚构什么，而是让你感觉到，他只需按动记忆的按钮，启动岁月的闸门，所有的一切都会复活，气象万千的一切自然就会扑面而来。

　　作品的灵魂是人物，你对土地爱得深，必然爱在这方土地上的人们。因为他们的呼吸曾经与你同在，他们的痛苦成为你的记忆。在这个众声喧哗的世界上，还有什么比人的欢笑、迟疑和满足更能吸引人的呢？如果说我们是亚当和夏娃的后代与子民，我们就保留着他们的优点和短处，我们经受着诱惑，我们追求着应该追求的和应该向往的，我们只为在这个世界上"活在人前面"。是的，乡村的人们同样不放弃"活在人前面"这些念头，而且毅然决然地去争取。只不过，这个路途对于女性来说，是过于遥远和艰辛了，但唯其如此，才更有诱惑力，更有质感吧。骏虎创作的其中一点好处就在于抓住了乡村女性这种"活在人前面"的心性，他大概是怀着滚烫的心，来冷静地看待这些可爱的女性的，兰英、红、秀娟们，在他的笔下变得让人意想不到的仪态万方、活灵活现，她们出自农家不起眼的院落，她们有着比天高的、别人难以看破的心性，她们要走在前面，她们不惜头破血流。当然，她们带着乡村的小女子们所有的小心思、小脾气和小诡计，去应对这个负载着长久"传统"负担的生活。她们达不到男性主导的意志与期待的地方太多了，但她们不放弃，她们在自己细小的河流中流淌，她们之主导自己的感觉，她们希望与生活保持始终的亲近与良好，她们也没有更大的志向。在改天换地的声浪中，她们是小浪花、小波澜。骏虎把这些人生活中的那些细节、脾性、话语，把她们的行为习惯、一颦一笑，都化为感性的语流，在他笔下自由地出入。他写乡村的这几部作品，虽说都并不是很长，十几万字的样子，但探究了人的内心，探究了女性内心那些柔软、任性和隐秘的角落。他那些非常流畅的语句与段落，是他长期观察的结果，是小说得以与生活同构的依据。我们从小说中可以看出，作者与自己的时代、与自己的人物是融合在一起的，他与这些可爱、可怜又可笑的女性们，保持着最密切的关系，他与自己所描写人物的情感，不是割裂的，而是非常紧密的，因此他也看出了她们的弱点和不堪之处。

骏虎的作品在审美追求上是有着中国化的自觉的，这在当今并不容易。我们在全球化的声音中，希望加入大合唱，反而容易忘记自己所拥有的文化密码，而这种追求在他看来也是自然，并不需要刻意造作，比方他在《母系氏家》里有一个段落是讲乡村给女人起名字：

村子里的女人朴素，名字也朴素。光阴流水一般过去了，"梅、兰、竹、菊"和"叶"们渐渐熬成了婆婆，"霞、玉、芳、红"和"雪"们就从黄毛丫头出落得有模有样儿，出嫁后自然成了人家的媳妇。两辈子女人不同，修饰"梅兰竹菊"和"霞玉芳红"的前缀或后缀可都是"英、翠、灵、秀"和"香"，"凤、琴、萍、花"和"娟"们更是混迹于两代女人之中成为通用。

村子里面的女人朴素，正如她们的名字，他记录下的实际上是我们中国人的思维方式，朴素得与自然同源，朴素得与大地同构，出嫁了自然成了人家的媳妇，但两辈子的人都摆脱不了习惯的轮回，这便是中国女人的命运。

他所把握的，是很久以来中国文化中所留存的、延续的、仍然饱满着的东西，是中国风格和中国气派，但说到底符合中国人的思维与生活习惯。在我们这块土地上，我们与自己周围的一切一切，是永远在一起的，连同传统中的优长与缺陷，再也无法分离。如同李骏虎小说里的这些人物，他们也不用刻意地表现自己，她们只要出来说话、与人打交道，她们就是地方的、乡土的、自然的。这些生活在乡村的烟火气当中，她们从来不会被任何概念、口号等外在东西影响与左右。她们遵守着乡间的规则，她们的脚步没有被任何强加给她们的东西所阻挡。这些女性是自己历史的创造者，也与她们所心爱和痛恨的生活一起共同创造历史，特别是兰英、红芳、秀娟们至今仍然生活在中国乡村大地的角角落落里。这几个人的挣扎、抗争与欢笑，仿佛代表着、见证着无处不在的乡土的力量，只依靠她们自己的声息与体温，好像永远也走不远。但在乡村的变化中，她们毕竟越来越无拘无束，虽然生活是苦的，但是她们增加着面对生活的勇气，她们不再怯懦、迟疑，毕竟，她们变得勇敢而智慧了。在他的乡村系列的小说当中，似乎也没有生活的旁观者。在热闹的人群里面，你怎么也无法猜测一个人的存在方式，为什么流泪，为什么忧郁，你是无法确知的。生活不需要理由，我们只知道，一个人和自己在一起的时候，有很多事情伤心，我们背后及前面的生活，还是有、还会有很多的挫折。但是，作者告诉我们，这完全没有关系，我们会跨过这一切，因为前面有麦地。毕竟，带着希望，我们会创造一切。

对小岸及陈年小说创作的一点看法

◆傅书华

　　我想谈谈对小岸及陈年小说创作的看法。她们两位在全国知名度不是很高，这与作者的创作成就有关，也与批评界对她们处于萌芽状态或者说是幼芽状态的创作生长点的忽视有关，这一创作生长点对于今天中国的文学创作有着重要的现实意义，所以，提出二人，以期引起关注。当然，我力避"过度阐释"力避先验性的理论对作品的拆解。

　　小岸是生活在山西阳泉的自由职业者，她的代表作有中篇小说集《温城之恋》《梦里见洛神》等等。她的小说的突出之处是写超越了现实之爱的神性之爱，这种神性之爱，当然在作品中的人物、故事的情节中有所体现，但更多地体现在作者的叙事立场上，浸润在作品字里行间的叙事倾向上。她的小说中所讲的故事，往往是男女情爱或者亲情友情的悲剧，或者说，是现实生活中，每一个人，在与你最紧密最密切的人际关系中所形成的悲剧。但造成这悲剧的，你又不能将其归结为具体的人物的善恶品行，或者将其归结为我们所习惯的社会问题。造成这悲剧的，是由社会结构所决定的人的生存结构，每一方都有着自己合理的生存理由。譬如《半个夏天》中的彭思阳，《水仙花开》中的泽兴等等。这是一种存在性的无奈。面对这种无奈，小说中的主人公，或者作者的叙事立场，是用爱来面对。譬如前面说过的《半个夏天》《水仙花开》还有《车祸》中的袁小月，《温城之恋》中的迟岩等等。这种爱，虽然不能实际性地解决不能解决的现实问题，却构成了对现实世界的价值性超越，并且强健了人自身。用西方神学家温德尔曼的话说，不是在无奈中的虚弱认可，而是一种更为强壮的表现。这种神性之爱，与中国传统文化中的"地母"形象有近似之处，但也有着很大的不同。由于中国强大的文化传统是建立在实用理性基础、世俗生活基础上的，所以，一向重视产生于或者作用于现实实际人生利益的现实之爱，譬如阶级之爱，人伦之爱，而神性之爱一向十分稀薄，甚至会被指责为宗教性的精神麻醉，或者对残酷斗争的逃避。在中国新文学史上，冰心、沈从文、孙犁、茹志鹃构成了这样一条发展线索，虽然这条线索比较单薄，而且，总是被包裹在儿童文学、乡村情怀、战争、革命的外衣下被误读。但这样的一种神性之爱，在今天这样一个戾气盛行的时代，却有着特别重要的现实意义。所以，不论从继承新文学某一种价值路向的发展线索上，还是从对今天社会的现实意义上，小岸的小说都值得我们给予重视。

陈年是生活在山西大同煤矿的自由职业者，她的代表作有小说集《小烟妆》，她的小说创作有别于工农兵文学的工农叙事，对继承了左翼文学的底层叙事提供了新的价值资源，或者说，可以引发我们对现实主义的新的理解。

中国自鸦片战争之后，帝国中央意识的崩溃与危机，使一味求新求变与再三再四地怀旧恋古成为百年来中国文化的二重变奏，但唯独少了立足现实对现实的直面。或在民族化浪潮中，中国传统的意象化的艺术方式再占上风，只是这意象化之意象从心理感受的真实，演化为自以为体现了客观真实的"观念"；或在现代化浪潮中，现代主义、后现代主义成为时尚，现实主义则被视若过时的"陈旧"与被淘汰的"过去"。但现实主义却并不因为你主观上不重视它而失去它真实存在的现实意义。

西方文论家戈尔德曼认为：文学的结构与社会经济结构、文学的叙事意识与社会的集体意识"具有严格的同构性"。从大视野考察，这话大体不错。西式现实主义发生自经济结构型社会对伦理结构型社会产生巨大冲击之后的价值动荡之中，而经过以"个人"为至高无上之价值标尺的浪漫主义洗礼，其立足于"被侮辱与被损害的"下层民众个人利益诉求对社会的批判则是其鲜明的价值立场，人道主义则是其写作情怀，这可以最初的现实主义画家库尔贝的画展及其后俄国现实主义创作高峰为实证。无论从传统群体伦理型社会结构的"老中国"，途经五四时代文化层面商业文明的短暂洗礼再发展到今日中国经济结构型社会对伦理结构型社会产生巨大冲击之后的价值动荡，或从今日中国商业文明导致的中国全民性自觉或不自觉"个人"意识的觉醒，抑或从商业经济对下层民众的损伤，西式现实主义的文学结构都与当下中国的文学结构有着极强的对应性。犹如市场经济商业文明是不可逾越、跨越的社会发展阶段，现实主义也是现代中国文学所不可跨越的历史发展的必然阶段。现实主义文学对现实的批判力量，对下层人在商业经济冲击下的呻吟的反映，对社会各阶层从原有壁垒中走出时的"精神奴役的创伤"的揭示，都是当下中国文坛所大为缺失的，而在这方面，陈年的小说就显示出了她的可贵。

陈年的小说大多写的是社会下层的"被侮辱与被损害者"，但又不同于过去的阶级压迫话语，而是社会结构性冲突的结果。譬如她的《浮生如寄》写不识字打电话的民工、写妓女、写回收废旧物品的普通人、修理自行车的普通人，写出了他们在物质上与精神上的"被侮辱与被损害"。她的《小烟妆》写伦理结构型社会向经济结构型社会转型期间对原有人与人结构关系的破坏，工友与工友的妻子成了卖淫的双方，但在这其中，又充满着人性的温情。现在的社会，问题很多，困惑很多，但许多小说远离读者迫切感受到的现实的人生经验，缺乏对现实的批判力量，陈年的小说不是这样。

小说是写人的，写典型人物是小说理论所特别强调的。但是，我们过去总是从观念出发去塑造人物，或者是阶级观念，或者是文化观念、家族观念，或者是西方某一种人生哲学观念，看似不同，但其实创作人物的范型、模板不变，所以，都是各种各样类型化中的"这一个"，不是独特的"这一个"。陈年的小说，她的人物是活生生的，是感性的，有许多我们不能用既定的观念去概括它、提升它，所以，好像不够典型。譬如《声声慢》中七弦的父亲，《胭脂杏》中的陈小手、胭脂。但在这方面，一方面，陈年笔下的人物应该更饱满，另一方面，我们可能需要调整我们原有的从既定理论来概括人物的评价人物形象的方式。

陈年小说还有一个值得特别提出之处，就是她的小说，生动的细节很多，这些生动的细节充满了现实生活的真实性。近年来的许多小说创作，重视主题、情节，重视细节的隐喻、象征，但不重视细节的现实生活的真实性。细节的真实，需要的是作家对社会、人生深刻的观察与化入个人生命血肉的体悟，细节的真实，蕴含着对社会现实对人物的丰富性的巨大概括。中外许多作家的作品，主题、理念、情节失误、偏颇多多，但正是因为有众多的丰富的"细节的真实"，才给了当时及后代读者以无尽的回味与意义的阐释不尽。西方文论家考利多次告诫那些热衷于用现代小说技法进行创作的写作者说：如果不真实，就不可能是象征；如果不成故事，就更不成神话；如果一个人活不起来，它不可能成为现代生活的原型。这话说的是极有道理的。

故事里的心事

——读李燕蓉长篇小说《出口》

◆ 白烨

　　李燕蓉自 2004 年在编辑工作之余开始从事小说写作以来，一直以中短篇小说的创作为主，所关注的也主要是当下都市男女日常的生活情态和俗常的心理状态。随着其中的一些作品不断被《小说选刊》《中篇小说选刊》等权威文学选刊选载，她也越来越具有知名度和影响力。2012 年，她的《那和那之间》，选入《21 世纪文学之星丛书》由作家出版社出版，更是对她这一时段小说创作的主要成果做了集中的展现。有了这些丰硕的实绩和坚实的铺垫，李燕蓉在"70 后"一代作家中，大有奋起直追、后来居上之势。

　　星星点点地阅读了她的作品，断断续续地追踪着她的创作，我感觉要看清她，走近他，也并非易事。她在写作姿态上，不夷不惠；在写作节奏上，不疾不徐。出手的作品，时而是平淡无奇的凡人小事，时而是超乎寻常的奇人异事，作品的写法与趣味因此也大相径庭。在小说创作上，李燕蓉显然有着素描日常生活之世俗和揭示现实生活之荒诞的两手。而她究竟会写什么，好像也是凭着兴趣来，跟着感觉走。

　　总体来看，直面当下现实，为平民造影，关注时代精神，为凡人把脉，是李燕蓉小说创作日益显现的基本取向。因了这种视角的平民化，风格的内倾性，李燕蓉的作品，虽然多为小日子的小烦恼、小波澜，小人物的小情趣、小悲欢，但却在低唱中自具神韵，在缠绵蕴藉中自见色彩。

　　在以上的作品积累和创作历练的基础上，李燕蓉在 2015 年的《中国作家》第 10 期，发表了她的长篇小说处女作《出口》。如果从 2004 年开始写小说算起，李燕蓉是在经历了十年中短篇小说写作之后才创作长篇的。这一方面说明她对长篇小说写作的看重与慎重，另一方面也表明这部长篇小说的写作确实有备而来，值得刮目相看。事实上，初读《出口》，我就为之惊异，再读《出口》，更是为之欣喜。我以为，这部由事故里的故事，故事里的心事环环相扣又层层递进的长篇小说处女作，在李燕蓉的小说创作历程上有着非同寻常的意义，它可能既是李燕蓉小说创作迄今为止的一次集大成式的爆发，可能还是她的那种微观叙事、细琐写法的集腋成裘，以小博大的成功尝试。

《出口》的故事营构与叙说，犹如由一个小线头扯出了一个大线团。作品由宁远的女友云凌的离家出走事件，由男女朋友之间偶然发生的一个感情测试，逐步撕扯出当下都市社会里，男女恋情，家人亲情，乃至市井风情、世态人情诸方面潜藏的种种危机和暗含的深层问题。作品在含而不露、怒而不张的叙事中，把人们不易觉察又无处不在的情感疲惫，精神焦虑等，一一揭示了出来，其用意之深邃，用心之细密，用力之精到，都堪称淋漓尽致，又入木三分。

就作品两个主人公——云凌与宁远的相互关系来看，他们由相识到相恋，似乎都出于各自的意愿，除去相互惦记，还会经常缠绵。但彼此之间的相互了解，确实不深不透，尚有许多空间。云凌弄不清楚宁远是否真的爱上自己，不能确知宁远对待爱情的基本态度和对于人生的基本理念。于是，在心理诊所出诊时与女人"午后"的几次长谈得到启发，她决意由离家出走的方式，来进行一番试探，想看看宁远遇到这样的突发事件会怎么办。于是，在这个"午后"的精心安排之下，云凌悄然出走了。然而，云凌的出走引起的反响与影响，却以一种不断走偏的方式，完全超乎了人们的预料。首先是市电视台以这个事件为题材，制作了一档《遇见女孩儿凌》的专栏节目，不断生发出各种各样的话题，"云凌的母亲，云凌的老师，云凌的同事，云凌的老板和与云凌有关的人，都在栏目上露了一遍脸。"有悬念性又有游戏性的节目，为电视台赚足了收视率。接着，是宁远刚出的新书《日记上的血痕》，因云凌一事的不断发酵而日益火爆，不仅新书畅销不衰，有关新书的消息广为传播，而且作者宁远也成了远近闻名的新闻人物。而事件最直接的相关者宁远，除去一次次地应对警方的调查与询问，就是忙与自己的书有关的事情，别的一概顾及不上。反而，宁远不时会陷入迷惘与困顿之中，"他自己也不明白在云凌消失之后所做的一切，他是那样急于摆脱嫌疑，而且生出了怨恨。"他甚至怀疑"他的爱恋还算是爱恋吗？"当云凌在一年之后归来时，事情也完全超出了她自己的想象。宁远因张警官通知他云凌回家，案件已结，而感觉到自己的重要性远不及一个警官，实际上已被云凌冷落，他感觉自己"只是一个可有可无的人了"。而云凌满以为宁远会"急切"地来找她，自己也怀了急切的心情，甚至不敢更换常与宁远联系的旧手机，但既见不到宁远的人，也等不到他的电话，暗自伤心的她，只好慢慢死心，并用"他爱我不爱我从来就不是最重要的"来自我开导。爱的测试的结果，似乎背离了原有的初衷，但又让原先自以为是的爱显露出了真正的原形。

在《出口》中，情感测试的故事与两个主人公云凌和宁远，其实只是主干性线索，贯穿性人物，作品里由这条线索牵动的人物，穿插的故事，同样精彩而重要，作品也因此筋骨劲健，血肉丰满。比如，女儿云凌与母亲向红的关系，表象上看亲密无间，实际上互有隔膜，相互之间并不深知，以至于云凌和母亲都需要用滔滔不绝的说话来营造亲密氛围，"只要一停下来就会有大片的空隙生硬挤进来，都感觉出了尴尬"。而那个先后自称为"午后""小奈"和"小惠"的女人吴红艳，装扮成不同的女人到云凌的心理诊所，并非是为了心理的疏导，而是要找人倾听，听她诉说自己的家事与情事，自己的烦恼与焦虑，借以纾解自己的心事，排遣自己的郁闷。原先的心理医生与心理病人，完全变位为主动的倾诉者与被动的倾听者。而"午后""小奈"和"小惠"的故事，好像是吴红艳记忆犹新的自我经历，又好像是吴红艳出于自我想象的虚拟讲述。在这些故事里，隐藏着许多心事与心病，这些心事与心病，又都关乎着"出口"。

初读作品，我对《出口》的书名不以为然，以为太过直白，不够诗意，曾郑重地建议李燕蓉在出书时更改一个更好的书名。后来再看作品，发现"出口"在这部作品里，别有寓意，很难移易。某种意义上说，这是作者自出机杼营造的一个寓意深刻的象征符号。作品里，不同的人物都在寻找"出口"。云凌回忆自己大学时期的初恋与初夜，感觉那"不是爱情只是激情，只是不断泛滥的荷尔蒙偶尔找到了一个出口"。而她后来的离家出走，其实也是在为自己捉摸不定的爱情，寻找一个"出口"。而宁远在云凌莫名失踪之后，"自慰已经无形中变成了他人生的另一个出口，随着荷尔蒙冲出体外，焦虑和不安瞬间得到了释放"。而他后来完全投身于写书、出书和炒书，也是为自己紊乱又迷茫的人生寻找一个"出口"。包括死去的连升在日记里对于"出口"的一再期盼，吴红艳在叙说自己的情事时，把寻找到"快乐的门道"的大声哭泣，看作是"人生的另一出口"；她面对云凌滔滔不绝的自我陈述，都是在寻找情感和情绪的、心理和精神的种种"出口"。是草就有根，是话就有因。人们需要"出口"，都在寻找"出口"，盖因在生活的重压与物质的挤压下，情感日显疲惫，精神备感焦虑，心里都别着劲，窝着火，憋着气。而在这背后，则是世态之浮躁，人情之淡薄所造成的人的被淹没，心的被忽略，情的被淡化，性的被简化。个人的存在感，个体的重要性，都越来越氤氲不明，混沌不清。《出口》所触摸到的，正是这样一个人们不易觉察的心理脉动，所揭示出的，正是这样一个暗中生成的精神病症。《出口》把这些寻索出来，剔掘出来，正表现了一种直面人们心理现实的强劲腕力。作者以小见大，柔中见刚的艺术勇气，也由此可见一斑。

《出口》一作，也充分显现出李燕蓉在小说艺术上一些个性化特点，其中尤以用敏动的感觉，灵动的语言，揭现人物的微妙心理与女人的隐秘心思，最见其点勘性情和点破世情的内在功夫。如写到云凌对于母亲向红规劝自己不要相信男人的爱情时的内心感受："母亲说了那么多不要相信爱情的话，却花了人生的一半的时间去追逐它们。"而云凌不仅觉得"母亲所说的一切，对她没有起到任何作用"，而且自己"正在一步步地踏入母亲的后尘——陷入盲目的毫无前途的情爱不能自拔"。这里，既有母女两代人的各自性情的自然呈现，又有她们在爱情追求上殊途同归的女性命运的深刻揭示。作品里写到宁远的朋友小军乘坐公车时的私密心思："看着满大街的那么多的长腿竟然没有一条可以供他抚摸的时候，他有些难过。"这轻轻划过的心理波动，看似趣味低级，却把一个青春男性的心理常态揭露无遗。作品里还有一处写到云凌向"午后"说起自己与宁远的关系开始变淡时，"午后"以过来人的姿态毫不犹豫地说道："男人的情话、殷勤，一般仅限于和女人上床前，你见过钓上鱼还继续喂鱼饵的吗?"一针见血的话语，既袒露了"午后"的快人快语，也捎带着抨击了男人在情爱上的功利主义。诸如此类的点缀于故事之中，穿插于情节内里的小话题、小段子，描述中有抒情，感觉中有感喟，叙说里带议论，间或还有哲理意味、幽默情趣。这些文字，只是故事与情节的边角余料，但却丰富着故事，渲染着情节，烘托着气氛，使得作品的内涵更为丰沛而厚实，读者读来也开怀解颐，余香满口。

经由《出口》这部长篇小说处女作，李燕蓉向人们初步展示她在小说创作上以小见大的运思，以微知著的能力。这确乎卓有成效，很值得称道。李渔曾说过："草木之类，各有所长，有以花胜者，有以叶胜者。"文学创作亦然。《出口》和李燕蓉的小说作法让人们看到，微观叙事也可以管中窥豹，细琐写法也可能积羽成舟，重要的是要开辟出自己与生活的连接管道，由此形成自己的叙事方式与风格。李燕蓉的写法在《出口》一作取得的成功，让人们对她的小说创作充满了更大的期待，也令人们对她所属的"70后"一代更寄予了更多的厚望。

"落地"与"内敛"的先锋

——在"三晋新锐"作家群研讨会上的发言

◆王春林

  我想表达三个意思。一个是对山西文学的某种总体感觉和印象。第二谈一下吕新，然后谈一下李燕蓉。

  山西是一块文化厚土，是以现实主义为主流的一块文学厚土，在这块土地上，曾经先后出现过赵树理，出现过"山药蛋派"，出现过"晋军崛起"。这些众所周知的显赫文学存在且不必说，我所惊奇的是，就是在这块一贯滋生现实主义的文学厚土上，居然会形成最起码七个非常重要的在全国乃至于全世界都产生了很大影响的作家，我把这种不无神奇的现象称之为七大文学奇迹。第一个是在散文创作上出现过一个令人尊敬的老者，快90岁了，叫林鹏。他是一个书法家，草书大家，他也是一个非常重要的思想者，他以思想者的身份来进行散文创作和小说创作。他的长篇历史小说《咸阳宫》，他的随笔作品《平旦札》《蒙斋读书记》《丹崖书论》以及《东园公记》，充分显示了这位老先生的思想能力和写作能力。倘若要给他一个准确的定位，我们不妨借助于李建军的说法，把他界定为一个自由的保守主义者。第二是我们还有一个叫寓真的作家，他拥有双重身份，既是一位政府高官，曾经担任过山西省高级法院的院长，也是一位在非虚构文学的写作方面取得了突出成就的作家。作为作家的寓真，代表性的非虚构文学作品主要是《聂绀弩刑事档案》与《张伯驹身世钩沉》，尤其是前者，影响巨大。当年在《中国作家》上发表之后，曾经在京城出现洛阳纸贵一刊难求的现象。第三个文学奇迹，就是我们山西出现了一位非常优秀的学者，即以研究现代自由主义知识分子而成名的谢泳教授，现在已经到厦门大学去任教了。他是一个在山西成长起来的学者，他对现代自由主义知识分子的考察与研究，在学术界的影响力相当大。

第四个奇迹，就是今天在座的刘慈欣——大刘，大家都知道他拿了雨果奖，世界上最重要的一个科幻文学类型的奖项。在山西阳泉电厂工作的大刘，居然可以拿到雨果奖，当然是一个了不起的文学奇迹了。第五个奇迹，就是山西这块土壤上出现了一个著名电影导演贾樟柯，从《小武》开始，贾樟柯一路走来，真正可谓获奖无数，影响巨大。这一点，地球人都知道。第六个是作家陈为人的作家传记写作。人都说"庾信文章老更成"，陈为人的情况也同样如此。在退休以后，陈为人突然就爆发出了惊人的创作活力，创作有一系列有影响的当代作家传记。他最重要的传记就是《唐达成——文坛风雨五十年》，在挖掘表现唐达成的人生历程的同时，把长达五十年之久的中国当代文坛的风风雨雨也都淋漓尽致地写出来了。最后一位，就是我接下来要专门谈到的吕新，一位黄土地上的先锋作家。你很难想象，在山西这块厚重的黄土地上，居然会产生这样的一位与马原、格非、余华、苏童、孙甘露等齐名的先锋作家。先锋作家吕新，乃可以被看作是第七大奇迹。

第二，我想重点谈一下吕新，我认为，就最近一个时期转型之后吕新的创作状况来说，他完全可以被看作是一位"落地的先锋"。必须承认，在一段不算很短的时间内，我对于吕新所持有的便是如此一种有一定程度保留的矛盾性批评立场。一方面，对于吕新超乎寻常的写作天赋赞赏不已，但在另一方面却又为他长时间的某种停滞不前而备感遗憾。这种带有自我矛盾色彩的批评立场所折射出的，其实是我内心中一种渴盼吕新的小说写作能够早日臻于一流思想艺术境界的强烈焦虑。然而，在读过吕新近一个时期相继发表的中篇小说《白杨木的春天》《雨下了七八天》与长篇小说《掩面》《下弦月》之后，我却不无惊讶地发现，自己所熟悉的那个吕新已然发生着某种绝对称得上是脱胎换骨的思想艺术蜕变。不知不觉间，吕新不动声色地实现了他小说创作上一种难能可贵的中年变法。在他的这两部小说近作中，那种为我期待已久的"可以被称之为精神哲学的弥漫于全篇的形而上思考"终于登场现身了。关于吕新的先锋小说写作，曾经有论者做出过深入的分析："在吕新的《黑手高悬》等小说中人物更是蜕变成了'背景'，小说的主体已经完全被黑土、残垣和风物景致所替代，'人'几乎被'物'彻底淹没了"，"在潘军的《风》、王安忆的《纪实与虚构》、吕新的《抚摸》这些典型的新潮长篇小说文本中，小说叙述者风尘仆仆地奔波于小说的时空中不惜以自己的破绽百出和矛盾重重乐此不疲地制造着生活和小说、真实和虚构、人生与命运、偶然与必然之间的矛盾，从而使小说中的故事不仅支离破碎而且互相拆解、颠覆。这样的小说中，我们看到根本就没有客观存在的'故事'，所有的'故事'都是在'叙述'中'杜撰''衍生'出来的，'故事'形态也不是完整的，而是破碎的、零乱的，其在被'叙述'创造的同时，也在不停地接受着'叙述'对它的'切割''解构'与'粉碎'。"（吴义勤语）正如论者所言，假若说吕新在很长一段时间内都只是一位特别迷恋于艺术形式实验的先锋作家，他的小说写作带有突出的炫技色彩的话，那么，到了近期的小说创作中，这种炫技的成分几乎荡然无存了。不是说吕新小说技术上那些天然的优势不复存在，而是说吕新终于认识到小说既有技术性的一面，更有精神性的一面。他终于体会到，仅仅只是满足于叙事上的技术实验，并不可能成就真正优秀的小说作品。《易经》有言云："形而上者谓之道，形而下者谓之器"。"道"是一种形而上的精神价值，而形而下者则指具体的技术运用手段，明显地属于"器用"的范畴之中。套用《易经》中"道"与"器"的说法来分析吕新的小说创作，就完全可以说他曾经一度迷恋乃至迷失于"器"的层面，而往往失却了对于"道"的探寻与体悟。一种无法否认的客观事实是，只有把"道"与"器"两方面的努力完整地结合在一起，方才可能创作出具有上佳思想艺术品质的小说作品。这一点，在吕新的近期作品中有着极其突出的表现。细读吕新近期那些旨在对中国现代历史进行理性沉思的小说作品，你就不难发现，吕新那些曾经锋芒毕露的带有炫技色彩的小说叙事实验确实深沉内敛了许多。面对着堪称复杂乖谬的中国现代历史，吕新一方面依然保持着其一贯的天才语言意识和先锋艺术品格，但在另一方面他却以一种不无执着的理性姿态沉潜到了历史的纵深处。在体察发现历史的复杂与吊诡的同时，吕新更是对于人的命运沉浮有了一种存在层面上的谛视与感悟。所有这些，均能够被看作是那样一种"可以被称之为精神哲学的弥漫于全篇的形而上思考"的具体体现。唯其如此，我们方才可以认定，他最近的一系列优秀作品，不仅在吕新自己的小说创作历程中占有重要地位，而且也毫无疑问应该被看作是新世纪文学的重要收获。尤其《白杨木的春天》，更是可以被看作是新世纪以来并不多见的具有经典意味的一部中篇小说。需要特别强调的一点是，我们所谓"落地的先锋"，就是说一方面吕新难能可贵地继续保持着先锋的思想艺术品格，但在另一方面他却已经开始以一种理性的沉思力量来关注现实与历史的重大问题了。

最后，我要谈一下对李燕蓉小说创作的理解与认识。如果说吕新是"落地的先锋"，那么，李燕蓉无疑就是一位"内敛的先锋"。她出道时间不是很长，先是以短篇小说《那与那之间》而登上了中国小说学会的年度排行榜，然后又以中短篇小说集《那与那之间》入选《21世纪文学之星》丛书。但相比较而言，令人备感惊艳的是白烨老师刚刚已经专门谈到的长篇小说《出口》。毫无疑问，李燕蓉的《出口》是一部具有明显精神叙事特征的长篇小说。所谓"精神叙事"，意即作家远离重大题材的宏大叙事，只是专心致志地挖一口深井，以深刻地探究表现当下时代带有普遍性的精神病症。应该注意到，加入所谓的市场经济时代之后，伴随着经济的迅猛发展，伴随着物质的日渐丰富，一方面，国人的物质生活水平有着明显的提升，但在另一方面，各种社会矛盾冲突也愈益呈尖锐激烈化的态势。面对着来自于物化世界的强烈挤压，面对着各种社会矛盾冲突的制约与困扰，国人越发不堪其扰地爆发出了各种意想不到的精神病灶。又或者，各种五花八门精神病灶的层出不穷，本就是现代性特别突出的表征之一。也因此，一种明显不过的感觉似乎就是，人类的文明程度越是提高，罹患各种精神病灶的可能就越是增强，二者之间构成的，显然是某种类似于水涨船高的正比例关系。李燕蓉旨在关注思考现代人精神疾患问题的"小长篇"《出口》写作意义，也正建立于如此一种精神问题普遍存在的社会基础之上。小说采用了一种假定性叙事的方式，身为心理咨询师的女主人公丁云凌以一种行为艺术的方式自我设定了一场出走行为。为什么要出走？原因在于丁云凌对自己和宁远之间的情感状态感觉到特别没有把握："和宁远在一起的多数时间里她都是茫然的，不停地分析判断然后不停地来回摇摆，宁远成了她最不了解的人。宁远的心情随着外面世界的波动而波动，而云凌，永远只随宁远而波动。"如此一种情形，自然会让丁云凌产生某种既不舒服更不甘心的感觉，因为"云凌不希望自己的人生还没有开始就像她接待过的那些困在婚姻里的女病人一样直接抵达疲沓的终点"。事实证明，丁云凌欲借出走为自己寻找精神出口的行为最终以无奈的失败而告终。关于"出口"，作家曾经借助于笔下的人物小舅舅之手写道："我们一生寻觅的不过是一个出口，我们以为只要不断前行，终有一天会与它相遇，却从来没有想过，越走会离它越远，最后，它只是变成我们回忆里的一个路径，一个想象。"某种意义上，我们完全可以说，小说中所有的出场者都在出口的寻找过程中。丁云凌如此，吴红艳如此，宁远如此，张胜也同样如此。某种程度上，李燕蓉也在这部《出口》中寻找着作家自己的"出口"。但这出口能够找得到吗？这一问题最终的答案或许只能是："最后，它只是变成我们回忆里的一个路径，一个想象。" 通过出走事件，李燕蓉表达的是一种对现实和历史的精神迷茫的感觉，一种发自内心深处的精神困惑，一方面，她固然是在表达个人的精神迷茫，但在另一方面，这种精神迷茫，却又是属于现代人的，是你的我的他的，我们多多少少也都会面临同样的精神困境。就假定性叙事方式的设定运用来说，李燕蓉的先锋应该被看作是一种"内敛的先锋"。她跟吕新不一样，她以某种非常内敛的形式为自己也为每一个现代人寻找着可能的精神出口。

三晋文学青年近卫军简评

◆彭学明

三晋文学新锐其实都已经是文坛声名显赫的作家了。刘慈欣、葛水平、吕新、李骏虎、王保忠、手指、杨遥等为代表的山西文学新锐，是一支充满了朝气与活力的青年文学近卫军。他们不仅是山西文学的排头兵，也是中国文学的排头兵。在中国青年文学的方阵里，他们是一个自成队列的加强排。

一是他们的作品都接生活地气，既有三晋大地的泥土气息、山药蛋气息，也有浓郁的烟火味、世俗味、人情味。三晋大地的泥土气息、山药蛋气息，使得山西新锐文学的作家作品深烙着三晋大地的烙印，体现着三晋文学的鲜明特色。而浓郁的烟火味、世俗味和人情味，又使得三晋文学通达了人间共有的生活和情感，让读者亲切、走心。他们给读者端上的不是生活的原材料，而是生活的过滤品，是经过冶炼和提纯了的生活，所以，他们笔下的生活，生动，真实，纯粹，是一种有亲和力的生活。葛水平的《喊山》《甩鞭》《地气》《狗狗狗》，吕新的《白杨木的春天》《瓦蓝》《黄花》《哑嗓子》《梅雨》《草青》，李骏虎的《前面就是雨季》《用镰刀割草的男孩》《五福临门》《还乡》，王保忠的《甘家洼风景》《教育诗》《忍冬果》《前夫》《等我80岁来娶你》《活物》《闹喜》，手指的《寻找建新》《我们为什么没有老婆》《齐声大喝》《马福是个傻子》，杨遥的《雁门关》《柔软的佛光》《硬起来的刀子》《二弟的碉堡》等。其中，葛水平的《喊山》《甩鞭》和《地气》都在文坛占有很重要的位置。她的《喊山》和《地气》都有一种原始的迷离和真实，充满了生活的图腾和景象。闭塞而枯燥的生活的日常，因为浓郁的烟火味、世俗味和人情味而在她的笔下变得丰沛、温润而宽广。《喊山》里，人与人对话时，站在山尖的相互一喊，就喊得整个作品活色生香。更难得的是，无论她的乡村生活是多么的原始和世俗，却总透着一种难得的乡村典雅和高贵。

二是他们的作品都有现实情怀。无论乡村叙事还是写城市掠影，他们表达的都是当下的城乡，是当下城乡巨变中的人和事，是人和事里的一个个大时代、小时代、大日子、小日子，既有甜蜜、幸福，也有忧伤、哀痛，还有批判、反思。悲悯和温暖，是他们现实情怀的主基调。葛水平的《裸地》《天殇》《甩鞭》，吕新的《米黄色的朱红》《绸缎似的村庄》《那蓝幽幽的湖》，李骏虎的《奋斗期的爱情》《婚姻之痒》《众生之路》《受伤的文明》，王保中的《家长会》《美元》《城里的老玉米》《守村的汉子》《柳叶飞刀》，手指的《暴力史》《大酒店》《在大街上狂奔而过》《鸽子飞过城墙》，杨遥的《白袜子》《闪亮的铁轨》《北京的阳光穿透我的心》《给飞机涂上颜色》等。李骏虎的《留鸟》以鸟为意象，关注的是农村拆迁的矛盾与情感。葛水平的《喊山》表达了对乡村女性尊严在现实生活中的深切关注和巨大悲悯。王保中的《丰年》种粮大户的曲折遭遇，揭示了深层次的农业问题。手指、杨遥的作品则分明都带着一代年轻人对社会现实的集体记忆。

三是他们的作品都有骨血。他们作品人物的骨血，都是通过人物命运和人性来书写的。他们的作品，特别是他们的中短篇，都善于通过生活事件或社会背景来打碎人物命运，再通过人物命运来展示人物品格，通过时代变迁揭示人性明暗。有时候全篇铺排才把一个人物带活，有时候聊聊几笔就使一个人物传神。其命运无论平淡还是诡异，形象却很生动鲜活和丰满。就是说，他们给读者奉献的人物不是一个骨架子，而是有血有肉、有灵魂的生命。比如葛水平的《裸地》里的盖运昌、女女，王保中《前夫》里的巧枝、《美元》里的艾叶，杨遥《碉堡里的二弟》里的二弟，都给人留下了深刻印象。

四是艺术特色各有千秋。葛水平叙事平铺而诗意温暖，文字极有亲和力和粘合度。吕新的叙事是刀锋、机锋并藏，诗意、情意并存。王保忠的叙事，有散文风骨，却情节曲折，柳暗花明。杨遥的叙事虚实相见，张弛有度，游刃有余，有种近乎真实的白描。

在山西作家群里，刘慈欣是个奇异的异数。一异他的创作样式，是天马行空的科幻，在山西文学界独树一帜。奇异的故事想象，使他的作品赋予了一种神力和魔力，让读者欲罢不能。二异他的作品看似飞离了地球和人间的科幻，却不是简单的科幻，而是把现实和科幻巧妙地融为一体，把科幻的情境以一种现实的场景表达出来，不但有科学的幻想，还有科学的真实，让人身临其境，触手可及。三异他的作品，通过科幻的想象与书写，展示的是一种巨大的现实主义情怀与观照，是对未来的担忧、憧憬和思考。

由于时间的关系，孙频、李燕蓉、闫文盛、张二棍、白琳等人的作品无法在此一一涉猎。希望在以后的文字里能够有所解读。

山西的文学生态和阅读印象

——在新世纪三晋新锐作家群研讨会上的发言

◆ 施战军

　　总体上看，我大概说三个层面。一个层面说山西文学生态合理，第二说山西文学功力了得，第三说山西文学是文坛缩影。

　　主要说第一个方面，生态合理表现在诸多的地方。刚才老师们已经说得差不多了，铁凝主席讲得非常全面，也正如张平主席俏皮地概括，既有山药蛋，也有过油肉和生猛海鲜，山西本来就是自然生态和人文留存非常协调的地方，什么好吃的都能长好，也是民歌、地方戏以及各种民间艺术极为丰富的宝库。文学上也有多方面的优异，令人称颂。

　　首先我特别高兴的是见到刘慈欣。李敬泽任《人民文学》主编的时候发过他四个短篇小说，也获得过我们刊物的文学奖项，在他获得雨果奖之前，我们的英文版《路灯》数次翻译过他的作品。在我们的阅读中，并未当作类型文学，相反，刘慈欣的科幻题材作品，比一般意义上的纯文学要有更真切的现实精神、更沉实的历史忧患和对人类的未来指向。

　　山西创作队伍是非常整齐，老中青都在发力而且实力强劲。各种体裁的写作都有在全国发生影响的佼佼者。

　　李锐、蒋韵等文坛常青树已经是成就确凿的中国大作家。张平的现实主义长篇小说创作，直面社会人生，历史巨变与社会转型后面是时代精神和人格理想，开阔饱满的世情、开合自如的故事、复杂又鲜明的形象，这些都区别于一般的我们所说的现实批判加官场商场揭秘题材的模式。葛水平已经成为中国乡土文学当中的一个重镇，长篇有气象，散文有地气和腔调，尤其《喊山》等一系列中篇小说，以细节支撑故事，以故事支撑价值，大家已经以臻于大师的眼光来看取和期待着了。王祥夫的短篇小说独树一帜，将即景白描、笔记体和某种类似于禅、道的语感合融在较为精短的篇幅中，是一种更悠远的叙事传统的当代嬗变。李骏虎的创作过去是散点深掘，每一个题材抓到手里边能够找到敏感点，他是一个在山西作家里面差不多是一个最聪明的作家，但是我最近看到他除了反响相对热烈的《母系世家》，还有《众生之路》这个长篇小说，我当时在书页旁边写了一行字：小精豆子变成了种子。他的小说里有一种蓬勃顽强的生长性，发芽、扎根，长成树，长成森林，《众生之路》是他创作当中最重要的作品，写乡村写得那样丰满，而且又那样沉痛，把纠缠在争斗和宽解之间那种矛盾化成叙事，值得重视。还有王保忠，他的《甘家洼》系列已经是名牌了，其中有一篇被大家忽视的小说叫《一百零八》，完全可以进入到写作教材，我是觉得一个字一个标点都不用动，小说写到那样一种精确度着实难得。一个老奶奶去世前的那种恍惚，对于后代等许多人的惦记，看到那里心里特别疼，但这个小说本身又充满了一种喜感。这个小说具有经典性。还有像韩思忠、杨凤喜等作家在乡土意识的开拓上都是很强的。陈亚珍的作品有许多专家谈到了，我觉得她的历史观和现实感以及她的叙述具有珍贵的野生状态，不是故作思考和刻意炫技，但是思考的深和技术的精都自然在其中。小岸在现实叙事中对城乡元素、物质与精神的辨析中充分吸纳小说的可能性。另一序列上有吕新、李燕蓉、手指等等醒目于文坛，他们是有别于乡土传统的具备现代意味、后现代气质的作家。吕新是上世纪后二十年中一位成就卓著的先锋作家，这些年，他的写作在异质性之上浸入了对常态生活和人心的体贴，更具穿透力也更开阔厚实。李燕蓉的中短篇小说从题材和写法上几乎难以寻觅山西传统，跌宕飘逸并追魂问心，长篇小说《出口》则是以亲情为介质糅合传统与现代的写作，细密之上显出厚重。手指的小说更为自由，游魂般的语感和及物至深的才分令人称奇。他们的努力使得山西文学层面更丰富、生态更合理。

除了小说之外，山西非常重要的写作现象表现在散文上，在座的像张锐锋，还有玄武、闫文盛，他们的散文非常有文化有意味，不仅是有智慧。文化感跟山西老一辈作家是文脉相承的，既轻盈又厚实。这一批创作的山西的文脉非常珍贵，我们非常期待着山西能够在文化的散文随笔方面能够有新的进展。山西今天来的诗人好像没有见到几个。山西诗歌有值得我们去重视的，在全国的诗坛上也是引人注目的一些诗人。山西的文学评论阵势更是令人敬重，山西有那么多研究赵树理，也有韩石山这样的既能在现代文学领域里有独到的研究功力又能纵横文坛的才情四溢的前辈，有短篇小说研究权威段崇轩，也有现在于文坛前沿活跃的批评家王春林等人，70后80后批评家也正展现他们的学养、见识和锋芒。

我刚才介绍各位创作的时候，说了他们功力了得，功力往往不全是在主业上，更在他们杂学涵养兴趣爱好方面。山西作家很少有只写一种文体，写评论的人别的东西也写得好，不少人书画、收藏，也是功力了得，这方面令人羡慕也令人肃然起敬。

第三个层面，中国文坛的缩影。山西的文学生态，在某种程度上说，其他省份很难相比，在描写城乡之间生存的疑虑、精神难题等等方面，尤其在中青年作家创作中，有上佳表现。资本、权力与伦常、人心的冲突，乡土与城市之间的动荡摇摆，人生的恍惚感和念想的倔强劲儿……在山西都能找到特别突出的好作品。而这些恰恰就是中国故事中关于人的文学的基本元素，如此广度与深度，我们现在还很难从其他省份那里看到这样充分的代表性。因此，山西就是中国文坛一个非常形象的缩影。

苍天在上、埋首人间

——山西 80 后作家如何飞翔？

◆刘芳坤

　　《人生》里有一首蹩脚的诗歌，作者是黄亚萍，这位县城女神想要通过这首诗告诉刚刚当上通讯干事的"凤凰男"高加林同学自己对他的希冀，这首诗是这样的："我愿你是生着翅膀的大雁／自由地去爱每一片蓝天／哪一块土地更适合你的生存／你就应该把那里当作你的家园。"高加林无法给黄亚萍答案，不久之后即被打回原形，不是选择去适合他的土地，而是根本没有适合他的土地，"凤凰男"进城未遂，他被"不配"热爱每一片蓝天，肉身的游荡是灵魂失去家园的表现。

　　三十年后，同样跋山涉水的山西大同 217 地质队青年张二棍，虽然没有高加林健美的身姿，但却用响亮的诗句回敬给了黄亚萍："因为拥有翅膀／鸟群高于大地／因为只有翅膀／白云高于群鸟／因为物我两忘／天空高于一切／因为苍天在上／我愿埋首人间"。高加林们已死，张二棍们充满自信。这样一个对比似乎有搞笑之嫌，但在我看来，张二棍诗歌里"高于群鸟，物我两忘""苍天在上，埋首人间"正是山西 80 后作家群体应有之风貌。代际文学视野虽然还部分遭受到研究合法化的争辩，然而一代人又确有一代人之记忆和文学表达。山西 80 后作家群体所表现出的一些创作特点是值得我们思考的。

　　城乡壁垒已经突破，更不用等待一个县城女神变为生命中的缪斯。然而，对于一群身处黄土上堆积出来的城市中的青年们来说，他们始终未能进入城市的中心，他们往往把自己当作是城市的边缘人，城市中的漂泊之感始终是他们书写的主题之一。由二十余人组成的山西 80 后诗歌创作群体是这方面的代表。如在《寻找》中，孔令剑书写了一种漂泊中的孤独体验，"身边没有答案／我不得不向远方／眺望／远方没有答案／我不得不向天空／打量／天空没

有答案 / 我不得不低头 / 默想 / 内心丰富的宇宙 / 伴我痛苦地成长"。向远方、天空、内心寻找答案，都一无所获，伴随而来的是成长的痛苦，这种痛苦便是真切的精神漂泊感。此时此刻，他是无所归依的现代"游子"，这同样是"80后"诗人普遍的精神状态。在《鸟巢》中，我们仿佛看到了诗人的生命体验："飞鸟已经带着翅膀离去 / 只留下这鸟巢，在单向度的风中 / 回忆每一片叶子的存在 / 那是一段虚幻的光阴 / 在生长和枯亡之间 / 曾经画出宿命的弧线 / 跳跃或者逃离 / 无法抵挡一种声音的消失"。飞鸟带着翅膀离去，留下孤立的巢穴，正如诗人携着行李远走异乡，留下深深的眷念在风中毫无附着地飘荡，诗人的宿命在生长和枯亡之间那么无力。而身体的漂泊只是一种表象而已，更为实质的则是灵魂的漂泊。需要强调的是，孔令剑在诗歌当中并没有过度强调陌生化的效果，诗人的情绪也不经历腾达或没落，他虽然讲一种漂泊的情绪，但是内心的哭泣却整合了对抗。在"虚幻光影"中，对空心感的拯救，使得孔令剑的诗风干净而凝练，保证了诗歌思想性。

正如20世纪德语世界的巅峰诗人里尔克所说："一个人只有在第二故乡，才能检视自己灵魂的强度和灵魂的承载力。"也许，这才是漂泊的答案。所以，站在城市边缘的吴小虫需要回顾他的雁北小城："舒服的破旧的小屋 / 因为没有更多的钱 / 钱让人质疑　但拨动神经 / 去改善心脏的跳动中失修的冲撞 / 在苍白中这些都久违了 / 而我要说到的大雪 / 从天空降落的过程中　已经失去了力量 / 然后是一个世纪的冷　不因过年了 / 我们内心的灰尘从此光洁。"在脉脉含情的故乡场景中，拨动神经的钱介入，哪怕是大雪亦不能清除内心的灰尘，小屋营造的温暖诗境被割裂开来，当大家都回头去寻找"故乡"的时候，吴小虫却率先揭开了"故乡"的温柔面纱，呈现出现实的直白与裸露。如诗人自己在《生而为人》中所说的："我的诗歌关注的恰恰不是语言的兴奋点，我关注的是诗性。"在吴小虫的诗里，这种诗性可以理解为对生活的困境的真实体验。折射山西其他"80后"诗人对生存、婚姻、命运、精神等各种问题的探索，他们的困惑、迷惘与挣扎、突围、搏斗都观照出漂泊的本质，因此，相似的生命体验展现出了诗人们相似的情感面貌。

续小强甚至开始寻找飞翔的"反向"："一个癔病的城市什么都可能发生"。问题就是一代人在找到翅膀之后，如何飞翔？他说："我是如此简单地，把自己装在小石屋里，一百年来夜夜如此。"他还说："诗人只恨自己"。或者对他来说生活像是一场一个人的战争，最大的敌人，不是纷乱的世界，而是他自己。所幸的是，在这场巨大的战争中，他找到了诗歌，得以承载他面对自我的时刻。他在《反向》的封二中写道："诗歌不是决心，不是苦难，而是生活的行动，以及行动的生活；也不是悲情，而是一种艰难的确证；或许，还不是贵族、歌手，或许，更像平民的异类，口吃的同伴。"他把诗歌浇筑在生活里，把生活冶炼出诗性，对于与他一样的许多"80后"山西诗人来说，他们的飞翔，首先就是对自我的突围，就像是续小强所说，"多么陌生的自己，像一枚黑针刺入月亮，已深，越来越深"。他们在城市边缘彷徨无地的焦虑中，艰难地追寻生命和生活的本真。

与其跌落于远方，不如沉思于当下。在现代转型时期，赵树理文学传统似乎在变异都市找到了其可以继承和发扬、创新的场域。被捆绑的"诗歌"和"远方"在山西的80后诗人这里终于得到了松绑，"苍天在上，埋首人间"，他们把诗与梦的追求扎根进现实生活中，在现实的焦虑与不安中做出最无声的搏斗，他们的双脚踩在千万年积淀而成的土地上，内心却并没有因此而被禁锢，他们的内心，虽少飞扬的姿态，却更多虔诚的仰望。

与80后诗人相同，在小说和散文等其他文学体裁上，山西80后群体也显示出他们"苍天在上，埋首人间"的姿态。去年在我的文章《"后青春"何以实现突围——2014年80后小说创作观察》中认为，"80后"作家已经产生分化，相当一部分作家已经开始集体面对"后青春"的现实突围，这一点在不同的山西籍作家中呈现出不同的样貌。

在笛安的《光辉岁月》中抛却了80后写作出场时"情绪黏稠"的青春话语，在谷棋看似波澜不惊的生活中拉开了生存现实的难堪序幕，面对时代给予的无所适从，笛安似乎在小说中给出了一个解决方式。在"不知从哪里来，也不知即将到哪里去"的陌生人身上寻求怀旧式的心理认同，但这无疑是一场毫无意义的精神宿醉。小说结尾那一段"我就像瞧不起这个仗势欺人的世界一样，瞧不起你。这个世界把我搞得狼狈不堪，可是我心里总有一个柔软的地方，心疼着它的短处。所以我还是爱这个让我失望透顶的世界的，正如，我爱你。"这种我恨亦如我爱的情感抒发恰到好处地浓缩了一代人对时代的感受。城市时代变迁被柔化为记忆以极其自然的方式参与小说叙述，融进小说个人成长发展中，二者互动式"比肩前进"：时代成为个人情感的生发缘由，个人成为时代变迁的显性表现。像黏着空气一样浮在空中的青春，在此时已经扎根人间的土壤。

而在孙频的《我看过草叶葳蕤中》，遗孤李天星只有他的外婆，随着外婆的去世，她"顺便带走了那两只干瘪的老乳房，也就带走了他的家"。无家的李天星在无根的时代里如浮萍颠沛流离，他逃离小县城想要靠考取大学改变命运，等他毕业的时候却惊然发现"读完大学可能只是一个失业的开始"，追逐时代的青年最终只落得被时代落下的结局。当80后的个人成长遭遇时代的"下岗潮""扩招潮"，个人想要委身时代却不得的时候，无家的李天星显然是无根的80后集体的一个缩影。如孙频所说，"衰老只是一出生便活着的证据"，当已经有足够的记忆需要去回忆，当成长记忆触碰到社会历史，除却衰老，我们还能拿出别的什么存在的证据？在孙频以往的小说中，往往存在某种时空的错位，现代爱情观念和现代女性追求常常被放置在落后空间中去讲述，这种错位之中，人物的性格往往更加出彩，造就了她小说的悲剧往往是性格悲剧。但是在《我看过草叶葳蕤》中，人物开始与时代发生关联，命运在时代的洪波里浮现出来，呈现为命运悲剧，在不可主宰的命运悲剧中完成了对时代的悄然控诉。

　　与孙频小说中人物本身的边缘位置不同，吕魁的《我们的女神》讲述了一个万众瞩目的女神在现实里跌落的故事。"女神"，作为一个当下流行的符号，其建构本身就囊括了男性和女性两方面的"努力"，小说中"男生"的意淫以及夏奈看似亲切却无人能及的距离，成就了象牙塔里交口称赞却无人能得的大众情人。这种形象的存在强烈映照出青春期对世界认识的幻象，当女神进入社会之后，迎面而来的就是唱歌事业受挫、艳照门、金融危机这些新闻头条里的现实，女神的隐匿与再次出现是梦的破碎与复现。但是对于"我"这样一个卖字的人来说，哪怕是女神已经跌落，她的车依然是"朝我的反方向开去"，虚幻的青春梦，除却是一场自我迷醉之外，哪怕已被现实撕碎，依然不可得。

　　在手指的《我们干点什么》中，连续对我们干什么发出了提问，"我们都干了点什么呢？""干球什么呢？啥球也没干。打麻将？""你想干啥？""啥也不想干，你说干啥？我们总得干点什么吧？"这种"总得干点什么"和"啥求也没干"的焦躁情绪缠绕着他们，他们是时代中不具话语权的疏离者，在充斥着诘问与颓丧的语词之间游荡着对个人和时代的迷惘与不安。"父亲"，常常是手指小说中用以抵抗焦躁的寻找对象，在《我们为什么不吃鱼》的结局中呈现出"父亲寻找姐姐，我跟随父亲，大家寻找我和父亲"的"寻找"圈套。与五四小说中，父亲是一个被反叛的形象不同，与20世纪八九十年代缺场的父亲也不同，在手指的部分小说中，父亲隐或者显的在场成为对价值关怀的持续追求，如《疯狂的履行》中曾发誓与八叔不再交往的父亲，最终还是来到医院门口，而八叔就在那个下午死掉了。在宏大的集体主义价值观分崩离析后，无处皈依的个体退回了曾经反叛的"家族"内部，想要在恒定的人生价值观念中寻求安慰。但是"退守"中寻找到的"父亲"真的能够安慰疏离者的焦躁不安吗？答案似乎是否定的。

在另外的小说中，"父亲"又以被挑战者的形象出现。《齐天大喝》中，因为我"我刚生下来就像我爷爷，这让他感到害怕"，形成父子之间奇妙的对峙，"我"于是从小就开始探寻，爷爷到底是英雄还是瘪三。我在找寻一个关于英雄主义的身份认同，但是我却成为父辈的隐忧。《暴力系列·十八掌》中，父子挑战，儿子出走，似乎预言了寻找"父亲"最终的结局。在对亲情、家庭的解构与重建中，手指展开的是对80后这一代人的成长史的书写。"父亲"和"亲情／家庭"真的能够成为80后这一代人成长史的支柱吗？手指小说里的"我们"也许只能继续默默前行——寻找。

在周而复始的"寻找"中，青年，锁闭于城市的幽塔之中。"火锅"是手指经常使用的城市象征物，沸腾的热气蒸腾着欲望，沸腾的欲望又宣示着精神之舟沉没。在《吃火锅》里，"我"是从农村来到城市的青年，"我"与女朋友经常吃火锅而开始迷恋那种刺激的口感，甚至偏执到了每顿必吃的状态："每天一到晚餐的时候，我的嘴巴就开始发痒，我甚至都不能轻易地把它合上，它急需辣得让人流泪的火锅来满足自己。"我把火锅带回家乡，它竟然成为县城文明的荒诞代表物，在让人有些唏嘘的情境中，火锅一样蒸腾着的"城市"，成为青年真实的幻灭情绪的载体。但是，要从城市中突围，却也只有大胆接近城市真实生存的面影，才可能给"我们"这代人的历史以真正的表达和赋意。

陈克海小说中的人物常常呈现出双重身份的焦虑，这源于不彻底的城乡转换形态和对自我的不完全身份认同。对于《土豹子》中的宋凯明来说，河南林县（同音临县）人身份首当其冲成为其城市身份认同的先天屏障，在他与完全的城市人马伊莉的交往中，这种自我认定携带的自卑感使得两人的恋爱在宋凯明那里背负了更多社会层面的包袱。小说往后，他成为世俗眼中的成功人士，但是马伊丽依然是他自我认定中的一个缺口，对青春期爱恋的怀念，透露出个人面对自我时无法弥补的遗憾。

相对于孙频和手指的小说，陈克海的小说显然"入世"更深，对于财富和权力的质问是他小说中未被回避的内容。对于《搭台唱戏》中的王拥军来说，双重身份的焦虑更多体现在资本身份与文化身份的不对等，资本富足的成功和文化贫瘠的失败构成他人生的尴尬存在。王拥军这个人物的塑造就像是一场"祛魅"，被妖魔化的"煤老板"这一身份在金钱、权力、美色的相互牵制中才得以露出本来面目。处于孟如月与龚厅长、白占全之间的王拥军参与了赤裸庞大的社会游戏制定，但是最后却落得出局者的结果。王拥军患病之后对家庭的回归似乎把身份焦虑的化解指向了家庭的脉脉温情，这种中年人向家庭的回归、内转似乎昭示了这一代人在城市灯红酒绿的幻影之后，他们的容身之处也只是城市的某个角落。在陈克海的"渔川系列"中，"向城而生"成为渔川人普遍的渴望和追求，在城乡的艰难变革中，无论是出于作者的自觉或不自觉，他揭露了一个令人难以接受的现实：夹在城乡中间的"城市人"，事实上已经是无乡可归了。

80后的族裔身份诚然已被贴上了较多的标签，而真正困守于苍天之下的一代人如何给生活赋意，这就涉及了一个问题，从乡土而来却失去了乡土的一代人，如何真正在城市中获得归属，嘈杂的社会不是个人的狭窄生存空间，在打破城乡二元结构之后，个人历史与社会历史之间的壁垒又如何突破。山西80后作家的作品就给青春"文艺"写作上了一课：过分抒情和自我宣泄的年代终将过去，幽闭的自我圈子等待着进入更为恢宏的城市历史。

城市恢宏的变革是文学的不竭动力，特别是人性与城市现代性的紧密结合书写。2015年，太原作者李禹东出版长篇小说《失焦》，就非常震撼地写出了一个经过易容术混入权贵阶层的复仇故事。作者企图采用威尔基·柯林斯式的多途叙事结构，沉浸于整个时代的"失焦"。方显达人生怪圈的起点在于那一句咒语一般的"我爸爸管你爸爸，所以我要管你"，杀死陆俊琦并享有陆家的荣光之后，他却发现自己变成了世界的孤魂野鬼。在小说的最后，作家以激情之笔写下了："在那失焦的岁月，多少人在抱怨中积累着仇恨，在矛盾中发出激烈的嘶吼，郁郁寡欢地度过余生。然而一夜春风后，却又有多少人恍然醒悟？失焦，原来竟标志着重新对焦的开始。"虽然这样一部带有情绪写作倾向的作品还存在着叙述的问题，后青春絮语难以在时代浪花中把握历史脉搏，但1988年出生的年轻人默默地承担起思考社会的责任，并且在笔耕中寄予自我的时代镜像，以近 30 万字的小说篇幅体现突围整合现实的希冀，让人不禁为一种内心的热望所感染。

当然，我们应该看到，在"后青春"对现实的多向度突围中，山西 80 后作家的思考却还没有自觉性的恢宏叙事，仅仅是小说的自我叙述偶遇城市先锋的面影，但是，作品中的面影无意间参与了 80 后的历史叙事。城市生存与乡村相比，其更具有不稳定性，而 80 后这代人独特的城市心路史正是时代历史的最好表征。从西方的城市史中可见，每一次革命将引起城市的重新表达。而在高加林洒泪黄土、死于城市突进的道路上之后，我的希望是：中国山西 80 后作家们并不止于洒泪都市，飞翔在自我的心路里程里，我们还是期待着一个更为坚定的、有力的、宏阔的外部方向。

关于山西新锐作家

◆ 胡平

　　山西作家很强，我着重谈谈李骏虎。谈李骏虎之前，先谈一点葛水平。

　　葛水平是天生的作家，电视剧《平凡的世界》实际上主要是她写的，我看了她的脚本，写得太好了，是小说加戏剧，把两方面的才能都发挥出来了，一般小说家写不出来，一般编剧也写不出来，丰富了路遥。她一写小说就获鲁奖，显出她从戏剧走向小说非常轻易，因为这是相通的。她的《裸地》是她最用力气写的一部长篇，显示了她真正兴趣所在，也是她最发挥想象力的作品。后来就闲散一些了。最近又看到她的中篇《天下》和《小包袱》，可以代表葛水平小说创作的现有水平。《小包袱》写一个乡村母亲到城里探亲时随身带的小包袱，那里的秘密和子女间的亲情，写得曲折细腻，但我更喜欢《天下》。《天下》写八路军武工队长借了一家农民用命换来的 61 块光洋，写了借条，事后就忘了，而这家农民为了这张借条折腾了几十年，最后一笔余味无穷。我的感觉是，这 3 万字很扎实，如果比喻成盖了一所房子的话，用料很讲究，全是上等材料，也就是非常有嚼头的乡村语言砌成的，这和葛水平出生在窑洞里有关。在这方面，年轻作家要想和她比，也得生在窑洞里才行。

　　实际上散文也是葛水平的一大长项，除散文集《心灵的行走》《河水带走两岸》外，又出版了《幕后的私语》，主要写作者与戏剧的缘分，完全写出了另一个世界，让人感到生命和艺术的贯通。实际上，葛水平活到现在，每一分钟都没耽误，不是生活就是艺术，这两样又合成了一件事。

　　李骏虎是个不断自我突破的作家，这种突破源于他不一般的悟性，这种悟性又源于他极聪颖的天资。他供职于作家协会，属于坐班族，能腾出来供写作的精力不多，考虑到这一点，就晓得他更靠勤奋取得目前突出的创作业绩。如果能多给他些时间，他无疑能爆发出更惊人的能量。

18岁以前，这位70后作家一直生长于乡村。他自嘲自己不具备当农民的禀赋，割麦子时很吃力，曾发生过一下把大脚趾的肉割翻了的事情，但这18年对他未来的创作却至关重要。他从事写作后，一开始主要写城市小说，以长篇为主，但后来荣获鲁迅文学奖，凭借的却是一部乡土题材的中篇小说，即《前面就是麦季》。以后我们才得知，那时他已经转向写乡土长篇了，这个中篇实际是长篇小说《母系氏家》的一部分。我仔细对照过，在《母系氏家》里，这一部分基本没有改动，它处于长篇的中段，与前后浑然一体。《前面就是麦季》中，长篇的主要人物兰英、七星、红芳、秀娟、福元等都有出场，但他们之间复杂的前缘后事并未交代，却没有影响作品的完整性和引人入胜的阅读魅力。这说明作品的质地的确是上乘的，浓郁而质朴的乡间生活场面征服了读者。我以为，从《母系氏家》起，李骏虎找到了他独立的叙事空间和立足文坛的基础。此后，他又写了《众生之路》，它同样是一部乡土长篇，比之《母系氏家》，在眼界和气度上又有新的飞跃。

中国大部分农村出身的作家，后来在都市里生活的时间要比乡村里度过的时光长得多，但他们最好的作品往往还是乡土写作，这似乎是个谜，也似乎不能仅仅解释为童年记忆的强盛，因为许多在城里长到18岁的知青，成为作家后，最好的作品也表达了乡村经验。我以为，乡村经验与文学有着更密切的联系，也许这是因为，乡村环境更逼近人的原始生存状态、人的群落状态和人性的自然呈现状态。与此对照，城市至今对人类来说都还是一种陌生和异己的存在。所以，李骏虎的乡土小说里，每一笔都能刻出文学的纹路。这纹路里也包括有他运用的语言，他乡土小说里语言也是乡土的一部分，像土里长出的庄稼一样和泥土混合，而这块文学的土壤是几千年里形成的，文化积淀深厚。

相比都市环境，村落环境是真正的人群环境。李骏虎抓住了村落环境的典型样态，写出了人性在人群中的挣扎，也创造出他的小说的特色。《母系氏家》里，兰英是个标致的女性，只因为出身富农，嫁给了武大郎式的矮子七星。为了给后代留下好种，她先后与两个男人偷情，生下一男一女。仔细想，她嫁给七星，正出于人群的迫力，而她的偷情则出于繁衍的本能。在城里，这种偷情未必被人察觉，在村里不被发现就不大可能了。而且，她的子女长大后也不可能不知道母亲的事，因为村里总会有人告诉他们。于是，这个家庭里两代女人的命运，就被早早决定了。乡间人群的压力是如此之大，又导致了秀娟的终身不嫁。事实上，矮子七星的命运也是值得同情的，他毕竟辛辛苦苦拉扯大了两个孩子，而当儿子了解到他不是亲生父亲后，还帮自己的母亲打过他，想必他心底的苦楚更难向外人道出。乡间的偷情故事和城里的总不大一样，它们显得更原始，更关乎生存，也更显露人生的脆弱。李骏虎笔下的各种乡间人生往往是很脆弱的人生，一个偶然的事件就可以决定一生的不幸。

乡村简单、初始、质朴的生活方式，确实可以简化和放大普通人生的形式。《众生之路》比《母系氏家》更开阔，不限于一个家庭，书写了一个村庄里芸芸众生的命运。其中最令人印象深刻的是一些农人的死。这些死法是让城里人想不通的，如巧儿动不动就喝农药，发现丈夫和妹妹的私情后，终于死成；村里有个孤老婆子，养了一头猪，卖了三百块钱，钱被人骗了，转眼她便上吊了。这种轻生是可以受到传染的，一个叫文明的学生，功课好，心眼窄，听了别人几句闲话，就喝了敌敌畏。村里这些事李骏虎写得相当真切，你读时绝不怀疑这些人曾经活在世上，他们似乎从没有认真思想过生命的意义，就轻易地离开了世界。李骏虎说，这些人死时连"自杀"这个词都还不会，他写出了生命的卑微，卑微到不及三百块钱和几句闲话分量更重。李骏虎现在当然是城里人了，他回首望去，望见和回想起故里乡亲们曾被简化的生命形式，难免心底震撼，写出的作品也震撼人心。文学是不在乎你写乡村还是写都市的，在乎你是否把人生写得透彻，而乡土题材提供给文学的，也正是许多容易被体谅和溶化的更透彻的人生。

从《母系氏家》到《众生之路》，李骏虎的艺术视界更为开阔，笔调更为深沉，对生活的呈现重于表现。文学上的呈现与表现各有各的价值，《母系氏家》以表现为重：由于兰英嫁给七星，内心不服，开始反抗，由这个起点起，生成一系列相关情境，基本是顺着表现走的。《众生之路》则不同，《众生之路》中没有表现的明确线索，生活流就变得芜杂，混沌，有泥沙、枯枝、败叶裹挟而下，更多呈现出生活的丰富质感和细部的复杂意味。书中有些次要人物，本不过像河里的一条条枯枝漂来，也使人过目不忘。如郭老师，与庆有妈和铁头妈都不合，她大闺女嫁给了庆有，两方面成了亲家，仍拦不住她在村里骂庆有妈；后来二闺女嫁给了铁头，她又堵到铁头家门口骂。这样的人物，为何如此，虽未细写，却是极生动的，又由于未及细写，更耐人寻味。许多这样的人物加在一起，便构成村里千姿百态的群像，厚重了小说的内涵。当然，小说也是离不开表现的，在整部作品里，作者尽量呈现出南无村的众生态，但所有呈现汇集在一起又是表现，表现了南无村的"光景"和"众生之路"。可见，李骏虎对现代小说的理解是有过人之处的。

还应该谈到他的另一部长篇《共赴国难》。在他的长篇创作谱系中，这部写照红军东征的作品体现了他的另一种尝试，即纪实体的创作。我赞赏这种尝试，认为颇有价值。作为山西作家，写红军东征自有其便利条件，没人写过就更应该涉足。正如李骏虎写乡土小说也应写城市小说一样，他处理现实题材也应处理历史题材。不同的尝试，更有利于养成作家多方面的素质。《共赴国难》的使人惊叹之处，在于它展现了出乎人们想象的红军东征的壮阔图景，以及东征前后错综复杂的社会局面，内里鲜为人知的内容太多，说明了作者发现这一题材的慧眼，也显露出作者搜集和整合资料中下的苦功。在这部作品中，我同样欣赏李骏虎已养成的"呈现"的方式，即客观描述和再现事件中各方立场以及历史真相。如书中不仅写出毛泽东的深谋远虑，也写出彭德怀和林彪等与毛泽东的分歧；写出了蒋介石欲致红军于死地的心态，也写出了他以大局为重，准备和共产党联合抗日的计划。应该说，这种呈现的方式，与《众生之路》一脉相承，它更多地激起了读者阅读的兴味，也在更大程度上实现了对历史的忠实。这部书近 40 万字，精炼而厚重，翻开第一页，即可看出作者的功力：表现在语言、叙述和叙事态度中的内敛与把控，足以显示作者写作多年的功底。可见，写作在境界和意识上是相通的，李骏虎已经进入怎么写怎么有的成熟阶段。

这样写下去，李骏虎的创作前景未可估量。

王保忠小说谈片

◆张志忠

王保忠的小说围绕着死火山旁边的甘家洼，围绕着北方的山村，在平静与骚动之间井然展开。说平静，是因为这里的乡村历史久远，人们的生活方式和思维方式都具有相当的稳定性，日常生活沿着它自己的轨迹展开，波澜不惊。说骚动，是因为，大时代的剧烈变迁也在或隐或显的冲击、侵蚀着这片古老的土地，使这一片乡村以及乡村的农民在潜移默化之中发生着大大小小的变化。在这种变与不变之间就传递着时代的脉搏和乡村命运的沉浮。

就像与篇名《干鼻梁》同名的严重干旱的小山村，外边的人是很难理解它缺水到了什么样的程度的。前来支教的老师楚红为此还产生了很大的误解，她用过的一盆洗脸水，被学校里的孩子先是用来洗脸，然后又小心翼翼地洒到教室的地面上静尘。这样的细节虽说已经非常经典，然而故事还不仅如此：从村子里的陈老师到教室里的孩子们，都对楚红用的洗面奶惊奇不已，被它的品名和香味儿所吸引，引发孩子们的一声声惊叹。一盆水竟然成为稀缺资源的困窘终于被楚红所理解，孩子们的惊奇却在激发出童真与好奇的同时，丈量出了古朴乡村与现代城市的距离。看似平淡无奇，却包藏了多么巨大的沧桑之叹。

甘家洼附近有一片死火山，这成为山村唯一可以吸引外来者的一道风景。它是一种写实，却也不妨把它看作传统生活方式古老久远亘古不变的一种象征。年轻人结婚要请喜倌来主持婚礼，用铿锵押韵的四六句渲染氛围（《闹喜》），单身男女死了，要配冥婚，男方还要付出一笔重礼（《万家白事》），一座荒凉的菩萨庙，虽然人烟冷落，还是有老葵这样的村民天天惦记着它，不能断了香火（《香火》）……还有作为重要角色的村长老甘，这是一个非常独特的农村基层干部的形象。在当下我们习惯于在作品中看到那些权柄在握、掌握了财权物权乃至普通村民命运的村官，或者是在村镇里作威作福炙手可热，或者是利用他们的狡黠善变去向上级领导要钱要物，和大大小小的老板巧妙周旋，为村民们谋福利。这一个老甘与众不同，他没有大的盘算，也没有宏伟抱负，他尽心尽力想要做到的是维持这个村落的继续存在。说起来，这也是当下中国农村普遍遇到的一道难题。随着青壮年劳动力的纷纷进入城市打工，乡村缺乏活力，规模不断缩小。现实中，村落的消失每天都在发生。从长远来看这也许不是什么坏事，但在老甘这样传统观念非常厚重的老一代农民心目中，这片世世代代生存在这里的穷家热土是不能割舍的。为了向镇长证明村庄的生命力仍然存在，老甘煞费苦心地给村子组织了一台大戏，还深入到村民家中进行说服动员要他们把外出的打工者召唤回来，但是乡村的凋敝还是无法掩饰地袒露出来。我相信，凡是读过《甘家洼风景》，村长老甘的形象一定无法忘却。

乡村生活的变化是全方位的。老一代的农民在村子里唱着空城计，年轻农民则纷纷涌向城市。王保忠对于这些打工者充满了同情和悲悯，着力表现的是他们的各种各样的不幸和辛酸，同时也不失脉脉温情。《天大的事》中，因为外出打工失去一条手臂而守在村子里的根子和他的岳母，在年根儿上惴惴不安，互相试探，欲言又止，强颜欢笑，都是因为根子在城里打工的玉英卖淫被抓，要被公安警察押送回村；但是，根子不但尽力瞒哄岳母，不肯说出真相，还把家中唯一值钱的一只羊卖掉，为媳妇买一身漂亮的裙装。贫贱夫妻百事哀，但款款深情却一至于如此。《野店》中的满子，含辛茹苦地外出打工没有挣下多少钱，在工地上哄抢挖地基挖出的银圆，终于有了回家盖房子、满足家人愿望的可能；他在返乡的途中去住店，还想着让残疾的店主人分享他的酒，本性善良，孰料他的精心藏起来的银圆终于露了馅，在争夺之中被误伤而死。玉英和满子的生死还乡故事，尽显打工者的生存危机与心中的温馨。

在许多时候，王保忠都是在做减法。他的作品，少有大起大落的戏剧性情节，却喜欢在缜密而扎实的细节和反复推敲的语言上用力气。这才是真正的艺术辩证法，把足够的震撼力克制在冷处理的程度上，让它到读者的心目中去发酵去爆炸，就像那一片看似寂灭的死火山未必就不曾奔涌着炽热的岩浆、蕴含着迸发的能量一样。《粮食》的选材和处理就是如此。山西在抗日战争年代建立众多的抗日民主根据地，当地的农民为此做出的贡献和牺牲可歌可泣。但近年间，山西作家对此似乎关注不够，忽略了一个重大的创作资源。王保忠的《粮食》接触了这一严峻而辉耀的历史，却将其控制在极小的范围中。村长俞黑子，接到指令，挑着一担粮食要在三天之内送到300里外的临川去。他没有豪言壮语，也没有关于战争胜利的畅想，就是一句话，"这是给咱抗日政府送粮呢"。还有前任村长因为粮食问题被枪决的警示萦绕在耳边，使他的质朴无华之中还多了一些自警和自律。故事着力描写的是他一路上如何与饥饿做斗争，细节丝丝入扣，描写体贴入微。到故事的结局，送一担粮食的命令早已撤销，军情变化频繁，抗日政府也撤离临川。由此一个小小的跳跃，当俞黑子数年后回到村子，看到的是自己的墓碑。他如何被日军掳去无法还家，他回乡后会遇到什么样的惊奇，都被作家付诸阙如。这有些像莫泊桑的《项链》的写法，但俞黑子遭遇的生死奇观，显然比玛蒂尔德夫人的经历要更为传奇、更有波澜，但王保忠轻轻一笔就将作品收煞住了。

总体而言，王保忠的风格是卡尔维诺所说的"轻逸"，以轻逸写悲凉，因为有了死火山的背景而不会完全失重，不会轻飘飘地浮起来。同时，他的精心编织的文字，也将这"轻逸"钉牢在地上，成了坠住风筝的那根绳子。在我看来，王保忠的写作套路，已经非常圆熟，却也在耗尽其潜在的可能性。这也是艺术的辩证法，当接近于某个峰顶的时候，可能也是需要进行目标转换的时候。接下来的路怎么走，需要费很大心思。在这篇短文里，还无法将其展开，只能是点到为止。

"三晋新锐作家"三论

◆ 赵勇

让石头开花——浦歌与他的小说创造工程

一

浦歌（本名杨东杰）是山西文坛冉冉升起的一颗新星，也是近五年来我一直关注的一位70后作家。我读过他迄今为止发表的所有小说，也与他和聂尔（作家,《太行文学》主编）以"铿铿三人行"的方式通过40万字左右的电子邮件，对浦歌的创作过程也算是知根知底。

现在查阅邮件，我读浦歌的第一篇小说应该是《圣骡》（后刊发于《山西文学》2011年第4期），然后是《盲人摸象》（《都市》2012年第1期）、《看人家如何捕捉蟑螂》（《山西文学》2011年第7期）、《某种回忆》（《山西文学》2011年第4期）以及创作谈《生活逼着我表演戏剧》（《山西文学》2011年第4期）。除《某种回忆》外，以上小说我读的都是浦歌发给我们的电子版。他是让我们提意见的，我也就老实不客气地把我的直感告诉了他。但我同时也跟他说，我这些年做大众文化，做得我都没文化了，我对小说的感觉可能已经退化，要多听听聂老师的意见。后来我还读过《愤怒的狗皮》（从中游离出的《狗皮》刊发于《山西文学2015年第11期》）《埋在土中的岁月》（从中游离出的《叔叔的河岸》刊发于2015年《黄河》第4期），这两个小说读的是打印稿，阅读时间是2011年8月。据浦歌说，《合影留念》（《都市》2015年第4期）是十多年前的作品，我读毕于2012年11月。《孤独是条狂叫的狗》（《黄河》2015年第6期）初稿叫《赖活》，我甚至建议浦歌以何勇歌名《姑娘漂亮》为题。此小说读毕于 2015 年 4 月 26 日。这大概就是到目前为止，浦歌发表在期刊上的所有作品（《黄河》还曾发表过《一嘴泥土》的部分章节）。当然，我读过的中短篇还不止这些，但因为它们有的还是半成品，浦歌还在修改打磨中，有的虽已定稿还未面世，可暂且不表。

我之所以老实交待出我初次阅读的时间，是想与我后面的重读形成某种比较。卡尔维诺曾论述过重读之于经典的重要性，布鲁姆甚至说，"一项测试经典的古老方法屡试不爽：不能让人重读的作品算不上经典。"如此引述，当然不是要论证浦歌小说如何经典，而是想借此说明重读对于一个作家、一部文学作品的意义。许多人都有过如下感受：有些作品初读时感觉不错，但过上三年五载或十年八年重读，可能已读不出感觉，甚至不忍卒读。作品还是那个作品，为什么前后阅读却大异其趣？原因有很多，但我觉得最重要的，可能是那个作品成色不足。就像借化妆，靠整容，也能打扮成美女招摇过市，可一上点年纪，即便弄成三仙姑模样，还是要露出破绽的，因为本来就不是美人坯子。

但浦歌的所有小说都经住了我的重读。例如，当初读《圣骡》，觉得既魔幻又精致，现在依然觉得精致而魔幻；当初读《盲人摸象》，觉得荒诞中有一种悲音，现在依然觉得悲音在荒诞中鸣响。当初读过《看人家如何捕捉蟑螂》后，我写下了这样一封邮件：

东杰：

这两天忙乱得感冒了。明天有博士生的预答辩，我本来是要看他们的论文的，却读起了你发来的这篇小说。读完这篇后我甚至有些兴奋，觉得写得好，很会写。心中一句话油然而生：你天生就是个写小说的。

小汤被女友拒绝，老头闯入小汤所住小旅馆后的威胁，电视教人捕杀蟑螂的节目，小汤与女友交往中失败、失意或者是失魂落魄的片断，被你如此精巧地组合在一起。叙述很轻快，切换很迅捷，让我想到了卡尔维诺和电影中的蒙太奇。记得你说过你看过两千多部电影，电影的那种叙事方式一定已进入到你的小说之中。

当然，更重要的是我从你的小说里看出了一种卡夫卡的味道。荒诞，渺小，无奈，屈辱，人像蟑螂等等，但又充满着喜剧色彩。那种复杂的感受我一下子还说不好。

这篇小说我还没发现什么问题，只是觉得这样写，写到这种程度，就挺好。

（2011 年 3 月 25 日）

如今我重读这篇小说，依然叹服其构思巧妙，失意的小汤、跟小汤要钱的老头和那个电视节目构成了一种非常奇特的结构关系。原本是二元对立（小汤与老头），但因为节目中马大妈的讲解，增加了一元。它消解着眼前的那种紧张，却又不断通过蟑螂，指向了小汤的过去和痛处，于是女友与其父母"潜入"小说，成为第四元。它们相互缠绕又相互指涉，乱作一团。小汤原本是郁闷的，但老头的出现对他构成一种压迫，这其实已在间离他原先的痛苦，而声情并茂的电视讲解制造了一种喜气，这既是另一个层面的间离，却又与他的郁闷不即不离。这种布局以及由此叙述出来的荒诞效果，让人玩味不已。

而且，这次重读，我还注意到浦歌对蟑螂的描写非常到位："就在那时，他看见一个小小的虫子正爬过副社长油光光的黑桌子，它爬得非常小心，两个长长的触须轻轻晃动着，似乎在偷听他们的谈话。在某个瞬间，它还会警惕地闪电般走上一截，快到他几乎捕捉不到它的踪迹，但它一停下来，他就再次看到它和它摇晃的触须。它的壳是那种油亮的深黄色，他很少注意到有这样的虫子。他看着它顺着桌面的边沿走了下来，很快他看不到了，接着它又出现在桌子侧面的黑色平面板上，直到接近地面时，它才犹豫起来，动了动触须。接着它终于走了下来，出现在方格水泥地面上，它似乎正要向竖立的几个高高的铁皮柜子进发。"我现在要向浦歌透露的一个秘密是，我也是活到三十多岁没见过一只蟑螂的，直到我住进北师大的"团结户"里。"团结户"里很团结，连蟑螂都过得挺滋润。我与蟑螂打了三年持久战，用尽各种办法，但依然赶不尽，杀不绝。有一天深夜回家，醉眼朦胧中见成群结队的蟑螂在乳白色的地板砖上欢快地穿梭，幸福地舞蹈，看得我头皮阵阵发麻。经浦歌描摹，我才意识到蟑螂的动作颇像王景愚表演的哑剧，这是不是意味着蟑螂在这篇小说中不可小视，它已成为催生喜剧效果的一个元素。

还有《某种回忆》，还有《合影留念》。后者是浦歌像聂尔那样写出来的"师专往事"（聂尔写过《师专往事》的散文，收在《路上的春天》一书中），基本上是非虚构写作，但我读出来的却是小说的味道。这次重读，我还发现了其中的精彩比喻："我、陆辛、小欧都是在这个中国地图上几乎找不见的地级市上的师范类大专，我们都羞于说出自己的母校名称，母校像痔疮一样是个难言之隐。""我激动万分，就像核弹即将引爆那一刻，我携带即将引爆的核弹在操场里走了整整一个中午。"我一直认为，张嘴就能比喻的人极其聪明，而是否会设比，能否在喻体和本体之间制造出一种夸而有节，饰而不诬的艺术效果，往往又是考量一个作家才气高低的重要标志。浦歌的其他小说中，好比喻也摩肩接踵，成群结队，就像当年我家载歌载舞的满地蟑螂。

浦歌小说的价值是被聂尔率先发现的。这位眼界极高的家伙见了浦歌的小说，居然高兴得喜形于色，不吝夸赞之辞。于是《太行文学》一而再、再而三地推出浦歌小说，甚至制作"浦歌作品小辑"，打包推送。在某期的"编后絮语"中他写道："像这样连续刊发同一位作家的多篇作品，对于本刊确是一个不寻常的举动，这意味着我们对于浦歌小说价值的一种绝对的认定。就山西省内文坛来观察，如《山西文学》主编鲁顺民所说，在著名小说家吕新爆发期的作品之后，浦歌的小说属于'多年不见……仿佛天赐'的珍品。"鲁顺民高兴的境界是拍着地皮哭，哭过之后他就忘了"八项规定"，顶风作案，大讲排场：不但要集中发表浦歌小说，而且还动员浦歌写创作谈；不但搞到了创作谈，而且还发动聂尔配评论，直到把浦歌"包装"得花团锦簇。

在对浦歌小说的阅读中，我往往会慢半拍，聂尔则总是捷足先登，他像蔡振华一样环抱双臂，端坐教练席，看着刘国梁打比赛，打完一局就要纠正一下他的技术动作。他说，小说语言的"声音"还不够高，"光线"还不够强，我就听成了正手弧圈要凶一些，直拍横打要狠一些。有时候，他心里也拨拉着算盘打小鼓，需要我的配合和确认。比如，当我终于读完《一嘴泥土》并把一千多字的读后感汇入到"铿铿三人行"的交谈中后，聂尔立马回应："好。这样我就更感踏实了。"

（2014 年 6 月 17 日）

二

关于《一嘴泥土》，浦歌五年前就发给过我电子版，但我却没顾上读。而实际上，那时的《一嘴泥土》他还没写完。我知道的情况是，这部小长篇被浦歌念叨了整整五年，一直念叨到它被专家审读小组审读，并被收入《三晋百部长篇小说文库》之中隆重推出。既然念叨了五年，《一嘴泥土》又是一部怎样的小说呢？我准备在这里稍作分析。不过，在呈现我的分析之前，我觉得有必要把聂尔阅读的第一印象端出来，这样或许会有助于我们形成某种判断：

> 在住处的时候就用手机读《一嘴泥土》，读了四分之三。如果不是后来在杭州遇见亲戚，那几天就可以读完。结果是回到家在电脑上读完了。我的感觉是这部长篇包含有非常棒的东西，有些段落堪称名作，比如在暴雨中开四轮运沙、出殡五爷爷、为大虎当了华北日报记者全家请客等处，都显现出了惊人的力量。整部小说到处都是金光闪闪的细节。只是结构上或许还有一点问题，几乎所有情节都发生在柿子沟里，稍显沉闷，透气不够，如果是短篇或中篇大概是可以的，但作为长篇可能会有点问题。总的来看非常好。这是我的初步感觉。
>
> （2013 年 9 月 19 日）

在这番评点中，聂尔既指出了《一嘴泥土》的长处，也说出了他意识到的问题。或许是因为这种暗示，我在阅读时更想看到的是，浦歌是如何把那个稀松平常的故事"撑开"的。本来，他在揉面时可能要做一碗刀削面，为什么却把它抻成了一锅拉面？揉面时他做了什么手脚？抻面时他用了怎样的动作？带着这些问题读，自然就读出了一些心得，于是我写了那个一千多字的读后感。重读之后写评论，我又进一步琢磨这个问题，最终把浦歌的写作技术概括成了"厚描"（thick description）。

只是又一次阅读那些邮件，我才发现浦歌早已回应过我的问题了："我主要是借鉴了有长镜头纪录片风格的电影的特性，就是尽量不打断一个场景的叙事，尽量不用蒙太奇那种随意的切换，这样就能逼迫主人公在一个时时刻刻受煎熬的处境中做出反应，并让人体会到这种坚硬的现实，现实里那种粗粝和本色的成分。而且一直处于此时此刻，有纪录片跟拍的感觉。只是对这样做的效果，一直没有把握。"（2014 年 6 月 18 日）而在更早的"思想汇报之十一：巴赞和电影"中，他已对长镜头在影片中的运用做过长篇大论。在他看来，《偷自行车的人》等影片之所以成功，与长镜头的运用不无关系。

"它把生活从过于浪漫的美国电影放置到地面上，增添了生活本身的复杂意味；它率领这种貌似混沌的生活意象迸发到事物的深处，直到最深和最高处，直到上帝那里。"（2011年3月27日）在浦歌的指引下，我重读巴赞，重看《偷自行车的人》，终于找到了巴赞的相关论述：

> 影片没有编造现实，它不仅力求保持一系列事件的偶然性的和近似轶事性的时序，而且对每个事件的处理都保持了现象的完整性。在找车的过程中，小孩突然要撒尿，那就让他撒；阵雨袭来，父子只好躲在能走车辆的大门旁避雨，我们就不得不跟他俩一起搁下找车的事，等雨过天晴。这些事件基本上不是某个事物的符号，不是某个必须让我们相信的真理的符号；它们保持着自己的全部具体性、独特性和事实的含糊性。因此，如果你自己没有眼力看不出门道，那就随你的意，把事件的结果归咎于倒楣和偶然吧。

以上是巴赞对《偷自行车的人》的分析片断。而之所以会有含糊性，是因为它关联着景深镜头（即长镜头），那似乎是运用这种镜头的必然后果："景深镜头把意义含糊的特点重新引入画面结构之中"。这样做的好处之一是能让观众积极思考，"甚至要求他们积极地参与场面调度"，而分解性蒙太奇则无法让观众动起来。

这里我把巴赞的长镜头理论拿过来，其用意大体有四：

一、可以与浦歌对长镜头的解读形成对照。我甚至觉得，巴赞对《偷自行车的人》的分析，很大程度上也适用于《一嘴泥土》。当然，与电影相比，小说运用长镜头，其"跟拍"的难度系数要大得多，它需要用密实的描写把所有的空隙填满，于是我想到了厚描。

二、当我谈论《一嘴泥土》的厚描时，并没有意识到它背后有个长镜头。但现在看来，厚描与长镜头，前者虽是文化人类学方法，后者则是电影的表现手法，但二者似乎又殊途同归，它们都逼向了存在的本质。而一旦存在的褶皱被拽平，被延展，被呈现在众目睽睽之下，从不被人注意的那一面就显露出真相。许多时候，我们只是看到了平展光滑的部分，却无法深入到皱褶之中，这是因为我们无法打开皱褶。长镜头或厚描很可能就是打开皱褶的重要技术之一。

三、长镜头一旦进入小说叙事，便会变成一种"慢"的艺术。因此，当读者觉得《一嘴泥土》比较"闷"（类似于电影中的"闷片"）时，那是好不奇怪的。读这种小说不能急，不能萝卜快了不洗泥，要学会"慢慢走，欣赏啊"。只有入乎其内，才能引发思考，才能像巴赞所说的那样，让观众动起来。

四、茂莱在谈及电影与小说的关系时，曾引用过宝琳·凯尔的一句话："从乔伊斯开始，几乎所有的作家都受过电影的影响"。由此展开，他开始论述电影对小说家的正负影响。浦歌看过两千部电影，那也应该是他写小说的重要武库。而当他果然写开小说后，电影化的想象、技法便开始发威。以往我思考小说与电影的关系，往往是从负面入手的，《一嘴泥土》却丰富了我的思考，让我意识到浦歌这样的作家还在孜孜不倦地从电影中汲取营养，这是正面影响的一个重要例证。所以，我打算这学期就把《一嘴泥土》引进课堂，详细分析电影的语法怎样改进了小说的修辞。

以上所言，算是我对那篇评论的补充，点到为止，不再展开。这一次，我想谈论的已非技术层面的操作，而是小说中人物的设置和结构关系，羞愧的根源，荒诞的本质，喜感的由来，以及那个深藏不露的主题。

三

可以先从小说的主人公王大虎说起。

王大虎是一所师范专科学校的毕业生。小说起笔时，他与他的同学们正准备毕业离校。与其他同学不同，当所有的人都哭天抹泪时，他镇定自如地阅读着一本又一本的外国文学名著，那可能有"表演"的成分，但也是他梦想升起的地方。

这就有了与其他同学的更大不同。在1990年代中前期，师专毕业生还是包分配的，他们的必然去处往往是某所乡镇中学。如果安分守己不思破局，他们将在中学教师的工作岗位上老死终生。事实上，那也正是许多年轻人一眼就能看到头的命运。当然，他们大都不愿听天由命，却又无力改变自己的现状。这种困境，聂尔早在《师专往事》中就已写过："师专的大部分学生都有一个共同的理想，那就是毕业之后能够不当教师。这个理想的名称叫作'改行'。三年的专业学习就为了离开所学的那个专业。最后只有极少数人能够实现这个理想并因而自鸣得意。这真叫人匪夷所思。"为什么会叫人匪夷所思呢？我觉得与我们的大环境有关。在我们的文化传统中，本来就有"家有三斗粮，不当孩子王"的古训，而到 90 年代初期（1992 年前后），更是有了《十等公民》的现代民谣。于是，"九等公民是园丁，鱿鱼海参分不清"便成为对教师的基本定位。这意味着，当教师的经济收入平平，社会地位不高时，他就低人八等。或者也可以说，教师这种职业也许还能满足马斯洛所谓的生理需求和安全需求，但是却无法与归属、尊重和自我实现等等形成关联，一旦上升到这些需求层面，马上它就左支右绌，捉襟见肘。教师当得既然如此灰头土脸，哪个还敢爱上它？

　　这便是王大虎毕业时面临的时代大语境。这个语境既不是 80 年代高加林（路遥《人生》的主人公）的语境，也并非 21 世纪涂自强（方方《涂自强的个人悲伤》中的主人公）的语境。王大虎是 90 年代中期的小说人物，那个时期正是历史的转型期，在包分配（计划经济）与自主择业（市场化）之间，已经出现了一道缝隙，它诱惑着那些不安分的人，也让他们看到了一线希望。

　　拒绝师专生命定职业的力量也来自王大虎自身的小语境。一方面，父亲王龙决不允许已经毕业的儿子从教——在他的心目中，只有市县领导的秘书或报社记者才能满足他的虚荣心，也才能使全家走出屈辱，获得解放，这其实是无数农民的世俗考虑；另一方面，王大虎这个文学青年已做起了自己的白日梦："有一天他写出《百年孤独》那样的惊世巨著，领到至少有一千万人民币的诺贝尔奖奖金，他住到北京，他彻底甩开这个不断产生羞耻的地方，他觉得自己终于打败了他面前的所有敌人。甚至他会得到安忆……之后，他又为自己如此功利的想法羞耻。"（第 9—10 页）既然有了这个作家梦，无论如何是不能去乡镇中学教书的，因为一旦到了那里，梦就破灭了。

　　然而，实际情况是，他回到了他父亲承包的柿子沟，他担心自己再也走不到沟外，那样，作家梦碎了一地，就更加无法收拾。何况，他耳边又不时响起父亲的警钟长鸣："'作家？'父亲说，'我不反对，不过那是闲余时间做的事，你可不敢当主业，那样的话……连你都养活不了，好我的娃。'"（第 10页）于是，在一个月左右的时间里，王大虎困在沟里，与父亲和两位兄弟干起了最低端的事情：一车一车地送沙，十块八块地挣钱。

　　就这样，王大虎走进了这个时代为一个专科生所设置的困境之中，而这种困境，同时又是他自己心高气傲的产物。他没办法走出困境，便只好在沟里过起了三种生活。第一种自然是现实生活——他必须面对荒凉的沟壑，原始的结土和不时暴怒的父亲，并不得不屈服于父亲的威权之下。这种生活与巴赫金所论的"第一种生活"颇有几分神似："一种是常规的、十分严肃而紧蹙眉头的生活，服从于严格的等级秩序的生活，充满了恐惧、教条、崇敬、虔诚的生活。"第二种是文学生活——在艰苦的劳动之余，他不但读着《追忆似水年华》，而且他以前读过的所有的文学作品都在那条沟里发作了，它们无时无刻不在参与着他的"第一种生活"。第三种或许可以称之为爱情生活，然而，这既是肉身缺席的爱情，也是无望的爱情。他深爱着女同学安忆，毕业时却被她冷淡拒绝，这样，他就只能在沟里"追忆"一种逝去的甜蜜，甜蜜的忧伤。与此同时，他又在父亲的逼迫下，给另一位女同学李文花发出一封含糊其辞的求爱信，不得不陷入新一轮的无望等待中。后两种生活似又可合二为一，成为巴赫金所谓的"第二种生活"，但它显然还不是"狂欢广场式的自由自在的生活"，虽然它不时游离于"第一种生活"，体现出一种出位之思，出神之乐，但它毕竟"笑"得还不够舒展。

这两种（或三种）生活搅和在一起，叠加在一起，一并向王大虎发力，便时常让他处在一种荒诞剧的情境之中。

关于荒诞，我曾对它略有思考。在我看来，"今天的作家若想写出真正的荒诞文学已变得非常困难。困难不在于他无荒诞可写，而在于当荒诞的现实扑面而来、应接不暇时，他将如何开掘荒诞、反思荒诞、穿透荒诞、呈现荒诞，他将如何超越段子的叙述框架和认知水平，他将如何把公众已经熟悉的荒诞进一步陌生化，从而为读者提供一种不一样的荒诞叙事。"当我说出这番话时，其实我是对《第七天》和《我不是潘金莲》那样的荒诞叙事很不满意的。作为大牌作家，余华和刘震云当然不缺少荒诞的理念，但他们小说中所写的那些却只能算是荒诞的皮毛，并未触及荒诞的本质。

荒诞的本质是什么？应该是人与世界（他人）的"紧张关系"。《一嘴泥土》恰恰把这种"紧张关系"书写到了一种真正的位置，而实际上，这也正是浦歌创作这部小说的初衷：

> 等植物的根伸进石头，等它发现自己别无去路，只有面对无尽的石头世界，它一定感到了某种荒唐，为了使自己挤进微微裂开的缝隙里，它不得不将自己的根变形，不得不将自己的根与石头合为一体，不得不

顺着纹路形成古怪的直角、锐角，与刀子般的石头棱角相磨砺，它的生长姿势也会因此变成奇怪的模样。一个路人看到石头上的树，可能会惊叹：这是一株多么顽强的植物。但它忽略了植物根部的感受。作为根部，它也许体会到的更多是绝望和荒诞，是存在的忐忑和不安，根部的变形意味着与石头每时每刻的僵持，意味着走投无路时的惶惑，以及偶尔得逞时的悲喜交杂，而那些变形的根，在植物自己眼里看来是可笑的。每一寸都是可笑的，是绝望逼出来的，饱含着狼狈和荒诞。对于这株艰难生长的植物来说，畸形的根部才代表了它真实的存在。

创作《一嘴泥土》的时候，我希望能描述这僵持的时刻，我找到的承受者是小说主人公大虎和他的家人，在差不多一个月里，他们面对的是紧迫的困境、受辱的环境和沟壑里的原始坚硬的结土。他们居住在柿子沟。

可以把"僵持的时刻"看作"紧张关系"的文学化表达。王大虎及其家人确实一直与外界僵持着甚至对峙着，而与之僵持的对手既是柿子沟的原始与荒凉（自然环境），也更是社会环境中的各色人等：王龙的仇人村支书王金合，前来讨账的年轻人会生，把爷爷王荣念叨回沟里的刘黑，还有沟外全村人那种不解却想窥探的心理，同情、嘲讽乃至看笑话的目光。在他者的"凝视"（regard/gaze）中，沟里如同人间地狱，沟外则成为"他人即地狱"的存在主义世界。"凝视"的目光交错闪烁，又一并聚焦，像探照灯的强光一样射向沟里，以致王大虎全家不得不以毒攻毒以眼还眼，如此才能维持其必要的尊严。也就是说，在"第一种生活"中，王大虎作为一个受过大学教育的先知先觉者，他既要面对柿子沟的贫穷与荒凉，又要面对被贫穷因而也被村里人的渺视轻视乃至敌视挤压出来的屈辱，于是他时常处在一种羞愧之中（据我统计，小说中直接出现"羞愧"字样的多达 40 次，出现"羞耻"或"羞耻感"的地方有 12 次）。这种羞愧体验令人揪心，也与家人（尤其是父母）的不知不觉或某种错觉构成了一种有趣的对照。

更值得注意的是王大虎的"第二种生活"。在一个月的时间里，他一直断断续续地读着《追忆似水年华》。前两卷他已读过，他需要从第三卷读起。而前两卷他又借给安忆读过，安忆还给它们包上了漂亮的蓝色封皮。这样，《追忆似水年华》就不单纯再是普鲁斯特的小说，而是也成了大虎恋爱的证据。

一旦阅读这套小说，他必定要睹物思人，无望的爱情更显得无望。但又恰恰是因为这种阅读，他又"通过普鲁斯特的笔间接感受自己无望的爱情，他为有这么个同盟而暗自高兴"，他开始"喜出望外地琢磨爱情的钝痛"（第29—30页）。就这样，大虎的爱情生活汇入文学生活，而两者叠加在一起的"第二种生活"又与"第一种生活"毫不搭调地缝合在一起，它们奏出一种时而粗糙时而精致、时而暴烈时而温馨、时而很农民时而特小资的古怪乐章。而这种生活，实际上也正是作者本人面向自己的一次真实书写。浦歌在一篇文章中曾经写道：

> 毕业后，我回到偏僻村庄，回到我们全家居住的沟壑里，由于找不到合适的地方，只好滞留在家中干活。在那里，我继续读《追忆似水年华》，在非常辛苦地拉沙间隙，我用变得粗大、有了老茧的手指翻开书页，有时会有沙粒唰啦一声掉进书页中间，我并没有因为那是一个富丽堂皇的世界而排斥它，我觉得普鲁斯特正在写我，他的爱情可以置换为我的爱情，他的嫉妒可以置换为我的嫉妒，他对记忆的发现也带来我的发现。性格暴烈的父亲在我的周围走来走去，而我的化身正坐在亲王夫人的沙龙里，那里正有一种暧昧的气息在蔓延。等我后来独自到都市里漂泊，差不多孤立无援的时候，我又开始重新阅读它，这时，在沟壑里的艰苦生活也活跃在文字周围，就像我暴烈的父亲依然在我的周围走来走去一样，就这样，屡次的阅读都氤氲着对过去的回忆。

这段夫子自道可以帮助我们理解王大虎的所作所为。这意味着，当王大虎沉浸在普鲁斯特的世界中时，他不但可以用小说疗伤，而且还可以用"第二种生活"稀释"第一种生活"的坚硬、粗陋和贫困。由于阅读《追忆似水年华》以及由此生发的故事贯穿在《一嘴泥土》的始终，原来的《黄河大合唱》中就响起了另一种乐音，它像《小罗曼司》，又像《悲伤的西班牙》，更像是《阿尔罕布拉宫的回忆》。这种特殊的背景音乐疏导着主人公的情绪，调整着小说的节奏，让这个荒诞的处境有了一种幽怨之美。

与此同时，在许多个特殊的瞬间，王大虎的耳边又会响起文学大师的声音——莎士比亚、巴尔扎克、陀斯妥耶夫斯基、卡夫卡、爱伦·坡、杜拉斯、海明威、昆德拉……脑中浮现文学名著的场景——《第二十二条军规》《静静的顿河》《悲惨世界》《鲁滨逊漂流记》《神曲》《白鹿原》……例如，当他走到沟门口时，"他想起《静静的顿河》里主人公回到家门口时那种惊心动魄的感觉，觉得变得有些陌生的熟悉情景风一样逼近额头和心脏，使他喉头紧缩。"（第14页）当他与父亲在暴风雨中送沙相互听不见对方的喊叫时，他"突然戏剧性地想起《第二十二条军规》里尤索林在飞机里同战友之间绝望的疯狂对话"。（第64页）当父亲正在拓宽路面时，他"想到《神曲》里，但丁跟随维吉尔走在地狱，父亲那种褴褛中山装、高高举起二齿镢的姿势，让他想到这也许就是地狱中的一个受罚的情景"。（第106页）这些声音与场景如同电影中的"闪回"，它们插入到小说的叙事之中，让王大虎的生活变得生机勃勃了——那是被众多文学大师之眼检阅着的生活，因为他们的审视，沟里的生活不再那么枯燥乏味了。

于是，两种生活就有了更为不同的意味。如果说"第一种生活"是黑白片，那么"第二种生活"就是彩色片，它让灰暗的沟壑有了某种亮色；如果说"第一种生活"是摇滚乐，它愤怒着甚至咆哮着，那么"第二种生活"就是咏叹调，是如歌的行板，是《加州旅馆》的SOLO；如果说"第一种生活"是拉康所谓的"符号界"，是王大虎需要顺从父亲权力法则的场所，那么"第二种生活"就是充满激情的"实在界"，它看不见摸不着，却往往能带来高潮（jouissance）体验。而在拉康看来，恰恰是"文学拥有一种特殊的捕捉高潮的能力。换句话说，就是去唤起一个或快乐、或恐怖、或充满欲望的短暂时刻。"王大虎恰恰被文学之光照耀着，恰恰用文学之眼打量着，他在现实界与文学界穿梭往来，在符号界与实在界快进快出或淡入淡出。他的肉身必须呆在符号界，但他又常常灵魂出窍，在遥不可及深不见底的实在界漫游。前者坐实了他的屈辱和苦闷，后者又间离了他的痛苦，在间离的瞬间，他获得了反思的能力。

这就是王大虎，一个在我们的文学谱系中从未见过的人物形象。他很可能是高加林和涂自强的表兄弟，但在精神世界的复杂性上已远远把他们甩在了身后。

四

1958年4月，阿多诺看过贝克特的荒诞剧《终局》之后喜不自禁，他给霍克海默写信谈观后感，随后又写出一篇长文《〈终局〉试理解》，试图把它的美学价值固定到一个合适的位置。他说：当萨特的戏剧依然采用传统形式聚焦于戏剧效果时，贝克特的形式却压倒了内容并改变了内容。这样，他的作品就具有了一种冲击力，"已被提高到最先进的艺术技巧的水平，提高到乔伊斯和卡夫卡的水平。对于贝克特来说，荒诞不再是被稀释成某种观念进而被阐述的'存在主义处境'（existential situation）。在他那里，文学方法屈从于荒诞并非预先构想的意图。荒诞消除了存在主义那里所具有的普遍教诲，清除了个体存在不可化约的教义，从而把荒诞与西方世界普遍而永恒的悲苦连接在一起"。阅读《一嘴泥土》的时候，我想到了阿多诺的这番说法。这当然不是说浦歌就是贝克特，也不是说《一嘴泥土》就是《终局》，而是说在对荒诞的把握上，浦歌已在向西方的荒诞大师们看齐了。他的小说中有悲苦，有屈辱，有愤怒，更有无处不在的羞愧，它们构成了小说的底色。但是，它又常常引人发笑，充满了某种喜感。众所周知，荒诞中必然有喜剧性因素，但喜剧性的笑又与荒诞性的笑大不相同。如果说前者是胜利、智慧和自由在笑，笑得酣畅淋漓，那么后者则应该是尴尬的笑，苦涩的笑，伤心的笑，痛并快乐着的笑。在《一嘴泥土》中，我听到了荒诞发出的笑声，它构成了这部小说的特殊音符。

这就不得不面对王大虎的家人。表面上看，王大虎全家生活在悲苦之中，但他们个个仿佛都是喜剧演员。父亲王龙像所有的父亲一样行使着"父权制"的权力，说一不二，指挥得儿子妻子团团转。而且，他还有一种"无法无天的乐观精神"（第180页），为自己的远大理想——培养出三个大学生——永不停歇地劳作着，战斗着。他就是柿子沟里的堂吉诃德。母亲叶好总是打着嗝忙碌着，在强大的王龙面前，她永远处在弱势的位置，但她似乎又像一个老游击队员，永远与王龙进行着"敌进我退，敌住我扰"的游击战。她那种标志性的打嗝声和标志性的"额恓惶地"的感叹，仿佛也成了一种喜剧性的乐音。大虎二虎三虎是父亲王龙指挥的队伍，龙王下面三只虎，强将手下无弱兵，但这种组合似乎更有一种反讽效果，因为三只虎只是在抵触中劳动着，在不满中忍受着，敢怒而不敢言，由此展开的磨擦常常是一出轻喜剧的开端。而家人之外，那个夸夸其谈，吹嘘自己很有办法的奎叔就更是一个喜剧演员了，正是他以一本正经又近乎玩闹的方式把王大虎带进了省城的城乡接合部，让主人公落入到一个更加荒诞的迷宫之中。凡此种种，都可看作喜感的来源。

喜感还来自于这个文学之家。在王大虎的带动下，这个家庭的成员都成了小说的阅读者，二虎三虎在读大虎带回来的小说，连父亲王龙都读过《复活》《白鹿原》《第六十一根蜡烛》和苏童的《三盏灯》。由于他们都读过《罪与罚》，回忆这部小说的人物和情节便成了父母亲的对口相声：

等父亲突然想不起某个人物时，母亲就会以她特有的记忆能力来提醒父亲。

"那个爱说话的人，是主人公的同学，唠唠叨叨个没完的那个是——"

"拉走煤心（拉祖米欣）！"母亲用土话说出大虎都无法记住的人名。

"后来有个一本正经的律师——"

"绿人（卢仁）！"

"对，叫路人……"

父亲和母亲的发音也略有偏差，就像一些作家对大师的模仿一样，总有些以讹传讹。

"……路人（卢仁）来找主人公，主人公住在棺材一样的小阁楼里，你看作者描写这个律师的做派……"大虎常常羞愧于不如父亲对情节了解得细致入微。

"好娃哩，你能写出陀什么基那个作家的水平，你就成事了。"

"拖死唾液扶死鸡（陀思妥耶夫斯基）"母亲赶紧补充说。（第70页）

荒凉的柿子沟里居然能出现这样一场对白，这会是什么效果？而当没读过几本小说的父亲开始教训儿子如何写小说时，这里便更有了一种喜感。但谁又能说这种被农民价值观调理之后的文学价值观毫无道理呢？由于王龙经过了几本小说的文学武装，他在王大虎面前也就更加自信。他逼着大虎写求爱信，又逼着他交出来审读，在"人家大虎写的句子多么优美，词语用了多少？"（第43页）的评点声中，他已升格为沟里的文学评论家。

在喜感的各种来源中，人物配置所形成的结构关系似更值得玩味。如果把《一嘴泥土》的故事稍作简化，那么这应该是一个"父亲和三兄弟"的故事：三兄弟中，老大命运不佳，他只上了一所专科学校，但也是大学生；老二在这个暑假等来了结果，考分正好压住了本科院校的分数线，家里又多了一名大学生；老三已念完高一，考上一所大学既是他的梦想，更是父亲王龙的大团圆之梦。当老二修成正果时，王龙的革命乐观主义精神就更加膨胀。"这还不是：三虎，只存在能不能考上北大清华的问题，不存在能不能考上的问题。"（第 180 页）但因供养一个大学生并不容易，需要大把花钱，王龙挣钱的工具又只有一辆破破烂烂的四轮拖拉机，所以，把三兄弟拽入装沙、拉沙、修路之中就成了这位父亲的本能。另一方面，为了实现自己的上大学找工作之梦，三兄弟也必须成为父亲的重要帮手。于是，每当他们偷奸耍滑犯懒之时，就会点燃父亲的怒火："你们羞先人哩，日他妈干这点活十几天干不完，你们都别上学了！"（第 160 页）由此看来，浦歌的这部小说固然是如实摹写，但这个故事却在不经意间进入到一个"三兄弟叙事模式"的母题之中。在西方，"三兄弟模式"是常见的童话或民间故事类型；在中国，借用"三兄弟模式"叙事的长篇小说也不在少数，《激流三部曲》《财主底儿女们》《四世同堂》便是其代表。这就意味着，若在母题、原型或叙事类型的层面细细琢磨，《一嘴泥土》并非没有讲究。

当然，因《一嘴泥土》只是呈现了一个月左右的生活，它便不可能展开三兄弟的命运，它也没有落入"三兄弟模式"的民间故事叙事套路（老大老二往往扮演负面角色，老三则充当正面人物）。但说来也是巧合，它虽避开了老套路，却在不经意间暗合了一种新套路，这就是前些年广为流传的那个"三种青年"模式。

2011 年 10 月 24 日，网友大仙在豆瓣网上发起了一个"普通青年 VS 文艺青年 VS 二逼青年"的线上活动，短短几日内有十多万网友参与，并成为开心网、人人网和各网站微博等社交网络的热点话题。无数网友用五花八门的段子和照片去解读三种青年，顿时成为一种网络奇观。有段子说：普通青年用杯子喝水，文艺青年用小碟，二逼青年则抱着暖壶直接灌下去。撞人之后，普通青年：完了！撞死人了！我这辈子算完了。文艺青年：难道我的后半生要在监狱里度过？没有自由我宁愿死……二逼青年：我爸是李刚！吹牛时，普通青年：我北京大学毕业的。文艺青年：我毕业于 Academy of Art College。二逼青年：我就读于家里蹲大学。甚至还有人以这种模式给巴金的《家》做过总结："《家》讲的就是高家三少嘛。普通青年高觉新，文艺青年高觉民，2B 青年高觉慧。"

大虎二虎三虎是很能够代入到这种类型之中的。在小说中，三虎应该是普通青年，他年龄最小，作者对他也着墨不多，确实很普通。大虎则无疑是文艺青年，他在饱读诗书之后常常感物伤怀，是不折不扣的文艺范儿。而二虎，无论怎么看都有一种 2B 青年的神韵。在网络用语中，2B 是一个不大容易解释的用语。说某人 2B，意味着这个人举止言谈不靠谱，很另类，甚至有些缺心眼，但其怪诞中又常常有可爱之姿。三种青年中，普通青年的言谈举止是正常行为，如同"走路"的散文；文艺青年的言谈举止是文艺行为，好比"跳舞"的诗歌，那是被文学修辞装饰过的正常行为；2B 青年的言谈举止则可以算作一种反常行为，他不按常理出牌，说话愣，动作大，像是神经病，又像荒诞剧里的人物，但亮点笑点反思点也常常体现在这里。

二虎并不缺心眼，甚至还很有心机（放榜时他去学校看分数便是一例），为什么又要把他归入到 2B 的一类呢？让我们先来看看作者的描述。

大虎回到柿子沟还未见二虎时，就把他这个熟悉的弟弟想象了一番："他设想二弟走在补习的路上，用那种轻蔑和厌烦的神态看着路、房子、田地，遇见村民的询问，二虎会抬起那双单眼皮下的小眼，咬着牙，不躲闪地斜蔑着，常常显出别人欠了他似的那副冷冷的神情。很小的时候，二虎就扬着有点桀骜不逊和漠然的头，走在村间的小路上。可是一旦只有他们兄弟三个在一起时，二虎就显出那种体弱的、连头都懒得抬的病恹恹的神气，天然的卷发细柔地散开在头上，好像连自己的头发都无法直立起来。"（第 19—20 页）这就是二虎将要出场时的神态。在文学语境中，我们可以说二虎很高傲；在网络语境中，我们又可以说二虎很高冷；但在三种青年的语境中，2B 大概就非他莫属了。而此后二虎的种种做派，似乎都有了点不按常理出牌的味道。例如，挑拨起父亲的脾气进而让他"收拾"大虎，是二虎惯用的伎俩。当大虎思谋着以后要当作家时，二虎挑拨道："他想写别人看不懂的书。"结果换来了父亲对大虎的一顿呵斥："别人看不懂，那还叫书，书就是要让别人看懂哩，你写球一个别人看不懂的书，谁看球你的书！"（第 71 页）再比如，大虎像宝贝一样对待着自己带回去的那些文学作品，唯恐别人读他的书时把书弄脏，尤其是那套《追忆似水年华》。普通青年王三虎通情达理，他"总是保证手上没有泥沙和汗水时才看，或者不停地在裤子上擦手"（第 83 页）。而 2B 青年王二虎就是另一番模样了："二虎从来不留意他投来的目光，甚至还在挖过鼻孔之后继续看他的书。他只是希望二虎尽快地看完，或者只挑他认为不太珍贵的书看。他看到二虎轻率地将他的书放到有土的窗台上时，小心地说过一次，二虎厌烦地哎呀呀一声，翻着不屑的小眼，不做理会地走过去。在二虎眼里，书不过像课本或者复习题一样，只要能看到上面的黑字就可以。所以大虎的目光总是跟踪着二虎手的行迹胡乱翻，将其中一页紧紧捏在手中、伸进鼻子、用手掌按压书形成折痕。"（第83—84页）当二虎终于决定看《追忆似水年华》时，大虎更是心疼，他"心中唯一的期望是二虎减少扣鼻子的次数，那可是他恋爱的证据"（第84页）。然而，他的加倍小心并没有让他的爱情证据获得有效保护，一场阵雨之后，他发现放在窗台上的《追忆似水年华》被雨水浇湿了：

> 他走过去，心疼地将放在窗台上沉甸甸、滴水、皱缩的《追忆似水年华》第一卷拿在手中，几乎要晕厥。蓝色封皮浸出蓝色的颜色，染色一样染到书里，还被雨水冲刷到泥墙上。他像捧着女友的尸体一样，想轻轻翻开书页，书页已经如同被胶粘住一样结成一个注水的整体，这不仅仅是爱情被浇湿，由于地方闭塞，他以后也很难买到这本书。他颤抖着，看到另一侧的窗台放着同样命运的《玩的就是心跳》。他觉得心中充满了火药，正有一只颤抖的手在点燃。他看见二虎起初有些惊愕和沮丧的表情，这给他些许安慰，接着二虎的表情很快换成不屑、烦躁，为即将到来的责备感到厌恶。
>
> "为啥不拿回家！我跟你说过没?!"
>
> 二虎像抵挡耀眼的强光一样，不耐烦地低着眼皮。
>
> "日他妈的!"大虎学着父亲的声调骂着，抖抖书，书滴答着水珠，他将"日你妈的"换成了更客观的"日他妈的"。
>
> 他把想象中千钧之力的目光移向三虎，三虎低着头，没有看他，他又移向二虎，二虎现在像被惹烦的蛇一样，梗着父亲一样的头。
>
> ……
>
> 现在，大虎憎恨二虎的狡猾和冷淡，他觉得自己的责备总是在无限接近二虎的时候离开了二虎，无法形成真正的威慑力。
>
> ……
>
> "行了行了!"二虎厌烦地挥挥手，用一种特别的姿势走着——脚后跟着地，像企鹅或者领导，或者是蔑视者的脚法，一边用背心下摆扇着脸，好像很热或者被人弄得很烦一样。

他再次体会到老大的地位被挑战的那种羞辱，不过二虎已经进了家门，不再理会他们。

　　三虎在雨中不动，之后慢慢走到屋里，背影体现了无限的反抗意图，这无疑真正刺激了他，三虎从来没有做出过反抗。他所有的怒火都来自无法说出的爱情的失败和凭证的毁掉……（第84—86页）

　　这是一处非常精彩的描述，三种青年的语言、动作、神态跃然纸上。在这里，三虎不是低眉顺眼，而是有了一种无形的反抗，普通青年不再普通；二虎依然故我，把2B状"表演"到一个最佳的状态；而大虎则在特殊的情境中爆了粗口，一改此前的悲天悯人温文尔雅，文艺青年顿时变成了愤怒的青年。这处故事的底色是悲、怒和怨，但经过三种青年的演绎，特别是经过文艺青年对自身角色的反转并与2B青年形成对峙之后，立刻就有了十足的喜感。而且，由于许多时候三兄弟都是同吃同住同劳动，作者又总是像端着摄像机那样依次给出三兄弟的特写镜头，三种青年也就有了更多比对着表演的机会。当大虎的工作有了着落之后，他们在等待着创造了传奇的奎叔时互相打趣，"二虎笑嘻嘻地叫大虎：大虎记者，大虎则拿出那个黑色生殖器，向他们晃晃。他们一起大笑。三虎爬上一棵柿子树，学猴子吊在上面，最后扑向他们。他们大笑。二虎脖子里插了根茅草，茅草晃悠悠地抖动，加上二虎现在卷曲的高耸的头发，加上二虎媚人地挤眼，他们大笑。"（第226页）这里当然已不是喜感，而仿佛是"北京的喜讯到边塞"般的欢乐。这个时候，大虎还不知所谓的工作只是一场骗局。而当他晃动着那块生殖器状的黑色石头时，那种得意简直可以说是出神入化，它让我想起聂尔在《最后一班地铁》中的那处描述：我与J在街头百无聊赖地闲逛，看到市委礼堂打出了《最后一班地铁》的广告，我认为是国产片，不想看，而J则把我强拉进影院。"当我被黑暗中的光亮晃得睁大了眼睛时，我发现这竟然是一部法国片。紧接着光艳照人的德纳芙出场了。只看了第一眼，J就捅我腰眼一下，以表示他的决定的英明和我的反对的愚蠢。"晃动生殖器与捅腰眼，都是完美的细节，简直妙不可言。

　　当然，无论怎样喜庆，无论怎样具有喜感，它都是一种表象，而表象的背后则是切肤之痛。当父亲被逼债的年轻人辱骂而王大虎又一次感到屈辱，又一次意识到家中惊心动魄的贫困时，他也就又一次露出了文艺青年的本来面目：

> 他仔细打量和品味眼前的景象，就像他重新察看自己惊人的形象，他明显体会到粘稠的失败感和触目惊心的荒谬感。就像他每次照镜子看到自己的大脸和大鼻子一样，他不由得在心中发出羞愧的感叹，并起了一身鸡皮疙瘩。他脱了鞋，躺在炕上，满脸留着汗。他已经以局外人和儿子的身份蔑视过父亲王龙，将王龙看作一个滑稽和可笑的人物。但当父亲重新在他眼前发挥出强力，震怒，瞪起可怕的眼睛，冲着他们大吼，大虎发现自己再次变成被王龙统治的一个更小的人物，他的蔑视被吓得无影无踪。他仔细品尝这种无边无际的失败感，仔细琢磨自己的处境，最后，他只好在对窗外父亲的戒备中自艾自怜着。
>
> 每天中午他们都有片刻的休息时间，他现在就在合法地享用这片刻时间。他也听着窗外，窗外依然沉默。他突然听见母亲叶好一边打嗝一边收拾碗筷的声音，这是一个怪异的打嗝声，他几乎没有意识到他为此突然笑了，接着他发觉自己流出了眼泪。他的汗水也很响地滴到脏床单上，就在他耳边炸响。（第171页）

读到这处描述时，我又想起了阿多诺的论述。在阿多诺的心目中，真正的艺术应该像莫扎特的音乐那样，于和谐中有不谐和音的鸣响；也应该像荷尔德林的诗歌对句那样，喜中含悲，悲中见喜。因此，艺术中仅有欢畅的快感只是浅薄之物，严肃性才是所有艺术作品的巨大底座。"作为逃离现实却又充满着现实的东西，艺术摇摆于这种严肃与欢快之间。正是这种张力构成了艺术。"同时，也正是"艺术中欢快与严肃之间的矛盾运动"构成了"艺术的辩证法"。

于是，当众网民一窝蜂地编排着三种青年的段子时，那只是搞笑，是失去了所指的能指滑动，是又一次找到兴奋点之后的全民狂欢，甚至是阿多诺所谓的 kitsch。而《一嘴泥土》的人物设置虽然暗合了三种青年的叙事模式并因此生发出许多喜感，但它有一个严肃的内核，所以它才是艺术。大概，这就是艺术与大众文化的基本区别。

五

许多时候，小说都是作家本人的自叙传、心灵史和血泪书，何况浦歌说过《一嘴泥土》是纪录片一样的小说呢。实际上，这部小说只是披了件小说的外衣，它其实是浦歌的一次非虚构写作。

但它确实又是一部比许多小说还小说的小说，它具备小说的所有要素，更具备小说的品相。这尤其让我感到惊奇！为什么非虚构写作能够变成一部不折不扣的小说呢？这是一个不大容易回答的文学理论问题，也是一个需要探讨的美学问题。在这里，我并不打算展开这个话题。

我想说的是，就我目前对浦歌的了解和认知，他现在发表的所有小说都具有某种非虚构性，那实际上就是他本人的切身经历和生命体验。像他小说里描述的主人公那样，他就是从柿子沟里走出来的，他经历了触目惊心的荒凉与贫困，承受着刻骨铭心的屈辱和渺小。他走进了上党盆地，然后又漂在省城太原。许多年里，他都像散文作家塞壬所写的那样，过着一种"下落不明的生活"。那时候，他就更加真切地感受到了自己的卑微和渺小，更加深切地体会到了自己的孤独和脆弱。他说，生活逼着我表演戏剧，所以他时常感到羞愧。那是农家子弟与生俱来的羞愧，是贫穷面对奢华和物欲横流时的羞愧，是穷困中居然也有各种欲望的羞愧，是"孤独的人是可耻的"一般的羞愧。"等我写不出任何东西的时候，我为写不出任何东西而羞愧，我斗胆写出任何东西的时候，我怀着各种羞愧的感情在写，就像第一次写情书的人。我第一次吐露我的内心，我用文字的表演代替我的僵硬表现，文字在虚无的世界里表演，我笨拙的身体自豪地隐居起来，我把我容易羞惭的内心奉送给这个世界。"于是，羞愧成为他基本表情，羞愧也成为他小说的基本主题。

除了羞愧，还有荒诞、孤独、卑微、渺小，沉重的喜感和耻，等等，它们都是浦歌着意开掘的东西，也是读懂浦歌小说的关键词。在精神气质上，他接通的可能是卡夫卡，普鲁斯特和马尔克斯的写作传统，那是一种不折不扣的现代性体验。

然而，这种现代性又不是与西方观念的简单嫁接，而是土生土长的中国经验，具有鲜明的"在地性"（locality）。写完《孤独是条狂叫的狗》之后，浦歌曾如此描述过他的创作心理：

我看着他们二十岁左右的面庞，就像看到自己屌丝时期的翻版一样。那是没有钱，没有房子，除了身体的欲望之外一无所有的时期，就是在那时，一种气质慢慢洋溢并凝结在自己的脸上，并造成一种无可挽回的屌丝气质。之后，等你不断去掩饰，甚至拿涂料去粉刷，屌丝气质依然会在自己内心和面容上浮现出来。

　　也是在外地，比如说最大的城市北京，我走着走着，我觉得我的感觉越来越放松，我忘了自己是谁，因为北京足够大到让你走着走着忘了自己是谁。就这样我边走边恍惚起来，一股屌丝气有时就会重新弥漫在我的心间，伴随着屌丝气的，是屌丝时期的一种孤独，那是一种浮在表面生活里的孤独，周围世界都与自己毫不相干的孤独，那是一种孤立无援的气息。

　　卡夫卡写出了卑微、孤独和荒诞，但他决然写不出屌丝气质，这种气质只可能出现在浦歌笔下。而这种气质，很可能就是当下中国的一种气质——表面上财大气粗，土豪得很，实际上却穷酸饿醋，骨子里还是屌丝。而由此生发的喜感，就不仅仅属于浦歌的小说，也是一种中国特色，更是制作中国特色式荒诞的基本原料。

　　到目前为止，浦歌把他的小说触角伸向了两端：一端在乡村世界，在柿子沟；另一端在现代城市，在省城太原。在沟里时，他笔下的人物挣扎着，那是一种绝望中的挣扎，显得蛮荒而原始，沉重且忧伤；在城里时，他笔下的人物又游荡着，大大咧咧，满不在乎，但实际上却是装出来的表情，做出来的姿态，因为只有如此这般，才能消解往日的创伤与疼痛。他们似乎是波德莱尔笔下的游手好闲者，但又远没有那些人的资本和实力，于是就只好穷逛穷聊穷开心，让压在心中的火气怨气和无可奈何在城市的犄角旮旯里随风飘散。这时候，他们就有了2B样，屌丝气。

　　无论伸向哪里，浦歌面对的都是小人物，小到不能再小，小到可以被这个喜欢大的时代忽略不计。这些人物生活在绝对的底层世界，甚至是底层中聂尔所谓的"存在的暗层"。他们在暗层中游走，像蟑螂一样活着。

　　那么，浦歌应该是位底层作家了？我觉得是，但我并不想把他简单纳入到汉语语境中的那个底层，因为底层叙事往往悲悲切切，苦大仇深，却又仅限于此。它们当然也能做成文学，但我觉得还不是好文学。如果把浦歌看作这种类型的作家，我更愿意让他接通葛兰西和斯皮瓦克所谓的底层。这个底层不在意识形态霸权的控制之内，这个底层的人们像王龙那样无法言说自己，即便言说也不能被人听到。浦歌应该是这种意义上的底层作家。

这么说，浦歌是这个底层的代言人了？也许是的，但首先是他自己开口说话了。当他言说的时候，他自己都被吓了一跳，于是他心怀忐忑，他不知道这种言说是否终归也走向虚妄："现在，我坐下来，面对想象中的话筒。我知道，对着浩瀚的时间和空间，我说的任何话都是荒唐的，我的表演成就了荒诞戏剧，我即将说的话，只是卑微事物试图说出无限的一个尝试。就像放送到天空的礼花，是一次不知道能否成功的爆炸。"这是长期失语后的紧张，也是初次在大庭广众之下张嘴说话时的惯常表现。

从此往后，浦歌就一直在寻找着自己的言说方式，也一直把自我的存在作为他不断开掘的丰富矿藏。他说，"刚刚离开'此刻的我'的那个我、也就是已经变成'过去'的我，才是真正的我、神祇一样的我。"他还说，"我阅读中的世界也汇集到了'过去的我'那里，在那个世界，大海中漂泊回家的尤利西斯和我曾经在沟壑里辛苦劳作的母亲并肩在一起，脾气暴怒的父亲在 K 的周围走来走去，堂吉诃德的长矛就差点指向我憔悴而老实的叔叔，我的兄弟姐妹身后是一大群圣经里冒出的圣徒，曾经是国民党高官的爷爷，或许正跟哈姆莱特拉家常，他们之间有一种微妙的关系，这种关联也滋长了那个世界的空间，所有这些，都让'此刻的我'感到敬畏和妙不可言。"他甚至对"自我"做过一番颇为另类的解释：可以"把自我的'自'当作介词，意思就是从我，也就是从我出发。在我看来，所有成熟艺术的创作都基于自我的存在，只有通过自我的独特性，他才能发出有价值的独特声音。"

这样，浦歌就成了自我的勘探者和开采者，而这个自我（过去之我 / 从我出发）可能涉及弗洛伊德的"本我"，更可能触及到拉康的"实在界"。在拉康眼中，实在界充满了欲望和激情，可欲而不可求，是缺席的在场。浦歌要把笔伸向这样一个世界，想起来都觉得壮观，壮观得妙不可言。

而《圣骡》《狗皮》《一嘴泥土》《叔叔的河岸》等等，其实就是浦歌对自我的一种开采。他每开采一次，我和聂尔都会感到一种惊喜。《叔叔的河岸》刊出时，《太行文学》（2015 年第 4 期）的《编后絮语》这样写道："浦歌的《叔叔的河岸》，我细细读了两遍，越读越有味道……尤其是那种细微的、稍纵即逝的心理、动作，被作家像摄高手抢拍一样，恰如其分地固定下来，把当下的农民那种愚昧、固执、疼痛和窘迫表现得淋漓尽致，让人惊讶。"我也感到惊讶啊。浦歌非常优雅地叙述着一个非常荒谬的故事，这不是形式与内容之间的相互征服吗？我的导师童庆炳先生不正是在这一处发现了一个创作秘密吗？于是我决定把《维纳斯的腰带：创作美学》推荐给浦歌，那是让莫言、余华、刘震云、迟子建、毕淑敏等作家受益的课本，我希望也能让浦歌受益。

但我也知道，无论是《一嘴泥土》，还是《叔叔的河岸》，都还不是浦歌最满意的小说。他的远大理想是写出一部类似《百年孤独》似的作品。而以浦歌目前的创作势头看，我以为这个理想并不夸张。《一嘴泥土》中反复出现过《白鹿原》，陈忠实就是读过《百年孤独》之后很受震动，才在 44 岁那年下决心写一部"可以垫棺材做'枕头'的书"的，于是有了《白鹿原》。为什么浦歌不能写出他自己的《百年孤独》或《白鹿原》呢？

我想起五年前浦歌就曾给我和聂尔写过这样一封邮件：《思想汇报之十：穆齐尔和昆德拉的区别》。此邮件其实是借两位作家说事，思考的重心则是"小说之根"。他认为穆齐尔的根在他隐秘的家世之中，所以他比昆德拉伟大得多。昆德拉的小说"一直没有逃脱穆齐尔建造的王国，他一直在其中扮演一个通俗化的角色，就像零点乐队跟崔健相提并论一样，他的东西顶多在泪里长大，而穆齐尔的长在自己的血中"。随后他进一步写道：

> 我也一直在找我的根，发现侮辱和羞耻是我比较关切的事物，有很长时间，有人抬起胳膊挠痒，我都觉得似乎是一个挥来的巴掌。在这样的情景里待得久了，我都无法面对许多幸福的事物，比如现在，我在这个稳定体面的单位总觉得不自在，觉得不牢靠，好像哪天就会失去，似乎自己不配待在这样的地方似的。无法像别人那样稳稳地坐在那里，每天还嫌这嫌那地骂娘。我发现自己如果去写东西（当然还没有真正去写），总把以下人物当作主人公：电影《偷自行车的人》里看到父亲偷车的儿子，《白痴》里的那个得肺痨死去的姑娘和那个中风死去的老人和他的儿子，那种深陷在绝望和侮辱中的人物。我的父亲之所以对《罪与罚》比较喜欢，是因为它触及了他的内心，感受到侮辱被宽恕的感动，尤其是小说还深深抚慰了他这样的穷人，当然他从来没有想自己其实就是其

中那个退职军官的角色（当然父亲不饮酒），他的家庭其实就像那一大群孩子生活在"过道里"。而这一家人才是我真正的主人公。我熟悉那种感觉，那种没有期望，没有明天的感觉。

只有在这样的场景里，我的感官才分外敏锐，能得到别人无法体会的许多感触。

（2011 年 3 月 23 日）

这是一个非常重要的思考。有的人写了一辈子小说，可能也没思考过这个问题，更不明白自己的根在哪里，而浦歌在他准备出道时就已经在琢磨这个问题了。一个搞清楚自己根在哪里的作家是可怕的，因为他已经找到了起飞的跑道。

而现在，浦歌已经起飞，已经上升到五千米的高度，他在这个高度盘旋着，反省着，总结着。他说过，他想让石头开花，而"真正让石头开花，还需要对小说艺术完全的掌握，以至于使形式不再形成障碍。"（2011 年 12 月 16 日）而在我的理解中，这块石头是存在之石，也是自我之石。守着这块石头，把它焐热，让它开花，像西西弗斯一样推它上山，很可能都是浦歌的热身动作，是他升到万米高空之前的彩排。

刊发于《文艺争鸣》2016 年第 9 期

看白琳如何八卦——读《白鸟悠悠下》

一

多亏了这次新世纪"三晋新锐作家群"研讨会，才让我有了全面、系统、认真、细致地阅读白琳散文的机会。

7 月 28 日晚十时许，我正与摄影家李前进和作家聂尔走在返回晋城的高速路上。那天下午，在高平韩家庄周边刚被雨水冲得豁牙漏嘴的山路上，李大侠已尽情显摆过他那辆丰田 FJ 酷路泽的强大越野功能，爽歪歪之后他的情绪已基本稳定。我与聂尔晚饭时喝了几口酒，正有一搭没一搭地聊着闲天，忽然听到手机铃声响起，打开看，是李骏虎先生的一条短信。信中说，山西作协与中国作协准备在北京开一次研讨会，邀我参加，并就我"熟悉的山西60后及以降作家作品发表高论"。我把这条短信念给刚从省作协回来的聂尔，问其故，他给我解释一番。我说那我要参加的话说说谁呢？我的注意力一开始就被短信前面的"新锐作家群"揪着，居然忘了身边的聂尔就很现成。短暂考虑后我说，谈杨东杰（浦歌）的话不费劲。聂尔说，是啊，那你就说他。

回到村里，我给李骏虎回了短信。

没想到刚到北京，白琳追过来一条微信。她说她是这次会议的工作人员，见我只评杨东杰比较孤单，能否搂草打兔子，把她捎带上。我说好啊，不是一个萝卜一个坑，那就把张暄也算上，锵锵三人行。她说，您要是能把张暄说了就太好了。他的作品我常读，今年写得越来越好。我说，一只羊是赶，一群羊也是放。每人给多长时间？她说，时长八分钟。我说，八分钟能说个甚？

我狮子大开口，装得豪情万丈，但实际上心里却在打鼓。谈论杨东杰我并不发怵，因为我熟读过他的所有作品，还写了两三万字的评论，已在一家刊物备用。而张暄，他的中短篇小说集《病症》我也刚读过第二遍，一些想法正蠢蠢欲动。唯有这个白琳却心里没底。去年冬天的某一天，白琳微信我，说，赵老师，我出了一本散文集，可不可以给您寄一本？我立马呵斥过去，什么叫可不可以？应该寄啊！让我欣赏一下。她说，我怕遭嫌弃。我说哪里哪里，用你们鲁主编的话说，是给我提供了拍着地皮哭的机会，此乃感动的最高境界。不久我收到了她的《白鸟悠悠下》（北岳文艺出版社2015年版），当晚即读。第二天我就对她说，昨天收到了大作，昨晚已读了一点，初步印象是感觉很好，写得细腻，稠密。待多读几篇再谈感受。她则这样回复我：都是在冲动下写的，毫无技巧。只是有好多话想要讲，感觉就像是憋坏了的兔子，开始会说话以后就滔滔不绝。谢谢您愿意看我那些唠叨，其实我希望您会喜欢看。我紧接着夸她一句，所以才天然去雕饰。然后……

然后就没有然后了。那一阵子，我正处在空前的忙乱中。再有不到十天，"童庆炳先生学术思想座谈会暨《童庆炳文集》首发式"就要举行。而童老师过世后，这是我第一次操办百余人的大型会议。经验不足，便不得不事必躬亲。我把会务组的老师学生召集到一起开会，大谈"酒好备，客难请""办事就是办不是""细节决定成败"的道理。我们建了一个微信群，我则不时在上边念叨：领导的发言稿谁来起草，当天的摄影谁来负责，喷绘背景上的文字怎样修改，PPT中的背景音乐如何选用，会场怎样布置，文集何处摆放……我婆婆妈妈，神经兮兮，耳边不时响起童老师的声音：开会其实是一个惹人的事情，开得越多，惹的人就越多。我所能做的，就是把事情预先想到犄角旮旯，把可能存在的问题消灭在萌芽状态，不求人人满意，但愿惹人最少。会议即将举行的前两天，我又收到白琳的一条长微信，她说：

> 赵老师，一分钟之前把您写童老师的文章校完了。这一次，因为校对，每个字每个字都看了过去。看着的时候，我想这些编辑里面，大概只有我会有那么深那么深的感触吧。考博的经历我不陌生，和导师的交集也不陌生，甚至很多时候你写你，就是我看我，那些感受我也活生生有过。2013年冬天我忙着写开题，您跟我说过童老师，所以我还买了他的书。更早的，我在您的阅读史里读到了他。没有哭天抢地地怀念一个人，您写得很平实，而我的喉咙里像是卡了今天中午吃的包子，卡得我的扁桃体都疼了。

她说的是我那篇《蓝田日暖玉生烟——忆念导师童庆炳先生》。此前《南方周末》发表过一个五千字的删节版，随后我又把最全的版本给了《山西文学》。

我感谢着她，却已无心思再提她的散文一字。

会议结束后，我稍事休息，便开始了过年前的疯狂还债。而白琳的书则被后来者逐渐掩埋，直至越埋越深，不见了踪影。这次若不是她亲自提醒，我真不知《白鸟悠悠下》还要在书堆中沉睡到何时，它还会"寒波澹澹起"吗？

所以，我觉得对不住白琳。

于是，与白琳微信互动几下后，我立刻找出她的散文集，拉开了深阅读的架势。

二

《考博未遂记》是这个集子的首篇散文，我需要重读这一作品。

对于白琳的考博，我当时还是略知一二的。因为那年的冬天我们往来过几轮邮件，关键词就是考博和开题报告。她问我有关考博的一些问题，我则对考博之前就要拿出开题报告很是惊奇。随后她把《中国古代画论文体学研究》的开题报告发送给我，而那时我已回老家过年了。在我这个外行人看来，她所报考的专业以及她准备从事的研究都很高大上，我不敢置一词，唯独对"文体学"还有所耳闻。于是我把我的导师童老师的《文体与文体的创造》一书推荐给她，让她参考。有一回她来邮件，我正与童老师电话，便顺嘴讲白琳的情况，问《文体与文体的创造》有无再版，甚至向他请教文体学方面的书还可关注哪些。童老师很热心，说，中山大学的吴承学教授，北师大的郭英德教授都写过文体学方面的专著，徐复观先生也写过一篇重要论文——《文心雕龙文体论》，收在他那本《中国文学论集》中。但这本书是港台版，大概只能到国图的港台书库找。白琳很听话，我把童老师提供的信息转述给她，她立刻下单买书。而开题报告中，有关童、吴、郭、徐的著作已罗列了一堆。

可不可以说，在考博这件事情上，童老师才对她有了一些实质性的帮助？大概，这也正是她读我怀念童老师文章会心生感慨的原因之一吧。

但是，为什么这个小丫头放着好好的编辑不做却动了考博的念头？难道她不知道"男人、女人、女博士"是世上三种人的最新划分吗？还有，山西作协会放任这种"不务正业"的做法吗？考中之后她拍屁股走人，鲁主编会不会因为失去一位得力助手拍着地皮哭？2014年大年初三的上午，面对着白琳的开题报告，我的脑子里迅速闪出这些问题。当然，我并没有把这些疑惑抛给白琳，而只是祝她金榜题名好运气。

不幸的是，白琳并未吉星高照，而且，她似乎也不是一个坚定的考博主义者。一锤子买卖之后她好像就金盆洗手了，例证之一就是她写出了《考博未遂记》，这仿佛是收兵回朝的信号，也仿佛是自断后路的告白。而从此之后，果然她不再研究画论，而是专攻散文，三下五除二就写出了一本散文集，让许多人都刮目相看。白琳说她这是憋坏了，我则觉得她不知不觉就走进了司马迁所谓的套路中："此人皆意有所郁结，不得通其道，故述往事，思来者。"或者说得更通俗些，白琳写了这么多散文，很可能是她没当成学者的后遗症。

要我说，这样其实挺好。放着现成的作家不当，干吗非得当苦逼的学者呢？

但作为一个资深考博者，我依然对她考博的动机充满好奇。很快，我就在她的书中找到了答案："我仔细研究了一下，终于弄明白自己开始将考博的念头从尘嚣书屑中翻出来并不是因为我爱慕那女老师的放大镜，而是出自感到对未来的深深的恐惧。"（P13）这样的想法我也有过，并不陌生，但再往下看，她似乎已有点跑偏："假如我，面若桃花明眸皓齿，肤如凝脂吹弹可破，前凸后翘跌宕有致，或许可以沉浸在自己美艳无方的世界里受到娇宠，或者就不去追求我那沉睡的小宇宙复苏了。但是我先天不足，因为不足更感到无限悲哀，尤其是我发现自己开始沉沦，而奋斗中的同侪们已经在各国飞奔，在行业内建树，每每我阅读着他们的消息便愈发体会到少壮不努力老大徒伤悲的真理。"（P13）而在另一处地方，她又换了一种说法，大体上讲的还是自己的心病：

> 那好几年里我一直有自己努力的研究方向，心心念念去做学者。我总是把自己想象的无比聪明，觉得那一隅的学术缺了我还真的没有办法往下做。我由衷觉得自己伟大光荣。如果不把脑袋里的几个设想搞出什么惊天动地的大阵仗，就太对不起老天恩赐的智商。后来回想，发现自己原来并没有那么聪明不是一件痛苦的事，真正让人心疼的是那几年坐在家里"做学问"荒废的青春。有一天晚上，读了一阵古代画论，临了一会帖，在不大的书房里来回走走，在书柜前乱翻书，时光过得缓慢而绵长。那几年我好像就是这么过日子的。重复过多少个像那样的片断，是数不清楚了。总之最后我坐在书柜前面，披头散发，妖怪一样。（P90—91）

这段文字夹在关于脸上痘痘、闭合粉刺的叙述中，一下子就提升了美容养颜的文化含量。而它所呈现的问题至少在我这里是不成其为问题的。想当年，我也是屡战屡败、屡败屡战的考博老手。备战期间，吃喝拉撒一概从简，蓬首垢面更是家常便饭。但我是男生，且不修边幅已名声在外，所以，再怎么邋遢也不怕对不起观众。白琳却不是这样，她一方面痛说革命家史，大尺度暴露她不洗脸不梳头，头上不抹桂花油的鬼样；另一方面，她又对这种顾了考博顾不上美的生活很是心疼。这是小女人的小心思，我尚能理解，而所谓的"荒废青春"云云，就让我这样的大老爷们儿理解起来比较吃力了。就这样，本来是一个很励志的考博故事，白琳却生生把它做成了一锅有点正能量，有点顾影自怜，一步三回头，且行且珍惜，外加各类八卦的什锦饭。这就是白琳的能耐。

因此，谁要是想在《考博未遂记》中读出一些经验教训，然后把它提炼到考博宝典之类的高度，估计是比较困难的。白琳说的是考博的失败，实际上写的是自己的生活。而这种生活因为种种八卦，一下子焕发出勃勃生机。

三

实际上，在我认真阅读白琳的这本散文集时，有一个问题就挥之不去：为什么她的散文如此好看？为什么她能把那些陈芝麻烂谷子的事情写出花来？我当然知道，这与才情有关，并不是每一个考博未遂的家伙一咬牙一跺脚就可以放下屠刀立地成佛的。但除此之外，还有什么主宰着、推动着她的叙述呢？当我读到这本书的末尾，尤其是读完《太原爱情故事》和《有多少欲望等待发射》时，我突然开窍了。是八卦！正是那些八卦构成了这些散文的主旋律。想到这里我甚至有点小激动，立刻上网侦查，看有没有人与我撞车，没想到韩石山先生也这么夸她。那一刻，我真想把手伸向太原，对着那位"山林间枯坐的老僧"（韩石山自谦语）大声吆喝：缘分啊。

只是，韩老师惜墨如金，点到为止。这个问题且容我慢慢道来。

关于八卦，首先我注意到白琳并不忌讳，她以此说别人也借此涮自己，含着那么一点调侃、自嘲甚至小得意。例如："她丝毫不以为意与我胡乱讲着八卦，她不知道细菌正慢慢啃食着她的脸庞就像她啃食着手中的排骨。"（P87）"关于她的八卦我会重新起草，这里说的是她的假双眼皮。"（P92）"学生们脸皮薄，心里想什么嘴巴上倒不敢逾矩，总不如三姑六婆念叨八卦的快意。……我才二十二，怎么也过了二十四本命年再想结婚的事吧。搞得几个八婆挤眉弄眼笑她秀逗。"（P184）这主要是在拿别人说事，而说起自己她也不含糊："又过了好几年，我大概老了更爱八卦，有一次就对抱着小孩的乔安娜又说起了这个人。"（P204）"但是这些都不能与我对八卦的热情相提并论，我感觉到语言在我的脖颈里抖动，我开始给我妈打电话。"（P233）"除了兴奋八卦，其实我更多的感受到的是一种愤愤不平。"（P260）。这些都是信手写出的小打小闹，还有两段较长的文字也值得一提：

那一段学院生活真可谓鸡飞狗跳。我在众多是非中左闪右躲，仍然禁不住躺枪沉沦。我开始和大家一样八卦，也被八卦缠住了自己的口足。

很多个晚上，我从八卦的茧中爬出来，发现自己并没有变成蝴蝶哪怕是飞蛾，而是成为更加丑陋的蠕虫。（P14）

电话听筒不知道怎么搞的声音大得就像功放，叫我听得一点也不费心费力。我鬼鬼祟祟像是安置在舅妈身边的间谍，总想着窃取一点情报。后来我觉得自己八卦的个性根本就是天生的，我这么爱爆料，下辈子没准会罚我当一只兔子，肚子里憋无数的料却根本无法排泄。（P245）

通过白琳的自我爆料，我们至少获得了如下信息：一、白琳同学原本也是个好孩子，但那段学院生活毁了她。这充分说明"跟好人学好人，跟上师婆跳大神"的古训所言不虚。二、经过反省，她觉得"自己八卦的个性根本就是天生的"，我却认为她一不留神说出了一个真理。弗洛伊德说："每一个人在内心都是一个诗人，直到最后一个人死去，最后一个诗人才死去。"我觉得每个人在内心也都是个 gossiper。因人人都有八卦的慧根，白琳发现自己天生一个八卦者也就毫不奇怪了。那并非是她有特异功能，而是被开发出来的诗人般的潜能。三、白琳说，一遇八卦她就兴奋激动，这也容易解释。心理学家贝克博士的研究表明，八卦像巧克力一样，可以刺激人脑分泌内啡肽，所以八卦可以给人带来快感。

但所有这些，并不是我要谈论的重点。我们知道，生活中许多人（尤其是许多女人）都喜欢讲八卦，听八卦，但他们最终不过仅仅止于讲和听而已。为什么普通八婆是嚼舌头，二逼八婆更是不靠谱，而文艺八婆一上手就能使八卦变成一门艺术？八卦进入散文或散文成为八卦，这其中有什么讲究？这些问题才是我感兴趣的，而我也恰恰从白琳及其写作中看到了我想要寻找的答案。

顺着白琳给出的路标，我很快就发现她从小就具有一种八卦气质或八卦精神。比如，当她无意中发现副校长与一个女人在黑暗中哼哼哈哈一阵子后，马上琢磨出这件事情的不同寻常："我在我的语言中抽丝剥茧，我跟着它们的第一个脉络走下去，渐渐懂得了所谓暧昧。我的一切启蒙都来源于自己的领悟，它不需要别人教习，生生得自然而然。"（P66）这大概算是她对八卦故事的最早敏感。而她自己人来疯之后，做出的一些事情也很八卦。那个被称作李公子的同学喜欢上了她，用野花给她做了一个戴不到头上套不到手上的花环，"李公子圆乎乎的脸在太阳下被晒得通红，我盯着他，不无恶意地突然问，你是不是很喜欢我？李公子的脸更红了，扭扭捏捏像他编给我的花环一样，不合适也不舒服地坐着。我抠起身边一只辛勤劳作的蚯蚓，拎着它，追着失色的李公子，大声叫着，要是你敢吃了它，我就喜欢你！"（P68）

这就是传说中的小学生早恋。你可以说白同学那种不着四六的做法是恶作剧，但解读成一种疯疯癫癫的八卦精神似乎也顺理成章。也就是说，还在白琳是黄毛丫头的时候，她就既对成人世界的八卦事情充满好奇，也能无师自通亲自导演八卦剧，把本来很纯情的李公子吓得屁滚尿流，嚎啕大哭。解决问题的方式如此霸悍，剧情的走向又如此狗血，我们大笑之后估计都不得不对这个柴火妞儿点赞。

要我说，这都是她今后成为作家的宝贵素质。李贽曾谈论过童心与诗心的关系，并说："夫童心者，绝假纯真，最初一念之本心也。"而在我看来，这种"本心"，应该是包括好奇心的。因为好奇，儿童才更关注成人世界的秘密；也是因为好奇，长大成人后，他们才会去探究他们无法破解的人生之谜。从这个意义上说，八卦精神简直就是推动作家写作的内在驱力。想想看，假如刘义庆不八卦，他能写出《世说新语》吗？如果福楼拜对黛尔芬·德拉玛的八卦新闻不敏感，他能写出《包法利夫人》吗？这样的例子可谓多矣，一举一大堆。

于是，我们简直可以说文学起源于八卦，伟大的作家个个都是八卦大师。

当然，如此颠覆文学估计我会被人人喊打，但为了把白琳写作这件事说圆，就先这么着吧。

四

大概正是因为八卦精神的推动，白琳的散文才显得与众不同。不妨先从取材说起。

可入散文的东西虽然很多，但大致过脑子，就会发现以前的散文大都还是写的正经人正经事。十年前史铁生的散文结集出版，集子的名称分别是《以前的事》《活着的事》《写作的事》《灵魂的事》。您瞧，这些"事"一件比一件大，一件比一件隆重。汪曾祺是散文写作的老手，在他那里，《豆腐》《干丝》《手把肉》也能被他写得津津有味，可谓老不正经。但他不是"中国最后一个士大夫"吗？所以，无论他如何取材，都能飘出文化的味道。高尔泰也是散文高手，他写"梦里家山""流沙堕简"和"天地苍茫"，也都是个人的事，但怎么看又都能上升到民族国家的高度，力拔山兮气盖世。面对这种散文，许多人估计只能宾服，是断然不敢羡慕嫉妒恨的。因为想写出此类散文，你先得回到荒诞的年代九死一生。当代女性散文作家中，我还认真读过徐晓的《半生为人》和塞壬的《下落不明的生活》，两者虽年龄不同风格迥异，但她们笔下的私人生活依然跌宕起伏，有刚健挺拔之气。细究起来，入其散文者，依然是正经人正经事。

以此作为衡量尺度，就会发现白琳散文的取材往往不正经或不那么正经。比如《正畸》，写的是矫正牙齿的故事；《我们都要脸》，写的是脸上痘痘并与闭合粉刺和美容会所做斗争的故事。按惯例，这些事情既难登大雅之堂，也无多少写头，即便有作家有此经历，恐怕也会把它们自动屏蔽。但白琳不但写了牙与脸，而且全部写得张牙舞爪，满面红光。如此有趣的形而下叙事，至少对于我这个老生来说是一次不折不扣的启蒙。它让我意识到，在女人那里，脸上的一颗痘痘就是天大的事情，女人的痛苦指数要远远高于男人。

这些事情主要是在写自己，而像《谢晓婉》《太原爱情故事》和《有多少欲望等待发射》写的则是别人的生活。谢晓婉是作者的高中同学，也是每天能翻看几本言情小说的阅读能手，但她最终因婚恋之变，把自己的日子过得乱七八糟。《有多少欲望等待发射》写的是"我表姐"的故事，这个表姐受其母亲鼓励，想尽办法逼退原配，当上了正宫娘娘。然而，故事结束时，新一轮的小三上位正向她款款走来。《太原爱情故事》由 32 个一两千字的短故事组成，大都是作者同学或同学的同学，朋友或朋友的朋友的故事，而这些故事的关键词似可概括为出轨、劈腿、小三上位、婚变、凑合，千奇百怪，令人眼花缭乱。在这些故事中，男人通常很极品，女人往往很三八，加上故事雷人剧情狗血，再加上作者一本正经讲着讲着忽然就不正经起来，凡此种种，都让散文有了一种八卦的画风。

可不可以把白琳的这些散文称作八卦散文？

当白琳讲述着这些故事时，我发现她通常都有一股狠劲。她笔下的那些事情往往是情爱之殇、生活之丑或生存之窘，好多又涉及同学朋友亲戚，按照"家丑不可外扬"的古训，有些事情可能是不能讲、不便讲或不好讲的，但她就那么不管不顾地讲出来了。不但要讲出来，还要讲得一波三折，余音袅袅。我想，如果缺少一种八卦式的好奇心，它们就无法被记住；如果再缺少一种爆料或自我爆料的勇气，它们又很难被言说，进而在散文中安营扎寨。但所有这些假设在白琳那里都不是问题。正是因为没有这些条条框框和清规戒律，白琳一上手就扩大了散文写作的取材范围。

集子中也有几乎不八卦或不怎么八卦的散文，那就是另一种味道了。例如，《我的年少在你的怀抱》讲述的是她大学四年在太原这座城市里打工做家教的故事，初恋、青春往事、苛刻或善良的雇主、城市的烟雾和尘埃、淡淡的感伤和怅惘，一并在她记忆的底片上显影，让这篇文字有了一种追忆逝水年华般的忆旧之美。《白鸟悠悠下》则是对更早往事的回忆，写的是作者七岁那年跟随母亲从新疆走进山西盘海那座小城之后的生活。作者起笔依然是那种舒缓悠长的语调，但装进的内容却更为丰富：秃头男子的求婚，母亲陈老师的困扰，副校长的暧昧，李公子的示好，体育教员的荷尔蒙，作者性意识的启蒙，作者与小伙伴为看黄河差点被河水冲走的冒险，还有压在纸背的家庭变故，都被作者组装在一起，文章也就有了时而伤感时而欢快的旋律。而主宰着散文叙述基调的应该是这几句凄美的文字：

> 我的母亲陈老师躲避悲伤的路途远比想象漫长，她走了又走，走了又走。她走得那么盲目，又那么坚定。在她的脚下，只有那些陌生的，却可以告别过去的道路，在她的手中，只有我。我像是一只包裹，或一件行李，被她拎着，无声移动。很多个瞬间，无声黑白的我，突然会被某种巨大的情绪攫住，那是孤单的，茕茕孑立形影相吊之感，在我未曾学会这些词语之前，它们已预先占领了感知的空白。"（P59）

这类散文似可仿照"成长小说"称其为"成长散文"。但即便如此，那里面也有八卦。《白鸟悠悠下》中作者起笔写道："七岁那年，和母亲陈老师一起，坐渡轮到了对岸的小城。"（P57）此后，"母亲陈老师"或"母亲陈女士"就不但成为这篇散文的叙述称谓，也成为其他散文中提到母亲时的固定称谓。我们可以说，这种称谓具有布莱希特所谓的间离效果，母亲不只是母亲，而是一个男人的妻子，一群老师的同事。另一方面，我们也可以说，一旦起用这种称谓，作者把母亲带入到八卦阵的叙事之中也就可以无所顾忌了。而许多时候，我们也确实看到"陈老师"已从"母亲"的身份中游离出来，被迫选择了单飞。例如：

体育老师和他的太太相携而去，在我们的房间里留下了诡异的尾气。那个女人坐过的沙发垫子深深陷了下去，将蓬松的海绵压成一块坚实的面饼。我等待着这个饼弹起来，想要用等待的动作化解我没来由与陈老师之间生出的尴尬。但是，那一天它用在自我修复上的时间磨掉了我的耐性。并且，在那一个窝窝里，女性私处没有处理干净的特殊气味散发出来，呛得我头晕。我可以看出来陈老师的厌烦。她在那个女人离开后往那里喷洒花露水。喷了一遍又一遍。然后，有一两天，我们都避开那个位置，等待海绵弹起来。（P64-65）

这段描写直指下三路，很精彩，但也比较八卦。需要注意的是，这时候出场的不是"母亲"而是"陈老师"。也就是说，白琳准备对这件事情吐槽时，她请走了"母亲"，只留下"陈老师"在场。这是作者有意无意地叙述诡计吗？或者是为了方便八卦六亲不认的节奏吗？所有这些我都不大清楚，唯独能够确认的是，这样一来，作者已不再向"母亲"移情，主观化叙事一下子变成了零度叙事。

五

光有选材还不能保证八卦故事出彩，更重要的是如何叙述。也就是说，当那些故事本身比较八卦时，如何贴近它们行腔运调才能跟上故事的节奏，传达出故事的神韵，顺便再把叙述者的种种情绪反应——可气、可笑、可叹、可悲，甚至哀其不幸，怒其不争——代入其中，应该是一个更值得解决的问题。在这一方面，简直可以说白琳是八卦故事的段子手。似乎在不经意间，她叙述的语气、腔调、用词、句式就达到了"随物以宛转，与心而徘徊"的境界。

比如用词。白琳的散文中满目都是网络流行语和新潮用语：无底线、闷骚、重口味、都教授、铁壁男、龟毛、很屌、躺枪、草泥马、霸悍、好基友、意淫、违和感、渣男、猥琐男、绝版大贱男、贱人、婴儿肥、代入感、美眉、恐龙、花木兰眼、男神、我擦、泪崩、猪脚、拉拉、傲娇、拼爹、小清新、很三八、盘靓条顺、宅男、乌泱泱、人头冒黑线、狗血、嘿咻、大而二、单身狗、土豪、脱单、极品、奇葩、劈腿、浮云、嗖乎、比较扯、颜控、蛇精病、小三上位、俗辣、高富帅、矮穷锉、女汉子、下盘、揪心吸睛……这些语词上了点年纪的比如说段崇轩老师就有可能看不懂。我本来也该归入看不懂之列的，幸亏我装模作样地研究着大众文化，才不至于在它们面前彻底晕菜。但即便如此，也依然有拦路虎挡道，比如"龟毛"是个什么鬼？"BA"指的又是哪路神仙？这时候就得知之为知之，不知百度之了。当我终于弄清楚它们的本义和引申义，顿时觉得自己学问大长。

所以，仅从用词上看，白琳散文就呈现出鲜明的代际特点。这是一种活生生的语言，它的典或梗主要来自于网络或电视剧。一旦这些语词在文章中大规模亮相，青春色调网络气息甚至后现代风格就会扑面而来，很潮很时尚。按说，80后的小说散文我也是读过一些的，但白琳这种一上来就更换语言行头的散文我却是第一次读到。它不但更新了我的语言观，而且刷新了我的三观，甚至还让我想到了维特根斯坦的名言："想象一种语言就意味着想象一种生活方式。"我意识到，在语言变更的背后，关联的更是思维方式、情感方式和生活方式的变更。大概，白琳也只有用这种语言与这些新新人类打交道，才能捕捉到他们的精气神，才能像沈从文说的那样"贴着人物写"。

再说句子，先上几个例句："封闭性粉刺是最闷骚的痤疮。"（P85）"所以这个故事我大概只把它归结到那天她大姨妈到访的不是时候。"（P15）"她穿了黑色的厚底人造革松糕鞋，斑马纹，黑一圈白一圈，好像始终在过人行横道。"（P115）"这药有时候是酸的，喝完嗳气，有时候是苦的，喝完排气。有一阵我觉得她的身体就像一条长长甬道，两头都以通风为要。"（P77—78）"我偶尔也专门去看看别的女生的缺陷，以缓和自己的越来越浓烈的自卑。或者捏着阴暗心理把几个有名的女明星烂脸照拷贝下来，做桌面背景。"（P87）

谁都知道作文的第一步是造句，但造得平实者易，整得奇崛者难。不过，我总觉得这种难在白琳那里简直就不是个事，她似乎只是信手拈来，略施小技，便成佳句，根本不需要用洪荒之力。更值得注意的是，这些句子往往或者直接涉及身体，或者经她转换之后变成了巴赫金所谓的"物质—肉体下部语言"，读之令人嘿嘿，还有了那么点狂欢化的味道。

还有段子。我发现许多时候，白琳都能把叙述或描写写成段子。既然是段子，就有了一些长度。为节省篇幅，我在这些段子中左挑右选，只举三例：

我大概写过谢晓婉的故事，十五年前。几乎写成了《少爷，请你不要离开我》这样的模式。谢晓婉上大学之后给我留下了若干本言情小说，看到我上了大学还没看完。但是这些小说成为我的暗器，它们迷惑了我们班的所有少女，所以在考试中我就那么轻松愉快地击败了几个假想敌成为至尊无上的女王。　(P131)

小保安没有在商场里留下来。他消失在某一天，很突然也似乎在意料之中。而我的表姐和化妆品总监的故事也相当狗血，还没等我舅妈心里踏实下来准备跟亲戚们大肆宣扬的时候，他们就彻底决裂了。据说我的表姐拿着一串钥匙捅开那男人办公室门的时候，他正和另外一个 BA 在沙发上嘿咻。多年以后我表姐当玩笑一样说起这件事，她的语气里仅仅带着一点调侃。她说，那个男人看到她来了，还在继续。甚至，他仍然喘息着对她说，反正你都看到了，让我完了事再说。　(P240)

有一天我正在无所事事地往口语课本上画一个我自己都认不出什么玩意的糟糕一团，突然一个细脖子男人从我的身后探出他扁平的头部，他乎着气说，哎呀，你画得真好呢。他的口腔里蕴含着浓厚的湿气，还有一点点绿箭口香糖和韭菜盒子混合的味道，令我毛骨悚然。他大大方方在我身边坐下，表现得十分自信——虽然我并不知道他的自信来自何处。这是我第一次和尼安德特人近距离接触，我对于她的夸奖哑口无言，翻着眼睛想要不要道声谢，谁知道他下一步的动作就是把手臂撑在桌上，支着头看我，说，教教我怎么画好吧？大哥，拜托你泡妞再多点招！我看着他细长的脖子，很担心它撑不住那头颅的重量，我庆幸他很明智地用手帮它撑住了它。　(P5-6)

在白琳写出的所有段子中，有时是主人公活得就像段子，长得就像表情包，作者只需依样画葫芦，便可立此存照或传神写照。但更多的时候是她把可笑的事情进一步段子化了。于是她用网络修辞，微博语法，大大咧咧，满不在乎，透着稳准狠损，含着反讽和自嘲，带着四两拨千斤的一脸坏笑，轻而易举就把那些糗事囧事龌龊事解构得体无完肤。有时候，当她写出满意的句子或段子，还忍不住要嘚瑟一下，透出一种语言报复的快意："和她的下盘一样，她的上半部分也拥挤着几乎破衣而出，动如脱兔。最后这四个字是我在看到这张照片时的一瞬间所感受的语言精华。"　(P260)——这就是白琳的叙述风格。

于是我想到了王朔。王朔的语言风格和叙述腔调透着一种痞子气已不需要我多讲，我想说的是，男人文章中有痞子气，女人文章中有八卦相，都属于离经叛道之举，但又都显得酷。事隔多年之后，我们已经接受了王朔，接受了他那种胡抢乱侃、爱谁谁和满不吝。而经过了王朔的启蒙，再接受白琳我觉得已完全没有心理障碍了。因为我们接受的不仅仅是她的散文，还有我们今天的时代精神和话语风格——当正经严肃的事情越来越无法进入话语系统，越来越无法诉诸言语表达，我们就只好八卦。我们用八卦缓解自己的焦虑，也把八卦当作堂吉诃德式的武器，以此享受着我们的言论自由。这就我们这个时代的精神状况。

当然，幸好我们还可以八卦。

六

就在我琢磨着白琳的八卦技巧时，忽然来了一个大八卦：王宝强深夜怒发微博，自爆妻子出轨经纪人，宣布与马蓉离婚。于是八卦记者纷纷出动，吃瓜群众翘首围观，一时间，爆料的，洗白的，掐架的，撕逼的，扒皮的，碰瓷的，好不热闹。粉丝们力挺许三多，说，心疼宝宝，宝宝不哭！群众真心看不懂，说，贵圈真乱，细思恐极。还有网友表示，这竟然还是"出轨不是两三天，每天却想你很多遍"的狗血剧情。

这一出名人八卦有点与众不同。王宝强来自底层，原是一名北漂群众演员，后经自己努力又靠伯乐导演相助，如今才功成名就。他的"傻根"相惹人喜爱，他的屌丝逆袭的传奇经历又具有励志色彩。大概正是因为这一缘故，他自爆人被绿钱被转才牵动了亿万吃瓜群众的心。当然说到底，他的八卦依然走不出被围观、被消费的套路，道理很简单，谁让他是明星呢？明星就是用来被人消费的。

这样的八卦故事在白琳的散文中也比比皆是，只不过那都是草根们的故事，是依然生活在农村或城市边缘的王宝强的兄弟姐妹们的故事。这些故事原本只配在小范围内窃窃私语，然后风流云散，自生自灭，如今却被白琳郑重其事地记录下来。而一旦它们被诉诸文字，也就有了不同寻常的意义。马蓉的出轨据说与脸和钱有关，白琳所讲的八卦故事中也大都涉及钱钱钱，脸脸脸。在这个看脸的时代，她甚至记下一家美容会所每周变换的标语："小三的脸是白白的，你的脸是黄黄的。小三的脸是水水的，你的脸是干干的。小三的脸是化妆的，你的脸是长斑的……小三赞美你男人有本事，你抱怨你男人不忠诚。"（P89）这种公然拿小三说事的商业广告既反映着全社会道德指数的普遍走低，也直指广大正室们的深层焦虑。而这种焦虑其实也是我们这个时代的焦虑。

我在前面已提及《太原爱情故事》，其中的故事大都与出轨与劈腿有关。单个来看，每个故事虽也奇特，但似乎还不值得大惊小怪。可是，一旦32个故事列队而来，组成一个情爱方阵，它们仿佛就成了艾未未的装置艺术——《1亿颗陶瓷瓜子》或《1200辆永久自行车》，一下子爆发出巨大的能量。于是，故事与故事相互指涉，相互映衬，勾肩搭背，阔步前进。这时候我们才会突然发现，原来出轨与劈腿并非名人的专利，而是有着强大群众基础。或者也可以说，这是生活在模仿艺术——当谢晓婉们看多了言情小说和爱情电视剧后，她们便生出追模之心，结果把自己的生活过得一地鸡毛。不管是哪种情况，名人八卦和草根八卦的互动与交往都意味着这样一个事实：如今，我们已填平鸿沟，全面抹平，上下一条心，全国一盘棋，莫非这就是所谓的新常态？

我想，这就是白琳散文写作的意义。当八卦记者在娱乐圈里忙活时，白琳则成了本雅明所谓的"拾垃圾者"。她书写着底层的喧哗与骚动，搜集着底层的焦虑和困惑，然后把它们做成了时代的证词。而八卦，这固然是我们这个时代的兴奋点，但许多人并未意识到，它就像长在人们脸上的痤疮一样，其实也是我们这个时代的痛点。八卦记者只会在兴奋点上下功夫，为的是让娱乐至死来得更猛烈；白琳当然也兴奋，但许多时候，她又把八卦当成了时代面孔上的闭合粉刺。她在那些故事面前着急，叹息，甚至想在它们那里寻找爱情的真相。大概，这就是作家与八卦记者的最大区别。当然，无论白琳如何着急，她似乎还没有膨胀到"揭出病苦，引起疗救的注意"的高度。她只是无可奈何地叹息，干着急却一筹莫展。

估计谁也束手无策。这时候，我想起白琳散文中的一个说法："好多人都说，痘痘等年纪大一点就慢慢没了。我想，这绝对是个暗喻。它其实是在说，等你的胶原蛋白流失掉之后，痘痘也就没有营养可以吸收了。"（P84）我觉得还可以把这个暗喻扩而大之：时代的面孔上既然有闭合粉刺，它的肌体中也应该有胶原蛋白。当时代这张脸上的痘痘艳若桃花时，是不是意味着我们这个社会的胶原蛋白过于丰盛？假如它有一天也会流失，我们又会面临怎样的景象？

我想不出答案，只好把这个问题推给白琳，让她在以后的散文写作中继续思考吧。

小时代里的小欲望——我读《病症》

张暄的中短篇小说集《病症》（北岳文艺出版社2015年版）我认真读了两遍，寒假一遍，暑假又一遍。读第二遍时，我也同时读着托马斯·福斯特的《如何阅读一本小说》（梁笑译，南海出版公司2015年版）。福斯特在这本书的开篇处说："阅读小说可以让我们遇到另外的自己，也许是我们从未见过或不允许自己成为的那类人；可以让我们身处一些我们不可能去到或未曾关注的地方，又不必担心回不了家。"（第1页）这番话似乎也说出了我读《病症》的感受。许多时候，读着张暄的小说我都在想，这样的人这样的事为什么我就从未遇到过，为什么他们又偏偏出现在张暄笔下？

比如《刺青》，司机小柯虽然与顾娜同居，甚至把顾娜的名字文到了自己胳膊上，但他们依然在争吵和打斗中结束了所谓的爱情。《眼镜》说的是情感出轨：有妇之夫林那终于约出了有夫之妇孙凌，去梦幻水皇体验了一把心跳的感觉，但因为一副眼镜，两人最终不欢而散。在《曾经》中，康彤突然接到十年前暗恋对象梅妮的电话，于是他陷入重温旧梦的遐想和兴奋之中。但梅妮的真实目的不过是想利用康彤岳父的官位，为其老公谋职。康彤得知用意后立刻终止了两人的交往，他错位了也扑空了。

《病症》中的大部分小说讲述的就是这样的故事，人物不好不坏，关系不清不楚，味道不咸不淡，读后让人莫名所以，唯有一声叹息。

叹息之后，我似乎也发现了《病症》的写作秘密：张暄笔下的故事常常衍生于为人忽略的犄角旮旯，它们或者是生活的褶皱处，或者是情感的幽暗处，或者是人性的不阴不阳处。这样的地方通常会被人屏蔽或删除，但张暄却聚焦于此，然后用显微镜反复观照之，仔细揣摩之，铺陈渲染之，结果便催生了一篇篇小说。这很有意思。

比如《眼镜》。林那的老婆杜琴是银行白领，工作忙，挣钱多，同时又有点高冷，几乎没有笑脸，这让混成小领导的林那很不满足。不满足就生出几分闲心，就动了寻找"辣椒酱"的心思："就像吃饭，辣椒酱再爽口，也不能当主食。但辣椒酱，有时的确能刺激人的食欲。现在，林那的那种小欲望，就像吃饭时盯着辣椒酱，心里痒痒的。"（第21页）这是林那在眼镜店与导购白小薇相熟之后的心理活动。这个时候的林那需要辣椒酱刺激胃口，却也不敢或不愿对白小薇有所造次，因为不仅是地位悬殊，而且更关键的是他担心被小姑娘缠上无法收场。于是他在脑海里把认识的女性排查一遍，准备对自己的同事孙凌下手。当林那蠢蠢欲动时，孙凌的婚姻也恰好出现了危机——老公不忠，曾被她捉奸在床。正是由于这种契机，两人开始了暧昧的进程。林那盘算出来的进度是清晰明确的：先牵手，再拥抱，然后向接吻等等过渡。而孙凌却不紧不慢，似乎很享受这种暧昧的过程。为了在"肌肤相亲"的层面有所进展，林那选择了梦幻水皇之行，而故事也就在这里出现了意想不到的变化。在玩"海啸"时，林那丢落了近视眼镜，他既无法在孙凌身上大饱眼福，也败坏了玩的兴致。回到沙滩，他灵机一动，在孙凌的眼皮底下"顺"走了别人的一副眼镜，这让孙凌感到诧异和惶惑。回程的旅游车上，林那又与人发生口角，遭到了几个小青年的围殴，可谓在孙凌面前颜面尽失。下车时，林那把无名火发到了导游那里，理由是他的眼镜被人打掉，必须赔钱。而事实上，被他偷来也被人打掉的眼镜已被导游捡起，放在了车门附近的小吧台上。林那趁导游不备，把这副眼镜扔掉了。这一举动又让孙凌惊诧不已。最终，林那虽然从值班经理那里获赔八百元，但他似乎也被孙凌看透了。

这篇小说在《病症》这个集子中具有一定的代表性。从最初的情节走向上看，这显然是一个关于偷情的故事。但实际上，作者的用意却并不在此。或者说，偷情之旅只是提供了一种呈现人性灰色地带的特殊情境。通过这种情境，通过林那在婚外恋人面前伤了面子恼羞成怒最终有点破罐子破摔的微妙心理，作者渐渐逼向主人公内心世界的幽暗之处。用弗洛伊德的话说，这一地带既非黑暗无光的无意识领域，也非神清气爽的意识世界，而很可能就是所谓的"前意识"（preconsious）。它夹在意识与无意识之间，带着无意识领域的浅薄欲望，左冲右突，跃跃欲试，一旦找到时机，便会冲口而出，纵手而成。张暄的本事就是能逼住主人公的前意识，让它张嘴说话。它原本潜伏着，暧昧着，哼哼唧唧着，但在作者的追逼下，突然就迸发出一种响亮的声音，仿佛是与规规矩矩的世界叫板。我想只有写到这个份儿上，张暄才算是尽兴了。

由此再来看《病症》中的其他短篇小说，它们似乎或多或少都有那么点《眼镜》的套路：表面上是明恋、暗恋、婚外恋，但实际上却是项庄舞剑，意在沛公。但反过来想，舞剑又并非可有可无，它增加了人物的情感维度，左右了人物的心情，丰富了情节内容，甚至拉动了故事的内需。例如，《洗脚女关婷》里的"沛公"应该是尊严，但关婷与其丈夫的冷漠，或者是那种没有爱情的婚姻却一直推动着故事和人物的走向。《小保安》中的赵小闷，平时不吭不哈，腼腆内向，最终却成了见义勇为的斗士。之所以如此，是因为他暗恋的薛丽红遭人欺负。为了一场无望的爱恋，他献出了三颗牙齿并且进了局子。《孩子生病时我们都做些什么》写的是婚姻之后庸常的生活，吵架、斗气已成夫妻之间的常态。但因为雷融去参加大学毕业十五年聚会时挖空心思给初恋女友买了一套丝绸睡衣，夫妻吵架时也就有了一种画外音。甚至在"不谈爱情"的《上下左右》中，也飘荡着一丝暧昧的情愫，很值得玩味。

《上下左右》似乎可称为官场小说。午夜时分，乡镇副书记乔桑接到组织部一个电话，让他火速为赵部长拿出一份总结材料，但材料的事情归组织委员孔芳芳管，乔桑只好给她打电话，结果吃了闭门羹，因为她正与一位男人温存，又明知道半夜"机"叫一定不是好事情。乔桑又给党办秘书小陈打，小陈倒是接了电话，但他正在打麻将，又把写材料的事情推给了孔芳芳。无奈之下，乔桑只好让一把手童书记出面，亲自给孔芳芳打电话，最终才约好小陈，三人一并到镇政府整材料，但镇政府恰好停电了。半夜三更，为商量究竟去谁家工作，三人又各动一番心思。而当材料终于在乔桑家整出来时，组织部却说第二天的会议取消了。

这篇小说写的是一个芝麻小官的无奈：上有市（县）组织部秘书要威风，下有镇组织委员不合作，乔桑两边受气却又无从发作。与此同时，乔桑的老婆又小寡妇长小寡妇短地在乔桑面前喊着孔芳芳，不断敲打着自己的老公，以免他明修栈道，暗度陈仓。而乔桑本人对孔芳芳也并非没有好感，只是两人同时升迁之后，他们的关系才发生了微妙的变化。就这样，在短短的篇幅中，作者通过一件很小的事情，就把乡镇一级的官场政治演绎得淋漓尽致。

实际上，《病症》中的所有小说似乎都可用一个"小"字概括：小官场、小领导、小人物、小欲望、小伎俩、小心思、小欢喜、小忧伤……这似乎与我们这个小时代也搭调合拍。当"解放政治"变成"生活政治"，当"宏大叙事"变成"微小叙事"，我们这个时代确实已无法称大。而小说又该如何呈现我们这个时代的特征，也确实是摆在小说家面前的一个课题。在这一方面，我以为张暄自觉不自觉地触摸到了时代的脉搏，其小说也就与这个时代形成了某种互动或同构。而在他小说呈现的所有"小"中，小欲望显然更值得关注。在不同的人物那里，这种小欲望又衍化为林林总总的小诉求：林那惦记着出轨，然后功成身退；乡党委组织委员孙强希望不被人叫成"委员"，而是被喊成"部长"（《孙部长》）；康彤的欲望是重温旧梦，而梅妮的诉求则是为老公说情；关婷梦想着自己的男人像霍栋那样出色；田晓敏渴望着痛痛快快吃一次冰激凌（《贫困生》）；而小保安赵小闷的欲望和诉求更是小得可怜——能不断为薛丽红效劳，去饭店为她买回一盒排骨盖饭或一只红烧猪蹄。尽管这种欲望小里小气，却也容易搞乱了身心。当关婷准备放下身段改变生活态度时，烦恼也接踵而至，"就像里面爬着一只小虫子，挠得她的心一直痒痒的"（第115页）。而一旦小虫子爬出来，也就意味着主人公将要付诸行动，这时候他（她）又需要动点小心思，耍点小聪明，或者下点小决心，以便皆大欢喜大团圆。但结局往往并不美妙，于是主人公只好在尴尬、郁闷、悲伤、无奈、无语中走向故事的终点，他们的脸上也写满了我们这个时代的流行表情——囧。

当然，话说回来，这种"小"我以为也与作者的生活环境不无关系。张暄是我老家的一位作家，而晋城市或泽州县则是晋东南地区的一座小城。小城故事多，但所有的故事似乎都是些凡人小事。即便有大事见诸媒体，好像也还是透着一股小家子气。今年五月，晋城黑社会老大程三出狱，据说有数十辆豪车接风，有上百万响鞭炮开道，更有百余名弟兄统一着黑衣黑裤，列队相迎。而程三则白绸锦衣，威风八面，颇有"我胡汉三又回来了"的架势。斯人斯事在网上迅速蹿红，其动静不可谓不大，但在我看来，这种招摇过市的做派恰恰是土得掉渣的典型表现。张暄在这样的城市待着，所见所闻应该就是这种连黑社会老大也能被榨出皮袍下的"小"来的货色。加上他本人是警察，他的取材估计也就很难离开身边左右。记得四年前的某一天，张暄陪同一位乡镇干部匆忙进京，试图托关系解决镇里出现的一个小乱子。那一回的相见让我有些吃惊，也让我意识到在中国最底层当个一官半职何其不易。如今想起这件往事，再对比张暄小说中乔桑、孔芳芳、孙部长们的所思所想，我也就对他们多了一种"了解之同情"。

张暄是写散文起家的，这些年他则致力于中短篇小说的写作。他曾记录过葛水平的一个发言："她感激鲁顺民先生。在她还写散文的时候，鲁顺民提醒她要写小说，否则不会有前途。她苦恼自己不会写小说，鲁说你写的本身就是小说。她茅塞顿开，随后一举成名。"（《卷帘天自高》，中国文联出版社2011年版，第120页）我不清楚张暄是否受到过这番话的启发，但他现在确实已更多把心思用在小说的经营上了。而从《病症》这十三个中短篇中，我也看到了张暄苦心经营的成效：这些作品自然并非篇篇都好，但好多篇什能够看出他在技法上的用心和追求。他很讲究谋篇布局，很擅长尺水兴波，很注重把人物之间复杂微妙的关系捋得清晰，叙得流畅，这时候我就想到了他是一名警察，这种人天生机警。而呈现人物前意识的心理（如前所述），更是他的拿手好戏。这个集子里有篇《还有一滴泪》我未提及，此小说显然是从散文《最后的狼》改写而来。此番改写，也让我看到了散文与小说的不同技法：前者似如实摹写，虽有小说笔法，但依然中规中矩；后者的主干还是那个故事，却有了娓娓道来的意味。而一前一后加进的《飞天》歌词和"我"参军当兵摆弄枪的感受，也与故事主体形成了一种对位关系。这样一来，故事的空间也就被撑大了。

当然，读张暄的小说，我也有一些不满足的地方。比如，那些小说确实"小"得精致可爱，但如何才能以小见大，张暄似乎还没想出更好的办法。同时我也意识到，《病症》中的大多数故事都是很抓人的，这意味着它们的可读性都很强。但读过之后往往只是留下了故事的轮廓，却没留下多少让人咀嚼回味的空间。或许这可称为可思性弱。究其因，我以为张暄有时过分迷恋于故事的讲述，过分醉心于情节的安排，而淡忘了对主题的开掘。在这个问题上，鲁迅先生的那句名言——"选材要严，开掘要深"——依然值得张暄认真琢磨。读着张暄的小说我会想，他把生活的褶皱处打开了，它们被翻晒到了阳光之下，这很好。但翻晒仅仅意味着呈现和展示。展示的目的是什么，我说不清楚，估计张暄也说不清楚。

但我对张暄以后的写作并不担心。记得他非常推崇雷蒙德·卡佛，也是艾丽丝·门罗的脑残粉。我初识张暄时，他就给我推荐了门罗的小说，说很值得一读。门罗获得诺贝尔文学奖的第二天，《读药》周刊的编辑约我写《逃离》的书评，我说我不行，门罗的小说张暄读得通透，可请他来写。我想，一个以短篇小说大师为标高的作家是不需要担心的，因为他已取法乎上了。他需要的可能是境界的修炼，是"出乎其外"的反观或鸟瞰。

最后，我也建议，张暄在多读外国作家作品的同时，不妨也多揣摩一下中国作家汪曾祺的短篇小说，那里面很可能正好有他作品中需要的东西。

2016 年 8 月 5 日

生态平衡的山西文学

◆王干

　　山西文学，山西作家是非常有特点的。第一个特点，山西的作家代际连接之间非常明显，一茬又一茬，生生不息。很多省的作家出一茬下一茬就没了，山西作家从今天在座的张平主席，直到80后的手指，一代又一代，代代相传，而且都非常好，良好的代际文化让山西作家不中断，不失衡。第二，山西文学的生态非常平衡。从长篇小说到中篇小说、短篇小说、散文，到诗歌，都有代表性的作家，张平、张锐锋、葛水平、李骏虎、阎文盛、杨遥在各自的领域都有建树。第三个，山西文学的题材非常地丰富多样。一般都说山西是太行山，是乡土文学，还有吕梁山专门产乡土作家，其实不是这样的，山西的文学题材从乡土到城市，从大题材到个人叙事，从历史到现实都有非常丰富的层次，就像山西的企业一样，有国企有民营，非常丰富，有宏大叙事，也有女性写作，层次丰富井然，井水不犯河水，各自有自己的空间，各自有自己的代表人物。山西文学还有一个特点，文学创作和文学评论是互动的。现在到北京的阎晶明，主席杜学文，段崇轩，王春林等都是评论界的一线人物，所以其他地方的作协到北京来开会，往往只有作家方阵，没有评论家方阵，山西的文学创作和评论是对称的，共同发展的。人才济济，生态丰富，有接地气的山药蛋派传统，又有年轻的探索团队，所以值得期待，也值得长期关注和探讨。

　　山西不太出女作家，或者说女作家不是成为成群结队地出现。葛水平的出现给山西多年男性世界为主导的山西作家群开出了一片洼地，女性的洼地。小说非常有特点，作为一个山西的女作家，她是融合了南方作家的优美跟北方作家的苍凉于一体，一般的女作家比如像张爱玲这样的作家，她有身段，有水袖，但是缺少骨感，葛水平的小说里面她有身段，也有水袖，但是有骨感，作为女作家来说能写出这个来是非常难的，谢谢。

文学中国的山西道路

◆李林荣

一

有句话说，科学无国界，科学家有祖国。文学和文学家无法做如此类比。文学创作、文学传播和文学接受，都得依托具体的精神和物质生活土壤，也都得始终贯穿在具体的社会生活情境中。科学研究赖以展开的那种把事物及其性质总是从具体抽象为普遍的思想原则和操作方法，与文学思维和文学生活里聚焦、放大、推重具体经验和具体联系的情趣，几乎正好相反。也许正因此，大多数时候，文学家看起来总是比科学家流露、表现着更多的乡土气质、家国情怀。而相形之下，科学家至少在其职业工作的场合，往往表现得更有世界主义者的风范。

如果把科学和文学的表达都当成一种面对现实的描绘的话，那么好的科学家都在描绘世界地图，好的文学家都在描绘区域地图。世界地图能够概括、展现人类生活时空的全景，区域地图能够指引和标记每个人日常生活的每一段具体行踪。小而至于家族血缘所系的故乡，游于斯钓于斯的日常生活栖息地，大而至于种族、国籍认同所向的国家，文学书写永远离不开具体的地理人文时空。所不同的，只是有时候直接把时空地标凸显在前景，有时候把时空地标隐藏推移到后台。对作家来说，问题不是需不需要依托和利用具体的地理人文资源来展开自己的创作，而是怎样根据自己创作特点和自己创作追求，来选择好和利用好适当的地理人文资源。换句话，这也可以称为寻找和建立自己的创作资源根据地。

这一点，对正在创作现场忙于劳作的作家来说，是至关重要的。但在创作现场的画面、情境全都封存、凝固起来，变成文学史之后，这一环节却又都会被忽略。因为文学史的叙述都是过去完成时态，文学史的叙述逻辑是只要结果、不要过程。树立在文学史册里的杰作和它们的作者，都是以如同与生俱来、无可选择或者铁板钉钉、注定如此的方式，和一定的地理人文资源连接在一起的。事实上，即使在文学史中被排列进最伟大作家行列的人，也会把对于地理人文资源的选择和利用，当作自己创作道路上自始至终都要不断去面对和不断进行调整的问题。

从这个意义上讲，一部文学史，既是作家作品不断累积的历史，也是一部创作者不断发现、不断确认和不断开掘自己特定的地理人文资源的历史。中国文学史，是以文学的方式讲述中国故事的历史，也是创作者在中国的地理人文资源的疆域内不断勘察、挖掘、开发的文学能量的历史。——文学的创作如此，文学的传播、接受也与此同理。

以往我们看待和谈论文学史，视线和焦点常习惯于不是凑得太近，就是离得太远，要么一头扎在某些作品内部，要么径直跳上云端、只顾望远，大而化之地和外国文学、世界文学做比附。从文学与地理人文资源的关系这个角度，重看、重述我们的文学史，就会重新注意我们的文学与我们实际生活的多重紧密关联：地缘、人缘和历史缘，合在一起，也就是文学的地气。在用文学讲述的中国故事里，在用文学构建起来的中国世界里，和其他已经把省份和地域的招牌、旗帜打得很鲜亮的地方一样，山西的存在是结结实实的、山西的比重是不容小觑的。但更重要的，是文学和山西这块热土结合的独特方式和独特经验，对文学中国的全景图和整体气象的形成所做的贡献。

二

对山西文学的经验和道路，如何在文学中国的总体格局内求得新的认识、新的说明，是个大课题。所有在新时代条件下从山西出发的作家——无论是出身或定居于山西、书写山西题材，还是出身于外省市、但定居于山西并且以书写山西题材为主，抑或出生在山西但不以山西为主要创作题材，而是带着得自山西人文风土滋养的精神习惯，去书写山西以外各地方题材，除非要存心浪费自己本该仰仗的这一方地域文化资源，否则都有必要把深切地体知、解读和阐释山西已经提供给中国文学的经验、道路和方法，作为一门日常功课，据此推动和引导自己的创作从历史和时代的制高点上不断探求有长远艺术价值的新方向。

这也许首先应该是文学评论和文学研究界的事。不过，即使是文学评论和文学研究已经做了这方面的工作，如果创作一线的作家们对此漠不关心，以为与己无关，那么这样的理论研究工作也就等于没做。更何况，现在这方面的理论成果确实很不足。清末以前的中国文学史，也就是常言所说的中国古典文学时期，山西文学在全国文学的版图上色彩并不暗淡，历朝历代的文苑谱里不乏山西籍人士，隋唐时期甚至可谓群星璀璨。近代以降，不知是否有特别的事件或作家作品可做转折标志，山西的文化形象从表里山河、雄浑深广，一变而为狭隘封闭、偏安自足，山西的文学气象和文学气度，也从原本不言而喻地代表着国族整体或至少也是黄河流域以北的北方文明的主体，一变而降格为只能代表一个省份、一个地方自身。

是近代以来山西文人群体的文化抱负和精神关怀的境界降低了、范围收缩了？还是近代以来山西文人群体的文化抱负和精神关怀里的博大、深沉和厚重，被时兴的理论逻辑和理论话语无意地忽略了，或者有意地遮蔽了？许多事实表明，以上两方面情况兼而有之。近年来，一些并非以为山西文人和文学的历史澄清、正名的初衷展开的理论研究，已对后一方面的历史偏失做了无意使然的部分弥补和纠正。最突出的实例，就是对赵树理小说从全球知识左翼或所谓新左派价值立场和思想视域，给予意义全新的细致阐释和高度评价。而在此之前，赵树理和他的全部文学生活，在中国文学史的叙述流变和模式转化中所得的定位，正是整个山西文学近七十年来在国家文学的价值谱系中持续边缘化的典型缩影。

赵树理最初作为从素材选取、语言锤炼、文体创制到创作立场、创作宗旨都全面展现了充分成熟的（实际上同时也是充分自觉的）民族化、大众化和革命化成就的旗帜性的作家，在1940年代初期崛起的延安文艺的价值与话语体系中，获得了崇高的地位。1950—1960年代，在以史诗性的革命斗争历史和农村、农业题材长篇叙事作品为主潮的社会主义工农兵文艺中，赵树理的小说和戏剧创作开始日益明显地偏离后来在"文革"初期被总结、标举为"三突出"的主流创作原则，遭到了从贬斥为大写或者只会写"中间人物"直至走"修正主义"道路的批判。同一时期，在海外中国现当代文学研究界，延安文学时期赵树理的创作所获得的中国文学民族化、大众化、革命化和现代化的旗帜性的地位，也遭到了激烈的指摘与贬抑。尽管这种来自海外的贬抑，一半是基于冷战时期意识形态的敌意和成见，一半是基于对与赵树理的创作所体现的乡土题材和民间情调的文学以及北方风格文学的现代化形态差别殊甚的城市题材、知识分子情调以及江南风格文学的现代化形态的偏爱、同情与打抱不平、矫枉过正式的力挺，在学理上并不见得严谨，它传入内地也经过了一个明显的时间差。但在越来越重视镜鉴和吸收海外学术的1980—1990年代的内地文坛学界，这种贬黜赵树理及其文学成就的观点和思路，还是造成了极大影响。赵树理及其作品的研究，一度在中国现当代文学的评论、研究中流落为乏人问津的冷门。直到知识左翼和新左派的话语潮蔓延到赵树理研究，更新了相关的理论方法和价值背景，赵树理和他的文学实践才焕发出了再次进入新时代的文化和社会理论前沿的活力。

三

迄今为止，近代以降文学生涯起步于山西的作家里，论介入国家文学史程度之深、享誉国际的声望之著，尚无旁人可出赵树理之右。上述这段延续于他身后的其人其文的读者反应理论阐释和社会接受的曲折历史，其中哪一段的哪一种理解、阐释和评价在多大程度与赵树理文学生活的本真情形相吻合，对我们试图以他为鉴、以他为师的新一代的山西文学建设的参与者，已经并不特别重要。对我们而言，面对赵树理和他的文学遗产，最重要的是思考和体会他和他的文学实践何以能够穿越不同时代、经得住反复变化的多种理论方法和多元价值体系的有效阐释和深度评析？

纵观赵树理和他的作品最初和最近被确立为重要理论对象的两个阶段，可以看到一个一以贯之的特点，那就是赵树理的文学创作从一开始称名于世之际，就一直没有被归结进那种为艺术而艺术或只为博一单纯的文人之名而进行疯狂笔耕的象牙塔中人或逐虚名浮利之徒的行列。他的创作征途上明摆着植根在社会深处的非文学、非艺术的功利主义的路标。写小说和写戏，对他都一样是展开自己诚心实意的发现和解决农村实际问题的思考和表达的手段。文学的创作、传播和接受的实践，在赵树理这里，涵盖了突破和超逸寻常文学疆界的非文学或超文学的本质或效能。他创作内外有关文学的一切作为、一切努力，都自然地潜含了包括文学在内、但绝非仅限于文学或仅到文学为止的丰富意蕴和多重诉求。而这，正是赵树理的文学实践能够盛纳多向度、多层面的理论阐释和价值评析可能的客观基础。

但凡对山西的人文传统和社会风习有一定切身体验的人，都很容易理解赵树理的这种非纯文学或超纯文学的观念和相应的功利主义或工具主义的文学实践——与其说这是赵树理个人的独特选择，不如更准确地说，这是山西厚重少文、质朴务实的价值伦理传统和社会生活习气对置身其中的每一个山西人的集体无意识似的精神约束和人格塑造。在赵树理的文学实践中，这种来自历史和乡俗的价值约束，以正面顺应的形式强劲地表现了出来。而在当代文坛，尤其在所谓后新时期的最近三十年，当各种不同的面目和口号竞相标榜的纯文学潮流开始有机会大量涌现时，山西年轻一代的文学生力军往往会成为这些纯文学潮流最积极、最执着也最忠诚的拥趸，并且他们的积极、执着和忠诚往往还要超过这些潮流的首倡者。这种过分的姿态，其实正是铭刻在他们精神世界里的那种由山西的人文地气决定的并不纯粹的功利主义或工具主义文学观念从反面倒转过来的表现。纯文学的有无本身就是悬疑，纯文学观念的理论生成，初衷和实效是否就真的就在于用来维系一座超凡入圣、不沾人间烟火的艺术象牙塔，这是更大的悬疑。带着这些悬疑，再来审视那些过分笃定地追逐纯文学的理念旗号的人具体的创作，多半会发现，他们确信的只是自己急于从功利主义和工具主义的文学观念的束缚下逃遁，至于在这些束缚之外，纯文学的飞地或天空到底位于何方，他们却并不清楚。

四

作为不止一代的山西作家里在全国乃至世界文坛的经典化代表，赵树理走过的文学道路和他艰难探索得来的文学经验，值得山西年轻一代有耐心在本土传统中深入扎根，同时更有雄心让自己的创作在省外、国外的文学空间里长久赢得一席之地的作家们，从新的角度、新的层面再关注、再认识和再借鉴。延安时期的周扬最早注意到了赵树理从他的小说创作中展露出的两方面难得的艺术才能和精神素养：一是从人与人具体复杂的关系中、而不是从单独的某一人物或某一事件中，来观察、把握和刻画社会生活；二是从方言口语、民间文艺与现代知识分子的精英文学话语这两者的相互克服、相互融合中，创制、提炼出精致的大众化、民族化同时更是文学化、艺术化和个性化了的叙事语体和叙事文体。

赵树理的作品在后起的文学史著中，多少因为"山药蛋派"这一名目的覆盖和遮蔽，总被人想当然地认定为土气有余而大气不足。但一经实际的文本阅读，就会感觉到：赵树理小说里的土气和大气不仅是糅为一体、敛在内里，不曾单摆浮搁地浮现在行文叙述的表面，而且当与在他之前之后流行的一般农村题材或乡土小说相比，他的小说对人物、故事和场景的设置，分明显得更少了些着意装点的土腥味，更多了些平等对待农村和农民的宽广意识。他一方面把农村当成了整个社会和国家的一部分，而不仅仅是城市之外的乡下地方；同时另一方面，他也把农民当成了中国人和世界人的一部分，而不仅仅是城里人之外的乡下人。有论者曾表述过一种本意在以鲁迅之深广反衬赵树理之狭隘的说法：鲁迅从一个村庄看到世界，赵树理把世界看成一个村庄。事实上，反其意并且更确切的说法，对赵树理才是公平的：鲁迅从他作品中的农村发现了全世界和全人类，赵树理从他面对的整个世界和各种人当中发现了他作品中的农村。

支撑赵树理这些独特的文学实践的，是他独特的文学理念。他坚信真正的文学不但只能从没有文学的地方生长起来，而且只能从表面看起来没有文学的地方得到继续存在和发挥作用的资源、条件和依靠。这样的文学理念，对今天的山西作家，也许是最急需也最宝贵的一份精神遗产。按照这一理念，纯文学即便真的存在，那它也只能内在于不"纯"的文学，从不"纯"的文学中生长，也靠不"纯"的文学来涵养，而绝没有办法飘逸到并不存在的艺术真空里去。由此，担负某种看似外在于文学的功能，对作家和作品绝不是一种负担、羁绊、干扰或拖累，相反，是一种促发文学本身力量和效用的必要条件。

在以往两年为撰写张锐锋一本散文集的精读赏析，而再次全面细读张锐锋散文的经典之作过程中，以及多次通读玄武、闫文盛赠送的电子版作品合集和新书的过程中，还有最近收到唐晋、白琳的部分散文代表作细加品读的过程中，我一再感觉到了故乡山西的文学已经从跨世纪的时间起点上重新出发，并且正在向着中国文坛的前沿和世界文学的腹地快速挺进的蓬勃气势。作为一名坚定的散文爱好者，我愿意把这种气势的初兴，上溯到将近二十年前新散文运动在中国文坛凌空霹雳似的登场。而从堪比赵树理的短篇小说《登记》解放初期被改编为沪剧《罗汉钱》的深广社会接受效应来讲，最重要的标志莫过于整个 1990 年代张平反腐小说在全国深入人心的持续风行——连复旦大学中文系资料室的管理员，都把畅谈《天网》《抉择》读后感，当作和好几届山西籍学生反复交流的保留话题。刘慈欣的长篇科幻力作《三体》荣获国际奖项，更为山西文学从新的领域和新的高度，赢得了全国和全世界的瞩目。

在此情势下，无论是作为一个自然成型的地域文学的整体形态，还是作为一支事实存在的文学团队力量，山西文学都比以往任何时候更加需要深接自己的地气、疏通自己的血脉，把昔日的荣光和新近已有的收获，还有未来理应更辉煌的成就，连接为神完气足的一个机体，内铸魂魄，外现活力。以此，使得山西文坛一方面能够持续强化把更多的作家作品和其他文学资源凝聚起来的向心力，一方面也能不断释放出引领全国文坛风气和全国文学前沿潮流的影响力和传播力。

以我的阅读思考的片面之见，山西中青年作家在小说、散文和诗歌等各体裁创作中，向来并不缺少追随和参与全国文学主潮的饱满激情和实际收获，但很多初涉文坛时原本很有锐气和才气的作家，最终也就在这种跟风跑和随大流的机械劳动中，渐渐耗损成了庸庸碌碌、自满自足的文坛操作工。在最近一二十年文坛和整个社会的风气都益趋浮躁的大环境下，这种情况似有加剧之势。山西文坛需要一个又一个围绕真正具有开创精神的主帅或闯将自发形成的圈子，来屏蔽流俗的干扰、培植自信和定力，让年轻作家能够踏着前辈留在历史上的精神足迹，跟着近在咫尺、易于接近和深入了解的闯将，各个去趟自己的路、奔自己的方向，而不再总是魂不守舍地忙于盲目向外追风逐潮。唯如此，才是对从山西文学的土壤中挺立起来的参天大树式的前辈作家和实力派作家最好的珍视，也才是对汲取着山西人文地理和文学传统的营养成长起来、正在蓄势待发中的年轻作家们的最大帮助。

五

就前述所及的几位山西作家朋友来讲，张锐锋在散文创作和理论上近三十年的深耕力拓，已在省外、在全国启发、引领并造就出了一支实绩累累、冲击力极强的新散文家队伍；唐晋和玄武旧体诗赋和现代诗文各体兼工的笔力和才情，大概数遍全国同辈的知名作家，也没有多少可以相提并论者；闫文盛近年潜心聚力推进散文长卷《主观书》的创作，语体、文体独辟蹊径，整体姿态已渐入佳境；白琳《白鸟悠悠下》等散文借取小说和诗的造境手段，叠合了现代女性散文和当代先锋小说的风致。虽窥一斑，略知全豹，山西文坛新锐力量的阵型豁然可见。

然而，在赞叹如唐晋的《墓游》《时间的瞳孔》、玄武的《父子多年》《死者所知》等构制精微、气韵浑厚的少数完整成篇的力作之余，阅读唐晋、玄武这样笔下功底颇深的作家的作品时，也会常觉得有些遗憾和迷惑：他们是否把自己上乘的笔墨挥洒得过于零散、过于随意了？精彩的行文细节比比皆是，篇章足具的完整作品却难得一见。当然，部件堆积而成品少见，这正是真实的劳作现场本该有的局面。但人到中年时分，创作历练已超过二十年，拿捏作品成型的分寸和火候，照理也接近自如和圆熟，好的基本功和好的创作成品却尚未达成量与质的均衡匹配，欠缺的临门一脚或最后一公里的差失，到底在哪里？

对此，身为和唐晋、玄武年龄相仿的一名文学行当里的同辈，我只能谈一点从自己以文学理论研究为业的切身体会中转移过来的认识，作为参照。在写作技术或表达技巧不成问题之后，对一个写作者来说，剩下的问题就只能是精神视野和思想穿透力的问题了。所谓精神视野和思想穿透力，借用张锐锋常说的一个词，也就是思考力。其中，视野是先决性的，它最关键的是需要主动去寻找、选择，然后才能成为运行思想或运用思考力的平台。在文学创作中，才华的浪费或虚掷，总是从创作题旨和素材的选择、确定开始的，而对创作题旨和素材的寻找、发现和选择、确认，恰恰又正是由一定水平的思考力决定的。思考力从何而来，因何可得提升？常规的解决之道，无非是读书求知，切磋砥砺，扩展身心生活，深化社会关切。这都不错。

但对文坛中人而言，增进创作所需的思考力，还要有更具体的要诀。在这方面，对当今的山西作家，赵树理的经验仍值得重视和借鉴：不能只把文学当成文学来对待，因为文学并没有独属于它自身的生命内核，文学的全部生命力就在于它永远只是主客观之间或者说现实和理想之间的一道媒介。它可以显现为一种把握现实的方法和态度，也可以显现为一条通向现实和连接古今的道路，或者一重立足于当下、又超越于当下的审视、体悟现实的精神境界。既要立足于文学、盘桓于文学，那么在此所能做的，就是要容下并且担当起自己所能承担得起的万般世事中对自己最重要的那一部分。赵树理的文学生活就是他对处于大时代转折中的中国农民和农村的现实遭遇、现实困惑的真诚思考，他的文学生活因此而充实、也因此而独特。更进一层看，赵树理的文学生活留在文学史上的印记和分量，也正是因此而与那些主张和践行所谓纯诗或纯文学的一派名士们的文学生活，有了根本的差别。

娴熟的写作技巧只有脱离纯文学的幻觉，内化到排除了纯文学幻觉的广阔芜杂的现实世界现实问题的体验和思考中，才会落地生根、虎虎生风。同样的这点感慨，在阅读更年轻的闫文盛和白琳的作品时，也会从不同的方向上触发。或许这涉及的，并不是单单属于某时某地和某些作家的一个问题，彻底地解决它也根本不可能。但在这篇专为故乡山西的新锐作家研讨会准备的书面发言中，我愿意不揣浅陋也不顾失言地把它郑重提出来，与朋友们共勉。因为我坚信，山西文学内在的脉象是沧桑雄浑、恢弘深沉的，凭借着对山西地缘文化和文学传统的重新发现和重新阐释，正在行进中的山西文学，在不远的将来，一定能够迎来在文学中国的全版图中发挥更大作用、闪现更多光彩的可喜前景。

太行山孕育的科幻世界

◆吴言

去年初我受山西作协评论委员会委托，为评论集《穿越——从农村到城市》撰写刘慈欣评论。我总体的感觉是，除了阅读上有一些挑战，科幻文学和主流文学的同质性要远超过差异性，它们只是实现的手段不同。刘慈欣的创作道路跟很多取得成就的主流文学作家很相似，他的创作体系也已经比较完整。那就是首先有质量上乘中短篇小说创作，其次是有大量的关于科幻创作的文论，对科幻进行理性思考，增强文学自觉性，最后是经过多部长篇小说实践，写出长篇小说代表作。

刘慈欣对自己的创作认识是比较清醒的，2010年在写完《三体》的第三部《死生永生》后，他对自己的科幻创作进行了总结，他写了《重归伊甸园——科幻十年创作回顾》这一文论。他把自己的创作划分为三个阶段，第一阶段是纯科幻阶段；第二阶段是人与自然阶段；第三阶段是社会试验阶段。他把自己最成功的中短篇小说如《乡村教师》《全频道干扰阻塞》和《三体》第一部归入第二阶段，这一阶段他创立了现实主义加科幻的写作手法，我和其他一些评论家都不约而同地将此命名为"科幻现实主义"。比如《乡村教师》，在主流文学里是《凤凰琴》这样的版本。增加了科幻的视角后，关照点一下从地面超拔到了宇宙，有种非常强的冲击。比纯粹的现实主义写法，或者纯粹的科幻小说，更有震撼力。《三体》第二部《黑暗森林》归入第三阶段，即社会实验阶段。虽然这一部很流行，但刘慈欣并不认为这一阶段是成功的。此后的《三体》第三部《死神永恒》放弃了社会实验，转入更纯粹的科幻，所以他称为重归伊甸园。这种回归被证明是成功的。《三体》第三部的科幻价值和文学价值都是很高的，可以称得上是经典。我写的刘慈欣综论在他获奖前已经完成，到去年八月他获奖时，很喜悦但并不意外，正像有的评论家预言的那样，刘慈欣获奖只是时间问题。他的创作已经达到了世界级的水准。

刘慈欣能取得这样的创作成就，我觉得这要得益于他多年对科幻的痴迷和不懈的追求，得益于他的技术背景和文学天赋，得益于他的专注和勤奋，得益于他对科幻文学独立深入的思考和高度的自觉性，得益于他对科幻创作规律的探索和把握。而探究更深层次的动因，我感受到的是一个作家的自尊和作为中国人的尊严，就是不满足于模仿和跟随，不满足于在西方人创造的科幻世界中讲故事，即便科幻文学被西方发达国家一统天下，也要有勇气创造属于中国人自己的科幻世界。刘慈欣很早就有了这样的自觉意识，是这样的志向推动他不断迈向创作高峰。除了个人层面的因素，刘慈欣多次说过他的获奖同中国的国力强大分不开，我觉得这是他的理性认识，也是他的肺腑之言。

山西文学有着现实主义的写作传统，刘慈欣的科幻作品相对独立于这个传统。地域总是要影响到一个作家的文字气质，在刘慈欣这里也不例外。同北京的科幻作家比较，能很明显地感受到这一点。比如另一位重要的科幻作家韩松，他写了一部作品是《地铁》，写的是地铁故障停运后在地下发生的情形，很荒诞，也很后现代。今年获得雨果奖的北京作家郝景芳，写的是《北京折叠》，灵感来自于北京实行的交通管制。可以看得出这是他们真实的生活场景。都市的拥堵，将人的想象力压迫到了一个很逼仄的空间，这同刘慈欣作品中的恢弘大气和开阔空灵以及古典气息是不同的。刘慈欣的作品是在太行山下完成的，太行山阻隔了外部的喧嚣，为作家提供了宁静的写作空间，也赋予了他的作品一种太行山气质。雄伟的太行山脉的孕育能力是超出人们的想象的，前些时从另一位评论家那里了解到，太行山脉的上党地区是神农氏炎帝的原发地，正是因为它的封闭和宁静，适宜于农作物漫长的生长过程，才孕育了最初的农耕文明。太行山也是一座非常神奇的山脉，上古时期的神话大部分发生在这里。太行山厚重的农耕文明传统和飞翔的神话传说，很好地印证了当前山西文学现实主义和科幻文学并存的风格。

同社会上引发的刘慈欣热潮不同，科幻文学评论界似乎还没完成热点切换。从这几年的科幻星云奖看，晚清时期的科幻还是研究热点，让人感觉有些滞后。这可能跟论文的生产周期有关。研究一位在科幻文学领域取得突破性的作家，我想会有很好的示范效应和现实借鉴意义。目前研究刘慈欣的论文已经明显比一年前增加了很多，随着基数的扩大，期待有更多系统性的、深度的刘慈欣研究论文出现。

我们的生活已经越来越科幻，不仅因为科技的发展极大地改变了我们的生活，还因为科幻作品中因灾难题材引发的人类的道德困境，在我们现实世界中也在不断发生。当前世界极端主义的暗流在蔓延，人类是不是有足够的道德力量驾驭科学技术，我们的世界将向何处去，这是科幻作家以及全体作家都需要思考和面对的问题。不管我们是从事主流文学还是科幻文学，不管我们是从事文学原创还是文学评论，不管我们是学院派还是业余作者，每个人都应该不断拓宽自己的边界，在文学艺术上不断探索，共同繁荣中国的文学事业。

杨遥、陈克海小说论

◆金春平

边缘的秘密与人性的幽冥——杨遥小说论

  农耕文明向工业文明的时代转型，催生了中国文学现代性叙事的思想魅惑和历史合法，关于政治、国家、社会的现代"乌托邦"叙述，将"文学的想象能量"投射于它所能触及的所有领域。"民间"这个鲜活、巨大而深邃的空间存在，常常作为20世纪中国文学乌托邦叙事的日常化微观佐证，或者呈现出与之吻合的政治想象和革命狂欢，或者呈现出与之相参照的启蒙解构和寓言叙事的"反乌托邦"即"恶托邦"面目。在这种"激进叙事"的裹挟和改造下，"民间"的"个体人"被悄然置换为"民间群体"的代名词，并在诸多的隐喻和象征的艺术抽象概括中，被赋予了民族性的整体内涵。新世纪以来的底层叙事，以其普遍性的煽情与悲恸的文学基调，祛除了虚幻的现代性幻象，让文学重新绽放其介入社会现实、转型剧痛和生存苦难的批判性锋芒，但它强烈的介入性和现实性，又在无意中构建了一种意识形态化的苦难叙事主流，所包蕴的对社会公平与道德正义的诉求，成为当下对机制现代化和资本现代性进行反思的一种具有大众认同基础的价值输出，但民间个体的精神多维同样有着被底层群体借用来表达集体怨恨或悲苦情绪的嫌疑，民间寓言与个体言说之前总是存在着话语的间性和疏离，作为民间个体的面目依然模糊。70后作家杨遥以节制和内敛的小说叙事节奏，荡涤了历史风云和时代诡谲之于人的撞击与回响，却专注于聆听蜷缩于民间阴暗角落的幽微之音；他消解了底层文学因物质性、社会性和政治性残缺而导致的整体的恣意呐喊和肤浅苦痛，重新注解着"底层暗角之众"的生命困境和精神沉疴；他开掘着文明转型期被时代、历史、社会洪流乃至民间主流所遗弃的生命个体，探秘着他们无法挣脱但又普遍承受的"幽冥心理"和"飘零情绪"；他以现代主义的哲学视阈审视着民间本土生活的多维内里，在对民间"异托邦"世界的持续探险中，实现了将城乡底层叙事与西方现代主义文学精神相贯融的艺术范式构建。

底层的压抑与幽微

民间不仅是一个与官方话语、与主流意识相对应的抽象文化概念，它有着清晰的生活纹理和可触摸的生活涌动；民间也不是一个平面化和同构化的理想世域，它有着自身内部的权力规约与等级秩序。杨遥的边缘个体叙事，寻找着在底层背光角落中呻吟的孤独者和飘零者，他对民间主流所冷落和遗弃的"边缘人"的热衷，是对人性质地在逼仄存在中的文学谜语和隐喻冷观。杨遥试图揭开与民间乌托邦并存的"异托邦"世界，勾勒他们的心灵、思想、活动和命运轨迹。因为与主流化的疏离，他们是主流的另类甚至是异类；但是他们的存在，也映照出弥漫于底层群体却普遍毫不自知的精神痼疾。于是，在异类与常态、飘零与主流、幽暗与光朗的对比当中，杨遥解构了文学所依持的道德性、正当性、合法性等启蒙话语关键词，甚至消解了底层叙事所享有的文学介入社会层面的批判性指向，而更加关注于人在多重压抑语境中，人性质地、理性混乱、精神流浪、宿命荒诞等人的现代性困境的遭遇与体验。也就是说，杨遥以"一花一世界"的文学棱镜，抽空和剥离小人物身上的"小"所附着的阶级性、政治性、资本性之后，让纯粹的个体之人，与负载着社会、资本、政治、道德、理性的民间世界，进行厮杀、角逐、决斗，在灭亡、胜利、妥协的结局中，呈现精神、心灵、生存的种种残忍、极端、放纵或温暖的情愫，这是杨遥对西方现代主义精神的思想追溯与本土转化。杨遥的小说深藏着对人类"压抑与解放"生存分裂境遇的深刻发现——阶级话语、资本话语、文化话语所构筑的权力格局，处处成为单元式的牢笼。人共存于多个空间的钳制，但是人性天然的反制，以及这种反制的实效或虚妄或荒诞，恰恰构成了杨遥小说的叙事演进动力。杨遥对现代化语境中人类命运充盈着悲悯情怀，其文学指向聚焦于群体压抑与个体解放的抗诘，而这种抗诘的实施，体现在社会资本权力等外在世俗层面，更体现在由之所引发的人与群体秩序、人与自我的精神信仰、理性逻辑、存在体验等内在领域的解放实践。

现代性的基本要义，是人的个体化的构建和独立，高度理性的个体，是当代人生存状态的理想目标。杨遥站在个体化的角度，审视着个体成长的难度和前景，同时，杨遥还将个体置于其一度欲蝉蜕的集体化当中，审视集体作为制掣性的反启蒙力量所蕴藏的普世人性。杨遥的小说对民间乌托邦进行祛魅，他执着于对边缘者与民间集体之间的对峙、逃避、改造、反击乃至回归企望中的"反乌托邦"的心灵图景的谱绘，呈现出人身处其中所面对的"压抑"的无处可逃和残酷阴冷。《闪亮的铁轨》是一个村庄群体唤醒飘零者人性感知的"群体胜利"故事。在弧村／少年之间的彼此"看"与"被看""个体"与"群体"的对峙当中，展示出由情绪对抗走向现实扼杀的荒凉和悲剧。少年作为外来的、负载着仇恨情绪的民间异类的出现，改变了弧村生活的静谧与和谐，催生了弧村人整体的不安与恐惧；不安和恐惧加剧着弧村人对少年作为异类的疏离和压迫，彼此对抗中人性暗面集中爆发。少年幽灵般的暗角窥视，暴露出弧村人在乡土诗意表象掩盖下的怯懦、焦虑、不安和羸弱；弧村为少年营造着生存逼仄情境，也让少年生活于软弱、恐惧和妥协当中。小说展示了阴暗世界的个体与明朗世界的群体之间隔绝境遇的破解努力和努力的失败，呈现出作为个体与集体之间在心灵或精神存在领域宿命般的漫长孤绝。弧村的民间集体以隐忍善良、古道热肠的人性与博爱，试图救赎少年于孤独与偏执的深渊，却在个体的反击和侮辱中以残酷和冷漠终结；当少年感知到了恐惧、孤独与疲惫，试图走出自我的孤绝世界、回归民间主流——仇恨释去、压迫消解、心怀感恩之时，却早已被置于乡村主流之外。救赎者陷入沉沦，沉沦者步入弃绝，而少年漂泊者的人性复苏，证明了民间道义的胜利和个体偏执的屈从。而《二弟的碉堡》则是一个个体对抗村庄群体，并成功改造群体、赢得尊严、保持生命野性的"个体胜利"的故事。二弟生活于鸟镇人的歧视与羡慕的双重压抑当中，乡镇的复仇情绪和行动在滋长，并爆发了敌意、阴暗和狂躁，享受着报复的狂欢，而二弟偏执的抗争，是以人性赤裸的野性与集体心理的阴暗对抗，并最终赢得个体存在尊严的胜利。《黑色伞》将少女蔚仙儿的青春独语和微妙心理贯穿全篇，她以个体的微弱力量，成功改造了村人的生活习惯和观念狭隘，她坚守的心理溯源，是对那位修伞男方人的纪念，因为他身上凝结着蔚仙儿对父亲、对青春超脱的信仰与力量。

个体不仅可以与群体抗衡，作为异托邦的另类存在，它可以激发出集体所不自知的精神痼疾，激发群体所隐藏的压抑爆发。《白马记》当中传奇与诡异的情境氛围，掩盖不住安静祥和小镇所隐藏的灰暗生活和沉重生命的压抑。流浪汉的整容所，隐喻着村庄的平静、善良、慈善和隐忍，只是压抑内敛的虚幻表象，唯有通过整容，弱者的压抑才能得以释放，苍凉和无奈的生命才得以喘息。《山中客栈》当中乡村的破败与人性的颓废，是民间醒醒景观的呈现，是一个失去了乡村精神和乡土伦理的日常生活嬗变的呈现。无论是双全、二狗，抑或是幽兰、李甲，都是游离于乡村生活主流之外的被抛弃者眼中的"生活真实"，这些或者被压抑折磨、被欲望蹂躏、被本能驱使、被世俗击垮的个体，都是乡村生活的失意者。这些人物的悲剧，是在物质浪潮和感官放纵的恣意中，导致了伦理冲毁和道德溃败，人陷入了对世界与生活的绝望和非理性当中。杨遥热衷于审视这群底层人群在多重压抑中，人性的沦陷所致的生命的荒芜，这是他对民间底层阴暗的放大，在严密的心理逻辑和精神递进中，他的小说以典型人物为人性意象，揭去了生活秩序之下的黑暗与芜杂。

人到中年生活的庸常和压抑，既是时间洗礼生命的过程，也是记忆、理想和生命朝气逝去的生命无奈，这种灰色人生和压抑焦虑的日常生活化，是解构年代实现逃离政治、历史和传统牵制下的个体自由之后，人类所普遍面临的精神困境。《给飞机涂上颜色》当中张明清的生活如同身处于窒息的牢笼无法挣脱，他发泄着内心的燥绪，也在见义勇为中完成了最后生命的光芒绽放。《雁门关》当中雁门关这个承载着英雄豪情、历史想象、青春火热的精神之乡，却成为难以企及的生活彼岸，日常生活的艰辛、底层遭遇的屈辱、人到中年的困惑，都隐藏着生命光泽褪去的悲剧，短暂的虚妄解脱无法真正重构心灵的诗意家园。《表哥和一次青岛旅行》是"我"在庸常生活压抑下的一次精神释放，但在压抑释放和现实妥协的矛盾中，却败给了现实的人际误解，人性与现实的纠葛如此尖锐，真正的逃脱只是一场一厢情愿的虚妄。《孤岛》中的"我"在工作和生活对精神的窒息、对生命的激情消耗之后，最终选择了辞职，但他乡就一定是伊甸园吗？《留下卡卡，他走了》当中执着的诗人匪兵十一带着文学梦想却独闯世俗社会，经济的窘迫、繁琐的重复、理想的艰难、尊严的歧视，他选择了逃离，小说在感叹被遗落的人的身心辛酸的处境时，也指向了当下体制弊端的批判。《为什么骆驼的眼神总是那么疲惫》当中的元明厌倦了生活的平庸，于是将自己沉溺于不停止的洗碗、转呼啦圈当中，看似荒诞的小说情节，是对当下人精神世界和生活状态的抽象概括，当执拗、狂妄、空虚、卑微同时涌向人之时，也是不可理喻的存在荒诞的发生之时。《小孟小孟，干什么》当中"我"所向往的身份越级兑现之后，是新的更深的失望，杨遥洞悉了幸福的可疑，审视着孤独和荒凉的虚无。《在旅途》当中情绪化的漂泊是"我"步入城市的体验，迷茫中的寻找，却处处是挤压、惶恐、不安、焦虑，灰暗的都市景观和人性景观，是"我"浸淫其中的存在真实和极力逃亡的处所。《双塔寺里的白孔雀》当中"我"和蓝恬两位电影人，对事业和人性的判断存在巨大的隔阂，青春与理想、梦想与激情的继续，因为人与人之间精神思想的隔膜，只能是记忆的家园，孤独才是人的普遍命运。《谁和我一起吃榴莲》当中"我"对舞女小顺的努力拯救，仍无法阻止她的被迫堕落，在毛茸茸的生活质感中，杨遥发现着底层人的人生诉求与现实处境的不可调和，这正是底层群体每天上演的人生悲剧。《黑暗的尽头》重新演绎着卡夫卡的人生历程，执着于对西方现代主义文学先驱的追随，更深隐的则是来自于创作主体与之生命体验与精神共鸣的契合，于是在重新叙写先驱生命历练的过程中，杨遥从西方现代主义先驱的生活体验中探索其精神嬗变的律动，挖掘其思想生成的方式，以及这种生命体验所导引的哲学孕育、艺术构建和后世验证，文学显然是杨遥更直接的与西方现代主义文学大师对话的一种艺术媒介，他在遥远的东方国度，却深谙人类共同面临的宿命与苦难，对苦难的拒绝和宿命的抗争，让思想脉搏和生命思考超越了狭隘的东方与西方、时代与空间、种族与地域的局限，呈现出在阐释和演绎中生命个体的彼此激发，以及对世界认知和人类生存的共同体塑造。

杨遥不断从底层文学的叙事寰臼中，寻找新的叙事段位，他避开了对社会机制和政治形态造成的底层悲苦的"原因追溯式"的批判，而更注重对悲苦现状的"结果或状态段位"的精神描摹，因而更具人类对自我存在体反思的镜像效果。《偷鱼者》以鲜明的底层立场，传达着弱势群体与强大的国家机器和社会强权复仇的非理性和失败的必然性，村人的偷盗、隐忍乃至顺从，都与他们的社会性残缺有关，物质地位的卑微、法制权利的丧失、反抗方式的盲目，反映出当前基层社会机制运行和人性阴暗之恶在体制放纵下的恣意妄为和无可遏制。《唐强的仇人》同样以弱者非理性的"复仇"的荒诞为主题，却充斥着弱肉强食的自然法则和兽性泛滥，虚妄的复仇只是弱者群体的精神自慰，生存的无望、复仇的虚妄、弱者的卑诺，才是小人物所普遍面临的生命困境。在《北京的阳光穿透我的心》中，"我"从校园步入城市的初次人生体验，也是一次人生的成人礼仪式，其中的生活体验蕴藏着对生存磨砺的审视与触摸，坚定着对青春梦想的执着，在世俗的冲击和漂泊的旅程中，唯有超脱性的"生命浪漫"与"生活信仰"，是应对强大裹挟、夹击乃至毁灭的宙斯之盾。个体融入城市这个隐喻着集体内涵空间的难度，同样体现在《你到底在巴黎呆过没有》当中的流浪者阿累，在一步步接近繁华的巴黎之时，他的行动所隐喻的生活单调和信仰偏执，让他迷失了生活的信心、生命的激情，他有着卑微中的倔强、厌恶中的坚持、晦暗中的努力，但无法逃脱来自生命底色的灰暗无望。

解放的困厄与沦陷

杨遥不仅洞悉着人身处压抑情境中的无可挣脱，群体压抑、俗世压抑、宿命压抑的无处不在，他还以冷峻但不失激情的内在情感，审视着生活中形形色色的弱者，如何在精神自由的境界中，在人的本质性的内在力量的激发之下，通过种种虚幻或短暂的自我救赎的方式，完成着压抑解放的行动实践和心灵蜕变。《在圆明园做渔夫》当中的白兼为了躲避钟飞的讹诈和纠缠，在"历史"的虚妄中享受着古代帝王般的自由，这是弱者压抑的缓解和释放；他拒绝回归社会，是对人间"现世"和俗世"恶魔"蔓延无边的深度失望。白兼的独处与自由，灼照出人间的纷繁与卑污，但他无法逃避人类群体和社会主流对他压抑的施虐——压抑通过记忆和现实同时侵袭于他，人作为思考和道德的本质未泯，注定了压抑的如影随形，这是人之为人永远走不出的围城。《结伴寻找幸福》表现的是城市角落的一群拾荒者，集体以充满血肉之躯和多情重义的男人的最宝贵的精神伴侣，去满足底层世界的小资化性别幻想，这是寻找性别自尊和性别完整的成人礼，是对男性生命缺憾的悲壮弥补，是一种殉道式的精神自救，尽管人性的代价是如此巨大。《在A城我能做什么》当中，一群生活失意者以各自的解脱方式，寻找着生命存在的意义，在"我"看来，生命存在的意义就是坚持，坚持就是生命的状态，它隐藏着生之无奈，也孕育着生之希望。《下龙湾女孩》当中面临着死亡的"我"，在短暂的与越南女孩的相处时光中，生命与情感得到了安详，但"我"清醒地知道，这一切都是虚幻，唯有现实的死亡梦魇、与女孩的世界区隔，才是必须直面的存在真实。《大街上的人来来往往》当中孟良和"我"都对理性化生活进行反叛，并努力对真实生活质感触摸亲近，这是平庸时代对扼杀精神自由的集体逃离，孕育着孤独共鸣的契机。《腮帮子疼是治疗打呼噜的最好良方》以现实自嘲的方式，表达着社会阶层分化的焦虑与不安，折射出人所处的阶层固化的加剧，以及由此所带来的命运的差异，人唯有跳出生活的平面，才能观照到自我所处生存处境的本真和陋相。《风从南方来》以小孟对体制规约下生活压抑的反叛为主题，在他吃鸭头、买鸭头、卖鸭头、学鸭头的荒诞中，深隐着以麻醉方式对庸常生活和黯淡生命的逃避。《猴儿子》当中的平安叔身处无以救赎的精神绝境，只能在将猴子作为儿子来养育的情感寄托中，重回生活和心灵的宁静。

　　自我的救赎既然无效，在解构年代重新相信"上帝复活"，似乎是陷入上帝死了的后现代社会当中的一条复归式途径，在上帝祛魅的过程中，自由成为最高目标，但是自由疆域的漫游，某种意义上将人推到了流浪的弃儿境地。杨遥以神性宗教情怀的人性叙事，重构一度被解构的上帝，正是人类在寻找到自我的自由之后，持续寻找精神家园的后续精神动力。《柔软的佛光》中肉和尚是被民间集体所遗弃的孤独者，但个体与群体却可以在人性温存与乡土人伦的层面，获得生命的净化和升华。肉和尚所信奉的佛世界，并不是他逃遁的空灵世界，相反他以自己的大慈与大爱，改变着自身与村人的疏离、歧视、冷漠的境遇，最终在肉和尚澄澈的人性温暖中得以消散，底层人群之间的相濡以沫和情感慰藉，剔除着灰暗生存世界的绝望，在信仰中觅得了对生命意义的憧憬。民间底层所恪守的回馈和报恩，是小说《都是送给他们的鱼》的主题。傻里傻气的孤儿命儿，在人们的怜悯中一天天长大，村人微弱的怜悯都在他的内心铭刻，他忍受着人们的不解而坚持挖鱼，只为报答那些给过他关心和爱的人们，个体与群体的情感报恩，让小说充满了浓郁的生活暖色。《奔跑在世界之外》当中的孙金以佛教的大悲悯，救助着"最需要救助的人"；孙金心怀信仰和身体力行的坚持写作，灼照着"我"以及身边人组成的平庸世界的烦躁、灰暗和无趣。孙金以脱离平庸俗世的信仰和超越的异类性，诠释着何为大慈大悲。生活的弱者从佛教的沉浸中寻求现实压抑和无望的解脱，同样体现在《弟弟带刀出门》当中。柔弱的弟弟进城被骗得屈辱在内心如同魔兽，让他在复仇与软弱之间饱受折磨，沉浸于禅宗佛教当中解脱屈辱和仇恨，就成为弱者唯一的自救方式。在宗教超脱和爱情执着中，在人格卑微、弱者蝉蜕、信仰重建的双重失败中，弟弟走向了无望的守候。《树上的宫殿》中对未来不可预知的畏惧，折射出人类生命深处的不安和孱弱，村人对奶奶命硬的判断，让奶奶住在一棵年代久远的大树上，奶奶与家庭的隔离，在李小猫看来是最神圣的受难和义举，与他对奶奶的赎罪和忏悔不同，奶奶则在大树上寻找到了自己孤独的位置，而这种孤独的坚守则是来自于她坚信十八年的受难可以获得解脱，于是在主动受难和主动赎罪当中，展示的是生存距离的遥远，他们构成了生活的两极，也构成了人性的两极。

标志着杨遥走出了救赎无望或救赎情绪的叙事模式和思想认知，开始转型为从日常生活和俗世温存中，寻找生存困境拯救的自我超越的作品，是其新近之作《流年》。小说当中"我"与妻子聂小倩、红颜知己王小倩，都在孤独裹挟、信仰坍塌的人生境遇中，渴望着对自我沉沦的救赎。"我"和聂小倩维系婚姻的只是人的心灵之外的世俗期望和欲望，与"我"精心经营世俗化的目标相反，聂小倩开始了对自我存在意义的反省，无爱的婚姻、庸常的生活、苍白的精神，她选择了佛教来解脱这种孤独和残败。孤独和隔绝是曾经最亲近的情侣的现存婚姻实质，也是褪去浪漫光环和信仰共同体之后的人性裸露。当"我"从堕落上浮到了热火朝天的世俗生活，妻子也从超脱世俗的佛教世界的执迷降格到俗世生活，小说揭示爱情和婚姻的实体存在巨大分野的同时，揭示出当青春期和浪漫期的信仰终结之后，两性之间的隔阂通过心性实现救赎，是延续爱的生命的有效方式。

杨遥的小说深刻的洞察到在压抑与解放的冲决中，生活弱者的精神主体，在无望、无奈和悲剧性的境遇中，人性所滋生的扭曲、癫狂和分裂，这种对压抑的反抗和解放的无果，正是人类的生存荒谬和生命灰暗的寓言化象征。《硬起来的刀子》以饱满的情绪细节，正视着生存压抑中，人性复仇的非理性和宿命解脱的难度。街边小贩王四"机智"的复仇、专心致志享受着报复快感的同时，孩子却掉进公园的鱼池，悲伤、愤怒、仇恨刺激下的王四疯狂地杀死了仇人。小说一方面展示了民间基层运行秩序的被放逐，内隐着鲜明的社会机制批判指向，另一方面，在直面民间底层群体生存倾轧惨烈的同时，也揭示出民间长期以来所隐藏的权力失语、资本卑微、人格屈辱等来自现实和精神的多重压抑所导致的人性扭曲和恶性膨胀，而王四的同情与宽容，让世俗和心灵的压抑又叠加了无法抗拒的宿命捉弄感。《谯楼下》当中城市夜灯下的小商贩成七，在生存、性、尊严的屈辱和压抑中，滋生着心灵自由和精神寄托的浪漫幻想，当幻想破灭后，他陷入了无望的深渊。底层世界的艰辛、淳朴、执着、道义，联系起了女子与成七的命运共鸣，世俗的生存压力、夫妻关系的不伦、人性高贵的被践踏，让他逃避着现实的一切，并在对风尘女子的期待与想象中获得疗救，这是成七作为底层人对生存窘境的挣脱方式，而这唯一的幻想泡沫的刺破，也彻底摧毁了成七所寄寓的人生浪漫，他的非理性报复也将自我推向毁灭的尽头，这是生之逃避的最高界别，也是对无爱世界的最后诀别。《当我的诅咒应验的时候》是一位弱者仇恨的扭曲发泄。"我"对教委主任莫飞隐忍的诅咒和愤恨，在对他的女儿莫雅、情妇李小丽的占有中，获得了复仇的宣泄，底层群体对权力官员的愤恨，只能通过"曲径通幽"或"仇恨转移"的方式来兑现，这是弱者的胜利，也是弱者走不出弱者窠臼的悲哀。

成长的迷狂与忧伤

70后的代际优势和深微的城镇生活体验，让杨遥的青春婚恋小说系列，不再局限于传统文化、乡土伦理、家族专制等扼杀威胁中对自由的追求，而是可以在脱离了外在历史重负和文化绵久的境遇中，较为纯粹的从男与女的性别相遇和心理对峙中，反思青春期的成长迷狂，体味人到中年的生命困境。某种意义上，这是杨遥对饮食男女、俗世繁华、忧伤灵魂所构成的世界暗面的发现，他触摸着当下人的精神残缺，悲悯着幽灵般游荡于时空维度的心灵浪者，同时，他也发掘着那些在绝望和无所依傍中，并未丧失人的本质力量和主体自觉的单面人，他们的种种以超越性的信仰、爱、自由实现自我蝉蜕的努力，以及这种努力所附带的不可预知性的深邃与秘密。

爱的激情与冲动，在释放人性能量的同时，也隐藏人性释放所可能引发的对性别秩序的颠覆和破坏，于是，爱的压抑和爱的宣泄，就成为永远难解的人生难题。《张晓薇，我爱你》是昏暗世界中仅存的浪漫纯真爱情的执着和缅怀，是人生成长充满无限可能性的苍凉审视。张晓薇从青春时期天使般的天堂坠落到了底层的凡尘，就伴随着人生压抑的旅程，直到孤独的忍受压抑的长久折磨，赵小海则同时经受着"青春期的爱而不能"与"后成长期的生活折磨"的双重压抑，对教育界的失望和对绝望人生的洞穿，让赵小海在张晓薇底层生活自由的欣赏中，寻找到了曾经遗落的精神浪漫和情感诗意，并在与张晓薇底层庸常生活的平等中，勇敢地说出"张晓薇，我爱你"。《太阳悬浮》并行讲述的是两个为了爱而伤害了心爱女人的故事。一切都是为了爱，但无论是激情的爱还是保守的爱，都在无意中改变了双方的人生轨迹，在法律和道德的追捕谴责中无法自拔，小说揭示出世界的荒诞不经与人为了爱而努力的效果之间的背离，这种背离同样是生活的残酷真实。《铅色云城》是一部违反惯常道德观念、饱含底层心酸的阐释"真爱"的故事。"我"纠结于佳佳和蒲两个女人之间，徘徊于性和精神之间，但真相是佳佳在被胁迫中出卖肉体，她与"我"的分手，是精心导演的一场为了心爱的男人而放弃的爱情大戏，肉体的堕落，却呵护着爱情的神圣和圣洁的灵魂，相比之下，"我"的"爱情"则显得自私、狭隘而猥琐，"我现在需要一把好刀子，要是能弄到枪更好"。《江湖谣》这是一个由对异性的渴望，而生发出的英雄救美的男性气概的故事，也是一个游子归乡的故事，更是一个身处于底层物质和尊严压抑中的勇士自我救赎的江湖传奇。小说当中的钟飞，社会地位卑微、经济地位窘境，但是他却始终保有着与其世俗地位并不相称的江湖豪情，庸常的生活与传奇的经历的奇异共存，是钟飞身处底层却得以超脱的情怀之由，是他回归安稳生活巨大转变的合理逻辑。《我们迅速老去》当中"我"的爱超越了世俗偏见、道德谴责，"我"用了最大的包容、屈辱、善意去爱，为了内心最渴望、最呵护、最神圣的"爱"而去爱。小说呈现出在浪漫爱情溃败时代"我"对爱的坚守执着，也对爱情在世俗夹击中走向惨败的痛心，深隐的表达出都市人随波逐流、精神浪迹的苦难，既来自于自身，也受难于自身，展示生存对人性的强大的变异和力量。《丢失了的，永远丢失》当中一位在机关谨小慎微的大明，在压抑境遇下对女上司的性的冲动，是他对平庸生活的一次精神超越，也代表着爱情白日梦的遥不可及和无情破灭，小说深刻地反映出生活弱者所蕴结的反抗力量，以及他们对自我在生命黯淡中的逃避渴望，现实行为的胜利却隐藏着失败者的挫败感。《刺青蝴蝶》反映的是一群懵懂少年对城市女孩段雯丽的集体爱恋的冲动与幻灭。"我们"在对青春美好爱情由憧憬到破灭的清醒中，也初次尝试了世事变迁的残酷，而刘满意执着的文刺青，在看似笨拙和执拗中，难得的显示出青春时期爱情的超越和本真。

杨遥的青春成长叙事，是后青春时代对精神家园的集体怀恋，是对不被社会规约的人性本真的反观，也是生命沧桑、人性诡异、宿命妥协的反叛，因此，他的小说当中的青春混乱、狂想和荒诞，是人的心灵蜕变的真实体验，也是对社会化经验的个体超越。《黑蚂蚁》以柴奶奶的"时间倒装"的假设性叙事，完成了一个人的现实角色与童年角色的并置，呈现出个体如何改变和塑造着群体的集体思维和情感距离，并在少年和老年相差异的成长阶段的对比中，考验出普遍人性的质地。《裁缝铺的小子们》在血腥、暴力、烦躁、复仇的网织当中，讲述着年轻人发泄着多余的生命活力，村镇也在活力的刺激下，平添着生活的乏味，但是这一切都无法走出宿命的捉弄，一切在无法洞悉其理性逻辑当中，展露着生活的凌厉和心灵的焦躁，诠释着民间底层生存的自然性法则。《从滹沱河畔出发》记录了一段青春迷茫期的成长和蜕变，懵懂而不失理想的几位青年，各自追随着自己的梦想，小说虽有物质的窘迫、理想的遥远、爱情的曲折，但他们仍然是努力的一群，而那种未被岁月洗涤的纯真友情，更是精神低谷时的最美好的浪漫回忆。《跳舞的人是你》是成长足迹的见证，岁月已逝，青春不老，曾经的三毛录像馆、租碟女主人，见证着"我们"的羞涩、懵懂与成熟，因为有着对青春记忆的集体怀恋，生活充满了希望的无限可能。《同学王胜利》解构了对人性的批判，却直指当下社会资本运行和阶层分化机制的弊端，在社会学层面上，发现着民间底层人所共同的生活期望和生之艰辛。《在六里铺》演绎着压抑的"跨时间性"。高伟欺凌徐强的记忆旅程，是徐强成长岁月中挥之不去的心灵软肋，小说反映了弱者的隐忍无法改变人性之恶的嚣张，童年的创伤决定着一个人精神的裂变，这些跨时间性的压抑总是会在蕴藉的边缘迸发，并且是毁灭性的。《膝盖上的硬币》充满着青春的狂想激情，但在一次"救人反被讹诈"事件之后，瑰丽的生活和天真的烂漫，却遭遇了现实风暴的摧残，"我"领略了生活的无趣，也体验到了人性的卑污，青春的狂想褪去了光环，只剩破碎的残局泡沫。《原锋利》当中的原锋利是一位自甘堕落的浪荡公子，乡村美好的伦理荡然无存，他沉溺于民间乡村和都市文化的糟粕当中，并在生活磨砺下的妥协和沉沦过程中，坚守着个体生命的坚韧。《子弹，子弹壳》以少年的赌博为线索，引申出青春期的破坏性冲动和成人世界的性的恣意和凌辱，唐小强、父亲、母亲的软弱，遭遇着王毛眼和儿子王二虎两代人的摧残，但弱者反抗的非理性的快意恩仇，又让唐小强陷入绝境，小说蕴藏着民间群体之间的精神压抑和人格压抑的家庭悲剧的深刻观照。

历史的没落与余晖

　　70后作家群体的成长，几乎经历了中国社会和文化转型的几个历史节点，作为特定时代的个体，他们与时代之间，既可能是直接的、参与性的，也可能是远景的、冷观式的。生态乡村在消费主义的引导下，成为当下城市人对田园浪漫时代的一种集体怀恋和追忆，但是，乡村—城镇—城市的社会转型轨迹，毫无疑问是作为现代性的社会实践显现，与之相伴随的人的现代性，已经陷入否定之否定的历史螺旋式轮回，一切在现代性的感召之下，获得了历史的正义感，革命、再造、涅槃……但文学不仅是时代强者的证明者，它更是文明遗落物的捡拾者，对弱者尊严的人道主义捍卫者。杨遥的"没落人物系列"，是对一些逝去的职业、一些隐去的群体的记录，它对个体信仰与时代变迁在对抗中的挣扎、无奈、妥协、坚守的精神书写，他们在时代的风雨飘摇中所经历的惊喜、曲折或沉沦，不吝是一副鲜活生命和生活信仰者的陨落图。但深隐其中的，仍然是杨遥一以贯之地对人类生存境遇、心灵丰富、精神质地的触摸、悲悯与思考，并在这些已经成为"志史"的历史余晖中，发掘着历史更迭和时代转型中的人性伟大和永恒。

　　《铁砧子》透视着日常生活史中修自行车这个传统行业逐渐隐匿于时代深处的没落，以及传统民间伦理、民间价值体系在市场经济的激荡下，正在经历的消逝与变异。孟胜利是镇上的老自行车修理户，却与新来的修车户郝仁紧邻，因为郝仁老婆的弟弟是当地官员，于是当地的官活和私活都开始从孟胜利转移到郝仁处，对权力的自觉屈从和盲从，悄然改变着孟胜利通过传统生意人恪守的热忱、慷慨、技艺经营起来的人脉资源，民间的道义在权力面前一击即破。生意的萧条所带来的职业尊严的压抑，让孟胜利展开了与郝仁的隐性对峙，他变革了传统职业观念中"教会徒弟，饿死师傅"的信条，同时不惜一切代价为子女创造好的学习条件，子女成为孟胜利寄托改变生存屈辱的唯一希望，他的生活夙愿如愿以偿，唯有留守的徒弟辈们坚守着他的职业精神。一方面，作者礼赞着底层角落当中，卑微的职业却有着一群高贵的职业守护者，时代的风云变幻，并没有让他们放弃对认真生活的执着；另一方面，作者也为民间价值体系在权力和资本指挥棒的进取中悄然改变的现实传达着隐痛，民间道义被赤裸裸的现实势利所取代，民间只有对世俗成功者的臣服，却不再有对人情伦理的留恋。孟胜利看似通过努力改变了屈辱的境遇，但某种意义上，他和郝仁都是通过世俗话语的争夺来定义成功的内涵。小说在为没落的一群人和一段史定格，深隐着对这群渺小人群心理世界和精神世界嬗变的探秘热情，他们是社会卑微者在市场浪潮中的缩影，更是在赤裸裸的世俗生活海洋中人性的质地呈现，也是生存价值理念残酷无情的展示。《养鹰的塌鼻子》反映了驯鹰这个早已没落行业继承者的当代处境。驯鹰曾经是贵族阶层和纨绔子弟的身份荣耀，恪守着本职行业的后继者，却在时代变迁中失去了自我价值的体现领域，塌鼻子成为行业没落却又无法自食其力的"时代弃儿"。他是令人怜悯的职业恪守者，也是让人景仰的传统行业坚守者，小说在呈现塌鼻子人性之善和生存窘境的同时，书写出这群即将走入历史暗处行业继承者艰难的时代觉醒和自我更新，这是人生希望的开端，一段历史遗痕的埋葬和祭奠。《逃跑的父亲》小说隐痛地表达了裱匠这个古老行业习焉不察的衰败，透视着个人遭遇的变故所引起的集体意识和集体心理的微妙变迁。村人是出于"关爱"才不愿将活交给木生，但是木生却不需要这种"关心"，他需要的是劳作还债，个人的生存夙愿和集体的伦理关怀，在"无事"当中，让人物承受着生活的悲剧和荒凉，小说并未批判木生的个人奋斗主义的狭隘，却更多的寄寓着对底层群体挣扎于生存基本线而不能的人文悲悯。

结　语

杨遥的小说，执着于刻摹喧嚣时代中，边缘群体的生活状态和精神世界，为底层书写这一较为抽象的概念，做更具质感和肌理的注解。他窥视着当代人所普遍蕴藏的"压抑与解放"这一永恒的文学命题，并通过小说的演绎，将这一命题推向了人的存在困境的现代主义高度。人的压抑，来自于文化、道德、政治、权力，人的解放也就意味着对人自身之外的强大客体的宣战。但是，当这些压抑的力量在虚假的颠覆中被迫消散时，来自于生活的平庸、自由的扼杀、思想的困顿，等等，却构成了来自于人自身的最大的压抑的无物之阵。杨遥的小说有着沁入人心的彻骨的悲凉甚至是残酷和绝望，那是人在当下这个扭曲而非理性的世界，所普遍面对的生存困境，是直涉人的生命状态的，并与抽象性的一系列词语关联，诸如疼痛、懦弱、逃避、反抗、沉沦、绝望、空虚、不安、迷茫、孤独、震惊、恐惧、仇恨……而那些寻求自我解放的人，同样是陷入了迷狂、轮回、宿命、荒诞……彼此的胶着、矛盾、对立、撕裂，不仅是杨遥对其小说当中边缘人群体的一种介入态度，也深刻地揭示出潜藏于每个有着主体性、自觉性的个体背后，心灵的普遍状态，生命的灰色基调，而这样生命体验和精神洞察，正是边缘群体身上所展示出的典型性——他们所保有的特定时代、特定社会、特定文明发展阶段的遗痕，那些伦理的、心灵的、观念的顽强存在或被迫妥协，都深刻影响着人类整体的存在之思，从这个意义上来讲，杨遥如此的艺术野心与探索深度，完成了将边缘与人类、底层文学与现代主义文学跨界的先锋创造。

折翼天使的灵魂蜕变——陈克海小说论

强大的乡土叙事经验与 80 后之前的代际群体有着天然的亲缘，在将乡村、"文革"、历史、宗教与人进行捆绑而观照其交互胶着之间的裂变、剧变乃至质变之时，对乡土的过度熟稔，同时隐藏着对其他文化空间领域的遮蔽。新世纪的中国，已经步入了城市空间集聚的密集期，它是现代文明的地理载体，一种崭新的人的生存方式，一个全新的生活、思想、精神和文化的聚居区。并未附着太多历史遗重和乡土伦理的城市空间，日日上演着别样的人文景观、精神景观、生活景观，与乡土文化本源性的亲近自然、拥抱大地、守护传统的精神特征相异，城市提供了现代化生活的诸多可能，但因现代化的幻象和鬼魅，极易让人步入新的文化迷狂深渊。城市生存的密度集中、城市理性的日益强烈、城市危机的渐次显现，让危机、焦虑、不安、流动获得了滋生的巨大温床，让孤独、隔绝、疏离、恣意成为生活精神的常态。原本秩序的社会转为混乱和固化的坚硬之壁，无产者的民间伦理正被资本消费特权所取代，即使构建型的宏大叙事和表现型的历史想象，也被呈现型的日常生活美学和再现型的欲望经验展览所取代，甚至直逼小说独属的叙事功能的运转和存在。当前文学面临着一个巨大的前行困境，就是如何在城市文学叙事经验并不丰沛的当下，讲述正在发生的城市故事；如何在城市文学精神并未明朗的当前，叙述那些基本脱离乡土正融入城市生活人群的生命体验。而这一难题的破解，饱含着对乡土叙事经验的超越和对城市叙事经验的构建，以及对当下生活的立体透视和对未来叙事的艺术想象。这是一次陌生叙事领域的探险，是对既有叙事陈规的莽撞，危机与机遇并行，冒险与新生共生，土家族作家陈克海立意要挑战这一文学命题。

一

作为 80 后的一员，陈克海的小说，主要聚焦于同代人，即 80 前后这代人，他们的生活经历与精神成长，塑造了一批"都市飘零者"或"都市零余者"，包括大学在校生、毕业考研者、大龄单身者、步入职场的年轻人、落魄企业家，乃至都市漫游者等。阅览和潜思这个群体的生活状态和精神世界，陈克海采用了沉入这个群体内部的写作姿态。他并未站在先知者或启蒙者的角色，没有采用旁观者的高冷姿态，用惯有的人文标准、道德标准、人性标准，去简单的赞美和批判、启蒙或解构，而是从他们的个体化、内在体验的角度，展示出这代人在生活、事业，特别是"爱情"和"信仰"领域的憧憬、追求、荒唐、痛楚，从成长主题的时间维度，描绘着在岁月和人生的洗礼中。这群飘零者正褪去本真，走向成熟、沧桑、虚伪、彻悟，乃至荒诞等不同生命方向的轨迹，呈现着一个没有传统意义上的宏大命题负重下。在"城市"这个看似开放，实则隔绝的文化空间背景当中，活力四射、充满激情、反抗虚无的生命群体，所承受的生命之重和正经历的灵魂涅槃。

厌倦了"乡下人进城"抑或是"入城返乡"的城乡"对立型"叙事模式，陈克海试图打破两种文化体系之间的壁垒，让二者走到亲近的联姻，透视城乡融合过程中，乡土入城的胜利可能，在一改乡村溃败于城市的叙事结局中，在乡下人进军城市并取得物质资本和苦涩胜利的同时，揭示出这种"胜利"的巨大身心代价，即他们同时面临着文化失根、精神裂变和身份迷失的剧痛，这是当下乃至未来城乡文化由对立走向融合，必然要经历的精神蜕变与身份扎根的艰难过程。《土豹子》呈现的就是城—乡、世俗—心灵夹缝中，人的身份蜕变的长度、难度、限度和痛度。主人公宋明凯面对着"社会身份"和"心灵身份"之间的巨大分裂，根深蒂固的乡下人的身份事实和内在身份认同，与日新月异的成功人士的身份变迁与外在身份符号，是他难以厘清的精神之殇和生命之痛。与此同时，地域身份的渐趋淡化、人与人之间"乡土纽带"的渐趋消失，隐喻着当代人失去精神身份的根脉之后（或者说终于挣脱了一直以来的乡土身份这个"身份围城"），所面临的失根的存在境遇。而人的存在的荒芜，某种意义上，是人的信仰坍塌、精神滑坡、心灵沦陷的一种平庸之痛，宋明凯作为个体之人，处处呈现出对存在现状和现实牢笼的挣脱、征服和失落。

首先，宋明凯来自河南林县，因与山西临县的谐音，他面临着地域身份歧视的困境。与集体无意识对山西"临县"的地域歧视对等，他的"河南人"的地域身份，在大学期间成为最大的自我身份障碍，这种集体无意识构成了他"决绝"反抗的第一步觉醒，蕴藏着"决绝"的人性狭隘，以及将"反抗"置于"目的"之上的存在分裂。其次，宋明凯的"农村人"与马伊丽的"富二代"之间恋爱发生的身份落差，强化着他的自卑与自卑中的敏感、偏执与反抗，而"性"和"身体"是唯一能够实现身份跨界，逾越身份鸿沟和思想鸿沟的话语媒介。与马伊丽将身体和性作为生物本能和爱欲符号的意识内涵不同，宋明凯则将"性"赋予了更多的本能之外的社会含义，当社会化的"性"与爱欲的"性"在"欲望"空间交锋和碰撞时，早已注定了二者的必然结局。但这样的结局，恰恰是宋明凯意识到却又不愿承认和面对的事实。再次，宋明凯的"成功人士"（社会身份）与李佳青、姨夫孟爱民、余志明的"庸俗人生"（生活身份）的彼此砥砺，消解着宋明凯在与马伊丽相处时的"乡下人"身份认同。就是说，在与马伊丽的相处中，他自我认同为乡下人；但在与李佳青、孟爱民、余志明等世俗化的人生姿态相比，他又将都市成功人士确立为此刻的身份定位，而此刻对马伊丽的怀念，是对青春期爱情的怀恋（与此相参照的就是对无爱婚姻的失望乃至逃离），这是独特的对曾经自卑的现时弥补（某种意义上是对曾经自卑的自己的羞辱经历的拯救）。宋明凯在世俗化和社会化方面证明了人的平等性和可塑性，但在文化性和精神性方面，证明了人的等级性和固化性，他徘徊于分裂当中，仰望和想象着真正的心灵自由。《搭台唱戏》中的王拥军同样面临着煤老板（都市资本身份）与乡下人（文化资本身份）的纠葛，财富资本的优势让他拥有了足够驰骋世俗社会的资本，但是财富并未带给他足够的精神富足，他对孟如月的爱情幻想和男性赏玩，他吟诗咏赋的文化雅兴，罹患癌症之际对"文革"时代和个人奋斗史的怀念总结，是他自我成功（财富积累）和自我失败（文化自卑）的尴尬痛楚，从人生的辉煌走向生命的平淡、由情感的恣意走向家庭的回归，是他对自我本根的认同，是自我分裂的文化救赎。王拥军能获得身份的自我救赎是幸运的，《清白生活迎面扑来》中的杨春艳这位"北京郊区的笨丫头"，则在"半乡下"身份、权力身份（市委副秘书长女儿、法官）、财富身份（房地产商宋国强的妻子）的成功人士表象之下，努力找寻个体在城市荒芜空间中的皈依，无论是与中央美院教授徐文达（知识分子）、精神病院王医生（心灵挚友）、单身贵族胡丽丽（同性异类）交往中的道德冲决和理性颠覆，个体自由最终滑向了心灵漂泊，她未能成功实现救赎，不得不走向虚幻信仰的迷失高地，继续游荡于生活之海的浩渺当中。对乡下人与庸常人的双重突围，是陈克海小说中的人物，跻身于转型期社会主流的生存轨迹和精神目的，也是他们的心灵不断抵进并不明确的"信仰"的内在力量，但这种"信仰"的不明确性，正是他们在逼仄的"存在围城"中，在青春期的迷茫、中年期的困惑中，无法实现明朗自我拯救的精神沉疴。

二

城市文学在新世纪文坛的大规模登场，往往总是与乡土及其衍生物相关联，城市文学如何脱离乡土叙事影响下的叙事焦虑，破除妖魔化的符号咒语，确立自身作为重要小说题材的叙事经验，探索能有效进入城市空间、生活潜流和精神内里的叙事途径，或许是城市叙事正在进行，同时因其"在路上"而饱受诟病但又亟待解决的叙事难题。《拼居》《什么都是因为我们穷》《良家女子》呈现出的"日常生活流"的"性别叙事""情感叙事""心理叙事"等城市文学主题，似乎提供了一种维度和可能。

《拼居》围绕范晓艳在城市"拼居"的过程中，所遭遇的人际相遇、情感纠葛的历程，反映出以城市为隐喻的新型文化空间当中，人与人之间的心灵隔绝，以及这种隔绝所导致的人的存在的孤独与荒诞。范晓艳是城市空间当中的典型女性个体和小资一族，经济独立、思想自由、向往爱情，这样的女性不再背负着爱情自由和婚姻包办下的挣扎和呐喊。但是当外在的封建传统、集体伦理、民间习俗等非人道、反人性、无现代性的"压抑性力量"彻底消解之后，压抑性力量却在不知不觉中转向了人的文化心理，甚至是自我存在的作茧自缚，并以更为内隐和幽密的方式，销蚀着心灵的敏锐、思想的力量和生命的原力。宿而不归，是作品中每个人的命运悲剧，这里的悲剧不是赤裸裸的源于日常生活和社会压迫的悲情苦难，而是被无形之神玩弄于手掌、自我意识得到却又无力挣脱的存在悲剧与生命悲剧。范晓艳一方面冲决着社会对女性的角色束缚，诸如"女大当嫁""爱情的被动性""门当户对""条件般配"等世俗约定和集体价值，在一个将婚姻作为爱情和物欲的中介、将结婚和离婚视为个体随意的高度自由化时代，却始终以微弱的力量，坚持个体心灵需求的爱情而不向规约化的婚姻妥协，无论是对母亲催婚的逃离、对追求他的好男人朱东的若即若离、对钻石王老五陈志明的放弃，都是源于对都市平庸和精神压抑的主体自觉，是小资女性面向孤独境遇的挣脱，这个荒漠中的野草，以理想主义的情怀，寄寓着功利爱情年代，对纯真性情的浪漫主义爱情的渴望。失望的现实只能转向虚幻的想象，于是范晓艳在"偷窥"维佳日记的过程中，经历了一次男性世界的心路介入和柏拉图的爱情奇遇。在试图打通男女性别隔阂和爱情禁忌的文字当中，范晓艳无形中实现了"性别心理"的隐形转换，洞悉到了孤寂世界中男人和女人同样的渴望、欲望、失望、绝望。在一份浪漫而疯狂的爱情日记的另类记忆当中，咀嚼着城市中人类普遍的卑微与庸常。范晓艳的拼居生活，某种意义上成为一个独立的视角，是审视世态万千的一个封闭空间，她看到了一个个城市中"飘荡""流浪"的个体灵魂寻找皈依之地的难度，而她正是凭着这种对虚幻的现代性和理性化的反抗，映照出城市化语境当中，人类的普遍性命运与存在状态，唯有这一点，人的本质性才得以保留，并期许着在沉寂中救赎的可能。另一方面，现实中的爱情邂逅总是无法与理想中的爱情玫瑰梦相吻合，不知所求和求而不得，是范晓艳时刻面对的一种生命真实，因为这种情感皈依的努力与沦陷，与异性世界和另类个体的"通灵"，就是始终在触手可及和遥不可及之间"缥缈"。当范晓艳以古典主义的才子佳人的理想爱情模式，尝试去与房东范维佳重构爱情死亡年代的爱情神话时，圣洁天使却遭遇到了堕落王子，范晓艳在世俗爱情观一步步销蚀情感爱情观的年代，怀抱超越世俗爱情观的她的寻觅、期冀与妥协，某种意义上正是她先天的悲剧根源，也是一次重建的失败，至此，一切有关于爱情的邂逅、偶遇、幻想、期望、浪漫……都陨落于世俗、肉欲、虚伪的残酷现实当中。正如《科学发展观》外壳下是一部爱情心路日记的黑色幽默一般，范晓艳希望在《三个代表》的装帧下是一部关于自己的爱情记录，但这是一本真正的理想幻灭集，寄托着美好记忆的两张电影票的隐喻，正是范晓艳所面对的连虚假的爱情都不复存在的残酷，这是一种彻底无望之后的黑暗沙漠，正是在一次次的自我失落、信仰侵蚀中，人才触摸到那扇早已存在却毫不知觉的自由境界抵达之后的虚无之门。

《什么都是因为我们穷》同样是以几位"都市飘零者"的合租生活为叙事主题，但与《拼居》所不同的是，陈克海试图通过这个小小的压缩空间，透视当下社会的林林总总与人生的丰富百态，在绰绰约约的都市风景线当中，包囊当下的人在毛茸茸的日常生活和平面化的机械滑行中，所面对和经历的情感与爱欲、沉沦与奋起、坚韧与妥协的跌宕起伏和惊心动魄。小说并非是严格意义上的底层叙事，但却明显具有"底层情绪"，这种底层情绪，并非完全源自于物质性和社会性的生存苦难，而是氤氲着生活的磨砺、情感的痛楚、生命的艰涩、心灵的不安全感。这是一群看似具有高度自由的个体化群体，即将毕业的文科研究生（乔飞）、广告界闯荡的业务骨干（朱丽）、离异大龄女医生（王玉瑶）、整天跟随领导跑业务的社交花（孟娜）等，他们有基本的生存保障和职业形象，但无论是经济收入还是职业尊严都还未达到城市中产阶级，他们不再背负着沉重的家族、乡土、历史、体制的重压和钳制，个人自由空前活跃，生活命题高度个人化，但就是如此看似获得"个性解放"的一族，恰恰是作者的惊人发现——这是一群现代城市空间中最典型的"新底层形象"：逃逸出了社会底层却又无法跨入中产更遑论权贵阶层，于是底层的"不安全感"转喻为对"富贵阶层梦"的世俗化努力，但又不得不蜗居于狭隘的地理空间、人际空间、生活空间；飞蛾扑火般的在城市中寻觅着生活、情感与心灵的栖息之地，却一次次以惨败终结；在冲决着道德伦理和性别伦理的"性"与"欲"的自由中，却无法获得"情"与"爱"的重建与升华；他们在试图走进彼此内心、体味群体情感温存的过程中，却在整体的不安全感的抵抗中，步入了孤绝、阴郁、封闭、荒凉的逼仄精神空间。小说当中每个人都在努力挣脱无形力量的笼罩——命运的不济、生活的戏剧、真诚的遮蔽、虚伪的破除，他们内心始终怀有对"诗"与"远方"生活的希望和憧憬，乔飞对美好爱情的渴望、朱丽对与吴天明步入婚姻殿堂的期待、王玉瑶对理想伴侣与安稳家庭的追求……结束迷茫的城市漂泊，寻找身体与心灵的安稳静谧，这个古今中外千百年来所反复演绎的悲情与诗意的主题，竟然奇妙的在现代化密集的城市空间中再现，这是文学幽灵的不散，是人类宿命的不绝和文学美丽的凝结；但诗意总是夹杂着忧伤，甚至是绝望，小小的合租房空间，随时随地上演着当下巨大社会空间最普遍最荒诞的一幕幕场景，背叛（孟娜对乔飞的背叛）、欺骗（吴志明对朱丽的欺骗）、迷狂（王玉瑶对患者兼拆迁包工头的迷狂）、滥情（乔飞与王玉瑶的交往）、虚伪（朱丽与乔飞、与王玉瑶、与孟静的交往），以及小小的"满足""幸福"与"失落""虚空"（乔飞与孟静的爱情充满了温存甜蜜，却伴随着随时涌来的现实遗憾与情感惆怅）。小说简单的人物关系、清晰的生活线索、同质的生存空间，呈现出的是单个人、单面人之间，在生活空间与心灵空间的区隔，作者在小说与现实生活的对话中，衍生出极具现代主义色彩的当代人的困境勾勒与文学况味。

三

陈克海的小说，并非是完全的虚幻和纯化的文学世界，社会的游戏规则、人性的波澜诡谲、欲望（金钱、权力、性）的恣意泛滥，同样是支配陈克海的小说叙事前行、人物成长、矛盾生成的推动力。宏大的话语语境随时随地的在以有形或无形、潜在或隐性、强制或自愿的方式，参与、塑造、改造着身处其中的个体，但我并不完全赞同将当前人的一切变迁、困境、痛苦完全"归罪"于社会、时代和历史等等这类宏大而抽象的客体概念；要看到，社会、时代和历史语境的生成、转型与更迭，同样是每一个个体之人个体化的思想生产、心灵蜕变、精神震荡、实践行为的合力作用的整体反应。从这个意义上看，揭示出当下城市化背景当中，个体精神和个体存在所面临的普遍性状态（或许得出的是令人失望的人的无力和绝望，这种无力和绝望正是当下人类面临的普遍困境），也就触摸到了这个时代，人性的涌动、生命的激情、思想的永不停滞，即人之所以为人的本质存在。因此，从存在的觉醒、挣扎，到自我的救赎、确立，正对应着人不断获得超越的内在力量，而这些恰恰是当代社会的一种主流的、强势的、无硝烟的宏大叙事。日常生活，更具当下感、琐碎感、世俗感；宏大叙事，总是与历史、革命、社会、政治等关联，陈克海破除了二者的对立，以文学的构建回应了日常生活能否成为宏大叙事的质疑，通过个体参与生活、介入当下，完成了以时代和历史为核心的宏大命题的注解。正是从这个意义上，我认为陈克海的小说，试图在细腻、清晰、直接的个体化的日常叙事中，去展示当前波澜壮阔的历史和时代洪流中的宏大命题，一定程度上实现了"日常生活"与"宏大叙事"的嫁接。

《良家女子》以梁家堡、渔川、潮州为叙事空间，消解了极端化的城乡对立的情境叙事之后，陈克海让生活展示出狰狞的面目，让生活于其间的"人"不断冲撞着狰狞之缘，"存在"的支离破碎伴随着"心灵"的分崩离析，一切在碎片化的蔓延，但恰恰是在这混沌、芜杂、幽闭的黑暗深处，人性的光芒才反衬出其耀眼而略带刺痛性和杀伤性的能量。朱丽从出生伊始就带有某种宿命性的魔咒，天使与恶魔的同体，让她的咒力统摄着别人、毁灭着圆满，冲撞着生活之牢，但与此同时，她在命运之流的前行中，却又能处处把控着轨迹，于绝望出不断滋生新的希望。父亲失手让朱丽掉进火坑，毁掉了她天然的美丽面容，但也让父亲的罪恶行踪得以暴露，忍受了三年的牢狱之苦；三年后的父亲由恶棍转型为讼棍，而幼小的朱丽在父亲对母亲的一次次家暴摧残中，敢于反抗父亲（拿石头砸父亲）；已经毁容的朱丽，在母亲的经济帮助之下整容，成为光彩夺目的女子，但在潮州对与母亲相依为命的林顺达的轻蔑，劝母亲回渔乡做服装生意，毁了母亲的多年心血和生活重心；父亲朱方春与同村村民李连高的妻子刘岩英的婚外情的遮掩，被朱丽一语道破；生意失败后重拾自信的朱丽，在与郑娜的人生观碰撞和伦理结盟时，意外发现郑娜早已走上了他们曾鄙视的"堕落"不归路；在拯救郑娜陷入"歧途"的过程中，她在雄风洗浴中心因反抗黄大智的非礼而将其割喉；朱丽失手杀人之后必然的法律制裁，在社会关注和舆论消费的推动下无罪释放；在电视台工作改名小杨的朱丽在岁月的遗忘中，总是被人（同事、哥哥梁刚、企业形象策划顾问胡发明）关注而复归热情……小说在一个个生活之流和社会场景的构图中，并非仅仅力图呈现生活的原生质感，而是将朱丽作为一个砝码与标尺，作为生命之重与生活之深的"测量仪"，她的美丽与邪恶、妩媚与刚烈、自尊与放浪、随波与坚守，都是潜在的城市与乡村、精神与物质、伦理与个体的文化转型背景下，人的与生俱来但又极易泯灭的人性质地。朱丽的性格组合和人性多维，是原始本能、乡村伦理、都市文化的人性留存，面对法律、道德、权力的围剿，朱丽只能在懵懂中，保持着非逻辑和无意识的人性能量，而这种混杂着多重元素的人性能量，是她对周遭所有异化人性的灼照，是面对日益变迁的人世沧桑、社会倾轧、体制规约等压抑下，唯一寻求解放、暂缓窒息的方式和依据，这恰恰是宿命的不可抗拒情境下，人对宿命坚韧不懈的西西佛斯的悲剧性轮回困境。

《问凤梅》取材于大学校园生活，却又超越于大学校园题材的纵深范畴。背负着沉重乡土情愫与历史重负的作家，普遍性的将社会、生活、历史、人性、文化，乃至隐秘、荒诞、神实等交织在一起进行"综合叙事"，呈现对文学与现实的独特解剖方式、理解改造或幽谷幻化，由此提供多元阐释空间的"混杂性"。与之相异，陈克海的《问凤梅》试图以校园生活的成长和单纯视角，洞悉校园之内和校园之外的生活景观，在过滤了"人"所可能负载的诸多外在客体，过滤了对过往时间、空间、事件的迷恋（历史叙事、城乡叙事、神性叙事）以及诸多芜杂的生活纹理之外，转为以单纯的人物性，挖掘着人与人之间在平面化和流动性的交互演进中，生活戏剧和人性裂变的可能性，这种简约式的、略带符号性的小说叙事，是以更澄澈和透明的人性结构，深入到了命运不可知的领域。宿舍如此的密闭空间，却是各色人生的原生之地，它经联着深处其间的每个人的过去、现代和未来，它不仅是地理空间，也是问凤梅们试探外在世界、走入未知世界、驾驭现实世界的雏鹰之家般的栖息之地与征程起点。身体空间的平面化、同构化，无法掩盖从此地迸发的人生曲线的差异光谱，看似单纯的大学校园生活，却是社会百态和人生万象的微缩棱镜。小说当中的问凤梅、杨小洋、王丽娜、张鹤……既是生活的施虐者，也是自我的受虐者，生存与心灵的焦虑，激发的是她们将人生与未来，交之于一次次与生活和命运的赌注，而她们随时经历着爱与性的分离，奋斗与虚无的双面，欲望与克制的纠结，坚守与放逐的并行，青春期成长的迷茫、激情、疼痛，是现世生活的常态，但当她们意识到这种常态，并走向奋起反抗这种平庸和常态之时，往往是冲决的伤痕累累、千疮百孔。

首先，小说主人公问凤梅的跻身努力和底层奋斗，是当代来自农村和贫困家庭大学生的缩影，他们的质朴、实诚、勤劳、吃苦、机智，随时遭遇着与生俱来的狭隘、偏执、粗莽的消解，在时代语境和人际布局的制约当中，她既是乡土型意识形态的制造者，在潜移默化中将宏大而无法触摸的价值伦理投射于身边人；同时，她是小资型意识形态的接受者，在并不明确的自觉性和自主性的意识下，问凤梅早已经历了多次的蝉蜕，这种制造者和消费者的双重实践，正是当代人在人世沧桑的日新月异的"变"与"不变"的心灵辩证法，由此实现了日常生活与宏大叙事的嫁接，即兑现了日常生活何以不能成为宏大叙事的诺言。其次，杨小洋、王丽娜、张鹤、周朝风的小资、市侩、滥情、萎靡，在陈克海小说的心灵辩证法当中，正日益褪去在价值伦理观感中的诸多负面感情色彩和人格评价，正以赤裸裸的姿态，在心灵、尊严、伦理的碰撞中，展示出这个社会百态的几种"原生性"的景观构成，大学期间的友情、爱情、社交、就业，人与人之间的"悲欢离合""江湖恩怨""传奇轶事"等，都在大学生这个社会弱势群体的集体表象下，以冷峻的姿态提出了中国社会大众所普遍面临的生存现象、道德困境、生活革命、精神重构的生存现象，而诸如乡村与城市价值观念冲突下底层人的坚韧努力、诱惑拒绝与古道热肠（问凤梅）、物质崇拜时代人的物欲化的异化（王丽娜）、消费文化语境中人对浪漫感情的幻想（杨小洋）、传统伦理坍塌年代爱情自由的游戏化危机（张鹤），这种独具匠心的纯化人物性，并未因此而陷入线性流畅、质感苍白、深度匮乏的叙事窠臼，相反，却以"典型化""抽象化"的方式，勾勒出了当代社会的精神结构以及生存风险，这既是对生活横截面的一种体味、观察和思考，是对人与社会的存在哲学的追问、探秘与质询，从而完成了陈克海带有 80 后代际特征和个体思考的文学思想与美学构建。再次，小说在分离式的人生命运的平面构架中，一方面强调了大学校园、同一宿舍的想象性美学形象和知识性文化意象，天之骄子走下了不食人间烟火的圣殿，展露出赤裸裸的世俗性和社会性，但这种世俗性和社会性的不彻底性，既始终葆有着并不光明和阳光的个性自由、理想憧憬、青春梦想，又展示出成长的收获与代价，从青春期向成熟期、从校园空间向社会空间、从人初本质性向人之文化（符号性、世俗性、社会性、意识化）。文明形态的更迭如此剧烈，但在她们的文化心理结构中，解构与建构竟然轻而易举地实现了过渡。陈克海发现了社会性压抑下，严肃和沉重的日常生活当中，隐藏着习焉不察的生命之轻，在抛弃了个体化的道德、人性化的伦理的制高点，对生活、社会和人性进行"批判"的文学叙事伦理之后，以生命的"常态"、人性的"本能"、心灵的"自由"、生活的"逻辑"，实现了另一种对人的现实领域的介入和观照，在这种"反对话"的文学与现实生活的"对话"中，陈克海完成了一种颇具后现代色彩的存在范式的启蒙，这种启蒙内容正如巴乌斯托夫斯基对蒲宁的评价："它不是小说，而是启迪，是充满了怕和爱的生活本身。"

四

在日常生活中透视时代与社会的宏大叙事时，陈克海继续着他的"嫁接"突破，并在《卡车啊你到底要往哪里跑》《搭台唱戏》等作品当中，试图让两者的嫁接实现倒流——在宏大叙事中展示个体存在的心灵诗意和日常生活。宏大叙事，"用麦吉尔的话说，就是无所不包的叙述，具有主题性，目的性，连贯性和统一性"，它是对既往历史、当下时代和历史未来的理想模态的想象构建，他与政治结构、经济意识形态高度相关，"是一种完满的设想，是一种对于人类历史发展进程有始有终的构想形式"，"是针对整个人类社会历史发展进程所进行的大胆设想和历史求证，它的产生动机源于对人类历史发展前景所抱有的某种希望或恐惧，总要涉及人类历史发展的最终结局，总要与社会发展的当前形势联系在一起，往往是一种政治理想的构架"；而日常生活叙事是以个人经验呈现生活感知，是对个体生活经验进行想象性表达的一种叙事状态。从日常生活的体悟中揭示人生哲理、人的生存理想、人性之美，从日常生活的审视中揭示日常生活的审美性和悲剧性，从日常生活的超越中发掘其中的世俗、庸常、荒凉，以此呈现作者的批判精神。陈克海则在历史化、政治化、整体化和未来化的"理想化的构建"中，积极展示个体性存在的当下性、反思性、虚幻性，乃至荒诞性，并进行"历史困境的个体解构"，他依托"成长叙事"这一主题媒介，实现了二者叙事话语的跨界和统摄。

《卡车啊你到底要往哪里跑》贯穿着从少年到中年成长经历过程中的理想、颓废、失望、反省的叙事色调，小说并不着力于对时代、社会、文化、政治、历史进行正面的深度反思，但在王拥军与张贵平并行和交叉的人生轨迹中，拓展着颇为深广的当下时代命题介入的纵深开合度。首先，是对"政治化年代"与"后政治化年代"，两种时代语境对人的命运的支配图景的刻摹。这一思考集中表现在王拥军、向阳花的人生轨迹上，曾经因为学习政治觉悟高、学习态度积极而成为全县的明星标兵；但在后政治化年代，王拥军只能被迫打回原籍，教书、种地、养猪，向红花成为县剧团的一名工作人员。而后政治年代向市场经济年代的转型，又让王拥军摇身一变，由一个理想无法兑现的世俗失败者，成为资本与权力融合的成功人士，他爱写诗，是这个精神物质化年代里理想并未泯灭的隐喻。与王拥军大起大落、理想明确、行动力十足的人生轨迹不同，张贵平则是一直在散淡、叛逆和随意中，沿着连自己都未必能清晰把握的人生轨迹行进，选专业、上大学、办公司、谈生意、恋爱结婚……小说展示出正是他远离时代裹挟、与时代保持距离的个体化生活态度，拥有了与王拥军那种紧跟时代步伐和体制形势截然不用的人生景观，王拥军看似大起大落但也隐藏被时代和体制抛弃的威胁，张贵平看似淡然处世但却永远拥有不可被遏制和压抑的主体自觉。这是小说在两个人物的生活轨迹并行中、在看似都很"成功"的人生姿态的书写中，对时代语境造就个人和个人反抗时代语境的巨大分野描摹。其次，是对北京与交城为代表的"大城市与小城镇"的文化空间内涵的转喻。小县城，连接着乡村、乡土，保持着传统乡土世界的民间伦理碎片，是一种文化隐喻、一种价值姿态。比如，张明亮与杨玉梅对儿子张贵平的未来期望——努力读书，离开县城，走向大城市的"成功标准"的城市化价值取向；王拥军与张贵平成年后生意往来过程中，保留着的少年情义，特别是张贵平潜意识当中对王拥军的佩服和鄙视的并存的童年记忆；王拥军"煤老板"身份的妖魔化符号之外，所深隐的对乡土的热爱；王拥军与向红花，张贵平与孟如月童年的羞涩、懵懂、冲动，所代表的特定年代与特定青春期的美好初恋，等等，这些都是某种并未完全褪去乡土伦理痕迹与乡土价值谱系的"县城伦理"，精华与污垢混杂、现代与封闭胶着的一种文化状态，是人在其中所坚守和扬弃的一种身份重建。北京，都市化语境下最具代表性的城市意象，在满足人的物质与感官狂欢、成就乡下人进城的都市梦的同时，同样有着更多的对人性戕害或心灵伤害的质素，成为现代人性之恶的滋生地、膨胀地，张贵平的妻子张静的透支公司 300 万元去澳门豪赌，张贵平的心腹兼好友郭卫东与妻子张静的偷情，郭卫东与张贵平前女友的同居，城市在成就人的现世感官享受的同时，摧毁了乡土人情乃至现代人所最怀恋的浪漫记忆。第三，时代语境与都市伦理赋予了个人高度自由的同时，爱情存在与否和婚姻本体追问，是陈克海小说从宏大时代语境，反观人性嬗变与坚守的文学经验呈现。王拥军与张贵平，某种意义上都经受着爱情与婚姻的分离。王拥军与刘淑珍的结婚，是人生低谷的患难与共，以此作为共同抵御平庸生活甚至无望生活的一种妥协，但对向红花，乃至传出的与孟如月的绯闻，都是他被政治阉割的人对美好爱情的情感恶补，因为与金钱、权力的结姻，其中不乏扭曲和粗鄙的行动语言的表达形态。张贵平对张静更多的是源于社会规约的婚姻，有性无爱是他们裂隙的最大内因，他对孟月如的无性有爱，以及中年后的相遇与相处，同样是张贵平对青春期的纯真之性与浪漫之情的记忆反刍。不论是王拥军在刘淑珍粗暴方式的干涉下的被迫回归家庭，还是张贵平在情感背叛之后的决绝离婚，在验证爱与婚姻辩证法的同时，都是传统伦理与个体意识独立的现代性话语幻象的反讽、颠覆和解构。

《搭台唱戏》可以视为是《卡车啊你到底要往哪里跑》的姊妹篇，小说围绕王拥军的事业起伏、情感波折、命运多舛，反映了当今一个特殊群体——煤老板为代表的中国暴发户或中国财富阶层的个人化世界。在被现代传媒和社会舆论，赋予了煤老板以褒与贬截然相反的两种财富想象和道德贬斥的妖魔化符号之后，《搭台唱戏》试图祛除煤老板这个社会身份的妖魔化色彩，让他们重新回归人性世界，以此来审视在金钱、权力、美色、家庭等立体的生活网络中，以王拥军为代表的煤老板们，在时代语境和政治诡谲的风云变幻中的多样人生和人性变异。首先，小说呈现出财富时代的"爱情"本色（情感本色）。王拥军与孟如月之间，由"男追女"转为"女追男"，其间的转折，一方面深刻的反映出财富资本时代，社会男权化趋势在性别资本与物质资本的合谋之下，并非弱化，而是愈来愈强化，王拥军对孟如月的倾心，固然有对自我社会财富身份的自信，但更多的还是来源于原始本能的男性对女性的性别冲动，财富只是辅助和推动这种性别冲动的器物工具，就是说，在王拥军对梦如月的追求中，在财富资本的逻辑铺垫下，他的男性意识是得到了进一步的放肆与放纵，甚至冲决了传统的家庭伦理、夫妻伦理、父女伦理，演变为一种出于男性性别本色的赤裸裸的"常态"，但因为有着财富资本社会身份，这种常态失去了传统意义上的道德负罪感，成为与财富的获得同等地位的一种无形的性别资本的合理性收获。而至于孟如月对王拥军追求局势的反转，更多的是源于女性在男性权力场域当中，被消费地位丧失后的一种变态弥补。在一个资本逻辑时代，女性凭借着性别资本成为特殊的消费商品，被关注、被认同、被追捧，打造品牌优势是它能够获得社会推广和实现商品价值属性的唯一途径，因此，她对王拥军并无太多情感与爱意，有的只是通过财富人士对自己的垂青，来获得的女性的虚荣感和自我社会身份的价值认同满足，因此，当王拥军对她逃避之时，她采取了主动出击来试图扳回男／女、性别／财富的游戏固有规则，而一旦规则失效，她则转向了其他的游戏盘局——从小说的文本间隙可以看到，她投奔了文化厅的龚厅长。两人的分道扬镳，并无爱情的惋惜与情感的痛殇，只是一场财富资本与性别资本合谋的游戏规则的破坏和重组。王拥军看似被家庭伦理召唤后的回归，其实是对这个社会资本、权力资本、性别资本组成的游戏规则的被放逐被遗弃，从这个角度来说，这其实正是王拥军的悲剧——自己既是规则的把控者、制造者，同时也是游戏规则的破坏者、出局者。其次，小说深刻揭示了当财富资本遭遇权力资本时的对抗、妥协和无奈，从而透视了中国社会运行机制缺失的冰山一角。王拥军的煤老板身份（货币财富资本），赋予了他以物质财富范围内的权力疆域，投资项目、包装名人、奢华生活，但是，他的财富却抵不过权力阶层的操控，龚厅长、白占全，某种意义上，他们是王拥军财富生产的深层动力和现实制约，当财富的增长受制于规范约束的时候，规范约束的非法制化，即游戏规范的制定者则可以借国家政策和国家法律行使者的权力身份，共同参与到财富生产和财富流失的游戏格局当中，从而以反制掣的力量，获取自己的最大利益。作品并未直接表现龚厅长、白占全，如何占有物质性财富，却将他们利用游戏规则制定者的特殊，将财富制造者（王拥军）以及附属的财富（孟如月）纳入自己无监督的享乐范畴表现得淋漓尽致，悄无声息却又无可抗拒。相比之下，王拥军的煤老板，同样只是这个棋盘中的一个棋子，小说在财富垄断者和权力垄断者的联盟，以及财富垄断者的双重身份（财富支配者和权力被动者）的互动中，揭示出中国当前迅速集聚财富的富裕阶层，既是国家经济政策运行下的投机者，同时也是国家权力运行缺失的畸形产物。第三，小说在看似物质现代化和情感自由化的叙事中，始终有一个内在的价值向心力，那就是传统因果伦理和传统家庭道德，因为有传统伦理在思想观念中的存在，王拥军不论处于怎样的人生阶段，他都能保持作为一个超脱世俗喧嚣和俗世纷扰的一种定力，而这正是对超越性的本我的观照和追寻，这种追寻的过程，是随着财富、权力、欲望的一步步退场，逐步呈现出对情感的、内敛的、保守的自我的一步步靠近，这两条幽冥之线，最终在生命终点达到了交集或汇合。王拥军在财富辉煌／欲望恣肆、事业困境／回归家庭、濒临死亡／回归本真的过程中，表现出的是一个由煤老板—男人—人的人格复归，煤老板时期的财富积累，让他迷失了自己，情感上迷恋孟如月、权力场当中反抗白占全、龚厅长，家庭生活中对妻儿敷衍塞责，对属下的阿谀奉承尽心享受；当他以一个男人充沛的情感炽热追求孟如月时，谣言、误解、心机等等，本应发生在情感支配下的男女之间的恋爱心态，在妻子和女儿的开导和劝说之下，王拥军的家庭伦理责任感一步步复苏，一步步远离情感狂热，回归理性；癌症确诊之后的王拥军，更是表现出了落叶归根、慈祥和蔼的温柔一面，尽管此时他的事业已经完全陷入了停顿。王拥军的人生轨迹，是一个"浪子回头"的过程，是一个人在异化中"复位"的过程，而这个人性回归的神性昭示，就是传统的家庭伦理、夫妻之爱、父女之爱、男性尊严（尽管其中隐藏着强烈的男权主义色彩）。小说在勾画一个煤老板（财富身份）符号之下的"个体男人"的生命旅程的同时，将传统民间伦理对现代文明病、人性异化病的治疗过程进行了极富生活细节和心灵充盈的演绎，从而破除了对财富集聚者（煤老板）的道德化职责和社会化钦羡的两极想象，而还原出其作为一个兼男人、企业家（相对于政府）、丈夫、父亲、老总（相对于雇员）、儿子，等等为一体的"平凡"人生的生命无奈。

五

正如以赛亚·柏林所说："人是自由的，人具有与生俱来的天赋的自由"，"人与自然界其他事物——动物、无生命的物体、植物——之间的区别在于人之外的事物受制于因果律，人之外的事物必须严格遵守一些预设好的因果程序；而人却可以按照自己的意志自由选择。"浪漫主义根源于现代工业和科学技术对人自由天性的扼杀，现代城市作为工业革命和技术革新的空间载体，它构成了比宏大的现代工业和科学技术更直接、更可感的与人相关联的遏制之物，人的虚无、窒息、痛楚、孤寂的生存姿态，人的本质在新空间中的无法泯灭，人的思想的生生不息，孕育着对这种死寂般黑暗尽头的反抗。都市浪漫主义就孕育于这种情境当中，并构成了与乡土浪漫主义、乡土诗意精神既相关联、又有区别的一种反抗精神潮流，它不在依托于类似梭罗的《瓦尔登湖》式的向自然和大地的回归为途径，而是以心灵、生活、实践的自然漂泊为方式，反抗一切压抑主体自由的规约，主体在自由、非逻辑性的感知、无目的性的徜徉中，以间歇性的皈依为目的，但却以永不停歇的流浪和自由为常态，这是随着城市文学的逐步成长和成熟，伴随着城市文化绝望和压抑下，逐渐构建起的新的都市浪漫主义精神。陈克海的《清白生活迎面扑来》是一篇城市文学精神感较强、贯穿着都市浪漫精神的现代主义之作。

小说以杨春艳的婚姻经历和情感波折为叙事主线，通过回忆与宋国强的相识到婚姻、与徐文达的柏拉图式的婚外恋、与王医生在"病症"期的互诉衷肠，直到对徐文达再次出现的彻底失望，她最终在同性朋友胡丽丽的鼓励之下，继续寻觅着新的生活未来，并不跌宕和带有意识流片段的情节发展当中，小说塑造了诸多患有现代文明病（都市文明病）的一群人，并以内在的思想现代派意味，挖掘着看似欣欣向荣、理性规约的世界与人的表象之下，当代都市生活空间中，人的存在、人的心灵、人的信仰的现代性幻影与迷惑，以及隐秘而强大的世界的另一面——疯狂、扭曲、病态、非理性、黑暗、幽深、险恶……首先，小说卸去了绑缚在人身上的诸多外在重负，只有一个纵横交错的人际关系网和都市生活空间，人则以较为赤裸裸的心灵、情感、欲望、本能的形式出现，在此基础上，小说深入到人的存在本身、人的内在本身，去探幽其中的丰富景观。这并非是传统意义上的人与外在进行对抗的殖民化写作，而是一种人与自我、自我与非自我之人所组成的空间秩序的决绝突围与对抗。杨春艳是黑暗渊薮中的理想主义光芒，她的言与行、思与语，在叙事伦理和文本空间中的审视中，显得怪诞而不可理喻，但她的存在，正如雷电的耀眼，灼照着世界的黑暗角落、照亮着人心庸常的牢笼。宋国强迎娶杨春艳，有世俗的考虑（杨春艳是市委副秘书长家女儿）、有男权主义的作祟（与杨春艳的结合婚姻踏实放心）、有复仇的绝情（离婚时的反目与报复），这是一种典型的男性话语霸权下的对女性个体的践踏，杨春艳充当着他的"世俗发泄渠道"；中央美院徐文达与杨春艳的婚外恋，是打着精神交流和知识话语的旗帜，剥离了婚姻责任、情感伦理、道德约束的寂寞排遣，是将杨春艳视为情感玩物的另一种男权主义的赏玩心态，杨春艳充当着他的"精神发泄渠道"；王医生与杨春艳的"病患"之交，是王医生的一种较为安全的精神病医生职业重负之下的倾诉渠道，杨春艳充当着他的"心理发泄渠道"。即使与父亲、母亲、哥哥的交往，杨春艳仍无法获得真正的"正视"，她是家庭的一员，却不是家庭的核心，世俗的家庭提供不了她所追求的心灵家园，虽然这个家庭看似生活圆满，实则中心破碎。这是一个被遗弃的美丽天使，她的单纯、追求、希冀、期盼，乃至中年的浪漫和幼稚，都是发自于对这个世界、生活和人生的热爱，生活于日益沉沦的世界，却始终葆有着对精神超越的信仰，这是她能毅然在情感和婚姻领域"特立独行"的心理动力，让一个被都市空间和存在幽闭所压抑的孤独灵魂，获得了飞扬的可能。其次，小说是一个在存在窒息空间中的绝望挣扎和呐喊，是一种都市新浪漫主义（都市古典浪漫主义）的幽魂复现、回光返照的文学构建。小说中的每个人，都在身不由己中徜徉于欲望、不安、焦虑、狂想的生活海洋，但是每个人却时刻面对着无处不在、随时涌现的人生苍凉、生之悲悯和极致孤独，小说并未直接描写显而易见的生存维度的痛与苦，却在整体笼罩的幽暗的情绪描写中，在看似充满生活细节和质感的情感流动中，在男人与女人的性别分野中，表现出了对生活的热爱以及这种爱之不能的喧嚣中的寒冷。与传统浪漫主义，对古典主义、文艺启蒙当中人与自然分离的反叛不同，也与后现代主义对文化现代性的权威、秩序、理性和个体的解构不同，《清白生活迎面扑来》一方面充盈着浓郁的存在主义和现代主义的荒诞色彩，但同时又注入文本以荒诞、孤独、隔绝的努力、希望、象征，这种整体沦陷／病态救赎的姿态，正是城市文学所呼唤的都市浪漫主义精神。这种都市浪漫主义精神，反对人与人的区隔、消解着虚无的合理，极力在存在的绝境和生活的荒凉中，寻找独属于心灵自由的"境界"。小说当中不仅杨春艳最为典型地体现了这种都市浪漫主义精神的人格实践，而且在其他人物身上，同样以各自的方式，寻求着自我的飞扬，诸如徐文达对杨春艳的精神之恋和思想"神启"，他的不合时宜的略带虚假的理想主义情怀；宋国强的个人奋斗史，以及所怀有的虚假的"心怀天下"的家国情怀；父亲杨克堂、母亲刘雁瓴、王医生，哪怕是闺蜜胡丽丽，都在以各自的角色方式，反抗着冰冷世界和无望生活对人的漫溢和窒息，他们以非常理智的方式，重新确立了自我与他人、自我与世界的关系与位置。无休止的倾诉（王医生）、无缘由的关切（母亲刘雁瓴）、无言的沉默（父亲杨克堂）、无休止的挣钱与抱怨（胡丽丽）、无目的的漫游（杨春艳），正是在这些近乎病态的荒诞言行中，蕴藉着印证个体存在的人的主体思想存在的力量，以及贫乏但不停歇的思想前行和心灵悸动，这正是都市浪漫主义精神反叛人的孤独，重新确立人与"都市自然"（人文客体）的最终指向。

结　语

脱离了代际群体的叛逆、个性、小资、自恋的诸多诟病性特征之后，80后由集体姿态开始走向了个体分化，伴随着"城市话语"的成长，他们没有了历史、政治、乡村的精神重负和文化羁绊，当下生活和社会景深是他们想象驰骋和思考体悟的主要场所，在对乡土文学历史辉煌的缅怀、对华丽退场的深情眷顾中，这代人似乎很难继续着前辈们的乡土经验开掘，这是他们的代际劣势，但同时孕育着他们的先天优势，那就是对城市文学精神和城市文学叙事经验构建的诸多可能。当新世纪文学创作界和批评界在整体反思中发出了向城市进军的集体口号时，年长的作家们总是难以用真正的文学实绩来修葺这一深刻的缺陷，但80前后的作家们却在静默中以各自的方式参与着文学版图的完善。我不愿意将陈克海仅仅视为地域性作家，因为他的创作视野是整体一代人的、中国当下的、时代涌动的宏大命题，他对人的心灵、精神、存在、信仰的挖掘、把脉和思考，又极具人类现代主义精神基调的普遍性，在都市日常生活与时代宏大叙事的互动中，他消解着既有叙事经验固化的单向审视思维，而关注到两者隐秘和紧密的内在关联；在世俗性和社会性的叙事中，他的小说触摸到了这个时代、这个群体在狂欢世界和灯红酒绿的都市夜景下，人的生命的灰暗、寒冷和孤独。与卡夫卡等现代派作家的彻骨阴郁不同，80后年轻的陈克海似乎少了一份人世苍凉的生命绝望，因为内隐着对生活和世间的热爱，他不断在小说中演绎着一个个都市浪漫主义和传统道德主义的痛并快乐着的故事，以此来进行绝望与困境的反抗，他沿着西方文学大师指引的方向前行，却又构建起了中国式的古典浪漫情怀，因为唯有生之信仰，一切才有可能。

无所依托的青春和情爱
——简析手指小说

◆ 郭晓鸿

手指的小说集 《鸽子飞过城墙》以《一本爱情小说集》为副标题，让人不免先入为主地怀有一种阅读期待，以为自己会读到几篇爱情故事。不过出乎意料的是，整部小说没有一篇是写传统意义上的爱情。有的评论家把手指归于现代先锋小说，我感觉也不太妥帖。因为先锋意味着创新、实验性，甚至时尚感，曾经被誉为先锋小说家的余华曾说过："真正的先锋，其实就是一种精神的超前性。人家体验不到的，他体验到了；人家没有思考到的，他思考到了；人家不能表达的，他能够成功地表达了。而且还有更重要的一点，我认为在任何一个时代，他都是走在前面的。"当然先锋究竟如何定义也是见仁见智。手指小说不大具备80年代先锋小说的特征和新鲜感，当然他的小说依然属于具备现代意识和现代感的小说，他所处的时代和20世纪80年代已经完全不同，他已经是以现代小说的方式来表达生活，而不是像80年代的先锋小说作家那样有意识地去追求一种先锋性。我的感觉是手指的小说应归于90年代中期兴起的底层文学，手指写作这些小说的时期，也正是底层文学兴起的时候，比较容易受到影响。

城市中的边缘人

手指小说的主人公大多是出身于农村，大学毕业留在大城市里打工的年轻人，这是一群城市边缘人，他们由于出身的贫寒，收入的菲薄，工作的朝不保夕，根本无法在物欲横流的大城市里体面地生活。我了解到的作者手指本人就是一个大学没毕业就出来勇敢闯社会的青年，他本人在生活中遭遇的艰辛窘困必然会在其作品中留下鲜明的烙印。在以这个群体为主的小说创作中，充满了青春的躁动、欲望，找不到城市生活入口的焦虑和面对大城市繁华景象的自卑。也可以说，手指的小说属于20世纪90年代开始兴起的底层写作，虽然底层写作的概念界定有不确定之处，比如到底是"底层写"还是"写底层"，但是手指作为创作主体，自身的经历本身就是从一无所有的城市底层漂泊者慢慢在城市中站稳脚跟的一个作家，无疑可以作为曾经在底层打拼的青年一代的代言人。他的写作视角没有中产阶级居高临下的审视，而是真正的底层写作，他既是底层写，也是写底层。他的小说人物大多数是受过高等教育的对未来尚怀有憧憬的一群暂时处于城市主流生活之外的边缘人。他们没钱没工作没女朋友，或者是暂时有工作或有女朋友，但都并不稳定，随时会失去的状态，他们是一群游弋于城市边缘的"城市异乡人"。生活条件极其窘迫，如《悲哀突然蜂拥而至》里的李东、张名，《该不该相信天气预报》的王伟，《唱歌机器失恋记》《来源不明的敌意》里的"我"及其周围的朋友，这些小说中的人物身上既表现了城市和乡村的文化冲突，更体现了所学知识和现实生存困境之间的巨大落差产生的张力，其次是被窘迫的现实压迫得不再有生活追求的中年男人，他们面目模糊，谋生手段工作性质不明确，共同点就是都生活在城市主流之外边缘，如《带孩子来到广场上》里的"张丁"，《史艳丽也混得不好》里的李大壮、史艳丽，《张天气手拿菜刀》里的张天气，再次是为数不多的以女性为主人公的小说，如进城的打工妹李丽《所有陷入爱情中的人》，产后抑郁症的牛丽娜《倒霉哀伤的事》。来自农村嫁给城里人的徐莉《鸽子飞过城墙》。手指的小说主要是在关注这些城市边缘人的精神世界，并对暴露出的社会及人性问题进行反思。这些人无不是社会地位卑微的小人物，手指作品里选择了对"小人物"的小欲望、小事件及生命的卑微形态进行的"小叙事"，构成了他独特的小说美，在表现现实中越来越严重的阶层固化。大学生毕业即失业等社会问题方面，他的作品对于底层文学也是有所贡献的。

城市边缘人的爱情

既然一部小说集被命名为一部爱情小说，那还是从爱情角度来分析一下手指小说里人物的爱情。通常来说，爱情的色彩给人感觉应该是粉红色或者是桃红色的，色彩的深浅随着感情和身体接触的程度而变化。手指的小说总体色调是灰暗的、基调是颓唐的，名为爱情小说，但他通过小说人物传达出来的信息是他不相信爱情。他笔下的人物不仅物质生活贫乏、逼仄，精神生活更是苍白得无从谈起，由于金钱的匮乏，情欲的无处发泄，对女人的要求也降到了最低点。对情感无力把控的感觉弥漫在整部小说集中，不管是有钱的没钱的，有工作的还是无业的，都在各自的情感生活中迷茫而手足失措。前面提到的第一类人物，走出校门后漂在大城市生活无着的青年，他们的感情和生活一样存在很多的不确定性，如《悲哀突然蜂拥而至》里的李东和张名为了省钱同居一屋，李东虽有女朋友但已在外地和别人同居，在一起时他问都不敢问一句；《唱歌机器失恋记》里的"我"的女朋友只是在男朋友出国期间拿"我"填补寂寞；《该不该相信天气预报》里的王伟因为没钱没工作，对喜欢的女孩子也只敢意淫，哪怕有机会（虽然是朋友虚构的）和心仪的女孩子约会也不敢赴约；《来源不明的敌意》里的"我"因为搬家而暂时激起的一点生机活力使他和张美短暂地相爱了，有了"一不小心处于爱情中的假象"，随着搬家带来的新鲜感过去，他的所谓爱情也就告一段落了。年轻人是这样，已经结婚，生活趋于稳定的中年人的感情生活也一样毫无亮色，无一不是为了生存而苟且凑合。小说中的女性形象也和男人一样没有亮色，男人是为了生活而苟且，女人也同样如此。《所有陷入爱情中的人》中的花季少女李丽，进城后学会了打扮，从周围人色迷迷的眼光中认识到了自己的美丽的价值，渐渐嫌弃了在城里人面前畏缩自卑农村男朋友的，而且"爱上了"自己的老板，一个四十多岁的有一张油腻腻面孔的中年胖男人。因为她的老板能给她以虚幻的可依赖感。《鸽子飞过城墙》里的徐莉留城后嫁给同事的出身于干部家庭的前男友，在那个年代属于高富帅，算是山鸡变凤凰，但她的人生并未因此而精彩，小说结尾的一场家暴揭穿了她生活的真相。贫贱夫妻百事哀，那么有钱以后情况会不同吗？显然作者并不这样认为。小说集里唯一的成功人士《感觉将会无比强烈》里的赵小军，作为一个最年轻的明星企业家，也在女人面前抬不起头来，犯贱犯到自己也不明白的地步，最终也没有得到他想要的爱情。

可以说，这是一部没有爱情的爱情小说，它客观冷静地揭示了底层小人物可怜可笑可悲的生活、思想以及情感，他们都是精神上的漂泊者和流浪汉，焦虑于找不到社会的入口，无法与社会沟通，找不到自己的立足点和位置，无法为躁动不安的心灵和身体找到归宿。

因此，他们不承认爱情的存在，质疑底层奋斗的意义，痛恨社会分配不公的现象，他们在孤独的时空里独自叹息，他们的精神与现实不断地发生碰撞，呈现出一种紧张的状态，而全部的这一切都融合了作家对他们的生存困境形而上的思考，他们在不同程度上体现了现代人的精神困境。

作为 80 后作家，手指已经取得了不俗的成绩，当然手指依然需要继续前进，超越自己，进一步拓展"底层写作"的表现空间和表现方式，并形成自身的创作个性。他的作品基调总体比较灰暗，容易让同一处境的青年读者感同身受而更合理地沉沦，我认为作家的作品不仅要呈现现实，也需要给出一定的希望，在生活的艰难困苦面前保持应有的悲悯与达观。作家的眼光应有超越于生活层面的视角，重塑价值，发扬作家的主体精神与对社会现实的洞察力，通过写作挖掘生命的价值与人性的光辉。他还很年轻，要成为更优秀的作家，还需要付出更多努力。

玄武、唐晋、白琳的散文创作

◆ 何亦聪

　　我想围绕玄武、唐晋、白琳这三位山西作家的创作，尤其是散文创作，来做一个发言，主要是集中在散文的诗性写作和形式创新两个方面。

　　谈到这三位作家，首先非常有意思的一件事情是，玄武和唐晋都是以诗人的身份同时进行散文创作的，虽然他们两个人的诗歌艺术风格差异很大，玄武的诗风是在质朴中带有一种直击人心的力量，唐晋的诗风相对西化，他写了一些长诗，还有一些是接近散文诗的形式，他的诗歌里面容纳了多样的元素，比如其中有一些地方很明显受到卡尔维诺小说的影响，应该说，在山西的整体文学环境当中，唐晋都是一个精神气质、知识结构非常特殊的作家。那么，这样的两个诗人，他们都有一定量的散文创作，而且，他们的散文，都可以说是典型意义上的"诗人之文"，或者说，是诗性写作。

　　对于"诗人之文"，因为以往的阅读经验，我是存有一定的成见的。大体说来，诗歌的写作重密度、质感、速度感，散文的写作则重自然度、绵密感与文气之流贯；诗歌讲究直抵本质，散文则讲究低徊雍容。以散文笔法写诗，往往失之迟钝、缠绕、没有力度；以诗歌笔法为文，则往往失之跳荡、生硬、有骨无肉。但很奇怪的是，作为典型的"诗人之文"，玄武和唐晋的散文作品并没有在阅读当中给我造成任何违和感，为什么会如此呢？

　　对于玄武，我想起的是他说过的一句话，在一篇纪念海子的长文中，玄武谈到当下"文青"群体中泛滥的"海子热"，曾写过这样一句话："情趣损害了情感的质朴，而质朴具有原初性的力度，使审美的触觉敏锐而锋利，抵达天堂一般的高度"。我想，这句话或许是解析玄武散文艺术的关窍所在。长久以来，"诗性散文"的概念几乎被等同于抒情散文，然而，种种文学杂志、时尚杂志上泛滥的抒情散文作品却往往仅关乎情趣，而与深层的、质朴的情感无关。从20世纪散文发展史的角度来看，此类作品的为害之大、影响之广，算得上是首屈一指。玄武敌视情趣，因为情趣往往是情感表达的某种"套路"，正如抒情散文已经成为散文写作的一种套路。而反套路化，追寻"原初性的力度"，应当即是玄武散文作品的首要艺术特质。

对于唐晋，他给我印象最深的作品是长诗《侏儒纪》。从形式上讲，我更愿意将这部作品视为一部长篇的散文诗。在中国20世纪文学史上，应该说，散文诗是一种非常尴尬的、成就也相当有限的创作形式，因为散文美学与诗的美学本身彼此是有一定冲突的，绝大部分的写作者都不能有效地处理好这种美学上的冲突。长期以来，我们所谈论的优秀的散文诗作品主要只有鲁迅的一本《野草》，而多数人对散文诗的印象也基本上停留在某些时尚杂志的卷首语上面。从这个意义上说，我觉得，唐晋在文体上的试验和创新是值得给予高度肯定的，尤其是《侏儒纪》，这是一部不仅仅停留在实验阶段，而是达到了真正的艺术成熟的作品，在这部作品里面，各种复杂的元素都被组织得浑融一体，正如作者所说的："它呈现着散文的姿势，语言则是典型的诗语言，并且，它的任何段落、意象、典故都可以形成小说内容展开，同时，在大量的独白中可以看到戏剧的情绪。"

最后是白琳。白琳的某些散文作品应该归入我近年所看到的、个人感觉最喜欢的女性散文之列，她既保持了女性散文所特有的那种敏锐而细腻的感受力，又没有陷入那种过于狭窄的个体经验之中不能自拔，更加难能可贵的是，在她平静的笔调之下常常蕴藏着深厚的悲悯之情。从形式上讲，白琳的散文作品也有特殊之处，首先她的散文普遍比较长，同时叙事性也比较强，从篇幅和叙事性方面看，乍一读很有可能会误以为这是小说，但是仔细读下去会发现，说到底这还是散文。大概小说总归是要把一个故事说圆的，小说是一个非常结实的东西，而散文则可以把更多的目光放在那些看似无谓的细节上——如何处理这些看似无谓的细节，通过这些细节来展现出叙事散文的艺术性，我想就是白琳的功力之所在。

大体说来，我觉得玄武、唐晋、白琳这三个作家在创作上都表现出了一些共同的趋向，尤其是在不同文体之间的融合以及文体创新方面，他们都是非常自觉的，从这个角度，我想我们能够看到山西新锐作家的一个努力方向。

山高水长：扬帆远航的"三晋新锐"作家群

新世纪三晋新锐作家群论

◆ 杜学文

传承与新变——关于"三晋新锐"作家群的审美观察

我们所说的"三晋新锐"作家群，主要是指目前活跃在文坛的以"60后"为主，包括"70后""80后""90后"等在内的山西作家。他们中的相当一部分已经在全国产生了比较大的影响，还有许多人就目前的状态来看，具有很好的潜力。无论如何，他们的出现是一件非常令人高兴的事，不仅对山西文学的发展有重要意义，从全国范围来看，也将产生不可忽略的影响。

对这批作家的艺术追求进行分析，不能不谈以赵树理为代表的"山药蛋派"。"山药蛋派"是中国文学的一个重要现象。实际上，它的意义不仅止于文学，也不仅止于山西。首先，"山药蛋派"是最生动典型地表现中国从传统社会向现代社会转型进程中觉醒了的普通人的作家群。其次，他们的创作不仅影响了山西的文学，对中国现当代文学也有非常深刻的影响；不仅在当时产生了重要影响，也对之后的文学产生了或明或显的影响；不仅在国内有巨大的影响，在国外也具有重要的影响。再次，除他们的作品外，其创作精神与艺术风格已经成为中国文学宝库中的重要组成部分。这至少表现在这样几个方面。一是强烈的家国情怀。他们自身的命运与国家的命运是紧密联系在一起的。因此，在他们的创作中，表现出对国家、社会、时代的自觉认同。二是突出的民本思想。他们具有浓烈的爱民、亲民、为民情怀。民是"天"，是"命"，是自己价值的体现。所以，他们并不认为自己是高于民、救民于水火的"救世主"，而是认为自己就是民，是民的一员。三是鲜明的地域特色。这种所谓的地域特色包括具有地域意义的文化、语言、伦理、价值观、社会构成、生活方式等。四是不变的农村题材。虽然有一些作品涉及城镇、战争，但也都是在农村的大背景中展开。五是独特的表达方式。如白描，注重人物的个性与细节，一般不进行大段的心理与景色描写等。

在"西、李、马、胡、孙"等之后，山西又出现了一批数量不小的作家。除焦祖尧等个别人外，基本承袭了第一代作家的风格。他们可以称为"山药蛋派"的第二代作家。虽然就具体的作家言，仍然有一些不同，但总体上看，他们的风格是一致的，缺少变化的。20世纪70年代末80年代初，山西新的一批作家以集群式的姿态涌上文坛，被称为"晋军崛起"。这批作家出现的时间比较集中，最初的创作风格也基本一致。或者也可以这样说，他们是以"山药蛋派"第三代作家的面目出现的。不过，在80年代后期，这批作家的个性色彩不断凸显，已经很难说他们具有相近的风格，也不能说他们是"山药蛋派"的第三代作家。因为从艺术创作的层面看，其中的很多人已经不再有"山药蛋派"的特点。但是，我们仍然能够看出他们与"山药蛋派"之间的密切联系。首先，在他们步入文坛的早期，无疑是走了一条"山药蛋派"的路线。这与那时他们接受的文化及文学的观念有极大的关系。地处山西，当然首先是接受了山西地域特殊文化基因的影响。但是，随着改革开放的不断推进，国外的文艺思潮对国内产生了这样那样的影响。这些人也因自己不同的文化背景及接受的教育不同、审美的倾向不同而发生变化。但是，即使是外来影响也是不一样的。并不是说他们接受的都是同一种影响。这里有两种现象值得注意。一是年龄。即相对来说，年龄小的接受外来影响的程度相对大。二是地域。大致是，外籍作家接受外来影响比较快。而本籍作家相对持坚守姿态。比较典型的如在第二代作家中，外籍作家如焦祖尧，不仅题材选择多为工业题材，且其艺术表达也特别注重心理描写。而与他同时期的本籍作家则基本上承袭了前辈作家的风格。80年代崛起的晋军作家也基本如此。但是诸如吕新则是一个特例。他不仅以先锋作家的形象踏入文坛，而且一直坚守先锋的创作方式三十余年，被称为是中国最后一个先锋作家。

这种分化并不意味着"山药蛋派"退出历史。从某种角度看，我们仍然能够非常明显地找到"山药蛋派"的影响。首先是那种浓郁的家国情怀，在晋军这代作家身上表现得更加鲜明。他们之所以引人注目，其作品之所以厚重，一个非常重要的原因即在于他们这种根深蒂固的文化情结。这与赵树理等人是一致的。在他们当中，那些依然表现出明显"山药蛋派"特色的作家自不必说，当然是得赵树理等人之真传。如张石山就以此为自豪。那些在表现方式上明显不同于"山药蛋派"的作家，实际上是从另一层面对"山药蛋派"进行了拓展丰富。当然，我们并不能把他们称为是"山药蛋派"。谈赵树理等人的创作，人们往往注重其作品与社会政治之间的关系，这是肯定的。但是忽略了一个极为重要的问题，就是赵树理们是如何描写的，他们在进入创作的时候更侧重什么。或者说，当一个具有现实意义的选题确定后，赵树理们往往借助于构成日常生活的具有文化意味的元素进行描写，从而使作品及其中的人物表现出无比的生动鲜活之态。也正因此，赵树理是为中国文坛创造了最具典型意义、最具艺术魅力的人物形象的作家。这就是说，在现实主题之外，赵树理等由于其对农村生活的熟悉，是从文化的层面进行描写的。可以说，赵树理的小说表现了中国农村具有历史文化意义的生活结构、生活方式、人物形象。这种对文化的关注虽然被后来的论者所忽略，但并不能够因此否定其存在，更不能忽视其存在的价值。后来学习赵树理的作家，实际上对这种社会文化意义的表现多有忽略。但我们要说的是，崛起的晋军作家，从另一侧面承接了赵树理关于社会文化的表现，使文学中的这一脉得以延续并逐渐扩大。总之，单就这批作家来看，不论他们的创作特色有多少差异，个性追求表现出多么的不同，他们与赵树理等人的文脉承接是明显地存在的。当然，我们也必须看到，在狭义晋军中，他们已不再是前辈的翻版，而是进行了新的拓展。他们的出现使山西的文学变得丰富起来。

在崛起的晋军之后，山西仍然有一批又一批的作家走上文坛。有人进行了大致的划分，认为在他们之后还有两批作家出现。由于种种原因，这些作家的分化也很厉害。有的人在其创作的早期气势凌厉，成果突出，但并没有延续下来。有的人则保持了一种持久的活跃。无论如何，令人欣慰的是，山西文学的血脉相传，总是有人前赴后继地步入文坛。我们所说的"三晋新锐"就是这些年不断努力的阶段性成果。之所以这样说，是我们相信，还会有更为活跃的作家出现。与崛起的晋军不同，新锐们一走上文坛就是以鲜明的个性特色出现的，而不是以统一的风格引人注目的。我们很难说谁与谁是同一种风格。他们就是他们。我们之所以说"三晋新锐"作家群，不是因为他们具有相近的创作风格，而是因为他们共同活跃在今天的文坛，共同构成了今天山西文学色彩斑斓的动人景色，同时又缺乏集中的关注。特别是他们当中比较年少者，成绩突出，潜力较大，很多人处于急需突破的瓶颈期，非常需要有更多的人关注他们的创作。

就"三晋新锐"作家群的构成言，也十分复杂。虽然我们说其中的"60后"比较成熟，但是，"60后"中人并非同时出现在我们的文坛。其中的吕新、张锐锋、鲁顺民等，引起文坛注目的时间比较早。实际上把他们划入崛起的晋军也算能说得过去。他们虽然比晋军作家较晚，但至今也有三十年左右的创作经历。而刘慈欣、葛水平、王保忠、黄风、郭万新、陈春澜等人，其起步相对来说要晚一些。无论如何，他们均属于"60后"。这批作家在气质上与狭义的晋军作家较为接近，但风格明显不同。葛水平、王保忠笔下的农村与张石山笔下的农村是完全不一样的，与李锐、成一的农村也绝不相同。实际上，即使是葛水平的农村与王保忠的农村也不一样。所以，他们的个性特色是非常明显的。在他们之后更年轻的作家则表现出更为明显的个性化色彩。简单地说，不同是他们最相同的。但是，这并不能说，这批新锐是凭空而出的。他们身上也明显地表现出文脉的承传。我们能够找到他们受传统影响的明显痕迹。

浓郁的家国情怀是山西历代作家最突出的精神品格。在这批新锐身上也有同样的表现。他们关心社会的进步、国家的命运，关注民众的福祉。在他们的笔下，往往有揪心泣血般的表达。不过，这种情怀在不同作家身上的表现也不尽相同。在赵树理等人那里，其主调是明晰的。基本上他们相信生活会越来越美好。他们作品中的英雄主义、理想主义及其明显。这也使他们的作品往往有一种乐观、明丽的情调。在崛起的晋军那里，他们呼唤新的发展时期的到来。同样具有新的时代的英雄主义色彩。我们都会记得从山区偏远小县返回北京，驻足于天安门广场的李向南。历史的重任落在了他们这代人身上。在祖国的心脏，他深切地感到了自己的使命以及国家的未来。我们注意到，这两代作家成熟之时，正是中国发生激烈变革之时——前者是抗日战争的胜利与新中国的建立，后者是改革开放的开始——其历史性影响极为深远。在历史的巨大变革关口，他们表现出与时代同呼吸，与祖国共进步的气概。随着生活的延续，当初的激情转换为新的思考与探寻。赵树理是描写那些具有理想主义人格的人物，晋军作家是寻找新的思想文化资源。但是，他们理想的激情并没有削减。他们是期待并推动中国进步变革的精神标志。在"三晋新锐"们这里，仍然充满对美好未来的期冀。但是，他们的表达至少从几个方向展开。一种是诸如葛水平、李骏虎、鲁顺民等，从具有超越时代意味的描写中表现生命的力量；一种是诸如玄武、唐晋等，从历史中寻找能够激励今人的精神资源；一种是诸如杨遥、手指、小岸、陈年等，企图从平凡的日常生活中发现生命存在的意义；还有一种是诸如闫文盛、赵树义等，完全退回内心，希望从人的内心世界发现生命的价值。无论如何，他们的创作是严肃的，企图用自己的笔来为这个时代提供精神的力量。

另一方面，从这批作家对待民众的态度中我们也可以发现某种传统性的元素。赵树理等人认为自己与民是同命运的。但是，他们与民也是不同的。这种不同就表现在他们是自觉的，而民众是自为的。虽然他们与民众息息相关、血脉相连，但是，民众仍然有一个觉醒的历史过程。这种自觉在晋军作家中演变为精神上的超越。他们是具有历史理想主义的布道者。他们希望整个社会，包括自己代表的民众能够清醒进步。而在这批新锐那里，也同样表现出他们与民众的密不可分的关系。虽然自己的命运与广大民众不可分割，但是，他们并没有做代言人、布道者的意图。他们只是一个与普通老百姓一样的普通人。说得不好听点，他们满足于"混同于普通的老百姓"。这种精神状态年龄越小表现得越明显。他们写自己，也就是在写那些普通人。这其中有很多差别，有的人并不是如此。但是，这里只是谈他们一般的状态。

如果我们讨论这批作家的艺术表达，我以为是最困难的。主要是他们至少在表面上表现出一种巨大的差异。不仅不同于过去的作家，也不同于同时期的其他作家。应该说，这是一种极为可喜的现象。但是，我们仍然发现，他们与传统有着千丝万缕的联系。比如在一些小说的描写中，比较琐碎地叙述主人公的日常凡俗生活及其过程，其中是不是也有着诸如《儒林外史》的影子？他们那种不刻意修饰的描写与赵树理等人擅长的白描有没有联系？那些虚构"非现实的现实"的作品可不可能也受到了《聊斋志异》的影响？但是，我们也可以肯定地说，这些作品不是对传统经典的简单照搬与模仿。他们有属于自己的创造，是对传统的一种新变。这其中除了对传统表现手法自觉不自觉的继承外，还非常明显地吸纳了其他表现手法，从而形成一种属于作家自己的表达。这首先表现在文体的新变上；其次，也表现在内容的时代性上。但这些还是比较容易让人看出来的。更主要的是，在语言构成方面，包括语句结构的变化与传统语言不同；在描写方面，除了对客观外在存在的描写如对景物的描写等外，在对人物感觉以及作者感觉的描写等方面都与传统的作品是不同的；至于那种纯粹内心世界的描写则是非常典型地借鉴了外来作品的手法。

这种几代作家的同与不同，我以为与他们所处的社会环境、生活阅历、教育状况有极大的关系。赵树理至晋军的几代作家，经历了中国最剧烈的几乎是翻天覆地的变革。他们个人的经历也十分复杂，可以说阅尽人间。他们所受的教育与传统文化有极大的关系，后来又接受了新时代的文化影响。所以，他们骨子里有一种与生俱来的匹夫有责的情怀，有一种与历史变革一致的气质。但是，就崛起的晋军而言，似有变化。这就是在他们还比较年轻的时候，有机会吸纳更多也更复杂的外来文化。这也使他们的眼界发生了变化，思想得到了触动。而"60后"一代，正好是脚踏两岸的一批人。他们受新时代的教育，从小形成了关于国家、社会、个人的基本价值。但是，在他们人生观将要形成时，又大量地接受了外来文化的影响。这使他们在文化构成上表现出更加复杂的一面，也就成为读完上一页书而又掀开下一页书的特殊的人，一座连接两个时代作家的桥梁。而比他们更年轻的人，正处于一个缺乏变动又变动不止的时期。他们接受了更多的外来影响，以至于对自己传统的东西有些陌生。虽然他们在不知不觉中仍然受到了传统的影响，有时甚至表现得比较突出。但总体来看，他们是一批力图变革传统的人。虽然这种改变并不是从他们开始的，但却是在他们身上表现最突出的。实际上，传统也有明显的时代性。或一时代的传统可能正是另一时代的先锋。而另一时代的先锋则可能成为新的时代的传统。每一代人都存在如何面对传统，如何新建规范的问题。但重要的是，没有传统，并且不能正确对待传统，也将难以完成对传统的扬弃新变。因为这样就失去了变革的根基。从这一角度来看，是不是应该首先返回传统？

我们有理由对"三晋新锐"作家群寄予更大的期待。这是因为，首先，他们已经取得了引人注目的成就。一些成就已经注定要写入中国文学的历史。从而我们可以说，他们具有达到更高的巨大潜力与可能性。其次，他们基本上都是一些愿意并且能够吃苦的人。这似乎与文学无关，但却又有莫大的关系。文学是清苦的事业，艰难的事业。而这些作家仍然保持了淡泊名利、超然物外的情怀。他们知道只有艰苦的努力、不动摇的坚守才能收获。尽管这种收获与自己的期待有落差，但毕竟是收获。这种心志无比宝贵，也是他们能够成功的一种精神保证。再次，他们是一些不甘因循，努力探索的人。他们不想重复别人，也不愿重复自己。他们力求寻找属于自己的艺术风格，为文学的可能性增添了活力。在此，我也想向他们说一句话，要勇敢地走出小我的局限，努力养成属于自己的浩然正气，要有更广阔的视野，更博大的精神追求，要有大品格与大情怀。而这是非常不容易的。但是，即将绽放的花蕾已经长成，仰天怒放的时刻就一定会来临。

文学的地域意义与现代品格——新世纪"三晋新锐"作家群的探索

中国正处于一个急遽转型的关键时刻。这就是完成从传统社会向现代社会、农耕文明向工业文明以及现代文明的转型。这种转型的成功实现，是中华民族伟大复兴的标志，不仅对中国具有极为重要的意义，对人类文明的发展进步也意义重大。与中国所处的时代相伴随，中国文学自身的发展也面临着极为艰巨的任务，这就是在表现中国本土文化的同时，能够适应、引导中国从传统向现代的过渡与转化。这不仅对文学非常重要，对民族文化的重建也同样重要。中国文学在时代激流中演进，进行了艰难的探索，并取得了积极的成效，具体表现有这样几点。一是对具有地域色彩的本土文化的表现更为多样、丰富。文学对这片土地的关注，除了社会变革外，也同样切入到其所形成的生活方式、价值体系、思维模式，以及存在于其中的人物命运。二是在接受、继承中国美学精神的同时，在表达方式、文本构成、语言形态等诸多方面大量地吸收借鉴了外来文学的经验。三是一些作品与作家日渐引起国际文坛的关注重视。中国作家参与国际文化交流的频度增加，在国外获奖的概率提高，作品在国际图书市场的发行量、版权贸易等方面也越来越活跃，市场占有率在上升。中国文学，随着自身的新变以及国家实力的增强，在世界的影响逐步扩大。这其中有许多需要从理论层面进行研究总结的东西。虽然我们还不能说中国文学在世界文坛占有了如何重要的位置，但我们可以说的是，中国文学正展现出一种充满活力的姿态，日益强烈地表达出自己存在的意义与价值。

既立足本土，表现具有地域意义的生活，又面向世界，面向未来，使文学拥有现代情怀，进而为当代人类提供精神滋养，关照时代发展与社会转型中人的生存状况，是中国文学面临的主要任务。如何在继承优良传统的基础上，不断探索，不断创新，形成既能够坚守中华文化立场、传承中华文化基因、展现中华审美风范，又能够具有丰富的艺术表现力、深刻的思想内涵，以及为世界文坛所认知、接受，并产生重大影响的优秀作品，"以古人之规矩，开自己之生面"，实现中华文化，包括中国文学的创造性转化与创新性发展，是中国文学的历史使命。在这样的背景下，讨论山西文学，应该说具有典型意义。首先，山西是一个具有深厚文化传统的地区。作为华夏文明的主要发祥地，中华文化的传统在这一地区表现得根深地厚。其文化的新变对中国实现现代化的历史要求来说，更为急迫、突出。其次，在中国步入现代化的进程中，山西付出了极大的努力，也取得了明显的成效。但是与沿海地区、发达地区相比，仍然是一个内陆地区、欠发达地区。其工业化的发展程度、市场体系的成熟程度、信息交流的活跃程度，以及文化影响力等诸多方面仍然相对落后，实现现代化的历史使命仍然艰巨。再次，山西文学自身的传统影响巨大。从文学史的发展来看，关注社会现实，重视民生意愿，文、史、论不分等成为主流。特别是现当代以来，以赵树理为代表的创作既对中国文学产生了重大影响，更深深地影响了山西的文学。

现当代山西文学当然是以赵树理为代表的"山药蛋"派为主流。其创作思想、艺术观念、题材选择、表现手法影响至大。特别是山西几代作家都是受其影响步入文坛的。虽然我们不能说山西作家都是"山药蛋"派作家，但其产生的影响是难以否定的。新时期以来，山西的文学创作逐渐呈现多样化态势。一是基本上继承了中国文学传统，包括赵树理等所强调的社会责任感，关注现实、关注民生、关注中国的发展变革；强调生活对作家的涵养，保持了与社会现实的密切联系等。二是基本从关注现实社会与关注文化演进这样两个维度向多样化发展。一方面是坚守文学对现实生活的直接切入，以表现生活中发生的事件、现象为主；另一方面是从赵树理等在创作中自然而然地流露出来的对中国文化的关注向文化表达延伸。或者说，不是表现生活中的重要事件，而是更注重生活所表现出来的文化意义。三是创作的切入点不同。比如呈现出更多地依靠生活所提供的素材进行创作与更多地依靠作家自己的性情、才华、天赋进行创作；或更多地通过人来表现社会生活与更多地表现人在生活中的意义等多方面的不同。四是文学的表现方法发生了重要变化。如对题材的选择不再以农村为主，表现领域大大拓展；也不再以白描作为主要的语言特色，可能有更多的个性化尝试；作品结构也不一定是完整的故事，而是呈现出更为多样复杂的格局等等。当然，这种分化并不是绝对的，实际上二者之间往往是相互交错、融合的。他们只是侧重点不同而已。

新世纪以来，山西的中青年作家阵容渐壮，影响渐大。以"60后"为主，"70后""80后""90后"陆续走上文坛，并日见成熟。这些相对年轻的作家表现出不同于当年的"山药蛋"派及之后崛起的晋军，而是呈现出十分突出的个性。我们可以称之为"三晋新锐"。在这一作家群中，仍然有相当一批人在关注中国的农村变革。不过，我们不能说他们仅仅是写中国农村，特别是北方农村的现实。他们已经从单纯描写农村当下生活进入了更为广阔的历史与现实场景，从多种角度来观照我们的农村。如葛水平的《裸地》《喊山》《甩鞭》《河水带走两岸》，李骏虎的《母系氏家》《前面就是麦季》《众生之路》，王保忠的《甘家洼风景》《张树的最后生活》《乡村记事》，杨遥的《闪亮的铁轨》《二弟的碉堡》《白马记》，以及张乐朋、陈克海、韩思忠、杨凤喜、张暄等等。虽然从题材的角度来看，这些作家的创作并不拘泥于农村，但是，他们的描写代表了当下文学对农村的关注与表达。

就中国而言，农村的问题具有某种根本性意义。农村的现代化，实际上也决定着中国的现代化。但是，一旦踏上轰轰隆隆的现代化列车之后，农村就开始了自己的消亡——社会结构、经济模式、文化形态、人伦关系等等。从历史发展的角度看，这似乎是不可避免的，已经成为一种规律。或者是不是也可以说，现代化就是以农村的陷落与新生来实现的。但是，无论如何，农村永远存在——记忆与传说中的，典籍中的，潜意识中的，以及新生的具有时代面貌的等等。在《裸地》《母系氏家》等作品中，作者力求从更加辽远、宏大的社会历史背景中来观照中国的农村。这样的农村曾经是中国社会的核心——人口、经济、文化、社会结构等等。在这样的农村中，我们可以追寻到中国社会的基本面貌及其之中的生命意义、价值选择与生活方式。这些作品可能没有直接描写当下，但实际上仍然暗含着一种对当下的观照——曾经的农村与已经变化了的农村及其农村中生命存在的方式与意义。而在对日见消亡的农村的追念中，诸如《甘家洼风景》《河水带走两岸》等作品则十分强烈地表达了当下"现代人"对消逝的农村牧歌式的怀恋以及内心世界的痛苦、迷茫。在这些作品中，本土地域文化的特色是非常明显的。作家赋予乡村、农民，山川、河流，土地、庄稼，特定地域的生活、风俗、民情等等以充分的诗意，对自己生活的土地、家乡以及将要逝去的一切充满了爱恋与怀想。他们不能脱离土地，并且用心感受着土地。与其说是作家在描写土地，毋宁说是土地塑造了作家。如果他们没有了解发生在这块土地上的种种，就难以成为一个关于这一土地的书写者。很多人热衷于讨论山西作家，特别是讨论他们关于本土农村题材的创作与赵树理之间的关系，并找出了二者之间的相同之处，这是很可贵的。事实上，这些作家确实也在不同的程度上接受了赵树理等人的影响。比如葛水平，就毫不掩饰地表达了她对赵树理等前辈的尊崇。但是，我们也必须清醒地看到，他们并不是机械地、简单地模仿赵树理。毫无疑问，以赵树理为代表的创作思想仍然具有动人的光芒，但在表达方式上、关注问题的选择上已经出现了新变。如果说，赵树理常常是从社会变革的角度来观照农村的话，今天的山西作家则更多地从文化的角度来表现农村。在他们身上，表现出与当下时代相携而来的文化追求及其自觉性。其中，一些作家表现得更为明显。如杨遥笔下的农村，已经不再是具象的农村。农村成为其表达某种具有哲学意味的生命状态的背景。这种充分的与地域意义上的社会文化内涵紧密联系，又与前辈作家明显不同的创作追求，使山西文学具备了一种不止于模仿，而是要实现超越的可能。因为这些作家既传承了前辈作家的优良基因，又具备了在新时代中独树一帜的品格。

"三晋新锐"中另一些作家似乎表现出更为强烈的现代色彩。虽然他们并不能脱离自己生活的地域，以及由此而形成的文化传统。如孙频就强调，其实她写的都是自己的家乡——一个吕梁山沟壑纵横的皱褶中的小县城。而诸如手指这样的作家甚至直接把自己生活城市的地名作为小说的背景。玄武、唐晋等人则借助于真实的历史事件与历史人物来表达自己的感悟。从这样的角度来看，本土地域文化对他们的影响仍然强大。因为，人不可能脱离土地成为悬挂在空中的存在。但是，我们也应该注意到，即使他们无意识地透露出与本土地域文化不可割裂的联系，也不能说他们在描写某一地域的生活。实际上，他们并不注重某种地域特色——历史的、文化的、伦理的、风俗的等等。他们只是把自己生活的土地作为表达对生命感悟与想象的基点。他们从这样的土地上飞翔并展示自己对存在、生命、价值的认知。在手指的作品中，往往出现的是一些普通平凡的"小人物"，诸如现实生活中的你、我、他。他也不去描写重大事件，无非是些日常生活的铺排。但是，就是在这种日常的也许有些平庸凡俗的生活中，显示出手指的某种人生选择，并给人以温暖。在小岸、李燕蓉等人的小说中，虽然也表现了"人"在当下的某种迷茫、错位、不确定性，但同样有许多淡淡的温暖。这种温暖使人的存在具有了意义。人，毕竟是人，而不是没有情感的物质。但是，在孙频的小说里，生命终将表现出其最悲伤、最痛心的结局。应该说，孙频是一个非常善于结构小说，且艺术感觉良好的作家。她总是把自己的描写做到"合形象"的极致，也正因这种极致而使生命夭折，如一朵盛开的鲜花兀然凋零。她的小说既表现出生命最灿烂的一面，又表现出生命最残酷的一面，并且总是如此。她描写生命的脆弱与荒谬，但又往往使人从中感到生命的执着与尊贵。至于阎文盛、赵树义等人，似乎更专注于个人主观世界的表达。但是我们不能说他们的描写是一种纯粹的主观意象，必须说他们对现实生活以及其中的生命有着隐秘的关注。在诸如《虫洞》《主观书》等作品中，我们可以体验到作家对既超越了具体生活中的人事而又建立其上的生命意义的探寻。近年来几乎是突然走进人们视野中的诗人张二棍，具有极为敏感的诗心。他对无边旷野之下细小生命的存在状态充满了悲悯、感慨。他竭力表达的是生命的柔弱与坚韧。与浩瀚无际的大自然相比，生命确实是微弱的。但是，尽管如此，生命仍然以其"微弱"执着地存在着。我们也许可以从中感受到一种充满了悲情的壮丽。而在玄武、唐晋等人的作品中，我们看到了作家想象力的飞扬。他们借助于历史题材、历史人物进行描写，但并不是要重现历史、还原历史，而是要借历史来表达某种关于生命、价值、意义的感悟。其实，历史只是一个平台，一个通道，一个播放器。如唐晋的《鲛人》虽然是以明建文帝谜一般地出走为题材的，但作家并不是要还原历史的真相，寻找历史的真意。历史的真相已经随着建文帝的出走而出走了。作家只是巧妙地借助了历史的模糊性来表达自己想象的丰富性与历史的可能性——因为没有人知道建文帝是如何出走的，这已经成为一个难以解开的历史之谜，但却为唐晋的虚构与想象提供了广阔的空间。他可以借助这一真实的历史事件来进行自由的表达。在这些作家的描写中，虽然其语言具有某种趋同性，但我们还是看到了他们所具备的丰富性与想象力。他们不再满足于白描，或者简单地叙述，而是极力使语言的表现力丰富起来，鲜活起来。如他们的比喻，对声音、光线、感觉等许许多多并没有物质形象的事物的描写等，极大地拓展了语言的张力与可能性。

在"三晋新锐"作家群中，必须提到吕新与刘慈欣。吕新是以"先锋作家"的形象出现在文坛的。经过近三十年时间的磨炼后，许多当年的"先锋作家"已经不再坚持其先锋性。但是，恬淡从容的吕新似乎仍然不为时间所动。他保持自己的风格一如既往。在这里我们必须强调，吕新的所谓"先锋性"并不是脱离了现实的"超现实"。事实上，他的作品仍然具有强烈的现实情怀。其生命力及存在意义仍然因此而表现得更加突出。他的创作也没有成为悬挂在半空中的漂流物，而是有着突出的现实基础与地域因素存在。也正因此，吕新似乎成为一个没有退潮的"先锋"作家。而刘慈欣无疑是最具影响力与典型性的一位。这并不是说他已经获得了最具国际影响力的科幻文学奖，得到了国际文坛——至少是国际科幻文学界的认可。我要说的是，我们应该研究分析他之所以成功的文化因素。他的小说当然是科幻小说，更多的内容是对科幻世界的想象与再现。他表现了这一时代中国人对更为广阔、神秘的大自然的想象。实际上也可以说是人类今天想象力的一种典型体现。虽然我们不能说人类想象力至今为止的极限是由刘慈欣的小说达到的，但我们可以说，他至少在某种程度、某个方面达到了。他的作品具有非常明显的"非现实性"，比如他描写的都是现实生活中不可能存在的，是借助于科学技术想象出来的。但是，即使是这种超现实的想象也具有非常典型的现实意义与人文关怀。他所关注的正是人类正在面临的、现实生活中人们少有感知的问题，是关乎人类与自然关系的终极性问题。同时，刘慈欣小说的结构、描写具有明显的中国文化、中国智慧元素。或者也可以这样说，他的小说在非常"现代"或"超现代"的想象中，体现出中国传统文化所具有的解决现实问题的针对性、可能性。包括刘慈欣小说中的理想社会，对终极世界的描写等，均有极为突出的中国色彩，是典型的中国哲学思想的文学再现。尽管我们还没有看到刘慈欣关于这一问题的解答，或者我们也可以认为他并没有这样的主观追求。但事实却正是如此。我们不能忽略或漠视中国传统文化在刘慈欣作品中的重要性。需要提到的另一位作家是张锐锋。虽然他成名较早，但他在全国产生重要影响是因为对新散文的提倡与实践。他大量的新散文作品多取材于具有地域意义的本土文化内容，特别注重个人的心理感受及思辨，在作品的切入角度、体量、语言表述等诸多方面都迥异于一般散文的追求，因而不仅在散文的形式上，同时也在散文的表达上颠覆了我们所熟悉的散文模式。

面对中国发展进步的历史必然，中国文学必将发生"创造性转化和创新性发展"。这是文学面临的历史使命，不可回避，难以回避。传统的与现代的；地域的与世界的；本土的与国际的；现实的与未来的，这些看似矛盾的文化形态必将出现新的融合，并完成历史性的新建。文学也将如此。但是，要完成这一历史命题，并不容易。本土性的地域文化滋养了作家，成为作家创作灵感的源泉。但它也许并不是文学的全部，我们还需立足于坚实的大地，仰望更加广袤灿烂的星空。如果我们脱离了土地，就失去了自己，当然也将失去文学。但是，如果我们局限于土地，就难以看到更加迷人的景致，就将窒息我们想象的天空。拘泥于传统而止步不前将使文化窒息；漠视传统而简单地"走向世界"将使文化失去根脉，进而消亡。也许，我们可以从山西作家的探索中得到一点启示。首先，我们必须尊重我们的传统，尊重我们传承有致的属于自己的文化基因。其次，我们应该在既有传统的基础上推陈出新。没有传统，谈不上创新。只有传统，谈不上发展。再次，我们必须拓展我们的表现力，吸纳那些能够使文学的表现力更加多样丰富的元素，从而使文学真正呈现出百花齐放、生龙活虎、各美其美的生动局面。在传承与吸纳中才能逐渐形成中国文学既具有中华文化精神，又能够适应现代发展要求的审美风范，使中国文学在世界文学之林中展示出最具生命活力与艺术魅力的光辉品格。

山西青年作家：一支颇具潜力的队伍

◆杨占平

　　山西的作家队伍，是一支阵容强大、实力雄厚、结构合理、成果丰硕的劲旅，在全国文坛令人瞩目。这支队伍中的青年作家，已经初具规模，成长为举足轻重的力量，成长为备受瞩目的文学新锐，主要有葛水平、李骏虎、王保忠、玄武、韩思中、小岸、刘慈欣、杨遥、李来兵、李燕蓉、杨凤喜、曹向荣、阎文盛、手指、孙频等。

　　这批青年作家大抵在三十岁到四十岁上下，创作时间有长有短，创作实绩也参差不等。但是，这支年轻的作家新军潜力不小，他们中的几位佼佼者已经在全国文坛具有了比较大的影响，在一些全国性重要文学评奖如"鲁迅文学奖"等，以及有着广泛影响的报刊评奖中榜上有名，是各类权威性文学选刊上的常客。

　　我以为，这一代山西青年作家的成长，比起他们的前辈来，在文学生态方面还是有些艰难的。文学创作进入新世纪之后，随着市场经济大潮的全面冲击，整个文学态势逐渐失去往日的辉煌，开始趋向边缘化，像20世纪80年代凭一部作品就可以一夜走红、就可以获取到意想不到的名声和地位的局面，已然成为历史，笼罩在文学界和作家头上的光环悄然消失，一些有成绩的作家纷纷弃文转行，而大批文学青年的作家之梦也被现实打碎了。就是在这样一种不合时宜的时代背景和文学气候之下，这批青年作家没有放弃文学，而是执着地、不为时潮所动摇地踏上写作之路，使得山西的作家队伍避免了"断代"现象。这批青年作家大部分生活在基层，供职于小城市，生活条件并不宽裕，只能在工作之余从事创作，有很多困难。可贵的是，他们矢志不移地坚持笔耕，写出了一篇又一篇作品。经过十多年的努力，这批作家逐步寻找到了属于自己的特色。现在，他们的创作正趋向成熟，势头看好。

从创作思想和表现方法上考察现在的山西青年作家，无疑，他们在一定程度上继承了山西前几代作家的创作传统。比如他们对急剧变革的现实生活的热切关注，对普通民众生存命运的体验与表现；比如他们在艺术表现方法上基本使用的是现实主义手法，同时也注意吸收其他创作方法中有益的成分。但是，这一代青年作家刚刚涉足文坛的时候，正是国外各种文学理论乃至整个社会科学思潮和国内各种文学主张盛行之时，客观上对他们的创作会产生或多或少的影响。当然，这种影响既有正面作用，也有负面效应，总的看，却是有利于他们在继承前辈作家传统基础上，形成比较开放的、具有时代精神特征的创作风格。

我把这些青年作家的创作特征，大致归纳为三个方面。首先是他们的作品呈现出了社会现实的丰富性、复杂性与鲜活性。由于这批作家一直生活在底层，跟大多数普通人一样，亲身经历了乡村以及中小城市的一系列改革动荡，可以说，改革的每一步历程都与他们的生存命运息息相关。这种切肤之感、这些命运攸关的体验，倾注在他们的作品中，就真实地再现了生活的丰富与生动，具有了一种原汁原味的特色。其次是他们有比较敏锐的艺术感受能力。读这些青年作家的作品，你会感觉到很少有那种苦涩的理性思考和个人心态的宣泄，更鲜有那种居高临下的发言姿态；他们总是以一颗"平常心"去感受和体验世界，感受和体验人生，感受和体验写作，这样，他们就能够比较准确地把握住事物的基本特征，敏捷地洞察出人物的心灵奥秘，人物和场景在他们的作品中既表现得真切、自然，又具有他们比较鲜明的个性判断力。第三是他们在艺术探索上不拘一格。这一代青年作家在艺术表现上，除了上述总体上的相同点外，细分起来还是有几种类型的，有的倾向于现实主义方式，有的侧重于现代手法，有的则介乎于二者之间，呈现出一种多元化的态势。这种态势正是文学创作规律使然。

尽管现在的这一代山西青年作家已经取得了可喜的创作成绩，并成为整个山西作家队伍中一支活跃的作家群体，但他们的局限和弱点也是显而易见的。同前几代作家相比，在生活体验的广度和深度上，他们跟赵树理、马烽等老一辈作家相比，还有不小的差距，尤其是老作家们以对农民命运的深切关注，以通俗易懂、流畅明快、幽默风趣的语言特色，以直面现实、努力揭示生活矛盾的精神追求，形成了自己的独特风格，并且被誉为"山药蛋"文学流派，这是青年作家还需要不断磨砺才能企及的；在理论素质和艺术修养上，他们还不像成一、李锐、张平、周宗奇、韩石山、张石山、钟道新、哲夫、蒋韵、赵瑜、王祥夫等"晋军崛起"作家厚实，特别是这些作家靠各自有个性的作品和文学主张，能够让全国文学界不可忽视的地位，就值得青年作家好好努力了。

如果我们把目光放得远一些，同江苏、上海、北京、广东等地与山西青年作家同龄同代的作家相比，他们的局限与弱点同样是十分明显的，主要表现在他们的知识准备不足。那些省、市的青年作家绝大多数是正宗名牌大学毕业生，有些还有硕士、博士学位；而山西青年作家中接受过名牌正规高等院校教育的还不多，这就使他们在知识准备上显得有些先天不足。当然，能否写出好作品，并不完全取决于有没有名牌正规大学的文凭，文学史上靠自学成为大作家的例子也不少；但是，我们都知道，现在的社会是知识主宰一切的时代，社会的发展主要是靠知识的推动，无论从事何种事业，都必须要具备扎实而广博的知识，才能有所成就，当作家也脱离不了这个规律。此外，由于那些省、市地处改革开放先进区域，经济和文化都比较发达，青年作家们接受新事物和学习先进的思想文化，自然比内地同行要快一个节拍；而山西青年作家地处改革开放比较落后的区域，对于许多新事物和新思想的接触，不免要晚一定的时间，于是，在观察急剧变革的现实社会方面，在使用艺术表现手法方面，都难以跟先进省、市的同行同步。不过，我认为，山西青年作家们已经意识到了他们的这些局限与弱点，正在虚心学习别人的长处，努力克服自己的不足，他们是有可能创造出新的辉煌的。

扬帆远航的山西新锐作家群

◆段崇轩

大转型中的山西文学

今年上半年，山西省作协组织编写了一本评论著作：《穿越：乡村与城市——"晋军"小说新方阵扫描》，邀请15位中青年评论家对15位新锐小说家，逐个进行全面而深入的评论。全书完稿之后，评论家们深有感慨：这一代新锐作家肩负着山西文学转型和发展的使命，他们已成为中国文学版图上的一支劲旅。目前，这部书稿已交付国家级出版社出版。

当下的中国作家，都置身在一种剧烈、持久的社会和文学转型中。即从传统的农业文明和文化向现代工业科技文明和城市文化的巨变；从作为主潮的乡村文学向现代城市文学的演变。其实，这场转型从20世纪90年代就开始了，但到近年来才愈演愈烈，形势逼人。众多现象表明，中国社会和文学的转型，正在走向深入，加速推进。在这场文学转型中，中国文学的格局、面貌将发生深刻变化，一个以城市文学为主、乡村文学为辅的时代逐渐展开，中国文学将变得更为丰富、成熟、强大起来，进而融入世界文学大潮。

在全国文学格局中，山西文学有着举足轻重的位置。"十七年"时期，以赵树理为旗帜和以马烽、西戎、束为、孙谦、胡正为主将的"山药蛋派"，是山西的第一代作家，他们的作品是清一色的农村生活题材，代表着新中国文学的主流方向。文学"新时期"，以成一、李锐、柯云路、张石山、韩石山、张平等为中坚作家的"晋军崛起"，是山西的第三代作家，其创作同样是以农村题材为主，在全国占据前茅。而第一代"山药蛋派"直接扶植的第二代作家，"晋军"之后20世纪90年代成长起来的第四代作家，也一样是把农村生活作为主要表现对象的。六十多年的发展，几代作家的耕耘，已经形成了一个源远流长的文学传统。而到 20 世纪 90 年代特别是新世纪之后，全国范围内城市文学强势兴起，乡村文学逐渐衰微，山西乡村文学传统受到了前所未有的冲击和挑战，面临着艰难甚至是痛苦的转型。幸运的是，山西文化和文学自古以来就有厚重、开放、包容的品格和特征，山西的第三、第四代作家从 20 世纪 80 年代中期就开始探索多样化的创作路子，这些都为山西第五代作家的崛起和创新铺平了道路。

新世纪前后，山西文学出现了"第三次创作高潮"，一个阵容庞大的青年作家群落逐渐形成，在诗歌、散文、报告文学等领域，都有各自的方阵，人才济济、佳作迭出。而其中最具实力和潜力的是新锐小说家方阵，经过数年时间的磨砺，这一方阵不断壮大，实绩丰硕，扬帆远航，走向了全国乃至世界。

第五代作家的兴起

山西省作协为扶植新一代作家做了大量工作，譬如召开研讨会，组织深入生活，出版作品集子等等。2014 年出版了一套 10 本新锐小说家丛书，党组书记张明旺在序言中说："我们之所以要尽心竭力地组织出版这样一辑《晋军新方阵丛书》，一方面固然是要尽可能全面地展示这些新锐作家的创作实力，另一方面，也是以组织化的手段坚定有力地推动新锐作家在现有基础上向更高的思想艺术高峰攀登。"其情其言让人感佩。作协主席杜学文，不仅在扶植、引导青年作家创作方面做了很多工作，同时作为评论家，为多位新锐作家撰写评论，对大家无疑是一种鼓舞。

山西第五代作家，是在新世纪前后的市场化、城市化的社会背景下登上文坛的，他们的人生和文学生涯变得曲折而困难。他们大多数出生在农村和小城市，有着大学学历，有过进城打工经历，因文学上的爱好和成就，逐渐进入县、市、省的文化和文学部门。他们的年龄段集中在 20 世纪 60 年代至 20 世纪 80 年代，最大相差 20 岁。过去十年一代作家的状况不复存在，现代社会在一定程度上抹平了代际差异。这一代作家是以 20 世纪 70 年代人为主的，而 20 世纪 60 年代人的创作实绩更为突出一些。现在，他们正值 30 岁至 50 岁之间，已是山西文学的中坚力量。这一代作家突出者有二十多位，十几位已走向全国，备受瞩目，刘慈欣、葛水平、李骏虎、王保忠、孙频、杨遥等已成为代表性作家。

对山西文学来说，第五代新锐作家，既是承传、发展的一代，又是叛逆、创新的一代。山西的前代作家，都有较统一的思想理念或思想资源，如"山药蛋派"的政治意识形态思想，如"晋军"作家的现代启蒙思想。而第五代作家更信奉的是自己的人生体验与领悟，追寻的是自己感兴趣的思想观念。在创作思想上呈现出一种多样化或者说无序化状态。山西前代作家，都钟情农村生活题材，尽管第三、第四代个别作家在题材上已做了多方探索，但农村题材是主流，正统的地位是难以动摇的。而第五代作家已没有强烈的题材意识，农村生活、城市生活、城乡交融生活乃至历史题材、科幻题材、职场题材、婚恋题材等等，都可以为我所用。在题材内容上显示出一种多姿多彩的特色。山西前代作家，在审美思想和表现形式上，追求的是一种经典现实主义和现代派创作模式，譬如大叙事、大主题、民族性、地域性、现代性等等。而第五代作家虽然继承了现实主义精神，但大多青睐的是小叙事、小主题、个性化、碎片化等等。在创作风格和形式上体现出一种多样化、自我化、随意化态势。他们同全国新锐作家相比具有相似的代际特征，但又有山西特有的现实主义底蕴。

山西第五代作家的个性化特征，突出地表现在科幻小说作家刘慈欣身上。他从1999年开始，用15年时间创作了400万字的长中短篇科幻小说，最具代表的是长篇小说《三体》三部曲。他创造了一个浩瀚神奇的科幻宇宙世界，描绘了科学和自然的伟大力量，揭示了人类面临的困境和人性自身的缺陷。他把厚重的现实同极端的空灵融为一体，打造出一种具有中国特色的科幻文学范式。他的作品受到广大读者的追捧和文学界、科技界的赞誉。众多作品译介到国外具有了世界影响，被公认为是中国科幻文学的领军人物。我们相信，随着时间的推移，刘慈欣的科幻小说终将会被越来越多的山西人所垂青，他的科幻精神终将会成为山西文学演进中的宝贵元素。

走向成熟　走向全国

近一年来，山西文学界可谓捷报频传。去年夏，葛水平的长篇散文《河水带走两岸》获得"冰心散文奖"；秋，孙频中篇小说获得《人民文学》杂志社和江苏省作协联合主办的第二届"紫金·人民文学之星奖";冬,李骏虎长篇小说《中国战场之共赴国难》获得《芳草》杂志社主办的"汉语文学女评委奖"。今年春,刘慈欣《三体》三部曲第一部《地球往事》英文版,获得美国科幻文学 2014 年"星云奖"提名奖;夏,小岸的中篇小说《余露和她的父亲》获得安徽省作协等主办的"鲁彦周文学奖"……山西新锐作家不仅包揽了山西各种文学奖中的大部分奖项,而且冲击全国在众多奖项中屡屡"斩获"。这无疑是实力的证明。

正值创作"黄金期"的山西新一代作家,在社会和文学的复杂转型中,上下求索,继往开来,创造了他们自己的文学世界和艺术风格。

他们传承了山西生生不息的乡村小说创作传统,秉持了现实主义精神,在一定程度上实现了突破和创新,对山西乃至全国的乡村题材创作做出了贡献。但这一代作家对乡村题材已经不再"情有独钟",其中有一部分还在执着坚守,偶尔也写点其他题材;而多数作家已经兴趣分散,或乡村、城市兼而写之,或已主攻城市或其他题材了。晋东南的葛水平,在她的《甩鞭》《地气》《喊山》《裸地》等一系列中长短篇小说中,以广阔的社会生活,驳杂的思想内涵,强劲的人物形象,独特的艺术形式,打破了山西乡村小说的创作模式,给中国的乡村小说吹进一股自由、强劲的山野之风。晋北的王保忠,无疑是最得山西文学精神与写法的作家,他融赵树理、沈从文、鲁迅的思想和写法为一体,形成了自己的创作套路和风格。在《美元》《家长会》和《甘家洼风景》等作品中,展示了晋北农村的衰落和变迁,呈现出一种经典型小说的品格。出生在晋南的李骏虎,脚踏两只船,既写现实乡村生活,也写当下城市故事,二者几乎是平分秋色。中篇小说《前边就是麦季》和长篇小说《母系氏家》,在广阔的历史背景上,描绘了晋南农村的历史变迁和地域风俗以及几代女性的精神情感世界,对山西乡村小说既有深度继承又有创造性发展。此外,晋西北的韩思中、晋中的杨凤喜,都是执着于乡村题材的作家,他们努力揭示乡村的社会问题,精心塑造各种农民形象,着力描绘地域特色和风俗,较忠实地承袭了山西乡村小说的写法和神韵。山西乡村小说面临着诸多问题和发展危机,山西新一代作家需要进一步探索和开拓。

城市题材创作一直是山西文学的弱项,尽管"晋军"作家中的钟道新、蒋韵等,创作了不少表现城市生活和知识分子的优秀作品,但并不占据山西文学的中心位置。直到山西的第五代作家才改变了这种状况,促成了城市写作潮流，使山西文学呈现出一种转型态势。年轻的孙频从 2008 年开始写作，短短六七年时间，创作了六十余部中篇小说，以及部分短篇和长篇小说，总字数达二百多万。她突出地表现了现代城市中青年男女特别是知识女性的生存状态尤其是她们的爱情婚姻困境，以及她们的情感阵痛和精神探索，具有一种浓郁的苍凉感和荒诞感，在当下的城市题材创作中引领风骚，受到了众多读者的垂爱和文坛的关注。她的《鱼吻》《九渡》《醉长安》《月煞》等中短篇小说，已成为城市文学中的扛鼎之作。另一位女作家小岸，则专写小城市生活和普通百姓的人生，特别是中青年女性的婚恋家庭境遇，她并不拒绝表现社会问题和人生悲剧，但却着力发掘普通人身上的美好人性与人情，洋溢着一种质朴、纯净、温暖的抒情格调。她的《你是你我是我》《温城之恋》《车祸》《失父记》等，具有一种现代的古典之美。李骏虎的《奋斗期的爱情》《公司春秋》《婚姻之痒》三部小长篇小说，都是写的城市生活、职场故事、青年人的打拼，既有自叙色彩、又有审视意识，写得行云流水、蕴藉好读，是山西城市写作的重要收获。李燕蓉同样是写城市男女青年的日常生活，在人生的细微处尽显人物的精神风景生活哲理。她不漏痕迹地运用着荒诞、象征等手法，巧妙借鉴绘画艺术中的画面感、色彩感，代表作《3％灰度》《那与那之间》《飘红》等，显示了她在小说艺术上的现代追求。但山西的城市题材小说刚登"舞台"，还没有形成一定的规模和特色，在这一领域可谓任重道远！

山西新锐小说家在表现城乡交织领域生活方面，充分显示了他们的实力和才华，开拓出一片广阔而崭新的文学天地，创作出一批思想艺术俱佳的作品。杨遥是一个有着独特的思想和艺术追求的作家，在短篇小说创作上独辟蹊径。他写乡村、写城市，但最得心应手的是城乡交织地带的生活。《闪亮的铁轨》展现了一幅乡村与城市既隔膜又交织的象征图画。《刺青蝴蝶》描述了农村孩子在城乡两种文化的矛盾、交织中的探寻、成长。这些作品情节平淡，但构思机智，意蕴丰盈。此外，张乐朋用现代启蒙意识审视城乡接合部的矿区、工厂生活以及各种人物的生存，闫文盛探索打工青年在城市中的打拼与精神变异，手指刻画小城 80 后青年迷惘、虚无的精神状态，陈年发掘煤矿工人和妻子们的日常生活和情感隐秘，都创作了众多别具一格的精品和力作。城乡交织地带、乡镇社会人生，实在是一个大有可为的文学天地。

山西第五代作家在创作道路上迈出了坚实的步子，取得了骄人的成绩，但他们存在的局限与问题也是不容忽视的。譬如思想理念的匮乏，譬如生活体验的狭窄，譬如文化文学功底的薄弱等等，这些已成为这一代作家突破和跨越的"瓶颈"。我们期待着他们真正深入今天的乡村与城市，夯实自身的文化基础，潜心打造精品，为山西文学的转型和发展，贡献自己的力量。

山西短篇小说的新风景

——兼论山西新锐作家群

◆段崇轩

短篇小说再度崛起

在整个短篇小说萎靡不振的背景下，山西短篇小说却接续地域文脉，风生水起地活跃起来，形成一道独特的风景。在众多中青年作家热衷"效益好"的中篇、长篇小说乃至纪实文学的潮流中，山西的新一代青年作家却孑然地投身短篇小说创作，现在已有十几位在这一领域耕耘多年、收获丰硕，构成了一个生机勃发、令人瞩目的"新锐作家群"。

山西有一个强劲的短篇小说创作传统。在六十年的文学发展中，短篇小说无疑是最有实绩的一种文体。它曾创造过两次文学高峰期。一次是20世纪五六十年代的"山药蛋派"时期，赵树理以及西（戎）李（束为）马（烽）胡（正）孙（谦）等老一代作家，都以短篇小说著称，发表了大量土色土香而又雅俗共赏的艺术精品，已写入文学史册。第二次是八九十年代的"晋军崛起"时期，成一、李锐、张石山、王祥夫、曹乃谦等一代实力派作家，长、中、短篇小说并举，但他们起步、成熟于短篇小说，创作了一大批思想新锐、艺术精湛的优秀作品，成为那一时期的经典。两次高峰期，既有内在联系，也有各自特征，前者更具有时代特征与地域色彩，后者更富有精英思想和开放品格。

尽管山西的短篇小说佳作众多、风格各异、写法不同，特别是八九十年代发生了深刻变化，但依然可以找到一种一以贯之的东西，那就是开放的现实主义精神和品格。不管是"山药蛋派"作家，还是"晋军"作家，都有一种自觉的社会使命感和责任感，他们从社会的底层走出，对普通民众有一种深切的理解和感情。他们选择现实主义文学是一件自然而然的事情。他们的代表性作品，在题材上往往选取的是社会生活中的重大变迁和重要方面，在创作重心上都努力塑造富有深度和个性的人物形象，在艺术表现上则追求一种朴素、精练、厚重的形式和风格。而在取材上以农村和农民生活为主，以工业、城市、知识分子为题材的创作，发展一直缓慢。这是山西短篇小说的特色，也是它的局限。

山西在政治、经济上是滞后的，但却是一方文学的沃土。20世纪90年代末期，整个社会加速了市场化、世俗化进程，文学已然边缘化，还没有走出低谷。但山西文学仍保持了稳健的势头，老中青几代作家还在潜心创作和探索。到新世纪初期，更年轻的一代作家悄然地、陆续地走上文坛，并显示了他们独特的素质和风采。如果从山西作家的族谱上去划分，他们应当属于"第五代"。他们出生于60年代中期到80年代初期，大多数生于70年代，年龄最大相差十六七岁。当时在二三十岁左右。他们大部分来自农村，也有一部分出自城镇，对底层生活的体验，是他们重要的人生资源。他们比50年代作家的文化学历略高，大多上过大学本科、专科，却一般是本省的普通院校。他们散落在社会基层，当农民、做教师、搞文化宣传、进城打工……数年的奋斗，多数进入县、市直至省的文学体制——文联和作协。他们涉足文学，源于对文学的喜爱和钟情，并没有太多的功利目的。在市场社会，依靠文学获得名利，已越来越难。他们的文学目标和理想，要比前几代作家远大，不满足于成为本省的地域性作家，一出道就力图标新立异，冲击全国文坛。他们对山西的前代作家和作品，虔诚地学习借鉴，但绝不愿邯郸学步，丧失自我，更期望超越前代、取法多师，重塑自己。同前代作家保持了一定距离。

在山西青年作家群落中，诗歌、散文、纪实文学乃至科幻文学（如刘慈欣的《三体》系列小说）等领域，都不乏才俊，成果累累。而小说是其中最整齐、最精悍的一个方阵。十几个富有潜质的青年作家，又均把短篇小说作为他们的主要文体。他们通过短篇小说出道、成名，又通过短篇小说锻炼、提高自己。短篇小说是他们的根基、标志。具体分析，又有两种类型。一种是长、中、短篇小说乃至其他文体兼而写之的作家，如葛水平、李骏虎、闫文盛、孙频、张乐朋、燕霄飞等，他们兼写多种文体，而短篇小说也毫不逊色，成为他们创作中的重要部分。另一种是主攻短篇小说、其他文体为辅的作家，如王保忠、杨遥、杨凤喜、李来兵、手指、小岸等。他们把短篇小说作为自己的立身之本，在读书、写作中刻苦探索它的艺术规律和奥妙，推进着短篇小说的发展。这样的作家在当下文坛中已不多见，而山西涌现出一批新秀。

新世纪十几年来，山西新锐作家在短篇小说的艺术之路上，甘于寂寞、上下求索，收获渐丰、影响日增，成就了他们自己，推动了山西文学。现有文学体制给予了他们多方面的关心和扶持。他们承传和发扬山西短篇小说的优良传统，同时呈现出一种更加个性、现代、自由的创作状态。他们的作品在全国重要文学刊物上"遍地开花"，有多篇作品获得了《小说月报》奖、《中国作家》奖、《上海文学》奖和赵树理文学奖等奖项。尽管他们的创作还存在这样那样的问题，但前途是广阔的。

"写什么"的继承与突破

回顾既往山西短篇小说，可以发现，那些脍炙人口的经典性作品，往往有两个特点，一是深入地表现了社会现实生活，二是塑造了独创的人物形象。这是现实主义文学的基本特征和最大"亮点"。譬如赵树理《登记》《锻炼锻炼》，马烽《我的第一个上级》《三年早知道》，张石山《镢柄韩宝山》，王祥夫《上边》等等，莫不如此。从整体上看，山西新锐作家在宏观把握生活、谙熟人物方面，并不具有很强的优势，但他们深受山西前辈作家的言传身教，在这两方面做出了自觉的努力，并有所突破，这就显得格外可贵！

反映现实生活的短篇小说，在新锐作家的创作中不乏佳作。它们或许还不够宏大、深刻，但却格外真切、细腻、客观，带上了他们这一代的色彩。这里首先要说到王保忠，他秉承了山西本土作家的较多思想与精神，直面晋北农村的社会变革与突出现象，切入传统文化与现代文明的矛盾深层，揭示了社会现实的脉动与走向。譬如获得《小说月报》"百花奖"的《家长会》，就是一篇现实主义力作。发生在博人中学"家长会"上的一番冲突，绝不是校长与家长之间的个人意气之争，而是代表了以"煤金"为标志的世俗文化与人民教师为代表的精英文化的一场较量与博弈。学生家长的煤老板余黑子，自恃有钱有势，显得狂妄、狡黠、霸道；而校长汤河，肩负教书育人使命，一派正直、严厉、清高。从二者的对峙与斗争中，我们看到了当下社会的扭曲，教师与教育的弱势以及人民教师身上的良知、正义和力量。同样是晋北作家的李来兵，对农村现实生活也有较深入的洞察和把握。他的《别人的村庄》，把一个普通村庄错综复杂的矛盾冲突写得入木三分。村长俨然是一个"土皇帝"，大权独揽，强占女人，但工作软弱疲沓，黑恶势力横行。却一心想当副乡长，上蹿下跳，行贿乡领导。韩文仲是一个有仁有义、胆识过人、身怀武功的民间"硬汉"。他在乡村社会脱颖而出，被委任治保主任，惩治村霸、推动计划生育、解决煤矿事故，威胁到了村长的权力，最后在处置村长的偷情事件中贸然出手，被警察依法拘捕。从这一场惊心动魄的农村活剧中，我们看到了现实乡村政权的变质、村干部的腐败，以及底层民间力量的崛起和它自身的脆弱性。此外，李骏虎《留鸟》写城郊农村大拆迁中农民对土地和传统生活的留恋，李燕蓉《飘红》写全民炒股大潮中一个简易股票交易所的兴衰历程，都是表现当下社会生活的优秀篇什。

中国有一个巨大的底层社会和底层民众的存在。底层文学的凸显实际上是现实主义文学的一种深化与扩展。山西新锐作家在底层文学创作中，做出了可贵的探索和贡献。杨遥的经历曲折、多样，对底层社会有着广泛了解和深切体察，他用短篇小说的形式，定格了底层社会的一幕幕情景，雕塑了浮雕般的底层民众形象。《二弟的碉堡》描述了一位粗俗、大胆、不择手段"发财"的家庭妇女，同贫穷、世俗、正统的乡村社会的对立与较量。《谯楼下》刻画了一位以买碗托赚钱"拉边套"的男人，他的艰辛屈辱以及对被损害的女大学生的同情与维护。这些作品斑驳凝重、触目惊心，而又发人深思。张乐朋是一位有个性、有追求的诗人，近年来改换门庭"染指"短篇小说，在他的《童鞋》《偷电》《边区造》等作品中，独辟蹊径，深入揭示了底层人物身上自私、卑劣、狡猾、盲从、残暴等人性和文化的"劣根性"，表现了"可怜之人必有可恨之处"的主题思想，是对现代文学"启蒙"精神的继承。

表现城市社会以及各种人物，一直是山西文学的薄弱环节，近年来却在新锐作家的手中得到了较大改观。他们描述城市变迁、公司内幕、富商隐情、打工者生存等等，使山西文学的面貌突然变得多姿多彩起来。李骏虎有两副笔墨，既写乡村、也写城市，而且两幅笔墨都已达到了熟能生巧的程度。《局外人》《流氓兔》是城市题材的优秀之作。前篇写一位身涉危局的"官员"，逃到一个陌生城市感受到的梦幻一样的自由和爱情，揭示了上层人物荒诞的生存和深重的危机感。后篇写一家公司复杂、多变、紧张的人际内幕。老总的独裁和心机，其情人的骄横与营私，副老总们的争斗和算计，都通过视角人物"我"的行动和观察，显示得一清二楚、纤毫毕露。玩具流氓兔则是一个巧妙的象征，它既可用来关爱，也可用来撒气，蕴含了男人与女人一种微妙的情感和关系。"80后"的手指，作品不算多，但篇篇精到，篇篇出新，显示了他对社会的独到观察和创作上的严谨。他最拿手的是对城市同代人生存与精神状态的描写。《我们干点什么吧》《我们为什么没老婆》是他的代表性作品。两篇小说写的都是"80后"的一代年轻人，他们没有精神世界，没有谋生能力，在现代生活中随波逐流、吃喝玩乐。他们渴望"干点什么"，但屡试屡败、一事无成。他们渴望爱情和家庭，却两手空空，幸福离他们越来越远。空虚、期望、焦虑、叛逆，成为他们基本的精神状态。手指没有给出这一代人生存和精神出路，但能把他们的精神世界描绘得如此鲜活、精准、传神，提出一个严肃的社会问题，也是一种成功。此外，燕霄飞的《红云》写大款老新去寻找昔日邂逅的山村和女孩，闫文盛的《掌上的星光》写打工者许蔚，以骗婚为职业带来的家庭悲剧和精神创伤，都出色地表现了城市的腐化堕落和不同阶层人物的精神扭曲。

山西新锐群中还涌现出几位女性作家，她们在表现爱情、婚姻、家庭领域方面，可谓得天独厚、各有千秋。小岸的小说单纯、明净、好读。《熔》叙述了现代人两种不尽相同的婚爱悲剧，意在反思人们在爱情上的随意、不专等现象。《茉莉花》用优美的意境、抒情的手法，刻画了一个男人和一个女人对各自深爱的人的一片痴情、坚贞不渝，歌颂了一种纯真的、传统的高尚爱情。孙频同样专注于表现人的情感世界，她目光锐利、视野开阔、才气横溢，受到了文坛的广泛关注。她的《流水，流过》写一位孱弱的男人对亡妻的终生爱恋、对女儿的苦心教育，一个平凡的生命放射出灿烂的光辉。获《上海文学》短篇小说新人奖的《鱼吻》，则洞幽烛微地展开了现代青年男女之间，那种混沌、复杂、错位、畸形的爱情关系和心理碰撞，雕刻了韩光、江子浩两个独特的青年形象，让我们看到了一种别样的社会人生图画。

传统的现实主义短篇小说，把塑造人物形象视为创作的核心。但现在的青年作家普遍忽视了这一问题，短篇小说见物不见人成为一种严重现象。山西新锐作家深受前辈作家的影响，继承了写人的良好传统，在他们的作品中谱写了各种各样的人物。王保忠倾心的是乡村社会中的普通人物，发掘的是他们真善美的人情人性。《美元》以20美金为道具和线索，凸现了一位固守着纯朴、善良品格，在现代文明和金钱面前由向往转向舍弃的山村姑娘形象。

《前夫》一笔写了两个人物：真诚宽厚、温情自尊的农村女人巧枝，穷则思变、富而仁厚的煤老板"前夫"。我们从这些人物身上，感受到的是底层社会的温暖和传统文化的魅力。葛水平以中篇小说闻名，她在《甩鞭》《喊山》等作品中，都塑造了结实、丰满、强烈的乡村人物形象。在短篇小说写作中，同样延续了这种路子。《我望灯》写了一个山村的神汉，为了改变贫穷而装扮神汉，装神弄鬼便拥有了钱财和女人，又因为内幕的败露而葬送了他年轻的性命。作者把乡村社会的愚昧落后和某类农民荒诞的人生，写得深刻而传神。《第三朵浪花》写的是革命根据地在土改运动中，一位教书先生错划成地主的悲剧故事。他在乡村的贡献与地位，他在运动中的担忧和恐惧，他在错划成地主后的悲愤与抗争，把一位乡村文人文雅、谨慎、正直、悲壮的精神性格表现得淋漓尽致。小说对于我们认识那场革命和乡村文人的命运，有丰富的启迪意义。杨凤喜熟悉乡村社会的各种人物，塑造了许多性格鲜明的传统农民形象。《镰刀》中的老田驴就是一位朴实、执傲，一生忠于"大集体"的旧时代人物。手指的《齐声大喝》则饶有趣味地讲述了"我爷爷"——一个以偷为乐、敢于承认、最终因偷而死的"贼"的形象。山西新锐作家在塑造人物上的丰富经验，值得研究、总结、推广。

"怎样写"的借鉴与探索

在短篇小说创作中，"写什么"是关键，"怎样写"是保障。二者具有同等重要的意义。同前辈作家相比，山西新锐作家在"怎样写"方面似乎更加重视、自觉。他们一面借鉴既有的表现形式，一面探索新的方法和手法。在短篇小说的艺术模式、新的写法和技巧、叙事风格和语言等几个方面，进行了大胆的拓展和实践。

山西短篇小说在几十年的发展中，从艺术模式上看，已经相当成熟和多样了。新锐作家们认真借鉴了这些经典模式。譬如杨遥惯用的是情节模式，同时在情节的推进中精心雕刻着人物形象。《闪亮的铁轨》就是一篇独具匠心的佳制。一个流浪少年寻找失踪的母亲，找得执着而艰苦，而铁道边的孤村，人们从关爱到戒备、到驱赶、最后装在麻袋里送走……故事曲折、悲凉，人物鲜活、突兀，其间蕴含了多少社会人生内容啊！譬如王保忠在创作中形成了一种以人物心理为主线的表现模式，即以主人公的心理演变为脉络，熔故事情节、人物间的交往以及作者的叙述、抒情、议论为一炉，创造出一种既单纯、集中、又丰富、厚实的结构形态。如《张树的最后生活》写年轻力壮的放羊汉张树，竟被村主任借故强行安置在养老院，连起码的情感、愿望也难以满足，最终只能服毒而死告别人世。作品的情节并不复杂，通篇主要是主人公琐细沉重、回环哀怨的心理流动，使我们看到了一个被侮辱被损害的小人物的全部内心世界。譬如葛水平的创作，特别善于捕捉那种新奇独特而又内涵丰盈的细节，用它贯穿整个作品，形成一种戏剧化的艺术效果，这实际上是一种细节化的情节小说模式。如《玻璃花儿》中的主人公柴晚生，从娘胎里带了一种眼疾，俗称"玻璃花儿"。这是小说的核心细节。这眼疾促使他背井离乡外出经商，这眼疾又使他婚姻生变、遭到报复而钱财一空。人生中的一个细节竟牵动了他整个命运，读来让人感慨深思。

情节小说到今天又有了新的变化，一面是向单纯演变，一面则向复杂发展。也许是受博尔赫斯、卡尔维诺的影响，山西一些新锐作家开始构筑一种复杂结构小说，显示了一种高远的追求。譬如张乐朋的《涮锅》，写教师节一群教师去火锅店会餐。这样的故事情节自然可以写得单纯、流畅、短小一点。但作者从老师们打车、到吃饭、到洗浴，一共写了13000多字的篇幅。六个人物不分主次，同时行动说话。不厌其烦、精雕细刻地展示了整个过程和每个细节。而情节的变化和推进，人物的表现和个性，又显得井然有序、合情合理、天衣无缝。这种复杂结构的运用，逼真地、突出地显示了当下社会的教育生态和人民教师的精神性格，带有反讽和审视意味。李来兵在小说结构营造上与张乐朋可谓不谋而合。如《节日》写的是农村兄妹几个为老人发丧、陪老大住院治病等日常生活，《教师节》写的是某学校庆祝教师节活动的详细过程，作者均解构了那种情节化的发展方式，完全用生活的自然流动来呈现。精心描绘场面、人物、细节，展示出的是一种原生态、全画幅式的社会人生图景，让人们从整体中去感悟生活的主潮、底蕴等等。现代生活变得复杂了，小说自然可以写得复杂，但过分琐碎、庞杂地再现生活，也容易走向自然主义和失掉读者。

此外，散文化结构小说模式，也在山西新锐作家的创作中涌现出来，代表作家是孙频，她的《流水，流过》《鱼吻》《月祭》等，有着明显的散文化、抒情性特色。这是一种高难度的小说艺术模式，期望更多的新锐作家去实验。

现代小说方法和手法的借鉴、运用，多年来处于低潮状态，而山西在这方面显得更保守些。但在山西新锐作家的创作中，这种状况有所改变。李燕蓉是一位执着探索现代小说的"先锋"作家，她表现了现代社会挤压下各种人物精神情感的异变，借鉴了许多现代表现形式。譬如《3%灰度》里刻画了两位城市白领家庭生变后的无所适从和对世事人生的迷惘困惑。譬如《底色》中描写了一位大学生在婚爱、就业上的屡屡失误、挫败，表现了人生就是一种荒诞的主题思想。手指则惯用写实的方法，创造出一种现代味小说来。譬如《去张城》写"我"与王爱国劳神费力前往张城，抵达的却是张镇。两个城市与出发城市，恰好构成一个等边三角形，"我"面临着困难的选择。其中蕴涵着一种荒诞感和黑色幽默。当然，更多的新锐作家只是在小说局部运用了现代表现手法。譬如李骏虎的《乡长变鱼》里写乡长酒醉后成为一条鱼身人心的红鲤鱼，显然是荒诞手法。燕霄飞的《湿淋淋的声音》中写农村一对年轻夫妻对电话的苦苦等待，则有一种象征意味。

小说叙事语言的个性和格调，往往能表现出一个作家的才华和追求。山西老一代作家的叙事语言，共性的东西多，形成了文学流派。而山西新锐作家竭力追求的是自我的和个性化的叙事，构成了一种姿态纷呈的语言特色。如李骏虎的两副笔墨，写城市生活时是一种"游戏"心态，语言轻松、准确、流畅、机智，而写乡村题材时则是一种虔敬态度，叙述变得细腻、温馨、忧郁、抒情。如杨遥的叙事语言，真切、简练、锋利、有力，外在的冷静中隐藏着内心的炽热。如孙频作为女性作家，在叙述中倾注了自己的感情和才华，自然形成了流畅、华丽、飘逸、抒情的语言个性。如杨凤喜以写农村和农民生活为主，叙述语言朴素、温暖、厚实，有一种泥土气息。如张乐朋追求语言的精确、理性、从容、睿智，不时夹杂零星的方言土语，给人一种洞若观火的审美感受。如李来兵营造的是一种逼真、细密、锐利、深刻的语言格调，颇有一点大气象。这些新锐作家的叙事语言还在形成之中，自然有许多不足，但他们起点高、追求远，一定会达到一种更高的境界。

有待克服的创作"瓶颈"

每一代作家都会有自己的优势，也会有自己的局限。新世纪初才步上文坛的山西新锐作家，他们置身的社会、文化环境更加复杂而多变，他们投身的文学事业也走向了边缘和衰弱。而他们自己又缺乏充分的思想、生活、艺术方面的准备。尽管他们在十几年的历程中，已克服了诸多困难，取得了可喜实绩，但依然有不少问题横在他们面前。概而言之，阻碍他们创作发展的"瓶颈"，主要有如下四个方面。

首先是思想资源匮乏。这已成为山西新锐作家一个普遍的、严重的问题。过去，"山药蛋派"作家和"晋军"作家，都有自己的思想根底和体系，前者主要是主流政治思想，后者基本是精英文化思想，因此他们的作品才融入历史、影响深远。而山西的新锐作家，遭遇的是一个多元文化思想时代，没有思想"靠山"可以依凭，再加上他们对思想理论的忽视、厌倦，就造成了他们思想薄弱、观念模糊、凭借感觉和才气创作的状况。他们难以有力把握现实生活的规律和走向，分辨不清各种人物思想情感的来龙去脉，因此常常停留在生活和人物的外在形态上。譬如闫文盛作品数量庞大，涉及生活宽泛，但作品总是给人浮光掠影、冗杂雷同的感觉，原因盖在作者缺乏理性把握和分析能力。譬如杨凤喜生活库存丰富、作品情节独特，但同样存在着就事写事、缺乏理论提升的缺憾。甚至像李骏虎、王保忠这样走向成熟的作家，也有作品形象淹没思想内涵的倾向。因此，山西新锐作家要想超越自己、有所建树，就必须广泛汲取思想资源，读一些历史、哲学、美学、心理学乃至文化学、社会学等，逐渐形成自己的思想，在创作中用思想理论照亮生活和人物。

其次是生活天地狭小。读山西一部分新锐作家的短篇小说，有一个突出的感受，就是他们创造的生活天地和精神空间显得憋屈、封闭。他们只熟悉一个领域和某一类人物，而不了解更广大的世界和更多样的人物。一旦去写他们自身之外的东西，就难免胡乱编造、捉襟见肘。而对他们钟情的生活和人物，则显出一种津津乐道的情感态度。有一种"自恋"倾向。譬如小岸的创作，写爱情婚姻故事得心应手，洋溢着浪漫气息，而写现实的社会人生等等，就力不从心了。譬如杨遥写乡村社会底层人物的生存与精神状态，栩栩如生、简练有力，写城市世界和上流人物，则浮浅冗长、形神散乱。这些都反映了作家生活的狭窄，精神的单薄。我绝不反对写小领域、小情节、小人物，但这"小"须在"大"的土地上生长出来，"自我"体验要与"大我"共鸣才会富有意义。一个作家，从小天地走向大世界，再回到小天地，才会真正强大起来。

第三是文学修养欠缺。山西的十几位新锐作家，其中的大部分已走向全国，受到广泛关注。但同全国那些知名青年作家相比，似乎显得缺乏气势、力量和个性，特别是群体冲击力。其主要原因就在他们的作品思想艺术上还不深厚，不新颖、不纯粹，鲜有真正文学的独创性。文学修养的薄弱和残缺，自然开不出灿烂的艺术花朵。譬如这些新锐作家，绝大多数选择的是现实主义创作路子，但对现实主义短篇小说怎样提炼情节、怎样塑造人物、怎样营造结构、怎样形成语言风格，又如何融汇现代的、古典的艺术形式和手法，似乎没有做过深入扎实的学习和研究。你的作品如何既能纯熟自如又能合乎艺术之道呢？另外有些作家，如李燕蓉的大部分创作、手指的小部分作品，运用的是现代小说的方法和手法。但仔细琢磨就会觉得，这些方法和手法用得有些生涩、粗放，还不足以形成自己的一套路子。因而，山西新锐作家要加强对古今中外文学经典与文学理论的修养，夯实自己的文学功底，才有可能融汇百家，自成一家，立足文坛。

最后是艺术表现模式和手法单一。短篇小说是小说家族中的"先锋"，它既有自己稳定的特性和规律，又在不断地变革和创新。在艺术模式上已有情节型、人物型、心理型、意境型、散文型等等，而且依然在发展中。在表现手法上也是不拘一格，不断地引进和扩展的。山西新锐作家从群体上看，其创作模式和表现手法还是迥然不同、姿态多端的，但从单个作家看，却是比较单一、呆板的，甚至出现了雷同现象。譬如李来兵习惯用写实的复杂结构样式，读他的少量作品你会觉得厚重、震撼，但读多了就会不堪忍受、喘不上气来。短篇小说艺术模式很多，为什么不能变换几种？一个作家总是固守一二种模式，一生能写多少作品、怎样丰富自己的艺术风格呢？这是值得年轻作家深思的。又如孙频的叙事语言，已形成了自己的个性和特色，这是她成功的重要因素。但如果你每一篇作品都使用一套语言，而不能按照题材和人物的需要改变语调，你的作品势必会出现千部一腔的雷同现象，读者就没耐心继续读你的小说。这种语言上的套子化现象，在其他作家的创作中也有，是需要格外警惕的。

山西新锐作家尚在成长之中。弹指间他们已到而立、不惑之年，正处在创作的黄金时段，已是山西文学中的主力方阵了。期望他们能直面问题，寻求突破，不断进取，在短篇小说创作中，跃上一个更高的台阶。

从短篇小说上起步、提高

◆段崇轩

山西新锐作家在短篇小说上的执着追求和可喜实绩，是一个值得关注和研究的文学现象。如今，凡是有实力的中青年作家，都热衷于中篇、长篇小说，因为好发表、效益高、读者多、影响大。惟有山西这批作家，十几年来坚守在短篇小说领域里不懈耕耘。他们的作品在全国各大刊物报纸"遍地开花"，在各种选刊、选本频频转载。获奖消息不断传来，王保忠《家长会》获第十三届《小说月报》"百花奖"，杨遥《硬起来的刀子》获《十月》杂志"十月文学奖"，孙频《鱼吻》获《上海文学》短篇小说"新人奖"，张乐朋《边区造》获《中国作家》"鄂尔多斯文学奖"，杨凤喜《1983年的杏树和羊》获《上海文学》文学新人大赛短篇小说奖……至于本省的赵树理文学奖等奖项，这批作家几近成为"承包人"了。他们接续山西文学的地域文脉，坚持现实主义创作精神，又汲纳新的文学思潮和观念，努力打造自己的创作模式和个性，在短篇小说领域里风生水起，已引起了全国文坛和广大读者的瞩目。

山西有一个持久的、强劲的短篇小说创作传统。在六十多年的文学发展中，曾经出现过两次创作高峰期。第一次是20世纪五六十年代，山西老一代作家赵树理、马烽、西戎、李束为、孙谦、胡正等开创的"山药蛋"文学流派，他们那些充满了浓郁的地域性和时代性的短篇小说，已成为文学史上的一道独特风景。第二次是20世纪八九十年代，"崛起"的"晋军"作家如成一、李锐、张石山以及稍后的王祥夫、曹乃谦等创造的山西文学新时期，他们那些饱含人生体验和忧患意识的短篇小说，已成为经典性作品而广为流传。这些作家，他们都是从短篇小说上起步的，他们的成名作、代表作大抵是短篇小说，尽管他们后来也创作有中篇、长篇小说，但一有好的题材和构思，就又会转向短篇小说创作。短篇小说成为山西几代作家的"文学情结"，短篇小说的发展显得格外强健、成熟。

一定的地域环境和文学传统造就一定的作家群体。山西新锐作家群在前代作家的言传身教下成长起来。这代作家在山西文学的"族谱"上应当属于"第五代"。他们出生于60年代中期到80年代初期，大多数生于70年代，年龄相差十六七岁。他们于90年代之后走上文坛，又不约而同地把短篇小说作为主要文体。他们的文学追求和理想，要比前几代作家远大，不再满足于成为本土的地域性作家，一出道就放眼全国、冲击文坛。现在，这一作家群中的十几位已走向全国，显示了他们的创作实力和个性，成为文坛上的新星。这个作家群，具体分析又有两种类型。一种是短、中、长篇小说乃至其他文体"兼收并蓄"的作家，如葛水平、李骏虎、闫文盛、孙频、李燕蓉等，他们兼写多种文体，而短篇小说也毫不逊色，成为他们创作中的重要部分。另一种是主攻短篇小说、其他文体为辅的作家，如王保忠、杨遥、杨凤喜、李来兵、手指、张乐朋等，他们把短篇小说作为自己的立身之本，在读书、写作中潜心探索它的艺术规律和表现方法，推进着短篇小说的发展。他们通过短篇小说出道、成名，又通过短篇小说锻炼、提高。

在短篇小说"写什么"和"怎样写"两个方面，显示了山西新锐作家的创作追求和特色。既往的山西短篇小说有两个特点，一是深入表现社会现实生活，二是塑造鲜明的人物形象。这批青年作家在这方面既有继承，也有拓展。王保忠的《家长会》写以煤老板为代表的"煤金"世俗文化和校长清河为标志的精英文化的较量与博弈，李来兵的《别人的村庄》写民间"硬汉"同"土皇帝"村长的斗智斗勇，李骏虎《留鸟》写郊区农村大拆迁中农民对土地和传统生活的留恋、追寻等，都广阔、深入地表现了当下社会的现实生活。这批作家在反映底层生活上也有可贵的探索和贡献。如杨遥《二弟的碉堡》《谯楼下》都表现了底层社会的矛盾冲突和底层民众的艰辛、抗争。如张乐朋的《童鞋》《偷电》《边区造》都揭示了底层人物身上自私、卑劣、狡猾、盲从、残暴等人性和文化中的"劣根性"，是对现代"启蒙"思想的继承。在表现城市社会以及各种人物方面，一直是山西文学的薄弱环节，近年来在新锐作家的创作中得到了改观。李骏虎的《局外人》《流氓兔》，手指的《我们干点什么吧》《我们为什么没老婆》，闫文盛的《掌上的星光》，小岸的《茉莉花》《唐娜姨妈》，孙频的《流水》《鱼吻》等，都描绘了五光十色的城市生活和形形色色的城市人物。山西新锐作家在塑造人物上也有高度的自觉，如王保忠《美元》中的山村女孩，《前夫》里的巧枝，葛水平《第三朵浪花》中的王友才，杨凤喜《镰刀》里的老田驴等，都是既有鲜明个性、又有文化蕴含的成功的人物形象。

在短篇小说"怎样写"的问题上，山西新锐作家一面继承传统的艺术表现形式，一面探索新的方法和手法，在艺术模式、表现方式、叙事语言等方面，进行了大胆的拓展和实践。譬如杨遥、王保忠、杨凤喜在故事情节和人物心理的融合上，如张乐朋、李来兵在小说复杂结构的营造上，如手指、李燕蓉在现代表现方法的借鉴上，如李骏虎、孙频、闫文盛在个性化叙事语言的创造上……都逐渐形成了自己的路数和特色。尽管他们的创作还存在这样那样的局限和问题，但他们正在走向成熟和强大。在他们手里，山西有可能迎来短篇小说的第三个高峰期。

山西文学　山高水长

◆傅书华

　　山西被中国文坛视为文学大省，过去是这样，现在也仍然是这样，这是一个不争的事实。其所以被视为文学大省，其之所以成为文学大省的成因，其文学形态的独特之处，都是值得我们给以重视并应该予以认真研讨的。

　　以赵树理为代表以马烽、西戎、孙谦、胡正、李束为等为主要成员的"山药蛋派"，兴起于1940年代，发展于1950年代，在1950年代末达到高潮后开始下滑，1960年代中期终于走向消亡，而在1980年代初一度死而复生回光返照。这一演化轨迹及其文学形态，是这一时期占据文学主潮位置的工农兵文学思潮的某种典型显现，因而让山西文学在这一时期，在中国文坛风光无限。1980年代中期，"晋军"崛起，构成"晋军"主要阵容的，是成一、李锐、柯云路、张石山、周宗奇、王东满、韩石山、张平、蒋韵等人，其小说《新星》《老井》《厚土》系列等等，曾经于大江南北风靡一时，让山西文学为全国瞩目。时云：把整个山东文学绑在一起，也不如山西的一口"老井"，与其中可见一斑。这一阵容中的成一、李锐、蒋韵等，在近年来仍然时有佳作，如李锐的长篇小说《张马丁的第八天》，成一的长篇小说《茶道青红》，蒋韵的中篇《行走的年代》等等，让国人刮目相看。特别是李锐，他的作品，从内容上说，是"虚无之海，灯光之塔"。所谓虚无之海，就是在以个体生命存在为价值本位，并以此出发追问普遍人类困境时，对西方思潮、中国传统、自身、民间、本土等等既存的现实形态与价值形态给以批判与拒绝。从形式上说，是"瘦硬"。所谓"瘦"，是说他的小说，不对事件、环境、民俗、人物的行动、故事的展开等等做充分的描写，情节性地展开，而只撷取其对揭示人类某种思想、精神、生存、存在形态最具代表性的片断来给以展示。

所以，李锐的小说，都很简短、凝练。所谓"硬"，是说其作品在短小的篇幅之内，蕴含了巨大的思想、精神含量，让我们得以看到人类的某种生存、存在形态。从阅读效果上说，是以理生情，而不是以情入理。他的小说，达到的不是如《三国演义》那样的"闻刘皇叔胜则喜，闻刘皇叔败则悲"的情感效应，而是如同读鲁迅小说《狂人日记》《孤独者》那样的因思想受到震动而情感久久不能平静。李锐小说的这些特点，在中国现当代小说中，与鲁迅最为相似，可以说，是鲁迅小说的隔代传人。在中外文学史上，有一类小说，是以各种现实与非现实的手法，以再现社会历史事实的博大、厚重、丰富见长，并在其中，体现了人生形态的气象万千。还有一类作品，以揭示人类精神、思想的深刻、丰富、博大取胜，这后者又以揭示人类的某种生存、存在形态作为其载体与依据。遗憾的是，许多论者常常以前者的标准作为衡量后者的依据。如是，在中国现代文学史上，许多论者就因此而对鲁迅没有写出长篇小说来而深以为憾。在中国当代文学史上，就会认为李锐的作品还欠厚重，不够大气，似乎有些单薄——特别是相对于贾平凹、陈忠实、莫言等人而言。由是，对山西文学的评价，也就不够到位。

最近几年，山西文学有三个新的特点特别令人醒目，值得向世人一述：

第一，"衰年变法"。这主要是指陈为人、毕星星、周宗奇、王东满、韩石山、林鹏等人的写作。这些人都是在六十岁之后，人人老年，沧桑历尽，在写作上发生了很大的变化，不再是写当下，不再是虚构，不再是写作技巧的变革，而是更重视中国文史哲不分的传统，将眼光投向历史长河，将文学、历史、对人与社会的哲学思考，融为一体，且创作成就斐然。在文体上，是纪实性、回忆性的非虚构写作；在内容上，以重新打捞人物、事件真相为特色；在思想性上，则时有新识、新见。譬如陈为人自长篇传记《唐达成文坛风雨五十年》之后，一发不可收，《插错"搭子"的一张牌——重新解读赵树理》《马烽无刺——回眸中国文坛的一个视角》《最是文人不自由——周宗奇叛逆性格写真》《山西文坛的十张脸谱》《摆脱不掉的争议——七位诺贝尔文学奖得主的台前幕后》等等。每年均有几本书供读者阅读，堪称"写作狂人"。毕星星的《坚锐的往事》《走过带伤的岁月》，周宗奇、王东满、韩石山分别写三位书法老人林鹏、姚奠中、张颔的传记，林鹏的随笔，都体现了山西文学写作的新的高度，也是中国文坛近年来的一个新的标高。

第二，新锐作家崛起并走向成熟，这既标志着山西文学创作后继有人，实力雄厚，也标志着山西文学写作在国内文坛的持续影响力。这主要是指李骏虎、王保忠、杨遥、陈克海、手指等三四十岁作家的写作。李骏虎的中短篇小说集《前面就是麦季》，长篇小说《母系氏家》，王保忠的中短篇小说集《甘家洼的风景》，杨遥的中短篇小说集《二弟的碉堡》等等，都体现了不同于前几代人的这一代人的都市体验、乡村风景。用传统的农村题材小说写作、乡土文学、都市文学的标准来衡量他们的小说，时时会给人以鞋量脚或者刻舟求剑之感。这是新的文学写作，新的文学风景。

第三，女性写作。山西这片广袤而又贫苦的黄土地上，一向只见男性作者的身影，听到的是男性粗犷的歌声。在山西文学写作的天空中，石评梅、蒋韵这样的女性写作者，真可谓是寥若晨星。但在近几年，山西的女性小说写作可谓是异军突起，甚至大有占领半壁江山之势。蒋韵、葛水平、陈亚珍、小岸、孙频、李燕蓉等等，在山西的黄土地上，开出了灿烂而又鲜艳的七色之花。女性博大的母性情怀，旺盛的生命欲望，执着的神性追求、"她世纪"中的新一代女性叙事，在她们的笔下，都有着鲜活的体现。如果你用社会学意义上的性别意识来衡量她们的写作，那未免就让她们的作品明珠暗投了，在她们的作品中，体现的是生命法则、个体生命、彼岸世界、日常生活向社会法则、群体伦理、此岸世界、非凡人生的挑战，并在这挑战中，体现了我们今天这个时代的前沿性探索。

除了这三个新的特点之外，山西文学中，还有一个奇异的现象不能遗漏，那就是处于国内科幻文学写作领军位置的刘慈欣的科幻文学写作。我们民族受"子不语怪力乱神"的儒学思想影响，一向是重实用，重实践理性，科幻写作一向是被放逐于文学世界之外的。但在今天这样的一个科技时代，科学与文学的结合，正在成为人思考世界思考自身的一种新的思考方式，而刘慈欣的科幻文学写作，则体现了这一思考方式在中国文学中的位置与标高。美国学者王德威则是从乌托邦、反乌托邦、异托邦三者关系的角度，对他的小说在中国现代文学中的位置，做了高度的肯定。在一向被视为封闭、保守的内陆省份的山西，出现刘慈欣这样的进行前沿性写作的作家，似乎是一个不可思议的事情，但其实却实在是一个必然，这一点，我在后面再略作论说。

如上所述，山西作为文学大省的实绩是不容忽视的，但其作为文学大省的成因何在呢？我觉得，这至少与山西的地理位置、文化形态相关。

山西地表山河，一向可以自给自足，但又与历朝历代的政治中心相距不远，如唐之西安、宋之开封、元明清之北京等等，从而得以在立足改善自身时，汲取新知，或者汲取新知以改善自身。这样的一种融合与进步结构，与中国社会的融合与进步结构，有着某种同构性，也因之形成了山西文化在中国文化格局中的位置与意义。

时人常常以为山西是封闭、保守的，那是大错特错了。近代以来，晋商、山西大学堂、辛亥举义、铁路修建、民国模范省、抗战根据地、新中国工业建设，乃至"文革"中第一个成立"革命委员会"，山西何曾落后于时落后于世？山西对新知的汲取是非常及时的，只是他对新知的汲取，以对改善自身的程度为限，而不是对新知的完全接纳。即以上举文学为例，1940年代，八路军的三个主力师均在山西，我党对农村的变革及民众政策，与山西注重自身生存的文化传统一拍即合，从而给"山药蛋派"文学的生长以肥沃的土壤、水分、阳光。与延安的距离，使山西文学即受惠于延安的文学整风，但又与延安文学整风中的激烈的文化冲突保持了一定的距离，从而成为延安文学整风后的硕果与"方向"，1950年代，随着我党中心从延安转入北京，山西的这一硕果与"方向"也就得以在全国发生更大的影响。细细辨析下来，"晋军"的崛起，近年来山西文学创作三个特点的形成、刘慈欣的出现，无不与此"结构性"有着相似之处。受篇幅所限，不作详论。这样的成因，也与山西文学形态的特征相互影响相辅相成。

读陕西文学，你会感受到一种"皇家气象"，又是《创业史》又是《白鹿原》为天地作史的雄心令人感佩。读山东文学，你会感受到正统的传统文化气象，那种对正统的传统文化的坚守与面对正统传统文化即将失去的悲凉，只有山东文学写得最酣畅淋漓。读河南文学，你能感受到中原文化那特有的动荡、离乱及在这其中的顽强的生存意志。读江苏文学，你能感受到那感官、欲望的诱惑。如此等等。这些，在山西文学中，绝不会如此突出与强烈。赵树理最大的愿望与决心，是写一部叫作《户》的长篇小说。他写出来的绝不会是《创业史》，最多是《三里湾》。李锐小说中的"土"再"厚"，也是与个人的日常生存相连，却与正统的传统文化无关，他也绝不会在《眼石》中为乡民们交换妻子而在伦理层面上痛心疾首。如此等等，不一而足。要而言之，山西文学最为突出的独特点有三：

第一，立足于民间性的个体的日常生存。你读赵树理的作品，会有个很深的体会，一向反对工描的赵树理，却在他的作品中，不厌其详地一而再再而三地开列农民分家，或者丰收，或者入社时的物品账单。你读李锐的《厚土》，他将人的所有的生存形态、存在意义抑或幸福感受、人生感情，都建筑在个人性的日常生存之中。你读葛水平的《裸地》，她是将乡村风云、历史变革与民间性的个体的日常生存水乳交融在一起的。

第二，对上述立足点的自信与坚守。李锐反复声明的是：地球村中，五十亿村民的五十亿种差别，五十亿种可能性……人和人性……不应当成为一种已有的，先验的，抽象的，理想的，当然就更不应当只成为西方的"专利"。于是，山西作家坚信自己笔下的山西乡民普通百姓的日常生活，也具有全人类的价值与意义。这样的一种自信，使山西作家能够卓然独立于各种潮流之外，形成自己独具的创作风格。也正是基于这样的自信，导致了对这一立足点的坚守。在赵树理笔下，无论是"庙堂"还是"广场"，在李锐的笔下，无论是西方还是东方，但凡与民间性的个体的日常生存相悖，则拒之。正是这种坚守，使得山西作家能够滤除在最初接受新思想新思潮时，常常出现的"躁气"，能够去除各种各样的"观念"的"遮蔽"而直观人本身。

第三，坚定地站在上述立足点上，审视历史风云、时代变幻；审视各种思潮、文化形态；审视冲突的发生，追问意义的形成，歌颂与批判，缅怀与抛弃等等。于是，我们看到赵树理在1940年代所嘲弄的"三仙姑"到了1950年代成了受人同情的"小飞娥"。我们看到李锐在《旧址》《银城故事》《张马丁的第八天》中反复咏叹的个体生命无法走出历史与时代的绝望与悲凉。看到蒋韵笔下的女性的神性情爱，只能在现世"隐秘盛开"。看到在孙频笔下，一只微不足道的"耳钉"却成为女性永远摆脱不了的生命的"咒"。即使最空幻的科幻文学，在刘慈欣笔下，外星人来到地球上的遭遇，也是与普通民众日常生存中的老年生活密切相关的。

山西文学发展到今天，陷入了某种困境，且这一困境的形成，与山西文化、文学的特性，不无关联。即以文学影响力为例。目下的山西文学，尽管如前所述，阵容整齐，实力雄厚，但其在中国文坛的影响力，从纵的方面考察，不仅远远不能与"山药蛋派"文学相比，即如"晋军"，也早已经不可同日而语。从横的方面考察，则相较上海、山东、河南、江苏、陕西等省市，也相差甚远。你当然可以说，"山药蛋派"文学，在其时，因其是其时革命文化形态的主要载体，因而一领当时中国文坛风气之先；而"晋军"文学，在根据地及其之后的共和国文学转型时，因为山西历史中形成的原因，使其成为转型形态的重要体现，因而，成为其时中国文学的主力军之一；而当今的山西文学，则因 1990 年代之后，山西不再成为一个时代文化形态变革的敏感区域、强势区域，因而使其在中国文坛的影响力大受影响。但不能否认的是，1990 年代之后的山西文学，不善于将自己处于弱势区域的文学之声，通过与"中心"与强势区域的对话，在二者的"张力"关系中，构成自己全国性的影响。再往深处追究，这与山西文化的特性也不无关系：山西确实善于汲取新知改进自身，但是，这种汲取与改进的落脚点，却也往往局限于自身，而不重视"自身"与"中心""他人"的"对话"，并在"对话"中，以自己的经验，提出全国性的"话题"，让"自身"对"中心"对"他人"构成"意义"，并因之影响中国文学格局的变动，影响中国文学的发展态势。

看山西文学，常常会让你想到山西举目皆是的大山，巍巍然屹立，任云在上面飘，任水在下面流。但如何在云水之间，成就气象万千，山西文学，山正高，水正长。

本文主要部分原载 2013 年 5 月 7 日《人民日报》

论山西写作的新气象

◆傅书华

　　1980 年代中国的精神领域，是文学界领军，不论是诗歌、小说，还是文学界的论争，对公众的影响很大。1990 年代之后，是史学界走在前面，成为时代精神的标高。它有很多种表现形式，譬如中国现当代文学史研究，80 年代是以观点翻新著称，90 年代，则以对史料的重新勘探为主。譬如党内老人、退休政要写的回忆文字，一些学者通过新的史料研究党史、民国史、共和国史的文章，特别是作家们写的一些以史料为依托的有思想性的纪实文字。这些文章，既有历史真实，思想深度，也有很生动很感性很文学的细节，你可以将其称之为文史散文、史性散文，或者叫纪实性写作。

　　一百多年来，中国大地上发生了许多重大的涉及每个国人生存的历史事件，对这些历史事件，作为中国文学界主力军的小说界还没有给以应有的史性反映。一个大时代刚刚成为过去，面对一个全新时代又感到茫然失措，而一代时人即将老去，如是，忆旧成为回忆过去以应对当下的全民性时风，并因此成就了史性散文的兴盛。李泽厚先生说，1990 年代以后，是思想家淡出，学问家凸显。我倒是觉得，在突变性因而振聋发聩的观念变革之后，渐进性的重通过史料去除原有观念对真相的遮蔽，在还原真相时，形成新的观念，反倒显示出一种更为坚实更接地气更具有公众性的思想力量。

　　在这方面，山西也有一大批颇有成就的写作者，周宗奇的《清代文字狱》及他的几部文人传记，寓真的《聂绀弩刑事档案》，陈为人一系列的文人传记写作，张石山写新时期文坛三十年亲历的《穿越》，韩石山写的几部人物传记，张锐锋的《鼎立南极》，毕星星在国内各大知名报刊上刊发的一系列的乡镇民间纪事，赵瑜的报告文学，赵诚写黄万里的《长河孤旅》，鲁顺民的《天下农人》，黄风的《夕阳下的歌手》，还有一些亲历过政治运动的弄潮儿所写的回忆录等等，他们或写少年时代投身革命，几经风云，历尽沧桑，及至人生暮年，以新的视角回顾自己一生的"两头真"；或写迷失与觉醒同在，悲剧与喜剧并存的文人群像；或写乡绅的没落农人的艰辛；或写辉煌光环所遮蔽的存在，等等，都在当今中国文坛中产生了很大影响。放眼全国，就一省而言，能形成这么一支整齐的、高水平的史性散文写作队伍，应该说也少有。

山西能够出现这样一种写作新气象，并非偶然，而是有着深远的历史原因与写作传统。晋人一向务实，对现实生存利益的关注永远是第一位的，一切的理论都要放在现实生存利益这个标尺上给以衡量。这样的民性，形成了山西文学紧密关注社会现实的写作传统。你看看赵树理、马烽等山药蛋派的所谓"问题小说"，那"问题"，就是农民个人生存中所面临的眼前问题，那在细节上对农民个人切身利益的仔细计算与忠实反映，堪与被恩格斯所称赞的在细节方面所得到的历史真实，比经济学家、统计学家得到的还要多的巴尔扎克小说相媲美。山西史性散文作家所写虽是史性题材，但惟具有历史的纵深感，才对现实有着更为准确的判断。那极强的现实情怀，与山药蛋派作家可谓一脉相承。鲁顺民写晋西北土改，毕星星写乡村家族往事，都让人对中国农村对国人性格有了新的认知；周宗奇写中国古代文人罹祸，非因得罪帝王，却是为讨帝王欢心相互攻讦之恶果，让人反省中国文人之遗传病因；赵瑜笔下的中国体育明星马家军，剑锋更是直指当下。然在思想资源精神谱系知识结构上，因了时代原因，山西史性散文作家，却与山药蛋派有着很大不同。他们都经历了1980年代的思想洗礼；甚至再往前推溯，他们的青少年时代，都受到过被各种原因发配、分配、迁移到山西的现代知识分子的精神熏陶人生影响。时代风云的激荡，价值资源的丰富，对社会现实问题的关注，也使得他们的知识结构更为全面厚重，譬如对马克思主义对各种西方现代人文学说对社会学、心理学、经济学等等学科的学习。所有这些，都有助于他们对社会现实的深刻理解，强化了他们的写作功力。

就近年来的山西史性散文来说，相较党内老人、退休政要及京沪一带写作者所写的政治高层的政治生态日常生活，相较京沪文化名人所写的文坛、史域、学界的上流史迹，山西的史性散文写作更多关注的，还是平民百姓的底层生活，譬如户口制度对乡民生存的制约，乡人民间中的"平庸之恶"。即使写大科学家写大学者，也还是更多地关注他们平民的一面，他们民间的色彩，即如赵诚笔下的黄万里，陈为人笔下的马烽、胡正。

其实，细究下来，80 年代文学界的各种文体之所以都能够引领那一时代公众的精神潮流，与当时文学界各种文体写作对公众生活对社会现实的高度关注及在这一关注中所包含的思想含量精神深度是分不开的。但 90 年代以来，以小说为主体的文学界，越来越"纯"，越来越卡拉 OK 化，越来越疏离于社会公众在街头巷尾热议的公众生活社会问题，原本高于真实生活的虚构的文学创作，却反而不如真实的现实生活更为精彩，更激发公众的想象力，更具有全面体悟生活的整体性。于是，史性散文以其坚实、新颖且在意义上成为"当代"成为"现实"的史料展示、论析，让公众眼前一亮备感兴趣为之折服。文学创作不能脱离公众生活不能脱离时代现实要引领公众精神的发展潮流这一常识，在史性散文的成功中，再一次得到证实。

史性散文写作与公众生活时代现实的密切关系，其所体现的写作者的承担精神，值得纯文学写作者学习。其对史料展示、探析中所体现的现实关怀的坚实、深刻，值得微信、网络发声者所重视，众语喧哗，不是坏事，但喧哗而不浮躁，岂不更好？

与史性散文取得的成绩相比，对史性散文写作的重视、研究、评论却远远跟不上。不要说党内老人、退休政要、文坛名流、普通民众的回忆性文字，远远不入文学领域，就是那些文史类随笔，在文学界也远远无法归类。在山西，尽管山西史性散文写作已成山西文学写作的新气象，成为山西文学创作继山药蛋派、晋军之后又一个文学新阶段的主要标志，但在山西文学界，也还是难入山西文学的主流。史性散文写作早已是世界性现象。新世纪以来，先后有奈保尔、帕慕克、赫塔缪勒、阿列克谢耶维奇这些史性散文的写作者获得诺贝尔文学奖。奈保尔甚至认为，长篇小说是 19 世纪的产物，21 世纪是写实的世纪。他要通过写实，为了人类书写记忆的权利而战。2001 年诺贝尔奖百年纪念，瑞典文学院以"见证的文学"为主题召开了一个研讨会，各路文学巨匠们提出，希望文学起到为历史见证的作用。而中国的传统文学，或者说，中国传统散文，是文史哲不分的。对当前史性散文写作的漠视，在一个侧面，说明着我们，远离了现代世界文学的潮流，也远离了我们自身文学的久远传统，而这一漠视，对小说等纯文学写作，对微信、网络等新媒体写作，也是极为不利的。

本文主要部分载 2016 年 7 月 19 日《人民日报》

走向全国，追求个性

——全国格局中的山西新锐作家群

◆ 王春林

    1980 年代的"晋军崛起"，标志着新时期以来的山西小说创作曾经达到了相当的一种思想艺术高度，曾经在全国文坛产生过很大的影响力。别的不说，单就"晋军崛起"这种说法的提出，就并不是山西人自己的事情。至今我都记得非常清楚，这个说法的最早提出，是在 1985 年第 2 期《当代》杂志"编者的话"当中。那一期的《当代》，专门组织了一个山西作家的小说专号。在"编者的话"中，明确地提出了"晋军崛起"这种说法。但令人遗憾的是，或许是由于时代文化语境发生变迁的缘故，此后的一段时间内，虽然也仍然有一些山西作家孜孜以求地从事着小说的创作，但有一点却不能不承认，那就是，山西小说创作在全国文坛曾经拥有过的那样一种可谓举足轻重的影响力，确实下降了许多。

    令人惊喜的是，这种情形在进入新世纪之后也已经有了明显的改观。必须看到，在经历了一个短暂的休整期之后，当下的山西文坛，确实涌现出了一批具有良好艺术潜质的青年新锐小说家。举凡葛水平、李骏虎、笛安、王保忠、杨遥、小岸、李燕蓉、李来兵、手指、孙频、闫文盛、张乐朋、韩思中、杨凤喜、李心丽、曹向荣、燕霄飞等，可以说都是其中的引人注目者。就年龄构成来看，除了个别作家属于 60 后与 80 后之外，其他大部分都是 70后作家。尽管说他们各自的小说创作思想艺术风格不一，目前所取得的创作成就也显得有些不太整齐，但能够有两位作家先后获得鲁迅文学奖，能够有作家入选"未来文学大家"，能够有不少作品频频发表于全国各大文学期刊，所有这些都说明，这批作家正在全国文坛产生着越来越大的影响力。放眼全国文坛，除了浙江、江苏、山东、河南等少数省市之外，如同山西这样一下子出现这么一个创作潜力巨大且已产生了不小影响力的小说家群体，也的确是相当少见的一件事情，应该引起我们的高度关注。

　　然而，需要指出的是，虽然从地域的意义上，我们说山西在进入新世纪之后出现了一批颇具潜力的新锐小说家，但这却并不意味着他们已经形成了某种群体性的思想艺术特色。其实，回顾山西当代小说史，大约只有20世纪五六十年代的所谓"山药蛋派"形成了自己独有的思想艺术风格。即使是后来名噪一时的"晋军崛起"那批小说家，实际上也没有形成自身的思想艺术特色。但是，地域特色的不具备，却并不意味着这批作家艺术个性的不成熟。据我的观察，尽管仍然在成长的过程中，但他们实际上却还是形成了若干值得注意的特点。笼统说来，以下两方面恐怕应该引起我们的关注。

　　其一，是对于现实生活的关注与思考。以小说的形式关注表现处于急剧变化过程中的现实生活，既是山西文学界传承多年的艺术传统，也是中国现当代文学史的创作主流。这一点，在山西的新锐作家中同样有着突出的表现。葛水平是一位对于民间意义上的中国乡村生活异常熟悉的作家。正如同她有小说名为《地气》一样，葛水平自己就是一位接地气的作家。在《甩鞭》中，她既让作为长工的铁孩对王引兰说出"贫农就没有你好看"，也让历经苦难的王引兰作为小妾与"地主分子"的麻五备加恩爱。凭借着这一点，葛水平相当到位地解构穿越了历史教科书中的土改斗争历史，有力地凸显出了作家对于历史的思考表现深度。在李骏虎的笔下，我们既看不到乡村世界中围绕权力的争夺而形成的不无激烈的"官场"争斗，也看不到对于农人们被侮辱被残害的苦难生存状况的刻意渲染。他的获奖中篇小说《前面就是麦季》所透视表现的，乃是不无温情色彩的北方中国乡村农家的日常生活图景。王保忠近年来专心致志于短篇小说的创作，在这一方面颇有心得。他的系列小说《甘家洼》以甘家洼这个小村庄为被解剖的麻雀，鲜活生动地再现了现代化强烈冲击下，中国乡村世界的精神痛苦。韩思中的小说创作所始终关注思考的，同样是他自己十分熟悉的乡村世界。他的中篇小说《结束狗命》，通过对于李仁义、黄美丽以及赵忠信这三位普通村民的形象刻画，鞭辟有力地表现出了现实权力统治蹂躏之下的底层民众生存的极端艰难。

　　其二，虽然长期生存于古老的黄土地上，但一些新锐作家却突破传统的羁绊，在他们的小说作品中表现出了思想形式层面上的探索实验意味，不无尖锐地切入表现着当下时代人们的精神困境。杨遥的小说故事尽管大多都发生在乡村世界里，但无论是《二弟的碉堡》，还是《闪亮的铁轨》，我们却总是能够从其中强烈地读出一种卡夫卡的味道来。一种现代主义意味的存在，在一直致力于短篇小说写作的杨遥这里是毫无疑问的一件事情。手指一向被看作是山西年轻的先锋小说家，他的《寻找建新》在叙事方面的一个突出特点，恐怕就是对于第一人称复数"我们"的巧妙征用。在"我们"寻找建新的过程中，所折射出的依然是一代人无以摆脱的生存焦虑。李燕蓉迄今最值得注意的小说，仍然是《那与那之间》。这个短篇讲述的是一个颇有一些荒诞色彩的故事，作家对于那个差不多处于死亡状态的失忆者的角色设定，就为同事们最终露出原形的表演提供了极好的机会。但实在令人难以置信的是，这眼看着就要成为现实的死亡，居然也会是一场骗局。闫文盛的小说所传达给读者的，也往往是一种生存的荒诞色彩。他的《波浪说》看似展示的是一次寻常的出游活动，但在日常场景中所透露出的却是现代人的一种精神上的茫然状态。

尽管已经开始逐渐地走向了思想艺术的成熟，但毫无疑问地摆在这些新锐作家前面的路还很长。如何在较短的时间内使自己的小说创作形成独特鲜明的艺术个性，再上一个新台阶，是这批新锐作家无法回避的艺术挑战。

城乡胶着中的寻觅

◆陈坪

    山西新锐作家，除了少数人是来自于城镇外，大部分人都生于乡村并成长于乡村文化的环境中，因而有较丰富的底层生活体验。其中许多人又有着在县、市一级乃至省会中谋职和打拼的经历。作为游走在城乡背景之间的旅人，在感受着城市变化带来的新奇和诱惑的同时，他们内心也难免会产生一些失落和挣扎，从而在他们的创作中表现出两种不同的文化观念和价值体系的纠结和冲突。在李骏虎、杨遥和小岸表现城乡生活的小说创作中，我们可以看到在城市空间里活动的人的欲望是如何膨胀和释放、人的自我又是如何迷失的，并为作者对传统乡村精神的那种执着的守望姿态所触动。

    市场经济条件下，年轻一代人的人生舞台的历史背景已经非乌托邦化了。要在一个普遍缺乏个人安全保障，而且变得越来越世俗和讲求实际的社会中讨生活，就要独自面对更大的精神和物质压力。在李骏虎的《七年》《牛郎》《解决》《那我们去哪里呢》和《心跳如鼓》等作品中，由于失去了与历史的联系以及对未来的确定性的憧憬，其主人公对自己是什么样的人及未来的归属都缺乏明确的概念，呈现出一种无根的漂浮状态。他们在城市生活的旋涡中身不由己，要么受到无法改变的外在力量的操控和刺激，为贪婪的欲望和恶意所驱迫，要么身心困顿疲惫、行为方式诡异。

    与李骏虎笔下有如水上浮萍似的难以把握自己命运的人物不同，在表现乡村生活的小说中，他提供的是另一种形象。通过《用镰刀割草的男孩》《前面就是麦季》《五福临门》《留鸟》《还乡》等作品，李骏虎在做一种逆向性的精神寻觅。在想象的催孕和重酿的作用下，他为读者描绘出一幅幅原生态的乡村生活和乡村风貌的生动画面。在对这种已经或行将逝去的中国乡村及乡村生活的描绘中，人是大地之子，在自然的环境中活动；心属于身，因身的存在而存在。它们是统一的，正如人与自然是统一的，是自然的一部分一样，尚未因过度的贪欲而分裂。人的欲望和心理活动也都能得到充分合理的解释。在《前面就是麦季》中，李骏虎表现了有着悠久文明传承的晋南乡村那种道德心态上的清正和富足。在女主人公处理人际关系的态度中，我们看到了真正的强者形象：自主地运用人内心的力量而不受任何外力的影响和控制，遵从心的召唤，用大爱来包容一切。在以城市及其商业化的进程为背景的《留鸟》《师傅越来越温柔》和《还乡》中，土地和乡村生活更是被赋予了人精神归宿的意义。

杨遥是一个具有奇特想象力的作家，他擅长用隐喻的手法来描写小人物的命运。在他最具代表风格的《二弟的碉堡》中。杨遥为读者展示了一个不安于乡村生活本分的另类形象。"二弟"节俭、聚敛和贪婪，善于经营并知道如何以最少的成本去获得最大的经济效益，是乡村平和宁静的生活方式的叛逆者，因而引发了被称为"鸟镇"的村民们的嫉恨和不满。杨遥把村民对这个女人所代表的另类生活方式的抵制转化成一场荒诞的较量：她在自家院墙的扩张遭到挫败后，挑衅地将新房盖成了一座高高的碉堡，在碉堡中张扬着自己另类的快乐，而被激怒的村民则群策群力地发起了一场倾倒垃圾运动，要将"二弟"的碉堡彻底埋葬。"二弟"率领家人做着顽强的抗争，并怀着对鸟镇人深深的轻蔑将一块乌鸦的刺绣作为旗帜"高高插在屋顶上"。在这个讲述"二弟"一家与村民对峙的寓言中，垃圾运动的参与者们实际上是将人心中所有见不得阳光的阴暗都倾倒了出来，而"二弟"则用一面高扬的精神旗帜回敬着围攻者。杨遥在对乡村心态淋漓的揭示中同时也对城市化所代表的唯利是图的价值取向给予了调侃和嘲讽，使作品更加具有犀利的批判锋芒。而《为什么骆驼的眼神总是那么疲惫》的主人公，是一个对城市生活业已绝望者的形象，他发现自己对生活的前景已失去了热情，为深入骨髓的挫折感和倦怠感所征服，就像女儿的童话书中那匹已经知道不会在连绵不断的沙丘之后有所发现的疲惫的骆驼。他不再愿意出门，并像猪似的变得肥胖，最终在妻子带回来的一个呼啦圈上找到了救命的稻草。他为打破吉尼斯世界纪录而走火入魔地练习，把妻子和女儿都搞得无法忍受。他执着而偏执地转着呼啦圈，越转越快，最后化作一股龙卷风破窗而出，消失了。杨遥借助这个故事，深刻地表达了小人物逃避生活的渴望，是对城市背景下无奈的人生状态耐人寻味的反讽。

一般人都倾向于认为，女作家要比男作家更愿意相信爱情的力量和感情的永恒。但在读小岸的作品时，你会改变这种印象。在《水仙花开》和《半个夏天》中，小岸将城乡生活之间的距离视为阻断纯真男女之情的天然屏障。在她笔下，是城乡背景的现实差异决定了男女之间的情感能否发生和维系。而乡村女性，如果不能进入城市谋求更高的自我发展，那她对感情生活的向往就只能是非分之想，对享有理想而浪漫的爱情就只能是一种心灵的奢望。

其实在小岸的作品中，城市并不是特别适合爱情生长的环境。《比邻天涯》十分出色地描写了城市中男人与女人的隔膜和不了解，让读者看到，在城市人造的环境里，不仅几乎任何自发的、自然而然的属人的关系都不会发生，而且原有的关系也缺乏稳定性。只有在自然的怀抱中，人才能释放出被束缚的真性情。在《温城之恋》所讲述的去往原生态山村野寨的旅游故事中，过着衣食无忧却百无聊赖、凡事都提不起兴致的四平八稳的城市生活的男主人公，在一次踏入时间隧道的邂逅中，经历了一场忠贞不渝、以生死相许的乡村古典爱情，读后令人百感交集。未被现代文明玷污的爱情已经消逝。那唤起爱的能力，爱的忘我、执着和投入，都只有在历史丰厚的沉积中去寻找了。

乡村题材的执着耕耘与出新

◆侯文宜

    尽管当今的山西文学同全国一样已然呈现出多元、丰富、驳杂的样态，讨论山西新锐作家群，不能不说，乡村写作仍然是其主流和突出的特色。

    众所周知，乡村文学曾经是中国文学的主体，也是中国文学精神和文学梦想的绿洲。中国是一个天然的农业国度，乡村构成了它的整个生活底色，或者说文化原型。在谈及中国现在有些人炫富或炫贵时，不是常有人调侃说"三代之前大家都是农民"嘛！这其实道出了中华民族历史变迁中的城乡分离和对峙的种种矛盾、纠葛与变异。故而在 20 世纪的文学中，无论是离乡背井进入城市的作家，还是留在乡村世界的作家，乡村的影子一直伴随着、缠绕着他们，乡村题材的写作也一直为文学的主流。无疑，自上世纪末到新世纪以来，文学格局发生了巨大变化，现代化、城市化生活日益成为社会的中心，新都市、新市民、新体验写作跃居文学前台，在这种情况下，乡村文学的确边缘化了。但对于真文学来说，时潮并不是决定的因素，写什么样的东西在于脚下的生活是什么，在于生活体验和生活的孕育。由此决定，乡村文学的执着耕耘仍然是中国内陆省份尤其山西文学的一个突出特点。作为一个黄土高原的农业省份，如果说五六十年代以赵树理为代表的"山药蛋"派就以乡村写作驰名全国、创造了中国文学史上的辉煌一页，从 80 年代的"晋军"崛起到 90 年代的房光、谭文峰、王祥夫们又以乡村写作凸显晋风特色，那么，及至新世纪成长起来的这代新锐作家群，诸如葛水平、王保忠、杨遥、杨凤喜、李来兵、曹向荣等等，乡村书写依然是他们的钟情和亮色。

    自然，文学史的视野是我们在考察乡村文学中需要的。就当下这批新锐作家群来说，其乡村写作的新质何在？与前几代作家有哪些不同？应该说，这种新质和不同既是山西代际之间的，也是时代文化气息的折射，呈现出一种从主题内容到艺术笔法的新变。纵观中国现当代乡村文学走过的百年历程，写乡村大体有四个阶段：一是20年代至30年代，一般叫乡土文学，主要是进入都市或留洋归来的文人所作，以外在的和启蒙的眼光看乡村写乡村，充满怀恋与忧伤的田园情调；二是40年代至60年代土改和农业合作化时期，一般叫农村题材，以政治的眼光反映农村问题和农村变化，充满激昂的革命情调；三是新时期80年代，是从农村题材到乡村文学的过渡时期，一面是问题式农村题材的小说，诸如《乡场上》《李顺大造屋》《漏斗户主》等等，一面则是早期"乡土味"的某种回归，如"寻根文学"；四是90年代到当下，一般称之为乡村（乡土）文学，很少有再叫农村题材的，山西这代作家群即当属此。概念的变化即是观念的变化，如果说农村题材是当时政治化的一个概念，如今叫乡村文学也好、叫乡土文学也好，都是一个文化社会学的概念，而这种变化恰恰反映了当下乡村文学的写作视角和审美追求，也反映了主题蕴含和风格色彩的时代意味。

读这些新锐作家的乡村小说会发现，他们的乡村写作已不再是单纯的现实主义可以概括，无论在关注"现实"的题材和内容层面，还是在情感和艺术形式方面，与以往的农村题材都表现出明显差异。倘若说曾经的"山药蛋"派主要是写农业合作化改造、是土地的重新分配和农民的翻身问题，其后"晋军"仍主要是农民的贫穷愚昧和翻身问题，而当今时代生活则是历史上从来没有过的工业化进程、城市化进程，正是在这样一种历史背景下，这代作家走出了前辈模式，把创作视野转向了农业文明和工业文明对峙与撞击中的乡村、乡人的生存命运，显示了主题的转换。例如王保忠引起反响的《奶香》写了金钱挤压下乡村小人物的尴尬，小说通过木生一家代为哺乳大款二奶所生孩子的尴尬和辛酸，写尽了求生存的无奈，因始终有一个他者的城市作为参照和比衬，使小说获得了一种时代特色的深刻背景。杨遥《闪亮的铁轨》则写京原铁路给一个叫作"弧"的村子带来的某种开放和环境污染，原本以为村子会因它热闹起来，但村人得到的是车窗里扔出的饮料瓶和废纸，现代化的铁轨并没能改变村子排外的封闭和宁静；其《二弟的碉堡》入选李敬泽主编的《21世纪文学大系短篇小说》，它通过"二弟"的养殖致富给村人带来的不安写出乡村世界两种文明的冲突与对峙。还有获得赵树理文学奖的女作家曹向荣的《憨憨的棉田》，主要写农人对土地、农作的热爱，写乡镇工厂给棉田带来的污染危害和农人对种植生活的维护。其他如杨凤喜的《豆花》、李来兵的《别人的村庄》也都写出了乡村社会结构性、价值观的激荡。这些小说在审美情感上一面表现出追求现代性的历史愿望，一面又不无保守、质疑和反思，由此带来一种新的艺术风格。

在这代作家的小说创作中，已经不是把写出现实矛盾冲突作为小说的重心，也褪去理想化色彩，而是一种对人类本性、欲望、必然的思考和茫然，现实与历史、外在与内心、写实与魔幻、存在与穿越，种种复杂因素交织于一体。杨遥获得赵树理文学奖的小说《奔跑在世界之外》写现实中的人心冷暖却用了一个超现实的意象隐喻，李来兵的《客人》将乡村女性生存的寂寞、内心情感需要和外在世界的冷漠写得虚幻缥缈。即使对乡村美好人性和淳朴伦理情感的书写，如王保忠的《柳叶飞刀》、曹向荣的《泥哨》、杨凤喜的《镰刀》等，也往往是对正在式微中的农业文明的一种抒情式重温。此外，值得特别提出的是葛水平的乡村小说，尽管她常常被作为女性文学的话题来讨论，其乡村小说更注重民间语言和民间文学形式的汲取，追求故事的传奇化和穿越性，将乡村文学的朴素描写与现代派文学的象征手法嫁接一处。她的《喊山》曾获得鲁迅文学奖，最近出版的长篇小说《裸地》可称为"文化诗性的乡村历史叙事"，它融哲学、历史、民间世俗、诗性想象于一体，写出的是一个时代的华丽衰落和乡村乡人的命运无常。如果说，近年来不少作家都在追求"乡村小说"的出新方面做出了尝试，像人们公认的阎连科的长篇小说《受活》在表达对于现实的忧患和历史反思时的夸张风格，陈应松在追求"多主题交织"和"浓烈的诗化"风格方面取得的成功，那么，葛水平的乡村小说在创新探索上堪值关注。无论如何，乡村小说是一个世界性的文学母题，尤其对山西这样一个典型的现代化转型中的乡土地界，正是在这个意义上，我们说，山西新锐作家的乡村小说创作具有独到的审美价值。

美丽"她世界"

——"晋军"女作家群的异峰凸起

◆侯文宜

世界的构成是这般的奇妙，无论动物还是植物，只要是生命现象，往往都是雌与雄、牝与牡的相辅相成，而于人类两性现象则称之为男与女、他与她，《周易》所谓"天地氤氲，万物化醇；男女媾精，万物化生"，虽然《周易》这里的"男女"亦泛指阴阳。如果说，长期以来，男与女的不同曾经造成巨大的不平等，但至近现代以来，从欧美的女权主义运动到中国"五四"时期开启的女性解放，伴随着世界范围的女性觉醒，"她世界"正在拨开男权社会的遮蔽，成为这个世界活跃着的另一半。其中最为耀眼的，就是女性文学的高涨和繁荣。

山西的女性文学亦毫不逊色。或许在不少人那里，印象中的山西文学还是当年男性称雄的"山药蛋派"作家群、之后的"晋军"那茬作家，以及"晋军"后的王祥夫、房光、吕新们，就像有论者感叹"现代山西女性文学被强势'山药蛋派'和'晋军'无意识淹没无力显示应有的文化态势"。事实上，从1990年代到新世纪以来情形大变。不仅女作家数量骤增，而且形成一股不小的冲击力。主要一个节点即是2004年蒋韵的《想象一个歌手》和葛水平的《甩鞭》进入当代中国文学最新作品排行榜，到2007年，俩人的小说《心爱的树》和《喊山》又同时获得全国当代文学最高奖项的鲁迅文学奖，一时间山西女性文学十分抢眼。的确，不能不看到，近些年来山西文学格局的一个重大变化，就是女性文学的崛起，众多女性作家及有影响力的作品不断涌现，蒋韵、葛水平之外，陈亚珍、张雅茜、小岸、孙频、曹向荣、李燕蓉、陈年、陈春澜、陈素……枝繁叶茂，硕果累累，近乎占到半壁江山，以致不少学者、评论家连连赞叹"女性作家，迫人刮目相看""女性作家值得深入研究"。这种情形，不由让人想起当年"晋军"的崛起。曾经的黄土地上，女性执笔写作者有影响者几许人也？但今天不同了，女性写作不但成为普遍现象，她们的整体存在与活力尤其引人瞩目。可以说，女性文学已成为当代山西文学版图中的一方靓丽风景。

一、世纪神话：从石评梅到"山西女作家这个群"

其实追溯起来，无论世界还是山西，女性文学并不是一夜之间就高涨繁荣的。

女性写作无疑古近早已有之，但我们知道，那时是零零星星、极个别的现象，像中国古代的蔡文姬、李清照、卓文君，欧洲近代的乔治·桑、简·奥斯丁、勃朗特姐妹，她们只是男性主导的文学世界里的凤毛麟角。然而当历史进入 20 世纪，事情却发生了巨变，西方世界从法国到英美的女权运动，妇女不光在政治上反抗千百年来习以为常的男权统治争取自己的独立、自由和平等权利，尤将写作看作是妇女解放的一部分，主张打破从前文学中将女性形象塑造成非"天使"即"魔鬼"的父权偏见模式，以女性自己的创作重新书写和认识自我价值，它不仅形成一股强大的女权主义文学思潮，而且以弗吉尼亚·伍尔夫《一间自己的屋子》、西蒙·波伏娃《第二性》为代表的女权主义文学理论更是风行世界。这一切都宣告了女性文学的独立存在，如著名女性主义批评家托里尔·莫瓦就说："'女性写作'（écriture feminine）问题得以占据 70 年代法国的政治与文化讨论的中心位置。"同样，中国从"五四"时期起在"妇女解放"的新思潮推动下，众多女性一代代投笔创作，以鲜明的女性意识表达她们的思想感情，呼号着"女性解放"及平等独立的理想，近年在全球化趋势下更为兴盛，只是没有像西方那样标榜"女权主义"。当下流行的"女性文学"概念，即源自于西方女权主义文学，只是在翻译时有的译为"女权主义"，有的译为"女性主义"，而对于中国来说，学界一般认为并没有真正意义上的西方那样激烈的女权主义文学，"在中国语言环境中，'女性主义'是一个比'女权主义'更令人接受的词汇，避免了中国文化对于'权'的敏感和拒绝，而进入后结构主义的性别理论也意味着战斗销烟已然过去了。于此，西方女性主义在中国的旅行进一步获得了通衢……"无论如何，"女性文学"作为泛指女性作家的创作实践及其作品，不仅体现了鲜明的女性意识、从女性视角观察社会、书写女性审美经验和审美理想的女性特征，而且已然由弱小一步步走向她的壮大和成熟。

具体到山西女性文学的发展脉络，我们首先得从石评梅说起。因为从晋文学史上看，女性写作，在现代之前似乎没什么记载，现在能看到的较早的女性写作就是 20 世纪"五四"时期了，同那时整个中国"妇女解放"的运动和新思潮相伴随，代表人物便是著名的石评梅女士。

石评梅是学界公认的现代著名的女作家，山西平定人，其一生是短暂的，从 1902—1928 年仅 26 年光阴，但蕴含着她情感和思想的文字却使她永存，让人们从不同的角度看到不同的意义。放在晋文学的框架内，无疑，她的文学创作是那个时代的女性先声，也是晋文学在中国现代进程中的一种现代性表征。何以这样说呢？理由在于，一是她作为上世纪初山西走出的新女性处于北京"五四"新思潮的潮头，在北京女高师结识了冯沅君、苏雪林、卢隐、陆晶清等新女性，其时正值新文化运动如火如荼，她们常常一起开会、演讲、畅饮、赋诗，所谓"狂笑，高歌，长啸低泣，酒杯伴着诗集"，发出时代之音；二是她参与编辑了《妇女周刊》《蔷薇周刊》并在《语丝》《晨报副刊》《文学旬刊》《文学》等现代报刊上刊文，成为新思想的传播者；三是其作品显示出鲜明的女性意识和女性立场，表达了新女性对爱情、真理、自由和光明的渴望与追求，"要使写作成为照亮人们的火把"。

纵观石评梅的创作，涉猎广泛，包括了诗歌、散文、游记、小说、戏剧文本、评论等，以新诗见长，而一般认为成功尤在散文，在她去世后，其作品由友人编辑成《涛语》《偶然草》两个集子。石评梅所写，多为爱情、友情、苦闷的思想主题，最打动人的当然是歌吟爱情的篇什了，这就是她与中国共产党早期活动家高君宇生死爱情的缠绵悲伤，例如代表作《墓畔哀歌》："我爱，我原想追回那美丽的皎容，祭献在你碧草如茵的墓旁，谁知道青春的残蕾已和你一同殉葬。……这一杯苦酒细细斟，邀残月与孤星和泪共饮，不管黄昏，不论夜深，醉卧在你墓碑傍，任霜露侵凌吧！"而最彰显女性狂飙精神的，则是那些追求民主自由、个性解放的檄文和蕴含着大爱、真理、光明的呼号，如《〈妇女周刊〉发刊词》《致全国姐妹们的第二封信》《同是上帝的儿女》，她呼吁："相信我们的'力'可以粉碎桎梏，相信我们的'热'可以焚毁网罟！""男女两性共支的社会之轴，是理想的完美的组织；妇女运动，与其说是为女子造幸福，何如说是为人类求圆满。"此外，她的小说则主要是对女性生存命运的观照和悲悯，如《弃妇》是现代女性小说中最早的一篇正视妇女命运的作品——描写了被抛弃的包办婚姻的妻子的命运,《红鬃马》《匹马嘶风录》都塑造了从柔弱女子到坚韧顽强的新女性形象。总之,石评梅的创作带有当时女性文学普遍的热烈又悲怆的特点,而其个体之感伤傲洁、清冷冥思的色彩尤为突出,从她的作品中,我们可以看到现代早期妇女的经验世界,其纤细敏锐的心弦与清妙绚丽的文采,都显示出不同于男性的女性特质,是为早期山西女性文学的标志。

如果说在 1920 年代中国妇女走出闺房或锅台介入社会和写作的并不多,山西范围就更是少之甚少,而其后连这点星火也被遏止了。据王政先生研究,"女权主义在中国造就了 20 世纪的新女性,这些新女性始终在坚持为妇女谋利益的事业,直到变动的政局完全封闭了一切社会空间。"因此,与中国女性文学的进程同步,山西女性文学的新一波出现,是伴随着民族民主革命和社会主义思想启蒙而来的,从 1940 年代解放区宣传实践的"妇女解放"到 1950 年代新中国成立后妇女"半边天"的定位,女性写作大大增多,她们上学毕业后入职文化领域做杂志编辑,这就有了王樟生、段杏棉、郁波、李霞裳、彦颖等女性文学的创作。据 60 年代初大学毕业后分配到省文联(作协)工作的侯桂柱《火花十二载》回忆:当时编辑部的中层骨干却是一帮女性,"编辑部主任为段杏棉,副主任郁波。小说组,组长李霞裳……诗歌组组长颜颖……理论组组长王樟生,四川大学中文系毕业,经常以青稞的笔名发表诗作。"这表明在 1960 年代前后山西活跃的一代女性作家。应该说,她们的创作是晋文学进一步的现代性表征。近年有研究者将山西女性作家做代际划分,把这一代作家看作第一代,其实如果从整个山西现代女性文学发轫处算起,虽然人数少,也应该石评梅为第一代,这代作家应该是第二代了。其创作时间跨度主要自 50 年代至 70 年代,现大多已去世或歇笔,只有 80 多岁的王樟生女士仍笔耕不辍。

可以发现,这茬女作家数量也并不多,特别是她们的创作在文学性、女性色彩上都很黯然,既不同于之前的石评梅也不同于之后的蒋韵们。她们所经历的是建国初期到 70 年代末那样一个集权"政治"的时代,虽然女性地位空前提高,但由于大一统的国家政治意识形态,女性解放被视为无产阶级革命的一部分,女性视角与表达基本上湮没在男性意识或革命建设的主题之中,其作品也表现出"男女都一样"的"雄性化"和"无性化"的倾向,主要即呈现为注重社会历史责任和思想教育的特征。例如被赞为写作"飞毛手"颇有影响的王樟生，除了写过充满时代豪情的《给一群四川姑娘》《青春颂》等诗歌，主要作品即是1959年她与李霞裳一起采访写的《同蒲风光》、1960年被派往李顺达、申纪兰家乡平顺县西沟采写的"公社史"、为知识分子正名的报告文学《国际悲歌歌一曲》《环行路上》等；段杏绵作为1944年投身革命工作的文化人，主要写的都是革命作品，如中短篇小说《地下小学》《新衣裳》《临时工作》《我和爱人》、长篇纪实文学《刘胡兰的故事》《一个自强不息的女性》《第一次军事旅行》等；解放初22岁的郁波是上海市总工会《劳动报》记者，1950年被送到中央文学讲习所学习，写有小说《山村风雪夜》《一份批判稿》《侠女》、散文《回忆的浪花》《青春的光辉》、电影剧本《钢花红满天》等；李霞裳因家贫肄业太原女师，后参加革命并写过《年关》《三八妇女节有感》等散文，解放后的代表作即是与王樟生结伴沿同蒲铁路从大同至风陵渡采访合写的系列散文《同蒲风光》，与郁波合写的太钢厂史《钢城星火》、长篇小说《寒夜星火》等；彦颖的诗和散文显示出较多的女性视角和情韵，有《贵儿媳妇》《乡村小景》《回娘家》等诗作和散文集《漳河畔的姑娘》。其中值得特别注意的是王樟生在改革开放后成为山西省女作家联谊会第一任会长，也有了自己作为女性的个人创作空间，牵线出版了陈香梅系列《陈香梅散文》《一个女人陈香梅》《一千个春天》等，尤其1995年到台湾为先父扫墓与阔别多年的战时儿童保育院同学相聚，根据这段"人生不相见，动如参与商"的经历，写了追怀自我一生的散文集《相逢在台湾》和纪实小说《流亡童年》。但总体上看，这几位女作家创作的共同特点是那个时代集体意识形态的反映，她们皆任《山西文艺》《火花》《汾水》杂志编辑或领导，创作的自主性、女性意识被同化于追求政治性、革命性、教育性的社会洪流中。

但即使如此，尚有女性文学的生产，其后却是万马齐喑的"文革"十年，从1966到1976的天下荒芜。山西女性文学的再度复兴是进入改革开放之后的历史新时期，首先是80年代伊始即登上文坛的蒋韵，她以《我的两个女儿》这样典型的女性写女性的小说宣告了女性文学的新生，接着是雪珂探索女性生存经验的《女人的力量》，很快她们俩与成一、郑义、柯云路、李锐等男性作家构成了"晋军的崛起"，成为新时期最早一批体现文学新元素的时代先声，同时还有程琪、高芸香等女作家的出现，她们的《拉骆驼的女人》《吴成荫买分》都产生较大反响并获奖。然而，山西女性文学作为一个整体现象受到关注，应该说是1990年代尤其是新世纪十年以来的事情，这就是紧步蒋韵们而来的一茬又一茬女性作家的涌现。整个这个时期已经又走过了三十年，有意思的是，相应地，大约每一个十年总是雨后春笋般地冒出一茬女作家，若按代际顺序而下，当属第三代、第四代、第五代矣。不像第二代与第三代特殊历史条件下的文学断层，致使前者创作实绩平淡，后者影响力尚弱，这几代作家衔接得很紧，且形成一种交叉的整体态势。如以葛水平为代表的一批"晋军新锐"女作家喷涌而出——包括写作时间较长的第四代张雅茜、高菊蕊、徐小兰等和近年声名鹊起的第五代小岸、孙频、曹向容、陈亚珍、李燕蓉以及陈春澜、陈年等人。葛水平与蒋韵在中国当下文坛一同列入排行榜、一同获鲁迅文学奖，而小岸、孙频、李燕蓉也频频以其掷地有声的作品获得转载和好评，这就使得山西女性文学呈现出前所未有的鼎盛局面。由此，构成了空前交叉汇聚的女性作家群落，也即如《山西晚报》采访其领军人物蒋韵后的醒目报道："山西女作家这个群"。

前些年就已经有人意识到，"山西女性文学形成靓丽风景的突出标志不是哪一个女作家具备了叛逆意识、确立了女性身份、超越了长期受压抑的文化心理，而是在静静地等待和寻求中，确立了赖以生存的山西女性文学必备的女性自觉意识、女性立场，诗意而浪漫的人文传统，性别与身份的确切指认，超越人生困境和自我困境……""不同阶段的经历，将使山西女性文学蓄时待势，在不同质的转换与变形中，形成自己独特的个性和艺术风格。"这些今天已经或正在变成现实，并呈现出群体创作的骄人实绩。据最近研究者统计，2011—2013 年间全国转载山西女作家的小说占到全部山西作家的一半以上，仅 2011 年转载 15 篇中就有 10 篇出自女作家之手，可见今日之创作实力。这个群已完全不同于一个世纪前孑然一身的石评梅，石评梅只是到了北京新文化运动的中心地，才找到她的同仁卢隐、陆晶清等，而百年后的山西女作家，在三晋大地本土就有自己无数的姐妹在创作、交流，开展各种各样的文学活动。一个世纪的历史，一方地域的现代性演进，从石评梅到"山西女作家群"，这不像是一个世纪神话吗？

以下是近年来这个"群"的一些活动大事记：

2008 年，山西女作家协会成立，据统计，会员数达 600 余人。

2008 年，山西女作家协会以"山西写字的女人"为名在互联网上开通公共博客。

2009 年，山西女作家潞安王庄煤矿采风。

2009—2010 年，开办了"女性文化沙龙"讲座。

2011 年，举办了新春联谊会暨征文颁奖会。

2011 年，在女性青年作家与女性青年批评家间展开了一次别开生面的对话。

2011 年，召开了女性小说家张雅茜《此生只为你》研讨会。

2012 年，编辑出版了《黄土地与芬芳——山西女作家作品选》小说卷 / 散文卷。

2014 年，召开了山西女作家协会第二届代表大会。

2014 年，编辑出版了 9 卷本《三晋女书·2014》系列丛书。

2015 年，召开了"三晋女书"评论研讨会，评论家们面对面与十多位女作家对话交流。

2016 年，出版了"双年选"《山西女作家作品选·小说卷》《山西女作家作品选·综合卷》。

2016 年，山西女作家系列丛书《三晋女书·2016》多卷本陆续出版中。

尤其值得一提的是，山西女性文学的崛起其实并不是孤立的现象，像当年"晋军"崛起一样，它同步参与到了整个中国一种文学思潮的大合唱中。中国女性文学在 20 世纪 90 年代到新世纪的高涨，无疑与西方女性主义文学及理论的译介传播有关，正是 80 年代末译介出版的《一间自己的屋子》《女性的奥秘》等经典的女性主义之作，将一种新的女性视角带入渴求新知的中国女性面前，而对于 20 世纪末期的中国来说，作为对"阶级"话语的反拨，"性别"成为标识"人性"的主要认知方式，人们把"女性文学"视为对"男权"文化或"无性"状态的反拨，从而以"文化革命"的方式确立起女性的主体性和独立意识："在社会已最大限度地提供与男性同等政治权利的今天，女性要获得真正的女性平等和显示她们生存的价值，她们所面对的已不再是封建道德观念的外在束缚，也不再是男性世界的意识压力，而主要是她们自己的觉醒和自主意识的萌发。"1995 年"世界妇女大会"在北京的召开和一系列涉及妇女参与权利、妇女与媒体、妇女人权的宣言，更使女性主义获得生长的契机。可以说，正是在这样的时代洗礼和文化语境下，有了中国女性文学的繁荣乃至"山西女作家这个群"。实质上，女性问题不是单纯的性别关系问题，也不是单纯的男女权利平等问题，它关系到对历史的完整解释。谁能否认男性作家与女性作家在观察视角、情感色彩、价值观念以及语言方式上的差异呢？女作家的创作，不是文坛的花絮、点缀，而是以这个世界的另一半体验和书写着这个世界。

二、"女性叙事"热与近年中短篇小说的繁盛

从全国范围看，女性小说叙事在现当代中国文学中一直不算太弱，从20世纪前期的卢隐、丁玲、萧红、张爱玲、杨沫到80年代以来活跃的宗璞、谌容、张洁、王安忆、张抗抗、铁凝、方方、池莉、迟子建、毕淑敏等，可以说泛起涟涟波澜。但就山西文学圈来看就不同了。早期石评梅的小说尚难够得上"小说"，50年代的女性叙事倒是也有，但涉足小说的却很少，多集中于主流意识形态规范下的先进事迹采访写实，如前述及，或革命斗争题材，或工农业生产题材，文学性、审美性匮乏。80年代出现了蒋韵、雪珂等先行者，又有程琪、高芸香等，却仍处于零星游散的状态，惟蒋韵产生较大影响力。但近年来，随着社会转型、生活洪流的激发，又有"政治淡出、文化凸显"的语境氛围，女性的话语自觉和表达欲望空前活跃，在多年几代创作力量的积累和蓄势勃发下，不仅原有的像蒋韵、张雅茜这样的小说家写小说，不少写诗写散文的亦转作小说，如徐小兰、葛水平等，又有小岸、孙频、李燕蓉等一批新生力量的迅速成长和叠加，四面来风，由此形成一股"女性小说叙事"热，于是而有女性小说作家群和女性中短篇小说的繁盛。这已成为人们所普遍公认的。如有不少学者、批评家接连指出：

> 一批女性小说家的异军崛起，确实构成了新世纪山西文坛的一道亮丽景观。……虽然难言女性小说家的创作已经足以与男性小说家分庭抗礼，但她们的小说创作业已成为山西小说界一个非常重要的组成部分。
>
> ——王春林

> 新世纪之前，山西女作家的小说创作，在山西的小说创作格局中，处于边缘位置。但近些年来，山西女作家的中短篇小说创作，在山西的小说创作格局中，所占份额、比重日益增大，其所提供的新的文学观念、文学元素、特点等，尤应引起重视。……山西女作家的中短篇小说创作，以其实绩，迫人不得不刮目相看。
>
> ——傅书华

如此冲击波，没有质和量两方面是不可能的：有能够引起反响的作家作品，数量微薄不行；人数不少反响平淡，同样不行。而山西女性小说显然是在整体上崛起的。首先是创作的井喷现象和作品的大量涌现，就像有人所言：在新时期之前，基本上没有女性小说家存在，一直到新时期初才有蒋韵以其短篇小说《我的两个女儿》而一鸣惊人引起文坛注意，但从这时一直到上个世纪末，真正依凭小说创作在山西文坛立足的女性小说家，蒋韵之外也不过只有张雅茜与高芸香两位，只是到新世纪之后，才有葛水平、李燕蓉、小岸、孙频、高菊蕊、曹向荣、李心丽、陈春澜、蒋殊、李月丽等一批年轻小说家的同时涌现。这样一种井喷现象确实是山西文学史上的突破，此为令人不能不刮目相看之一。令人不能不刮目相看之二，尤在小说品质和连续不断引起的广泛反响，在于其所提供的"新的文学观念、文学元素、特点"。诚如女性主义文学理论家弗吉尼亚·伍尔夫的《一间自己的屋子》、斯帕克斯的《女性的想象》等文所说的，女性的特殊生活经历和心理使她们具有不同于男性的心理感受和表达方式，形成了女性特殊的表达方式和女性文风，如果说以往山西文学的上空弥漫着浓厚的"山药蛋派"气氛，即使到"晋军""晋军后"都未能动摇主写乡村社会现实的现实主义文学传统，但女性文学的繁盛无疑打破这一局面，她们的水灵、细腻、偏于内倾型心理体验和好幻想、多情的气质已全然不同于以往的传统形态，变成"个体的、妇人生活固有产物的措辞用语"。从题材上看，她们的小说显然更注重写自我经验和自我想象的世界，其中不无对现实社会或历史的观照，但多在男女两性关系中展开，爱情、婚姻、女性命运是她们主要叙述的故事；在审美格调上，亦不同于男性眼光和某些价值评判，更多女性的温情、关怀甚至模糊的是非爱憎，更多抒情和美丽的诗意光晕。就是这种种的女性气息，把一个新鲜的小说世界带到了我们面前。

在这里，首先要说到的当然是古典优雅的蒋韵和乡俗风韵的葛水平了。众所周知，蒋韵在80年代已成名，而葛水平是新世纪才走红，其生长环境、出道早晚、作品所写都大不同，蒋韵从小在省会都市长大，太原师专毕业并曾留校任教，所写多为知识女性形象，而葛水平所谓"走过时间，走不出山神凹"，太行山土地和民间戏文养育了她，让人一看到她的穿着打扮就想起赵树理小说中描写的人物"三仙姑"的绣花鞋，但作为同是五六十年代生人，岁月沧桑和女性情愫使她们多取怀旧视角的长焦叙事，作品开阔醇厚，感伤浪漫，近年两人几乎是联袂上演，作品连连转载，并分别以《心爱的树》与《喊山》同时摘得第四届鲁迅文学奖。她们中短篇小说的成就之突出，可谓代表了山西女性文学的双子星座。

蒋韵的中短篇小说集可用"丰赡"来形容，1990年代已有《我的两个女儿》《失传的游戏》《现场逃逸》，2000年后连续出了《完美的旅行》《北方丽人》《上世纪的爱情》《绿灯笼》《妹妹上花楼》等，其中多篇引起反响或获奖。短篇小说《一点红》2000年进入"中国短篇小说排行榜"，2001年中篇小说《鲜艳的季节》获《中国作家》大红鹰文学奖，2003年中篇小说《北方丽人》在《钟山》杂志头条发表后即被《北京文学——中篇小说月报》转载，同年《上海文学》发表的《在传说中》也迅即被《北京文学——中篇小说月报》转载，两篇小说又双双入选全国年度优秀小说选集，中篇小说《想像一个歌手》荣登《北京文学》2004年度上半年度中国文学作品排行榜并获"首届北京文学·中篇小说月报优秀作品奖"，中篇小说《完美的旅行》获"小说选刊优秀小说提名"，另外，蒋韵还曾获得鲁迅文学奖全国优秀中篇小说奖、赵树理文学奖、《小说月报》百花奖中篇小说奖等文学大奖。其创作时间之长和数量之丰，不仅是山西女性文学翘楚，在中国女性文学中亦是位列前茅的。而这也使她的小说呈现出一种丰富斑驳，一般认为其创作可划分为两个阶段，就像李锐说的"1989年以前还是跟着新时期文学一点一点往前走……1989年后，她找到了自己的主调"。90年代前主要是实写刚刚过去的"文革"时代伤痛经历和混乱无序下的生活状态，即"为她那一茬人塑像"，代表作如《我的两个女儿》《无标题音乐》《长长的日子》等，90年代后其创作有一个大的转型，这就是拓展到一种任意历史情境中的生命形态、人的精神探索，由实在而趋于空灵，所谓"用隔世的眼光"使"此生此世"产生"令人无法捉摸的内在丰厚"。譬如从90年代的《盆地》《冥灯》《落日情节》到新世纪以来《上世纪的爱情》《完美的旅行》《北方丽人》等，人们试图从不同的方面做出解读，包括死亡主题、童话与古典主题、漂流的故事说、女性主题、现代性主题、人性叩问与身份认同说等等，其实总归之，就如她自己说的"一个旧的古典感伤主义者""外乡人""漂泊者"，其小说最大特点是具有浓郁的苍凉感和女性关怀，所以，她写"失去、生命悲情、苦难"，写空冥的意象和美丽的哀伤，写人的坚韧的精神追求和珍贵的至情、至爱、至善，这成为她小说的一个总色调。例如获得第四届鲁迅文学奖·中篇小说奖的《心爱的树》，就写了民国时期到 60 年代发生在梅巧与"大先生"之间感伤而美丽的故事。16 岁的梅巧纯真无邪，就想念书走向开阔的世界，于是嫁给有过婚姻比她大得多的"大先生"，由于家庭和四个孩子羁绊勉强完成学业，她不甘平庸一意去国民小学任教，最终，不为传统约束的梅巧还是与其弟子远走外乡去寻找新的生活了。"梅巧就是这样，是那种能豁出去的女人"。虽后来命运曲折凄苦，但始终顽强地面对生活而毫无怨言。男主人公"大先生"是蒋韵着力塑造的一位君子形象，无论是他在强敌逼迫下大义凛然的行为，还是四十多年来对梅巧的无法忘怀，以及他在梅巧处于困境时那以德报怨的恩义之举，都充分显示了"大先生"的君子情怀。小说结尾，两个人得以相约一见，在火车站那嘈杂的环境中，映衬出的是两个人宁静的心和心中的那份美好情意。许多人只看到了蒋韵的虚无、空寂，实际上，近年从《想象一个歌手》《麦穗金黄》到《心爱的树》，作者在生命的历史感伤中有了更多亮色，比如宁愿漂泊乞讨唱歌过着简单快乐生活的民间秧歌手许凡，美发师小莲以自己的善心义举"最终让所有的人眼前一亮"。阅读蒋韵小说，实际上故事性、情节性很弱，给人留下深刻印象的是人物形象，那种生命悲情中的精神追求和至善至美，那种独特意境中人类普遍的情绪、意念，所以有人说蒋韵作品都具有一种超乎寻常的精神守护者特征，是切中蒋韵小说特质的。

而这就有必要说说"蒋韵现象"的问题。很多人都谈到文坛对蒋韵关注研究不够或遇冷的问题，《蒋韵小说近三十年研究综述》中集中表达了这一感慨："在浮躁喧嚣、热点迭出的当代文坛，蒋韵小说的存在如同她作品一贯的意境一般，散发出几许的凄凉和万般的无奈。但从另一个角度看，可供后来者开掘的空间还是巨大的。"还有对蒋韵的批评，王安忆曾在《知识的批评》一文中认为，蒋韵泛滥地运用了现代技法来结构和解构小说，繁复的技巧掩盖了故事简单、抽象、了无生趣、思想和想象力匮乏的事实。那么，究竟该怎样看待蒋韵的风格和艺术呢？其实是萝卜青菜各有喜爱，无论如何，蒋韵写出的是一种独特的原创小说，富有诗韵张力的小说，正如鲁迅文学奖评委会对《心爱的树》的评语："爱情，亲情，凝结成这一篇诗的小说。"她的意义就在于不为文坛时流所左右，写出属于自己的东西。著名评论家王春林说，理解蒋韵的小说主要有四个关键词：精神、结构、语言、悲悯情怀，这是很到位的切入，理解了它们才知其魅力。蒋韵小说的结构是散文化、诗化的，跳跃性十分强，重心不在于人物矛盾冲突的直接描写，而是在叙事中展现人的生命形态和精神追求，故往往采取不同角度、不同人物的叙述，构成几个似断似连的故事，在历史的时间纵深中穿插横向的空间环境的变换，从而构成作品丰厚而空白、有故事而无情节、突出人物的一种特殊审美效果。而蒋韵的小说之成尤在其语言的特色，这在当代中国女性文学中是尽人称道的，如著名女作家林白在给复旦大学教授陈思和的信中感慨："瑰丽、深情、生动。"的确，当代作家中语言有蒋韵这么干净、清爽、这么美的很少，其语言的节奏、张力都显示了深厚的文学素养和功力。2012年，她的中篇《行走的年代》获第二届郁达夫小说奖，另一个中篇《琉璃》发表于《人民文学》后，又被《北京文学中篇小说月报》《小说月报》接连转载，2013年《朗霞的西街》在《北京文学》发表后又被《小说月报》《中篇小说选刊》接连转载。蒋韵的创作就是这样的绵长而耐人寻味，在赵树理文学奖颁奖仪式上她说道："写作是寂寞的，寂寞而尊严，需要我们付出一生的激情和爱意；写作又是无限幸福的，代表了最美状态中最富于创造性的生命。"

葛水平的出现不仅山西文坛也是中国女性创作的一个奇迹，因其2004年小说发表转载的轰动效应，有人干脆把2004年中国的中篇小说创作叫作"葛水平年"，又称为"葛水平现象"。她的处女作《甩鞭》一发表就被全国性权威刊物《小说月报》选载，同时的《地气》又与蒋韵的作品同登"中国中篇小说排行榜"，紧接着又发表了荡气回肠的《天殇》《狗狗狗》《黑雪球》等，简直是闯入文学界的一匹黑马。葛水平原是长治戏研所创作员，以诗和散文为人所知，但正像有论者所言："葛水平写小说是迟早的事"，果然迅即成为享誉全国的著名女作家，以至有评论家称赞其"创作出一种融现实主义与现代派为一炉的作品"，让人"看到了多种艺术表现方式所共造的瑰丽"目前其已出版中短篇小说集《喊山》《守望》《官煤》《陷入大漠的月亮》等，其小说往往掷地有声，被《小说月报》《小说选刊》《新华文摘》《中篇小说月报》《中篇小说选刊》多家知名选刊转载，屡获好评殊荣：《地气》《黑雪球》《连翘》《比风来得早》连续四年荣登中国小说学会年度"中国小说排行榜"，《甩鞭》获得《中篇小说选刊》优秀小说奖，《喊山》先后获"人民文学奖"、《小说选刊》优秀作品奖、赵树理文学奖和代表中国当代文学最高水平的第四届鲁迅文学奖·中篇小说奖。作为当代文学大师赵树理的同乡、沁水山神凹村长大的葛水平，同样有着蒋韵悲天悯人的情怀，但她眼中的画面是傍晚的炊烟与夕阳，等候归来的亲人，路上的咩咩叫着的羊群，还有乡村平淡生活里滋生出的许许多多的死去活来的故事，这一切便成为葛水平小说创作的主题和色调。因而，她的小说世界凸显出一种太行山风格，从民间乡里汲取了大量历史传说、人物故事，用生花妙笔将晋东南太行山脉、沁河流域的人文地理形诸笔端，我们往往会在其小说中读到这样的句子："太行山走到这里开始瘦了，瘦得只剩下一道细细的梁，瘦得肋股一条条挂出来，挂了几户人家"，"太行山绵延千里的山脉，河流密布，山岭纵横，一沟一壑间就有了人家"，就这样，一方地域硬是让作者写活了，而作者也以写太行山厚重的乡土世界著称于当下文坛。其小说给人印象最深的，还数一鸣惊人的《甩鞭》和《地气》。《甩鞭》写的是20世纪40年代命运多舛的女子王引兰，从被父亲卖掉到嫁给窑庄地主麻五后又不断改嫁寻找活路的故事。小说从一个女人的细腻感受力出发，将其所经历的死亡、嫉妒、贪婪直至被爱的阴谋层层剥离，最后是王引兰亲手杀了带给她无尽痛苦而又爱她到人性丧失的铁孩，以决绝方式守住了人性的操守和骨气。小说中的"甩鞭"，是敲天动地的告诉春天来临的方式，是浩渺天宇惊雷般的灵魂战栗，是山里人绵延不绝的对春天五谷生长的渴望。《地气》写当今山村在城市化进程中萎缩、消亡和坚守的故事，虽然山上人家只剩了两户，但为了小学校和学生娃王老师坚定地留下来，而他曾经的女学生李修明也上了山，"宽厚松软的十里岭透出一股隐秘诱人的地气，那地气是女人的气息"。两篇小说一写怀旧，一写现实，但都透视出山村的一种恒久的厚实、坚韧。后来获得鲁迅文学奖的代表作《喊山》也是如此，写传说中一个女哑巴被拐卖到山村受尽压抑的故事，最终邪不压正，终于在善良正义的人们帮助下哑巴获得新生开口说话，其坚韧顽强的生命精神像"喊山"一样震撼回响在山间上空。葛水平的小说就是这样，生长于乡村社会的自然人性、传统生活方式看重的是骨气和人性本真的纯洁善良，就像作者自己说的："我首先尊重我生活的这片土壤，它给了我大气、磅礴，给了我厚重，让我一出生就看到了朴素、粗粝的生活本质，而不是简单的明山秀水……"所以，透过一个个山野村妇夫妇的故事，我们看到的是"在民间生活的丰厚质地上展现人心中艰巨的大义和宽阔的悲悯"（鲁迅文学奖评委会评语），尤其几个女性形象刚烈感人，像《甩鞭》中的王引兰、《狗狗狗》中的"秋"、《天殇》中的女土匪、《喊山》中的哑巴等，都写出自然人性的女性、母性和民间的人格道义，也让我们感受到作者女性柔情似水中的骨气。2013年新创作的中篇小说《过光景》《花开富贵》《天下》又均被《小说月报》《北京文学中篇小说月报》转载，而这也正是葛水平具有的一种启示意义：作为女性文学的价值，并不在于"隐私""身体"的炫耀，女性立场、女性体验和充满女性艺术灵气的话语方式才是可贵的，诚如著名作家陈世旭所说："葛水平行走在北方。北方对于葛水平不只是一种地域，更是一种气质和格调。北方的大地磅礴而血性。她生于斯，长于斯，她的表达从一开始就充满了一个健全生命的强大底气与活力。没有献媚取宠，没有搔首弄姿，没有张扬跋扈，没有无病呻吟。沉着静默的外表下涌动着激越的弦歌，平易质朴的乡土化叙述中闪烁锤炼和诗意的锋芒。这是葛水平的力量所在，也是这一代作家带给我们文坛的希望所在。"

从山西女性文学整体来看，蒋韵、葛水平们这个年龄段的人，也即出生于五六十年代的一代，似乎都更倾向于写怀旧、写过往、写曾经的故事或传说，经历的丰富构成了时间的长河与厚重的历史感，应验了弗洛伊德的话，童年或早年的经验记忆给作家最大影响。她们之外，另一重要女作家张雅茜的中短篇小说也大体这般，其《河水拍打着堤岸》《红颜三重奏》《净土》《五里一徘徊》等，都多写女性感情生活和难以摆脱的悲剧阴影，作为河东大地的作家，"渡口"情结、"戏台"情结贯穿于她的小说，其获得赵树理文学奖的《角儿》就写了一个曾是蒲剧名角的邢月兰艺术人生与世俗社会的冲突，在戏台及其女性人生价值的被亵渎中流露出"人生如戏"的悲与空。她们的创作是传统情结与新启蒙混合的产物，其特征除了像有评论者说的"沉静"和"复合"，还有"温情"与"高尚"，甚或带有曾经的"激情"、对"爱"和"善"的执着。她们开始创作有先后，但在文化本质上，她们的小说主要可谓之一种历史记忆的小说，如精神分析学批评所说，其"故事"和情感根基是从自己早期经验生成的，可以发现，她们在虚构小说世界时，是在三个维度中生成的，一方面是自己经历过的，一方面是过去历史传说中的，还有是现在异质的体验对比。尽管那个年代封闭沉重，但真实、热情，有人与人的真诚，有诸多美好的记忆和崇高的期冀，而非现在赤裸裸的拜金、欲望、下沉、冷漠无情、缺乏信任，流逝的时光和故事于是升华为一种历史想象中的理想主义与感伤美丽的格调。这个年龄段的女作家还有高芸香、高菊蕊、徐小兰等，其《吴成荫买分》《冬天里的炉火》《纸天鹅》《桃花祭》《水镇飘雪的早晨》也都产生一定影响，不同于上述几人，主要以冷静温情地写周围人身边事为特色。但总体上她们基本上是在中国社会淳朴而一统的意识形态环境下成长起来的，故而她们都并不表现出离经叛道的"断裂"或者"转折"的历史样态。她们的人物往往带有理想色彩，笔法也以传统叙事为主，语言优美温情，注重环境场面描写，甚至常常散发出抒情成分。而之后的一茬年轻女作家就与之大不同了，她们没有那么多"过去时"，只有"现在时"的敏锐观察或刻骨经历，她们的小说主要是写当下生活和人性心理的解剖，叙事格调趋于深沉、锋锐、反讽甚至冷漠、零度叙事，已完全是另一种形态。

这群女作家可谓少壮派实力作家，主要由"70后""80后"两茬人构成，被统称为"晋军新锐"，她们近年的创作势头正猛，作品转载率很高，是山西女性中短篇小说的主力。但读其小说会发现，她们在生活感受、人物故事、审美情感上各有个性风格，大体上可作两类观之。

第一类以小岸、曹向荣、陈春澜、李心丽等"70后"作家的小说为代表，基本上都是进入21世纪之初开始的小说创作，主要体现为温情与理性之中对现实的观照，在暴露假恶丑中发现真善美。

小岸近年以《水仙花开》《温城之恋》等一系列以女性为描写对象的中篇小说而名世，2007年《你是你，我是我》因获赵树理文学奖·中篇小说奖引起瞩目，2014年《车祸》再获赵奖。可能人们不知道，她的文学创作与前辈石评梅还有一种缘分，原来，她是石评梅故乡"阳泉市评梅女子文学社"的成员，这个社团以女性为主体，会聚了众多的女性文学爱好者，由此也可看到今日山西女性文学的一种血脉渊源。当然小岸与石评梅所处的时代和审美体验已不同，其沉静的个性没有石评梅的那种愤懑、哀怨、怒号，而更多温情脉脉的情调和女性关怀。小岸的创作主要是写现实社会题材，多取材于当下生活的触发，就像她在《外面的世界闯进来》"创作谈"中说的："每天，从城市的四面八方，从空气的涌动流转中，从街头巷尾的口口相传中，一些特殊的人和事便会不请自到。一个孩子莫名其妙地自杀了；一个儿子杀死了父亲；一个男人有了外遇；一个女人患了绝症，被丈夫抛弃了……那些外面的事物，就这样进入了你的写作。"因此，小岸小说最突出的一个特点是写小人物、普通人，敏锐地关注现实世界中发生的事件和人的命运，并往往透过生活表象进行着人性心理的探索和解剖。《水仙花开》写一个善良女性水仙的命运曲折、心如枯木的生存状态和回忆中那曾经充满梦想的像"水仙花开"的生命跃动；《温城之恋》顺着男主人公迟岩的心理愿望将其置于现实与历史的穿越之中写他与一个优雅女子"蓝心"温城相恋的故事；《你是你，我是我》写了一对成年男女交往的片段与过程，时下的爱情观、婚姻观正逐渐偏离传统的轨道，无论男性还是女性，来自外界的诱惑都令他们心迷意乱，女主人公崔若珊正是处于这样一个时代的女性，面对丈夫可能的外遇、面对一位令她心动的男子的诱惑，究竟是固守还是出逃，她在其中游移、挣扎，但她最终没有失去冷静与睿智，维护了纯洁的情感。读小岸的小说会发现有种智慧的烛照，那就是站在女性与神性互为一体的立场上，给残缺的现实及有缺陷的人生、给世俗的生存法则以呵护、温情、理解、生存合法性的认可，并在价值形态上而非现实形态上以超越。2010 年后无论题材、主题还是艺术都有拓展，譬如新获赵树理中篇小说奖的《车祸》颇具代表性，女主人公袁小月在生命跌倒低谷之时体验了一次别人误以为她在车祸中已死的超现实快感，但就在梦中的"在天空自由自在地飞翔"与回到现实之间一个女性的悲剧宿命却难以挣脱。这篇小说在艺术上凸显出小岸一贯的风格个性，一是擅长人物塑造和心理开掘，写出一定环境中真实生存着的人，真切地呈现出他们的生存状态、情感状态和梦想、追求、愿望等，给读者留下深刻印象；二是独具叙事魅力，情节结构非常巧妙，往往以一两个人物为焦点构筑故事，并以人物活动的地点变换或心理世界展开时空穿越，把种种丰富的生活情状和历史沧桑网罗、编织、组合进来，营造出一种富有悬念和张力的小说世界。此外，还应特别提及的是小岸突出女性感觉与关怀，例如"花"的意象与隐喻功能在小岸小说形象体系中的重要性，《水仙花开》《茉莉花》《梨花梦》直接以花命名小说，《温城之恋》中"波斯金菊"和《车祸》中"窗台上摆放着一盆枝叶葳蕤的绿萝，把房间映衬得干净清凉"都散发出女性的温情娇美，诚如法国女性主义大师西苏说"女性只能书写自己，女性的写作像影子一样追随着作家的生命"，最新的《海棠影》和《失父记》《余露和她的父亲》均被《小说选刊》《小说月报》转载或入选各种小说精选、年选，前者仍以"花"的意象喻写女性，后两者都写到浓浓的父爱和赤子之情，让我们看到了一位女性作家的书写之美。

与小岸女性温情相仿的还有曹向荣、李心丽、陈春澜等，但她们的写作相对传统。曹向荣叙事的意义在于乡村精神书写，在这样一个都市化、金钱化、道德下沉的时代，乡村世界意味着什么？还有没有美好的人性、人情？作为身处农业文明之源河东大地的曹向荣，质朴的个性带来质朴的小说，曾获得赵树理文学奖的《憨憨的棉田》写一个不为城市和金钱诱惑的地道农民憨憨的故事，写了农人对土地、农作的热爱，写乡镇工厂给棉田带来的污染危害和农人对种植生活的维护；从《泥哨》到近期的《结婚照》也都写出了现代社会所久违了的简单而又淳朴、清新而又健康的人性情感，令人读后备感亲善美好。同曹向荣一样质朴、来自吕梁山离石区的李心丽近年小说创作甚勤，代表作《片上》获 2009 年《黄河》优秀小说奖、入编《山西省中青年作家作品精选》，小说写了一个下岗女工可岚在片上艰难生存、命运变故的故事，怀抱着小人物的梦想做冷饮生意、为了女儿上学的户口办了假离婚和假结婚，没想到带来的是自己的走投无路；近期的《流年》《女人聚会》等大都是对日常生活或现实人生中爱情、家庭和婚变的观照，揭示了小人物在时间的无情、人生的无常中的无聊状态和精神困境。较之曹向荣、李心丽小说的乡土乡里风味，陈春澜的小说带给我们的主要是城市底层况味，2009 年《不速之客》获赵树理文学奖，近年多篇小说入选《小说选刊》《北京文学中篇小说月报》等，她以温和曲折的叙事写照着一群小人物的世界，诸如《暗潮》中路佳湄因阴差阳错的情感所经历的婚恋纠葛和心灵挣扎，《鲜花盛开的房间》里为实现女儿想要鲜花而落入作案误区的父亲，《月光牡丹》里盼子成功的独身母亲含辛茹苦的悲凉命运，小说中人物的愿望不无卑微、庸俗，但作者却给了这些有缺陷的小人物以满腔的理解与同情，并将女性视角和温情、博爱的情怀，直接引入到了现实的平民的世俗生活之中，因之给读者以深深的感动。

第二类主要以孙频、李燕蓉等为代表，主要写进入都市的青年人之当下生活境遇、焦虑而迷茫的精神困境和难以把握的命运，她们的小说女性意识、现代意识愈加突出，更少传统羁绊，表现出了思想和形式层面上的探索实验意味，傅书华评论道："相较小岸、曹向荣、陈春澜们，孙频、李燕蓉们更善于用尖利的锋刃，划破社会现实、人生的表层，面对鲜血淋漓的真相，显示女性的温情与博爱的情怀。"

孙频 2008 年才开始写小说，但可谓"小荷初露尖尖角，早有蜻蜓立上头"，近几年来创作甚丰，至今在各文学期刊《人民文学》《十月》《当代》《钟山》《大家》《上海文学》《青年文学》《山花》《江南》《作家》《芙蓉》等发表中短篇小说一百余万字，代表作有《同屋记》《醉长安》《玻璃唇》《隐形的女人》《凌波渡》《菩提阱》《铅笔债》《祛魅》《合欢》《鱼吻》《耳钉的咒》等，其小说以"她世纪"下的新一代女性叙事而为文坛所称道。当初有所谓"新新人类"之说，即是说"80 后"不同于之前任何一代人的特立独行。的确，就孙频的小说来说，表现出更为强烈自觉的女性意识和对这个时代特有的女性命运观照、现实的无情展露和尖刻解剖，她将笔触深入到对人的欲望、情感、精神等进行深层挖掘，其穿透力、深刻性都是山西女性小说中空前的。2012 年，她发表的 11 部中短篇小说中，就有 6 篇为《小说选刊》《小说月报》等全国各种选刊或小说年选所选载；2013 年发表了 11 部又有 7 篇被选载，是近年山西中短篇小说转载率最高的。不仅荣获《上海文学》短篇小说"新人奖"、2010 至 2012 年度"赵树理文学奖·中篇小说奖"，还以少有的"80 后"作家与铁凝、方方、莫言等文坛名宿同获《小说月报》第十五届百花奖。在写作的价值立场、价值姿态上，孙频与上述女性作家的写作基点大体一致，但在关注人群、所思考的和表现形态上，却有着较大的不同，具有更为丰富、鲜明的新一代女性所独具的时代新质与特征。她的小说主要写当今闯荡社会的30 岁上下青年，尤其从偏僻小城或乡下进入城市的女性，面临着生存的种种艰难和困惑，因此具有"底层"写作的魅力。如《祛魅》《醉长安》《鹊桥渡》《隐形的女人》等等，都是如此。这些小说重要的不在于叙述一个生动跌宕的故事，而在于对当下社会的斑驳陆离、虚无荒诞和人的寻路、抗争、无奈、堕落等种种生存悖论的探索，因此给我们以更多的言说空间与解读的难度，譬如，对命运与环境、女人与男人、对灵与肉关系的重新思考。《祛魅》中写大学毕业后的李林燕分配回吕梁方山中学后的人生经历，她本可以通过一位旅美作家完成精神突围，但结果仅仅是一个精神梦幻，就在此时，她明白了一个"祛魅"的道理："再见到任何一个男人的时候，她几乎是不由自主地，下意识地，先要把他祛魅。先把他身上一切虚假的磁场……再说其他。"纵观孙频的小说，可以说表现了最清醒、最决绝的女性主义精神，她不再像其他女作家那样的温情处理，干脆"将人生有价值的东西撕毁了给人看"，所以其小说结局大都是悲剧性的，要么是在被相与生命的人抛弃后杀人和自我毁灭（《祛魅》），要么是以生命的终结换得爱情的精神崇高（《醉长安》）；要么是爱情消逝于他人生命的终结（《隐形的女人》），要么是面临生活困扰的无奈逃遁和苟且（《鹊桥渡》《铅笔债》《凌波渡》）。当然，孙频的小说在人物的结局上是否处理的过于极端或雷同？是否没能看到历史的丰富性和温暖的一面？有人对孙频的这种相似的落笔遗憾地说："孙频的叙事似乎已经习惯无法在'救赎'路上的纠结前行，而必须以某种生命断裂的状态解决未完成的社会历史辩证法。"这实在是一个有待探究的复杂问题，孙频的创作自然也会与历史一同前行的。而这里还应特别提到的是孙频的小说风格，孙频毕业于颇有学术声誉的兰州大学中文系，应该算是高才生了，在山西女作家中，她和当年太原师专毕业的蒋韵在文化品位上更接近，皆有高雅范儿，小说中的主角多为知识女性，作者又是学院出身，故常常充满知识性的趣味和文化人的调侃与反讽，例如写一次笔会后李林燕"第一次"把她神圣的爱情献给旅美作家，两人半夜三更幽会：

> 那一夜，李林燕彻彻底底地融化在了莎士比亚的戏剧中，在逼真的背景下她临时变成了里面的一个女主人公。

又如受到新派教育的李林燕竭力显示自己脱俗不凡的美，但自己的反抗实际上却成为小县城的笑话，这时作者描写道：

> 去教室上课的时候，穿着杏子衫、喇叭裤，蹬着半高跟鞋，一只胳膊下面端端正正夹着课本，高高挺着胸脯，因为挺得实在太高了点，使她看起来就像拎着两只乳房在走路，很容易让人想起"两个黄鹂鸣翠柳"之类的诗句。

这样生动独到、幽默风趣的笔墨在孙频小说中可以说比比皆是，无疑极大地提升了其小说的文化品格与艺术品位，这是孙频小说受欢迎的重要原因之一。

与孙频小说有异曲同工之处的是李燕蓉，出生于 1975 年的她虽属 "70后"，但也多以"她世纪"的叙事特征引起反响，《飘红》曾获赵树理文学奖，已出版小说集《那与那之间》。在文学界，李燕蓉以执着于现代小说的"先锋"作家而著称，她表现了现代社会挤压下各种人物精神情感的异变，借鉴了许多现代表现形式。《飘红》写全民炒股大潮中一个简易股票交易所的兴衰历程，充满现代社会迷走神经的荒诞感；《那与那之间》写了一个更具荒诞色彩的故事，面对一个几乎处于死亡状态的所谓"失忆者"，其同事们正在毫无顾忌地露出原形的表演，但这眼看就要成为"现实的死亡"居然原来也是一场骗局；近期的《对面镜子里的床》《开始熟睡》《春暖花开》都主要伸向女性现实婚恋的生存困境和复杂微妙的情感世界，作者以细腻摇曳的笔触，对"我"、莉香、李军等女性的复杂心理揭示得纤毫毕现，使小说艺术含量十分丰富。在全国范围来看，"70后"作家始登文坛是由于女性作家的新锐表达，女性意识与身体写作也是"70后"在特殊历史时期的产物，因为这个时代的前期经历了性别隐失，随着市场经济下的思想开放和人性解放，女性主体意识的表白在这代人身上迸发，而到"80后"的孙频们，这一点就更加自由率性，人物已全无理想色彩，笔法也以人物交集纠葛的叙事为主，语言淡定尖刻，充满心理剖露。当然，山西女作家毕竟有别于南方都市女性文学，天然地呈现出质朴厚重的地域文化色彩，因而她们的小说才以新的现实原质和思想因素与深厚意蕴的现代艺术魅力引起广泛瞩目。

另外要提到的是山西女性小说反映生活的广阔性。近年来引起较大反响的文学新人陈年主要写煤矿生活，是山西为数不多的写工业题材的作家，这让人想起山西老作家焦祖尧写过的《总工程师和他的女儿》。从小生活在煤矿的陈年，凭借女性独到的视野和细腻的感受，以矿山人物群像为描写对象，短短几年间就以独特的叙事视角和人文视野崭露头角，代表作《胭脂杏》《小烟妆》《九层塔》分别入选《小说选刊》《中国短篇小说精选》《二十一世纪小说年选》，并获煤炭系统乌金文学奖和阳光文学奖。譬如近来引起讨论的《小烟妆》写了矿区三个人和三个家庭的故事，因清除农协工或因伤病，井下的矿工上升到地面开起了"黑摩的"，丈夫死于井下的矿工妻子为供孩子上学坠入风尘做起了暗娼，它以一种复调似的错乱叙述，把煤矿工人及家属的生存命运做了非常逼真原始的艺术呈现，疾病、死亡，破败的矿山，无法跨越的贫富鸿沟，小说里的人物无声地"沉沦"，叙事在"香艳"的外衣下揭示了艰涩而灰暗的现实，在对人性情感的深层挖掘方面显示出独到的深刻。2014年《山西文学》以"晋军新锐"推出的编者按语中写道："陈年是近年我省涌现出的一位优秀的青年作家，她对煤矿生活的切肤之感、对生活在大矿井或小煤窑里的人们的长年累月的观察，使得她的小说沉郁有力、扎实而原味，呈现出了一种不同于以往煤矿文学的风貌和特质，这也是她的作品日渐受到文坛关注的原因。"令人欣慰的是，在中短篇小说园地，像陈年这样的小说新人可以说如雨后春笋不断地出现、成长着，诸如蒋殊、李心丽、镕畅、笛安、李国莉、卢静、李朋霞、张玉、单菁瑞、高璟等等，嫣然一片盎然生机。

三、大叙事的探索：长篇小说"风景这边独秀"

女性文学的异峰凸起，不仅在于中短篇小说的灿烂，还有一批长篇小说给人的惊喜。相比于1990年代只有蒋韵写过长篇，到2000年代之际，女性长篇小说也出现了群体井喷，主要有：蒋韵的《我的内陆》《隐秘盛开》《行走的年代》《人间》（与李锐合著），张雅茜的《走出红尘》《依然风流》《此生只为你》，陈亚珍的《神灯》《十七条皱纹》《羊哭了，猪笑了，蚂蚁病了》，葛水平的《裸地》，张淑兰的《白村的河》，等等，其中有多部作品获得各类桂冠奖项。这些作家在多年的中短篇创作经验积淀中，再也按捺不住内心的梦想和冲动，转向大叙事或者说长叙事的探索，她们同男作家一样想要表现更广阔的生活和思考，想要"清算"记忆、"结账"历史，做出成就，建立丰碑。从叙写内容看，这些女作家笔下的长篇同样提供了以往山西作家笔下没有或不同的东西，她们大多从女性视角切入，展示历史过程或世事变迁中的女性命运和生命悲情，充满了女性情愫和细腻的心理描写；在艺术上，有中国当代文学改革开放多年来中西叙事艺术的积累与启示，这些作品呈现出传统叙事与现代艺术技巧的交融变幻：主观性、抒情性强烈，充满幻想与虚构，大量象征意象的运用，以致种种奇幻的、荒诞的、反讽的色彩……总之，读她们的小说会让人有写法不拘、笔墨灵秀、散文化与诗化的艺术通感。

首先来看蒋韵。从20世纪90年代至今，她已出版长篇小说9部，《隐秘盛开》获赵树理文学奖、第四届华语文学传媒盛典"年度小说家提名"，在长篇小说的数量、质量上堪称山西女性作家之最。1996年的《栎树的囚徒》是其最早产生影响的一部代表作，小说通过天菊、苏柳、贺莲东三个人物的复调叙述，讲述了从现代军阀混战到"文化大革命"时空背景下范氏家族的兴衰离散，其对几个女性形象的塑造和对历史、精神意志的拷问，都使其达到了思想艺术的高点，一时引起广泛关注，好评如潮，著名作家李锐、成一将其归结为是中国文化破碎、解体过程中"一个漂流的故事"，写出了"宏大的历史进程中的生命感受""悲剧中的悲剧"，正是由这部作品的影响力，"漂流的故事"和"夕阳""落日"的意象，成为蒋韵式创作风格的一种典型标志，也因之感动了多少读者。但蒋韵并没有驻足于此，新的感悟与拓展在召唤着她。在2011年《文学报》记者的采访中，蒋韵回顾说："我在多年前，也曾经非常迷恋现代文学'新'的形式和'新'的表达，至今，也还有人更喜欢我的那一类作品……我的小说变化是在2003年，那就是试着在更为隐秘的地方和深处小心翼翼埋下'我'的印记……"读她的长篇我们似乎能够感受到这种变化。如果说90年代的《红殇》和《栎树的囚徒》主要是伴随着中国流行潮的一种家族传奇叙事，而新世纪以来，《我的内陆》《隐秘盛开》则打破了这一经典模式，由家族叙事的华丽表达转向了个人经验叙事的素朴表达，进一步彰显创作个性。《我的内陆》的意义在于它是一部有关人与某一特定地域关系的小说，"内陆"即中国大陆内地的黄土高原、中原大地，作家生于斯长于斯，故名"我的内陆"。小说以"我"的视角让读者走进中原的一座历史名城——它有着"厚厚的黄土和古城墙"，有着内陆城市中明显的封闭保守色彩，有着"我"、林萍、程美、冀晓兰们这些年轻激情的女性，更有着历史错乱中的曲折命运与人生无常，如此的生存环境和女性主体精神的苦苦追寻打动着我们，给人的感受恰如茅盾曾对萧红《呼兰河传》的评价："一篇叙事诗、一幅多彩的风土画、一串凄婉的歌谣"。相比于《我的内陆》，《隐秘盛开》可以说是蒋韵长篇创作的又一个高峰，这部小说看起来故事并不复杂，主要就写了潘红霞"古典式"的爱情故事并衬托以拓女子、米小米的故事，但在由上述三人构成的故事背景中涉及各种社会关系、生活场域、心理、情境、意象等等，并且由于小说的跨时空结构和情节的倒置、穿插，时而是自助旅行团下榻的巴黎乡村旅馆，时而是内陆古城的大学校园，时而是吕梁山区的小乡村，时而是20世纪七八十年代，时而是新世纪初，从而使小说展示了一个斑驳多彩的世界，并构成了整个小说的深层意蕴与复调效果——对一个时代的纯真信仰和理想精神的凭吊、对"古典与现代"价值观冲突的思考和对主体精神信仰的重构。就像有评论指出的，蒋韵的小说在女性精神主体意识的探索方面具有独到的意义，相比于当代一些女性作家林白、陈染、卫慧、棉棉们的"身体写作"和生命感、欲望感，蒋韵小说更注重表现女性在逆境中的抗争精神和执着的精神信念——"我用我的小说向八十年代致敬"，此即蒋韵特殊意义也。所以，读蒋韵的长篇小说，像她的中短篇一样充满悲情色彩与精神高格，小说的这种灵魂与其"女性作家独特的视角、细腻的笔触、韵味十足的语言"（赵树理文学奖评奖委员会评语）共同构成一个柔情而坚韧的审美气场时时感染者我们，但长篇创作让她的才华有了更广阔的驰骋天地，如果说她的中短篇小说更偏重于写意、用意念来结构小说，由于艺术手法上的空间多维性、象征主义、情节闪断等，使作品空白点增多以至不无晦涩难懂，那么，她的长篇创作则呈现出一种酣畅淋漓的叙事，一方面选用凡俗的、形而下的材料叙述相对完整的故事，另一方面融合一贯的空间多维性、象征、荒诞、变形等艺术手法进行审美升华，从而给读者以更生动更耐嚼的回味。

与蒋韵同龄也是挚友的张雅茜，在多年的中短篇创作基础上，新世纪之际也开始了向长篇突破，1999 年出版了第一部长篇小说《依然风流》（原名《洰津渡》）。这部小说主要叙述了地处黄河古渡口一家四代女人百年的历史命运和悲情故事，不仅生活容量大、人物众多、情节复杂，而且涉及漂流回归、家族历史、地域文化、民情风俗，主题意蕴可以说广泛而深刻。这部小说进一步展示了张雅茜的文学才华，也凸显出这个河东作家的长篇构筑能力和个人风格：善于编织跌宕起伏、缜密绵长的人生故事；对女性生存状况、终极命运的关注与探索；女作家那种细腻的、抒情的、娓娓道来的叙事笔调；晋南地域文化象征意象如"黄河岸""洰津渡"等等的出现。从这部长篇开始，张雅茜似乎就有一种状态，或者说找到了自己的创作向度，试图通过长篇体裁的宏大篇幅表现一种历史性的女性的命运史、精神史，并以自己脚下的地域生活为根基——将女性的命运、女性自主意识泯灭与觉醒的嬗变过程放在晋南文化风俗的生活场中去表现。如果说《依然风流》中"我的姥姥""我的母亲""我"，都处在传统文化规习的包围圈中而或就范于悲凉命运的安排或奋力抗争闯出一条血路，其后无论是写关蓉凄苦一生、自我救赎的长篇小说《烛影摇红》，还是表现慧能、广智超度出家、以求解脱的长篇小说《走出红尘》，作者始终着眼于对女性生存、命运、情感和整个精神世界的观照与探索。正是这样的自觉意识，将作者带向对自我一生的反观和拷问，有似伏尔泰的《忏悔录》，作者在 2009 年推出了带有浓厚自传色彩的长篇新作《此生只为你》。对这部小说评论界给予了极高的评价："张雅茜新著《此生只为你》，的确是 2009 年山西文坛一部不可多得的重要长篇小说……""它代表着张雅茜几十年创作的一个高度，是我们山西女性写作的一个丰美的硕果，也是山西文坛近年来一部珍贵的、有着独特芬芳的重要的长篇小说"。小说表层主要叙述了 20 世纪中叶一个小城女性宋梅影充满曲折与坎坷的爱情婚姻故事，但其深度意蕴在于透过上述故事和故事中的所有人物及其心理、伦理、情感、行为对于人的灵魂审视和精神拷问！不同于那些"身体写作""欲望写作"的隐私兜售，张雅茜集中关注思考的始终是女性在婚姻爱情方面的精神困境问题，写出了一曲关于爱情、关于女性精神的颂歌与悲歌。这部小说在叙事艺术和结构上都独具匠心，甚是新颖。小说的主体叙事是由女主人公的"日记"构成的，其巧妙性就在于这一"日记"是女主人公敞开给女友、然后又借女友的作家身份敞开于公共世界的，这就构成第三人称叙事的外视点与第一人称内视点的双重线索，故事"本事"与"日记"摘抄交互映现，形而下的讲述与形而上的省思跌宕起伏，就在这种双声复调的间离效果中，不仅宋梅影的浪漫青春和曲折一生得以展现，其内在的精神思索亦时时回荡于上空，并借"纯阳宫"这一河东文化意象永远定格在那里。

李商隐诗云"心有灵犀一点通"，一个有趣的现象是，晋中的陈亚珍同晋南张雅茜的第一部长篇小说都是在临近新世纪的1999年出版的，这样的巧合和集中亮相，使蒋韵不再显得孤单，山西女作家在长篇小说领域亦始有"群"的气象。

陈亚珍的写作比较杂，1982年开始发表作品，纪实文学、中短篇小说、散文、电视剧本均有涉猎，并获多种奖项。但近年来似主攻长篇小说创作，因为"让她最感伸缩自由、书写尽兴的还是长篇小说"，已出版《碎片儿》《神灯》《十七条皱纹》《羊哭了，猪笑了，蚂蚁病了》，曾分别获得优秀图书一等奖、二等奖，《十七条皱纹》获第二届赵树理文学奖，新近《羊哭了，猪笑了，蚂蚁病了》进入2012年中国长篇小说排行榜第4名。陈亚珍的创作很另类，倒不是文坛一度热闹时尚的"隐私化""身体化"写作什么的，但确有"私人"的性质，只不过是社会化了的"私人性"，或者说将个人在社会复杂关系中的经历和情感体验升华为历史与社会问题写了出来，她曾自诩"是野地里不惧贫瘠、茁壮生长的蓬蒿"，有评论家也曾指出她"在山西作家长篇小说中的边缘化状态和个人化写作方式"，她的《碎片儿》写一个受尽社会歧视、最终成为农民企业家的女人将过去一切撕成碎片儿抛撒的故事竟是缘起于"给母亲写信"："我只想给我母亲写封信。因为我有太多的话需要对娘诉说……更确切一点，就是我与母亲之间的隔膜需要疏通，所以，这封信一写就写长了，写了长达十年，受寻根文学的影响，最后竟写成了一部长篇小说《碎片儿》，从此文学也就成了我生命的需要。"由此开始形成陈亚珍长篇创作的个性特点：抒写身边真实的生活并直指人性、灵魂深处，对社会现实和人间伦理的诘问，对历史和传统的思考。之后的几部长篇可以说都是在这一根系主题上的延伸，只是已散去《碎片儿》强烈的个人色彩，完全转向了对广袤社会和众生命运、情感、灵魂的关注。《神灯》写了一个古老乡村的贫困、迷信、强大的传统和时代变迁下的艰难蜕变、脱贫致富，作者在历史与现实娴熟的转换过程中，展现了中国农村人性与道德、文明与愚昧的冲突与抉择。《十七条皱纹》以一个中学生成长过程中的悲凉遭际为主线，表现了其复杂的心灵历程及灵魂的扭曲、坚持和渴望，被认为是近年来关注社会问题和少年心理成长的一部深刻之作。这与前面的蒋韵、张雅茜是颇不同的，蒋韵、张雅茜多从女性感觉出发聚焦于女性命运和精神的探索，陈亚珍的性别意识则不那么强烈，她更多是从边缘化的、公共人的角度出发对社会问题的思考。目前最能代表陈亚珍长篇成就的，当然是具有魔幻性和悲喜剧色彩的《羊哭了，猪笑了，蚂蚁病了》，小说以梨花庄为中心，通过亡灵视角，观照像羊、猪、蚂蚁一样弱小者们以及"无告者"们的生存状态、苦难历程、人性扭曲，并从历史的背面进入了历史，反思了半个多世纪以来的中国社会历史及其深重的文化征候。可以说，这部作品是典型的"苦感文化、乡土命运"之作，其对封建道德体系和革命乌托邦的批判，代表了复兴中华文化的大背景下新一轮反思小说的先锋。在艺术上，陈亚珍的小说往往让我们看到一种率性、真切甚至是朴拙的笔墨，也看到一种匠心独运，譬如书名"神灯""羊哭了，猪笑了，蚂蚁病了"都是反讽意味十足的隐喻意象，尤其在叙事结构上，她的小说总是大胆创新，《十七条皱纹》呈现为 A、B、C 三条叙事线索的立体结构，《羊哭了，猪笑了，蚂蚁病了》呈现为"亡灵"第一人称叙事与第三人称叙事的交叉结构，这些因素都大大增加了小说的艺术魅力，当然，有时也因为过度自由地穿梭叙事而不免给人情绪化或浮泛感。

葛水平，无论如何，这个名字已成了今日山西女性小说的一个代表性符号。她在中短篇小说上掀起的波澜未落，就又在长篇领域搅动起浪花。2011年由作家出版社推出的《裸地》，又让人们眼前一亮，这部长篇给中国文学提供的是一部完全不同以往的史诗性的乡土小说，2013 年与王保忠《甘家洼风景》一起获得赵树理文学奖·长篇小说奖，为山西女性长篇小说的天空再增光彩。

《裸地》讲述的是从 19 世纪的清末民初到 20 世纪"土改"这一动荡的历史时期山西省暴店镇的移民史和盖氏家族的兴衰史。这部小说的写作就像葛水平的一篇小说名，是接"地气"的。2005 年，山西省作家协会组织一批作家到基层挂职，葛水平来到了屯留。屯留是个移民县，三分之一的山东人，三分之一的河南人，三分之一的本地人，这样的人员构成注定这里有很多的故事，葛水平经常下乡去转一转，听当地人讲述那片土地上的故事，从而就有了这部讲"移民"的小说。小说的主干故事是讲一个叫聂广庆的山东人逃荒到山西，半路捡了个老婆"女女"，在河蛙谷安了家。有四房姨太太的暴店镇大户、族领盖运昌，由于只有一个傻儿子，时时为缺少健壮的子嗣后代而苦恼，因为女女的美丽、也因为她的良好的生育能力，遂使计聂广庆签了典妻合约，最终圆了盖家想要个"带锤锤的"的梦。在表层故事之下，小说表现了中原乡村土地上人们的生存状态和生活哲学，折射出作者对土地、对生命、对善恶、对社会、对历史和民众命运的深沉思考，就像作者自己说的那样："我想写一个男人，写那份误入人间的无奈，他永远都清楚日头翻阅不过四季的山岗，他却要用生之力博那山之高不过脚面的希望。想写一个女子，或几个女子，走过青石铺就的官道上留下的那份弥久的清香，想写一个村庄街口的老槐翻阅秋风的繁华，那粉细的红绿花朵，那一生都行走在路上的寻找，他们都是奔向了光明的地儿么？"著名文学评论家胡平在《〈裸地〉的厚重感》中说："《裸地》是写生命和繁衍的。"其实，小说丰富的意蕴要比这多得多，无论女女、聂广庆及盖运昌等人乐观、顽强的生存精神，还是后来盖家家族和暴店镇繁华的衰落，都写出了让人咀嚼不尽的历史内容，都使这部小说成为太行山民间社会的史诗性写照。而《裸地》的这种丰富的审美意味，无疑得力于其整体的艺术构成：一是小说的民间立场和浓郁的乡土气场，二是一系列活泼泼的乡土人物形象的塑造，三是小说叙事艺术及整体结构上戏剧化、诗情意象的多文体交织，四是小说语言的太行山乡土口吻和方言土语，五是女性悲悯情怀和细腻的笔触描写，这一切都构成了小说自然瑰丽而又浓郁醇厚的乡土风味。这也正是葛水平的意义所在，山西是中国现代民间本色乡土小说的源发地，陈思和在《民间的沉浮》中曾特别谈到赵树理："原生的民间叙事的形式来点活他笔下的人物，作品呈现出鲜明的戏剧式的叙事风格。"葛水平的《裸地》正是这样，虽然她汲取了当今更多新的艺术技巧，但透过河洼谷肥沃的土地、河水草木、山峦土丘、骡马庙会、家族纷争、农人农事和方言土语，使我们从中品到那来自太行山民间风情的原汁原味。譬如这样一段描写：

太行山绵延千里的山脉，河流密布，山岭纵横，一沟一梁间就有了人家。一条潞水环绕，曲里拐弯处依山傍水的村庄有上土沃、下土沃、暴店。上土沃财主原姓、下土沃财主皮姓、暴店的大户盖姓，三家财主有联姻，看不见的气候凝结了巨大的气场。

这里犹如一幅水墨画，展现出太行山造化自然的种种物象和民众生活情性形。另外，值得一提的还有小说题名"裸地"，这个意象是整部小说的核心象征——人们只有依赖土地才能劳作、孕育生命，然而如果人一味对它蹂躏，到最后只能是土地裸露着、日子过去了，"裸地"作为一曲农业文明的挽歌又何尝不警醒着人类未来？当然，《裸地》也不无遗憾之处，如小说中场面情景描写多、冲突不足，作为一部长篇小说似乎主、副线情节设置上还不够饱满，但瑕不掩瑜，《裸地》无疑是葛水平小说创作的跨越性拓展和新的里程碑。

总之，近年的山西女性长篇创作勃勃生气、颇有看点，可谓"风景这边独秀"。就像英国女性主义代表人物伍尔芙在《妇女与小说》中说的："如果你试图总结当前妇女小说的特征，你就会说，它是大胆的；它是真诚的；它是忠于妇女的感觉的……一本妇女的书，决不会像男人的书那么写法。"事实确是如此，限于篇幅我们这里不能再展开列举更多的女作家，然而，谁又能说她们的作品不以"这些品质"给我们深深的打动和美感呢？诸如张素兰的《白村的河》、李心丽的《师范女生》等，它们共同成就了山西女性长篇小说的丰茂光彩。

四、天性絮语：不可忽略的女性散文与诗

尽管小说已成为当代文学的主角，山西女性文学的异峰凸起也主要是以小说为标志的，但说山西女性文学，实在不能对其散文和诗歌忽略不计。

散文总的来说是一种尴尬的文字，这尴尬来自它的面目模糊，文学呼？非文学呼？这便形成散文的热闹与散文的边缘化，写作者众多，评论界漠然。而诗因纯文学性导致的边缘化更是众所周知。但在一定意义上我们说，没有散文和诗又何以有文学呢？譬如最初的文学起源，譬如一个作家的浮出，或是文学的丰富性，或最后的文学港湾问题。

笔者没有详考男性作家，但我们知道的是，像韩石山、张石山、李锐这样的"晋军"代表人物，在小说高峰之后，大多做起了散文；李国涛身体不允写小说，回到了千字散文的写作；有的作家写小说大红大紫，同时留恋于散文或诗的经营，如著名作家王祥夫。走进这方园地，你才真正能体会到

"什么是文人"，你会感到，散文和诗其实才是一个充满文气性情的世界，小说则溢满了社会学元素。而尤其对女性来说，散文与诗是那么合拍于这个天性絮语、情意绵绵的"她世界"。扫描山西女性作家的创作，大体可以说，没有散文和诗几乎没有她们创作的开启和滋养。一个现象是，她们几乎无一例外的都是从写散文或诗开始走上文学道路的；另一个现象是，一些女作家转向主攻小说后仍然不辍于散文或诗之耕；再一个现象是，当她们停笔小说后又复归于散文或诗。事实上，山西女性文学的集合地或者说最大场域在这一块，这样庞大的写作群及其成就，无疑是山西女性文学一个不可或缺的部分，此即我们不可忽略之缘故。

从远的来看，山西女性文学开先河者的石评梅，就是从写诗和散文开始的，如前所述，她的情感世界主要依此寄托，当时即被称为北京著名女诗人，后期写过小说，但一般认为其成就尤在散文。20世纪二三十年代可以说是散文和诗的高潮时代，对女性作家来说尤其如此，散文和诗成为她们抒发内心苦闷和呼号社会道义的主要形式，山西才女石评梅是以忧伤散文和诗著称的，其他如冰心"爱的哲学"式散文《寄小读者》，谢冰莹的《从军日记》和萧红的苦难式散文，都是新文学重要成就。新中国成立后，山西女性创作的活跃亦主要在诗、散文、特写、报告文学方面，如王樟生的《给一群四川姑娘》《青春颂》、她与霞裳合写的《同蒲风光》、段杏绵的《刘胡兰的故事》、郁波《青春的光辉》、彦颖《乡村小景》《漳河畔的姑娘》等。从新时期到近年来看，女性散文与诗作者可以说仍是山西女性文学的集聚地，或者说所有女作家的共同家园，其中有一直驻足在这块园地、默默地以散文或诗语书写着她们的文学梦的，也有以小说著名穿梭于小说和散文之间的。那么，有哪些可观之点呢？

就诗一方面而言，女性诗人与诗作形成了整体亮相。诗是当今最边缘的，也是作者最少的，写诗的人得耐得住寂寞，真爱诗，把诗当生命活动才能入到诗境中，但山西女性文学中不乏优秀诗人和诗作。据中国作家网，目前当红的山西女诗人近四十人：有樊海燕、喙林儿、子夜、农妇、王俊才、丁页、艾凌、赵好玲、娥子、环珮空归、狐妖、小木舟、流云、沁梅、李霖、竹无俗韵、爱斐儿、丛林、麻笑燕女史、王海英、小鱼摆摆、李圆、蒋殊、秋临、山翠、枕秋、孙云苓、茯苓、细语英英、清风流水、刘小雨、温暖的石头、温秀丽、闫庆梅、周广学、高巧玲平、养心兰、杨秀清、悦芳；据《2012年山西诗歌年度报告》点评到的有：大同的喙林儿、孟昭莹，朔州的温秀丽、宋清芳、刘小雨，吕梁的侯燕、李艳玲、杨秀春、梁小花，晋中的葛平、孟丽红、苏宝银，长治的陈素，晋城的周广学、杨秀清，临汾的何妮、陕红艳、裴彩芳，运城的孙云苓、卢静、赵爱玲、赵好玲、刘锁爱等。其中许多人在《诗刊》《诗探索》《星星诗刊》《诗歌月刊》《世界诗页》《诗潮》《诗选刊》《中国诗歌》等全国报刊发表大量诗作或出版诗集，这里可能不无遗漏，但大体反映出了女性诗歌的活跃情形。她们近年成绩斐然，引起广泛关注，其诗作一方面有较强的女性意识，另一方面立意高远、不落俗套，入选各类《中国诗歌年鉴》《诗歌年选》《21世纪中国文学大系·诗歌卷》等，并获得诗坛多项诗歌奖。如获得2004—2006年度"赵树理诗歌奖提名"的周广学的诗作就颇为看好："周广学的诗是最具女性味道的诗，也是最纯粹的女诗人作品，婉约，绵长，含蓄，晶莹，歧义……是洋溢着生活与生命体验的鲜活与灵动的"。2007—2009度桑小燕《羊的眼泪》获"赵树理诗歌奖"，其诗寓意深远，着意修饰的痕迹很小，让人在倾听叙述之时感到了心灵的震撼。再如陈小素获得2010—2012年度"赵树理诗歌奖"的诗集《素诗》，有评论认为"是山西诗歌的一个重要收获"，其诗风扎实、沉潜、严谨、流畅，立意广阔辽远，有的组诗像是个人的生活史、生存史，有的则是一个村庄史、也是更广义意义上的地域史，如"窑庄系列"。另外像葛平"捂了又捂的心跳/深了又深的呼吸/擦了又湿的眼角/住了又颤的手指/把一封信读出声来/"这样的诗句，像侯燕"因为你/心的芳草地疯长出太多的牵挂/所有的黄昏/所有的夜晚/不再黯淡/"的诗句，都是那么的自然真切，精巧流畅。总之，她们的诗涉猎广泛、体验深刻，举凡人生、历史、社会、自然、爱情等领域，无不表现出诗人对生活的爱和感悟，表现出女性特有的纯美与哀婉。在物欲横流的现代社会，精神迷茫的人们其实更需要寻找一种能够安慰自己的精神寄托，诗是最有资格成为艺术皇冠上的明珠。

就散文方面而言，比之诗要幸运得多了，它容易上手，也方便抒情叙事，艺术伸缩自由，几乎是所有女性作家的"自留地"。它无须诗的纯雅和含蓄，无须小说的变形和虚构，可以最自由、最真切地书写一切，因此收获颇丰。

其一是专写散文或以写散文为主赢得文坛赞誉的。近年不少女作家以散文成名，诸如指尖、卢静、江雪、水伊、若水、王芳、孙喜玲、边云芳、宁泉、张玉、张玉良、阿鸣、丰小平、聂利民、单菁瑞等，都以女性对这个世界独特的观照、感受和表现引起关注，许多入选《中国年度散文诗》《中国散文诗年选》等多种选本。像孙喜玲获得 2007—2009 年度赵树理文学奖·散文奖的《静思集》，便以独特的女性视角、婉约流畅的语言写出了富有批判精神的人生社会思考；卢静的散文集《穿越河流的鱼》入围 2010—2012 年度赵树理文学奖新人奖，为我们带来"灵动的鱼儿""冰雪林中的梅""蝉变""龙门"等凝结着诗意和思想的镜像。而像写作时间较长的徐小兰，虽著小说，但像石评梅一样成就似主要还在散文，其散文集甚丰，诸如《做个美丽自然的女人》《不能不说的疼痛》《柔软的坚守》《女人如月．桃花祭》等，2010 年又有影响颇大的长篇文化散文《千年望族》，它通过河东大地最具代表性的龙门王氏、万荣薛氏、永济柳氏、闻喜裴氏四大名门望族，展现了这块土地的悠久历史、人杰地灵和精神风采，堪称厚重。更值一提的是，这个运城的文坛老将，在河津众多文学姐妹建议之下，以其名字中的"兰"为名创建了"河津兰馨女子文学沙龙"，成为山西女性文学中的一支生力军。

其二是值得注意的一些著名或新锐女小说家的散文。蒋韵有散文随笔集《春天看罗丹》《悠长的邂逅》，散文《我不倾诉》获"四通杯"美文一等奖，《豆蔻年华的微笑》获得"2013 年度华文最佳散文奖"，为山西女性散文不断奉献自己的上乘佳作。蒋韵的散文擅长在叙事中写出种种生活情状和情趣，无论《我不倾诉》中"我"真切的生命体验和情感内藏，还是在"我母亲的姥姥"和"母亲——我女儿的姥姥"故事中回忆那"豆蔻年华的微笑"，其历史、沧桑、人生都与流畅的文笔和叙事的精巧浑然一气，读来生趣。而最近葛水平的散文集《河水带走两岸》又一次将山西女性散文带入中国文坛视野，引起广泛反响。葛水平原本文学功力就在诗和散文，在小说成名前是以其诗集《美人鱼与海》《女儿如水》和散文集《心灵的行走》为人熟悉的，其散文特色主要是大视野下对历史和现实的思考和感悟。在小说的繁华酣畅后，其"心灵的行走"似乎还是散文来的真切，在她沿沁河两岸重走家乡的山山水水、村村落落之后，终写下了集历史、民俗、自然、社会变迁、心灵感悟和文化反思为一体的《河水带走两岸》系列散文，文笔清新自然，意蕴深厚耐嚼，被评论界公认为"一部民间史诗歌谣""写出了大地山河以及隐藏在岁月深处的物事以独一无二的美和魅力"。冯骥才说从中听见作家对历史骄傲的赞美，痛惜的呼喊。历史的灵魂就是民族的灵魂，"这便是葛水平深挚而真纯的新作——《河水带走两岸》非凡的文学价值之所在。这是当代散文的新收获。"此外，像小岸的散文集《水和岸》、曹向荣的散文集《消停的月儿》也都是有分量的创作。特别值得注意的是近来小说"新锐"陈年的散文，其《行走的生活》入选《中国散文年度佳作2013》精选，被视为是将流淌的陈年往事置于新的时代背景下一种历史积淀和智慧考量的写照。而这里更看重的是她独具特色的对矿区底层生活世界的写照，如《卖命人》《鬼节日》《哭祭》《拾炭的女人》等，都将一副残酷真实的震撼带给了你：

> 从学校走到学生住的棚户区是一条拉煤的公路。汽车，拖拉机，三轮车，马车，拉着满当当的煤，一路扬扬洒洒。路是黑色的，草是黑色的，风是黑色的，同样黑的还有孩子们的脸。……路远，而拉煤车总是跑在学生的前头眼气他们。慢慢地很多男生学会扒车，快速地奔跑，跳跃起来用一只胳膊夹紧车的后斗，腾空的两条腿飞起翻过车挡板。然后坐进车斗里，朝着下面悠闲地吐一口唾沫，眼睛瞟着向后渐渐退去的路面。危险而刺激的扒车游戏后来成为一种很英雄的行为，敢不敢扒车常常是男孩们相互打赌的一个重要赌注。

其三是各类文学作者、文学编辑以至从事不同社会职业的女性，她们也不断发表散文，这样的一种大客串形成雄厚的力量，典型的标志性成果是2013年蒋韵主编的北岳文艺出版社出版的《黄土地与芬芳——山西女作家走山西·散文卷》，这可以说是一次群体的集结号——它的特殊意义主要在三点：一是它的副标题——《三晋女书，这是世界上独属于女人的文字》；二是它完全打破了女人一己个人抒情的小世界，走向了宽广的社会、历史、文化、民俗，全书分为《古城寺庙篇》《山川景物篇》《人物民俗篇》三大板块，在眼与物、心与物的交融中构成了天地人间、风物万象的灵动文本，充分彰显出了山西女性散文的视野宽度和历史厚度；三是集结了散文家、诗人、小说家以及不同职业的女性作者近60人，共筑起这部包罗万象的散文世界。其实在某种意义上，散文与诗、小说又何尝不是相通的呢？所以才有了这些女性在三者之间的穿梭，她们或记事或抒情，或写景或议论，大至宇宙人生，小至个人琐事，真实地记叙所见所闻，坦率地抒发内心感受。而概括来看，无论写什么，其实总主题都是著名哲学家海德格尔盛赞的诗人荷尔德林的一句诗："充满劳绩／然而人诗意地／栖居在这片大地上"。

香港浸会大学学者林幸谦曾特别谈到山西现代早期女作家石评梅的"女性叙事特质及其时代意义"，如果说"石评梅的文本乃是那个时代中一个女性作家的提问、议题、事件、事实、呐喊等形式的综合体现，为五四现代女性文学留下宝贵的文学遗产"，那么，今天的山西女性文学则是在20—21世纪之交历史时空下提供的新的女性言说文本，其中一切写照思考，同样为这个时代女性文学留下了宝贵的遗产。当然，山西女性文学也不无缺憾，从中国一流女性作家看，她们的创作观察生活和思考的深广度都值得借鉴，从世界范围看，20世纪后期西方女性文学一个显著特征是性别意识与文化意识的交融，她们的创作主题已拓展到种族、性别、代沟、文化间的冲突，而山西一些女作家则不无视野狭窄、主题陈旧、思想肤浅的问题。这是山西女性文学的一种局限。显然，在后现代两性关系重构和谐的新的社会环境下，山西女性文学乃至中国女性文学在感受女性自觉时，还需要感悟"民族"的自觉，在"女性"的性别视角背后，还应有超越性别的更高境界，这才是女性文学的坚实之路，文学的天空才会更为宽广。

山西网络文学生态

◆ 王姝

　　山西网络文学院宣告成立后，首批吸纳 18 名会员，这是继北京、浙江、重庆等地成立相关组织之后，又一家将网络作家纳入"组织"的文学机构。那么，山西网络文学生态如何呢？请看——

"核心提示"

　　山西网络文学院宣布成立后，首批吸纳 18 名会员，山西省作协副主席、山西文学院院长、著名诗人潞潞为首任院长。这是继北京、浙江、重庆、江苏、上海等地成立"网络作协""网络文学创作委员会"之后，又一家将网络作家纳入"组织"的文学机构。网络作家开始被纳入作协体系，跻身主流文学界，这不仅意味着曾经的网络写手向网络作家身份的转变，还意味着山西本土文学对网络文化与网络作家的肯定，文学组织对网络文学的重视在加强。相比上海、北京等网络作家重镇，山西网络作家的数量不算庞大，但是凭借山西人特有的勤奋、聪慧和这片土壤上深厚的文化底蕴，其中不乏跻身网络一线的作者。他们依靠"码字"在网络上获得了成功，但同时也承受着网络快速更新、优胜劣汰的巨大压力。如何面对灵感和体力的双重透支，在迎合市场和坚持自我中寻找平衡都是现在需要思考的问题。

起步——

　　"接货的司机说，对不起，今天迟了，因为看了叫《官仙》的小说，看迷了。"

在省作协举办的青年作家培训班上，笔者初次见到了网络作家陈风笑和叮狼。在省军转干部培训中心的学员房间内，整洁、温暖，处于开机状态的笔记本电脑上是陈风笑今天准备更新的作品章节。虽然这次培训班课程安排得很满，但是每天上传更新6000字的工作量铁打不动。"不'断更'是我们这行最基本的，我写得最长的是《官仙》，连续2091天不'断更'。"70后的他，是地道的太原人，2005年用"随缘·珍重"为笔名写了网络小说《都市逍遥客》《简单欲望》，反响强烈，凝聚了第一批读者，后签约起点中文网，发布了《绝地张扬》《官仙》。目前连载长篇小说《狂仙》，是山西省文学院第四批签约作家，山西网络文学院特聘副院长。说起自己的创作道路，他觉得开始纯属玩票：1994年理工科毕业后，放弃稳定的工作，试水商海，从事过财会、销售、工程等多种职业，最多时一天早中晚打三份工。这样的人生经历也为他后来创作都市官场小说积累了丰富的素材。在艰辛的创业初期，偷空阅读网络小说成了唯一的消遣。最初只是喜欢看，看得多了，自小擅长写作的他就开始尝试网络写作。

"那时候自己和家人都没太当回事，我的写作只是业余，我主要是和姐姐一起做生意。后来有一天，姐姐等着发货，对方公司来接货的司机迟迟不到，等了好久才匆匆赶来。他一个劲跟我姐道歉说平时自己都很准时的，最近在网上看了个叫《官仙》的小说，看迷了，这才迟到了。我姐本来一肚子气，一听《官仙》，赶紧问是不是一个叫陈风笑的写的。司机一听释然了，'原来你也是他的粉儿啊？'姐姐乐了，'你想见他吗？他就是我们公司的！'那时候才觉得，这次可能成了。"

网络作家大多数是从读者转化来的，因为门槛很低，误打误撞进入的人很多，真正能坚持下来的人却很少。但是凭借山西人特有的勤奋、聪慧和这片土壤上深厚的文化底蕴，其中不乏跻身一线的作家，而这些人中又以70后、创作都市和官场文学的作者居多。

现状——

"吸金土豪，码字宅男，是媒体和大众对网络写手的某种误读。"

据去年大陆"网络作家富豪榜"显示，20位上榜的网络作家版税总和近

1.6 亿元，收入相当可观。网络作家的造富能力成为媒体和大众津津乐道的话题。那么真实的情况果真如此么？他们的生存现状到底如何呢？

叨狼，临汾人，创作网络小说《官门》《黑领》《财色》《赝品》《从特工到修真》等，跟专职搞网络文学创作的陈风笑不同，叨狼还是一位培训老师。"我应该算是网文作者里比较勤奋的那种类型，每天更新 1 万字。但我不觉得自己是宅男，白天我要上课工作，休闲的时候我也会陪老婆孩子逛街，和朋友聚会。每天写作也就两三个小时，但肯定不是个轻松的活儿，更多的时间需要大量的阅读和生活体验来充实自己。"

老草，长治人，本职工作是政法系统的一名干部。长时间写作让她患有严重腰椎间盘突出，这次生病已经休养了近一年，但是仍然坚持每天十几万字的阅读量，"现在只能做些准备，大量的阅读必不可少。我读书很杂，各种体裁的文学作品，历史书，经济类的书，甚至心理学的书都读。"

对于坊间传闻动辄百万、千万的收入，陈风笑认为媒体宣传的不负责任是造成误读的一个很重要的原因，"吸金土豪，码字宅男，是媒体和大众对网络写手的某种误读。网文作者的收入是典型的金字塔，收入百万、千万的'大神'有，但是很少，只有塔尖上那一点点。年收入十几万的群体，应该才是网络写手中最为中坚的力量。95%以上的作者处于庞大且变动很大的基座位置，因为没收入或者收入低，不足以以此为生，所以常常写着写着就不见了。"

压力——

"在'长'和'水'的背后，也反映了网站和网络作者的生存困境。"

在受关注度越来越高的同时，对网络文学的各种质疑之声也接踵而来，主要是因为其作品中确实有重技巧轻内容、格调不高、文字注水、同质化严重等短板。对这些问题，陈风笑并没有回避，他坦言，这些问题确实存在，一方面现在的网络文学基本上都是长篇小说，甚至是超长篇，动辄就是几百万字，甚至千万字，这样的体量之下，注水似乎很难避免。另一方面，商业化的运作和盈利模式，让很多写手容易陷入套路化写作的误区。

"坦率地说，我的《官仙》，连续创作 5 年零 9 个月，前前后后不算路人甲路人乙，光有名有姓的人物就有 4000 多个，你要说我天天有灵感，从来不注水，是不可能的。有人也闹过笑话，一个人物前面已经死了，可是隔的时间太长，忘了，故事发展到后面，又蹦出来了，细心的读者就发现了，质问你，怎么又活过来了呀。"一般阅读网文的前三四十万字是不用付费的，只有写得越长，人气才会聚集得越多，作者才有收益。"长"和"水"的背后，恰恰反映出了网站和我们这些网络作者的生存困境。

同样以写作都市小说见长的网络作家常书欣在这个问题上也有着同样的感受，"如何在巨大的创作压力下保持不衰的激情是我们每一个网文作者都需要面对的问题，有时是不得不采取一些技巧来完成定量式的写作，这就是作品格调不高、文字注水等短板出现的原因所在。"

未来——

"无论是传统文学还是网络文学，未来的出路只有一个，就是出好作品。"

年终岁初，腾讯文学曲线收购盛大文学，终结"起点时代"，无疑成了本年度网络文学领域的大事件。网络文学的变化一如网络新媒体本身一般，令人难以洞悉。尘埃落定之时，很多人认为在未来的三年到五年，网络文学即将面临着重新洗牌。然而身处其中的网络作者却十分淡定，在他们看来网文行业本来就是一个机会无限但竞争激烈的行业，能从千军万马之中杀出，原本就不是一件容易的事。

在网络作家常书欣眼里，洗牌是必然，是发展瓶颈决定的。缺乏创新力、个性模糊、同质化严重等问题都需要运作制度的变革，需要去芜存精，重新洗牌。

说到网络文学的未来，植根生活，发掘现实，借鉴传统文学等等都是网络作家们正在尝试和学习的。作家老草认为，无论是传统作家还是网络作家，水土根性都是不可回避的，"山西很多老作家的书，包括山药蛋派的作品我都读过。生长的这片土地最终都将影响你架构故事的世界观。不论你开始写什么，但最终都会回到自己的生活。"

这次省作协举办青年作家培训班，授课的都是在我省文学领域久负盛名的大作家。叨狼感慨地说："下午讲座这个老师讲到人物会带动情节，这一点我就感触很深。以前没有接触过这么多传统文学作家，这次有机会和大家一起学习、交流，我觉得收获很大。无论是传统文学还是网络文学，未来的出路只有一个，就是出好作品。"

我看文学：生活远比想象更精彩

新散文的几个问题

——《在十月》"坎墩散文论坛"上的演讲

◆ 张锐锋

　　从 1998 年《大家》杂志开设《新散文》栏目作为标志，新散文运动已经十年了。那时，我和庞培的散文得以在第一时间得到《新散文》栏目的青睐，很快地，祝勇、宁肯、周晓枫、马丽等一批作家，陆续登场，成为新散文运动的第一批参与者和鼓动者。事实上，这一运动的发端要早得多，在我看来，从 20 世纪的 90 年代初期，就已经开始了。那时候，周涛，史铁生，已经去世的苇岸，已经写出了一些不同寻常的作品，我的散文作品《马车的影子》也已经发表。这一切都是静悄悄的萌发，没有刻意的炒作，没有故意吸引眼球，但新的东西的确出现了。我认为，在中国散文史上，新散文的出现，是一个了不起的事件，是中国散文史不能回避的一个事件，尽管这一点不能被普遍认可，但是，一些有识之士已经看到了新散文的价值和意义，比如说，它已经被收入一些大学本科和研究生文科教材，比如《新时期文学》以及《中国当代文学 50 年》等，这些教材对新散文都做了独立的专题论述，这实际上凝结了学术界对新散文的一些基本判断和最新研究成果。

　　它的意义还不仅于此，更重要的是，它推翻了人们对散文的某些看法，颠覆了教科书上对散文的某些定义，扩大了散文的视野，丰富了散文的内涵，增强了散文的表达功能，提升了散文的地位，使以小说为主的文学格局，发生了很大变化，极大地推动了散文的繁荣。

　　文学界中许多人，似乎还没有真正意识到这一点，他们还沉浸在中学时代熟知的几个散文作家培养出来的阅读和欣赏习惯中，不能接受散文的突破性现实。实际上，这样的状况并不令人感到意外。一些走在前面的作家，头脑中的观念和远大抱负，往往不会很快被社会和时代接受，他们的作品，也必须通过相当时间的等待，必须通过一定的结构来一点点释放能量。也许已经产生了了不起的作品，但不必期待它很快成为时代的宠儿。一些作品，可能在以后被证明是伟大的，甚至是不朽的，但是，因为还没有被证明它的经典性，很多人都不愿意对其价值做出判断，以免招来不必要的指责。因而，一般地，当下的读者以及同时代的人们却不愿接受它，他们宁愿将目光投向那些已经死去的作品，或者一些价值不高的，但在我们的文学教育中一直被过度阐释的作品，而不愿意承认、认同同时代的高价值作品。这里存在着种种复杂的原因，社会中一些品质，代表了人性中统计学意义上的平均弱点，守旧，嫉妒，怯懦，不敢违抗大多数人的声音，不敢呈现自己的真正所想，等等。可以说，社会环境一般不利于文学创新，创新比之于守旧，具有更大的风险和阻力。

不过，新散文的历程虽然曲折，但终于开始被一点点接受了，尽管这种接受是缓慢的、羞涩的。不能否认的是，近十年来，一批批从事探索散文新路的散文家的不断跟进，散文创作的格局一经大的变化发生了很大的变化，他们不论对新散文持有赞赏或怀疑的态度，但是有一点是肯定的，那就是对传统的、旧的散文已经感到不满了。新一点，更新一点，成了散文作家们不约而同的创作渴望。

我们对代表着过去的散文有哪些不满？

这就需要我们对现代文学史的种种事实进行深入解析，梳理一下现代散文发展的脉络。现代意义上的散文，发轫于上一个世纪的 20 年代，它是新文化运动的伴生物。这场影响深远的运动试图解决的核心问题是启蒙，将西方的新思想，民主与科学请入中国，探索救国的真理，并以文化的缓慢渗透，从文化心理层面上改变民族根性，进以改变民族贫弱的命运。文学成为完成这一任务的重要工具和手段，它首先被赋予实用价值。因而，散文的命运是由其承载物的性质决定的，它本身是什么和成为什么，是并不重要的，散文必须为其启蒙的目的量身定制。现在，我们可以看看二三十年代的文学家和批评家们是如何为散文的特点做理论概括的：

1921 年

周作人：提倡记述和艺术性的美文。它试图拓展散文的功能和纯化散文的文学品格，不过，他在创作实践中，更倾向于思想评介和论文写作。他将散文归纳为两点：一是批评的、学术的，二是记叙的、艺术性的。

1923 年

王统照：提出纯散文的概念。他认为，散文应该定义为"小说、诗、戏剧之外，并列的一种文体"，是"写景、写事实为主的"，"使人阅之自生美感"的文章。最后的结果是，散文成为"没有诗歌的神趣，没有短篇小说的风格和事实，又缺少戏剧的结构"，这种"三没有"，已经否定了散文的独特魅力。因而，他觉得真正写出好的散文，就肯定会遇到几个具有高难度的挑战：1. 思想没有确切的根据；2. 词技与各种语势不得有灵活的用法；3. 太偏重理智的知识，没有文学上的趣味；4. 以新文学的趋势，没有对纯散文加以提倡。这实际上已经为纯散文填写了死亡证明书。

1926 年

胡梦华提出絮语散文的概念。他总结了几点：1. 平淡无奇；2. 家常絮语；3. 个人化的，要从主观出发。但是他又补充说，要有奇思、有妙笔，有冷嘲热讽，有机锋和警句，有热情和诙谐，因而，它是散文中的散文。

1926 年

夏丏尊先生提出，散文应该是这样的：1. 着眼细处；2. 印象的；3. 暗示的；4. 有中心的；5. 机智的。

1926 年

徐蔚南的归纳缩减为三条：1. 印象的抒写；2. 暗示的写法；3. 取材常采用即兴的一点。

1931 年

冰心在《寄小读者》中说，散文的语言应该是优美的，亲切的，有个性的。她从语言的角度对散文做出了说明。可是，她所说的。实际上是一切文学的共同要求，难道小说的语言不应该是优美的？他似乎说出了散文的原则，实际上等于什么也没说。

那个年代，虽然理论家们对散文的阐述不同，但实际上已经达成了共识，他们的看法基本上是一致的。梁实秋认为，一切散文都是一种翻译。它是针对那个时期的散文说这话的，指出了从欧美移植过来的散文作为创作依据的事实。实际上，当时的散文正处于拓荒时代，能够借鉴的资源很少，作家们选择了西方的随笔和明代的小品，这两种模式，最随意，最易于掌握，也最适于承载和宣传某种思想。梁实秋还强调散文应该有"文调的美"，这里显然指的是文词优美和并有某种韵律感。他认为散文还必须把"作者的性格纤毫毕现地表示出来","把自己的意念确切地表示出来"。散文的相对文体是韵文，实际上，它的散文定义已经回到了古典意义上的笼统说法。过去，我们只将文学分为韵文和非韵文，它没有强调散文与小说的具体区别。

1922 年，胡适写了一篇《五十年来中国之文学》，对 19 世纪后半叶到他写作的时间截止，做了系统的评述。其中谈到白话文学的成就，说了四项：1. 白话诗"可以算是走上成功的路了"；2. 短篇小说也"渐渐成立"；3. 戏剧与长篇小说成绩最坏；4. 白话散文也很进步了，尤其是周作人的"小品散文"。可以看出，小品散文是那个时代的主流散文形式，它代表了一个时代对于散文形态的需求。然而，这样的发展，历史也仅仅给予了十五年左右的时间。以后，1935 年之后，民族存亡的问题已经成为第一问题，散文的探索不可能继续下去了，它的实用主义价值必须得到进一步发挥，一切探索必须让位于抗战，这意味着，散文的创造活动已经停止。从这一意义上说，文学不过是生存问题解决之后的奢侈物，它很难独立存在。

新中国成立之后，散文也同样忙于歌颂，沦为宣传的工具，一直到新时期文学时代，散文的地位可以说并不很高，无论是伤痕文学、寻根文学，还是先锋文学，试验文学，都是以小说和诗歌为主，散文在一个时期几乎被遗忘。也许存在意识形态方面的原因，也许还有更深层次的原因，人们更愿意选择比较抽象又富于情感的诗歌表达和虚构一个另外的世界，它似乎对现实是一种仿造，又似乎和我们的生活密切相关，它好像表达了我们的意志和心声，又似乎和我们毫无关联。它不存在和我们形成一种完全对应的关联性，它只是在某一些点位上对我们有所擦痛。

新散文的兴起，在一定程度上改变了散文的命运，它开始从隐没了的地方重新浮现出来，并登上了前台。大量的新散文作品可以支持这样的说法，即散文创作已经取得了重大突破。祝勇的《旧宫殿》，周晓枫的《圣诞节的零点》《我的身体是个仙境》，庞培的《乡村肖像》，宁肯的《天湖》《藏歌》等，都是新散文的代表作，凝聚了散文创作方面探索的一些重要成果。新散文的创作群体的形成和作品的数量和质量上的不断提升，都可以说明新散文的创作方式，正在逐步颠覆传统散文中的某些观念，并在文学史中取得属于自己的一席之地，不论你对它视而不见，还是固执地坚持沉默，还是持怀疑和否定的态度，新散文的存在，已经是一个不可抹杀的事实，它对散文的贡献，已经摆放在那里。

那么，新旧散文之间存在着哪些不同？这是我们需要探讨的一个问题。从二三十年代理论家们对散文特点的归纳和概括看来，他们只是针对那个时代的散文而言，这些并不清晰、甚至有些笼统的定义，事实上只是一种对散文的假设，它并没有、也不可能将散文的模式固定下来，形成一个僵死的、不可更改的、一直被奉为神谕的信仰。那样，散文创作将不再是一种创造活动，而是一种无价值的仿制和克隆，一种具有统一规格产品的量的堆积，本来活跃的散文史也就凝固在一个时间段上。

一些假设被改写了、推翻了、颠覆了，另一些假设取而代之，散文成为另外的样子，这就是革新，散文的革新。欧几里得几何学平行线公设的改写，意味着非欧几何的诞生，牛顿力学的时空假说的失效，确立了爱因斯坦相对论的地位。一切创造活动，一切新事物的出现，都意味着一个旧时代的终结。散文同样如此。

按照这样的逻辑思考问题，新散文呈现出与传统散文不同的许多方面：

1. 散文的篇幅和规模。过去，出于对散文某些实用主义的理解，强调散文的短小，便捷，随意性以及传播学意义上的策略，短小精悍成为散文的规则之一。但是，新散文突破了长度的限制，以至于它堪与小说媲美。一批新散文作家创作了大批具有相当长度的散文作品。现在，人们已经开始适应这种散文的变化了。散文的长度使得散文不得不让人们引起视觉上的重视，也为散文的容量、信息量的扩大，也为散文内容主题方面奇妙莫测的变奏，奠定了基础。

2. 虚构性。实际上，这是一个虚假的命题。从严格意义上说，任何文学作品都带有虚构的性质。卡夫卡说，虚构是浓缩、接近于本质。这是文学的要义所在。我们很难确定鲁迅的《故乡》和朱自清的《背影》，哪一个是虚构，哪一个是写实。仅仅凭借故事的叙述不能评定虚构与否。如果仅仅以虚构来说明小说与散文的界限，我宁肯相信鲁迅的《故乡》是散文，而朱自清的《背影》是散文，因为《故乡》写得更为逼真，更为可信。读者实际上仅仅是凭借作家的身份和习惯使用的文体形式，来推断他所写的作品是散文还是小说。不过，并不是两者在虚构方式上不存在区别。我认为，小说的虚构，具有整体虚构的性质，它营造了一个完全的虚构世界。这一世界有着自己的逻辑，自己的结构，以及自己的原则。它的一切看似真实的东西都服从于整体虚构的规则。而散文的虚构则不同，它的虚构服从于真实原则，是真实的附属物和补充部分。用一个比喻，就是，小说重新捏制了一个艺术陶罐，而散文则是对已有的不完整的陶器碎片的黏合和修复，一些残缺的部分，以虚构的东西修补，以便复原陶器的真实形状。新散文中采取了很多虚构的成分，以便弥补记忆中的残缺，虚构是一种对真实的还原手段，而不是以此取代真实。

3. 结构。传统散文重视结局，它基本上是按照某一个中心思想来设计结构的。它的每一个词句，每一个段落，都为那个意在笔先的思想而产生，而服务。这些词句和段落没有独立的价值和意义，它们的存在只是为了指向那个事先规定了中心思想。它们沦为中心思想或者主题的附属品，它们的存在是它者的存在的一部分。新散文不一样，它并不先入为主地只设计一个主题、一个中心，它试图使每一个语词、每一个段落，都具有自身的意义和价值，它们为整体存在之外，还为自身而存在。它们本身的意义将不断闪耀，它既属于整体，也独立地属于自己，并从整体意义中获取自己的意义。这里没有独裁式的主题，没有具有垄断力量的中心，它呈现的多义性，使散文更为丰富，更为瑰丽多彩，更让人回味无穷，它所具有的阅读营养也更加丰富。更重要的是，我们的内心通常是复杂的，多义的，甚至是矛盾的，如果忠实于我们自己，为什么不能真实地记录一切？为什么必须采取虚假的过滤，使得所有的复杂性化简为一个简单的结论或者一个单一的中心？如果散文还必须尊崇真实原则，那就必须打破一个主题和一个中心的神话。

4. 叙事。传统的散文对叙事采取单一化原则，即只讲述一件事情，而且为了区别于小说的叙事，尽可能地简化一件事情的血肉，也很少细腻地描绘，只给出一个事件的轮廓，或是几个细节，然后将其指向某种情感，或者某种思想和道理。这种叙事法则，过滤了事实本身的丰富性，也弱化了散文的魅力。新散文在很多方面借鉴了小说的描绘手段，使它的真实感更强，更易于亲近我们的内心生活。但这并不意味着散文小说化。小说是将一个个事件或故事摆在我们面前，散文则是探讨和描述我们内心的情感、经验以及由此衍生的一个个行为。它是许多主题和副题交织在一起行动，而不是事件或故事。行动是具有内在内容或思想的活动。从原则上讲，这是一种并恢复了真相的思想活动，同时，它值得我们重新思考。由于这些行动中包含着思想，所以，如果说，散文是个人化的包含了情感和经验的思想史，而小说更近于由一个个事件组合起来的，并具有某种内在逻辑的历史。散文以内心为主体，事件只是用于内心的说明和渲染；小说则以事件为主体，人物的内心活动，思想活动，不过是事件原因的说明和解读方式罢了。正因为如此，散文中的种种事实，常常呈现为一个个片段，这些事实之间，如果抽去了内心的情感和思想，它们就失去了必然的联系，就像抽去了串接念珠的线，珠子就会散落一样，这些珠子本身并不相关。

5. 材料。传统散文比较重视材料的重要性，也就是，这一材料本身具有重要象征意义和思想价值，必须用这样的材料来打造某种思想。比如说茅盾的《白杨礼赞》，为了说明某种思想，借助于北方的白杨树的形象。这种手法，看似以小见大、简单、直接、显而易见，易于理解，但很容易使散文中的类比变得牵强附会，其美学价值也随之降低。新散文则寻找一些更加具有辐射力的材料，这些事实材料，也许没有大的事件背景，却是个人经验和情感的结晶。这样，就可以突出人与世界、人与自己的种种微妙关系，在创作中发掘事实材料中的更为复杂、更为深邃的寓意。

6. 语言。在传统散文中，语言只是为了表达主题和思想而存在，因而更注重语言表述的精确，这样，极具个性的语言往往被排斥。因为个性化的语言往往会损害精确性，很容易模糊思想的边界，使读者在阅读的过程中产生歧义。这样，散文的创作语言越来越趋向中庸，以至于向报纸化和完全口语化的语言风格靠拢。我们可以发现，很多被视为典范的传统散文，大都老气横秋、四平八稳、用词平实、貌似深沉、实则贫乏、毫无个性。在这里，我不想一一举例。新散文更重视语言的自身价值，注重发挥它们的个性化力量，试图使每一个语词、每一个句子，都富有个性特点，都熠熠生辉。这样，阅读者就可依从充满歧义的地方感受诗意，并发现自己需要理解的意义。西方作家卡尔维诺在谈到伽利略时，从另一个角度指出伽利略对世界隐喻的最独创性的贡献，是强调用来书写的符号。因为伽利略说过，自己的书是字母表。谁懂得将这些字母组合起来或并置，就能获得对所有疑问的最精确答案。他用画家使用颜料作画来比喻语言的力量，画家把各种颜料组合、调配，涂在画布上，各种事物形象就呈现出来。尽管颜料和调色板上没有形象，但它们可以表现一切可见物体。所以，语言本身具有决定性意义，所以精心调配，才能使语言具有更大的表现力。表现力实际上是丰富性的体现，而不是外在的精确性的体现。新散文有时甚至通过语言的扭曲、变形，来寻找语言含有的反弹力，以达到最强烈的表现效果。

以上探讨的仅仅是新旧散文之间一些粗略的差别，实际上，新散文还有很多内在的特点，有别于传统的散文观念。散文是一种不朽的文体，它一直是我们民族文学传统中最重要的表达方式，它为我们提供了不受外在约束表达自己的权力。然而，我们对散文的认识和探索还远远不够。八十年前，胡适曾指出，中国一千年来的文学史是古文文学史的末路史，是白话文学的发达史。我也借此引出，中国近百年来的散文史，同样是庸俗实用主义散文的末路史，是审美散文的发达史。胡适还在20世纪20年代总结说，近年的文学革命不过是给一段长历史做了一个小结束：从此以后，中国文学永远脱离了盲目的自然演化的老路，走上了有意地创作的新路子。他的预言实际上仍然是阶段性的，因为新路总是要变为老路，昨天的新路已经变为老路，甚至成为开辟新路的新屏障。我们看到的事实正是这样。因而，我们今天的散文家，应该拿出新文化运动先驱者们当时的勇气，不要总是依赖散文的自然演进，要勇于革新，勇于背叛，勇于向前。

八位作家和二十四本书

◆ 吕新

1

我现在最想看到的两本书是由曹雪芹本人亲自写作的《红楼梦》的后四十回和爱尔兰小说家詹姆斯·乔伊斯的《芬尼根守灵夜》。前者我以为已不大可能，但也并非不存在意外，许多令人意想不到的事情在我们的注视或不经意之间都已发生了。后者无疑应寄希望于翻译界。乔伊斯使用的是司空见惯的英语，并非另一个星球上的字母，难在哪里呢？我自己的英语水平但凡稍强一点，我早就将它翻译过来了。靠别人办事历来都是如此，除了耐心地等待，什么样的心情和手段都不起作用，一切都派不上用场。

使我怀有极大敬意的全世界的八位作家中不包括詹姆斯·乔伊斯。在他的前面和上面，还有一位查尔斯·狄更斯，从本质上来说，他们是说着同一种语言的同胞。人们说，按照乔伊斯的小说，可以重建一个都柏林；但按照狄更斯的作品，可以重建一个英国。狄更斯能代表英国，就像巴尔扎克可以代表法国，托尔斯泰、陀思妥耶夫斯基照亮了黑暗漫长的俄罗斯一样。

2

美国人将《卡拉马佐夫兄弟》搬上银幕，其意义也许仅仅是让说惯了俄语的俄国地主和军官们讲一讲英语。银幕上的《卡拉马佐夫兄弟》是轻浮而简单的，是小的，像一个被切除了四分之三的胃，许多未被理解、难以消化的内容，甚至基本的脉络都被不客气地取掉了。可恶的人们，之后又用获奖来表示他们的制作是成功的。

有些人天生就喜欢做自己做不了的事情，类似的行为总是被视为挑战和勇气。1960年，山西北部山区有一个小个子男人非说自己一顿饭可以吃掉42个馒头。他死后，人们在挪动他的身体时，从他的怀里突然又掉出七八个馒头，将在场的人都吓了一跳。他留下一个儿子，1969年开始上小学，名字叫何苦。何苦属牛，长我两岁，1973年，我们终于成为同班同学。连续的留级使他的身高显得鹤立鸡群，异常突出。他当过组长和劳动委员，1974年初春，由于犯了一个"不可饶恕"的错误，被撤销了所担任的一切职务。此后再无官运可考。

3

有很长一段时间，甚至直至今天，我的眼前经常浮现出一个穿着白色双麻布裤子的年轻人，神情亢奋而又恍惚不安地行走在一条危机四伏的街上，等待一位主教乘船前来。主教喜食鸡冠，而他自己——圣地亚哥·纳赛尔则总是梦见一片水蒙蒙的树林，梦见白色的鸟粪覆盖在他的脸上。根据迷信的说法，他是正在去死，临出门前朝母亲笑了一下，然后慢慢地往另一个世界里走。——这是《一件事先张扬的杀人案》，这是加西亚·马尔克斯记忆中的南美洲。那里天气炎热，尘土飞扬，火车的颜色像香蕉一样。

健忘症几乎使人们失去了记忆中的一切，即使给每一件物品贴上相应的标签，也只能勉强知道其名称，而仍然想不起其用途。在无数次的实践中，头脑灵活的奥雷连诺开始把标签搞得越来越复杂，一头奶牛的标签便很能说明他们是怎样跟健忘症做斗争的。奶牛脖子下挂着的标签上这样写道：

"这是一头奶牛。每天早晨挤奶，可以得到牛奶；在牛奶里掺入咖啡，可以得到牛奶咖啡。"

这是奥雷连诺上校在马孔多的一个最好的发明。

我有十几年的时间没有进过任何一家电影院。有一天晚上沐浴之后，毫无睡意。打开电视，里面正在上演一部中国电影。看了几分钟以后，我开始越来越吃惊：我看到马尔克斯的《一件事先张扬的杀人案》被搬上了中国的银幕。所不同的是，小说中即将被杀的圣地亚哥·纳赛尔被一位已被提前杀死的中国北方的山村教师所代替。杀人者也是兄弟两个，穿着黑棉袄。圣地亚哥·纳赛尔临出门时朝自己的母亲笑了一下，那位山村教师临出门时也做了同样的表情，两位母亲事后都突然回忆起了儿子的那种笑。小说中的酒店和牛奶店被一个炸油条的烂摊子所取代，导演命令两名演员在那间四面漏风的破房子里炸油条。不时地有人来买油条，趁机说一些小说里的话：一些可怕的消息。两名杀人者在里面一边喝白酒，一边吃油条。他们的吃法使我感到惊讶，我还从未见过喝白酒就油条的人。那把杀人用的刀子就放在油条的一边，他们一边喝酒，一边扬言要去杀死那个山村教师，做着与彼得罗·维卡略兄弟同样准备做的事情。炸油条的人听到这个消息后吓得半死，立即跑去报告山村教师的母亲；那时候，牛奶店的老板娘克罗迪尔德·阿尔门塔也正忙着要去通知圣地亚哥·纳赛尔的母亲。早晨，广场上唯一开门营业的就是教堂旁边的这个牛奶店，老板娘在晨光熹微中第一个看到了圣地亚哥·纳赛尔，她仿佛觉得他穿的是银白色的衣服，"活像一个幽灵"。

我至今不知道这部中国电影的名字，不知它制作于何时。在接下去的一部美国影片里，一位教授正指责一位部长缺乏必要的道德，部长十分惊讶地说："先生何出此言？"

人口过剩了，什么人都有。我不了解南方的农民。在北方的山区里，如果不去参加别人的丧事或婚礼，那就意味着一辈子都要在自己的家里吃饭。不管他一天吃几次，端起又放下的都是同一个碗，动作与姿势因经年的重复雷同而娴熟无比，有时又因过于娴熟而显得笨拙、生硬。没有人敢于在一个贫穷寒冷的村子里开设一个什么，这与"谁敢杀我？"基本属于同一个命题。也许，某一个小店专门是为准备杀人的人存在的，干活之前先进去吃一顿，好歹镇定一下。通常情况下，被布帘子特意遮住的那一部分被称为"雅座"。掀起帘子进去，会看到乡长与他的客人们正在用火柴棍猜拳。火柴棍多的时候，拳头握得很紧，生怕掉出来；火柴棍少的时候，拳头是松散的。

"几？八？"

"几？一？"

"王八蛋！就是个一。"

猜中的要受罚，猜不中的反而平安无事。一桌八个人，八根火柴，每人猜一个数，越到最后命中率就越高，因而，排在最后的人不能不希望火柴一出门就被与庄家邻近的人猜中，他们总是强烈要求将事情解决在萌芽状态。

4

蒲松龄先生曾经描写过两个山东的差役前去执行公务，走在路上，遇到从冥界来的两个鬼，也是两个差役。四个人的身份与职业完全一样，此次前去执行的公务竟也完全一样，都是奉命前去缉拿一个人。山东的差役在听到冥界的两个差役的谈话后不禁大吃一惊，他们分别要去缉捕的竟是同一个人。那个人住在泰安城外，其住宅四周的景色与冥界差役的描述和山东差役的所见完全吻合。

还有豪尔赫·路易斯·博尔赫斯。

还有威廉·福克纳。廉耻与怀疑像南方潮湿的龙舌兰一样时刻交织、攀援在他的意识里。有时，即使面对迪尔西这样的女人时，他也不免会感到拘谨。为什么？因为他成功地将人格与伟大的尊严赋予了她。

然而，从本德仑到他的女儿杜威德尔，甚至小儿子朱厄尔，又无一不在用各自的生命印证着陀思妥耶夫斯基的一个痛苦：被侮辱与被损害的。

18世纪的曹雪芹，19世纪的巴尔扎克、狄更斯、陀思妥耶夫斯基和托尔斯泰，20世纪的福克纳、博尔赫斯和马尔克斯，我怀着崇敬的心情写下他们的光辉不朽的名字，不仅仅是因为他们每个人在某一方面都空前绝后。现在，无论看谁的东西，我都不由自主地以他们为参照。我认真地研究过他们，因为我想知道他们为什么能够影响我？有些人至今仍像强烈的光线一样辐射着。我从来没觉得他们是外国人，也没觉得他们是中国人。他们当然不是通常意义上的外宾。外宾是个什么？穿着亮闪闪的、领子很硬的衣服，两手插在两腿间。

每年读一遍《红楼梦》。我非常认真地将那一段时间视为一年一度的疗养。那段日子里，哪里都不想去。

5

《豹》的作者兰佩杜萨是意大利的一位亲王，其名声远在后现代主义名家卡尔维诺和诺贝尔文学奖获得者皮兰德娄、夸西莫多，甚至蒙塔莱之下。兰佩杜萨，他的曾祖父也是一位亲王，但不同于巴尔扎克和托尔斯泰笔下的那些戴着假发、喷着香水、浑身散发着腥甜气息的欧洲贵族。作为一名勤勉的天文学家，他在浩瀚的宇宙里发现过两颗小行星。《豹》是一本篇幅只有 14 万字的长篇小说，但《豹》是本世纪的一部杰出的巨著。《豹》出版于 1958 年，但作者兰佩杜萨则于一年前的 1957 年离开人世。

作为法国的长河小说，《蒂博一家》的准确而干净简洁的风格令人惊讶，现实的魅力使之成为 20 世纪最杰出的长河小说。作者马丹·杜伽，是纪德的挚友。他写过一部中篇《古老的法兰西》，从状态到语言，很像是一部中国小说。

作为长篇小说，别雷的《彼得堡》够得上好吗？我看不行。纳博科夫说它杰出得不得了，要胜过福克纳。我以为他这样说至少有失公允，我以为他这样说另有所指，别有隐情在心头。

我将永远记住这些不朽的峰峦。《百年孤独》《喧哗与骚动》《我弥留之际》《族长的没落》《兔子三部曲》《巴玛修道院》《魔山》《赫索格》《洪堡的礼物》《杜宾的传记》《三言二拍》《太平广记》《佩德罗·巴拉莫》《死者》《乞力马扎罗的雪》……

什么叫爱国？我以为至少不能是一种无原则的护短行为。一位流亡的总统，一对旅居异国的夫妇。拉美国家的总统们已习惯于逃跑和颠沛流离，动不动就被以上校甚至上尉为首的人推翻了。马尔克斯的《一路顺风，总统先生》是我读过的最感人的短篇之一。

有很多选本，到处在选他的《飞机上的睡美人》。一个女人在飞机上打盹有什么意思？后者可能是他最糟的作品。

什么叫友谊？盖斯凯尔夫人的《夏洛蒂·勃朗特传》是我读过的最感人的传记，其成就丝毫不比《简爱》和《呼啸山庄》逊色。打开卷首，英国的紫色的荒原扑面而来，艾米莉·勃朗特的狗整日整夜地为其早逝的女主人哀号。

翻开《三言二拍》，人间的烟火不断地将我们吵醒，不断地使人推开木楼上的窗户，临街眺望。

1978 年，一个名叫李智深的人第一次阅读《金瓶梅》，完全被惊呆了。市井的气息使其不能自拔。西门庆的生活"丰富、充实、具体，随时都能清晰地触摸，随时又都像在做梦。""我们过的是什么日子？"李智深对另一个名叫张仪的人说，"你那也叫生活？"此前，张仪每天饮酒，饮一元钱一斤的高粱酒，自以为过着半人半仙的日子。

一个从北京纪念堂瞻仰回来的农民对我说："毛主席变小了，不像从前那么大了。"继而又补充说："主要是身体的尺寸不对了。"

1850 年，巴尔扎克 50 岁的时候，写完了该写的一切，离开人世。其时，他的身边只有一位仆人，还有前来看望他的维克多·雨果。雨果是看着他死去，然后才离去的。茨威格将那一个特定的时刻描写得十分感人。巴尔扎克的仆人和雨果站在飘摇的灯影里，看着那位举世无双的小说家做最后的呼吸。

如果写作不是一种艰辛而呕心沥血的事业，按照他的身体和性情，这个人完全可以活到 90 岁，甚至 100 岁；如果一位作家写完自己该写的一切后，还继续活在世上，剩下的那些日子该怎样打发呢？100 岁的巴尔扎克并不比 50 岁的巴尔扎克更容易获得幸福。自从停止写作以后，列夫·托尔斯泰几乎不再同包括家人在内的任何人说话，打招呼？他在想什么呢？

作家是一种什么人？格非说："写作就是秉烛夜行。"对于一位真正的作家来说，何尝不是如此？真正的作家就是那种傍晚时匆匆到来，黎明前又独自离去的人，带走的仅仅是一身夜露。多数的时候，毫无（世俗的）风光可言。

原载于《花城》1998 年第 3 期

西风百年

——浅论外国科幻对中国科幻文学的影响

◆ 刘慈欣

一、科幻文学进入中国过程一瞥

科幻文学于 20 世纪初在中国出现，虽然中华文化对后来的中国科幻有深刻影响，但在民族文化内部基本不存在科幻文学的源泉，这一文学种类直接来源于欧美。

最早大规模译介到国内的科幻小说是儒勒·凡尔纳的作品，1900 年《80天环游地球》在国内出版，以后相继出版了《两年假期》《从地球到月球》和《地心游记》等。这一时期，日本作家押春川浪的科幻小说也被翻译出版。

民国时期，乔治·威尔斯和柯南道尔的科幻小说也翻译出版。也是同一时期，《人猿泰山》在上海放映，这可能是进入中国的第一部科幻电影。

外国科幻文学第一次引进高潮是在 20 世纪 50 年代，除了继续翻译出版凡尔纳的作品外，主要引进苏联科幻小说，比较有影响的长篇小说有阿·卡赞采夫的《太空神曲》和叶菲列莫夫的《仙女座星云》。电影方面，引进了少量苏联科幻影片，包括《两个海洋的秘密》《格兰特船长的儿女》等。但在这一时期，除凡尔纳的古典作品外，对欧美当代科幻几乎没有引进。

"文革"时期，对外国科幻文学的引进和翻译几乎完全停止。

70 年代后期，外国科幻的翻译引进得到恢复，这一时期是以再版"文革"前出版的凡尔纳小说开始的，以至于那一时期的国内科幻小说读者都有过这样奇怪的体验：科幻小说中的技术幻想竟然落后于现实。接着，系统地以选集形式出版了威尔斯的科幻作品。这时西方科幻影视也开始进入中国，首先引进的科幻电影是《未来世界》（其前传《血洗乐园》十多年后才在国内上映），引进的首部科幻电视连续剧是《大西洋底来的人》。

80 年代，对欧美科幻的引进产生了新一轮的热潮，除不断再版的古典科幻小说外，西方现代科幻作家的作品开始进入中国，如阿瑟·克拉克的《与拉玛相会》《2001 太空探险》《天堂的喷泉》，以及阿西莫夫的一些作品（主要是中短篇）相继出版，这时比较有影响的科幻小说集是《魔鬼三角与 UFO》。同时，国内的数家科幻和科普刊物，如《科学文艺》《科幻海洋》《智慧树》《科学画报》《科学时代》等，也引进了大量西方现代科幻小说。这一时期，还翻译出版了一些从科幻文学角度看比较边缘化的作品，如反乌托邦三部曲《1984》《美丽新世界》和《我们》。但也应该注意到，这一时期虽然外国科幻文学的单本出版数量较大，但选题面狭窄，主要集中在黄金时代传统风格的科幻作品，特别是长篇小说领域，世界当代科幻最有影响力的作品大部分仍在中国读者的视野之外。

与出版热潮相比，20 世纪 80 年代科幻影视的引进却没有大的进展，只有《铁臂阿童木》以及 80 年代后期的《超人》等少数几部。由于外国影片的引进政策，90 年代之前，国内观众只能看到国外过时的二三流科幻片，最新的科幻大片无缘看到，所以像《星球大战》系列前三部、《第三类接触》《异形》《ET》等美国最著名的科幻电影，在国内几乎毫无影响。

从 20 世纪 80 年代中期至 90 年代中期这一段相当长的时间里，中国科幻文学因为外部原因陷入低谷，国内的科幻创作和出版几乎完全停顿，对外国科幻作品的引进也进入低迷状态。在科幻影视方面，这一时期与之前的情况基本相同，只有零星几部国外科幻电影上映：如《日本沉没》（日本）、《太空险航》和《梦境》（美国）等。

随着国内科幻文学自 20 世纪 90 年代中期的逐渐复苏，对外国科幻作品的引进出版呈现了爆发式繁荣，这种繁荣一直持续到现在。这一时期，世界科幻文学当代主流作家的作品均有引进，与 20 世纪 80 年代的选题偏窄不同，这一时期对外国科幻文学的译介是成系统的，在作品风格上呈现出一种前所未有的全方位视角。科幻小说黄金时代作家的作品被继续引进，如阿瑟·克拉克的《童年的终结》、阿西莫夫的《基地》《我，机器人》系列以及海因莱因的一些作品，同时新浪潮和赛博朋克时期的作品也大量涌入，如《温室》《站立桑给巴尔》《城堡中的男人》《神经浪游者》等，在主流文学出版界，也出版了一些具有科幻色彩的主流文学作品，如《发条橙》《倪鱼之乱》《五号屠场》《蝇王》《回顾》等，这一时期新近介绍到中国的当代科幻作家有：菲利普·迪克、弗兰克·郝伯特、罗伯特·索耶、斯科特·卡德、弗雷德里克·波尔、斯坦尼斯拉夫·莱姆、布莱恩·奥尔迪斯、弗诺·文奇、大卫·布林、约翰·布鲁纳、威廉·吉布森、罗伯特·西尔弗伯格、沃尔特·米勒、格雷格·贝尔、洛伊斯·比约德、哈尔·克莱门特、小松左京、道格拉斯·亚当斯、克利福德·西马克、杰克·威廉森、罗伯特·谢克里、阿尔弗雷德·贝斯特、勒吉恩等。通过这些作家的作品，中国科幻读者已经可以了解当代世界科幻的总体面貌。

新时期外国科幻出版主要以丛书形式，规模较大的有：《科幻世界》杂志社推出的《世界科幻大师丛书》和《世界流行科幻丛书》，漓江出版社推出的《雨果奖科幻经典丛书》、河北少儿出版社推出的《当代世界科幻小说精品文库》等。同时，国内科幻杂志也系统地介绍了当代科幻的优秀作品，《科幻世界》杂志的译文版刊登长篇科幻小说、《世界科幻博览》杂志则开始系统地介绍历年来获雨果奖的中短篇小说，其他科幻杂志如《科幻大王》等也刊登了大量外国当代科幻作品。

在科幻影视方面，与80年代相比发生了根本的巨变，随着国家引进外片政策的改变，更由于光盘和网络等先进媒体的发展，在国内现在已经可以与国外同步观看几乎所有新上映的科幻电影和正在播出的科幻电视剧，中国观众现在能看到的科幻影视与欧美观众已经没有太大差别（当然，这其中有盗版的因素。）

二、外国科幻对中国科幻创作的影响

世界科幻对中国科幻创作的影响，在中国科幻的四个活跃期，呈现一个奇特的驼峰形状：在晚清和民国初年，20世纪90年代后期至今这两个阶段，这种影响达到高峰；而在20世纪50年代和80年代的两次活跃期中，国内科幻创作受外界的影响较小。

我们首先回顾影响较小的时期。20世纪50年代，国内的科幻与当时世界主流科幻的交流很少，对欧美科幻的引进主要限于古典作品，对当时的主流科幻小说几乎没有引进，在国内即使想阅读原版也不容易找到，所以当时的国内科幻创作者们与世界科幻主流基本上处于隔绝状态。国内翻译出版最多的是苏联科幻小说，当时还出版了苏联作家胡捷所著的《论苏联科学幻想读物》，这是国内翻译引进的第一本科幻文学评论著作。苏联科幻创作理念对国内的科幻创作产生了一定的影响，这种影响的主要表现形式就是科学乐观主

义，科幻小说中渗透着人定胜天的信念，科学以完全正面的形象出现在科幻小说中，对其负面影响基本没有考虑。

但笔者认为，苏联科幻对当时国内科幻创作的影响也是有限的，后来的评论界对此似乎有所夸大，这一时期中国科幻表现出许多苏联科幻所没有的特色。

近未来特色：这一时期的中国科幻所描写的未来绝大多数没有超出一个世纪，小说中出现的社会生活场景基本上是当代的。而当时的苏联科幻小说，向未来的时间跨度已经相当大，如《仙女座星云》，描写的时代是公元3000年。

近空间特色：当时的苏联科幻已经大量描写恒星际探险和超远距离的星际航行，如《太空神曲》，但在同一时期的国内科幻小说中，探索的空间距离基本上没有越出火星轨道。

纯技术特色：没有或少有人文主题，基本上是始于技术止于技术，而这种技术也是应用层次的，大部分只是现实技术向前一步，很少出现超级技术的描写，而因对未知世界的探索产生的哲学思考更是难以见到。反观同一时期的苏联科幻，包含着相当多的人文内容，作品中充满了对不同文明间的关系、人与宇宙间的关系的思考。

窄视角特色：科幻作品所描写的大部分是国内的局部社会，视角局限于国家和民族之内，少有把人类作为整体进行描写的作品。而同一时期苏联科幻的视角就要高得多，出现了星系范围的文明。

少儿特色：当时的国内科幻小说，大部分是面向少儿读者的，而苏联科幻中，虽然有布雷切夫这样专写少儿科幻的作家，但大部分作品还是面向成人的。

由于50年代的中国科幻脱胎于科普，笔者认为，相对于苏联科幻文学，以伊林为代表的苏联科普作品对当时的国内科幻创作影响更大些。

经过"文革"的沉寂后，中国科幻文学迎来了80年代的活跃期，这一时期，虽然以欧美作品为主的世界主流科幻被陆续介绍到国内，但仍居限于黄金时代风格的作品，代表世界科幻最新潮流的作品仍没有引进。这一时期，外国科幻对国内科幻创作的影响仍然有限，科幻创作在理念上沿50年代的惯性前进。其中50年代中国科幻的近未来、近空间、纯技术、窄视角特色仍然存在。

所以，在外来影响的探讨上，基本上可以把 20 世纪 50 年代和 80 年代看作一个整体。

回望这两个活跃期的中国科幻文学，给人印象最深刻的是，相对于世界科幻，中国科幻中某些题材的缺失，缺失的题材主要有以下方面：

时间旅行：作为科幻小说中的主要题材之一，在这两个时期的几乎见不到这类作品，即使描写过去，所进行的也是"伪时间旅行"，比如用电子和生物技术复活恐龙、用虚拟现实技术模拟清朝等等。

架空历史：也是西方科幻中早已常见的题材，在这两个时期的中国科幻中几乎找不到踪影，虽然有一定数量的历史题材科幻，如《古峡迷雾》《美洲来的哥伦布》等，但不是通常意义上的架空历史小说。

大灾难：描写危及人类文明整体的灾难的作品在这两个时期也很难见到（宋宜昌的《祸匣打开之后》是一个例外）。

超远程宇宙航行：这两个时期的科幻作品中的宇宙航行大多设定在太阳系内，少数描写恒星际航行的作品，如《飞向人马座》，在航行距离和速度上也十分谨慎和节制。

近未来战争：两个时期中，像《珊瑚岛上的死光》《波》这样的作品，只是描写冷战中的小范围事件，不能看作战争科幻，除《飞向人马座》中的背景设定外，能回忆起的直接描写当代政治格局下近未来战争的作品，只有 80 年代的中长篇《神秘的信号》和短篇《桥》（后者曾被《新华文摘》转载）。

终极思考：对大自然和宇宙最终奥秘的哲学思考，这是两个时期中国科幻中最缺少的题材，现在几乎回忆不出一篇这样的作品。

相对于当时的世界科幻，国内还有一些缺失的题材，在此就不一一列举，需要指出的是，这种题材的缺失不是偶然的忽略，而似乎是一种有意识的集体的创作行为。这固然与当时的出版环境有关，但不能仅仅归结于此，有些题材的缺失，如超远程宇宙航行，是由当时国内科幻的创作理念决定的。

但外部的影响也在 80 年代逐渐显现出现，曾经对中国科幻文学发展方向产生重大影响的科幻文学姓"科"还是姓"文"之争，最终以文学派的胜利告终，世界科幻的大环境无疑在其中起了重要作用，某种程度上可以看作科幻小说新浪潮运动在国内迟来的胜利，科幻文学开始摆脱 50 年代的惯性，向新方向发展，一些主流文学作者加入科幻创作也加速了这种趋势，只是接踵而来的低谷截断了这个进程。

外部影响的弱化，对这两个时期的中国科幻也产生了一定的正面效应，这两个时期的中国科幻作家们以自己的理念进行创作，中国科幻的创作思想相对独立地发展，使得这两个阶段的国内科幻文学具有鲜明的中国特色。

在这两个时期的科幻创作中，中国科幻的一大特色就是科普型科幻占了相当大的比重，并一度拥有主流地位。这种类型科幻的特点是：幻想以现实技术为基础，并且从已有的技术基础上走得不远；技术描写十分准确和精确；作品大多以技术设想为核心，没有或少有人文主题，人物简单，文学技巧即使在当时也是简单而单纯的。它们有些像坎贝尔式的科幻小说，但更具有技术设计的特点。科普型科幻在国外也出现过，像阿西莫夫和克拉克这样的大师，很多作品也带有强烈的科普色彩。但这种科幻形式从来没有像在中国这样得到充分的发展，科普型科幻的代表作《小灵通漫游未来》的影响力，达到了中国科幻的顶峰，其所创造的辉煌至今无人能重复。

笔者一直认为，科普型科幻的消失是中国科幻文学最大的遗憾，这种科幻小说至少应作为一个类型存在，是促进科幻文学风格多样化的一个重要途径，这种类型科幻所表现出来的某些缺陷，是可以通过创作实践来克服的。

外国科幻对国内科幻创作产生较强影响力的时期，处于中国科幻史的两端，是在清末民初和20世纪90年代至今这两个阶段。

科幻文学是一个地道的舶来品，在民族文化中找不到明显的渊源，而清末民初的科幻是中国本土科幻创作的首次尝试，受外国科幻影响之深是不言而喻的。当时，世界科幻文学也处于起步阶段，没有成熟的理论，也没有后来科幻小说黄金时代中作为独立文学体裁的自觉。这时的中国科幻，文学因素大于科普因素，技术幻想的目的是为了表现文学主题。在以后中国科幻的两个活跃期中，国内科幻的创作理念绕了一大圈才又回到这个轨道上来。

在从20世纪90年代中期至今的这一国内科幻最新的活跃期中，中国科幻文学走上了一条全新的道路。与20世纪80年代的国内科幻同50年代一脉相承不同，新时期的中国科幻从作者到创作理念都是全新的，与20世纪80年代没有紧密的联系。在新时期，随着外国科幻作品大量的系统的译介，较之前两个活跃期，现代世界科幻文学对中国科幻创作产生了更深的影响，在日益多元化的科幻创作中，中国科幻也正在失去自己的曾经有过的鲜明特色，其表现主要有以下几个方面：

黄金时代传统理念的科幻小说仍在继续创作，但与前两个活跃期相比已有很大不同。科学幻想的时空范围扩展了许多，科幻小说中出现了与现实毫无关系的遥远世界，人类越来越多地被作为一个整体描述，科幻作者对于文明生存的目的和宇宙的终极奥秘产生了兴趣，同时，出现了越来越多的远离现实的超级技术。这一时期的科幻作者开始拥有"创世意识"，不再满足于在现实舞台上演绎自己的故事，而是试着创造一个在逻辑上自洽的幻想世界。但即使在传统的技术型科幻中，20世纪80年代所确定的科幻小说的文学属性也稳固了自己的地位，技术幻想为表现文学主题服务，科普型科幻完全消失了。在传统的技术型科幻中，对国内科幻作者影响较大的外国作家有克拉克和阿西莫夫两位。

这一时期大量涌现的是与科普型科幻相反的文学型科幻，这是科幻小说新浪潮运动在国内的回响。这类科幻小说一般有比较精致和前卫的表现手法，且大都是从个人的视角看世界，通过个人的感觉折射宇宙的存在，在传统科幻中清晰稳定的现实变得飘忽不定和支离破碎。在文学型科幻中，科学和技术的地位进一步被削弱，幻想不再具有逻辑上的自洽，而是常常与晦涩的象征联系在一起。这一类科幻中还有许多华丽清新的作品，它们常常从中国古代历史和神话中寻找题材，在赋予这些历史神话以技术外形的同时，却仍旧保留其超自然的内核。这类作品也使得科幻与其他形式的幻想文学的界限日益模糊。在国内，对这类科幻产生影响最大的外国作家首推布雷德伯里和菲利普·迪克，另外，贝斯特和奥尔迪斯也有相当的影响力。

赛博朋克科幻：目前对国内这类科幻题材产生影响的外国作品主要有两部：《神经浪游者》和《真名实姓》。

值得注意的是，在以上三种类型的科幻作品中，20世纪中国科幻中的科学乐观主义几乎消失了，世界现代科幻中对科学发展的怀疑和忧虑也在国内科幻中得到了大量的反映，未来景象变得阴暗了，即使光明的未来时有出现，也是经历了难以想象的大灾难。对科学的态度的改变，可能是西方科幻文学对中国科幻创作最深刻的影响。

三、外国科幻对中国读者的影响

中国的科幻读者经历了一个由大众到特定群体的演变过程。在国内科幻的前三个活跃期中，科幻读者是大众化的，来自社会的各个阶层，虽然20世纪50年代的科幻读者较为低龄化，仍未形成特定的科幻读者群。但20世纪

90 年代以来，情况发生了很大变化，特定的科幻读者群开始出现，最终形成了一个界线分明的读者群体，与此同时，科幻的大众读者在这一时期仍然存在，但呈现出与科幻读者群差异很大的欣赏取向。所以，考察外国科幻对国内读者的影响，应分别从这两个不同的读者群体入手。

首先考察大众读者，外国科幻对中国大众读者的影响是一个很简单的话题，只说一个名字就几乎能涵盖全部：儒勒·凡尔纳，自晚清以来，凡尔纳的作品就不断地在中国再版，据不完全统计，其主要作品在新中国成立后的再次数就达近三十次。凡尔纳是第一个，也是惟一一个在中国真正走向大众的外国科幻作家，他的作品在中国的社会影响，是任何其他国内外科幻作品所远不能及的，对于中国大众读者来说，凡尔纳是科幻的象征，甚至对相当一部分人而言，也是科幻的全部。在我所认识人中，有百分之九十除了凡尔纳说不出第二个外国科幻作家的名字。

凡尔纳能在中国产生好此大的影响，在不同的时期可能有不同的原因。首先，他的小说在思想上比较单纯，且格调健康明快，在大部分时间里都可以畅通无阻地出版发行。也正是由于这种单纯的格调，使得教育工作者和父母可以放心地把它们推荐给孩子们阅读。同时，凡尔纳在他的小说中所表现出来的科学乐观主义和人类征服自然的精神，也比较符合中国社会在相当长的时间里对科学和人与自然关系的思想倾向。当然，凡尔纳作品在中国的流行，与它们独特的艺术魅力也是分不开的，那种流畅明快的 19 世纪冒险小说风格的叙事方式，其中穿插着精确的知识内容，简单但鲜明的人物形象，很契合中国读者的阅读习惯。

除凡尔纳之外，在中国较有影响的另一位科幻作家是乔治·威尔斯，但其影响力远不如前者。与凡尔纳不同，威尔斯的作品大都被从社会学和政治角度解读。

阿西莫夫在国内大众读者中也有一定的知名度，但由于他的长篇科幻作品较晚才进入国内，而他的《自然科学导游》80 年代初就翻译出版，所以他更多是以一名科普作家为人所知。

除以上三位外，其他外国科幻作家在国内大众读者中都影响很小，中国大众读者对欧美当代科幻文学是普遍陌生的。

中国民众对外国科幻的印象，主要来自影视作品，曾经有数部美国科幻影视在国内产生了较大的影响，主要有 70 年代初上映的《未来世界》，80 年代初的电视剧《大西洋底来的人》以及日本的科幻动画片。但这种影响可能与当时的影视作品数量少和娱乐形式单一有关，总体来看，美国科幻影视在国内的影响力，不如其他体裁的影视作品。如星战系列在国内放映后，反响不大，远不如《泰坦尼克》这类影片。

从 20 世纪 90 年代开始，中国逐渐形成了特写的科幻读者群，主要的构成是大中学生，虽然与大众读者相比人数较少，但已经成为较为稳定的科幻读者群体，是目前国内系统引进的外国科幻作品的主要受众。

科幻读者群有着比较鲜明的阅读取向。首先，他们很在意科幻的定义，倾向于黄金时代风格的科幻小说，因此，这类科幻的代表，如阿西莫夫、克拉克、罗伯特·索耶、弗诺·文奇等，在科幻读者群中有较大影响。同时，一批叙事和语言风格明快、可读性较强的科幻小说，如《安德的游戏》系列，也很受欢迎。

另一方面，语言复杂、风格前卫和文学性较强的科幻作品在国内科幻读者群中的影响就小于前者，举一个例子：同是赛博朋克科幻，《真名实姓》在国内读者中的影响力就比《神经浪游者》大。新浪潮风格作品的影响力普遍小于黄金时代风格的作品。

由于文化背景的差异，西方科幻中大量出现的以基督教文化和西方历史为背景的主题，如对干预生命和人类进化的禁忌、末日的救赎等，在中国科幻读者中也难以产生同鸣。

以上只是对外国科幻在中国影响的简单介绍，科幻从西方进入中国已有一个世纪，其间有过中断，也充满了曲折，相信随着中国现代化进程的发展，科幻文学的引进和交流，将日益成为东西方文化交流的一个重要组成部分。

故乡装满了好人和疯子

◆葛水平

　　我常常在黄昏降临时看世界暗下来，在某个瞬间，涌动的人流猝然凝固，黄昏是一天最安静的时刻，我能听见那些老旧的家具在黄昏的天光下发生着悄悄的变化。一切变化总是悄悄的，就像人的日子一天比一天短。黄昏能够安静下来的日子总是乡村。乡村过日子饱满的元素其实有四种：河，家畜，人家和天空。如果没有水，万物是没有生气的，而人家则是麦熟茧老李杏黄，布及日常，可乐终身。

　　我生长在山西沁水县山神凹，荒山野沟，逃荒落住的祖先停下脚步，沟里有水，黄土崖壁少石，崖下挖洞，凹里人叫土窑窟窿，是藏人的避难所。小时候对山之外充满憧憬，跟随小爷上山放羊，站在山头上望远，小爷说："山外有知识。"上帝把我放置在穷乡僻壤的环境里，我不知道幸福指数会有递增，知识少得可怜。一个山里人如果不读书上学，一辈子生活在山里，知命知足地活着就是幸福。童年的乡村给了我故事，与蛙鸣相约与百姓相处，生活里耳闻目睹的人事占据了我最早对世界的认识，布衣素鞋，日出而作，日落而归，有些时候他们也有声响，譬如生就一张扯开嗓子骂人的花腔，活在人眼里，活在人嘴上，妖娆得疯涨。人活着不生事那也能说叫活人？人一辈子不能四平八稳，就连畜生都知道翻山越岭的日子叫"活得劲了"，那是蹬得高，下得坡的能耐啊。

　　以写作为媒，传达个人经验，个人经验千差万别，我的人情物理发生在乡村，我看到我的乡民用朴实的话说："钱都想，但世界上最想的还不是钱。"乡民最想的是怀抱抚慰，是日子紧着一天过下去的人情事理。山之外的知识勾着我，离开乡村意味着逃离乡村，逃离便意味着再也回不去，同样一个人，谁改变了我的感情？人在时间面前就这样不堪。所以，天下事原本就是时间由之的，大地上裸露的可谓仪态万千，因天象地貌演变而生息衍进的乡村和她的人和事，便有了我小说中的趣事，趣闻。乡村是我整个社会背景的缩影，背景中我得益于乡村的人和事，他们让我活得丰富，获得兴盛。乡村也是整个历史苦难最为深重的体现，社会的疲劳和营养不良，体现在乡村，是劳苦大众的苦苦挣扎。乡村活起来了，城市也就活了，乡村和城市是多种艺术技法，她可以与城市比喻、联想、对比、夸张，一个奇崛伟岸的社会，只有乡村才能具象地、多视角地、有声有色地展现在世界面前，并告诉世界这个国家的生机勃勃！乡村的人和事和物，可以纵观历史，因此，对于衰败的故乡，我是不敢敷衍的。

我是乡间走出去的懂"知识"的人，没有一株青草不反射风雨的恩泽。乡间生活的人们对我来说是六月天的甘霖，对久旱不雨的粮食的滋润，我就是那粮食，是乡间生活的人们给了我养分。这个社会上如果我活着不能做些有益的事情，我就愧对了这片厚土！我幸福的记忆一再潜入，让我想起乡村土路上胶皮两轮大车的车辙，山梁上我亲爱的村民穿大裆裤带草帽荷锄下地的背影，河沟里有蛙鸣，七八个星，两三点雨，如今，蛙鸣永远鸣响在不朽的词章里了。坟茔下有修成正果瓜瓞连绵的俗世爱情，曾经的早出晚归，曾经的撩猫逗狗，曾经的影子，只有躺下影子才合二为一，所有都化去了，化不去的是粗茶淡饭里曾经的真情实意。人生的道路越走越远，我终于明白了生活中某些东西更重要，首先肯定，于我，幸福一定是根植于乡土。

我在整个春天举着指头数春雨，一场春雨一场暖。我牢记了一句话：所有情感都很潮湿。春天，去日的一些小事都还历历在目，人是一个没有长久记忆的动物，可记忆有着贪婪的胃口，总是逃不脱回忆童年。由盛而衰的往事，以生命最美丽的部分传递着岁月的品质。一场秋雨一场寒，人类所有的痛苦都涵盖在失去季节的痛苦里，如今，时光搁浅在一个只有通过回忆才能记起来的地方，那个地方总是离乡土很近，总是显得离人群很近。我用汉字写我，写我的故乡人事，写永远的乡愁，事实上我的乡民都是一些棱角分明的人，只有棱角分明的人入了文字才会有季节的波动。看那些被光阴粗糙了的脸吧，像卜辞一样，在汉字组成的这块象形的土地上，所有的文字都是他们活着的安魂曲。

故乡装满了好人和疯子。文字有它的源头，文学不能够叫醒春天，在贫瘠的土地上，除去茂盛的万物，我从不想绕开生，也从来不想绕开死，生死命定，生死与自己无关。或许正是和世界的瓜葛，文学的存在对社会的价值就只能是一个试探。即使一个优秀的作家竭尽全力呐喊也是微茫的。写作者就这样在物质条件匮乏的精神存在里流浪，才懂得什么叫心甘情愿。我一直把"知识"看成攒钱，看着众多的书籍，我越来越孤独，越来越纳于为人处世，我孤僻着自己，中药一样的人生，我把对农业的感恩全部栽种在文字里。我安静地等待生长。在世俗里，我已经清楚地看到了我的未来，这些感受，在一茬一茬庄稼人被时光收割后，我写他们，写生活中某种忍受，某种不屈。生是血性的，在农业的大地上呈现千姿百态的图案，死亡与生命相伴随，生活的真实总是在文字之外，我无法为写作下一个什么样的定义，文字只不过是文学的表达形式而已，只不过是对历史的共同记忆。在我孤独的日子里，我是一个拿腔作调的人，我的写作不能够传达出特立独行的价值观，我始终不满此处的生活，为什么文学只能是纸上的黑墨？

我想回避现实，现实中我时常会被选择，我为生存困惑过，被否定或被肯定的目光，都来自一些生活小事。时代在进步，生活趋于简单化，固有的民间心态，乡民们得意的样子是不用指着种地过日子了，那些有性格的人慢慢在改变，生殖的大地，我作为一个写作者，我逐步的失去一些想入非非的境界。我知道想入非非才是一个写作者生存的能力和手段。更多的时候，我甚至讨厌我无知的乡民，我是一个坏人，但他们依然把我当成了朋友，就这么简单。

坦率地说，做一个真正意义的形而上的写作者是痛苦和沉重的。在光阴走失的千山万水中，我用肉眼去发现生活的美，我慎之又慎地使用自己手中的权力，我备加珍惜而维护我心中的尊严和神圣，我不屑做一个浅薄而根本不配写作的人，然而在这个社会内部缺乏秩序的世界上，我所做的一切都很令自己失望。我越来越茫然，越来越胆怯，面对文字我不知该如何表达我的心境，爱你越深恨你越甚，我有千百个理由拒绝那些为了生存艰难活着的乡民、那些故事，我更有千百个理由陪伴在他们身边。活着，他们曾经形象鲜明地成为我另一种阅读，身处在这样一群人中间，我该如何选择我的作为？他们从没有拒绝过生之柔情，同样每个生命都未曾拒绝过那些人为的暴戾，接纳悲喜如同接纳日常。

感情是不能支配的，能支配的感情一定是虚伪的。如特蕾莎修女的《活着就是爱》中的谈话，一个写作者要表达对世界的看法，得用一生的努力去贴近生活。我不得不再一次相信命运，我的村庄，我与我所经见的一切物事简单到不能再简单，我已经找不到理由拒绝对他们的依靠，因为，他们是我文字的依靠也是我生命最后情感的依靠。

　　我越来越依恋故乡，城市让我没有方向感，那些作响，那些嘈杂的声音，心像挂在身体外的一颗纽扣，没有知觉。一切意味着我已经离不开故乡那些好人和疯子。意味着对我漫长的骚动生涯的肯定，又似乎包含着某种老年信息。我已经没路可选，路的长短，一个不能用简单的测量计制来说话的数，我在路上，我的出生，我的亲人，我的朋友和老乡，他们给我他们私密的生活、泪下的人生，他们已经成为我挪不动步的那个"数"，都算死我的一生。朱熹讲：人禀气而生，气有清浊之分。我心借我口，我幸福，是因为对着他们的名字，我依然能流下眼泪。

生活远比想象更精彩

——在全国青年作家创作会议上的发言

◆李骏虎

感谢大会给我在这里发言的机会，我愿意就几次深入生活的体会和思考，和各位老师做一个交流。

作为一名山西作家，不可避免地要被打上"山药蛋派"的烙印，从赵树理到"西、李、马、胡、孙"五老，他们一直笃信和践行着"生活是创作的唯一源泉"，为了创作出反映时代精神和大众生活的作品，他们大多挂职到县乡，蹲点到农村，和农民一起吃住，一起劳动，从而创造了建国后十七年山西文学的辉煌。而上个世纪的"晋军崛起"，也是插队知青和山西地气融合后生发出来的。世纪之交，马烽老还健在，当时我正编辑着《山西日报》的文学副刊，马老让他秘书给我送稿子的时候，经常会附一张小小的便笺，叮嘱我要学会多观察生活、思考生活。当时我正处于自己的第一个创作阶段，就是写个人体验，是一个年轻人从农村来到城市后对爱情、人性、社会的感知和书写，集中发表了很多作品，但是很快出现了问题，写作素材开始重复，而且重复使用率越来越高，一个素材，短篇用了中篇用，中篇用了长篇用。我开始恐慌，发现生活储备真的可以用尽，第一次，我切身体会到作为一名作家，应该把表现对象从个人体验转移到社会大众。我开始向省作协寻求帮助，积极要求深入生活，正巧省作协物色青年作家挂职体验生活，我就被派回故乡洪洞县挂职县长助理，并且积极地投身了当地的实际工作。

然而，我没有想到，作为一名作家，我缺乏的，不仅仅是对现实生活的了解，更是对时代变化和社会状况的基本认知。即使回到了我的故乡，即使再次面对我熟悉的人，也带给我强烈的陌生感——这种陌生感，就是一个从个人体验出发的写作者和现实生活的距离。比如说，在许多人眼里，更多的是在文学作品里，乡村干部的形象都是欺男霸女、醉生梦死，"村村都有丈母娘"，然而我接触过的干部，大多都是希望为官一任造福一方的。我想举一个乡镇书记和县文化馆老馆长的例子。2007年底在鲁院学习时，我还在挂职任上，但省作协已经和我谈过话，结业后，我就要调到省作协工作了。有一天正听课，突然接到县文化馆老馆长的电话，说我们花费两年心血的三项国家级非遗项目的专家评审会，要在北京大学的英杰交流中心举行。我很珍惜在鲁院的每一节课，但我仍然是县政府分管领导，职责所系，第一次请了假，来到北大参加评审。专家审看申报录像片和文本的时候，我看了看我的右边，是项目所在地原来的乡镇书记，这个项目倾注了他数年的心血，就在要见分晓的时候，在最近的干部调整中他调到了别的乡镇，但他还是坐了一夜火车，赶来北京开这个会，对这位大我一轮的老兄来说，此行已经不是职责，而是要完成一个心愿。我又看了看我的左边，是年龄大我两轮的县文化馆长，这次干部调整，他也到龄，回去就要卸任了，但他依然风风火火地张罗着这件事，毕恭毕敬地请专家们发言，一丝不苟地回答着他们的提问。这位干了一辈子的老馆长，长着一张黝黑的农民脸庞，五短三粗，怎么看也不像个文化人，我看了看他的手，指纹里全是黑色的风尘。而我作为他们的领导，在鲁院学习结束后，也要离开岗位，我们极力争取的成功，对个人来说无论名利都谈不上了，它只会成为我们的继任者的政绩，但我们还是来了，并且比以前更迫切地希望获得成功。会后，他俩送我回学校，分别的时候，我向他们道辛苦，跟我父亲同龄的老馆长双手握着我的手说，头儿，你一个挂职的都能真心给咱办事，我们愿意为了这件事把腿跑断。就是这样，作为作家，我们有时习惯于想当然地从别人的作品里获得自己对某种身份的人群的判断，或者类型化、概念化地看待某一类人，而我们其实对很多原本应该真正了解的事情所知甚少，比如对政府的经济运作模式，比如对社会上各个行业、不同阶层的人们的行为准则、处世观念、精神状况、生活方式的基本的了解；有时候，我们对人性的那点可怜的把握，在每天纷繁变化的面孔和事务面前，显得苍白而幼稚——我想起了巴尔扎克，怎样丰富的阅历和强大的内心才能把这样多变的时代和复杂的人物表现出来啊。

挂职两个多月的时候，我就感到自己从对社会的了解到对人性的思考都太匮乏了，由此产生了强烈的不自信，为了抵消这种情绪，我投入到了繁忙的行政工作中，包村子、跑项目、出差、下乡、开会，和各种身份、不同性格的人打交道。从2005年春天到2007年秋天，我几乎完全变成了一个基层干部，那颗敏感的内心也坚强起来，生活让我从一个多愁善感的作家变成了阅历丰富的勇敢者。我分管过文体、广电、教育、保险、石油，协管过林业、旅游、科技。建设了洪洞县文化活动中心、重修了飞虹影剧院，把洪洞县失去的全国文化模范县的称号又夺了回来；并且如前文所述，创造了一项至今全国县份无人能破的纪录：同一个年份成功申报三项国家级非物质文化遗产项目。我分管教育的时候，完成了省属、市属三家国企的学校数百名教师和数千名学生的移交地方工作。一度，我不是深入生活，而是深陷生活了，我甚至觉得自己在政府工作方面比在写作上更有才华。同时，我对这个时代大众的精神状况和价值取向有了一定的把握。基于这一段经历和阅历，我完成了长篇小说《小社会——喧哗与骚动》的构思和大纲，被列入中国作协2011年重点作品扶持项目，目前已经完稿，题目改为《浮云》，将在《芳草》发表。

进入鲁迅文学院第七届高研班学习后，鲁院浓厚的文学氛围和科学的教学安排，调动了我尘封多年的生活储备，接连完成了多部中篇小说和一部长篇小说，其中中篇《前面就是麦季》获得了第五届鲁迅文学奖，长篇《母系氏家》获得了赵树理文学奖。回过头来看，挂职体验生活，得以近距离地直面。

挑灯看剑：不想做历史风云的看客

用温暖化开生命的痛

——对话青年小说家陈年

◆ 王姝

在山西文学界，说起陈年，就跟她的个性一样，总是不温不火，好像从来没有大红大紫过。但是，客观地说，陈年应该是创作成绩远在文坛声名之上的一位作家。看了她的中短篇小说集《小烟妆》，感觉非常好读，是我喜欢的那种类型——情感真挚、细节绵密、文字朴素干净，看似波澜不惊，但是静水深流，笔触所及之处又充满了光影斑驳的质感，充分表现了一个女作家的才华。

陈年的小说主要取材于她自己熟悉的矿区生活。在这本小说集中除了《声声慢》《华》《朝朝暮暮》这三篇以外，其他的都与煤矿有着或多或少的关系。陈年写矿区，并不涉及煤炭经济、转型升级、产业改革等尖锐问题，既没有宏大叙事，也少有戏剧化的矛盾冲突，甚至连社会、经济、文化和环境的变化也被处理成模糊的背景。她只是非常安静、耐心地描摹她所熟悉的或者是记忆中的矿区人的日常生活、生命体验、世俗欲望和内心世界。但是随着一篇篇的阅读，又不由地被里面的故事和人物引向一种思考——在社会经济高速发展的今天，那些生活在矿区，处于社会产业链利润分配最低端，有可能随着淘汰落后产能被一同抛弃，被时代的大车轮裹挟着跟跄前行的人，他们是怎么生活、思考的？他们的现在和未来又在哪里？他们的精神世界又是怎样的？也许作者在作品中没有直接回答这些问题，却为我们提供了思考这些问题的现场，也许这就是这些小说的意义。

写自己熟悉的生活是优势，但有时也是一种挑战。如何表达与自己朝夕相处的现实，往往是写作中最难的部分，因为没有跳出来的机会，往往会被蜂拥而至的真实所淹没。陈年写的矿区生活无疑代表了当今底层社会生活的一部分，但是不同于我们一般印象里的潮湿、灰暗和粗粝，陈年笔下的矿区是细碎的、庸常的，却也是柔软的、温暖的，甚至是精致的。《胭脂杏》中胭脂理发时燕子剪水般的手艺；《小酒壶》里男人安炉子、泥灶膛时的讲究。一块猪头肉的肥瘦、一把炒豆子的脆焦、一碗开锅豆腐的咸淡，陈年用这些美好的滋味冲淡了生活的忧伤和隐痛。她笔下的现实既没有那么坚硬凛冽，也不会刻意粉饰太平。非常难得，陈年的写作没有偏向哪一极，对矿区生活的描摹既充满了细腻的情感又有一针见血的理性，既有从容淡定的气质又有入木三分的深刻。既写出了生命残缺的种种不如意，也让人看到了世俗生活的各种小确幸。即便写辛酸和忧伤，也不会是那种浓得化不开的沉重，铺陈的有厚有薄，处理得恰到好处，百转千肠之后不忘点燃希望的那一束光。这不仅形成了作者独特的创作风格，也体现了她与现实张弛有度的关系。

陈年特别擅长描写女性心理和男女之间的微妙感情。《九层塔》描写中年离异，以在茶座唱戏为生的"戏女"陈平的故事。生活的飘零和孤独，让她渴望再婚获得一个稳定的生活，其中有一段对她内心的描写，把一个离异、下岗的中年女性荒凉、危机又极度渴望安稳的心理刻画得入木三分。

陈平的心情和沾在镜子上的头发一样无奈，空落落的，没有特别难过伤心的事，也没有值得怀念高兴的事。日子像被风刮过一样，干净，什么也没有留下。

近来她特别想找个男人赶紧嫁出去，哪怕是同居也行。她甚至想找一个六十多岁的老头，有固定的退休金，有一套旧结构的老房子，虽然老头背后还有一群如狼似虎的儿女，但收入稳定生活稳定。陈平不想继续这么折腾下去，她现在渴望一份平平常常的生活。两个人柴米油盐地过日子，白菜豆腐馒头面条，一天一天地变老，老成一个风干的小核桃。

《胭脂杏》写发廊女胭脂与出了工伤之后再矿上看澡堂的陈小手之间的故事。一个是不务正业，除了看澡堂就靠偷矿铁卖钱为生的二流子，一个是曾经堕入风尘，现在开了家理发店专给矿上男人理发修脸的社会女青年。两个人搭伙过日子相互依靠，但却又都因为对方的前科或恶习，下不了决心给对方以承诺真正走到一起。在胭脂准备离开矿区，另谋出路的时候，两个人又生出了许多不舍和留恋。有一段描写离开前陈小手要胭脂为他剃个光头的场景，把那种欲说还休，欲走还留的男女之情描写得淋漓尽致。

胭脂打开旅行包，把理发工具取出来。电动推子在头皮上耕地一样地跑，黑色的麦子一层层地躺倒，推子的嗡嗡声响成一片，声音有点刺耳，钝了，推子该加油了。停下手，胭脂用小油葫芦往里面点了几点煤油，再紧一紧螺丝……

雪亮的刀刃子刮得头皮"噌噌"地响。"对门二婶子给我说了一个女人"，陈小手猛地一转头，他忽然想真正地看一眼胭脂。

胭脂正在干活，没提防男人动弹，手下一不小心，拉了一个小口子。血泪泪地冒出来，粉粉的，撕一块面巾纸沾干净血。胭脂有些慌也有点不好意思。

陈年的小说写作讲究叙事技巧，有很强的文体意识。刻意的淡化情节，几乎没有一点传奇、起伏，但又从来不会平铺直叙，也不会立刻把主人公的全部世界暴露出来，而是拉家常般娓娓道来，用令人舒服的节奏，像电影的蒙太奇一样在各个场之间自由穿梭，不经意间让故事和人物在一个个生活场景中一点点清晰起来，充满了形式的美感。中篇小说《小烟妆》复调式的写法，让这美达到了一种极致。小说一面以一种进行时，写矿工刘军与妓女小烟的床第之事，一面以过去时回溯刘军、三鬼、小烟和丈夫李春各自不同的家庭生活以及又不断发生交集的人生轨迹。这种时空交替的叙事，形成了一种疏离感和神秘感，让读者有一种抽丝剥茧，层层深入的探秘感。时空的刻意错乱之下，也更好地展现了不同人物在面对同一事件时不同的心灵感受，抛弃全知全能的单一视角，让每一个人物都能平等的叙述自己。

陈年的小说已经形成了自己鲜明的艺术风格，如何用小说的方式、艺术的方式、美的方式来表达自己的生命体验，对她来说已然不是问题。但是作为职业作家，还需要持续不断地为读者提供更新鲜的审美对象，所以，如何突破这种自我经验式的写作，避免同质化，避免重复自己，是作者需要好好思考的问题。

俗世生活中的传奇抒写

——评孙峰长篇小说《衣锦还乡》

◆廖高会

    孙峰的《衣锦还乡》是一部近75万字的长篇小说。小说结构宏伟，人物众多，叙述朴中见巧，故事环环相扣，波澜起起伏伏，情节既在情理之中，又出乎意料之外，能于平中见奇，常中见真，是于世俗生活中追求传奇叙事的一次成功尝试。一般而言，对小说的传奇性有两种理解，一是讲述神魔鬼怪等超日常的故事，二是经过艺术加工赋予世俗生活规律性或超越性的内涵，或者讲述世俗生活中意外的偶发现象。自唐传奇始，追求世俗生活的传奇叙写便成为中国小说创作的主流。王国维甚至把描写世俗人生之困苦哀乐，当成文学的本质，因而他主张于世俗生活中制造传奇，反对怪力乱神之类的"眩惑"之美。在一个流行穿越、神魔、玄幻甚至以此哗众取宠媚俗大众的时代，孙峰仍然沉着冷静地直面现实叙述凡人琐事，毫无追风逐潮之意，这既是对文学精神价值的坚守，也是一个作家对独立与尊严的捍卫。

一、非凡的世俗生活叙写

    钱穆说中国文学具有"亲附人生，妙会事实"的特点，诗词散文如此，小说戏剧也如此，看似写山写水，写神写怪，但归根结底都是从社会人生出发，成为社会人生或显或隐的映照。也就是说，中国文学有一个抒写世俗人生的传统，不少创作者都具有非凡的进入世俗生活的能力。古代文论家主张"常中见奇"，其中的"常"便是世俗生活与平凡人生，他们认为世俗生活的传奇叙写才更具生命力。就《衣锦还乡》而言，孙峰对世俗生活的把握和对文学传统的继承是卓有成效的。

    小说《衣锦还乡》仿佛一个有关俗世生活的万花筒，读者能从中窥探到五彩缤纷的社会万象。小说从农民出身的孙晓风少年写起，时间跨度三十多年，空间跨越城市和乡村，视界融合主观与客观。内容主要叙写孙晓风的几近半生的人生经历，具体涉及童年经验、少年病痛、苦拼奋进、人生抉择、沉沦颓废、生命放纵、心灵忏悔、民风民俗、乡土人情、家庭亲情、校园生活、考试升学、看相算命、大小赛事、打架斗殴、饮酒作乐、时尚文化、恋爱婚姻、租房打工、职场打拼、商场斗智、官场不端、舞场醉梦、灾场感悟，还涉及道德人性、环境破坏、乡村衰颓等诸多社会现象。这些带有自传性的情节使小说更具真实感，鲁迅曾说："盖叙述皆存本真，闻见悉所亲历，正因写实，转成新鲜。"因真实而形成的"新鲜"感，便是《衣锦还乡》获得新奇感或传奇性的主要原因之一。

《衣锦还乡》并无玄远怪诞的情节，也无宏大的历史叙事，作者只是结合自身从农村到城镇的成长经验和作为记者所具有的见多识广的阅历优势，用时而沉着冷静时而激情满怀的笔触，饱蘸世俗生活的浓郁墨汁，卷裹日常生活的烟火气息，讲述一个个既属于孙晓风个人的，也属于其同时代多数农村孩子的成长故事，因此小说既是对个体命运的抒写，也是对群体命运的展现，既是一个人的散文，也是一代人的史诗。

《衣锦还乡》虽讲述的是日常生活中的凡人琐事，但结构宏大而不支不蔓，情节丰富但无拖沓累赘之感。其中诸多故事众多细节都属于现代人日常生活中熟视无睹或者遗落在记忆尘埃中的琐屑，作者却用艺术的慧眼、敏锐的嗅觉和巧妙的构思对它们重拾加工组接与搭配，一座艺术的魔方便得以形成。于是，日常生活的组合生发出无限情趣，普通人生的细节凝聚成俗世传奇。

二、凡尘琐事中的生命传奇

一个普通人的悲喜，于别人或许是凡尘琐事，但于他自己却成了传奇。《衣锦还乡》中的孙晓风经历的奋斗与成功、迷茫与消沉、反思与救赎等人生悲喜剧，在凡尘俗世中普通得如尘埃，你也许碰到过，我也许碰到过，但这些贴身可及的人事，最终也都交付给了岁月，留下的仅仅是些影影绰绰的生命幻影。而孙峰在《衣锦还乡》中却还原了生活的真相，使个体生命的传奇重现成为可能。谈及传奇，不能不令人想起张爱玲，她主张"在传奇里面寻找普通人，在普通人里面寻找传奇"，她喜欢写上海弄堂里的琐碎生活，以此表达苍凉的人生感悟，使小说具有了"常中见奇"的审美效果。和张爱玲一样，孙峰在《衣锦还乡》中叙写内容都为凡尘俗事，只是它们被赋予了不同寻常的生命情怀和人生意蕴，于是，大千世界中的生命本相便在平凡的人事中依次呈现，凡尘琐事转变为超越寻常的故事，小说因而获得了陌生化的艺术效果，个体的传奇经历也得以复活。

《衣锦还乡》把深沉的人文情怀寄寓于凡尘俗事的抒写中。小说以世俗生活为颜料，描画出孙晓风奋斗、追求、迷茫、消沉、反思、释然等人生经历中的情感变化，如亲情、恋情、乡情、师生情、同学情、朋友情等。作者或细笔描摹，或随意点染，或放或疏，或隐或显，或曲或直，或蜻蜓点水，或惊涛骇浪，或融入赤子之情对其绘声描色，或投入意外之石激荡层层波澜，常于凝眸流韵之处情意连绵，洒脱放浪之际欲罢不能。读之或沉溺感伤，或释然顿悟，最后又不得不唏嘘感叹凡尘俗世的抒写所生出的奇妙艺术感染力。如写孙晓风父子，本应血脉情深，却因升学选校风波骤起而父子反目，隔阂看似无可消除，却因孙晓风进入报社，最后又前嫌尽释和好如初，波澜流转的叙事中更添父子真情。又如孙晓风和娟娟恋爱，由玩世不恭，到严肃真诚，再到娟娟车祸离世后的痛不欲生，浓墨重彩的描写尽显男儿本色。还有老师对孙晓风的关爱之情、亲人离世的悲痛之情、恋情破裂后的断肠之情、雪中送炭的感激之情、朋友之间的手足之情等，有的点染勾勒，直抵人心，有的主客交融，层层渲染，有的流水涓涓，温馨宜人，有的秉笔直书，触及灵魂。于是，凡尘琐事因融入了非同寻常的情感，便于亲切自然中增添了奇异的色彩，酿造出了传奇的韵味。

《衣锦还乡》还在俗世的叙写中寄托了深厚的人生哲理或生活本相。孙晓风三十多年的人生经历属于小说的表层结构，它们是在世俗生活的物质层面中展开的。其中涉及的黄土大地、乡村风物、自然景观、社会变迁、人情世故、生老病死、兴衰成败、柴米油盐、酸甜苦辣等均为凡尘俗世的基本内容，作为形而下的物质层面，它们是日常生活中最为坚实的底色，是精神飞扬的根本依托，也是《衣锦还乡》获得长久艺术生命力的基本保障。但小说并没有停留在世俗生活的物质层面，而是进一步在形而上层面展开思索，以此赋予小说以某种社会精神、生活本相和人生哲理。

主人公孙晓风半世人生大致经历了求学生涯、打工生活、入职报社三个阶段，三个阶段分别对应着追求、迷茫和反思等三种生命情态。求学时期的孙晓风是勇往直前意气风发的硬汉形象，他苦战病魔、刻苦训练、玩命比赛等情节让人热血沸腾，具有激励生命昂扬奋进的震撼人心的艺术效果。这些励志性的情节已经超越了日常生活，本身就具有了浓郁的传奇色彩。大学毕业后孙晓风放弃了进入体制内的机会，而选择做自由职业者，这个阶段的孙晓风在追寻与迷茫、拼搏与失落、坚守与沉沦、成功与失败、积极与消沉之间摇摆。于是，人生的乖谬与世事的无常等生活本相便尽显其中。第三个阶段是正式进入省日报社成为体制内一员，此时孙晓风完成了第三次人生转变，即从迷茫到反思和悟道。此阶段的孙晓风不再年少轻狂，他变得成熟，从而进入到生命反思阶段。他最终在汶川救灾中大切大悟，使生命之爱与灵魂得以融合。孙晓风的半世人生，荣辱参半，祸福相依，曾为既定的命运而拼搏，也为既定的命运而叛逆，最终却又投入既定命运的罗网。此情此状，与其视为一种命运中的顺从与无奈，不如视其为顺应自然、悟道人生的一种达观与睿智。

凡尘俗世中的传奇，恰如平淡人生底蕴中的波澜，也如沧海桑田巨变后的平淡，孙峰的创作或许正是对张爱玲传奇叙事的回应，他总能从凡尘琐事的描写中映照出人生的诸多感悟和形而上的哲学意蕴来。

三、"常中见奇"的叙事技巧

小说《衣锦还乡》故事性非常强，作者重视艺术构思和情节结构的曲折变化，善于在平凡琐事中制造波澜。小说情节多为日常生活中常人都可能经历的事件，如求学、升学、离家、毕业、求职、工作、交友、恋爱、结婚与生子等，这些事件所构成的人生经历皆属于生命的常态。但作者却能"常中见奇"，即在常态叙写中，通过叙述非常态情节，以达到超越日常生活而形成新奇的艺术效果。如孙晓风进入初中学习为人生常态，而初中阶段生大病、早恋、与同学打架、打伤老师以及转学等事件则为非常态；大学毕业找工作为人生常态，孙晓风剑走偏锋，放弃高校"铁饭碗"而选择打工的情节为非常态；孙晓风与女友恋爱为生活常态，但每次恋爱都真诚地投入却都以失败告终为非常态；结婚是常态，但从两情相悦而结婚，到感情破裂而离婚，离婚后却又峰回路转再复婚，这种不断逆转的事件却为非常态。由此可见，作者总善于在人生常态中设计出非常态的情节，从而制造出扣人心弦的紧张效果和传奇色彩。

凡俗琐事在作者独具匠心的构思中便转变成传奇，其中所采用的叙事技巧主要有以下方面。首先是在社会生活必然中巧设人物命运的偶然。如孙晓风考上了师范，偶然去一中操场散步，却被排球教练看中，孙晓风因此放弃师范而上了一中，其人生轨迹也因此改变。大学毕业找工作，在留校与打工之间进行选择时，孙晓风选择了打工，当然也选择了别样的生活方式。孙晓风与娟娟的爱情谈不上轰轰烈烈，但其中巧妙地穿插娟娟到孙家过年、娟娟怀孕、娟娟出车祸死亡等偶然性情节，从而使日常生活充满了玄机与传奇性。其次是通过加大人物命运中顺境与逆境的落差，形成命运的波澜。孙晓风、刘胜和鱼头等人都有着各自的成败得失，其中孙晓风命运的落差最大，因而其人生传奇色彩也最浓厚。再次是利用扣人心弦的场面描写增强了小说的传奇性。比如篮球和排球比赛场面的描写便非常精彩，这些情节也具有很强的传奇意味。另外，作者还利风水与算命等民间元素以增添小说的传奇性。特别是张和尚模棱两可却又充满玄机的谶语，往往暗示出人物的命运，为日常生活蒙上了一层神秘色彩，也为小说增添了民间传奇韵味。

就叙事人称而言，小说以第一人称叙事为主，其中融入第三人称叙事，这不仅增加了叙事的自由灵动性，同时也有利于更加全面地展现社会生活。小说在叙事孙晓风的成长过程中，总是旁逸斜出，把笔触伸向更为广阔的社会空间。小说在讲述孙晓风升学、就业、经商等人生经历时，往往通过一些关键人物，如薛兰、路小易、阿强等与官场有着直接或间接关系的人物，把官场腐败的潜规则揭示出来，从而形成对社会现实的批判。又如作者利用孙晓风大学期间社会实践活动，既引出了孙晓风和杭圆圆的一段爱情故事，使其成为小说情节发展的关节点，还通过这次活动中酒桌场面的描写，对官场中的潜规则进行了揭示与批判。另外，小说还对道德滑坡、环境破坏、乡村衰败等问题进行了深层的思考。对社会的批评和现实问题的关注，虽然不是《衣锦还乡》的重点，但这种纵横伸展的笔触既大大拓展了小说的视界，也增强了小说内涵的深广度。

《衣锦还乡》中还存在着大量的预叙。预叙的使用不仅没有削弱小说的艺术性，而且还促进了小说悬念的形成和波澜的产生。《衣锦还乡》中的多数预叙具有情节结构的功能，但有时候是对情节或人物命运的补充，有时候是为了形成前后的照应，有时候是对某些关键性情节进行强调。预叙在这部小说中有两种形式，一是通过作者的叙事巧妙地插入，这是《衣锦还乡》中普遍使用的方式；一是通过算命或梦幻形式进行暗示，如张和尚的几次算命，每次都成功地预示了人物未来的命运。预叙的大量使用，不仅增强了小说的传奇色彩，也体现了孙峰较强的宏观调控情节结构的能力。

四、人物塑造及其他

人物塑造方面，作者重视性格的多元性与丰富性。孙晓风性格中所具有的正直善良、勤奋顽强、自律与仗义等一直是其生命的底色和常态，而偶然的懒惰放任、绝望痛苦、迷茫沉沦和自暴自弃则是其生活中的非常态，是"常"中之"奇"。因而"常"与"奇"相结合的人物塑造方法，一方面避免人物的扁平化，一方面又为情节制造出相应的波澜，增强了小说的传奇色彩。

另外，在塑造人物形象时，小说不仅细致地触摸具体的个体生命，而且还紧扣时代的发展脉搏，既写个体，也写群类，既具个性，也有共性。共性是社会生活的底蕴或本色，属于生活的稳定层面，个性是社会生活中的光彩或时光河床中的波纹，属于不定层面；共性是常态，个性是非常态，是日常生活中的"传奇"。孙峰在共性叙事的同时地赋予了主人公鲜明的个性，从而在人物性格塑造方面形成了"常中见奇"的艺术效果。

孙峰在《衣锦还乡》中的语言简洁流畅，动作性强，他看重的是故事，因而很少做静态的描写，在不断的叙事流动中，情节环环相扣，既紧张急迫而又从容有序。小说在张弛有度的叙事中展示了孙峰对传奇性的追求，只是这种传奇并非神魔鬼怪的炫惑叙事，而是凡尘俗世中平凡人生的传奇。孙峰正是要通过对世俗人生的传奇抒写寄托对生命的感动和对崇高的坚守，以寻找到灵魂的"还乡"之路。

仿学术论文体散文

——阎扶《龙子》的形式浅议

◆ 王晓喻

阎扶其实是一位资深且作品颇多的写作者。从十七岁开始文学写作，其后职业几经转换，文学创作却始终没有中断。在近三十年的写作生涯中，阎扶的作品有不少。只是，或许对于他的这些实验性很强的文字在意识深处潜藏着某种对普通读者的拒绝，阎扶似乎很不在意作品的公开发表，因之阎扶的作品更多的是在与其志趣相投的文友圈内流传，公开正式的文学刊物鲜有其身影。不要说对于普通读者，即使是在山西文坛，阎扶也可以说是个难识庐山真面目的写作者。在其文友们的印象中，阎扶为人"笃于友朋，淡于名利"，在写作上却有自己的坚持，很为"倔强"，玄武称阎扶为"孤僻的写作者"，闫文盛说阎扶在写作上"固执己见"。阎扶是一位个性独具的作家，其作品也写得与众不同，有着许多令人耳目一新的东西。阎扶的创作从诗歌开始，逐渐涉入多种文体的创作，而且阎扶一直在探索创造新的文体，因之对阎扶创作做全面的分析颇为不易。本文能仅就阎扶的两个集子《龙子》谈一些个人对阎扶作品的理解与看法。

《龙子》是一部围绕"龙生九子"这一传说而展开"混杂着传说、考证、讹误、轶事、想象"的"虚妄之书"。这部书由四十九篇组成，阎扶这样结构全书："以七篇文章作为一个写作单元的。第一单元是关于龙子的一些基本话题，开始进入。三七二十一，接下来的第二、三、四单元，谈论到了每个龙子，这一部分乃是文本的主体。第五单元是一个总结，对前三个单元所提及的龙子，进行一个归纳。第六单元是对应，第七单元是注释。注释的第七篇，也即《龙子》的最后一篇，不能再对所在的注释单元进行注释，所以我就设计了这样一篇'问答七个问题'"。四十九是一个与传统文化关联很深的数字，阎扶说："《庄子》完美之本，也是这样结构"；《周易》占卜所用蓍草恰也是四十九根，四十九与中国传统文化之根的《周易》之间亦暗含着一种转喻关系。而"龙生九子"又是从中国上古时代流传下来的神话传说，阎扶似乎在用一种非常中国化的方式谈论一个古老中国的话题。

然而《龙子》却又是在文体方面有着很强先锋实验色彩的文本，有人把它归之于散文集，其实在"散文"与"集"两个方面都有待讨论。全书主体可以分成三个部分。第一部分是前边的三十五篇，包括阎扶所说的一二三四单元'，可把它划作三个部分：第一单元七篇"是关于龙子的一些基本话题"，是全书的引子；二三四单元二十一篇基本是按龙子的名字分开来具体"谈论到了每个龙子"，第五单元七篇"进行一个归纳"，基本是一个较为规整的总—分—总的结构，其中旁征博引，严密考证，更像是学术论文。中间对应七篇，是抒情散文；第三部分为注释六篇，最后一篇"问答七个问题"是实际谈论的是有关《龙子》的写作相关问题，可以看作后记。如果把第一部分与第三部分放在一起，俨然是学术论文的体制，当然他的注释又不是严格按学术规范来标注，"是把注释作为正文，而不是处理成小字置于页下或文末"，而且"龙生九子"也似乎不是一个很有学术价值的题目，阎扶也不是在学术的层面来考证它（相反，阎扶始终在有意避免其成为一种学术考据是文章），所以更可能是一种对学术论文的戏仿，这样的对非文学文体的戏仿是文学创作常用的手段，这其实也是《龙子》是文学作品而非学术作品的一种标识。中间七篇"对应"，用二十一种龙子对应与其性格有某种相似的二十一位历史人物，却是标准的文艺散文。阎扶在"问答七个问题"中说："在写作过程中，提纲发生了变化。对应部分七篇，占到全书七分之一，大大缩减"，按此推断，在阎扶的创作设想中，可能"对应"部分要占到全书的三分之一，也许是二十一篇，而非现在的七篇，阎扶似乎想通过这样一种平衡，淡化《龙子》的学术色彩，强调它的文学性。虽然这一部分从形式上有些游离，但内容对应于前边二十一篇关于龙子的具体考证与介绍，七篇"对应"每篇三个历史人物，恰好也是二十一个部分，仍是紧紧围绕"龙生九子"这一话题而展开。因之《龙子》是一个完整的整体，是一个单篇的长文本，不应看作一个作品集。就文体而言，阎扶是一个文体意识很强的作家，他的《龙子》呈现出一种混合文艺散文与仿学术论文的文学体式，尽管他可能是有意插入"对应"部分的抒情散文，但我仍愿意把它称作仿学术论文体的散文。如果从取"龙生九子"这样一个满是 "虚妄"色彩的题材与内容中充满想象的成分看，《龙子》很难说没有小说的色彩。在"对应"七篇中，诗人出身的阎扶又把它写得如散文诗一般。所以，《龙子》的文体也不是我们传统的"散文"概念所能涵盖。从这一点看，阎扶的形式创新方面是一个充满冒险精神的写作者。

但是在形式的创新时，阎扶却又表现出某种犹疑。这种犹疑主要表现在"对应"部分的写作上。我觉得，在《龙子》三部分的写作中，第一部分的写作有种往紧缩的感觉，第二部分的写作却感觉是在往外扩。阎扶爱读书，藏书盈屋，古今中外，无所不涉，本就是博学之士。为了写作《龙子》，阎扶又搜罗阅读了许多典籍，其中有不少如今已鲜为人知，对于这个话题，阎扶可以说掌握了极其丰富的资料，因之，这一部分的写作，阎扶娓娓道来，似乎有无穷的话可说，只是限于篇幅，欲说还休，文到结处，意犹未尽。但是第二部分却有种尽力拉长而不得的感觉，尽管写作开始后即对原来的写作计划做了调整，篇幅已大为缩减，但就写成的七篇而言，仍感写得有些仓促，感觉似乎有些准备不充分，底气不足，远不如第一部分从容自信，甚至也不如第三部分注释。"对应"所选历史人物也略感杂乱，毛泽东、阿炳、尉迟恭、荆轲、鲁迅、屈原、包拯、达摩、贾谊、孙中山、石崇、成吉思汗、蚩尤、吴文英、李白、老子、谭嗣同、项羽、曹操、孔子、杨广这样二十一个历史人物放在一起，似乎缺乏把他们结合在一起的一种内在的线索，有些对应似乎也联系不紧，比如鲁迅与睚眦相对应，从睚眦必报与好杀的层面理解鲁迅有些过于表象。"对应"的写作或多或少有一种为了凑二十一之数的感觉。另外是整体文风上不统一。第一部分以知识性见长，也有一定的思辨性与趣味性，属于理性与知性的文章，有一些周作人散文的风范。第二部分却是一些抒情的短文，与第一部分与第三部分不能自然结合，或多或少有一些游离之感。个中原因，我觉得可能源于阎扶在文体冒险时潜在的某种犹疑。阎扶在戏仿学术论文这样一种独特的文体冒险时恐怕潜藏着一种这样的写作会不会被承认为文学写作的忧虑。注释部分"把注释作为正文，而不是处理成小字置于页下或文末"这样一种明显的反学术的处理，可以看作是阎扶有意规避这部作品被目为学术论文的一种努力；把"对应"七篇插入第一部分与注释之间也是在有意破坏这种"学术论文"体的整体完整，也是出于同样目的这样的努力。更大的努力是"对应"的写作，阎扶试图用这样种无争议的文学文体的写作，来对前边的"学术论文体"写作做一种平衡，以此来冲淡第一部分写作的学术论文色彩，根据阎扶在"问答七个问题"中说写作中大幅减缩"对应"部分推断，在阎扶原来的写作提纲中，对应部分可能要达到与第一部分平分秋色的分量。因之，对应部分的写作更多的源于外在的文体方面的考虑，而非内在的写作内容的自然延伸，是阎扶对自己这样文体冒险心存一定的犹疑的产物。阎扶的文友汉家认为"《龙子》是一本很不一般的书。这本书最大的好处就是，没有止于学问，而是以龙子对应历史上的诸位人物，如毛泽东、鲁迅、贾谊、达摩、孙中山、成吉思汗、李白等，历史关口与性格特质进行了惊心动魄的咬合，呈现出龙子的整体性面貌"。我的看法却不同，我认为在全书中，这一部分写作是不成功的。

阎扶曾说，什么是散文，什么是好的散文，他认为并无一定之规。对于这样一种没有一定之规的文体，我觉得如果阎扶把这样一种文体实验再往前推，可以不要插入"对应"部分，整部书完全用这样一种仿学术论文体写成也许会更好。在中外文学史上借用非文学文体来进行文学写作，不是没有先例，如美国诗人威廉斯的《便条》、于坚的《0档案》、韩少功的《马桥词典》等。当然阎扶志在创作文学作品，如何避免这样一种仿学术论文体滑向学术论文，这是在《龙子》写作中必须注意的。但是，文学性的增强有许多其他途径，如在枯燥的考证中加有情趣的、故事性强的一些东西，比如，把话题扩散延展开来，与现实生活相关联，加入一些对于人生的感悟，对现实的思考，等等。事实上，阎扶的《龙子》中也有这样的内容。

阎扶尽管是学理出身，但阅读甚广，是位博学之士，具有写作学者散文、文化散文的知识积累。同时阎扶又具有诗人的气质，而且阎扶是以诗歌写作与文学结缘，因之对诗歌有一种割舍不断的感情。但是以知识积累为底蕴的偏于理性的学者散文与更多依托先天的才气与丰富的情感的诗歌创作有很多不一致的地方，处理不好，会互相干扰。因之把这两种东西融合在一起，创造一种新的散文文体，其中的挑战确实不小。当然，散文归散文，诗歌归诗歌，用两种笔墨写作，也未尝不是一种思路。我对阎扶写出优秀的学者散文有着更多的期待。

不想做历史风云的看客

——叨狼《财色》中英雄主义情怀的世俗化呈现

◆赵春秀

　　我们似乎已经步入后英雄时代。我们似乎已经不再崇尚英雄。

　　著名小说家麦家曾在《这个时代呼唤英雄》中这样说道:"三十年前,我们的文艺创作始终都在搞假大空的东西,什么都是国家意志,崇高精神。1980年代后,改革开放给了我们一定反思和自由创作的空间,读者和作者有权反感宏大叙事,反抗英雄叙事。于是,写作进入了个性化叙事的年代,反英雄,反文化,反主流,反崇高,反责任。如果说三十年前的创作是一个极端,那么现在其实又走到另一个极端了,就是作家过分地窃窃私语,过分地痴情于生活的阴暗面,不要责任,不要理想,不要崇高,创作就是为了表达欲望,为了张扬个性,为了'否定',一味地书写庸俗人生,竞相列举人生的种种黑暗、绝望、丑陋、丑恶、龌龊、阴暗。很长一段时期,颂扬英雄,歌颂美德,成了无知和愚昧的把柄。"我们的确能感觉到中国社会的集体无意识正在悄然改变,英雄似乎渐行渐远。随着网络文学的普及,具有英雄情结的人好像越来越少,现代主义加速消解着人们的英雄崇拜,我们的现代化进程像一匹脱缰的野马,跑出了我们预设的想象,它一方面极大地丰富着人们的物质生活,另一方面却将传统文化中的道德情操、文化观念踏成碎片,说不清始于何时的"娱乐至死"的欲望狂欢,开始昭示着这个喧嚣时代的悲哀。

　　然而,事实也许没有如此悲观。梁启超曾说过:"英雄之种类不一,而惟以适于时代之用为贵。"我们的英雄主义情怀其实从未远离,只是换了一种面貌存在。也许嫉恶如仇、舍己为人、钢铁意志、视死如归,这些英雄标签所代表的正义、气节适用于任何时代,是中华民族传统的英雄评判标准,但是在民间社会,始终暗暗流动着与主流言论导向不是那么合拍的世俗价值观念。特别是 90 年代以来，民间隐形价值观念逐渐放弃政治领袖和战斗英雄，他们身上那无法企及的神性光辉，被真实可感的世俗英雄所取代。世俗英雄对伦理规范的重新思考、现实却也真实的欲望追求，是对传统英雄情怀的一种补充，无需深怀忧虑。毕竟不论何时，个人与国家的关系对于每一个炎黄子孙来说都格外重要。东方式的英雄定义，总也走不出"家国天下"，个人得失与天下兴亡比起来，孰轻孰重无需判断，各类英雄或准英雄们会自动肩负起江山社稷的使命感，那是个人生命的最高价值体现。

网络作家叨狼的《财色》就塑造了这样一位看起来不那么崇高，但始终有着家国情怀的世俗英雄形象。小说披着目前网络文学的流行外衣，主人公范无病是一位有着重生奇遇和主角光环的闪亮形象，但他与读者心目中习惯的英雄形象毫不搭边，甚至是背道而驰。重生之前，范无病就是以一副好色之徒的无耻面貌登场的，且很快在美女的轻轻一端下坠落悬崖开始他的重生使命。重生后的范无病以成人的灵魂寄居在幼嫩的躯体中，自然显得天赋异禀，在慢慢长大的过程里以"先知"的优势完成着他日后巨额财富的原始积累。为了了解他的世俗性，我们可以将目光聚焦在他的行为处事上：从幼年起，范无病在师长面前就常常吊儿郎当，丝毫不懂尊老爱幼，对英雄们通常不屑一顾的财、色有着强烈的欲望；他敛财的手段一流，除了正常利用"先知"优势外，投机钻营、造假诈骗、能钻的政策漏洞，他统统面不改色甚至不择手段；他身负超绝功夫，拥有绝高武力值，却不能像英雄一样时时处处临危不惧，虽也有几次与对手帅酷的武力对决，但在女少校驾驶的直升机上，几乎被吓到吐，大失英雄本色；他做事轻浮不正经，在购买、发射卫星如此严肃的事情上，也能干出在卫星上画乌龟的幼稚事；他极其好色，身周美女环绕使他享受而自得……范无病的言行处处昭示着，这就是一个有点才有点钱但特别自命不凡飞扬跋扈的凡夫俗子，英雄之名与他无关。

范无病形象承载的是创作者对于英雄定义的非主流性解读。叨狼为 70 年代生人，他直接承袭着上一代的传统精神，又亲身经历过改革开放之初泥沙俱下的混乱，被动接受着种种新事物、新观念、新规则的冲击，在中西文化碰撞中，他不自觉地完成了中华传统道德与西方人文意识的融合，并将这种融合渗透到他的创作中。"我是人，人的一切特性我无不具有。""我不想变成上帝，或者居住在永恒之中，或者把天地抱在怀里，属于人的那种光荣对我就够了。这是我所祈求的一切，我自己是凡人，我只要凡人的幸福。"西方众多先贤早已明确表示，人应该追求此世的幸福，无需寄希望于虚无缥缈的彼岸。进入现代社会后，商品经济的大潮更是将我们裹挟得身不由己，然而不得不承认的一点是，欲海横流中人与人之间的斗争焕发出勃勃生机，将原本那个死水无澜清心寡欲的世界激发出旺盛的生命力，显现繁荣社会表征。个体生命从无欲无求的神性世界回归享乐主义，忠义良心和自我欲望不再二元对立，两者间的微妙平衡，动态变化中的此消彼长，照映出世俗人生的真实逻辑。就如范无病，他时时刻刻打着自己的小算盘，最过分的是投资支持海军竟然是为了在"复杂多变的国际政治环境之下"，必要时能获得"本国海军的庇护"。他用心经营着父亲的仕途，并一路将父亲从一个县级市的国企小干部送进了政治局常委的高位。其父利用自己的影响力，参与决定着国家众多举足轻重职位的人选，甚至公然举荐"自己人"担任海军司令一职。这自私自利的小算盘，范无病发迹史中打了无数次，范氏父子许多言行简直罪无可赦。但是，范无病从来没有真正干过损害国家根本利益的事，他聚敛的巨额财富多次用于解决国家经济军事教育等方面的燃眉之急，他结交军方高层，最多的用途就是为国家出钱出力时方便快捷减少扯皮过程，范亨任命的"自己人"也都是多方考察最合适的人选。可以说，范氏父子小算盘达成的是国家集体利益与个人利益双赢的局面。既然可以双赢，我们又为何要苛求英雄一定得舍己为人呢？对于英雄来说，人生同样充满诱惑，他们也有权利活得张扬恣肆、自由自在，当英雄圣人一样除了执念于自我约束，失却作为一个人本应有的七情六欲时，他便不再是有血有肉的真实人类，而仅仅是一个抽象的象征符号。《财色》表现出的反英雄崇高原则、随心所欲张扬恣肆的生命态度，是符合人物的生存环境逻辑的。范无病以经历过万千风景的未来眼睛回看质朴的过往时代，他另类的表现必然不只是对历史走向的洞若观火，一定会有未来商品世界沾染到他身上的财色气息。物质丰富的花花世界是范无病的性格养成处，在那样的客观环境下，欲望横流才显得合情合理，过于清冷的态度反倒有一点与现实格格不入的虚伪。

然仅止于此，还不足以树立范无病世俗英雄的形象。即使其言行符合养成逻辑，那也仅仅是作为一个普通人，具备其存在形式的合理性而已，这样的形象于英雄而言，是解构不是塑造。我们不得不追问，当英雄走下神坛，走进现实凡人的欲望世界时，英雄还是英雄吗？就范无病来说，他的英雄情怀表现在哪里？对于普通人来说，金钱、权力、美女是男人显示成功的标配，拥有了这些，男人的世俗欲望才能获得满足。不过普通男人追求的是钱权色本身，而范无病的灵魂深处，对金钱、权力、美女这种种欲望的追求与满足并不能给他终极的生命价值感。范无病不是欲望的奴隶，他融入骨血的英雄意识常常侵入欲望本能，从而让自己的行为瞬间崇高起来。在范无病身上，我们时时会有一种"欲之种种皆不过如此"的无所谓感。范无病最最想要的是什么？他渴求的生命终极价值是什么？叨狼在作品最后，借朱老板的话说出范无病的深层心理追求："我们每个人都负有责任，建设这个国家。""不管前面是地雷阵还是万丈深渊，我都将勇往直前，义无反顾，鞠躬尽瘁，死而后已。""……无非是个同归于尽，却换来国家的长久稳定发展和老百姓对我们事业的信心。"这振聋发聩的声音，范无病若无共鸣，怎会心神恍惚到日头偏西？这言语中的豪情，若范无病真是声色犬马、追求享乐、自私自利的少年心性，又怎会被击中？也许这样的崇高境界连范无病自己都没有意识到，他给自己的定位就是一个利益至上在商言商的成功商人而已，但睿智识人的朱老板断言，范无病"进了这个大染缸也不会就变黑"。在范无病身上，人性与神性从来不是二元对立项，他不是圣人般高高在上供人仰望的神坛英雄，他就是一个世俗凡人可以亲近的世俗英雄。

叨狼对范无病形象的总体设计就是将英雄请下神坛，赋予他们真实的情感、欲望、梦想、人性，将世俗的现实社会与理想中的英雄属性和谐相融，这恰恰是现世与彼岸的交汇。他穿越时空重生而来，不是为了极限数字的"财"，不是为了百媚千红的"色"，只是为了能更深入地参与历史。他想拥有一双扭转乾坤翻云覆雨手，在国家民族危难时，有能力站出来，力挽狂澜。这是叨狼为读者精心构筑的一场世俗英雄梦！

以《大鱼的模样》为例看浦歌的小说创作

◆王朝军

　　浦歌的小说创作，我以为，是我近年来见到的一种非常具有独特性的小说写作方式。下面我将以他的一篇代表作《大鱼的模样》为例，作以分析。

　　据浦歌说，《大鱼的模样》是他的一篇旧作，大改之后，成了现在的模样。以前是什么样子，我没有看到，也不想看到。因为，既是大改，必然有作者的考虑，生活经验和阅历审美的变动，会改变一个人许多，通过小说想表达的，也愈加清晰和丰富。不知趣地将旧作拿来对比，或弄巧成拙？我是有这方面的顾虑的。那就索性掩耳盗铃一把，因不闻前者之旧，故权以后者为新。（而事实上，浦歌强调是"大改"，不正意味着这层"新"吗？）基于此，我下了前文的判断：浦歌凭《大鱼的模样》，完成了他写作道路上一次质的飞跃。

"典型"情境

　　小说选取的空间是窒塞的：京城最好的治疗癌症和其他疑难杂症的医院的旧楼的一个普通的病房。五个"的"，其实是一层层缩小了我们对故事发生地点的认知，将我们的视线牢牢收束在这个只有二三十平方米的狭小空间内。而在这个空间内住着的，又大多是患有癌症的病人。接下来的并没有多少故事性的故事就发生在这里。而时间呢，似乎也并不长，一天，两天，或几个小时？总之我们无法确认从开始到结束，表盘上的指针究竟走到了哪里。但这丝毫不影响我们对时间依旧在线性流动的判断，只不过，这流动慢得几乎可以忽略不计。这恰恰也是作者希望达到的效果。

比起空间的窒塞与时间的怠钝，心理气氛的极度沉抑恐怕是最压迫人的所在。疾病带来的痛苦是身体上的，可能跨向死亡或深知必然走向死亡的痛苦则是任何人都无法轻松面对的，尤其是因患有同样性质的恶性疾病，而聚集在这个普通病房中的普通人，他们关注着自己的痛苦，也被迫关注着别人的痛苦。在这种相互注视的过程中，便会天然形成一种游离于人的正常思维之外的心理或情感氛围。

空间、时间和心理，这三者共同构成了小说《大鱼的模样》的典型叙述情境，如果可以称为"典型"的话。（需要强调的是，我这里用"典型"一词，并非是想用恩格斯所谓"典型环境中的典型人物"来规束它，且这篇小说所表现出来的审美特征也不是如此简单便可阐释清楚的。）

应该说，这种对典型情境的有意或无意的营造，是促使浦歌走向一个新的写作高度的重要基石。为什么如此说呢？从近年浦歌小说创作的纵向对比中，或可多少见到些端倪。比如《叔叔的河岸》（《黄河》2015年第4期）里环境、人物与内心波动的某种神秘而令人惊悚的联系，《孤独是条狂叫的狗》（《黄河》2015年第6期）中那梦魇般的孤独感，《狗皮》（《山西文学》2015年第11期）中父亲难以捉摸却适时发作的胃溃疡。这些元素以往分布在作品的不同角落里，时隐时现，时强时弱，但到了《大鱼的模样》，则皆是以强势的姿态显现，且运用得更为集中和老练，不同元素的契合度也非常高。

小说一上来便是刚做完肛瘘手术的小卫忍痛向病床上挪动，由此引出了病房中其他几人：同为病号的中年东北人和三号病床上的老人以及东北人的妻子、老人请的女护工、陪侍我的莲姨等。在这个混杂着病人、家属和陪侍者，乃至时不时穿梭于其中的护士的病房中，对病痛的呈现远要比对父亲（《狗皮》）胃痛的刻画更为密集和细致；而在病痛折磨下，病人所切身感受到的孤独与恐惧，自然是"我"（《孤独是条狂叫的狗》）所无法比拟的；充满着压抑和沉闷氛围的狭小空间内，那种对未来生死的不确定性所带来的心理的微妙变化，也极大地超越了将自己埋在土里的叔叔（《叔叔的河岸》）对人生和自我的逼视……如果说，这不是浦歌的苦心孤诣，那就是造化弄人，一双看不到的手此时此刻疏通了过去与现在、此岸与彼岸。由此，浦歌得以将他的写作才能发挥到极致。

指涉什么

如同小说中人物命运的不确定性，浦歌小说的主题也具有不确定性的表征。杨遥将给《叔叔的河岸》撰写的评论文章定名为《飓风的中心是什么》（《黄河》2015年第4期），我想，其原因大概亦出于此。《大鱼的模样》中，作者在指涉什么，并不明确。如果非要明确，小说中有一句话用在此处，倒是比较合适："痛就像是一种背景音乐，没有痛也会有痛的空白——那是特意为马上到来的痛留下的位置。"小说所要叙述的，即是处于痛的背景之中的痛或没有痛时的痛的空白。无论是背景还是空白，痛无处不在。它附着在人物的身体、行为、语言、心理，甚至是看来与痛毫不相关的物体上。

前几处均好理解，比如三号病床上的老人，手术前并没有戴帽子的习惯，手术后，却整日戴着一顶蓝色的帽子，即便是上厕所，也要找帽子戴上。他可能觉得戴上帽子才会减弱对病情的担忧和恐惧。再比如小卫测体温发现自己的温度竟达到三十七度六，随之便怀疑是医生给他做手术时没有换刀具，拿水洗洗就用了，而且还振振有词，说是亲眼看到的。这说明，他对体温升高极度敏感，已经生成了某种幻觉。东北人夫妻对儿子刚出生时差点没命，以及捕鱼情景绘声绘色的讲述，则愈发加重了病房中本就沉痛的氛围。

与人相比，关键在物，在痛与物象的联系上，无疑，作者准确地找到了二者惺惺相惜的纽带。小说中，作者并没有简单地通过物的描写去影射，而是不厌其烦地精雕细琢，力图将物的表里和它们的变化以特有的方式呈现出来。旧住院楼里吱咔作响的绿色旧电梯，呈锐三角形的可以转圈的走廊，废弃的十五、十六层，太平间的入口，缓慢下行的滴液，日本进口的方形控制器。这些看起来并不起眼的物体都在空白处延续着痛，加剧着痛的过程。

作者如此执拗地写痛，当然不是无的放矢。他要将痛渗入文本的骨髓，以此为痛的彻底消失做准备。也就是说，痛从病人的肉体和心灵放大到周遭乃至无限的时空中后，人便无法感知到痛了。痛由具体而抽象起来，它成为一个概念，一个名词，一个人们可以随意谈论和调侃的话题。浦歌在创作谈中说："令我意想不到的是，病房里有时会洋溢着其乐融融的氛围，他们谈论各自的病，那些病名如同已经消过毒一样，在他们口中丝毫不具备威慑性，就像只是在议论各自的感冒症状。"这一发现在给浦歌带来巨大的困惑的同时，也促使他回过头来究索其缘由，捕捉这种看似反常现象之所以出现的蛛丝马迹。所以他并没有放过任何可以观察的点，哪怕是再小的点，都有可能成为痛的消失过程的佐证。事实证明，浦歌是成功的，他在发现并叙述这些点时，形成了许多碎裂的主题，也造成了文本指涉的多义性。这一切全都发生在痛存在与消失的过程中。

至于这些碎裂的主题具体指什么，我还是不必展开来吧。原因有二：其一，这不是本文叙述的重点。其二，读者自会从小说中得到较为明确的结论。

意识流与上帝视角

浦歌的小说不是很快就能读完的那种，酣畅淋漓更不可能。他总是让你在阅读过程中，停顿，停顿，再停顿。这的确是一种对我们既有阅读经验的挑战。在崇尚快餐化阅读的今天，已经很少有人愿意用这样的一种方式来写作，更多的恐怕是驾轻就熟的现实主义文体的广泛实践。20 世纪 90 年代的先锋实验在昙花一现之后迅速式微，并被绝大多数作家轻易抛弃的事实，也无可辩驳地说明了具有强烈现代主义文体特征的小说，对国人来说已无多少魅力和市场。所以，猛然间读到浦歌的小说，一开始还是很不适应的，但渐入佳境后，却让我们的身心为之一振。原来小说可以这样写，原来并不是我们没有读过这样的小说，而是我们的感觉迟钝了，不再愿意接受这样慢节奏的，缺乏戏剧性和故事性的意识流小说了。

是的，意识流。这是源自于卡夫卡，被大名鼎鼎的普鲁斯特、伍尔芙和乔伊斯发扬光大的小说文体。浦歌受几位大师的影响之深，在《大鱼的模样》中便可一览其盛。卡夫卡"城堡"式的孤独与恐惧，普鲁斯特"追忆似水年华"式的交叠铺陈，伍尔芙"达洛维夫人"式的极端情感书写，乔伊斯"尤利西斯"式的联想和跨越。这些都被浦歌吸收了过来，重新来构建他所理解的意识流世界。

首先是对潜意识的深度发掘和表现。这得益于浦歌所采用的全知全能的"上帝视角"。总体来说，病房中三个病人是叙述的核心。小卫、东北人、老人，他们对病痛和自我心理的认识，均是出于本能的应对。"他已经发现不了患病之前之后的区别，这只是一个新的现实，他依靠自己的本能和智慧正在应对它给他带来的伤害。"在创作谈中，浦歌如是说，在文本中也是如此。拿小卫来说，他起初决定治疗痔疮，是"欣然"的，因为 S 医院新住院楼优雅的服务和设施吸引了他；随后当他被打发到旧楼时，巨大的心理落差开始让他变得沮丧和失望；做完手术后，病痛又催生了焦急和羞愧；体温骤然升高，则引起了他对医院的不信任，甚至产生了手术刀滴血的幻觉。而其中严格依照小卫意识流动顺序出现的锐三角形的走廊、太平间入口、废弃的楼层、插在老人身上的滴管，又让他在错综复杂的感受中走入了迷宫一样的情绪体验中。

其次是心理时间的强化和延伸。传统的时间观念被打破或隐藏，随人物意识流动的心理时间唱起了主角。在我们看来应该是极短的时间内，却在人物的心理上被无限拉长、延宕。比如滴液，在第三节的开头出现时，输液袋里只剩下亮亮的一线底端；到第四节的开头，滴液方全部顺端口流进软管；接着中间凸起的小管也空了；直到第四节的最后，小管下部的液体马上消失的时候，护士突然拧紧下部的滚球，换上新液体后，滴液这个物象才基本隐没在小卫的视野中。而在这期间，却发生了很多事：小卫观察老人的物品，东北人写字，希望看到老人液体滴尽造成某种后果，护士发体温计，以及对东北人第一次出现在病房时的回忆。在此，小卫心理反应的时间长度与小说的叙述长度是等同的。这就让我们有足够的余裕去感受人物心理意识的具体流动过程。

此外，便是无处不在的象征、隐喻手法的运用。这一点，在前文已经多有涉及，比如物象与痛之间的那种神秘的联系，当然，对物象描写的精细来自于作者深入准确的观察，隐隐之间的联系也离不开作者充分的心理感知。最大的隐喻莫过于小说末尾那条千斤重的大鱼，它是东北人提到的一个带有明显荒诞色彩的故事的主角，竟成为小卫想象中真实的情景，而且有模有样地游过来。待到鱼被拖上船板，小卫再次将注意力回到水中时，他发现了另一条鱼，而这条鱼却是自己。因为，前面又出现了一条鱼。

究竟有几条鱼，只有小卫才能知晓，或者小卫想象中的鱼永远没有真实的模样，他只不过在努力看清大鱼的模样的过程中，寻找着其他的东西。

结 语

在写此文之前，我曾将阅读这篇小说的第一感受通过微信发给浦歌。内容如下：

你完全沉浸在自己的写作对象中，让阅读你小说的人为能够体验到这个过程（不是文字内容的过程，而是叙述呈现的过程），而自觉隐遁在了感官之外（感官能触到的无非是物质化或情感化的世相）。你说的没错，这的确是一种"上帝视角"，但用"视角"来形容似乎仍脱不了"角"的局限。你不是上帝，可你拥有上帝之手。

或许我的评价有些主观了，但这确实是读完《大鱼的模样》后，急切想去表达的。我甚至想将诸如《大鱼的模样》一类的意识流小说统称为"病样文学"，因为文学和疾病在意识流小说创作中的关系最为紧密。

总之，对浦歌及其创作投以更多的关注目光，是值得的。他也将会创作出更多的令我们耳目一新且具有其鲜明特质的小说。我们有理由期待，而且愿意期待。

彭栋创作简评

◆ 崔昕平

70 后作家彭栋（山西平遥）的创作，起始于 90 年代，最早见诸报刊的作品，当属 1997 年发表在《山西文学》的中篇小说《故里杨花》。早期作品还有 1999 年发表于《山西文学》短篇《失落》等。他的创作，文体兼及小说、散文、影视剧本。自 2004 年以来，发表量明显增多。如 2004 年的电影剧本《野百合》（《新剧本》），2005 年的电影剧本《举人巷》（《黄河》）。之后，2006 年发表短篇小说《盛夏的烦恼》（《佛山文艺》），2007 年发表中篇小说《祖父的信》（《黄河》）、短篇小说《谷雨》（《黄河》）；2008 年发表中篇小说《山乡旧事》（《黄河》），该作品曾获第七届新语丝网络文学奖三等奖；2009 年发表短篇小说《意外的平安》（《山西文学》）、《青云寺下好烧香》（《佛山文艺》）。其间，短篇小说《井然有序的夜晚》获第九届新语丝网络文学奖三等奖。2011 年还出版了长篇小说《平遥往事》，标志着个人创作功力的逐步成熟。

通观彭栋的创作，早期如《故里杨花》，于语言上用力的痕迹较为明显，文中可见冗长繁复的句子，而至 2005 年前后，语言功力明显提升，文笔日益精到。至《盛夏》等作品，最初文本中出现的长句子已经很少，代之以简短传神的叙述，如《盛夏》的开篇："交过二伏终于落了场透雨，阶田里的庄稼本已旱得凶险，雨后重又焕出些生机。"单刀直入，行间多了游刃有余的自信。不可忽视的是，彭栋对于文字，有着独特的领悟与驾驭能力。无论早期、中期及近期的作品，都有着闪耀而令人难忘的句子，如《故里杨花》中对"继祖母"的肖像描写，"身材细瘦，脸色白皙，如同一尊勤于擦拭的中古花瓶"，独特的人物，奇异的神韵，令人过目难忘。彭栋也长于各种细节描写，如《故里杨花》中的动态画面："祖父赶着他的羊穿过村中狭长起伏的甬道，甬道上铺着毫无秩序的赭色石板，祖父和羊们在上面磕磕绊绊。"景物描写也充满创作者的个体印记。如"村子靠东的一面，纵横的沟壑蜿蜒而去，径自伸往天际，如同诉苦人绵长的话题，流向受语者始料未及的思想深处"。如此描写，着上了创作者个体的情绪赋予，因而显得独一无二。还有许多特别朴素的句子，如"夜也有了一拃深"等，静静地藏在叙述中，默默地闪亮。

先谈及语言，后论到内容，实是因为彭栋在文学形式方面显示了不断地探索与精进，而在内容层面，在主题与题材上又显示出了某种恒定与坚持。

彭栋的作品，始终没有离开过乡间、县城的文化背景，《故里杨花》《山乡旧事》《盛夏》《井然有序的夜晚》等，无不如此。作家最为钟爱独爱的地点，便是山西乡村、平遥县城；最为关注的时间，常常徘徊于充满故事有又着多重历史版本的抗战时期到解放前夕。这样的时间、地点选取，构成了他作品中反复玩味的时代和挥之不去的乡土情结。即便是宕开去，描写历史题材，如《举人巷》《祖父的信》，也依旧如此。正因为作品的背景始终没有离开滋养作家的一方故土，那山头田间的农作物，炊烟炉灶中的特色面食，包括其中悠扬婉转的晋剧声韵，自在洒脱的山西民歌……一切的一切，都深深植根于故土，扎实地焕发着独特的地域风情、民俗韵味。

更具特色的是，早在二十几岁创作的《故里杨花》中，彭栋就显示出了对于悲剧精神的自觉靠拢。作品以中篇体量讲述了一个不幸家庭接踵而至的灾难。灰色调的死亡叙述与乡野色彩的非理性逻辑，相应而成作家深植于作品的思想色调。故事结尾有这样一段话："人如蝼蚁，他们驾驶着一叶扁舟或疾行，或漫游，或飞翔，行进途中不断有人倒下，滔滔水流将这些人的躯体漂起又泪没"。这几乎成为作家彭栋在创作中不断思索与表现的"母题"。

2005年的剧本《举人巷》也选择了抗日战争的时代背景，以1939年冬的平遥县城为故事发生地。远景、近景、特写推进自如，转换顺畅，人物对话充满动作性，突出了剧本特征，适时地人物动作与精炼的场景描写辅助呈现了血肉丰满的故事。抛去形式，让我们回归人物，人物群像逐一亮相，铺垫耐心周正：主人公周掌柜被逼做商会会长，从起始的严词拒绝，到最终为解救相邻而委屈自我；文弱的宋老师逐渐被逼反抗，用一枚"劳军有功"的手榴弹将矛盾冲突升级……故事顺着自有的轨迹滑行，渐入高潮。平凡百姓中显现的民族气节、个体悲壮的民族抗争，书生意气的挥斥方遒，虽然囿于电影剧本的创作形式而草草几笔，却着实震颤。酒席间谈着七侠五义的质朴相邻，祸事临头的奋力抗争，互相帮携的相邻深情，悲壮的送行词，都拿捏得非常到位，感人的力量弥漫纸间。然而，故事的结局，刚烈周掌柜的隐忍，最终等来抗日胜利、日本人屈服，而周掌柜却变成了乡人唾弃的汉奸。主旨再次明晰：人间百事如戏，个体的人生轨迹常常被大势的车轮碾压而过。个体的抗争以毁灭告终，个体的屈从也以更大的屈辱告终。又是一个悲剧意味的故事。《故里杨花》终篇处的蕴含再次闪烁而出。

再有《山乡旧事》讲述土改，以一种跨越历史后的公允的视角，将事件的荒诞、人性的残忍展露无遗。不明所以的仇恨在人群中、在情绪中发酵，熏染湮没了人性善恶的边界。彭栋这些作品中的人物面对鲜活的生命，一如当年鲁迅笔下国人的木然。《祖父的信》同样是一个悲凉的故事，身为共产党卧底的祖父最终无从申明身份，形成拖累后辈的时代冤案。这里落墨的祖父形象，又是一个甘愿牺牲自己却终被命运愚弄的人。但是更悲凉的还不在于此，而是信仰的缺失。这个双线结构的故事，一边是祖辈严酷的地下工作，出生入死；另一边是当代官场，钱权交易。在祖父的故事中，祖父成功地营救了共产党员，惩恶扬善。而在其孙的故事中，吴正风终于被纪检委双规。看似同样是惩恶扬善，但是少了祖辈的悲壮，而显得苟且而含混。因为其被检举的缘起并非扬善，仍不过是私人利益的冲突。举重若轻的结局，实则透出精神信仰无所适从的无奈。

短篇亦然。《盛夏》中，仍然是艰难生存在社会底层的小人物，是一群为3000元学费纠结数月的一群悲剧人物，他们努力地抗争、努力地互相帮扶，穷尽力气与情面，却仍然连自己的女儿都无法悦纳。今年发表的《家宴》更是如此。作品不饰文华，却直入人心，指向如蝼蚁一般卑微人群的人生挣扎，让歌舞升平的太平盛世多了些灯光下、阴影处的心酸体察。

及至《井然有序的夜晚》，似乎演出了一幕反映当下题材的喜剧来。在一个充满戾气的村子里，几个不怀好意的人做了几件不怀好意的事。乱作一团的头绪因为无机缘破解，于是便都被掩盖，冠之以"菩萨作法"的解释。恰是这样一个非理性的解释，却让"腌臜"人、"腌臜"事自动归于了"井然有序"。深沉的调侃，产生了令人啼笑皆非的喜感。然而，这样的喜感，非但不令人感到轻松，反而平添沉重。因为现实的人生、现实中的龌龊迎面逼来。可以说，作品仍是作家对人生荒诞感的一种变形的阐释。

彭栋的作品就这样一以贯之的，以冷眼、以热心，讲述人类的卑微渺小，弥漫着浓郁的悲剧情结。

论及值得商榷之处，谈两点与彭栋交流。其一，与拉满弓的故事比起来，尾声部分，作家常常采取一种汇入生活洪流、归于平静的书写方式。这样的方式瞬间抹平了曾经出现的深深的创伤，契合于作家的创作主旨。但是有时候，这样的处理方式拿捏不好，会令人感到收束处缺了些力道。其二，有些短篇承载得太多，如《谷雨》，铺展了多重故事头绪，足够抻成一个长篇。我想，在短篇创作时，可能需要作家多一点断舍离的精神，聚拢表现的重心。

2016 年 10 月 14 日 于鲁院

阅读《汉家文章》的札记

◆关海山

思考。词语。意象。站在川流不息的街道旁边指手画脚。

善于变化的女巫。喝茶。长出翅膀的大树。裸奔。令人沮丧的名人聚会。

不得不说实话，读汉家的文章，对我的智商是一次挑战，对我的阅读量是一次检验，对我的文学理论和文学经验是一次颠覆，对我的文学审美是一次——嘲讽。

读汉家的文章，读得我血脉贲张，读得我手足无措，读得我恍恍惚惚，读得我六神无主，读得我快速地把书从头翻到尾，又凌乱地从尾翻到头。

汉家的文章有思想、有深度，而这种思想与深度，却总是若即若离地隐藏在汹涌而来呼啸而去的语词盛宴中。比如读到《第一眼莲花》，贯穿通篇的"你只有一次"，无情地透露出汉家的内心是不安定的，面对纷乱的世界，他纠结着、挣扎着，他一方面目空一切极度自信，一方面又失落、痛苦、极度恐慌；他对未来的一切都充满着期待和向往，又对现实中的一切充满着惧怕和逃避，这种惶恐与逃避，体现在作者对每一个人、每一件事情的妥协上，因为"你"对每一个人、每一件事情的掌控都"只有一次机会"，而在这一闪而逝的仅有的一次机会中，"你"又该如何选择？

这种令人难以选择的尴尬，在《难以置信的事情》中，表现得更为淋漓。白云不懂得苍狗，野鹤往往要忽略虎啸，兰波新鲜的诗句化解不了普拉斯深埋的阴郁，精致的咖啡屋拒绝膨胀的棉花糖……"我无论做什么，你都难以置信"，"我说我想明天去刘老二家喝酒，你表示难以理解。那好，明天我去美术馆找约翰先生喝咖啡，你表示难以理解。我走着，你表示难以理解。我跑着，你表示难以理解。"这种种的难以理解，终于导致了作者内心的极其复杂、无奈、愤怒、失望、怀疑，以及不屑，唯独没有期冀，反正"我无论做什么，你都难以置信"，"根本上，你难以置信的是我的存在"，但最终，作者又回归于心灵的真实、回归于自然的救赎，"东山放马和东山放马是两回事，你的东山在东方，他的东山在你的东山的东方；你的马是一匹枣红色的蒙古马，他的马是一个形而上的梦。西山养鹤和西山养鹤是两回事，你的西山云雾缭绕，他的西山公路盘旋；你的鹤是司马大人酒后送给你的两只丹顶鹤，他的鹤是人工养殖场的一圈丹顶鹤"。难以置信还要信，进退两难仍得进，这就是生活——如果不去奢谈理想的话，一切珍宝都与我无关，"请你回吧，这是难以置信的事，却是我深信不疑的事"。

《乙先生》却是一篇少见的写人的散文。"乙先生不喜佛。我问何故？她说，好端端的一面墙，被佛占据中央，太妨碍我穿墙而过了……乙先生写诗。我读到入眼的诗歌，也递过去给她瞧，十有九次，她匆匆一眼，说这诗不行。她的这一眼，已是珍惜了。如遇到她喜欢的诗，她也不过说一句这写的是诗。"汉家写文章珍惜语词，读他的文章如同读古文，每一个字都浓缩着诸多的意义，每一句话里都还有话，每一句话里都嵌有大量的信息。

汉家文章的格调是阴郁的，但无论是展现他的思想、性格、习惯，还是表露他的感情、信仰或癖好，他都是坦诚的，这种坦诚里，时时、处处透着感伤与浪漫，正如郭沫若在《郁达夫》中所说："他那大胆的自我暴露，对于深藏在千年万年的背甲里的士大夫的虚伪，完全是一种暴风雨式的闪电，把一些假道学、假才子们要惊得至于狂怒了。为什么？就因为这样露骨的真率，使他们感受着作假的困难。"

是的，汉家注定是一个孤独的人。他的世界是理想的，他的情感是浪漫的，他的思维是活跃的。他读书多，却不读死书、不死读书，他把所读的书、把所读的书里的内容都凝成了自己笔端的表达，如《晚宴》，从头至尾，几乎每一句话就涉及到一个人、涉及到一个人的某件事情，就像古文里的典故，短短几个字背后，竟牵引着一大段的故事或者逸事，如此的铺排，读之令人咋舌，同时，又令人呼吸紧促。

汉家的写作，有着多变的风格，有着诸多流派的写作态度的潜移默化。作为一个有着多年诗歌写作经验的诗人，汉家的散文里随处充斥着惠特曼、波德莱尔、狄兰·托玛斯的语调。读《蝴蝶》《苍孙》《晚次》《开花调》《四临门》《我家过冬》等，感觉汉家更多是承袭了上世纪三四十年代那茬作家，像林语堂、丰子恺、周作人、郁达夫、俞平伯等，文白杂糅，句子短促，跳跃性大，有一定的节奏，甚至，有些句子还有有意或无意的押韵；有时，于汉家的文章如《红袖青衫》《一阕升天》《地图之外》《人间春药》《通体雪白》等中，又能读出现代香港作家董桥的味道，淡泊，肆意，古今中外纵论，天文地理杂陈，只是，少了些许林语堂、周作人们的游刃有余、少了些许董桥随笔的气定神闲。然而，读《海龟先生》等篇章，却感觉到汉家无论是语言风格、内容指向，还是文章的结构，都受了泰戈尔的影响，许多特点一目了然。及至读《谣言妄语》《流年无色》《晚宴》《你即使一事无成》《声东击西》等，又让人猛然想起马致远的《天净沙·秋思》："枯藤老树昏鸦，小桥流水人家，古道西风瘦马。夕阳西下，断肠人在天涯。"一语一意境，一句一画面。汉家在他的一些文本中，对词语、短句和大量的人物创新性地密集罗列，是否有不能捉摸的意图，抑或酝酿着更加巨大的野心。

总之，阅读汉家与阅读汉家的文章，同样让人一定要具备探险者的心态才行。

当语言与乡村相遇

——谈成向阳"大箕系列散文"的记忆风景

◆金春平

正在崛起的 70 后新生代，正与日益溃散和个人泛滥的时代结盟，身体与欲望、反叛与消费、放纵与享乐，成为他们当前生活存在的关键词，当他们宣称或被指责是无根的一代、无历史感、无父辈"红色理想"一代人的同时，历史转折点的阴影——文攻武卫、城乡更迭、激情岁月的印记，早已以习焉不察、余波缭绕的方式，成为他们捍卫个体言说、避免话语暴力的隐形背景。在获得充分表达权利的境遇中，试图从整体上准确判断新生代的群体特征、思想特质，似乎只能用内涵空洞外延无限的"个体化"写作来命名（因为并不存在绝对和纯粹的"非个体化"写作），而个体化写作者之间的角逐，就不再局限于单一化的对社会现实和未知世界的意义、旨趣、理想的构筑，而同时可以向着个体内在、记忆深处、灵魂丰富开掘，成向阳的写作就是典型。

成向阳的"大箕系列"是复现童年记忆而颇具实验色彩的乡土散文。那些属于他自己的"大箕记忆"，是有着乡村经历新生代人的"童年记忆"的精神共享，"大箕"在个体记忆的观照、改造、变异的建构中，已经是一个借以进行心灵整理和情绪触摸的微缩场域，这个场域如同克纳帕塔法县之于福克纳、绍兴之于鲁迅、高密之于莫言，而与这些文学大师向旷野世界的探寻不同，大箕之于成向阳更具有反观个体内在丰富面向的功能，如同密室写作一般，大箕在文本中同样已经符号化，它是作者身处都市而遥望乡村的集体记忆的文化共同体，成为作者拒绝当下、逃避虚空、情感反刍、寄托彼岸的理想伊甸园。但是，逝去的记忆无法抵挡遗忘的侵蚀，回溯的欲望不等于刻意的诗意，那些记忆中的大箕风景，是只属于他个人心灵的，而风景的观众、文字的读者，不仅仅是文本之外的异客，更是直指一个害怕遗忘却正在经历遗忘危机中的自我，包蕴的是一个身处平庸沮丧却不失敏感怀恋主体对现实的拒绝，也是一个对仅有的个体记忆害怕卸负之后所面对的生命无趣的极力捕捉。"大箕"系列的风景、风情、风俗，大箕的人、景、物在成向阳敏锐心灵涌动中的无可遏制，无不成为成向阳的写作欲望冲动，而侵袭来临时缠绕其中的泥沙俱下——大箕村和大箕人的感动、卑微、苟且、无奈、寂寞、温暖、神秘……他在营造主题离散和时空浓缩的文本结构时，大箕村渐次脱离了生活物理的乡村实体而上升为精神的"故乡"，而这个故乡之于他的特殊价值，也只能在独属于他的记忆家园和文字世界中展示出风姿绰约的精神意义。因此在成向阳看来，批评家的阐释显得多余而冗赘，而作为阅读者的我意欲对其散文世界的介入，也只能在个体化知识经验的基础上进行言说，并在其斑斓恣肆的文字品读中，感受大箕系列散文的乡村肌理和情感热度。

记忆的温存

成向阳的大箕散文写作，沉潜于个体童年记忆的深处，打捞着被时间疏远但却对他的成长影响深远的一个个大箕人，他们是艰难时世中温暖作者孤寂冰冷心灵世界的惊奇，他们的言语和举止，开启了童年的"我"对生活复杂、人生感悟、生命忧伤的混沌法门。《1989 年的酒窝》中的语文老师冯敏，显然是一个暂居于大箕的客居者，带着对职业初涉的热忱，将她的青春与理想投射于大箕之众。她的那句让"我"终生难忘的"如果你爸你妈不给你钱买书的话，老师给你买"的鼓励，带着"我"参加作文比赛时"三天里，冯敏替我买饭，买水，晚上还将我带到她的姑妈家住宿，她亲自为我铺床"的举止，让孤独的"我"感受到了"恩赐的温暖"；恋爱中的冯敏的温柔妩媚以及失恋后的失落沮丧，让幼小的"我"看到了"恋爱的无常"；因"加床垫"的荤笑话而遭受冯敏严厉批评的"我"，也顿悟了乡村话语世界性道德的禁忌；而冯敏将另一位女老师"骑在身下撕着头发猛打"，成为"小学校里最为凶猛的悍妇"，让作者陷入了世道人心认知的惊异和迷茫。冯敏从满怀青春和理想，到野蛮和悍妇的变迁，也正暗和着"我"由懵懂到成熟、由清晰记忆到渐趋遗忘的曲线，她将她人生最美好、人性最伟大的影响留给了渴望走出大箕的"我"，而自己却背负着大箕中最不堪的一面返回城市，"我"的那些和冯老师的人生交点，早已与人、与事、与物无关，只化为多年后生活冰冷的朦胧温存，供"我"在艰涩生活中自我咀嚼。《启蒙者》同样是师生故事，但刘贵花却是大箕乡村生命疼痛的隐忍者，早年丧夫、抚养幼女、儿子坐牢，精明而严厉的教师职业面具的背后，展示出大箕人强大而坚韧的生存意志和生命状态，尽管文本充斥着"我"对刘贵花教学姿态略带鄙夷的细节描摹，处处摆弄着"我"与刘贵花交作业的"智慧表演"后得逞的胜利喜悦，但成长中的"我"，在对刘贵花生活心理的揣测中，渐次退去了对刘老师的恐惧和捉弄，生发出些许对刘贵花职业角色下作为大箕普通女子艰难生活的人性理解甚至怜悯，并在大箕尊师民俗的顺从中，获得了人生启蒙——并非局限于少年知识的启蒙，而是作为大箕人生活信念和生命力度的启蒙，也由此重新廓清了那些混杂的童年乡村记忆，而在成长的回望中，赋予了冯敏、刘贵花等教师启蒙者以乡村伦理的高尚，也让寂寥无趣的记忆得以温存的延续。

成长的物语

　　成向阳的大箕系列，在展示着一个个与"我"有关、赋予"我"性格、影响"我"成长的"环境"的同时，更多的则是追忆着作为个体成长蜕变中的少年，所经历的一次次心灵的震撼和精神的洗礼，它们作为"我"的成长故事，成为曾经生活的乐趣来源，那些好奇、惊异、恐惧、痛苦、失落……激荡着充满憧憬和顽劣的少年，也让少不更事的少年开始放弃作为青春的本能，在牵无声息中感受到生存的秩序和准则的规约。《狗事件》（之一）中，作者有意将疯女人和狗并置，以此传达乡村女性作为弱势群体，在同样备受压抑的乡村权力等级秩序中备受歧视的存在境遇，而群体在性别（生殖）问题上的差异与分野，同样充满了对生命不公的隐喻，疯女人和狗的消失，是对大箕村权力差序现实景观的失望和逃离，是对自我卑微而渺小存在的确认——他们的出现和消失，只是对大箕猎奇精神世界的补充，毫不具备受到生命尊重和个体尊重的礼遇。如果说大箕村一直存在着对生殖的崇拜与鄙视并行的乡村观念，启迪了少年的我们对生殖和性别的懵懂态度，那么在饥饿摆脱和食欲满足的杀狗事件参与中，《狗事件》（之二）则开启了少年对乡村万物尊重的生命伦理道德，在精雕细刻的杀狗陈述中，狗的激情、反抗到绝望的生命陨落，让"我"感受到了人类的非人性，杀戮、复仇、欺骗、冷漠，在"我"惊恐的记忆中，生命的脆弱和人性的残忍、人类的乖戾和狗世界的悲惨，让成长中的"我"感受到了生活的阴冷，也滋长出对大箕村卑微生命珍视的人性伦理态度。《饿之初》是关于大箕村弱势群体"生存尊严"的体验物语。四奶奶拒绝给污蔑她的人的儿子（作者）食物，让"我"看到了虽然狭隘却捍卫尊严的姿态；饥饿本能驱使下的偷窃豆荚，却遭遇到温柔的批评，那位从民国风尘女子沦落到大箕村孤独生活的九奶奶，以同情的理解和温婉的谴责，让"我"懂得了负罪和愧疚，也让少年的"我"看到卑微中的高贵、落魄中的优雅，"即使在吃豆子的时候，九奶奶的唇边依旧噙着半根袅袅的纸烟，烟灰积了老长，却浑然不觉。她偶尔抬起头来，眼神缥缈，朝上穿过了东头街暗色屋顶尽头层层的雨幕"，这种优雅不仅是对身份荣誉的捍卫，更是对内心尊严的诗意坚守。

乡村的历史

大箕系列当中，乡村的吊诡历史成为成向阳展开乡村言说的前提，他似乎放弃了那永远无法抵达的历史真实的执意探寻，却执迷于在传闻和想象中，完成大箕历史和大箕群像的雕刻。《过日本》以片段式揭开了抗日战争的局部面相，祛魅了一切政治化的革命理想、党派纷争、军民融合，只从生存本能的胜败出发，让草灰兵、老日本、村人成於忠在紧张的生命角逐和生死的战争场景中，展示乡村人性的大义和屠弱、坚韧与背叛、奋进与溃败，并以略带调侃的口吻，将战争的血雨腥风、剑拔弩张化为生活远景，而村人在战争背景和民族意识蒙昧下对安稳家庭生活的追求，也就与抗日战争这一被赋了家国宏大意义的命题构成了绝妙的反讽，而这恰是乡村历史的真实一面。《跑口外》则以通篇的对话体结构全篇，"文革"政治运动当中被污名的革命功臣成於忠，被自己所拯救的集体村人从名节到身体所戕害，逃出大箕是为了肉身，返回大箕是为了灵魂，但灵与肉的分离、家的离去和归来的不可调和，正是乡村所经历的荒诞历史的个体明证。《乡村税赋》当中"缴公粮，集体出工，乡村民兵连"祛除了对特殊政治年代的批判，相反那一幅幅混杂着革命气息、政治运动和乡村伦理的"集体人际"景观，却成为物质丰富年代作者所极力缅怀的"人世风景"。至于在《夜夜神》中呈现的乡村神性，那种略带封建迷信的乡间民俗，在一场场自导自演同时注定破灭的精神幻想的仪式化中，寄寓着乡村人对艰难和苦难无奈的挣扎，也暗示着唯有在绝望中才能生发出希望的可能，更重要的是，这段荒唐和庄重并行不悖的乡村神秘史，是一个集体沉溺、狂欢和感知的非理性实践，在参与和质疑中，完成了一段永无重现的大箕村人的心灵史。

文体的思趣

乡土言说经验极其深厚的中国文学格局当中，充斥着矫情虚假的个体化写作滥觞，缅怀乡土却仅停留于对故乡表象的描摹、诗意故乡却遮蔽了乡村精神的复杂，于是，在消费主义和乡土挽歌的集体浪漫的忧伤中，每个人都在煽情中开始了肤浅的诉说，于是，与诗歌、小说、戏剧相比，泛化的散文这一文体借助于现代传媒载体，让晚报体、读书体、感悟体的小资散文到处游走，在将散文概念和散文写作的门槛拉低、渐趋进入一个全民写作时代的同时，也戕害了散文作为独特文体的文脉、精神。而我一直以为，美感、哲思、雅致、适度，应该是判断散文的必要维度，而更重要的是，一个作家是否有鲜明的文体意识——那种语言运用的鲜明标记、意象选择的奇思妙想、想象广度的不断突破，等等，应该是标志一个作家对人心解析和生活穿透的能力和效度。成向阳的"大箕系列"，尽管无法抵达上述维度的全面胜利，但是，他对散文文体的构建早已化为他写作的隐秘冲动和快感来源，以至于对他的散文命名和文学品鉴无法仅置于散文领域，而更倾向于非虚构写作的范畴——情绪的跳跃、叙事的铺陈、冲突的营造、心灵的剖白、想象的饕餮，进行着"文体交融"的实验；他以语言的魅性、词汇的雅俗、叙述的酣畅，努力凝练和钩沉着故乡记忆和大箕风物的质地，在一个个瞬间爆发的记忆情绪中，在一个个来不及细细整理的语言词序中，隐藏着言说的暴力和恣意，因此，在文体和叙述的不断实验中，语言的美感有时难免滞后于哲思高度的表达，雅致的修辞难免流于言说的快感而忽略"适度"的法则，这些正是成向阳大箕系列或故土回忆写作渐次步入深处的内在岔路，我们期待着他的艺术蝉蜕与成蝶！

绝非无意义的挥霍

——对话青年小说家马牛

◆李金山

　　我想说说选择马牛的理由：其一，马牛 1977 年出生，和我都是"70 后"，生活经历接近，我想看到我的生活，在小说里是什么样；其二，马牛是山西绛县人，和我算是同乡，成长的环境接近，我又想看到环境对小说家的影响以及对小说的影响，马牛说："小说里的世界和我们所谓的现实里的世界是一回事，不是两回事。就像电影里的人不是图像而是活生生的人一样。"马牛的现实世界和小说世界是一个世界；其三，马牛毕业于南京大学中文系，南京大学是所好大学，一直以来有个说法，大学中文系或文学院，只培养学者不培养作家，我对此持怀疑态度，因此期望验证这个说法：如果马牛是个好小说家，这种说法可以不攻自破。基于以上三个理由，我最终决定选择马牛，作为对话的签约作家。

　　《妻子嫉妒女佣的美貌》（以下简称《美貌》）折封上说，马牛还著有中篇小说《80 个片断》、长篇小说《意象癖》《猪头和他的蜜》，那么，它们应在《美貌》出版以前，我没有看到这些作品，我看到的只是《美貌》以及他的新作《边角花》。这些已经足够了。下边我就所读作品，谈些粗浅的看法。

　　首先，来说马牛的小说观念。

　　从提供的访谈中得知，《美貌》出版之后，马牛开始了一个阅读过程，这个过程持续好多年。大约是 2014 年，他阅读到哲学和精神分析，法国的德勒兹和斯洛文尼亚的齐泽克。小说家读哲学，我以前还没有听说过，小说家通常只读文学，读古今中外的小说。这让我想起法国哲学家、小说家萨特，他是法国存在主义的代表人物，获得 1964 年的诺贝尔文学奖，但他拒绝去领奖，他不接受任何来自官方的奖项。存在主义的主要创始人，是德国哲学家海德格尔，但萨特将存在主义发扬光大：他通过小说宣扬存在主义，他把存在主义通过小说，形象地阐释出来。如果每个哲学家都能像萨特那样，哲学就不会那么晦涩难懂了。小说家和哲学家，有很多相似之处，都在思考这个世界，思考人类生活的种种；区别只在于哲学家通过符号和体系来表达，小说家则通过感情和形象来表达。两种表达方式当中，显然小说家的方式，更容易为大众所接受。哲学家是小说家隔行的同行。

小说家阅读哲学，与哲学家形成交流，迸发出新的思考。马牛说："我这两年读了些哲学、精神分析方面的书……哲学主要是尼采一路的德勒兹，精神分析是拉康和齐泽克。齐泽克的几乎全读完了，对人的存在、世界的存在有了新的认识和看法。"新的思考或者说看法，不仅仅是对人和世界的存在，对小说也会产生新的观点。通过阅读哲学和精神分析，马牛对文学和写作有了比以前更满意的看法："比方说之前认为写作就是创作，是生产性的，可是法国的哲学家巴塔耶却说它不是生产性的，是耗费性的，即纯粹意义上写作只能是也只会是一种毫无意义的挥霍、浪费，巨大的耗费，既不涉及回报也没有任何功利的盘算，通过这样的耗费，我们进入了一个神圣世界。"这种看法很独特也很新奇。耗费性大概是相对工业、农业而言，工业、农业生产有形的产品，但写作不生产有形产品；从这种意义上来说，文学也是耗费性的，整个的社会科学都是耗费性的。通过写作我们进入一个神圣世界，我不清楚巴塔耶具体所指是什么，但肯定是一个美好的所在，既然写作有这样的作用，那么耗费就是有价值的，耗费也就绝非无意义。因为有了这样的看法，马牛的写作方式发生改变："我尽量不去构思一个小说，前面说了，构思是生产性的，我更习惯的做法是没来由地通过书写耗费一些心绪和时间。当然这其中混合着以往与写作建立起来的情感和写作经验什么的。符号秩序里的事我还是提不起兴趣，我更愿意写被拉康称之为'实在界碎片'、被德勒兹称之为'容贯性平面'的文字。"

其次，来说阅读《妻子嫉妒女佣的美貌》的感受。

第一个感受：马牛读外国作家的作品很多。他说："1998年，大学毕业那年的暑假，我读到了阿根廷小说家博尔赫斯的短篇小说集《小径分叉的花园》，从此开始了自己对世界的书写。之前也读过其他作家的小说，都没有博尔赫斯来得凶猛。能把一个年轻人一夜之间从一个欣赏者转变为一个创作者的作家是神一样的人。"他又说："阅读普鲁斯特令人兴奋。买了好几个译本。

还看了相关的普鲁斯特研究的书籍，爱屋及乌了。最近慢慢地又从第一部开始读了。"马牛小说集叫作《妻子嫉妒女佣的美貌》，乍看像是外国小说集，因为女佣让人想到欧洲中世纪，这可能是外国作品的影响。此外，《美貌》里频频出现这样的事物：哥特、剑客、北欧玫瑰、女佣、羊皮书、城堡、轮船形状的帆布帽、治安官、修女等等，这大概也是外国作品的影响。

第二个感受：《美貌》是对想象力的训练，换句话说，《美貌》是马牛训练想象力的练习册。书中所收的作品，大多是些断片，或者说是些情节，它们是小说的零件。这些小说更像是散文。马牛将小说截断，将情节放大为散文：《是对书的形式的想象》；《沙粒上的爱情》是经想象放大的情节；《我的玫瑰试验》是经想象变形的生活片段；《猪头之伤》是经放大的部分章节；《是谁蜷在树杈上做梦》是一幅做梦女孩的素描；《新寡妇之夜》想象新寡妇的怪异举动；《黑桃A》是对扑克牌的想象……从这些练习作品中，不难看出马牛的才华，他的想象力极为丰富，极为瑰丽，极为恣肆。读这些片段，让人时时想到挥霍，他在练习册中挥霍他的情绪，挥霍他的想象，挥霍他的才华，而这种挥霍没有功利目的。由此我想：马牛与德勒兹，与齐泽克，他们是不谋而合，挥霍的想法，马牛可能早已有之，只是没有形成清晰的认识，或者没有找到合适的词汇，而德勒兹与齐泽克，表达了马牛的想法，他们是隔着时空的知音。

第三个感受：《美貌》是小说形式的多种尝试。书中还可看出马牛对小说形式的多种尝试，比如《陌生世界的地图》《一则外乡人的故事》篇幅短小，形式上像是寓言；《铁匠的复仇》有完整的结构，这在书中很少见，小说以对话的形式展开，对话也都简短，像是电影的对白。

总而言之，《美貌》就是这样：它是马牛早期短篇小说的结集，这些小说受外国文学的影响较多，大致可以看作一种练习——想象力的练习、小说形式的多种尝试。

再次，来说阅读《边角花》的感受。

《边角花》不再是外国故事，而是纯粹的中国故事。我想这可能跟马牛近年来的阅读有关。前边我们说过，自《美貌》出版之后，马牛开始了一个旷日持久的阅读过程。这个过程当中，他读普鲁斯特，读波拉尼奥，又读哲学和精神分析，除此之外，基本上全是中国古典。先是几大奇书，四大名著的评点本，挨个儿细细过了一遍，相关的周边研究也看了一些，印象深的有田晓菲的《秋水堂论金瓶梅》和台大欧丽娟讲的《红楼梦》公开课。主要是去看奇书的笔法，看过后很是叹服。接着，是宇文所安对唐诗的研究，看他初唐盛唐晚唐一路研究下来，又喜欢上了杜甫，在杜甫那儿又看了好几个月，和杜甫有关的都感兴趣。这其中，读了本叶嘉莹写杜甫的书后，又把叶嘉莹的书看了一阵子。读古典诗词她读得好。她把中国的古典诗词整个儿给细讲了一遍，与古人为伍恍兮惚兮了大半年，知道了陶潜、杜子美、李义山他们好是好在哪儿。其间《庄子》也读了一阵子，搜罗了好的评点本，对了，还有《楚辞》，我比较喜欢清人林云铭的《庄子因》和《楚辞灯》。《庄子》和《楚辞》的笔法同样耐人寻味，美妙无比。通过这个长的阅读过程，马牛开始讲中国故事。这个阅读过程像是时光隧道，一头是写作《美貌》的马牛，一头是写作《边角花》的马牛，经过这个长长的隧道，马牛的小说实现了蜕变，他的小说中外国文学的因素化为隐性，中国文学的因素成为显性。

　　《边角花》的故事并不复杂，情节也很简单，既不跌宕起伏，更不悬念丛生，所以它不是警匪片，也不是侦探片，只是一男两女的三角恋。小说计划写三部，我看到的是第一部，讲男主人公和一个叫下树的女人的故事：下树要招聘一个"小说检修工"，男主人公去应聘，一男一女一个下午、一个晚上的接触，仅此而已。但细节极其丰富，是心理的细节，每一个细微的感受，都被无限地放大，比如："那颗痣又像一粒霉斑。出现在一具已在腐坏的躯体上。第一粒，第一次出现。仿佛黑豆破土而出的嫩芽的芽尖，还顶着黑色的豆皮。没人把它摘掉，也无法借助风的力量把它吹落，让它下面的绿色显露出来，因为它还没有一株植物该有的茎，还无法摇晃。它能做的，就是等待。一段时间的曝晒和突如其来的一场暴雨。曝晒可以排干黑色豆皮内的水分，让豆皮变薄、收缩，缩到嫩芽再也无法支撑，就会自动滑落。暴雨的手法将更直接，也更男性化，它将派出不同方向、不同角度、携带着不同力的雨点，对这顶嫩芽的黑色礼帽狂轰滥炸。倒没有多重大的目地，它只要掉落下来就好。就像皮肤大地上的一小片污垢，虽说于事无补，也必须清除掉。它捎来的是死神的亲笔信。它高举着那封信向万物宣告又俘获了一具身体，它甚至过分地将那封黑色信件做成一面小旗子让它在微风中招展，如同三角形的黑衣巫师召唤其他的霉斑出现，召唤一张由霉斑织成的罩袍那样，直至把那具躯体整个罩住。现在，第一顶黑色礼帽被清除了，危险暂时解除，皮肤大地又回到了霉斑出现前的样子，似乎接下来要做的只是耐心等待第二顶黑色礼帽破土而出，可真实情况并不是这样。这粒霉斑并未得到根本的清除，或者说阳光、暴雨只清除了一大半，还有一少半仍驻守在原地，只不过此刻它们看起来不那么突兀、明显了，它们收敛了自己的身影，以便不被很容易地发现。"这是细节的挥霍、想象力的挥霍。因为这样的挥霍，小说的节奏慢下来，时间似乎变得静止，秋叶离开大树，悬浮在空中，飞鸟翅膀张开，凝固在那个瞬间……读者在心境变得宁静，心如古井，波澜不惊。马牛小说有安神的作用。

《边角花》想要"探讨我们这个时代的集体潜意识，个体的精神健康状况，以期治愈"。马牛想要做医生，具体说是心理医生，他实施治疗的手段，不是电流不是精神类药物，而是小说，这听来很有趣。马牛这样解释："我们身处的网络时代或者后现代，是一个工业文明之后的、与农耕文明渐行渐远的时代。现代人都无法脱离现代性，一出生身体就被嵌入了现代的世界。现代性的存在就是现代人的存在。这是人的社会性存在的一面，还有另一面：精神分析涉及的人的潜意识的存在。荣格研究人的潜意识重点在'原型'方面，拉康则把兴趣转移向考察个体的人遭遇到的'实在界'或'实在界'碎片。我们做梦时梦到的就是拉康所谓的'实在界'，一个毫无逻辑和安全感的世界。这个梦境世界总是让我们感觉我们生活的秩序井然的现实生活很美好很温暖，我们总是愿意把它建设得更好。《边角花》这个小说要探讨的就是这个问题。我试着让小说主人公在两个世界遭遇两种完全不同的忧伤、爱情、离别，痛苦，领悟人的存在的根本意义。就是说，不论在哪个世界相爱，个体追逐的永远都是自我的存在感，以及这个存在感的唯一呈现方式：幸福。"马牛的夫子自道很有用，有助于读者理解他的小说。小说中主人公没来由地开车行驶在路上，而旁边又没来由地坐着个陌生女人，现在我知道，这些是对梦境的模仿，它是作家的白日梦，也是他实施治愈的手段。

恢复诗歌的知觉与力量

——张二棍诗歌简论

◆ 白杰

与写诗相比，张二棍有更加充分的理由不去写诗。作为地质队员，他长期行走郊野，触目皆是青山绿水或穷山恶水，似乎无须再分耗精力去经营这些翔舞书斋的文字。更何况，面对读者群体严重萎缩、写作门槛急剧下降，良莠不齐、鱼龙混杂的当下诗坛，不少"识时务者"早已急流勇退，转战其他盈利能力强盛的领域。但二棍还是毅然决然地加入了诗歌队列，幸运的是，他在短时间内取得了不菲战绩，特别是在第 31 届青春诗会上得到广泛关注。这样来说，并不是要接着去谈二棍的胆识、天分或奉献精神什么的，而是想借二棍的写作探讨两个相互关涉的问题：一是诗歌之于诗人的必要性，二是诗歌之于现实的意义。

一、至高的虚构，才有至高的真实

按照科学主义的思维逻辑，我们可用反证法来探寻答案：如果不去写诗，二棍会失去什么？读者和世界会失去什么？这些"缺失"或许可以揭示出二棍的创作动机以及二棍诗歌的价值意义。但实验的结果很可能是，之于社会现实和个人生活，诗歌的缺席不会引发任何"缺失"。因为诗歌在当下已经大面积地丧失了直接的、突出的社会效用。兴观群怨的诗教传统，在历经古典向现代的转型、民国向共和国的演进、"文革"向新时期的过渡后，最终在20 世纪 90 年代停止了激荡，并在新世纪表现得更加衰枯。诗歌原本承担的丰富的社会功能，被分工愈加明确精细的现代社会划归于特定的部门和行业，拥有了严密规范的操作法则。而诗歌则被重新定义为一门手艺，本应作为写作维度之一的"技艺"具有了本体性地位。在技艺划设的狭仄界域内，诗歌高扬专业化写作的旗号,以无涉功利的审美自足而标榜;但事实上更多依靠悠久辉煌的传统而在现代学科体系中充当一个极其边缘的专业门类。在技艺之外,诗歌很难再去求证自己的价值。这一情形类同于考威尔在论述英国诗歌时所表露的担忧:"诗人是作家中最富于技巧的。他的艺术要求任何艺术家具有最高度的技术才能;而在发达的资本主义社会,这种技术才能正是绝大多数人民所不需要的……诗人成为一个'高级趣味的人',一个他的技术才能不被需要的人。对于一般人来说,读诗是太伤脑筋的事了。"

整体来看,新世纪诗歌驰行在专业化道路上,诗人们渐渐分散在众多同气相求的"朋友圈",而很少组织集团体式运动或谋求轰动性的社会影响。但颇为吊诡的是,诗歌的创作人口非但没有因为诗歌的边缘化、专业化、小众化而减少,反倒迅速膨胀,各类诗刊、诗选、诗会、诗歌网站、诗歌评奖更是层出不穷。出现这一现象,自然与近些年来出版媒介的丰富、发表平台的开放有直接关系,如二棍最早就是"混迹"网络诗歌论坛的;但主要原因还是,现代社会在持续放逐诗歌的同时,又以自身的严重畸变突显了诗歌的重要性。具体而言,当现代文明秩序、理性逻辑思维高度成熟,以至超越自然万物、生命本真而形成类乎宗教神学的形而上学体系,禁锢、挤压个体生命时,诗歌就会特别显现出其"无用之用,乃为大用"的强大功用。

在这一问题上,澳大利亚女诗人朱迪丝·怀特有着异常深刻的见解,她认为诗歌所关心、所展现的是那些深入灵魂的真实,而非由逻辑和说教组成的所谓事实,"如果诗歌在我们心中消亡了,大部分的经验与现实也就消亡了;这种情况要是发生的话,我们就会生活在一个充满事实而没有真实的荒凉世界上———一个几乎不值得在那儿辛辛苦苦生活的世界。"或许二棍并没有阅读过怀特的这段文字,但在一次访谈中,他说:"我以前没有写诗的时候从来不敢想有一天我会写诗,而现在我更不敢想我会没有它。"生活在由工具理性支配的事实世界里,人类心甘情愿地抽空那些与生俱来的知觉和灵魂,以更好地适应现实生存法则,成为合乎规范的理性的模具、逻辑的注脚、权力的工具和意识形态的符号。但诗歌显然不满足于这一冰冷的现实图景,它以灵魂重新浇铸这个世界,赋予其体温、呼吸与脉动。与生命同构,诗歌成为真实世界的最高象征。没有它,那为事实所编织的生活可能不会有什么影响,但以灵魂为内核的生命却会因此枯竭。诗歌是生命的必需品,二棍与怀特在不尽相同的表述中传达了相同的认识,真正的诗人在内心深处都是相通的,

"为了让一场梦，无比接近真实"（《逃离》）。

二、拯救被神化的神和被奴化的人

二棍经常写到"神"，这并不奇怪。诗歌与神本有渊源。在有关诗歌起源的考证中，有一种说法就是诗歌源自远古初民的祭祀。诗人也时常被描述成兼备神巫属性的特选人才。但二棍既没有扮演"预言家""通灵者"，也没有对什么神明顶礼膜拜，更多时候他在大胆拆除着各式各样的神坛。这很危险。诗作《黄石匠》以极尽简约的文字阐释了神明与生命的多重关系。黄石匠世代以雕刻佛像为生，佛因他的劳作而从石头中被"救了出来"，有了尘世的容貌，安然享受着世人的香火和虔诚跪拜；石匠也因此得以养家糊口，维系着最低级别的生存。佛像之于石匠，就像粮食之于农民，既是生存的必需，也是生命的见证，神明与生命相互救赎，无间融洽。但太多的信徒还是用缭绕香火将佛推向那孤独的虚无彼岸，捆绑在比石头更加雄伟坚固的神殿里。他们自己也虔诚跪拜在佛像脚下，将生命完全交出，甘愿成为无知无觉、无爱无憎、任人支配的玩偶。这样的石头构图其实铺就了人类文明的主幕景，供奉其上的神像或许千变万化，但神坛常设，人们跪拜的姿态亦少有改观。

但不能就此说二棍是渎神的，他所不满的只是"神"的神化或石化，而不反对神本身，更不反对神对世俗生命的亲近。《在乡下，神是朴素的》就表达了诗人对神的理想期待。乡下的神仙们用不着搬进庙宇，他们就挤在穷人的堂屋里，如同一群"木讷的孩子"。"清冷的香案"上没有香火却有烟火，有"几瓣红薯"可供分食。小脚的祖母要抽空为瓷质的神仙们洗把脸，也顺带"为我揩净乌黑的唇角"。乡下的神仙与"我"都是祖母的孩子，粗茶淡饭、简居陋室，不懂得喊甜、也不懂得喊冷，没有抱怨，也没有救赎，有的只是生命对生命的呵护。

这种与生命的亲缘关系一旦被截断，神明将制造一场殃及自身的巨大灾难。在诗作《原谅》中我们看到，法典并同圣经一起被推上神坛，向世人昭示美好国度、理想时代的降临，可耳边传来的是"洗头房里十八岁的夏天的呻吟"，放眼望去是"窗外越擦越多的小广告"。这些有违文明法典的行为，将会受到神的惩戒，并为神的子民们谴责、辱骂、暴打。负罪的贫弱者，失去了神的关爱，也去了来自世间的生命关怀，"公交车上被暴打的小偷"似乎罪有应得。可又有谁注意到，这些迷失者、负罪者本身即闪耀着神的光芒，他们代替神明行使着拯救生命的职责，十八岁的失足少女需要接济"田地间佝偻的父母"和"被流水线扭断胳膊的弟弟"，秃顶的嫖客正勉力维持着穷困潦倒的生活、沉闷乏味的家庭，三流大学的毕业生走出破碎的青春梦想贴起了小广告……或许他们才是真正的信徒，即便神明已然化作"泥塑的菩萨"，也愿意供奉它，并为它的失职而在世间受难。原谅一切在苦难中挣扎的人们吧，他们在神明所不及的黑暗角落，用自己的生命点燃了蜡烛。但也请原谅那些被视若神明的"宪法""圣经"以及"这座人民的城市"吧，"它们，和人民一样／被摆放在那里／用来尊重，也用来践踏"。神圣之物，如超越生命而悬置神坛，那它也就结束神性而化作体量庞大，却任由少数人雕琢的石像。神化的神和奴化的人都是历史灾难的制造者，同时也都是受难者。

三、面对历史，诗歌依然有力

　　真正的诗歌往往为历史所拒斥。早在古希腊，哲学家柏拉图就要将诗人这种"长着羽翼的神明的东西"赶出城邦，理由是，诗人习惯在迷狂的状态下去描摹世界的表象，而不能运用理智去把握世界的本质，不能顺从旨意去歌颂神的至善至美和城邦的正义品格。与柏拉图相反，中国的孔子非常重视诗歌，有言"小子何莫学夫诗"，但原本三千篇的《诗经》被硬生生地删定至三百篇，理由是，"取可施于礼义者"。如果将诗歌与诗人的命运完全交由历史裁决，那么二棍和他的诗肯定要被放逐、剔除。因为二棍总是在本质叙述、英雄谱系、礼仪规范之外去写诗，历史设定的终极目标以及声称主宰历史的神明，都被二棍打上了问号。

　　不妨看看《咬牙》。"他们说，咬着牙就挺过去了"，这是东方民族世代相传的隐忍品性。一代又一代，咬着牙挺了过来，即便没挺过来，也要咬着牙离去。得了胃癌的"栓寿叔"在剧痛中咬完真牙、咬假牙，但直到离世也要忍住，不带走那"薄薄的口含钱"。不像西方的基督徒可以在忏悔中涉渡天堂，中国的百姓是用"咬牙"这种残酷的自我凌迟来求取现世的解救，并在虚幻的美好明天中为这份自残自虐寻求意义。它混合着"克己复礼"的传统道德要求和与天地人神相斗的现代革命哲学。咬牙着排队、咬着牙上访、咬着牙卖血、咬着牙叫床，渐渐地，"咬牙"不再是生活的手段，而就是基本的生存方式和生命状态。活着就要"咬牙"，可"咬牙"之后又会怎样？依然是"真的，没有一点办法／一点点办法"（《束手无策》）。

在一个宗教空气极其稀薄的年代里，我们依然要为神明所许诺的明天而艰难活着。神明在时间的线性轨道上设定了更具诱惑力的现代目标，一切人和物都在加速向它驶进，而经验与过程，人类对世界的亲密触摸，个体生命与宇宙万物的深层对话，则被严重压缩。刚刚从佛像脚下起身的人们，再次为抽象的数字、膨胀的财富、发达的科技而跪倒，再次毫无保留地将自己的生命让度出去，直至成为一具空壳、一堆灰烬。诗作《安享》中那个奔波大半生的老人终于要歇息了。当他如同"一张被揉皱的报纸"要在长椅上展开自己时，才发现过往的岁月已被所谓的理想、目标、信仰给掏空了，残余的生命似"昨夜文火煮过的药渣"，散发着冷清、恹恹的气息。在迎接明天、静享晚年时，陪伴自己的仅有"病痛""懈怠"和"迟缓"。

无数善良的忍者在神明的引导下，自觉自愿地充当了总体性目标的填充，没能留下任何个人的印记。那些真实的人、事、场景，咬牙留下的印痕、绝望中揪掉的头发、深夜发出的孤独呻吟，都为历史的巨浪狂涛迅速荡平。仅仅缀合那些符合本质要求和神明意旨的事实，历史全力为下一个更为宏远的神话建构提供佐证；与之相冲突的真实生命则纷纷陷落于宏大叙事的裂隙间，被掩埋、遗忘。某种意义上，远古荒蛮时代、中古世纪、现代社会，未有太大区别，因为始终有神明背离生命而"坐在黑暗中／无聊地，修改着手中的布偶"。作为"布偶"的凡夫俗子无论历尽多少悲欢，无论咬牙奋斗还是绝望弃世，都不能真正以个体身份独立自由的主宰自己。"事实"甩开了生命自有的运行逻辑、生长机制，变成了"停不下来"的命运（《娘说的，命》）。所有的努力在事实面前都失去了继续下去的意义，就像入殓师费尽心机整理遗容，天生的哑巴在纠正口型，抑或像此时的"我"，"在徒劳地修改／这首，一开始就漏洞百出的诗"（《此时》）。

是的，即便违逆神明而收留了那些流落荒野的生命孤魂，诗歌又能改变些什么呢？当诗歌的主力部队已安然退守在技艺的自足天地时，像二棍一样的诗人一定感受到了那潮涌般的虚无，并为写作的无力而痛心，要不他们怎会"撮着自己的头，往墙上磕"（《穿墙术》），怎么会删掉诗篇中最为"倔强的符号"《徒留〈衣冠冢〉》呢？诗歌不过是场白日梦，梦中贮留着真实的现场；可梦醒之后，还是不得不面对严重失真的畸态世界，"每一次醒来，都是一次对现场的逃离"（《逃离》）。"用诗歌干预和介入，我认为比呐喊和呻吟更无力"，二棍不无悲哀地说。只是在时时响起的"警报声"中，他又聆听到了诗人的"罪行"：以梦想代替神旨，以真实进犯事实。信奉诗歌而不信奉神明的人，陆续被"锈迹斑斑的镣铐"带走，但却明白无误地告诉后继者，诗歌仍然充满力量。它在梦想中护守生命、在虚构中记录真实，它以自己的孤独而撼动着人心、撼动着历史、撼动着明天，"哪怕孤独，哦，哪怕孤独／也要保持我的青／从骨头里蔓延，由内而外的／青"（《让我长成一棵草吧》）。

近十年网络小说的三个基本特质

——以拓跋小妖《功夫兵王》为个案的考察

◆何亦聪

网络文学二十年：前后两个时期

中国当代网络文学在近二十年的发展过程，其实是一个从众声喧哗的、以个体表达为主的自由形态走向规范的市场化运作机制的过程，因此，谈论网络文学，首先需要注意的一个问题是：它并不是一成不变的，并不是从一开始就是与市场化或消费主义紧密结合的。时至今日，网络上仍然存在着大量的"榕树下时代"的"文化遗民"，他们怀念 2000 年左右的网络文学和网文环境，好像只有那个时代的网络文学和网文环境才是更加纯粹、更加自由的，才是不受商业化之浸染的。有一个吊诡的事实是大多数研究者都未曾注意到的，即初期的网络文学写作者，他们往往比以《收获》《人民文学》等主流刊物为发表阵地的作家们更自命为"纯文学写作者"，因为这一时期的网络文学既未被市场和资本渗透，又通过自由的网络表达规避了体制的收编。

以十年为界，我们可以将从 1996 至 2016 的中国网络文学发展分为前后两个时期，前期的主流是"自由表达"，后期的主流则是"拥抱市场"，而决定其由前期转入后期的关键因素，从表面上看，是资本的渗入，就其深层实质而言，则是参与群体和受众群体的变化。如果要用一个词语来形容的话，2000 年左右的网络文学，基本上还是处于一种"小国寡民"的状态，那个时代有条件上网的人不多，一台配置不高的电脑差不多都要卖到一万块，网费更是贵得离谱，所以，首先是在北京、上海、广州、深圳这样的一线城市里面，出现了一批白领网络人士，他们以一种自由表达的姿态，进行网络文学的创作。但是，时间推进十年，到 2010 年的时候，网络文学的主要参与群体、受众群体就发生了巨大变化，到近几年，其最大的受众群体竟变成了"江浙沪地区的外来务工者"，受众群体的变化，必然会引发文学特质的改变，这正是消费社会的潜在逻辑——消费者的需求决定生产者制造什么样的产品。

那么，变化是在什么时候发生的呢？有的探讨新世纪网络文学发展的学者把这个变化的关节点定在了2003年、2004年，但是，从我个人的实际体验来说，至少到2004年的时候，网络文学的这种市场化运作还不能说是十分普遍，有相当一部分的文学网站，他们的发展预期仍然还是想和主流的纯文学去接轨。我有一个清晰的记忆，大概在2004年夏天的时候，红袖添香原创文学网成立了一个专题策划组，主要负责作家访谈、作品授权、作家专题策划等工作，那个时候我们所联络的作家，100%仍然是纯文学领域的，比如陈希我、盛可以等。所以，从网络文学的整体局面来看，真正翻天覆地的变化，应该不是发生在2003年、2004年，而是发生在2005年、2006年，这个变化的发生，是和当年盛大公司对各个文学网站的疯狂收购有关的。也就是说，网络文学的市场化，其最直接的导火线，本身就是一个市场行为。

读者接受层面：精准定位与密切互动

现在，回到本文要讨论的主题，拓跋小妖的网络小说作品上来，无论从创作的时间上说，还是从创作的风格、性质上看，很明显，小妖的小说肯定是属于后一时期的，亦即网络文学已经进入市场化运作时期的作品。他的小说具有此一时期网络小说所共有的一些典型特点，如：超长的篇幅（其代表作《功夫兵王》总字数达到了320万字，普鲁斯特的巨著《追忆逝水年华》曾以其篇幅之宏大震惊文坛，但是《追忆》的裁制、篇幅放到中国当下的网络小说中仅居中流），适合大众口味的题材选择（《功夫兵王》属于现代都市武侠类型小说），松散的结构（网络小说的阅读多系读者随着作者的更新逐章追读，因此，在整体结构的严密性上要求较低）。显然，我们不能够使用纯文学的标准去探讨这一类型的小说，甚至，也不能使用探讨传统通俗小说，亦即张恨水、金庸小说的标准，去探讨这一类型的小说，就是说，当下的这种网络小说写作模式，不仅与严肃文学不同，与传统的通俗小说也不同。下面，我想以小妖的《功夫兵王》为个案，就这种不同文学形式彼此之间的差异性，来归纳三个当下网络小说写作的基本特质。首先从读者接受层面着眼，有两个突出的特质：

首先，是严格、精准的受众群体预期定位。拓跋小妖的小说，我不知道他自己在写作之前是不是有一个读者群的预期定位，从我个人对《功夫兵王》的阅读感受来说，这部小说的主要读者群，应该是 15 到 28 岁这个年龄段的青年男性群体。后来我就《功夫兵王》的阅读情况在高校范围内做过一个小小的问卷调查，出乎意料的是，他的小说在计算机系的读者，比我们中文系要多，而且读者基本上是男性，没有女性。从受众群体的预期定位出发，市场化时代的网络小说写作者必然不可能以"自由表达"为风尚，反而会针对特定群体的特定需求去进行"量身打造"，当下大量的"打怪升级"类型网络小说的出现，正是因为网络文学近几年的主要受众群体已经转入社会底层，于艰难的日常生活之外，他们需要此类小说为他们提供一场又一场的"白日梦"。因此，当下的网络小说写作，其对受众群体预期定位的精准程度，要远远超过过去的通俗小说，比如张恨水的小说预期受众群体就是普通市民阶层，他不可能精确到具体的年龄段、性别、收入状况、社会阶层等等。为什么呢？因为在这样的一个小说大爆炸的时代，任何一个小说家，再想像过去金庸那样对各个年龄段、各个阶层的读者来一个通吃，已经不可能了，只要能够精确地把握住某一个读者群，那就是成功。从这个意义上说，拓跋小妖的小说无疑是成功的，他很好地把握住了年轻男性读者群体的接受心理和阅读口味。

其次，是写作过程当中作者与读者的互动。当然，在传统的通俗小说写作当中，也存在这种互动关系，比如过去报纸、杂志上面连载的小说，作者在创作过程中会收到一些读者来信，读者也可能会对以后的情节发展提出建议。但是，过去的那种互动，无论是在速度上、数量上还是强度上，都远远没有办法和现在的网络小说相比——我如果此刻在网上看了小妖最新写的一节小说，短短几分钟之内就可以通过评论或者站内私信的方式给他提供建议。

叙事技巧层面：速度感

除了读者接受层面，在叙事技巧层面，当下的网络小说作品也有其特质，比如，网络小说通常都比传统的通俗小说更有"速度感"。此处之所谓"速度感"不是指作者写作速度的快慢，而是指小说叙事节奏的快慢，简单地说，就是，现在的网络小说，比传统的通俗小说，叙事节奏要快得多。拓跋小妖的《功夫兵王》就是一个很典型的例子，在这部长达三百余万字的小说里，作者的叙事却基本上不会有什么拖泥带水的地方，人物，事件，背景，差不多一上来就交代清楚了，而且，如果小说里面的人物遇到了让读者感到揪心的难题，他基本上会在两三章的篇幅之内解决掉，然后再设置下一个难题。那么，为什么会这样呢？我认为有以下三个原因：

第一，与网络小说写作的竞争强度有关。如前所述，这是一个"小说大爆炸"的时代，从读者的角度来说，到底读哪个，不读哪个，很难选择，有时候会挑花眼。因此，对于一个网络小说写作者而言，他就必须训练出这样一种技能：在开头第一章或者前三章的篇幅之内，一定要成功地留住读者，让他有兴趣继续读下去。如果还是像传统的通俗小说那样慢悠悠地展开叙事节奏，一点一点地填充细节，讲究结构的完整性和整体的审美化，那是必然留不住读者的。

第二，与网络小说的发表形态有关。一个成熟的网络小说作家，基本上是要保持一天一更新的，拓跋小妖的更新速度则达到了一天一万两千字，而读者基本上也是紧跟着作者的写作速度，更新一章就读一章，在这种阅读形态下，你要留住读者，还必须保证每天都能给他们一点刺激、一点新鲜感。《功夫兵王》这部小说就是这样去做的，小说本身有一个大的主体线索，同时大的线索下面不断地延伸出一些小难题、小冲突、小矛盾，每个小难题的解决通常不会用很长时间，因为时间太长了，没有新的难题出现，旧的难题又老是解决不了，读者也会感到厌倦。

第三，与当下读者的生活状态有关。我们当下的大部分人的生活节奏，都比过去要快得多，生活节奏的加快也会导致阅读心理的变化，现在大部分的网络小说读者，可能都更加喜欢简单、直接、迅速、不拖泥带水的处理方式。说到底，当下的网络小说写作都是以消费主义为潜在逻辑的，受众的需求决定了写作者的选题方向和技术特点，如果想要摆脱网络小说的同质化，使之走向多元化，乃至向严肃文学靠拢，唯一的方法，只能是提高受众群体的文学品位和知识素养。拓跋小妖作为一个当下网络文学环境中的小说家、写作者，他是成功的，但是，他的这种成功，也是不能够用严肃文学的标准，或传统的通俗文学标准去衡量的。在探讨这一类型的网络小说作品的过程当中，可能我们真的需要努力去构建一套新的话语体系。

让想象在理想的现实中纷飞

——竹宴小生作品解析

◆梁静

　　竹宴小生在自我介绍中曾这样期许：愿以笔下千秋，载黄粱一梦。爱慕竹之风骨，愿能写出动人心弦的作品。诚如这载古怀今、心有戚戚的自我期待，她的笔下的确承载了不少黄粱美梦，那么惊艳、凄婉、决绝，且动人心弦。每一部小说，只要你开读了，便会放不下，那些不曾在现实中见到的神仙般的人物，那些现实中离大众较为遥远的人物，都能够牵动你柔软的心，一步步靠近，感受到那有着真实情感的人的世界。这世界，有阴谋、有黑暗、有智慧、有阳光、有爱情、有离别、有生死、有轮回。因而更能显出千秋之美，沧桑之美，超脱之美，真有种竹之风骨，清气袭来的高远之感。因而，竹宴小生的作品中，每一个字、每一个场景，每一个人物，每一种人生选择，都会是一种有着竹之美感的存在，让你的心随着干净、清爽、高贵、通透起来。

两性关系中女性的主体性表达有质的突破

　　读竹宴小生的作品，琼瑶两个字总会不时地闪现在脑际，却又不是声嘶力竭、惊天动地式的，这是又一种对两情相悦的爱情、山盟海誓的爱情执着不已的作家。我所读到的她的八部作品，无论是仙剑玄幻类的《白露为霜霜华浓》《凤还朝》《九天倾歌》《花都》，还是现实题材的《天后进化论》《女神的逆袭》《谁与星光寄流年》《海棠之岛》，无一不是一种爱情观穿越时空的相似展现，不管这八部作品中写了多少不同的故事，塑造了什么样性格的人物，爱情价值观都是一致的，那就是：两情相悦、深爱彼此、互相尊重、相互牺牲、超越金钱、经时间沉淀仍矢志不渝；在性别模式上，通常是男强女弱、男帮扶女自强型；性格特征上，基本上男性是成熟大叔型或少年老成型，女性是天真无邪、自由不羁、直爽磊落、乖巧聪慧的特点，并且在到处是心机、陷阱的现实环境中因不玩心机执着单纯而屡获幸运与爱情。细究起来，所有女主都有点小燕子的二、紫薇的弱、金锁的灵三者合一的复杂。整体来看，竹宴小生的作品中呈现的爱情观较为传统，也充满了理想色彩。

所谓传统，其实并非作家主观所愿，它与中国目前仍然重男轻女的环境有很大关系。在目前的中国，女性无论在家庭结构还是社会结构、权力结构中都处于较为明显的弱势，面对这样的大环境，策略性的成长并坚持自己就是极为重要的生存智慧了。作家真正向往的两性关系其实是舒婷《致橡树》式的，有了这样的理想，作家在女性的主体性表达上直接而大胆，对女性情感和身体欲望的表达充满了平等意识就不足为奇了，这一点颇为令人欣喜。如《九天倾歌》中凤锦误上龙床的心态：

她揉了揉眼睛，床上正卧着一个美貌男子，睡颜委实令人垂涎……她跟跄了几步便栽倒重渊的床上，口中还呢喃着，"小重……待我来扒了你的衣服……做了我的人……便再也不会有人垂涎于你。"

又如《白露为霜霜华浓》中朝露面对花情（男）之美时的心态：怎不叫年纪虽小却颇能赏识美色的朝露面上飞上淡淡的桃花色。

再如朝露对师父莫沉（男）的爱慕时，常这样想："早晨将将被师尊轻薄了一次，这夜里，朝露便想轻薄回来。她想都没想的便凑过去，在师尊的脸上瞧啊瞧啊……你说这张祸害苍生的脸，怎么就那般好看呢？"

想她朝露，可谓是三生有幸，竟然能够在夜间师尊入定之时，轻薄一二，妙哉妙哉。

还有《天后进化论中》，位处十八线的女星顾千千无意中窥见了歌坛天王秦隽的经纪人黎宽是同性恋，为了保护黎宽，秦隽同意让顾千千做其绯闻女友三个月，以让顾千千爆红为条件来防止顾千千泄密。此时的顾千千，面对秦隽这个自己喜欢了十二年的歌星，忽然又成了其假女友时，对秦隽的非分之想便如滔滔江水，连绵不绝的时时流露，秦隽因此而时刻提防：

"放心，我一定会把门关好的。"秦隽又回过头朝她挤挤眼，"看来你自己也知道你把持不住……"

"我是让你先把头发擦干再睡！"顾千千忍无可忍了，莫名其妙就被人说成一个口水三千丈的色女，谁能忍！虽然、虽然她是有那么点小花痴他的美貌，但她是那种人吗?!

又如：顾千千轻咳一声，"你刚刚说去你家……"

"是啊。"秦隽侧过头冲着她诱惑一笑，"开心吧？你又可以继续你的春梦之旅了。"

这其中，"做了我的人，便再不会有人垂涎于你"，"轻薄回来"，"小花痴他的美貌"等词汇，轻松又不失尊严，都有强烈的主观意识，将女性对爱情主动大胆追求的心态生动地展现了出来，也将隐匿于女性身心内部对性及欲望的渴望表达得淋漓尽致。这样的表述，为这些女主人公在历经磨炼抑或伤害后，最终坚强的站立起来埋下了伏笔。这种外表美丽、表现弱小，除隐忍、牺牲之外，还具有平等意识、独立意识、强大内心、坚忍品格的女性形象很自然地就树立了起来。这一形象，以《天后进化论》中的顾千千、《谁与星光寄流年》中的顾念、《女神的逆袭》中的江晓尤为突出。

积极健康的价值观会让读者领略到当代演艺界的另一种生态

女性骨子里的顽强、自尊、独立甚至超脱在竹晏小生的作品中体现得较为突出，不管是在平常工作中还是情感关系中，作品中的女性形象都有这种特点。仙剑玄幻类小说就不谈了，因为都是神仙妖魔，由体力较差导致的两性之间强弱差异会被相对淡化，比如《九天倾歌》中的九天玄女，就是上古时代部落战争中的猛将。文中这样描述这位女性："她化作原形展翅高飞的英姿，她傲立九天不退不让的强横，甚至是与残蛮部落大战之时的凶狠，还有胜利之后洒脱离去的不羁。"这一形象，基本可以概括竹晏小生作品中女性的整体形象，当她们处于事业发展或工作状态中时，多有"不退不让的强横"感，胜利成功或情感失意之后，亦是"洒脱离去的不羁"状，四部现实题材小说中，女主人公的都有这种特点。

演艺界这一离大众较远的群体是竹晏小生现实类题材作品唯一的素材来源，其中，《女神的逆袭》是《天后进化论》的姊妹篇，一部着重讲江晓，一部着重讲顾千千，两部小说中的人物是交错出现的，《谁与星光寄流年》和《海棠之岛》虽然人物名字与前两部没有重复，但有些故事和人物是有相似之处的，比如《天后进化论》中的陈明恺、陈初阳兄弟，完全就是《谁与星光寄流年》中的迟云辉和迟云陌兄弟，《海棠之岛》中的陆缜甚至就是《天后进化论》和《女神的逆袭》中的秦隽，作家在一个素材的挖掘中不透不休的精神委实可嘉。

竹晏小生通过四部作品给我们展现了一个活色生香的当代演艺界，给人们认识、了解并理解当代演艺界提供了范本，不夸张地讲，简直就是一部入门级的教科书，一曲当代演艺界的四重奏，极大地满足了人们的好奇心。很少有人会将演艺界的故事讲述的这样详细，如果你想知道明星之间如何相识并恋爱、如何炒作绯闻、如何面对观众的评价的，如果你搞不清经纪人和明星之间的关系、媒体捕风捉影的报道是怎样传播的、那个谁究竟是怎么样爱上那个谁的，请看竹晏小生的演艺界四重奏吧，这里会提供给你足够的答案。

竹晏小生的妙笔虽然生花出了一个中国当代演艺界的江湖，但也借这江湖传达出了自己的价值观，这一价值观，对处于青少年时代因崇拜明星、模仿偶像而极易想入非非、误入歧途的学生读者来说是积极健康的。竹晏小生这样描述演艺界："任何不公平随时会在演艺圈发生，任何偶然的成功也会在这里出现，任何一个突如其来的当红也会在这里萌发。"在这样的环境中，一个演员应如何自处是一个非常现实的问题。面对一些演员为出名不择手段，她这样写道："清者自清，浊者自浊。如果想靠这种方法上位，也不是不可以，只是当你选择了这个办法，就是万劫不复的深渊，可能多年以后人当正红，也摆脱不了那些过往的阴影。你自己怎么看自己，别人也就怎么看你。"

所以，竹晏小生的小说，价值取向十分明确。她笔下的人物，尤其是女主人公，无论资质如何，都以自身天赋和努力进阶，顾千千、江晓、顾念，无一不是如此，纵使感情因素常常会在她们事业的起步期和瓶颈期起关键性作用，但这不过也是演艺界中的一种生态，区别在于，她们都因自身性格和品质原因将一些恋爱初期貌似潜规则式的两性关系，在相处的过程中慢慢演绎成了一出出两情相悦、难舍难分、永不能弃的令人唏嘘不已的爱情神话。个人认为，最根本的原因，就是这些女性骨子里的顽强、自尊、独立甚至超脱的生存理念和人生信条在起作用。《天后进化论》中的顾千千大二时因不愿接受老师的潜规则而中断学业，虽不值得提倡，但骨气和勇气可嘉。这一经历，打消了秦隽怀疑她借秦隽上位的顾虑，并渐渐爱上了她。《谁与星光寄流年》中的顾念则更为凄凉和坚强，为爱牺牲、放弃事业、远走他乡、潜心创作、重新崛起、再回巅峰，用时间和不确定的十年承诺，收获了迟云辉历经十年等待同等分量的情感回馈，简直就是一部完美的励志神话。

看到顾念，我想到了茨威格的《一个陌生女人的来信》，其中那位因爱而为所爱之人默默生子，为尊严而独自抚养儿子却最终穷困潦倒静静死去的妓女，想到了麦卡洛的《荆棘鸟》，其中一样为爱而为主教生子，独自抚养直到儿子溺水而亡才说出真相的麦吉。比起这两部小说中的女人公，顾念是幸运且成功的。竹晏小生想传递这样的信息，尽管不乏理想化，但仍不失为一种成功的范本，比起网络上众多逻辑不通、不尊重客观现实的肆意想象的作品，竹晏小生的作品是接地气的，有生活的，有启示意义和价值的。作家理想的女性就是要这样纯粹地活着，我们也有必要对这种活着致敬，如果现实中我们的女性都能这样纯粹地活着，将会是一个多么美好的状态，即使心中有那么多苦。可是，试问人间，谁的一生不是为情而苦、而折磨、而奋起、而成就的一生呢？

这个时代，两性之美的标准将越来越趋于一致

综观竹宴小生的八部作品，可以看出，她对自己的作品和读者有很准确的定位，主要以 30 岁以下的青少年为阅读对象。

不知道从什么时候开始，人的相貌身材等外表因素被强调得越来越重，甚至有些被推崇到了变态的程度。不仅女人被这样要求，男人也难逃这种评价标准。见到一个人，首先一条，美不美，帅不帅，而且这两个字已经男女通用，女人之美常常被帅字来替换，男人之帅也常常被美字来代替，两性之间在向中性化靠拢的同时，美的标准则渐趋于一致。竹宴小生作品中的每一个人物形象都是极美的。例如小说中《白露为霜霜华浓》中的对花情的表述："这男人说他英气逼人，却又藏着分娇弱的润白；若说他面如冠玉艳若桃李，却又多出了几分英俊。总归比之门廊外的女子还要美上几分。""那男人眯着个凤眼，漂亮的不似凡人。上下打量着朝露，随即挽出个十分魅惑的笑容，连声音都万般风情？""他一步一步下来，那用银丝线攒出的浅色龙凤步履在眼底晃动，那漂亮的脸蛋便送到了朝露面前。"在《凤还朝》中对水运寒的形容是这样的："束玉冠，着青衫。面若桃花分外迷人，怎一个风流倜傥的英俊儿郎。"《天后进化论》中，顾千千第一次见到秦隽时是这样描写的："她看清了那个人的脸，清秀俊美，眸含桃花。"这其中，娇弱、艳若桃李、漂亮的脸蛋、魅惑、万般风情、面若桃花、分外迷人、清秀等形容词的使用，大量地

用在了对男人的形容中，让人很难区分男女。小说中每出现一个人物，作家如果不强调这人是男是女，直接描写此人相貌的话，就会无法判断，只能随情节走向慢慢分辨。尤其是在爱情关系最初形成的过程中，你要不美，你要不帅，就影响了进一步接触的可能。当然，这应该与她所写作品整体倾向于武侠、仙剑类题材有关，包括她的以演员、歌手群体为塑造对象的演艺界四重奏，都对人物的容貌要求较高。她的每部小说中整体的人物形象都是俊男靓女，飘逸之气十足，以往所谓的才子佳人的模式已经落伍，恋爱关系中对女性美貌的单方面要求已经不独属于男性的专利，才子有才无才另说，长得美不美才首先是重点。这样的评价标尺，在网络小说中并不鲜见，从而影响了当代青少年的审美取向，外貌协会的队伍逐渐壮大。我想这可能就是竹宴小生这批年轻的作家们对这个时代的影响。这是竹宴小生作品的又一个特点。

古风今语，颇具喜感，流畅自如混合使用的语言风格，给小说的带来了较强的可读性

我们常说，小说是语言的艺术，竹宴小生的作品也具有自己独特的语言风格。这一风格在仙剑类玄幻类小说中比较突出。随着所写作品的增多，她的这种语言风格也渐趋走向成熟。很显然，竹宴小生是受到中国古代文化与文风影响的一位作家，《红楼梦》等明清小说的叙述方式在她的仙剑玄幻类小说中有着明显的痕迹，中国古代有大量的想象力丰富的文学作品，女娲补天、精卫填海、三皇五帝等清奇瑰丽的故事，《西游记》《东藏记》等小说中天马行空的想象，都给了她足够的养分，长久浸染这种古风古韵，古气古息，给她创作带来了一定的影响，她的语言古中有今，混用得心应手，我们来举两个例子看看：

他说："恭喜上神，您已经怀上了帝神的孩子。"

这句话，我着实悲喜交加。悲的是，我又要独自带着孩子在九重天上过活；喜的是，我终于有了他的孩子。

只可惜，他却不在了。

我怀了整整百年，凡间生个孩子要怀胎十月，神仙孕育个崽居然得百年。

——《花都》

我嘶喊着："让安陵收了雷公电母，别烦老娘生孩子。"

眉泓在一旁哆哆嗦嗦地说："帝君都在外头守着了，这是天有异象，和雷公电……母无关。"

……我汗流浃背地叫唤，我痛苦难当地挣扎，我撕心裂肺地喘气，下个崽怎么就这么难啊……

——《花都》

面前的男子，青帝伏羲，四海八荒的名人一枚。

——《九天倾歌》

这种语言中的古今混用，严肃中透着些俏皮，正经中又有点幼稚的那种气息就体现了出来。《花都》中描写我这个上主怀孩子的心情时，前一句还悲喜交加，沉痛悼念帝俊，还感慨怀了整整百年，你觉得马上要继续扩大这种艰难等待的情绪时，她却用"育个崽"这样的词汇顷刻间把沉重变轻。在生孩子的紧要时刻，我这个上主竟然能说出"别烦老娘生孩子"，"下个崽怎么就这么难"的话，将如此场景喜剧化的处理，也真是少见。《九天倾歌》中，前半句"面前的男子，青帝伏羲"，你刚觉得青帝伏羲这样的人物会有多么高大上时，后边的"名人一枚"立刻让你有种想笑的感觉，即刻冲淡了一种严肃的氛围。类似这种节奏和语感的句子，小说中俯拾皆是，这种古风今语流畅自如，混合搞笑的语言风格，形成了竹宴小生"正剧与欢脱之间游走"的独特性。

这种语言风格在仙剑玄幻类作品中非常明显，在现实题材类小说中则更是如鱼得水，信手拈来，而且精准，到位。《天后进化论》中，顾千千和秦隽由被动捆绑到真心相爱的一系列冲突变化中，这种语言风格得到了更为有效的发挥，在和秦隽的交往和斗嘴中，一些比较搞笑的词汇随处可见，九级残障、累成狗、口水三千丈的色女、小花痴他的美貌、春梦之旅、勾引老娘、一脸的恨铁不成钢等等，都让小说的语言丰富多彩。

没有完美无缺的作品，只有不断探索极限的人生

尽管竹宴小生已经是一个较为成熟的作家了，也形成了自己的语言风格，收获了人生中一个阶段相应的某种意义上的成功。但是，任何一个作家，都不会对自己的作品百分百的满意，也仍然有不断需要改进的地方。

首先，对叙事节奏的把控需要强调。当然，这可能与网络小说时刻要用情节来抓人的需要有关吧，有时候，过于琐碎的故事情节，按照事实发生的过程简单地叙述下来，会使作品缺乏艺术性，比如四部反映演艺界的作品，如果不能满足人们的窥视欲，一些过程就显得有些繁琐，虽然画面感很强，适合改编影视作品，但对于文学作品来说，文字语言艺术上的推敲，还有待加强，这一点，她的仙剑玄幻类的作品在艺术上的处理相对好一些。

其次，人物塑造上也需要再丰富。在竹宴小生的所有作品中，沈清淮这个人物给我的印象最为深刻。但在更多的人物形象及人物个性的塑造上，还有待加强，笔触需要有更多细节化的描述，用词也要更为丰富和准确些，而不至于千人一面，无论女主还是男主，除故事情节不同外，每一个人物都可以互换，缺乏个性。尽管作家在多年的写作中已经渐渐开始对刻画人物、细节追求上比较注意了，但仍希望能够继续加强。

最后，高点击量和影视输出之外，如何继续保持，也是一个不容忽视的方面。从传播与获得实际利益的角度讲，作品点击量高和能够通过影视输出，肯定是每一个作家都想要追求的结果，但高点击量和被影视输出是否是衡量一部文学作品优秀与否的标准，这一论题还有待检验。作为一个作家，随着年龄的增长，在经历了一定的创作经验积累之后，在收获了相应阶段的成功之后，是否需要有一个新的定位，是否能够避免同质化的作品频频出现，是否需要对作品打造的更为完美有更高的追求，是否需要对作品中所传播的理念和价值观表达得更为深刻一些？这些，都是需要竹宴小生进一步思考的问题。由于知识性、信息量、社会性、理念性、思索性的东西还不够，竹宴小生的作品会给人一种青春期的飘在空中、脚不沾尘的感觉，尽管我们能够感受到作家足够的野心，总想给人一种宏阔、高远、深沉、大气磅礴的期待，但由于功力不够、火候欠佳，离这样的效果还有点距离。如果再继续这样写下去，才华迟早会被耗尽和枯竭。所以，未来的作品，能否用一个更好的、给读者带来更多信息量的容器来装，是需要作家正视的问题。

在以上几点上，希望能够引起竹宴小生的注意，技巧技术之外，我们是否还需要更为深刻的成长。我坚信，竹宴小生如果能够稍微调整一下自己的不足，假以时日，一定能够给我们带来更多惊喜。

以上是我的一点粗浅的看法，未能准确的解读作品的不足之处还请竹宴小生海涵。

《首席医官》：神性品格的现实起飞

——兼论文学批评的责任意识

◆阎秋霞

文学面临危机？从传统文学以及期刊发行的角度而言，的确是。坚守纯文学阵地的《收获》10万发行量已连续领跑文学期刊；被称为国刊的《人民文学》从月发行量186万份的辉煌到1996年1.7万份的没落，几经努力，2015年回暖也不过6万份。

然而，就在传统的纯文学期刊遭遇边缘化，普遍面临生存危机时，网络文学却日渐壮大，恣意生长起来。预计2016年底，网络文学用户规模达到4.5亿。在阅文集团注册的创作者有400万人，拥有1000万部作品储备。当然，这庞大的丛林中不是所有的文字都能称为文学，但即便按千分之一的筛选，也是一个可观的数据，何况在一部作品连载的数年时间里，需要依靠众多铁杆粉丝追文支持、打赏鼓励才得以生存。创作者与读者能长时间保持良好互动，绝对不是仅仅依靠消遣性、娱乐性可以维系的。那么背后的密码究竟是什么？不能不说相对于其蓬勃的生长，我们的研究非常滞后。在中国知网以网络文学的篇名、主题词查询，得到4023/12262篇结果，而以莫言和贾平凹为篇名查询的结果却分别是4753/20871，2466/6448，一个日益成长为一门学科的研究成果远不如一个作家个体。以银河九天（谢荣鹏，中文起点网签约作家，被誉为大神之光）为例，他2005年的作品《天生不凡》网络点击已超千万，单章最高订阅过万。小说《原始动力》《黑客江湖》获得作协举办的网络文学十年盘点最终大奖。小说《疯狂的硬盘》入选起点网八周年经典作品。《首席御医》（纸质版出版时改为《首席医官》）仅在起点中文网的总点击量近1200万，书评44716个主题，46773个回复，好评指数9.6，获得767136推荐票。其他各大网站的点击量也均在数百万以上，而因主播该小说的"阿城书场""渺叶"成为"全球华语播客巅峰榜"的黑马,但到目前为止,几乎没有引起专业研究者的任何关注。那么,这种巨大的反差究竟是因为所谓精英的傲慢与偏见,还是陈腐与无知?

至少对于我而言,在这次较深入了解网络文学之前,两者皆有。"作家写给编辑看,编辑办给批评家看,批评家说给研讨会听",邵燕君的描述击中了我们的软肋,圈子意识、循环往复,不正是我们多年的文学以及研究生态吗?而我之前对网络文学的了解仅限于腹黑总裁的言情、钩心斗角的后宫、故弄玄虚的穿越,甚至对女儿初中时在网上十多万字的涂鸦多次表达了鄙薄、不屑与忧虑。

的确,粗制滥造、主题低俗等一直是网络文学的主要标签,但无论你如何拒绝排斥,也阻挡不了其快速生长的趋势。就连被称为传统文学守墓者的李敬泽也表示:"网络文学在整个文化产业链中占有越来越重要的位置,已经成为我国当代文化体系中至关重要的原创资源,在现代大众文化生态中是想象力和创造力的重要生产者和供应者。"只是遗憾我们中的大多数,没有意识到媒介变革带来的文学形态、文学思维、文学阅读的巨大变化,依然以上世纪八十年代的目光注视当下、遥望未来。

作为一个文学批评者,搭建文本与读者之间的桥梁原本是其责任之一,然而我们秉持着貌似正确的纯文学观念,在"小粉红花的梦"中自我娱乐,对自己的启蒙身份自我迷恋,殊不知启蒙者百年来的梦想不过是自说自话。五四时期启蒙者与被启蒙者的疏离关系至今未变,我们与所谓的被启蒙者之间彼此隔膜、相互陌生,对文学阅读生态的变化浑然不觉。《2015年网络文学市场年度综合报告》中指出:在网络文学的阅读者中,中学学历读者占比过半。其中小学学历的读者占比7.39%,初中学历的读者占比36.36%,高中学历的读者占比30.17%,本科学历的读者占比24.78%,硕士学历的读者占比为0.8%,博士及以上学历读者占比仅为0.5%。,也就是说最需要和批评家对话的庞大读者群,一直以来被我们漠视了。一位北大中文系就读的资深粉丝这样写道:"在任何时候任何地方,现在的我都会毫不犹豫地站出来,赞美那些曾经抚慰我、感动我、激励我的网络文学作品,无论有多少前辈,多少权威告诉我,它们是毫无价值的垃圾。从2004年开始,曾经有将近十年,我一个人每天孤独地阅读着网文,从未在生活中与任何人谈起过它们……不谈它们,可以避免很多麻烦,可以少见很多怒其不争的眼神。"传统偏见所形成的巨大语境，由此可见一班！这样的压抑与伤害，是多少孩子的青春记忆？他们在孤独中完成自我成长、自我教育、自我启蒙的时候，我们在哪里？

何况，杂草丛生、鱼龙混杂的网络文学中也有参天大树和熠熠生辉的宝珠，例如《首席医官》。

作为动辄数百万字甚至上千万字的超长网文，连载一般要两到三年才能完成，考验的不仅仅是读者的耐性与忠诚，更是作者的智慧与魅力。他们如果没有十八般武艺，很快就会被网络时代素来喜新厌旧、快餐阅读的读者抛弃，想在数以万计的网文中屹立不倒，简直比攀越蜀道还难！但是，《首席医官》做到了。在起点网连载一年之后，被推荐至首页热点，直至今天，依然位列该网站都市类小说总点击排行榜的第三名。不能不说，在日新月异的网络世界其生命力的顽强是一个奇迹。

我阅读该书（纸质版），用时近一个月，真是废寝忘食如醉如痴，深觉好看又好玩。毫无疑问，这就是传说中网络文学的优秀"爽文"。曾毅的医术出神入化，无论是英国女王的厌食之症、还是一干开国将军的难言之疾，所有疑难杂症均可手到病除，只要有曾毅的地方，就一定会驱散阴霾，阳光普照。他是能臣更是良将，是经商的怪才，也是为官的奇才，招商引资、养老医保、农业军事，曾毅无所不能，并且能够濒临绝境时化险为夷，转危为安，击败一个个的对手，还让别人心悦诚服。明明是平民子弟，却身世成谜。年仅二十出头，却仙风道骨。无论何种场合，见到何人，均不亢不卑，淡泊名利，宠辱不惊，禅意满身。而情节推进更是跌宕起伏，悬念遍布。且不说小说中所有大人物多年的顽疾，曾毅不出三剂就可见效，单只每次遇见的机遇之巧就令人称奇，遇见省委书记夫人，使他进入仕途。给女王诊病，使初进官场招商引资的他大放异彩。巧遇翟老并治愈其孙的疯病，使他开始行走于高层并左右逢源。总之，他就是传说中集日月之光辉的男神。这样一个完美无缺的人物，满足了所有阅读者的白日梦，平时想也不敢想的事情在小说中都得到了实现，阅读之爽，就在于获得了畅快感、成就感、优越感。

这也就是网文常见的"YY情结"。所谓YY，即意淫也，但并非贬义，而是通过想象、夸张，臆造了一个超越现实的空间放任另一个自己，释放现实的焦虑感、压抑感。当然，如果《首席医官》仅仅以此达到愉悦读者的目的，那么充其量也不过是一部小白文。事实上，这部小说真正的好看之处在于其对快感机制的突破和创新，在于YY之后神性人格基于现实想象的起飞。

例如尽管也是 NP（一男四女）的言情模式，但既没有女人之间的钩心斗角，也没有露骨的色情表述，在如今爱欲横流、离开上床就无法推进情节的风月写作中如此纯净与节制非常难得。从情节结构而言，虽是鸿篇巨制，但多个单元的故事彼此独立完整，曾毅先在保健系统一鸣惊人，用医术站稳脚跟，继而对将军茶的开发、养老难题的谋划、医保问题的试验、农业发展的疏导等均显示了其惊人的天赋，避免了很多网文情节的自我重复所造成的审美疲劳。小说虽然写了官场，但和很多以揭示官场腐败的黑幕小说不同，也和一些被称为官场指南、热衷于写迎来送往，犬儒人格的作品不同，而是着力塑造一身浩然之气的曾毅无论是高升还是被贬，均能泰然处之，在新的征程再次出发去征服这个充满荒诞的世界。

只是，这种熠熠生辉的人格魅力是被纯文学体系所排斥贬低的。因为他几乎没有人性的任何缺陷，既不贪财又不好色，金刚之身很难攻破，四五百万字的长篇巨著，人物的性格也几乎没有发展变化，不符合人物的成长理论。更让人觉得玄虚的是，年纪轻轻的曾毅有如神助，智慧无穷，总能在别人束手无策时，呼风唤雨，无所不能，上能至通天人物，下能到平民百姓，他都能应付自如，如鱼得水。1980 年代以来精英的主流文学观念是没有办法接受这么完美的人物的。《创业史》中的梁生宝、《林海雪原》中的杨子荣、《抉择》中李高成等等类型的人物都是这个时代被质疑的对象，因为有缺陷的人物才是真实的，这是一个李云龙（《亮剑》）、朱怀镜（《国画》）们的世界，只有他们才能称得上是具有审美价值的人物。

自然，我不否认这些有缺陷人物的审美价值，但是因此而厚此薄彼，唯我独尊，并形成强大的话语权力，无视当今文学形态的变化，就会一叶障目，丧失文学批评对普通读者的引导功能。和西方文学从悲剧起源不同，中国传统文学历来以喜剧为其底色，所以阿喀琉斯的脚后跟就成了西方神话的文学母题，他们是具有人性的神，而中国神话人物却是具有神性的人。即使四大名著《红楼梦》的悲剧从严格意义上来说，作者也并非要把"有价值的东西撕毁给人看"，而是大彻大悟之后天地白茫茫一片的佛家境界，是心无挂碍的彻底脱俗。但是，自五四时期"揭出病苦，以引起疗救的注意"式的批判现实主义成为主流之后，在 1980 年代西方现代派被争相模仿之后，探秘人性之丑社会之恶就成了文学具有深度的价值所在。重塑神话系列中叶兆言笔下贪色的《后羿》就是一个非常典型的例子，从神人到凡人经过了四千多年的蜕变，神性再也无法得到认为自己坚守精英立场的批评者的认同。

于是，在处理文学与现实关系的时候，把人对现实的无奈、妥协、沉沦、异化作为文学新的空间，《废都》中的庄之蝶在商业转型的人文环境中堕落了，《兄弟》中宋钢的一败涂地，改编之后的电视剧《林海雪原》中杨子荣和蝴蝶迷有了私生子才更符合"食色，性也"的真实，《国画》《二号首长》等被作为新入职公务员的从政指南，甚至《平凡的世界》中孙少平与命运的抗争也显得那么不合时宜，这是一个不断逃离而又无处可逃的时代，是一个被现实不断撕裂鲜血淋漓的时代……然而，我们的文学只有如此地哀号遍野才能显示其深刻吗？有多少读者会因此被启蒙而引起疗救的注意呢？即便作为专业阅读者的我们，对这样的书写除了赞誉有加，除了内心的愤怒悲凉，在这样的文学品格中又得到了什么？

"盖文章，经国之大业，不朽之盛事"，然而如今的文学早已无法承担此等重任，难道不值得我们深思吗？在我看来，文学的神性消解是精神救赎被放逐的重要的原因。我们提倡百花齐放的多元文学观，但事实上，这几十年来在东风与西风的较量中两级摇摆。从1940年代的政治文学模式，到1980年代的文学政治模式，再到1990年代的经济文学模式、纯文学模式，文学的路越走越窄，已远不如网络文学生机盎然。我们都是被文学观念紧紧束缚、带着镣铐跳舞的一群人，和网络作家百分之七十出身理科相比（谢荣鹏是计算机专业，难怪处理问题绝不拖泥带水，很理性），我们有太多的规戒律需要破除。

把《沧浪之水》与《首席医官》做个比较，就能很清晰地看到这两类文学观的区别。前者被认为是一部思想哲理小说，写出了一个心怀大志的医学院研究生池大为如何遭遇现实物质与人格的挤压，被迫放弃神圣理想的坚守，投入自己原来反叛厌恶的阵营，成为其中的一员功成名就。一个知识分子的沉浮、灵魂的斗争的确写得很有力度，发人深省，但最终的结果，是池大为以灵魂的迷失，自尊的放弃为代价，终于变成了一个他曾经最嘲弄、最看不起的人。诚然，这是真实的、残酷的现实，这样的成长叙事符合生活的真实，个体在面对庞大的社会法则时，无一不被社会所改变。但是，让读者深味这残忍的人生之后又如何呢？而在《首席医官》中，中医复兴不仅仅是曾毅的理想，"上医医国，中医医人，下医医病"，家国天下的抱负才是他真正的追求。为医有仁心，为官有德行，小说中的杜若、李伟才等原本也都是阿谀奉承的官场人格，但在曾毅的神性魅力感召之下，竟然一个个去掉了满身的官气匪气。当池大为被迫告别理想人格的时候，曾毅却一次次从现实起飞，击败了所有的绊脚石，实践自己大医医国的抱负。这是具有神话色彩的对于现实的征服，是颠覆现实的一种想象，把池大为不可能做到的事情变成了事实。文学与现实的关系，不再仅仅是入木三分地揭示与批判，而是异想天开的想象与飞扬。其实，具有神性品格，以积极乐观的态度，以完美的道德伦理来介入现实的作品并不是《首席医官》的独创，宣称"YY无罪，梦想有理"网络文学中，类似的完美型人格比比皆是，在他们的世界里充满了超能力，无论故事有多少脑洞大开的曲折，道德原则却是其始终不变的追求，在这个遍地流行尔虞我诈的物质时代，是那么难得，至少，在一个虚拟的世界里，可以自由自在，随心所欲，还有真爱，还有真情，在抚慰疲惫的灵魂。也许，这就是网络文学的"YY"最大价值和意义吧！正如有些读者所言，我们的生活已然疲累，谁有病会上网找不自在？

我们必须清醒地意识到，网络文学正在成为一种生活方式在影响着大众的生活，不仅体现在读者可以长年累月地把追文当作自己生活的一部分，还体现在他们在阅读的同时，与作者共同建构、生产网文，这些都成为他们日常生活主要的精神养料。如果我们依然固守所谓的精英立场，以文学的名义无视文学生态的巨大变化，所谓的批评也不过是圈子之内的自我循环，更重要的批评责任将无从实现。诸如宣称"《人民文学》目前的宗旨不是办给大众看，我们在挑读者，我们的受众是作家、文学爱好者以及想从文学中获得力量、情趣、教育的人"。真的才是我们的"YY情结"。

也许，文学危机，从来都不曾发生。

山西省作家协会　编

再造中华审美

新世纪三晋新锐作家群论集

卷二

山西出版传媒集团　　北岳文艺出版社
BEIYUE LITERATURE & ART PUBLISHING HOUSE

·太原·

目录

三晋新锐：让我们发出自己的声音

60后：穿越生命的灵舞

三晋新锐:让我们发出自己的声音

山西新锐作家创作实力的新展示

——《晋军新方阵丛书·第一辑》序

◆ 张明旺

在地域文学的意义上，山西一向被视为"文学大省"。其中的标志性文学现象，一是"十七年"期间赵树理与马烽、西戎、李束为、孙谦、胡正这一批"山药蛋派"作家在农村题材创作上所取得的突出成就，二是1980年代更具现代意识的"晋军崛起"一代作家的出现。但正所谓"江山代有才人出"，伴随着时间的推移，在进入新世纪之后，我们却不难发现，真正以其创作实绩活跃于当代山西文坛者，实际上已经是一批大抵出生于1970年代左右或者1980年代以后的新锐作家。虽然他们各自文学创作的思想艺术风格不一，目前创作成就的高低也不够整齐，但能够有三位作家先后斩获鲁迅文学奖，能够有不少作品频繁不断在全国各大文学期刊发表或选载，都充分说明，这批晋军新锐作家正在全国文坛产生着日益扩大的影响力。假若将他们放置在全国文坛的坐标系中加以考察，我们就不难发现，除了浙江、江苏、山东、河南等少数省市之外，如同山西这样一下子出现这么一个创作潜力巨大且已产生了不小影响力的青年作家群体，其实是相当少见的一种文学观象，无论如何都必须引起我们的高度关注。我们之所以要尽心竭力地组织出版这样一辑《晋军新方阵丛书》，一方面固然是要尽可能全面地展示这些新锐作家的创作实力，另一方面，也是在以组织化的手段坚定有力地助推新锐作家在现有基础上向更高的思想艺术高峰攀登。无可置疑的一点是，入选的王保忠、孙频、杨遥、闫文盛、手指、小岸、张乐朋、杨凤喜、陈克海、李心丽这十位新锐作家，皆一时之选，他们近年来所取得创作实绩可谓有目共睹。当然需要说明的是，这一辑十册《晋军新方阵丛书》的集中推出，仅仅是省作协助推计划的第一步，入选者是清一色的小说家。今后，我们不仅会陆续推出第二辑、第三辑，而且还将把关注视野由小说而渐次扩展到其他文学文体。

尽管说这批晋军新锐作家年龄尚且相对年轻，思想艺术也仍然处在成长的过程之中，但在实际上已经不算短的写作历程中，事实上他们已经形成了若干较为引人注目的思想艺术特点。

首先，是对正处于急剧变化中的现实生活的热切关注与深度思考。应该看到，以文学的形式关注表现变动不居日新月异的现实生活，乃是山西文学界自打赵树理和"山药蛋派"以来传承日久的优秀艺术传统。令人倍感欣喜的一点是，已然经历过西方现代主义思潮洗礼的山西新锐作家，不仅没有背弃山西文学中的现实主义传统，反而还在实际的写作过程中有所发扬光大。王保忠近年来专心致志于乡村世相的观察与描写'他:的中篇小说《万家白事》，题名可以让我们联想到当年陈源斌的那部后来被张艺谋改编为《秋菊打官司》的《万家诉讼》。福生因为矿难而不幸去世，本来应该引发一种发自内心的亲情悲伤，没想到的是，面对着那一点赔偿费，一家人居然陷入到了疯狂"内战"的状态之中'人性在威权资本时代的被极度扭曲于此可见一斑。小岸的《车祸》借助于一场突如其来的车祸，所真正呈现着的，实际上也同样是亲情人性在强硬的金钱面前的一败涂地。从这种一败涂地出发，小岸对于当下时代的社会伦理进行着可谓是格外沉潜的思考。孙频的《月煞》，书写表现的是三代女性的悲剧命运。只有在母亲自杀之后，生活与命运的真相方才以抽丝剥茧的方式在不知情的女儿面前渐次打开。小说的一大成功处，在于对强悍无比的外婆形象的塑造。惟其如此，批评家何向阳才会认为，"小说中的外婆形象，是我近年来读到的小说中最难忘的，她的哀哀无告一下子变作了一往无前，当她坐在欠债人门口六天六夜，当她啃着冷馒头铁下了心，当她用火炉子上的热水浇下自己的面目时，我的心为之震颤。这个人物让我想起鲁迅《铸剑》中的那个黑衣人，她要举起闸门，让孙女出去。1983年出生的女作家能如此从容地写出一个既有深度又有个性的人物，令人感叹"。陈克海《搭台唱戏》的价值，突出地体现在对于中国社会现实复杂丰富现状的有力揭示上。通过民营实业家王拥军的发迹及败落史的细致描摹，陈克海对于当下时代原始资本的积累，对于经济、权力与文化以及人性、欲望之间的复杂缠绕关系都有着足称透辟的尖锐审视。

其次，虽然我们一直强调山西有着深厚的现实主义文学传统，但也须得承认，这批新锐作家所置身于其中的，毕竟已经是新世纪之初的中国。一种现代主义影响的存在，对于这批经受过现代主义洗礼的新锐作家来说，其实是不言而喻的事情。也正因此，以一种形式上大胆的实验探索而尖锐切入到当下时代人们一种普遍的精神困境之中，也就顺理成章地构成了晋军新锐作家的一个突出特点。杨遥的《在圆明园做渔夫》书写表现着一个被现实生活严重戕害的底层青年，被迫在那个著名的圆明园里如同野人一般地与世隔绝地孤独生存达数月之久。其中，一种存在主义层面上强烈荒诞意味的存在，就是显而易见的事情。手指的一系列中短篇小说习惯于通过"我们"这样一种复数第一人称叙事方式的合理征用， 而对于一代人无以摆脱的生存焦虑加以深度的透视与表现。闫文盛的《只有大海苍茫如暮》一篇，看似展示的是一次看似寻常的相约出游活动，但在日常场景中所透露出的却是现代人一种精神上的茫然状态。杨凤喜《固若金汤》的故事起因，只是一把毫无来由的钥匙。但就是如此一把没有来由的钥匙，却最终导致了人物的精神行为失常。以上种种，皆可以被看做是这一方面的切实例证。

第三，是文体上对于短篇小说的格外偏爱与坚守。重视短篇小说创作，是山西当代文学史一以贯之的一种文学传统。无论是赵树理和"山药蛋派"中的其他几位作家，抑或还是"晋军"中的李锐、张石山以及稍后一些的王祥夫、曹乃谦等，都在短篇小说的写作上表现不俗，颇有生发。值得肯定的一点是，到了这批新锐作家中，仍然有几位在孜孜不倦地致力于短篇小说的艺术探求。王保忠、杨遥、手指、杨凤喜、张乐朋、李心丽，这一方面的表现都特别抢眼。张乐朋的《快钱儿》意在展示矿工的不幸命运遭际。作家重点描写表现永年和镐头两位矿工对金钱的追求和对女人的饥渴。除此之外，他们的精神世界可谓一片荒凉，没有任何的亮光，看不到任何的希望。李心丽的《悬着的愿望》，由一个普通农户刘翠花一家关于住房的困境而最终切入到了关于乡村政治生态问题的思考之中， 虽然只是一个短篇的有限篇幅，但作家的现实批判意识和人道悲悯情怀却都得到了强有力的凸显。尤其不容忽视的是，这些作家不仅坚守短篇阵地，而且在短篇这——特定文体的写作方面也有所探索。无论是对于生活横断面的巧妙切选，抑或还是对于更具艺术张力的现代心理结构的大胆实验，都给读者留下了深切的印象。人们都说当下时代是一个长篇小说的时代。在一众作家都趋之若鹜地竞相创作长篇小说的时候， 山西的这些新锐作家能够耐得住寂寞，执着坚守短篇小说阵地，诚属难能可贵。

在充分肯定晋军新锐作家创作实绩的同时，我们也必须看到他们的创作仍然难称完美，仍然有着进一步提升的思想艺术空间。当务之急，就是如何想方设法提高自己的思想能力，不仅要扎根于生活的厚土之中，而且还要能够以一种艺术的眼光对于生活有更深入透辟的理解和把握。"风物长宜放眼量"，真心希望这批新锐作家能够"百尺竿头更进一步"，能够以一种海纳百川的开放姿态，以他们更其丰硕的创作成果，使得山西"文学大省"的称号更加名实相符。

2014 年 8 月

全方位展示山西青年作家创作成果
——《晋军新方阵丛书·第二辑》序

◆杨占平

　　山西的作家队伍，从"山药蛋派"到"晋军崛起"，再到新世纪以来的"晋军新方阵"，是一支阵容强大、实力雄厚、结构合理、成果丰硕的劲旅，在全国文坛令人瞩目。这支队伍中的青年作家，已经初具规模，成长为举足轻重的力量，成长为备受瞩目的文学新锐。

　　这批青年作家大抵在三十岁到四十岁上下，创作时间有长有短，创作实绩也参差不等。但是，这支年轻的作家新军潜力不小，他们中的几位佼佼者已经在全国文坛具有了比较大的影响，在一些国际和全国性重要文学评奖如世界科幻文学界最重要的奖项之一"雨果奖"、国内文学界最顶尖的"鲁迅文学奖"、全国优秀儿童文学奖等，以及有着广泛影响的专业评奖和报刊评奖中榜上有名，是各类权威性文学选刊上的常客。

　　我以为，这一代山西青年作家的成长，比起他们的前辈来，在文学生态方面还是有些艰难的。文学创作进入新世纪之后，随着市场经济大潮的全面冲击，整个文学态势逐渐失去往日的辉煌，开始趋向边缘化，像20世纪80年代凭一部作品就可以一夜走红、就可以获取到意想不到的名声和地位的局面，已然成为历史，笼罩在文学界和作家头上的光环悄然消失，一些有成绩的作家纷纷弃文转行，而大批文学青年的作家之梦也被现实打碎了。就是在这样一种不合时宜的时代背景和文学气候之下，这批青年作家没有放弃文学，而是执着地、不为时潮所动摇地踏上写作之路，使得山西的作家队伍避免了"断代"现象。这批青年作家大部分生活在基层，供职于中小城市，生活条件并不宽裕，只能在工作之余从事创作，有很多困难。可贵的是，他们矢志不移地坚持笔耕，写出了一篇又一篇作品。经过十多年的努力，这批作家逐步寻找到了属于自己的特色。现在，他们的创作正趋向成熟，势头看好。

为了集中展示当今山西中青年作家的创作实力，省作家协会 2013 年决定推出《晋军新方阵》丛书，并且于 2014 年选择十位小说作家的代表性作品，出版了第一辑。甫一问世，受到文学界和读者的好评，进一步坚定了我们继续做这件事情的信心。于是，今年推出了第二辑。这第二辑与第一辑相比，还是有一些变化的，主要是在文体上有了扩大，从单一的小说变为小说、散文、诗歌多门类，这样就显示出文学创作的全方位和多元化。

《晋军新方阵·第二辑》虽然文体上扩大了，既有小说，也有散文、诗歌，但是，从创作思想和表现方法上考察，这一辑入选的青年作家，跟第一辑作家还是相似的，仍然是继承了山西前几代作家的优良传统。比如他们对急剧变革的现实生活的热切关注，对普通民众生存命运的体验与表现；比如他们在艺术表现方法上基本使用的是现实主义手法，同时也注意吸收其他创作方法中有益的成分。我们注意到，这一代青年作家刚刚涉足文坛的时候，正是国外各种文学理论乃至整个社会科学思潮和国内各种文学主张盛行之时，客观上对他们的创作会产生或多或少的影响。当然，这种影响既有正面作用，也有负面效应，总的看，却是有利于他们在继承前辈作家传统基础上，形成比较开放的、具有时代精神特征的创作风格。

我把这些青年作家的创作特征，大致归纳为三个方面。首先是他们的作品呈现出了社会现实的丰富性、复杂性与鲜活性。像第二辑中李来兵、陈年、曹向荣、刘宁、张暄等人的小说，绝大多数是描写当代社会生活的，他们笔下的人物身份不同，但都是很有个性的，真实地折射出当今人们的思维方式、生存状态。由于这些作家一直生活在底层，跟大多数普通人一样，亲身经历了乡村、矿山以及中小城市的一系列改革动荡，可以说，改革的每一步历程都与他们的生存命运息息相关。这种切肤之感、这些命运攸关的体验，倾注在他们的作品中，就逼真地再现了现实生活的丰富与生动，具有了一种原汁原味的特色。

其次是他们有比较敏锐的艺术感受能力。读这些青年作家的作品，特别是散文和诗歌，比如第二辑中赵树义、白琳、汉家的散文，裴彩芳、温建生的诗歌，我能感觉到很少有那种苦涩的理性思考和个人狭隘心态的宣泄，更鲜有那种居高临下的讲话姿态；他们总是以一颗平常心去感受和体验世界，感受和体验人生，感受和体验写作，这样，他们就能够比较准确地把握住事物的基本特征，敏捷地洞察出人物的心灵奥秘，人物和场景在他们的作品中既表现得真切、自然，又具有他们鲜明的个性判断力。

第三是他们在艺术探索上不拘一格。这一代山西青年作家在艺术表现上，除了上述总体上的相同点外，细分起来还是有几种类型的，有的倾向于现实主义方式，有的侧重于现代手法，有的则介乎于二者之间，呈现出一种多元化的态势。这种态势正是文学创作规律使然。艺术探索之路永无止境，尤其是青年作家还处在成型过程中，更需要在艺术上尝试多种手法，最终形成自己的风格。

在充分肯定当今这一代山西青年作家已经取得的可喜的创作成绩，并成为整个山西作家队伍中一支活跃的群体前提下，我也感觉到，他们的局限和弱点还是显而易见的。同前几代作家相比，在生活体验的广度和深度上，他们跟赵树理、马烽等老一辈作家相比，还有一定的差距，尤其是老作家们以对农民命运的深切关注，以通俗易懂、流畅明快、幽默风趣的语言特色，以直面现实、努力揭示生活矛盾的精神追求，形成了自己的独特风格，并且被誉为"山药蛋"文学流派，这是青年作家还需要不断磨砺才能企及的；在理论素质和艺术修养上，他们还不像成一、李锐、张平、周宗奇、韩石山、张石山、钟道新、哲夫、蒋韵、赵瑜、王祥夫等"晋军崛起"作家厚实，特别是这些作家靠各自有个性的作品和文学主张，能够让全国文学界不可忽视的地位，就值得青年作家好好努力了。

如果我们把目光放得远一些，同江苏、上海、北京、广东等地与山西青年作家同龄同代的作家相比，他们的局限与弱点同样是十分明显的，主要表现在他们的知识准备相对较弱。那些省、市的青年作家绝大多数是正宗名牌大学毕业生，有些还有硕士、博士学位；而山西青年作家中接受过名牌正规高等院校教育的还不多，这就使他们在知识准备上显得有些先天不足。当然，能否写出好作品，并不完全取决于有没有名牌正规大学的文凭，文学史上靠自学成为大作家的例子也不少；但是，我们都知道，现在的社会是知识主宰一切的时代，社会的发展主要是靠知识的推动，无论从事何种事业，都必须要具备扎实而广博的知识，才能有所成就，当作家也脱离不了这个规律。此外，由于那些省、市地处改革开放先进区域，经济和文化都比较发达，青年作家们接受新事物和学习先进的思想文化，自然比内地同行要快一个节拍；而山西青年作家地处改革开放比较落后的区域，对于许多新事物和新思想的接触，不免要晚一定的时间，于是，在观察急剧变革的现实社会方面，在使用艺术表现手法方面，都难以跟先进省、市的同行同步。不过，我认为，山西青年作家们已经意识到了他们的这些局限与弱点，正在虚心学习别人的长处，努力克服自己的不足，他们是有可能创造出新的辉煌的。

2015 年 10 月

《晋军新方阵·第三辑》 序

◆潞潞

《晋军新方阵·第三辑》即将付梓出版。

在山西文坛，"晋军"之称谓始于 20 世纪 80 年代，一批文学新锐随着改革开放的时代潮流走上文坛，他们跃马扬戈、左右奔突，使文坛瞩目。其时不仅山西，而是整个中国都处于文学的黄金时代。我也有幸被时代的大潮裹挟，成为当年"晋军"中的一员。时隔三十年，山西省作家协会推出《晋军新方阵》系列丛书，再度为山西澎湃的文学浪潮推波助澜，沿用"晋军"这一称谓，其意无疑是想展示今日山西作家、诗人的阵容和实力。山西文学院具体承办这项工作，正值我在文学院任职，参与了这套丛书一至三辑的运作，这在我的文学生涯中自然是一件幸事。

《晋军新方阵·第三辑》与《晋军新方阵·第二辑》的格局大致相同，收录了四部中短篇小说集、三部诗集、三部散文集，而《晋军新方阵·第一辑》收录的是十部中短篇小说集。山西号称"文学大省"，确实如此。不管文学如何被边缘化，这块黄土地上永远有人做着文学梦，永远有人孜孜不倦地写作着，也许是《诗经》以来的文学传统使然，也许生命个体需要这样的表达和抒发。《晋军新方阵》只是从他们中遴选出的一小部分，"冰山"的绝大部分仍掩藏在生活深处，有待于今后不断发掘和显示。

对于本辑作品，虽然我在编选过程中已经阅读，但由于文学的内涵和外延日益变得复杂，作家本身的内心和面孔也游移多变，一一谈论他们大概是件费力不讨好的事。尽管如此，我还是愿意表达阅读中一些明晰的感受。

首先，这是一些非常热爱文学的作家和诗人。为什么这么说？真正的文学有自身的逻辑和规范，它排除各种功利的实用性，只对那些纯粹的作家和诗人敞开。我认为眼前这些作品是纯粹的文学，他们不是拿文学说事，不是把文学作为工具的。他们不期待用文学来获取任何功利，不在于一定要有"专业作家"的头衔，而在于你对于文学的态度和认知。他们的作品是对其身份的有力确认。

其次，不管小说、诗歌还是散文，从内容到形式都不再囿于山西这片地域，他们的文学观念是开放的，美学追求是高品位的，用某一种风格来界定他们早已经不适用了。即使那些描绘黄土地上人与事的作品，也表现出了人的想象力的丰富性、表达方式的多样性。山西曾经有着优秀的文学传统，但他们的创作已经在继承传统的基础上超越了传统。山西作家的创作不仅是山西的文化财富，更是对中国当代文学的贡献。

还有一点极其宝贵，那就是我在这些作品中看到了可能性。可能性是最吻合存在的表述。存在的丰富性、神秘性、不确定性，或许只有通过各种各样的可能才能显示。一段故事没有结局，一些面孔若有若无，没有答案，无需答案，没有判断，无需判断。生命的存在不正是由各种可能性构成的吗？阅读中，我对山西作家和诗人的敬佩之情油然而生，他们用一只手抓住了生命和文学这两个世界，并预示着文学未来的可能。作者有作者的可能性，读者有读者的可能性，我们只有充分地理解、感受，探寻形形色色、无穷无尽的可能性，文学才会进步，才会繁荣，才能表现我们这个色彩斑斓而又变化无穷的充满了诗一般魅力的时代。

是为序。

2016 年 6 月 1 日

让我们发出自己的声音

——《晋军新方阵第四辑·山西新锐批评家丛书》序

◆杜学文

　　近年来，山西更年轻的一批评论家成长起来，这是非常令人高兴的。总体上看，这批评论家的分布比较合理。除了在省城工作的人外，还有一些人工作在市县各地；从数量上来说，高校的同志比较多，但仍然有很多人工作在其他部门，如媒体、刊物及一些并非文化机构的单位。从他们接受的教育情况来说，一些人的学习经历比较丰富，其中有博士、博士后，教授、副教授，也有本来并没有经过专业训练，但凭个人的热爱、努力走上了批评的道路。从目前的成就来看，也比较乐观。有的人成为国家性评奖活动的评委，有的作品被权威性刊物选载，有的已经出版了几部著作。虽然人数还不够多，但基本呈现出代际承接的局面，为山西文学的发展提供了积极的条件。为使更多的批评人才涌现出来，山西省作家协会在山西省委宣传部的支持下，决定编辑出版"新锐批评家丛书"。此次通过一系列申报、评审等程序，先行资助十位评论家，帮助他们出版自己的著作。希望有更多的人才能够涌现出来，使我们的文学批评更加生龙活虎、有声有色。

　　山西文学有着深厚的传统。这已是有目共睹。实际上，山西的文艺理论与评论在中国文艺批评史上也占有非常重要的地位。择其要者言，如战国时期的荀子就著有《乐论》，强调音乐在教化中的巨大作用，是比较早地对艺术进行理论总结的经典著作。在绘画理论方面，唐代张彦远的《历代名画记》是对中国绘画理论与发展史的一次系统总结，被誉为"画史之祖"，成为中国艺术史上最重要的经典。宋代郭若虚著《图画见闻志》，丰富了美术史论结合的研究领域，影响广泛。在书法理论与批评方面，传为卫铄所著之《笔阵图》、张彦远编著的《法书要录》等在中国书法理论的构建方面贡献至大。在文学理论的创建上，柳宗元倡导古文运动，白居易在强调诗文之社会功能的同时，强调诗的情感、语言、形神等问题。元好问的《论诗绝句三十首》倡导自然，主张性情之真，推崇雄劲豪放之风，是中国文学史上具有深远影响的诗论。特别是晚唐时期司空图所著《二十四诗品》，是中国文艺理论史上极为重要的成就。五四新文化运动以来，山西地区的文艺理论建设也随时代之变而变。高长虹身体力行倡导"狂飙运动"，有许多关于文艺的理论表述。特别是李健吾，是当时极为活跃的批评家。后来的常风也著有多部批评著作。与此相应的是革命根据地的文艺活动，山西得天独厚。这里不仅聚集了大量的文艺人才，创作了大量的新文艺作品，也发表了许多关于文艺的理论见解。尤其要提到的是以赵树理为代表的山西根据地作家，不仅是最早体现《在延安文艺座谈会上的讲话》精神的创作群体，在文艺理论的建设上亦多有成就。这一现象不仅深刻地影响了山西的文学创作，也对中国新文艺的发展产生了极为重要的影响。我们在此谈论这些，主要是说，作为地域文化现象，山西一直以来是一个创作与理论评论齐头并进的地区。同时，我们也可以看到，这些对中国文学艺术创作产生重要影响的理论的出现与当时社会的发展变革有着非常密切的关系。

进入当代，山西的文学理论与评论仍然保持了比较活跃的态势。特别是新时期以来，可谓阵容强大。仅山西省作家协会机关就有老中青三代十余名评论家。此外，在高校也有许多人从事文艺理论与评论。除了这两部分人之外，还有在媒体报刊及社会各类机构工作的人也同样活跃。有人认为这三批人成作协派、学院派、报刊派三分天下之势。除了在太原工作者外，亦有吕梁师专群体、晋东南师专群体等。他们在文学流派研究、鲁迅研究、文艺生产力研究、马克思主义文论研究、根据地文学研究，以及追踪创作等方面在全国均有积极的影响。随着时间的推移，他们中的人或调离，或退休，或转行，或去世，业者星散，群体不再，山西文学理论与评论队伍面临严峻考验。与此同时，是理论评论阵地的萎缩。在全国有重大影响的评论刊物《批评家》等或停刊，或改变编辑方向。新人的成长、氛围的营造、作品的刊发、活动的开展等诸多方面都受到了影响。所幸的是，在山西省委宣传部的支持下，山西省作家协会一直坚持发现新人，扶持新人，新一批评论家又涌现出来。他们年龄较小，思维活跃，知识结构新颖，对新现象、新趋势比较敏感，个性色彩极强，表现出活色生香的发展态势。这在比较大的程度上改善了山西文学批评弱化的倾向，对山西文学的发展具有十分重要的意义。

从事文学理论研究与批评是一项艰难而清苦的事业，但同时又是一项崇高而不可或缺的事业。没有理论的行动是盲目的，没有批评的创作是孤寂的。我们的创作亟需强有力的理论与批评的支撑。这就对批评工作者提出了非常急迫的要求。我以为更加需要从这样几个方面努力。

一是要在了解掌握现代文艺理论的同时，很好地了解掌握中国古典文论的精华，并在实践中将这二者很好地融合起来。现在，人们讨论比较多的是外来的文艺理论，似乎不谈这些就有落伍、老土之嫌。但是，对本民族的文艺理论却表现出疏离、隔膜的状态。这是有问题的。文化的进步肯定是不同文化之间的相互吸纳、交流形成的。只拘泥于传统而不求新变是不行的。但是只知道别人而不清楚自己则更危险。正确的方法是在掌握传统的同时积极借鉴吸收别人的与我有益的元素，才能形成新的具有生命力的理论。以中国传统绘画言，在隋唐时期，由于输入了西域的晕染法及其他外来技法，使中国绘画发生了新变，形成了新的风格。如果没有之前的中国传统绘画，就不可能使外来技法有生长的根基土壤。但是，如果不吸纳西域的画法，中国传统绘画就不可能在隋唐时期发生改变，就可能在原有基础上变得僵化，失去鲜活的生命力。反过来看，因为吸收了中国文学的元素，也使国外的文学创作呈现出新的生机。如美国著名的现代派诗人、批评家艾兹拉·庞德，他从中国古典诗歌的"意象"中受到极大启发，形成了"意象理论"，并据此倡导意象派诗歌运动，开英美现代诗歌之先河，推动了美国新诗运动的发展。但是，著名的艾兹拉·庞德并不是在写中国的古典诗词，而仅仅是接受了中国古典诗歌中的"意象"成分。这就是说，任何新变都是对外来有益因素的接受与改造，而不是照搬。著名的瑞士心理学家荣格在经过十五年的研究后，发现找不到能够有力地支持自己结论的人类经验。正是在这样的"困境"中，荣格遇到了德国著名的传教士、汉学家卫礼贤。卫礼贤把自己翻译介绍的中国道教经典《太乙金华宗旨》给了荣格，使荣格摆脱了研究的困境。用荣格自己的话来说，就是这部著作帮助他"第一次走上了正确的道路"。从某种意义言，中国古典文化典籍使荣格从迷茫中出走，并成就了荣格。但是，荣格并不是一个文化偏至主义者，仍然保持了对文化融合的清醒认识。他指出，"中国花了几千年时间建立起来的东西我们也不可能通过偷窃来获得。要想拥有，我们必须凭借自己的努力。东方所能给予我们的仅仅是一种帮助，具体工作还必须我们来做。如果我们把自己文化的根基当作过时的错误加以舍弃，把我们看成无家可归的海盗偷偷摸摸地栖身于陌生的海岸上，那么，《奥义书》的智慧和中国瑜伽的洞见对我们又有什么用呢？如果我们对自己的问题视而不见，带着习惯性的偏见过着人为安排的生活……那么东方的洞见尤其是《易经》的智慧将毫无意义。"改革开放以来，外来的，特别是西方的理论蜂拥而入，对既有的理论模式形成了冲击。一方面这些新传入的理论解放了人们的思想，拓展了表达的空间，丰富了文学的可能性。但是，另一方面，也存在食而不化、机械套用、简单照搬的问题，存在着片面回避或否定传统的问题。这使我们的文学表现出疏离民族文化的同质化倾向，将使文学面临僵化并失去根基、失去生气的挑战。借用荣格的话来说，如果我们把自己民族文化的根基当作过时的错误舍弃，那么，外来的理论即使多么富有智慧，对我们又有什么用呢？因此，我们要认真研究中国传统文论，并借鉴外来文论中那些能够解决创作现实问题，唤醒文学新的生命力的元素，并使之有机地融合起来，形成推动文学发展进步的具有时代意义的理论与方法。

二是要在进行文学本体批评的同时努力发现文学所具有的社会价值。文学批评当然是对文学的批评，首先要建立在对文学作品本体的研究上。如果脱离文本，批评也就无从下手，就将成为没有文学的所谓的"文学批评"。这当然是不行的。因此，我们首先要熟悉文本，对文本有充分的了解把握。这些年来，我们在这方面已经有了很大的拓展，表现出非常鲜活的态势。这种态势的出现，与中国文学本身所具有的开放性、包容性关系极大。这使我们能够从更为丰富的角度来观照文学，丰富文学，激发出文学自身发展的新的可能性。但是，文学并不是一种纯粹的存在。它不是仅仅具有自足的意义，还具有更为丰富的价值。这种价值除了文学自身以外，一个非常重要的方面就是对社会文化所产生的重要作用。这就是文学将塑造什么样的情感状态，将通过人物的行为为人们提供什么样的价值选择，它是否表现了一定时期社会的深层结构及其变化，是不是揭示出了历史发展的某种必然性等等。因此，我们看文学，要走出文学来看，要在对文本充分了解掌握的基础上，努力发现作品所蕴含的思想、价值观、情感状态以及对现实的关注。一段时间，人们不愿意讨论文学的社会文化价值。也许这种思潮是对把文学政治化、工具化等非文学化的反对，是特定时期文学回归自身的一种表现。但是，就今天来看，我们又使问题走向了另一方面，那就是漠视或者回避文学本身所具有的社会文化价值，进而诱导文学脱离或疏远了现实生活，使文学成为一种"形式化的文学"，或者仅仅满足于表达个人生活的文学。对现实的回避将导致文学的虚无化，导致文学与人民大众的疏离。也就是说，文学将被人民所边缘、冷落。文学的发展进步当然包括其文体的新变、结构的创新、语言的鲜活、新类型的创造等等。没有这些就没有文学。但是，文学的价值还体现在对现实人生的关注程度、表现深度，以及能否为现实生活提供精神资源、价值标准、情感意义，对社会未来的把握等等方面。这不仅因为文学要表现人的生活、情感，也因为它的实现对象是社会生活中的人。这才是文学存在的价值。也正因此，要求从事文学理论与批评的人要比创作者更为深刻地关注社会现实、了解社会现实。一个作家需要从细节的层面来了解社会生活。而一个批评家则更需要从规律性的层面来把握社会趋势。作家是从个人—形象，以及细节—典型的层面达到规律性的把握，而批评家则需要从规律性返回个人与细节。为此，我们的批评家需要付出更多的努力，在了解掌握基本的文艺规律的同时，还必须对社会现实有深刻的认知，需要更多地成为社会生活的参与者。正如恩格斯在讨论文艺复兴时期文化巨人的出现时所言，之所以在那一时期需要并且也出现了巨人，一个非常重要的原因是，"他们几乎全都处在时代运动中，在实际斗争中生活着和活动着"。只有这样，才能把握历史发展的必然性，才能为人自身的最终解放找到现实的支点。

三是要在保持批评科学性的同时努力表现出批评者自身的生动性。批评就是批评，必须对作品以及创作现象提出符合实际的意见。批评除了要揭示作品的长处、不足外，还有一个非常重要的任务就是要指出其蕴含的价值选择是否正确。批评仅仅讨论作品的特色是完全不够的。当然，如果我们在批评时对作品的艺术特色毫无认知，没有对艺术表达的敏感性，甚至企图回避对艺术特色的分析也不是文学批评，而是一种社会学批评。因此，批评首先要有严谨的学术态度，不为人情、功利所左右的科学精神。要直指作品文本的内里，褒贬优劣，鞭辟入里，表现出凌厉生动的品格。但是，批评也要追求批评的鲜活性、生动性，追求批评者的个性。把文章写得死板教条，一副八股相，靠掉书袋来显示学识的广博，抄名言证明自己的强大，读不懂来表现观点的深奥等等都将泯灭批评的意义。文学批评是文学的批评，要有文学的特质。那种鲜活的、充满个性的、富有抒情色彩的表述总是显现出批评者的才华、人性、情调，并给予读者以阅读的快感、思想的享受、审美的愉悦。在这样的批评中，我们能够感受到批评者的情感，批评者的人格，感受到批评者发自内心的真诚，进而感染读者、吸引读者。这是很不容易的，但也是非常需要的。

中国正处在一个发生着急遽变革的历史时期。一切均需在继承的同时重新构建。社会结构正在重组，这种重组是如此剧烈，以至于我们能够听到其在时代的长河中哗哗作响。经济模式也在新变，这种变化是如此迅猛快捷，以至于我们还没有认识到一个事物存在的基本状况就被新出现的更新的事物所取代。而我们的文化——文学，也正在并且还要出现新的发展。这种发展将是与时代同步的，是时代的新生儿，十分需要理论的支撑、批评的引导。谁让我们正身处于这样一个变动不止、日新月异的时代呢？这是我们的幸运，是我们的机遇，是时代给予我们的恩赐。我们不能辜负这样的时代，不能在时代的召唤中背过脸去。我们唯一的选择就是，在时代的潮流中奋勇搏击，大显身手，发出自己的声音，为文学的进步贡献力量。

2016 年 9 月 15 日

《灵魂的相遇》序

◆段崇轩

记得 2014 年秋天，我们山西作协评论委员会拟编辑一本书：《穿越：乡村与城市——"晋军"小说新方阵扫描》，挑选 15 位实力派评论家为 15 位势头正健的青年小说家撰写评论，在为刘慈欣选择评论者的问题上颇费了一番踌躇。当时刘在全国科幻文学界已是名声赫赫，但在山西文学圈却有点冷清，而写过他的评论家更是少而又少。怎么办？我曾想如果实在没有合适人选，就"滥竽充数"，由我亲自"操刀"吧。虽然不能保证写好，但下点辛苦勉力完成是没有问题的。后来想到吴言，她是理科出身，听她说过对科幻文学还有点兴趣，于是在一次开会期间，我郑重地向她提出为刘慈欣撰写评论的事情。想不到她略加思索慨然允诺，说先读几本书看看感觉如何，应该没有问题。几个月后，吴言发来了她的稿子，题目是《同宇宙重新建立连接——刘慈欣综论》，一万余字。文章较全面地论述了作家的科幻文学创作，探讨了其创作历程、基本特征、人物塑造，着重解读了《三体》三部曲，评价了刘慈欣对中国科幻文学的影响和意义。我虽对科幻文学是外行，但读后深感她的理性把握是到位的，艺术判断是出色的。这是山西评论家第一次全面阐释刘慈欣，征得作者同意，我把稿子推荐给全国重点评论刊物《南方文坛》，主编张燕玲很快回复：稿子甚好，近期刊出，发表在该刊 2015 年第 6 期。紧接着，吴言又写了《星空的奥妙——刘慈欣访谈》《从太行到世界——刘慈欣印象》，分别发表在《名作欣赏》《山西日报》上，这对吴言是一个不小的鼓舞，也使她成为刘慈欣研究的重点评论家。

知晓并结识吴言是在 2012 年，那年她在《黄河》第 4 期发表了长篇评论《向五十年代致敬》，傅书华兄给我打电话，让我关注一下这位作者。文章读过，令我吃了一惊，想不到山西出了这样一位评论新秀，想不到文学评论可以写成这个样子。她是从野路子上闯进文坛的，自然有这样那样的局限和问题，但却充满了生气、异质和创新，是我们这些专业的文学评论者所不能为、不会为的。她的文章无疑对我们是一个启迪、一种挑战！她在解读了张炜、王安忆的创作，并联系到贾平凹、莫言、史铁生、铁凝、方方的创作后，真诚地说："我忽然意识到，这些人都是五十年代生人，他们身上有着其他年代人身上没有的特质。在文坛他们显然是有着特殊意义的一代人。作为一个六十年代末出生的人，我感受到的是他们的引领。'向五十年代致敬'，这个声音从我心底开始流涌。"吴言在文学中发现了五十年代人，这一代人命运独特，亲历了中国的历史大变局，在中国文学和历史中的作用独一无二。这是一个值得深入研究的课题，可惜并没有引起更多人的关注。张炜高度评价了这篇文章，认为"是我们这个时代所能看到的最好的评论文字，是真正的评论。它真诚，朴素，有人性的温度，有真见地，并且没有时髦的学术套话。"

我和吴言慢慢熟悉起来。虽然隔着一代，但感觉心灵是相通的。吴言是笔名，本名李毓玲，出生于1969年，祖籍山西原平，毕业于北京信息科技大学，后一直在银行从业，为计算机工程师。我们知道，金融行业的工作是紧张、严密、有序的，但吴言却一直爱着文学，阅读是她生活方式的一种，不惑之年才执笔写作。她本来属意小说，却因写了几篇散文化评论而受到关注。五年来她写了十七八篇评论文字，有长有短，总字数有二十多万，长的达二三万字，绝大部分发表在山西的报刊上，如《名作欣赏》《黄河》《山西日报》等。她的写作是一种纯粹的自发式写作，喜欢的作家才会阅读、评论，不喜欢的则"漠然视之"。她钟情的作家，大抵是那些具有思想穿透力和艺术独创性的作家，譬如张洁、史铁生、王安忆、张炜、范小青、徐小斌等，山西作家则有刘慈欣、蒋韵、葛水平等。她的批评标准并不复杂，同样是自我的、独立的，如她所说："我既不是小说家，也不是评论家，只是一位普通的读者。我评论小说的好坏标准很简单，它是不是直指人心，道出这世相中的一部分，它是不是令人感动。"这样的批评标准，保证了她评论的直观、深切和个人化。她的批评方法看似朴素，其实内涵复杂，是一种努力把作品文本、作家人生、评论者体验高度融合的方式。这样的写作缓慢、费力，产量绝不会高。她的批评文体是独创性的，散文化的结构、情调、语言，可以当作散文随笔去读，但在本质上是属于评论的。她在评论写作中，充分发挥了她的感性体验和理性直觉，形成了一种独辟蹊径的评论路子。当然，创新也意味着一种冒险。吴言在文学评论写作上的思想、学术准备还很不充分，因此她的文章常常显得随意、粗放了一点，难以被正规的学术刊物所认可。同时，这条路子确实狭窄、艰难，吴言能否一直写下去、能走多远，也是一个问题。

文学评论的特性具有二重性，它既有艺术性，又有科学性。在评论写作中，评论家的感觉、感情以及审美等全部感性体验，不仅贯穿在整个实践过程中，同时还要体现在最终的评论文本中。正如别林斯基所说："敏锐的诗意感觉，对美文学的强大感受力——这才应该是从事批评的首要条件。"但当下的文学评论，感性体验的丧失已经成为一种普遍现象。有的评论家感觉钝化，又不愿细读作品，浮光掠影式地阅读、评论作品，根本把握不住作品的妙处和内涵；有的评论家则总是用固有的思想和艺术观念去衡量作品，主观武断、理念先行，所得结论与作家作品"风马牛不相及"。这样的文学评论，空洞、浮浅、晦涩，不要说普通读者不会读，就是文学评论家也不屑看。

吴言评论的可贵之处，就在于她倾注了自己的全部感觉和感情，从作家作品中发现美和真，又用自己饱含感情的笔触去表现美和真，让人读起来如沐春风，情动于衷。譬如在评论对象的选择上，她总是选择自己真心喜欢的、甚至动了感情的优秀作家，并在文本中毫不保留地表达自己的情感体验，感觉不好、不对的地方也会坦率指出。如张洁作品对女性世界的深刻描述与揭示，叙事风格的犀利、决绝，就深深吸引着吴言。十多年前，中央电视台"读书"栏目介绍张洁和她的长篇小说《无字》，张洁说："写完这本书，就是现在倒地死了，也没有什么遗憾了。"吴言看了深受震动，说："像她如此说话的人，在我印象中真是少见。此前我从未见过张洁，读她的作品也很少，但仅那一次，就对她过目不忘。"正是这种心灵的震颤和探究的愿望，使吴言后来写出了两万字的评论《一蓑烟雨任平生》，全面而深入地解读了张洁的精神演变以及她的绝大部分作品，同时对张洁作品的局限也作了理智的批评，如《沉重的翅膀》"业已过时"，《森林里来的孩子》"带有时代的印记"。对王安忆，吴言喜爱有加，阅读了其大部分作品，在文章中淋漓尽致地表达了自己的感情："去年夏天的一个夜晚，当我读完王安忆的《乌托邦诗篇》，我很想套用小说结尾的句式，也套用王安忆写过的一个题目'我爱比尔'，说出这样的话：呵，我爱安忆，我很爱她。"我还没见过哪个评论家，对他的评论对象这样表达情感。在批评方法上，吴言自觉不自觉地运用着一种"以文证人、以人证文"的高难度方法。这种方法很多评论家都使用过，但似乎还没有人像吴言这样用得完全彻底。如《灵魂的启示》解读的是史铁生的人生轨迹、心灵世界以及大部分作品，从作品中看人生、从人生中看作品，展示了一位杰出作家独特、复杂而超然的形象。在解读中，吴言又强烈地表现了评论家的感觉、感情和思想。在评论王安忆、张炜、徐小斌的文章中，吴言都运用了这样的方法。这是一种"心灵的相遇"，是一种"对话式批评"，充满了批评家的发现和创造。但它的局限也是明显的，有时会出现误读现象，有时容易"抓住芝麻丢了西瓜"，影响对作家作品的整体判断。

如果说感性体验是文学评论的基础的话，那么理性把握就是文学评论的主体建构。文学评论本质上是理性的、科学的，所谓评和论，就是一种理性判断。当下的文学评论普遍存在着思想匮乏的现象，批评家要么受制于西方现代后现代理论和中国传统文化思想，要么屈从于当下的思想潮流和市场经济文化，不要说自己去独立思考了，就是一般的思想认知也难以达到。特别是一些青年评论家的著述与文章，长篇大论、概念成堆、晦涩难懂，很难看到评论者的一点思想闪光。吴言自然不是一位思想型的评论家，她像大多数女性一样，缺乏那种社会的、历史的、道德的思想视野。但她有自己的优势和长处，譬如对人的现实处境、人与人的关系，特别是人尤其是女人的精神状态、情感世界等，有自己的独到思考，甚至是一种哲理式的思考。而她的思考，又不是那种理念先行的，她在同作家作品的深入"对话"中，洞幽烛微、层层深入，最后豁然开朗，把握住了世相、人生中的某种真谛。这是一种体验式、直觉式的理性把握，因此显得精微、深入、透辟。如在《荒诞与温情——范小青访谈》中，她解读了《我的朋友胡三桥》《生于黄昏或清晨》《寻找卫华姐》，特别是《我的名字叫王村》等作品后，认为作品"写的是一个'我是谁'的问题，是现代人的身份焦虑问题"。这一主题概括是切中肯綮的。如在《同这个世界不曾和解——徐小斌访谈》里，她把作家的中短篇小说分成三种类型：理想系列、质疑系列、迷幻系列。这一分类得到了作家本人的认同。如对刘慈欣短篇小说代表作《乡村教师》的阐释："单从现实角度写乡村教师，会是《凤凰琴》那样的版本，而从宇宙的广阔的背景下俯瞰地球文明，两代生命之间传授知识的个体，是被称为太古词汇的'教师'——会产生传统小说不能及的强烈的震撼。"可以看出，吴言在努力扩展自己的思想视野，但这方面的欠缺较多，未来的道路依然漫长。

文学评论应当怎样写？虽说文无定法，但事实是，经过三四十年的发展，通过学院式的规训，文学评论越来越成为一种模式化的写作，越来越远离了普通读者。我所以赞赏吴言的评论文字，就是因为她打破了这种固化的写作模式，探索出一条散文化的写作途径。她没有受过大学文科学科的训练，没有因袭的重负，但她有着敏锐的艺术感觉，丰富的小说、散文阅读体验，有一种理科生特有的智性思维，这样就形成了她的评论的"杂交"优势。她说：《向五十年代致敬》"写的时候根本不知道自己是在写评论，说是读后感更确切一些"。而《字字如莲　莲开遍地——读王安忆长篇小说》《我这样过了一生》等文章，她注明的体裁是散文。《〈万松浦记〉阅读笔记》并不是一篇严格的评论，只是随笔体评论。还有同张炜、范小青、徐小斌、刘慈欣等的访谈，更是一种变异的"对话"批评。对散文、随笔手法的大胆借鉴，使吴言的评论别具风采、自成一格。她在评论的结构、语言上也充分运用了散文方法和手法。譬如把"我"作为评述人，结构和调度整个章节。"我"的阅读过程、情感体验甚至人生经历，也自由地穿插在文章中。这样，作品、作家、评论家三者之间，就形成了一种复杂、微妙的"对话"关系，创造了一种"众声喧哗"的文学景象。在评论语言上，吴言追求一种真诚、自由、鲜活、智性的风格，使人沉浸其间、流连忘返。当然，这种散文化的评论，也容易出现随意、芜杂、清浅的缺陷，这是需要吴言格外注意克服的。

是为序。

2016 年 9 月 30 日

批评的勇气

——读关海山文艺批评集《捅破那层窗户纸》

◆杨占平

改革开放三十多年来，中国社会从计划经济时代逐渐转变到了市场经济时代，经济、文化等诸多体制都发生了根本性的变革，人们的生活方式、思想情感、价值观念、文化素养，也随之发生了遽变。作为直接表现社会现象本质的文艺创作，所反映的内容，展示出全方位、多角度、深层次，丰富多彩的景观；与创作同步发展的文艺批评，也越来越多样化，批评家不再固守陈规，在评判作品的价值时，在分析作家或者艺术家的风格时，在研究某个题材创作倾向时，都不再像以往那样单一化，形成了密切跟踪创作和观点敏锐新颖的文联作协派，注重理论深度和旁征博引的学院派，生动活泼和尖锐犀利的媒体派等等，确实是呈现出百家争鸣氛围。我个人的看法是，每一种形式的批评，都有自身的优势，同时也有不同程度的局限，关键是要充分发挥优势，克服局限，切实做到有理有据，把握住所评文艺家或作品的核心问题，真正起到引导创作的作用，批评的价值也就体现出来了。其实，这些批评方式，都有着一种互补的成分。评价一个文艺家的创作成绩和不足，或者判断一部作品的水平高低，既需要文联作协派批评的敏锐新颖，也需要学院派批评的理论深度和旁征博引，更需要媒体派批评的生动活泼和尖锐犀利。这样，对于所评文艺家或作品乃至整个文艺创作，都是有益的。关海山的这部文艺批评集《捅破那层窗户纸》，就集中体现出了媒体派批评的特点，篇幅短小精悍，文字生动活泼，观点尖锐犀利，彰显出他是一个有勇气的青年文艺批评家。

关海山供职于一家主流报社，做文化编辑兼记者采访工作，业余勤奋创作，开始写诗歌，成为小有名气的青年诗人；后来对散文写作兴趣大增，由于他有着比同龄人丰富的人生阅历，且读书广泛，一篇篇很有品位、很有文采的散文作品接踵而至，出版了集子《站在桥上》；近年来，关海山又把写作重心转向文艺批评，以一个媒体派批评家的视角，不畏权威，不惧情面，直抒胸臆，评说文艺现象，评点作家艺术家和文艺作品，成为山西青年文艺批评家中很有自己特点的一位。

收在《捅破那层窗户纸》一书中的文章，有一些我在报刊上曾经读过，这次再读无疑会加深印象；而那些首次读到的，则让我对关海山的文艺批评有了较为全面的感受。全书共收录了97篇文章，这些文章恰如书名所示，他是要以真诚的态度和直观的感受，捅破许多人碍于面子、碍于关系，对于文艺界知名人士和有较大影响作品想说又不敢说的"窗户纸"，表达自己的不同意见与观点，而这些意见与观点，绝对不是随意的和没有根据的，都是言之有理，能够代表许多人的看法。仅从一部分文章题目，诸如《余光中究竟炼出了什么样的"丹"》《注定夭折的"龙卷风"》《王朔走进了"千岁寒"》《刘亮程：别再糟蹋这村庄了》《矫情的"不为影视写作"》《主旋律影视也要血肉丰盈》《故弄玄虚的禅语》《朝气蓬勃的"媒体派批评"》《文学评论的三大顽症》《文化名人不等于国学大师》《歌词为什么写得那么烂》《诗人到底会不会说人话》等等，即可看出海山的落笔视角。他所涉猎的人和事，我们都比较熟悉；然而，他那直率的看法、独到的感受和犀利的文字，会让读者领略到文艺批评本身应当具有的功能，透视出当今文艺界的复杂状态。

评价关海山的这部文艺批评集《捅破那层窗户纸》，我觉得主要有以下几个方面的特点：

第一是独立性。应当说，当下的文艺批评界，不少批评家的思维方式，已经从过去只懂得同向性思维向逆向性思维转化。同向性思维往往在评论文艺家和作品时，只能跟在文艺家或作品之后作一些浅层次的阐释，比如说说文艺家已经体现在作品中的题材、思想和人物有什么特点，艺术表现方式是哪种类型，等等，而这些却是作家艺术家和读者及观众都大体上明白的事实。然而，逆向性思维则可以充分表达出批评家的独特之处来，因为，这种思维是通过对文艺家和作品进行反经验的批判性思考，得出一个出乎意料却在情理之中、与众不同却具有创见性的结论来。这种批评用独到的眼光，评判、分析文艺家和作品各种内在的和外部的蕴含成分，对公认的和传统的结论提出怀疑，从而创造出属于自己的价值体系。正是如此，才能体现出批评家的独立性来，这也是批评家存在的基础。从关海山的文章中可以看出，他就是要写出自己的独立性来，那种四平八稳的文章不是他的追求。比如在《余光中究竟炼出了什么样的"丹"》中，海山写道："朋友所说余光中的几件事情，我也都曾耳闻，只是觉得，有些听起来就像三流艺人的市场炒作，太吵太闹；而炼丹的事纯粹就是一句推销自己的劣质广告语，也许是酒后一高兴了冲口而出的，岂能当真？"接下去他谈了自己的感受："为了不辜负朋友的认真，回家后我还是赶紧找出余光中的散文集子学习起来。但翻了几页，就再也看不下去了：疙疙瘩瘩的文字，玄而又飘的所谓'意境'，洪水一样廉价而泛滥的情感——抠烂了纸页，也找不出那颗'丹'到底藏在哪里。"他的结论是非常明确的："中国有句话，叫'文如其人'。当然，我们也不能要求作家们都要公而忘私或舍身饲虎去，但起码的平等、尊重等礼仪常识总该具备的。从余光中的文章里，我却分明看到了一颗肮脏的灵魂，这颗肮脏的灵魂是受其丑陋的思想意识支配着的。如其在游记《塔阿尔湖》中，余光中在盛赞菲律宾女人'褐中带黑，深而不暗，沃而不腻，细得有点反光的皮肤'的同时，却又用无限厌恶的笔调去描绘'比起这种丰富而强调的深棕色，白种女人的那种白皙反而有点做作，贫血，浮泛，平淡，且带点户内的沉闷感。'就像'你不能选择自己的出生，却可以选择自己的人生道路'一样，肤色本天成，无论黑、黄、白、棕，你有什么理由更有什么资格去嘲笑与侮辱你所看不惯而别人又无能为力去改变的肤色呢？尤其可恶的是，在游览一座'众鬼寂寂'的古寺时，愿意保持安静的余光中，竟然斯文扫地地漫骂自己请来为他辛苦奔走的向导：'岑寂中，只听得那该死的向导，无礼加上无知，在空厅堂上指东点西，制造合法的噪音。'接着，又恶毒地诅咒'十个向导，有九个进不了天国！（《不朽，是一块顽石》）你余光中先生倒是有礼又有知，却为何要面对因养家糊口而为你服务的可怜向导大发雷霆呢？仅仅因其为了讨好你而搅了你的雅兴便值得如此大动肝火吗？若如此，像余光中先生这样的'知'和'礼'，还是不要也罢！"从这些文字中，我充分领略了关海山的独立性，这也是贯穿他这部批评集的主导风格。独立性其实是衡量一个批评家价值的重要尺度，以独立性来从事文艺批评，永远不会错。

第二是现场感。文艺批评的功能之一是现实性，而最能体现这个特点的，是要有现场感。这种现场感就是要以一种亲临者的姿态，直接参与一种文艺事件或者文艺现象之中，表达自己的赞同或者不赞成立场，这种现场感的作用，就像体育比赛中的"短平快"战术，非常奏效。这个特点正是关海山批评文章所追求的效果。通常情况下，我们的不少评论家选择评论的作家艺术家或者作品，多数是比较正面的，适合说肯定性话语的，而不愿意面对那些粗制滥造的低俗东西，因为这些批评家不想把自己的所谓身份、所谓高雅降低，由此也就不强调现场感；而关海山追求的现场感，用真诚的和直率的态度表达出来，让读者或者观众更感觉到批评的重要性。比如《谁解新版《红楼梦》之味》一文中，他对新版电视剧《红楼梦》的评析，就是代表了广大观众的现场感受。他说："稍作检点，新版《红楼梦》被人诟病之处主要有：服饰，选角，表演，配乐，旁白等，归纳起来，争议较大的几部分是：林黛玉太胖，薛宝钗太瘦，与原著中的人物形象明显不符；大部分演员（尤其年轻演员）的演技不过关；文言文旁白让观众看不懂；背景音乐不伦不类，让人产生不舒服的感觉；最后，林黛玉裸死的镜头，有哗众取宠之嫌。"接下去他表达了自己的看法："鲁迅先生曾经说过：'一部《红楼梦》，经学家看见易，道学家看见淫，才子看见缠绵，革命家看见排满，流言家看见宫闱秘事。'然而，李少红眼里的《红楼梦》又能给我们带来怎样新鲜的体验呢？除了以反智的方式来解构权威、解构经典，以迎合商业市场、迎合部分观众猎奇般的审美趣味来无原则、无限制地降低艺术标准，其中又包容了多少个性化的合理性？王扶林导演拍摄《红楼梦》时，演员也是在全国范围内海选，但要求除了必须熟读《红楼梦》原著外，还要形象、气质皆与原著神似，光演员培养就达六年之久。而在新版《红楼梦》筹备期，据说，编剧在三个月内就写出了50集的剧本初稿……"这段话，说得有理有据，更有现场感，说出了许多观众的心声，切实体现了批评家应当具备的品格。

第三是文字功。做一个有勇气的批评家，除了观念的独特，眼光的敏锐，更重要的是要有过硬的文字功。如果没有过硬的文字功，那些独特的观念和敏锐的眼光，都会打折扣。关海山文艺批评文章的每一句话、每一个词汇，都是运用自如的，十分贴切，很好地体现出了所要表达的意思。能够做到这一点，说明他的自身知识积累是丰厚的。从事文艺批评必须有足够的积累才能胜任。如果只付出不充实，或者付出多充实少，肯定会出现才思枯竭、难以创新、重复别人、重复自己的现象。关海山的文字功过硬，是建立在他平常注重读书基础上的。他的读书不是无的放矢，或者太多随意性，而是很有针对性，把读书过程的体会充分运用到写作中，做到既不掉书袋，又不太随意，让文字的张力和独立的思想很好地结合起来，使得文章好读、有味，富于冲击力。

相信关海山会继续保持自己的批评风格，写出更多有价值和文章来。

2016 年 11 月

崔昕平《儿童文学批评现场》序

◆ 刘媛媛

太原学院刘媛媛在我们学院，年长或者同龄的人，都习惯地称呼崔昕平为平平。这个叫法透着一层家常的自己人般的亲近。这不仅因为昕平是学院子弟，她的母亲是受人敬重的一位元老级教师，也不仅因为昕平自己为人处世的热心谦和善解人意，受到大家的喜爱，更因为昕平在学业出色事业有成令人羡慕之外，还是一个长相秀丽脱俗，气质典雅，落落大方又充满书卷气的女子。家庭的熏陶和书本的浸润，让她身上有一种现代女子稀有的气质，一种集古典的沉静端雅与现代的活泼俏丽于一体的清纯灵动之美，而言谈举止间的大方分寸又令人浮躁全消，让人觉得可亲可爱，一如她的学术研究方向——儿童文学。

昕平的学术之路一步一个脚印，其中的辛苦付出只有她自己冷暖自知。2009 年她毅然选择去读博，彼时她已经是学院最年轻的副教授兼中文系副主任，前途一片大好，离职去读博士，意味着有可能会失去仕途发展的机会。但是她没有犹豫，甚至主动找到院领导请求辞去行政职务，免得给学院管理带来麻烦。对学术的热爱与追求，让她在临近不惑之年又一次回到校园，沉浸在一个全新的知识世界。在北京师范大学这样一个学术氛围浓郁之地，在导师王泉根的引领下，昕平一头扎进儿童文学这样一个亟待开发的学术领地，凭借着自己的聪明悟性和用功努力，出色地完成了博士学业，40 多万字的博士毕业论文获得专家一致好评，被评为优秀毕业论文。以北大教授曹文轩为主席的答辩委员会，在对崔昕平的博士论文答辩决议中有这么一段话："论文打通了文学与出版二者之间的边界，对我国儿童文学的创作与出版具有重要的理论意义和应用价值，既具开拓性，又富有挑战性。论文的最大特色是一切从事实出发，以文献说话，同时充分运用儿童文学史的专业知识，史论结合，对一些重要的问题阐发见解独到，具有很强的逻辑性和说服力。论文结构合理，文献翔实，学风端正，符合学术规范，是一篇优秀的博士学位论文。"从这段评论中我们可以看出这篇论文的分量。毕业后昕平对论文进行了精心打磨修改，在此基础上于 2014 年由中国社会科学出版社出版了《出版传播视域中的儿童文学（1978—2010）》。用她导师王泉根的话说，"可以说是大半部浓缩了的'中国当代童书出版史'，只要再加上 1949—1977 年的部分，就是一部完整的当代史……是一部难得的专著，对研究当代中国童书出版史、儿童文学史具有突破性的'补白'意义和学术价值。在此之前，我国还没有一部专著对 1978—2010 年间的童书出版做过如此系统、详尽、深入的研究。"

因为和昕平同在一个学院，工作上生活上的交集颇多，可以倚老卖老地算作昕平的长一辈，故此对昕平一路走来的经历多有了解，知道她确是付出了许多。中国的现代儿童文学创作与五四新文学同期，历经百年的儿童文学创作日渐壮大，也越来越受到重视。但作为一个学术门类的研究，却起步于 20 世纪 80 年代初。作为一门新兴的研究，好的地方是学术空白点多，可以研究的方向多，容易出成果，但另一方面，基础性的参考资料少，研究难度大，研究者要做大量基础资料的采集整理，不仅工作量大，还很辛苦。昕平在和导师沟通毕业论文的选题时，导师建议她挑战一块"硬骨头"，梳理从改革开放以来到当下的儿童文学出版传播情况。这个选题其实带有跨学科性质，不仅涉及儿童文学，还涉及出版传播领域，难度之大可以想象。昕平勇敢地接下了这个选题。为此，她走访了多家出版社，查资料对数据，跑了不知道多少家书店，常常废寝忘食加班熬夜，原本就弱不禁风的她，更是日渐消瘦。但这个看上去总是云淡风轻不急不躁的女子，却有一股子执着和韧劲，连她的导师王泉根教授都赞叹昕平"看上去外表纤弱，但身体里似乎安装着一部功力强大的发动机，有着使不完的劲"。也许正是看中了她这种劲头，导师才肯让她承担这么重的选题。而昕平确实没有辜负导师的期望，不仅出色地完成了论文，也得到学术界的认可和赞誉，被聘为全国师范院校儿童文学研究会常务理事，曾担任中国作家协会第八届全国优秀儿童文学奖评委、山东省第二届泰山文艺奖儿童文学奖评委、陈伯吹国际儿童文学奖评委、"大白鲸世界杯"原创幻想儿童文学奖评委等多个儿童文学奖项的评委；获得山西省优秀教师、太原市优秀青年人才、太原市青年学科带头人等荣誉称号。昕平学成回来后，受到一向重视人才的山西作协的重视，2016 年被山西作协聘为首届签约评论家。而昕平这几年的学术研究也是硕果累累，成绩喜人，除了上面提到的学术专著外，还主编国家级、省级教材、读本 10 余部，先后参与、主持国家级、省级科研课题 5 项，并在《南方文坛》《小说评论》《光明日报》等报刊发表论文 30 余篇，在《文艺报》《中华读书报》《出版广角》《中国新闻出版报》等报刊发表儿童文学书评文章多篇。更令人欣喜的是，为了鼓励年轻评论家，山西作家协会决定为这些年轻人出版评论集，昕平这几年散见于各类杂志报纸的文章就可以结集出版了。为她高兴之余，也就欣然允诺她提出的作序的要求，其实，于儿童文学我是门外汉，但是基于对昕平的了解和欣赏，我就不吝班门弄斧了。

昕平的这本二十多万字的集子，收录了她从 2010 年到 2016 年之间发表的评论文章，大多集中在近两年。这些文章有宏观的概述，也有对作家作品的具体评论，既立足山西又着眼全国，从中能看出昕平对儿童文学的独到思考。开篇《当代山西儿童文学的创作现状与发展之思》如数家珍一般概述了山西儿童文学创作的全貌，让我们了解到山西居然有这么一支力量并不薄弱的儿童文学创作队伍，但是即便包括像我这样的"业内人士"，对身边的儿童文学创作情况也知之甚少，印象模糊。所以她在文章中为我省的儿童文学大声疾呼，明确地提出了发展山西儿童文学的几个建议：提升儿童文学的话语权；畅通出版渠道，开拓报刊平台；发现培育作家，定位自身特色；大力扶植省内儿童文学阅读推广活动，这无疑是很有见地的建议。对于当下的儿童文学理论研究，她同样有自己的见地和思考。"无论 20 世纪 80 年代的教育倾向、90 年代的文艺倾向，还是当下的精英倾向，其思维源头极其相似。那就是面对儿童文学这一特殊的文学门类时，'儿童'这个阅读主体'本位'的抽离，导致了理论本身的不能自洽。"（《市场化时代儿童文学评论的责任》）。同样的，对于当前的儿童文学创作，她也有自己的看法："如果一个时代的儿童文学创作多数源自一种对潮流的"效法"与"追随"，那是该时代缺乏某种文化自信的表现。如果一个作家的儿童文学作品源自对某种创作潮流的'效法'与'追随'，那么该作品必然不是上乘之作。"（《书写中国式童年的思索》）作为一个根正苗红的学院派批评家，昕平能够摆脱学院派的精英腔调，不故作高雅，不玩弄理论名词，而是贴近时代，贴近受众者，强调作品的社会功用，提出文学批评者应持有的态度和立场，明确表达自己对当下儿童文学创作和研究的观点，这在当下的学术语境中是难能可贵的。

在这些宏观的论述中，我看到一个最常出现的一个词是"儿童本位"，这可以看成是昕平对待儿童文学创作与研究的基本立场。她在多篇文论中反复强调创作、出版、评论中"儿童本位"的重要性，基于这样的立场，她对当前盛行的"国学热"提出质疑和批评，认为一个世纪之前，中国好不容易将儿童从"缩小的成人""成人的预备"的教育中解救出来，而现在却又打着"继承传统文化"的名目，让这些枯燥的陈腐的东西重返课堂，"实在令人诧异了。放着那么多又美好又快乐的童谣儿歌不读，而去死记硬背这个抽象之极的东西，这对儿童是何等不公平的事情！美其名曰'继承文化传统'，靠剥夺儿童学习的快乐来继承文化传统，值得吗？"（《勿为"将来"牺牲"现在"》）这种逆潮流的言论，不仅需要勇气，也表现出一个学者的独立思考和学术良心。

这本集子的下编是对具体作家作品的评论。相比于上编宏观探讨，单个作家单部作品的评论恐怕更难把握。她的评论范围很广，有省内的，也有省外的，有名不见经传的，也有知名作家，无论是哪个级别的作品，昕平的评论都能抓住不同作家的创作特点，条分缕析娓娓道来。她的评论践行了她自己提出的"儿童本位"特点，侧重在审美、主题、表现形式上给读者以引导，指出作品的优点所在，在此基础上再延伸到理论层面的解读，不生硬，不走套路，像跟人谈心交流，在不知不觉中，让读者对作品作家有了深入的了解。

经历了艰难的读博之路，昕平的学术视野更加开阔，佳作频出。更令人欣喜的是，去年昕平顺利通过了教授职称的评定答辩，晋升为教授。作为一名年轻的学者，昕平的学术之路又踏上了一个新的起点，我们有理由期待她取得更大的成就，也期待在她的引领下，山西的儿童文学创作能步入一个更高的层面，为孩子们奉献出更精美的精神食粮。

2016 年 11 月

李金山评论集《细微处的禅意》序

◆蔡润田

对年龄差距较大朋友的了解终究难免片面，充实抑或修正固有印象却也不难——只消细读他的文章。接读金山的评论集子，印象是形式不拘一格，灵活多样；内容则生动鲜活，富于见地；行文摛藻，不时流露出他笃实而机智的情性与学识。

金山的评论属意于发掘文本意涵，并不斤斤于批评样式。

有些评论似随笔，兴来笔到，不求全面，但有见地。这类不少就是一两千字的短章。金山欣赏中国哲学"名言隽语、比喻例证"的表达方式，他的文章也多有此种意味。有时大题目小文章，题目旨趣与言说方式相反相成，形成一种涵容颇大的张力，这使人想到西方一些文豪的说理短文。有的文章在你读兴正酣之时，戛然而止，纵有不果而终的遗憾，却也不能不叹服作者的率性与简捷，他说"文坛，我把它看作文人的江湖"，江湖是可以洒脱不羁的。

有的评论则近乎情境散文。其间，有情有景，有人有我，有感悟，也有义理。诗化的书写，别有韵味。如《文学是一种境界》一文，看题目，你以为该是一篇论点、论证、结论次第展开的宏论，实则不啻一篇托物寄兴、化虚为实的诗化散文，文学境界的理念悉由境生。文章中写道：在讨论这个问题时，"我就这么斜靠在矮凳上，伸手拈起茶几上新炒的葵花籽，放进嘴里，或者挑了新摘的果子，吮着新鲜的汁液，洒满了向阳花的灿烂和抚过果树枝头的清风，便弥漫了我的全身，我似乎是醉了。我用微醉的双眼望望头顶天花板的颜色和蜡烛跳跃的火苗，心里想着那个一直不肯放过的追问，一个灵感就跳跃进了我的思维：眼下的这种氛围与文学的某些属性是多么相合，山间花草的颜色和天花板原木的质地，不正代表了文学的无功利的质朴么？无拘束的表达，不正代表了文学的个性么？以这两个片面的属性而论，文学大概可以称作无功利的个性表达吧。这样的文学超越了现代化，超越了功利，超越了自卑。这样的文学是一种境界。"这不就是"溪花与禅意，相对亦忘言"的一种顿悟、一种清寂凝定的禅意吗？推阐大义，妙不可尽之于言，枯涩的概念化为一种境界。意涵未必规范，却也别有韵味。

集子后面收录了 2005 年至 2016 年十二年间着重本省兼及外埠的文坛掌故，名曰《白沙记闻》，体例、意蕴与古代记述文坛逸闻轶事的笔记、语录体相侔，故实与趣味兼擅。作者自谓集子中有仿司马光《涑水记闻》的文体，盖即指此。形式的别开生面不说，对这一时期易被忽视的文坛记忆、文学史料不无拾遗补阙之功。又有夹批式评点，此类评点盛于明清，如脂砚斋、金圣叹、毛宗岗、李卓吾对四大小说名著的评点。金山采用类似的手法做批评，其《评点贾平凹散文二则》就多有简洁、中肯的意见。不论夹批抑或笔记体，两种批评文体于今几近湮灭，见诸金山文字，可谓吉光片羽，殊为难得。

在内容方面，表述的生动、细腻和富于见地是其特征。

如果说近乎随笔、点评式的评论，重在发现亮点，直抒己见，一些较长的评说文章，无论综评抑或个案研究，则可谓思致缜密、论说详实了。而语言的精妙、有趣，于上述短文亦不遑多让——评论文字力求生动、优美，可谓金山不易之"初心"。

他详细分析王保忠小说，说王保忠"主张小说要给人温暖""写的是 19 世纪的西方小说"。见解新颖、透辟，发人所未发。而对王保忠小说《北京的金山上》的赞赏，更是充满感情："笔调清新而流畅，语言朴实中不乏机智与幽默，像一条静静流淌的小溪……像一位自由的旅行家，脚步随着兴致，兴之所至，随意行止。"对王保忠小说风格、笔调的生动描述，一定意义上也可谓金山文风的夫子自道。

谈鲁顺民的《鲁顺民其人、其歌、其书》，他说好的作品要关上门看，因为"一打开它，那些尘封已久的感动，就轰轰隆隆地向你开过来，挡都挡不住……不自觉地就泪流满面。我怕万一被人看到，一个大男人，这算怎么一回事。"形容作品感染力如此物我双会、形象生动，任何概念都显得苍白。

对陈克海小说的体悟，不是冷漠地观照，而是时时融入自我的经验、奇特的比喻："他体内过剩的精力就像冬天的西北风，呼呼地猛刮，没头没脑地乱窜，想要找到发泄的出口。"称他的小说"由一些发光物质组成，一如小说中描绘的渔川，流速轻快，波光粼粼。"阐述作家作品特质，借由意象组合，宛若眼前。

分析孙频小说："小说开头的叙述很慢，好像时光突然间凝固了""小说语言精致而清爽，像山间弥漫的烟岚，随风婀娜着扑面而来……"譬喻可谓精巧。

有的品藻人物兼品评文章，写他人，也见自身。他善于描形画像，常于朴实处见出内心的机敏与纤细，甚至还带几分幽默与谐趣。如写韩石山，称其"庄重而不古板，古雅且不失现代"。其间，惟妙惟肖的形态描摹，令人发噱。不惟形貌，对其神态与声名的悖反，也写得入木三分："光从韩先生的表情判断，如果你投资股票，你会误以为天天牛市；如果你做生意，你会误以为日日利好。要是这样做决定你就惨了，你就赔大了。总之，从表情上你绝难把他与'酷评家''文坛刀客'……联系起来"。文中有博喻、妙语，我想金山写小说刻画人物，也必是高手。

很可宝贵的还在于他心裁别出的见地：绝不傍人篱壁、随人俯仰，所谓自由之精神、独立之见解。

如关于小说，他说"小说是流行艺术之一"，这种说法似还少见；"小说技术在进步，成批的作家倒下"，也不是危言耸听；关于小说的价值，"文学是耗费性的，耗费是有价值的"，耐人寻味。

谈到小说与梦境时，他以画设喻："熟悉中国古代绘画史的人都知道，五代周文矩有《重屏会棋图》。画中，两人对弈，另两人观棋，在他们的身后是一屏风，屏风上又有画，画中又有屏风。画中有画，屏中有屏，妙不可言。小说中的梦境，有同样的妙处。"阐释一种文学手法，寄意画技，独出心裁。

谈到目前小说家，他说："大学中文系专门培养批评家，对于小说家而言，那里基本就是雷区。因为你也许有成为小说家的可能，但从那里出来以后，那种可能基本就没有了……我们的小说家普遍学历较低。"简捷直说，确也庶近现实。

《纸上的迁徙》对杨凤喜的小说做了翔实剀切、逻辑严密的分析后，他说："笔者认为，现实主义是山西文学的优秀传统，优秀的传统值得继承，但绝对没有必要固守……适当地跳出地域传统，拓宽自己的写作路子。"又认为："现实主义所承载的社会功能，可以交给其他的人文学科，比如新闻学、社会学等，由它们去承担，而小说家的任务，就是追求虚构之美……"这些见解有新意有胆识，而对山西文坛的议论，更是不无药石之义。

对王祥夫小说《我本善良》的分析，他不拘泥于成说，而是借用法兰克福学派的学说，阐释人物被金钱的异化，及萨义德所定义知识分子作品的意味，颇具新意。

对散文的看法，他认为："一些失了坦诚和直率、忸怩作态、闪展腾挪的散文，是天底下最丑的文字"，造成散文春秋战国局面的原因是门槛低，"参与的人多它就不像一门艺术"。他引用英国作家伍尔夫的话："散文承担了所有的脏活累活，但它却落得一个坏名声。"如何提高门槛，作者认为："至少朝向学者是一个方向"，这无疑也是一剂好方子。

关于批评，他自许为作协派批评，对泛文化批评不无微词，坦言："泛文化批评的一个显著特点，就是没有批评，最终不过是批评家的自说自话"，并认为："中国人注重做人的温柔敦厚，而且往往把做人与做事等同起来，即所谓'文如其人'，所以文学批评也少锋芒"。关于作品评论，他认为：评论实际就是品鉴一件艺术品，"他的心思在艺术品，而不在艺术品生产者。如果用鸡蛋来做比喻，他应该只在意鸡蛋，而不必在意下蛋的那只鸡"。谈蛋不论鸡，唯其不论，所以能超脱世故俗谛，讲真话，不苟同，不虚美，不隐恶。他对一些省内外作家提出批评意见，一些似有定评的大家也不能免："朱自清的《荷塘月色》《背影》等，现在当然还承认它是好的，但内容上太过简单，形式上更是老掉牙了。孙犁，我们几乎弃之如敝屣，简直不屑提起。"可谓快人快语。

金山毕业于吉林大学哲学系，到作协搞文学似乎方凿圆枘，非其所宜。但实际上他的评论文章活泼、好读，抽象思维意味并不很浓，哲思衍为机趣，意象胜于概念，描述不逊论说。他为文不拘俗套，率性而为，浑然天成，流畅而不呆板，朴实而多谐趣，于普通现象中常能翻出新意。他善于捕捉文本特征，巧妙设喻，让人于机趣中领略妙谛。谈他人文章常融入自我，笔调轻松活泼。他喜欢古代诗文典籍，娴于征引语典、事典，以古喻今，以古论今，同时，也不乏现当代西方哲学、批评学的元素应用。我国20世纪30年代的文学大家们，评论文字读来都轻松、亲切，感觉不到学院式的炫学、学究似的枯燥，唯有令人佩服、精微之至的鉴赏力。此种流风余韵，也可见诸金山文章。

金山内敛，却对自己的才分、资禀有着相当的自信，他坦言："我是一名文史研究者"，又说："哲学家是小说家隔行的同行"；在批评实践中，他又能扬其长避其短，既扬弃了纯学院式枯涩无灵性的凌虚高蹈，又避免了止于圈子浅尝辄止执一为式的偏颇；良好的文史功底，加上哲学科班的训练、文学圈子的薰习，使他兼具思辨与感性之长，融文史哲于一炉。故其文不枯、不乏、不呆，有情、有理、有味，大大增益其文人批评（我以此区别于匠气十足的批评）的质素，为一般偏于理论思维的批评家所难企及。

刘勰论人与文的关系，指出人的"才、气、学、习"，都是"性情所铄，陶染所凝"，文章则"辞理庸俊，莫能翻其才；风趣刚柔，宁或改其气；事义浅深，未闻乖其学；体式雅郑，鲜有反其习"。金山的文章风格、韵味，庶几就是他的人格特禀使然。

2016 年 11 月 4 日

批评需要方法的创新，也需要学派

——读梁静《交叉小径》

◆董大中

梁静的名字我是第一次看到，它跟《交叉小径》联系在一起，一本新出版的书。随便挑了几篇来读，就形成了这个题目。再读大部，验证我的看法，觉得可以成立。

这是值得注意的一个新人。我不知道她以前写过什么。这一本，初以为散文，却不是散文，是批评。她把批评写成了散文，或者说，是用散文笔法写的批评。又没有通常批评那种指手画脚的味道，甚至你不会感到作者是在批评，它是在你不经意间向你展开批评的翅膀的。当然，更没有我们在大半生所习惯的主题如何、人物怎样、情节何等样曲折等等那一套。她是在跟你谈话，说她的感受，说她心理活动的过程。无论千字文，也无论像谈《妇人》那样比较长的篇幅，都是这样。作者对她读过的东西，看过的东西，有自己的见解，有全面的把握，她把客体跟她的主观感受融合为一。然后坐下来，不慌不忙，像剥竹笋，又像数豆子，把她的感受一样一样悠悠道来。她不着重说你的作品，她着重说自己。我想，这种批评可以称为心理体验的批评。作者善于思考，又有女性的细腻，这两点使她的心理体验细致入微。作者的文字功力不错，最难得的，是她不像留学生归来，把其他语言的一些特点，比如形态变化等等，生硬地搬用而来，加到我们汉语身上，使汉语受到严重污染，形成如瞿秋白等人早就指出的欧化，读起来别扭、难受。作者追求的文体风格跟她选择的批评方法相一致。有一处说到李敬泽："这样的文字，最要紧的是读，是享受，是字里行间的轻松让你过瘾，读过就读过了，什么时候再翻起来，还会觉得很新鲜。"把这段话用在作者自己身上，我看也是适合的。

我从 90 年代后期起，逐渐远离当前的文学，读批评和读创作都是零敲碎打，既不全面，又不系统。像这种写法，也许已经很多，但在我，在其他年轻批评家的文章中偶有见到，但不像读这本书感到新鲜。从这本书知道，李敬泽的文章就有相近的风格。想来，这已是一股潮流，是适应着时势的需要出现的。

1928 年胡适写了一篇文章，题目是《治学的方法与材料》，总的精神是，在治学上"同样的材料，方法不同，成绩也就不同。但同样的方法，用在不同的材料上，成绩也就有绝大的不同。"他举中西为例，三百多年前的顾炎武、阎若璩所用的方法"同葛利略、牛敦的方法，是一样的"，但葛利略、牛敦使用新的材料，有了巨大的科学新发现，而中国的那些文人，却总是钻在故纸堆里，这些材料"终久限死了科学的方法，故这三百年的学术也只不过文字的学术，三百年的光明也只不过故纸堆的火焰而已！"胡适在这篇文章里强调了材料的重要，其实使用什么材料，也有个方法问题。胡适一向讲究研究方法，提倡实用主义就是胡适在这方面的一大功劳，他用这个方法取得的研究结果，许多结论，直到今天，还没有人能够把它推翻。胡适强调了材料的重要，从另一方面说明，方法的重要性是不容否定的。研究学问上如此，批评亦当如此。

近年读一些批评文章，固然过去流行多年的一主题、二人物、三情节等等的公式很少见到了，但是总觉方法陈旧，而且大体相同，相互之间，各种不同的报刊之间，没有太大的区别。1985 年《批评家》创刊的时候，正是人们竞相介绍外国各种方法的时候，那一年也称为文学批评上的"方法年"。明年就是"方法年"的三十周年，恕我不客气地说，我看到的使用新的方法的论著不多。曾有人用过新的方法，比如有人用"叙述学"的方法研究赵树理，有人用"文本细读"的方法研究鲁迅，但都是极个别的例子，书出版后，既没有人跟进，也没有人评说，显得十分寂寞。可见我们在方法论上，是比较迟钝的，敢于用新的方法的人太少了。

读这本《交叉小径》，我看到一个新人，又看到一种新的方法。我隐约感到，在我们的批评王国里，可能会出现一个心理体验的流派。三十多年前，当人们大谈特谈"山药蛋派"的时候，我发出了"流派作家大都是二流作家"的怪论，表达了我对提倡流派的某种保留。我确实不太热心在创作上提倡流派，因为在我看来这容易使一些有才华的作家为着加入某个流派而忽略了独创性的发挥。我以为，创作上的流派，采取自然主义为好，出现了就承认，就研究，而不需要鼓励，鼓励独创比鼓励流派具有更高的价值和迫切性。在批评上，我是希望有流派——以称学派为好——出现的，因为这象征着我们即使没有"百家"，至少也是有"家"、有派的。一言以蔽之，我的想法是，创作上不鼓励流派，容易形成"百花"，相反，批评上要出现"百家"，却需要鼓励流派。批评本来枯燥，如果批评文章千篇一律，那人们谁还去读呢？提倡流派，是使批评千篇一律得以改观的一条途径。80年代后期，我曾设想推动从创作力构成上建立一个流派，不幸，那个时候我正酝酿研究课题转向，就把机会放过去了。现在读梁静这本书，好像见到一线希望，算旧事重提。

我对这位作者了解不多，可能属于"草根"一族。她现在只能说禾苗出土，能不能够长成一棵大树，还有许多因素，还要靠今后的努力。我以为，作者最需要的，是建立自己的艺术价值评价标准。这一点，是任何批评家都不能不有的，也是从事批评工作之始就要解决的。只有这样，才容易把好秤砣，也能够前后如一。我偶尔读到的一些批评文章，缺少的似乎正是这个价值评价标准，因此是一个普遍现象。同时要有一个好的参照体系，这个体系是世界性的，不是一国性的，更不是地区性的。人类社会的发展，是由分到合、由疏到亲、由远到近，最后实现大同的过程，建立统一的"世界文学"（马克思语）未必需要，但是文学的传播和接受必将是世界性的，人们评价文学也必将运用世界性的眼光。只有把你所观照的作品放到全人类的文学星球上去看，才能看得准确。如果局限于一个地区，那就可能把核桃当足球踢。

本文提出的这个想法，就是批评需要方法的创新，也需要流派——学派，是一件大事情，不是某个作者一个人的事，是一代人的事。

2013 年 4 月 17 日，三闲居

我的一次失算

——王朝军评论集《又一种声音》

◆韩石山

　　生性刻薄而又好为人师，这一人性的劣质，让我在俗世吃足了苦头，而用之于文学批评，几乎是一个腾跃，便暴得大名（且不论好坏）。人老了，按说该有所收敛，到了我身上，不仅依然故我，且越发的张扬。这不，拿到王朝军先生的这部书稿，首先想到的，不是如何嘉勉后学，而是如何借此机会，教训一下山西的文学批评界。

　　教训什么呢？

　　有我这么个典范，近在咫尺，竟不思效法，

　　山西评论界的毛病，一言以蔽之便是，视野不开阔，批评意识不强，且不能以风趣机警的语言出之。分解开来是三项，一为视野不开阔，二为批评意识不强，三为不能以风趣机警的语言出之。

　　朝军先生是近年来颇有声色的一位青年评论家，这些毛病在他的身上，不会没有显豁的表现。借此舒一舒我多年来的愤懑，可谓正当其时，亦正当其人。

　　先说第一项，视野不开阔。

　　看看目录，由不得皱了眉头。

　　全书分四辑。第一辑为"具象阐述之前"，是对近年来长篇小说及数种文学现象的综论，这类文章，不能归诸视野不开阔。第二辑为"作家与作品"，所论有阎连科、麦家这样的当红作家，也有杨遥、陈克海、孙频这样的新锐，作为作家的类型，可说是够全的了。第三辑为"经典小说之又一种声音"，所论除了国内重量级作家及其作品外，还有诸如卡勒德·胡赛尼的《追风筝的人》、约翰·伯恩的《穿条纹衣服的男孩》、卡洛琳·帕克丝特的《巴别塔之犬》

等等，好几个外国的名家名作。罢罢罢，这样的庞杂，若说是视野狭窄，可真是在吹毛求疵了。第四辑为"通俗小说可观者"，所论乃《诛仙》《绾青丝》等等我连名字都弄不明白的小说。作者既将之归入"通俗小说可观者"，那就由他去吧。

视野的开阔，原与学识有关。我是从大学混出来的，且不是中文系，多看了两本书，就自命为视野开阔，且以此骄人。朝军是中文系正儿八经念出来的，视野开阔与否，对他来说，是个无须考虑的事体。原本就开阔，自然就不会放在心上了。

看第二项吧，这回可跑不了。

只掂掇了一下第二辑题名，"经典小说之又一种声音"里的那个"又"字，我就泄了气。

评论的作家作品，计有王蒙的《活动变人形》、陈忠实的《白鹿原》、贾平凹的《秦腔》、铁凝的《玫瑰门》、王安忆的《天香》、莫言的《蛙》、阎连科的《受活》等二十余人的作品。这些人与作品，我大都知悉，正解是什么，这"又解"不问也就可知。不从流俗，能从"又"字上做文章，光这一点，就让人叹服。

好了，算我这次走了眼。那么，第三项，嘿嘿，怕就没跑了。

我对自己的厚道，常常失算；而对自己的刻薄，从来自信满满。然而，仅看了数页，看到下面这几行文字，由不得拍了一下桌子。

这几行文字是：

> 我承认我不是一个称职的文学评论家，所以，每次因虚荣心驱使，想给自己贴一个什么标签时，我还是无法掩盖自己底虚的内心，只敢唯唯诺诺曰：文学评论人。尽管被人一眼就能看穿，你这是装蒜，是矫情，是巴不得大家说你好，说你是"家"，而不是"人"。
>
> （《站在山西"80后"小说家身后》）

这不是风趣，也不是机警，这叫自嘲。既有风趣机警的成分，还在一种更高的品质，那就是绝大的自信。不是有绝大的自信，不会这样轻易地嘲讽自己。

极不情愿地，我在心里给自己下了个判断，这回算是栽了。

是栽了，却一点也不懊恼。反而分外的高兴。

等了多少年，我终于看到，山西文学评论界，有了酷肖我的风格的批评家。这样说，多少有点勉强，不过是为了挽回一点自己的面子。实则，朝军先生在他文章里所显现的批评的勇气，在蛮勇上，或许逊我几分，而在善战上，不知强我多少倍。这是不能不让我心里喜欢的。

我所以喜欢朝军先生的文字，还有一点，也想提及一下，那就是，跟我一样，朝军先生也有在中学教书的经历。这倒不是说，当过中学教师，就有怎样的文字上的功夫，而是说，当过中学教师，多多少少总会沾染一些"好为人师"的毛病。而这一"劣质"，几乎是一个优秀的文学批评家之必须。

话虽这样说，仍有几分羞愧。我在七十岁上悟出的这些为文的道理，朝军先生在三十几岁上已身体力行，且化为笔下清通的文字。假以时日，该是如何了得。

想到山西文学批评界有这样一员骁将，我的这点失算，又算得了什么呢。

2016 年 11 月 11 日于潺湲室

我为"80后"学人鼓与呼

——读《幻象之外的言说》

◆傅书华

中国正面临着五千年来从未有过的历史大变革，这是不争的事实：传统中国的自然经济已然成为过去；在历经洋务运动的技术革命、戊戌变法及辛亥革命的政治革命、五四的思想革命的三级跳后，西方资本经济的社会模式在"民国"黄金十年中得以初步形成，但却终因无法克服自身内在危机而在1949年退出中国；苏式计划经济的社会模式，在对抗西方资本经济内在危机的历史语境中，曾经显示过自身的历史合理性与强大的力量，但这一对抗消失后，由于无法在自身发展过程中及时调整自身的内在矛盾，终于在1978年告一段落。20世纪90年代中国市场经济彻底改变了中国的经济生产结构以及在这一基础上形成的人际结构、人文价值形态。个体生命、个体意识作为"人"的构成单位价值本位，已然不再如五四时代那样，只局限在文化思想层面，局限于文化知识阶层，而是无论自觉还是不自觉，成为全民性的生存层面的共同选择。如何不重复民国时期西方资本经济的内在危机，不重复苏式计划经济的内在危机，不将现代西方的问题与方法，作为自身的问题与方法，亦不幻想重归传统中国；在面对或亲历了上述各种社会形态的经验之后，在明了了这些社会形态及其经验所提供的各种思想资源之后，如何在实践中生成新的思想价值体系以支持新的社会形态的构建，成为价值动荡中每个国人所自觉或不自觉思考或实践的涉及个人生存的实际问题，亦为中国作为文明大国新崛起提供了广阔的空间与可能性。在这样的时代语境中，中国人文学界，从生产的角度考察，有三个生产群体值得重视，这就是物理形态更是文化形态的20世纪30年代生人、20世纪50年代生人、20世纪80年代生人。中国大陆的20世纪30年代生人，曾经亲历过民国资本经济的内在危机与苏式计划经济在制衡这一危机中所显示的辉煌，对苏式计划经济的内在危机也有着最为切肤的体察，他们对中国国情有着最为实际的理解，亦曾在 20 世纪 80 年代引领过时代的变革。在 21 世纪中国的时代语境中，他们因为年龄的原因，正在实际的社会生活及思想领域中，失去具体的影响力量，但他们的人生经验、思想资源，却对中国当下的发展，有着无可替代的重要作用，他们的声音，每每指明着 20 世纪 50 年代生人、20 世纪 80 年代生人的认知盲区。

20 世纪 50 年代生人，是当下中国大陆各界的领军及骨干力量，中国社会时代性的矛盾与观念分歧，也主要体现在他们身上。就人文学界而言，他们的少年时代，深受苏式计划经济基础上价值形态的影响并打下了终身性的烙印。"文革"时期对少年时代所受教育的颠覆性及乡下的插队经历，培养了他们的自主意识与对中国下层社会的初步了解。20 世纪 80 年代的思想解放大潮中，基于自身经验的对西方现代思潮的生吞活剥，极大地改变了他们的认知视野与价值取舍。20 世纪 30 年代生人曾经是他们精神上的父兄，但 20 世纪 90 年代市场经济让中国步入一个新的历史阶段后，以王安忆的《叔叔的故事》为标志，他们走出了 20 世纪 30 年代生人的影响，完成了自身的独立。这种独立性，更多地表现在，在面对 20 世纪 90 年代之后中国的现代性危机时，这个群体所体现出来的观念分歧。这种分歧，来源于如何面对他们在"十七年"的少年经验与少年记忆，如何面对"文革"时期的青春岁月，如何面对改革开放之后，伴随着自身社会身份的改变而对社会现实的价值评判，如何面对步入老年后的彻悟与回归，如此等等。他们是从历史中一路走来，站在历史的各个立足点上评判现实，即使他们的评判有着历史的纵深感也难免于历史的负累，这即使他们有着价值支点的丰富却也难免价值支点的平面与芜杂。这其中，如何面对"十七年"的少年"红字"是他们的分歧与今后如何发展的关键之所在。

但凡在一个具有历史性的时代转折点上，新的人生形态、思潮及一代新人，总是会成为一个时代的"弄潮儿"。遥望五四时代，引领一个新的时代潮流的风云人物，除陈独秀、鲁迅外，大多是二十多岁的青年人。在今天这样的一个中国历史大变革中，"80 后"是最为值得重视的全新的一代人，他们的生命历程、生活形态、人生经验、观念构成与中国的市场经济及相应的社会构型相同步并成为血肉般的一体。他们的观念世界，更多地不是来自于原有观念的延伸，而是建筑于现实世界的大地。恰如马克思所说，精神的世界不能依靠精神的力量去摧毁，批判的武器不能代替武器的批判。他们是立足于现实大地回望并评判历史而不是立足于历史来评判现实，这即使他们少了历史的纵深，却也没有了历史的负累。如果说，五四一代青年是时代的"弄潮儿"，那么，今天的"８０后"则正在"浮出历史地表"。相较五四一代，他们逐渐有了时代使命的自觉，却还少着五四一代承担使命的气魄，甚至也还没有讲出类如 20 世纪 50 年代生人所曾讲过的"叔叔的故事"，而中国当下社会的人文生态，也没有给他们提供足够的发展空间与相应的肯定，但中国的未来，却由这一代人所决定，这正是我为"80后"鼓与呼的原因之所在，并希望这种鼓与呼能成为时代的共鸣。

对现代性的审视，是"80后"在今天所直接面对的主要问题之一，这一直接面对，既是面对时代，也是面对"80后"自身，此乃"80后"与中国的现代性问题同步生成之故也。如是，我对白杰的这本《幻象之外的言说》就有着比较特殊的兴趣与关注。

就我这一代来说，首先特别有感于白杰这一代人对"幻象"的自觉意识。他们认为，作为现代性重要表征的启蒙话语与革命话语，延续并强化了"形而上学"的同一性、总体性趋向；处身其中的个体生命在立志解放自我、解放社会、解放全人类的过程中，常常不知不觉地驶入到自己并不能清醒辨识的、虚设的彼岸图景中来。相较他们，我们这一代人，一直为各种"幻象"所困，一直把"幻象"视为追求中的"真实"，且在这种追求中，不断地丧失自身，虽然在其后的语言学转向语言学革命中，对此略有所悟。如此的局限，使我们这一代最易自觉地为幻象所迷惑，自觉地为体现着这幻象的权力所规训和收编，在今天对昔日的回望中，我们仍未能从这一学理层面给予反思。

"80后"这一代学人的一个显著特点，是受过高层次的严格的学术训练，追求学术性的严谨与系统。在本书中，作者力图借助解构主义、后殖民主义、西方马克思主义等后现代理论工具从三个方面对中国文学的现代性幻象做出系统地梳理与论析。上篇侧重从思想文化层面揭示现代性幻象在文学领域的影响与危机，中篇集中探讨了当代先锋诗学对现代性幻象的突破，下篇则以三晋文学板块为范例，进一步阐述了"地方性"对"现代性"的纠偏与校验。对学术性的追求，让"80后"对社会现实的发言显得有些过于学院化而失去了对社会现实的感性的血肉融合，但我觉得，这或许是由于我们习惯了以道德形式或以实际影响社会的方式介入社会现实的原因，也或许这是"80后"

这一代人介入社会现实的方式，犹如西方现代知识分子常常在抽象的体系建构、学理思辨中质询社会现实。 对先锋诗学及后现代主义的诗学实践的论述，是本书写得最为精彩的部分，譬如作者立足"形而上学"批判这一哲学基点深刻指出，现代性危机是致使"十七年"政治抒情诗大面积畸变以及朦胧诗迅速退潮的重要原因，但也构成了当代先锋诗学迅速崛起的重要动因。又如在处理后现代主义诗学与东方传统美学关系时，作者以绵密的理论阐释、丰富的实证分析强调了彼此间"和而不同"、互补互济的繁复关系。此外在谈到中国后现代主义诗歌时，一方面深入揭示了各种来自西方"后学"的影响源，但又坚称它在精神血脉上仍然植根于中国本土，与民族历史根基、时代文化语境，包括东方古典、民间传统、五四精神等保持着密切关联，而不能简单地理解为西方理论的东方操练。这些主张都是卓有新意，且在理论突破上具有较大难度的。能够实现这一点，我觉得是因为作者这一代与先锋诗学及后现代主义诗学有着更多的文化上的亲缘关系。他们暂时还不能成为中国人文世界的主体，但却更具前沿性，更具对未来发展趋势的指向性。

我对本书论述现代性与本土性关系的下篇更感兴趣，作者选取山西作为典型示例，我觉得甚为恰当。一方面，作者生活工作于山西，对于山西有着更为切实的了解，另一方面，山西的本土性有着顽强的固性与久远的传统。作者认为，"地方性"是制衡现代性无限膨胀的重要力量，从李健吾所崇奉的"印象式批评"到赵树理所坚守的民间立场，再到"后赵树理写作"的底层书写，它们都游离于现代性的总体话语体系，以边缘言说的方式为现代性的自我纠偏提供了弥足珍贵的异质参照。相对来说，这一部分是本书中较为薄弱的部分，特别是对近期山西的"后赵树理写作"的论述显得有些零散。这一方面为国内研究现代性与本土性二者关系的学术资源不足所限，另一方面，也是"80后"一代普遍的不足。如何不以西方现代性话语生硬地切割中国本土的现实，如何找寻、确立中国本土的现代性，并用相应的话语形态予以表述与概括，并以此与国外进行对话与交流，确实是非常困难但又是非常迫切的事情。

我对本书最为感佩的是书中所流动着的反噬其身的精神。"80后"是伴随着中国的现代性大潮成长起来的一代人，对现代性的反思，必然地也是对"80后"自身的反思。决不皈依任一超脱甚至悖逆个体生命形态的形而上学体系，哪怕它滋养了自我，成就了一个伟大时代。作者在穿越现代性幻象后所承受的生命苦痛、所遭遇的价值虚无，让我看到了鲁迅反噬其身精神血脉的猩红。相较"80后"的反噬其身，很惭愧的是，我觉得"50后"更多了些自恋与怀旧，而反噬其身，对于"50后"来说，无论是对其晚年变法，还是对其通过反噬其身而深化时代的变革，都是当务之急。恰恰在这一点上，"50后"反而没有"80后"的自觉。

后生可畏。真诚地祝愿"80后"一代早日成为时代气象，风云天下。

是为序。

2016 年 10 月 30 日

刘芳坤评论集《代际风景》序

◆张文东

　　东北的秋天总是来的稍早一些，不经意间，已经是层林渐染、遍野金黄的景色，又一个丰收的季节悄悄地就到了。而当刚刚看到校园的枫叶再度泛红时，芳坤传来了她要出文集的消息，忽然就有了一点恍惚的感觉。因为直到这时，当年那个身穿一身牛仔服，背着帆布书包，留着和男生一样发型的纤瘦身影，其实还一直在我的眼前跳跃着。可是，又一个不经意间，从芳坤当年到这里来读硕士，再到现在返校读博士后，毕竟已是十年过去了，而竟然是十年过去了！

　　不管是在什么意义上，十年的时间可谓说长不长，说短不短，因为对许多人来说，生活道路的十年可能会遭遇很多，但学术生涯的十年却可能是两手空空。我一直以为，一个人学术道路的畅顺与否，虽然离不开勤奋，但也同样需要天分，所以在我看来，虽然勤能补拙这句话没有错，但是一个人的学术最终能走多远、能爬多高、能做多大，似乎要受到天分或才气的影响更多一点。显然，我这样说的目的就是想要强调芳坤是我学生中有学术天分的那一个，也是我熟悉的一批青年学者当中有才气的那一个，而同时更加难得的是，她又是特别勤奋的，所以难怪，连求学都算在一起的不过仅仅十年，她便已经有了可以慰藉同门的收获。

　　这十年里的芳坤，虽然辗转于东北、北京和山西等或冷或热的学术营地，同时又有着毕业、求职、结婚、生子等大事小情，其中有些苦我是知道的，有些难却可能并不是我所能知，但我总是能看到，芳坤的目标是明确的，道路是清晰的，坚持是自觉的，付出是全心的，所以成绩当然就是可以期待的。同时我还觉得，眼前芳坤这种目标的坚持与道路的坚守，显然又是一种可以关于未来的期待了。所以尽管我很少有机会当面夸奖芳坤，但每每与她的同门谈起她，总还是免不了要用她来立个榜样的意思。于是，尽管我总觉得这篇序言可能由她的博士导师马俊杰老师来写更有分量，但我还是有点忍不住想借芳坤骄人以自骄了。

其实从当代文学研究的意义上说来，这十年里的我和芳坤，或许有着某种共同成长的意味。因为当我从可谓自造窠臼的现代文学研究日渐转向当代文学研究之际，芳坤既有和我共通的如关于"传奇叙事"或"文革文学"的传统体味，同时也给了我许多如"知青"或"80后"的新锐启示。弟子不必不如师，所以这十年的一路走来，我倒是对所谓"教学相长"有了更深一点的体会。所以，这虽然并不是我第一次为他人著作作序，但却是我第一次给自己学生的著作作序，欣喜甚至难免自矜之余，却又不得不反应出一些关于当代文学的私心杂念来。

我从来都以为当代文学的研究是艰难的，这倒不是因为当代文学的体量太过庞大而芜杂，而是因为我虽不完全赞同顾彬所谓"垃圾说"，但却也坚持以为当代文学的糟粕远远大于精华，所以当我们每每不得不以事倍功半的效率来研究当代文学时，其艰难，尤其是自觉意识及其坚持的艰难对我就始终是巨大的了。就此延伸出来，我一直还以为问题不仅仅在于文学本身，而且还在于我们的文学批评。就像我曾多次强调的，当下我们的文学批评是有着太多问题的，比如"不及物"的理论多，"及物"的批评少；"洋"的批评多，"土"的批评少；"假"的批评多，"真"的批评少；"科学"的批评多，"诗性"的批评少，等等。所以我也总是期望可以见到有真正"好"的批评来取代或起码冲击一下"不好"的批评。如果不把话题扯得太远而只是在一般意义上来审视其用意和方法的话，那么显然，芳坤的文学批评还是值得我肯定的。

所以还是回到这本文集吧。江湖夜雨十年灯，这是一段并不那么漫长的时间，这也是一些并不一定人见人赞的文章，如此结集，或许并不能说明论者已经达到了很高的高度，不过在我看来，这可能却恰好还原并证明了一个历程——一个实力劲建的历程，一个学思渐重的历程。所以这本集子实际上是一部"对照记"，蛮有种参差斑驳中可以窥见其心路历程的意味。不知道感觉对不对，但在这个世界里，还有人在孜孜不倦地做着这些想"好"的批评，已经是一种有价值的事了。

文集中写作时间最早的评论是《忧郁中的领悟》，这篇文章是根据她的本科论文修改而成的，所以还有着显而易见的稚嫩，但无论如何，却从一开始就已经昭示了芳坤的学术兴趣之所在，即有着"资深文艺女青年"称号的她，却一直有着把脉文学历史的学术雄心。而让我觉得可以欣慰的是，从东师硕士毕业后，芳坤以优异的成绩考取了中国人民大学中国现当代文学专业的博士研究生，师从著名作家劳马（马俊杰），在愈发强化了"文艺女青年"品质的同时，进而有幸参与到由程光炜教授主持的人大"重返八十年代"课堂讨论当中，加之北京整体学术背景的良好氛围，芳坤的学术视野渐次打开，学术思考与选择的思路也日渐清晰。其实在我看来，重返的意义并不在重返的行为本身，而在于一种学术视野和疆域的开拓，以及这种开拓中自己对于具体问题的真正的发现和反思。所以芳坤的收获大致也在于此。就像她参与课堂讨论的优秀成果之一的《诗意乡村的"发现"》一样，文章给人最深刻的印象是将宏阔的历史背景与个人的历史同情熔为一炉，使一个在知青文学史的建构过程中被忽略的史铁生"角落"浮出了海平面。这篇文章里，芳坤还不时流露出自己对文学史建构的批判，例如她借用福柯的"话语—权力"理论总结道："这些历史时段掏空了它的全部历史内容，只是知识型的时间性铭记。这仍然是一种历史写作，但只是一种徒具历史框架的写作，是一种掏空了历史内容的历史写作，是抛弃了风起云涌的历史实践的历史写作。"所以在我看来，不管是谁的"清平湾"，也不管是谁建构或解构的"清平湾"，这种批判所揭开的原本被文学遮蔽的历史及其作为历史写作的文学史意义，显然又都有了我一直强调的"及物"乃至"真"的文学批评品格的，而从一个女性的笔下爆发出如此狠厉的判断，则又足见芳坤性情之中还是自有一番巾帼不让须眉的豪气的。

　　历史是可以建构的，但是建构历史的文字时常会与历史形成悖论，要想展示开阔的历史视野和空间，没有一定高度和逻辑的理论表述是不行的。当然在这一点上芳坤还是不错的，因为与其文学批评开阔的历史视野相对应并足以成为其物理支撑的，就是她独特而又到位的文字表达。她在中西文学理论的滋养中，已经日渐锤炼出了一种外在洋溢而内在严谨的文字风格，直接而不失蕴藉，自在而内含逻辑，从而保证了文章的理性质地。不过在我看来，她文章最出彩的部分可能还是那些迸发于内心激越的瞬间，那些让人一看就能感觉到和她一样不吐不快的激扬时刻。芳坤毕业之后回到山西大学任教，并在山西省作家协会的提携下深入到当代文学的现场，这对她来说可谓是个人偏得地方滋养，所以在对同代人的尤其是有着地方性的文学批评中，芳坤便自然地显得更为活泼也更为自如乃至更加大胆一些，尤其可能由于有自身经验的融入，她的批评往往敏锐、精准、犀利。

不过再犀利的芳坤可能还是作为女性的芳坤，所以仔细观察一下，芳坤的文章似乎在越来越成熟的意味上，又越来越出现了自觉的女性认同。我们在这本小小的文集中可以发现很多她对女性学者的阅读痕迹，如波伏娃的《第二性》、阿伦特的《论革命》、玛丽·沃斯通克拉夫特的《女权辩护》，等等。像她在《女知青爱情叙述的失效》中，就是从女性的独特经验出发，通过对已经被文学史淹没的小说《分界线》的重新细读，重新生成了一种对在新时期交界之处独立彷徨的张抗抗形象的描述，从而让这篇文章既细腻动人又深具功力。同样，《从张爱玲到王安忆：服饰描写中的历史观》则兼具有女性和文化的双重视角，从一个新颖的小的文本切入，实际上展示了女性之于历史的情怀。

近年来，"80后"文学批评系列为芳坤在圈内博得了一定的名气。但令我稍感意外的是，正像她自己定名的那样，将她的全部文章结集居然可以真的展现出一片"代际风景"来！不过可能还更有意味的是，目前她似乎还是更多地行走在两个代际之间，而两个代际之间的断裂又是那么鲜明，那么，日后如何在两个代际之间的"断裂带"上行走？又如何在两个代际之间放置自己以及自我的文字？这可能又都是值得我们拭目以待的。当然，回到她自己的差不多算是批评宣言的"质料"的说法，我毫不怀疑芳坤已经找到了自己文学批评品格和思理的内在规定与逻辑，同时还更加相信她已经能够通过"质料"抓住文学乃至文学批评内在的"诗性"本质及其规定性，这倒不是一定要拉她回到我一直强调的文学"诗性"的话题上来，而只是想与她一起澄明文学批评的真正品质罢了。

文学、文学批评和人如何在历史中穿行？是步履蹒跚还是信步闲庭？如何驻足听风？又如何疾风带雨？都是风景也都是历练。在我看来，当代文学有许多风景，但也不乏荆棘，如何在这些历程中有所收获，难也不难，难的是生命如歌，如何能唱得在腔在板，不难的是书山有径，苦心人终能攀登。虽然当代文学的芜杂混乱、良莠不齐会让我们时常感到痛心疾首，但是这并不意味着我们文学批评的无能为力。伍尔夫说：妇女所写的不仅仅是小说，还有诗歌、评论和历史，但前提是有一间自己的房间。在她那个年代的女性写作也许还停留在一个美丽的愿景中，但是今天的芳坤无疑已经迎来了她自己的黄金时代，我想，她在历史的穿行中已经找到了一间属于自己的房间，所以，我和大家一起期待。

2016 年 10 月于长春

金春平评论集《文学地图的批评谱绘》序

◆ 杨矗

　　文学写作是艺术，文学批评也是艺术。各有各的规律，相对地看，写作
讲究的应该是艺术的"写作"能力，批评讲究的应该是艺术的"判断力"或
"鉴赏力"。康德在他的美学名著《判断力批判》里就特别重视艺术家的艺术
判断能力，认为构成天才的心意诸能力就包括想象力、悟性（理解力）、精神
（灵魂）和鉴赏力（评判的能力）。而良好的判断力又该怎样规定？我想这可
能会言人人殊，各有所好。而我现在觉得一个批评家在目前最该具有的判断
力至少应符合三个要求：眼识、结构、批评理论化。眼识是我自己提出的
"概念"，即新颖独特的眼光、见识，或眼力、"关注点"我认为它对一个优
秀的批评家很重要，比如一部文学作品可以是一个独立的"小世界"，它同真
实的社会生活一样，原本都是万象杂陈、色彩缤纷的。取什么？选择什么？
以什么为你的关注点？每个人必存在差异，而这差异往往也反映着一个人的
立场、观点，同时也就有能力、水平、境界高低之分。

　　结构是指在今天这个地球已变成一个为更多人所可瞬间共享的信息和网
络村落之际，批评家的理论知识、理论素养理应达到中西古今相融合的结构，
而不应该再是偏于一隅式的狭隘的"片面文化主义"者，因为那样已不能够
正常地与这个新时代相融洽。因此，好的批评家的理论知识就理应具有能兼
容中西古今的结构才对。

　　批评理论化是指一个好的批评者在"文学批评"经过 20 世纪西方"批评
理论"本身的发展、成熟后，已有了属于自身的主体意识、独立品格，特别
是"批评理论体系"以后，或者说在新的批评观念早已宣告了"批评"本身
的"价值本体"地位以后，你的文学批评就应该具有新的"理论品质"。因为

文学批评本身成为一种自觉的理论主体以后，就意味着此后的现代批评不应再简单地充当纯粹服务于文学作品的"第二性"的附庸之物，它当然应该对文学作品做出必要的分析、解释，甚至也可以完全是肯定和赞美性的鉴赏，但它也必须同时首先具有自身的理论价值和理论主体品格才对。因为只有在此意义上，它才显示出自己与文学作品平等共存的民主地位，才具有真正的"再创作""再创造"的能动的"生命独立性"。

因为要给金春平的《文学地图的批评谱绘》作序，我有了以上想法，而这三点认识也恰恰是我浏览这本书后的几点主要体会。作为一个按部就班地完成了学士、硕士、博士和博士后的专业修习历程之后的学人，金春平自然已具备了比较规范而系统的与文学有关的一套理论知识配备，这使他的文学批评很自然地有了比较专业的禀赋和学院化的理论品质。一个好的文学批评所应具备的以上三点也自然成了他的文学批评的"身份性"印记，这也是我写这篇短序想要专门予以说明的地方。

好的眼识在金春平首先表现在"视野新"，比如这本书里就收有对直接反映这个时代的那些最新的文学现象的理论综论性的文字，如大众文化、网络文学、传媒文化、生态小说、文化领导权、文学本土化等这些最具"时尚性""现实性"的文学问题，都被他一一收揽在他的笔下。他敏锐地指出："媒介在不知不觉中改变了文学的外在形式与内在本相的同时，也使得传统文学走向了边缘。""传统的精英文化和强势话语在网络话语场被解构，但网络却在无形中造就了新的话语权威：集体性狂欢权威。在此虚拟空间中，大众文化以'被关注'为载体，其影响力使得'一夜成名'的神话成为现实。"在此情势下，"以浅显的浏览替代传统的青灯黄卷的经典阅读，快餐式、浏览式、随意性、跳跃性、碎片化的阅读都是典型的浅阅读。"其敏锐性和强烈的当下关怀于此可见一斑。

其次是"看得准"，能抓住对象最为核心的内涵和品质，比如他在《王小波：20世纪末的文化智者》一文中对王小波杂文精神的评价就很准确："王小波杂文创作始终坚持自由主义人文知识分子的立场，始终坚持独立的品格和批判精神，特别是在对中国传统文化和国民性的批判上，王小波继承了鲁迅的杂文精神，他的创作展示了作为一个真诚而睿智的知识分子的独特的思想和人格，其影响在20世纪末是广泛而深远的。""王小波的杂文语言浅显通畅，他的杂文语言并不像其他杂文家那样，与读者是一种教父与信徒似的关系，把自己当作真理的化身，读者当作愚昧的受众，而是与读者侃侃而谈……这种交流是口语化的和发自内心的，而不是政治说教式的。""王小波的文化杂文是智者的思想和常人话语的完美结合。"

金春平的理论知识结构虽不能说已臻理想之境，但西方近世理论的一定程度的浸染渗透还是比较明显的，比如在这本书里我们就不难看到来自法国现代叙事学、西方和国内近年出现的生态美学、出自德国法兰克福学派和英国伯明翰文化学派的"大众文化理论"等对他的影响，这些比较时新的理论和方法给他的文学批评文字浸润进了比较明显的"理论色彩"。当然，文学批评种类的多样丰富也许更能从一个侧面反映他的较广的理论视野和趣味，比如这本书的内容就涉及"当代文学思潮与文化现象"，"当代作家作品批评与研究"两辑，有理论有批评，有宏观有微观，有省外有省内，有思潮也有具体文本，总之，足以显示出他的比较宏阔的视野和理论批评所辐射驾驭的较大的"结构范围"。批评的理论化在金春平同样也还谈不上有多么自觉和已取得了多么显著的成就，但其已显露出来的"风头"和偶尔的"一颦一笑"，已完全值得我们给予重视。比如他对贾平凹小说《极花》所涉问题的概括就是一例，他总结出四个症候性的问题："复调性：乌托邦的幻灭与异托邦的复魅""互文性：戏剧化意义生成的叙事修辞""恶魔性：鬼魅的'风景'与逃遁的'心景'""'经验'的局限与'先验'的清晰"，至少涉及巴赫金"复调理论"、克里斯蒂娃"互文性理论"以及福柯的"异托邦"等西方理论资源，也完全可以看成是他对这些理论的"批评性"应用。

综上，金春平的文学批评是属于学院派一路的，高学历的专门化的教育背景使他的文学批评可以在眼识、结构和批评的理论化几方面独擅胜场，显出优势，也因此使他的文学批评有着更令人期待的更理想的目标和前景。而相对地看，他的作品评论要好于他的理论综论，这也说明理论的理解和阐用是需要花更大气力和用更多的功夫来"修炼"基本功，它贵在深解与活用而非简单的平面搬移，最佳之境是能更具体地化用于中国文学经验的阐释、开拓和建构，从而用西学的营养在中国本土开出中国的"文学批评之花"，这无疑应是所有从事文学批评者应努力追求的理想目标，在此我也愿以此目标与春平共勉。

匆匆捉笔，所言仅属一己之见，信手于此，聊充为序。

2016 年 10 月 6 日

何亦聪评论集《古典文脉的现代流衍》序

◆苏春生

　　最有资格给本书写序的人，应该是何亦聪的硕士和博士导师范培松先生和黄开发先生。然而，想来作为省内年长的学人，又是和亦聪在学校一起工作的同事，加之我和范培松先生同为中国现代文学研究会的理事，交情有年，由此，觉得应邀给本书写些文字也是义不容辞的好事儿，意在推介山西的新锐批评家。

　　范培松先生是我尊崇的国内学界研究中国现当代散文的名家，著有力作《中国散文批评史》等，在学界影响甚大。黄开发先生多年在散文研究领域辛勤耕耘，多部研究周作人的著作面世，成就卓著。这正应验了一句老话"强将手下无弱兵"。当然，这更表明是一种学术的传承与研究的演进，何亦聪也选择了中国现当代散文作为他的主要研究方向，重点对周作人有专题研究，并取得可喜成就。他的硕士论文《矛盾·观念·文体——三十年代周作人之研究》，探讨了三十年代的周作人的心理矛盾、思想观念和散文创作的关系。博士论文《周作人与中国思想传统》，主要通过对"尊德性"与"道问学"的关系问题、"士大夫性"问题、异端问题、道义与事功的关系问题等的深究，论述周作人重构儒家思想的努力及其所遭遇到的时代困境。这两篇论文都得到学界专家的好评。

　　看到山西青年文学批评家的不断成长，队伍的不断壮大，甚是欣慰。这次入选《新锐批评家丛书》的作者，有作协人、媒体人和学院人。各具特色，成果蔚为壮观。

　　何亦聪的著作《古典文脉的现代流衍》入选《新锐批评家丛书》，是可喜可贺的事情。能在多种论著中胜出，实属不易，显示出学院人的实力。

这本论著的内容，正如亦聪所述：本集是作者近几年来部分论文和评论文章的结集。集内文章共分三辑：第一辑"学术转型与文章变革"，所收文章以研究近现代学术转型与文脉流衍之间的关系为主；第二辑"作家个案：以周作人为中心"，所收文章涉及周作人的思想特质、文化心态与文体选择等方面；第三辑"作品评论"，所收文章主要针对具体的作品从个人阅读体验出发做出评论。可以看出论文内容的编排划分，是从文史到作家个案到作品评论，有着内在的逻辑顺序，清晰明了，可见作者的良苦用心。

因为是山西青年文学评论家丛书，我想换个角度，从山西文学研究的视域看，把这本论文集的内容，分为山西域外的文学批评研究和山西域内的文学批评研究两部分。这样的划分未必合适，但它可以给个提醒，作为山西文学批评家丛书，这本论著看上去写山西文学的内容相对少了些。亦聪是河南濮阳人，从北京名校博士毕业来山西，时间不长，对山西文学需要一个了解学习的过程，对山西作家需要渐进关注。而仅就收在本书中对山西作家的评论，已显示出作者不一般的新颖观点与精彩评述。论述林鹏的散文艺术风格为"朴拙生辣，芜杂大气"，一语中的。行文从当下山西文坛切入，从山西文章史追溯到受傅山思想影响之源，认为林鹏冲破散文的套路，而形成难能可贵的另一姿态。谈李骏虎的散文集《受伤的文明》，体现出"笔墨从胸襟中来"的散文审美的第一要义，颇得要旨。综论山西新锐作家李来兵的小说创作，形象地概括为"萧然物外，自得天机"，真是独出机杼，别具意味。

评论山西作家之外的学术研究部分，是这部书的核心内容和主要成就。也就是本书的第一辑和第二辑的内容。在第一辑学术转型与文章变革部分中，作者从社会大变革，时代大转型，文化大碰撞中，梳理了中国近现代学术转型与文章变革的理路，厘清了文脉流衍之间的关系，宏观把握且思路清晰。其中，论述中国近世学术史中的两种述学理念"披沙拣金"与"持守枢要"，有理有据而深刻精到。而把周作人与王夫之、章学诚，李贽等人联系起来，并放到学术史与文学史的视野中考察研究，以个案的精深探讨拓展了周作人的研究，丰富了学术史文学史的内涵。这部分内容是该书学术成就的一个重要看点。从第二辑作家个案——以周作人为中心的论文看，如他所说，部分内容是他读研究生期间所写的文章，明显有他自己硕士论文和博士论文的影响。其中，主要文章是他硕士论文和博士论文的细化、外化、深化的延伸与拓展。显然，研究周作人的学术成就是这本书的又一个主要看点。从这些学术研究成果中，可以看出何亦聪具有比较广博的基础学识、丰盈的专业学养与深厚的学术研究功力。

我作为第一批山西文学批评家丛书的忝列者，对第二批山西文学批评家丛书的作者热切地期许满满，对何亦聪也是热切地满满期许。确实说，后生可畏，后进可嘉。我期待何亦聪继续拓展周作人的研究，深入中国现当代散文领域的研究。期待他近年来致力于中国近现代述学文体研究和现代散文的古典渊源文脉研究，也能取得好成绩。同时，他作为山西省作家协会签约评论家，理所当然一定要把山西文学作为自己的主要关注领地，深耕细作，多关注山西作家作品的研究，特别是青年作家作品的研究，山西网络文学的研究；多关注山西现当代文学史的研究，关注山西文学在中国文学中的影响与贡献的研究。当然，这些研究也离不开对当下文坛和学界的关注。同样，我也期待第二批入选批评家丛书的作者，以及所有为文学批评和学术研究奋进的青年同仁，说真话，写好文，出名书。为自己事业的大厦添砖加瓦，为美好的文学愿景奋力前行，做出如意的成就。

汲取前行者的经验教训，走好自己的文学批评学术研究之路，针对当下文坛和学界的情形，提一些建议，是我最后想说的话。其一是对文学批评和学术研究存有敬畏之心。这是一个态度问题，虽属老生常谈，却是非常重要。一定要敬畏文学批评，一定要敬畏学术研究。避免对两者的轻率性、随便性。对两者要尊重、要认真、要有责任感。要当有分量的话讲，要当重要的事做，要考虑它的后果和长远效应。还要细思深虑，要谨言慎写。文字不能太水，文章不能太泛。不能为讲而讲，为发表而发表，为出版而出版。

其二是要努力表达自己的真感悟、真判断、真语言。做到讲究思维、讲究表达、讲究书写。强调一个字"真"。凸现一个词"讲究"。所思所说所写，发自内心、源于究理。尽力存真去伪。从事文学评论和学术研究要非常讲究，对批评研究对象，要细心体味，慢条斯理，慢工出细活。努力学会深思熟虑，做到思维要尽量活跃严谨一些，表达要尽力明白准确一些，文字要努力精练流畅一些，文章要多斟酌修改一些。

其三是从小圈子文学批评、小圈子学术研究，走向大文学批评，走向大学术研究。文坛学界有这样一种现象，围绕某个刊物、某个小群体、某个小沙龙、某个微信群，互评互惠，自娱自乐。这虽然无可厚非，但是，需要谨记不能忽视另一个重要的方面，就是要从经营小圈子批评研究，走向大圈子批评研究。从小圈子文化，走向大圈子文化。走向学界，走向社会。何亦聪这本论著的第一、二辑的内容已经显示出山西新锐批评家在全国学界的话语参与度和影响力。我觉得只有这样，才更有益于大文学，有益于大学术；才更有益于文化的繁荣与社会的演进。仅此共勉。

写于香港沙湾径 25 号谭益芳 3 楼 3A
2016 年 11 月 11 日

60后：穿越生命的灵舞

创世与灭寂
——刘慈欣的宇宙诗学

◆严锋

    步入 21 世纪，中国文学呈现出多元重组的震荡格局。主流文学分化转向世代断裂，而类型文学则遍地开花，蔚为大观。其中，科幻文学走势强劲，大有重现 20 世纪 80 年代辉煌之势。其领军人物，便是来自山西娘子关发电厂的刘慈欣。这位被粉丝们亲切地称为"大刘"的电脑工程师，连续八年获得中国科幻最高奖项"银河奖"，其最新作品《三体 3·死神永生》更是一个月内销售突破十万册，打破了中国科幻小说的最高纪录。刘慈欣的世界，涵盖了从奇点到宇宙边际的所有尺度，跨越了从白垩纪到未来亿万年的漫长时光。他的作品既有惊人丰富的技术细节，又蕴含着深切的现实观照与人文情怀。从文学语言与技巧手法上来看，刘慈欣是一个深具浪漫气质的古典主义者，但其思想却具有惊世骇俗的前卫性。如果我们把他的作品放到一个更大的谱系中来观照，会发现他与主流文学处于既延续又背离的微妙复杂的关系中，而这些关系又恰恰对我们理解中国现代文学的特质、困境及其未来走向，提供了重大的启示。

一、从启蒙到超启蒙

    从一开始，刘慈欣就被人视为硬科幻的中国代表。这是一桩吃力不讨好的活，在微小化、朋克化和奇幻化的当今世界科坛，相当不与时俱进。但他仿佛是下定决心要为中国科幻补课一般，执着地用坚实的物理法则和潮水一般的细节为我们打造全新的世界。这些世界卓然成形，栩栩如生地向我们猛扑过来。

    如果我们在刘慈欣全部的作品中寻找核心词汇的话，"宏"必是其中之一。这不仅是字面的，比如他创造了一些独有的名词：宏电子、宏原子、宏聚变、宏纪元，"宏"更代表了一种大尺度、大视野的宏大视阈。刘慈欣偏爱巨大的物体、复杂的结构、全息的层次、大跨度的时间。从表面上看，这样的描写是为了制造"震惊"的效果，从心理上彻底征服读者。但是，在一个"躲避崇高"和消解宏大叙事的"小时代"，刘慈欣如何能够反其道而行之，重建崇高美学？在对传统的回归、潮流的反动和对读者的迎合之外，他又注入了何种新质，提供了怎样的新视野？

最早吸引我的刘慈欣作品是他的中篇小说《乡村教师》，这也是刘慈欣自己最偏爱的作品之一。一个极度贫困山区的平凡的乡村教师到了肝癌的最后时刻，他用微弱的生命的最后一点余烬，给小学生们上了最后一课，他想努力再塞给孩子们一点点数学知识，哪怕这些知识很可能对这些孩子的将来不会有一点点作用。这难道不就是刘醒龙《凤凰琴》的翻版吗？

突然，出现了这样的文字：

在距地球五万光年的远方，在银河系的中心，一场延续了两万年的星际战争已接近尾声。那里的太空中渐渐隐现出一个方形区域，仿佛灿烂的群星的背景被剪出一个方口，这个区域的边长约十万公里，区域的内部是一种比周围太空更黑的黑暗，让人感到一种虚空中的虚空。从这黑色的正方形中，开始浮现出一些实体，它们形状各异，都有月球大小，呈耀眼的银色。这些物体越来越多，并组成一个整齐的立方体方阵。这银色的方阵庄严地驶出黑色正方形，两者构成了一幅挂在宇宙永恒墙壁上的镶嵌画，这幅画以绝时黑体的正方形天鹅绒为衬底，由纯净的银光耀眼的白银小构件整齐地镶嵌而成。这又仿佛是一首宇宙交响乐的固化。渐渐地，黑色的正方形消融在星空中，群星填补了它的位置，银色的方阵庄严地悬浮在群星之间。

这后面的转折绝对是大家难以想象的。这个乡村教师的最后一点徒劳而可悲的努力，最终拯救了人类。他那卑微的生命，融入了一个在时间和空间上都极为壮阔的太空史诗。而这个教师的意义，也被发挥到了一个广袤的宇宙的尺度，一个在非科幻文学作品中难以企及的尺度。

我们一眼能够看到这其中的启蒙主题。事实上，无论是五四的启蒙运动，还是"文革"后的"新启蒙"，科学都在其中扮演了重要的角色。这跨时代的两场启蒙，都遭遇了危机与挫折。对前者而言，是"救亡压倒启蒙"。对后者来说，事情更加复杂：市场经济、消费文化、知识分子的边缘化，乃至西方知识界对启蒙的批判，都扮演了推手的角色。从 20 世纪 90 年代以来，中国文学作品中的启蒙主题，逐渐隐去。在这样的背景下，刘慈欣再回启蒙现场，意义非同寻常。

当然，我们也可以说刘慈欣和那些消解启蒙的人一样，都是企图超越启蒙。不同的是，他的方向恰好相反，因为这不仅仅是老调重弹，更把启蒙的意义超拔到不可思议的高度。2007 年中国国际科幻·奇幻大会期间，在女诗人翟永明开办的"白夜"酒吧，刘慈欣和著名科学史家江晓原教授之间有一场十分精彩的论辩。刘慈欣的旗帜很鲜明："我是一个疯狂的技术主义者，我个人坚信技术能解决一切问题。"在全世界敢这样直接亮出底牌的人不多，在中国就更少。刘慈欣举了一个例子：假设人类将面临巨大灾难，在这种情况下可否运用某种芯片技术来控制人的思想，从而更有效地组织起来，面对灾难。江晓原则认为脑袋中植入芯片，这本身就是一个灾难，因为这会摧毁人的自由意志，带来人性的泯灭。所以科学不是万能的，不是至高无上的，更不能解决所有的人类问题。

其实类似的论辩在中国早就有了。1923 年 2 月 14 日，张君劢在清华园做"人生观"的演讲，认为人生观是"主观的、直觉的、综合的、自由意志的"，而科学是客观的、分析的，所以无论科学怎么发达，都无法解决人生观的问题。此论一出，立刻遭到丁文江、陈独秀等人的迎头痛击，想那正是高举"赛先生"的时代，怎容得所谓"玄学鬼"的胡言乱语？从前看这段公案的时候，我对人单势弱的张君劢颇多同情，而对满口时代强势话语的丁、陈等人侧目以视。作为一个长期饱受人文主义思想熏陶的人，我也本应毫不犹豫地站在江晓原教授的一边，对刘慈欣的科学主义倾向大加挞伐。但是，刘慈欣看似极端的"科学至上"和"唯技术主义"的旧瓶子里面，其实已经装了很多的新酒。

刘慈欣所说的科学，是指一种更高级、更综合、更全面、更未来的科学。事实上，今日之科学，已非旧日之科学。近年来，随着脑科学、基因工程、进化心理学、量子物理学、宇宙学等尖端学科的进步，精神、人性、道德、信仰这些原先是哲学家、伦理学家、神学家、艺术家的专属论题，正日益受到科学家的强烈关注。彼携利器而来，科学会成为认识与解释世界的通用话语，乃至元话语吗？在一个碎片化的时代，传统的人文知识都在不断地分化消解，放弃全局性的视野，变得日益局部化。唯有科学，却开始呈现宏大叙事的渴望，或者说正在走向总体性。

我认为，科幻小说在中国的再度复兴，与这股强势的科学话语有着密切的关系。几年前我在评价刘慈欣的小说时说："这个人单枪匹马，把中国科幻文学提升到了世界级的水平"。现在我想进一步补充的是：他不是一个人在战斗，他的背后有一个强大的话语场域，启蒙式微之时，又恰逢科学强势之日，这种反讽式的情境，再融入一个对中国来说还未充分发展的文学类型——科幻小说，其间的张力，我以为恰恰是刘慈欣小说爆发式流行背后不容忽视的重大动因。他站在一个难得的位置上，从科学的角度审视人文，用人文的形式诠释科学。他超越了传统的道德主义，以惊人的冷静描写人类可能面临的空前的危机和灾难，提出了会被认为是极其残忍的各种解决方案，但是我们将理解他对人性的终极信念。

二、从英雄到超英雄

刘慈欣的宏大美学，落实到人物身上，就是他作品中的英雄群像。从《乡村教师》中的乡村教师，《球状闪电》中的林云，到《三体》三部曲中的持剑人，他们以舍己而救苍生的姿态出现，挺身反抗命运的暴虐，最终改写历史。这在晚近的中国文学中又堪称异数。在一个所谓的"后新时期"，凡人登场，英雄凋零，日常生活叙事渐成主流，英雄成为反讽与戏拟的对象，或蜕化为反英雄。主旋律文艺中即使依然在力推传统英雄形象，但也流于空洞僵化。在这样的非英雄化的背景之下，他笔下的英雄形象却赢得读者的广泛认同，这其中的契机为何？

刘慈欣的英雄，是一种跨历史的奇异复合体。在他们的一些人身上，依稀可以看到传统革命英雄人物的特征气质。这其中表现得最为明显的是《三体2·黑暗森林》中的章北海。这是一个具有钢铁意志的中国军人，他对未来具有深邃的洞察力，对自己的使命具有坚强的信念，为实现目标不屈不挠，甘愿牺牲。从这些方面来说，他是从卢嘉川、李玉和到杨子荣的一系列传统革命英雄在太空时代的变体。刘慈欣无疑是具有某种革命英雄主义情结的，他说："在过去的时代，在严酷的革命战争中，有很多人面对痛苦和死亡表现出惊人的平静和从容，在我们今天这些见花落泪的新一代看来很是不可思议，他们的精神似乎是由核能驱动的。这种令人难以置信的精神力量可能来源于多个方面：对黑暗社会的痛恨、对某种主义的坚定信仰以及强烈的责任心和使命感等等。但其中有一个因素是关键的：一个理想中的美好社会在激励着他们。

但是我们再仔细看一下，这种英雄的变体还是与传统革命英雄有关键性的差异，那就是刘慈欣提到的"平静和从容"。事实上，传统革命文学中的英雄并不那么淡定，他们往往语调激昂，情绪高亢，热血沸腾，而这些情感化的心态在刘慈欣那里几乎了无踪迹。他的英雄几乎都是冷酷英雄。章北海在判断人类在与三体人的战争中必然失败后，就开始精心策划他的太空逃跑计划。这种逃跑比正面抵抗更艰难，更需要坚忍不拔的毅力。在此过程中，他必须直面无边的黑暗，忍受绝顶的孤独。他还必须不动声色地除掉一切挡在前面的障碍，包括无辜的战友。

这种情感的零度，其实也是从80年代的寻根文学、先锋文学到90年代的新写实小说的核心叙事风格。像汪曾祺和阿城这样的作家，已经开始远离五四文学和革命文学中的激情，以平和克制的笔调展现人物的命运。在杨争光和余华的作品中，叙事者不动声色地展现残酷的人生，呈现出"无我"的境界。而刘震云和池莉等人的新写实小说，则是以看似麻木的态度，将生活中的死水微澜的状态冷静展现。

把刘慈欣放到"文革"后文学的这一冷酷叙事的脉络上，初看起来仿佛风马牛不相及。论者多认为刘慈欣深具古典主义和浪漫主义雄浑瑰丽的特质。他自己也认为深受俄罗斯文学的影响，"我整个语言风格，就是俄罗斯文学那种很沉甸甸的、很土里土气的，而且很黏滞的那种语言，追求一种质感。"但是，在华丽的细节和繁复的铺陈造成的厚重感之上，依然有着刘式的精确、冷静与超然。在《三体1》中，有一个骇人的屠杀场景，叛军乘坐的"审判日"号被看不见的纳米线切割解体：

审判日号开始散成被切割的四十多片薄片，每一片的厚度是0.5米，从这个距离看去是一片片薄板，上部的薄片前冲速度最快，与下面的逐级错开来，这艘巨轮像一叠被向前推开的扑克牌，这四十多个巨大的薄片滑动时相互摩擦，发出一阵尖利的怪音，像无数只巨指在划玻璃。这令人无法忍受的声音消失后，审判日号已经化做一堆岸上的薄片，越向上前冲得越远，像从一个绊倒的服务生手中向前倾倒的一摞盘子。那些薄片看上去像布片般柔软，很快变形，形成了一堆复杂的形状，让人无法想象它曾是一艘巨轮。

刘慈欣的冷静与上面提到的其他新时期作家不同，更多地来自一种技术化的倾向。科学本身就是"零度"的，当冷静的科学理性与热烈的人文关怀叠加在一起的时候，它们并不相互取消，而是相互激荡，形成更为丰厚的复调之声，这也是刘氏美学的核心所在。

再回到"白夜"酒吧。在争论到白热化的时候，刘慈欣指着身边的《新发现》女记者，问江晓原："假如人类世界只剩你我她了，我们三个携带着人类文明的一切。而咱俩必须吃了她才能生存下去，你吃吗?"这是一个富有启示性的问题，也是刘慈欣作品中的英雄不断面临的抉择。刘慈欣几乎是"残忍"地把他们推到那些极端的场景，让他们面对世界的终极困境。在疯狂的"文革"时，人性最沦丧时，我们可以向外星人发送信号，向他们求救吗? 这是《三体 1》中叶文洁面临的难题。《三体 2·黑暗森林》中，罗辑冒着毁灭人类的危险，在太阳周围布下足以发布三体星系坐标的大量核弹，以此威胁阻止三体人的入侵，这样做是道德的吗? 我们看到，从这里开始，刘慈欣已经远离了传统的革命英雄主义，开始走向黑暗的宇宙之心，却依然可以听到遥远的革命精神的回响。因为，为了总体而牺牲个体，为了目标而不择手段，这依然可以视为过去的革命逻辑的极端展开。

也正是在这个意义上，英雄成为超英雄。他们必须具有超人的意志，超人的智商，超人的手腕。他们拯救的甚至不是一个国家，而是整个地球，甚至整个宇宙。如果说，狂人在中国文学中是从鲁迅那里开始出现的，那么，超人则是从刘慈欣那里开始的。

这样的超英雄既不是天生的，也不是一次性的完成。在这些超英雄身上，也依然有着反英雄的影子。林云是个任性偏执的姑娘，罗辑是个不学无术的浪荡子，程心是个优柔寡断、菩萨心肠的琼瑶式人物。成为英雄甚至不是他们的本意，关键在于他们偶然被卷入世界的危机，危机背后是宇宙的逻辑。当宇宙在他们面前徐徐展开，人类一下子显得那么渺小，他们的悲欢离合那么微不足道。

这是中国文学中罕见的视角。也正是在这个意义上刘慈欣对被奉为金科玉律的"文学是人学"的说法提出了质疑："在文学史的大部分时间里，人类文学其实一直在描述人与大自然的关系，而不是人与人的关系。各民族古代神话中神的形象其实是宇宙的象征，而其中的人也不是真实历史意义上社会的人。文学成为人学，只描写社会意义上的人与人的关系，其实只是从文艺复兴以后开始的，这一阶段，在时间上只占全部文学史的十分之一左右。所以，传统文学给我的印象就是一场人类的超级自恋，文学需要超越自恋，最自觉做出这种努力的文学就是科幻文学，科幻文学描写的重点应该是人与大自然的关系，科幻给文学一个机会，可以让文学的目光再次宽阔起来。"

从五四的感伤主义到革命的浪漫主义到 20 世纪 90 年代的新写实主义，这不也正是一个努力超越自恋的过程吗？刘慈欣带着他的宇宙视阈，为这个趋向增添了独特的维度。

三、超越宗教

当刘慈欣把目光投向宇宙深处，他同时也就引入了信仰的问题。他的作品中有丰富的宗教指涉与隐喻。他甚至直接使用"上帝""神"这样的字眼，但其意义却与传统的宗教有很大差别。刘慈欣是一个坚定的无神论者，他所说的"神"，通常就是指文明层级高于人类的外星人。这些"神"掌握着人类难以企及的梦幻科技，可以穿越时空，操控物质，甚至生死而肉骨，仿佛具有神一样的能力。那么，这种"科学神"与传统的神有什么样的区别呢？

与基督教宣扬的"神爱世人"截然相反，这些"神"毫无爱人之心，他们视人类如草芥。在《吞食者》中，高等文明吞食帝国的使者大牙干脆毫不客气地把人类称为"小虫虫"，并计划把人类作为家畜圈养。他们也会给人类创造一个相对宽松的饲养环境，听听音乐，吟诗作画，但这只是为了确保人类肉质的鲜美。

这是一幅异常黑暗的宇宙图景。刘慈欣告诉我们，宇宙深处没有一丝一毫拯救的希望。在《三体2·黑暗森林》中，他别出心裁地设想了一门"宇宙社会学"，设定两条宇宙公理："第一，生存是文明的第一需要；第二，文明不断增长和扩张，但宇宙中的物质总量保持不变。"这两条公理可以视为达尔文"物竞天择，适者生存"的进化理论的宇宙版本。在更加宏观的尺度上，在其展开过程中，就其淘汰的规模而言，宇宙进化论远比达尔文版更加惊心动魄。"神"那种"毁灭你，与你何干"的漫不经心的态度，直刺建立在长期的人类中心主义之上的自恋情绪，也呼应着"天地不仁，以万物为刍狗"的东方世界观。

刘慈欣小说中经常出现类似末日审判的场景，审判过后人类无一升入天堂，而是集体面临地狱的命运。《赡养上帝》是他把"上帝"表现得最仁慈的作品了。"上帝"们在创造地球和生命之后，经过漫长的岁月，其文明也衰落老化，不得不降临地球，向人类乞求庇护和赡养："我们是上帝，看在创造了这个世界的份儿上，给点儿吃的吧——"人类一开始还善待创造了自己的"上帝"，但发现他们毫无利用价值后，便数典忘祖，犹如虐待老人的不肖子孙，令"上帝"狼狈而伤感地离去。这部引入发噱的恶搞小说，充分体现了刘慈欣幽默的一面，但却更是以科幻的形式，用另类的上帝形象，呼应了尼采"上帝已死"的宣告。

那么，在刘慈欣的宇宙中，就留不出一丝信仰的空间了吗？并非如此。我们看到，在他的小说中，还有一种神的隐秘形象，那就是——人类自己！《三体 3·黑暗森林》中的程心，是一个善良柔弱的普通女子，她被命运一次次推到力不从心的位置：替人类选择命运。不幸的是她一次次地没有能够保护人类，而促成她失败的原因，恰恰是她对人类的爱。因为她的失败，地球沦陷，人类惨遭三体人奴役，程心因伤心自责而双目失明，并自我放逐，作为赎罪。而正是在漫长的救赎中，程心不仅拯救了自己，也拯救了人类。小说明显地把程心塑造成某种意义上的圣母，而她怀抱婴儿的形象也强烈地暗示了这一点。但这个圣母，并非天定。程心自己说："我要对相信上帝存在的人们说，我不是它选定的；我也要对唯物主义者们说，我不是创造历史的人。我只是一个普通人，不幸的没有能够走过一个普通人的生活道路。"

这是一条内在的超越之路，颇有些内圣外王的中国意味。但是刘慈欣并没有简单地把爱、善、责任视为包治百病的灵丹妙药，而是将其视为一个艰难曲折、甚至是充满失败的过程。在这条道路上，只有经过炼狱的灵魂才能得到真正的拯救，这是人之上升的唯一途径。人性即神性，人是人自身的救主。

在外部的宇宙中刘慈欣也预留了信仰的空间，这不是某个人格化的"神"，而是宇宙本身。在一篇名为《SF 教——论科幻小说对宇宙的描写》中，刘慈欣写道："宏伟神秘的宇宙是科幻小说的上帝，SF 教的教义如下：感受主的大，感受主的深，把这感觉写出来，给那些忙碌的人看，让他们和你有同样的感受，让他们也感受到主的大和深，那样的话，你、那些忙碌的人、中国科幻，都有福了。"SF 是科幻小说的英文简称，在这里，刘慈欣把科幻小说的意义推倒一个信仰的高度。在许多小说中，刘慈欣格外钟爱"流浪"这个意象。当然，他小说中的流浪也是在宇宙的尺度上进行的。《流浪地球》是当地球人发现太阳即将爆炸后，把整个地球改装成一艘巨型飞船，离开太阳系去寻找自己新的家园。在《赡养上帝》中，"上帝"劝告人类早日离开地球，否则难逃灭顶之灾。在《三体3·死神永生》中，程心更是流浪到宇宙与时间的尽头。在这里，流浪是向外寻找宇宙，从中发现与拓展人类生存的意义的核心象征。加上人的内在的自我完善，这正是一个宇宙版的内圣外王之路。再加上科幻小说这一本质上也是创造的诗学空间，我们就获得了一个刘慈欣式的三位一体。

当然，这只不过是幻想，只不过是神话。可是，说到神话，这难道不正是我们这个时代的奢侈品吗？系统性的史诗与神话一直是中国文学的弱项。在遭受后现代文化的洗礼之后，我们的作家更如获至宝，把缺失视为强项，鄙视宏大叙事，消解终极追问。我珍视刘慈欣的作品，也因为他逆流而上，发扬理性主义和人文精神，为中国文学注入整体性的思维和超越性的视野。这种终极的关怀和追问，又是建立在科学的逻辑和逼真的细节之上，这就让浩瀚的幻想插上了坚实的翅膀。

当尼采向世界发出"上帝已死"的宣告，一些价值解体了，但另一些依然存在。旧的神话消失了，新的神话依然在不断诞生。人类从来没有停下追赶神话的脚步。我们惊奇地发现，在一个崭新的世纪，无尽的宇宙依然是无尽的神话的无尽的沃壤，而科学与技术已经悄然在这新神话中扮演了越来越重要的角色。刘慈欣对宇宙结构的想象，已经开始涉及时间的本质和创世的秘密，但看得出他是有意与西方的神话保持距离，走一条新的中国神话的道路。这是前所未有的工作。关于宇宙之始、之终、之真相。他猜了，他想了，他写了。至于这是否正确，这已经不重要了。虽说人类一思考，上帝就发笑，可人类如果不思考，上帝连发笑都不屑。

《南方文坛》2011 年第 5 期

"光荣中华"

——刘慈欣科幻小说中的中国形象

◆飞氘

在同代科幻作家中，刘慈欣虽登场较晚，却迅速崛起成为领军人物。当其同行还在努力对传统科幻进行全方位颠覆时，刘慈欣却以建构性的姿态，凭其对宇宙宗教般的情怀、对科学的浪漫主义书写与对人类自强不息的英雄赞歌征服了大批科幻迷。他被认为"成功地将极端的空灵和厚重的现实结合起来，同时注重表现科学的内涵和美感，努力创造出一种具有中国特色的科幻文学样式。"那么，何为"中国特色"？它与"科学的内涵和美感"有何关系？他笔下那些代表宇宙神秘与人类智慧的巨大物体所展示的激情与崇高，又怎样参与了"厚重的现实"？

一、"雄浑"与"崇高"

"崇高"（Sublime）是西方美学的一个重要范畴。当人在面对体积庞大、力量强大、壮丽无限的事物时，会体会到一种强大异己力量的威胁，因而产生恐惧的痛感，进而爆发出大胆反抗和挑战精神，于是产生了崇高感，这无疑是建立在主体与客体对立基础上的。与之相对，中国美学中的"雄浑"则强调主体与客体的和谐统一，是主体化入客体的伟大与豪迈。曹顺庆认为，两者之不同源于东西方社会形态差异：西方社会经济更具有商业性特点，商人在旅途中遭遇自然界的险恶，激发出用智慧去了解和战胜自然的勇气。而中国社会经济更具有农业性特征，人们的生计全靠大自然赐予，故强调人与自然之间的和睦，讲究效法天，避免因个人的道德败坏导致灾害。通过认定人与宇宙同构，将自然现象予以伦理解释，中国人就不需要向外去探索"真"，而只需向内求"善"，并将其在社会中予以实践，在内圣外王的理想中获得最高满足。这种愿望固然美好，但难说不是一种面对无情自然和混乱世相的无奈与机巧，虽有其历史合理性，但在见识了现代物理学的宇宙图景的今人看来，就颇有逃避真实的味道而近乎妄想了，其发展到一端，不免产生迷信。

实际上，即便是"雄浑"，也被儒家套上了"发乎情，止乎礼义"的紧箍咒，于是连屈原、苏东坡、辛弃疾等人的作品也要遭人诟病。这不难理解：当"和"的要求从"天—人"转向"人—人"，也就必然推出"克己复礼"的道德自律，它与封建开明专制互相诉求，互为支援，因此不可能给粗犷豪放的作品和自由奔放的情感宣泄留下多少余地，也就可能束缚了人的生命力和创造力。道家虽提倡天地之大美，但"大"的根本是"道"，而"道"的根本是"无"，因此最终也要以"无""静""退""柔"为尚。这样，不但现代科学的探索欲与理性精神无从诞生，就连自强不息的阳刚之气，也有进一步沉沦为柔弱而不思进取的危险。因此，鲁迅才说中国诗"无有为沉痛著大之声，撄其后人，使之兴起"，故而"说到中国的改革，第一著自然是埽荡废物，以造成一个使新生命得能诞生的机运"。也就是要激活古老绵软的病危躯体中近乎垂危的"雄浑"，使之蜕变出新的、健康的民族主体。这样看来，"五四"一代错失科幻，实为时势所迫。

但对主体"力"的恢复容易走入另一个极端。塑造强势、夸张的主体形象是现当代文学的重要内容。这种"崇高"虽建立了主客二元对立，有征服自然的雄心壮志，但主体面对宇宙时毫无惧色，高大得不可思议，反倒与古人"盈天地之道都已在掌握中"的狂想更为接近。新中国成立后，人们普遍接受唯物主义教育，个体被整合进共产主义集体事业中，沉浸于人定胜天的乐观。工业化浪潮下的"十七年"科幻充满了科技无往不胜的憧憬，自信掌握了真理的无产阶级主体发出强大的辉光，把宇宙的神秘照得无所遁形。到了"新时期"，在《飞向人马座》和《战神的后裔》这样的作品中，宇宙虽露出凶险之相，但共产主义建设者仍能取得几无悬念的斗争胜利。

当先锋文学对主体去崇高化时，崛起于90年代的科幻作家也开始调整这种失衡的主客关系，宇宙的浩渺和神秘得到了大规模恢复，终于确立起令人恐惧的绝对地位。科幻作家韩松认为，科幻不但打破旧的神权，也建立新的神权，"这就是神秘，这就是未知，就是对人生和宇宙的终极关怀，一种可以平衡科学的宗教感"。在刘慈欣那里，宇宙既冷酷又迷人，"真"具有自足的价值，"善"不足挂齿，人类微不足道，但又因其能够认知"真"而伟大，因进取而崇高，因失败而悲壮。他所展现的恢宏未来，正宣示着人类的光荣与梦想。

二、空灵思想与沉重肉身

年轻时第一次读完克拉克的《2001：太空漫游》后，刘慈欣感到一种"对宇宙的宏大神秘的深深的敬畏感"：

"在壮丽的星空下，就站着我一个人，孤独地面对着这人类头脑无法把握的巨大的神秘……从此以后，星空在我的眼中是另一个样子了，那感觉像离开了池塘看到了大海。这使我深深领略了科幻小说的力量。"

刘慈欣曾半开玩笑地修改了康德的墓志铭：敬畏头顶的星空，但对心中的道德不以为然。康德为了让人类在宗教丧失权威之后的世界里仍然能够回答宇宙的目的及人类应根据何种法则行动的问题，在星空之外，又提出内在于人的道德律令，认为只有作为道德本体的人的自然存在，才是整个自然的最终目的和归宿。然而，刘慈欣却认为"善"乃是人间的法则，它虽有益，但并非是超历史的存在，"人性其实一直在变。我们和石器时代的人，会互相认为对方是没有人性的非人"，况且，"传统的道德判断不能做到把人类作为一个整体来进行判断"，一旦整个文明陷入生死存亡时，道德的准则可能会陷入困境。因此他把"善"的问题抽离出去，强调"真"的至高无上。这在《朝闻道》中达到了极致。人类为了获得宇宙大统一模型而造了超级粒子加速器，因实验将导致宇宙灭亡而引来更高智慧的"排险者"予以阻止。排险者曾接收到上一轮宇宙中智慧生物以宇宙毁灭为代价而获得的终极真理，但不肯告诉人类。感到"整个宇宙顿时变成一个巨大的悲剧，余生已无意义"的科学家想出折中之法：排险者告诉他们终极奥秘，十分钟后再将他们毁灭。于是一批批人类精英走上真理祭坛，看到自己毕生都梦想知晓的答案后，在强光中化为美丽的火球飘逝而去。元首的劝阻、子女的哀求、情人的自杀，都不能阻止他们用生命来交换十分钟的真理。"当宇宙的和谐之美一览无遗地展现在你面前时。生命只是一个很小的代价"。排险者更宣称：随着文明的进步，"对终极真理的这种变态的欲望将成为整个宇宙的基本价值观"。

如前所述，中国文化缺少的不是"道德律令"，而是"敬畏星空"。因此，刘慈欣以如此直白而极端的方式，将孔子的"道"改写为"真"，就有了革命色彩：在他看来，对宇宙的麻木感充斥整个社会，他试图通过对《2001：太空漫游》的模仿，来引发中国读者对星空的兴趣，去星空寻找那超越现实的价值——"像水晶，很硬，很纯，很透明"的宇宙的空灵之美。这恰恰意味着，这空灵之美不可能像在克拉克那里仅在超现实的维度上展开，它同时受到现实的牵引。"在中国，任何超脱飞扬的思想都会砰然坠地的，现实的引力太沉重了"。长年生活在基层的刘慈欣对中国的贫穷和落后有着深刻的体验，因而视科学为将人从蒙昧与苦难中解放的力量来推崇，"中国的科学权威是很大，但中国的科学精神还没有"。

这种努力得到了读者的认可。在《带上她的眼睛》里，一艘钻入地心的"飞船"发生故障，女驾驶员只能在几千公里深的地心中独自慢慢死去。这个故事引发了读者的热情讨论，不过他们更关心飞船会否因为浮力不够而沉入地心的技术问题，而少有人对飞船中女孩的痛苦有兴趣。在韩松看来，这样的讨论似乎"无情无义"，却给中国的未来带来希望。"什么是必须尊重科学呢？没有比科幻解释得更清楚了。那就是必须承认世界的残酷，承认有一个冷冰冰的法则在支配一切，它对所有人都是一视同仁的，这里面绝对没有半点价钱可讲，没有半点人情可以通融……当代中国绝对很需要这种理念"。这是一种西方式的残酷，"如果，有更多的国民，都能这么执拗甚至偏执地把讨论科学技术的细节问题当作生活中的乐趣，而且有能力讨论这些问题，则我们的国家将不再像现在这个样子。"刘慈欣也说，"对作品硬伤的重视是中国科幻评论的一个特色。这是件大好事，它首先说明，不管目前对科幻的定义有多少种争论，在数量并不少的高层次的读者心中，科学仍是科幻的灵魂"。

因此，尽管科学本身是最国际主义、最超脱世俗的，却在成长于红色年代的刘慈欣身上与一种公民对所属政治共同体的责任感奇妙地结合在一起，那最空灵的幻想无法不与中国最现实的创痛关联在一起。《地火》设想新的技术终结了煤炭开采带给现代中国的种种悲剧。《乡村教师》里生命垂危的教师临终时还在向最贫穷愚昧的角落里的孩子们讲授牛顿力学三定律。《中国太阳》里，水娃从黄土地到大城市再到人造太阳及最终踏上向宇宙深处探索的人生之路，不但是靠自己的努力摆脱了物质贫穷的过程，更是一次次的思想蜕变之旅，他最终把对星空的理想反馈给人类，这正宣示着古老农耕民族的觉醒和新生，它将不仅仅实现自己的复兴与强大，更将成为人类进步事业的继承者和先锋军，谱写一首太空时代的崇高诗篇。

可见，尽管刘慈欣强调科幻的魅力来自于科学而非文学，他所塑造的一系列大尺度意象，却都和其笔下的球状闪电一样，"只是一个科幻文学形象，为演绎科幻的美感而诞生，不应被看作是对这种自然现象基于科学的一种解释。……小说中的解释不是因为它最符合逻辑，而是因为它最有趣最浪漫"。"刘慈欣虽然尊克拉克为师，但在这里，与信奉进行彻底的科学考证的克拉克不同……与其说这部作品（《球状闪电》）是在逻辑思维的基础上突破常识的想象，倒不如说是飘逸洒脱、放纵恣肆的幻想更合适些"。因此他"并不在乎理论上的硬伤，而是像一位艺人那样，不断创造能够实现中国的梦想的新技术、新机器，不断创造让读者感受到快乐的作品"。换句话说，真正为他赢得读者的，与其说是一种冷酷的理性，不如说是如粒子风暴般扑面而来的澎湃激情以及笔下人物的命运抉择。那些无畏追求真理的故事都是中国故事，它们展示的与其说是"真理"本身的"美"，不如说是现代中国对科学的浪漫想象与对未来的自我期许——一种自强不息的古典豪迈与现代科学理性精神的嫁接。

不过，比起历史上中国科幻有过的辉煌，刘慈欣的响应者实在不算多。或许是为了改变局势，从 2006 年起他便极少发表短篇，而将全部野心付诸"地球往事"系列（以下简称"往事系列"）。该系列架构宏大，设置大量刺激性的符号和极富悬念的情节，将中国历史与宇宙空灵与残酷相融合，去吸引更多读者，但也由此造成了文本内部的断裂。凡此种种，令它们的创作与出版成为近年来中国科幻界的重要事件。

三、"地球往事"与"光荣中华"

往事系列前两部近 50 万字，以历史学家口吻讲述了跨度 400 多年的"往事"。《三体》讲述叶文洁因"文革"和环境危机而对人性失去信心，参与军方探寻外星文明的绝密计划"红岸工程"，利用太阳向宇宙发出信号，请求半人马座三星上的三体人来地球治理人间的罪恶。因三颗恒星的运动规律无法预测，历尽劫难苦苦挣扎的三体文明具有高度的侵略性，在接收到叶的信息后远征地球，并通过"智子"干扰人类基础物理学领域的实验结果以锁死地球的科学进步。《黑暗森林》讲述地球人在三体舰队到达前的四百年时间里试图通过包括"面壁计划"在内的各种方案来予以对抗，最终中国学者罗辑领悟到"黑暗森林"法则而以"同归于尽"为要挟迫使三体舰队离开。

匪夷所思的"智子"锁死了人类的基础科学探索，也就将故事重心锁定在了科学以外的道德。罗辑最终取胜的法宝并非科学而是"宇宙社会学"：由于"生存是文明的第一需要"以及"文明不断增长和扩张，但宇宙中的物质总量保持不变"，因此每个文明都必须如林中猎人般幽灵似的小心潜行，如果他发现了别的生命，由于"猜疑链"和技术爆炸的可能性，为免除后患只能开枪消灭。在这片"黑暗森林"中，他人就是地狱，任何暴露自己的文明都将被迅速消灭。这一残酷的宇宙图景昭示着作者的双重野心。

首先是思想方面的野心。尽管对道德不以为然，但当把"善"抽离后，刘慈欣也和康德一样面临着目的论的困扰。在《朝闻道》里，霍金最后一个走上真理祭坛，问"宇宙的目的是什么？"即使是已获得终极真理的"排险者"也无法回答。于是，刘慈欣所谓的"道德的尽头就是科幻的开始"也就被他自己颠倒为"科幻的终极又是道德追问的开始"。在往事系列里，他不再无拘束地放纵想象力来单纯地展示科学的美，而是试图做一次有力的思想实验："如果存在外星文明，那么宇宙中有共同的道德准则吗？……我认为零道德的文明宇宙完全可能存在，有道德的人类文明如何在这样一个宇宙中生存？这就是我写《地球往事》的初衷。"实际上，由于排除了"上帝"这一至高权威和仲裁者，价值观彼此冲突的现代人如何能够安排一种政治生活成为现代思想界争论的关键问题之一。有没有能被所有人都接受的"善"？"权利"和"善"究竟何者优先？这一人间难题被刘慈欣以科幻作家式的杞人忧天拓展成"星际伦理"，既有现实意义又极富飘逸色彩。

其次是美学方面的野心。刘慈欣一再强调，科幻最终要得到的不是科学家想要的精确和正确，而是小说家想要的美感和震撼。因此，设置零道德宇宙的目的在于引燃想象，没有必要、更没有能力去追求真实。与其说，"黑暗森林"是对"宇宙社会学"的严肃思考，不如说它只是为了迫使人物做出异乎寻常的举动，驱动故事导向令人惊愕的发展方向和结局，其中种种冒犯了读者道德直觉的黑暗情节，"只是科幻而已，不必当真"。

无疑，两种野心间存在一定的冲突，并导致"黑暗森林"不严密、诸多情节存在漏洞、人物单薄、叙事不流畅等文本症结。《三体》最初在"文革"40周年之际于《科幻世界》连载时，以1967年的武斗场面开篇，以物理学家叶哲泰坚持真理不肯向非理性的狂热屈服而被批斗致死，为其女儿叶文洁日后的冷酷之举奠定动机。其手笔之大，题材之敏感不禁令科幻读者震动与兴奋，也预示着随后开启的零道德宇宙残酷剧中必将牵扯进中国的历史记忆以及当下和未来的想象。然而，《三体》单行本却以 2007 年数名科学家因基础物理学实验中不合逻辑的结果而崩溃自杀的神秘事件开场，尽管内容上并无变化，不过是为了顺利出版而将连载时的第四至九节提前，但这一调整除了说明出版者对以此种"另类"的方式参与到"文革"叙述中缺乏把握以外，更使得文本在从面向科幻圈转向一般公众时突显出"悬念故事"的商业属性，恰好昭示着历史反省和思想实验的力度必然要被对文本叙事中阅读快感的追求所消解。

不过，也正是对阅读效果的追求，使刘慈欣设法去解决一个长期困扰中国科幻界的难题："如果外星人占领地球，共产党怎么办？"

这是早些年一位主管宣传的官员提出的疑问，背后是一种担心："幻想太多，可能会引起麻烦。"长期以来，中国作家无法很好地处理这个问题，只能充分发挥科幻"逃避"现实的功能，将故事设定在与现实无甚关联的时空，或讲述发生在局部地区或境外的个别事件，而政府将如何应对未来的种种变故，则被有意无意避开，未来的中国形象因而一直模糊不清，可信性大打折扣。"地球往事"极大地改变了这种局面：在三体文明引发的人类文明危机中，由共产党领导的中国力量以正面的方式登场，以符合人们想象的方式行动，起到至关重要的作用。该系列能引发科幻迷热议并在圈外取得一定影响，正和这一点有莫大关系。

通过把人类推入一个非常处境，刘慈欣聪明地以非常时期的中国反应来侧面展开未来想象，其核心有两点：外星人的事，中国人早就想到了；一旦来犯，中国人将以中国式信心和智慧战胜外星人。而故事里最重要的四个人物都是中国人，正体现着作者的中国想象。

叶文洁显示着刘慈欣对于理性的复杂态度。对人性失去信心的她以冷酷的理性引来了三体人。她领导下的叛军大多是精英分子，习惯于站在人类之外思考问题，成为人类文明在自己的内部孕育出的异化力量。这是一种由理性导致的对理性的绝望，它放弃了启蒙主义对人的信心，重新决定为人类请来一位准上帝的外在约束者，可以说是现代理性的自我背叛。这里，刘慈欣既颂扬科学家追求真理的精神，认为"他们用自己的智慧为人类社会做出的贡献，是任何人都不可替代的"，并对非理性的狂热提出批判，但也对人类理性的脆弱面做出反思，故而又设计了史强这一角色。

警察史强劣迹斑斑，有道德缺陷，粗俗，从未仰望过星空，不去想终极问题，却具有世俗智慧和原始生命力，观察敏锐，果敢决绝，具有极强的行动能力。他一针见血地指出一旦科学家被误导着往歪处想，就变得比一般人还蠢。他不妨视为思想者的补充：科学家依靠理性行动，追求少数人才能获知的"真理"，史强则凭借多数人都拥有的"常识"，以顽强的技能求得生存。当人物因为理性的溃败而摇摇欲坠时，史强就如定海神针一般来稳固理性者和读者的信心。科学家汪淼因为智子制造的不可能的物理学幻象而接近崩溃并痛哭时，大史便大笑着出场，以一系列动作展示出惊人的自信和能量，给读者带来一股安全感。他认定"邪乎到家必有鬼"，告诉汪淼"要保证站直了别趴下"，于是汪淼的世界"又恢复了古典和稳定"。在《三体》的结尾，两位科学家得知人类因为"智子"的干扰而只能如虫子一般等候宰杀，都陷入了绝望，大史则斥之为"熊样儿"，并带领他们去见识蝗虫肆虐的景象，使后者领悟到"虫子"的顽强并重获希望。随后，他又一次次大显身手并通过冬眠技术跨越到两百年后，数次拯救罗辑的生命，继续稳定着未来世界，因而成为最出彩的角色之一。

另一个极富人格魅力的无疑是章北海。作为太空军舰队政委之一的他，"信念坚定，眼光远大又冷酷无情，行事冷静决断，平时严谨认真，但在需要时，可以随时越出常轨，采取异乎寻常的行动"。为了推进未来太空军的发展方向，他不惜精心策划太空暗杀，除掉影响决策的保守"老航天"。在他的同事都从技术决定论出发产生沮丧情绪时，章北海对以人的主观能动性赢取未来战争的坚定信念不禁使人想起老一辈无产阶级革命家对中国革命的必胜信心。不过，他必胜信念的背后却是理性判断：在科学进展停滞的前提下人类与三体人正面碰撞必败，因而他才伪装成必胜信念者以寻觅机会，利用冬眠技术来到两百年后，成功劫持一搜太空舰逃离以为人类保存文明火种。其思想隐藏之深，耐心之足，行动之果决无法不令人侧目，不禁使人想起共产党领导的政权曾经一度退守西北的高瞻远瞩和忍辱负重。当两百年后的新人类对他以船员为人质劫持太空舰的行为表示震惊和不解时，他淡然地说"没有永恒的敌人或同志，只有永恒的责任"。以"同志"和"责任"这两个字眼儿对丘吉尔名言进行的这一改造，向读者巧妙地传递着关于中国的革命历史记忆与未来想象，打动了一大批科幻迷。

罗辑则是一名不合格的三流学者，缺乏探索欲、责任心和使命感，投机取巧，哗众取宠，贪污过研究经费，对人类的命运并不在意，但他在莫名其妙地被选中为"面壁者"后，竟能气定神闲地置之不理，利用特权令自己逍遥快活，其玩世不恭的背后又暗示着一种处乱不惊的气魄，而在被迫思考时竟凭借悟性领悟到"宇宙社会学"的基本法则而忍辱负重并最终成为救世主。

这四个有道德缺陷的人物，在特殊的情势下，以人类文明之名而获得了同情，挑战了读者的道德观，引领他们思考超出道德底线的行为是否可能是一种必要的措施，并暗示读者：不管在未来遭遇何种异乎寻常的困境，我们中国人以及全人类都应该也只能以理性的精神、顽强的信念、狡黠的智慧、必要时不择手段的果决与冷酷以及临危不乱的从容不迫来捍卫人类文明的生存和发展的权利，中国人百年自强的历史经验与中国作风将在其中起到积极有效的作用。

除了人物，往事系列还调用了大量的文化符号以更直接的手段来强化读者的情感认同。"红岸基地"这一"令人难以置信的时代神话"让人不得不"佩服红岸工程最高决策者思维的超前"，史强等人也一再使用"上面""上级"等暗示普通读者无法接触到的中国最高领导者们的明察秋毫英明果决。"唐"号航空母舰未曾出海就被迫退役的失落，中国太空军这一军种及其有"八一"两字的军徽，亦鼓动着中国读者的神经。当章北海在冬眠两百年后苏醒时，地球上各大国都已衰落，代之崛起的是作为政治实体的三大太空舰队，尽管没有交代彼时中国的具体情况，但读者仍能与章北海一道，在亚洲舰队司令官那句"接到任务先说不行，这不是我们的传统吧"中感受到中国革命精神与力量跨世纪的薪火传承。太空舰队集体覆灭证明了章北海的远见卓识，而像婴儿一般被残酷地抛向宇宙深渊的新人类感受到这名来自古代军人身上的父亲的力量，后者沉稳的目光像一个强劲的力场维固着阵列的稳定。也正是他和史强所代表的"传统"，跨越了时间，稳固着在文本中被略过的两百年所造成的过去、当下与未来之间的叙事断裂和读者的不稳定感。

以这种科幻独有的方式，刘慈欣不但试图培养和加深中国人"对宇宙宏大深远的感觉"，使他们"对人类的终极目的有一种好奇和追求愿望"，更开启一条通道，使国人长久被困于革命历史叙事的国家认同感终于可以投射进未来的空间，在刘式宇观美学中尽情展开着他们对未来中国的想象与期许，也就较好地解决"如果外星人占领地球，共产党怎么办？"的问题，初步释放了"中国的未来在哪里?"的文化焦虑。因此韩松才称其完成了一个几乎无法完成的梦想:"近乎完美地把中国五千年历史与宇宙一百五十亿年现实融合在了一起,挑战令一代代人困惑的道德律令与自然法则冲突互存的极限,又以他那超越时代的宏伟叙事和深邃构想,把科幻这种逻辑严密而感情丰沛的文学样式,空前地展示在众多的普通中国人面前,注定要改变他们的思想和行为,并让我们重新检讨这个行星之上及这个行星之外的一切审美观。"

当然,"人类在思想史上没有对整个文明的灭顶之灾做过理论上的准备,这本微不足道的拙作也不可能对这点有任何改变,但有人开始想这个问题总是一件好事"。同样,这两本书在中国想象上也不可能达到尽善,它们的缺陷恰也表征着困扰中国科幻界乃至整个文化界多年的若干诸多症结和挑战,不过它的回答在总体上来说已非常出色,在诸多细节上更是令人叫绝,其努力值得肯定。更重要的是,如鲁迅所说:"非有天马行空似的大精神即无大艺术的产生。但中国现在的精神又何其萎靡锢蔽呢?"刘慈欣的最大意义,可能就在于给一个精神萎靡的时代注入了这天马行空似的大精神,因此严锋对他的激赏便不无道理:"我毫不怀疑,这个人单枪匹马,把中国科幻文学提升到了世界级的水平。"

同宇宙重新建立连接
——刘慈欣综论

◆ 李毓玲

    为了撰写本文，在对科幻文学不断深入了解的过程中，我竟然有了这样的感悟：科幻文学同一国的科技创新能力、技术应用能力有着一定的正相关关系，某种程度上，科幻文学可以折射出一个国家文化中蕴含的技术含量。科幻文学是工业革命的产物，它于 19 世纪末发端于英国、法国，在 20 世纪 30 年代至 60 年代兴盛于美国，创造了科幻文学的"黄金时代"，至今在美国仍然枝繁叶茂，影响遍布全球。法国的科幻文学已经没落，英国则在平淡中延续着。俄罗斯（包括苏联）创造了独立于美国科幻体系外的自身的科幻体系。日本的科幻文学在 20 世纪 20 年代和 30 年代就对中国产生过影响，虽然有起落，但一直比较发达。

    科幻文学作为地道的舶来品，它在中国落地生根的过程，同百年来中国的科技强国梦发生着共振。晚清末期国家风雨飘摇之际，一些文化志士就涉猎过在西方兴起的科幻文学，并在其中寄托自身的救国梦想。新中国成立后，掀起了第一次科幻文学的高潮，应和当时百废待兴的发展形势，科幻主要集中在科普功能上。改革开放后的 20 世纪 80 年代前后，既是科学的春天也是文学的春天，科幻文学迎来了第二次短暂的高潮，当时的科幻文学同主流文学的界限并不分明。以 1997 年在北京举行的世界科幻大会为标志，开始掀起第三次科幻文学高潮。这次高潮有显著的自发性和民间性，同主流文学受到的冲击正好相反，科幻文学是在出版业市场化过程中受益和成长起来的类型文学。以成都《科幻世界》杂志为平台，凝聚了大批科幻迷，发掘和培养了重要的科幻作家，逐步使科幻文学进入产业化。而这个时期，正是中国进入工业化、信息化的快速发展时期，社会生活因科学技术发生着深刻的变革。

刘慈欣正是在科幻文学第三次高潮中涌现和成长起来的代表性作家。随着他的《三体》在国内引发的热潮，科幻文学已经从孤岛状态进入大众文学，也把科幻文学的第三次高潮推向了高峰。《三体》第一部英文版在美国获得星云奖、雨果奖、坎贝尔奖、轨迹奖和普罗米修斯奖五个奖项的最终提名，成为本年度获得提名最多的长篇科幻小说。前三项为世界科幻文学最高奖项，最终《三体》第一部获得了雨果奖、坎贝尔奖，成为亚洲第一部获得雨果奖的作品。这表明中国科幻文学已经可以同世界比肩，在世界格局中占据一席之地的时刻终于来临。

在写本文之前，我只是一名文学爱好者，并没有关注过科幻文学。年事渐长，于生活，于文学，绚丽的外表正渐次脱落，更为关注的是文学于人生精神层面的意义。所以，在刘慈欣的科幻世界面前，有些踯躅——能不能寻找到自己想要的？

创世界：心灵·科幻·宇宙

2012 年第 3 期《人民文学》选登了刘慈欣的四篇中短篇小说，这被认为是时隔近三十年科幻文学被主流文学重新接纳的标志性事件。刘慈欣创作的中短篇小说数量不少，风格多样，为什么是这四篇呢？作为最具影响力的主流文学杂志，其中暗含的尺度耐人寻味。

这四篇小说是《微纪元》《诗云》《梦之海》和《赡养上帝》。"微"和"纪元"是刘慈欣科幻小说中经常出现的概念。"微"和"宏"组成空间上的对立，"纪元"纵笔一挥，形成时间上的宽阔跨度。《诗云》中对技术和艺术的想象，是最具震撼力的一篇。"诗云"是宇宙之神所创造出的囊括了所有汉字排列组合而形成的一片星云。同《论语》中"诗云"，既有形象上的对应，也有哲思上的暗合。《梦之海》同《诗云》一起组成了"大艺术"系列，宇宙低温艺术家创造出壮阔的横跨银河系的冰环"梦之海"。《赡养上帝》中上帝化身为需要赡养的耄耋老人，降临地球后引发了雷同于赡养老人时出现的矛盾。这篇的亮点是对文明生命周期的想象。

但在刘慈欣的中短篇小说中，最具震撼力的是另一种类型。他在《乡村教师》开篇写道："你将看到中国科幻史上最离奇最不可思议的意境"。单从现实角度写乡村教师，会是《凤凰琴》那样的版本，而从宇宙的广阔的背景下俯瞰地球文明，两代生命之间传授知识的个体，是被称为太古词汇的"教师"——会产生传统小说不能及的强烈的震撼。从这一点上说，科幻文学确实拓宽了文学的边界。

还有一类小说是很多男性感兴趣的战争题材，如《全频带干扰阻塞》《混沌蝴蝶》《光荣与梦想》等。这些小说里有很多世纪之交局部战争热点的影子。用科幻演绎战局，影响战争走向，想必是很多人的梦想。如刘慈欣所说，"科幻文学是英雄主义最后的栖身地"，这些小说中表现出的英雄主义让人有久违之感。小说中微妙的心理描写、流畅的意识流写法、紧张的叙事节奏，即便在纯文学领域也很少看到这样精彩的小说了。这些小说都是异国题材，刘慈欣把握得非常到位，很逼真，很有现场感，让人领略到科幻小说的魅力，不必局限于地域空间，可以纵横驰骋于地球上任意点。

还有一类小说充满了哲思，能从中感受到物理学、宇宙学同哲学之间那种奇妙的联系，甚至涉及生命的终极思考。《朝闻道》是非常典型的一篇，生命的意义是什么，宇宙的目的是什么。《思想者》中宇宙就是类似于大脑的思想者。读完这些小说，令人平添人生苍茫之感。

2010 年，刘慈欣在创作完《三体 III：死神永生》后，写了论文《重归伊甸园——科幻创作十年回顾》。他把自己的创作分为三个阶段。第一阶段是纯科幻阶段，"对人和人类社会完全不感兴趣"，"科幻小说的成功，在很大程度上取决于其幻想的奇丽与震撼的程度"。《人民文学》所选的除《赡养上帝》外的三篇，均可视为纯科幻阶段的作品。纯科幻作品一直是刘慈欣心仪的文本，也符合普通读者甚或主流文学对科幻的期许。

以《乡村教师》为代表作的阶段被刘慈欣划分为创作的第二阶段，"人与自然阶段"，"由对纯科幻意象的描写转而描述人与大自然的关系。这一阶段的共同特点，就是同时描述两个截然不同的世界：一个是现实世界，灰色的、充满着尘世的喧嚣，为我们所熟悉；另一个是空灵的科幻世界"。刘慈欣说自己最成功的作品都出自这一阶段，代表作还有中篇《流浪地球》、长篇《球状闪电》和《三体》第一部。这个阶段也体现了科幻文学界为了吸引更多的科幻迷外的读者所做的努力，科幻作品现实性和文学性被着意加强。

比照文学史上"魔幻现实主义"，这种写作方法可以称为"科幻现实主义"。刘慈欣的中篇小说绝大部分都是两万多字，也可界定为短篇小说。短篇小说是非常体现一名小说家功力的文体。目前主流文学界的短篇小说创作已难有新意，作家为了突显个性常常求怪求异，这种后现代主义的创作手法令短篇小说愈发支离破碎。刘慈欣的风格被冠以"新古典主义"，他在科幻领域重拾古典主义写作手法，无论是摹写现实还是构建科幻，都非常耐心，不苟细节。这种扎实的写作风格不仅使刘慈欣成为"硬科幻"的代表，也用"实"平衡了科幻文学本身自有的"虚"，使得刘慈欣的科幻作品传递出更深厚的力量。"科幻文学的发展必须经历一个相当丰富的古典主义的时期"，这一论断是有道理的，因为即便把这一点放在主流文学界也是成立的。一棵大树的生长必须先有主干，无论是主流文学还是科幻文学，都不可能超越社会的发展阶段。

就中短篇小说创作而言，上述两个阶段从最初的 1998 年开始，大致持续到 2002 年。令人惊讶的是，在 2000 年左右明显地感觉到刘慈欣创作的中短篇小说有了一个质的跃升。这些发生在仅仅发表了几篇作品后，一些堪称经典的中短篇小说就从刘慈欣笔下问世了。究其原因，除了有着多年对科幻的痴迷和热爱，本身已经积累了一些创作经验，厚积薄发之外，另一个重要原因想必是 1999 年 7 月刘慈欣首次应邀参加了成都科幻文学笔会，他受到了科幻界的接纳和触动，开始认真思考科幻文学和自己的创作。此后，创作呈"井喷"之势。从 1999 至 2005 年，刘慈欣连续六年以中短篇小说获得中国科幻文学银河奖。

第三个阶段，刘慈欣称为"社会实验阶段"，"这期间，我主要致力于对极端环境下人类行为和社会形态的描写"，"星空的自然属性被大大弱化了，代之以明显的社会属性"。这个阶段的代表作品有长篇《三体 II：黑暗森林》、中篇《赡养上帝》《赡养人类》等。这一阶段基本从 2004 年开始持续到 2008 年《三体 II：黑暗森林》完成。明显感觉到，这一阶段所创造的科幻世界，是人类社会的某种投射，人的社会性在这些作品里占了很大的比重。第一阶段纯科幻那种空灵的美感，第二阶段介入现实后那种悲悯的情怀，在这一阶段消失了，读完后没有了科幻那种飞翔。刘慈欣也在反思，认为这个趋势是不正确的，"科幻小说中的自然形象一旦被弱化，科幻文学便失去了灵魂，失去了存在的依据，变得与其他文学类型没有本质的区别"。

《人民文学》所遴选的四篇短篇小说中，有着最成功、最有影响力的第二阶段作品缺位了。而最终，是属于第三阶段的《赡养上帝》获得了当年的"《人民文学》柔石奖"。不难看出，主流文学对待科幻文学是小心翼翼的，接纳度并不宽阔，对科幻这一类型文学的社会意义要求更多。

在写《重归伊甸园——科幻创作十年回顾》时，《三体III：死神永生》还未正式出版。在这部书中，刘慈欣试图重新找回科幻文学中的大自然形象。这部书取得了前所未有的成功，说明这条创作道路是正确的。我想刘慈欣重归伊甸园的愿望已经实现，经过否定之否定，已经不是第二阶段的重复，丰富性和坚定性已然不同。

研读刘慈欣十几年来的科幻创作，发现作为一名科幻作家，所走过的创作道路同主流的纯文学作家同质性远超过差异性。同很多取得成就的纯文学作家一样，到目前为止，刘慈欣的创作体系已经比较完整。这个体系通常由三部分组成，首先是创作大量的中短篇小说，这是基础；第二部分是文论、杂文，对科幻文学的发展和规律进行思考，增加文学的自觉性，这对创作道路走得深远是非常重要的；第三部分是长篇小说，经过最初几部的实践锻炼，最后创造出辉煌之作。如果说有什么不同，那么应该是科幻作家不可能一夜爆红。科学技术是一个积累的过程，科幻文学也是如此，不可能凭一篇构思奇异的作品突然站在舞台中央。

文学是想象力的世界。对于一个纯文学作家来说，他笔下的世界可能有一副世俗的面容，也可能是某种抽象和变形，无论怎样都不是现实世界的简单镜像，他创造的是一个属于自己的心灵世界。随着科技的发展，世界的神秘性已经渐退渐让，如果还有"神"存在，他早已脱离三界，归于广漠的宇宙。科幻文学可以突破地域限制，将地球作为自己的舞台，也可以借助科学的制动力脱离地球引力，在无际的宇宙创造自己的世界。

早在2001年，刘慈欣就表达过："反观中国科幻，最大缺憾就是没有留下这样的想象世界，中国的科幻作者创造自己世界的欲望并不强，他们满足于在别人已经创造出来的世界中演绎自己的故事。"那时候，刘慈欣一定已经有了创造自己科幻世界的志向。经过十几年的创作实践，至《三体III：死神永生》完成，我想他的这个理想已经基本实现了。"可以说他在科幻田地里，是一个新世界的创造者——以对科学规律的推测和更改为情节动力，用不遗余力的细节描述，重构出完整的世界图像。"

元素要素：准则·他者·细节

在这一节，我们想要探讨的是刘慈欣科幻构建世界所用的元素、要素。

准则。在科幻世界里，现实世界遵从的法则失去效力，需要创造这个世界的运行规则。"塑造科幻形象的基础工作是世界设定，就是为小说中的想象世界确立一个基本的框架、规律和规则。"刘慈欣的科幻世界首先依从的准则是科学规律。

居里夫人说过"科学有种伟大的美"，这是任何有幸深入到科学内部的人所能感受到的。理论物理学领域，又在穷尽着人类的想象力，它的探索深刻地影响着哲学的基础和人类的世界观。如"不确定性原理"，在考验着"永恒真理"是否存在，连爱因斯坦都不愿接受，他坚信"上帝不掷骰子"。理论物理最重要的两个分支，广义相对论和量子力学，一个指向广漠的宇宙，一个指向微观尽头，是"宏"与"微"。而迄今为止无法将二者统一而建立宇宙大统一模型，为科幻留下了无尽的想象空间。宇宙是一个广阔的舞台，适合用科幻的笔法尽情演绎传奇。

"科幻的世界设定需遵循科学规律，它是超现实的，但不能超自然。"刘慈欣笔下的科学规律，是在科学规律的基础上经过变造的，是经过缜密推演的，也是逻辑自洽的。科学规律只是科幻依赖的一部分，是自然的，客观的。另一部分涉及人类的、社会的则需要自行创立。科幻界目前最为成功的准则设定，是阿莫西夫在《我，机器人》中设立的"机器人三准则"，它已被人工智能领域所采用，产生了实质性的影响力。刘慈欣在自己的小说里，很早就体现出了这种创造"准则"的意识。在《朝闻道》里，刘慈欣设立了"知识封闭准则"，封锁了低级文明探索宇宙终极真理的可能。《三体》中创建了"黑暗森林法则"，整个《三体》系列就是建立在"黑暗森林法则"上的一个世界。

他者。对于坚信平行宇宙存在的刘慈欣，并没有去直接创造外星文明的直观形象。那是《E.T.》之类的科幻电影要做的。他在自己的科幻世界里，创造的最多的是宇宙的他者。除了"吞食者"有些像消逝的恐龙，视人类为"虫虫"，其他都没有具象的面容。"排险者"出自《朝闻道》。"思想者"没有特指，只是用来表明宇宙的模型很像大脑的信号传递，宇宙本身就是位思想者。"弹星者"出自《欢乐颂》，弹星者来到我们星系，以太阳为乐器，弹奏的乐曲以光速传遍所有时空。在《三体III：死神永生》中，出现了"歌者"，是宇宙之神的侍者，唱着歌谣，做着宇宙的清理工作。还出现了"归零者"，也叫"重启者"，让宇宙坍缩成奇点，再重新大爆炸，把一切归零。刘慈欣笔下还有另一些他者，是以整体出现的，如上帝文明、星云文明、星舰文明、低温文明等。在更高一级智慧文明的他者眼里，宇宙是二维的，他者如神般俯视着整个宇宙。

细节。文学中最具艺术表现力的是细节。对于科幻文学，则产生了区别于传统文学的"宏细节"。"在这些宏细节中，科幻作家笔端轻摇而纵横十亿年时间和百亿光年的空间，使主流文学所囊括的世界和历史瞬间变成了宇宙中一粒微不足道的灰尘。"在《朝闻道》中这样的描述就是"宏细节"：

排险者露出那毫无特点的微笑说："这很难理解吗？当生命意识到宇宙奥秘的存在时，距它最终解开这个奥秘只有一步之遥了。"看到人们仍不明白，他接着说："比如地球生命，用了四十多亿年时间才第一次意识到宇宙奥秘的存在，但那一时刻距你们建成爱因斯坦赤道只有不到四十万年时间，而这一进程最关键的加速期只有不到五百年时间。如果说那个原始人对宇宙的几分钟凝视是看到了一颗宝石，其后你们所谓的整个人类文明，不过是弯腰去拾它罢了。"

科幻小说的特点是人类作为一个"族群"出现，很少像传统文学那样突出个体的主人公，不以塑造文学形象为主旨。但是刘慈欣被冠以"新古典主义"风格，结合了很多主流文学的表现手法，在塑造人物方面用了很多工夫，很多时候能深入到人物的内心深处，使得这些人物形象丰满。《三体》系列每部都有形象鲜明的人物，《三体Ⅱ：黑暗森林》则突出塑造了一系列的"面壁者"，将这些人物的内心活动刻画得非常细微。书中第一个破壁人出现是这样描写的：

作为政治家的泰勒，一眼就看出这人属于社会上最可怜的那类人，他们的可怜之处不仅仅是物质上的，更多的是精神上的卑微，就像果戈理笔下的那些小职员，虽然社会地位已经很低下，却仍然为保护住这种地位而忧心忡忡，一辈子在毫无创造性的繁杂琐事中心力交瘁，成天小心谨慎，做每一件事都怕出错，对每个人都怕惹得不高兴，更是不敢透过玻璃天花板向更高的社会阶层望上一眼。

从上面的两段引用中不难看出刘慈欣的文字风格。文学的细节都是通过语言抵达的，作家最后创造的世界无不依赖语言实现。不管是纯文学还是类型文学，语言的粗糙是难以创造经典之作的。刘慈欣的语言风格有着科学技术人员的简练、精准，同时不失文采。刘慈欣是可以直接阅读英文原著的，这点对于科幻创作尤为有益。想必英语的简洁增加了他文字的洗练程度。

致幻剂：三体·黑暗·死神

至此，我们已经分析到，刘慈欣具备了创造自己科幻世界的雄心，累积了各方面的素材，经过了足够的实践练习，那么这个世界宏伟的主体建筑该问世了。这一节我们讨论的是目前为止刘慈欣最具影响力的代表作品，即"地球往事三部曲"：《三体》《三体II：黑暗森林》《三体III：死神永生》。

目前读者共识的《三体》是指整个"地球往事三部曲"系列，实际它是第一部的名字。此外，《三体》在小说中至少还有三个含义。它首先是个古典物理学的经典问题，研究三个质量相同或相近的物体在相互引力作用下如何运动，对天体运行研究有着重要意义。在数学上三体问题是不可解的，或者说只能求出某些特解。由此引申出第二个含义，外星文明"三体"指的是在半人马座的一个由三颗恒星组成的文明，相当于天空中有三个太阳，因为三颗恒星的无规律运行，行星上的生态环境酷烈，文明经过几百次的生灭，造就出了比地球人更强悍的三体人。对于这个外星文明，刘慈欣没有做正面描述，而是发挥了宏大的想象力，由一款名为"三体"的电脑游戏对那个世界进行了模拟，这是"三体"的第三个含义。在此显示了小说架构上的精巧构思。

《三体I》中故事的缘起要追溯到"文革"时期，对"文革"期间知识分子心态的描述非常精准到位，至少我在纯文学领域没有读到过这样的见解。由此可见，刘慈欣的文学功力是很深厚的，他有着非常好的细节描写能力，这是一个优秀的小说家必备的。另一方面，在这一部的三体游戏中，又能见识到刘慈欣非凡的想象力。这个游戏亦真亦幻，将历史、科学史融入文明进化史中，给人纵横捭阖、驰骋古今之感。三体游戏中，秦始皇指挥三千万兵卒进行人列计算机演算的恢宏场面非常令人震撼。

《三体I》中刘慈欣再度发挥自己擅长的现实+科幻的构建法，除间接引入三体世界外，所描述的时间是"文革"历史和当下，所探及的空间没有跨出地球。可以说科幻色彩并不是特别浓厚。

《三体 II：黑暗森林》推出了现今广为流传的"黑暗森林法则"，也让刘慈欣构建自己的、中国的科幻世界的雄心向前迈进了一大步。在这一部中，刘慈欣放弃了第一部中模块化的书写方式，全书只分为上中下三部，至少八九条线索穿插进行。因为未分章节，直接进行切换，使得整部书像一部影视作品。当然，因为面壁计划是以欺骗三体人为目的的，更像一部悬疑剧。

看完第二部，心情沉重。黑暗、邪恶、暴力……这样的科幻不美。好在一直避免丑化、妖魔化科学形象的刘慈欣保持了一份自觉，他把《黑暗森林》归于自己创作的第三个阶段"社会实验阶段"。回顾这段创作历程，他认为这种趋势是一条歧路。所以在《三体》第三部《死神永生》中，刘慈欣试图回归，重归科幻本身的大自然属性。

《三体 III：死神永生》是最具科幻色彩的一部，这一部涉及了科幻文学的大部分重要题材——世界末日、拯救地球、星际航行、时间旅行……时间甚至延伸至无穷的时间之外。空间已经从太阳系一直扩展至其他星系。对多维空间的描述是最具想象力的，正是利用了空间降维打击，太阳系被二维化，地球毁灭……

《三体 III：死神永生》中，很多地方能让人领略到诗意。借鉴经典文学的写作手法，这部书中有独立于情节的外篇，被称为"时间之外的往事"，是女主人公程心在宇宙和时间的尽头写的回忆录，对情节进行旁白和反思。这种俯瞰的方式，增加了作品的文学性。云天明编的童话，融合了玄幻的手法，暗喻拯救地球文明的方法，又统领此后的情节走向，有着非常高的文学技巧。宇宙的歌者唱着歌谣，弹指一挥，散出"二向箔"，开始了对太阳系的清理。太阳系被二维化后，展现的画面是梵·高的《星空》，展示出了绚丽的美感。程心的回忆录，最后一篇结束于《责任的阶梯》，虽然她因为爱和善良一次次错过拯救地球的机会，但最终她都选择了责任，与宇宙的命运融为一体……

读完《三体 III：死神永生》，掩书之际，心中激动不已，同读到好的经典文学作品感受是一样的。我想，我找到了自己想要的。

救世主：技术·道德·文学

这一节我们讨论在刘慈欣的科幻世界里很关键的几个词。当然，从来就没有救世主，在此提出这几个关键词，是因为他们对科幻文学来说有着特别的意义。也因为，刘慈欣对三者的态度截然相反，对技术极度推崇，对后两者均不以为然。

人类的末日体验，是科幻文学的重要题材。科幻文学这种特性，总是将我们引入道德和价值观的困境。刘慈欣称自己是疯狂的技术主义者，认为技术能解决一切问题。对于一个热爱科学的人，将技术作为自己的信仰可以理解，但一旦成为"主义"不免引发争议和怀疑。好在人们看到的刘慈欣是一个充满人文关怀的作家，在他的作品中也能感受到一种道德坚持。

在此，我们不妨借鉴刘慈欣在《三体III：死神永生》中三体世界衡量执剑人的威慑度的方法，再设立技术指数和道德指数，对《三体》三部中出现的几个救世主式人物进行度量，以对比技术和道德在他们心目中的分量。所谓"威慑度"，是指执剑人在受到三体世界攻击时，是否选择向宇宙发射地球和三体世界的坐标广播，使得两个世界同归于尽。

人物	威慑度	技术指数	道德指数
叶文洁	——	50%	0
章北海	——	80%	2%
罗辑	90%	50%	50%
维德	100%	95%	5%
程心	10%	20%	100%

叶文洁出现在第一部，是整个故事的引子。因深受"文革"之害对人性失去信心，她充当了地球的叛徒，向三体世界发出了信息。她的道德指数为0，是因为她不惜以牺牲地球为代价，从未表露悔意。章北海出现在第二部，他有着中国军人钢铁般的意志，为达到保留地球文明种子的目的，不惜以毁灭同类为代价，之所以道德指数为2%，是因为在太空黑暗战役的最后时刻他犹豫了一下，比对手慢了3秒，结果从毁灭者变成了被毁灭者。罗辑也是第二部中出现的人物，作为一名三流学者，也是一名嬉皮，虽然受过叶文洁指点，最终发现了宇宙"黑暗森林法则"，但对责任的承担是被动的。维德和程心都是第三部中的人物。维德道德指数5%，是因为冷酷到极点的他，最后把是否研制光速飞船的最终决定权交还给了程心。程心威慑度为10%，这一点早为三体世界所知，所以在程心接管执剑人的刹那，毫不犹豫地发动了对地

球的攻击。她的道德指数 100%，是因为她总是选择爱和责任，为此背上沉重的十字架，也因此错失了拯救地球的机会。

我个人认为《三体 III：死神永生》的成功至少有一部分要归功于程心这个人物塑造得有血有肉。尽管科幻文学中人类常常以族群出现，塑造人物不是科幻小说的目的和长项，但塑造这样一个普通人，这样一个女性，增加了《死神永生》的文学性和内在力量。相比之下，那些技术狂人、冷血战士，倒显得很二维化、平面化。

回顾自己创作的第三阶段"社会实验阶段"，刘慈欣说转折源于这样的发现："我看到了科幻文学的一个奇特的功能：现实世界中任何一种邪恶，都能在科幻中找到相应的世界设定，使其变成正当甚至正义的。这个发现令我着迷，且沉溺于其中不可自拔，产生了一种邪恶的快感。"这些加上前面提到的"疯狂的技术主义"，催生了《三体 II：黑暗森林》。通过这样的创作实践，刘慈欣认为这是一条歧路，是将焦点集中在了"宇宙中人与人的关系上"，但我感觉是因为焦点过多集中在了邪恶上。黑暗森林法则是建立在一个零道德的宇宙上，但法则本身透露出的我认为是一种"负道德"，它就是宇宙的丛林法则。

在《三体 III：死神永生》中刘慈欣进行了回归，但实际上随着《三体》系列的流行，黑暗森林法则传播最快、最广。而在第三部《三体 III：死神永生》中程心为了爱和责任所做的努力，很快湮灭，被人淡忘。黑暗森林法则在互联网界已被誉为从业圣经，那一句有点强盗逻辑的"我灭了你，与你有什么相干"，越来越多地挂在互联网精英们的嘴上，在这个竞争激烈的领域，成为他们合理化自身的所谓市场行为的理论依据。而若用技术指数和道德指数衡量互联网这一行业，那么它的技术指数在递增，而道德指数在递减。作为互联网一路发展过来的见证者，你不得不为日益肮脏、充斥色情和暴力、道德水准低下的网络环境而担忧。如果你身为父母，肯定不愿意自己的孩子生活在这样的网络雾霾之下。

恶的传播速度永远比善的要快，繁殖能力永远比善的要强。放弃抵御和反抗，不去维护道德底线，无视公平与正义，如同恶化的生态环境，我们迟早都会成为受害者。当下的中国，本身处于转型期，工业体系脆弱，社会整体价值观不够稳固，又遭遇信息时代的浪潮，所受到的冲击要大过西方国家。在人们思想混乱的时期，我们每个人能做的是让善传播得比恶快一些、远一些。

人类文明发展史上，技术的积累一直是持续的，人性的进化和道德的积累却要缓慢得多。人类的道德是否足以驾驭技术？进入 20 世纪，可称为"技术爆炸"时期。核技术、基因技术的发展，人类的命运已经被技术挟持。人类社会的道德底线和价值体系受到了空前的挑战，人类社会能否经受得住这样的撕裂，是个巨大的考验。对技术保持一份警惕是必要的。

末日体验中的道德困境，实际在伦理学领域经常被讨论。生命的数量和质量能否作为利益衡量的标准？少数服从多数是否是应然之道？如果说这是伦理哲学中的功利主义，你是否还坚持原来的观点？科学和理性精神是中国的文化基因里欠缺的，我们有理由在科幻文学中寄托这样的期待。对技术的过度崇拜是不是符合科学和理性精神是值得商榷的。

在写刘慈欣综论的过程中，参阅了不少评论文章。于是发现了一个令人担忧的现象，那就是没有哪怕一篇文章，对"黑暗森林法则"导致的暴力、邪恶提出质疑，对科幻文学弱化道德的倾向提出疑义。是道德在评论家们的坐标系中已经缺位了，还是科幻文学有了这样的豁免权。科幻文学既然像上帝一样创造了一个世界，那就应该给这个世界一束光。无论作家还是评论家，即便作为一名普通公民，道德关怀、责任和担当都是我们生命中的应有之义。

至于文学，从来担当不了救世主，勿论在这日渐式微的时代。文学能做的只是自我救赎。虽然刘慈欣本人有很好的文学素养，但他说自己从来不是文学爱好者。在很多科幻作家眼里，主流文学是自恋的。作家阿来也曾说过：中国作家是写大自然最少的。中国人没有热爱自然的传统，也很少去仰望星空。但这并不是全部，若说文学是自恋的，那也只能是人的心灵出了问题，远离了文学的精髓。如果深入文学的深处，会发现那些最深沉的精神跋涉者们，大自然仍然是他们精神力量的源泉。科幻文学要想葆有持久的生命力，仍然需要将自己的支点置于文学的核心上。

在目前的中国，科幻文学和主流文学间的沟壑还是很明显的。实际上，在科幻文学历程中，出现过很多主流文学大师的身影，卡尔维诺、博尔赫斯，日本有安部公房、村上春树，他们有的作品本身就是科幻，另一些则借助了科幻的想象力。著名的乌托邦三部曲，都是借助科幻手段实现的经典文学作品。为老舍先生赢得国际声誉的是他的可称之为科幻作品的《猫城记》。科幻文学对主流文学产生影响的现象在国外很常见。可以说，科幻文学是对主流文学最有反哺功能的类型文学。

文学的声音在这个日益喧嚣的世界，正在被掩盖、被遮蔽。在这个时代，科幻文学和主流文学联手的意义要远大于其他。

结语：云端·天际

让我们从李白的两句诗说起：月出峨眉照沧海，与人万里长相随。

这并不是李白诗作中最有名的，但是李白的诗，总是能将人霍然间超拔到云端，以一种仙人的眼光俯视人间大地，那种壮阔无人能及。所以称李白为"诗仙"是贴切的。

如果不是为写本篇评论，我可能没有机会走近科幻，领略到科学之美，感受到科幻文学的魅力。当人拓宽自己的世界观边界，将宇宙纳入进来时，我想他已经同宇宙重新建立了连接。

随着对科幻文学了解的深入，这个类型文学虽然不免驳杂，但其核心部分仍然引发了我更多的尊敬。科学的发展造成了今天学科过分专业化的局面，哲学和文学关乎人类的世界观甚至宇宙观，如果仅仅将自身局限在社会科学范畴内，将自然科学摒弃在外，那本身就是在窄化自身的视野。科学技术一直是中国社会发展中薄弱的一环，中国文化乃至中国文学也一直因"文"而"弱"，迄今为止这种状况并未得到根本改变。如何弥补这种基因中的不足，是需要我们自省和自觉的。

文学的丰富除了需要巩固自身的特性外，也需要不断增加异质性，以开放的视野和宽阔的胸怀接纳和吸收不同的特质。中国文学一直缺少一种飞扬，山西这块土地则更为滞重。文学需要根扎大地，也需要将枝叶伸向苍穹，在风中翻飞起舞。

很早以前摘录了奥维德《锐变》中的一句话，我想用作结束语是合适的。在刘慈欣的小说《朝闻道》中写到了类似的场景，37万年前，原始人抬头仰望星空，宇宙排险系统开始报警。它也许表明了宇宙的某种指引，涵盖了人直立行走的意义——

其它动物都俯视地面，人却天赋一张脸，可以将眸子转向星空，将目光投向天际。

"民间"的诗性建构

——论吕新长篇新作《草青》的叙事艺术

◆吴义勤

　　长期以来，我一直是吕新小说的追逐者。他的《南方遗事》《中国屏风》《抚摸》等小说曾一次又一次地带给我"致命的诱惑"。虽然许多时候，他的极端和诡异会令我茫然失措无法言说，但这丝毫不妨碍我从他那里获得顿悟与力量。穿越吕新的语言丛林，那是一种真正飞翔的感觉，它让浮躁的心灵归于沉静，让混沌、沉滞的俗世一步步远遁，让遥不可及的神性在语言中梦幻般地莅临。也许，对于过于"庞大"的中国文坛来说，吕新真的很渺小和微不足道。但是我始终坚信，吕新是一个能够呈现文学史"意义"的作家，这种"意义"即使在当下被忽略和掩盖，也必定会在将来大放光芒。从我个人的角度来看，吕新的独特性至少体现在两个层面：其一，他是一个真正具有"先锋"品格的作家。20世纪80年代中期以降，马原等人发动的先锋小说运动，虽然根本上改变了中国当代文学的面貌，但却因为"形式主义"和"西方化"而被中国文学界视为"移来的花朵"，屡遭诟病。然而，如果我们能平心静气地看问题，我们就不得不承认，如果没有这个以"形式主义"和"西方化"为标志的先锋小说运动，中国当代文学的步伐就不会如此的果断和快捷。对中国文学来说，"形式"确实是一个命门，我们的文学从来不缺少生活，不缺少思想，不缺少深度，但唯独"艺术形式"非常滞后。"形式"不仅是形式，它其实是与艺术创造力、艺术创新、艺术思维、艺术观念紧紧相连的。吕新是先锋小说运动中一个异常坚定而持久的艺术存在。他的语言，他的想象，他对形式的敏感都使他在先锋作家中独树一帜。更重要的是他从来也没有表现过对先锋的怀疑与动摇。他是少数几个能贯穿八九十年代的先锋写作者，在先锋运动早已风流云散的今天，吕新、刘恪等人对先锋的坚持尤其令人尊敬。因为，这才是一种非功利的、纯粹意义上的"先锋"，是摆脱了"运动"意味的具有个人性的"先锋"，他们使80年代的"先锋"写作没有因大多数作家的转向而夭折，而是有了一个持续性的"历史"，有了一种健康发展的可能。我始终坚信，一个不能形成历史的文学必然是短命的文学。如果说80年代的那拨先锋作家难免有某种功利性、姿态性、模仿性甚或时尚性（在中国先锋能成为一种时尚确实是一桩令人悲哀但又无可奈何的事情）的话，那么，吕新对他们的超越在我看来是显而易见的，他不是穿着"先锋"衣衫到处招摇的行为艺术家，也不是在"先锋"之船上随波逐流的匆匆过客，所有的一切在他这里都是内在的，与信仰或生命有关的，先锋的血液汩汩流淌，那声音分明是清晰而震撼人心的。正因为这样，他不会蜕变（如苏童），也不会诀别（如孙甘露），他始终坚定着他的信仰，领悟和谛听着先锋的天籁。不管我们今天怎么看待和评价"先锋"，但至少从吕新这里，我们看到了对于自我、对于先锋一往无前的信心，看到了先锋血脉生生不息的精神轨迹。

其二，他是一个具有深厚本土体验和文化体验的作家。在一般的观点中，先锋写作总是具有某种显而易见的舶来品特征，作为一个陌生的闯入者，它似乎天然地游离于中国文学的传统之外，武断而粗暴地制造着中国文学的"断裂"，永远也无法融入中国文学的血统并真正的生根发芽。然而，这一切在吕新这里发生了动摇。吕新为我们提供了一种不是"漂"在空中，而是扎根在"泥土"中的"先锋"图式。吕新的先锋写作当然也离不开"形式"，但是他的"形式"不是漂浮和虚无的，它有着坚实的乡土中国内涵，有着浓郁而强烈的本土体验。我想，这是吕新与中国作为"类"的先锋写作者的根本区别。与大多数依赖"洋奶"写作的作家不同，吕新是有根的，丰厚的本土民间资源和凝重的三晋文化传统支撑着他的先锋写作。某种意义上，我敢说吕新对山西文学尤其对主流的"山药蛋"派文学传统来说绝对是一个"另类"，但是这种"另类"又不是"天外来客"式的另类，相反它恰恰是在传统的内部裂变、孕育、升腾而出的"另类"，坚实的土地、喧腾的民间仍然是这个"另类"不可或缺的资源。我不敢想象离开了"山西"背景的吕新会是怎么样一种状态，但我能想象没有了吕新的"山西"文学的缺憾，因为吕新呈现了一种新的可能，一种新的参照，它不仅有助于防止主流文学范式陷入惯性和僵化，而且还标示了文学传统在否定和背弃中自我更新的生命力与再生性。当然，这样的说法也许过于抽象和武断，我们不妨以他的长篇新作《草青》（长江文艺出版社 2001 年 5 月版) 为例证来完成一次对于吕新的重新发现与阐释。

我个人觉得，《草青》与吕新近期的《瓦蓝》等中篇小说一道构成了吕新小说创作某种转型的迹象。当然，这种转型与 90 年代初苏童等一大批作家的"背弃"式的转型不同，吕新的小说似乎只是一种稍微的调整，其"本质"一以贯之且依旧坚硬如故。也就是说，他仍然坚信和坚守着自己的先锋文学理念并不断充实着新的内涵，他没有中断或扭曲自己的文学"历史"，而是努力赋予其一个连贯的持续性的"生长"过程。仿佛一棵树，它最终能长多高长多大并不重要，重要的是它始终在生长着。

如果说《草青》与吕新从前的小说有什么差别的话，这种差别大概主要体现在这些方面，即《草青》有了比从前小说轮廓更为清晰的故事，有了依稀可辨别的年代，有了面影尚能识别的人物，有了具体可感的生活场景。但是，所有这一切都无法改变吕新小说的"本质"。吕新小说的"本质"是什么呢？ 我的答案是，吕新的小说根本上是超越认识论和现象学的，它不是为了提供历史或现实的见证，而是为了提供一种关于历史或现实的想象，是为了呈现一种独特的体验与感觉。他小说中的人物也不过是"现实主义材料中的秘密，一种对现实的富于诗意的猜测或否定"。因此，我们可以看到，在吕新小说中，具体的人物、具体的生活、具体的场景往往既是写实的又更是抽象的，既是清晰的又更是模糊的，吕新的艺术目标总是远离具体的所指，而呈现某种能指意味。某种意义上，我们几乎无法对吕新的小说进行主题学分析，因为他小说的主题本来就是无法概括的、隐藏的，歧义的或象征化的。

从故事形态上看，《草青》算得上是一部家族小说。它叙述的是近半个世纪的时间跨度内一个家族四代人生离死别的故事。从众多的故事里我们可以看到历史的光与影，生命的悲与喜，情感的痛与伤，甚至还不乏生活的戏剧性。但这些本质上却都不构成小说的叙事目标。小说的真正叙事目标是通过这些故事与人物建构一个诗性的"乡土民间"。可以说，小说的真正主体不是故事，不是人物，不是命运，也不是场景，而是一个形态丰满，意象纷呈，众声喧哗的"民间形象"。小说所有的一切都最终归结在这个形象上，它是小说松散的故事、分散的叙事背后真正的主角，它既是立体的，又是抽象的，既是诗意的，又是感性的，既是荒诞的，又是真实的，既是抒情的，又是哲学的，既是经验的，又是超验的……在这里，小说的先锋性已经与丰富、复杂、包罗万象的民间性真正融为一体了，它不再是一种简单的姿态、理念、形式或技术，而是有了饱满而充实的内涵。乔治·布兰曾说过："文学是一个完全想象的世界。这是行为十分纯粹的结果，作家通过这种行为，在把他的对象物转变为观念的同时，使一切不再是观念的东西消失殆尽。于是一种观念保留下来了。它存在着，是可理解的，可通行的。它面对一系列洞穴敞开，这些洞穴各自相异，它们空无又满溢，一种对存在独一无二的肯定在这些洞穴中回响着。谁介入其中，谁就不仅仅是离开了对象物的世界，还离开了他自身。因为观念从它变成观念的时候起，就要求单独存在，不再能接受任何同伴。那就只需顺从地与地点化为一体，寓居其中，并让观念居于其中。"我想，如果我们一定要从吕新的《草青》中寻找某种终极性的观念和信仰的话，那么这种观念和信仰就是"民间"，正是一个个"敞开"的"民间洞穴"奠定了整部小说的风貌。可以说，吕新在《草青》中营构的"民间世界"完全是一个自足的世界，这个世界是写实与写意、具象与抽象、隐喻与寓言的奇妙结合。这当然是由吕新观照世界的独特方式决定的。一方面，他的艺术世界总是保持着与"现实"世界明显的"距离感"，他的小说永远不会是"时代的记录"，更不会与现实发生直接的"镜像"关系；另一方面，他的小说总是以想象代替观察，在他的小说中真实与虚幻、生与死、人与鬼、此岸与彼岸等等的界限常常是非常模糊的，他的小说叙事永远只会遵循想象的逻辑而不是真实的逻辑。这一点，在《草青》对"诗性民间"的营构方式上有集中的体现。

一、经验叙事与超验叙事的"合谋"。《草青》是一部充分显示吕新叙事才能的小说。这部小说放弃了其前期小说那种高度技术化的主观叙事和"元虚构"风格，而是采用纯客观的第三人称叙事。小说的叙事非常有节制，显得松散而随意，既没有明确的贯穿性的叙事视点，也没有统一固定的叙述话语。但是"无视点"的叙事恰恰为不同民间场景、民间经验的登场创造了机会，也使得不同的民间声音和民间话语能够在小说中自由呈现。我觉得，《草青》是一部真正凸现"声音"的小说，文本的每一章都充斥了戏剧性的"对话"场景，但是对话的主体却常常是无法辨认的，可以说正是这种"无主题变奏"的"众声喧哗"构成了小说最基本的叙事情境。在这样的叙事里面，没有了人为的调度，也没有了逻辑的设计，小说仿佛水一样自然流淌，由一种内在的诗意节奏推动，颇有举重若轻的味道。与此相对应，我们看到《草青》具有非常明显的经验叙事的成分，个人、家族、现实和时代的经验在小说中甚至构成了一条基本线索。小说所展示的乡村生活情景、家庭日常生活、民间记忆以及土改、抗美援朝等时代内容无疑是经验化的，而胡氏家族从胡麸、胡佛、邬云娜到胡天、胡地、胡符再到胡图等几代人的生命故事也是真切而实在的，可以说，《草青》为我们提供了非常丰富的经验表象和经验内涵。乡村的夜间电影、胡地的工作队生活、胡天的光荣与梦想、董圪亘的参军失败、纸的医院爱情、邬云娜的家庭生活，等等，都可以说是经典的民间记忆和极富现场感的民间经验的遇合。在吕新笔下，乡村民间的"革命""政治""庆典""爱情""迷信""选举"等历史影像都得到了全新的阐释与呈现。吕新无意于以写实的方式面面俱到地为时代留影，但是他捕捉的历史细节和象征化的时代意象，却都在人们的心灵经验中留下了深深的精神刻痕。然而，这只是小说的一个方面，在小说的另一方面我们会看到与"经验"线索相纠缠的则是更为强大的"超验"线索。在《草青》中，幻觉、错觉、梦境、亡灵、鬼魂纷纷登场，经验与超验互相侵略又互相渗透，这使得现实非现实化、非现实又现实化了，记忆与想象、真实与荒诞之间的边界也因此被泯灭。不仅小说的情节是非逻辑、跳跃性和梦态化的，而且所有的人物在小说中也都是具有叙事功能的，甚至小孩、鬼魂也都能推动小说的现实叙事进程。正是在这样的叙事语境里，我们看到了人与世界的某种通灵状态。胡佛整天注视着"山梁上行走的两个人"，倾听着他们的谈话，仿佛穿行在人、鬼两重时空中；胡雁看到了厨房里偷吃的"白胡子老人"；胡地和胡瓶宿命般地命丧"白蝴蝶村"；胡天能预知爷爷的死..而胡符更是联结、沟通阴阳两界成了同时推动小说的经验叙事和超验叙事的一条重要线索。经由经验叙事与超验叙事的这种"合谋"，《草青》所营构的民间就变成了一个魔幻而荒诞的民间，这种魔幻和荒诞既是对于特殊时代的一种寓言，又某种程度上构成了对于民间精神现实的隐喻。而从文体上看，作家以客观写实的手法来书写神秘与魔幻，让"经验与超验"在文体意义上真正融合，其文体的冲击力也同样值得重视。

二、时间的"空间化"与叙述的"共时态"。前面我已说过，《草青》所叙述的故事是有相当长的时间跨度的，但是小说却并没有直接的"时间标记"，有的只是事件和场景背后的时间暗示。比如从胡天的参军情节中我们看到了50 年代抗美援朝的时间背景；从小胡符的背诵"语录"的经历和胡瓶、胡雁关于"活埋"的对话中我们依稀看到了"文革"年代的剪影；从小说第一章

第六小节邬云娜遭遇问路人"靠山吃山，靠水吃水，20世纪最后十年的女人都是破×！"的骂声中，我们得到了20世纪末的时间暗示。吕新有意在小说中赋予时间以空间性形象，让时间隐现在故事、场景以及日常生活情境等空间意象的背后，这使得《草青》成了一部真正意义上的空间化小说。空间的并置是小说的基本结构面貌，在这种空间的并置与呈现中，时间被抽空了，我们感受不到时间的流逝，却越来越强烈地体验到了空间的压迫。可以说，这种时间的空间化策略，正是"民间"的丰富形态得以具象化和浮雕化凸现的一个重要原因。黄伟林在区分20世纪中国小说形态时认为"意识形态宏大叙事是关于时间的小说""文化的民族叙事是关于空间的小说"，在"文化的民族叙事"中"时间要么是停滞不前的，要么是暧昧不明的。时间的消失意味着历史的消失。历史的消失就为文化的永恒特征的出场提供了空间"。如果我们认同黄伟林这种划分的话就会发现，《草青》正是一部典型的"文化的民族叙事"文本，它对空间的挖掘与呈示正是为了更深层地揭示"民间"的文化内涵和人性内涵。而与此相关，我们看到小说的叙述也是"共时态"的，不同的时代、不同的人生、不同的故事不是历时性、逻辑化地呈现在小说中的，而是非逻辑、跳跃性地在小说空间被"共时态"地叙述着。几代人同时登场，过去与现在同室操戈……叙述的共时态隐喻的是时间的凝固、静止与停滞不前，它寓言的是"民间"空间内文化的负累、人性的愚昧和精神本质的亘古未变。如果从这样的叙事语境出发来分析《草青》里的人物，我们就会发现他们都是具有"互文性"的"赤裸的人"，他们身上虽然难免时间的刻痕和时代的油彩，但是他们的生命力，他们的人性，他们的麻木与愚昧，他们对生死的茫然认同，他们精神的零生长……却是一以贯之、代代相传的。他们都是游离于时代之外的人，他们的意识、思想、语言都是与现实处境背离的，他们是漂在现实之外的人，仿佛永远"生活在别处"。我们看到，胡麸犹如一个"民间"的活化石，他的生与死都没有激起什么波澜。胡佛生活在现世，但他的精神却总是活跃在梦境、幻觉与冥间。邬云娜是大地之母，她的坚韧的生存是民间生命力的某种象征，但是亲人的死亡却似乎总在远方向她招手。胡符童年时代虽有对毛主席语录倒背如流的天才，但最终却成了一个"妖人"，成了沟通阴阳两界的幽灵。胡图是民间新生力量的代表，他想冲出大地飞向天空，但"糊涂"的他制造的飞机却根本无法实践他的理想。在小说"共时态"的"空间并置"中，我们可以看到所有的人都是民间的一种影像，他们的共同的"面孔"正是民间的真实和民间的本质。

三、民间想象的诗性修补。在一般人的想象中，"民间"是远离诗性的，它要么被简化成一个藏污纳垢之所，要么被赋予一个空洞的"宏大叙事"所指，而其丰富的文化和乡土内涵则往往被抽空与忽略。吕新显然不愿意使"民间"沦落为一种空洞的历史符码，而是在《草青》中充分发挥自己的民间想象，艺术地挖掘和呈现了"民间"的美学魅力。法国批评家让·皮埃尔·理查说过"一切都始于感觉"，"文学毋宁说是作家感觉的流溢，是作家使其笔下人物对自身、对周围的时空、诸物、他人的关系进行体验"。吕新可以说正是这样一位对感觉主义美学情有独钟的艺术实践者，他笔下的"民间世界"是一个色彩斑斓的感觉与意象世界。一方面，吕新总是敏锐地感受和呈现民间世界那些稍纵即逝的审美意象，并赋予其饱满的文学与文化内涵。"草青"或"青草"的意象是贯穿小说的一个基本的抒情意象，"草青而无痕"，作家正是借助于"青草"的倒伏意象隐喻了民间生命的渺小与失重。"人命如草"，"草青"是民间生命的象征，也是民间生命的见证，同时"草青而绿"还具有时间轮转的意义，它预示了时间的绵延与永恒。我们看到，在小说中，"死亡"身边总是陪伴着"青草"意象，当胡地一步步接近他的死亡之地时，小说出现了这样的意象："青草在一天天长高，慢慢地由最初的黄绿过渡成纯粹的青绿。在那温暖的天气里，树木的清香在微风中总是扩散得很远。有时即使没有一丝风，即使距离得十分遥远，也仍然能闻到，甚至听到。因为天气是晴朗的，透明的。在那种时候，如同在平静清澈的水里一样，人的目光是能够看见树木的清香的。""顺着青草倒伏的方向，胡地看到自己已踏上了白蝴蝶村的土地，村中的一些山墙和起伏的屋脊隐约而明确地显现在空气和树木之间。一个割草的男人看到了渐渐走来的工作队队长，脸上露出一副十分迷惑的神情。"当邬云娜坐在儿子胡瓶（胡大雪）尸体旁时，小说呈现的意象也是与"青草"有关的："柔软的青草在风中起舞，无数的白蘑菇摇晃着"，"青草像湖水一样向前涌去"。此外，"蝴蝶村""白蝴蝶"的意象也有着同样的叙事功能与叙事内涵，蝴蝶与人，蝴蝶与死亡之间的隐秘关联在小说中也是意味深长的。另一方面，小说又在历史和时代的缝隙中填充进了大量诗性的、细腻的感觉化叙事。许多时候，对于历史与时代的"集体"想象与"共名"叙事常常会遮蔽和掩盖个体的真实感受。我们常常会有一种错觉，仿佛在一个"共名"的时代所有人的表达方式与思维方式都是一样的。在主流的、红色的时代话语之外，难道没有个人隐秘而独特的感觉与语言吗？吕新在《草青》中所完成的正是对这种集体想象与"共名话语"的解构。在宏大的历史表象背面，在民间的边边角角，个人的感受、私密的话语常常是潮起潮涌。也许某种感受过于细腻，过于诗化，似乎与人物的身份与性格发生了错位，但恰恰是这种细腻这种诗性甚至"错位"，呈现了"民间"的魅力，它使空洞的历史叙事由此变得生动、丰满、生机无限。且看下面的文字：

> 从前时光里的笑声和青草在她的眼前交替出现；铃兰花和葡萄藤狂喜而阴森地蔓延，一直没有停止过伤心而复杂的攀援；一些似曾相识的东西不断地打着滚，翻着色彩纷杂的泡沫，转眼之间被生活淘掉；人的性格监护着自己的表情，时刻都在谋求独立的表情开放纷乱而魂飞魄散。

这是乡村妇女邬云娜在家洗衣时的心理感受。

> 一些意料之中的完全陌生的、完全不可能的、甚至不堪设想的情景迅速而残暴地从他们的脑子里飞快地掠过，并留下了严重的擦伤。几个人先后都不约而同地嗅到了扩散在夜晚里的很浓的血腥气，有一个人甚至条件反射地惨叫了一声，仿佛落入陷阱之前的最后一声呼喊。

这是乡村联防队员在夜晚看到火光时的感受。

> 街上空荡而寂静，与大地凝结在一起的雪已不再张扬，形成了一些平滑坚实的板块状的整体；风从上面刮过时，犹如从封冻的冰面上吹过；看不见荡起的雪尘，只听到风声不断地远去，又反复地回来。附近一带的树木也挂满了雪，在夜晚里看上去如同一些处于强烈光照中的照相底片。

这是工作队长胡地目送辞云离去时的感受。
……
而与这些丰满的意象和细腻的感受相对应，《草青》的语言也是作家修补民间想象的重要方式，他的语言远离工具性和写实意味，而是直指内心的隐秘和精神的隐痛，具有一种自足的诗性质地和美学蕴涵。在吕新这里，语言的诗性与修辞、及物与不及物、能指与所指常常是"杂糅"的。"民间"建构在语言之河上，而人更是生活在语言之中，没有语言，民间不能呈现其魅力，没有语言，人也不能对抗被符号化和抽象化的命运。

　　春天里的一个晚上，辞云梦见自己在一幅地图上旅行：草绿色的山区，酱色的平原，橙黄色的丘陵，棕色的盆地，一切都洁净而柔软，致使她的行程一直都保持着严肃与谨慎；她小心翼翼地走在随时可能被自己的速度和重量践踏的国土上，多数的时候处于徘徊与观望之中；阳光穿过树木，一种很热的光线不知不觉地照亮了她的脸；白山黑水之间的枪声已渐渐稀疏了，大地重新恢复了平静，变得像丝绸与锦缎一样洁净；在琅琅的书声中，一些历史上布满污点的人心事满腹地站在生活的边缘，一遍又一遍地回忆着往昔的天空；四月的天空如同它下面的河山一样绚丽而迷乱，光线时明时暗，不定期地呈现出种种令人眩晕的景象；她看见了农民，迷惘的农民，已经卸甲归田的士兵和正在转业的各色人等，他们像不死的蚂蚁与昆虫一样在国家的领土上蠕动，嗡嗡地飞翔，来路上暴露出暗红的血迹和严重的擦伤；没有人能告诉她一个确切的消息，护城河和所谓的民间大道变得像丝线一样微妙而接近于虚无；有罪的人站在一边，散落在一些阴暗霉湿的角落里，等待姗姗来迟而又说不定什么时候会突然降临的巨大磁铁将他们一个一个地、一批一批地纷纷吸出来；锈迹也救不了他们，那原本就是时间和空气中的叹息，可笑的伪装与残渣余孽；黑白分明的铁，小商小贩，盐，明亮锋利的犁铧，菠菜，妇女，在粗大的路线中起伏沉浮，时隐时现。

　　这就是典型的吕新式的语言，神奇的想象，飞动的意象，隐秘的意识，深邃的内心，复杂的能指，诗性的隐喻，反讽的修辞，若隐若现的意义，再加上抒情的、交响乐般的节奏，这就是吕新语言的全部奥秘。面对这样的语言，所有的饶舌都是多余的，让我们沉浸其中，静静地感受吧！

2001 年 11 月急就于济南

"七十年代"灰色生存图景的艺术呈示

——关于吕新长篇小说《下弦月》

◆王春林

　　每一个作家的文学想象，都与自己人生过程中那些最为刻骨铭心的生存经验有关。而这所谓刻骨铭心的生存经验，却又往往与作家的童年经验存在着密切的关联。对于作家吕新来说，他的文学想象，在时间维度上，每每集中于上世纪的六七十年代尤其是其中的七十年代，在空间维度上，则集中于他生于兹长于兹的塞北地区。一旦笔涉六七十年代尤其七十年代，笔涉塞北那块特定的地域，吕新的文学想象就会如同有神灵附体一般地飞扬起来。这一点，在一次文学访谈中，吕新自己也曾经做出过明确的回应。首先，是关于时间："其实我百分之八九十的小说都是以六七十年代为背景的，只是早期书写的更多是个人对于那个时代的直觉，不作铺垫，不加以详细的说明和解释。自己是清晰的，明白的，但是对于他人就是模糊不清的，甚至无比晦涩，这就是直觉和极度个人感受所产生的效果。"这里，在明确强调说明自己的小说写作与六七十年代之间所具亲和关系的同时，吕新实际上也或许解答了他早期的先锋小说之所以阅读难度巨大的一部分原因。唯其因为作家在时间性的时代因素的处理上过分地依赖于自己的艺术直觉，"不作铺垫，不加以详细的说明和解释"，所以才会导致，他自己感觉非常清晰明确的东西，到了读者那里反而变得模糊不清甚至于晦暗不明了。那么，吕新如此一种堪称极端的先锋写作方式，是什么时候开始酝酿发生变化的呢？"将近十年前，也可能更早一些，或者稍晚一些，一种堪称巨大的东西来到我的心里，那是一种无比沉重的东西，按说它的到来应该是挟带着惊天动地的巨响，或者至少也应该有一种令人震耳欲聋的轰鸣，但是奇怪的是所有这些都没有，而是以一种润物细无声的方式悄然渗入进来的；同时还是整体进入，并不是以分散的形式，也并不是一点一点地花了许多时日才完成的。一进来之后，那种深远的广袤无边的存在感便已完整地确立，感觉一切都是现成的，不再需要临时组织、搭建什么，也不需要雇人一趟一趟地搬运什么。"这种自我感觉"堪称巨大"的东西的骤然来袭，对吕新的内心世界形成了不可估量的根本影响。以至于，都"没有人知道我当年的这种感觉和经历，在我的内心深处，迎来了一场怎样的风暴，它改变了我的世界观和人生观。与此同时，我也看到了我想要表现和书写的东西，很多年它们汹涌澎湃，却又暗无天日，凄苦而又不无激情地奔流在各种东西和各种人事的上面。而现在，原本黑黢黢的原野和山川一瞬间被照亮，绝大部分的东西都开始变得清晰起来。"请注意，语言天赋超人的吕新，以如此一种形象的方式谈论着的，其实是自己的小说写作在将近十年前所酝酿发生着的一场具有突出革命性意义的思想艺术蜕变。只要是熟悉吕新小说写作的朋友，就都会知道，自打一九八〇年代出道以来，吕新的小说写作，曾经在很长一段时间内以带有突出炫技色彩的语言艺术形式层面上的探索实验而引人注目。他的如此一种创作情形，一直延续到了他自己所一再强调的"将近十年前"。这期间，虽然我们并不清楚是否有什么突发的事件曾经对吕新产生过深切的触动，但文本前后反差的事实却告诉我们，吕新的小说写作在这个时候的确发生着某种堪以脱胎换骨称之的巨大变化。只要细察吕新晚近一个时期的小说写作，敏感的读者，便不难发现，作家那种标志性的炫技成分几乎已经是荡然无存了。不是说吕新小说技术上那些天然的优势不复存在，而是说吕新终于认识到小说既有技术性的一面，更有精神性的一面。他终于体会到，仅仅只是满足于叙事上的技术实验，并不可能成就真正优秀的小说作品。《易经》有言云："形而上者谓之道，形而下者谓之器"。"道"是一种形而上的精神价值，而形而下者则指具体的技术运用手段，明显地属于"器用"的范畴之中。套用《易经》中"道"与"器"的说法来分析吕新的小说创作，就完全可以说他曾经一度迷恋乃至迷失于"器"的层面，而往往失却了对于"道"的探寻与体悟。一种无法否认的客观事实是，只有把"道"与"器"两方面的努力完整地结合在一起，方才可能创作出具有上佳思想艺术品质的小说作品。吕新在接受访谈时，之所以会一力强调发生于将近十年前的这场巨变甚至"改变了我的世界观和人生观"，其根本原因显然在此。当一个作家的世界观与人生观都发生改变之后，艺术观的改变也就自是顺理成章之事。而艺术观的改变，所必然带来的，就是其小说文本面貌的根本变化。细读吕新晚近时期包括中篇小说《白杨木的春天》与长篇小说《掩面》在内的那些旨在对中国现代历史进行理性沉思的小说作品，你就不难发现，吕新那些曾经锋芒毕露的带有炫技色彩的小说叙事实验确实深沉内敛了许多。面对着堪称复杂乖谬的中国现代历史，吕新一方面依然保持着其一贯的天才语言意识和先锋艺术品格，但在另一方面他却以一种不无执着的理性姿态沉潜到了历史的纵深处。在体察发现历史的复杂与吊诡的同时，吕新更是对于人的命运沉浮有了一种存在层面上的谛视与感悟。

　　尤其不能被轻易忽略的一点是，同样是"六七十年代"，但吕新自己更热衷于书写表现的，却是"七十年代"："最让我放不下的还是七十年代，正是我成长的时期，每次想到那个时期，脑子里就会有无数的页码排列着拥挤着，想通过一个出口出来，就像我们国家火车站的检票口和出站口一样。那些页码上的内容密密麻麻，有些具体的段落、叙述、描写，甚至其中的对话，我常常都能清晰地看见，甚至瞥见有的是未来哪一本书里的东西。"面对着吕新的这段话，我们无论如何都不能不再度叹服于作家超人的语言天赋。作家在强调自身历史记忆的真切的时候，竟然别出心裁地把这历史记忆比作了一册有"无数的页码排列着拥挤着"的书籍。也正是在这个意义上，我们方才可以进一步把吕新的小说写作看作是一种渐次打开这册历史记忆书籍的过程，就仿佛这册历史记忆的书籍早已生成在那里，而吕新自己也只不过是一个忠实的抄写转录者而已。吕新出生于一九六三年，七十年代尤其是作为"文革"后半段的七十年代前半期，正好是吕新个人成长的一个关键时期。作家对于自我之外的世界、人生以及社会认识的初步生成，正是在这个特定的阶段。唯其因为这一特定的时间段落在作家的精神世界打下了过于深刻的烙印，所以，吕新的小说写作方才会在题材的意义上一再钟情并驻留于这个看起来了无诗意可言的年代。只要稍加对比，我们即可对这一点有真切的认识。比如说，吕新虽然也同样亲身经历了"文革"之后的所谓改革开放以及后来的市场经济时代，但你却很难想象吕新会用他的艺术笔触去关注书写这样的时代。事实上，在我有限的记忆中，已经拥有超过三十年小说写作历史的吕新，也的确从来就没有以小说的形式触及过"文革"后迄今这段将近四十年的中国社会进程。关键原因在于，吕新与这个时代彼此都处于相互疏离的状态之中。而七十年代，之所以能够最让吕新感到"放不下"，能够成为吕新笔端艺术表现最为充分的一个时段，就是因为二者之间彼此投契，构成了一种深度嵌入相互关联的紧密关系。我们所谓刻骨铭心的生存经验，其具体所指称的，也就是这种状况。

其次，是关于地域空间。人都说，一方水土养一方人，其实，一方水土，也往往会滋生营养出各个不同的特定文学样态来。究其根本，所谓地域空间，其实是一个文学地理学的命题。从文学地理学的角度来看，无论中外，很多作家都有自己特定的文学领地。比如，福克纳有他的"约克纳帕塔法"，马尔克斯有他的"马孔多"小镇，鲁迅有"鲁镇"，沈从文有边地"湘西"，汪曾祺有高邮水乡，贾平凹有"商州"，莫言有"高密东北乡"。那么，吕新呢？我们注意到，接受访谈时的吕新，在强调每一个写作者内心里都会有一块令自己"悲喜交加，百感交集的地方"的前提下，也坦承："每次车一过雁门关外，我心里就会有反应。等过了大同，再往北走，天地越来越辽阔，就会有更加特别的类似油一样的东西从心里滑涌出来。""描写一个小城，首先就是你昔日最熟悉的那个小城完整地浮现在你的心头，绝不会是临汾的某县或者四川广东的某县。"天生一对滴溜溜大圆眼睛的吕新，因其小说写作的先锋性，常常会被误以为出生于灵秀的南方之地。殊不知，吕新的出生之所，其实是素来以寒冷、莽苍与辽阔著称的塞北地区。正如那首《我爱你塞北的雪》的歌曲中所描述咏唱的，广漠的塞北地区，是一个雪花"飘飘洒洒漫天遍野"之所在。生于兹长于兹的吕新，打小便日复一日地接受着如此一种特别地域氛围的熏染和影响，其小说作品中所普遍存在弥漫的那样一种苍凉、悲壮与沉郁的精神底色，很显然与这种长期的熏染影响密切相关。大约也正因此，吕新也才会进一步阐述说："那可能就是所谓的根。从事其他职业的人可以没有根，但献身文学的人没有根很难想象。一棵树，根在地下扎得越深越远，上面的树才能高大苍劲。"吕新在这里所谓作家的"根"，落实到他自己身上，自然也就是每每能够触动其艺术情思的塞北地区。

这一次刊发于《花城》杂志2016年第1期的长篇小说《下弦月》，在时间和空间两个维度上恰好同时切合了最能触动吕新艺术情思，最能使他的小说写作思维高高飞扬起来的两个条件。故事的时间，是七十年代。故事的发生地，是一座未有具体命名的塞北普通小县。唯其因为同时满足了时间与空间纬度上的两个条件，所以，吕新那非同一般的写作天赋便获得了又一次充分展现的机会。而广大读者，也得以有幸再次邂逅一部旨在对"七十年代"那样一种灰色调的生存图景做深度透视表现的优秀长篇小说。故事的发生地不存在任何问题，值得展开一说的，是故事发生的时间问题。首先，吕新在小说中并未明确交代故事的发生时间。那么，我们凭什么就可以断定小说故事就发生在七十年代呢？其实，我们是根据那位名叫小山的人物的年龄而推断出来的。关于小山，叙述者一方面明确交代，他的出生年份是一九六〇年。另一方面，也特别强调，故事发生的这一年，十岁的小山正在上小学三年级："过了这个年，小山就十一了，他用他即将就要十一岁的年龄，用他对于这个世界和风俗的认识和理解，对这个妹妹说。"把这两个细节整合在一起，吕新就是要以暗示的方式巧妙地告诉广大读者，《下弦月》的故事其实发生在一九七〇年的冬天。既然是一九七〇年，那当然也就是七十年代无疑。

我们注意到，在谈到小说结构问题时，王安忆曾经特别强调："当我们提到结构的时候，通常想到的是充满奇思异想的现代小说，那种暗喻和象征的特定安置，隐蔽意义的显身术，时间空间的重新排列。在此，结构确实成为一件重要的事情，它就像一个机关，倘若打不开它，便对全篇无从了解，陷于茫然。文字是谜面，结构是破译的密码，故事是谜底。"尤其面对一部篇幅巨大的长篇小说，结构问题会在更大程度上影响到我们对于作品思想题旨的理解与把握。《下弦月》的引人注目，即首先与吕新对一种复调性三重艺术结构的精心营造紧密相关。第一重艺术结构，集中体现在章节的设定上。整部小说，由两大部分组成，一部分是从第一章一直到第九章，这一部分的叙述视野主要聚焦于林烈与徐怀玉他们这个家庭。另一部分，则是由穿插于九章之间的三部分"供销社岁月"组成。如果说一至九章是第一条结构线索，那么，三部分"供销社岁月"就是另外一条结构线索。尤其不容忽视的，是这两条结构线索的组构结合方式。每隔三章即穿插一节"供销社岁月"不说，而且每一章也均由三节内容组成。九章下来，共计二十七节。这样一来，整部小说自然也就保持了一种三个"三、三、三，一"的叙述节奏。如此，具体承载传达的深厚内涵且不说，单只是形式层面上，也有着格外令人赏心悦目的异常显豁的美感。第二重结构，体现在上述第一部分也即第一章到第九章的内部。具体来说，这一部分也由两条结构线索组构而成。其中，一条结构线索是林烈出逃后的亡命过程，另一条结构线索则是徐怀玉她们的寻找过程以及日常家居生活。有林烈出逃后的亡命过程，才会有徐怀玉她们特别执着的寻找过程，二者之间，存在着一种显而易见的内在逻辑关系。

然而，只要更进一步地再细加深究，那么，在第二重结构之中，实际上也还潜隐着另外一重艺术结构。这就是在吕新在文本中专门用楷体字标出的那些部分。这些或长或短的部分，自由地散落穿插于第一章到第九章的故事发展演进过程之中。这些部分的出现，貌似突兀，好像与故事有所游离与脱节。但其实，这些楷体字部分对于小说深刻思想意蕴的表达有着不容忽视的重要作用。因为小说中的故事时间非常短暂，只是集中在寒冷冬日学校放寒假一直到过年这一段有限的时间之内，人物实际上相当漫长的前史，根本就得不到充分展示的机会，所以，吕新才特别设定了这些具有突出"补语"功能的楷体字部分散落穿插于文本之中。究其根本，这些散落穿插的带有鲜明"意识流"色彩的"补语"段落，其具体功能显然是要对故事的前因做必要的补充交代。比如，最早出现的那个段落，其意显然是要告诉读者挂着拐杖的老舅为什么会留在小山家里来照顾小山和小玲兄妹俩。却原来，是徐怀玉和她的好朋友萧桂英要利用难得的寒假时间外出找人，她的两个尚且年幼的孩子也就只好委托老舅来照顾了。再比如，第三章"上深涧，胡汉营"中第九节的一段插入。在描写到亡命过程中的林烈一种自我怀疑心理生成的时候，插入了他关于南沙河改造时一段故事的回忆。在同屋们议论一只善于躲藏的蚊子时，薛运举不由得感叹道："老蒋舅舅家的那个蚊子，身上有那么多了不起的品质，难道不值得我们大家学习么？"没想到的是，就在第二天，因为有人暗中告密的缘故，薛运举便受到惩罚，被调去挑大粪。关键的问题是，当时屋里的十一个人中，究竟是谁扮演了可耻的犹大角色？"他在心里先把自己排除了，因为很清楚自己没做过那事。接着把老薛本人排除了，因为人不可能自己去告自己吧。剩下九个人，告密者就应该在那九个人里面。可是老孙和老邹也在那九个人里，凭直觉，凭良心，他觉得他们两个都不可能，就把老孙和老邹也排除了。这以后，她却吓了一跳，难道百分之七十的人都有做坏事的可能？如果再把被他擅自排除掉的老孙和老邹也算上，那就是说，百分之九十的人都不干净？"不管怎么说，有一点毫无疑问，那就是当时在场的这十一个人都脱不了干系。甚至包括视点人物林烈和当事人老薛在内，也不能说就可以被排除全部告密嫌疑。之所以这么说，一是因为视点人物林烈绝对存在着"说谎"的可能，二是因为倘若老薛属于那种被时代严重扭曲异化的人物，那么一种自我告发的可能也无疑是存在的。这样一来，也就不是百分之九十，而是百分之百的人都不干净的问题了。吕新在《下弦月》中的如此一种沉重描写，很自然就让我们联想到了曾经有一段时间被吵得沸沸扬扬的黄苗子告密与冯亦代卧底事件。倘若说如同黄苗子与冯亦代这样曾经入得"二流堂"的大文人大知识分子都一度堕落为令人不耻的告密者，那么普通的芸芸众生自然也就不在话下了。关键还在于，不要说在那个特定的历史年代，即使到了当下时代，告密也依然是一种极其普遍的社会现象。一方面，告密固然是一种人性的卑劣痼疾，但值得引起我们深思的一个问题却是，此种人性痼疾的生成与流行，与一种社会政治文化体制之间，究竟构成了怎样的关系。毫无疑问，告密行为的普遍，与我们所置身于其中的那样一种特别容易滋生告密行为的文化土壤之间，其实存在着不容剥离的内在关联。回到吕新的《下弦月》，林烈、老薛他们本来都是不幸被打入政治另册的异类，本应该惺惺相惜乃至于相濡以沫，但实际的情形却绝非如此。他们不仅彼此倾轧相互拆台，而且往往会不惜抓住任何机会置"同改者"于万劫不复的深渊。关于"文革"那个特定历史时期的告密，曾经有论者做出过深入的分析："人类社会存在着一种'正义的恶'。刘世凯先生二〇一二年在文章中引用外国思想家卡夫卡的话说，人类有三种恶，一种为自然恶，一种为习惯恶，一种为正义的恶。其中最大的莫过于第三种——其在'正义旗帜'的掩盖下，对人性做出苛刻的要求，让人于不自觉中放弃自身善良的初衷，而委身于空洞的价值幻想，此所谓'以理杀人'。特别是"文革"中，革命积极分子残酷无情地斗争、摧残他人，包括以告密害人，都是在'誓死捍卫''正义的旗帜'之下进行的。所以，斗争方式越来越残忍，告密也越来越普遍，越来越深入到个人私密的空间。从告密一般人到告密同事，告密朋友，告密师长，到告密配偶，告密父母。至今难以弄清，全国在过去数十年的以阶级斗争为纲的年代里，到底有多少告密事件发生，有多少人因之受害乃至性命不保，家破人亡。"吕新在《下弦月》中所进行的这种艺术描写，乃属于一种害人以求自保型的告密行为。同样置身于深渊中的同改，其实仅只是希望能够此种告密行为以使自己的艰难处境稍有改善而已。小说中的情形，直令人慨叹："煮豆燃豆萁，豆在釜中泣。本是同根生，相煎何太急！"因为告密行为的存在，林烈这些政治另类们，实际上时时刻刻都处于人人自危的不正常状态之中。就这样，虽然只是篇幅简短的"补语"部分，但吕新却也一样既有着对于人性痼疾的尖锐穿透，也有着对于社会政治体制的深切反思。对于《下弦月》这部长篇小说来说，因为有了作为"补语"的第三重艺术结构的存在，不仅使作品形式层面上的复调性更加名副其实，而且也极大地丰富了其内在的思想意蕴。

在学界享有盛誉的美国著名文学批评家苏珊·桑塔格曾经强调指出："艺术作品，只要是艺术作品，就根本不能提倡什么，不论艺术家个人的意图如何。最伟大的艺术家获得了一种高度的中立性。想一想荷马和莎士比亚吧，一代代的学者和批评家枉费心机地试图从他们的作品中抽取有关人性、道德和社会的独特'观点'""对艺术作品所'说'的内容从道德上赞同或不赞同，正如被艺术作品所激起的性欲一样（这两种情形当然都很普遍），都是艺术之外的问题。用来反驳其中一方的适当性和相关性的理由，也同样适用于另一方。"在这里，苏珊·桑塔格很显然是在深入探讨着艺术创作过程中意图与呈示之间的关系。尽管说学者们普遍热衷于从人性、道德以及社会的角度对于各种各类艺术作品进行研究，而且客观上说这样的研究也有其相当的合理性，但苏珊·桑塔格之所以要尖锐抨击以上种种研究方式，其意图显然在于要更加强调艺术呈示功能的重要性。其所谓"最伟大的艺术家获得了一种高度的中立性"的核心论点，实际上正是在为艺术的呈示功能进行着强有力的辩护。从这样一种观点出发来理解看待吕新的《下弦月》，一方面，我们固然承认其中肯定存在着作家对于以"七十年代"为中心的那段特定中国历史的批判性反思，但在另一方面，吕新之所以要刻意设定一种如此复杂且相互缠绕在一起的复调性三重艺术结构，其根本艺术追求，却很显然是要依托于自己真切的生存经验，尽可能以"一种高度的中立性"的艺术原则去从存在的维度上真实呈示"七十年代"国人普遍的灰色生存图景。

正是从这样一种竭尽可能保持"高度的中立性"的美学原则出发，我们才会发现，即使是对于如同寡妇这样一位不起眼的"跑龙套"人物，吕新实际上也以极大的耐心进行着真实的描摹表现。寡妇这一形象，出现在第七章"童年的武器"之中。徐怀玉的儿子小山和萧桂英的儿子存存在一起玩耍，路遇一个女人坐在一根水泥电杆上。因为总是听到周围的人们叫她寡妇，所以小山和存存他们便也如法炮制地管她叫寡妇。没想到，听到小山他们呼叫的寡妇，这一次的反应却特别激烈："她猛然跳起来，一把抓住小山胸前的衣服，另一只手抬起来，啪啪就是两个耳光。"一边打，一边还在骂骂咧咧："寡妇也是你们叫的？想占寡妇的便宜？好，来占吧，我这就把裤子给你们脱了。"一个平时一贯隐忍的寡妇，怎么会好生生地和两个年龄只有十岁的孩子过不去呢？对此，叙述者曾经从小山他们的角度做出过分析："分析来分析去，他们终于发现，之所以挨打，惹对方生气，是因为他们错误地把寡妇当成了一个人的身份或者职务，职称，与社会上别的那些身份混为了一谈。"然而，这无论如何也只是尚且年幼的小山他们从自己的理解出发对于寡妇发怒所做出的一种分析，实际上，我们恐怕只有联系弗洛伊德的精神分析学理论才可以对寡妇的行为做出更具合理性的解释。虽然叙述者并没有展开详尽的叙述，但我们却完全可以推想得到，在我们这样一个过于道德化的国度，即使是在七十年代那样一个畸形的政治时代，寡妇作为一个失去了丈夫的女性，日常生活中肯定无可奈何地被迫承受着来自于外界的各种欺辱。饱受欺辱但却又没有足够的力量去对抗，如此长期积郁的结果，自然就是寡妇的满腔怨恨。有满腔怨恨而不得倾吐发泄，用流行的说法，就叫作寡妇内心里积压了过多的负能量。偏偏就在这个时候，小山他们居然模仿成人的腔调也随口喊她寡妇。对于寡妇来说，这就真的称得上是"是可忍孰不可忍"了。成人世界可以随便凌辱自己，没想到就连小山这样的黄毛小儿，竟然也开口闭口就寡妇长寡妇短的。就这样，已经隐忍太久了的这位无名寡妇终于悍然爆发，而本来无心的小山他们，也就无辜地成了成人世界的替罪羊。吕新艺术上的高明之处在于，仅只是通过寡妇无端发怒这一精彩的细节，就形象生动地写出了一个底层的被侮辱被损害者难言的无尽悲哀。

无名寡妇之外，另一位令人过目不忘的跑龙套人物，则是那位徐怀玉在医院偶遇的故人朱槿。停留在徐怀玉记忆中的朱槿，曾经是那样的高贵优雅，那样的光彩照人："高跟鞋，连衣裙，修长的身躯，灵巧的手指，波浪般的鬈发，美艳的容颜，还有，女王般的骄傲。""是的，没错，记忆中的朱槿就是这样的，且总是和这样的天气这样的景色紧密相连，有朱槿的地方，必然晴空万里，鲜花怒放，争奇斗艳。琴声如清泉，如白鸽。"朱槿不仅弹琴，而且还写诗："她写诗，当然也离不开读诗，读《致大海》，读《叶甫盖尼·奥涅金》，读《假如生活欺骗了你》……"请注意，在吕新笔下，无论是音乐，还是诗歌，与朱槿联系在一起，其实都有着突出的象征意味。质而言之，这些文艺性事物，既象征着高贵优雅，也象征着文明。朱槿之所以会在徐怀玉的记忆中留下特别深刻的印象，是因为："有人说，朱槿和林烈才是天生的一对。"林烈不仅是徐怀玉的心上人，而且他们也最终走到了一起。这样看来，徐怀玉对于朱槿的记忆，其实与某种隐约的醋意紧密相关。但就是这样一位曾经高贵优雅如公主一般的朱槿，多年之后再一次出现在徐怀玉面前的时候，却已经判若两人，已经变成了一颗最寻常的石子："怀玉吓了一跳，出现在她面前的是一个形容枯槁的女人，瘦削，憔悴，高高的个子，和萧桂英的身高差不多，脸色苍白，穿着一件松松垮垮的棉大衣，在这个除夕的夜里，两只眼睛尤其显得又空又大。"这个时候的朱槿，不仅谈不上什么高贵优雅，而且已经落魄到了蹲守在医院的黑暗角落里偷卖蜂蜜的地步："从很多方面来看，已经具备了一颗石子所应该具备的。她背靠着上面叠印着脚印、风干了的鼻涕眼泪以及血迹的脏污的墙，一声不响地抽着烟，蹲一会儿，站一会儿，整个除夕晚上就是这么过来的。"因为不是主要人物，吕新也不可能拿出篇幅来具体展开朱槿由尊贵至贫贱的整个落魄过程，但正所谓"昔日王谢堂前燕，飞入寻常百姓家"，由出现在徐怀玉眼中的朱槿的落魄状况，我们不仅能推想出朱槿曾经遭遇过怎样不堪的人生劫难，而且她如此一种落魄境况的生成，与她所置身于其中的那个极度畸形的不正常时代之间，也一定有着无法剥离的内在关联。面对着已然是面目全非的朱槿，徐怀玉无论如何都不能不发出由衷的慨叹："眼前的这场大雪，似乎又取代、覆盖了一些东西，她听不见自己的声音，只能看见站在对面暗影里的朱槿，对方缺了门牙的那两个幽深的黑洞尤其使她感到惊心。那究竟是什么时候的事，又是一件怎样的事，致使它们永远离她而去？"虽然吕新并不准备解开朱槿门牙失落之谜，但倘若不是发生了与那个野蛮粗鄙的时代紧密相关的意外事件，朱槿又怎么可能好端端地缺失了两个门牙呢？！归根到底，曾经女神一般的朱槿前后人生的反差之大，直令我们慨叹造化弄人之残酷无情。一方面，朱槿身上的高贵、优雅以及文明的失落，的确让我们倍感痛心，但在另一方面，我们却也不能不进一步追问，在这种惨痛的失落背后究竟存在着怎样一种不合理的社会和时代原因。

与朱槿和无名寡妇相比较，作为一条结构线索存在的供销社岁月，是《下弦月》中更为重要的一个有机组成部分。倘若说林烈的亡命与徐怀玉她们的寻找过程构成了小说最重要的核心部分，那么，供销社岁月这一部分的存在意义，很可能就是要为整部小说提供某种真实的时代背景性因素。只要是敏感的读者，便不难发现，两条结构线索之间其实并没有什么关联。如果一定要寻找二者之间的联系，那么，其唯一的关联处，恐怕就只能落脚于故事的发生地也即那个尖蚂蚁供销社。"供销社岁月"部分的故事，自然发生在尖蚂蚁供销社无疑。而林烈和徐怀玉部分，则只有在小说开头不久，说到老舅的工作状况时，专门提及过尖蚂蚁供销社一次："我要是不受到他的连累，我就能在城里的供销社工作，我是五七中学的前三名，根本不用到关河那么远的地方去。可是现在，就凭这条腿，我连去关河工作的机会都没有了呢，只能去最远最苦的尖蚂蚁供销社了。"除了此处曾经提及过尖蚂蚁供销社之外，林烈和徐怀玉部分便与尖蚂蚁了然无涉。也因此，供销社岁月与林烈徐怀玉这两条结构线索实际上更多呈不交叉的平行方式。具体来说，采用第一人称叙事方式的供销社岁月部分，集中讲述着胡木刀、陈美琳以及叶柏翠书记三个人的故事。叙述者"我"，名叫万年青，身为尖蚂蚁供销社的副主任。需要注意的是，不仅他的命名本身有着鲜明的"文革"特色，而且他的整个叙述过程也带有对那个时代流行文体的一种戏仿特征。具体内容且不必说，单只是章节标题，其突出的戏仿色彩就足可以让人忍俊不禁。比如"三年来我们的形势和困难"，再比如"道路是曲折的，前途是光明的"，都属于对毛泽东一种生吞活剥式的戏仿。借助于这种戏仿式的话语，吕新在"供销社岁月"部分思考表现的是七十年代那样一种特定的时代氛围中人性的禁锢与觉醒。胡木刀是禁锢，陈美琳与叶柏翠书记则是觉醒。胡木刀不过是尖蚂蚁供销社一位普通的售货员，之所以最终酿成所谓的"胡木刀事件"，是因为他的利用工作之便偷吃供销社的水果糖："最终查明，又据他本人交代，胡木刀自参加工作以来，每天至少要人不知鬼不觉地吃掉供销社里一颗以上的水果糖。"胡木刀事件爆发后，"我们给他算了一笔账，不算不知道，这一算把我们都吓了一跳。每天一颗，有时甚至两颗，一年三百六十五天，两年七八百天，三年一千多天，同志们算一算，日积月累，积少成多，这是一个多么巨大的数字啊！照这样下去，一座金山也能让他吃空，吃塌。"在那个把私字视为洪水猛兽，总是在强调一定要狠斗私字一闪念的革命时代，胡木刀的偷吃水果糖事件，简直具有十恶不赦的严重性质。也因此，胡木刀所面临的巨大精神压力便可想而知。到最后，尚且年轻的胡木刀实在顶不住来自于各方面的巨大压力，被迫上吊自杀。一方面，我们无论如何都不能够为胡木刀的偷吃水果糖而辩护，但在另一方面，胡木刀的偷吃行为却又无论如何都罪不至死，甚至连罪也谈不上。按照时价，一颗水果糖，充其量也就值一分钱，三年一千多天，算下来也不过十多元钱而已。一位年轻的生命，仅仅因为如此一种并不起眼的错误而付出生命的代价，不管怎么说都是那个畸形时代对于生命的一种无端戕害。所谓"道德杀人""政治杀人"，其具体所指往往就是这种状况。更何况，胡木刀的偷吃行为，也与那个时代物质的过于贫瘠紧密相关。道理说来其实也非常简单，倘若胡木刀的日常生活状况相当优裕，他又怎么可能利用工作之便去偷吃水果糖呢？也因此，通过胡木刀之死，吕新的批判锋芒就不无尖锐犀利地指向了那个以禁锢的方式无端剥夺了胡木刀年轻生命的畸形时代。

如果说胡木刀之死，意味着那个时代的人性禁锢，那么，陈美琳与叶柏翠书记两位女性的故事，则意味着人性一种难能可贵的觉醒。陈美琳是一个容貌美艳动人的售货员，她的突然被调动到尖蚂蚁供销社工作，对于"我"来说，所引起的惊喜程度竟然超过了新买的拖拉机："第一眼看见她的时候，我就被她惊得像受了风寒一样喷嚏连天，我在心里说，天哪！……来了这么一个人，她长得漂亮，鲜艳。什么叫鲜艳？如果你对这个概念认识比较模糊，甚至在心里完全没谱，那么，看见陈美琳，大体上就能明白了。"面对着惊若天人的陈美琳，"我"一时手足无措，居然会自我怀疑自己是不是在"白日做梦"，会怀疑县里是在和自己开玩笑。吕新这种表现陈美琳美艳动人的艺术方式，很容易就能够让我们联想到荷马史诗中对海伦之美的表现方式。特洛伊人在被海伦惊艳之后，普遍认为为了她而进行一场战争是值得的。而陈美琳所唤起的，则是"我"被惊倒后的喷嚏连连。但其实，陈美琳的突然被调动到尖蚂蚁供销社工作，带有明显的受惩罚被发配意味："你想想，平白无故的，她为什么会发配到我们这个又穷又远的地方来？那是因为她在原来的地方实在再混不下去了，要是还能勉强混下去，你就是八抬大轿也别想把她抬到我们尖蚂蚁这个地方来。"而且，据可靠消息，"陈美琳早就订过婚了，她的那个男的被判了刑，目前正在监狱里坐着"。此后发生的事情，果然证明此前关于陈美琳的各种传言都所言不虚。来到尖蚂蚁供销社时间不是很长，陈美琳就再一次犯了事，就因为与同事小伍偷情而被小伍的媳妇莉莉抓了个正着。这一次事件之后，陈美琳遂再度受惩，被发配到了更其偏远的皮条窑供销社去工作："皮条是什么？就是蛇，书上叫它蛇，我们叫它皮条。皮条窑是个什么地方？就是陈铁牛曾经说过的比我们尖蚂蚁还要不好地方，还真是让陈铁牛说中了。要说发配，皮条窑可以算得上是一个发配人的地方。"令人颇感惊异的是，当事人陈美琳自己竟然可以做到处变不惊："陈美琳穿着一件棉袄，为了一条红围巾，我注意到她脸上的抓痕基本好了，这时节她的脸看上去是雪白的。"正如同朱槿她们一样，吕新对于陈美琳的描写也属于点到为止，留了很多空白。尽管其人生故事并未充分展开，但在那样一个人性被极端压抑禁锢的年代，陈美琳面对性的开放与坦然姿态，其实表现出了一种极其明显的对抗意味。

身为条件特别艰苦的尖蚂蚁公社的书记，叶柏翠曾经是一个立场坚定的革命者。她的正常人性的觉醒，一方面固然与陈美琳事件的影响有关，另一方面却主要是因为她明确地意识到了自己的升迁无望："她说她很可能会在公社书记这个位置上一直坐下去，向上移动的希望不能说完全没有，但总的来说那种光芒不是很大，甚至是十分的黯淡，微弱，不是容不容乐观，而是根本谈不上乐观。"对于一位如同叶柏翠这样的基层官员来说，所谓的升迁无望就意味着她遭受了严重的打击。正是这打击，促成了其一种微妙变化的发生："我看见一些字映在窗户上，我看见政治的色彩在叶柏翠书记的脸上开始褪色，变浅，有些东西不知不觉地从她的脸上下来，推开门，走了出去，身影时大时小，忽明忽暗，已经在路上越走越远了。"伴随着政治色彩的逐渐褪色变浅，紧接着占据了她身体空间的，就是曾经被政治和革命压抑太久了的正常人性需求。这一点，正如同叶柏翠自己所明确意识到的："有些东西，无论你藏得多深，多隐秘，还是能够被看到的，而有的东西，不管你表白得多么动听，多有力，没有还是没有。"正是因为叶柏翠书记的内在精神世界首先有所松动变化，也才有了她和万年青之间情感越界故事的最终发生："叶书记啊，你像海一样深……万年青同志，你最主要的问题还是勇气不够，啊，这就好了……红日跃出东海，叶书记啊，你就像大海，太平洋……万年青同志，你真是让我吃惊啊！"与身为普通售货员的陈美琳相比较，革命者或者说基层官员叶柏翠书记的人性觉醒无疑更显得难能可贵。但在这里，需要特别强调的一点却是，无论是面对陈美琳，抑或还是叶柏翠书记，我们在做出评价时都应该避免从道德的层面做简单的是非判断。只有这样，我们才能够把这些勇敢的女性看作是"黑暗王国里的一线光明"。

尽管说吕新关于以上各位人物的点染描写的确已经相当出色，但真正占据《下弦月》文本核心部位的，却依然是小说的第一章到第九章，也即以林烈和徐怀玉为中心人物的那个部分。在这一部分，作家所主要聚焦关注的乃是因为思想问题被打入政治另类的一批知识分子在那个特定历史时期的苦难遭遇。仅仅从题材书写的角度来考量，小说中的这一部分描写，很容易就可以促使我们联想到吕新那部曾经获得过第五届鲁迅文学奖的中篇小说《白杨木的春天》。虽然二者之间并无直接意义上的内在关联，但把二者并置在一起，我们却不难从中强烈感受到吕新的确在朝着某个既定的历史反思方向持久地发力。虽然叙述者并没有明确交代林烈到底是在什么时间因为什么样的具体问题而被打入政治另册的，但如果我们依据文本中所透露出的若干蛛丝马迹，却还是可以做出相应准确的判断。我们注意到，在第七章林烈与黄奇月的对话中，曾经刻意强调："老黄，十多年了，我就没有顺利过一天，一直都是这样，我不能不往那方面想。"与之具有明显互证效应的，是第四章里的一段交代性叙述话语："十几年前被下放到这里，几年后多了一个孩子，一家人离去了，回了城里，人家以为他们一定过好了，能回到城里不就是最好的证明么，谁能想到他们却连当年都不如。"这里提到的当年那个下放的村庄，就是上深涧，那个孩子，就是年仅十岁的小山。从一九七〇年上推十多年，也就是五十年代后期。这就意味着，林烈政治上的罹难，应该就在那个时候。联系当时的具体时代背景，林烈极有可能有着一种右派身份。但是，从林烈最小的女儿小美年龄只有四岁来加以判断，一种实际的情况很可能就是，虽然政治上已经被打入了另册，但林烈却并没有失去自由身。他的失去自由身之后的身陷囹圄，应该是一九六六年"文革"开始之后才发生的事情。否则，我们就无法解释小美的来历问题。同样的道理，也是依据文本的相关描写，我们便不难断定，林烈之所以会在劫难逃地被打入政治另册，一方面与他过于认真偏执的性格紧密相关，另一方面却也的确存在着所谓的"思想问题"。首先是性格原因："这些，他原来确是不懂，往往总是开门见山，直抒胸臆，让别人下不来台。""要知道，那仇恨原本不属于你，但就因为你过于不懂事，过于不会说话，张口就来，最终又非你莫属。"更具体地说，他的政治罹难，与彻底得罪了顶头上司岳维寿有关："他傻，当即就剖肠豁肚，开门见山，给岳维寿本人提了一个意见。"没想到的是，"突然有一天，啪的一声，夹子落下来了，顿时血流成河，有的被夹住了手脚，有的被夹住了喉咙，更有人来不及挣扎一下就断了气。"然后，是他思想上的犯禁。这一点，集中体现在他两年前在南沙河学习班学习的时候的一次私下讨论所引发的对于"文革"发生问题的深入思考："事情的顺序应该是自上而下地开始的。就像一座塔，先是在最高的塔尖上有了一些细小的动静，最高处有人在掰手腕，但没有人注意，事实上也不会有人注意到。从一座塔的塔尖上掉下来几粒沙子，谁能看见，谁又能注意得到？令人吃惊的是它的所有的步骤或者说方法，就算是从上而下地开始的，那也应该是一层一层地下来，最终到达塔的底部，然后再从底部向周边蔓延，燎原，这才应该是正常的步骤和次序。但是这一回，奇就奇在它直接从塔尖直达底座，底下哄哄地烧着了，然后火势和浓烟才又一层一层地往上走。"在"文革"这一事物正在生成演进的过程之中，即能够同步地对"文革"做出如此深刻的一种认识，将其放置在七十年代的历史语境中加以考量，犯禁意味的存在毋庸置疑。生性既不识时务，且还有犯禁思想生出，知识分子林烈在那个特定历史时期的命运遭际很显然就是在劫难逃，其身陷图圄是一种必然的结果。身陷图圄的林烈，之所以要不管不顾地出逃亡命，是因为他目睹了同犯被活活整死的一幕惨剧："本来并不想跑，更不想这样四处亡命，可是马志明的死给他送来了震耳欲聋的一击，无论任何时候，脑子里都回荡着嗡嗡的巨响，就像有人在他的耳边用铁锤敲击钢板，让他一想起来就感到恐惧，日夜惊慌不安，被无边无际的嗡嗡声包围着，笼罩着。因为他相信，他要是不跑，结果最终一定也会像马志明一样。"与其坐等厄运的降临，莫如做拼死的挣扎，为了活下去，林烈只好冒死出逃。然而，在那样一个铁板一块的禁锢时代，如同林烈这样的知识分子的出逃亡命，无论如何都会特别艰难。唯其如此，林烈才会产生如此这般真切的感受："你在那黑压压的穿顶般的锅下面行走，奔逃，走啊走，却总也走不去那口巨型锅的外面去，这种时候，你还有什么奔头和希望，只能一遍又一遍地在那灰暗和幽冥中反反复复地兜圈子，打转转，千方百计，只要不被人发现，不被抓住，就是好的，甚至可以说是一种胜利。"时间一长，林烈甚至会对自己出逃的决定也产生强烈的怀疑："逃跑，挣脱锁链溜出来，原本是为了更好地存在，为了能够更长久地活下去，但是现在看来，更像是跑到了另一条绝路上。"林烈之所以会生出如此一种强烈的绝望感，乃因为他在自己出逃的路上只感到处处危机四伏，看不到有些微的希望光芒存在。

因为有了林烈的亡命出逃，也才有了他的妻子徐怀玉携好友萧桂英的冬日外出寻找。实际上，早在徐怀玉她们俩外出寻找之前，就已经有其他亲友外出寻找过。比如，徐怀玉的弟弟、小山的老舅的那条腿，就是因为寻找林烈而被摔断的。在临近年关的极其寒冷的塞北的冬日，两个孤苦伶仃的女人外出找人，其间的苦楚自然可想而知。别的且不说，单只是吕新一句对寒风的形象描写，就可以让你充分地感受到这一点。"她们在风里走着，长长的风声像是几万人的大合唱。"什么叫合唱？更何况还是多达几万人的大合唱。

就这样，只是通过对巨大风声的一种渲染描写，吕新就写出了徐怀玉和萧桂英她们俩外出寻找林烈的艰难。"一路上，怀玉一直都心怀愧疚和气愤，愧疚是对萧桂英的，气愤则只能留给林烈。""望狐，马市，关河，破房，平川，这些原以为最有可能的地方统统全都去过了，甚至连更远一些的外号匈牙利的匈牙、拒门一带也都去过了……"究其根本，徐怀玉之所以要不管不顾地执意外出寻找林烈，是因为她内心里一直有某种坚信存在："但在心里，怀玉基本上相信林烈还在人世间，否则也就不会把家和孩子们扔下，满世界地出来找他了。怎么解释自己这些天来的种种行为，那还不是因为觉得他还活着么，米大娘的小儿子带回来的那个消息姑且算是一个崭新的捻子，但从根本上来说，是她心里的那根捻子还没有完全灭掉。自从嫁给这个男人之后，除了让她一鼓作气地生下三个孩子，剩下的便是没完没了的惊吓和操不完的心，还不算让她失去了工作。"林烈之所以只是能够带给徐怀玉没完没了的惊吓，自然是因为他那耿直的性格与不安分的思想。在那个不正常的年代，如同林烈与徐怀玉这种家庭情况者，不仅并不鲜见，而且有很多都已经无奈解体了。能够如同徐怀玉这样虽然饱受丈夫的拖累，以至于连工作都丢掉了，但却仍然不离不弃者，其实并不多见。然而，徐怀玉仅仅丢掉工作还不算，一个人带着三个孩子勉力支撑的她，竟然被驱遣到了远离县城中心的边缘处居家生活。在这个偏远之所，只生活着徐怀玉与另外一位同样被打入政治另册的石觉一家。只有两个孤零零的家庭倒也还罢了，可怕处还在于他们所紧邻着的就是一个埋葬着很多亡灵的烈士陵园。如此一种糟糕情形，就不能不让年轻气盛的老舅大骂出口了："他妈的，真是会欺负人！把一个女人和三个孩子安排到这种地方住，常年和鬼魂做邻居，也不知安的什么心？"但即使生存境况这样糟糕，生命力坚韧的徐怀玉却仍然格外坚毅地挺立着。她的挺立与支撑，极其类似于俄罗斯的十二月党人那些格外令人敬佩的勇敢的妻子。

　　无论是林烈的出逃与亡命，还是徐怀玉的苦苦寻找与勉力支撑，抑或是无名寡妇的受辱，朱槿的落魄，胡木刀的自杀，所有这些都强有力地印证着小说结尾处的那句感叹："世界，你这个苦难的人间啊！"苦难，当然是这个世界的本质，也是人类生存的本质。吕新的一个难能可贵处在于，在充分凸显世界苦难本质的同时，他也利用理性叙事话语的巧妙穿插，强有力地传达出了一种对于长篇小说这一文体而言非常重要的命运感。比如，第七章第二十节的这样一段叙事话语："当一种意想不到的生活在外面叫门，猝然来临时，你只能紧跑着恭敬地迎出去，并伸出双手接住。命中注定它就是来找你的，你不接让谁接呢？它像蟒蛇一样盘在你的门口，冰冷，无声，你得把它小心地抱回去；它像炽热的炭火一样熊熊地来了，你得伸出双手把它捧住，不能让它灭了；更多的时候，它让它炸雷一样在你的头顶上面咔嚓咔嚓地响着，炸着，提示着，又用简短的或长长的弯弯曲曲的闪电一次次地把你晃醒，为的就是让你伸手接住这个东西，你接住了，认领了，它们才能再往别处去。"这样的一种叙事话语，只有与林烈徐怀玉他们所经历领受的苦难命运联系在一起，才能够令人信服，并取得相应的叙述效果。也因此，作家才会借助于林烈的口吻继续他对于吊诡命运的思考："老黄，你不觉得所有的人其实都是在摸黑赶路么？要是很早就提前看见自己的经历和最后的结果，知道好运气自己是一点点也没有，那会有很多人不敢再继续走下去，也会不想再继续走下去。比如我，我要是早知道要经历后来的一切，我宁愿自己的年龄就停留在十七八岁以前，不再往前走，就在那时候就提前夭折了多好！"事实上，任是谁，都没有未卜先知的能力，尤其是不可能重新选择一次人生。当然，也同样不可能让生命仅仅停留在某一个特定的时刻。来到了这个世界上，你就得摸着黑往前走，就不仅得承受命运所赐予的一切，而且还得以自己的方式对命运做出积极的回应。也因此，林烈的这段言辞，也可以被看作是存在主义哲学家蒂利希所谓"存在的勇气"命题的一个颇为恰当的注脚。究其根本，倘若没有足够的勇气，恐怕真的无法直面类似于林烈这样的苦难存在境遇。

好在吕新的《下弦月》在充分展示七十年代苦难生存境况的同时，却也有着对于世间温情与相濡以沫一面的点染与表现。这一点，在林烈，就是黄奇月的存在，在徐怀玉，就是萧桂英与石觉的存在。先来看林烈。身为政治另类，在那个处处凶险危机四伏的年代，林烈的亡命之途绝对称得上是步步惊心。好不容易出现了一个愿意帮助他去供销社买烟的人，结果却是一位可耻的告密者。若非林烈一时警觉，那一次他就在劫难逃了。所幸的是，就在林烈因此而惶惶不可终日的时候，却无意间撞上了曾经的熟人黄奇月："没错，面前的人就是黄奇月，真的是黄奇月，当年他在上深涧下放时的第一生产队队长……他感到喜忧参半：喜的是碰到了一个当年的熟人，而忧的也正是终于碰到了一个认识他的人，这个人很知道他是谁。"没想到，林烈的担心纯粹是多余的，正因为黄奇月"很知道他是谁"，所以才慨然地伸出了援助之手，林烈也才有了一个暂时的安定居所。需要注意的是，这位黄奇月，虽然担任过生产队的队长，但他其实却与庙堂无涉，而只应该被理解为与民间有关。这样看来，林烈与黄奇月之间的关系实质，归根到底还是得将其搁置到民间与知识分子的框架中来加以理解阐释。再来看徐怀玉。身为一个柔弱女子，拖累着三个孩子的徐怀玉，之所以能够在非常艰难的困境中勉力支撑下来，与萧桂英和石觉他们的理解帮助紧密相关。不能不稍加留心一点的是，萧桂英、石觉他们与徐怀玉之间，其实存在着一种同病相怜的渊源关系。"怀玉和萧桂英，她们是中学时的同学，曾经在一个宿舍里住过两年。"徐怀玉失去工作前曾经是一位教师，萧桂英同样也是一位教师，只不过因为受到丈夫胡少海问题的影响由中学被贬到了小学而已。林烈身陷囹圄后亡命在外，胡少海则也同样因为被打入政治另册而处于被监管的状态之中。石觉同样是一位被打入了政治另册的知识分子，用他自己的话说，曾经三次被捕，三进三出。三十八岁才结婚的他，没有过上几天好日子，妻子宇文秀就不幸因病而弃世，给他留下了一个只有三岁的小石头相依为命勉强度日。正所谓"同是天涯沦落人，相逢何必曾相识"，究其根本，萧桂英与石觉他们之所以愿意出面帮助徐怀玉，与他们都有着一样的社会政治身份，处于相同的生存境遇密切相关。我们无论如何都不能否认的一点是，不管再怎么苦难的人间，也都得想方设法生存下去。而要生存下去，一个很重要的方面，就是必须有作为苦难对立面的世间温情与相濡以沫的一面存在。黄奇月、萧桂英以及石觉这几位人物在《下弦月》中的重要意义，正突出体现在这一点上。

总之，依托于三重艺术结构的设定运用，吕新采用散点透视的方式在广大读者面前点染勾勒出了一幅七十年代的灰色生存图景。这一幅艺术图景中，既有近景，也有中景、远景。倘若说林烈、徐怀玉他们的故事属于核心的近景，那么，由胡木刀、陈美琳、叶柏翠书记以及"我"所构成的供销社岁月部分，就是中景，而朱槿与无名寡妇他们，则很显然就是远景。近、中、远三种景观有机组合的结果，自然也就是吕新这一部旨在剖析呈示"七十年代"国人普遍的灰色生存图景的优秀长篇小说的最终生成。

2016 年 2 月 29 日

不断幻化但真实存在的面孔

——吕新长篇小说《掩面》读后

◆聂斌

　　读完《掩面》，久不能言，试图重温初读时的万千感慨，却无能为力，惟能就着尚盘在心头的些许残思碎念做一番挣扎。

　　作为一位先锋作家，吕新在《掩面》中依旧延续了其在艺术上的特立独行，一眼望去，其独特的结构与多视角、多层次的叙述即夺人眼球。小说以一位约16岁的少女寻亲为主线，通过四个不同的叙述者将主人公孙渡模糊的一生歪歪扭扭地拼接起来，再通过少女所做的诗歌和最后一位叙述者将她的迷茫与最终的命运也一并展现出来。从结构上说，故事如同一个圆，少女辗转各地寻找父亲无果，最终回到生活的原点，顺从了上山下乡当知青的时代号召，重复着父亲为革命洪流淹没的命运。小说在多处细节上体现了这一结构的精巧之处，例如结尾处女孩参演《兄妹开荒》和《夫妻识字》，这正是她父亲当年在根据地求演而不得的两出戏，这一细节的前后呼应即在不动声色间将两代人的不同命运置于同一层面进行对比。

　　作品的叙述策略则是极耐人寻味的，整部小说呈现了六位叙述者和三重叙述层次，表现出浓厚的现代主义色彩。小说的主人公孙渡自始至终未能以正面示人，我们甚至无从得知他的真实姓名，然而他一直作为潜在叙述者隐含在文本最深处，我们分明看到一副模糊、扭曲，不断幻化但真实存在的面孔，听到他张大嘴，用尽全身力气努力喊出的短促、断裂，逐渐淹没但一度掷地有声的关于命运的句子……

　　除了在结构上独具匠心，小说给予我们最为明显的触感无疑来自于贯穿其始终的反讽精神，而这种反讽精神最直接的表现则来自于五位表层叙述者。他们每个人都拥有一种强烈的自信，他们立场坚定，话语中充满了对于革命事业的忠诚，但在回忆往事、给小女孩讲道理时又往往无意之间在态度上自相矛盾，从而消解了他们在主观上认定的观念，在语言表征与真实意图之间制造了一道貌似完好的裂痕，一步步将自己所构建的推倒，如此营造了一种讽刺而荒诞的氛围，余韵悠长。

于佳作而言，其形式与内容无疑相得益彰，《掩面》以绝佳的艺术手法示人，其所承载的思想内容同样深沉厚重，发人深省。说到底，作者在《掩面》中所做的是一场精神审判。说是精神审判，乃是因为对既定历史下任何结论都显得草率，显得毫无意义。因此，后世的人只能借人本身这最终的落脚点完成这一审判：人性的自由、人格的纯粹、人道的尊严、完美的精神世界等等，人道主义在此作为标尺散发着经久不衰的光芒，而且似乎是唯一的突破口。

然而，女孩没有找到父亲，她认了命，下乡当了一名知青，她在诗中表达自己的恐惧——落入琐碎而卑微的生活，被日渐麻木的心抛弃。对于她，我们无须担心，作为一个有主见、懂得思考的人，她定能挣脱枷锁，向更高更远的地方飞去，寻找每一丝命运的可能性。但这部小说事实上的主人公孙渡，却复杂得多，他承受了更多的苦难与挣扎，却没能发出自己的声音。

这个人物给我的直接印象是哈姆雷特和日瓦戈医生的结合体，他阅读、思考，怀有赤诚的爱国之心，但又脆弱、敏感，对宏观话语抱有疑虑；思想成为他行动的阻碍，他始终无法融入主流；在他模糊的影像里也始终是以受害者的面目示人，他痛苦、无言，内心千疮百孔，只能在不断被挤压的生存空间里转过脸去，内心泣一声"休提往事"。这样一个人，与环境发生冲突是必然的，被生活遗弃、沦落为边缘人也是必然的，问题在于，他是否值得同情，他的悲剧有多大程度的咎由自取的成分，他如何变成了哲学与现实的双重弃儿。在特定的时代，时刻把持着思想与精神的尺度的确有强人所难的意味，但从另一方面看，一个人究竟需要做什么才会使自己在这个世界上无处立足？孙渡的命运悲剧除去外部因素，是否还有他个人选择的成分？他的知识、思想在他的生活中到底扮演着何种角色？理想与现实的冲突是否必然以人的毁灭为最终代价？

然而，"除了此刻在我心中涌动的一切，我还能说些什么呢？"

穿越生命的灵舞

—— 葛水平小说创作论

◆吴玉杰

葛水平的心灵一直行走在故乡的山神凹。在《消失的生命与时间有关》这篇关于山神凹系列作品的创作谈中，她说："山神凹成为我生死的眷恋与诱惑"，"我是它早已龇着嘴唇盟过誓的唯一的一个情人"，"如果一个人出生在乡村，童年也在乡村，一辈子乡村都会给他以饱满的形象"。她的创作更多地源于她对乡村的记忆，在那些不是书写乡村的文本中，她也习惯于"环顾"乡村。她的心灵的行走，更是在故乡的精神气场中的行走。记忆中的故乡与族人，他们以特有的生命状态生存着。笑与哭，是他们留给葛水平记忆最深的"若舞若蹈"的生命表情；也许葛水平在心中建构起一座坟墓，珍藏着、保护着、书写着这些记忆。而当这一切从记忆的坟墓中走出，幻化成穿越时空的遐想、穿越生命的灵舞，这是葛水平与故乡的对话、与自我心灵的对话，又何尝不是她面对故乡的生命献祭呢？

记忆："别致亲切"的"心灵长跑"

葛水平的故乡山西沁水山神凹，这个在地图上找不到的地方，寄予着她全部的感情。文本中这块土地上已逝的历史或正在发生的现实，都来源于她心灵的记忆。对于"蜗居"在城市中的她来说，一次次对记忆的叩问就是一次次"别致亲切"的"心灵长跑"。海德格尔认为，体验即回忆，而回忆即诗。从这个意义上说，"心灵长跑"即成为葛水平的生存哲学与写作诗学。

葛水平说，"回忆是一次心灵长跑"。"在乡村，在桑园小石磨石台阶上，我听孩子们合唱一首抒情得可溢出血的歌，想歌声把乡村托举起来的激动，想那个在歌声中抒情的孩子，朝着我内心微笑，竟会是如此灿烂。"（《心灵长跑》）行走在乡村大地上的往事在记忆的画幕中频频叠至，而"有时候湮没在时间中的记忆，再回忆常常有着别致的亲切"。记忆与回忆总会给"蜗居"的葛水平以特殊的心灵震动。

行走在记忆中的葛水平徜徉于故乡的精神气场，她的记忆是关于普通人的记忆，她的文本是书写"普通人"的"寻常生活"。她说："我念书不多，读书也不多，我只能从普通人身上去寻找生活。"在葛水平的自述中，我们发现，"普通人"似乎是她别无选择的选择，是一种被动，而我们可以从中看出她的主动——寻找生活，所以这种选择也正是她写自己熟悉生活的一种自觉的选择。而选择什么样的生活更可以看出作者的创作心态。葛水平说："一个活在世上的人，我认为，只有寻常生活可见活人的精神。"她选择的是"寻常生活"，这是她寻找的结果，是一个更加自觉的选择。所以，"普通人的寻常生活"成为葛水平审美观照的对象，哑巴的喊山（《喊山》）、铁孩的甩鞭（《甩鞭》）、柴冬花的念想（《所有的念想都因了夜晚》）、老师在岭上上课（《地气》）等等，凝结成记忆的塑像撞开读者的心扉，竟抵生命的深处。就是写抗日战争中故乡人的生活也是如此。虽然，从人类发展的历史来看，战争是一种非常态；但是，从特定的时空角度上说，战争恰恰构成那个时期内人们的最日常的、最寻常的生活。

葛水平不是写战争中英雄的故事，而是写战争中普通人的寻常生活。在抗日战争的英雄名录中，也许我们不能发现他们的名字，然而历史的天空同样有他们生命的回响，他们存在于葛水平的心灵世界。虽然小说里有武嘎（《狗狗狗》）和维持会长马宝贵（《道格拉斯/CHINA》）这样类英雄的人物，但更多的人物是，外形上看他们没有英雄的外表，更多的是唯诺、轻贱与软弱，和传统英雄有着根本的不同。或者可以说，葛水平不是把他们当成英雄来写，他们只是一个中国人，在抗日战争中表现出了作为一个中国人的民族责任，这是一种民族的尊严，一种历史的担当。《狗狗狗》中的栓柱和《道格拉斯》中的王广茂，作者最初写到这两个人都是斤斤计较的"小男人"，他们的眼里只有自己的家、自己的家人。在马宝贵看来，王广茂"不是个牢靠人，说话不思想，没有头脑"，马宝贵担心王广茂的软弱会导致出卖美国大兵甚至想杀了他。然而在日本鬼子挑起他的孩子并把他丢进涝池的一刹那，王广茂大骂日本鬼子，大骂马宝贵（实际上为了保护马宝贵），谎称他知道美国飞行员在别处的下落。是的，就是这样一个"瘦得只剩下筋骨"的王广茂，站立着是一个"人"。葛水平查阅史志知道，这个真实的美国兵留给太行的百姓的一句话："中国始终是没有被征服的"。越是普通人，越是具有一种普遍性的意义，民族的尊严、民族的精神写在普通中国人的脸上。

回忆不是单维的作者的心灵长跑，而是作者和她笔下的人物共时性的心灵长跑。葛水平对人物的精细把握与人物的心灵共鸣，不在于艺术技巧的万般炫弄，而在于朴素的真诚。她说："我出生在乡村，乡村让我的精神饱满，让我有无法述说的喜悦，那些人事感动着我，时间长了，我想写出来。俗常人生，俗常看点，保持着乡下人的判断，事实上我在写城市题材里也有到乡下绕一圈的内容，乡下连着我的脐带，供我养分。……对事物最朴素的感情和判断帮助了我。""文学是从泥土里生长出来的树"，乡村给予葛水平的养分更像是一种生存哲学，或者说，葛水平在小说文本中表现的乡村的生存哲学成为她创作的诗学。

无论是在葛水平的一些创作谈，还是在她小说的文本中，我们经常可以发现这样的表述："活着得生点儿事"。其中包括三个方面的内容，一是"活着"和"事儿"是相伴的，不存在无事地活着，也不存在活着无事。小说《浮生》中有句俗语："活人不生事，那叫活人吗?!"《甩鞭》中的铁孩说："有些事情放不下，就得活"。这是生命的原生状态。二是"生出点事"可能是出了意外，生活不是平静如水，而是充满起伏的波澜。《喊山》中的韩冲炸獾炸死了腊宏，《浮生》中的炸药炸了人，《地气》中的李苗误告了王老师等等。这些意外是普通人寻常生活的一部分。三是指做些觉得对自己有意义的事，人不能无事，人总得找些事做。《空地》中的张保红一直本着这样一条原则："帮了人家我少啥，心里还很熨帖，我要不帮人家，我几天心里都不熨帖！能帮不帮那我活的还叫一个人吗?"《守望》中米秋水收养一个豁嘴的弃婴等等。这些人以不同的方式"生事儿"，以不同的方式生存。

"活着得生点事儿"，对于葛水平来说，是告别了自己的"戏剧人生"、行走在故乡的精神气场、和记忆中的乡人进行一次次的心灵长跑，是完成自我的心灵补偿和生命献祭、达成"我写作我快乐"的至臻境界。卡西尔说："在人那里，我们不能把记忆说成是一件事情的简单再现，说成是以往印象的微弱映象或摹本。它与其说只是重复不如说是往事的新生；它包含着一个创造性和构造性的过程。仅仅收集我们以往经验的零碎材料那是不够的；我们必须真正地回忆亦即重新组合它们，必须把它们记忆组织和综合，并将它们汇总到思想的一个焦点中。只有这种类型的回忆才能给我们以能充分表现人类特性的记忆形态。"葛水平源于记忆的创作有一种从散文到小说的现象：从散文《一个听来的故事》到小说《狗狗狗》，从《读父》到《甩鞭》，从《山中的孩子》到《地气》，从《内窑黄昏》到《所有的念想都因了夜晚》等等都是如此。虽然有人告诉她题材好可以再写成小说，但我们觉得最重要的是，她感觉在散文中她的书写还没有完全表达出她对那一片土地以及土地上生活的人们的所有感情，"意犹未尽"。这"未尽"的"意"，更是她对乡土的心灵"债务"。从文本书写来看，前者散文的创作是一个文本的完成，但并不是情感的完成；也就是说，在完成散文创作之后，她的情感仍处于未完成状态。而当小说文本完成之后，她的那种内心的激荡才逐渐舒缓。

对于马尔克斯来说，他写《百年孤独》是为了给童年时期的经验提供一种归宿。对于葛水平来说，她的创作是一种对故乡的"献祭的冲动"。"他们过着世界上最平淡本分的日子，无拘无束，他们也滋生一些死去活来的故事，但他们不屑与人表述。"（《我走过时间 我走过长河》）葛水平把她的乡村写给世界，面对乡村，她总有"献祭的冲动"。对乡村记忆的书写是葛水平永远处于未完成状态的心灵补偿。记忆有多长，记忆有多深，决定"别致亲切的心灵长跑"的长度与深度。

笑与哭："若舞若蹈"的生命表情

在葛水平的记忆中，族人不善于表达或不屑于表述，但是他们的歌哭笑骂却总是那样深深地印在她的脑海中，清晰可见。笑和哭，作为生存的本真，闪烁着生命的光华。葛水平说，乡人的哭笑有序地抑扬，"若舞若蹈"。我们可以说，笑与哭，"若舞若蹈"的生命表情是葛水平关于乡人最鲜活、最灵动、最清朗的记忆。

米兰·昆德拉的《笑忘录》把笑和忘看作是人类的两大母题，第三章和第六章是关于笑的主题，笑对一个女人塔米娜来说是欢乐，是内心的宁静；文本中最具意味的是天使的笑声和魔鬼的笑声。笑和忘，是米兰·昆德拉创作的母题；而笑与哭，是葛水平创作关于人类的两大母题。在她的小说中写尽了不同情境中不同性别、不同年龄、不同性格人的"哭"与"笑"以及"哭笑不得"的情态。

亚里士多德说："在一切生物中只有人类才会笑。"人的特征就是他是会笑的动物。人是笑的主体，又是笑的对象。笑有情采，是生命丰富性与复杂性的表现。笑，是一种生活的勇气，也是一种生活的无奈。笑在毁灭的同时，又在创造一些富有意味的东西。"在最崇高和最低贱的事物那里、在最神圣者与最平庸者面前，都有同样多的笑。因此，笑包含了生命与道德的完整领域：从善良到卑琐、从人道到野蛮。从本质上说，笑的精神似乎就是自由的精神，就是无视现实的扭曲、以笑打破隔阂，在人群中找到共鸣。"

葛水平一般从三个方面考虑笑的情态：一是笑是生命中最真诚的一种流露，是一种豁然的美好。《道格拉斯》中的婴儿"笑得'咯儿'一响"富有自然的质感；二是在笑的场域中不带有创作主体的自我的色彩，一般只是一种客观性的描写，如《喊山》中说琴花的笑声"浪过来"等等；三是笑在不同的时境中竟也有不同的生命含义，笑的深层结构是文本真正之所指，在这种情境中，她往往举重若轻。《黑脉》中的三兄弟在矿难中死去，然而他们的脸上写满了笑意："想着靠体力活赚得的那份未来的幸福，想笑，笑给腊梅看。笑在心里藏着呢，藏着的那份笑就算是到了另一个地方，那笑依然在心里藏着，脸上能不挂出来吗？"葛水平书写三兄弟死后的笑容，这种举重若轻的叙述方式增添了文本的悲剧氛围。《所有的念想都因了夜晚》也是如此，"她看到娘脸上挂着被岁月揉皱了的笑"，然而娘的笑也不能给未来的女儿带来生命的欢笑。笑不过是一种无望的期待与幻想，柴冬花"自个儿搂着被子傻笑，笑着笑着睡了，笑还挂在梦中的嘴角上"，所有对丈夫的念想都在这样的夜晚凝结在被角和嘴角上。等待她的是五十年的心酸眼泪。所以，这时的笑和生活的苦难形成鲜明强烈的对比。表层的笑转化为深层的哭，是作者在咀嚼生命的疼痛。这时的葛水平和鲁迅一样，是最爱写"笑"的人，而自己却躲在哭泣的边缘。

葛水平对哭笑的描写有的是蜻蜓点水式的，只是在哭笑的前面加上一些简单的修饰语，却很具象与灵动。有的时候更注重写哭笑的感觉。《甩鞭》中王引兰在麻五死后的气绝之哭，想象以后过着不再想笑也不再想哭的日子。《天殇》中上官芳听到儿子被杀，"女人泼辣的东西一下吊在了她的胸膛，两行长泪挂下来。以往，一种忍耐的情绪，都在脑海里藏着，等待着一个契机被激活、被唤醒，现在它发芽了，它冒出了嫩头来。"接受这一事情之后，

"她倒惊异了，十八年的苦真该哭一回，可是她突然没有了悲伤？她的哭到哪里去了呢"？这是欲哭无泪的感觉。作者有时候强调哭笑的"效果"，写得具有质感。《道格拉斯》中日本鬼子的"那笑在雨中听起来像拧住了的绳子"；《狗狗狗》中"窑口的驴因为武嘎的笑声也对着外面的雨嘹亮地叫起来"；《玻璃花儿》写一个女性在成功复仇之后的笑："这一声'玻璃花儿'引逗得一个女人在楼棚上大笑了几声，那笑声像风滚树梢一样在上空滚动，那笑落在人群里没有反弹，笑得人心有被什么撕裂了一般疼痛，人的嘈杂声突然就闷了。"这些笑构成笑的气场。

葛水平的小说写得精彩的是，哭笑不仅是一个细节，更构成文本中不可或缺的情节。《比风来得早》中用了很大的篇幅写在吴玉亭母亲坟前不同人的哭诉，从家里人哭地底下昏睡的人苦，到数落自己的不好，哭自己的苦，再到村长媳妇哭村里人的苦，这长篇哭诉构成文本最重要的情节。哭苦是对死去人的怀念，也是诉说活着的艰难。

一个最糟糕的小说家把情节变成细节，而一个最高明的小说家把细节变成情节。葛水平的高妙之处就在于，她能够把笑与哭的细节写成并构成经典的情节，如《喊山》中哑巴的笑和琴花的哭。哑巴因为不能说话，所以她的表情就是她的一切。哑巴的第一次笑，"哑巴乖巧的脸蛋儿冲韩冲点点头，咧开的嘴里露出两颗豁牙，吹风露气地笑，有一点感谢的意思。"哑巴的第二次笑，是当会计王胖孩向哑巴讲述赔偿的问题："哑巴像丢了魂似的听着，回头望望炕上的人，再看看屋外屋内的人，哑巴有一个间歇似的默想，抽回眼睛看着王胖孩笑了一下。这一笑，让有一种强烈的表现欲望的王胖孩沉默了。哑巴的神情很不合常理，让干部们面面相觑不知道她到底笑个啥。"哑巴的第三次笑，是韩冲给哑巴送面和米，"哑巴拉了闺女和孩子笑着站在墙角看他一头汗水地进进出出。韩冲想，你这个哑巴笑什么，我把你汉们炸了你还和我笑，但他不敢多说话，只顾埋头干他的活。"哑巴的第四次笑是在腊宏坟上大哭之后回到粉房，"哑巴停下来抬手闻了闻手上的粉浆味儿，是很好闻的味儿，又伸出舌头舔了舔，是很甜的味道，哑巴咧开嘴笑了。这时候韩冲才发现身后不对劲儿，扭回头看，看到了哑巴的笑……哑巴突然又笑了一下，韩冲不明白这个哑巴的笑到底是羊羔子疯病的前兆，还是她就是一个爱笑的女人。"哑巴的第五次笑，是看琴花和韩冲父亲的吵架："哑巴笑了笑，回头看看每个人的脸，每个人看他们吵架的表情都不同，有看笑话的，有看稀罕的，有什么也不看就是想听热闹的，只有哑巴知道自己的表情是快乐的。"哑巴的笑与快乐是一种兴奋，过去她长着嘴却不能和腊宏吵架，所以，在她看来，吵架是一种快乐的表达，快乐的享受；而看吵架在这时也变成一种快乐的方式了，所以她的笑是对生活本真的笑。哑巴的第六次笑，是夜晚自己想喊山走在乡间的小路上，"仰着脸笑了"，这是喊山仪式前将告别失语的惬意，是对自己将获得轻松与幸福的美好期待。她的笑是对现在的笑，更是对未来的笑。哑巴第七次笑，是"盘腿裸脚坐在地上剪谷穗，哑巴笑着，孩子坐在谷穗上笑着"，哑巴享受着劳动与生活的快乐。

当代奥地利著名动物学家洛伦兹觉得："无论如何，笑比热情更具意义，而且特别地有人性。"哑巴的第一次笑，是表示对韩冲让他们住下的感激，说明她的天性。哑巴本有笑的天性，在她第一次坐车的时候，她最初是笑了，而当这车开出山沟之后，她脸上的笑从此凝固；哑巴的笑更多的是在腊宏死了之后，是天性被长久压制之后终得回归的精神释放，也是她的生命最精彩的绽放。

如果说，哑巴七次的笑具有神秘的力量推动情节的发展，那么琴花的两次哭不仅是情节的发展，更是走向揭开秘密的最重要的契机。哑巴丈夫腊宏被韩冲的炸药炸死，哑巴不能哭，需有人作为哭妇为腊宏送行。琴花为韩冲之面，暂作为哭妇。但"琴花干哭着走近了哑巴，看到哑巴不仅没有泪蛋子在眼睛里滚，眼睛还望着两边的青山"。显然，这不哭和先前她的笑以及后来的不要钱构成了哑巴最重要的让人迷惑不解。琴花认定不会哭的哑巴"真是有病"。琴花做哭妇最重要的是韩冲答应给她一头猪。而琴花和韩冲之父吵架之后假装的"嚎哭"成为哑巴第一次说话的契机："哑巴走到琴花的面前坐下来，两手捧着碗递到埋着头的琴花脸前，哑巴说：'吃。'"这是哑巴在小说中说的第一字。哑巴这时的开口有以下几个方面的原因：一是腊宏死去一段时间，哑巴获得自由，逐渐恢复自己说话的本能。她可以说，但不可能瞬间说很多，一方面是生理机能所致，另一方面还有心理的恐惧。腊宏虽然死了，但哑巴有时觉得他还活着；二是琴花是无理取闹落得被打的下场，围观者心情不同，没有人愿意拉她起来。但这时的她明显处于"劣势"，是暂时的弱者，哑巴走近琴花是善良天性使然；三是由女性之间的情感距离决定。从日常生活来看，哑巴和韩冲接触最多，也最有机会说话，但哑巴没说，更多的是笑，是感激。腊宏对哑巴的限制与"打压"在很大上造成哑巴和男性之间交流上的障碍与距离。如果不是琴花，而是一个男性，也许哑巴也能端碗粉浆，但不一定能说出"吃"。而哑巴面对琴花，是面对一个和她一样的女性（而这个女性也正遭受着被打的命运，虽然原因大不相同），这时候的哑巴显然情绪更放松，情感更自然，没有恐惧，没有顾忌，有的是天然的贴近。所以女性之间情感距离的贴近让她说了一个字。

而此后哑巴的哭则更具深意。哑巴在腊宏死后第一次出门便到了腊宏的坟上。哑巴踢坟上的土，然后坐在地垄上哭："哑巴哭够了对着坟堆喊，一开始是细腔儿，像唱戏的练声，从喉管里挤出一声'啊'，慢慢就放开了，唢呐的冲天调，把坟堆都能撕烂，撕得四下走动的小生灵像无头的苍蝇一样乱往草丛里钻。哑巴边喊边大把抓了土和石头砸向坟头下的人问问他，是谁让她这么无声无息地活着?"《喊山》中的这些笑与哭是作为情节的存在，写出了哑巴从主体性被动的消隐到主动的失语到自我的回归的过程，所以不仅具有内蕴的深刻，更具形式美的价值。

在葛水平的印象中，"农村人是把喜怒哀乐都挂在脸上的"。在访谈中，她说："哭和笑是一个人最痛快的宣泄，当一个人以生命的形式消失掉时，活着时的性情'喜怒'会延续在人们的口碑之中。记忆中我的族人不太喜欢多话，脸上总洋溢着丰富的表情，黄土虽埋人，有时候黄土却不养人，肥料不足，遇上年成不好，水脉不畅时，表情不好常凝眉愁目一脸哭相……就算是日子过苦了，庄稼人脸上不该哭的日子，总也挂着笑，笑给外人，叫对方放心的笑，种地打粮心中不慌的笑，忙月闲日子情趣盎然的笑。他们的哭笑在我的记忆中不时地出现，我笔下的人物我很喜欢用哭和笑来描写他们当下的心情，把文字闹动的第一时间里，把我的心情也闹动了。""闹动"，是指以一种不平静的心情书写自己的乡村，乡村记载着葛水平全部的生命与爱。葛水平是一个容易让生活触动的人，作为一个在城市中蜗居的"乡下女人"，葛水平是带着记忆的色彩书写自己的乡村，记忆中的人总是以某种情态进入记忆的主体。她的心灵一直行走在故乡的山神凹，作为乡村载体的族人，也总是以鲜活而清朗的形象印在她的记忆中。

此外，葛水平对哭和笑的执着和她从事戏剧演出与创作的生命体验有关。她说："有什么样的经历，就有什么样的写作气场。"戏剧的演出要求演员充满无限丰富的表情世界，表和演是无法分割的，或许可以说，一个演员的成功与否在一定程度上取决于她的表情。葛水平喜欢听乡下人说书、听乡下人唱戏，她自己以前唱戏写戏，传统戏曲中角色的"喜怒于色"无疑会使她在小说中塑造人物时留下印痕，而唱戏本身加深了她对生活的了解："唱戏的虽不足解释整个生活的道理，却能让你读出近乎绝情的哀恸"（《泛着水波的回忆》）。

笑与哭，是人类情感的真实流露。温暖的笑声与寂寞的哭喊，是生命的狂欢。从人物的哭与笑到创作主体暗含笑与哭的美学品格，是一种狂欢式的自我写作，它没有任何传统的来自于主流的顾忌，是一种发自自我内心情感的张扬与挥洒。

坟墓：穿越时空的生命遐想

如果说，笑与哭是葛水平关于乡村人的记忆；那么，坟墓则不仅是葛水平关于乡村自然风景的记忆，更是她珍藏记忆的记忆。鲁迅喜欢坐在坟的中间，在《坟·题记》中称，他"造成一座小小的新坟"，"一面是埋葬，一面也是留恋"。葛水平坐在或躺在坟的中央，没有埋葬，有留恋，更有穿越时空的生命遐想。坟是两个生命的在场，是一个具有现场感与历史感的文化空间。

葛水平作为创作主体没有在文本中埋葬自己的过去，然而她时常让她笔下的人埋葬过去。坟是乡村自然风景的一部分，是日常生活场景的一部分，围绕着坟所发生的事却不仅仅是关于坟内的人，更是关于坟外的人。坟，小说中人物是对过去的埋葬与告别。《甩鞭》《喊山》《天殇》等都有关于坟的描写。《喊山》"哑巴一屁股坐在坟堆堆上，坟堆堆下埋着腊宏，她从心里想知道腊宏到底是不是真的去了？一直以来她觉得腊宏还活着，腊宏不让她出门，她就不敢出门。今儿，她是大着胆子出门了。"她"绕着腊宏的坟堆走了好几圈，用脚踢着坟上的土"。腊宏死后，她才有机会出门，在腊宏坟上的哭喊是对腊宏的控诉，是对自己不堪回忆的过去的告别。而《比风来得早》的主要情节则是吴玉亭回乡给母亲上坟。这里涉及权力的冲突，发生在县政府办副主任吴玉亭与主任之间，与村干部、镇长、民政局长之间权力冲突。上坟竟然也成了权力的暗中较量，唱戏、放电影作为吴玉亭给过世母亲热闹的排场，却一个也没有实现。回乡上坟这一情节使一生错位的吴玉亭在权力的追逐中渐渐被甩出而只能被迫找回原来的那个写作的自我。权力扼杀了一个文学青年的梦想，作者通过吴玉亭的口说："我是权力的异类，而在人面前，权力是人的异类。"吴玉亭起初抛弃了写作，试图在官场上发展，甚至以自己的爱情与婚姻为代价，然而，官场还是抛弃了他；也许，做一个作家才是他的真实身份，是一个真实的自我，从"吴主任""老吴""大毛蛋"的称呼的变化，他逐渐褪去官的色彩，回归自我。无论是哑巴上坟，还是吴玉亭回乡上坟，都是对自己过去的告别，无论是他们有意识还是无意识，无论他们是主动的决绝还是被动的接受。

　　葛水平小说的特别与深刻不在于她写出人物在坟前的埋葬，而在于她更写出人物对坟的期待与渴盼。《喊山》中哑巴的上坟是告别自己的过去，而《所有的念想都因了夜晚》中柴冬花造坟是对自己未来的期待。柴冬花在寒窑中苦苦等待几十年，她的丈夫却带回了另一个媳妇，她的等待只是一个凄凉的梦。然而，她又有了第二次期待，因为归乡的丈夫对她说，死后把骨灰送来与她合葬。上次是盼着丈夫活着回来，这次开始盼着丈夫死后回乡；上次是想过着活着的日子，这次是畅想死后的生活。所以，她用丈夫留给她的钱打了坟地，并因为往坟地中搬日常用品而摔伤。柴冬花如此渴望未来的坟中生活，可以想象现实的等待曾给她怎样的重创。她死后丈夫的家人毫不犹豫地把她和早死的光棍合葬。一个女人把理想寄托在坟上，该是怎样的一种凄凉！死后的她若知道她对坟的期待也只是一种幻想，又将是怎样的一种绝望！女人在男人的承诺中等待，然而不论生死都只是一场幻梦。坟是她后来生活的全部，可见坟之于柴冬花的意义。

　　坟墓的意象在葛水平的小说世界中，是生与死的对话，是自我与祖先的对话；是现在与过去的对话，是关于过去的生命记忆，是关于现实的自我释放，是具有特殊审美情韵的对象化存在。《陷入大漠的月亮》中的朱米喜欢看死亡、荒凉和坟墓，认为它们是一种有深度的残缺的大美。她迫切地想看坟墓，和坟墓中的人对话，"坟墓里的人守着一间小屋，生活在一个小环境中，尽管失去了天空，失去了亲人和朋友"，但他们的灵魂"自由自在地飘，透明得没有一点精神负担，忽飘忽落，分享捕获着死之快乐"。于是两个女人到西夏王陵看坟。朱米期望静静地坐在一大片陵墓中间，"感觉生命眨眼间就去了，像童话"。"而活着的倒显得生硬"。朱米关于生和死的感觉发生倒错。贺兰山下的墓地被朱米看成是"梦中的天堂"，她"跑进大片铺开的坟墓中间，躺在一个墓堆上，好像一枚幸福坠地的果实"。她在墓地上聆听，她对坟墓的喜欢还在于"无数活着的欲望被埋在的下面，停泊着宿命的符码，安静自己的一生。夜晚的时候走出来轻盈地漂着，是另一种生命状态展开，无思想，无存在，无爱"。朱米躺在坟中央的"幸福感"源于坟是对于现实的疏离与规避，源于坟中自由自在飘忽的心灵，源于她穿越时空的生命遐想。葛水平在创作谈中说："坟让我在思维混沌的时候能够清醒的认识活着，与蓝天白云青草血脉相通温暖的环绕，曾经的他们完成了一个怎样的目标？到最后又是平平静静的直到魂飞湮灭。坟比任何一种日历都更透彻更残酷地记录着日子的消减，每一座坟都有一个故事，深入着这个世界，在没有往事可继续的岁月下面，坟给我想象无限的伸展，并挑出我笔下人物的爱恨，将曾经的挂成风景次第现出。"由此可见，朱米这个形象和作者具有精神的同构性。

　　古典而清美的葛水平对于坟的热衷与执着不禁使读者愕然，为何她对坟与死亡没有一丝恐惧，而有一种天然的亲近感？我们想，应该有几个方面的原因：一是，坟是葛水平少年时代经常看到的乡村的风景，也是她少年活动的场景；二是，"乡村有我高祖的坟茔"，自己祖先的栖居之地，有着天然的血缘之亲；三是，坟的意象源于战争中故乡的疼痛。坟中埋着一个民族的过去，坟中埋着的是一个个生命的故事。《黑血球》坟中的一大堆骨殖是被日本人杀死的一百多口子男女。伍海清年年清明都要到他年轻时给自己打好的坟头上烧纸，这更是作者对逝去生命的凭吊；四是，"坟是人最后的欲望"。死亡是生命的一部分，对死亡的书写是对生命书写一部分，所以她很平静。《甩鞭》中王引兰搬家带着棺材，王引兰再嫁也还是带着棺材；作者有篇文章写到一个善陀小村老人的故事：他把先他而去的妻子埋在油菜花田，"以一种自在的心态"，"浇灌坟茔上的树"。"那女人就在那里，油菜花田，她立在那里，等待着亲爱的未亡人"，也似"等候城里归来的丈夫"，"守候着静止在四季轮换的油菜花田"。等待、等候、守候等字眼写出了女人的活态，没有生死的距离，这种穿越生死的平静使作者非常羡慕那些葬在花田的善陀人。葛水平曾经为父亲做好棺木，"并且躺在里边试了试身长"（《读父》）。关于坟墓与死亡的记忆使她平静地书写，这是一种普通人的寻常生活。当然，更重要的是，葛水平能够在坟中穿越时空放飞心灵、完成自己的生命遐想。

　　曾经封存在坟墓中的这些记忆跟随葛水平行走在乡村的精神气场中进行一次次"别致亲切"的"心灵长跑"。她穿越生命，不是超越，不是拯救，而是出于朴素的情感与判断书写乡村人的笑与哭，这种若舞若蹈的生命表情是一种本真的生命生存。葛水平是用一种韧性的执着、别致的感悟与飘逸的灵动绘写穿越生命的灵舞，是"另外一生的开始"，她从中获取另一种踏实而富有诗意的人生。

当叙事遭遇诗

——葛水平小说长短论

◆程德培

一年多前，我在《上海文学》上有一段话如此评价葛水平："这是一位非常有才气的作家，她以前写过诗歌、散文，编过剧本。多年磨炼，一经写小说便不同凡响，她的作品清白而亮丽，刚劲的线条多少有些冷峻，同时也不乏皮影戏之美学趣味。写到妙处，她的笔墨之吝啬，斟字还需要酌句，短短的几百字便勾勒人物一生的沧桑。尤其是叙述涉及人和自然的关系时，其优美、苍凉的音调便开始远行，一位行文多姿多彩的诗人就露面了。她很少进入人的意识深处，只要一遇到复杂的内心矛盾，笔触总在周围游荡，结结巴巴，力不从心，甚至枉顾左右而言他。葛水平一写就是中篇小说，不写短篇。篇幅基本上和剧本差不多，分段也是七八不离九。她和女权写作不一定有关系，但其笔下女性的一生命运非常感人。葛水平一出名，其小说所登刊物开始"进京"了，作品要发表在重要刊物，重要刊物自然有重要刊物的要求，比如说反映生活啦。她去体验生活，据说是山西的煤矿。现在煤矿是人人关心的东西，又是山西特色。关于煤矿她写了几篇作品。一开始还不错，这不错不一定和煤矿有关。到了今年读到她发表的《黑脉》，感觉越来越差，叙述才能在衰退。为了急于写出矿主如何黑心地盘剥矿工，如何不顾矿工死活。报告文学的语言开始进入小说语言了。"

这是我对葛水平小说的总体看法和评价，就是今日也没有什么变化。此篇评论的所作所为，无非是将这些评价具体化。有些问题需进一步阐明，有些则需作些解释、补充，有些说法则可以做些修订。我承认，在品评葛水平小说时，在某种程度上发挥的是我自己的空间。尽管我想努力地揭示葛水平小说的文本自我的全貌，但始终也无法摆脱我的趣味和印象这一干扰体系。

一、我喜欢小说中有诗，这也是为什么三十年前我的第一篇评论习作选择的是贾平凹的小说。顺便说一下，此文也发表在《上海文学》。读书有母校，对我的习作来说，《上海文学》可称作为"母刊"。三十年过去了，审美上的陋习难改。记得 80 年代，我曾十分喜欢我的朋友何立伟的小说，特别是他那以中国传统留有"空白的艺术"来为小说谋篇，而今年读他的小说，在空白之处布满言语，觉得不忍卒读，当然这也是我的陋习在作祟。

诗是什么，一种情绪、顿悟、愤怒、冥思、灵性、意境。海德格尔说诗是"世界和大地的言语，是世界和大地相冲突的舞台的言语，因而也是诸神的亲近与疏远场所的言语……是本原的无蔽性的言语"。当然，严格的诗还必须是分行的韵文。

葛水平小说里有诗，除了分行的韵文外，其他我们多少都能找到点例证。贺绍俊早在他的第一品评中就聪明地说道："写当下农村生活是葛水平的强项，在她的精神世界里，充满着乡村田园的诗意。"说诗意固然好，但不能无限扩大到"诗学"的范畴。

"雾从脚跟升腾起来，在眼前绕来绕去，把铺向山凹的秋叶弄得潮湿而亲切。"

"苍白的云懒散地走过空虚而没声息的田野。"

"月雾相融一色，满世界一片白茫。阳光从疏密不一的高粱叶子空隙漏下来，空气里浮游着细碎的金点子，地上山菊花发出湿软的沙沙声，她看到大鸟俯冲下来，几朵彩云如棉花一样开放，她闻到了青草香味，野菊花香味，泥土香味。"（《甩鞭》）

这些如诗的描写充满着灵性，自然景色和笔下人物此情此欲此景有着紧张而贴切的交流。我们再读《喊山》的尾声："秋雨开始下了，绵绵密密地下个不停。泥脚、墙根、屋子里淤满霉味和潮湿，天晴的时候，屋外有阳光照进来，哑巴不哑巴了叫红霞，现在红霞看到的阳光是金色的。"一个备受压抑、折磨的故事。一个由装哑巴到"喊山"的过程就这样落下了帷幕。

从小，母亲把葛水平许给一个石碾碌做干女儿。庄稼人把自己的孩子许给一个没有语言的东西，然而"语言"却给了她更多的灿烂，"语言"却成了她从温情与哀绝、惆怅与眷念中默默地纺织出来的东西。"雪以一种姿态降生消解在乡村，瞎子抬起头看了看天空，他在灰黑中眨了眨眼，脸上就落满了白色的雪。"（《瞎子》）瞎子不能看见什么，但他无限的感觉却是不一样的。"每一次，蓦然间都会有如梦似幻的伤感和恍惚；每一次，群峰出现在我的视野，河水流动、百鸟和鸣，无端地我会为大自然这宗从不含糊的专制而心生出异常的况味。"（小说集《守望》后记）对自然，作者做如是感觉。还是在比较葛水平和杨少衡的小说创作时，我对葛水平的自然观有着进一步的说法："他喜欢把人物放逐于天地山水间，人之性与天地交融，人之情与山水呼应，向自然倾诉同时也应自然之倾听。她的小说天生就和自然有着种种默契，默契中散发着诗意，预言了人的七情六欲，暗示着种种可遇不可求的启示。"

细心的读者一定会发现，葛水平的小说十有八九都会写到死，就连眼下这篇《比风来得早》虽没有直接写人之死，但还是有着吴玉宇给已故母亲上坟，和妻子生病而死的交代。作者写死最为精彩的笔墨还是和天地自然有关。比如《连翘》中写到寻红的娘被雷劈死："这一声雷干裂裂的，像天空放下的一个大雷管，它的头是照地下来的，跟着一道闪电，寻红看到娘身子骨软了，软得像一只鸟，身上的衣裤都炸了起来，娘像是要飞走，只一刹那，地上的草就湮没了娘。"又比如《黑雪球》说到屋里九旬老人伍叔之死："2003 年霜降时，天地清凉澄明，屋脊上挂下来的冰柱子，因了阳光的浸泡，往下滴滴答答落水，水声哽咽，收尽了老屋里一个九旬老人微弱的热气与呼吸。"一个抗日英雄的自然之死，却因天地为之动容而格外庄严肃穆。

美丽的山水，神奇的天地有着自身的魅力。而一旦其和人的感情和心灵有着呼应和交流时，言语便产生了诗的魅力，如今它进入了葛水平的小说天地，对我们这个嘈杂的叙述世界不啻是一种提醒，一种刺激，一种不需要投票的反对。很多方面，葛水平都是成功地、有创造性地让诗的本领进入了叙述的领地，并承受多种功能。

二、问题在于，我们现在面对的是小说，我们可以赞赏小说中的诗，但诗并不能代表小说，有时弄不好对诗的酷爱会破坏叙述应有的轨迹。明眼人看得出《守望》和《比风来得早》在谋篇上应称得上姐妹篇，至少在结尾处分别用上了画意诗情是如此。《守望》写一位叫米秋水的农村妇女，带着小孩跟着丈夫进城，屡遭挫折，为生计所逼而卖身，嫖客也不是坏人，而是因长期在城里打工缺乏性生活，为欲所迫。彼此因为在做爱的方式上有分歧，因紧张误会导致米秋水最终被掐死。本来很简单的事件，因作者用尽了道德上的预设而使叙述走过了漫长的道路，残酷的现实生活走到了尽头，而结尾处又多了一段。米秋水死在一片麻田上，这麻田又是城里一个叫武明远的画家买下准备修花园的。小说写道，画家清晨来到麻田，看到地边上靠着一个睡熟的女人，便自然画完了他心目中的"春到深处的景致"。"他画得很完整、很幸福，也很觉得种这块麻田有价值，他看的是钱，卖几幅画就赚回来他付出的成本了。画好了，他想着她做了自己的模特，总得付她一些钱吧，他一边掏钱一边想：这女人在温暖的阳光下睡得好踏实。"结尾是隐语，用意我们也能感觉。可惜的是，叙述因此而断裂。对女性葛水平付出了一个作家必不可少的仁慈与爱，小说中反复诉说的所有铺垫再现了或可称之为扭曲的悖论：卖身成了一种爱的拯救方式，而多余的结尾则是为着"深刻"隐语而下降人世。记得几年前读过一篇评论，作者为琬琦，其文开门见山写道："初读《甩鞭》，我几乎以为是个男作家写的。因为其语言没有惯常女作家有意无意流露出来的琐碎，反而干净利落，极有个性，人物语言亦极合身份，透着一种适量加工过了的生活化。而且在描写一些诸如甩鞭的充满力与美的场面，亦驾驭得很有分寸，几乎透着一股丈夫气。整个小说充满了画面感，光、影、声，一幕一幕，人物的活动就像是在一个宏大的黑幕前展开，像皮影戏，一个个动作虽然推动着自己的故事，但幕后却是另有无法摆脱的手在控制。"几句话品评地道，显露出简约的智慧。《甩鞭》是葛水平小说的开山之作，成名之作，是诗的才气和叙述才能结合得最好的一部作品。就是今天看来，也是葛水平其他小说所未能取代的。《甩鞭》之后有过一篇《天殇》，讲得也是历史阴影之下女人的一生，但终因沉湎于善恶因果的纠缠，缺乏第三、第四叙述力的牵制和推动，未登上新的高度。

我的兴趣还在于琬琦作者如下看法："《甩鞭》里唯一让我感到遗憾的，还是作者所擅长的散文的场景的描写。这种描写我以为不能太多，有两三个就可以了，如果多了，就显得有点繁复拖沓，秀枝斜逸。而且，作者还喜欢在这种描写里糅杂人物的心理活动，有一些糅杂也刻意了。"直接明白的看法，坚定地站在叙述的立场上，体现了小说美学的较高素养。

三、在小说史上，叙述、讲故事的地位已几经起落，自福楼拜提出小说家的"不介入"原则，亨利·詹姆斯表明他"喜欢故事就是故事"，这种故事有别于它可能包含的任何公开的观念性意图，作者要保持客观、冷静态度的信条，实际上已支配了现代小说很长一段时间了。而伴随着这种支配的怀疑则走过了更长的时间。本雅明在其著名的那篇关于讲故事人的文章中已谈到，

"讲故事的艺术已经奄奄一息"，此文写于 1936 年，距今已七十年。当然，中国自有其特色。故事依然繁荣昌盛，和其他庞大制造业一样，我们也是小说叙述业的大国，遗憾的是艺术含量太低。我们暂且可以弃文学史于不顾，也不必像有些批评家喜好做的那样，把作家赶上水泊梁山，就座次问题忙个不停。我们也可以把现当代的叙述时尚搁在一边，以更务实的态度对待葛水平的小说，回到叙述，回到"讲故事"。

　　还是在那篇关于讲故事人的文章，本雅明说："许多天生的故事讲述者的特性"就是"关注实际的利益"。他说，故事能明确或隐秘地包含"某种有用的东西"，它们有"忠告要给"。对此，葛水平有自己的阐释，她说"千百年来，农民在泱泱大国的土地上本分厚道地生活，就像浮生的尘土"，"他们已经融入了这种记忆所抵达的无法不面对的现实"。我虽然不太喜欢作家那些深入煤矿生活的小说，但也必须承认这些为我们严峻的现实生活提供了并非无用的"证词"，有时候，它们在我们特殊的国情中也会起到特殊的作用。同样题材非凡，我更偏爱葛水平那几篇抗战的故事，作者冷峻的笔墨不只是幸存者的记忆书写，也为我们这些记忆空白的后来者亮起了不可或缺的警世灯。像《道格拉斯/China》中的王广茂，虽有点患得患失，斤斤计较，但在日本鬼子的屠刀下面依然挺身而出。同样写抗战，《黑雪球》则要复杂得多，在雕塑伍海涛这位抗日英雄一生时，还多了些沉重的考量。山上着火时，蚂蚁抱成一个团逃，整个从山上往下滚，火一层一层烧得蚂蚁只剩下一点点一个小球的时候，它们也会在逃出火海后集体排队去找一个适合生存的地方。小说的题目源于此，也是一种隐语、转义和反讽，反思中对民族的自省也包含强烈的愿望。与《黑雪球》不同，《狗狗狗》更是一首热烈讴歌的诗，小说讲述在日本人的屠杀中活下的女人，因为丈夫不会生育，抚养了一个孩子，其目的是将他抚养大和他生儿育女，她觉得不能让日本人把几个村子都绝了，她要让人口繁衍起来，以示中国人是杀不绝的。一种特殊的抗战精神和行为，让我们陷入沉思之中难以自拔，所有的诠释都停止了。就其本质而言，葛水平小说中的他们都是无名的和集体的。对葛水平来说，他们的生活和生活中的他们都是自己书写记忆必须面对的现象。对我们来说，恐惧的是从虚构世界到"真实世界"，从一个公园到另一个公园是那么容易。理查德·吉尔曼在讨论叙述时，他说："正是小说的这个要素迫使小说降格为只是生活的一个替代物，像生活，当然稍好一点，一个梦（或一个还算顶用的噩梦），一条出路，一种补偿，一张蓝图，一个教训。"（引自美莱昂纳尔·特里林著《诚与真》江苏教育出版社 2006 年版）偏偏小说社会理论又喜欢停留在证明各种各样的相似性的水平，这很容易使我们误入远离叙述艺术的他途。

葛水平认为："农民以土地作为抵押，作家以作品作抵押，我写他们，不幸福中有我的大幸福。"我确信此话说得没错，这不仅是一份真诚、一种权力，也包含着某种文学信仰的卷土重来。把小说创作理解成我写什么，"我"是操盘手、旁观者、记录员？这样的理解有点过于草率，过于简单。迫使复杂的问题降格为简单，结果往往是更为复杂。说到简单，沈从文也有个简单的说法："一个伟大作家的经验和梦想，即不超越世俗甚远，经验和梦想所组成的世界，自然就恰与普通人所谓'天堂'和'地狱'鼎足而立，代表了'人间'，却正是平常人所不能到的地方。"（引自《沈从文研究资料（下）》天津人民出版社 2006 年版）这说法，简单地有点绕。但就其强调代表了"人间"，却正是平常人所不能到的地方，也是值得我们今日重温的。

女性自由、乡土精神和文学诗性的保护神

◆贺绍俊

　　葛水平不急不慢走上文坛。她最早发表小说是在 2004 年，那时候与她同龄的女性作家已经是占据文坛的中心位置了。但她的几个中篇小说接连发表，就引起文坛的一片惊喜，以至于有评论家将 2004 年称之为"葛水平年"。后来葛水平就像一座丰沛的油井，一旦开钻，就是一次又一次壮丽的"井喷"。她至今已出版了好几本小说集，还获得"鲁迅文学奖""人民文学奖"等各种奖项。看来，不急不慢有不急不慢的道理，她完全是有备而来的啊。

　　我记得第一次读到的是葛水平发表在《黄河》杂志上《地气》，小说写的是一个缺水没电的贫瘠山村，但作者诗意般的叙述给作品铺就了暖暖的理想色调，仿佛让这贫瘠的土地上绽发出了新绿，小说读得我的心里有一丝暖暖的感动，后来见到了葛水平，文静中带一点妩媚，难怪她会写出《地气》这样的作品，因为"宽厚松软的土里岭透出一股隐秘诱人的地气，那地气是女人的气息"。(引自小说《地气》) 我当时以为，又出来了一个典型的女性作家，但事实上，葛水平的内心远比我第一次见到她的表情要丰富得多，她不仅有温柔文静的一面，也有刚烈倔强的一面。所以把葛水平定义为女性写作的话是很不准确的，因为她凭着她的刚柔相济能够超越女性意识和情感的局限。

　　葛水平的小说就像是她家乡的山和水，山，是太行山；水，是沁河水。山造就了她的刚烈，水则造就了她的温柔。我曾这样评论葛水平："她的温柔主要体现为一种乡村的温柔，一种女性的温柔。尤其是她写乡村女子时，她的温柔就像是跳跃的阳光把她笔下的女性形象照耀得容光焕发。她的刚烈主要体现为一种生命的刚烈。这种生命的刚烈有时会成为一种生命的主调。如在一些表现民族危亡的抗日的题材中，在表现煤矿工人的题材中，这种刚

烈就作为一种主调，在表现乡村题材时，温柔就又作为主调了。最重要的是她能将这二者融为一体。让我们感觉到她的柔中含刚，刚中有柔。"刚柔相济的特点使得葛水平能够应对各种题材的写作，有时她深入到历史，有时她又蛰伏在山林，有时她钻到地下的矿井，有时她又打探现实的官场。

葛水平既写家乡的历史，也写家乡的现实。这同样也能看出山和水的不同。现实生活是环绕在她身边的流淌着的河水，因而总是新鲜的，总是不停顿的。现实生活既然像水一般，所以她写现实生活的小说往往也带有水的温柔。如《地气》如《喊山》。历史传说则是凝固起来的岁月，成为大山的一部分，也和山中的岩石一样经受着风吹雨，而风雨的剥蚀会把它们的骨骼打造得更加坚硬。历史既然像山一般，所以她写历史的小说往往也带有山的刚烈。如《黑雪球》如《狗狗狗》。

但是，葛水平把更多的温柔给予了乡村，给予了土地，给予了女性。将温柔给予女性，这一点想必人们都非常理解。女性，尤其是乡村的女子，她们承受太多生活的磨难，需要更多的关爱。作为一名女性作家也许对这一点体会得更加深刻。至于将温柔给予乡村和土地，则让我们看到了乡村精神在葛水平内心中的分量。葛水平曾说道："我是一个蜗居在城里的乡下女人。我常为一辈子蜗居在城里而恼怒，但我却无能与城市决绝，这是我骨子里透出的软弱。"从这坦率、严厉的自责声背后是对乡村和家乡的彻底的爱，当然从这自责声里我们也能感觉到葛水平的刚烈。但我想，葛水平待在城市还是待在乡村也许并不是特别重要的事情，重要的是，她的心与乡村相通。这就决定了她在文学上的价值取向。或许可以说，葛水平是乡村精神的守护神。她像一只在田园上飞翔的夜莺，不断地为乡村的芬芳而歌唱。但她有时又像是一只啼血的杜鹃，为了乡村正常的时秩而奔走呼号。在她的精神世界里，充溢着乡村田园的诗意，这不是传统士大夫的诗意，而是生活在乡村土地上的一位女孩在她的想象飞升起来后而获得的诗意，所以她写当下农村生活的小说，既直视着裸露着苦难的现实，又体会着农民丰富的精神想象，她的情感与乡村处在一种无障碍的沟通之中。葛水平的乡村小说在面对现实冲突时表现出一种旺盛的生命力，这和那种表现乡村溃败的小说是不一样的。在那种类型的乡村小说中，我们感觉到乡村文化好像完全溃败了。好像完全变成一种弱势了，好像完全是一种被怜悯、被哀悼的对象。而在葛水平的乡村小说里她表现出了一种乡村文化仍然葆有的那种旺盛的生命力，有一种积极进取的姿态，而不是退守的姿态或者是像那种自我满足的姿态。这就带来一种对美好理想的一种向往。我认为《地气》就可以代表她的这种姿态和情态。小说中的乡村教师王福顺，因为正义，就要受校长欺负，校长把他派到十里岭教书。十里岭只有两户人家，两户人家只有一个孩子上学。但王福顺要争一口气，一个学生也要认真教好。他不仅教二宝考了个全区第一，还让山上的两家人走近了闪亮的灯火。这位清瘦的王福顺倒有几分刚烈之气，更重要的是，一直受到排挤而心情沮丧的王福顺在这个缺水无电的十里岭找到了幸福感和尊严感，因为他在这里吸收到暖暖的"地气"，地气也就是正气，也就是人气。"大地微微暖气吹"，毛泽东的诗意在葛水平的小说里得到了崭新的诠释。《喊山》中那些生活在山梁上的农户，物质生活无疑是匮乏的，但作者透过他们日常生活中的喜怒哀乐，发现他们的质朴的心灵在艰难生活的磨砺下闪耀出金子般的光泽。这显然与有些作家对苦难乡村投入的怜悯和同情不一样，它具有更难得的民主精神。

　　葛水平的小说中有三个重要的东西，一是女性的自由，一是乡土的精神，一是文学的诗性。她在写作中始终如一地充当这三件东西的保护神。当她正面描写它们时，她洋溢着赞美之情，她的温柔一面就显露了出来。当她面对它们遭到侵害和破坏的现实时，就会怒目金刚，她的刚烈一面就得到尽情的释放。有时候，这三件东西交织在一起，从而构成了她的小说的复杂性。比如中篇小说《比风来得早》，主人公是一个不得志的官员。作者从骨子里是看不起那些在官场上丧失自我的逐利者的，她无法将她在乡村叙述中的诗意注入吴玉亭这个猥琐的小官员身上，但她仍然同情吴玉亭，因为吴玉亭几十年小心翼翼地在官阶上攀爬，始终也断不了他与家乡的情缘。所以作者把吴玉亭写成一个诗人，他为了当官放弃了写诗，这种放弃是得是失，也许站在不同的立场会有不同的结论，但从"比风来得早"这带有谶语式的诗句里，我们仍能感到葛水平的文化立场和文化情怀。葛水平以乡村精神为肌里，以现实的批判精神为骨骼，精心塑造了吴玉亭这一小官员形象。他与乡村文化有着千丝万缕的联系，他的心理行为都由乡村伦理牵牵着；但他毕竟离开了乡土，他的身份发生了变化，他的生活志向要不断地拉开他与乡村的距离。这就造成了他内心的矛盾，常常使他的人格处于分裂的状态。他的身躯也许迟早还会回到乡村，因为只有乡村才能让他的身躯感到安全，但他的灵魂恐怕很难真正回到乡村了。就是这样一个人物，让我们发现他身上丰富的文化信息。比如中篇小说《月色是谁枕边的灯盏》，描写的是异域他乡的生活。即使在异域他乡，葛水平仍然凭着自己的刚柔两面应对自如，因此在处理阿银与父亲的关系时，她该断就断，一点儿也不顾及父子之情，这显示出她的刚烈；而在处理阿银与马克的关系时，尽管两人已经离婚，但似乎仍藕断丝连，这显示出她的温柔。但是，我还是从这篇小说中感到了葛水平不同以往的东西，葛水平似乎不像以往那样果断鲜明，她的眼里分明闪烁着犹疑不决的神色。葛水平承认，远离祖国，"面对海德堡，我是一个比陌生人还更加陌生的人"，读了这篇小说，你就会发现，故乡情结在葛水平的身上有多么的凝重。你就会发现，她小说中的乡村和土地，还有生活在这片土地上的美丽女性，她之所以倾注了那么多的爱，是因为这些内容都可以归结到故乡情结中来。

《裸地》作为葛水平的第一部长篇小说，突出表现了她的刚烈性情，因为在这个长篇的大容量里，女性的自由、乡土的精神、文学的诗性，一下子全都汇聚拢来，而且不管不顾地朝着裸露的历史和土地冲撞过去，她必须竭全力保护她心中的这些神圣的东西，恨不得生出十只手，为它们抵挡来自四面八方的灾难。这就决定了这部小说的复杂性和多义性。读完小说，我也很难归纳出葛水平所要表达的主题，小说的情节和意象似乎有多方面的指向。但是，尽管指向是多方面的，却都是从一个地方出发的，这个地方就是葛水平的乡土情结。她的乡土情结既有爱，也有恨，爱与恨交织在一起，才构成了她的复杂思绪。

盖运昌是这部小说的主角，葛水平的大爱大恨毫不掩饰地投射到了这位主角的身上。盖运昌为了得到一个儿子，先后娶了四房女人，不能说他对女人没有情分，但盘萦在心头的还是一个后继无人的问题，因此他就会像丢弃弊履一般地先后将一个个女人冷落。小说花了很大篇幅来写这四个女人的命运，她们像茶杯一样围绕在盖运昌这个茶壶周围，但她们并不是都能得到茶壶的眷顾。葛水平心疼地写到这四个女人在相处的生活中相互猜疑，相互嫉妒，也相互帮衬；写她们在这样的生活里耗去了青春，湮没了内心愿望。葛水平替这几位女子而恨盖运昌的作为，但葛水平并不是单纯为了心疼几位女子而写这部小说的，因为说到底支撑着这些女子如此生活的是乡村的习俗传统，盖运昌并没有越雷池半步。他需要爱情，但他更需要儿子。从另一角度说，葛水平又很欣赏盖运昌，欣赏他的毅力和意志，欣赏他的争强好胜。他凭着自己的努力，终于压过了原家成为暴店镇的老大。中国传统的乡土文化其实就是一种争强斗智的文化，归根到底就是帝王文化，英雄豪气概由此生。

当然葛水平更钟情的还是生活在土地上的女人。在这部小说中，葛水平写了很多的女人，除了盖运昌的四个妻妾原桂芝、武翠莲、李晚棠、梅卓以外，还有盖运昌的几个女儿，还有李旮渣的媳妇玉喜、丫头秋棉、盖运昌的娘春红，她们性格不同，生活经历不同，但她们的命运都是凄惨的。怜悯和叹息女人的命运，是葛水平乡土叙事中的基调。但女女是葛水平更加用力的人物，女女给这个基调添加了一些亮色。女女仍然逃脱不了成为茶杯的命运，但她却能保持着高傲的心境，又恪守着妇道。原桂芝也好，武翠莲也好，李晚棠也好，也曾经有过她们光彩夺目的一面，但"续接香火"的欲望就像是沉重的雾障，吞噬了她们的光彩。唯有女女能够让自己的光彩穿透雾障，把男人死寂的心照亮。盖运昌自从把女女接到盖府以后，他的性情和念想就开始慢慢发生变化，因此他到后来才能够坦然面对革命夺去他的财富和土地，甚至他为女女的孙儿起个名字也叫"土改"。葛水平写盖运昌，最终还是落在了女人身上，是女人让盖运昌明白了什么才是生活的意义，失去财富和土地的盖运昌与女女一起过，"他比从前活得简单了，他现在才明白，简单活着才是大幸福"。

在这部小说中，对我触动最大的是葛水平对乡村贵族精神的倾心。无论是盖运昌，还是原家，他们代表了乡绅阶层，他们不仅敛聚了财富，也积累和传承了文明。小说曾写到大户人家的"斗富"，那不仅是在炫耀财富，而且是在表达对文明的景仰和膜拜。所以原添仓非常看重他所藏有的一块唐代断碑的拓片，他期待这个断碑年代久远后便成为一个"使人追往的童话，那个童话恍然是一个精灵就会常伴他的左右"。因为这块断碑，原添仓在盖运昌面前就有了一种精神优越感。女女之所以能在众多女子中脱颖而出，也是因为她受过乡村贵族精神的熏陶。盖运昌第一眼看到女女就被打动了，并不是女女的容貌，而是女女的举止和气质。这种举止和气质是乡村贵族精神滋养出来的。如果把乡村文明看成是一个金字塔，乡村贵族精神就是这个金字塔的塔尖。其实，乡土文化的衰落首先是从塔尖开始的，没有了塔尖，也就没有了令人仰慕的光芒。这种构想，这些描写，其实都是葛水平内心对诗性呼唤使然。

无论温柔也好，还是刚烈也好。葛水平都是在行使保护神的职责，她精心呵护着女性的自由、乡土的精神和文学的诗性。

创伤、智性、诗性

——读聂尔《最后一班地铁》

◆赵勇

  因为网络和博客，聂尔《最后一班地铁》（花城出版社 2009 年 1 月版）中的大部分文字我在它成书之前就已经读过了，所以这一次的读实际上是重读。重读意味着温习与缅怀，却也依然有不时的惊奇和心有所动——那应该是一种突然的发现吧。如此说来，我在他的书中究竟发现了什么呢？

  首先发现的是聂尔对底层世界的关注。像《中国火车》里的小偷，《为谁而癫狂》中的老业根，《人是泥捏的》中的老女人，《与宋海智博士对谈》中那个不在场的"失踪的姐姐"，李荣昌，老 G，小 b，小姨夫，"看不见的"清道夫，瘸子和聋哑人，这些人太普通也太平常，以至于很容易被人视而不见。但是，他们却进入了聂尔的视野，并被作者感受、感叹、琢磨和思考着，他们也就成了这本散文集中一处处暗哑的风景。说其暗哑，是因为他们作为底层世界的小人物，常常无法发出自己的声音。即使有声音响起，也大都暗淡，纤细，缥缈。它们显然是被时代强音所淹没的对象。然而聂尔却让他们说话了，而他们一旦说话，便充满了一种忧伤、无助和令人绝望的美。当表妹要跟那个精神病人小 b 离婚时，"小 b 跪在表妹面前，哭着说：'你是好人，你不要走！'表妹泪流满面，为这句话，为这个人，为他们共同拥有的黑暗前程"。（《小 b 回家》）而那个老女人常常"在没有任何缘由的情况下，长叹一声：'唉，人是泥捏的呀！'说这话的时候，她的身体慢慢向后仰去，像是要从小凳子上仰面跌倒。她说的这句话，她说这句话时的语气，以及她危险的后仰动作，完美地结合为一体，成为一种无可辩驳的人生观"。（《人是泥捏的》）这些话自然全部都是出自那些小人物之口，但是一经聂尔的叙述与描绘，它们就拥有了现实主义的力量和唯美主义的韵味，底层声音因此也获得了一种丰富而精致的表达。在后殖民主义理论家斯皮瓦克那里，"底层能说话吗？"曾是一个巨大的疑问。读了聂尔的文字，我意识到这种理论的脆弱。

这么说，莫非聂尔是一位底层生活的观察家？或者套用流行的说法，他成了一位"底层写作"的践行者？宽泛而言，如此品评似无多大问题，不过倘若谁真的这么去定位聂尔，我就会觉得是对作者的一种委屈。事实上，无论聂尔写到了谁，他最终写的都是他自己的思考与理解。或者也可以说，他用自己的思想穿透了社会之墙，我们顺着他的思想线路前行，也就获得了进入底层世界的秘密通道。底层世界本来是杂乱无章的，那些游走于其中的小人物也大都面目模糊，但是，聂尔却让他（它）们有了形状和模样。这其实是一种美学赋形的过程。在悲悯地看与贴着他们想的过程中，他们有了心灵的驿动和灵魂的呻吟，也仿佛像作者那样开始了思想的呼吸。"我的小姨夫一定是在大病之后，看清楚了一切，于是他不再说话了，因为原来那个清晰的世界消失了，出现在他眼前的是一个完全陌生化的东西，越出了他的逻辑世界之外，于是他只好待在外面张望。"（《小姨夫》）这是比较典型的聂尔式表达。在这里，作者用他的思想呵护着也击打着他笔下的人物，而那些人物也在他思想的光辉中慢慢苏醒。人物被他的思想激活了，他们因此成为栩栩如生的艺术形象。

如果说面对现实中的底层作者还只是粗线条的勾勒，那么一旦面对自己记忆的底层，他的笔墨一下子就变得细腻而绵密了。这本集子中有相当一部分篇幅是作者对往事的追忆，然而这又是怎样的往事啊。在《审讯》中，母亲的钱包丢失了，全家人却理所当然地认为"我"是作案对象。在全家人组成的"法庭"上，"我"虽被判定无罪，但他们却依然等待着"自然的诡计"，而这一天果然不期而至。在《我的恋爱》中，因为母亲身患重病，"我"的婚姻问题成了母亲治疗方案的一个组成部分。起初"我"拒绝着这种粗暴的介入与干涉，后来当"我"终于进入到恋爱的状态中时，"我"的恋爱却突然被父亲宣布必须终止，"我"又一次成为家庭暴政的牺牲品。还有许多篇什中那个无处不在的"父亲"，他像"幽灵"一样潜入作者的无意识深处，成为作者恐惧、惊慌、耻辱、沉默地拒绝或无助地反抗的对象。作者说："很多年之后，我产生了一个怀疑，如果没有我父亲那一次的撕书，我对书的爱好可能不会延续得这么长久。我可能会像我家族里多数的人们一样，投身于更为实际的事业，并且鄙视书本。父亲撕了我的书，使我的阅读除了阅读本身的含义，更具有了一层象征意义。"（《道路》）这么说，作者人生的重大选择——阅读与写作，依然是父亲幽灵作用的结果。只不过这种作用并非助力，而是反向用力之后激发了作者长久的抵抗。

如此看来，在这些文字所构成的自叙传里，全部往事几乎都成了作者的一种创伤记忆。这种创伤记忆固然打着浓郁的个人化烙印，但我并不认为它们只属于作者本人，而是具有了某种社会性或政治性。在中国，传统的君臣父子模式已经塑造了渺小的个体在家庭与社会中卑微的位置，而当代集权主义的社会体制又打造了无数个与这种体制成龙配套的家庭结构。因此，当儿子体验着父亲的威权统治时，他或许已在提前体验着社会的威权政治；当家庭成为一个专制的场所时，也许它正是那个更大的专制主义"管理"之下的必然成果。1968年的"五月风暴"中，西方世界诞生了一句名言：个人的事情就是政治的事情。我从聂尔的创伤记忆中也读出了这种东西。所以，当聂尔"审父"的时候，他其实也是在考问着我们的这个社会与时代。他以非常私人化的叙述，又以非常迂回曲折的方式完成了他对社会的批判。

如果我的上述理解不错，那么聂尔的这些很个人的文字就不再单纯。通过它们，我们看到了私人话语与文学公共性之间隐秘的逻辑关系。正是在这个意义上，我觉得聂尔的如下文字是值得注意的，它们或许构成了理解这本散文集的关键段落："想想我自己，我无论每日家中面壁，或者有时置身于自然的荒野，我的精神从来没有得到过解放，没有获得过自由，我总是惴惴然于一种无形的抽象的社会压力。我把世界看作不成比例的两极：一极是海洋一般巅顶强大的社会，另一极是沙粒一样渺小的我自己。我，以及如我一样的人们，因此而成为循规蹈矩者，谨小慎微者，成为'沉默的大多数'，尽管沙粒的内心有时也会翻卷起愤怒的波涛，但大海对此完全可以视而不见。"这是《小b回家》中作者生发的感慨。结合他的其他文章，我们不妨对这段文字做出如下解读：对于渺小的个体来说，他们在进入社会之前就已被家庭提前去势了，于是许多家庭成为巅顶而强大的社会的得力帮手。他们带着自己的脆弱与恐惧走进社会，本来已具有了充当顺民和良民的种种潜能，但社会却依然不依不饶，结果，许多人就只能像小b一样，成为一个潜在的精神病患者。而他们的存在，他们没有感受过自由也没有获得过解放的身心世界，则对这个外表光鲜的社会构成了巨大的反讽。

于是，沿着作者创伤记忆的视角重新打量他笔下的那些小人物，他们或许就获得了新的解释：那些小人物像作者一样，同样也有着种种创伤经验。他们在社会之网中挣扎、碰撞，却终于无法修成正果，而是成为这个社会的失败者，多余者，边缘人，惨遭遗弃者和精神病患者。时代的战车呼啸而过，他们或者被甩到一边或者被卷入轮下，他们也就成了这个时代的殉葬品。聂尔用自己的创伤记忆感受着也阐释着那些同样有着创伤经验的人们，又用别人的创伤经验回望着也咀嚼着自己的创伤记忆，二者相加便形成了一种复调叙事：那是自我与他者之间的彼此呼应，也是历史与现实之间的暗中对话。

又是自己的创伤记忆，又是他人的创伤经验，这本散文集一定被作者搞得凄凄惨惨戚戚了吧？实际情况却并非如此。集子中虽然也有一些凄美的故事，但总体而言，它们大都流动着清俊、健朗、舒展、自然的气息，似乎是哀而不怒，怨而不伤。为什么聂尔的散文能写到如此境界呢？

我想到了他文章中不时出现的冷幽默。比如，当老 G 被学生暴打一顿后，"我"去看老 G，文中有了如下描述："他躺在医院病床上，简直不成人形，脑袋全部变成暗颜色，并且膨胀到原形的三四倍之大。他当时只能像蚊子一样低声说话，但因为脑袋已不是原来的脑袋，所以他的悲愤之情既无法表现到脸上来，也无法体现到语言中。"（《老 G 纪事》）再比如，当作者领奖回来在转车之地的小旅馆中担惊受怕时，"听到脚跟前的一个人说梦话说的竟是阳城（与我的家乡晋城相邻的一个县）话，我恐惧顿消，于是放心大睡。"（《道路》）这种幽默常常能让人会心一笑，它稀释了生活的辛酸与坚硬。然而这样的文字毕竟在文中只占很小的比例，它们还不足以构建整个文章的风格。

我又想到了他文章的写法。聂尔的散文以写人叙事为主，然而所写之人与所叙之事却常常置于他思想的观照甚至覆盖之下。也就是说，当他开始他的描述时，固然也被"情"所引领，但更被"理"所控制。于是那些外在于他的故事已非单纯的故事，而是被作者思想渗透过的故事；那些内在于他的往事也非单纯的往事，而是被作者的智性与理性梳理过的往事。因为经受了思想的洗礼，他的文字就富有了一种特殊的张力和魅力。在这套文丛中的序言中，林贤治先生特别提到散文的语言是一种自由的、富有个性化的语言。这种语言"由于来自生命的丛莽深处，带有几分神秘与朦胧是可能的；又因为流经心灵，所以会形成一定的调式，有一种气息，一种调子，一种意味涵蕴其中"。聂尔的语言正是这样一种具有"气息"的语言，请看他如下的表达："当八十年代最后一个春天以我从未见过的热烈，以我有限生命所能看到的最为绚丽的色彩怒放到那年夏天的初始，并最终被时代之手轻轻掐灭的时候，九十年代的酷暑寒冬正式来临，八十年代'哗啦'一声坍塌成记忆中的废墟。"这是《最后一班地铁》中的结尾句，作者用诗意的语言轻叩着八十年代如烟的往事，但叙述中却蕴含着风云雷动的力度。在这里，情与理，诗与思已达到一种有机的融合。而这样的表达在这本集子中可以说是俯拾即是。

那么，是不是这种智性与诗性的表达让聂尔的散文具有了一种特殊的韵味？是的，我想说的就是这个意思。许多年以前，我在聂尔的文字里就读到了这样一种表达，但我却一直不知如何去解释这种表达。而这一次的集中阅读，我却忽然发现这种解释其实已隐藏在他的叙述之中了。作者的奶奶去世后，人们希望他在葬礼上大哭一场，以此证明他对奶奶的感情，但是他却终于没有哭出来。他说："真实是无法这样来表达的，更无法当众这样来表达。对我来说，所有的感情都不单纯。它们不光是感情，它们也凝结着思想的血。它们需要细致，曲折，独特的表达方式。"（《奶奶》）在这里，凝结着思想之血的感情，细致、曲折、独特的表达方式，这几乎就是我要寻找的答案。而找到这个答案时，我也长出了一口气。我想到了艺术辩证法，想到了艺术生于节制死于放纵，想到了诗性表达与智性表达的关系，也想到了美文中的思想和思想者的美文，甚至还想到了阿多诺关于文学的诸多论述。而所有这些都是起因于我读到了聂尔的这几句话。

或许，这也是我阅读《最后一班地铁》的一个重要发现吧。

《博览群书》2009 年第 2 期

对存在的谛听
——读聂尔散文集《路上的春天》

◆ 刘剑

聂尔的散文话语是现代汉语中一种独特的存在，纯净而又洗练，就像一条山间的清溪，穿越日常生活滔滔汩汩的浑浊之流，抵达事物幽深的底部。它自成一种哲理表达，用语词照亮思想，让思想铺就来路。他的目光掠过一支笔、一只小鸟，一段怅惘的心境，凝视着岁月尘埃深处方方物物、芸芸众生。带着无比的精心与耐心，他捕捉着残酷现实的诗意瞬间，发现那些幽暗与明丽处的风景，唤醒沉默者存在的庄严。聂尔以其坚硬的写作，如水的心灵，本真的生存，宁静的谛听，诚挚而富有穿透力的文字，让我们在一个喧嚣的时代里见证了一种沉静的力量。

一、诗与思之物语

聂尔是一位既有自己的写作，又有着清晰的自觉意识、独特的写作哲学的作家。西方现代主义思潮尤其是由萨特、加缪、陀思妥耶夫斯基、卡夫卡等人相续而成的存在主义谱系，曾经不断擦亮他的思考。80 年代年少轻狂的他曾经梦想有朝一日成为萨特那样的大作家，而站在这条存在之路末端的海德格尔，更以其深邃的思想进入他的关注视野。不论写人还是观物，他都善于在波澜不惊的事物表层之下发现惊心动魄的美，让人恍如走进海德格尔世界与大地的冲突，体验着海德格尔意义上诗与思之物语。

在他看来，生活中沉默的事物正无时无刻不昭示着存在的意义，它们承载着自身的过去和未来，向人们诉说着大地的秘密。"它们不是坚硬的、冰冷的，而是诗性的，柔软的"。无论是写字台一角的厂字形的蓝天（《天有多么蓝》），还是暗夜中我刚刚咬过一口的苹果，或者一块手表，一双鞋子，一件棉衣，它们都在"我"目光驻足的一刻成为发着光的客体，他以经久的耐心在它们身上发掘着绵延的诗意。棉衣的青灰色呈现出在"大地色"与"天空色"之间的变异，"具有一种包孕和藏纳的性质，仿佛其中和其后演绎着故事、历史、物质的沸腾和冷却"。而黑暗中的一双鞋子"横亘于商品和物品的间隙"之间，将"两只鞋的对立和差异隐匿不见"，唯有"商品的微光仍在其上闪烁"（《新衣和新鞋》P5）。这双看似普通的鞋将在"被穿"的过程中，履行它的使命，完成它的宿命，伴随着不同主人的步履，走向世界，像海德格尔视域中的农妇鞋一样，让"世界的回声在它的内部回荡"。（《时光小片段》P6）

进入如此观物方式的聂尔常称自己处于一种"空虚而又热情"的状态。阅读带给他最大的馈赠，而阅世培养出他宽广深厚的同情。他对人与物细微之处的玩味深思与他长年沉潜的生活状态密不可分。他长年隐居在僻静的山西小城晋城，幼年疾病为他留下行动上的不便，写作于他既是一种偶然，也是一种宿命，而阅读使他时时体味到一种丰饶的孤独。在写作中，他尝试彻底放空自己，体验一种空明澄澈之境。禅语有言"空故纳万境"，在世界与意义的交汇之处，在观念的包孕与吐纳之间，他"长久地凝视"，看"字与字的空虚处有意外的蝴蝶飞出"（《凝视，你就会看见》P20）。

海德格尔对他的影响还体现在，在失去了世界的形而上学本原之后，每个个体都是一种偶然的、破碎的存在。生命之如昙花一现而又瞬间归于寂灭，没有一条既定的道路通向远方，也没有一个永恒的归宿许诺救赎，因而每一个人，每一件物，都是一个断片的存在。将帕斯卡尔、F·施莱格尔、克尔凯郭尔、阿多诺、本雅明关于断片的思想发挥到极致，聂尔就像一个固执的孩子一样，凝视着周遭的万物，时光的剪影，等待着故事的发生。他相信"凝视，你就会看见"，他凝视着一处风景，一段往事，甚至一片心境，有时他也凝视着自身的孤独，并在这样的凝视中熟稔世故而又洞透虚无。他将自身痛苦之后的平静看作"这是永恒的又一次降临。它像一阵风拂过来，让人看见世界之浩瀚，时间之旅的柔光，独行之人的身影，音乐一般的静谧"。（《痛苦之后》P6）他用汉字缓缓开启观念之门，将语词的构筑看成上帝之眼敞开的瞬间，借助于他富有魔力的语言，世界在我们面前显现，像阳光穿过林间枝叶投下的斑驳树荫一样，动荡摇曳，既遮蔽又澄明。

"我坐在石头上"，凝视着此刻之我，无言地承受住"我"的存在，带着

"所有的悲伤、暴力和行李"，看到"明天早晨，太阳会照常升起。并非自黑暗中升起，亦非在虚无之上——隐匿非沉沦"。（《我坐在石头上》P8）在《短暂的猫咪》中，他把一只借来的猫咪看成一个"神秘的存在主义者"，任它轻盈的梅花脚印穿行过房间的每一个角落，这位尊贵的客人用它崭新的注视，使我家的任何事物"重新返回到了存在的领域，并呈现出如同山峰一般不同的高度，就像夏季的即将来临的雷雨照亮了蚂蚁的通衢大道一样，尽管广大的天空前所未有的阴晦而恐怖，但正是在此时，各种各样的存在才反而能够尽逞其无尽的悲情和欢乐"。（《短暂的猫咪》P226）猫咪对存在多样性的关注和好奇引发了作者对失去童年的眺望和怀想，他把写作看成是重返林间道路的一次"补偿"，一场"拯救"存在之诗意的行动。

二、生存的破碎与偶然

面向"此在"沉默地聆听，不止于凝视着这些物态和心境，一个作家最深的关怀始终在人文。"物"正是因为浸润了前尘往事中"人"的痕迹才散发着独特的魅力。聂尔在写人的时候，走进了一种更深刻的人道主义。当进入这些人物故事的时候，他像一个亲切的朋友，带着十九世纪批判现实主义大师巴尔扎克、狄更斯和托尔斯泰等对人物心理的深刻洞察和对"小人物"的同情；当在笔下展现这些故事时，他能洞见存在的荒谬，这又使他的写作呈现出福克纳、卡夫卡等现代主义文学中的存在悖论和苍凉底色，他看到每一个人的自由意志都是一团无用的激情，然而正是那脆弱而又渺小的火焰引他注目，令他沉思。他展开了大地上的普通人生存的可能性，聆听人物身上命运的回声。他像加缪的西西弗斯一样坦然承受着命运的荒诞，也像萨特的文学主体一样用写作宣示着沉默的权利和抵抗的自由。尤其是海德格尔思想对"在世"有限性的强调使他看到，生命就如同流浪在破碎的世界中，承受着命定的歉然，体验着存在的偶然。"我的缘分，用我自己倾向于使用的词语说，这是人生的偶在。人生并不令人欣喜，也非肯定地指向绝望之域，它只是有待于我们去认识。每个人都有着他对人生不同的认知方式。"（《说缘》P143）

在他看来，作家的存在不是生活的装饰品，他们就像灰尘，是"时光稍纵即逝的痕迹，是存在的无言的证明"。无论是"我"的家族亲属，还是"我"的同学师友，他都以自身的敏感和慧心照亮他们懵懂的生存。"我"的叔叔漂亮、幽默而又孝心昭彰，让我常为自己无情无义地活着而自惭形秽。"他的历史听起来像党史一样辉煌"，然而他有一件著名的轶事：几十年前在战场死里逃生还乡后，他曾假扮战友试探生母。这作为一则"小掌故"，一个别有意味的细节，不经意地消解着关于叔叔的堂皇叙事。"这个故事流传了几十年，成为家族史上的一桩笑谈，它使我叔叔成为一个可笑的人，一个不诚实的人，一个远离了庄稼汉本色的人，一个小心眼的人。我想问问叔叔，事实是否真的如此，但我没问，没问是因为，我认为这个故事基本上是真实的。"（《远处的叔叔》P76）这个高大漂亮的至亲叔叔，对我而言永远"生活在远处"。我的女儿是一个"柔弱的小人儿"，然而却从小有着柔弱坚强的意志。她义无反顾地加入到"北漂"一族，并不为什么雄心大志，只是不愿一家几代人都生活在同一个地方。于是，"一个快活的女儿和一个惊慌失措的父亲，你们共同站立于时代的诺亚方舟上"。（P83《父女之间》他们与"我"之间，性格迥异的三代人，共同构成了大时代里相互背离而又相得益彰的流动风景，他们的"动"衬出了我的"静"，他们有个性的存在把"我"的思考带入高处。

聂尔以自己独特的方式体味到"我只需要这个世界，但我所需要的世界非常虚无"。（P107《我的任务》）他能够看到常人命运中的破碎与偶然的一面，在《莫先生目睹死亡记》，一出偶然的车祸使莫先生洞透了"生"的空洞和无常。而在《老 G 来访》中，我的好朋友老 G 使"我"看到"不同的疾病造就不同的生活和思想"。"不独老 G 和我，人人都是病人，社会之成立正是要对各色各样不同的病人进行规训和整合"。（《老 G 来访》P119）有病的人正因为对疾病的恒常关注，才有缘成为一个内省的人。而"内省生活的外在表现正是消极"。反抗着上司、过着消极生活的老 G，却在他教的法律课上说着满口经社会成功规训过的意识形态语言，他的外在反抗和内在归顺，恰恰昭示了人在现实中吊诡的存在。聂尔把像莫先生、老 G 这样的每一个人都当作一个孤独的个体，他通过观察和谈话走进人物的内心，像一个匠人一样雕镂人物内心深处的褶皱和起伏。他摹写这些普通人和世界的关系，以及和自身命运的关系。在他无动于衷而又缓缓流淌的叙述中，他们每个人自成一条生命的河流，一种独特的生存样式。

他不愿意给他的人物贴上"边缘人"或者"农民""右派""知识分子"

等标签，他把他们每一个都看成是独一无二的存在。虽然他承认自己更偏爱那些被摧残的个体，爱这个社会的失败者、多余者、边缘人和精神病患者，因为"他们每一个人都是那样的奇特，那样的软弱而又坚强，那样的与我不同，从而让我感到一种真正的心的惊奇"。（《须知世上苦人多》P297）。然而在他眼中，他们不只是这个世界的边缘群体，他们正是这个世界本身。从政治的意义上看，有被侮辱和被损害者；从哲学的眼光看，每个人来到这个世上，就难以逃离各种各样的侮辱和损害，只要他足够的敏感，正视周遭的一切和自己的内心，每个人的命运中都包含了被毒害的一环。

史铁生曾经说过，就人所不能者，即是限制，即为残疾。每个人或多或少都面临着生存的困境，都是潜在的"精神病患者"，都要注定接受有缺憾的人生。聂尔对普通人和庸常命运的书写，正在于"不得不写"，这对于作者，是一种本能的回应，也是一种独特的聆听。因为"他们"无一例外走进了"我"的生活，为"我"所见。那么作者的书写就在于以这样的一次"行动"，彰显更为深刻的人道关怀。"因为他们是人，他们的自由遭受扼杀，但仍有残存，如同灰烬里散布着的点点暗红，显出一种令人痛惜的希望。同时，那些受了最深的苦痛，却还能够用人的语言诉说和反抗的人，充实和扩大了人的含义，提示给我们又一种活着的意义。"（《须知世上苦人多》P298）由此，"书写"正是为那些沉默中的大多数命名，唤醒他们的存在，引渡他们到光亮之地，让他们为更多的人看见。

三、生命不堪承受之轻

聂尔把散文看作是主体昂扬的自由意志的体现，尽管如此，他并非完全属于萨特和乔治·奥威尔意义上"介入"文学的沉重写作，他的语言更接近一种"轻的叙述"。这不仅表现在思想上的举重若轻，与时代拉开一段反讽的距离；也体现在表达上的客观、冷静和简捷、轻逸。在这个繁忙匆促的时代，聂尔的语言力争达到卡尔维诺所言"诗歌和思维的最大限度的凝练"。对"轻"的偏爱使他走近了昆德拉、纳博科夫等人"生命不堪承受之轻"的反讽主义传统，以一种举重若轻的表达，为后现代的偶然与细碎之事物命名。

在《洛丽塔》后记中，纳博科夫曾经把"艺术"定义为"好奇、温柔、善良、狂喜的一体呈现"，在这里"好奇"排在第一位。而作家和艺术家的敏感正在于对生活和艺术体验中狂喜和温柔、残酷与善良的每一面都充满了好奇。聂尔正是这个意义上是一个好奇和相信奇迹发生的人，他尽力使得笔下每个生命都成为富有表现力的存在。"我们的来路，它的曲折回环，它的两岸风沙，它曾经被我们越过的最大的障碍和最小的孔洞，全部都是奥妙的记忆之源，是我们的生命本身"。（《说缘》P142）他像纳博科夫一样相信"细节优于普遍"，他有对于芝麻小事产生惊讶好奇的能力，并能把这些心灵的旁白，这些生命的宏篇巨著中的小注脚，看作意识的最高形式。一个人何以成为"这一个"人在他看来是一种无解的人生之谜，"我宁愿将缘看作历史偶然性与人生偶在的相遇相交。这种相遇既非人的意志也非历史的意志所能决定，这就是为什么我们回望走过的道路，哪怕这条路平淡至极，风景全无，它也总是会显得惊心动魄，不可思议，充满了神奇之物，仿佛那并非我们的来路，而是我们仅仅可以望得见并即将前往探险的一处神秘莫测之地。"（《说缘》P141）

他擅长那种具有个人独特性的意象，深深认同"语言是存在的家"，艺术而非哲学，方能突破时间之墙，进入到一个超越偶然的世界。带着对人和事探究的欲望，他于茫茫人海中观察、思索，用心去谛听，去表现。他试图走进更多的故事，了解更多的人。因为相信每一个具体存在的真人故事中就有震撼人心的力量，他一直忠实于散文这种"轻"的文体，忠实于在自己目光的烛照下，对世间万物的真实而非虚构的呈现。他一定能够理解尼采所说"我对人之伟大的看法是忠于事实：他所追求的就是事情本身，不在未来，不在过去，也不在永恒"。被聂尔运用到炉火纯青的是一种纯净、清新、洗练的汉语，绝不冗杂而又贮满诗意。他常常用轻描淡写略过内心沧桑，以免陷入繁琐和平庸，这使其书写保持了一种含蓄的魅力和陌生的光芒。聂尔认为每一次回忆都是一次貌似波澜不惊而实则惊心动魄的"事件"。在普鲁斯特式的回忆中人们"不仅找回了失去的时间，还获得了在时间中与虚无对立的力量。"（《活在永恒的回忆中》P306）而"人生太匆匆，人生太盲目"，回忆虽然可以告诉你生命的点滴，给人心以微末的希望之光（《说缘》P142）但回忆的真相最终无从揭示，回忆的底色，依然是虚无和苍凉。

因为总能看到自身力量的有限和生存中充满悖论的一面，他的人文关怀不是体现于站在风尖浪谷大声疾呼，而是体现在不动声色地潜伏在岁月深处描摹世事人生。他往往让人物的命运说话，让读者自己若有所悟、深深感怀。因此聂尔的理想主义不是灼人的，而是散发着温润的光辉。他从不急躁锐进，而是宁静平和，疾缓有致。他能够看到"人们大多知道自己在社会中的地位，却不知道自己在宇宙中的地位"（《拜见曹薰铉》P239），因此他更多在精神哲学而非政治的层面，关心那些破碎的个体在宇宙和时间中的位置。这使他的语言超越了一时一地政治处境的局促与滞重，带我们到更加开阔苍凉之地。他常把作家在生活和作品中的存在比作尘埃，轻如尘埃，微末如尘埃，宛如不在如尘埃，"他们充分意识到了自己的多余性。他们在时光的隧道里跛行着"。（《精致生活》P23）

四、个体在时间中

对有限性的思考和举重若轻的叙述使聂尔与他成长的80年代语境有了一段反讽的距离。在80年代的宏大叙事中，"国家与个人，党派与政见，自由与规训，历史和现实，苦难和人生等等之间的关系和问题，我本来有机会拿所有这些问题向宋老师请教的，我却从未这么做过。"（《我的老师宋谋场》P192）轰轰烈烈的80年代，那让作者得以读书、阅世、曲折地成长的时代氛围，它的结束就像世界的崩溃，不是轰隆一响，而是唏嘘一声。作为80年代的精神产儿，聂尔思索着他的年代，在精神上延续着他的年代，同时也在写作中反思和超越了他的年代，这使他有机缘去勘探生命深处那更深邃的风景。"激情的80年代，80年代的激情，很多过来人的回忆，对于我来说，似乎并未存在过，存在过的只是具体的人和事，以及这一首歌，因为我毕竟假装唱过它。"（《我的同学聚会》P261）那时的我"埋伏在人群中"，伪装相信在自己面前会展现一望无际的希望的原野，而在"我"的内心却早已明了"绝望之为虚妄，正与希望相同"。正视了一个时代，也正视了所有人生中虚妄的一面，他对宗教的态度，对阅读的态度，对回忆的态度，都与浪漫主义精神扩张自我、无限蔓延的观念保持了一定的距离；他在对大地上普普通通的生存，在对时代和命运的恭顺聆听中，走向了一种从容而又谦卑的有限性思想。带着冷静的观察和思考，带着无情的冷嘲和自由的反讽，带着无可奈何的空虚的热情，他试图去揭示生活中本质的一面，让我们看到一切的世俗喧嚣背后的荒凉和幻灭，残酷与温柔。

他看到了幻灭，但是依然保持着童真的眼睛。他希望以自己的方式洞见存在的秘密，并守护这个秘密，有所言说而又有所不言。写作是把自由和沉默还给人类的东西。每当他凝视着一个简单的物品倾诉的时候，他挥泻着自由，以确证自身的存在，那是海德格尔式的一种观物方式；当回忆的创伤被自己揭开的时候，他有选择地掠过或者沉默，将那些有意味的空白留给读者去想象。于是一种人生的空漠之感迎面而来，猝不及防。"天空一无所有，为何给我安慰"。他会长久地凝望着那沉默处一角的天空，尽情品味被束缚的人生、被固定的命运以及这个命运带给他的别样的执着。"看来我是不能离开家的，一离开就容易忘记。罚我永远站在家乡的土坡上是应该的，另一个应该是，只让那些永不会忘记家乡的人们远走高飞。而我就站在这里吧，并且抹掉那些行走的痕迹，只让居留之地的气息充满我心怀。"（《我的行踪》P104）在这样的语句中，饱含了对命运的冷嘲和无奈，流露出透明的孤独和节制的忧伤。

世事恍惚而又无常，时代在向前走，他伏在铁轨上，静静的谛听，那隆隆的巨响渐行渐远。从一定意义上说，每个生命都是脆弱和孤独的，这是一种本体的孤独，用文字无法完成超越和实现救赎，他的内心有时也充满了这种不易察觉的宿命的感伤。"我走在人群中，冷眼旁观那些相爱和嫉妒的人们，内心充满了忧伤。最后我登临到高处，远望连绵群山，心中升起一种无名的情感，这情感托举我到忧伤之外的高远之处。"（《20岁的样子》P135）在那重遇故人的热闹人群中，"我"凝视着"昨日之我"，放声大笑："当我们今天聚在山下的这个小房间里乱弹时，我仍在笑着。我的笑仍旧粗率，尖利，无所阻碍，但我听得出，我的每一声笑都掺杂了岁月的风沙，如同一条长河，一弯行走的旧月，一块丢弃的泥土，和一个忘记了死的人。"（《昨日之我》P16）在这粗粝的笑声中掩埋了多少理想、隐藏了多少悲哀，掺杂了多少伤痛，也许没有人能听得出。

像鲁迅、穆旦、北岛、余华等人一样，聂尔的写作是坚硬的，属于汉语质地中冷峻的一种；同时他的文字又是质朴的，像阳光下的石头，散发着温热，泛着斑驳的光彩，带着生命的刻刀一般固有的尖锐锋利，切割开事物的表面，探寻到存在的深度。它绝不温软媚俗、拖泥带水，而是简练干净，像阳光穿透迷雾一样，瞬间照亮周遭事物黯淡的生存。但是当他让回忆之光浸润往事，沉入对人物命运书写的时候，他的写作又是柔软的，甚至带着神秘莫测的阴柔的诡谲，他躲在人物命运的背后，既关注着他们的命运，又在不经意间带着冷嘲。虽然那冷嘲不仅指向他的人物，也指向作者自己。于是我们走进他如水的娓娓诉说，邂逅他如水的心灵，然而这不是一条澄澈的水，而是一条幽深的水，他时时刻刻以自己的思考探测着人心的深度和生命的可能。

史铁生之后，人们担心汉语美文失去了对自我和世界进行形上思考的能力，而聂尔蛰居太行一隅，二十年如一日，以其超然而又诚挚的写作，淡定而又执着的态度，凝视着瞬间并体味着永恒。正如作者所言，我们生活在一个前所未有的时代，这个时代出现了全民共谋的格局，"高贵与卑下、道德与羞耻、罪恶与欢乐、反抗与投降，以及更多的文化的与政治的沟壑都被一一填平。"（《大众文化：我们的处境》P347）在这样的时代，庆幸还有这样的写作，持续地为我们发现、守护、聆听并拯救着生活的诗意。他"谦卑而孤傲，狂热而冷漠，执着而叛逆，愤世嫉俗却又心地澄明诗心洒脱，默默地蛰伏却又不甘寂寞"，被命运嘲笑也嘲笑着命运，像璞玉一样深藏却散发着石头一般质朴的光芒。他温热而又冷静的笔触，明亮而不耀眼的光辉，将引领我们不断地发现汉语本身的纯粹之美，深入汉语世界的存在之思。

现实忧思与生命禅悟

——读石头长诗《献给鹅屋大山上的月亮》

◆王春林

　　作为一位文学批评的从业者，从我公开发表第一篇批评文章的 1988 年算起，迄今已经差不多三十年的时间了。从文体的角度来说，我的文学批评，一直以小说批评为主而兼及其他。举凡散文、非虚构文学、话剧甚至包括文学批评自身，也都在我的批评视野之内。然而，有一点不能不提及的是，近三十年来，我唯独对于诗歌这种文体持一种可谓是"敬而远之"的态度。虽然不能说是毫无涉及，但却基本上是不敢轻易触碰的。何以如此？细细想来，大约与诗歌因其抽象性而导致的接受难度有关："在艺术领域，最抽象者大约莫过于音乐艺术了。除了那些能够识得五线谱或者简谱者，对于大多数的普通人来说，所谓音乐艺术，不过就是用我们的耳朵听到的若干声音的组合而已。然而，令人称奇之处就在于，正是这样一些富有节奏感的旋律，却能够击中听众的心灵世界，让你感动让你忧伤。从文体的角度来说，在文学领域，最接近于音乐者，大约也就是诗歌了。其他的那些文体，诸如小说、报告文学、话剧，甚至于包括散文在内，都可以有人物，可以讲故事，都可以凭借人物故事而吸引读者。唯独诗歌（所谓叙事诗除外。关于叙事诗，笔者有一偏见，既然要叙事，那你又何必选择诗歌这种文体呢？有那么多文体不都可以选择么？某种意义上，叙事诗乃一不伦不类的文体。既然诗歌，何必叙事?!），只能凭借语言，凭借某种只可意会不可言传的内在节奏韵律，来想方设法打动征服读者，直击读者心灵世界的细密幽微处。因了这样一种抽象性的具备，最起码，从审美接受的角度，我们也就完全可以说诗歌乃是阅读难度最大的一种文体。俗语说诗歌是文学皇冠上的明珠，究其原因，大约也正在于此的吧。"或许正与诗歌的这种抽象性，以及由此而进一步导致的接受难度有关，长期以来，我虽然也非常关注诗歌写作，但却一直不敢以文学批评的方式对它轻易置喙。

　　然而，这一次，我却无论如何都要不揣简陋地对诗歌"指手画脚"一番了。其所以如此，关键原因是，石头的这首副标题为"兼致王维"的长诗《献给鹅屋大山上的月亮》（载《人民文学》杂志 2016 年第 3 期），深深地打动了我。既令我感动，也令我感喟、感叹不已。石头的这首长诗，可以说是一种行走行为的产物。原因在于，"二〇一五年十月某日，与玄武、成向阳在天街小雨人文茶馆小酒"，然后，"玄武提议，今年第一场雪的时候从太原徒步回老家"，以感同身受地体验那种"踏着白雪，听着脚底咯吱咯吱的声音，让北风卷着雪花扑打脸颊"的感觉。与此同时，远在长治的葛水平也通过短信的形式发来了热情的邀请："下雪的时候，来喝场老酒。"就这样，两种合力双管齐下的一种结果，就是石头一次实实在在的行走行为的生成。由石头的行走，我不由得想起了大约在世纪之交前后一个时期也曾经一度出现过的所谓"行走文学"。比如，余秋雨的那部《行者无疆》。再比如，林白的《枕黄记》、张石山的《洪荒的太息》、何向阳的《自巴颜喀拉》等八册《走马黄河》丛书。一方面，我们固然应该承认这些作品均产生过一定的影响，但在另一方面，却又必须看到，这些作家的行走行为，都带有突出的不自觉色彩。之所以强调不自觉，就是因为这些行走均属由相关文化机构出资赞助支持的一种策划行为。这样一来，作者的被动性自然也就凸显无遗了。关键在于，一旦带上组织策划的色彩，书写主体的思想表达就极有可能受到外部世界的干预与限制，其不充分是显而易见的一件事情。也正是在这个意义上，这些作家的行走，与古代李白杜甫们的行走，便有了本质性的区别。李白们可以"仰天大笑出门去，我辈岂是蓬蒿人"，这些作家们就未必能有如此一种不仰人鼻息的豪情了。在这个意义上，对于石头如此一种纯粹出于个人选择的行走行为，我们首先应该予以充分的肯定。他的行走，完全可以被看作是李白杜甫们那种自主性行走行为的一种现代翻版。

　　现实生活中的石头，在经历了各种境遇之后，突然"厌弃"自己，走上了一条与自己决绝的路子。这是受梭罗《瓦尔登湖》的启示，还是现代工业文明对他内心的挤压，抑或是博大精深的佛学使他眼前一亮，我们不得而知。但我们看到的是，他对极简生活的追求已经提升到一种精神的高度。"十一月二十二日，晨五点半起床。/依旧是清水煮面，一个西红柿，几片白菜，一点盐。"这是出发的那天早上，石头的食谱。"依旧"二字所道出的，正是石头的一种日常生存状态。居家时如此，这一次行走途中，就更是如此。"路边有批发橘子的，扔了一地半烂不烂的，想捡几个好一点的润喉。/车主却好心，让从车上拿。/只取三个，边走边吃。/又不舍得吃得太快，吃一个，隔一会儿，再吃一个。/橘子很甜。"虽仅只是一讨橘而食的细节，但石头那样一种惜食的心理状态却已经跃然纸上了。"下午六点到达东观。/入住七天阳光快捷酒店。客人很少。讨价还价，一百元一晚。/在旁边饭店吃一大碗素炒面，八元。肚子还吵闹，又要了一小碗素炒面，六元。/用剩茶泡脚。洗澡。""近七点，到来远镇，找到饭店，吃两大碗面，付十元。/住老乡家，二十元一夜。她家开着小卖部，买了顶线帽，十元。/进了屋子，冷飕飕的。/久无人住，老乡刚刚把炉子点着，一股煤烟味。"我们注意到，在这首长诗中，关于沿路的住宿饮食方式，石头每每有着极详细的记述。究其根本，如此一种住宿饮食方式，一方面固然是石头一贯的俭朴生活方式的自然延续，另一方面却是要借此而传达出一种明确的信息。那就是，石头要以自己的亲身实践，充分证实现代人怎么样才能够以最低的钱财消费来维持野外行走的生存。实际上，石头的这种行走行为，一直遭遇着外界的质疑。即使在行走途中，这种质疑与不解也曾经屡次出现："昨晚吃面的那家饭店老板从对面进来，'唉，遭这罪干啥！'""过西良基、东良基，在路边饭店讨水喝。/老板娘说，坐个车多好，你愣不兴兴的，走啥嘞。"更有甚者，干脆就把石头比作了和尚："进去讨水喝时，店主问：你受这苦作甚，你是和尚？"是的，在一般人看来，类似于石头这样的行走行为，其实是非常难以理解的。在他们的心目中，石头的行为纯粹属于吃饱了撑的。长诗中所记述的三位路遇者不约而同的看法，传达出的正是普通大众对于此类行走行为的基本态度。面对着这么多质疑与不解的眼光，石头义无反顾地坚持着自己所认定的行走选择："不扔掉身上的眼泪我不走 /不扔掉身上的春风我不走 /不扔掉身体里的每个人我不走 /不扔掉身体里的自己我不走 /我走的时候 /一点多余都没有。"就这样，石头怀揣着不可动摇的意志毅然踏上了雪中行走的艰难路途。

石头的行走，首先是一种纯粹的行走。其行走意图，并不是为了最终促成一首长诗的诞生。但既然古代的行走可以催生李白杜甫们的诗歌杰作，又或者，我们完全可以把李白杜甫的诗歌杰作视为其行走行为的副产品，那么，当下时代石头的行走行为，则也完全有理由催生这一首《献给鹅屋大山上的月亮》。作为行走过程中诗人主体心灵律动的一种真切记录，这首长诗当然少不了会有叙事性因素的充分介入。但需要注意的是，虽然有叙事性因素的普遍存在，但《献给鹅屋大山上的月亮》却无论如何都不能被看作是一首叙事诗（如前所言，我甚至把所谓的叙事诗视为某种不伦不类的文体怪胎）。与此同时，我也不愿意把它看作是一首抒情长诗。因为在我看来，这首长诗一个非常突出的特点，就是相当彻底的"去抒情化"。"去抒情化"之后的《献给鹅屋大山上的月亮》，就是一首不仅具有尖锐犀利的现实穿透力，而且也能够直抵生命存在层面，对于生命存在多有禅悟表达的优秀长诗。

读石头这首《献给鹅屋大山上的月亮》，首先给我留下深刻印象的一点，就是石头那种简直就是难以自抑的现实忧思。又或者说，是作家一种自觉的现代性忧思。当下时代的中国，正处于现代性的强烈冲击之下。来自于域外的现代性的强劲冲击，再加上我们一种存在着严重弊端的社会现实政治机制，二者共同合谋的一种必然结果，恐怕就是生态环境的被污染破坏。第22节："一路上看见路边到处写着厂房出租、场地出租、门面房出租、半拉子楼房转让。/这些年，膨胀的欲望到底结出了多少恶果。/一个屁大的地方，整个宇宙都在为它操心。"紧接着，第23节："沿途没有一条河流不是脏的。/没有一条水渠不是脏的。脏水重复着脏水。/家园丢失着家园。"为什么会出现石头笔端所描述着的这些不堪情形？河水的被污染以及断流，具有庇护功能的家园的不复存在，所有的这一切，可以说都是一种发展主义思维充分发酵的必然结果。而潜藏于发展主义思维之后的，则正是我们所谓现代性与现行社会体制的合谋阴影。借助于一个形象不过的"脏"字，石头就写尽了他对于现实世界的一切憎恶与不满。一般意义上，我们都会把城市看作是现代性的必然产物。也正因此，一旦笔涉城市，石头就会情不自禁地"恶狠狠"起来。"城市里的那段路，不值得用脚思考，略。""过石沟村、潇河桥、郝村、枫林干渠桥、王吴村、北录村、王答、马家庄、大寨。/标牌显示离东观还有三十公里。/这是一条运输干道，大车太多。/一路尘土，呛得恶心。""大车越来越多，空气很脏。/鼻子也很脏。""路上大车增多，快到长治市了。/靠近太原市的路上也是。/城市是个大怪兽，吃的东西多。"翻拣这些诗句，即不难发现，石头一直在不遗余力地扮演着现代城市的批判与诅咒者的角色。与他的城市诅咒恰恰相反，对于乡村与农人，他往往会满怀同情与悲悯："过西草寨时，看见路西农田里扔着一地剩余的白菜，想必菜贱，农人懒得收拾。/

很可惜。/不如让我全都腌了酸菜,足够填饱肚子。/又遇加油站,我不需喝那脏物。"虽然只是寥寥数语的关于谷贱伤农的由衷感慨,但石头那样一种鲜明不过的乡村文化本位立场,却已经是昭然若揭了。当然了,与他的乡村文化本位立场紧密联系在一起的,也还有他发自内心的一种古典情怀:"来远也是古镇,旧 208 国道穿街而过。/沿着街道往前,过桥,进山。/山、水、树与白雪彼此相爱,浑然一体。/路上一个人也没有。/脱离了任何时代。"所谓脱离了任何时代,显然意味着对于天地人神共聚一体(山、水、树与白雪彼此相爱,浑然一体)的遥远古代的一种强烈追慕。唯其如此,石头才会特别强调:"徒步两百余公里,来和朋友喝顿酒。/我不想让古人小看。"假若我们把这里的"不想让古人小看"与这首长诗的副标题"兼致王维"联系在一起,那么,石头古典情怀的存在,自然也就是无可否认的一种事实。从这样一种天地人神共聚的古典情怀出发,对于生态被严重破坏的现实表现出强烈的焦虑与批判的忧思,就是一种顺乎逻辑的结果。

文学所需承载的社会批判功能固然重要,但相比较而言,如果"从本质上说,真正优秀的文学作品应该是关乎于人的生命存在的,应该是一种对于生命存在的真切体悟与艺术呈示。"面对石头的这一首长诗,我们所秉持的批评标准显然也应该如此。一方面,我们固然被作家那种强烈的现实忧思所深深打动,但在另一方面,我们却也无论如何都不能忽略生命禅悟这一事关存在意义的重要层面。在行走出发前,石头所进行的准备工作其实非常简单:"一个背包。/一本书:《广钦老和尚开示录》。/一个笔记本。/一些干粮。/一个自己。"这其中,与作品所欲传达的形而上救赎层面紧密联系在一起的,很显然就是那本《广钦老和尚开示录》。事实上,你也不难发现,虽然这本看似不起眼的小书既当不得饭吃,也当不得水喝,但它在石头行走过程中所发挥的重要精神支撑作用却一点都不容小觑。"在床上读《广钦老和尚开示录》。/言老和尚入山苦修,只带四套简单换洗衣物、五百钱米(十多斤)。/在清源山准备作一番活埋。/你有什么理由不'活埋',姓宋的!"老和尚修行,当然是一种苦修,人的整个生命过程,又何尝不是一种苦修呢?就此而言,我们甚至可以说,石头的行走行为本身,很可能就是受到广钦老和尚精神感召的一种结果。又其实,这本《广钦老和尚开示录》,出现在石头的这首长诗里,有着非常明显的象征意味。它所真切象征的,正是一种生命开悟的精神救赎维度。于是,你就不难发现,石头一路行来,一路疼痛难耐,每当这个时候,能够与他在一起共同对抗这疼痛的，往往是那一声又一声的"南无——阿弥——陀——佛——"，是那本《广钦老和尚开示录》。第30节："一路上默念'南无阿弥陀佛'。/一提左脚'南无——'，右脚'阿弥——'，左脚'陀——'，右脚'佛'。"第39节："左脚开始疼痛，弯曲困难。/让它疼吧。/你疼你的，我走我的。/'南无——阿弥——陀——佛——'"除了口宣佛号之外，便是每日临睡前对于《广钦老和尚开示录》的反复阅读。比如，第46节："躺下前，看《广钦老和尚开示录》。/随手翻到一页，老和尚说：/'忍辱是修行之本，戒中也以忍辱为第一道，忍辱是最大福德之处，能行忍的人，福报最大，也增加定力，消业障，开启智慧。'"再比如，第83节："在床上看《广钦老和尚开示录》。/随意一翻，老和尚说：'修行要靠自己去行，像一杯水，当你未饮之前不知其味，饮了之后，就知道其味，所以要去行，才保证真。'"究其根本，如同石头这样一个人在路上的艰难行走，假如没有《广钦老和尚开示录》以及那一声声佛号的陪伴，简直就是无法想象的一件事情。但实际上，也正是受到某种宗教精神影响的缘故，行走中的石头才会不断地对生命有新的领悟与体会生出。比如，第30节："行走是自己的事。/谁也代替不了。/念佛是自己的事。/谁也代替不了。/呼吸是自己的事。/谁也代替不了。/放屁也是自己的事。"再比如，第89节："低着头，心中念着佛号。/不用眼睛。/不用耳朵。/不是我走。/也不是山河大地在走。"一个人不用眼睛，也不用耳朵，到底该如何行走？不是我走，也不是山河大地在走，那么，到底是谁在走？如此一种诗句一出，作家那种对于生命的禅悟意味自然也就被表达得淋漓尽致了。也正是在这个意义上，第42节的重要性无论如何都不容轻易忽视："过团城，天已黑。用手电照着。/'南无——阿弥——陀——佛——'/一个人走在旧208国道上，黑黑的，静静的。/些许雪粒掉在脸上，也是黑黑的，静静的。/'南无——阿弥——陀——佛——'"就一种人生的未知本质而言，整个的人生长旅其实也正如在暗夜中行路一般。正所谓思接千载，这里石头的雪地暗夜行走，实际上也就接通了作为人生本质之一种的暗夜行路。其中，一种形而上的意义的存在，是显而易见的一件事情。在这个前提之下，我们再来细细品味第130节，就会更加明确石头这首长诗所具有的那种生命禅悟价值："除了行走之外，没有多余的行走。/除了念佛之外，没有多余的念佛。/除了忏悔之外，没有多余的忏悔。"归根到底，人生正是一个苦行的长旅过程。在这个意义上，石头的雪中行走，完全可以被看作是人生长旅的某种形象缩影。

借助于这一次思接千载的自觉行走，石头所最终抵达的，很显然是一种难能可贵的生命禅悟境界。其中，一种对于生命存在本质的深刻洞见与思考，无论如何都不容轻易忽视。

2016 年 4 月 8 日

历史烟尘中那变幻着和不变的……

——读雷霆《在屯留》

◆张德明

　　世间地理和方位，原本是没有名字和符号的，但后来因为某个原因，它们一一都获得了自己的名号，这些名号的取用，大都与某种历史想象和现实情景、某种价值期许和生命热望连在一起。你到过我现在存身的"湛江"吗？湛蓝的江水，多么有诗意的名字，听到这样的名字，你一定有心向往之的动机。可你知不知道，湛江古称"雷州"，这是世界三大雷区之一，春夏之际，这里常常会雷声四起，伴随着偶尔前来的台风，一时间风狂雨骤，那架势直叫你毛骨悚然。这样一说，你又对我存身的地方肯定多了一种畏惧之心了。从雷州到湛江的名号更替，表征着一个地域历史的发展以及人们对美好事物的追求，而两个名号都与这地域的特征联在一起。以此类推，世界上每个地方或许都有独特的自然气候和人文历史，那地方的名讳就与这自然气候和人文历史有机地联系在一起。诗人雷霆《在屯留》一诗描写的"屯留"，这名字的来历，就是与一段历史连在一起的，因为有一段长期伴随这块土地的动人历史与传说，这地域就有着文化的底蕴和厚实的内涵，这地方的发展也就会引人注目值得书以诗章。而我们从诗人的书写中，也就能领略到历史发展几个阶段上的不同风姿，感受一个地域的生长与变化，同时对历史烟尘中那变幻着和不变的东西投之以思索和回味的目光。

　　《在屯留》共分三节，用三个时间符号"早年""后来""今天"来依次标画，将对屯留的写照自动纳入到历史发展的阶段性过程之中，立体地展示了这个地域的历史、文化和当下境况。诗人以"联系"为关键词来展开对屯留不同历史阶段的想象与书写，引领我们进入这个地域的时间岩层深处，去怀想、追思与触摸，一种沧海桑田的感触，也将从我们心间次第涨起。诗歌是从历史的远端开始着笔的：

> 早年，我把屯留和一支军队联系在一起
> 他们从北面一路燃起战火，风吹响旗帜
> 沿途是飘香的粮草，安营扎寨已是黄昏
> 石板街面，古色店铺，孩子们滚着铁环
> 黎民穿粗布，官人的高头大马起伏于屋檐
> 在初春的上党盆地，这些好像一场电影的开头

这是对"屯留"这个特定地名的诗意解释，诗人充分调动了想象的功能，从这地域世袭下来的历史传说入手，来描画屯留过去时代的生命踪影。从这一节诗中，我们不难察觉到，"屯留"的来历，就是缘起于战事，因为战争的爆发，赶赴战场的军队中途安扎于此，才促成了这个地域的名号的降生。诗人想象古代民众生活的情景，"孩子们滚着铁环"，"黎民穿粗布"，"官人的高头大马起伏于屋檐"，这各安其祥的生民状态，与战争的血腥和残暴构成强大张力，这是诗人对当时战火还没燃烧的大后方所拥有的情状的一种想象，其实也寄予了作者对战争的鄙弃和对和平的向往之情。

接下来一段，诗人通过"后来"一语，让历史的车轮不自觉地滑过许多岁月，来到了近现代时期，作为祖国粮食基地的屯留，在国家的建设和发展过程中，发挥了它应有的作用，贡献出它巨大的力量：

> 后来，我把屯留和一百亩玉米联系在一起
> 别致而有序的山梁把玉米一直种到家门口
> 这么多玉米兄弟有一个好听的名字：屯玉
> 它们见风就长，还长这块土地的志气和理想
> 它们中的许多远离故土，远播祖国各地
> 我想，这一百亩玉米每年都有一次远征
> 它们到达的地方是它们想要去的地方

一百亩是一个怎样的数字？如果不是一个精于耕种的庄稼人，绝对不会

对这样的数字有一种明确的概念。只有那些与土地胶着在一起，依靠在土地上劳作而完成人生的历史使命的庄户人，才清楚地知晓这 100 亩土地意味着什么。在山西这多山的地带，有一大片平整的良田出现在人们的视线之中，这不能不说是一种天赐的优厚条件。诗人在此以"一百亩"这样的田地面积数字来描述屯留的玉米长势良好，丰收不断的喜庆之貌，而当我们读到后面，发现这成群的玉米并不只是屯留人自给自足的粮食作物，而担当着支援四方八邻的阶级弟兄的重任时，我们对屯留人劳苦的干劲和乐于奉献的精神不禁多了钦佩与赞慕之心。"它们中的许多远离故土，远播祖国各地 / 我想，这一百亩玉米每年都有一次远征 / 它们到达的地方是它们想要去的地方"，诗人在这里不只是描写玉米，还在描写人，屯留人也像屯留玉米那样，奔赴四面八方，支援祖国的现代建设，"它们到达的地方是它们想要去的地方"，尽管是去流汗，去奉献青春与热血，但他们无怨，也无悔。

最后一节用"今天"这个时间词来引导，将我们的视线拉到当下语境之中。面对多少年来的山移水变，诗人不免感慨万千，他以"家园"一词为意义符号，逗引我们去寻找和品味我们生命中那最本真和最难以割舍的东西：

> 今天，我把屯留和家园联系在一起
> 三个小时的路途，我比赶考的秀才要快得多
> 太长高速一路向南，两旁是起伏的坡梁
> 入住县城，我感觉到的是那份特有的恬静
> 绿地，白墙，红屋顶。田园里农人耕耘
> 新翻的泥土飘香，发芽的果树整洁
> 恍惚之中，我是不是那位放弃功名的秀才？
> 着粗布，背书囊，轻轻叩开一扇柴门……

立于今天的时光廊柱上，诗人看到了什么？"绿地，白墙，红屋顶"，"田园里农人耕耘"，"新翻的泥土飘香，发芽的果树整洁"，一切似乎都似曾相识，一切似乎都平淡无奇又诗意盎然，看到此番情景，诗人在心中涌起的感觉是什么？"恬静"！是的，在匆匆的生命行旅中，我们常会为世俗的功名利禄而心力交瘁，常会不自觉迷失自我，我们心头充溢的往往是紧张、烦闷、

焦虑、不安、惶惶不可终日的情绪，只有曾经沧海之后，经历了万千了挫折与磨难之后，我们才能真切地体味到，原来"恬静"才是我们心理应葆有的最佳的生命状态。"恍惚之中，我是不是那位放弃功名的秀才？/着粗布，背书囊，轻轻叩开一扇柴门……"这是诗歌最后两行，既是诗人对自我人生的某种感悟，也是对人类历史的一种阐发。诗人以古人的身份来言说现代人的感受，巧妙地将古典与现代沟通，暗示出家园意识无论对于古人还是今人都是极为可贵的。

历史总是不断在前行着，无限的变化和发展也在不断显形，在历史的烟尘中，许多东西都将一闪而逝，不会在这世间留下深刻的印痕。但在这不断变幻之中，有些东西却是亘古不变的，那种属于精神的家园，那种发自我们生命最内在的东西，无论历经多少岁月，都是无甚变化的。守住精神家园，守住我们生命的根本，也就守住了历史的要塞之处。

附原诗：

在屯留

早年，我把屯留和一支军队联系在一起
他们从北面一路燃起战火，风吹响旗帜
沿途是飘香的粮草，安营扎寨已是黄昏
石板街面，古色店铺，孩子们滚着铁环
黎民穿粗布，官人的高头大马起伏于屋檐
在初春的上党盆地，这些好像一场电影的开头

后来，我把屯留和一百亩玉米联系在一起
别致而有序的山梁把玉米一直种到家门口
这么多玉米兄弟有一个好听的名字：屯玉
它们见风就长，还长这块土地的志气和理想
它们中的许多远离故土，远播祖国各地
我想，这一百亩玉米每年都有一次远征
它们到达的地方是它们想要去的地方

今天，我把屯留和家园联系在一起
三个小时的路途，我比赶考的秀才要快得多
太长高速一路向南，两旁是起伏的坡梁
入住县城，我感觉到的是那份特有的恬静
绿地，白墙，红屋顶。田园里农人耕耘
新翻的泥土飘香，发芽的果树整洁
恍惚之中，我是不是那位放弃功名的秀才？
着粗布，背书囊，轻轻叩开一扇柴门……
2010年4月3日屯留县参观归来

归来的诗人，早晨从中年开始
——《大地歌谣》序

◆ 洪烛

　　2007 年应中国诗歌学会之邀参加"中国新诗 90 年·太原论坛"，和俨然已成重镇的山西诗人群体共话麻桑，轮到煮酒论英雄之时，与我相邻而坐的恰巧是山西原平市的雷霆。这下可好，酒兴与谈兴俱增，叙旧之余，我比往常肯定多喝了好几杯。如果不是另有几拨朋友要会，当晚差点就准备随他去踏访原平了。

　　我与雷霆虽然第一次谋面，却还是有旧可叙：80 年代末 90 年代初，我俩的作品经常联袂在各大刊物亮相，也算深交已久。创作轨迹也较相似：我1992 年参加青春诗会，雷霆 1994 年参加青春诗会，之后不约而同地淡出诗坛——我是因为改写散文与畅销书，他是因为由教师转到政府部门搞行政。新世纪以来，我们又各骑一匹识途的老马，情不自禁地回到魂萦梦绕的诗歌故乡，殊途同归，直至在太原的一张酒桌上不期而遇。诗是我们的通行证，走哪里都能见到心心相印的江湖好汉。

　　我和他的境遇也许并不只是个人的境遇，而代表着一批诗人的境遇，甚至一代诗人的境遇。新时期诗歌经历了 80 年代的繁荣、90 年代的寂寞之后，在新世纪又再度辉煌。许多"年轻的老诗人"在世纪末的尘嚣中不得已中断歌唱，持久的沉默之后遇见万物滋长的诗坛"第二春"，又梅开二度，重续前缘，已经形成阵容庞大的归来者诗群。作为归来者的一员，我近几年来一直为诗坛的归来者现象鼓与呼，曾专门撰写了诗论《归来者：不是宣言的宣言》："是日渐繁荣的诗坛吸引着更多的人归来，还是更多的人归来增强了诗坛的繁荣？或许兼而有之吧。这一不断有人归队的景象使我联想起新时期之初艾青等老诗人的归来（一代人被政治运动打散了，待到冰消雪化时，重新唱起'归来的歌')。又一代人从市场经济中弄潮归来，在克服了生存压力后忘不掉初恋情人，携带着在其他领域里的种种战果向阔别的缪斯献礼。更重要的，这些诗歌的游子还为诗歌写作空间注入了酸甜苦辣、非同寻常的人生经验——他们用告别、孤独、遗忘或思念换取的。这是新时期以来诗的第二次回归和重复的胜利。"我还预言："归来者确实是近年来诗歌繁荣的中坚力量，他们有过 80 年代的经验，而且保持着 80 年代的激情。对于中国诗歌的发展，这批归来者将成为很重要的力量。"去各地参加活动，我都能邂逅重起炉灶的归来者。他们用行动为自己命名。为自己重新命名。

雷霆就是这样一位体现出后劲的归来者。此雷霆既是彼雷霆，此雷霆又非彼雷霆。既有似曾相识的才情，又多了一份耐人寻味的沧桑。路遥写过一本书叫"早晨从中午开始"（熬夜的作家因为睡得迟，第二天常常日照三竿才起床）。诗歌的早晨，从中年开始。在此之前的青春期写作，连曙光都算不上，相当于多梦的夜色。可以说从中年开始，人逐渐有怀旧的感觉，诗歌的主题才会出现时间的跨度，时间比空间更容易激发灵感。青春期写作都是为空间、为视野里的人与物而感动，却忽略了时间（或者说为时间所忽略）。努力寻求广度，却缺乏深度。岁月的流逝才会使诗人深刻起来。所谓人生都是时间的造化。更何况以表现人生为己任的诗歌呢。拿雷霆的近作，跟他 80 年代初创作喷发期的抒情诗相比，我体会到一位诗人并不算迟到的成熟。经历了这么大的时空跨度，归来者来得正是时候！"用三十年单薄的生活赞美诗歌，/仿佛这就是一切，诗歌高悬脑际，/用岩石般坚实的性格抒情，/就像一个牧羊人，起伏鞭影下 /呵护着三山五岳。噢，词语 /伴着我努力的思想旋转了大半生……"

在拿自己的青春作为给缪斯的见面礼之后，中年归来的诗人，必须预备新的祭品。归来者雷霆，带来厚厚一本《雷霆的诗》，作为对缪斯的再次献礼。因为志同道合而产生的彼此信任，我很荣幸能为之作序。边读边想，边想边写，很想探究他为什么离开，又为什么归来？我很好奇他的诗路轨迹（包括空白与曲线），正如我也很好奇自己。我相信在诗人的近作中能找到不算答案的答案："这是我熟悉的岭上，我唯一的故乡。/我漂泊二十年后终于回到你的身旁。/在你的风中成长，学会方言。/我在尘世的雨中穿行，感受沧桑……这是我熟悉的岭上，我的故乡。/我用二十年蓄积的灿烂的阳光，/揣着一颗骑手的心。浮动的美！/仿佛漂泊就是一架着地的飞机。/最后我望见岭上那片向日葵。/一片金黄的花园在移动！没有人不这样说。/而我要在后半生的荒凉上种植土豆，/坐在你密绿的阴凉下，想念迟来的丰收！"这是雷霆 2007 年写下的《我从岭上归来》。是写给故乡的，我却读出了他对诗歌的感情。也许，每位诗人都有两个故乡，诗歌永远是他的第二故乡。诗人既然归来了，就再不愿意离开。因为归来者已把诗歌当作后半生的后花园，来规划，来建设，为了赢取"迟来的丰收"。而漫长的漂泊，无法省略也无须省略，它将构成未来的肥料。

什么叫诗人？诗人不是掌握着诗的人，恰恰相反，他是被诗劫持的人。命运为诗所左右。诗人讴歌自由，可他并非自由人，恰恰相反，他是诗的人质。必须写更多的诗，把自己一点点赎回来。在这一过程中，不断地经历着新生。生活会改变一个人的价值观、世界观……改变生命中属于世俗的部分。然而无从改变他的审美观、艺术观。因为诗正是从那里出发的。精神是诗的故乡。归去来兮，田园将芜，胡不归？雷霆"从岭上归来"，重新面对诗歌，依然是一个赤子。

理想才是诗人真正的祖国，他侨居于现实。诗才是诗人的母语，即使你读不懂或听不懂，但你必须尊重他的方言。诗的神秘无法翻译，除非翻译者本身也是一位诗人。作为另一位归来者，就让我试着去破译归来者雷霆笔下的沧海桑田吧："我望见的桃花源有着灿烂的孤独。/风吹人间，旧日的藤蔓被青春缠绕。/不敢靠近你，是因为回首已是冒险，/我在途中遇见的中年又一次到达贫寒……我写下的典故是自然的版本。/我读出的桃花源有失语的文明。/抒情的池塘将照亮岁月的缺口，/这停下的齿轮加快了生锈的步伐……最后，剩下青春，在归来的岭上，/羊群将出没，像词语起伏！/浮沉的瞬间，我看见前世和未来，/一样低低颔首，守望缝补的历史。"正如每颗珍珠都受益于一粒沙子，每滴泪水都有一个故事。诗不热衷于讲故事，它产生的过程本身就是故事。只是不愿意讲出来。但请安静地读，你就能听到它的弦外之音——诗中的寂静，也会有持续的回音。

纸是透明的，留下墨水流淌的痕迹。词是透明的，凸显出它所概括的事物，几乎跟真的一样。诗是透明的，遮掩不住作者的面孔与表情。诗人更应该是透明的，光线可以穿过他的躯体，照耀出所思所想。当然，他的思想同样是透明的，致力于追寻无中的有，乃至有中的无。他以透明的诗来证明：所有的掩饰或修辞都是徒劳……这是我翻阅《雷霆的诗》书稿时，随手记在空白处的读后感。因为我发现：成熟之后的诗人，反而不喜欢故作高深，雷霆的诗像乡野的空间一样是敞亮的，水一样清澈，冰一样透彻，像写在窗户纸上一样，被背后的光线烘托出来，而又一捅即破，很轻易地就带给你新的发现。诗意，可以说是很隐蔽的，也可以说是很明显的。因为诗毕竟不是灯谜，非要让人费劲地去猜。雷霆的诗是容易理解的。

读《雷霆的诗》我还想道：好懂的诗其实比不好懂的诗更不好写。好懂的诗其实比难懂的诗更难写。容易懂的诗其实比不容易懂的诗更不容易写。这三句话说的都是一个意思。只不过这三句话是我在阅读过程中的不同时刻想到的。我不知不觉地强化着对这个问题的认识。晦涩的诗人，以所谓"有难度的写作"来为难自己，其实在刁难读者。雷霆却跟他们不一样，选择了难上加难，这才是难度中的难度：好懂的诗其实比不好懂的诗更不好写！这需要天然的好身材，无法用发型、服饰遮掩身体的瑕疵与缺陷。尤其需要：对本质的完美充满信心。

雷霆毕竟在做着这样的实践：对技巧的摒弃！他写着最原始的抒情诗，其实也是最朴素、最真实的抒情诗。看来他和我都信奉着同样的真理：最高的技巧是无技巧。或者说，让人看不出技巧才是最高的技巧。需要经历怎样的修炼才能达到这种程度？先是学会所有技巧，然后逐一抛弃它们。打个不恰当的比喻：就像和淡妆浓抹各种风韵的女人谈恋爱，到了最后，要么看破红尘，要么成为情圣。从语言的迷宫中成功突围的雷霆，像情圣一样歌咏着诗歌也歌咏着故乡：作为清水洗尘的归来者，他写出的是素面朝天的诗。

当然，诗学是复杂的，诗跟真理一样，是说不清的。但这并不妨碍我们怀着为真理而献身的态度服役于诗。越是模糊的事物，越能构成明确的信仰。读完《雷霆的诗》，你一定不会怀疑：他是一个诗人，他是一个有信仰的人。

所有的诗人都是有信仰的人。他们写诗，表达自己的感动。

那些感动过雷霆的事物（尤其是他的那组"诗意中的《诗经》"），又通过他的诗，感动了我。诗的写作与阅读，其实是一种感动与感动之间的"感染"，是自我感动与感动他人的交叉。而感动自己，必然是感动别人的前提。

2008 年 7 月 12 日

它炸响的那一刻

——郭虎、白羽平诗画集《北·以北》读后

◆唐晋

> 我不能说我像鹰　狮子　鲨鱼一样勇敢
> 但我确实和它们一样孤单

这是郭虎的诗句。

除了一小部分现实，每个诗人都有自己的精神领地。显然，郭虎随意记下的句子，无形中为我们描述了专属于他的空间，一个被自然界最强者暗喻着的空间。里尔克在给青年诗人的一封信里这样写道："凡是将来有一天许多人或能实现的事，现在寂寞的人已经可以起始准备了，用他比较确切的双手来建造。亲爱的先生，所以你要爱你的寂寞，负担那它以悠扬的怨诉给你引来的痛苦。你说，你身边的都同你疏远了，其实这就是你周围扩大的开始。如果你的亲近都离远了，那么你的旷远已经在星空下开展得很广大；你要为你的成长欢喜……"

对郭虎而言，右玉是现实里的一个点，它可以成为那份精神领地的母本，它可以用它的苍茫、浩广、冷寂刻塑诗人的灵魂。诗人试图把自身的境遇与天空、陆地、海洋的表征物叠合一体，以便凿实那种极为自由的感觉。天似穹庐，笼盖四野，诗人在其中游走，吟哦，享受着灵与肉和谐宁静的独处时光。

> 一个雪地信步的浪子忽然停下脚步
> 雪花也跟着慢下来

这个空间绝无他人，只有貌似孤单的行吟者。然而万物皆是他的听众，是他默默的随行。诗人因此感受着自身的开阔，并从开阔中看到孤独的力量。

北，以北，就是这样的一种孤独。

从郭虎内心来说，可能再也找不到比右玉更为孤独的世界。作为喧嚣重镇的历史遥远无依，而从不毛之地到绿色之野的艰苦转变，又牺牲了多少生命对丰富性的渴求。从诗性萌芽到今天，在郭虎的记忆里很难说有什么"重要的""更重要的"留存下来、积淀下来，他用"浪子"这个略显负气的意象自况，表达的仍然是对偏颇命运的质疑。

事实上，这些诗章始终保持着并传递着一种旷达心理下的愉悦，正如历史上那些吟游诗人一样，郭虎用梦幻般的讲述分解着身边的现实。他采用的技巧源自他的真诚，和本性中难以抑制的活泼。有时候，他看上去又是一个擅长冥想的诗人，一个字词，一段话，一个表情，一个事件，一阵风，一场雪，温度的变化，状态的变化，心情的变化，都会成为他冥想的源泉。不少诗作应该是冥想的结果，它们，所有字词，通过呓语般的表述使情态获得繁殖，产生膨胀，如同黑洞般紧紧抓住我们的心，并在我们的解读、品味、体验中还原出曾经坍毁的最初。

> 雪花人生　如一道彩虹搭架生死
> 好雪片片都是他的灵魂
>
> 我的涓涓生命
> 我的坎坷步伐
> ——一行又一行诗啊
>
> 秋风吹着吹着天就黑了
> 大地尽头　暮色苍茫

这些诗句让我想到白羽平的画作。那幅打动我的《炊烟》。大色域的白覆盖了几乎整个画面，树木，道路，房舍，以及泥泞，都被强光吸摄，无力逃出。空间寂寥，万物沉默，唯有一缕炊烟为这一切争得平衡。这个炊烟就是梦幻，而不是涂抹，不是掩埋，不是遗忘。炊烟就是行吟着的语词，在漫无目的的时空中讲述我们的孤寂和希望，讲述挣扎着的爱。

传统绘画中，色彩都被指定了基本的寓意和情绪倾向。因此，大色域本身就是一种鲜明的态度，它是寓言化的，顽固的，同时也是行移变化着的，它更善于用光的语言、调子来体现一种洞察力。诗的创作也是如此，郭虎所用语词、意象基本上是传统的，吟哦的调子十分稳定，然而每一句诗都无时无刻不在变化中传递出诗人的空间认知。有时候整体诗章的冷寂与萧然，恰恰唤醒我们内在的温暖。郭虎就坦陈与白羽平"我俩有太多相似之处，唯美主义，对故里山川发自肺腑的热爱……真诚，善性，执着，同时淡泊人生而无欲无求，即使在最晦暗的日子里，也从未放弃自己的梦想和追求"。诗篇与画作共同分享的是两个孤单者的彼此致敬，所带来的独特意味。

《焉支山 焉支山》这首诗或许能给我们一些提示，郭虎，白羽平，他们身上那种与生俱来的孤独感，正是人类在大自然中自我尊严的完成体现。不难想到，这首诗的诞生源自何处，它未必是一场遥望的后果，也与一场酒后的争论无关，它是地域并存的产物，是一个逝去空间和一个幻觉空间交媾形成的，或者可以说，它来自于虚空，但绝不表述虚无。很难在现实中找到焉支山过去与今天的接壤，漫长的中间段又是一场大色域的白，不是空白和虚明，而是实有的、由遗忘掩盖着的白。因此，诗篇开端"亡我祁连山，使我六畜不蕃息 失我焉支山，令我妇女无颜色"置于今天的实际，无疑是一种风险。看似偶然择取，但诗人通过这样一种寻找手段，与现实生活窘境达成同构。尽管时间幻化，枯骨成灰，但祖先的屈辱被歌谣忠实记录下来，不曾磨损和更改。这样的消失是永不回归的，这样的痛楚是心脉相传的，历史以其空荡暗喻了诗人所在环境，因此，个人的孤单意义形成无疑含有一种"远避"的内在信息。当然，诗人并非远避这种所谓历史上的屈辱，他远避的是另一个相对完美的自我，一个早早就脱离命运规定的、生活在别处、诗意地安居的自我。这种远避带有极其沉重的审视力量，他洞察着生命的缺憾、命运的低落，以自我尊严固守进行对立和挑战。他的行吟是一种解释，更是一种解决之道。

而这也是我喜欢白羽平又一幅画作的原因。那幅画名叫《春雷》，思绪一如《炊烟》，然而所有的色彩在此都是充满张力、跃跃欲试、争相说话的，相反，表现春雷的那条线倒显得轻弱、乏力。

因为看不见　盲人的思想就长出第三只眼

因为看不见　盲人的想象就长出鹰隼的翅膀

因为看不见　所以他们住的离神最近

听见一些上帝没有告诉我们的密语

无疑，画家，诗人，以及画外的我们，都在静静等待它炸响的那一刻。

行走在塞上高原的歌者
——郭虎及其诗歌创作评议

◆卢有泉

　　塞上绿洲右玉不仅生态环境好、历史遗迹丰富，还因为一位文学之士的苦心经营和出色歌吟，为这方绿色净土的厚重文化平添了几份秋色。

　　作为主管一方文学事业的长官——县文联主席郭虎无疑是最称职的。本来，一座悬于塞上的小县城难说有多少文学积淀，但凭着他十多年的孜孜以求、辛苦积累，硬是营造出一种浓浓的文学氛围，建构成一座文化的绿城——这里有山西作家协会的创作基地，有中央美院的实习基地，还有各种规格的文化交流……尤其是郭虎本人的诗歌创作，以其独特的诗路、丰硕的成果，为这座塞上小城，乃至当今诗坛，增添了重重一笔，很值得关注这方热土的文化建设和关心中国当代诗坛发展的人去研究、去书写。

一、执着的诗国追梦者

　　因为与郭虎既是同窗好友，又属乡党，应该说我对他的文学做工是颇为了解的。记得 20 世纪 80 年代初，当我们刚刚走出黑色的七月，个个怀揣梦想步入一所大学的门槛时，不曾想这所大学竟置身于青纱帐环围的村野。入学时正值深秋，每日课余，除了吃饭睡觉就是看乡民收获，或牧人驱犊穿校园而过，要么就是面对一田田焦黄的玉米发呆，城市的繁华景致和各色休闲娱乐，统统与我们毫不相干。好在学校还颇有点历史，藏书尚可，再加上当时正高唱"为中华之崛起而读书"，文学又最为时尚，置身于这等环境，失望之余也唯有埋头读书打发几年的大学时光了。记得那时全班颇有几位同学挚爱于文学创作，整日或专力于读诗写诗，或孜孜于影视剧作，或精心研磨小说散文。有的甚至彻底舍弃课业，终日闭坐于床上帐内，一心撰作。但大学的日子一结束，大家各奔东西各某生路，生活的蹭蹬、事业的波折，还有家庭的油盐酱醋茶，人生的种种繁杂俗事早把不少人的文学追求挤压成粉末，被时光冲洗得干干净净了。能坚守下来，并有所成就者，实在是凤毛麟角，而郭虎正是这其中之一。

回想当年我们的文学追梦，郭虎虽不是最刻苦者，但却非常有心。当时，正值年轻气盛的追梦者们多想一蹴而就、一夜成名，所以读得少，写得多，而唯有郭虎读诗多，写诗则较少。常见他捧着泰戈尔、叶芝、惠特曼、波德莱尔的诗集苦啃，却稀见他写诗或急匆匆奔往邮局投寄诗稿。这实际是学诗作诗的一条正途，套用孔老夫子的话说就是"学而优则诗"了。终于，经过大学期间的广泛阅读和诗艺积累，再经过步入社会后的生活磨砺，他对人生世相有了自己独到的理解和体悟，由生活而艺术，最终建构出属于自己的诗歌世界，这是他近三十年艺术坚守的结果，也是他诗意人生的真实写照。

从他迄今出版的两部诗集《花谢花飞》《北，以北》看，他的诗歌题材视域是颇为宽广的。可以说，三十多年的诗路历程，绘就了他多彩的人生和斑斓的生活，他的丰富的诗歌题材既是他个人的心路和全部生命的真实记录，也是一方乡土社会的艺术浓缩。这其中最为引人瞩目、最能体现他艺术资质的，当属他对爱情和乡土世界的诗意建构。

二、圣洁爱情的诗化诠释

有评论家认为，郭虎对他故土冬日的白雪情有独钟，是《无题》系列等不少诗的主体意象，且往往赋予白雪至纯至美的象征（见张同吾《〈北，以北〉序·雄性气质的诗画融汇》）。实际上，凡咏雪或植入雪这一意象的诗，大多是歌咏爱情的，"雪"正是那个永远让他刻骨铭心、永远在他心中洁白如玉的"她"的象征。

记得他早期曾写过一首题为《关于雪》的诗，明明白白地释出了"雪"这一意象的内涵——"有多少次落雪／就有多少次感动／／是因为一个叫雪的女孩吗／还是有一天我会遁雪而去／／踏雪有痕／雪花是七位仙妹的情话／不小心从天上跌落／／月光下的雪地／我诗的嫁衣"。缘何为雪而感动呢？一个叫"雪"的女孩，是恒久留存于诗人心田的最完美的存在。因为曾经的拥有而又失去，才有了永远回味不已的"仙妹"的"情话"；因为绵久的可望而不可及，才有了诗意的印痕和诗的激情抒写。一句话，这种斩不断的情思、这段忘不掉的情事，正是一直以来"诗的嫁衣"。

《关于雪》收在他的《北，以北》第五辑"过去的诗"中。虽然其中每一首的后面没有标明具体的写作时间，但从诗艺略显稚嫩及抒情特点看，应该是他最早的创作。从这组42首诗作的内容及抒情取向看，明显属爱情诗的就有14首之多。而且，在这组早期的爱情诗中，最能见出一个人初恋时对爱的真诚和神圣守护，以及一旦失去后那种刻骨铭心的痛——"七月的天空弥漫苦味 / 山坡上草长莺飞全不理会 / 思维的触角被分别的藤蔓愈扭愈紧 / 焦躁如落入蛛网的蛾子 / 我纯洁的眼睑布满血丝 / 为谁流泪为谁彻夜无眠 / 情感的截斩如两条铁轨的迈出 / 留一段伤心 一截蜥蜴记忆的尾巴 / 于是 我走了 扛起父亲留给我的犁耙 / 赤足走在田野……"（《1984》）。"七月 / 天空美丽而芬芳 / 月光在小河里徜徉 / 你欢笑的篝火 映照我 / 月夜山冈 // 七月 / 因忧伤而难忘 / 为一个守旧的思想 / 你我毁弃天堂 / 各自流浪……七月 / 美丽而忧伤 / 这样的日子 / 真想找个理由 / 大哭一场"（《祭日》）。1984年7月的某一天，这是一个绝望的日子，一段姻缘、一份爱情被生生一截两段，留下的不仅仅是曾经"拥有"的难忘记忆——月夜漫步，河边私语，还有洪涛山上的篝火嬉戏……而此时此刻，更有一种难以排遣的痛苦和悲伤正死死纠缠、折磨着自己——于是，彻夜辗转无眠，青春的眼睑布满血丝，甚至山花无色，流莺不鸣，连呼吸的空气也带着丝丝苦味。以我观物，周匝的一切仿佛都贮满了浓浓的悲情苦意。缘此，在诗人以后的人生中，每当唤起那段记忆，总觉得"人也美天也蓝……心也盼 梦也唤"；每逢想起分手的那一刻，总感到"聚也难 散也难……剪不断 理还乱"（《无奈人生》）。于是，在他的诗歌世界里，我们往往读出的是一种别样的情趣，别样的爱情况味——"泊过沧桑之后 / 你我已成劳燕 // 梧桐的风 星子的梦 / 早匿在山间草丛 / 冷然传诵我们曾经相爱的故事 // 玫瑰的姊妹已然老去 / 红豆出演这幕独角戏 / 落幕前它把泪赠给写诗男孩 // 于是 红胸鸟不时用尖的喙 / 深深痛啄我隐忍的孤独 / 月桂树的大眼睛 总在无眠时 / 打量水泥地上摔坏的爱情碎片 // 多少个多少个轮回之后 / 你我能惊见 那一双蝴蝶"（《花谢花飞》）。这是郭虎早期颇有代表性的一首爱情诗作，全诗用一连串特有的意象，抒写出一场热烈的初恋过后那种彻骨的"痛"。经过了几度的人生漂泊之后，当年的"你我已成劳燕"，就连那一串串"相爱的故事"也已然成了陈年旧事，只在曾经留下印迹的"山间草丛"中传诵。但草木无情，焉知人事，一个"冷"字既是写实也是写意，连山间之草木也全然不能领会、抚慰我心，人生何其孤独、痛苦也。此时，那枝象征爱情的玫瑰花早已衰老、凋落了，南国红豆的相思大戏也已落幕，只有那个"写诗的男孩"还在为剧情感动落泪、思恋追怀……于是，在无数个不眠之夜，月色常常打捞起爱情的碎片；而在无数个闲暇之日，隐忍的孤独又往往如万鸟痛啄，几乎不能自已。这样的时日，年复一年；这样的情景，朝朝暮暮。而何时才能结束这痛苦的漫漫旅程？只期待经过人生的多少个轮回之后，"你我"修炼成一对比翼齐飞的"蝴蝶"，有情人终成眷属，我们的人生方始尘埃落定一切归于平静。

这首诗题为《花谢花飞》，读者自然会想到《红楼梦》第二十七回中的《葬花吟》："花谢花飞飞满天，红消香断有谁怜……"葬花也是自葬，在这个花开花落漫天飞艳的季节里，一个花容女子边葬花边将自己的青春也一同埋葬，这是何等深沉、彻骨的伤痛。而亲手将美埋葬、将爱情打成碎片的青年，抚今思昔，又何尝不是如此呢？虽然男女分合如花谢花飞，总难逃无常的宿命，但有谁能堪破这自然大道而真正释然呢？其中的苦痛和纠结，恐怕只有故事中的人才能懂的。

其实，正如他在一首诗中所吟叹的，他们之间也仅仅是一种擦肩而过的爱情——"你我擦肩而过 / 这是命里注定……一刹那的注目 一个点头 / 和一个善意的微笑 / 整个夏天就这样过去了 / 像一首轻描淡写的旧歌"（《擦肩而过》）。但唯其如此，才是那样值得回味和富有丰美的诗意。正如川端康成笔下的"伊豆舞女"和戴望舒《雨巷》中那个匆匆而过的打着雨伞的女孩，因为是刹那间的目光凝视，停留的才是永远青春的记忆；因为是短暂的情感投放，才预留下可以不断填充的空间；因为那个心上之人如镜中花、水中月，永远可望而不可即，才使得那份爱意痛而绵长，历久弥新。于是，在郭虎的诗意栖居中，那个与雪有关的女孩早已羽化成一个永恒美丽的天使，翔游于诗中，这便是一直贯穿于郭虎诗中最抢眼、最富有个人艺术资质的意象——雪。

在郭虎三十多年的诗坛行走中，咏雪或以雪为植入诗中的主要意象的诗作，几乎每个时段都有，直到近年他已为人祖，仍吟咏不断，可见"雪"在他心目中的地位。"雪地上闪烁 你宝石的名字……冬眠的思念里 / 我把你化成泪 藏得含而不露"（《被时光带走》）；"如果一粒名字的种子撒在雪地 / 会不会发芽 / 黎明前 一根针垂直刺入"（《雪地》）；"如果生命可有人为 我会选择一个 / 落雪的早晨前来 再在一个落雪的黄昏 / 将生命的钟摆轻轻打住"

（《倾心雪地》）；"一些心地纯洁的人在雪地里多梦 / 思念的诗行散漫而去"（《走进雪地》）；"多想和你一起并肩踏雪 / 去探寻那梦寐悬崖间晶莹的雪莲"（《三朵莲花》）；"你被抬上一顶大花轿 / 走进我记忆的雪地冰天"（《那一天》）；"在无数个独行的雪地里我从未抱怨过什么……我要倾我一生为你写一首长诗 / 直到我生命的纸张飘扬上你的火苗"（《途经某地》）；"缠绵与思念哪一个更高贵 / 那个如泪似水叫雪的女孩"（《那白 那落雪》）……一曲曲深情的赞叹，一段段无尽的思念，一串串"雪"的意象，铸就了郭虎爱情诗的特有基调和抒情本色，在此，我们不仅深为诗人的执着而感动，也替那个女孩备感自豪。一个女人一生都被另一个男人暗暗地惦念，并时时奉之为纯洁无瑕的天使而赞美一番，这是何等的幸福呀！不过，以一己之见，"雪"之所以能成为一个永恒的诗化存在，是因为其始终虚拟于诗人的自我世界里并不断地被创造、被丰富，是文学形象而非生活实在，正所谓距离产生美感、艺术高于生活。如果"雨巷靓妹"真的走进了诗人的生活，耳鬓厮磨几十年，恐怕"黄脸婆"早已不知喊了多少遍；如果"伊豆舞女"有一天真的突然出现在眼前，面对一个满脸皱纹又老又丑的老太婆，躲之犹恐不及，那还有心思作诗呢？对此，不知郭虎兄以为然否。

话再说回来，在郭虎抒写爱情的所有诗作中，窃以为《无题》和《雪》两组最具特色，可谓这一题材的代表作。其中《雪》（之一）见落雪而怀人，形象逼真，一笑一颦宛在目前："……雪落在地上 就像诗落在心里 // 你游移的目光被镜片翻译成一千个坎坷 / 你脚尖的清高凸出你'肚肚'的雅号 / 你的燕语莺声比泉水的镯音更悦耳 / 你分别的眼泪挂在梅雨七月末梢……鹧鸪总是不厌其烦地在暮起日落间唱向南方 / 我也总在雪地里一步一步轻轻踩响你的名字"当每年的头一场大雪飘向大地的时候，一个女孩子的印象也总会及时地浮现——初恋时因羞涩而略带游移的目光，走路时因个性的步态而被同学们送出的雅号，河边树荫下两情相悦时悦耳的莺声燕语，还有七月分别时眼角挂满泪珠的凄迷双眼……此刻，于沉思中仿佛听闻到了一声声向晚呼唤"行不得也哥哥"的鹧鸪悲鸣，一番离愁百般别绪一时涌上心头，不由得推门而出，月下踏雪漫步，心中轻轻呼唤着"你的名字"。全诗时空交叉，虚实融会，情景相谐，颇显艺术之张力。《无题》组诗共12首，多数论者以为这组诗写得较为朦胧，读之如雾里看花，情意何为，终究难明就里。其实，只要将之按情诗来解读，就容易得多了。如其中第三首："冬天随最末一页日历的叶

落别离 / 尽管有一种留恋掩压着哭泣 / 可春天毕竟来了 雪仍然在下 / 其实我的心中一直为你留有一块雪地 / 我思想之外的真空 如玻璃罩内的灯火 / 在刚刚醒来的梦中 我让你不要流泪 / 我要用纯金的犁为你开垦 新翻一片油亮 /——好让你来种诗"很显然，这首诗仍是写给那个叫"雪"的女孩的。因为塞北的冬天往往大雪弥漫，而落雪的时节又最能勾起对那个叫"雪"的女孩的念想和对那段青春岁月的追怀，所以，当春天来临，面对逝去的冬日和即将消失的落雪难免要留恋，甚至哭泣。好在春天偶尔还会下雪，心中也始终葆有一份雪的圣地。正因为有了这份存在，生命中一直充满着青春的律动和诗的激情，为之燃烧，为之歌唱，为之奉献出自己的一切……而那永不消失的雪的存在，也在诗的田园里不断播撒着诗的种子，诗人的所有收获都离不开她的辛勤耕耘。至此，在诗人的所有爱情诗中，"雪"的意象也得以丰富和建构完整：至纯至美，如"天使的羽毛"；青春激情，是诗的播种者；蕴藉初恋，足以唤起大学斑斓生活的记忆。实际上，诗人也借此理性地告白：其情诗为何写的那么多，那么深情，那么历久而弥新，缘由正在这里———一个叫"雪"的天使始终活跃在他的诗的生命里，如催春的布谷，每时每刻都在提醒、催动他，生命不息、诗笔不止。

三、乡土情怀的理性抒写

郭虎确实是一位对生活敏感而感情又极为丰富的诗人，不仅对那段早已过去的情事精心呵护，对那个永远青春的女孩时时加以诗意地再现，就是对生于斯长于斯的那方故乡热土，也始终念念不忘，不断进行着诗意地观照。

记得在郭虎的爱情诗中，他曾多次透露过当年之所以会"劳燕分飞"，就是为了"扛起父亲留给我的犁耙"。也就是为了回归故土，在父母身边尽孝，完成为人子者应尽的责任和义务。因此，在他的整个诗歌结构中，抒写故乡风土人情，充满乡土气息的诗作就占了很大的比重。可以说，乡土诗也是他用力最勤、长期倾心开掘的诗歌题材领域。而且，就数量和质量而言，这一部分诗作也是绝对不逊于其爱情诗作的。如诗集《北，以北》中第四辑的16首诗，都是他倾心打磨的最具特色的乡土诗，是整部诗集中的一大亮点。

关于乡土诗，过去一般认为诗人必须扎根农村或以农村为生活、抒写的基地，方能写出真正的乡土诗。这在今天看来是不太符合实际的，现在究竟还有多少诗人是生活在农村并以吟唱农事为职志的呢？正如著名诗人屠岸所说，但凡"有怀乡病、乡愁、乡事，所怀念生我养我的故土大地等等，都应叫乡土诗"。因而，作为现代观念下的乡土诗，既是一种宽泛的存在，但也不能失去其一般性的规定，那就是诗人除了在笔下展示他曾经置身的乡村特有的风土人情外，还必须有深情投入，其生命与乡民与庄稼一起律动，并酝酿出朴素、简单，又散发着泥土芳香的诗语，这才是一种精神皈依式的真正的乡土诗。若以此为规范审视郭虎的乡土诗创作，或礼赞故乡风物，如《通顺桥》《杀虎口——个雄性凛冽的名字》《桃源古堡》等；或抒写故园人情，如《鹰翼》《父亲》《母亲》《怀念一位长者》等；或描述田园风光和农事，如《杀虎口 我美丽的家乡》《沙棘果也在点亮雪地》《踩垄》《选种》等。所有这些诗作，无不倾注了诗人的乡土情怀，处处散发着泥土的芳香。其中如《伟大的牧羊人》一诗："我又一次出神地想起伟大的牧羊人 / 他站在大年初三的笑窝里 / 谋划他行将的又一次横渡铁马冰河 // 村庄　村庄　还有村庄外的山冈 / 荒芜的田野残雪隐现 / 想到草屑在遥远的远方招手 / 牧羊人比羊群更激动 // 整日的行走和驱赶让他早已忘记了坐势 / 风中小鸟的翅膀会给他指引和暗示 / 当他将山歌唱给出嫁到远方的情人时 / 他双眼含泪 响鞭扬起 天空倾斜 // 在正月初三村庄丰盈的乳房下 / 牧羊人绝杀酒瓶 挥鞭上山 / 去找木匠的儿子" 无疑这是首颇具其个人风格的乡土诗。

按当地风俗，牧羊人一年到头只在春节休假两天，到正月初三一顿丰盛的早餐后，就要赶着羊群挥鞭上工了。本来这是件非常苦的差事，而牧羊人在农村更是地位卑微，一般由老光棍或无心农事的人充任，但诗人在他头上冠以"伟大"二字，并将其塑造成一个粗犷豪放、足以撼动天地的硬汉子形象，这是颇为罕见的，也是诗人独特诗意视角下的另类发现和创造。在诗的首节，牧羊人的高大形象陡然出现在我们眼前——大年初三，一个北方汉子在酒气的熏陶下，满脸通红，如将军指挥千军万马一样，正站在村边挥鞭驱赶着羊群，谋划他一天的放牧"征程"。这时，村头、田野、山冈上，残雪点点，还有早春微微苏醒的青草，原野的魅力正召唤着羊群，更激励着牧人。于是，他毫不犹豫，一声大喝、一阵扬鞭，驱赶着羊群奔向了远山。一路上，一曲曲西口情歌为自己伴行，一声声响鞭震动着山川乾坤，他想起了自己苦难的人生，想起了那个远嫁的旧情人，不觉双泪涟涟……诗的尾节"木匠的儿子"是指美国社会改革家西奥多，记得《哈佛家训》首篇就讲了他的故事，篇头还有挪威作家温塞特的一句名言："如果一个人有足够的信念，他就能创造奇迹。"全诗以这一典故收尾，意境高远，也颇为切题。牧羊人之所以"伟大"，因为他有信念，也会向"木匠的儿子"西奥多一样，于平凡中创造出奇迹——右玉羊肉之所以誉满北方，这样的牧羊人实在功不可没。

郭虎在早年也曾写过一首《牧羊人》，但我们读后发现这一首无论风格还是牧羊人的形象，与前者截然不同。"牧羊人赶着白云周游列国／牧羊人并不孤独／／牧羊人并不孤独／他把田野当作庄园和王国／他在园中唱歌　思想／累了　就地躺下／／野花是他的王冠／飞上飞下的各种鸟儿是在向他问候的情人／他只对她们微笑／／其实牧羊人最具仙骨／他把自然当作母亲一样孝敬／他在山谷中的沉思像一个浪子想起母亲⋯⋯"在这里，牧羊人的生活又是那样悠闲、自在，每日赶着雪白的羊群周游在右玉这方沃土上。他把美丽的田野当作自己的庄园、王国，自由地歌唱、思想、休憩；还用野花扎成一顶顶王冠，戴在头上，仿佛真成了这方山河的主宰；他也从不孤单，有各色山鸟飞来飞去向他问候、与他谈情⋯⋯幸福的牧羊人，这时已修炼成一位仙风道骨的旷古逸士——"日出而作，日入而息，逍遥于天地之间而心意自得。"全诗充溢着幽美、闲适的情调，与《伟大的牧羊人》相比较，可以说《牧羊人》是一曲舒缓平静的田野牧歌，其中的牧羊人犹如看破红尘的隐者；而《伟大的牧羊人》则是一首金戈铁马的战歌，其中的牧羊人也堪比积极进取的勇士。而所有这一切，也正是诗人故土特有的，是塞北乡土文化的诗意传递和表述。

如果说"牧羊人"是郭虎为其故乡这一特殊人群所精心铸就的艺术雕像，那么《一个人的杀虎口》则既是他对当地风俗的诗性记录，也是他置身于那个特殊节日的心灵放歌。"除夕比绵羊的步伐更从容／铺天盖地的礼炮落在沧头河上　也只像／一只只中弹的白鸟从高空坠落／喜鹊没有感觉到节日带给它的好处／这飞抵哲学高度的智者／该干什么还干什么／只有稚子和新娘的目光／把天空染得铿锵嘹亮／生活在平静中一寸一寸延伸它的藤蔓／龇牙咧嘴的石狮和拴马桩冷冷蹲在长城脚下／信守诺言　为千年前埋葬在古堡的陶片和矢簇／望风　它们甚至看都不看人类一眼／太阳在山顶上和小老杨攀谈　婆婆妈妈／我孤零零站在沧头河单薄的冰上／想象水的原初和我的前世／泪眼汪汪"。除夕是华夏大地最隆重的节日，而处于长城脚下蒙汉融合之地的塞上古镇——杀虎口，更有一种特别的年味。按当地风俗，除夕之夜要合家团聚吃年饭、彻夜不眠"熬年"，家家还要垒旺火、鞭炮齐鸣接"财神"，以及祭祖、拜年等等，而全诗以一种独特的视角对这一年俗进行了观照——在这一偏远的古镇，事事都保持着自然的原生状态，一切都在按大自然的规律自在运行，年年岁岁，生活于平静中曲曲向前延伸。又是一年岁尽时，除夕大幕缓缓揭起，天地间陡然喧嚣起来，礼炮绽放，美艳的新娘和黄口儿童"跑年"、观灯，热闹非凡。然而，热闹终归是她们的，村头高树上的喜鹊，长城脚下的石狮和拴马桩，还有山顶上的太阳和小老杨，它们各行其是、各守其责，毫不领悟人间的这一切。这时，一位智者也超然于世外，独立于村边冰河上，追思"水的原初"和自己的过往，不觉得"念天地之悠悠，独怆然而涕下"了。诗中最可贵的地方是巧妙地植入了"长城""沧头河""古堡""绵羊""喜鹊""石狮""拴马桩""陶片""矢簇""小老杨"等意象，由于有了这一系列的地域文化符号，使得整首诗既富有哲思，又充满了浓郁的乡土气息。

近年来，"右玉精神"成了这方土地的一张名片，备受世人瞩目。实际上，"右玉精神"也正是该地新时期乡土文化的代表。那么，作为一方的文化建构者和宣传者，郭虎在其诗中是如何进行诠释的呢？他在《右玉　我们种树》中这样抒写道："……我们种树　从野人家种到花园县／我们种树　从树在城中种到城在树中／我们种树　从遍地黄沙种到风吹草低／我们种树　从十年九旱种到好雨知时节／／我们种树／将荒漠种成绿洲／将北国种成江南／将一个黄毛丫头种成一位绝色女子／／我们种树／种出一片绿油油的新天地／种出一种光灿灿的大精神／种出一个静悄悄的桃花源……"年年绿化、代代种树，硬是将一处十年九旱、遍地黄沙的不毛之地，种成了绿洲花园、北国江南和世外的桃花源。更重要的是，还"种出了一种光灿灿的大精神"——右玉精神。因此，所谓的右玉精神，最简单的认知就是我们不断种树，改善恶劣的生态环境，建设绿色的家园，这是郭虎对"右玉精神"的诗性写实，也是他对乡土诗的现代化改造——与时俱进，将新的思想观念和时代精神纳入乡土视域中，使乡土情怀得到了理性的抒写。

四、多元的艺术建构

如果对郭虎的诗歌创作进行一番艺术审视，我们首先感受到的是，作为一个长期生活于基层的诗人，他的生活积累是非常厚实的。实际上，一个诗人只有凭借了厚实的生活积累和对社会人生的深刻认知、体悟，才能开掘出丰富的题材，才能抒写出一曲曲饱含深情和理趣的辉煌诗章。

因为有生活，所以郭虎诗的题材视域是非常宽广的。除了对故乡热土的深情歌赞和对爱情的细腻抒写外，还有咏赞中外历史人物的，如《给梵高》《叶芝》《李清照》等；还有畅游路上置身异地山水风物的信笔描绘和感发，如《呼伦贝尔》《敦煌 敦煌》等；还有更多属于诗人本我人生过程的种种感悟和灵魂自画像，如《生活如刀》《秋天的孩子》《只有痛苦才会使一个人伟大》《所谓诗人》等。而所有这些题材的作品，皆是诗人日常生活所见所感所悟之结果，既接地气，又颇具个性化的情趣和韵味。而且，就艺术风格而言，虽说他的诗总体上呈现出一种大器、雄性的气质，具有深邃、凝重、沉静的审美个性，但每一题材类型诗的风格和审美趣味又不尽相同。如爱情诗抒情沉重，诗语颇为隐曲；乡土诗情意明朗，诗语较为直白；而灵魂画像之作则蕴含哲思，诗语深邃，话中有话。就创作方法而言，郭虎的诗有传统的一面，但也有更多的现代元素。如同样是抒写现实人物，《鹰翼》用的是写实的手法："每当他痛时／他就为自己画一双翅膀／／双腿残疾并不影响他思想高昂／他卓尔的视线从不背叛地朝向天宇／憨厚的面孔 止水纯洁的心性／从未停止想探究天外的魔法／于是笔 就成为他的同谋／／诗 文 更多的是画／铸后羿的箭 刺天"。而《黄风》则采用了象征的手法："黄风 一个慷慨雄性的名字／与山谷有关 与树木有关／与席卷有关 与浪涛有关／也与右玉曾经的四季有关／／黄风 一个寒冷生硬的名字／与虎口有关 与马啸有关／与狐狸的眼睛和鸽子的翅膀有关／也与女人的头发和裙子有关／／黄风 吹散乌云／让大地在浮躁之后趋于平坦／想把天堂和地狱吹平"。前者一看就知道是写一个现实生活中自强不息的残疾青年，他面态憨厚、心志高远，虽身残而志不残，以一支画笔描绘出自己精彩的人生；而后者以自然的黄风象征一位同样名为黄风的北方汉子，且诗中以一连串充满地域特色的意象彰显出自然黄风的雄奇之美和汉子黄风的独特个性，既写物又写人，以物喻人，人物融通，情趣盎然，是郭虎诗作中颇为另类的一首。再如同样属心灵告白，《时间会唱歌》抒情直接，诗意浅白："我知道时间会歌唱／我也知道总有一天风雪会把我埋葬／在这半眠半醒的雪夜／我在灯下打造自己 为儿孙打造一页记忆／如果不能亲手教给他们拼搏／我至少可以长成一种榜样／长成他们每人必经路口的树／用浓荫告诉他们爱 诚信和思想／对生活永远充满敬畏 感恩与新奇／人生必须奋斗 远离官场和仕途／把对大自然和艺术的痴情种进每一个日子／生命就会盛开灿若太阳的花朵／感知最细小的风粒和飘上风铃的雪花／心情舒畅 再穷再累都要高高兴兴生活"；而《此刻心情》则抒情隐曲，诗意朦胧："一个雪地信步的浪子忽然停下脚步／

雪花也跟着慢下来 一朵孤独的／心思 远比山谷中的迎客松更坚定／／侠肠剑气 酒满情深／在文字的裙裾边放浪痴狂／膜拜太阳膜拜生命膜拜粮食和美人／在 回首的泪光里静看自己一天天枯萎／／每一天都是一个庆典 包括祭日／对于不 愿虚度生命的草原／任何一次摇曳都令它伤心欲绝／／吹过庙宇的风／悬崖上盛 开的花朵／我不能说我像鹰 狮子 鲨鱼一样勇敢／但我确实和它们一样孤单"。 很显然，前者几乎是直抒胸臆——诗人在雪夜的灯下辛勤笔耕，要为后代树 立榜样，希望后代善待人生，远离官场，快乐生活……历经宦海波折后，一 个文化人的独特心态和形象跃然纸上；后者主要通过"雪地""浪子""风" "鹰""狮子"等意象来寄予诗人此时孤独的心态，以及在当地环境下一个诗 坛独行者内心的苦闷、不屈和勇往直前的精神风貌，颇有朦胧诗韵味。

实际上，在郭虎初涉诗坛的 20 世纪 80 年代初，正是我国朦胧诗兴盛的 时代，那时学子们学诗写诗，多以朦胧诗为范本。所以，我们审视郭虎诗作 的现代元素，朦胧诗的做法最为突出，尤其是《无题》组诗和早期的不少诗 作，明显受到了朦胧诗的影响。当然，从郭虎的整个诗歌创作历程看，对他 影响最大的还是西方现代派诗歌，尤其是法国现代派诗人波德莱尔的诗歌。 记得在读大学期间，郭虎经常捧着波德莱尔的《恶之花》《巴黎的忧郁》仔细 研读。在之后的创作中，对波德莱尔的一些艺术追求也多有借鉴。如用心展 现人生的多个层面，着力表现精神的痛苦，以及偏重灵性，围绕某一思想组 织形象（灵魂自画像的诗作最能体现这一点），还喜用意象，追求诗意的幽 深，讲究音韵和格律，等等，均体现了波德莱尔诗歌对他的影响。因此，作 为一个生活于闭塞山区的诗人，能有这样开放的诗歌视域，能有这样多元的 艺术建构，是非常了不起的，也是难能可贵的。

当然，郭虎毕竟不是一位专业诗人，他平日担任着繁重的行政事务，还 有养家糊口的一摊子其他事业，诗歌仅为业余做工。所以，他的诗歌也有些 有待精进的地方，如有的诗歌语言略显粗糙，需进一步提纯；有的诗语太过 朦胧，没有把握好"度"，造成诗意的游离和费解。还有，郭虎的诗总体以抒 情见长，但思想深度也是不可或缺的。要知道，一个优秀的诗人也应当是一 个思想家，而优秀诗歌的最佳建构则是有情有理、情理相谐。正如刘勰所说： "言之秀矣，万虑一交。动心惊耳，逸响笙匏。"如果缺了思想的存在，文学 语言就会乏味，难以产生像笙匏奏响那样惊心动魄的声音。当然了，相对于 郭虎诗歌创作的整体成就而言，这也仅是璧中之瑕了，相信随着郭虎诗歌生命的延伸，这些不足也定会逐渐克服、修缮的，不知郭虎兄意下如何？

五、小结

从 20 世纪 80 年初开始写诗，到现在郭虎的诗坛苦旅已有三十多个春秋了，按人生三十而立，他的诗歌创作已进入了定型、成熟期。而包括诗歌在内，任何一种艺术只有饱含、表达了某种特有的文化，才是厚重的、个性的、成熟的，才具有独立的审美价值。所以，从郭虎的诗中我们不仅可以得到艺术的享受，还可以读到一种文化，一种他诗歌步履下那方土地独有的地域文化——右玉边塞文化。

从右玉这一地域文化的表征看，蜿蜒的古长城，矗立于山岗高地的一座座烽火台，还有分散于各处、形制各异的古城堡，这可以说是右玉边塞文化的标识。其背后隐藏的是古代游牧民族与农耕民族的刀光剑影、戍边战士的悲喜人生、边民饱受动荡的血泪故事以及漫天飞舞的黄沙白雪等等。现在，右玉文化中又增添了现代意味的"右玉精神"，其表征就是绿树成荫、山河秀丽、塞上江南等等，内中又隐含了无数右玉人代代接力、改造自然的动人故事。这样，右玉文化古今融通、新旧整合，其内涵尤为丰富。而郭虎正是发现了这一文化的独特性和非凡的价值，巧妙地将其融于诗中，不仅在诗中处处凸显出这一文化的诸表征，更将其作为诗的精神内核。因而，郭虎诗作可以说是一种诗化的右玉文化，这正是他诗歌做工的价值和魅力所在，也是他作为一方文化官员对当地的一大贡献。

2014 年 5 月 20 日

诗歌发生在有卓见的周围

——邢昊诗歌简评

◆ *左右*

　　邢昊是个不与大众为伍的特立独行的诗人，也是一个个性非常鲜明的诗人。

　　记得邢昊刚到宋庄时，在微信上发了两句告诫自己的"警句"——越是艺术家诗人扎堆儿的地方，越要学会孤独。他是这样说的，也是这样做的。一个真正的诗人，首先需要不被"大环境"所污染，其次需要有设身处地、不偏不倚的现代眼光。

　　邢昊是个离经叛道者，但更多的诗人则还是愿意因循守旧，循规蹈矩，而不愿另辟蹊径。非常可喜的是，经过多少年的辛苦跋涉，邢昊终于跻身中国现代诗歌的第一集团军——中国口语诗歌的阵营。

　　邢昊的诗歌，是脚踏实地的，他反对故弄玄虚和子虚乌有。他的诗歌中，全是亲眼所见或亲身经历。但他所呈现的事实的诗意，又根本不是习以为常的事物，而是力求新颖别样。在口语诗阵营和新世纪诗典这两个特殊的熔炉里，邢昊苦心孤诣的实验精神，远不是灵感撞击之下的一挥而就，他更接近于"捻断数茎须"。

　　在泥沙俱下的宋庄，绘画，装置，行为，颜色实验，垃圾派等等的艺术五花八门，无所不包，工具理性摧毁一切的当代北京，似乎乐于留下最后一块即兴试验场，供艺术家和诗人们去嬉闹玩乐，纵情开垦。但孤独的邢昊，却只喜欢把自己关进小房子里，苦心对付他的现代诗。

　　前些日子，我看到邢昊写了一首有关宋庄的诗《讨厌宋庄的理由》：

　　　　在通州区精神病院

和一堆垃圾之间
一个所谓诗人
东倒西歪地
一派胡言地
醉醺醺地
摔了个头破血流

邢昊这首极具象征意味的诗歌，具有强烈的反讽效果。他对那些夸夸其谈，云罩雾绕的所谓诗人艺术家们，压根儿就讨厌和鄙视。

被著名诗人伊沙誉为"山西王"的诗人邢昊，将诗歌看得比自己的命还重要。当他把一组组诗歌发进我邮箱的时候，我能感到他紧密的呼吸，一口呼出一首诗，一口吸进一首诗的那种大大的呼吸。这心脏，我受不了，认了。

我与诗人邢昊，不，按辈分来说我应该喊一声大哥。然而我的内心拒绝了这种世俗的称谓，就像我不愿意看见的，在大街上看见根本不认识的某某某，就拉住人家的手，道一声兄弟咱们坐下来抽根烟吧，如此等等。在我看来，诗人，是这个世界上最特别的称谓，它本身就具有尊贵与威严的存在，象征着诗人在这个社会独一无二的地位。

诗人邢昊在山西与北京之间，在乡村与城市之间，在诗与诗之间，在我和他之间，心与心之间，那些秘不可传的部分，是最珍贵的部分。山西老爷们独闯北京，本是一件很困难的事，但对他来说，困难根本不存在。北京的前卫，时尚，潮流，洋范，国际，多元，包容等，影响了诗人邢昊的做人处事形式，首先是他从衣着与形象上接受了北京的模式，其次是从思想与修养上武装了北京的质感。这是他令我欢喜的地方，他学会了很多60后网盲们学不会的东西，包括微信和淘宝。遗憾的是，这些新科技时代的产品，差点毁了他，他一度视力失明，精神紧张，与过度使用电脑，频繁把玩手机有关。好时代在催生好诗人，却又尽毁老诗人。

诗人伊沙说得太有远见了。"在那片被古老黄河冲刷过的土地上，现代诗的种子似乎很难结成果实，邢昊是我眼中唯一的现代诗人"。山西我去过，单枪匹马去过好几回，只为一个人：为情所困。山西有些城市留给我的印象，不管是经济还是人的思想，太落后太保守，当年日本鬼子打仗时留下的痕迹太明显。所幸的是诗人邢昊将自己的思想与身体，生于山西之内而置于山西之外，他常年在北京定居，吸进去的是国际范儿外加带有京味的先进文化，吐出来的是国际范儿外加带有山西醋味的变革心态。他心态和三观太正了，他高度的思想与心态统一，影响了他在写作上的取向走势与对新的东西的汲取容量。

诗人邢昊善于写人又超越于写人。这与他作为传记作家的经历有关。在目前《新世纪诗典》十三首入围的作品中，他有十二首是写人的。诗人邢昊更善于写亲人之间的感情，十三首有五首是写亲人的。这说明什么？人性善良还是感情深重？在我看来，诗人邢昊是所有60后诗人中，最具人情关怀的诗人，人情关怀意味着什么？有些诗人靠实力深度去影响诗坛，有些诗人靠写作高度去影响诗坛，有些诗人靠思想维度去左右诗坛，但是有多少诗人能以人情关怀去屈驾诗坛。在口语诗"写什么、怎么写"一类的问题上，诗人邢昊用自己粗暴简单的方式，直入主题：我只写我所看见的。诸如他的名作《雀斑美女》《花衣裳》，他看见了我们所看不见的人性与孤独，他看见了我们所看不见的黑洞与惊喜。

诗人邢昊善于发声又敢于发声。他为谁发声？俗气一点说，这不废话嘛，当然是为自己。这是一般小诗人的单行境界，是那些"我手写我心"的局限心态。就像他写《同学在东莞打工时不幸中毒身亡》，"上帝赶着马车来""天使敲打着铙钹／上帝吐出一口火焰／把南姚村的欢乐烧了个精光"。他在为同学发声，也在为天下不幸者发声，更在为天使发声。像这种带有某种意味的题材，一般诗人是不敢染指的。因为这样的东西，如果处理不好，很容易变成干巴巴的新闻。他写《李翠梅》，不单单是为自己的情恋，更是为60后一代插青族、下乡族独特的经历发声。这种纯洁天真的回忆，在他看来是美好而远逝的，温暖而失落的，他写了下来，感动了自己。他写《潜伏》，他写《囚》，都是为弱者发声，为内心的良知发声，这是一个可以拓宽到国际范围的大题材，这样的发声者，你说说，仅仅是在为自己吗？

诗人邢昊善于写乡村又打破了乡村写作。诗人伊沙在诗人邢昊入选《新世纪诗典》的第八次推荐语里，一语道尽写作机关："有些人无法口语的原因是其诗尚未进城，在西方口语诗是一种咖啡馆文化。这三十年来，一些优秀的中国口语诗人拓展了它，将其延伸到城乡接合部，甚至写到了农村，但立足点一定是在城里的。邢昊正好属于这一支接中国地气、风景里有中国质感的灰尘的口语诗人"。

诗人邢昊人处城市，但和大部分从乡下来的诗人一样，作为一个外省人，他有难以忘怀的童年，难以抹掉的乡村胎记，难以割舍的乡愁。这些宝贵的经历，诗人邢昊颇有卓见地将它转化成舌尖上的语言写作：口语。乡村说大了是整个中国的农村文化，说小了是诗人的精神地理，说独特了就是诗人邢昊的口语"瓦岗寨"。

占山为王的诗人邢昊，很好地守住了属于自己的阵地，又拓宽与革新了自己的门牌。当然他在写城市这些作品上，比我们年轻诗人写得好，因为我们在感知新鲜的事物过程中，筋疲力尽之时只剩下拒绝，而他在带着身躯进入这个世界的过程，将拒绝与接纳，当作是进步与接轨的一种。

以上种种，只是典例，是敞亮而激越的光明部分。邢昊在写作上的上限，尚未为我等论家所知。与了解一个诗人相比，了解一个时代很容易。作为60后作家诗人中的一代，我无法理解他所经历的战乱，苦难，痛楚与动荡等种种，但我能感到他在诗中所表达的情态。所幸，诗人邢昊所经历的一切，没有被打倒，被畸形，被压垮，被曲折，相反他为自己创造了一种"健全的文明的时期"，这种时期，只属于写作。但要想全面地了解诗人邢昊，还是要回归到他的作品与生活中。

我总是强调所幸二字。所幸，我无法做到全面与专业，但这一次在他的作品阅读中，我真真切切感受到了他传递给我的激越的心跳。

当我即将结束这篇小评时，诗人邢昊以及他的诗歌，是否在我设计的大格局之下，开始透明清晰了起来？假如时光可以倒逝，我能够回到过去的话，我选择不认识这个人，因为他太神秘了。

倚着舷窗
我想好好看看
云究竟像什么

噢，云有点像柳絮
有点像棉花
还有点像我小外孙手里的

棉花糖……

我边看云
边翻阅一本航空公司的杂志
里面居然有首知识分子的长诗
竟满纸荒唐
把云说成是乌鸦

我多想把眼前的云
完完整整地
端给他看啊

我多想把去年
新诗典诗人们
在马来西亚云顶高原
朗诵的一首首牛诗
上传到这圣洁的云端

——《在飞机上看云》

我接受现在的失败，他依然生活在我的周围，大家的周围，诗歌的周围。

"在地性"写作，或"农家子弟"的书生气

——鲁顺民与他的《天下农人》

◆赵勇

一

回家过年时，我决定把《天下农人》（花城出版社 2015 年版，以下凡引此书只标页码）带在身边。这本书写的是山西的事，农村的事，那我把它读到山西老家水北村，就算是实实在在接上地气了。

从初一到初五，走亲访友之余，我大都"圪缩"在父母老屋的炉火边读这本书，先是感慨，后是沉重。加上外面天冷，屋里也不暖和，书里又不时渗出一股寒气，读得我就更加"圪缩"了（"圪缩"是我老家的晋城话，身体不展阔之谓也，盖因天寒地冻而起）。读完之后，也让我对鲁顺民这厮有了新认识。

欲说新认识，先谈旧看法。

我知道鲁顺民是作家，编辑，长期经营《山西文学》，从副主编一直当到主编，但许多年里，我都是在跟他的后一种身份打交道。大约十年前，他就开始跟我要稿，有时还要命题作文。2008 年，他给我出题，命我写篇《一个人的阅读史》，我一激动就答应下了，答应了之后却很后悔。盖因当其时也，我既无忆往昔峥嵘岁月稠之雅兴，又长年写论文，不会写散文，就想拖着赖着，让这事黄了。但顺民老弟不依不饶，他过一个月打一次电话，一会儿称老兄，一会儿喊老汉，软硬兼施，一脸坏笑，仿佛是要笑出我的斗志。后来，他见我依然慢腾腾，懒洋洋，死猪不怕开水烫，就跑到我博客上撒泼打滚，说："指头支着磨扇等，你看着办吧。"又吓唬我："我不说话，我就在这儿哼哼。"他这一招挺管用，我怕磨盘倒了压住驴，就一咬牙，一跺脚，紧赶慢张

结，一口气写到两万五。他也不含糊，先是分两期刊发我这篇长文，第二年，又邀我去他老家河曲开会，给我颁了个散文奖。

这编辑当得让我心服口服，从催租逼债，到授奖发钱，整个就是一条龙嘛。

但是，作为作家，鲁顺民都写过些什么，我却不甚了了。两三年前，他给我寄本书——《礼失求诸野》（北岳文艺出版社2013年版），那是他与另一位作家张石山先生的长篇对话录。这本书很有趣，也很让我长见识，但却是两个人侃出来的。他写的书是什么模样呢？

初见《天下农人》时，我吃了一惊：540多页，小32开，厚得像块半头砖，这可不是两三袋烟工夫就能读完的（为了与他这本书搭调，我得采用久违的农业时间进入叙述）。而一篇篇挨着细细读过去（确实是挨着读，没有挑三拣四，更没有走马观花），让我对这个黄世仁生出了许多敬意。

鲁顺民的老家紧挨着黄河，这本书头两篇写的就是那条河。在我的印象中，能把河写出神采的是张承志。记得当年读《北方的河》，作者写到了黄河的"燃烧"，写到主人公游黄河时与河水的搏击，很豪迈也很悲壮，理想主义的精神，甚至革命英雄主义的气概跃然纸上。但读了鲁顺民笔下的河，就觉得张承志的河还是有点"红光亮"。那是外人眼中的河，书生意气的河，也是"以我观物"的河，所以，他大概只能写出河的表象。这也难怪，谁让他没生在长在黄河边呢？

鲁顺民就不同了，他从小到大与黄河厮守，写出来的河就特别地道："黄河不愧是一条大河，河水流动的声音也绝不同于一般的小溪小水，小溪小水哗哗哗哗地流过去，浅着一条青色身子，在石头上划动出哗啦哗啦的声音。黄河绝不是。大部分时候，黄河几乎不动声色，没有什么动静，河水像烫平的布一样蜿蜿蜒蜒游动过去，难以想象，一条那么大的河，流在那么大的山川之间不动声色的情景。……河水流过去的时候，是在喘，是在呼吸，或者是潜伏的兵阵，在河底下追亡逐北。水互相搓揉着，使人疑心水底下一条水怪陡然搅动，或者，竟是什么能量被霎时崩破，远远地，袅袅地，多年的艄公能够听得出河底下暗伏的阵阵杀机。"（第4页）这是深谙黄河习性的摹写，既传神写照又不张牙舞爪，稍稍几笔，气象全出。从此入手，他写艄公如何"听河"，河水如何"饱"得可怕，又写七九河开时，河水怎样最为凶险。他讲述了一件往事：当年他在河曲老家当中学老师，班上三个愣货学生憨大胆，踩着凌块子验证数学几何，物理浮力，结果一人掉进河里，差点丢了性命。当三个家伙嘻嘻哈哈若无其事说"掉河里了"时，鲁老师来了一句："惊得我，肝花像被狼掏了。"（第13页）

读到这里，也让我想起一件往事。那年在河曲，这边正开会，那边三个作家还在船上喝酒，喝到兴奋处，三人比赛似的跳进了黄河，仿佛要验证"洗不清"是何境界。鲁顺民得知消息，立马让张石山前去"救"人。张石山赶到，想把那三个王八蛋骂上来，但他们志如铁，意如钢，高声断喝：你不下来，我们就不上去。张石山斗不过酒鬼，只好宽衣解带，下河捞人。当鲁顺民听说三个酒鬼跳进黄河时，他是不是想到了当年那三个愣货？是不是又一次惊得狼掏了肝花？

我想，只有清楚黄河的脾气，心里才会时刻装着凶险，那是局外人根本无法窥破的秘密。

我从顺民意识到的凶险谈起，实际上是想说我对这本书中一些篇章的整体感受，因为在许多处地方，我其实也读出了凶险和后怕，比如煤矿透水，土改打人。即便他写自家往事，字里字外也是怕。比如，当年高考，顺民像我一样也是个糊涂蛋，头一年自然名落孙山。于是他说："若不是风摆杨柳连担了三天大粪，若不是连着几夜在地头浇水，若不是碰见一位温厚的老师，若不是自己暗恋的女孩子突然不理你了，好家伙，我很清楚第二年不回课堂重新补习，现在是个什么样子。"（第18页）这是不是后怕？再比如，假如没有卖户口那出戏，顺民的父亲即便家有存款，哪能给全家子弟买回城市户口？这不也是后怕吗？

写到这里，我要特意谈谈他那篇《1992，我们的蓝皮户口》了。此文讲的是顺民父亲得知可以买户口后，拿出积攒的一万二，给全家四人买回城市户口的故事，而托关系、排长队、受屈辱、办此事的，正是作者本人。但在我的记忆里，好像根本就没发生过这回事。究其因，大概顺民家是农民，但毕竟还是"城里的农民"（第34页），而我家则是村里的正版农民，离城里还有三十里地。当年我父亲听说过这档子事吗？不知道。即便听说，我估计他也只能当成天方夜谭，却是断然不敢有起意的念头的。这意味着同样是农民，城里是一番景象，城外则是另一个世界。而由此形成的感受和体验虽不相上下，但我与他还是有一些细微区别。顺民说：

要知道，一个农民户口糟害过我们多少农家子弟，我们 1960 年代出生的人，从上小学开始就受农民户口之累了，考学的时候，报志愿，有一栏就是填写你的户口属性，我们只能填"农应"或者"农往"，不能填报技工学校，技工学校是专为市民户口的同学准备的。因为是农村户口，我们没有被招工的权利，我们在学校里只配在集体劳动的时候积极一些，我们在那些市民户口的女同学不理不睬的眼光中发育严重滞后。我清楚地记得，上小学的时候，老师说：市民同学举手！我举起了手。因为我家住在县城边上，根本不知道"市民""农民"的区别，以为住在城边子上便是市民无疑，不想，老师从隔着四排的教台上奔驰而下，就像一个嫖客发现身底下的处女竟然没有出血，狠狠地打落我举起的手，说，你家是个什么我不知道？你个烂农民装甚装？（第 30 页）

这是鲁顺民的创伤体验，但刚刚九岁就能收获如此重创，显然与他住在县城根儿有关。他在《怀念一种》中说：我们这个群体，"一色的农民子弟，一色的贫穷和单调，一色的窘迫和荒芜，因为是一个近城村落，从小学到中学，同学们不是县委大院里的干部子弟，就是城镇职工的子女，构成非常驳杂，几乎就是县城与城郊人口构成的一个翻版，不必说，同样复制着校园外社会里的高低贵贱。"（第 83 页）这就是说，因为住在城乡接合部，他小小年纪就已把自己的"童年经验"搞得丰富多彩了，而我在他那个年龄却不知有汉，无论魏晋。原因很简单，因为我的小学、中学都上在大队、公社的庙里，前后左右的同学，一水儿的农家子弟，半斤八两，彼此彼此，谁敢看不起我？我能看不起谁？只是活到十五六岁，我进县城读开补习班时，我才进入了鲁顺民的叙述框架，"烂农民"的感受才扑面而来。所以，这一窍我比顺民开得晚了好几年。

开窍之后，我就觉得自己的臀部盖上了"农家子弟"的圆形印章，就像崔健、王朔、姜文等人胸前别着"大院子弟"徽章一样。但同样是农家子弟，我又与顺民不同。迄今为止，我一直浑浑噩噩着，对自己的这种身份毫无反思。而从上大学开始，我这三十多年似乎一直是一种"进城"的姿态。每进一次城，就远离农村一回，直到一不留神混成北京市民，距离我的农村已是750 公里。我也是个码字的，但这么多年里，我既写不出赵园那样的《北京：城与人》，更写不出威廉斯那样的《乡村与城市》。做出来的东西不接地气，就惭愧，就惶惶然，就像顺民书里说的那样，"恨不得对着镜子自己扇自己两个耳光"（第 78 页）。所以，我读《天下农人》，除读出其他意味外，还读到了一种重要功能——提醒。我得向顺民同志学习。

顺民却完全是另一番模样。他大学毕业后，在老家当过八年中学语文教师，成了乡下的市民。后来他入省城，进作协，一片风光，却始终没有忘记自己的农家子弟身份。或者是，由于他不停地"上山下乡"，不断地常回家看看，他的农家子弟身份就不断被唤醒，被确认，然后又推动着他收心内视，直到打量出它的卑微与屈辱，反思出对它的爱恨情仇。《怀念一种》是他的沉痛之作，因为他的发小赵俊明意外身亡，而赵俊明并没有像鲁顺民那样幸运，他半辈子活在河曲的大山里，始终是"烂农民"中的一员。于是顺民思考道，自己能够走出大山，很可能是一种侥幸，甚至是一个意外。他进而由小到大继续追问："现在才明白，我们出生的 60 年代，成长的 70 年代，在整部中国史中，是何其糟糕的时代……我们这一茬人，出生在那样一个时代，并且活着，或者死亡，都是在干着一件又一件不该干错的错事，在出现一次又一次的意外？可不可以说，我们如此活过，又如此走向归宿，除了我们自身的错误之外，还可以找到别的责任认领者？"（第 90—91 页）

这是对我们这代农家子弟之命运的沉重反思。实际上，这种反思也断断续续地穿插在他的其他文章中，让本来不是演奏这一主题的乐章多出了一种低回的乐音。例如，那篇《失忆的蛟龙》的长文，本来写的是河曲一家敬老院的凋敝和衰败，但顺民却时不时地拐到农家子弟那里，宕出一笔，开枪放炮。他说，我们那一茬高中生若是农村户口，要想不回家种地，只有两条路可走，其一是高考，其二是参军，如此，才能改变自己的身份，换来一纸城市户口。（第 226—227 页）这是感叹赵俊明们的命运，但又何尝不是对整个农家子弟出路的一种描述？今年过年回家，母亲跟我讲起我那个外甥的心愿时，居然与鲁顺民的说法一模一样。外甥对我母亲说：姥姥啊，我这辈子有两个心愿没有实现，一是没考上个大学，二是没当成个兵。说完这番话没几天，他就像赵俊明那样，也意外身亡了，年仅 26 岁。那么，我这个外甥作为高中毕业的农家子弟，是不是早已窥破了自己的命运？

鲁顺民宕开的另一笔是："我，杨凡以及许许多多昔日的农家子弟，拼命地读书进考，还不是为了脱去'农皮'出人头地？"（第 219 页）由此说开去，他想到了费正清的一段论述，又延伸出自己的一番思考：

在乡村社会的普遍观念中，就人运用的体位而言，谋生使用的肢体愈多，则身份愈低下，使用的肢体部位愈靠上，则身份愈高贵。在乡村社会里，那些最为高贵的人往往是只动动脑子就可以谋得一碗饭的人。这种粗糙朴素的等级地位观念与其说是中国特有的文字造成的结果，不如说是乡村社会一个有机的组成部分。所以从农家出来的子弟，首选的职业就是进入行政单位，案牍劳形，最后谋得一官半职。实际上，在乡村，一个走出农村的人的社会地位高低首先是行政级别的高低，其次才是从商从工及其他。而所谓工作岗位，在乡村人看来，充其量是一个"领工资的地方"……我们这些靠着头脑吃饭的家伙其实远远没有走出乡村，这与你熟悉和不熟悉乡村关系甚少。（第 221 页）

验之于我本人的乡村生活经验，顺民的这番总结可谓千真万确。拿我自己来说，我现在混成这般模样，或许并非我父母最初所愿。但我就这么不管不顾，硬是把生米煮成了熟饭，他们也就只能无牛狗拉车，将就着使，凑合着用了。山西青年作家浦歌写过《一嘴泥土》，小说中，困在柿子沟里的王大虎没事常常瞎琢磨，他想以后写小说当作家，结果不时被他父亲拾掇一顿："'作家？'父亲说：'我不反对，不过那是闲余时间做的事，你可不敢当主业，那样的话（父亲略微瞪大眼睛，像老虎紧盯猎物一样盯着他，投下似乎有千钧之力的看透一切的精明目光，同时上嘴唇微微翘起一点，鼻子随即上皱一点，显示出无限的轻蔑和担心，所有动作到位后，再有力地顿一顿头）——连你都养活不了，好我的娃。'"他父亲为他规划的身份是，首选当秘书，紧跟市委书记县领导，其次做记者，在报社混成无冕之王。不得不说，这个父亲何其心明眼亮，他太熟悉乡村社会的行事逻辑了。

但为什么"我们这些靠着头脑吃饭的家伙其实远远没有走出乡村"呢？鲁顺民在这儿并未展开，我倒是想顺着他的话"接着说"。

我们这代农家子弟有些特别，如果说"80 后"是"尿不湿一代"（张颐武的概括），那我们这些"60 后"就是"屎布一代"。在买布也要用布票的年代，我们听说过驴肉夹火烧，没见过"芝麻烧饼汉堡包"（汪曾祺的说法），便只能吃高粱面，煮山药蛋，滚铁环，打弹弓，在田间地头疯玩瞎穷开心。及至年齿稍长，乳臭未干，又唱着《我是公社小社员》，"放学以后去劳动，割草积肥拾麦穗，越干越喜欢"了。于是，固然都是农家子弟，我们这代人或许比后来者更熟悉乡村，更亲近土地。因为这个缘故，后来即便念了个大学，有了点出息，终于在城里落脚，也常常舍不得大块吃肉，没学会大碗喝酒，无法迅速融入城市生活。其装扮行头，脾气性格，便都有了农民的种种特征。我儿子小小年纪时就笑话我：你怎么像个民工？我说，你小子还挺有眼力，但准头稍差，你爹我好歹也算个包工头吧。又想起当年高校改系建院，我们这个院下面就设了研究所，我也差不多干了十年文艺学研究所的所长。这种建制我不喜欢，明明就是文艺学生产队，干吗搞得那么神秘兮兮？如此高大上，那你还怎么"出水才看两腿泥"？

作为农家子弟，鲁顺民却是这样一类作家——别看他现在混得人五人六人模狗样了，他还牢记着自己屁股上打过印，盖过戳，他腿肚子上的泥巴多着呢。

二

我已写出一堆东西，但其实只涉及《天下农人》的一小部分内容。这本书在我看来，实际上是在两个层面运行，一是自己的故事，二是别人的生活。前者顺民是收心内视，后者他则在以己度人。而后者，又构成了本书更重要的篇章。

这大概与他的写作性质有关。顺民并非专攻小说的那种作家，而是主打散文和报告文学。我记得 20 世纪 80 年代，写报告文学的作家是很吃香的，他们写得风生水起，读者读得也心惊肉跳。但随着 80 年代的终结，报告文学的地位也一落千丈，其中的道道非三言两语说得清楚——关于这个话题，前几年我写《在公共性与文学性之间——论赵瑜与他的报告文学创作》（《中国作家》2010 年第 10 期）时有所触及，或可参考。当然，不死不活期间，它又鸟枪换炮，转世再生了。现如今，它的名字叫"非虚构写作"，代表性作家是写出《中国在梁庄》《出梁庄记》的梁鸿。

可以说，《天下农人》的许多篇什就在报告文学或非虚构写作的谱系之中，而依我拙见，要想把一篇报告文学写好，关键在于你有没有问题意识，能否直戳社会的痛点。由此再来看顺民的这路作品，我就觉得他扎得稳，沉得深，立意高，一些篇章起笔看似漫不经心，但读下来却又让人悚然一惊。例如，《公办王家山》，表面上聚焦全国劳模——王家山小学校长马世奎，但实际上写的是乡村教育之痛。《扶贫流水》初看散漫一片，但实际上写的是扶贫困境之痛。作协须扶贫，作家去扶贫，许多事情"只能通过平时积攒下的私人关系才可以奏效"，（第211页）这种状况我在季栋梁所著的《上庄记》（北京十月文艺出版社2014年版）中已见识过，这自然已是困境；而更大的困境还在于，扶贫表面上搞得轰轰烈烈，实际上却违背了"救急不救穷"的古训。进一步追根溯源，此种补救又与对乡村社会秩序的破坏有关。乡土中国本来有一套对付贫困的方式，"但是，这一切以革命的名义全部砸碎"，这样，当大饥荒（如1958年，1962年）来临之时，"因为这一套救助机制的消失，导致全国几千万人口被活活饿死。"（第212页）我前面已点到了《失忆的蛟龙》，它的主旋律是沉痛的——那个乡村敬老院已名存实亡，而亡故的老人中，九人里就有五人自杀（此文虽写于2001年，但如今农村老人以此了断自己的非但没有绝迹，反而愈演愈烈）；它的副旋律同样令人揪心。在不断的旁逸侧出中，鲁顺民其实想要呈现的是几乎没被人关注过的问题：对于一个高考落榜生来说，没能跳出"龙门"本来已是一种失败；而返入"农门"，却很难一下子融入农民固有的生活方式之中，不得不经受第二次失败。当然，经过一番"思想改造"的过程之后，他们变成地地道道的农民已毫无悬念，但问题来了："现代教育之目的，就是要培养和造就有别于传统的'另一类人'，十年寒窗苦读，结果最后和一个没有读过书的农民别无二致，那要学校干什么？"（第268页）当鲁顺民如此思考时，我想到了迪尔凯姆（mile Durkheim）的说法："应当在'疼痛'的地方，也就是在某些集体的规范与个人的利益发生冲突的地方去认识社会，而社会正是存在在这里，而不是在任何其他地方。"正是在这一意义上，我以为鲁顺民虽拐弯抹角，绵里藏针，但最终却是揭开了伤疤，指向了社会的痛处。而这些疼痛，往往有伤大雅，很可能已被主流意识所删除。这个时代鼓励的是"有了快感你就喊"，你怎么可以疼得吱哇乱叫呢？

更疼痛的是山西的矿难。山西煤多，煤矿就多；煤矿多，矿难也就多。王家岭矿难发生时，顺民与赵瑜等五人第一时间赶赴事发地，然后撰写了报告文学《王家岭的诉说》（作家出版社2010年版），而《王家岭矿难采访手记》应该是他参与这篇报告文学写作的副产品。尽管这次矿难有115人获救，出现了所谓的奇迹，但在他这篇大块文章中，我依然读出了锥心之痛。下煤窑的都是农民工，至少在山西，这依然是农家子弟脱贫致富的重要出路。我的一个弟弟在一家煤矿已干了多年，他已彻底厌倦了井下的日子，但不做这样生活又能去做什么呢？

在这次矿难中，顺民记下的几个细节颇为惊心。当他遇到一个求援的老乡时，老乡对他说："小老乡啊，死了谁苦了谁，女人悲伤上一阵，拿上一笔抚恤金，再寻个男人，又还不是一家人？吃男人穿男人，男人死了嫁男人。哪里也个这。"（第389页）这种说法很残酷，却也道出了乡村世界的逻辑，更是说出了农民对待拿命换钱的基本态度。当被困的王吉明等人有了被救的希望时，他们并不敢贸然应答。因为有着丰富经验的王吉明知道，每遇事故，煤老板不是先想着救人，而是先打算灭口。（第405页）这种做法悖天理，灭人欲，却很可能是煤老板对付矿难的基本逻辑。当王家岭矿难的营救出现奇迹后，一部电影马上被编写出来：一位来自中国矿业大学的实习生与150多名工友被困井下，互助自救。谁都不知道，这个大学生的父亲，正是井上指挥救援的省长。省长强忍悲痛，度过八天八夜的不眠之夜，谁都不知道他唯一的儿子被困在井下。（第409页）这是丧事当成喜事办的宣传逻辑，如果这部电影拍出来，就有了所谓的"满满的正能量"。而所有的这些逻辑加在一起，疼痛固然还是疼痛，却也变成了说不清道不明的无言之痛，成了扯不断理还乱的无理之痛。它一方面降低了疼痛的质量，一方面又拉高了疼痛的指数。

鲁顺民就这样在疼痛中行走着，调查着，思考着，实录着，他时而上山，时而下乡，时而访谈煤老板（如《小经历——一位山西煤老板的自述》，时而面对村支书（如《村支书老苗》。许多时候，他的写作其实已越过了文体边界，既不像散文，也不像规整的报告文学，而只是以手记、口述实录、即时记录等方式存在着。这似乎是小道，是写作的剩余，但往往又能让作品爆发出特殊的能量。他显然不是那种关在书斋里苦思冥想的作家类型，而是靠不断地行走截获写作素材，形成创作灵感。于是他不断走出作协大院，不断返回老家河曲，不断行走在三晋大地上。他就这样走来走去，满脸风沙，两脚泥土。我甚至觉得他是在用脚来思考的作家——思考的范围与幅度取决于他丈量过的距离，取决于他眼到心到之后是否走到。

套用一个新译法，这不正是一种"在地性"（locality）写作吗？在通常的使用中，"在地性"是相对于"全球化"而言的，那是被全球化挤压出来的不得不重新面对的地方性，其中隐含着地方性与全球化之间的互动与交往，矛盾与冲突。但我所谓的"在地性"，首先是一种写作姿态。这是一种植根于本乡本土的写作，紧贴地面的写作。从现实土壤中生长出来的紧迫问题，常常成为其写作动因。其次，在中国的当下语境中，对于城市而言，"在地性"的"他者"应该是全球化，但是对于乡村世界而言，这个"他者"更应该是城市，是一个"地方"之外的全省乃至全国。第三，"在地性"写作既是记录当下的写作，也是介入当下现实的写作。如此写出来的作品甚至有可能速朽，但这并不要紧，因为它本来甩掉的就是"千年蛤蟆万年鳖"的思想包袱，就像列维评论萨特那样："打'介入'这张牌，就是不要像瓦勒里生前所做的那样，就是抵制'为后世写作'的诱惑。介入的作家，就是'在死之前曾经活过'的作家。捍卫介入，不是别的，正是抛弃死后扬名的幻影。"

把鲁顺民及其《天下农人》代入如上分析，我觉得他（它）非常符合"在地性"写作的特征。他把自己的写作之根牢牢扎在生养他的这块土地上，而他的"介入"与其说是因为报告文学或口述实录等等文体，不如说是因为他农家子弟背后的另一种身份——他是一个读书人，是他所谓的被现代教育培养出来的"另一类人"。这样，农家子弟只是其身份底色，而作为知识分子的观察与思考、调查与分析，才是他身份中的重要支点。因此，如果我们在这部反思农民命运的书中看出了一种书生气，这是毫不奇怪的，因为那正是知识分子的幽灵在书中徘徊。或者也可以说，顺民时常在用"另一类人"的眼光打量着自己的同类，入乎其内时，他是在悲悯，是感同身受，是"了解之同情"，他们的痛苦变成了"我"的痛苦；出乎其外时，他又能从自己的同类中拔地而起，成为爱伦·坡、波德莱尔和本雅明提出、欣赏和论述的"人群中的人"（the man of the crowd）。于是他东瞅西看，南下北上，反观、反思乃至反躬自省，目光中就多了一种冷峻。他像我一样，骨子里恐怕还是乡下人，一回到河曲，他大概就能进窑洞，上土炕，盘腿而坐，抡圆了家乡话与农民唠嗑，一副农家子弟的嘴脸。也唯其如此，他才好访贫问苦，受访者才愿意向他敞开心扉。当然，他又是城里人，走进作协时，他则抖落尘土，换身行头，成为一个忧国忧民的知识分子，于是他不得不伏案操觚，不得不把自己的书生气诉之于文本而后快。就这样，鲁顺民裂变成两种人，有时一分为二，有时合二为一。或者是，他像一个导演，随时给自己发出指令，以便自己能在两种身份、两种角色之间自由穿行，迅速切换。

鲁顺民的"在地性"还体现在，他总是从相对于市民的农民，相对于城市的乡村，相对于全国的山西，甚至相对于现代文明的传统秩序进入问题之中的。比如，矿难采访之时，他依然琢磨着农民的定义："农民意味着什么？农民怎么去定义？其实，农民并不复杂，农民者也，不就是那些没有任何福利保障为生存而四处奔波的人吗？"（第388—389页）再比如，走访王家塔时，他思考的是煤炭与农民、与山西、与中国的关系："一边是源源不断往外运送煤炭，一边是当地老百姓无法支付昂贵的薪炭价格。中国改革开放三十年，对于资源富省的索取大于补偿，一个个曾经富足的村落的日益衰落仅仅是表象，而它的背后却是产业结构的严重失调与经济活力的严重不足。"（第129页）而在《扶贫流水》中，这种思考又有了升级版：

> 成也煤，败也煤。黑色的煤带走山西太多的东西，也强加给山西太多的东西，这都是这些年来的极度不合理的产业结构带来的恶果。如果说，中国的经济是一艘大船，北京、上海、广州这些大都市，永远高踞一等舱的位置，而东部江浙诸省，则可能由二等舱上升为一等舱，其他中部省份，甚至如内蒙古、宁夏等西部地区，也有可能由三等舱晋级为二等舱，但山西不可能，长期的能源重化基地定位，制造业消失殆尽，根本没有晋级的资格，它永远是中国这艘大船的一个提供动力的锅炉房。（第196页）

我的老家晋城就是一个产煤大户，我自然也清楚，这么多年来，这种掠夺式开采给全国带去了什么，给山西带来了什么。而顺民的这番思考更是让我确认了山西目前面临的困境。当能源结构开始调整之后，山西现在恐怕连"锅炉房"的位置都守不住了，它当然进不了三等舱，如今却更是被逼到了甲板上，茫然四顾，心里恓惶。而几十年的开采，也给我家乡带来了严重后果，其中之一是，大部分地方已成采空区，想找一大块坚实的地面都难乎其难。今年过年回家，听说晋焦高铁即将动工，但去哪里建"晋城东站"呢？专家们琢磨来论证去，最终选定了离我家门口不远的一块地盘，因为据说，唯独那片土地还算结实，下面没被采成大窟窿。

从传统秩序去反思现代文明（主要是政治文明），更是鲁顺民笔下的一个固定视角，《天下农人》中许多篇章都有这种视角，兹举一例。关于赵树理，我也读过不少著作文章，但鲁顺民说他有"乡绅情结"，我还是第一次听说。为什么有这种情结呢？因为赵树理出身于"自耕农"（土改时被划为"中农"成分），而在1942年前后，自耕农占到乡村人口的60%以上，地主、富农与贫雇农均为小比例存在。这种中间大、两头小的纺锤形结构成为乡村社会稳定的基础。赵树理熟悉这种乡村社会结构，于是1949年之后，无论他在全国第一次农业合作化会议上唱反调，还是后来冒死写万言书，都是因为他太了解传统乡村社会秩序，"太知道农田里的那点事了"。于是当他洋洋万言不能自已时，他已非作家，"但他是一个农民吗？显然也不是。这时候的赵树理，是一位面对自耕农完全消灭、传统乡村秩序完全塌陷而痛心疾首的士绅面孔"。因为有士绅情结，他"哪里能够容得乡村社会秩序陷入混乱？所以，他的作品，无一例外都在营造和维护着关于乡村社会的某种秩序，他心目中肯定有一个理想的乡村国的。"（第152页）先不论这种观点的好赖，单单这种思路，就已刷新了人们对赵树理的认识。这是"在地性"思考开出的花朵，而那些高高在上的专家，动不动就想借助新理论、新名词把赵树理装扮一番的学者，是断然想不到这一层的。

因为"在地性"写作，我发现鲁顺民的语言也很有特点。从整体上看，他的语言有书卷气，但又往往就地取材，穿插其中。这样一来，用词就地道，句子也灵动，充满一种乡村智慧和乡野之趣，甚至有一种改良山药蛋味。例如，他说高粱"钢丝面"难吃难咽难消化，"刚刚下肚不到三分钟，经过高压加温压缩的面条会一根一根站起来，撑得肠绞胃拧，没有人不吐酸水。"（第21页）他说刚有"大哥大"那会儿，"通话的时候就跟拿着一块砖头捂在脸上一样。"（第37页）他说，"黄老师特别厉害，他瞟一个眼神都让我们骨软三分。鸡不敢踏蛋，狗不敢吃屎。那是真怕。"（第75页）他说马世奎的媳妇当年嫁给他时，没有嫌他成分高，但从民办教师等他变成"公家人"，却用了整整十八年时间，"就像是守了十八年的寒窑的王宝钏终于等到西凉军马的滚滚烟尘。"（第169页）这些比喻、描写，多取自乡村世界的农业意象，再加上他不用农业时间进入故事，不时拿来久违的用词或鲜活的表达（如"贫农、地主、成分高""起浮财、挖底财""吐苦水、挖穷根""有钱不住东南房""咱割上球敬神呢，咱自己疼，人家还不高兴！""皮裤套棉裤，必定有缘故，不是棉裤太薄，就是皮裤没毛"），就更使语言脸红脖子粗，一蹦三尺高。有时候，他又下笔凶狠，有了汪曾祺所谓的"生吃大黄猫"的效果。有一次，他问一位老干部是如何走上革命道路的，是不是为报家仇国恨？老干部说哪里哪里，那年村里唱戏，请来七大姑八大姨在家吃住五天，瓮里白面下去两指厚，老爹心疼，说这日子没法过了。"从此之后，又是一连五天，家里天天吃糠，直吃得眼前的老干部拉不下屎来，好不容易拉出屎来，又止不住劲，一直拉得脱了肛，他爹在炉沿儿上温热鞋底子才好不容易揉回去"。老干部怕再吃糠，再脱肛，就拍屁股走人，当八路去了。（第19页）这段描述不仅是生吃了大黄猫，还解构了以往那种庄严的革命叙事。

这就是鲁顺民的"在地性"。对他来说，"在地"就是在河曲，在山西，在农民，在语言；"在地"不仅是要在地面走，而且还要挖地三尺，起获一批鲜为人知的史料。

走笔至此，我们需要面对他那部分关于"土改"的文字了。

三

关于"土改"（即"土地改革"），许多人都是通过历史教科书、文艺作品予以了解的。这时候，教科书是第一文本，它具有不容置疑的权威性、正当性与合法性；文艺作品则是第二文本。在特殊的历史年代，后者原本就是对中共路线、方针、政策的演绎或演义，而一经面世，又反过来成为教科书的参证文本，让那些干巴巴的内容具有了情感走向和叙事逻辑。若此二者一并发力，它们便能以非同寻常的方式植入人们的记忆。此后再谈起土改，人们脑子里便只有教科书中的"知识点"和文艺作品中的"故事会"了。网上有篇关于《土地改革》（新人教版《中国历史》下册第一单元第3课，供八年级使用）的教学设计，设计者导入新课时说："你看过电影《白毛女》吗？故事发生在河北省某县杨格村。……请讨论一下：在旧中国的农村地区，为什么会发生这样的人间悲剧？""你听过《听妈妈讲过去的故事》这首歌吗？歌中唱道：'那时候，妈妈没有土地，全部生活都在两只手上，汗水流在地主火热的田野里，妈妈却吃着野菜和谷糠。冬天的风雪狼一样嚎叫，妈妈却穿着破烂的烂衣裳，她去给地主缝一件狐皮长袍，又冷又饿跌倒在雪地上。'这首歌反映的是什么时代的内容？当时是一种怎样的情况？"此外，设计者还要播放歌剧《喜儿哭爹》，组织学生演出学生剧《分马》片断，以此"巩固知识点"，"使学生把所学的知识上升为情感认识"。经过第一文本与第二文本的里应外合，土改内容就成功抢占了初二学生头脑中的神经元高地。

有没有第三文本呢？有，这就是民间记忆。但要想使它成为"文本"，采访者首先需要走街串户，然后还得有能耐让受访者打开话匣子——"说吧，记忆。"只有当声音变成文字，它才珍贵，才货真价实。我听说鲁顺民有段时间就在做这个事情，但一直未见其访谈真容。《天下农人》收入五篇这方面的作品，各篇副题均为《1947年晋绥土改田野调查》，算是让我们看到了冰山一角。

这一角已足够惨烈。关于"人民法庭"，受访者说："两个人背后放两个盘，一个青花盘，一个本地产笨瓷盘，让人投票决定生死，黄豆豆活，黑豆豆死，每人投两票，放在他们身后的盘里头。两个人没甚表现，早就被打得剩下一口悠悠气，哪知道后面发生的事情？那时候已经进了九月，地上开始落霜，两个人穿得破穿得少，冻得抖抖索索。有些灰鬼抓上一把黑豆放进碗里了，那还有个活？"（第455页）关于分田分地之后的"分人"，受访者说："不仅仅地富和斗争对象的女人被分配掉，就是富裕中农也不例外。……这前前后后村里分了三四个老太太，七八个大闺女。"（第478页）任某某被分给一个军人后，死活不从。她说："一个大活人说分就分掉了，我对他没意见，就是咽不下这口气。"（第480页）关于打人的办法、工具和处决方式，更是花样繁多。据受访者回忆，有的是往沟里扔："捆住往下里扔，背后插一颗手榴弹，往下推的时候把弦拉着，跌到半路就炸了。这就么往死弄。"（第533页）这种方式还算干脆，但用自制的凶器打人杀人却让人不寒而栗："两个人又把拉船的纤绳挽成一个大球，有多大？有篮球那么大一个疙瘩，泡在水里。因为大冬天，洒上水容易结冰，怕浸不透，浇一瓢水拿家里在火墼子上烤软和了，再泡，再浇，等水全部浸透之后，拿到外面冻结实。那个纤绳疙瘩经这么一浇一冻，舞弄起来就像铜锤一样，在砂石上面能砸出白印子。他俩就用这东西打人。"（第509页）而在另一位受访者那里，所用的"刑罚"更是闻所未闻——磨地（地上铺料炭、菠菜籽甚至青石蛋，将地主老财一把推倒，两人提着脚跟在上面来回拉），坐圪针柜（把放衣物存粮食的躺柜异出来，抽去中间挡板，像个长方形棺材。底子上均匀洒些剁碎的枣树圪针，把被斗的人脱成个赤红棍扔进去，盖上盖。柜底撑一根檩子，两头上下晃动，晃两下问一句，直至说出窝金藏银的地方为止），扔四方墩（把那些顽固不化的拉到边墙上的烽火台，三丈来高，下面铺满石头蛋子，反复扔，直到摔死）。受访者说：

> 韩家师娘不怕谁，打死打活一句话：打死也没钱。贫农团最后将他推下四方墩，摔死了。死的时候已经受过百般刑罚，磨地坑针柜，火烫钳子夹，上身被剥光，往下推的时候，田××将她的裤带松开，揪住裤腰，上手将她推下去的时候，人和衣服轻易地分离开来。第二天，田××就将那打裤子卖在了估衣摊子上。
>
> ……
>
> 刑罚是五花八门。我那妻姥娘死得最惨。一个寡妇人家守着一摊子家业，有磨坊，当铺，百货生意，还养两只大船，经营着粮库，常年下雇工有三十多人。被磨了地，捆起来打过，火柱烫过，最后还在耳朵里钻上捻子点灯……我给你说……最后，最后在人民法庭上枪崩了。
>
> 人民法庭？人民法庭我给你说是怎么回事。和"文革"时候的批斗大会差不多，由几个人控诉，底下是人山人海。其实许多人都是听过昔日富豪的名头，没见过面，都是来看稀罕的。控诉罢，工作团的人问：贫雇农弟兄们，大家说，这个人，该怎么办。
>
> 只要底下有一个说：打死他！
>
> 坏了，这人立刻就被拉出去。用这种方式，还有许多平时为人不好脾气不好惹下人的民兵、农会干部被枪崩了。这叫作：贫雇农要怎么办就怎么办。
>
> 我给你说。（436—437页）

如此大面积地引用鲁顺民采访的口述实录，是为了说明土改的内幕是多么惊心动魄和惨无人道。他在这篇《关于土改，我给你说》中特意说明："'我给你说'，并不是写作者的叙述角度，而是受访者在讲述过程中的装饰性用语，或者说是语病，每当他表达受阻或者思绪犹疑，总是用'我给你说'作为过渡、铺垫，有时候，则表示信息之确凿无疑，总之，含义十分丰富而且零乱。"（第428页）而在我看来，受访者不断念叨"我给你说"，既有顺民概括出来的这些意思，但似乎也是他终于有了言说机会之后的一种情绪反应：

兴奋，紧张，作为打人"帮手"（受访者当年是少先队员）的豪迈，作为"受害者"（妻姥娘之死意味着他也是间接受害者）的无奈，以及事隔多年后因残忍而起的心有余悸，因借土改吓唬现任村主任 吓唬成功的开心。（第439页）情绪既然如此复杂，讲述时可能就情动于中，慌不择路。它是鲁利亚所谓的"内部言语"，既被复杂的情绪浇灌，又有了"冲口而出，纵手而成"的文学效果。这时候，实录已是恐怖片，鲁顺民是导演，受访者则成了民间艺人，直把这个土改故事讲述得跌宕起伏，杀声震天，谁看了都得做一晚上噩梦。

当受访者讲到人民法庭的场景时，我想到了土改小说中的描述，也想起了钱理群的那番分析：

> 这类小说模式结构上的另一显著特征是，无一不是以"斗争会"作为"顶点"，小说一切描写、铺垫，都是为了推向这最后的"高潮"，也即群众性郁愤情绪总爆发的暴力行动，两部小说对此都有"绘声绘色"的描写："人们都拥了上来，一阵乱吼：'打死他！''打死偿命！'""人们只有一个感情——报复！他们要报仇！他们要泄恨，从祖宗起就被压迫的苦痛，这几千年来的深仇大恨"（《太阳照在桑乾河上》），"从四方八面，角角落落，喊声像春天打雷似地往前面直涌"，"赵玉林和白玉山挂着钢枪，推着韩老六，走在前头……后面是一千多人，男男女女，叫着口号，唱着歌，打着锣鼓，吹着喇叭"（《暴风骤雨》）。这里，群众性的暴力，被描写成革命的狂欢节，既是阶级斗争的极致，也是美的极致：作者所欣赏的正是这种强暴的美。——党的意识形态就这样最终转化为新的美学原则。

可以看出，小说中所叙所描，与这些民间记忆是大体一致的。在这个意义上，你不能说它们违背了生活逻辑。但问题是，那个时候的小说又完全是为政治服务的，所以，小说作者一方面要删除那些不利于"政治正确"的内容，以免暴力得太血腥，以致引起人们的心理恐惧；另一方面，他们既要借助于政治的威力，又要借助于"诗性正义"的小说法则，努力"缝合"暴力之恶与"政治正确"之间的裂痕。于是暴力不但可以被安全生产，而且最终能够顺理成章地提升起来，成为可供人们欣赏把玩的"仇恨美学"和"暴力美学"。这就是本雅明所谓的"政治美学化"。

而民间记忆却是另一种情况。鲁顺民特意指出，这种记忆关于时间是如何表述的，那里积淀着灾变和政治运动对乡村结构和秩序的改变。（第444页）他没有指出的是，民间固然也会被政治裹胁，但其基本的是非观、善恶观却依然健全。加上山高皇帝远，许多年之后他们再来讲述，已不可能有所顾忌，所以，民间记忆应该是最接近历史真相的文本。但这种文本能进入初二学生的历史课堂吗？中国向来有"正史"和"野史"之分，野史当然无法撼动正史，但它并非可有可无。表面上看，正史光明正大，招摇过市，但实际上却破绽百出，这时，就需要野史去修补、丰富和完善，去呈现更多的历史细节。当然，无论是正史还是野史，它们都无法逃脱本雅明的责难："任何一种文明的文献无不同时记录着野蛮。"

　　从时间上看，鲁顺民的这轮田野调查是在2005年前后完成的，而那时候，他的访谈对象大都已是七八十岁的老人了。所以，这种访谈更带有"抢救"性质。而能把这部分口述历史捞上来，晒出来，我以为是一件功德无量的事情。我想，理解了他的这番举动，也就理解了"在地性"的引申义，他的"在地性"写作就可以增加一个重要的维度了。

2016 年 3 月 13 日

一位农裔作家的社会学情怀

——关于鲁顺民《天下农人》

◆ 王春林

在斟酌确定本文标题的时候，我曾经一度在"视野"与"情怀"之间产生过选择的游移不定，到底应该是社会学视野？抑或还是社会学情怀呢？考虑再三的结果，是弃"视野"而择"情怀"。之所以会是如此，关键是要借助这"情怀"二字充分凸显鲁顺民内心深处一种无论如何都挥之不去的农人情结。鲁顺民，是我的大学同窗，我们之间的交往，差不多已逾三十个年头了。早在大学期间，鲁顺民那非同一般的文学才华，就已经表现得非常突出。大学尚未毕业，他就已经有书写乡村的短篇小说发表在了《山西文学》杂志上。多少带有一种匪夷所思色彩的是，很多年之后，他竟然不无巧合地成为这家文学刊物的主编。对于这种变化，那个时候的他，肯定无论如何都料想不到。一个在校的大学生，就能够有小说作品刊发在《山西文学》这样一个颇有影响的文学刊物上，在 1980 年代那样一个文学写作依然被视为神圣事业的文学的黄金时代，其实是非常引人注目的一件事情。然则，尽管鲁顺民很早就已经充分显示出了他的文学才华，但在那个计划分配的时代，等到大学毕业的时候，他还是带有几分无奈回到了他紧傍黄河的故乡河曲，成为一名传道授业的中学语文教师。他的文学才华对他命运的根本改变，差不多还要等到十年之后。如果我的记忆无误，就在差不多十年之后的 1996 年，鲁顺民终于还是依凭自己的文学才华而引起了时任山西省作协领导的关注，被调入山西省作协下属的《山西文学》编辑部工作。至此，他的身份，也就由中学教师而正式变身为文学编辑。无论如何，我们都得意识到，鲁顺民的这种身份转换，从根本上改变了他的基本生存状态。虽然也还需要承担相对繁重的编辑工作任务，但能够进入山西省作协工作，不仅意味着他可以从此摆脱俗务，一心一意专注于文学写作，而且，更为重要的一点是，山西省作协所在地南华门东四条，真正可谓一藏龙卧虎的宝地。置身于南华门东四条这方风水宝地，首先就能够保证他可以拥有足够开阔深入的思想与艺术视野。这一点，对于一位真正有志于在文学写作上有所成就的现代作家来说，意义殊为重要。实际上，也正是在进入南华门东四条之后，鲁顺民的文学趣味在不知不觉中发生着某种微妙的变化。

是的，正如你已经预料到的，我想要说的是，曾经一度专注于小说写作，并且在小说写作上也曾经取得过骄人成绩的鲁顺民，在进入南华门东四条之后，其文学趣味居然逐渐远离了自己曾经轻车熟路的小说写作，仿佛在人们的不经意间就变身为一位对于非虚构的纪实文体抱有浓烈兴趣的作家。在这期间，除了受到周围一些作家朋友影响的缘故之外，我以为，一个不容忽视的重要原因，恐怕就是他对于社会学经典著作的大量接触与浸淫。至今犹记，应该是在世纪之交的时候，鲁顺民仿佛突发奇想地对各种社会学经典著作发生了浓厚的兴趣。于是乎，什么费孝通、吴文藻，什么涂尔干、韦伯、齐美儿、吉登斯，无论中西，那些社会学大师的经典社会学著作，他都曾经一部又一部地抱回到他在南华门东四条的蜗居里。现在想来，鲁顺民文学趣味的逐渐转移，应该与这些社会学著作对他的影响有关。又或者，在小说写作的过程中，对于中国乡村社会一向抱有强烈探究兴趣的鲁顺民，越来越丧失了虚构的热情，越来越觉得只有充分地借助于社会学的研究考察方法，方才有可能帮助他更深入地理解把握乡村社会。总而言之，一种大家都看得见的突出表现就是，越是到了晚近一个时期，鲁顺民便越是远离小说写作，到最后，他干脆就彻底放弃了小说写作，把全部精力都义无反顾地投入到了以乡村社会为主要表现对象的非虚构文体写作中。但千万请注意的一点是，我们这里只是在讨论鲁顺民作为一位作家个体的文学文体选择问题，并没有关涉到诸如小说这样的虚构性文体与非虚构文体之间的文体价值高低问题。实际上，无论选择何种文体，只要你有足够的思想艺术能力，都可能会写出真正堪称优秀的文学作品来。

在强调鲁顺民文学趣味由小说文体转向非虚构文学文体的同时，其实也还存在着一个关于他身份定位的问题。虽然早在1980年代，鲁顺民就已经借力于高考这种方式跳出了农门，由一名乡下人而变身为城市人，虽然鲁顺民也曾经因为自己的农籍身份而无端地屡受伤害，这一点自有《1992，我们的蓝皮户口》一文为证。在此文中，鲁顺民特别真切地记述了自己在1992年花钱购买蓝色城市户口的经历。为什么要去花钱买城市户口，关键在于城市户口的高人一等："要知道，一个农民户口糟害过我们多少农家子弟，我们1960年代出生的人，从上小学开始就受农民户口之累了，考学的时候，报志愿，有一栏就是填写你的户口属性，我们只能填'农应'或'农往'，不能填报技工学校，技工学校是专为市民户口的同学准备的。"（《天下农人》第30页。后文中凡引述此书者，只注明页码）鲁顺民自己，在上小学时也曾经有过一次因报错户口属性而遭受侮辱的体验："我那时刚刚九岁，刚刚九岁的我便是一个'烂农民'，这种耻辱一直印在心底里，顿时感到身边的世界是如此的污浊不堪。"（30页)），但是，只要我们对于他的文学写作状况稍加留心，就不难体察到其内心深处简直就是冥顽不化的一种牢固乡村情结的存在。比如说，同样是出生于农籍，尽管不能说我自己就不关心生于兹长于兹的那个乡村世界，但与鲁顺民相比较，却可以说是差之甚远了。日常生活中的鲁顺民，不仅总是要寻找或者创造各种机会到乡村去做充分深入的田野调查，而且还总是皱着眉头，以一副忧心忡忡的姿态关注并思考着乡村世界的过去、现在以及未来的命运。也因此，虽然鲁顺民并没有像作家贾平凹那样公开声称"我是农民"，但实际上，正如同其前辈沈从文、赵树理、贾平凹们一样，他其实同样属于身在城市心系乡村的那一类作家。我们之所以在谈到鲁顺民的时候要特别强调他的农裔身份，其根本原因显然在此。

之所以是鲁顺民而不是其他作家，能够从陈为人一部关于赵树理的长篇传记中读出赵树理的一种乡绅情结来，很大程度上也与他的这种简直浓得化不开的乡村情结紧密相关。关于赵树理，鲁顺民最起码有两个判断堪称独步于所谓的赵研界。其一，是关于赵树理大众化写作方式的选择。一般人都会依据赵树理本人的创作谈，把赵树理的这种选择与农民的接受能力联系在一起，但鲁顺民却独辟蹊径地指出了赵树理的这种选择，与中国古代的白话书写传统之间，其实关系密切："这种选择很值得玩味。民间的传统表达，说书、鼓词、快板、章回小说等等，实际上从宋元开始初露端倪，明清之际已经非常成熟，这种表达方式，是没有受到外来文化冲击的传统白话，但是它本身却与士文化有着千丝万缕的联系，没有传统文人的参与与整理，根本不可能有经典的元曲、杂剧、话本的产生，鲜活的民间语文则又反过来推动着旧白话的成熟与发展。赵树理在五四之后不长时间就自动选择这样的表达方式，当然有让老百姓读懂、读通的考虑，然而，从作家自身的角度去考察，其实不完全是这么回事，更多的情况下，他还是觉得这样的表达能够准确地体现他的想法，能够给他提供才华发挥的空间，写起来过瘾，读起来上口。大致上，他的小说语言，是改造后的传统旧白话。"（148 页）究其根本，正是如此一种富有艺术智慧的选择，让赵树理拥有了一个简直如同汪洋大海一般的民间社会的理解与拥戴。其重要的文学史地位，也由此而得以坚实奠定。其二，是关于赵树理乡绅情结的敏锐发现。在鲁顺民看来，赵树理乡绅情结的形成，与其父亲的影响分不开。他的父亲不仅识字，会打算盘，而且还能够算卦，极类似于《小二黑结婚》中的那位二诸葛，可以说是他们村里的半个乡绅。赵树理的这种乡绅情结，突出不过地表现在他 1950 年代末冒死写万言书的行为当中。在这封影响极大的万言书中，身为作家的赵树理，根本就没有一丝一毫涉及文学，他所集中讨论着的，全部都是当时刻不容缓的农村问题。对于赵树理的此种行为，鲁顺民给出的评价是："这个行动，当然怎么理解怎么拔高都不过分，为民请命，替农民说话等等等等，但显然，当赵树理埋头奋笔疾书洋洋万言下笔的时候，已经不是一个作家，但他是一个农民吗？显然也不是。这时候的赵树理，是一位面对自耕农完全消灭，传统乡村秩序完全塌陷而痛心疾首的士绅面孔。"（151—152 页）在此种论断的基础上，鲁顺民还有更进一步的发挥："这就是赵树理。中国文化官员的赵树理，能够自觉而敏锐地捕捉到建设乡村新风尚的蛛丝马迹，富有夺天才情的作家赵树理，能够采用民间旧白话的表达方式和吸收民间文化的精髓进而将之发挥到极致，而有着浓厚乡绅情结的这样一位农民的儿子，哪里能够容得乡村社会秩序陷入混乱？所以，他的作品，无一例外都在营造和维护着关于乡村社会的某种秩序，他心目中肯定有一个理想的乡村国的。"（152 页）以我愚见，鲁顺民之所以能够对赵树理有如此深刻的洞见生成，关键原因恐怕在于，鲁顺民自身本就是一位有着浓厚乡绅情结的文化人。别看他进入太原这样的现代城市生活已经有二十年的时间，但在他的骨子里，却依然是一个农民的儿子，他对于乡村世界的那种深切眷恋大约是要伴随其终身的。很大程度上，正是因为鲁顺民和赵树理之间存在着某种文化心理同构，所以他才会对赵树理有一种简直就是惺惺相惜一般的真切理解与认识。

就这样，一方面是鲁顺民的文学趣味由虚构的小说而转向了非虚构文学文体，并且对社会学的田野调查方法保持着极强烈的兴趣，另一方面则因为鲁顺民在骨子里就是一位农民，有着某种浓得化不开的乡村情结，二者合力作用的一种直接结果，就是这部沉甸甸的非虚构随笔札记集《天下农人》（花城出版社 2015 年 9 月版）的最终生成。虽然名曰"天下农人"，但在实际上，因为作家对于山西的农村生活多有深入的体察与了解的缘故，所以，被收入这部随笔札记集中的文字，可以说全部都与山西的农村生活密切相关。但正所谓窥一斑而知全豹，因为山西的农村在全国颇具代表性，所以将其径直命名为"天下农人"，也自是顺理成章之事。具而言之，在这部《天下农人》中，鲁顺民自觉运用社会学田野调查方法对于山西农村生活的关注与思考，主要沿着现实与历史两个维度展开。首先是现实的维度，这一方面，最具代表性的一篇文章，就是这部作品集中篇幅最长的那一篇《王家岭矿难采访手记》。2010 年 4 月的那场王家岭矿难，因为透水事故的骤然发生，多达 153 名矿工被困井下长达八天八夜，到最后，经过从中央到地方的多方协作积极救援努力，创造了中国矿难救援史上的一个"奇迹"：除了 38 名矿工不幸死亡之外，竟然有 115 个鲜活的生命被救生还。因为包括央视在内的各大媒体对那场矿难大救援进行了现场直播式的追踪报道，那场矿难以及后来的救援，遂成为广为人知的一个焦点事件。矿难发生后，赵瑜、鲁顺民、李骏虎、黄风、玄武这五位作家，曾经受命组成"王家岭抢险救援作家小分队"，在第一时间赶赴王家岭矿难现场，进行实地的考察采访。他们五位的这一次采访活动，最终形成的成果，是一部五人合作完成的长篇报告文学作品《王家岭的诉说》。然而，虽然已经生成过那部《王家岭的诉说》，但那毕竟是五人合作的产物。既然是五人合作，那其中的碰撞与磨合，争议与妥协，无论如何都是难以避免的事情。也因此，那部作品便只能够被看作是五位作家集体意志的一种体现。鲁顺民之所以执意要书写他的这一篇《王家岭矿难采访手记》，并且要将其收入到这部《天下农人》中来，显然有着他自己一种特别的思想考量。倘若说赵瑜等五人合作的长篇报告文学更多着眼于矿难本身的理性沉思，那么，有着牢固乡村情结的鲁顺民，在他的长篇采访手记中，则更多的是从对农民的关切出发，思考表现着农民的悲惨遭际与不幸命运。

既然是一篇以矿难及其救援过程为表现对象的非虚构采访手记，其中肯定少不了会有关于这场矿难成因的深入思考。因为在矿难发生八天八夜之后，居然从井下救出了 115 条鲜活的生命，所以，"奇迹"一词，曾经一度成为使用频率最高的语词。但鲁顺民，却很显然对此非常不以为然："奇迹，奇迹，奇迹。'奇迹'，是2010年清明节左近所有媒体使用频率最高的词语，惊喜，欢呼，最后变成彻头彻尾的叫嚣，最后让人大倒胃口——因为救上115人之后，还有38名工友在井下生死不明，命悬一线。难道因为是奇迹，就能够改变它是一个悲剧的本质吗？"（278页）鲁顺民的追问，真的称得上是掷地有声。不要说还有38名工友生死不明，即使还只有一个工友被埋在地下，又或者，即使所有工友全部被救出，你就能由此而断言说这场矿难就不是一场悲剧吗？救援的成效当然应该被肯定，但无论如何我们也都得把矿难视为彻头彻尾的悲剧而进行深入的理性反思。在这个层面上，鲁顺民的尖锐诘问，其实有着非同寻常的现实意义。实际上，也正是因为被王家岭矿难看作了一场由于管理不善而造成的彻头彻尾的悲剧，所以，鲁顺民才会不遗余力地寻根究底，探询悲剧最为根本的成因。很大程度上，能够从战争状态下的企业生产角度来思考王家岭矿难的成因，乃充分体现了鲁顺民目前所抵达的思考深度："事实上，我们今天的企业，仍然没有脱离多少战争年代的那种表达方式和行为方式，动不动就大干多少天，通夺开门红，动不动就争创一流，勇夺第一，动不动就克服困难，争先创优。"更进一步地，鲁顺民写道："——相对成熟的那些现代化企业，早已经将这些陈词滥调换算为标准的、制度化的管理学用语，相对成熟的企业文化正在培育，正在慢慢形成。别小看这些用语，它反映的实际上是一种行为逻辑，一层层分解指标，一层层加码，一层层落实，最后，真正标准的、制度化的信号也一层层在衰减，于是，企业变成一个大战场，与天斗，与地斗，与人斗，岂知其乐不肯无穷，因为战争的唯一成本就是人命。战争状态下，不出人命才有鬼了。"（407页）作为一个现代企业，本来应该以科学精神为根本出发点来打造自己的企业文化，应该最大程度地尊重严格的制度化管理，但或许与我们现行的社会政治体制密切相关的缘故，我们在现实中更多看到的却是如同王家岭这样依然为战争化思维所主导着的所谓"现代企业"。依凭如此一种其实相当原始野蛮的思维方式来搞企业，矿难不发生才见鬼呢？！

造成矿难的深层原因之外，值得引起我们警思的，还有那样一种总是好大喜功的自觉造假心理。这种可谓根深蒂固的新闻报道思维方式，即使在王家岭，即使面对着150多工友被埋在井下多日的严酷现实，也同样表现得淋漓尽致。是的，正如你已经想到的，我这里的具体所指，正是央视现场直播中那样一种简直厚颜无耻的造假行为："电视上说，经过三天来的救援，已经铺设好 6 条管道同时出水，出水量达到每小时多少多少立方米！"但实际上呢？"明明只有 2 条管子出水，还那么细，怎么能说是 6 条？"（292 页）面对如此一种明目张胆的新闻造假行径，那些身在现场的家属们的愤怒，自然也就可想而知了："等王雯走出工棚，救援井口那里的中央电视台转播车已经让人围死，责问、责骂、责备，最后，大家一拥而上，几乎要把转播车掀倒。记者们都躲进车里不敢出来。"（292 页）在情况如此严重的矿难现场，面对着那么多被埋在井下的生命，我们的媒体都敢公然撒谎，可见新闻造假已经差不多成了国内媒体的本能。为什么会造假？隐藏在其后的，一方面固然是报喜不报忧，另一方面则是一种所谓的政绩心理在作祟。

对于矿难的深层理性反思，固然是鲁顺民这篇矿难采访手记的一方面价值所在，但相比较而言，这篇手记更为重要的价值，却体现为作家对于农民现实艰难生存处境的真切体察与表现上。问题在于，一篇书写矿难的采访手记，又怎么会与农民联系在一起呢？却原来，透水事故发生后那些被埋在地下的 150 多名矿工当中，差不多可以说全部都是离开土地后的打工农民。如此一种情况，甚至于给新闻报道都造成了一个不小的难题："所有的媒体和官方表述，都注意到了被困工友的称呼，刚开始还称为'被困矿工'，后来，语气模糊，一会儿是矿工，一会儿称为职工。是的，被困的，包括在王家岭碟子沟项目部施工的所有工队，几乎无一例外都是外包施工队，说白了就是农民工队伍。"以至于，到最后，"只能谨慎地表述为'被困工友'"（363 页）。一场矿难发生了，不幸被埋者中却几乎没有一个真正意义上的矿工，居然绝大多数都是农民，这就不能不让有着农民文化本位立场的鲁顺民出离愤怒了："何况，被困的这些人儿，大部分，绝大部分是农民。"（388 页）那么，农民，尤其是在当下时代的中国，这个特指名词到底意味着什么呢？"农民意味着什么？农民怎么去定义？其实，农民并不复杂，农民者也，不就是那些没有任何福利保障为生存而四处奔波的人吗？""在中国，这样的身份延续了将近六十年。有人振振有词地说：中国农民是全世界最有保障的人群，因为他们拥有自己的土地。"（388—389 页）在鲁顺民看来，如此一种说法绝对称得上是一个"弥天大谎"："是的，他们拥有自己的土地，土地给他们衣食，几千年来，农民把土地视为命根子，共产党打天下，若不是承诺给农民以土地，'使耕者有其田'，哪里会有今天这样的天？这样晴朗的天？可是，土地真的给了他们保障了吗？土地里除了出产粮食，能出产做一个公民必须拥有的政治、经济、文化资源吗?"（389页）实际上，所谓农民拥有自己的土地，不过是一种表面现象。因为我们实行的是土地国有制，所有土地的最终拥有者是国家。就此而言，农民所真正拥有的，只不过是土地的使用权而已。随时有可能被剥夺。鲁顺民在这一篇《王家岭矿难采访手记》中所聚焦表现着的，就是那些打工农民的不幸命运遭际。

需要强调的一点是，或许与鲁顺民对于社会学的浸淫有日有关，他在自己的这一篇矿难采访手记里，尽可能地恪守田野调查的原则，尽可能忠实地把被采访对象的话语如实记录下来。而这，恰恰在某种程度上暗合了美国文学批评家苏珊·桑塔格的关于文学创作的一种论断:"艺术作品，只要是艺术作品，就根本不能提倡什么，不论艺术家个人的意图如何。最伟大的艺术家获得了一种高度的中立性。想一想荷马和莎士比亚吧，一代代的学者和批评家枉费心机地试图从他们的作品中抽取有关人性、道德和社会的独特'观点'""对艺术作品所'说'的内容从道德上赞同或不赞同，正如被艺术作品所激起的性欲一样（这两种情形当然都很普遍），都是艺术之外的问题。用来反驳其中一方的适当性和相关性的理由，也同样适用于另一方。"在这里，苏珊·桑塔格的意图，显然是要刻意强调肯定艺术呈示功能的重要性。其所谓"最伟大的艺术家获得了一种高度的中立性"的核心论点，实际上就是在为艺术的呈示功能进行强有力的辩护。如果我们承认苏珊·桑塔格关于艺术呈现功能的论述具有真理性的内涵，那么，鲁顺民之普遍采用的口述实录的方式，也正是在最大程度地恪守着如苏珊·桑塔格所言的"高度的中立性"美学原则。通过这种口述实录的田野调查方式，那些被迫在王家岭下井挖煤的普通农民工的悲剧命运遂得到了强有力的艺术呈现。比如，胡而广，一个很不起眼的包工队队长。他说，自己"带出来的人，最大的45岁，最小的20多岁，比方那个时锦涛，25岁。他最年轻。大部分都在30多40多岁。总共带出来50多人，下去困在下面的是11个人，是一个班。三班倒，24小时不断人。50多个人都是老乡。"（297页）按照胡而广的说法，他自己20多年来一直在山西这边干煤矿，可以说是一个老煤矿了。自己从老家一下子带出来50多个人，结果就有11个人被困井下，胡而广内心极度不安，倍觉心疼:"从他们困在里头那一天，直到获救，我就是一天一顿饭，每天晚上，站到那个煤堆上，一直看，凌晨5点才回去睡一睡，心疼哪! 都是十几个弟兄。"（299页）幸运之处在于，胡而广带出来的这11个人到最后竟然奇迹般地全部生还。然而，在经历了如此一种生死惊吓之后，包工头胡而广发誓今后再也不从事下井挖煤这一高危职业了："不管怎么说，我们回去咋的也行，不干煤矿了。"（301页）事实上，早在遭遇透水事故之前就已经干了20多年煤矿的胡而广，并非不清楚这一职业的高危性质。如同他这样的农民工们之所以要冒着高风险到煤矿打工，归根到底还是因为生存状况太过贫穷的缘故。受到极度惊吓的胡而广，可以从此以后远离煤矿，但刚刚从井下被救上来的李国宇，却明确表示自己还会在煤矿继续干下去："伤好了之后，我想我还得回去。为啥？我现在的负担太重，我呢，以挣钱为主。如果有更好的职业当然干更好的，但咱无智，有智吃智，无智吃力，咱无智，吃力。不能趴下，趴下啥也不成。我这人胆子从小就大。不怕，伤好了之后还得回去。"（381页）"明知山有虎，偏向虎山行"，李国宇之所以在刚刚经历了极其恐怖的透水事故之后依然表示自己还会继续下井挖煤，并不是因为他多么留恋这一行当，而是自己委实太过贫穷，家庭负担太过沉重了。倘不如此，一家六口人的生计就无法维持了。也正因此，在听了这番话之后，有着牢固乡村情结的鲁顺民才会痛切地写道："这个2009年还在深圳做蚊香的河南小伙子，2010年正月摇身一变成了井下作业的矿工，我不知道该说什么好。他告诉我好了以后还得干这个，这时候，我心里涌起来的，已经不仅仅是悲怆了。"（382页）即使遭受再大的人生劫难，生活也都不能不继续下去。对于类似于李国宇这样的农民工来说，身无长技，除了出卖苦力，除了从事类似于煤矿这样的高危职业之外，他们真的是别无选择。

鲁顺民不仅关注思考着当下时代农民们的现实生存困境，而且也把他那饱含忧思的目光投注向了遥远的过去，凝眸回望着晃动在历史背景下的农民身影。具体来说，鲁顺民历史维度上的农民关切，乃集中体现在他对于土改问题持续不断的关注思考上。土改，作为中国现代史上非常重要的一个历史事件，对中国农村的政治、经济以及文化结构产生了根本性的影响。它不仅颠覆终结了中国农村长期存在的那样一种以乡绅为中心的传统乡村秩序，而且也决定了此后农村的基本发展走向。据我所知，鲁顺民很早就对土改发生了浓烈的兴趣。他在土改问题上的用心用力之勤，在国内文学界也很可能是罕见其匹。一方面，鲁顺民身居山西，其故乡河曲县当年本就隶属于晋绥边区，另一方面，由于受到"左"倾思想的深度影响，晋绥边区土改的暴力与血腥化倾向特别严重，因此，鲁顺民对于土改这一重要历史问题所进行的田野调查，自然也就锁定了当年的晋绥边区这一特定区域。需要注意的一点是，由于鲁顺民长期关注思考土改问题，围绕晋绥边区的土改，他所形成的文字，数量绝不在少数，被收入到这本《天下农人》之中的，仅仅只是冰山一角，只是其中的一小部分。但正所谓一滴水也能够反映太阳的光辉，虽然只是其中的一部分，但通过这一部分田野调查的结果，我们却完全可以对当年土改的惨烈境况有一种直观的了解。

关于土改的话题，还得从"山药蛋派"已故老作家胡正说起。1947年底，时任《晋绥日报》编辑的胡正，曾经因为"张红奴事件"而被迫做过一次违心的检查。张红奴，是保德县化树塔村的一个普通农民，在土改中不仅分得11饷又一亩土地，而且还先后分得一石二斗近400斤原粮。但这张红奴，却是一个成天价好吃懒做游手好闲的"二流子"，仅仅两个月的时间，就已经坐吃山空了。恰恰也就在这个时候，边区政府同时也在搞春贷活动。其中，就涉及张红奴。然而，在讨论是否应该给张红奴提供春贷的时候，村里人却差不多异口同声地表示反对。为什么呢？"在乡村的日常伦理秩序中，为富须仁，为贫须勤，这样才能赢得道德上的认同和同情，但是这个张红奴是一身的毛病，显然有违乡村社会日常伦理秩序要求。"（418页）到最后，双方矛盾激化的一种结果，就是张红奴自杀未遂事件的酿成。受到"左"倾错误思想影响的缘故，当时的《晋绥日报》曾经一度大做文章，替张红奴这样的农村"二流子"障目。胡正的被迫做违心检查，也就在这个时候。鲁顺民的睿智之处在于，通过张红奴事件，在《底层政治动员的成本与收益》一文中，对土改的"左"倾化问题进行了深入的反思："轰轰烈烈开展的晋绥土改运动在后期之所以急遽'左'倾，与当年的这种明显冒险的倡导显然有关系，或者说，正是这样一种与民间日常伦理相悖的倡导，才使晋绥根据地后期的土改运动急遽'左'转。这个提倡在1948年土改'纠偏'中，曾受到毛泽东、任弼时等中央领导人的严厉批评，被斥为'单纯的贫雇农思想'，是'左'倾错误的一个集中表现。"（426页）然而，问题的关键在于，类似于张红奴这样的"二流子"在乡村政治运动中的兴风作浪，却并不只是在土改运动中。对于这一点，鲁顺民也做出过一针见血的分析："但不幸的是，在此后的运动中，这种提倡里面隐含的'运动技巧'却被以各种名义固定了下来。这些人的面孔，每一个经历过'运动'的人想来都不陌生，没事的时候嘀嘀咕咕，一有风吹草动则蠢蠢欲动，而运动一来就冲锋陷阵走在前头，这些人未必都是'二流子'，但大部分身上有'二流子'的一些共同特点，本事不大，脾气不小，少理性，多残忍。想想这些曾经活跃异常的面孔对人是个不小的折磨，不说也罢。"（426 页）

然而，既然是历史的一种真实存在，鲁顺民就不可能不说。这不，在接连几篇"1947 年晋绥土改田野调查"中，他就会屡屡涉及这些热衷于搞运动的乡村"二流子"。当然，从根本上说，这些"二流子"在暴力与血腥土改的过程中所扮演的其实更多是一种工具或打手的角色。通过鲁顺民几篇口述实录的田野调查结果，我们即不难发现，那场具有极"左"色彩的暴力与血腥土改过程中，真正的受害者，大约有三种人。其一，是类似于牛友兰、刘少白这样一些曾经给革命事业做出过重大贡献的开明绅士。比如，刘少白。"刘少白是前清的贡生，山西大学毕业。老汉在旧时代官场上干了好些年，后来在天津由王若飞和安子文介绍入党，入党时间很早。他和牛友兰先生为兴县办过许许多多好事，办起一高二高，后来还筹办了一所中学，这在黄河两岸是破天荒的事情，1940 年，两个老汉拿出一半多家产办起兴县农业银行，给共产党解决经费。刘少白思想很开明，他的三个女儿从小就不缠足，而且都送出去念书，大女儿刘亚雄、二女儿刘竞雄、侄女刘佩雄都是很有名的，都担任过国家高级干部。子侄辈共 9 人，有 7 人被送到北京、太原、延安读书，都参加了革命。"（466—467 页）但就是这样一位对革命多有贡献的开明绅士，在土改中也遭到了莫须有的肆意凌辱。这凌辱，首先来自贫农团团长任奴儿。连自己的媳妇都是刘家给娶下的任奴儿，竟诬陷刘少白曾经打过他两个耳光之后，当众还打了当年的东家两个耳光。然后，是刘少白的那个马弁。马弁无端控诉刘少白曾经打过他两马鞭子之后，同样还打了老汉两马鞭子。接下来，是街上的一个名叫二子的剃头匠。二子诬陷刘少白有一次拒付剃头钱，遭到老汉的断然否认之后，竟然冲老汉的脸上吐了两口唾沫。平白地遭受了这些莫须有的凌辱还不算完，到最后，农会居然提出要撤掉刘少白边区临参会副议长的职位。

其二，是周二干干、吴兴隆这样家有土地财产的地主富农。尤其值得注意的是，这些地主富农在土地财产被剥夺的同时，也还遭受着各种非人的残酷折磨。更有甚者，很多被斗争的地主富农干脆就被农村的那些"二流子"们折磨致死了。这一方面的一个典型代表，就是周二干干。周二干干虽然家里有钱，在药铺里都有股份，但日常生活中却特别吝啬小气，习惯于装穷。

土改开始后，面对着贫农团的再三逼问，周二干干仍然不肯坦白交代。他的一味抵赖，最后招来的，只能是贫农团的"磨地"折磨："记得斗争他的时候妇女会也参加了，二干干周掌柜当下被两三个妇女会唾了个风雨没漏，临了还是被脱光上衣磨了地。头朝后，脚朝前，两个贫农团手提脚后跟就拉着周二掌柜磨了一圈。拉得风快，地上的料炭菠菜籽还不过瘾，谁不知道给扔进两块青石蛋，听见周二掌柜的脑袋在青石蛋上磕得嘣嘣响。拉一圈，乞告一回，说哪里哪里藏着洋钱呢。贫农团照那地方掏下去，起出二三百。不多，再拉，三回五回，妇女会张毛女实在愤恨得不得了，在周二得肚皮上放了一盘小石磨，让大家没想到的是，她放上小石磨之后，一屁股就坐在那扇小石磨上，像坐了一挂马车似的，指挥说：拉上走，看他说不说。"（434—435页）就这样，几经残忍折磨之后，一贯小气的"铁公鸡"周二干干不仅被迫交代了多达三千多块大洋的底财，而且连自己的小命都丢掉了："周二干干最后怎么样了？""拉死了，那还没有死？我给你说……到后来，张毛女从磨子上下来才发现周二干干几辈子就咽了气，后脑勺子被磨塌，脑浆都拉了一路，后脊背的肋骨白生生的，一根是一根，就像打场的桫枷……我给你说。"（435页）除了"磨地"之外，被用来对付斗争对象的还有诸如"坐圪针柜""扔四方墩""火烫钳子夹""小鬼搬砖"等各种各样形形色色的折磨手段。很多本不该死的地主富农，只是因为贫雇农的一句话，就完全可能丢掉自己的生命。在当时，很多的冤假错案就是如此造成的："枪崩的后两天，也就是腊八过后那几天，说是枪崩错了。不仅仅是她（指口述者的妻姥娘），许多人都枪崩错了，要纠正。球，人死了怎么纠？这种混乱局面大概持续了三个多月，很快就结束了。打死多少地主，没稽究，不知道。但仅我知道的就有十多个。"（437—438页）枪崩错了，怎么办？如何纠正？"后来纠偏，有定错成分，比如吕品贤，还有好多人。错打死枪毙的，给补以一石粮食，几匹布了事。人死不能复生，也只能这样。"（438页）相对于宝贵的生命来说，再多的补偿都无济于事。这些地主富农的冤屈身亡，很显然都是土改政策极"左"化所导致的必然结果。

其三，是苗混狮、刘允文等农会、民兵队干部，或者干脆就是如同王作义这样的军区干部。比如，苗混狮。身为农会秘书的苗混狮，之所以会首当其冲地在土改中被活活整死，一方面因为他在平时的工作过程中难免会得罪人，另一方面则因为他在村里属于被欺侮挤压的外来小户。对于苗混狮，贫农团使用的折磨工具，是浸透水之后又被冻结实了的纤绳疙瘩："这东西打人，真是留痕不流血，捶打之处，只见一片乌青，连一点血也不见。挨后三下打，干呕两声就没动静了。架苗混狮的两个贫农团眼见得他往地下出溜，还说是装死，摸了一把才反过头来骂在河、在存说：'不用打了，死球了还打?'手一松，苗混狮像一堆剔了骨头的肉一样瘫在地上。死了。"（509页）苗混狮的遭遇，应该说已经足够凄惨，但相比较而言，军区干部王作义的被杀害更是出人意料之外。王作义的被杀害，与其父王登云在"三查"时被划为经营地主有关。本来够不上地主条件的王登云，一家三口人都在运动中被无端处死。贫农团的人们之所以要把目标对准军区干部王作义，是怕遭到王作义的复仇："这一下，村里干部都着了慌，知道王作义在军区做官，而且，村里人传说他在绥蒙军区做大官。不把这个人拉回来，后患无穷，就决定把王作义从军区叫回来，写了封信给军区，让王作义回来。"（536页）毫无防备的王作义根本不知道家里已经发生了这么大的变故，只以为村里群众是叫自己回来交代问题的。于是，就那么一个人回来了。不回来不要紧，一回来，王作义就在劫难逃了："王作义就跟张得胜出来。张得胜让王作义朝前走，他在后头跟着。这走，走，一直走到庙巷子，张得胜从后头就开枪了，啪一下子，一枪就打死了。"（537页）这可真叫是"人在家中坐，祸从天上来"，一个与土改本来毫无干系的军区干部，仅仅因为自己的父亲被打为"经营地主"，就莫名其妙地被无端冤杀了。一个年轻有为的生命，就此戛然而止。某种程度上说，王作义之冤，简直比窦娥还要冤！

细察土改中以上三类暴力行为的生成过程，我们即不难发现，第一，那些在土改运动中善于兴风作浪，总是主动跳出来折磨别人者，往往是如同张红奴一样好吃懒做游手好闲的"二流子"，亦即那些乡村世界中的流氓无产者。这些人在土改过程中的种种恶劣行径，再一次强有力地证实着鲁顺民此前对于这一类人的观察结论："本事不大，脾气不小，少理性，多残忍。"他们的如此一种恶劣行径，严重破坏着乡村世界固有的日常伦理道德秩序。第二，类似于张红奴这样的"二流子"，之所以能够上蹿下跳地作恶不断，一方面是因为政府派驻的土改工作组的不作为："工作（团）退走了，上头还派来一个人，叫赵国壁，也不主事。群众要咋办就咋办。他管不了，凡事全听村上这些老汉们的。村里的'三查'就是他们主持的。"（532页）但在这些"二流子"的兴风作浪与工作组的不作为背后，土改高层决策者的导向才是最为关键的因素："刚开始，新闻导向并不愿意公开地违逆民间的日常伦理秩序而给二流子这一名词平反正名，但对他们的关注却是很明确的。到了 11 月晋绥土改'左'倾风潮达到登峰造极的时候，就彻底抛开这种顾虑，从理论上彻底地为'二流子'开始正名和平反了。"对于这一点关键性的历史因素，我们无论如何不能不察。

不能忽略的一点是，为了确保田野调查的真实性，也为了能够更完整地为历史存真，在以口述实录的方式呈现当年土改原貌的同时，鲁顺民也煞费苦心地四处搜寻，既把当年《晋绥日报》关于土改的各种新闻报道，也把档案馆里收藏着的相关史料，全部都以"参证文本"的形式附录在了"田野调查"报告后面。有了这些参证文本的存在，那段云山雾罩的残酷历史情形就会以一种立体的方式更加清晰地被呈现在广大读者面前。

滇缅边境的特殊 "钢钉"

——评黄风、籍满田长篇报告文学《滇缅之列》

◆李炳银

　　黄风、籍满田的长篇报告文学《滇缅之列》，书写了现实地发生在云南滇缅边境，瑞丽公安边防大队江桥警犬复训基地很多边防战士与国家安全、与警犬、与缉毒斗争的真实生活故事。这个故事本身似乎存在着很多神秘、奇特和激烈的戏剧性、斗争性。在此前的不少近似题材作品中，作者大都会使自己的书写顺着神秘、传奇和激烈的斗争故事这个方向延伸。但是，我在阅读了这部《滇缅之列》后，却发现两位作者，没有走大多数人会走的书写套路，仅仅以传奇来猎取读者，而是着力通过边防战士在驯养警犬参与缉毒斗争的故事，深入地向战士的精神世界和真实的生活情感领域开掘，非常个性特别地表现了这些战士在保卫国家安全，严厉打击毒品贩运罪恶行为时无私的献身和"钢钉"般死守的智慧勇敢行为，真诚而生动地表达了一种对于崇高无私精神情感和坚韧灵活人物性格的赞美与钦佩情意。在小地方，发现和书写了大的家国情怀表现，在一些普通的边防战士身上，发现和抒写了他们对于国家乃至人类正义的自觉坚守与担当。

　　我这样的看法感受，也许有人会认为有拔高放大之嫌。但是，你只要真实地面对了解了江桥警犬复训基地所在的滇缅边境通道及面对世界最大的毒品产出地"金三角"的地域情形，你就会立即意识到这些战士安全正义担当的重任和需要具备的智慧勇敢才能了。就是在这里，"几十名官兵和几十条警犬，坚守了一茬又一茬。从2003年至今，破获毒案1164起，抓获犯罪嫌疑人755人，缴获毒品400多公斤。其中，警犬破获案件401起，抓获犯罪嫌疑人249人，缴获毒品100多公斤。3条警犬被授予一级功勋犬，8条警犬被授予三级功勋犬。"这样的战果，足以使人惊诧和振奋，自然也会使人对于这些战士和警犬产生敬意！这么多的案件如果得不到破获，这么多的毒品若不能限制销毁，那将给社会和人类带来多么大的灾祸啊！所以，江桥警犬复训基地的官兵和那些机警的爱犬，是在犯罪的源头开始就对其进行了智慧坚决的打击和消除，对国家，对国人，功莫大焉！

辉煌的战果自然会使人感到喜悦，但在使这些辉煌得以实现的过程中，却存在着太多的艰难、风险和代价。黄风和籍满田，没有简单地停留在这个辉煌的光影下徘徊，而是努力去探求这些辉煌背后战士们长期不断地艰辛付出追求的情形。所以，谭家泉、尹加燕、李庆开、肖思源、罗赟、高德才、阚衍漳、李行、罗祥彬、蓝武、庞昕夷、周逊、豆庆、籍雷雷、杨劲森、范桂雅、姚元军等官兵和彬彬、罗菲、黑虎、富猛、秀灵、神龙、尔丁、尔丝、哈密、伦伦、罗立、哈妮、甜甜、江浩、辉杰等警犬，被作家在不同的组合联系中聚焦探问和描述，生动连续地成就了很多人与犬，犬与人，人犬与打击破获贩毒案件的故事。因为存在着人与犬的奇特沟通和配合，这其中发生的很多交流、协调、驯养、伏击情形非常的奇妙而传奇。在这些传奇中，非常具有特殊性的是人与犬之间逐步培养的合作和感情相依的内容。官兵们在与自己的爱犬之间培育建立起来的种种真诚的感情，细腻而浓郁，神奇而动人。缉毒犬辉杰在缉毒时把塑料袋搞破了，嘴头上沾染了海洛因。警犬一旦沾染上毒品，搞不好就会中毒死亡。罗祥彬赶紧带着辉杰去冲洗，继而到卫生队给它灌上醋洗胃。后来还急急地将辉杰送到瑞丽市民族医院去抢救。在抢救辉杰的过程中，罗祥彬多次嘴对嘴地给爱犬做人工呼吸，尽管犬嘴里呼出的酸臭气呛得他差点背过气去，但他毫不犹豫。经及时抢救，辉杰得救回家，罗祥彬"一路上抱着辉杰，辉杰依偎在他的怀里，温顺得像褓褓中的婴儿"。六年后，辉杰去世时，罗祥彬正在老家过春节。知道消息后，他经一白天一黑夜的长途跋涉匆匆地赶回部队，"盘腿坐在后山上辉杰的墓前，从上午11点一直坐到下午2点，午饭也没有回去吃。阳光从树叶间洒下来，像铺了一层纸钱，烟头抽了一大堆，话说了一大堆"，这样的人犬感情相依描述，透露着浓浓的战友情，伙伴情。情深似海，义薄云天。是在人与犬的关系中见出了特殊动人的感情诗章。在作者笔下，类似罗祥彬这样动人的人与犬的感情故事几乎发生在每一对人犬的组合上，看了总是令人动容，令人感慨！这样的感情，多么难得，多么纯洁和珍贵。

在江桥警犬复训基地，战士们的主业当然是灵活智慧地驯养警犬，积极地参与打击贩毒行为。但是，在这个设施陈旧，条件十分艰苦的环境里，在这里的官兵，从基地的教导员谭家泉，到自愿放弃优裕生活一心从军到这里参加驯养警犬的肖思源，到送别了病逝父亲，母亲为了生活无奈改嫁的周逊，一直到忍痛告别患有智障父母，为追求人生理想，2010 年 12 月刚刚当兵到部队，2011 年 7 月 23 日才来到基地，却在 8 月 21 日这天，就为追捕毒贩而不幸坠江牺牲的姚元军等等。这些战士在今天这个很多地方已经是繁花似锦，生活富裕的时候，甘愿在这里住简陋的营舍，吃简单的饭菜，从事也许有趣但却雷同、单调，并艰难凶险并存的守边缉毒工作，期间的忍耐和坚持，期间的信念职责坚守和自身利益血汗的付出等，都让黄风他们在逐一细致追踪后，给予了很真实的情景化表现。"我轻声问兄弟姐妹，你们常年坚守，匆匆的离别为了谁?"我想，作家黄风，不远千里万里奔赴他们身边，住在已经是被照顾了的"屋门变了形，咋关也关不紧，总是咧着一道牙缝。晚上，大黑蚊子乘虚而入，像偷越边境的毒贩，先是两三个进来打探，接着十来个纠集了，开始胆大妄为……点了蚊香，但是不起多大作用，好在因为吸烟多，皮肤里尼古丁含量高，蚊子只叫嚣不叮咬"的房间，来书写这些官兵们的战斗、训练和缉毒生活，一定是对他们高尚的国家人类守护精神感情及斗争行为有特别的真诚敬佩和感动的。《滇缅之列》的特殊题材选择和真实质朴的对象描述，让这些很少使人们知悉的警犬复训基地的官兵们走向了更大的社会空间，给人们以视域的开阔和精神情感的冲击。这绝不是一个简单的传奇热闹的描述可轻易替代的。

在很多作家过分看重作品故事和表现手段的今天，不少文学作品几乎成了挖空心思的编造，成了倾注全部精力在表达的方式方法上耍花招，搞奇妙的对象，而恰恰地忽略了文学作品最根本，最重要的思想情感内容和真诚质朴的本色。谁也不会绝对地，简单地对作家发出忽略艺术手段创新的要求，但自觉或不自觉地忽略了作品的真实社会性，思想精神和真实情感内容，单是在虚构和技巧上用力，总也不是个办法。黄风、籍满田的报告文学《滇缅之列》，在文学的表达方面，没有追求表面的华丽和奇绝，而是选择了真诚面对，质朴书写的方式。作家几乎是一个一个地描述官兵们与自己爱犬的关系和参与的缉毒活动，很少相互交叉和统筹，但因为人物故事本身的丰富个性内涵而总能够吸引读者，令人动心动情。另外，作者很灵活地将毒品生成泛滥的危害，瑞丽地区历史现实的特殊区位经历，伴随尹加燕的人生对我国参与"维和"及官兵来自不同的地方环境和家庭等各种内容的叙述，也丰富了作品的蕴含特点。

刻画小人物　传递正能量
——小议黄风的报告文学创作

◆李朝全

　　瑞丽似乎很遥远。2010 年我带着孩子去瑞丽，从昆明整整坐了一宿的班车才到。瑞丽是中缅边境口岸，紧邻罂粟鸦片的主产区"金三角"，毒品走私相当严重。山西作家黄风不远万里，跑到瑞丽，采访"边境第一哨"——江桥警犬复训基地，应该说这是一件相当不易的事情。近些年来，我们文学界纷纷倡导作家要走出书斋，走向大地，深入基层，深入民间，去发现最鲜活的人物和生活。报告文学作家在这方面具有得天独厚的优势，因为报告文学是一种反映现实最快捷最有力的文体。参与创作过曾产生较大反响的报告文学《王家岭的诉说》的黄风，此次再次独自行走，眼睛朝下，去寻找边境线上一个微小的像门钉一样的地方——"瑞丽边境第一哨"江桥警犬复训基地，逐一采访那些最普通的"哨兵"——边防警察，了解记录他们的生活，描摹表现他们的情感世界，与籍满田合作，创作出版了长篇报告文学《滇缅之列》。我认为这很好地体现了作家的社会担当和时代责任感，是一次关注普通人、传递正能量的创作之旅。

　　江桥警犬复训基地，承担着瑞丽边境口岸的边防检查、缉毒缉私、防范敌特、打击"三股势力"、搞好警民关系、维护民族团结等方面的重要任务。表面上看，只是一群公安干警，带着一群警犬在祖国最寻常的一个边境口岸——瑞丽江桥上站岗放哨。但是，他们是在为我们的人民站岗，替我们的国家放哨。他们所要守护和捍卫的，是祖国的安宁、人民的幸福，是为了防范各种外来骚扰与侵犯，防止毒品入侵等。正像作者所言，他们就像"牙齿的骨头把守着嘴巴"一样，守护者我们的国土。这，不是一场战争，却又是一场更为严峻的无声的"战争"，因为"对手"更为隐蔽、更为险恶。中国曾经饱受鸦片及毒品的伤害，曾因此而沦为一蹶不振的"东亚病夫"和"东方睡狮"。现如今，睡狮已经醒来，中国正在和平崛起，东方巨人的成长，需要防范各种侵蚀和危害，因此尤其需要这些健康的卫士、和平的卫士。这群平常人，他们的职责是站好岗，放好哨，看好国门，守土尽责，恪尽职守。他们所承担的工作意义非凡。因此，《滇缅之列》描写的题材看似边缘，实则相当重大。

作者用心刻画的都是小人物、普通人，没有"高大上"的人物，只有最基层、最平凡的一些公安警察：教导员、班长、基地主任、驯导员、厨师、新兵、女兵……这些普通人，就像是国家机器上一颗颗微小的螺丝钉，维持着国家的正常运转。我们原先不知道他们都是谁，但我们当然知道他们是"为了谁"，知道他们是为了人民和国家在兢兢业业地尽职、效力。如今，通过黄风和籍满田的作品，我们知道并且记住了他们每个人的名字。年轻的女兵庞昕夷入伍后变得更加懂事，一拿到工资就给自己的父母分别买了贵重的礼物，她常常想家但却始终坚守岗位，直到母亲专程来看她，终于可以在母亲的怀里尽享天伦之乐。罗祥彬的梦想是挣上每月600多元的津贴，等挣到后，他又有了更大的梦想，当一名不转业的士官，他来到了复训基地，从一级到二级再到三级士官，继续行进在实现自己梦想的路上。24岁的"老班长"肖思源，死活不肯说出初恋情人的姓名，因为"人家还要嫁人"。还有如，拥有姑娘般妩媚的帅哥蓝武，办事干脆利索的班长何勇，基地主任李庆开，厨师周逊，勇于抓住毒贩的傣族村民小伙子岩亮……每一个人物都个性鲜明，栩栩如生。

这是一群年轻的80后、90后，一组青春的面孔，鲜活的生命，正是他们，扛起了祖国的大门，守护着我们这片国土的安宁和人民的幸福。他们的事迹、他们的工作和生活大都平凡而简单，在作者笔下，每个人物的笔墨都不多，只有寥寥数千言，但是，正是这些凡人小事，点点滴滴汇聚起来，深深地打动了我们，让我们了解到在祖国的边境线上，有这样一群特殊的人，他们正在用青春、热血乃至生命在进行着一项极其重要的工作。正是这几十名的官兵和几十条警犬，十年来破获毒案1100多起，缴获毒品400多公斤。他们是祖国母亲身体上一个个微小的细胞，但却是能够清除病毒、防御病毒侵害、帮助创伤愈合的巨噬细胞、血小板，为肌体健康所不可或缺。这群普通人身上闪现出来的心系祖国安康这种极其可贵的国家意识和国家情怀，令人肃然起敬。

《滇缅之列》对人物形象的刻画，尤其注重通过人与犬的关系来呈现。在复训基地干警们看来，缉毒警犬不是普通的狗，因此从来不称其为"狗"。他们与这些警犬相处亲密、配合默契，犹如兄弟一般。平时，对警犬进行严格训导；在警犬立功后，及时犒劳奖赏；而在警犬受伤或是生病时，则悉心照顾、精心疗治；在他们年老衰亡后，又把它们一一安葬在山岗上，经常去看望它们。特别是，描写功勋犬辉杰误食毒品中毒，众人对他不离不弃的救治，争分夺秒拯救一条犬的生命，特别的生动感人。在这些警察眼里，这群犬，就是他们的战友，彼此间建立起了深厚的感情。同时，通过人犬关系的描写，也很好地表现了边防警察所具有的深沉的人性关怀和人道情怀。在作者笔下，这些犬——彬彬、罗菲、江浩、秀灵、哈密、尔丁……也被高度的拟人化，每条犬不仅拥有同人一样的名字或昵称，同时也被当作作品的主角来描写和刻画，朴实而生动地记录下了每条警犬短暂的却都曾经辉煌的、有价值的一生。作者写犬，正是为了烘托其背后的人——边防警察，表现他们为民尽职、为国效忠、忠诚不渝的崇高精神。

作品采用了多主题复调叙事，包括了缉毒，戍边，促进民族团结、边境和睦等。而在这些复杂主题的多重奏中，凸显出了一支昂扬的主旋律，就是爱国、敬业，就是"位卑未敢忘忧国"，小人物也要为国分忧解忧的精神品质。这是我们社会的主流价值观，也是我们今天需要大力倡导的一种公民意识和公民品质。譬如来自福建龙岩的阚衍璋，紧赶慢赶，最终也未能在爷爷临终前见上一面。"厨爷"周逊努力赶回家，也没能赶上见父亲最后一面。教导员谭家泉，尽管妻子近在芒市，但他与妻子也是聚少离多，他用津贴给爱人买了诺基亚 520 的手机，来表达自己的爱意；爱人好容易来探望一次，他便请她吃炸鹅肉犒劳弥补……这些普通警察，深处边远地方，希望为父母家人尽孝尽心却不得，忠孝不能两全，他们无一例外都毫不犹豫地选择了顾大家而舍小家，选择了尽忠报国。而看似平淡无奇的缉毒工作也充满了各种危险。云南警察在缉毒缉私过程中，自 1980 年代以来牺牲了 40 多位，伤残300 多位，新到基地没多久的姚元军就在追捕逃跑毒贩的过程中不慎坠入江中，以身殉职。因此作者说，这是"血肉夯筑的记忆"。这些基层的普通警察，用自己的血肉之躯，扛起了共和国的脊梁。

为了更好地表现边防警察们爱国、敬业的精神，作者采用了历史与现实交相辉映的方式。文中多处描写毒品为害之烈，毒品威胁之严峻，在极端暴利的诱惑下，毒贩们不断的铤而走险，走私毒品成为极其复杂相当严重的社会问题。通过对毒品历史的回顾和现实状况的描绘，更加衬托出禁毒缉毒的重要性和紧迫性——它们都是为了捍卫全社会肌体的健康，也更加烘托出边防哨所——警犬复训基地的重要性和边防警察一心爱国报国的精神。

报告文学是一种行走的文学，重视田野调查和现场采访。这部作品之所以生动可读，正是源于作者深入细致的采访。黄风的采访，采取的是一种浸入式的方式。2012年6月，他与复训基地的警察们同吃同住，共同生活了一段时间。他完全沉浸在了基地官兵们的日常工作和生活里，几乎做到了水乳交融，亲密无间。正是因为这种浸入和亲密，他的受访者都能向他敞开心扉，袒露自己的生活和情感世界。从字里行间可以读出，作者是带着深厚感情来写这些人物的，通过自己与人物的对话、交往，来探察他们的心灵，描摹他们的性格，表现他们高尚的品格和精神。因此，每个人物都显得亲切自然、真实可信，很好地起到了向社会和读者传递正能量的作用。

从个体生存体验折射万物生命本质
——读赵树义的《虫洞》

◆指尖

　　传统散文所呈现出的拘泥和局限，已无法承载当下时代芜杂而充满变数的特质。在多元化和信息化充斥人类生活的今天，许多自觉且警醒的散文作家开始有意识地打破传统的叙事、结构程式和题材选择，在文体创新的同时，加入大量其他领域的信息，试图通过诸信息的交叉、对比、运用和实践，扭转和挽救散文的被同化、被践踏，且日趋式微的现状。新世纪以来，新散文、原生态散文、非虚构散文、在场散文等理论的提出和践行，无疑给散文界带来了新鲜明亮的气息，散文作家将极大的个体热情投入到一个全新而陌生的领域，他们犀利而锋芒有力地插入当下生活僵硬的土壤中，尝试挖掘被长期掩盖的事件真相及幽微部分，并由此引发一系列来自内在和外部环境的颠簸和振动。这种带有勇士性质和革命意识的探索精神，使当下散文写作更有力度，更有担当，且更具拓展和延续性。

　　历时六年，六易其稿，长达 28 万字。《虫洞》的艰难出生，无疑为这样品质的散文式样提供了例证。它的异质性、陌生化、包容性、探索性和反叛精神，在当下散文中散发着独树一帜的气质。它的出现既表明这是一次成功的实践，同时，也颠覆了传统的散文观念。

一、《虫洞》呈现出来的陌生化

　　陌生化理论由俄国文学评论家和小说家什克洛夫斯基提出，在西方诗学史上具有里程碑的意义。陌生化的出现给诗界带来集体性的惊醒，也成为诗人们推崇的主要理论之一。陌生化所倡导的，是诗人在内容和形式上违反常情常理，在艺术上超越常规。也即表面看似互不相关，内里却千丝万缕，内外互相交叉、对立，引起冲突，这种类同于物质之间所产生的化学反应，具有另一种形态和情境，会使读者受到感官刺激，或者情感震动。近年来，陌生化不断被散文界提及，但更多的只是被外在语言所利用，有些散文作者以身试之，但效果平平。囿于生活的相似性、生存的同类性，散文作家更多地拥挤在同一条路上人云亦云，相互模仿、复制，这种蓬头垢面的现状，使散文作品一直趋于一种平淡且下跌的状态，有成千上万的散文作家在成千上万的杂志上发表散文，却鲜有令人眼前一亮的作品。有位散文家这样说：汉语散文写作在经历"新散文"大规模拒绝体制写作的努力后，大量"美化乡村""美化庸常"的"伪抒情"和"泛文化泡沫"的存在，无时无刻不在提醒我们——现在仍然没有步出"公共写作时代"。此语可谓一针见血。

《虫洞》采用小说的结构、诗歌的语言和散文的叙事方式，将科学观察、哲学思考、艺术表现和文学视角融为一体，用现代物理学解读哲学，用哲学解读生命，用生命体验解读死亡文化，内容庞杂，语言华丽，情感一气呵成，字里行间充满机锋和思辨。虫洞本是一个天体物理学概念，指介于黑洞与白洞之间的桥梁，也即爱因斯坦最早提出的时空隧道。但在《虫洞》一书中，赵树义先生却以白洞隐喻生命之诞生，以黑洞隐喻生命之死亡，以虫洞隐喻生命之旅程，赋予这一神秘天体生命旅行的意味。《虫洞》三条主线交叉推进，这在散文作品中是不多见的。一是以科学、哲学和艺术为线索，内容涉及东方哲学、霍金的《时间简史》、熵、耗散结构理论、薛定谔的猫、惠勒的云、托马斯·品钦的小说《熵》《万有引力之虹》以及电影《通天塔》《入殓师》、音乐《殇》《忧郁的星期天》等，从科学、哲学、艺术等视角对生命死亡展开考察、论证和探求。二是以死亡体验为线索，如意外、犯罪、战争、灾难、城市和文化的消亡等多种濒死或非正常死亡形态，解读生命的尊严和价值。三是以迎泽公园为线索，通过一座公园两年多的四季轮替，景色变换，感悟生活磨难，思考时间、空间、自然和生命。《虫洞》大量采用了隐喻、互文等后现代艺术手法，书中穿插了作者 23 首不同时期的原创诗歌，是一部诗意的长篇散文巨制，这种宏大的叙述本身就是一种标识，一种独属于《虫洞》的呈现方式。篇幅的陌生化本身或许并不具有特别的优势，《虫洞》也未止步于此。《虫洞》架构的庞杂和宏大内生自作品自身的需求，全文 6 章 36 节，章与章之间、节与节之间是牵连式的，具有连续性和交叉性的，仿佛一部大型复调音乐剧，如果说回旋不断的生命意识是它的音符，那么，生命哲学则是它的基调。在《虫洞》中，仅作者亲历的时间跨度就长达 30 年，在事件与事件之间，隐我与显我之间，乃至年份与年份之间，总有一些表面看似无关、内里却千头万绪的连接，这种潜意识的陌生化，或许正是作者所追求的一种"不确定性"的叙事风格。

《虫洞》语言的陌生化表现在诗话语言的运用上，这或许得益于作者是一位诗人的缘故。通篇读下来，有违常规的语言格式和气息无处不在，它随时都会给读者带来全方位的刺痛：

> 但在这一刻，我感受到的伤感却是突然的，它远比肌体撕裂还刻骨。它还是冷漠的，冰刀一样刺入我的心底，却拔不出来，斩不断，甚至看不到一丝血腥。仔细品味，它倒是有点低辐射的特质，被侵害的细胞慢慢损伤，癌变，最终以磨牙的速度缓缓接近死亡；它还有点像漫延的黄昏，我可以把这样的伤感命名为流水，直到黑夜来临；它就涌在我的四周，我的五脏六腑俱已被它湿透，我却无法抓住它的外形，更无法触摸它的内心。

《虫洞》不断以熟悉事物之间的陌生关联来制造粗粝的陌生感，同时，又将读者拉到一个作者所预设的某个全新的角度。这个角度当然也是陌生的，读者因为角度的不同，认识和审视的角度也会不同。因为角度的变化，环境随之也出现了变化，一种恍然悟道的相似感既增加了作品的可读性，又获取到一种共鸣感。

《虫洞》的构思方式打破了常规，是有悖常理的。整体上讲，《虫洞》是一部个人里程的记录史，但跟齐邦媛的非虚构作品《巨流河》不同，它并未通过家族史来诠释和刻划时代的悲欢离合，似乎并不具备大事记的性质；同时，也跟阿来的《瞻对》有本质上的区别。《虫洞》似乎并不追求宏大叙事，甚至在刻意消解宏大叙事，在不断消解的背后，却又建构起文化和哲学的宏大。或许在作者看来，宏大事物与卑微事物是平等的，万物相通，生命本质并无二致。《虫洞》仅在通过个体生存和生命体验，来呈现作者三十年亲历或目睹的、发生在身边的事件，并将这些事件与历史勾连起来，看似更小众，更幽密，更具个体气息，同时，又在时空穿越中实现了"在场"。《虫洞》通篇弥散着生命迷惘和思想觉醒的情绪，充斥着烦恼、无奈和悲悯，恰恰是这种独特的，不跟风、不复制的体验和书写，使它具备了散文陌生化的特质。

二、《虫洞》蕴涵的现实性

散文家祝勇认为：散文可以触及一切题材，它是自由的文体，在触及历史、思想、政评时，进入的角度是不同的。一般来说，人们已习惯了文化大散文的存在，似乎只有文化散文是跟长和深有最直接关系的。但值得注意的是，文化大散文的大体裁、大感觉、大情意、大篇幅，使它在关注历史和思想性的同时，较易忽略个体体验和心灵触及，它越来越远地偏离了我们的生活和需求，尤其一些口号性、标志性、矫饰性的语言，导致其正在淡出散文界的主干道。而《虫洞》恰恰跟文化散文相反，它仿佛一个硕大的容器，不只包纳政治、经济、历史、社会、文化、艺术，甚至还涉猎物理学、心理学等领域，它在不断呈现事物表象的同时，又在不断剔除事物表象，直抵事物本质，可谓万花入眼，五彩缤纷，曲径通幽，丝丝入扣。更可贵的是，它在关注个体生存体验、内心世界的同时，不乏一些生活细节的描述和感悟，使自身具有较强的现实性和在场性：

> 黄昏如期降临，仿佛鸟儿垂下巨大的翅翼，静谧中等待小鸟们归巢。偏向西南的道路开始转向正西，太阳转移到车窗正前方，窗外的视野更加开阔。天空渐渐发白，好像一片没有边际的海水，太阳仿佛一只浮在水平面上的球，一团锗红的颜色或隐或现，偶尔偏向车南，偶尔偏向车北。我盯着这只悬浮在空中的球，看它在挡风玻璃上方游动，这只锗红的球或远或近，不离不弃，直到引领我们驶出华北平原。很快就要踏入山西地界，眼前的景致越来越具体，山峦结队而至，黄昏由浅而深落下来，转眼之间，我们便从空旷的平原走进连绵的山脉，就像鸟儿从天空隐没在树林。光线越来越暗，娘子关那边出现很大的雾，太阳突然隐没在一片雾里，无声无息。太阳隐没的瞬间，夜色欲来未来，层叠的山峦仅剩粗犷的轮廓，路边的树上看不到乌鸦，也看不到乌鸦歌唱的村庄。

但同时，《虫洞》又与当下的风花雪月、小桥流水、童年回忆、故乡缺失等散文有大不同，它虽也是通过亲身经历和体悟来展开的现实化写作，但它又不是鸡零狗碎的日常生活照搬记录，更不是枯燥乏味的流水账簿。《虫洞》

呈现的并非局部的、偶然的表层生活，而是通过个人际遇、感受，通过现实、历史，准确地将社会和时代的变革呈现出来。一次车祸是通篇的关节点，拉开了三十年漫长却短暂的岁月之帘，我们随同作者经历了"严打"、踩踏、地震、海啸、恐怖袭击等带有某种或必然、或偶然的突发事件之后，又被带到霍金面前读他的《时间简史》。此时，庄周正在濮水河边钓鱼，薛定谔的猫正在箱子里衰变"方生方死"，惠勒的云让历史变得虚无和迷离，而在更远的地方，我们看见晋阳古城和雁门关外的烽火狼烟，看见天龙山石窟和走西口人的命运沉浮，看见来自春秋和未来的爱情穿越，看见南沙河风沙弥漫却遮不住春天的花开……《虫洞》建构的时空足够阔大，而在这阔大中，"我"与历史同在，与此刻同在，与明天也同在。个体的就是集体的，而集体的便是大众的。

有学者提出，散文的主观性要求作品表现作家的个性，袒露作家的心灵，展现作家的人格，因此，主观性要求情感必须具有真实性。《虫洞》整体散发着一种纪实性，近距离地触及到人与社会之间的紧密性。人与社会同时拥有某种接纳和排斥，二者之间所生发出来的另类物质，便是那叫作苦难的东西。苦难应是人生最本质的、无法剔除的质地，但同样，当人处于社会当中，处于时代当中，苦难同时也是社会和时代的质地。在散文写作日渐抽象化、粗鄙化、技术化的当下，《虫洞》具有孤傲、刚毅、沉潜的气质，且散发着内心观照的通达，生命体验的清澈，乃至具备了去蔽、存真、探求更大真相的野心，这也是这部长散文难能可贵的品质。

三、《虫洞》隐藏的反叛精神

罗马作家特伦斯和西塞罗将"风格"一词演化为书体、文体之意，表示以文学表达思想的某种特定方式。在汉语中，风格是指人的风度品格。在《文心雕龙》中，风格一词是指文章的风范格局。《虫洞》具有强烈的古典自由主义色彩和家国情怀，它不流俗，不献媚，摆脱了传统散文模式化的束缚，内在气质深邃、坚硬、广博、开阔，无论文字表达、文章架构，还是内容呈现和逻辑思辨，都个性十足，具有特立独行的反叛精神。

《虫洞》的风格化首先是语言的，极具个性的语言表达为读者带来最直接的愉悦感受。作者的语速是缓慢的，带有某种悠闲意味，甚而某时会顿下来，这种略带慵懒的语言无疑最适合一部长篇散文的铺陈和展开。正是这种不急不缓、从容淡定而又可触可感的水流一般的叙述，使得作品中无处不在的生存困惑、生活苦难以及个体忧伤得到了缓解，读来更流畅，更触动人心：

> 莫名地，在这一树接一树的白里，我看到的都是无法言说的痛，都是无法言说的磨难。这痛和磨难就像躲不过、放不下的日子，每个日子都是一块卵石，我们仔细打磨，便会看到隐隐的带着血丝的纹路。是的，所谓的日子便是一块块磨难的卵石，我们把它捂出热度，把它打磨出光泽，我们把它宝贝一样传递给后人，我们的使命便算完结。这时候，我们看到的就该是满眼的白了，这白一瓣一瓣地，一团一团地，一树一树地，一坡一坡地呈现在我们眼前，这白温暖得那样无辜，那样伤感，那样断肠，这个时候，我们还需要红的、黄的、紫的、粉的点缀吗？

而在这种缓慢之中，又穿插着诗性：

> 我看见冬天的背影略显疲惫。一年又一年，冬天的日子总是略显单薄，略显蹒跚，雪花飘落的方式比果实轻了许多，冰凌悬挂的方式比果实透明了许多，秋天的秧、藤或树，拔除的拔除，枯死的枯死，干净的干净，寂寥的冬天依旧苦苦举着一柏树的绿。果实收藏了，种子在；冰河冻结了，流水在；花儿凋谢了，绿叶在；寒夜来了，炉火在。我抬头望着灰蒙蒙的天，看见一只麻雀飞过。麻雀说曾去看过春天，春天的青草太苦涩，浸泡着太多的心事；麻雀说曾去看过夏天，夏天的花朵太烂漫，刺伤过太多的眼神；麻雀说曾去看过秋天，秋天的果实太沉重，人们的心一直往下沉——雪说来便来了，说走便走了，麻雀其实什么也没有说，也不会说。

这样时而冷峻、时而温情的叙述，是否能吸引更多读者的眼球呢？《虫洞》的出现，对读者的阅读习惯无疑是一种挑战。

从本质上讲，散文是个体生命的民间史，是最接近本真的历史。《虫洞》在选材上力避三十年大事记这样一种平面记录，作者有选择、有预谋、有规划地使一些人物和事件以点状或块状的形式，支撑起整部作品的骨架，无论作品开始的车祸记忆，还是文中关乎生命、死亡、来世的描述，皆有一种打破常规、另辟蹊径的反叛精神，这种精神恰是一种带有作者独特思想印戳的行文，怀有散文艺术的丰富性和活跃性特征。在散文提倡个性化、独特性的今天，《虫洞》所带来的体验和思考充盈而完整，凸显出坚定的先锋性和实验性姿态。

歌德说过，一个作家的风格是他内心生活的准确标志。作家的反叛精神，即个性和风格，远非朝夕之间便可形成，它与作家的创作实践、人生经验和哲学领悟密切相关。在自觉融入社会生活、时代变革、生存困惑、顺应俗世圭臬的前提下，作家情感觉醒的曲折变化，对社会和人生执拗、尖锐、深刻的体验和强烈感触，造就了作家生命高蹈、精神洁癖、理性光芒的个性情怀，这便是《虫洞》整体的姿态和气质，它很好地容纳了作者的兴趣爱好、秉性天赋、气质性格、艺术修养。赵树义先生是理科生出身，他的思辨手术刀一般冷静，甚至近乎冷酷，观照世界的方式却是飘忽的、不确定的。在他的"量子力学"视野里，世界只是各种事件不确定性交织之后的结果，这一结果并非事件的全部，而是当时正好发生了且被我们看到了。赵树义先生把现代物理学、哲学和艺术融为一体，企图在《虫洞》中提供一种全新的观照世界的方式，以此颠覆我们看世界的传统习惯，从行为上，这无疑是一种反叛，但在精神上，却在追求另一种更高层面的融合。

四、《虫洞》独特的散文性

与其他文体比起来，散文是最接近真实生活、最靠近心灵的一种文学式样。在散文历史中，曾有过多次大的的变革，理性、感性、个性化，乃至当今的"大散文""复调散文""文化散文""生命散文""新散文"等等散文形式的兴起和衰败，其实都很难脱离散文所坚持和倡导的真实、介入、担当的天性。在相互争夺话语权的同时，虽有不少散文家在散文的外在表现形式、语言新奇及选材新颖上进行了变革，散文的抒情本质其实一直未曾改变。比起有勇气打破传统的先锋诗人和小说家，散文家无疑是犹疑且彷徨的，在追求理性、智性的散文大道上，蹀躞不已。《虫洞》是一部具有探索意义的散文作品，它在审智的深入和冷峻的智性方面做了极好的尝试，也形成了自己独特的散文性。

1945 年，法国最重要的哲学家萨特提出了"介入文学"的美学观点："作家选择揭露世界，特别是向其他人揭露人，以便这些人面对被如此赤裸裸呈现出来的客体负起他们全部的责任"。《虫洞》所践行的无疑就是这种介入性，在这部长篇巨制中，生命个体、生活经验、生存事件无一不在介入和填充。我国"在场主义"倡导散文创作的精神性、介入性、当下性、自由性、发现性，其中，介入性是最难把握的一种姿态，作家要用语言、思想乃至肉体，整个介入到作品的"场"甚至缝隙当中，让作者的生命气息无边地扩散、融入、消解、中和，使作品更独特，更个性，从而具有超意义的、标签式的、印戳般的功用。《虫洞》在这方面做得很到位，它无论姿态，还是立场，都有某种执拗的、凌厉的、若刀锋般的介入性：

> 记忆中的阴影无疑是时光的折痕，它是弯曲的，或者说，时光是有皱纹的，阴影便低垂在这皱纹里，好似一道峡谷。而峡谷不只是一道皱纹，峡谷之中还可能藏着更多更深更密的皱纹。这些皱纹上生长着草、花朵、树木，还有泥土和石头，而皱纹之下呢？人的一生有多种时光皱纹，我便睡在这皱纹当中。想象一个正午，树枝间有蝉鸣，草丛间有蛇，脚下还有流水，再往高处是飞鸟，再往深处是野兽。可这又能如何？我不会因为花香就不醒来，也不会因为虫兽就不入眠。生如此之大，又如此之小；死如此之长，又如此之短；磨难如此之深，又如此之浅。生死不过盐或磷的晶体，不过晶体侵蚀的皱纹，如果说晶体是生命中的风景，那么，我们为什么不把皱纹也当作风景呢？

由于个体及大众经验的有限性、狭隘性，散文文体同类化的特点一度使其沦为一种私己的、低频的、乃至底层需求和倾诉的文体，而同时，散文的平民化、大众化、社会化走势，又决定了它的受众面有无限扩大的可能。散文的这一特质，决定了其对国家、对民族、对社会应具有某种道义上的担当。《虫洞》的变革和探索精神本身就是一种担当，它像一个实验室，将一粒沙和一滴水，全部投入到作品的大漠大湖中，通过精神上的沟通和审美，呈现出一种对现实、对社会、对时代的道义情怀。更难得的，《虫洞》的现实性、社会性、时代性并不局限于当下，它还是历史的。《虫洞》仿佛一杆旗，有着干预和指引的意义，这种干预和指引适用于每个时代，这一点尤为可贵。当然，《虫洞》也有瑕疵，作者将他人生的轨迹划出《虫洞》三十年的弧线，但这个弧度未免太满了点，满便会溢出来，某些枝节稍感突兀，令人遗憾。但瑕不掩瑜，《虫洞》本身存在的意义显然要大于作者倾注于它的心血，它更像一枚徽记和指纹，在诠释人与时代、民族和文化关系的同时，又在当代散文领域显现出一种罕见的典籍姿态。

守护汉语的正当性

——读赵树义组诗《那些熟悉的植物朴素得令人落泪》

◆吴小虫

在 21 世纪互联网的今天，诗歌每时每刻都在被生产着、传播着，同时诗歌每时每刻也在被表演着、装扮着、覆盖着。往往是，眼球们容易被五花缭乱的诗歌活动所迷惑，而极少去认真关注诗歌。好诗贴出来，还没等认真品读，鼠标刷新，另一个诗歌活动的喇叭吹得正响。这足以造成浑水摸鱼、插科打诨或者以诗歌的名义来谋取利益的混乱局面。

当代诗歌的混乱在于圈子化严重、诗歌派别的互相敌视和一些人权利、资本对刊物媒体的介入导致的"扰乱视听"。这种直接后果就是谁的山头高，谁就会吸引来无数关注度。里面的心理机制病变对一个在诗坛行走多年的人只会更加封闭，但对一个刚刚学习写作的年轻人来说不能不说是一种误导。从另一个角度讲，诗歌的混乱也在于没有了形式上的约定俗成和丧失了语言的格律。

选取赵树义老师的组诗《那些熟悉的植物朴素得令人落泪》来进行赏读，一方面这确确实实是好诗，用隐喻来书写生命本身和人作为社会动物悲剧性的交叉，值得去关注传播；另一方面这组诗在纠正当下求新求变近乎杂耍的诗歌，有其一定的意义。中国新诗百年，诗人们对新诗的探索已经从"正常"扭曲成只为"标新立异"。以随意性去不断打破应有的局限，走到极限，便是标准的丧失与本质的匮乏，其中的浮躁和焦虑不言自明。

赵树义老师的写作立意"常态"，写乡野里随处可见的植物进而扩展，最后上升到对生存苦难、精神苦难的关怀，质地纯粹，意蕴无穷。他写花椒，说她"油亮如针尖刺在手上的血珠"，他"不会伸手"，他"没有伸手"，他"允许你把手伸到院墙这边来""允许你枣树一样长刺的手臂伸过院墙来"。

究其原因，是因为"我是你的邻居，与你过着同样内心麻辣的日子"。他写杜梨树，"巨伞的身形，卑微的果实，多舛的命运"，他在诗里提到了父亲，被时代的大风裹挟，"抛回故乡，一生授课，养蜂，嫁接苗木"，而父亲的一生同杜梨一样，"果肉甘甜，宛若照亮冬夜的一盆炭火"。他写山楂，"悬挂在枝叶中间，有隐隐的棱角，有隐隐的筋骨 / 慢慢咀嚼，舌尖便生出淡淡的甜来"，而山楂平时是派不上用场的，也只有"在寒冬，在梨果腐烂之后，山楂才被摆上八仙桌"，同时也是"消遣时光 / 和消化积食的药丸"。

......

在阅读这组诗的过程中，我惊叹于树义老师的地方是：他不仅很好地处理了自己的童年历史经验，如"山楂与新纳的鞋底一起摆放在针线簸箩里"（《院子里的山楂树那么高，那么小》）、"我只是小心地把鞋子里的泥土磕出来"（《那株杏树一直弱小在西墙脚下》），也把要表达的事物尽显在外，两者悄然无声的融合和连接，既显示了生命的深度，同时也完成了对这个世界的思考和关怀。思考在什么地方？"我不想责怪鸡，它要在泥土里刨食 / 我不想责怪狗，它要把后腿翘在墙上撒尿 / 我不想责怪猪，它拱出栅栏是多么不屈不挠"（《那株杏树一直弱小在西墙脚下》），他摒弃了对事物存在偏见的人性弱点，把他们放在同一个平台上进行打量，无论植物、动物还有人，都是上帝的院子里亲爱的朋友。而在关怀的同时又有其一定的倾向性，倾向于土地、果实、沉甸甸，倾向于善良、质朴、醇厚，在他看来，蒲公英作为一种意象被城市的人们喜爱，还不如乡村里埋在土里的山药蛋更让他感到亲切。

在这组诗里，我比较喜欢的两首《梨花的白是不可言说的》和《那朵桃花被山风唱老了》，更是将我带到了那个叫作故乡的地方流连忘返。在《梨花的白是不可言说的》中，他高超的技艺稳妥地把握了诗的身体和诗的心灵的及时转换，也直接越过"时间"这个人类的刻意分隔，给我们呈现出宇宙黑洞洞的真实境况："古老的农历像泥制的陶罐被搁置起来 / 西元纪年摇曳的腰身紊乱了季候 / 我分不清那些花儿该在什么月份开放"。同时他在无望的惯性人生中，给这些梨花进行恰当的"去魅"，虽然手法是反其意说出来。而这，是一般诗人根本做不到的，"桃花是红的，却以婚纱的模样呈现俊俏 / 杏花是白的，出墙的姿势总让人想起戴着脚镣的女子"。接着，他根据它们的性质特点，一边小心延展一边又对我们的神经狂轰滥炸，"堆积"二字生动地展现了万物在春天竞相开放，而春天似乎是一个大仓库，瞧啊，快堆满了。作者体物及人，笔触悄悄地又上溯到诗经、唐诗宋词元曲中，虽为闲笔，但在结构上宕开造成留白，最后才剜心式地一击"总之，你被无情伤透了心／看见暖暖的春风，你的身子便软了下来"。喜欢《那朵桃花被山风唱老了》，其实喜欢的是诗里那种"歌唱"的味道，把"桃花"比为"妹子"放在山坡，被"民歌""岁月""山风"喊，整首诗轻盈又沉重，出现三次"妹子啊妹子"，这种话语方式的带动，无疑把"诗"再一次引向"歌"的过渡地带，指而向天。而这，在其他诗人的普遍平缓低沉叙述的语调里早已都久违了。

这组诗在树义老师博客刚刚贴出来时，我和他有过一次通话。谈到题旨，他说了这样一些话："苦难犹如空气，随时随地都能看到听到感受到，而那些承受苦难的人里，有我们自己，也有我们的兄弟姐妹和父老乡亲。人活一辈子，其实不是要多富贵，不过'尊严'二字。我们有时唯一能做的，就是默默地为他们祝福和祈祷。"或许基于这番话，我们才能更深刻地理解他在《一粒一粒的花椒不是挂在枝头的血珠》中："我不会伸手""我没有伸手""我允许你把手伸到院墙这边来""我允许你枣树一样长刺的手臂伸过院墙来""你可以把手伸过来"的含义。后来树义老师对这组诗有的地方又做了修改和增加，精益求精的态度可见一斑。

在山西，诗歌历来还与黄土高原有关，浓重的乡村气息在城市生活的对比下充满了回忆和无尽的感伤，反映到诗里就有些滞后。树义老师的诗在如今诗坛倡导"现代化"写作的潮流里不免不讨巧，但随着对诗歌的体味进入，我越来越认识到，好的诗歌是不分"口语诗""先锋诗""实验诗"等等的，也不分什么"中产阶级写作""草根写作""新红颜写作"等等，好的诗歌在内里都有一种恒定的东西，就像一个人守住了"良知、诚实"就守住了做人的底线。那就是无论这种诗歌的外在形式是什么，她的内在艺术核心始终保持不变，汉语的正当性当应表现在此，或者说，只要确认了和传统诗歌的基本关系，坚持就是一种守护。

多年来，树义老师的诗歌写法不激进、语言朝向自身的优美、恪守中庸之道、性灵挥洒和对古典诗质的有效汲取。在诗歌艺术的层面上，属于"根"的浇注，在人生哲理的层面上，属于"道"的阐释。他勤于笔耕、孜孜以求，用一组又一组质地坚实的诗歌不断超越自身，从而也不断丰富和拓宽着我们的诗歌观念和诗学视野。他的写作有力地证明了一种风格纯正而不是故意歪腔歪调的诗歌回归的必要性，守护汉语的典雅雍容，守护生命的端庄严肃，因为在一个伟大的秩序面前，我们更多的是需要仰望和倾听。

而诗歌的终极意义就是还乡，从这组《那些熟悉的植物朴素得令人落泪》诗中，我仿佛又看见了那满山遍野的繁花绿树，那蝴蝶和蜜蜂在上面自由而轻盈，我和我的童年跑啊跑啊，我的母亲突然从远处唤我，我回头看见了她年轻温润的脸庞，命运和死亡在另一处轻轻闪烁。

2011 年 6 月 12 日

王保忠小说印象

◆雷达

    王保忠的小说已形成自己独特的选材，写法及思想道德情感的倾向，有自己特有的民间思想资源和地域文化气质作为支撑，也有自己独特的调子和味道，像听山西民歌一样的荡气回肠。他的小说看起来很平易，如泥土般拙朴，从容道来，不疾不徐，让生活自身自然而然地呈现出来。他很会讲故事，却没有做的痕迹，巧合，误会，突转，这些东西不是没有，却被生活流厚厚地包裹起来，保持了生活的芬芳。

    王保忠的小说也有"哀其不幸、怒其不争"的声音，有对麻木愚昧的痛切批判，如《柳叶飞刀》《尘根》，但其落脚点主要不是启蒙，而是对人间美好人情、民间淳朴的伦理情感以及中国农民宽厚胸怀的礼赞，是对正在式微中的农业文明的最后一抹晚霞的深情回眸和依依不舍，他并非不批判，但他更主导的方面是维护和认同。在一个价值观念多元化的时代，他努力给我们提供一些让人可以信赖的非常可靠的东西。我以为他小说的特殊性或价值亦在于此。

    他擅长写尴尬，写在金钱的挤压下，乡村小人物或者说我们都会面临的尴尬，这是有独特价值的。他的小说素材大多取材于乡村，但始终有一个他者即城市作为参照和比衬，这使他的小说获得了一种深刻的时代背景。《奶香》，一粒沙见大千，表现人的尴尬处境、微妙的心理恐惧，通过代为哺乳大款的二奶所生的孩子而不顺的这一尴尬而辛酸，非常切合人的情绪的境况，写出了农村某些人的非人化的处境，"奶水"的一会儿有一会儿没有，木生的变来变去，都有很深的社会内涵和精神因素。木生的百般讨好老板，接电话的战战兢兢，人格的卑微，写尽了求生存的无奈。最惨痛的是，人变了。

    在木生的变来变去中，我们看到了香妹的"不变"，及人性里散发出的清新健康的气息。这就牵扯到了王保忠小说的另一个特点，他格外擅长描写乡村女性形象。《美元》中的艾叶，靠自己的劳动挣得了一张 20 美元的钞票，没想到当她拿了进城买衣服时，却遭到了城里人的怀疑甚至羞辱，但她也因此看清了这个世界包括"心上人"，由此，一个美丽、纯真、不外世俗污染的乡村女孩子形象跃然纸上。《前夫》中的巧枝，面对已经成为煤老板的"前夫"，理智自尊又有情有义，家庭深陷经济困境，却又拒绝了他的资助，这是一个宽厚、睿智、坚强的乡村女性形象。而《长城别》中的那位女教师，则是在与城市人的对比中，反衬出她职业卑微而矢志不渝，家境贫困而温暖踏实的生存状态。

王保忠小说世界里的乡村女性形象还有，为爱守候一生的"婆婆"（《八十岁等你来娶我》），被污辱被损害却仍然用身心散发出的一点微弱光亮去拯救身边男人和世界的"颂莲"和"冬果"（《纵火案》《忍冬果》），耐不住寂寞而红杏出墙最终又陷入内心挣扎的"仙枝"和"月桂"（《狐媚》《老瓜棚》），对城市文明充满渴望和向往的"小雪"（《普通话》），等等。无论时代怎么变，世道怎么变，农村怎么变，王保忠笔下的这些乡村女性始终是美好的，这或许有些理想化的色彩，却寄予了一个知识分子的道德理想，一个作家对乡村女性的深刻理解。

情趣和幽默感，是王保忠小说叙述的又一个特色。他从中国传统小说里汲取了很多营养，观察细致，体贴入微，小说里有许多让人过目不忘的细节。这一点，我们在他的《前夫》《奶香》《萨克斯》《桃花梦》等小说里可以深切地感受到。他的资源在民间，写作立场也基本是站在民间的。与精英知识分子的尖锐的批判，还不大一样，也不可能一样。

总的看，王保忠是一个尚未被文坛充分认识的作家，实际上他早已成熟，是一个重要的乡土作家了。他的成功，与前文本，与民族积淀的审美经验有关，能打动人，沈从文、王鲁彦、柔石、汪曾祺、李锐、曹乃谦都有融通会心之处。例如《奶香》中的丈夫木生，能让人想起沈从文《丈夫》中的那个"丈夫"，虽然过去了快一个世纪了，中国农民的农民性还以新的形式保留着。

我曾对雪漠说，我说你不能光会写沙湾的小世界，既要会写大背景笼罩下的沙湾小世界，还要扩延为写一个更广大的世界，加入新的人物，元素，新的故事。也许，这对王保忠同样重要。他现在面临着如何突破自己的问题。在小说里寻求一种新的变化，注入一种新的因素，这是他以后该做的。我们期待着他的更广阔而美好的小说前景。

金钱与权力的二律背反

——读王保忠小说新作

◆牛玉秋

  王保忠是在近年底层写作潮流中逐步引起文坛关注的一位作家。潮流是双刃剑，它既能托举人，也能淹没人。要想在文学潮流中挺立潮头，就必须锻造自己的艺术个性。这一点王保忠做到了。在他的创作谈《滋养我写作的一个源头》中，他已经把自己的创作思想和追求谈得十分清楚，为解读他的作品提供了明确的路径。一个写作者在什么时候、什么情况下、与哪一位伟大作家的思想相遇，有很大的偶然性。但这个写作者在多大程度上、以何种方式接受这一伟大作家的影响却基本上是必然的。这种必然性取决于写作者本人此前全部的生活积累、思想积累、感情积累和艺术积累。在中国当代文坛上有一大批和王保忠一样从农村底层拼搏奋斗、一步一个脚印写出来的作家，比如陈忠实，比如路遥。王保忠目前虽然还不能与他们比肩，但在创作风貌上却已经表现出与他们都不尽相同的艺术品性。其最根本的原因就在于他们各自接受的艺术滋养不尽相同。

  在王保忠作品研讨会上，我曾经说过，他之所以能引起关注，主要是因为他的作品比一般的小说，比别人的小说多出了点什么。多出了点什么呢？我觉得不仅仅是因为他的小说与一般的苦难叙事区别开来，也不仅仅是因为他写出了底层的温暖、人性的温暖，最重要的一点是，他写了底层世界的精神追求。保忠的小说属于底层写作，但他的高明在于，他不光写了底层人的生存挣扎，写了他们的痛苦与欢乐，更写了他们精神方面的东西。这一点非常可贵，甚至我们可以这样说，正是这一点使他的作品显示出独特的艺术魅力。比如《化妆盒》里的那个木匠，他不仅仅是一个光知道养家糊口的手艺人，他给画家的妻子费尽心思设计化妆盒，并节制自己的行为，就是为了得到画家的认可，肯定。为了这个甚至说有点可怜的目的，他自律，自省，不允许自己在画家面前有任何有损形象的失误，甚至放弃了用剩料给自己的老婆做一个化妆盒。他因为画家对他劳动成果的冷漠而苦恼，又因为画家对自己的肯定而快乐。因为这点精神追求，木匠的形象便跃然纸上，活脱脱地出现在我们面前。《尘根》里的老万，面对儿子的死而复生，经过了大起大落的情感波折之后，最后萌生出的那点欲望，还有就是在村子里的人们面前生出的那点"颐指气使"，这都是精神层面的东西。如果说《尘根》这篇小说给人以强烈的心灵震撼，那么这种震撼并非是苦难本身带来的，而恰恰是苦难中派生出的精神的东西。在《铜货》里我们同样可以看到这一点，作者固然写了老瓦刀和他的家人、徒弟给被污辱的小梅带来的温暖和关怀，用很多篇幅写了这个集体的担当，善良，但小梅的反应却出人意料，又发人深省："我还是要走，我还是要嫁到城里去"。外面的世界很无奈，外面的世界很精彩，在这里，作者为我们展示了一个从农村走出来的打工女复杂的精神世界。《前夫》可以说是保忠短篇小说创作的一个标志，这个短篇特别引人注目，柔情而又温暖，情节设计自然而又处处出人意料，里面包含了很多东西。首先是题目，看过后我们会想到这也许又是一个关于爱情婚姻这方面的老故事，然而作者颠覆了我们的想象。作品里，巧枝两次给"前夫"偷偷服下"安眠片"，前一次是因为她不爱他，渴望逃出牢笼，后一次则表达了她的善良和对前夫的关心。这里面精神性的东西也很多：一个普通的农村妇女对婚姻，对爱，对感情，对财富的理解，等等。现在我们清楚了，王保忠对底层人精神世界的重视和尊重，正是来自陀思妥耶夫斯基的思想滋养。

近期，保忠又创作了《家长会》《笔杆子》等几篇小说新作，他说这是他持续了几年的底层写作的一种延续，只是稍稍拓展了一下题材。保忠擅长写农村底层人物，他小说里的那些小人物宽厚、善良而又充满爱心，曾经给我们留下了温馨而深刻的印象，但底层又不仅仅局限于农村，这一点在他的《活动假牙》等小说里已有反映，所以这种题材的拓宽其实写的还是他熟悉的生活，只不过让人物换了防，有的从二线调到一线，有的从后台调到前台。当然，对于创作而言，重心人物的变化往往就是题材的拓展，有时也就是写作的创新。底层之所以被称为底层，就是因为他们既无金钱也无权力。而这两篇作品的内容则分别指向金钱和权力。当今社会，金钱和权力已经成为很多人的核心价值、甚至是全部价值。所以他们会怜悯、漠视或鄙视底层。而王保忠这样尊重底层精神价值的作家当然不可能认同这样的价值观念，当他面对金钱和权力时，笔下肯定会增添批判的色彩。在这两篇小说中，批判有时表现为直接的呈现，揭露这两种价值的丑陋和委琐。比如对煤老板余黑子蛮横、粗俗的描写，比如对新闻办几个笔杆子为争夺一个提升的机会钩心斗角、狗苟蝇营的描写。批判还有时表现为对比性的呈现，用更高价值的存在凸显这两种价值的粗俗和低下。比如汤河对余黑子请客、送煤的拒绝，叶娜在金钱诱惑面前的坚持；比如宋词在千辛万苦得到提升之后的离职。但作为一个尊重现实性的作家，他不可能在权钱强大逼人的气势面前闭上眼睛。于是我们便看到了，尽管遭到百般拒绝，余黑子最后还是绕着弯子把汤河请到了酒宴上；在很长一段时间里，如何抬高自己、防备别人、排挤别人成了新闻办几个笔杆子主要的生活内容。值得注意的是，保忠用他一贯细致入微的笔法，丝丝入扣地刻画了在两种价值的冲突和挤压下各式人物复杂的内心图景，心理的复杂又反过来丰富了性格的复杂，人在金钱和地位面前的卑微和无奈显得如此尖锐，而又触目惊心。可以说，金钱和权力的二律背反在这两篇小说中表现得淋漓尽致。

拓展题材是作家突破自己、不断创新的一种途径，但不是最重要的途径。其实，从王保忠目前的创作来看，他对陀思妥耶夫斯基艺术滋养的吸收和运用还刚刚开始。陀氏最伟大的艺术成就，是他深入骨髓的犀利和毫不留情的冷酷，他的温情和肯定是建立在深刻的批判基础之上的。仅就批判精神的深刻程度而言，王保忠与陀氏之间还有相当大的差距。很多年前我在评论陈世旭的作品时曾经说过，作家的善良有时会成为他创作的局限，会妨碍他对残酷和痛苦的认知、体会和表现。从王保忠对底层的态度来看，他是复杂的，但更是善良的，这也很可能是他今后创作需要面对的一个障碍。作家必须有情，作家有时又必须无情；作家必须善良，但他的善良必须强大到足以面对一切邪恶。这也许可以说是文学创作的二律背反吧。相信保忠会冷静地认识自己创作上的优点和缺点，走向一个更宽广的天地。

创造者的神性

——唐晋：个人即流派，始于《侏儒纪》

◆ 柴然

> 荒田一片石，文字满青苔；
> 不是逢闲客，何人肯读来。
>
> ——姚合《古碑》

一

几年前，唐晋的《侏儒纪》在博客上推出，旋即引发了一场有关唐晋诗歌的网络讨论，不仅我们山西很多诗人、诗评家参与其中，外省如河北、江苏、北京、上海、四川、云南等地，亦有不少诗界人物或写文章或发表观点，就当今文学—诗歌的严重边缘化，不啻是一次艺术主义至上、为写作而写作的文艺思潮回流；随后《侏儒纪》由三晋出版社推出，讨论中的部分文章和对话，作为附录文献，被作者收入书中。

当时有一个"圆桌对话"，其中诗人赵泽汀写了一篇《始于〈侏儒纪〉：五问唐晋》，触及唐晋诗歌诸种核心元素。而唐晋的"五答赵泽汀"，则揭示了他诗歌艺术创作道路上不少重要东西。

这些对话，是相对复杂、深刻的，专业化程度颇高。

我则在《唯一的〈侏儒纪〉——在唐晋的世界第一》中写道：

《侏儒纪》横陈在你面前的问题是：墨成的部分诗学观念为之动摇，较为清晰的诗歌认知界线，也跟着变得迷离模糊。

我不知道它是否已抵达了圣－琼·佩斯；最直观的印象却是对惠特曼彻头彻尾的颠覆——圣－琼·佩斯或者也这样？长诗气韵保持得非常之好，但想读懂却十分不易。这里肯定有一个汉语言构建的充满吸附力的宏大气场，包围你，推动你，引领你，封锁你，把你留在它的字里行间，陷你于气馁与无知，荒谬与不义：你什么也不能确知并确定下来；这里唯独剩下猜测与臆想哗变为阅读主导，贯穿于这种苦厄异常的极端阅读体验之中。

《侏儒纪》这部文字迷宫（抑或文字圣殿）是"难以进入"，"无从进入"，恐许才是最初阅读的恳诚之声。

接着我写到，它首先是没有什么可类比性。而说圣－琼·佩斯，虽说形式及表征上看上去不错，唐晋似也不置可否——毕竟他写过40万字的《圣－琼·佩斯阅读笔记》，但根本上，这也只能是一条掩盖这种"难以进入"，"无从进入"之尴尬、无奈。即便它是圣－琼·佩斯式的，那也不是圣－琼·佩斯。如奥维德是奥维德，但丁是但丁；《变形记》不是《神曲》，《神曲》不是《变形记》。

但无论如何，它的独创性、唯一性毋庸置疑。在我们认知的诗世界，哪怕仅就徘徊于"难以进入""无从进入"这一层面上，它也是绝无仅有、独一无二、惊世骇俗的。《侏儒纪》提供给我们太多可言说、可商榷、可讨论、可进行文学批评和比较的东西。较以往写作题材、书写范围以及材料占有都相对狭窄的当代汉语诗歌，它则极大地拓展了创作的空间及视界。而我们说"难以进入""无从进入"，更多指的是它的本质与核心，如它的语义学层面——"是谁在述说？这又是谁在述说？"这样的反复推及；它的心灵层面、哲学层面和精神层面，而非别处。至于说到处充斥着的知识盲点，如音乐，如绘画，如医学，如建筑学，如邮票的知识谱系，如地中海中古历史，等等一切，看似倒还能补救。目录学借寓在此，便不失为一条有效的补救途径。可是接下来的问题，又在于你能否有大量的时间和对作品本身深入持久的着迷。这正如唐晋之于圣－琼·佩斯一样。也正因为此，这反倒又变成了一个现实中实属不易解决的难题：唐晋知识难题。

《侏儒纪》彻底地颠覆了我们现有的阅读平台——何止是一般意义的抬高呢，尤其是阅读期待：我们阅读诗歌的难度和高度从一而终都是相对的：阅读－部分地从属于探索与研究，却绝不等同于探索与研究。而在《侏儒纪》，或者呈现给你的，恰巧就是这样一个本末倒置？

二

　　讨论、对话、包括一些有价值的问答，已经放在那里，供大家分享，或者继续作研究唐晋使用——应该说后继者不少，如一位叫沙剑青的文学硕士，在李杜先生的指导下，完成了一篇长达七万余言的硕士论文《寒冬夜行人——论唐晋诗歌中的现代性焦虑》。论文的理论框架基础，至少一部分来自这场唐晋诗歌讨论。

　　这里重提，主要想言明，诗歌社会对唐晋的认知，更多源于《侏儒纪》这部极特殊的长诗，它既可以说是唐晋诗歌的代表作，亦可以说是诗人唐晋真正意义上的成名作——在此总许人们会问，唐晋不是早就成名了吗？那当然是，当他还是个孩子的时候，"唐晋"还没有被命名，这位叫武卫东的瘦高个儿青年在上大学，我们已结识，成为诗歌上的好朋友；记得十多年前有一天，他和几个诗友过来找我，也由于他的缄然和对现实世界的游离，我突然意识到，唐晋再不是那个笑呵呵的大男孩了，他已走向成熟，在如此这么多年艰深的创作中多次战胜自我——到这时他已写出来长篇杰作《玄奘》，不过我却是在他的《侏儒纪》之后读到的。《玄奘》的社会反响很见一般。问题似也出在阅读有难度。实质还有一个孤高绝意的精神向度，习惯于传统阅读的人，多数亦无从抵达。必须说，《玄奘》对我的震动很大，一定程度上超出了后来这部长诗，在我看，《玄奘》是一部相当优秀的当代文学巨著，人们定会逐渐认识到它非同一般的文学价值。

　　还是在"圆桌对话"中，唐晋深有感触地说："我们已经中年了。"真可称之为一场真正意义上的创作考验（人的竞赛，艺术生命力的竞赛）。

　　他说，"《侏儒纪》不是创作者唐晋的胜利，而是中年写作者们可期的胜利，一种征服创造力衰竭颓势的胜利，一种力挽狂澜的胜利。"

　　在《侏儒纪》之前，唐晋的诗歌受众面（甚至比起他的诗化小说的受众面来讲），也很窄，很有限，是的，多数读者（也是从自身的诗歌认识和观念出发吧），反而对他的诗歌创作持有一定的怀疑和拒斥态度，（坦白讲，我一度也这样），当然了，今天能读得了唐晋诗歌的人一样很少，一样很有限，（事实也许不会比原来更多）。

　　关键之在于，长诗《侏儒纪》的面世，首先通过网络，通过这场唐晋诗歌讨论，令其树立起一种卓尔不群的创造性面貌，对立于诗歌大众，或者说大众诗歌，（因之，也有人将它看作是一座难以逾越的高峰），屹立不倒。

于是，这也就形成了第一个唐晋悖论：以爆破式的极端自我方式，还击了过去对他诗歌创作上的种种非难（不理解－大摇其头）。这是从诗人个人意义而言。

第二个唐晋悖论，则为我们大家都比较清醒，在当今异常残酷的金钱社会，写诗很难成名，但唐晋却用这部超乎寻常的《侏儒纪》（一说笔笔皆有出处 7 万言）做到了。有点像好莱坞电影。这是极致创作的狂风逆袭。

（以此，大家似乎也不甘于在平庸中阅读平庸了。）（实也不尽然。）

对，在一个文学艺术被管理得极是平庸的年代，竟然显露出唐晋这样勇于写出历史性杰作的诗人。（在《玄奘》已证明之后），《侏儒纪》再度向我们证明。而这一悖论，也充满了历史性。

三

唐晋是一个什么样的创作类型？我因和他交往年代久远，想必是有所了解的。早年，无论是写诗还是写小说，他一俱写得慢，字斟句酌，反复掂量，直至每一个标点符号都做到心中有数，他才会欣然提笔，落在纸上。我确知他这样的写作方式正来自他早年严格的绘画训练——面对绷在画架上的画布，每一笔落上去，画笔在调色板上，皆会经过一番通前彻后的考虑。

唐晋说：我在 1992 年构思了一个中篇小说，现在回过头来看，其中诗的影子很浓很深。名字上就可以发现，《菊花的刺》，或者形式上也有些组诗的感觉。本来是练笔，写在一个笔记本上，后来朋友催促说，投出去吧，挺好的小说。（现在我相信，推后十年，恐怕哪个刊物也不会发表的）找人电脑录出来，寄给《花城》，1993 年第六期发了。早就忘了这件事，因为看文学报，知道那期刊物上登有顾城写的《英儿》，所以买来看，结果发现自己的小说也在上面，编辑王虹昭给改了个名字，叫《菊刺》。可能当时这个发表给了我信心，因为在这之前，我曾把它给过《山西文学》，被退了稿。我觉得小说也好写嘛，于是马上琢磨写一个大的小说。1993 年，杭州一家出版社打算出一套内地作家写武侠小说丛书，朋友约我写一部。我用了半年时间完成了一部 20 万字的小说《鬼手魔书》。后来因为资金问题，这套丛书没有出成。我想，武侠小说毕竟不是正道，还是要写有意义、有价值的东西。我构思了一部长篇小说，试图通过它来实现我"诗化小说"的理想。小说名叫《夏天的禁忌》，13万字，是个小长篇。写完后我就给了《花城》的王虹昭编辑，1995年第五期头条发出来。震动很大啊。好多人找我索要，喜欢得不得了，我把太原市几乎所有报刊亭里的那期《花城》全买下来送人。这一次我很认真地思考了一段时期，最后决定，至少在十年之内，主要来做小说家。河南大学的刘恪先生在他的一部文学论著里，专门谈到对我小说作品的"发现"，当时我所努力实践的"诗化小说"，事后证明是有价值的。1995年，我完成了长篇小说《宋词的覆灭》，15万字。那阵子河南召集了一批作家来写李师师，要求按照我的笔法意绪来创作。河南文艺出版社于是要出版我的《夏天的禁忌》，我就把新写的《宋词的覆灭》一并给了他们。编辑杨吉哲更喜欢这个，便把两部合成一本出版了。既发表，又出版，对我的鼓舞不言而喻。接下来就写《玄奘》，前后差不多六年才完成。中间也夹杂着写了一些中短篇小说。《玄奘》初稿出来已经到了1998年，市场经济影响了出版品位，《玄奘》这样的东西已经没有刊物愿意发表。我先给了《花城》，这个刊物对我有恩。在《花城》放了半年发不出来，我便要回来，转给《大家》。《大家》放了又是半年，再拿回来，转给《收获》。《收获》大约半年后，给我退了稿，退稿信上写着退稿的理由是"文学性太强"。于是彻底搁在家里。直到2007年，云南人民出版社的海惠编辑无意中看到一份打印稿，决定出版，才得以面世。虽然时过境迁，但我已经进入"诗化小说"的惯性发展过程，能不能发表、出版已经无所谓了，写不写得出来才是我所追求的。既然在这个时代它们无用，我为何不把它们弄得更艺术呢？接下来我便从各个方面尝试变革，先后写出长篇小说《鲛人》《鲛典》，以及《长安》的一部分，并完成《唐朝》《鲛市》的构思。中短篇也偶尔写一写，其中写得最好的是《西厢》。

关于《西厢》，亦可参阅我写的解读《〈西厢〉的古典情愫与后现代性——在唐晋的世界第二》。

还需提及他的绘画。他从很小的时候起便开始学习绘画，当年我亦曾看到他多幅具有先锋派创作特性与特点的绘画作品，并知悉他参加了《1993，乡村计划》，是山西这一先锋派绘画史上最具社会效应同时艺术水准及规格也比较高的绘画展中最年轻的画家之一。

唐晋说：画是另一种描述内心的手段。我们都知道，画由线条、色块组成，有别于文字语词。文学语言和绘画语言不一样。其实掌握了这些基本的就够了。肯定不一样嘛，画作并不挑选观看者，除非他是个盲人。而对于一个具有一定绘画能力的写作者，画作首先会有意味，就是说，他的画作不做技法比较，只做意味比较。作为脑海中无法描述的内心那部分，绘画可以补充，或抽象，或具象；或立体主义，或超现实主义，等等。一首诗有时候会变成画作出现，一幅画同样也可以反溯回去形成诗，但最终它们是两首不一样的诗。这恰恰说明，文学有残缺存在，绘画有不满存在。较好的解决方式便是诗与画相结合，不是所谓"诗中有画、画中有诗"那种，而是非常简单的组合，一幅画，一首诗。如果仅仅在文学作品中，一个有能力操纵画笔的人，应该善于用语言描述色彩、线条；而在画作中，一个具有抒情能力和修辞能力的人，应该善于用线条、色彩来表现内心的语词。

在"圆桌对话"中就绘画他又是这回答赵泽汀的：

虽然不是什么不能说的秘密，但我仍然不知道该如何回答你。还是和柴然闲聊，就像他的书法、唱歌一样，我们现在把这些爱好共同归为写作者自身修养的一部分。换句话说，假如我们不选择写作，也许现在分别是很好的书法家、歌唱家和画家。事实上不是这么简单。选择写作是一个很艰难的决定，尽管这个决定在我们的较早时期就做出，不过在这二三十年里，除了年龄改变的那些，生活中不少问题也让你苦恼。某种意义上，我不单是受挫的画家，还是受挫的活着的人。因为本来是不需要你咬紧牙关做的事情，你还得咬紧牙关、忍辱负重，心中充满光明。所以，有时候爱好可以移觉，转移你对文字突然爆发出来的痛恨，转移你的疲惫，转移你对丑陋现实的失望。我的爱好非常多，同时也说明，我的苦恼也非常多，尤为苦恼的是，这些苦恼都是世间琐碎，但你又不能逃离。

和文字相比，绘画更接近想象世界。不仅是线条，随意操持的线条仍然藏着形体的规定，更吸引人的是色彩，色彩在涂抹中、在相互浸染的瞬间形成的神奇变化。这种变化从来没有稳定性，并且始终出乎意料。色彩种类的不同，彼此多寡的不同，调色油的不同，甚至时间的不同，呈现出来的东西都不一样。在与宋永平学习绘画的过程里，现在回过头来，困惑我的往往是一些基本的技法。尽管我不曾掌握什么高级技法，但对于很多想要表现的意图，最早不能突破的就是很浅的一些手段。比如，我渴望调出肉色，那种古典主义绘画上神灵与人众身体的颜色，至今也没有做到，虽然我记录了配方。苦恼了一段时间，却发现在马蒂斯那里，身体可以是蓝色，高更那里身体可以是褐色，更多的画家把身体涂成红色、绿色、灰色以及其他种种混合色彩。我一下子就明白了，其实不是技巧的问题，关键是自我意识。对绘画怎么理解，就像对诗怎么理解一个道理。当然后来人们更愿意把这些东西归纳到风格里面，正如我那种被普遍认同的诗作风格，到最后完全成了一种符号，万变不离其宗的符号，适合一语中的的符号。这样做的恶果是，个人的努力，或者较大，或者较小，或者可喜，或者可悲，全部被抹杀掉了。所以，现在我个人很愿意具体到每一首诗来探究写作者的自我意识。

实际操作完成一幅绘画作品，和你欣赏一幅现有的画作，感受是两回事。绘画的过程是布局建构又打破的过程，是不断应对新状况的过程，也是自我否定的过程。完全等同于诗创作，你的开始未必是你的结束，你的构想至少有一半要被推翻；那是进程的需要，是别种因素的添加。尝试绘画本身，可以帮助你头脑中形成整体感觉，画面感，细节感，甚至光线调子，等等。一位出色的诗人必定是一个冥想者，绘画训练是冥想的一部分。此外，重要的一点是，出于色彩特性的浸染互变以及神奇转化等未知效果的存在，有助于你艺术胆识的培养，扩张着你的思维层面，挑战着你对世界的理解程度。画面在变化运动中，你必须要不断地思索应对，不怕挑战，以期获得意想不到的或者更为理想的结果。在诗创作中，不妨大胆使用各种意象、手法，在不相容中寻求整合，在冲突矛盾中找到全新的出口。

四

唐晋更多为一个颇具理性色彩的艺术家？我认为，至少在以上提及的写作中如此。耐心，勤勉，理智，坚韧，充满想象力，充满创造力，与世俗生活始终保持相对的距离。现实的逃遁与历史的在场。力求唯美，高度唯美。

唐晋的诗大体成熟于20世纪80年代末，从那个时候起，哪怕是想破译他一首只有几行的短诗，那也会让你煞费苦心，绞尽脑汁（照说，这两个成语本应计在创作者名下）：这儿用的是哪一个生僻的典故？这些历史隐喻标指什么？这么一大堆互相撞击或者互相抵消的意象试图营造什么样的诗歌环境，诗歌氛围？这是因了唐晋的知识太过于庞杂繁茂，我们力所不逮？

根本上还在于，他的审美体系暨创造倾向与当代主流诗人的创作以及绝大多数诗歌爱好者的阅读取向断不匹配。

有朋友问唐晋："您认为一首好诗应具有的标准是什么？"

唐晋答："第一创造力。第二抒情以及智性本能的表现力。第三独特。如果还有一点的话，那就是（可理解的那部分）读者层面越高、人数越少，作品就越好。至少在目前的中国，一部诗集如果在市场畅销，那么几乎可以说是与我的标准相逆的。"

看，唐晋的诗招至冷落再自然不过。而这还是一个浅表层上的认知；真实的谜底，也可以讲是最残酷的分野，还在于我们当代诗歌的传统传承上，这才是问题的实质。唐晋要"证明自我创造力无疑是第一要素"，"在我这里，写作既不是这些，也不是命运，而是一场逻辑"，而大家有可能思考的却是国家意识（多年后或许又嬗变为生命意识）上的心灵与思想，智慧与感情，宣传性或者就是我们秉承的第一性（尽管它一直在不停地改头换面）。

唐晋说："说起来也许人们不相信，还以为我是有意这样说呢，可实际上我真的就没有怎么读过北岛和海子。几乎没有读过。"现当代中国诗人，对他产生过影响的，可能就是朱湘、穆旦了。"唐晋义无反顾地执行着自己的艺术诺言与诗意方向。在温文尔雅的世俗表象深处，其实隐蔽着一个更加本真的自我。这是一个为幻觉之美而疯狂的人，孤傲的人，直拗的人，也是一个难以被大众理解与接受的人。"这是赵泽汀《始于〈侏儒纪〉：五问唐晋》中的话，中间的括号和问号是我加进去的，"幻觉之美"该是"为艺术而艺术"，揭示了唐晋不与我们所处的这个时代尤其是主流审美标准为伍合流的孤高性格。唐晋的存在，也是为"为艺术而艺术"这一我们长期损毁的伟大标识正名。

倘若从大范围或者说大概念的汉语诗歌提，这里却能说他的兴奋点（接入点）更多在唐诗宋词。如能从西方现代诗学上找见他的创作源流，你一样能从唐诗宋词那里看见他清远幽深的文脉。他一篇专论《我读白居易的〈长恨歌〉》，竟能旁征博引、典故迭出、洋洋大观写4万言。

阿伦·布卢姆在《美国精神的封闭》中说："柏拉图《理想国》中的年轻人克拉根那种热情和好奇心。他的旺盛精力使他想象有一座宝库能给他带来极大的满足，为此，在这一件事上他不想受了愚弄，为了认识这座宝库，他要拜师学艺。"这几乎像是讲唐晋对西方现代诗歌大师的学习。他说，我最早写诗，短诗写了写长诗，长诗写了写诗剧，后来写小说，写了一个中篇后直接就写长篇。后来再写诗，写散文，写评论，写随笔，写戏剧，几乎各种文体我都涉猎过。不是我精力旺盛，也不是随心所欲，我一直试图通过文体之间不断的转换产生新思维、发现新角度、找到新语言。从我内心来说，在写作上，我一直是一个"喜新厌旧"的人。我到目前的五部长篇小说，《夏天的禁忌》《宋词的覆灭》《玄奘》《鲛人》《鲛典》，手法各不相同。正在间断写着的《长安》又不一样。《侏儒纪》是一种尝试，但它是成熟的尝试。因为它展现了我目前比较理想的一种文体状态，它呈现着散文的姿势，语言则是典型的诗语言，并且，它的任何段落、意象、典故都可以形成小说内容展开，同时，在大量的独白中可以看到戏剧的情绪。与柴然聊天的时候，他说到一个观点，就是因为圣—琼·佩斯我们所看到的是译诗，所以可以肯定地说，《侏儒纪》展示的是另外一种路子。他的意思在于，因为翻译过程不可避免的误读，使得借鉴者有可能发现并打开另一种通道。假如我们懂法语，或许《侏儒纪》就成了其他样子，或者就干脆不会诞生。记得国内有人曾经感叹，这种类型的巨作几乎是不能翻译的。当然，通过对管筱明、莫渝、叶汝琏、叶维廉、徐知免、树才等不同译本的比较，圣—琼·佩斯作品的气韵、意味，甚至一些巧妙的表述手法，最终被我参破掌握，不过这种通过理解甚至冥合的掌握还是更多地带有我个人的风格。举例可以说明，佩斯作品中很多地方带有鲜明的思辨色彩，而我尽可能地回避这种色彩，更多地希望语词自身说话，希望意象核、典故自身扩散意义。这是我一贯的做法。

为此，大家以前读不了他，与他的诗有间隔（鸿沟），便不足为怪。对，他有他的创作追求权，阅读者也有阅读者的不选择权。"这不仅仅在于他的高度、繁华和艺术造诣……准确地评价唐晋的诗歌是困难的。很多读者既抱怨他纷繁意象不可渗透性的暧昧，同时又被他语言合成醉人的迷幻所倾倒。他的诗，甚至包括他的其他文体，体现出一种综合的跨文体的写作能力，无论多么繁琐复杂的体裁，在他的笔下都变得驯服，整洁，典雅而从容，并始终能给作品贯注一股漫散的鲜活诗意。这种新颖感，与其说是一种被置于幻觉中的陶醉，不如说是一种可带来发现的愉悦……唐晋是一个未被读懂的诗人，更是一个等待时代重新发现的诗人。"这又是赵泽汀的一段话。接下，赵泽汀却隐隐向唐晋提出了劝进："唐晋令人敬畏的想象力对他自己来说是福祉，是取之不竭的创作动力，对于他人来说那有可能就是一个难以走进的迷宫。我建议唐晋在以后的创作中要适当地调整一下姿势，以便将自己珍贵的审美经验用一种易于接受的方式呈现给读者。"

可能吗？亦有所可能；可能吗？至少现在还不能。

现成的例子，是他创作于2007—2008年最新的一部诗集《金樽》（北岳文艺出版社，2008年版）。诗集由四首系列组诗《寒冬夜行人》《不存在的骑士》《隐形的城市》《金樽》（选章）而成，每一系列都用了意大利作家卡尔维诺的一个小说名，而每一页上的每一首十四行诗前一句或前两句又都取自卡尔维诺这些小说中的句子或对白；卡尔维诺是唐晋十分偏爱的作家之一（可能是除却写有《白鲸》一书的麦尔维尔之外最为钟爱的外国作家），可《金樽》究竟受这位意大利人的影响和启发有多大却不好说，它倒更似是一种纯粹的包装，或者说一种"借壳上市"；创作者恐许早就有一个潜在的结构范式，虽未言明，更未标出，然而捧至我们面前的，却是一部唐晋式的《四个四重奏》，这可不会是巧合，断然不会；他在向圣 - 琼·佩斯之外他最崇敬的另一位现代派诗歌大师艾略特致敬？他的心和大师的心息息相通？

《金樽》确立了一种形式即内质的创造机制：四个系列，相互对应，相互推及，咬合又钳制，直至相互解构并相互抵消；真正的匠心独运，就在于它这看似分拆独立实际却完整统一的整体结构上——当这一构思完成，创作者有了这一建构形式，剩下的，无非就是"填鸭式"的"十四行诗"写作，不过落实到每一行诗也都不简单；这是《四个四重奏》式的、也是《我弥留之际》式的胜利。

说"可能吗？亦有所可能"，那是因为这是一部唐晋成熟以来风格相对轻盈的作品，也是最接近他所认知的生活原貌的一部作品；难得他把写作的主体定位于当下，定位于他所生活的城市，特别是部分情感生活周遭还充溢着鲜活的市井气息；这是他的一部《J·阿尔弗瑞德·普鲁弗洛克的情歌》，完成了他对艾略特的另一层内质意义上的颠覆？说"可能吗？至少现在还不能"，那是因为作品中没有你想知道的所谓诗人生活的答案；即便你能进入那些悬置的现代化场景，听见那些人的对话，被一些看似明白的语词所亲近，你甚至想唐晋在此已做出了较大的让步，但是你还是捕捉不到他真正要阐释的观念与思想：诗的核心是什么？如完成一次"漫长的求偶"？

为此，《金樽》又让我们回到此前提出的两个重要问题：是理性的、也是观念的隐讳曲折的深度表达；与世俗生活始终保持相对的距离 - 现实的逃遁与历史的在场。于是我们不禁要问：他是不是在以现实的方式阐述我之存在的历史性？诗人的历史性在场与诗歌的历史命运？

五

唐晋说："他介于人神之间，介于尼采所说的不完美诞生和缪斯的钟情之间，介于个体利益与群体价值之间，介于内心之火与身外冰雪之间。他是所有人类责难、冲突，种种不智之举的承担者，他必须使一切发生过的、正在发生的以及将要发生的获得超于动物内心的合理解释，同时，作为既定轨道上的在位者，他要在人类的多幕悲剧中指出哪怕瞬间的光明，这种光明就是置身命运悲剧的态度，超越动物属性的态度。当一位作家朝向生活投去目光时，那种带有人类符号的灾难性心灵应该让位于高处的思索。他不会用他的本能亲近灾难本身，尤其不会仅仅用他动物的感情悲哀，他会思索失落的主题，并努力找出变革的答案。这样的努力贯穿作家的生命，并不因灾难而突出。"

回到《侏儒纪》：是巨大的激情，是狂热的非理性，是尼采和古希腊神话中的酒神，是弗洛伊德式的无意识和潜意识的高度混合？

表象上看，《侏儒纪》之前，唐晋或许就因为训练有素，其中便包括过多地强调智性的控制，以至于诗歌生命中的自然属性部分被压抑，长此以往，少见我等早年诗创作中那种"地火突突"，为此，《侏儒纪》"涌上来的诗句，反复涌上来的诗句"，才让他大感惊喜？如这样认为，那你就太小觑唐晋和他《侏儒纪》了。这里有一个最基本的事实，却非唐晋长此以往有别于他人的创作，如正好走向我等的反面，根本上那却在于他迅捷地超越，几乎在大家浑然不觉中，尤为重要的是在我们这一代大多数诗歌同仁之先，已由原初那种相对简单的青春期感性创作，跨入一个带有明显职业写作印记的丰富复杂、变化万千的理性创作视界。

我们可参看《侏儒纪》之前唐晋的主要诗歌创作年表：

1990－1992 年：长诗《月壤》《吉檀迦丽》《马逝》《雪歌》《李煜》《玫瑰》等；组诗《黄昏》《康巴淖尔》等；诗剧《续任克斯》；1991 年：诗集《隔绝与持续》等；1994 年：长诗《出梅入夏》等；1995 年长诗《西里峡谷》等；（注：接下有一个诗歌创作历时 12 年的沉寂期。）2007 年：长诗《空庭》等；组诗《金樽》《寒冬夜行人》等；2008 年：长诗《神话》等；组诗《不存在的骑士》《隐性的城市》《命运交叉的城堡》等。

当创作者的激情平复，写作者重新回到日常，创作中那些带有神性的地方，反观便特别夺目耀眼。这点也最像母亲看着自己格外高大的孩子。是的，在这里不仅是唐晋本人，连我们这些"有血亲"的阅读者，一想到他当时完全介入、疯狂着迷的喷薄而出，亦会感到惊异，敬畏，喜出望外，外加一点不可思议。无疑，这是献身于艺术而赢回来的最大奖赏。

极地的光

——读唐晋

◆汉家

热爱他的人，称他的作品已接近大师的水准，甚至认为他已经是大师了，一个寂寞的大师。排斥他的人，我很容易理解，我明白他们阅读比如《侏儒纪》第一节时痛苦的感受，他们被唐晋巨大的精神力量所轻视，是一种自我智慧的瞬间崩溃——你读不懂唐晋，说明你是文学弱智儿，还干这一行，自己都觉得不配。所以绝大部分人是排斥唐晋的，尽管大家传说着他惊人的创作才华和斑斓的语言能力，但真正走进唐晋作品中的读者，寥寥无几。

这是一篇对唐晋短诗的评论，没有选择《侏儒纪》之类的长诗，不是评论技术上的原因。我认为，长诗比短诗更容易切入角度，她的概念性明显，文本倾向易于捕捉。我不评唐晋的《侏儒纪》，根本在于，对于这部庞大的、史诗性的作品，我是有保留的。去年《侏儒纪》出笼的时候，我就注意她，但直到今天，我还是采取审慎的态度。我想，总有一个人出现了问题，要么是唐晋，要么就是我。有一段时间，我曾经陷入自我怀疑，是不是我已经丧失了对杰作的判断力？但我很顽固，当我有保留的时候，我是不会下定语的。回避唐晋的长诗，是出于对诗歌、唐晋和我本人三方的尊重。

读唐晋，他的巨大令我肃然起敬，热爱他的人有福了。某种程度上，他是一座难以逾越的高峰，是一个背离低矮墙头，直指上天的写作者。

《无题》（原诗略去）

对这样的诗歌，你会怎么看呢？放在世界性的诗歌语言里，这篇仍然让我激动。这是圣琼·佩斯、里尔克、瓦雷里还是叶芝？语言的光芒和思想的深邃，伴随圣诗般的节奏，平静而有力的冲击着每一个阅读者。"倒悬在曾经的大海深处 / 听任静静的碾压消除动荡 / 倒悬在曾经变白的梦境里 / 用苍苍十指叩击／从无尽的巷道锚护中找到风帆／从酸涩的汪洋中升起泉水"。"倒悬"的频繁提出，是唐晋的命题，它是《无题》中的《有题》，倒悬是对这个时代不情愿的游离。唐晋的写作是孤绝的，带有浓厚的高级知识分子气息，他的沉静是在风暴下面的跃动。曾经的大海深处，是记忆的碎片，碾压消除了心灵上的动荡。白日的梦境点出诗人异乎寻常的理想主义精神。"苍苍十指叩击"，意象独特，留有悲悯，弥漫着乏力。从没有尽头的巷道中找到风帆，是匍匐与飞行间的矛盾，这是悲观的，就如同上帝不可能从化学般酸涩的汪洋中找到纯美的泉水。《无题》的开篇，是悲剧性的，是唐晋明知的结局，却用诗人坚硬的热情，所发出的追问。

"倒悬在嚓声和耳语中／倒悬在粗关节支起的箭头顶端／一个瞬间被告知意义／最微弱的呼吸像岩浆突破出口／那是我们从不曾安眠的地底／除了火焰，还有轰隆隆的绞力"。开始出现矛盾，嚓声与耳语纠缠，是对立的，心态的繁杂予以迸发。箭头是指向，是精神的出口，一个瞬间被告知的意义，让最微弱的岩浆出现久违的突破。"那是我们从不曾安眠的地底／除了火焰，还有轰隆隆的绞力"。这一段是唐晋少见的语言暴力，不曾安眠的地底，除了灼痛的火焰，还有机器似的绞力。"绞力"一词是诗人自身的痛苦反省和抵抗，整个这一段使诗意变得坚强、严重，非常有力度，轰击着生命中的软弱与不舍。

"倒悬在若有若无的哭泣中／有如根茎对提升感恩／倒悬在永不疲倦的抗衡内部／直到群山敞开怀抱"。哭泣若有若无，是不确切的，有如根茎对提升的感恩，金子似的诗歌语言，思想大得如一个阿拉伯宝藏。"倒悬在永不疲倦的抗衡内部／直到群山敞开怀抱"。最后一节，诗意大开大阖，永不疲倦是诗人在这个时代所保存的贵族精神，唐晋在最后流露出大无畏的乐观，他要等待群山敞开怀抱，接纳精神的圣斗士，为迟到的王，行加冕礼。《无题》所透露出纯洁的野心、高贵的企图、对自我的爱恋、精神上的无限放大，给予读者震撼性的启示。《无题》是当之无愧的大诗，唐晋纯熟的技术和具有多种解读价值的语言，给这首诗披上神圣的外衣。无论从任何一个角度观照，《无题》都不属于这个平庸的时代，唐晋是在云端上的写作，灿烂，激动人心。

《雨的礼物》（原诗略去）

诗人希尼被唐晋借来，出乎我的意料。希尼是当今英语写作的最负盛名的诗人之一，他被称为民众诗人，为人民写作。希尼与唐晋高拔的知识气息和小众化的文本语言，是有区别的。《雨的礼物》吸引了我，我感到唐晋的文本所具有的多维度的指向。"当雨向我们说话，开口说话 / 不是轻飘飘可以一把掠走的腔调 / 在我们咽喉发干的时候 / 亲吻的嘴角延续着冬天的龟裂 / 也不是倾囊相授者的滔滔雄辩 / 只是打扰我们休眠的天使来报 / 赋予所有失败者祈求的征兆"。否定式的开始，雨的言说被赋予启示的口吻。不是轻飘飘的劫掠，当我们咽喉发干的时候，点出的"咽喉"，预示人类自我话语的缺失。冬天的龟裂，以悲伤的延续作为衬托，同时继续否定滔滔的雄辩，那些打扰我们休眠的天使，无非是满足祈雨者可怜的一丁点诉求。《雨的礼物》这一段，以否定揭示内在的肯定，句力沉着，诗意尖锐而裹挟着词语本身的力量，厚重，充溢着思辨的、复杂的张力。

"从金色池塘或藻蓝色狭湾升起的 / 不屑为我们劈开舰艏 / 而裹着橘园之梦奔涌的 / 又给了葡萄种子足够的浸礼 / 雨向我们说话，却和我们无关 / 那些呼呼震响的窗子是谁的愤怒？ / 上天随意抛撒旨意，烘饼慢慢散发香味 / 我们用最后的唾液证实神性"。金色池塘和藻蓝色狭湾升起的是天的大美，却不屑为庸俗的现实劈开舰艏。裹着橘园之梦奔涌的，只是给予葡萄籽的浸礼，而人类的追求者，却被雨抛开，这是冷酷的诗歌深度。呼呼震响的窗子表达着天神的愤怒，诗人的问句，流露出惊恐与慌乱，上天是随性的，却给人间以惩罚。烘饼是物质化的食物，如同上天眼中的玩物，而我们，这些为诗歌痴狂，渴望不朽的可怜人，只能在最后的唾液中印证伟大的神性。《雨的礼物》散发着《圣经》一样的天启语言，雨作为上天的旨意，鞭笞着敏感而不屈的精神追求者，结局却只是对神的印证，而失去了对自身的肯定。不断的否定句式，但最后是无望的肯定，整首诗高迈的语言穿透力，加以辩证的浓重色彩，揭示出精神斗士对自我宿命过早的、悲剧式的反复认知。结构之精巧、语言的过渡与节奏、诗意的弹性空间，在这首诗中被发挥到极致。

《YES》（原诗略去）

"YES，亲密无间，睡眠中共同的走向 / 多毛的大腿和微微翘起的脚趾，并非梦境 / 第二天，产生效应的法律 / 看着他们吃下彼此厌倦的食谱 /YES，因为爱，短于刀叉的单词 / 你用龙虾的橙色暧昧，恨不得终止这一天 / 沉溺于唇的温度，YES，是爱 / 约定的硬度，朝明天打开新的香味 / 我们不屑于任何床单，任何角度的脊椎 / 你的昏沉或者不被探索的世界 / 用偶尔多汁液的鳞茎说出：YES"。英文混杂在汉语中，这是不纯的效果，但唐晋就是要造成这种紧张的语言局势。亲密、睡眠、大腿和脚趾是现实的色相，食谱也是生活化的图景，指向精神的贫瘠。龙虾的暧昧是短暂的放纵，唇的温度也是暂时的、安眠的慰藉。明天的香味足以诱人，我们不屑于床单，在任何角度，都有权利说出：YES。鳞茎的汁液喷薄而出，爱是一段危险的旅程。

"在幼童交叠的奔跑里揪出喘息／在无辜者的默然中，印刷你的期许／如果不是重新生长……可以折断／从一场冷冰冰的搅拌完成雄心勃勃的礼仪／YES，不会分开，当肉体嗅着空气／你的目光冲毁了更多桥梁／不会停顿，直到厌倦之门降下／通过口涎浇筑死亡之词：YES，是爱／重力下的荼毒和美味，向最深处扎根／YES，YES，YES，YES……／牢不可破，像地堡抗衡火焰"。重新生长是另一次成长，但可能性极小。搅拌是冰冷的人生体验式词语，礼仪也许是痛苦的记忆。"肉体"一词出现，作为精神的对立面，它嗅着空气，咄咄逼人。你的目光毁灭了桥梁，不停顿，但厌倦带走了生命的力量，死亡终于降临。YES，是爱，是重力下的荼毒和美味，向灵魂的最深处扎根，牢不可破，如同地堡抗衡着不可遏止的火焰。《YES》是精神与肉体间的角力，两方面都是痛苦的，肉体的欢娱只是暂时，精神可以引向不朽，却道路艰深，需要地堡抗衡火焰。这是一篇叙述无边痛苦和不可能做出哪怕微小调和的诗歌，立意明晰。唐晋用圣人口吻，指出精神与肉体的双向折磨。无所谓是或不是，只有角力中的苦是真实的，诗人的自我重压，力量几乎撕碎意象间的虚假融合。唐晋告诉读者真相，无论精神还是肉体，皆无法抵达人类臆想的天堂。

《飞鸽传书》（原诗略去）

"他的阴天，战壕长出死鬼，咯吱咯吱的雪／左手写下，预算，生活和炮灰。／早晨在厚窗子外发臭，被期待的下一次／新光芒与新拔起的软木塞，属于／他的阴天，有人一睁眼就诅咒的他／穿着流水线上起伏的睡衣／按惯例蠕动着牙齿。他的胃囊／建立起交通管制；有人一到天黑就会爱他。"阴沉的、灰色基调的一篇作品。他的阴天是丧气的，与生活战斗的战壕里，长出死鬼，雪不再是浪漫的意象，是死亡的一张棉被。预算与生活的炮灰，继续加重灰色的死寂，臭味是生活的主体。被期待的下一次，多么令人不可信任。他是苦恼的人，诅咒他的人就在身边。睡衣与蠕动的牙齿，带来昏暗和无力感。有人也爱他，在天黑的时刻，像一段秘密的时代恋曲，有内在冲击、不为人知的隐私和对未来早已料到的惆怅。

"不算糟糕的阴天，在锈迹中变老／他的子孙跳出黑色枪栓，一点儿金色的亮／让他既不忏悔，也不感恩／像履带碾过的甘蔗，有人一生唾弃的他／左手写着元音和魔鬼的名字／并且画上曾被梦见的嘴唇，咯吱咯吱的嘴唇。／他的阴天，雾气中悬浮肺泡深处的硫磺／有人通过数字记住他，把旗帜拔出旧照片／插回疲惫的前列腺。布纹纸之春／一些花朵虽然肥胖，但不会开败／直到铅笔刀轻轻刮去。"咯吱咯吱的嘴唇与雪发出同样的声音，证明这是一样的败坏，一样地让生活提不起兴趣。疲惫的前列腺是中年男人的痼疾，性的软弱与坚挺，让肉体疲惫。花朵的肥胖，是惊人的用词，"肥胖"是对美丽花儿的一个无力者的描述，既不是贬低，也无关赞美，是死心般的无所作为，心感到寒冷。如果花儿都是肥胖的累赘，直到被铅笔刀轻轻刮去，那么生活下去，是多么无聊的一次性浪费。

"他的阴天／抖着，面肌痉挛，胡须间涂满修正液／喷头里拧开愤怒的汽油／有人变得干净，通过他记住灰烬和颓废。／他的阴天，在劫掠中垂下头去／不可一世的鼻子被一滴液体拉长"。最后的几行是强有力的，他的阴天是面肌痉挛的等待，胡须间的修正液是中年男人的哀鸣。喷头作为生活用品的介入，却拧开愤怒的汽油，充溢着燃烧的黑色快感。有人变得干净，只是通过他记住灰烬和颓废，继续绝望的路。不可一世的鼻子被鼻涕拉长，恶心的排泄物在唐晋的诗行里袒露出深刻的丑陋。

我非常喜爱《飞鸽传书》这首作品，意象沉郁，向绝望的飞奔，最后亮出的丑陋和生活的荒谬，顽劣与黑色幽默交叠出现。《飞鸽传书》暗合我内心的一部分绝望情绪，与无聊投靠在一起，揭示了生存的不可理喻。在语言上，这首诗是唐晋的一次孤独的下水，黑色与暴力语言施以压力，最后的结尾，漂亮得让我难以自持。唐晋很少表达愤怒，这一次的来得如此凶猛，而且不妥协，通过铺陈，实际上，愤怒已经让位给生活本身的黑色隐喻，是折磨中的罂粟花。

《黑海》（原诗略去）

"绝不把这样一天交给上帝／绝不把书橱里的祈祷和白纸上的幻觉／簌簌抖动的风声和被穿越的噩梦／交给瞎子。除了另一张脸／绝不把皎洁交给月亮，赞美中惶恐不安／像一个被谎言煮沸的城市。"《黑海》是唐晋的一次成熟的爆发，是他的暗物质，是核能量，是铀。作品从第一行就是决绝的，上帝不可托付，怀疑根深蒂固。书橱里的知识分子和白纸上的想象，抖动的风与穿越的噩梦，不交给瞎子，那一定交给知己。月亮与皎洁割断，"像一个被谎言煮沸的城市。"是诗人尖锐的批判，太喜欢这样的语言，黑色与死寂，孤独和抵抗，再也找不出如唐晋如此高超的代表性语言，这是只有伟大的诗人，才享有的特权。

"远光升起了黑海，泡沫高于波浪／最笨拙的姑娘湮灭于舞鞋／绝不把童真交给苹果／而惊醒我的不是微弱的气息／岁月在死亡的睡中长出长缨／在饱满的吸管中长出浆水／在浆水中长出铁流的涌动／尘灰焊死的土地又一次崩开／把一切肉身变作失踪的名字／集体的沉沦从来不是意外。"姑娘幻灭在舞鞋里，黑海的泡沫高于波浪，是无意义战胜意义的黑色庆典，伤心啊。绝不把童真交给苹果，诗意的行进，打击读者的心，唐晋写出完美的语言。岁月在死亡中老去，浆水中的铁流是诗人的骨头。"尘灰焊死的土地又一次崩开／把一切肉身变作失踪的名字／集体的沉沦从来不是意外。"肉身变成失踪的名字，集体的沉沦从来不是意外，而是意料的果实。集体的愚蠢与盲动，是人类可耻的一面，诗人如同战士一样，湮灭于死寂。"因为高处一言不发，绝不相信人也沉默／投入地火，投入空气，盐一样干净／新一年的风卷着粗粝的舌头"。舌头是粗粝的启示录，是在沉沦里的自我发声，语言是工具，是诗人的传声带，是梯子，在盐一样干净的觉悟中，地火与沉默，再一次进行无止境的爱辐射，怒无边。

黑海是世界上最大的内陆海，因水色深暗，多风暴而得名。唐晋的《黑海》是如此完美与伟大，是风暴中的起舞。这是他的作品中我最热爱的一首，读这样的诗篇，你不得不为诗人折服，他的光芒来自极地，在那里只有极少数人写出人类内部的困惑和挣扎。唐晋是杰出的，是不可复制的，他的神性，光芒四射。这个谜一样的男人，在高处俯瞰众生。他打上戳记的语言、超一流的技术、他的自爱、他反复对生命本体的追问和无法停止的写作力，让热爱他的人仰视。时代的堕落已经没法子拯救，唐晋这样的诗人，是可以凭一己之力撑起中国诗坛的神人，对于这样的作者，形容他是困难的，赞美他又感觉无须多言，他的殿堂在众诗人之上，是光的大成者。

我不是唐晋，所以不需要什么谦虚，我认为，在里尔克左边，或在圣－琼·佩斯右面，理应有一个属于唐晋的神位。

"夹缝"中的生存与理想主义的阳光

——王立世诗歌精神管窥

◆ 高亚斌

诗歌是对世界的一种把握，也是与世界对话的方式，它一面不断地诉说着外部世界，一面又不断地敞开自身。每一位诗人也都给我们提供了各自窥视世界的角度，每个人都是一个世界。在此过程中，有人下笔千言，有人惜墨如金，各自形塑着诗人独特的人生态度和话语风格。也许，作为一个优秀的诗歌写作者，他并不需要斗酒诗百篇、笔落惊风雨，只要他能够在某一点上道破世界与人生的秘密，有一个足够醒目的诗歌意象，有一行足以传世的文字，也就足够了。

刘鹗在《老残游记》中把晚清国家比作一艘将沉的大船，鲁迅提出过令人过目难忘的"铁屋子"的意象，作为当时中国现实社会的一个隐喻，钱钟书把人生比作一座围城，这些都成为文学史上的经典意象，甚至在某种程度上将越来越成为一个文学原型。王立世也许并不是特别卓越的诗人，但由于他发现和书写了人生的"夹缝"状态，洞察了人与世界、人与整个时代之间的"夹缝"的关系，而成为当下诗歌场域中一个独异的存在，也为一个精神贫乏的时代写下了非常可贵的一页，留下了他孜孜探索的身影。

一、理想主义的激情涌动

从 20 世纪 90 年代以来，诗歌仿佛也进入了一个王纲瓦解的诸侯纷争的时代，意识形态的松动和商业时代的悄然来临，结束了诗歌的一元化格局，各色主张的诗歌纷纷登台，你方唱罢我登场，喧嚣浮躁，不一而足。一个显明的现象，就是诗人们一致放弃了对崇高庄严之类神圣事物的景仰与追求，而以游戏娱乐、调侃戏谑的消费心态，把诗歌变成了个人欲望的宣泄载体和话语狂欢的表演场。尽管，这个时代表面上是轻浮粗粝的，但它又是非常严峻的，每个人面临着精神上的危机和自我蜕变的需要。在众人皆醉、举世皆狂的情势下，总有一些禀赋良知的诗人，不惮寂寞、勇毅担当，在诗歌的时代之夜里，保持着必要的冷峻与清醒，不为潮流所裹挟和左右。他们的创作，由于有一颗独立不羁的灵魂和沉思默想的品质，而闪耀着思想的睿智火花，温暖和启迪着那些困顿和迷惘的心灵。

虽然时过境迁，诗歌的创作业已进入一个全新的文化语境，世俗主义与功利主义甚嚣尘上、占据上位，但作为60后诗人，王立世有着那一代人难以抹去的理想主义的精神遗留，在他的诗歌写作中，仍然跃动着难以熄灭的激情火焰。从他诗歌的字里行间，可以窥视到朦胧诗人影响的蛛丝马迹，包括他在诗歌主题上对理想、光明、正义和尊严等等的执着追求，以及他在诗歌表达上对精神价值持之以恒的热情倾诉，都与那一代人的诗歌旨趣和书写方式无比契合。这并非意味着他的诗歌创作还滞留在那个逝去的年代，而是在其中有一种弥足珍贵的精神延续：在一个商业气息普遍弥散、消费欲望日益高涨的时代语境下，对于精神性的追求，已然不战自退溃败到了时代的边缘，于是，那些对此持着抗拒姿态的诗人，无疑成为一个醒目的标识、一把精神的火炬，照亮着陷入精神困顿之中的人们。

对于王立世来说，诗歌更多的并非为了抒情和寄兴，而是为了寻求潜藏于短小诗行里的深刻奥义，探究生存的真相、钩沉事物的幽微。他善于小中见大、平中出奇，抓住事物的一些微末细节予以生发，阐释出其中的微言大义来。这种构思方式，显然延续了现代新诗中"小诗"派的传统和余绪，以中国古典诗歌禅思顿悟的思考方式，企图在只言片语之间，迸发思想上的电光石火，实现一种突如其来的击中与照亮，具有"以少少许胜多多许"（郑燮《潍县署中与舍弟第五书》）的好处。他的许多诗歌，都能从那些具体的物象展开生发，发隐抉微，抽取其中的旨意，达到寸铁杀人、一剑封喉的快意效果。这是一种生活的炼金术，也是诗歌的炼金术，需要有点石成金的功夫，才能够化出神奇、缔造经典，其中有着诗人对生活的敏锐的睿智与深刻的洞察，诗歌的背后，是一双不为尘垢遮蔽的慧眼，和一颗困于世事迍邅但仍然不甘沉沦的悲壮灵魂。

美国意象派诗人庞德认为："与其一生写浩瀚的著作，不如写一个伟大的意象。"王立世也以独到的眼光和发现的视角，创造了"夹缝"这一意象，他用这一意象来表征人生的特殊遭际，甚至整个现代人的普遍生存状态，具有极其典型的时代意义。重要的是，诗人并非一味控诉社会和自甘沉沦，而是致力于从夹缝的困境中获得突围而出的解放，在人生的失乐园中，升起一轮理想主义的太阳，这才是"夹缝"这一意象独特醒目、寓意深刻的内涵所在。

此外，诗人还描写了大量与身体部位相关的一些诗歌意象，构成了他诗歌意象的另一重要组成。由于这类身体意象的参与，使他的诗歌显得有血有肉、骨骼嶙峋，成为一个个呼吸逼真、面目清晰的生命体。这是一种特殊的"身体写作"，是一种活生生的身体在场，但他绝不像一些纠结于人的身体部位与器官的诗人一样，迷恋于欲望和本能的宣泄，别有用心地吸引读者的眼球，挑逗人的低级趣味，而是通过对于身体存在的叙写，表现人的物质生存与精神追求之间的剧烈冲突，表达人的精神困境极其艰难超越。正如他在《一想到》一诗中所写："一想到我的黑发/会变得像白雪/……一想到我的双眼/会变得像废弃的枯井……我就不再为那些身外之物咬牙切齿"，可以看出，诗人既认同人的身体性存在与生物性需要，但更追求精神性的价值和理想主义的照耀，从而在灵与肉、身体与精神之间，做出了终极的选择和取舍，抵达精神的优裕从容之境。

二、夹缝中的苦难生存

王立世在诗歌里阐释了人的一种存在方式，即夹缝中的生存状态。他写过不少有关"夹缝"意象的诗歌，在这类诗歌中，他以近乎执着的姿态，在这个生命的"夹缝"中审视黑暗、向往阳光、言说着人之生存的受困处境和生命崇高庄严的社会价值。可以说，"夹缝"是王立世诗歌的一个关键词，是打开他诗歌世界和内心世界的一把钥匙。在《夹缝》一诗中，他写道：

　　夹缝里的草弯着腰

　　夹缝里的花低着头

　　夹缝里的空气异常稀薄

　　夹缝里的鸟鸣已变调

　　夹缝里的阳光都被折射过

　　夹缝里的风如箭

夹缝里的雨像子弹

夹缝，夹缝

你是我今生唯一的安身之地

    诗歌中的"夹缝"状态是一种处于明亮与晦暗、暖色与冷色、困顿与挣扎、沉潜与上升之间的中间状态，正好表达了人生的某种际遇与处境，或者人的某种心理和精神状态。夹缝让人感到生活的困厄与阻滞，同时，夹缝之中，也滋生着反叛与抗争，孕育着希望与生机，因而，夹缝也是宽阔、也是契机，如他在另一首《夹缝里的阳光》中所写："一束生动的光／经过多次折射／才抵达潮湿的夹缝／夹缝兴奋了许久／那些灰暗的草木／开始欣欣向荣／那些憔悴的鸟儿／开始鸣翠柳"。庄子曾经说过："人生天地之间，若白驹之过隙，忽然而已。"在这一层面上，诗人对于夹缝处境的叙写，又隐含着他对于人生的某种隐喻：百年人生，恰如在夹缝中的短暂穿行，伴随着与生俱来的挤压之痛。同时，在夹缝的生存状态中，诗人也试图以游刃有余的处世之道从容穿行，如他所写："每个人终得学会／像庖丁解牛那样／在夹缝里穿行"。但显然，由于诗人耿介忠直的个性，他更多地感到的是随处可遇的阻遏和无数的磕绊，诗人意识到，只有无视这些困扰与纠缠，抛弃世俗功利的羁绊，才能获得精神上的绰余，走向人生的无限深邃与宽阔。

    犹太作家、诺贝尔文学奖的获得者凯尔泰斯曾经说过："生活就是屈从"。正是这样，人生的整个过程，就是一个不断承受和屈从、同时也在极力反抗和突围的过程。"夹缝"中的诗人处于难以突围的精神困顿之中，同时，这种生存的苦难，也可能更加磨砺诗人的意志、激发诗人的抗争。他的《绊脚石》，就隐喻着这种阻滞与突破："让脚疼／让脚流血／让脚迈不开步伐／／让脚刚强／让脚充满力量／让脚踏上新的征程"，绊脚石可以让人倒下去，但也可以让人更加坚韧地走向人生的辉煌。而在另一首诗歌《雨》中，他写道："……我与雨较上了劲／享受着它没完没了的虐待／没有雨我会寂寞死的／我不再把雨当作敌人／只是担心／雨中我能走多远"，对于诗人来说，压力更多地来自内心的软弱和妥协，而不是外部劈面而来的风雨。诗人正是在外部世界宽阔与严峻，以及内在世界的狭隘与辽远之间，展开了富有张力的诗意空间，开拓着精神空间的无限开阔与广大。

在某种意义上，"夹缝"意象还是处于现代与传统之间的社会状态与心理状态的一种象征，诗人总是站在传统与现代的边缘和夹缝之中，不断地翘首前瞰和依依回望。他的《老街道之一》，正是这种心态的形象化呈现："沥青泼在身上时 / 老街道说：我疼 / 布鞋换成高跟鞋时 / 老街道还是说：我疼 // 更多的时候 / 老街道疼着，什么也不说 / 在回忆飞扬的尘土 / 和布鞋的温情"，老街道的疼痛，折射着在现代性入侵面前传统文化遭遇戕害的疼痛。现代性的要义之一，就是工业文明对于人性的奴役与异化，使人沦为现代文明的压抑对象或被动工具。现代性在推动社会进步的同时，也破坏了传统社会的许多美德，导致了人性的堕落与道德的沦亡，在物质利益与膨胀不休的个体欲望的驱动下，淳朴善良的人间温情已经荡然无存，取而代之的，是人与人之间尔虞我诈的钩心斗角和毫无温存的利益角逐。在如此平庸低俗的现代社会，究竟该何去何从，诗人面对着的是与 20 世纪 30 年代现代派诗人戴望舒在《雨巷》中同样的犹疑和徘徊，传统文明丁香一般清雅芬芳的影子，在诗人的心头一再萦绕、挥之不去，却又难以把握，只能目送它的影子越过颓圮的篱墙，消失在目光的尽头。

在对人的极度窘迫的生存状态的叙写中，诗人也在不断构建着自我的人格形象，言说着自我存在的价值与尊严。在他的诗歌中，诗人时而是一个备受生活挤压的苦难承受者，留下了他心灵的创痛；时而又是一个怀抱热爱与希望的寻梦者，迎着暴烈急促的风雨，走向夹缝之外的阳光。诗人既是一介谦逊卑微的文弱书生，又是一个洋溢正气的怒目金刚，他对人性阴暗污浊的指斥，对光明温暖的向往，显得棱角突出、爱恨分明，令人肃然起敬。尽管与 20 世纪 80 年代诗人相比，诗人少了许多对现实生活的批判与抗拒，多了一份对凡庸人生的接受与认同，但在这个充满苦难和无比虚妄的时代，他仍然表现出一个诗人应有的良知和坚韧的承担，理想主义的激情与信念油然纸上。

三、捕捉人性的阳光

每个诗人都在回归内心还是面向外部世界的关节点，在反抗与认同、阈限与超越、出世与入世、现实与永恒之间，寻求和达到人生状态的某种平衡，在这一过程中，我们承接着外在的风雨与寒霜，也感受着猝然来临的阳光。这里，"阳光"意味着光明、温暖和一切美好之物，映照着每个人内心的璀璨与绚烂。在王立世的诗歌中，他致力于从阴暗的夹缝中，拨寻暖意的阳光，靠近人间的温情，这时的诗人，如同从夹缝中伸出的草茎，沐浴着阳光的德泽，感应着灿烂人生与美好希望的召唤，使他的诗篇流溢散布出充满人性的光芒。

对于亲情的叙写，构成了王立世诗歌中的重要的暖色。在他的诗歌中，家是一个洒满阳光的温暖空间，在家这个充满爱心与关怀的小天地里，有把好吃的只留给自己的"偏心眼"的外婆（《外婆》），有"长成一棵大树／瞭望亲人"的逝去的祖父（祖父）；有经历沧桑岁月之后不再读"狼烟四起的三国"的父亲（《父亲的画像》），有眼睛明澈如"一汪秋水"的母亲（《妈妈的眼睛》）；有同甘共苦、相濡以沫的妻子（《给妻子》），有"我"渐渐才意识到"已经长大"的儿子……在"夹缝"的困厄处境中，家无疑是一个令人倍感心灵慰藉的地方，一个疗伤之所和栖居之地，这里有着一脉相承的血缘，亲人的基因在诗人身上得到了绵延和传续，如他在《视角》中所写："从前看／我像娘／从后看／我像儿子"，一种令人备感温暖的光芒，在几代人之间隐秘传递，绵亘不绝。人存在于世界上，每个人都需要有一个属于自己的后花园，对于王立世来说，家就是他的精神家园，是他生命中的阳光，在家的空间，他找到了生活的归宿和生命意义的支撑点。

在所有令人感到慰藉的人间温情中，爱情是王立世诗歌中最为真挚动人和诗意浪漫的部分，是来自炎凉人世的最为灿烂明媚的一缕阳光。他曾经写过许多爱情诗，或甜蜜幸福，或凄美哀婉；或大胆直露，或欲言又止，对爱情这一最为圣洁美好的感情，进行了不遗余力的讴歌和生命图腾般的膜拜。在《这爱情》里，他直白外露地抒发胸臆："这爱情／不附加任何条件／只是眼睛望着眼睛／身体暖着身体／灵魂吸引着灵魂"；在《与妻书》中，他发出了深情的赞美和动人的吟唱："你，不是什么女王／是一生割舍不断的故乡"；在《相遇》中，他展开了爱意缠绵的浪漫想象："我挥舞磨砺多年的刀斧／只想多砍些柴回家／和心爱的人／一起蹲在地上／慢慢把它烧成炊烟"，在《不一样》中，他书写着爱情对生命的修复和滋养："有你，苦和累都是一种享受／没你，甜蜜和幸福也是一种孤独""在我一个人的夜晚，你就是最亮的灯盏"，……对于爱情的叙写，折射出诗人内心秘而不宣的某种绚烂，这是诗人最为温馨甜蜜的私人空间，这里有他的现世安稳，也有着他的人生飞扬。正是在用爱与美编织的爱情的空间中，诗人找回了人性的温暖与光辉，在人生的苦难的夹缝里，找到了无比明亮和暖色的爱的光芒，获得了人性的救赎与疗伤。

一方面，诗人追寻着生命中的阳光，另一方面，对于生活中的黑暗的那些事物，他则予以批判性的呈现。这类批判常常是以"阳光"作为参照的，在阳光的烛照下，黑暗与污浊趋于洞明，几乎无处遁迹。他写过一些否定性的、负面意象的诗歌，如《影子》中的"影子"，《雾》中的"雾"等等，都具有极其凝练概括的特征，诸如"雾里分不清猫和鼠 / 雾里分不清狼和羊"等句子，都饱含着格言警句般的哲理意味。

四、诗歌：立世的方式

我不好对王立世这个名字妄加揣测，是否在其中有所寄托，但诚如他的名字一样，人之立世、处世，理当有所承担和寄托，理当立德、立言、立功，才能够在尘世有所存留，获得生命价值的巨大提升。于是，诗歌就成为王立世立言和立德的手段，正是以诗歌的方式，他建构着自我的道德坐标，完成对自我的言说，突破夹缝生存的局促阈限，获取人生的崇高与阔大境界。

与时下的诸多诗人相比，王立世的诗歌不以意象的繁复和结构的复杂而取胜，也不以花样翻新的技法和堆砌叠加的词语见长，而以相对单纯明朗的诗歌书写方式，作为叙述和表达的重要手段。他具有大巧若拙、举重若轻的诗歌品质，善于窥破物象、阐幽发微，以排闼见山之势一语道破，达到石破天惊的醒目效果。女诗人蓝蓝曾经在她的诗里写道："每种事物中都有一眼深井"（《一穗谷》），王立世所要做的，正是这项在事物的表面深入掘井、攫取事物的本质的工作，他的诗歌是一个不断掘进的过程，也是一个不断发现和道破世界的本质与真相的过程。

在王立世的诗歌里，有着强烈的道德诉求和苦难情结，这种苦难，既有夹缝中的生存状态阴暗逼仄的艰难，更多的是来自精神上的苦痛，是一颗在生活中迷惘的心灵，所感受到的刻骨的孤独。他的一些咏物的诗篇，都能够传递出某种人生的况味，他写过《风雨》这样一首短小隽永的诗歌，描写在风雨如晦的时刻，"风吻着雨 / 雨湿了风"，风与雨之间相濡以沫；但一旦外部患难解除，风和雨马上就形同陌路："太阳出来后 / 风和雨就吹了"，人与人之间彼此慰藉又在转眼间相忘江湖的世风浇薄、人情淡漠的浮世情景，令人不寒而栗。在《动物园》中他写道："人，有时 / 比羊弱，比狗贱，比狼凶""人的身体是一座巨大的动物园 / 有开屏的孔雀 / 也有打盹的老虎"，揭示出人性中非常复杂悖谬的情形。

可贵的是，王立世在诗歌中不是以与众不同和卓尔不凡自我标榜和期许，而是以谦逊质朴的卑微视角，对自我进行坦荡的剖白和深刻的反省。他的《流水》《排球吟》《寻月》《毛毛虫》《钉子》《墓志铭》等诗，都以极其低调轻声的方式，在外物与自我的相互比照中，呈现诗人灵魂中的卑怯与脆弱，是诗人自我灵魂的锥心拷问。诗人是真诚的，岁月的尘垢也难以留下太多的污痕，如他在《四十五岁感怀》一诗中所写："我还像那个原地踏步的孩子／涉世不深／用茂密的胡子装扮成熟／用纵横的皱纹遮掩稚气／心里空落落的／不知怎么应对／与日俱增的烦恼／和突然袭来的风暴"。透过岁月的尘埃与云翳，诗人在不断拂开遮蔽，重新唤醒清澈的初心，抵达诗性与人性的澄明之境。他以一个诗人的敏锐感知和内省气质，把笔墨指向了对自我的审视与批判，直击内心的黑暗与虚无，他的《反骨》《会与不会》《脖子与领子》《我爱我的王国》等诗，都是毅然决然的高声宣谕和自我告白，尤其是他的《心迹》一诗这样写道："我后悔一生的是／不能从汗水里／晒出更多的盐／不能从骨头里／提取更多的钙／不能从抑郁的心海里／捧出一颗理想主义者的太阳"，在一个没有英雄的时代，诗人唱出了普罗米修斯式的悲壮的英雄之歌。

当下，触目所及，几乎遍地都是诗人，每天都有车载斗量的诗歌作品在不断问世，一个诗歌廉价得在物质面前不堪一击的时代，似乎又促生着无数更加廉价的诗人。他们几乎都识时务地放弃了对精英意识的坚守，自甘精神上的贬抑与堕落，把诗歌变成了他们情感宣泄的载体和欲望书写的工具，变成毫无意义的话语繁殖。在这样的文化语境下，意义成了稀缺罕见的物种，简约成了弥足珍贵的品质。王立世的诗歌正是以简洁凝练、尺幅千里的风格，以对道德立场义无反顾的捍卫和对精神价值持之以恒的追求，完成对诗歌时弊的有力匡正。也许，他所面对的既是社会这个庞然大物，又是一个没有具体对手的无物之阵，他的情形，可能恰如里尔克所言："有何胜利可言？挺住意味着一切。"但正是在这一点上，才更能够凸显王立世自我存在的意义，凸显他诗歌存在的意义。

原载《名作欣赏》2015年第5期

秋水怡人，跃然纸上

——评王立世诗歌中的日常性诗意表现

◆张立华　王珂

　　秋水澄澈而深邃，在暗礁和弯道的洗礼中平静地流淌，就像人到中年多了一种沉静的力量。王立世的诗歌从最普通的日常生活中取材，所写之人，之物，之感皆有真实的生命体验，给读者呈现出亲切、丰富的画面感。通过诗人的"在场"，去掉了蒙在诗歌上面多余的面纱，将自我的精神状态真实地展现在读者面前，以情感的思辨切入人性的深处。当然，诗人在日常生活中追求诗意的同时难免会产生累赘的情感体验，以及因为拘泥于琐碎的日常生活而导致诗美不足的问题。但是能够在平凡甚至平庸的城市生活中寻找到诗意，还能够在诗意中挖掘出深刻的哲理，让智性写作大于感性写作，损失一些诗美并不可惜。

一、主体的介入

　　主体的介入在中国诗歌史上的发展经历了漫长的过程，在中国传统诗歌中，侧重于言志抒情，强调客体的存在，推崇"无我之境"为诗歌表现的最高境界。在现代诗歌史上，朦胧诗的出现，强调了一种主体性的价值，在诗歌中也多表现为一种隐藏的主体，将自我呈现在诗歌表现的时代语境中，而后朦胧诗又重新强调客体的表现，直到 20 世纪 90 年代，主体性又重新出现在诗歌视野中。而诗人王立世的《夹缝里的阳光》以表现主旨的差异划分为五个部分，无论是物象的选取倾向、感悟式的诗意表达、真切的爱情感受、浓浓的乡土情怀，还是友人的赠答之情，几乎所有的诗篇都可以看作是诗人的自我写照和灵魂的拷问，表现出浓郁的主体倾向性。所以，诗歌给诗人提供了一个从自我到真我的表现空间，也使得读者在诗句中体会到与自身非常贴切的情感体验。

诗人在《向于坚和韩东致敬》中写道:"狗日的,这世界乱七八糟 / 诗人却不在乎边缘,不在乎卑微 / 甚至不在乎嘲笑和打压 / 秉持自己骨子里的高贵 / 在生活的低处自由抒情。"表现了诗人坚定的写作立场,就是强调自由抒情,就像于坚所强调的"回到生活的在场"一样, 主体性的人自然是不可或缺的,"在生活的低处自由抒情"可以说是诗人诗歌主体价值的一种追求理念和践行标准,也是这部诗集所表现出来的价值取向和创作姿态。具体表现到诗歌中就是诗人以第一人称"我"进行直接的倾诉,使情感的流露更加自如。例如,"我后悔一生的是 / 不能从汗水里 / 晒出更多的盐。"(《心迹》),"今夜,我一个人举起酒杯 / 无所顾忌,痛饮大好年华" (《今夜诗》),"我的心像秋千 / 怎么摇,也摆脱不了孤单……"(《命运》)等直接表现诗人主体倾向的诗句。另外就是借助于物语隐秘性地表现主体倾向,这相较于直接的情感流露增添了一种神秘的力量,例如,在《门》这首诗中, "你的柴门 / 对我虚掩一生 / 又比那些朱门 / 充满暖意和高贵",通过"门"这一物象表现了一种人生的选择和主体的价值取向, "柴门"和"朱门"代表着不同的价值判断,在这里诗人以"柴门"表现了对平民生活的选择,而非高不可攀的"朱门"。针对生存境遇的问题,在《夹缝》这首诗中,诗人说"夹缝,夹缝 / 你是我今生唯一的安身之地",夹缝在诗人看来是一种险恶的生存境遇,面对的是如箭的风和像子弹的雨,然而正是这样的生存环境却是诗人的安身之地,言外之意更多的是无奈和苍凉。在物语中,诗人依然是一种隐性的"在场",其主体的价值左右着客观物体的情感倾向。

主体性在诗歌中的自由嵌入必然带着诗人灵魂的自审和对人性的书写,"它能看到我的毛发 / 却看不到我的骨血 / 它能看到我的手脚 / 却看不到我的灵魂"(《影子》),影子本是与人最亲近之物,然而诗人将其看作是一种"非我"的存在,甚至处于敌对状态,时刻保持警觉和排斥,这样就不可能接近和了解"我的灵魂"。诗人不断强调一种自我性,而灵魂就是真我,一种难以被了解的本体。这种灵魂的拷问还包含一种流浪孤寂的漂浮情绪,主要体现在其怀乡的柔情中,有"我不怕孤独,因为我越孤独,故乡离我越近"(《故乡之一》)式的柔情,也有"而今,故乡变成我的孩子,我把故乡天天背在背上"(《故乡之二》)式的直率。除此之外,诗人还在诗歌中表现出一种人性的关怀和揭露,例如《忍让》《利用》《仇恨》《真与假》《拒绝》等从诗题中就可见到诗歌主旨的篇章，诗人以感悟式的体验将不惑之年的所思所想诉诸于诗，带给读者自我思考的空间。

诗人将情感和思想的触角伸入到日常生活的情境中，以冷峻的眼光从夹缝的人生境遇中审视自己的灵魂。主体感受表现的过程中并不带给读者判断的负担，这是诗歌区别于说教禅理的重要方面，也是个人的主体性体验在诗歌中发挥的审美价值。

二、日常化的诗意表现

日常生活是诗人主体生命体验的主要载体。诗人从日常生活的细节出发，选取日常性的生活画面和场景，使得日常生态跃然纸上，增加了读者阅读的画面感，产生了直观朴素的力量。诗人在创作的过程中从取材、语言和表现手法等不同的层面展现出日常生活的诗意。日常化和诗意在诗歌中属于相互抵制的概念，如何从日常取材的诗歌中呈现出诗意是对一个诗人的考验，也是诗歌史上一个比较持久的话题。

王立世在日常生活的取材从其篇目设置就可以见得，例如从日常生活中选取人物，在其《爱情篇》中，诗人选取了"妻子""情人""玲儿""L"等具体的生命中可见的人物，还包括以人称"你""她"指代的人物，在爱情的物语里诗人将生命中真挚的感情付诸于诗句中，虽然都是生命里出现的人物，但是诗人却将其加以想象，就像"那个黄昏，因你轻柔的爱抚／小提琴、双簧管也按捺不住激动／从此，我不再是浮萍、柳絮和流浪的蒲公英"，通过这样的表述使得整首诗的诗意脱离了爱情通俗的层面。在《怀乡篇》，诗人写到祖父、外婆、妈妈、父亲、妻子、儿子以及童年的自己等熟识的人物，这些人物在诗人的笔下被赋予最真实的形象，例如在《外婆》中，诗人写道："亲戚们都说外婆偏心眼／有一点好吃的，就锁在红皮木箱／等我上门时，才肯拿出来／放到我手心，看着我送到嘴里／一颗慈爱的心才落地"，在这首诗中，诗人展现了一个慈爱的外婆形象，通过一个简单的生活场景作为典型将外婆对自己的疼爱表现得一览无余，在读到这样的诗句时极易引起共鸣，产生感动。

除了人物的选取来自日常生活，诗人在《咏物篇》中更是集中地表现了从日常事务中提取诗意的特殊力量，以物入诗在中国古典诗歌中具有悠久的传统，小桥、流水、落叶、繁花无疑都是诗人们的钟爱，充满诗意。然而在现代诗歌中，物的选取一直都存在着一种刻意和雕琢，在选择上经过精挑细选，诗意也是一种艺术的营造。而王立世对物的选取大多来源于真实的生活，在他的笔下，无论是月、雨、秋、流水、雾、风等一系列自然现象，鱼、桃花、树、苹果、蚂蚱、毛毛虫、狗和马等一系列自然界的事物，还是门、锁、伞、小麦、墙、钥匙、眼镜、地下室、火柴、写字台、钉子等生活中常见之物，以及手、脚、脖子、领子、胡子等与身体相关的事物都在诗人的笔下变得"活"起来，诗人对物的把握和描写在其诗集中是具有明显的诗意特征的。例如，在《小麦如是说》中，诗人写到麦子在"成熟的季节，告别了土地／被剥去皮，磨成面／搀进水，反复揉搓／今生，我不再是我自己"，诗人将最普通的麦子与"自己的人生"进行糅合，从麦子中反衬出人生的哲理，将性质本不相同的日常事务进行关联。在《夹缝里的阳光》这首诗中，"夹缝兴奋了许久，那些灰暗的草木，开始欣欣向荣"，诗人赋予了"夹缝"人的力量，同时又使用了悖论的效果，夹缝本来是一种狭窄的生存境地，然而诗人却说草木在这种境地里欣欣向荣，这也是对自我精神状态的一种暗示。

题材的选取来自于日常生活，也相对造成其诗在语言上的日常性，王立世的诗歌大多呈现出一种口语化的通俗特质，拉近了与读者距离的同时也造成诗美不足的现象，口语化的语言使得诗歌浅显易懂，就像在《感悟篇》中，诗人基本上都是以自白的方式进行人生感悟的倾诉，非常直白，例如《我累了》《我越活越不像我自己》《再次打量生活》等都是直接表现自我感受的诗篇。"在路上，我左看，右看，前看，后看／看到的却是形形色色的面具"（《在路上》），诗人把在路上的所见所思直接表现到诗歌中，但言外之意也值得玩味。除此之外，还有一些以简短的语言来表现人生哲思，例如，"左手加／右手减／／左脚从朝阳出发／右脚迈向日暮"（《一生》），在诗人的笔下，一生是手和脚的不同选择，因为选择的不同所以会决定会有怎样的一生，语言简短有力，富有哲理韵味。

题材和语言都是源于生活，那么诗意的表现就需要诗人不仅仅去简单地描述周围的世界，还需要一定的表现手段，概括来说诗人主要借助于意象、隐喻和通感的艺术技巧，将诗歌内容引向一个更广大的世界。就意象而言，庞德认为，"'意象'是这样一种东西，它表现的是一刹那间中理智和情感的复合，正是这种复合，在一瞬间的表现，引起了那种突然得到解放的感受，那种摆脱时间限制的空间限制的感受，那种突然成长的感受。"王立世在诗歌中采取的意象也多源于生活，除了上述我们提到的物象的选取，还有就是在诗句中表现诗人情感寄托的事物，通过意与象的融合提升诗歌的审美空间，例如诗人经常使用的"月"这种意象，在《月》这首诗中，"小时候／让妈妈用栓风筝的线／给我栓月／妈妈漫不经心地说／长大了／自己会栓的／现在／栓风筝的线丢了／月／比我童年／还遥远"，诗人通过意象"月"在自己和妈妈之间建立了一种联系，通过不同时间的状态下月的远近来凸现在自己的成长中某些珍贵的东西越来越远这样的变化。在《寻月》中，诗人说："多少个夜晚／我在城市的天空／寻找童年的那弯月亮。"诗人借助于城市和童年时候的月亮意象来表现此时独在异乡的处境和内心的哀伤。虽然是取材于生活，但是诗人正是借助于这样的艺术表现技巧使诗歌产生诗意，扩大了审美表现的空间。

三、 诗歌的精神向度

在现代化的进程中，诗人喜欢停留在日常生活中，回顾、眷恋、展望的多是日常生活场景，并且建构起自己的传统审美空间。王立世在这部诗集中，对日常生活的一些状态进行的反压抑处理，借用现代和传统的表现艺术，来表现日常生活中一个普通人的心理诉求，塑造出一个都市生活的漂泊者形象，对有相同生活经验的读者来说是一种灵魂的呼唤和精神的拷问。

王立世的诗歌创作可以概括为内在灵魂式的自省和都市里的怀乡情愫，其中灵魂的自省主要集中表现在其《感悟篇》中，诗人在日常生活中的所思所想，所感所悟都通过诗歌的语言进行表述，例如诗人在《一起》这首诗中，通过描述在日常生活中与友人一起散步、饮酒、下棋、打牌等日常交往事宜，然后思索当你孤独、落入陷阱和走投无路时，自己独自面对的心境，这是对友谊和自我的拷问，通过最普通的日常生活揭露人性的弱点是诗人在这一部分最通用的手法。除了这种比较隐秘的表现之外，诗人也会直接地表达灵魂深处的体悟，例如在《灵魂怎能不疼痛》这首诗中，诗人直接拷问灵魂，通过尘世的皮囊与生命的衰退之间形成一种张力，撕裂与他相依的灵魂，这是诗人面对生命的一种发自内心的呐喊。

人类的现代化建设首先是从城市开始的，乡村的城市化进程是一个国家的现代化进程的重要内容。中国长期是乡土中国，农业文明一直比商业文明和工业文明重要。城市诗在新诗史上有两次高峰期，20世纪30年代施蛰存办的《现代》杂志既是现代派的大本营，也是城市诗的集结地。80年代中后期梁志宏在太原主编的《城市文学》举办了多届"城市诗大展"，但是参展城市诗的城市味不浓郁，甚至脱不了乡土味。在80年代大陆并没有出现台湾罗门那样的有巨大影响的城市诗人，直到90年代初期，随着中国改革开放步伐的加快，一些诗人被抛入城市生活，才开始写货真价实的城市诗。由于《城市文学》大力倡导城市诗，太原形成了城市诗传统，梁志宏是20世纪80年代城市诗的代表诗人，潞潞、赵少琳也写了很多优秀的城市诗，尤其是潞潞在20世纪90年代中期写了几十首《无题》诗，精致优美，写出了城市人的"静观默想"，充满智性又情感丰富，受到了诗界的好评。王立世是21世纪的代表诗人，他的城市诗写作在今日整个中国诗坛都颇有特色，《夹缝里的阳光》是优秀的城市诗集。不管现代人，特别是生态主义者多么讨厌城市，城市仍然是人类生活的理想之地，因为城市集中了人类最重要的成就——都市文明。都市不但可以给人带来舒适方便的物质文明，还给人带来丰富多彩的精神文明，可以让人"诗意地栖居"，让人有更多追求"精致"生活和"精致"艺术的都市意识，还可以给人带来平等、自由、博爱、包容、合作等城市精神，让人更重视精神生活，产生责任感及批判意识。因此可以说正是现代都市造就了现代诗歌，都市诗的现代性应该与都市的现代化进程相同步。尽管王立世用《夹缝里的阳光》作为诗集名，可以看成一个城市人在摩天大厦林立的物理生存环境中渴望阳光，所以他通过写诗在城市的物质生活和精神生活中来获得"夹缝里的阳光"，但是他仍然热爱城市，热爱现代生活。目前大陆城市诗人最重要的是要把城市文明视为现代文明的重要代表，要热爱而不是抵触城市文明，要克服小农意识。城市诗人要写出城市生活的百味人生，对城市文明既要有强烈的批判意识，更要享受城市文明带来的幸福快乐。今日城市诗人应该是"城市的情人"，而不是"城市的仇人"，需要的写作境界正是"零点时分"的"诗性的倾诉"，而不是"理想的批判"，更不是"血泪的控诉"。

作为诗人，王立世是没有当今诗人普遍具有的偏执，没有当今社会普遍存在的"病态人格"。他热爱城市，也怀念乡村，并不把两者对立。诗人作为一个从小在农村成长起来的个体独自到城市生活，这样的一种变化造成了诗人内心的一种落差，面对现代都市的城市文明，诗人不断地追忆自己的童年和故乡，从实质上说是对传统生命的追忆和对乡野情怀的坚持。在整个《怀乡篇》中，诗人都直接诉说自己的情感倾向，例如故乡"不只是一个热词 / 更不是一个虚幻之地 / 是我生命的源头 / 更是我灵魂的归宿……若干年后 / 我也要魂归故里"，诗人认为故乡是生他养他的地方，无论走到哪里故乡都是灵魂的归宿，除了对自我灵魂的一种拷问，还在这首诗中表现出对下一代的担忧，"我只是担心／从小生活在城里的儿女／能否找到回家的路／在他们新版的词典里／有没有故乡的位置"，与其说是一种对故乡位置的担忧，不如说是对现代都市和传统乡野对立的担忧，看似诗人关注的都是自己的日常生活，但是却由小见大，是对整个人类文化的现状展现出的担忧。这是诗人的情感和思想向纵深延伸的精神向度。

诗人在表现怀乡情绪的时候还会借用一定的物象，通过与乡下相关的物象来阐释自己的精神诉求。例如借助于"多余的镰刀"表现了一个被遗弃的农具的心声，这其实是一种通感的手法，诗人将自己的情思寄托于"镰刀"之上，"大多数日子／被寂寞地挂在墙上"，这何尝不是诗人的真实写照呢。诗人还通过与故乡紧密相连的人物的书写来表现对故乡的思念，例如《祖父》这首诗中，诗人说"老家的坟头上／长出一棵大树／我把它认成了／离家多年的祖父／／祖父，被黑暗／围困太久，又不甘／寂寞，就长成一棵大树／瞭望亲人"，祖父可以说是故乡的一种象征，作为在故乡生活多年的人物，自身就带着浓郁的乡情，诗人想起祖父并且将其比作一棵大树具有很深的底蕴，从生活最基本的情感出发寻求所有记忆的慰藉，这是诗人在怀乡中展现出来的情感特质。诗歌作为时代精神的产物就应该体现一个时代的心态，那么一个时代的现代性则来源于最日常的生活，日常性应该逐渐成为诗歌创作的关注点，从日常中来展现诗人的精神向度，在日常生活中思考灵魂和人性，是诗人在日常性的诗歌中展现出来的时代精神。

四、结语

王立世的诗歌将日常生活的细节融入诗歌朴素的语言特质中，产生了呼唤读者生命体验的情感价值，通过一系列诗意的表现扩展了诗歌的审美空间和精神高度，然而正是因为日常生活细节的易于捕捉和不好把控的特点，其诗歌中也存在一些问题，主要在于繁琐的日常生活压抑着人的本性的抒发，在对抗中容易产生说教的倾向，导致情感表现的负担和诗美不足，口语化的平淡也减少了诗歌语言的美感，诗人还需要更好地探索城市诗写作中的日常性和诗意之间的最佳平衡。

原载《名作欣赏》2015 年第 5 期

曲径通幽的天地

——评韩思中的两篇小说

◆ 贺绍俊

《黄河》杂志今年第一期刊发了韩思中的两篇小说，有些特别，有些个性，让我不敢轻视这位冠之以"晋军新锐"的青年作家。

《天堂之门》的构思大概来自于民间关于人的生命有其定数的说法。那位一百零三岁的胡德海也许真的是成精了，从长出新牙到苍老的皮肤逐渐变得饱满，这种返老还童的迹象让他的亲人们感到了一种莫名的恐怖。像他的老伴胡婆就"被骇得心慌意乱"，她虚虚怯怯从床上爬起来；他的孙女胡大丫头面对爷爷突然长出的满头黑发惊呆了，竟做出从此不认这个爷的决定。这也许是很耐人寻味的心理现象，人们都普遍祈求长命百岁，但当自己的长辈真正生命力旺盛，反而会被视为反常而导致恐慌。不过作者的笔墨并不愿在这种耐人寻味上过多地停留，而似乎是要来证实人们对于长寿者的恐慌是有根有据的。你看，大雨滂沱时，胡德海缩在屋檐下"等死"，他的孙子在大雨中充满活力地冲洗身子，可是，一个从天上射下来的火球直接撞进孙子的胸膛，而等死的老胡德海却毫发无损。当胡德海越活越结实后，种种奇异的事接踵发生，孙女空手走路竟跌成粉碎性骨折，孙子养的牛无缘由地成批死去，玄孙失足滑进深水中淹死……尽管亲人们无不恐慌，但只有大孙女胡大丫头悟到了玄机："人老成精，物老成怪，我爷这样的活法，妨后人呢，折后人的福呢。"为了后人的幸福，她萌生出杀死爷爷的决定，她的决定也得到了众人的默认。结尾，失去理性的胡大丫头扑上去双手扼紧她爷爷的脖颈，这场面有点残忍，但这也许是她为后来人争夺生命的无奈之举。生活中许多巧合的事情经常发生，胡家的厄运难道就能证实是胡德海长寿的罪过吗？它不能证实，但它同样也不能证伪，这永远是一个玄机。这大概也是这篇小说的玄机所在，因为在现实中，人们的种种看似很理智的行为，也许只是在一种冥冥之神的左右下做出的抉择。我以为，在作者的内心里，有一股神秘的情绪在涌动。

回过头来再读他的另一篇《嫌犯在逃》，也许更能明白作者的用意。在这篇十分写实的小说叙述中，其实充满了奇异的关节。乡长和派出所的警官们对于孙浩、现役军人的处置，在我看来简直到了丧失理智的地步，而他们的丧失理智似乎都与那场大风雪以及凤城乡穷乡僻壤的闭塞环境有关。对于那位乡长来说，大风雪的这一天太重要了，他等待着市委副书记、市委组织部长和宣传部长们的到来，这些领导在他看来"都是厉害的角色"，这是一次为自己升迁铺平道路的机会，因此他也许把自己的理智之弦绷得太紧，当这根弦松弛下来时反而被卡主。可以想象，第二天清晨，乡政府院子传来警车的鸣叫声后，这位乡长以及派出所的两位大警官会是什么样的遭遇。也许这个结局读者在阅读之中就逐渐预感到了，但别有深意之处在于，在小说中一直被乡长和乡下警官们当成嫌疑犯的人最终没有被捕，相反，一直审讯着嫌疑犯的乡长们却将面对警车的囚禁。作者似乎是要告诉读者，真正在逃的嫌疑犯应该是曾经洋洋得意的乡长及派出所的喜旺、赵守礼们。他们貌似勤政守法，冠冕堂皇，但他们一直是在精神和心理上"在逃"。也许我们还可以将小说再往深一层想，那位裴庆春终于有了警觉，他所办的赌博的冒险事显然会给他带来幸运。但就是这位裴庆春，甚至包括充满同情心的米兰，是不是可以视为隐藏得更深的在逃的嫌犯呢？

《嫌犯在逃》与《天堂之门》内含着共通的精神，那就是对社会人生的不可捉摸的认同，作者以一种疑虑的态度感知世界，这或许会将作者带到一个曲径通幽的天地，但我想，作者在这过程中千万要把握住自己。

原载《文艺报》2003 年 3 月 25 日

以民间的维度呈现人生真面目

——读韩思中长篇小说《死去活来》

◆ 马明高

  这是一部厚重的长篇小说，因为它较为深刻、广泛、丰富地反映出中国北方乡民的生命本相和灵魂秘史，具有一种超我的精神启示；这是一部长河式的长篇小说，因为它较为真实地写出了黄河与古镇碛口的生命印记和精神秘传，具有一种对超民族、超国界的人类性和普世精神的追求；这是一部警人和警世的长篇小说，因为它虽然写的是过去式的焦家和常家的人和事，但它对我们当下存在的终极价值进行着怀疑、追问和批判，甚至是对人类当下存在的彻底终极性的追问。这就是我读完韩思中长篇小说《死去活来》之后的最初感受。

  我十分自信地认为，这是一部具有突破性的长篇小说。因为它不再像《创业史》《红旗谱》《古船》《白鹿原》《第二十幕》《生死疲劳》等小说那样通过地方史、家族史和人物志的宏大叙事，反映国家的百年历史和共和国的荣辱兴衰史，不再用教科书上的大历史来对自己小说中的人物、事件和审美世界进行支撑，不是用自己小说中的人物和故事来印证中国历史，它不依附于历史，不妥协于历史，而是通过自己建构的家族史、人生史和生命史自身的复杂性和丰富性来观照大历史和大生命，通过心灵史和灵魂秘传来呈现大历史和大生命，以民间的文化维度和伦理维度来呈现生命的真实面貌和人生的本来面目。《死去活来》以民间文化、民间生活和民间形象为厚重的依托，努力摆脱先验的历史建构和传统的史官式的历史书写，将活色生香的人与生命放在巨大的物质流和时间流中书写，写出了人在特殊的历史情境中的制约选择或自由选择，写出了人在社会历史和自然史中的生命情景和人性活力。通过小说本身丰繁而复杂的审美世界来传达历史进程中关于个人选择的道义性、逻辑性和可能性。焦世勋的选择，决定了他自身荒诞而严酷的灵魂转世传和生命史，决定了焦氏家族百年的沉浮兴衰。焦宝成、焦宝盛、常万春、常子大、常子宏以及赵恩举、张皓等人的历史制约选择或自由选择，都按因果缘原的逻辑性和道义性造就了他们自己或喜或悲或惨或凄的生命情景和人生苦果。那条古老的黄河永远不死，它见证了这一切。它验证了"万事不由人，凡事不由人""人的命，天注定，如何硬得过命中定"的普世精神，验证了"天有天道、人有人道，狗有狗道"的人类生命之伦理法则。这是多么宏大、繁杂而丰沛的审美世界啊！但韩思中先生通过自己几年呕心沥血的精神劳作，就给我们建构了这样恢宏的生命历史和灵魂王国。

《死去活来》的意义就在于，韩思中怀着这种"责任"，着力塑造出沈玉兰"这一个"生命与灵魂轮回转世的独特形象。

沈玉兰，是将"吸纳天地、阴阳、山野、溪水之灵气，历经风、雨、雷、电、霜、雪之侵袭，方才成就的灵物"——青蛙白蛇煮食的张皓之转生。她是焦世勋与寻找情郎周通未遂的沈姑娘的情雨之果。可她又被不知情的焦世勋娶为妾，在贴着"枕上桂菊奇香，衾中海棠新雨"对联的朱漆大门中"妙在其中"了，生下仅存活了八年便被老河吞没的儿子灰灰（后转生成一只山羊，伴随着她）。她被反复卖入"桂香阁"成为妓女。若不是被来古镇巡视的国民政府督学焦宝盛（焦世勋二公子）所识，险些成了国民政府的县长。她被勇猛摔死日本醉兵的痴憨人——"抗日英雄"常万春在批斗地富反坏右的大会上救出，成为常家媳妇，生下当过村主任的常子宏和当过副县长的常子大。一个在她亡而未死中暴死转生成狗，一个晋升至副市长时被"双规"。还有一个女儿常桂菊，丈夫春生捉蝎子却被千万只蝎子活食而亡。因此，她被常家后代视为"老妖婆"而划清界限。她只能和那十三岁被去"蛋"的瘸腿法术之人苟不二相依为命，最终只能和她既是"爹"又是"干爹"的焦世勋转生的"老泪纵横"的老骡子，以及他们的儿子灰灰转生的可怜小山羊在一起。她在过完70岁生日之后，"不吃不喝"病了三个月，死而复生。二十年余里，她目睹了焦宅、常宅沧桑而荒诞的兴亡荣衰，目睹了自己的孙子常树根和玄孙女焦倩倩喜结良缘后，大喝一声"南无阿弥陀佛"后，"把眼睛睁大了睁圆了，斜刺地戳向天的尽头"！沈玉兰就是这样一个充满生命的悲与喜、情感的痛与伤、人性的扭变与乖张、世态的炎凉与惨烈的人物形象，是一个看似生命坚忍而柔韧，却蕴涵着寓意纷呈、丰盈饱满的、既感性而又荒诞、既抒情而又富于哲理的"民间形象"。

"朝代只是件衣服，人无所谓穿那个朝代的衣服，人就是人"，刘震云一语中的。这也就是《死去活来》中所说的"天道、人道和狗道"。这也就是阅尽人间沧桑无数的荀不二所唱的那首《造人歌》："世上的怪事数不清／最难的就是人造人／拣起个树枝枝搭骨架／尿水水和泥抹一把／捏一个脑袋拽出两根儿腿／扯出两个胳膊挪两只眼／安上个嘴巴定好个心／最麻烦的事情只一桩／提住魂儿揉进身哟／活脱脱就是一个富贵的人儿……"由此而言，"沈玉兰"无疑是中国当代文学史中的又一个"这一个"人物形象。她在当代长篇小说人物形象中的"这一个"的意义和价值也正是于此。

《死去活来》中的每一个人物都有着强烈的"民间性"。"太岁""活节子""猫鬼神""收法""使法""祈雨""河灯"，以及民间三弦书的咏叹、俚曲小调等等所有的"民间文化"和"民间形象"，都在传达着人类大爱、大恨、大狂、大悲、大暗、大冷的情思，传达着古镇暧昧的乡间风情，传达着民众冤屈和伤痕的复杂的内心世界，诉述着乡村社会难以摆脱苦难与罪恶的根由。也正是这些民间文化和民间形象难以言说的神秘力量，与神奇、传奇、荒诞，一起构成了民间伦理与民间价值的复杂性和丰富性。

我觉得，在当下这个世情喧嚣、人心浮躁的"转型"时代，整个文学创作界思想根基虚浮，独立意识孱弱，想象能力匮乏的症候下，韩思中先生能将自己的审美目光、想象和笔触深入到黄河碛口的乡土世界，用一种民间的情怀去看待、发现生命的丰富与复杂，呈现人生的自然面貌，不能不说是一种具有责任感的写作姿态，不能不说是一种具有文化感与人类性的宽广胸怀！

2002年，我以《触摸、洞察与批判》为题写过一篇韩思中小说论，我认为他的中短篇小说具有较强的洞察力和批判力。现在，我欣喜地看到他的长篇小说《死去活来》也是有强烈的洞察力和批判力。我觉得，文学要想实现对人生的真正反映，必须实现对历史、社会和时代的超越。而要想实现这些，必须要有两大能力，即俯视能力和洞察能力。作家只有从历史、社会和时代中抽身出来，反观现实世界，他才能俯视生命与人生。在这个信仰坍塌、神性解体的时代，只有带着"慎终追远，敬天畏神"的理想主义，依靠神性的写作，才能重建文学的自信和人类的自信。《死去活来》正是超越了苦难与悲痛，运用"神"的视角，通过"非人"对人类的俯视和洞察，实现了对历史、社会与时代的超越，不断地向人物内心探询和掘进，直逼人类生命与现实人生的存在本相。但这一切都在历史教科书中找不到，摸不着，因为这一切都是作家伟大的想象和创造。

原载《小说评论》（学术综合）2011 年第 5 期

生活从记忆开始

——张卫平《心中的菩提树》及其他

◆张锐锋

世界是因记忆而存在的，如果没有记忆，这个世界与我们的关联就会减少，我们也就沦为条件反射式的动物存在，我们也不可能建立辉煌的人类文明。我们是最重视历史的民族，从三千年前，我们就开始记录我们的生存活动，积累我们的集体记忆。所以当历史学家研究中国历史的时候，发现我们拥有浩如烟海的历史典籍，有着各种精细的历史细节，以及各种丰富的民间野史——如此众多的记忆资料，影响了一代又一代的生活方式、价值观念、审美取向和习俗个性。我们并不是一下子成为现在这个样子，而是经过了长时间的文化演变和记忆储存，不断进行历史信息搜寻和分析解读，才形成了我们今天的生活形态和社会结构。我们的性格特征中有着深刻的历史记忆基因，我们在看似不经意之中接受了记忆给我们的命令，并体现在我们的日常行为中。

个体的记忆也是这样，不同的个体记忆形成了属于他自己的经验，并在这经验的背后，有一个隐秘的认知结构。这让我们在生活中的每一个抉择，都是经由长期积累的信息演算而做出自己认为的最好决断。这种记忆对于生活的介入，是一个基本的事实，我们无论怎样挣扎，都不可能逃脱记忆的支配。

对于一个文学工作者来说，他所写的一切基本上来源于记忆。即使是虚构文学，也同样是以记忆为基础的，没有这些个体的记忆，一切虚构都失去了活力。张卫平的新作《我心中的菩提树》就是一部关于记忆的书。他写自己的个人感受，总是从记忆中找到一些对他来说重要的生活细节，从而看到这些现象背后所隐藏的思想，就像医生观察一张 X 光片一样，生活是有骨架的，它不是现象的堆积。可以说，每一个生活现象，都是关于自己以及世界的寓言。只是由于我们记忆的深度和广度的局限，很多意义非凡的记忆流失了，剩下了我们能够记住的东西。

张卫平的这个散文集，是从他创作的众多作品中筛选出来的。一个农夫要筛选出质量和品质上乘的种子，是需要一些技术手段的，也需要他的记忆和经验铸造出来的尖锐眼光。他从偶然观察到的韭菜宿根的事实，看到经过风雪严寒之后的顽强生命力，也看到了生活的艰辛与不易，朴素的生活理念从十分平常的植物中提炼出来。《淡黄色的月亮》中，他看到了生命历程与月亮阴晴圆缺之间的相似性，其实曲折的生活就是常态的生活。他也从记忆中搜寻从前乡村生活经历中的各种人物，既有身边的亲人，也有同学和朋友，还有那些具有鲜明个性特点的、留存在记忆深处的人物形象。

他的九龙湾、书房院和大槐树，他眼中的姥娘、英姑、二舅、岳父、张十二哥、石六旦老师、冯先生、民间说唱艺人福牛、牧羊汉子等等，他记忆中的人物一一登场，演出了一场不同寻常的盛大戏剧。其中既有朴实的劳动者的经典形象，能说会唱的乡村艺人，以及具有坚强个性、又有人性中柔软一面的普通人。这里有悲剧命运的承受，也有特殊年代的荒诞语境中人的真实情感，还有惊心动魄、催人泪下的爱情……

记忆在写作中发挥了巨大的作用，唤醒了灵魂中沉睡的激情，演绎了一个时代的乡村故事，提供了社会断面上截取的景观样本。我注意到，张卫平在写作取材中不满足于单纯的个人记忆，还将发生于故乡的集体记忆收入自己的宝囊。他将这样的记忆分成了两部分，一部分是历史记载、实物遗存，另一部分是民间记忆和传说。只有这两条河流的汇合，才会有真实的历史激流，才会有河柳绕岸、花分一脉的生动历史镜像。

故乡矗立的雄浑的雁门关以及发生在雁门关的英雄故事，还有 1600 年前的慧远大师、明代军事家和文化学者张凤翼、孙传庭，以及后唐时代的青年英雄李存孝等等，尽管这些历史人物的人生传奇是由一系列资料构成，但其中也足以看出作家的理想主义情怀和英雄主义激情。历史的演出并没有完全谢幕，而是经由文字得以复活。

如果历史仅仅是一些发黄的史书，它就仅仅是躺在纸面上的骨骸。只有民间的历史记忆才能赋予它血肉。这些民间传说和记忆也许并不准确，但它是鲜活的、生动的、具有质感的和传神的。性格倔强、自尊和坚守爱情的王家戏班中的名角十二红，忠于职守、主持公平正义、捍卫公序良德的纪知事，有着儒家情怀、举止优雅、坚守民族大义的石先生和在悲歌中愤然赴死的贾先生，既具有传奇色彩，也具有典型的文化象征意义。它所表达的是民间理想和大众对传统道德人格的向往和追求。

1954 年，日本生态学家 Syuiti Moyi 开始了一项长达 60 年的实验，他将果蝇用黑布罩起来，经过 61 年后，繁殖了 1500 代，发现这些果蝇的后代发生了数十个基因的变异，它帮助这些果蝇后代适应完全黑暗的生活。但是，一个独特的现象引起了科学家的注意，那就是，这些果蝇仍然保持着先祖的趋光性。很多历史事实已经被遮蔽了，就像这些果蝇一样沉浸于黑暗中，但它仍然有着和生命一样的趋光性，张卫平的这部散文集将历史的趋光性点燃了，并用记忆为我们提供了一束明亮的光线。

明月尽头无秋风

——张卫平长篇小说《歌太平——萨都剌》创作中的存在主义思辨

◆杜海燕

元代实现了中国历史上第一次汉族人被少数民族所统治，而蒙古人具有与汉文化迥然不同的性格特征、生活习性和文化背景，他们具有自卑与狂傲的叠加，彪悍和直率的猛力，嗜血却重义的多变，这些都纷纷碰撞在汉族文化这个巨大的容器上，呈现了民族和文化等各方面斗争、纠葛、融合的复杂性，甚至带有了混乱交错后的变异性，这些现象一直贯穿在元代初期、中期和后期的历史中，伴随着民族立场和文化选择的矛盾斗争，再加上与世界范围的交流沟通、任用外国人做官吏，最终收获了经济、文学、宗教等方面全球性的视野拓展。

在元世祖忽必烈到成宗铁木耳的元代初期，统治者面对深厚的汉族文化，必然要用加速的发展，展示其蓬勃的执政力量，因此采用汉族法律，初创了政治、经济和文化各项制度，呈现出向前发展的态势。而从武宗海山到泰定帝也孙铁木耳的中期，元代走向了衰落，社会矛盾日益激化，皇权斗争也日趋激烈，各地起义不断爆发。其间的"英宗新政"也仅是昙花一现，无法从根本上挽救元代的衰败之势，后来新政失败，英宗也死于非命。从明宗到顺帝是元代的后期，即元代末期，元末农民战争的爆发加速了它的灭亡。当我们无法体验置身在这股洪流中纠葛痛楚时，只能透过文学描述呈现的种种意象，尝试着达到感同身受的共情效果。山西作家张卫平近期力作《歌太平——萨都剌》，正是能够实现这种体验式阅读的小说作品。最有意思的是，小说无意间完成了一种海德格尔式的"翻转"哲学思考，通过对作者和作品以及主人公的翻转式思辨分析，我们也能够更好地理解了海德格尔存在主义哲学在文学审美中的价值。

一、作者与作品共情是否具备可能性的思辨

存在主义哲学家海德格尔认为："现象学所领会的现象只是构成存在的东西，而存在又向来是存在者的存在，所以，若意在显露存在，则先须以正确的方式提出存在者本身。存在者同样须以天然通达它的方式显现出来。"基于此，则需比较作者感知作品主人公的共情渗入度。

1.作者参与主人公情感体验的渗入度分析

作为主人公的萨都剌是生活在元代中期的诗人，多数认为其民族成分为回族，少数认为是蒙古族，但其先世为西域人是肯定的。萨都剌出生在古雁门，即为现在的山西代县。据记载：其祖思兰不花、父阿鲁赤世以膂力起家，累有功勋，受知于世祖、英宗，命仗节钺留镇云、代，可见萨都剌出身将门，但据其《溪行中秋玩月》诗自序中得知，其幼年"家无田，囊无储"，生活贫穷。萨都剌青年时曾奔波吴、楚做生意养家，在泰定四年（1327年）进士及第。根据历史记载，萨都剌此后分别担任了京口录事司达鲁花赤、江南行御史台掾史、燕南河北道肃政廉访司照磨、闽海福建道肃政廉访司知事、燕南河北道肃政廉访司经历等职，都是九品至七品小官，他足足熬过了学海、商海、宦海的艰辛人生。虽然出生在边塞，但是生长和终老都在汉文化繁盛的江南，其诗作中的意象虽然多有"飞鸿""长弓""明月""秋风"等，但落笔之景多为类似"照见芙蓉叶上霜"，从中表现的是细腻的观察，细腻的体会，这是他和其他少数民族诗人完全不同之处。

作为《歌太平——萨都剌》的作者张卫平，祖籍为山西代县，有着蒙古族的血统，深受马背民族文化的熏陶，但是成长于汉民族文化体系下，人生也经历过学海、商海、宦海的洗礼，并从事了专业的文学创作，这些经历，与萨都剌的情感纠葛、矛盾具有了共情的可能性。因此，本书的价值在于，作者能够写出这样一种复杂的性格变化过程：萨都剌作为少数民族文化熏陶下的代表，因为长期居于汉文化繁盛的江南，自觉接受了审美的改造，从而展现出对强大文化力量感召的向往、对自我民族文化劣势的反思，甚至表现在处理复杂关系时情与理的不对称性。

2.作者与作品主要人物共情的不可能性思辨

诚如海德格尔所言："一旦此在全然不再有任何亏欠，一旦此在以这种方式'生存'，那它也已经一起变成了'不再在此'。提尽存在的亏欠等于说消灭它的存在。只要此在作为存在者存在着，它就从不曾达到它的'整全'。但

若它赢获了这种整全，那这种赢得就成了在世的全然损失。那它就不能再作为存在者被经验到。"他认为"世界不是由上手事物'组成'的。"

在这部作品中作者的上手状态正是企图通过描述而显现的真实效果。作者通过文字的形式还原了一幅元代世俗画，如果按照海德格尔的观点来看，描写的越加细致，则距离萨都剌越远，离张卫平越近。因此，在结果上呈现的就是"仅仅现成在手的存在"，而作者"为了在对'周围世界'的日常操劳之际能够让上手的用具在它的'自在'中来照面，寻视'消散'于其中的指引与指引整体性就得对寻视保持其为非专题性的，当然，它更得对非寻视的、'专题的'把捉保持其为非专题的。"也就是说，张卫平在理解萨都剌的时候，使用了通过自己内心的观照，借用现实生活的解构过程，用碎片的方式，重新拼贴成小说中的元代生活，而这种再造即使是尽其所能，也只属于作者本人的理解状态，只是借助萨都剌完整的表现自我的再造思路。可以这样说，作者把描述萨都剌的人物性格作为一种"操劳"，实现的是重构的自我世界，"存在者的自在就在这里面组建起它的现象结构"。虽然是一种完整共情的不可能，但这正是文学创作中的双重审美效果。

通过这种关于"存在"源的思辨，才能更好地体会作者形成了和萨都剌交织在一起的此起彼伏，忽他忽我的纠缠，才能更好地欣赏此小说的多重审美氛围。

二、作品意象的审美思辨

海德格尔的存在主义对文学审美的启迪性就在于"翻转"（turn over），从胡塞尔的现象学开始，他们开始重新审视笛卡尔"我思故我在"的"在"，到了海德格尔这里真正实现了探寻定义之前的本源，据此思路，笔者尝试在张卫平《歌太平——萨都剌》的审美分析中沿用此方式，解构文本中意象的本源和归属。

1. 作者的诗歌切入方式分析

在整部作品中，作者选取了萨都剌41首诗作。这些诗作的引用，重点分配在萨都剌去镇江府上任的路上和到任遇到茂盛粮行案件后游访茅山的篇章中。

引入这些诗的前后情境，基本是与友人或者随从，面对山水，饮酒惆怅，有感而发。在阅读体验中，笔者体验到，小说作者对这些诗歌的切入状态显得有些"生冷"，也就是说在切入诗作的前后没有语言过渡和铺垫，也没有上下文意境的连缀，而是直接将诗歌或者其中的一部分切入在小说中，并使用版式、字体编排的变化强化了这种分离，这种看似突兀的审美效果造成了叙事风格的粗犷，又在内容上和诗作本身的细腻形成了鲜明的对照，这些形式的反差，也能够表现作者身上具有的蒙古族性格，那就是：做事没有解释，直来直去，这种气质显然在萨都剌的身上也应该有的。这种无意识采用的叙事风格，正好契合了小说人物萨都剌本身性格的两面性：蒙古人彪悍尚勇的习惯不时对撞着他追求汉文化深厚沉静的审美趋向，如同一杯火辣辣的烈酒，偏要用描画着梅兰竹菊的一钱大的酒盅徐徐咽下。这种性格的对撞，也正是为小说矛盾冲突展开的茂盛粮行案件埋下伏笔。例如开始在萨都剌处理案件时，简单地认为秉公执法、侠肝义胆就能达济天下，但事情并不如此简单，经过案件的当事人生生死死、阴谋一环套一环，后台一个牵一个，包括知府甚至朝中官员都涉及其中，萨都剌也经历了不断的挫败，才逐渐掌握了处理复杂关系的方法，但这些都引起他的厌倦。这些性格的变化，都与其文化草原文化背景有关。后面章节描写的萨都剌在开仓放粮赈济灾民的行动中表现的大爱情怀，则显然是接受了汉文化中对君子境界的追求。这样的成长过程，通过知府依托朝中权贵坐稳官椅又被推翻的章节刻画出来，此时的萨都剌表现出的宠辱不惊，则标志着思想的真正成熟和超越，这种超脱是建立在对生命的终极思考上的，这也是汉文化追求的最高境界。

再比如，在设计茂盛粮行案件的环节上，小说作者故意减少诗作的切入，使得节奏加快，造成叙事压力，到了开仓放粮赈灾，利用萨都剌忧国忧民的诗作中内容风格的变化，达到了人物性格的升华的暗示，同时也为萨都剌最后入茅山归隐做了铺垫，而结尾简洁的笔墨，素素勾画，就仿佛有了道家的羽化成仙，驾鹤而去"空留黄鹤楼"的感觉。这种决绝的表达，竟然有了参空看破的禅悟效果。读者会随着萨都剌的这条从政之路，体验到：做事勇猛直接的蒙古草原文化，一旦和汉文化融合，并在利益争夺的放大镜里，必然会带来开始时仓促、鲁莽、慌乱、烦躁，只有借助了汉文化中的智慧高度，才能实现对生命的旷达和洒脱的升华，也才能掌握对细腻感情的梳理和驾驭。

恰如海德格尔指出：我们"人们尽可以声称通过某种经验把握了此在，但若某种东西根本不能像这种经验所把握的那样夺在，这种东西原则上就摆脱了某种可经验性"。因此，张卫平的这部小说，看起来叙事线索明晰，但其实暗藏玄机，也许通过对这种诗歌切入的方式的分析，能够体验其叙事风格背后暗藏的性格特质，而这种性格特质正和主人公萨都剌达成一致，形成了阅读感受的完整性。这样的布局设计，体现了作者已经不再限于用文字创作，而是调动所有的文本元素铺张成一种叙事氛围、禅悟氛围。

2. 作者情感线索的意象分析

《歌》的叙事线索，很清晰的表达为：从政官场争斗和萨都剌对红颜知己小燕子的搜寻——怀念——追寻。为什么从前到后都要贯穿对红粉知己的"牵挂"？

小燕子这个形象，其实是作者和萨都剌抽象情感的意象载体。官场争斗则是关乎理性纠葛的意象载体。两条线索即是表达一个完整的人性，象征着情与理在年轻的时候，各执一端，好像能够分得清楚，但内在其实是一个整体的两个侧面。这样安排小说的线索，是非常具有哲学思辨深度的。再比如：小燕子的身姿之美、才艺之美都是汉文化的审美方式，而小燕子对萨都剌的忠诚则表现出蒙古族的血性，之后小燕子出家是汉族的隐逸文化，最终萨都剌因为其女儿红玉而找到小燕子，并一同隐逸的结局也表达了汉文化的融合能力。小说作者在这样的安排中，自然而然地再现了民族融合的过程。可见，即使是小燕子意象的本身，也具备了多角度的思辨价值。

马背上的民族性格，是在敌人面前要彪悍勇猛，柔情则表现在珍爱自己的家庭和家族上，但是他们不会寄情于某个女人，如同爱草原不会爱某棵草的道理一样；而汉族长期密集性群居，为了和谐共生，通过哲人圣贤的道德教化，塑造了做人的"君子"境界，这样使得他们能够超越对小家的小爱，扩展为"家天下"的大爱，遇到表达微细情感的时，会寄于山水和爱情。《歌》中的小燕子作为萨都剌爱情的载体，其形象具有：俊美的容颜、精湛的琴艺、优雅的谈吐仪表、忠贞的爱情、卓越的同理心、顽强的生命力。这些魅力清晰地连缀出汉族的君子美德。因此，对小燕子的追求就是萨都剌对自己理想人生境界的追求，也代表着小说作者的理想人生境界的追求。这种美德，并不仅仅是中国的审美，也是世界上所有人类的共识。在《海德格尔谈诗意地栖居》中有这样的评价"艺术成为艺术作品的本源和领先，成了作品创造者和保存者的起源，成了一个历史族群的存在方式"。人的实质是生存，当这一点明晰起来的时候，我们就看到了无论每个人在怎样的文化背景下观看明月，都是建立在人对自己存在价值的思考上，正如本文题目写到的：明月尽头无秋风。明月可能是天上的那一个，来自禅宗公案中手指明月的典故，来自萨都剌的《泊舟黄河口登岸试弓》："泊舟黄河口，登岸试长弓。控弦满明月，脱箭出秋风。旋拂衣上露，仰射天边鸿。词人多胆气，谁许万夫雄。"而秋风本文所指是"空"的境界。所有情感的追索，其实都是关乎生命存在的意义的，情感的意象就是指向了生命存在意义和价值，也是海德格尔向死而生的思辨，也是所有人类关乎生命的终极体悟，站到这个角度，文学的审美就突破了文化的边界了。因此，这篇小说的两条线索，并不仅仅是属于萨都剌的人生体验，也是所有人的关乎生命的最终追问。无论怎样的民族背景和文化，在经历了世间沧桑之后，必然都会回到人生的思考，如果站在这个角度，就没有了民族界限了。

可见，无论在表象上各种文化有怎样的形式上的不同，但最终面对死亡来临所做的关乎生命的思考，几乎都很相近。"只要世界之内的存在者同样也在空间之中，那么这种存在者的空间性就同世界具有某种存在论联系"。（海德格尔）

三、结束语

海德格尔在哲学研究的后期，对中国老子的《道德经》深有感悟，他看到"原始的真实的真相乃在纯直观中"。那么，在欣赏《歌》这部小说中，我们同样能够运用纯直观来达到一种新的审美目的：即我们"所寻求的是此在的一种本真能在；这种本真能在是由此在本身在其生存可能性中见证的。但这一见证自身首先必须能够被找到。如果这种见证可以'让'此在其可能的本真生存中领会自己本身，那它就会在此在的存在中有其根苗。"也就是说，张卫平依据了自己的经历背景，实现了与萨都剌的链接，在空间中的直观体验，首先产生于对自身的透视，通过这样的领会，尝试接近生活在元代的萨都剌，两者在小说中实现了共生。就像小说中的从政和爱情两条线索一样，看似不相干，但是内质都统一了人性的矛盾和升华中，如同张卫平和萨都剌在创作中实现了"存在"的统一。"一件艺术作品不仅仅敞开一个世界，它也树立一个世界，一个其所属的世界"。（《海德格尔谈艺术》）

因此，对于创作者和主人公的关系，我想用一段对话来表明本文思辨的路径。"奥古斯丁问道：谁能揭开这个疑案？他不得不答：主，我正在探索，在我身内探索：我自身成为我们辛勤耕耘的田地"。

《狼密码》：李迎兵的叙述策略

◆ 老九

新世纪以来，小说的主流意识，似乎成为创作的一大热点。小说题材和叙述的宏大性，也带动了文学类图书的销售，而且与小说同步或稍晚出现的相关影视剧也在热播，从而使得一些长篇小说借助影视剧走红，开始频频获得各级政府奖。李迎兵的长篇小说《狼密码》（山西出版传媒集团山西人民出版社），从出版到上市都是属于慢热型。李迎兵在《狼密码》中所表现的叙述策略，也有别于同类题材的宏大性。

我以为，这与李迎兵在《狼密码》中的叙事策略及价值追求，似乎有某种微妙的关联。这种叙事策略主要体现在对小说主人公刘渊的塑造上，既在"人民创造历史"的思想框架下，其叙述与主流意识形态所肯定的"人民话语"相暗合，从而又潜在地展现为某种普世情怀予以合法性的肯定，并达到与小说不同人物命运的殊途同归和宏大主题的默契。也就是说，李迎兵在《狼密码》里的叙述策略，既要展现小说审美品格与人性深度，又要突出作为枭雄人物身上所体现的历史周期率并由之所引发作家现身说法，对全书复杂化题旨和思想性的强调。

一、历史叙述的意义共契

李迎兵，中国作家协会会员，多年担任鲁迅文学院辅导教师。他主要出版有三部长篇小说，两部中短篇小说集，两部评点集，以及数百篇散文、评论等三百多万字。多年的工作旨归，直接诉诸全国千千万万的普通青少年函授学员。中国作家协会副主席、著名作家张平曾对《狼密码》如是评价："李迎兵笔下的刘渊就是这样成功的案例"。这是因为，"人与人之间，心与心之间，人与社会历史之间，人与自然万物之间，有一种温馨的亲和、神秘的感应"。著名评论家胡平、王青风也表达了类似的看法。李迎兵笔下的主人公刘渊身上，体现了这种意义共契的信念，并在长篇小说的文本中进一步得到彰显。首先需对"人民性"或"老百姓"一词进行必要的话语指认。著名评论家雷达说："关心人，要优于先关心某些人。"

《狼密码》取材一千七百多年匈奴贵族刘渊离开西晋都城洛阳返回离石、左国城起兵造反的历史故事。小说一开篇千年狼谷刘渊打狼，给了读者以很大的想象空间，并进而在随后成为一种叙述的策略。

这种策略性表现在：一方面，"历史枭雄"刘渊的人物塑造上可以在更高层面上与主流意识所勾连，作为人类世界历史创造者的"人民"一分子，它赋予其正当性声称者一种道义的正当性与历史的使命感，从而也就成为继姚雪垠《李自成》、二月河《康熙大帝》、王永泰《一代廉吏于成龙》等的一种策略性借势；而在另一方面，叙述中关注普通人物角色的命运，比如小沅姐妹俩出逃的沿途经历，以及惠帝身边嫔妃舞娘和妮儿之死，刘渊老师崔游之死，等等，无不在关注芸芸众生中贴近"大众"的话语。

此种叙述策略，使《狼密码》在市场上获得了某种成功。因此，这种意义的多歧性，使得"纯文学"小说文本与"大众话语"的阅读文本有了共生性的可能，二者之间在这里调和之后，就具有了极大的弹性，从而赢得了某种叙述的先机，甚或还在市场层面有了几许畅销的元素。

二、扑克牌的叙事模式

在传统小说的文本叙事中，最为常见的是"正邪对立"的叙事框架，并进一步将其转化为鲜明的二元对立模式。李迎兵显然不满足这样，他要创新、整合、打破，从而确立自己的叙述取向，甚至风格。《狼密码》中的人物关系包括晋武帝司马炎、晋惠帝司马衷，以及八王之乱的相关人物，他们与刘渊之间的关系；刘渊与石勒等部将、刘渊与子女、刘渊与呼延玉、单氏、小沅等夫人和嫔妃，这些人物关系，不是简单的二元对立，而是复杂化、生活化、多元化的描写。

短篇小说《渊的女人》应该是《狼密码》创作的最初蓝本。2010 年 9 月，吕梁市离石古城区东郊三十里之外的千年村，李迎兵来到了刘渊当年屯兵的地方采风。在《狼密码》的每一个章节中，那种随心所欲的扑克牌式的个性结构，最早在李迎兵的小说《温柔地带》里见到过，当时由《小说月报》和《滇池》合办的"中国短篇小说精品展"栏目推出；另一部长篇小说《雨中的奔跑》，则体现的是作家李迎兵的精神高度。这是他个性化的艺术内核。我们能看到作家对吕梁厚土的一片深情。这种暗含的深情，经过岁月的淘洗，早已化作生命的自然属性，早已成了作家身体的一部分。李迎兵写道："千百年来，吕梁山总是以不屈的姿态缄默着，一言不发。它从昏睡的夜晚醒来，总是继续和太阳对峙着。"我们未尝不能说，作家的精神高度，正是笔下的文字，正是在扑克牌的艺术形态中，正是面对自然造化的战栗无言中，我们获得了难言的艺术享受，同样我们也从中与作家的精神对视中有了更深入的理解和顿悟。

众所周知，创造一个独具个性的小说人物难度之高。再难则是，在读者对"历史枭雄"有据可查的认识下，作家再去添加人物个性化的艺术元素，其难度无异于在人类痛感十二级——分娩过程中加入爽的元素。换个说法就是，大多数人未曾有分娩的经历，但也能感知到身体和心灵的疼痛。而作家李迎兵笔下的刘渊，就是让读者体会到了那种不可能的可能性。首先，作家避开刘渊励精图治大展才略的诸多宏大抒写，而是关注其内心不被读者注意的柔弱的另一面，比如他和晋武帝司马炎、晋惠帝司马衷，甚或西晋诸王之间的关系，他和自己部将的关系，他和身边女人们的关系，他和子女的关系，种种。在儿女情长中，最能体现刘渊的性格，尤其他喝醉时的疯话，即已把他的个性推向极致。就连刘渊最后的死，醉倒在御驾马车里，竟然一边狂饮，一边吹箫，也是很有意味。

《狼密码》的引子部分，颇有好莱坞大片的悬念感，写了三个人，小沅——刘渊的嫔妃，刘和——刘渊的长子，刘聪——刘渊的四子。开头的虐杀俘虏，小沅冷眼旁观，大胆的刘聪给胆小的刘聪杀人示范，都昭示了后来他们不同的命运，也昭示了刘渊的命运，甚或昭示了整个历史颓势。当然，这种抒写，也似乎是刘渊性格复杂性的具体化，个性化——刘和，代表懦弱；刘聪，生性残忍，代表狼性的凶狠残酷；小沅美的超绰，又代表刘渊儿女情长的一面。如此说来，人性和狼性交替——狼性发作，刀下神鬼不留；人性肇始，天性柔弱爱美。人物的左右矛盾与内在的精神斗争，恰恰昭示了时代产生的多元化人物，也为那个时代的悲剧大结局埋下了极有技巧的伏笔。在巴塞尔姆小说《白雪公主》中体会到这种繁复变化的叙述结构，文字简约、平易的风格，会使得小说文本更具艺术张力。

三、小说生成的叙述机制

显而易见，传统小说对于主流话语合法性论证是有其特定规律可循的。福柯揭示了"纯文学"文本的演化过程，他说："我更愿去了解某种被遗忘、被忽视的非文学的话语是怎样通过一系列的运动和过程进入到文学领域中去的。"福柯的话，正好与胡平"独创性语言在辅助性语言的辅助下"的话有了某种暗合。

一个人生在乱世，还是生在太平盛世，都是无法选择的。而对于有心人，总会在命运的不幸中，去迎接命运的召唤，甚至与命运进行抗争。刘渊流淌着匈奴最正统的血液，身兼显贵而尊崇的地位，贵族的生活习性以及思维方式，造就了他高高在上的精神气质——人是绝不会依附另外一些人心甘俯首称臣的，尤其是男人，尤其是匈奴种族这些过惯了自由生活的男人们，则更是如此。乱世中要担当一个王者的角色与责任，刘渊要做的便是，在屯兵蓄势中等待机会———支兵精马壮、训练有素的队伍、一个宫廷倾轧八王涣散的时局、一根可有可无刻意制造的引线，当然这其中最重要的就是一颗想要改变世界的雄心。这还是其次，更重要的是刘渊处于众多的人物关系场中如何去应对和把握，以及相关人物的个性生成反过来又影响他的性格。比如呼延玉这个人物的包容和忍让，使得刘渊在外面打拼时不至于后院起火。再比如臭椿和刘渊父子比试打水漂的技艺、狼谷中众狩猎者舞枪弄棒打狼之景象、顶拐拐等场景，都有明显的个人主观情绪渗透其中，但又是支撑和成就小说大厦的不可缺少的一砖一瓦。

我已经注意到李迎兵抒写宏大历史的难度和难点所在。比如，叙写历史小说的难度还在于，在众多的历史资料下，将人物性格更水乳交融的交付历史，交付那个刀光剑影的年代。李迎兵有自己的历史观，他的历史观不是"克罗齐"式的，他要独辟蹊径。于是，就将线性叙述的现实主义和扑克牌式结构的现代主义相结合，试图寻找形式和内容的契合点；将人物命运和故事演化进行了跳跃式抒写，试图体现一种自省自知反刍式的理性态度；将诸多乡俗、文化、个人生存体验融入历史，将人物命运交给那个年代，将人性和狼性同时笊出，从历史的角度去赋予人物性格多元化，赋予它们存在的价值与更为广博的爱的意义及多种拆解视角。

翻开史书等有关资料，仔细和《狼密码》做对照，会发现《狼密码》有很多地方并没有完全按照史书的记载，细心的读者可以明显感觉到李迎兵甚至故意扬弃一些史料，因为他把握准了当时的历史大环境，也吃透了历史中的那些人物的精神风貌。于是，李迎兵就可以按照自己的创造，恣肆汪洋的想象，以小说重在虚构的笔法，来很个性的抒写和设计那些人物，委婉又深刻的表达自己的悲悯情怀。

李迎兵坚定而决绝的不再回望逝去的历史，业已不再撰写满目疮痍的时代，只单单怀了满腔的赤子之心，怀了纯净的观望之心，怀了严肃的审视之心，在小说最后写下了这样的话：

"还有一种人间大爱，也在一直维系着尘世的所有一切，也由此永续着人类绵延不绝的根脉与香火。"我喜欢这句话，并把它看作是一种宽广、大善和希望的暗示。

正是这种人间大爱，才能获得终极关怀的救赎途径。读者才能够读出这种宏大性的思考来，也足以证明李迎兵取得了成功。一部小说能够使用这样宏大的叙事背景，能够表达如此深切的人文关怀，又能够发出如此深切的思考和普世情怀，殊为难得！

李迎兵通过繁复的、辛劳的写作，说明长篇小说创作是需要准备和储存量的；并且，要在整个写作过程中，懂得如何知彼知己，所谓知彼，就是他所描写的历史人物及相关内容；所谓知己，就是找到适合自己个性的叙述模式和叙述策略。李迎兵做到了。

宿命的出逃

——李迎兵长篇小说《雨中的奔跑》读后

◆尤立

　　李迎兵长篇小说《雨中的奔跑》（大众文艺出版社）是一部别开生面的精品力作。在阅读愈来愈流于浮浅的当今，当人们被一道道以情节取胜的文化快餐弄得视觉疲倦时，这部作品的出现不啻给俗气而热闹的文坛刮来一阵清风。作家李迎兵以后现代的姿态和跨文体的手法切入生活。整部作品全然没有一个完整的故事，但这并不影响作家为我们创造出一个颇为清晰的的艺术世界。我们从这个万花筒般的世界里，看到的是一幅幅重抹轻涂的拼贴画，一片片异彩缤纷的艺术景象。

　　主人公——"我"，是以一个都市中的弱者形象进入读者视域的。这是从晋西北吕梁山区的小地方里混到北京的一个小角色。主人公之所以在这个鱼肉相食的名利场上艰难立足，靠的是丈量自己也在丈量别人内心的一支笔。也就是说，这是一个位靠写作过活的青年作家，但他早先连一张暂住证也没有，像一个误闯别人田地的偷粮贼，整天东躲西藏。虽说是一个正经八百的公民，过得却不是一个公民应过的日子，现在虽然花五块钱能弄下一张暂住证了，但这并不能说明他的日子就出人头地了。"我"依然处活在逃奔的无奈处境中。在这部作品中，"我"先后闹了多次恋爱，主要的三次：一个宋歌，一个梅梅姑姑，还有一个姚楚楚。

　　在书中，有一个"我"在儿童时所见的公母狗交配的意象及其情境延伸不停地在不同的场景里交替出现；在我们看来，它不仅仅是一种意象，而且是一种征兆。儿时的这种赤裸裸所见，在以后现实生活的实践中，都得到了同一反复的验证。当"我"从老家来到北京与宋歌相识，在这种"感情"发展的进程中，宋歌全然不顾"我"对他全身心的投入，断然投入别人的怀抱，赴香港傍大款去了。于是"我"在追忆失去的似水年华中，与姚楚楚同居，与小姐消遣，让她们去填补宋歌离走在"我"心中造成的空缺。在强大的各种欲望面前，在自怜自叹的无可奈何花落去的倾诉中，主人公"我"在不断地寻找着爱情，去抚慰那颗被现实撞击的千孔百疮的心。令人想不到的是，"我"在南下寻找宋歌的途中，在南方某城的一片红灯区与之遭遇。而紧接着不久，"我"便听到这位坠入红尘的女大学生自杀殒命的消息。在作者的笔下，爱情不再是崇高的两情相悦，而在物化中她仅仅成为一个空洞字眼。爱情与利益与需要紧密挂钩，是奔跑在雨中的喘息，是嘈嘈切切的言语，是一系列不登大雅之堂的机械动作，是"两只不同颜色的正在交尾的蝴蝶"而已。梅梅姑姑则是一个十五岁便仙逝的美丽姑娘，她是"我"所有记忆载体的闸门，过去韶光的洪流只有经过她，才可能出现汹涌澎湃的倾泻。她曾经是"我"儿童时暗恋的目标。我对她至死不渝的爱正是因为她化成了风，变成了泥，是一团飘忽不定的虚幻！

此书看去零乱，但还是有线索可寻的。它分"现在时"与"过去时"两条线，当"我"在现实中疲惫不堪时，便到过去的时光中寻找可以振奋精神的鸦片。

显而易见，作家在过去时这条线索中，不惜笔墨，尽情挥洒，占去了全书的很大比重。在这条线索里，作家为我们勾勒出一个真实可信而又充满诗意的童年世界。在这里相继出现祖父祖母，父亲母亲，还有邻居姜老头一家，电影院的守门人来元，甚至追溯到350多年前的李自成与"我"爷爷的爷爷的一些关联等等。面对这些不同场景的组合，我们不得不佩服作者有关童年的细枝末叶的记忆，以及非凡的感受力。在这条线索里，作者所要显现的主题像一株成熟的玉米，经过一层层地翻剥，最后露出金灿灿的果实。原来当年祖父跟"我"也有类似的经历，他曾经带领家乡的一支游击队，面对侵华的强大的日本军队的围剿，整天东躲西藏，从来没有理直气壮打过一仗。到了父亲这一辈还没有根绝逃奔的命运，为了躲避文化大革命派别的武斗，只得到异地城市藏身。于是乎，奔逃就成为"我"的家族几代人难以挣脱的宿命。这样的抒写，这样的纵深感，让整部小说有了一种厚重感，也有了前所未有的精神高度。

总之，这部小说的跨时空开放式的结构，可以让作者灵活自由地挥洒文字，它穿越时间的隧道让几百年前的人事与现在的现实有机地联系起来，加重了作品的历史感，同时让人们觉出岁月的无情与沧桑。

　　不过，这部小说也有不尽人意的地方，对父亲的着墨似乎有些不均匀，也就是说，全部集中到了后面，似乎有头重脚轻之感。再一点，就是在童年的描述上还欠一些功力，写得太诗意了一些，没有将那个特定时代虎狼当权万马齐暗的肃杀气氛烘托出来。这仅是我的一孔之见。

穿越时光而来的美文宝船

——高海平《一抹烟绿染春柳》序

◆ 邱华栋

　　1985 年前后几年，在当时的中学生中间，涌现出一批喜欢写作的文学少年，初中生、高中生都有。而当时的《语文报》畅销全国，是学生们最爱看的媒体。我们就都给《语文报》投稿，而高海平老师当时恰好就职于这份报纸，他和赵建功、蔡智敏、任彦钧等诸位编辑老师，很欣喜地发现了我们，轮番地大力在《语文报》推举我们的作品。我们那伙子文学少男少女，就这么粉墨登场了，成了那一年代少年写作大潮里的弄潮儿。不少人后来都被免试保送到北京大学、南开大学、南京大学、武汉大学、厦门大学等等名牌高校，成了一个时代的传奇。

　　大家想想看，当时，我们处在十多岁的年龄，是多么需要鼓励，而那时，我们的文字变成铅字，又是多么困难，可偏巧有个《语文报》，是办给中学生和中学老师看的报纸，《语文报》看到那么多少年写作者涌现，又办了一本《中学生文学》杂志作为发表园地，我们就集中被推荐，被介绍给中学生读者，我们就这么横空出世了。

　　多年之后的今天，这些少年写作者如今都进入到中年，大家在政治经济界、大众传媒界、教育学术界、文化文学界都有了一点成绩和建树，有了位置和名气，但聚起来说起来，我们都无法忘记高海平老师他们当年在《语文报》当编辑的时候，勤勤恳恳做嫁衣裳，大力推举我们的功绩。没有最初的推动力，我们不可能走那么远。

　　所以，当我一篇篇地阅读高海平老师的这本《一抹烟绿染春柳》里的文章时，往日的那种做中学生时的感觉不断涌上心头。这本书按照题材，分成了四个部分，分别是"故乡情愫""山水纪行""人文述评"和"生活漫笔"，可以说，篇篇都是范文，章章都是精悍的杰作。在有限的篇幅里做文章，是最难的，而高海平老师的这本集子，可以说，给现在的中学生写作文，提供了一本范文集。

下面不妨简单地分析一下文本。

先说"故乡情愫"。故乡是孕育情怀的沃土。人到中年，衣食无忧，人们不免情思泛涌。乡土乡情，乡风乡俗，乡音乡韵……几十年前的乡村记忆，不时地撩拨着安逸中的高海平的内心，几分怀恋，几分欣慰，几分兴奋，几分忧患，几分无奈。这些也恰好联结上高海平览读山川的感悟和游走卷帙的思索。于是，怀乡不再是单纯的追忆，在世象和经卷之间，在当下和曾经之间，在往昔和未来之间，在已知和探求之间相互绞缠，成为一种普世的考量。有时甚至高海平也无以洞明，仅仅作一些平稳的呈现，这是不是在告诉读者什么呢？

说到故乡，高海平的故乡地处吕梁山脉南部的乡宁，这个地方特殊。晋南一向文化底蕴深厚，这是说以前；乡宁的煤老板了得，这是说近些年。贫困的时候有值得期待的东西，富裕后又有失落的东西。高海平字面上没直接提到这些，但文字背后渗透着些许悲悯和失落感。乡间戏场、炕头、年馍、饼子等这些符号性的东西，不就是表达一种呼唤吗？当然了，摆脱贫困后的畅饮放荡，那种随意感和安全感也无不痛快。呼唤也罢，欣慰也罢，此时高海平笔下流淌的已不仅是乡情乡韵，而是文化了。这大概是一个出自晋南的文人骨子里的东西吧。

再说"山水纪行"。高海平笔下的山川风物融合了郑板桥所说的"胸中之竹""眼中之竹""手中之竹"，涉笔之处往往趣在法外。游历途中的境遇和经历占了不少笔墨，情趣不断——或刺激，或惊险，或巧合，或狂喜，或震撼，或敬畏。这不是技法的演示，而是情怀的放形。不妨拈几个例子。

帕米尔沧桑神秘，高海平实际并未抵达。恰是这难以抵达，造就了深广的神秘，强烈的震撼湮灭了世俗的遗憾，高海平说："即使能够抵达，我也选择仰望。"可谓足迹虽未到，心灵已然越过。

行走是形而下的，心灵之旅才是形而上的。佛教圣地五台山，一方面是香火鼎旺，一方面是商业繁茂。高海平平静地说：佛要的是清修静养，人要的是财富时尚。淡淡的无奈，淡淡的释然，可不就是禅！

代州、雁门关、边靖楼，任足行之，任眼观之，一个巨人形象巍然而立，杨业抗辽，铁骨铮铮，悲壮至极。高海平重重地写了一笔——契丹人为杨业立碑。这"历史"的纵深远远超越了教科书上的"历史"。

记游要打比方的，高海平也不例外。说岷江的水像是小媳妇回娘家，说九寨沟的水是养在深阁中的小姐，说华山是位伟丈夫。在华山看日出，说太阳"俨然像个裸体的婴儿"。单个本无奇，一套下来，构成一个完整的家，有意思。这"意思"的背后便是七尺男儿的脉脉温情。

总结一下上述四个例子，曰敬畏，曰哲思，曰厚重，曰温情。这些东西渗透在字里行间，而渗透在字里行间的还有一个东西，叫豪气。天苍苍野茫茫的大草原上，唯有酒才能尽兴——酒喝干，再斟满，今夜不醉不还。

三是读书悟道。高海平一向手不释卷，读书的同时也在读自己，读世相。读书和游历不同，书是可以任意进出的，读书是主观的寻找，寻找真意，寻找价值和意义，甚至是寻找自己。在这个过程中，时有所悟，下笔成文。或意在笔先，或睹物抒怀，或因事寓理，或思贤寄情，或评艺论道。因涉猎太广，实在不好归类。大而言之，一个强烈的感觉是：笔到意到，文舒意真；不刻意而不乏意；深沉处常显清淡，浅显处暗含厚重。举个例子，文中正面写了三个人，一个是母亲，一个是陶本一先生，一个是陈建功先生。乍看，并没有什么大开大阖的震撼，但若把这三个人放到一起综合考量，光从角色上便不难看出高海平的综合立意——一个是至亲，一个是良师，一个是益友。一个三足鼎立的正能量格局，稳，重，厚！这是笔端的文心，更是胸中的图腾。你能说这不是匠心？高海平文中时不时会冒出一些哲思睿语，大多如此，水到渠成，大形无痕。没有刻意的东西，往往是干货。

以上算是一己的解读，或者说概括。虽然是这样概括，可实际是互相渗透。比如，游走的不仅是他乡，也有书卷；阅读的不仅是文字，也有山川；怀恋的不仅是乡情，也有经典和美。就像是一个优秀的拳师，每一个招式中都融汇着看不见的功力。其实任何一个读者都无法对一个作者作万全的概括，以上这些文字也如是。

我是很佩服高海平老师，他真的是厚积薄发之人。整本集子都篇幅精悍，字字珠玑，犹如闪亮的珍宝那样，在咫尺篇幅中，呈现出汉语的美，文学的丰富和精神世界的广大。

我在想，我总是在构思新的长篇小说，规模宏大，字数众多，可是，我能将千字文章写好吗？读着高海平老师的这些范文般的散文短章，我觉得，我是写不好这样篇幅紧凑、一花一世界、一滴水就能见到海洋、有容乃大的文章的。这需要一种特殊的功力。因此，我想，读到这样的文章的学生是有福的，因为，从写作文的角度来讲，这本书刚好从故乡、他乡、阅读、生活四个角度出发，给他们提供了写作的最好的方式方法，并且以具体的文章来演示，而且，还有分析，假如当初我们遇到这样的书，一定会写得更好了。

再次祝贺高海平老师的这本书的出版，时间是检验真金白银的利器，而这本书，则是穿越时光而来的闪闪发光的美文宝船。

张乐朋小说的洞察力

◆宁肯

　　读三位作家作品给了我一个提示，让我思考了一个过去没有特别认真思考的问题，引起我思考的是，这三位作家风格太不一样了，如果非要划分的话，能分成两个阵营，一个是张乐朋代表的阵营，一个是苏瓷瓷、霍君代表的阵营。不是因为代表这两个阵营的作家的性别不同，而是，我觉得这个问题牵涉到了整个创作方法创作走向的不同。我看作品不习惯就一部作品而论这部作品写得好与坏、成功不成功，我非常习惯通过一部或两部作品来看一个作家一个作者。在我看来，一个作家不是一个暂时的现象，因为我们来到鲁院学习，在创作上都有一定的成就，我想绝大多数人把写作看作一生的追求。它可能不是职业的东西，但可能是你一生非常重要的东西。既然是一生的追求，那么你作为一个作家会呈现出哪些可能性，你这个作家的来龙去脉，过去大概写过什么，通过这个作品我在想你将来还能写什么，你怎么走，因为每个作者——说句实话——他起步或半途之中，都不清楚自己到底是个什么样的作家，他的每一个作品都是一个探路者，但是回过头来看呢，我们又能看清楚，这个作家这个作品对于他的意义。他为什么后来成为这样的作家，这部作品起了很重要的作用——指示作用。这些就是我在思考的问题。

　　我想用两个关键词来概括区别他们的不同，一个是营造，一个是洞察，通过这两个词，来说明张乐朋和苏瓷瓷、霍君他们呈现出两种类型的创作倾向。我觉得把苏瓷瓷和霍君称为营造性的作家，营造什么呢？我觉得是从生活中提取出一个东西来，甚至是从自己感受中、从自己情绪中、从自己生活状态中提炼出来的一种东西，一个核心的东西，他营造了一个东西。营造类型的小说的特点就是，里头有经验，不能凭空而来，同时也有超验，超验代表着隐喻寓言形而上，那种广阔的阐释空间。营造类的小说的上品是在生活的基础上，在一个个人化的书写的过程中还有一种超验的东西，比如打开了一个空间。

那么正相反，我觉得张乐朋的小说，我也非常喜欢，也非常惊讶，他不是一个营造型的，他的所有笔触都指向了观察，是生活的原状，是那些非常琐碎很难营造的生活。一个职称评定，在一个酒店里，各种关系，各种丑陋，在丑陋之中的各种坚守，所以张乐朋的小说呈现出一种他特别让人想到的一种叫作"针脚"，就是纳鞋底儿，一针一针一脚一脚，特别绵密，这种绵密的针脚把琐碎的庸常的生活缀连起来，每一针每一脚，在一定程度上都透着他的观察，这里面有内容，有人情，有世故，你细细读下去就发现像在读生活本身一样，这一点我觉得他的语言达到了和生活能够几乎同质的状态。因为我们在混乱的生活中说实话不是很好表现，我们虽然说在体制当中，就像今天的会议一样，有时候太模式化了，这种模式化的庸常的生活里，我们又以一种什么样的语言、什么样的眼光来把它支起来？这是个非常不容易的事情，所以我觉得在这一点上他的语言叙述这种针脚上，他的功夫非同小可，他的功夫已经到了一个和生活能够拉得很近的状态。这是说到这个洞察，他是在观察在捕捉，而且是在日常的生活状态。

这是我说的两个词，一个是洞察一个是营造。反过来说，我觉得洞察里面同样也有营造，这点我觉得张乐朋做得也非常好。《一束莲》最后那个老师，在那么一个浑浊的利欲熏心的各种关系都在为一个评职称评得非常肮脏的非常现实的那么一种状态还坚守了一种东西，最后让那个最没有可能评上的、但她又是生活中我们叫作"最硬的老师"，她也不可能评上职称也不可能获奖，但真正支撑我们教育的那些老师恰恰是这个老师，所以他一定要还她以公正。这表达了作者的一个理想，在这个意义上这又是一种营造。

在我看来，一个好的小说作为一个作家从发展方向来说应该是营造和洞察的一种结合。

所以这个时候我们可以说短处，就拿张乐朋的《一束莲》，按理说，细细读了你这个小说功夫很了得，这个营造和洞察都做得不错，但为什么没有引起更多的重视呢？可能在营造上还有缺乏，你仅仅是整个作品到最后的重心上给人一个营造的感觉，这么一个平淡的生活还有这么一个波澜、很震撼，但是前面的叙述过于平淡，缺少一些个起伏，缺少一些个营造性的东西。换句话说，你那个小说有点像一个长镜头，什么叫作长镜头啊？从这儿摇，你的小说甚至都是中景和近景，缺少远景，那么在一个缺少近景的情形下看，这个视觉他会感到疲劳，感到缺少变化，在这种情况下呢，你应该坚持你的针脚，这种绵密的洞察力，他是营造一些气氛，我觉得刚才咱们一个学员提到你，增加你的审美性，当然这个审美性我觉得它不是一个外在的东西，而是你要细心体会它固有的某种东西，比如说再强烈一点，不是说把风景写美一点，不是，因为任何事物它都有本身固有的东西，要找到它固有的那个美或者说那种节奏感，强化某种效果，为什么有生活还要有艺术，如果说我们的艺术仅仅是对生活的模仿，那你还要艺术干什么呀？艺术就是让你强调一下生活的某种东西，适度地强调，不能过分地强调，特别对你而言，要适度地强调一下。你应该更多地考虑一下在营造上，包括语言效果运用上，比如你的语言太有分寸了。听一段，听十分钟，觉得非常好，接近生活本原。但听多了就觉得缺少变化，就会有审美疲劳。那么你作为一个作家来说，以一生的写作来说，你也应该再有一个更大的营造，除了继续坚持你的创作风格，坚持洞察这种创作手段，你还有一个更大胆的营造，这是真正的创作方向。大胆的营造之下，才能够出大作家，如果你现在坚持营造已经很不错了，但这是高原上的一种行走，不是高峰，高峰一定要营造，高原可以是洞察，这是我对于你作为一个作家我的一点看法和设想。

"山顶洞人"
——评张乐朋《乱结层》

◆ 肖涛

"山顶洞人"，就是矿工和窑工。后者做过，感觉生猛，但安全系数大；前者至今还是通过刘庆邦以及山西小说家的作品，见识一点。

都知道山西煤矿大小老板有点钱；即便非山西的矿山小老板，今天也有一点钱。他们也有权有势。矿工呢，大概就是反义词——是的，他们只能成为反义词。或者再进一步说，"我们"很多人，今天只能成为时代的反义词。这个反义词，归根结底，就是形成一种日趋突出种族特征——"山顶洞人"。

我从来不觉得原始人"原始"，也不觉得现代人"现代"，因为我们自身具有"裸猿"的属性。或者干脆说，文明的进程，不过"裸猿"进化的后果。

对张乐朋《乱结层》（《中国作家》2010年第8期）这个小说，暂时我还说不出良莠判断来，终究他还是节制了些。甚至，我对这种特异形成的节制，还有些不满呢！

什么样的审美观念制约了一个写作者，如此中规中矩，如此漫不经心、有条不紊地仅仅为了在结尾形成一个爆发力？我觉得"和谐"，抑或是"中和"之美，甚至"中庸之道"，制约了一个写作者的叙述视点、表达技巧、语言风格。写作者张乐朋，欠缺的不是小说文体的营构，缺乏的就是一个"敢"字。

你在乎什么呢？你就裸露一下，笔走偏锋一下，又能如何？

我觉得一个写作者不敢越轨的笔致，不敢破坏，不敢藏污纳垢，不敢经营恶、丑、假、坏的意识，决定了小说的价值。

终究《乱结层》属于浅尝辄止的小说，放置进微型小说的范畴里，能感觉到一个结尾的特意突出，进而造成跌宕起伏的阅读效果；但这个话语范式，依然是 1980 年代文本实践的结果，却未必合乎今天的"少数文学"写作者们用以表征差异性的审美意识形态。

说的就是张乐朋这个小说片面地拘囿于一个"老米"和众人的视点，唯独没尊重那个叫春社的小气鬼或末流角色的生活与心灵世界。

你没有赋予他的话语权，你让他失语了，你让他只能成为被动化客体对象，所以小说也仅仅成了叙述人物主体的情节线条的运作、演练，而不能敞开他者人物的世界。你不能为他创造一个世界，小说也就成了"创造关系——关系和谐——关系破裂——重修关系——关系断裂"这样一个"平衡/不平衡"式的跷跷板游戏。

这样的小说创造的依然是"平面人物"，而不是"圆形人物"。

自然，也就没多大劲道了，源于小说家自身人性的贫乏、境界的单薄、视野的遮蔽。

陈小素是谁？

◆北野

　　陈小素安静得像一个灰色的谜语，一片乡下的夜幕，在心理上，她是一个痴迷寂寥的人。也许，我们不必非把一个固定的城市或乡村指给她去生活，也许她就是埋头其中的任何一个人，偶遇或擦肩而过，她都不会引起别人的注意；那些厌倦了现实处境的衰落的村头，那些喧嚣华丽，但心理空间狭小的街衢，好像都有她的身影，但她好像又始终不在那，她仅属于窑庄。扫净道路，空着屋门，只用一个身影，走在无垠的山水林荫之间，像一团明媚缥缈的云雾。

　　陈小素似乎一直就是这种状态：内心寂静，尘世恍惚，即使偶尔有明山秀水、风清月白之感，她仍然无法抓住自己漫游在窑庄旷野上的身影；回忆与徘徊，寻找与漂泊，想念与抚摸，处在消逝与新生之间的不可名状的生活，陷于物质气息充沛和混生着浮世图景的复杂现实，大地上一切繁荣和衰败的事物与窑庄之间所发生的任何细枝末节，都让她对自己和命运产生困惑、羸弱、感恩和垂怜的心情。

　　人生的激情和信心也许不都是来自生活的意外回馈，那些被荒废的绝望和美，那些隐匿的身体和泥土中永远无法再获解救的亲人，那些被虚设的星辰压住的道路和奔走在途中但又毫无希望的命运，都在陈小素的心灵世界里构成了另一幅精神图景，它们"饱满又虚无"，有着落日下浩大无声的宿命感和"悲壮之美"。

　　这些，是陈小素的诗歌世界，而这一切，都是以窑庄为背景。在陈小素的心里，窑庄是一册巨大的地理之书和精神之书，这个"纸上的城池"，众生繁忙如蝼蚁，或者它根本就空无一人，或者只有她一个人在坚守，在时光和星芒交集穿越的天空之下，她用一个人的身体，要活出几代人的命运和背景。甚至她曾试图成为它们中的一部分，"平庸、不完整，却心有所依"。普通的归宿和隐喻式的文字，让她不断减弱着一个人生活在尘世上的虚荣和野心。

当下诗坛，陈小素无疑是一个尚未引起足够重视的优秀女诗人。她的优秀是如此稀疏。在严谨缓慢的写作中，她执意隐藏着自己，这除了是一种品质上的自我要求之外，还有来自于精神的独立、心灵的清洁、不甘沉沦于俗媚的写作态度。她活动范围极其有限，三两个好友，交情都过命；不吵架，不折腾，读书，写作，回家陪伴母亲，在波澜起伏的命运里，坚持做一个默默无闻的贤妻良母，只有在缓慢的文字回忆中，才偶尔露出对生活警觉和沉思的笑容。她用自己的诗歌，不断重复和唤醒着这些正在消失的过程。

我始终坚持认为，在目前的女诗人写作中，伪叙述伪抒情和过于女人化的矫情之词，甚至一些喋喋不休的滥筋言论，都会露出一个人闪烁于尘世的市侩之心。这对于一个女诗人几乎是要命的，而依赖灵机一动式的灵感写作和过度撒娇与夸张所造成的假象总要失真于本色；扭曲怪异和分裂之感又总是背离了自然应有的真理；小圈子里的众多文字游戏、画地为牢和自以为计，也会暴露了一些人市场化的名利之心和复杂目的。这些离诗歌都较远，它们几乎不是诗歌应该影响的范畴。

在一个极其私人化的隐秘生活和心灵世界里，诗人的写作与公共领域的百般冲突又总要在流逝的岁月里无情地发生，它们持续不断，像幽灵的阴影反复扑进身体。而陈小素却在生活中感受和接纳了这些，她慢慢地磨碎它们，重新修补、建筑和还原它们。作为大地上的一个地理标志，"窑庄"亦虚亦实，亦幻亦真，如同一个时光废墟或精神堡垒，它们中间始终住着一群与陈小素息息相关、永生不灭的人物，这些人是她的亲人、邻居、童年伙伴或先辈，或者还有山水草木和不断改变着面孔的万物，它们来路不明，结局模糊，构成了窑庄内外一片混沌不清又魂牵梦绕的尘世。而这就是陈小素出生、长大和频频回首的地方。

但不管陈小素如何坚韧，任何抵触这些变化，窑庄仍然在时光里慢慢变得衰落和颓废，有的东西在消逝和复生之间，有众生相，有谗妄相，有寂静相，有是非相，有无我相；有的东西甚至已经成了无解之谜，杳如幻觉了；"我常常祈望自己能够拥有数倍于常人的感官和命，从经历中慢慢道出生活和这个世界的真相！"（陈小素语）。但人类往往因流于其中失败的惯性而放纵自己，这使我们经常失忆或患得患失，"时间短暂，历史留给失败者／想要长叹一声，但／既无法原谅，也无法帮助"（奥登《西班牙》诗句），但陈小素仍然想在这里实现她的一份精神目的。"如果没有诗歌，人类的历史在形态上将不会改变"。所以"窑庄"就有了入世的机会，有了借助诗歌奉献一部精神和地理之书的机会。

其实在这里，我不愿把"窑庄"想象得过大，我希望它就是陈小素生身养命的家乡，那里有她的父母兄妹，有亲戚邻里，有童年的青梅竹马，有隐匿在葵花之中闪耀着金光的少年郎，有在门前石头上蜥蜴一样沉睡的被索命的岁月掏空了的身躯，有经历了丧子之痛仍然在残阳中絮絮叨叨的姨娘，还有"把落叶指为火焰，把云朵指为魅影，把飞鸟指为妖孽"的癫人陈黑……一部纹理清晰，筋骨毕肖的晋东南村庄史，跃然纸上。复杂变乱的生活常常腐蚀我们生存的信心，同时也在加大我们与生活的物质距离。相较于一个诗人的心灵，陈小素的作品远比我们在阅读中获得的"窑庄"更有戏剧性，她的经验来自一个人的感情和宿命。现在她的角度是独立的，自我的，对于"窑庄"，她要"用命"。这样一来，她一个人的漂泊和归属之感就油然而生。"灵魂是大地上的异乡者"（海德格尔语），这样的结局既重塑了她自己，也重塑了她身体中的影子"窑庄"，尽管时间和空间已允许并配合了她这场浩大的"心灵工程"，但她仍然会为之担忧、憔悴，仍然有归入万物之虚的感觉。陈小素的许多诗歌，像《不遇之诗》《牧马人》《天高月小》《羞愧》《饥饿之年》《想起癫人陈黑》《亲爱的燕子》《明月夜》等，都是一些有个人隐秘忧伤性质的诗，如同"一个失败者，不停地从生活里退出"，也像一个身体埋着鼹鼠的人，总想在夜里啃噬开那些藏着生活秘密的时光渊潭；这些诗歌里，拥挤着大量社会集体的纷纭影像，但这并不预示着某种信念的坍塌，而是陈小素诗意的内心开始有了思考和审判的力气。如果非让诗歌有担当，这或者就是那一部分。如果诗人的艺术身份还有被确认为人类精神的救赎能量的话，那么陈小素仍然不会为此背离了自己的艺术信仰。这或者就是她执意要在自己生活的土地上"寻找自己"和重建"窑庄"的诗歌目的。

体现在《祭父贴》系列诗里的对话，是陈小素的另一种禀赋和本色，在对父亲的追怀中，她的语言能力控制得非常好，对日常生活的符号化处理，始终处在清晰明确的情绪范围内，并不沉溺于失神和琐碎，这显示了陈小素身体里的另一种气质和性格。她写父亲："一个一生为衣食所忧／却爱书如命的教书匠／一把早逝、被疾病折断／却不曾弯曲过的骨头"，"任窑庄沉落任苍凉消长／让每一次默然都如同凭吊"，"从窑庄到你的墓地／要过一条小径和十八层的山坡／若是秋天，依次经过的事物／先是两边的果园　然后是葵花／玉米、大豆和谷子地／其间你若有若无的身影"，清澈和恍惚感，既来自时间也来自空间，其间有直觉，有人事，有经验，陈小素身在其间，能准确聚拢这些，并不使之流于散漫，她给我的印象既是：一个分寸感和仪式感非常强的女诗人，必定心怀自由和庄严。

在写作状态上，陈小素基本属于独处——独处也是一种旅行，只是它的世界仅容纳一个人的身影。我特别信赖一个人独处的品质，我以为灵魂去到的地方要远于身体去到的地方。"思想独自落叶千年"，一个人的灵魂始终遵循着古老的道德和理解力，另外找到了属于心灵世界的角落；相较于陈小素，这个角落就是她的"窑庄"和"窑庄"背后那个盛大的迷雾中的山水。此时的"窑庄"既是独立的，又是分裂的；既是现实的，又是梦幻的；它通过声音、色彩、季节转换和人群更迭获得人性和生死意义上的变化，这种更新是痛苦的，当陈小素发现这种自然规律正在变成她的精神秩序的时候，她的写作就变成了一种间歇式的疼痛，此时反对什么或赞美什么已经变得极其脆弱，而能持续下去的仅剩下了符合个人心灵意愿的纯粹的诗歌写作。

对于喧嚣的诗坛，陈小素是陌生的，而对于她的诗歌，真正熟悉的人也并不多。在寂静诚恳的诗歌写作中，我一个人始终坚持阅读、欣赏和关注的人，陈小素是有限的几个人之一。

人在太平，心在乱世

◆师力斌

　　陈小素的诗写我的故乡。在地理的意义上，她的故乡就是我的故乡。当我人到中年才知道故乡有这样一位优秀的诗人，我一点也不惊讶。我从小就觉得故乡的山水灵秀，这样灵秀的山水必出文人。陈小素不负故乡山水，吟咏不绝，有今日这么多锦绣诗篇，足令我这样的游子欣慰。

　　因此，阅读陈小素诗歌，我总是竭力地寻找那些我曾熟悉的故乡符号，河流，山川，丘陵，村落，树木，花卉，和我少年时代熟知的风物。楸树，苦槐，青茅，葵花，玉米，远志，柴胡，纺车，池塘，矿工，想在她对这些符号的描绘当中读出自己的故乡记忆。然而，我的愿望基本落空。陈小素的诗绝非地域书写。与其说地域造就了陈小素，不如说命运造就了她。在陈小素的诗歌之中，我很难找到类似于文物那般亘古不变的东西。如果不是先入为主，我很难将她与故乡联系起来。陈小素的诗歌超越故乡这样的地理范畴。如果说她的窑庄系列是故乡之诗，是地域之诗，那也是形而上学意义上的故乡，是哲学意义上的故乡。"窑庄"的功能更多地负责激发诗人的灵感，负载诗人的生命记忆和人生理想。窑庄，是一个难以忘怀且难以抵达的哲学和审美所在，而非地理名词。在阅读中我感到，陈小素的窑庄所承载的生命含量生命记忆是超重的，肿胀的。陈小素几乎将全部的心血贯注到窑庄之上。这里是她的天堂，也是她的炼狱。

　　对沉痛命运的抒写成为陈小素的诗歌主题。"我人在太平，心在乱世 / 于血雨腥风里 / 辜负了太多的言词"。"这是我的求生之旅 / 我试着撇下尘世的行囊 / 从初秋的黄昏里出发　一路北上 / 企图用最后一缕火焰　证实我作为一个人，一个女人的存在"。"坎坷让人相信命运 / 而离散则让人相信缘分"。

类似这样的人生感叹比比皆是。显然，这些人生感慨与地域毫不相干，反而有些放之四海而皆准的意味。在我的理解中，陈小素笔下的窑庄可以是中国大地上的任何一个地方，只要那里存活过纷杂的人世，那里就会诞生这样的诗意。而"心在乱世"这一关键词何其准确地呈现了诗人的内心世界。尽管我对诗人的身世一无所知，但从字里行间流露出来的表达，可以判定，这位出身于乡土的女诗人，生命之中一定发生了某种巨大的变故。变故改变了诗人的命运，变故带来了情感的波澜，变故造成了精神的痛苦。"残缺"是陈小素诗歌的一个重要意象，"我们是最弱小的两粒／只有残缺／再多的词也虚设不出的圆满"，"又一年过去了 我已不再完整／只有尚存的余息／以及对这残缺的愧疚 和敬意"，"我不是一个可以漠视残缺的人／生活把我们从襁褓带向泡影"，"总有一些在退场，成为缺失／一切还皆如米乳 却是转眼／就再也看不到他们"。而这种对"残缺"的书写恰恰是现代生活的重要感受。古典诗歌追求和谐，完美，圆润，而现代诗歌越来越走向表达纷杂、破碎、残缺。这是现代生活给人带来的完全不同体验的结果。乡土熟人社会日渐消失。便利的交通使我们走出了故乡的永恒世界。癌症一样迅速扩张的城市化噬咬着乡村的肌体。旅途的变幻，生活节奏的催促，陌生的人、事、物的快速介入与消失，新媒体强行运送而来的海量的时尚、习俗，所有这些东西都在迅速改变着我们熟悉的古老世界，一个魔鬼一样张牙舞爪的新世界在我们的身心之中兴风作浪。无人能够抵抗现代生活，也无人能够抵抗现代生活带来的破碎、焦虑和绝望。我们越来越体会到，现代生活带来更多的便利，甚至传奇，但这些都不是幸福的同伴，甚至是幸福的敌人。实际上，现在的中国人，才真正理解古老的巴尔扎克，因为我们现在才体会到股市、房租、欺诈、高利贷和赤裸裸的金钱关系，也才真正理解波德莱尔诗歌中的恶之花。经典资本主义文学所呈现的一切邪恶的力量，我们现在的生活才一一呈现出来。"你所看到的窑庄已被蚕食殆尽／那些不被驯服的蛮荒／日日都像在索命／只有我们缓慢、柔软／再大的慈悲也抵挡不了它们的疯狂"。（《不遇之诗》）是什么样的蛮荒在索命，是什么在蚕食窑庄？又是什么这样疯狂？我想，恐怕是城市化，是现代文明无可抵挡的入侵。在我的理解中，陈小素的诗歌感觉正发生在这样的时代背景之中，尽管她刻意回避这样的世俗批判，进而选择一种经过提纯的、更加形而上的表达。

陈小素的诗歌恰恰是对这种捣毁了古老乡村文化的现代化力量的无声指

责。奇特的是，这种指责根本算不上指责，而转化为一种自责。由于对抗时代的无力感，而诞生了对于自我命运的怀疑和悲叹。在这一意义上，陈小素的诗歌有着相当的典型意义。也就是她自己发出的疑问，为什么人在太平，而心在乱世？陈小素所发现的这一悖论实际上是当下许多人的处境。旧有的东西被打破，新的东西尚未到来，人在其中忍受着漫长而无助的等待和煎熬。诗集的前两首就已经表达出这样的心理："我内心荒芜　不得疗法 / 在这个四月　我从人群里抽身 / 要有怎样的速度　才能追随你 / 像当年认出那些苦参熟地　郁金　和甘草 / 从你的泥土中获得解放"（《牧马人》）。"那喂养过她的火苗 / 夜深时的呓语 / 都已不在"（《与一棵麦子在风中相望》）。念念不忘过去的时光，苦于找不到新式疗法，无法获得"解放"，这是陈小素所表达的困境。对旧时光的怀念，是《素诗》重要的内容。故乡的风土，人情，山水，花草，树木，可谓一枝一叶总关情。在这些细小卑微的事物中，诗人倾注了全部的情怀。人和物在诗人的笔下达到高度的一致，与中国古典诗歌的审美趣味神似。在她的诗歌当中，这种浓重的怀旧和对生活新变带来的破坏形成了紧张关系。她将这种紧张关系归结于命运，而这种归结又正好绘出众生的心路。

个人的命运就是众生的命运，个人的不幸包含了众生的不幸，这正是陈小素诗歌给我的启示。尽管她刻意回避他人，专注于自身，但她的诗歌中显然带有更为深广的时代蕴涵。这些心理是当下的，而不是古典的和过去的。她以诗歌的古意抵抗这入侵的时代铁蹄。"我来，只是要在落雪之前 / 重新寻回那将逝的城池"，"我来，只是要在落雪之前 / 从断壁上取下落日　和一个冬天的口粮"，这是多么卑微的乞求，又是多么悲壮的愿望！然而，这一切都已经不再。她对母亲，对父亲，对姐姐，对旧邻，对牛，对老屋，对花花草草，对一切窑庄旧人旧事旧物的怀念，都成为一种悲壮而软弱的对抗。

因此，我特别能理解陈小素诗歌中所追求的那种悲凉的美学，那种携带着古典韵味的对称的悲凉。这恰恰是她古典审美记忆与现代破碎体验的悖论的美学表达。我不惜浪费纸张，在此抄录集中的句子。它们已成为陈小素最拿手、最鲜明的语言技术和心结：

"野青茅头顶白冠　楸树花簌簌落下"，"在树皮上写诗　在泉水中沐浴"。

"只有我写过的山梁上 / 云朵低垂，草木葳蕤"，"秋天多么相似 / 彼地萧瑟，此地苍茫"。

"而浮于命运之上的两朵／肉体疲惫，灵魂单薄"，"一个悲伤的日子　对于她却宛如盛宴"。

"离去时豆蔻年华　归来已不知五味"，"故园犹如浮舟　庄禾仿佛萍草"。

"云朵漂移　牛羊知晚"，"多少爱都急如流星　而幸福小如星子"。

"麻绳穿过鞋底儿　老旱烟淡淡飘散"，"头顶上浓荫蔽日　树下光影斑驳"。

"鞭子喑哑　马灯昏暗"，"不是死于遗忘　而是隐于沉寂"。

"我人在太平　心在乱世"。

这是生死之间的最后一次告别

——读徐建宏诗作《白宴》

◆ 安琪

每一句话的出场因着语境的不同而显出不同的语义，当徐建宏说"我是一个小人物"时你切不可以为他是谦虚的自况，他之自诩为"小"对应的是徐向前和徐继畬的"大"，前者为徐家的第十九世祖，新中国十大元帅之唯一北方籍。后者则是徐家的第十五世祖，这个名字在我们听来有点陌生的徐家先人，在徐建宏的评价体系里远超过我们耳熟能详的战功赫赫的徐大元帅，因为，徐继畬是个几乎被中国近代史埋没的人，"而这是不公正的"，徐建宏说。在那个人声鼎沸的山西省城媒体采访团欢迎宴席上，徐建宏认真地拿出了笔就着纸质柔软的餐巾纸一笔一画写下"徐继畬"三个字并且认真地指着"畬"说这个字读"于"而不是"奢"时，我感受到了他作为徐家后人的责任和使命，他近乎虔诚地略说了徐继畬这位出生于乾隆年间的先人的事迹并且强调了他的专著《瀛环志略》对魏源创作《海国图志》的重大影响，使我在回京的当天即上网查阅了徐继畬的资讯。对我这样一个出生于唐武则天时期才由河南光州固始人陈元光开漳建制的漳州南蛮人来说，山西这地方正如我曾去过的陕西、山东、河南、河北等中华民族发源地，不经意间冒出一两个教科书上白纸黑字有名的人的后代，实在是再普通不过的一件事。

我对徐建宏的祖先崇拜心理深表理解和向往，这种在亲缘意识中萌生、衍化出的对本族始祖先人的敬拜思想一直以来就是维系中国人的一根可感可触的血缘和亲情纽带，更何况徐家的这两位先人并不仅仅只是徐家的先人，他们同时肩负着被社会大众熟悉并崇拜的价值认同。也因此，诗人徐建宏除了创作自己的诗歌以外，他更大的自我要求还是在对徐家先人成就尤其是徐继畬的资料搜集与整理上，这是徐家先人对他命定的期许。因为，他毕业于山西大学中文系，也因为，他一直以来从事的就是文字编写工作。徐建宏，1967 年出生于山西忻州，现供职于山西《先锋队》杂志。主要创作方向为诗歌、碑文、记传，迄今徐建宏已为山西大地各古迹、村落撰写碑文十余则，为山西文朋友诗友做传数十篇，他那文绉绉的老学究式笔法显示了徐继绾前辈对他灵魂的灌注，而他举重若轻、谈笑风生、合理布局的活动组织能力，又毫不含糊地焕发了徐帅徐向前的一点点风采。在山西，徐建宏素有"徐团长"的美称。

在我为徐建宏的诗作《白宴》进行解读之前，我先行简读了徐家的两个虽死犹生的先人。其中的指向在于本诗的叙写命题与我本文的开篇并非毫无瓜葛——这是一首生者写给死者的诗！在清明节刚过去，众人家族坟墓上枯黄的草被清除，空中还飘荡着祭拜的香火，此刻读徐建宏写于 1995 年 12 月的《白宴》，我感受到了同样的"死亡事实逼近亲人的绝望与绝望中的感悟"，谁都要经历这样一场"白宴"，那是生者为死者布下的互相都看不见的礼仪。为着寄托一种哀思，诗人创造了"白宴"一词，这似乎是白色的烟雾、白色的送葬队伍及透明的清明雨集结而成的想象固化。而当诗人说"我们从来没有过死者的感觉"时，我们不由得要庆幸"好在死者都有过我们的感觉"，这种庆幸来源于我们作为暂时的"生者"的体验，每一个生者都是未来的必死者，而每一个死者也都是曾经的已生者。生死问题永远是解决不了的问题，所以孔子以"未知生，焉知死"来表示他的逃避，这远不如庄子的"方生方死，方死方生"来得洒脱。说到底，死亡不是一个可以探讨的命题，它更多地作为一种本相而存在。人生世间情愿也罢，不情愿也罢，最后终归一死。这一切恰如诗人最后残忍地指证"一看见白宴，内心便开始刮风"，这风刮了几千年，还将一直刮下去。作为后人，所能做的，如果能像诗人徐建宏一样，秉持为祖上树碑立传的雄心，也是足以安慰此生了。

《白宴》，生死之间的最后一次告别，且把这杯酒像怀念和祝福一样洒向大地，已离俗世的亲人们，你们好！

2010 年 4 月 9 日，北京

本文刊于《特区文学》2010 年第 5 期

白　宴

徐建宏

这是生死之间的最后一次告别。
如同把水倾入土地，
让它向深处浸洇，
没有到达的地方便是目的地。
然而，再宏大的场面，
又如何遮掩哭泣的风声?!

多年前，一场清明的疏雨，
宣告了这个送葬的祭日。
我们被遗弃在局外，
担当着阴阳的使者。
但更准确的说法是：
我们从来没有过死者的感觉。

有比那些忙碌的人更为痛心的事实是：
我们是死者的后代；
那些远的或近的先逝者，
其实都是我们的亲人。

在高高的山坡上，休息着
劳累了一生的亲人，夭折的孩子，
还有那些不忍提及的面孔。
一看见白宴，内心便开始刮风，
它抽搐着，一直到送葬者走尽。

1995 年 12 日

不唱挽歌唱战歌

——读曹向荣《憨憨的棉田》

◆ 贺绍俊

　　在写当代生活的小说中，农村仍占着相当大的分量。我是一个几乎与农村没有丝毫接触的城市人，说是"几乎"，因为我还有农村的亲戚，偶尔会到亲戚家去做做客，了解到一些农村的生活状况，但农事我是一点不知道的了。尽管如此，我自认为还很了解农村，这就得益于当代写农村的小说了，我对当代农村的了解几乎都是从小说中获得的。由此我也感到，中国作家其实具有很强的乡土情结。这是当代文学一股很重要的活水，它从遥远的源头流过来，虽然失却了往昔的壮阔和气势，但至今仍不枯竭，这就已经让人们感到无比的欣慰了。毫无疑问，在现代化和都市化的大潮面前，乡村虽然还占据着广袤的地域，却是越来越变得微不足道了。幸亏还有这么多具有乡土情结的作家，以文学的方式顽强地传达着来自乡村的声音和色彩，才使得我们的当代精神不至于被所谓的 GDP、所谓的劳动致富等精神腐蚀剂漂白。但我读多了反映当代农村的小说后又生出一层不满足。因为在这些小说中有太多相似的人物和相似的情节，也有太多相似的主题和情感表达。带着这种不满足，我读到《憨憨的棉田》时就有了格外的惊喜，它让我认识了一位地道的农民，也让我对乡土有了更深刻的理解。

　　憨憨是一位地道的农民，他热爱土地，热爱农业作物，热爱农业劳动。在城市的诱惑、金钱的诱惑面前他却可以做到无动于衷，他倔强，认死理，但他不是落后，不是愚蠢，相反他追求科学，善于思考。憨憨这一农民形象在当代乡村小说中还没有见到过，他不是底层文学中常见的那种苦难的承受者，令人同情怜悯的弱势者；也不是在那些乡村乌托邦式叙述中的带有理想色彩的新型农民。他是独特的"这一个"。那么憨憨独特性的价值又在哪里呢？憨憨的价值就在于以他对农业生产的执着来阐释了土地的意义。很多人都懂得，农民与土地的关系就是血与肉的生死存亡的关系，没有土地也就没有了农民，它作为一种文学主题，在以往写农民的作品中也屡见不鲜。不过，今天我们对这种关系就有些淡漠了，我们宁肯关心农民生活的疾苦，也不愿关心农民与土地的关系。但最近我读到一些作品，看到作家们开始从土地来探讨农民问题和现代化的问题。例如赵本夫的《无土时代》就将土地问题上升到一个生态文明和人类文明的哲学高度。在现代化进程中，对农村的伤害首先就体现在对土地的侵吞和剥夺上，许多小说都表现了急剧扩张的城市化对农村土地的侵吞所造成的恶果，农民是最直接的受害者。《憨憨的棉田》也写到了侵吞农村土地的社会问题，憨憨最后的悲剧不就是直接由侵吞土地而造成的吗？但小说的重点并不在这里，重点在写憨憨夫妻俩在耕作十几亩薄地中的辛勤和收获。他们收获的不仅是物质财富，更收获了精神财富。这种精神财富就体现在他们从土地上获得一种幸福感，一种成就感。也就是说，他们的生命仿佛都融入土地之中。因此，憨憨不愿意出让他的土地，并不是他真的太傻太憨，而是他的生命已经和土地连在了一起，出让土地就等于出让生命。应该说，憨憨的精神和心态代表了传统社会中农民的普遍精神和心态。从这个角度说，憨憨是"憨"的，因为社会变了，城市化气势汹汹地逼过来了，绝大多数的农民适应时代，其生活方式和精神心理都已发生根本性的变化。所以同样是农民，他们却丝毫不能理解憨憨的作为，比如，在他们眼里，用农药化肥就是天经地义的；在他们眼里，地里有蟋蟀鸣叫、鸟儿筑巢也变得不可思议。憨憨不过是按老办法来种地，却遭到人们的嘲笑，但他并不退缩。憨憨身上有一股反现代性的勇气，而支撑着这股勇气的就是传统农业文明的精神。憨憨这个形象寄托了作者的情怀。显然，作者对于传统农业文明是充满着缅怀情绪的。一开始的笔墨就醮着淡淡的诗意，他写种枣树，写枣树的生命力，写过去泥土夯实的院子要比水泥地好，它不伤种子的生命，"小的时候，那清蓝的天空，星星像银针，铺满天空，一颗颗透心的亮。"这一句句都是在缅怀往昔的农业文明。作者带着这样一种情怀把憨憨引荐到读者的面前。

缅怀往昔很容易就把小说唱成一支挽歌。而且事实上，挽歌已经成为当代乡土小说的基调之一。农业文明的衰落，也许就是一个不可逆转的历史潮流。从憨憨在乡村的孤立无援也足以证明这一点。事实上，在当前的乡村社会，农民基本上已经在观念形态上向城市巨人缴械投降了，因此，作家们书写乡村现实时，不得不唱起挽歌来。但恰恰在这一点上，《憨憨的棉田》再一次选择了独特性的表现。作者接下来径直讲述了憨憨承包十几亩薄地的过程，从开始地里的棉花都不结朵，到不用农药化肥也获得高产，再到将十几亩地变为一个鸟语花香的和谐的生态环境。在这段描述中，丝毫没有挽歌的影子，分明是一首铿锵的战歌。憨憨有滋有味地在土地上种植着各种农业作物，他让大自然失去了的生命活力逐渐又恢复起来。憨憨的行为在告诉人们，农业文明并不会衰落，它不过是被人们草率地遗弃了。《憨憨的棉田》像不少的乡村小说一样，是站在乡村精神的立场来反思城乡矛盾的，但小说所取的特别角度和作者的积极心态又给我们带来新的启迪。

　　在战歌式的叙述中给予生产劳动最高的礼赞，这也是小说的一大特点。我们曾大力宣传劳动创造世界。毫无疑问，这是一个颠扑不破的真理。劳动创造了文明，也创造了科学技术。后来，我们特别强调科学技术是新的生产力，特别看重科学技术以几何级般的速度所创造的财富。这种强调和看重是为了纠正意识形态的某些缺失，是为了更好地推广新的政治路线。于是，社会经济大发展了，思想也大解放了。但回过头一看，就发现在这个过程中，有些颠扑不破的真理其实已经被我们大大解放的思想颠覆掉了。劳动就是被颠覆掉的一个真理。如今，谁还真正看得起劳动——这里是专指典型意义上的、与人类诞生相伴的体力劳动。人们蔑夷劳动，逃避劳动，五十多年前，当一个劳动人民当家做主的国家成立后，整个社会都在热烈地唱着"劳动最光荣"的歌曲，今天，我们恐怕再也听不到这支歌曲的旋律了，因为，劳动仿佛成为这个社会最低贱的证明，被当成一种惩罚的手段。这篇小说赞美着劳动，赞美劳动的伟大，而且所赞美的是最原始的、历史最悠久的农业生产劳动。

　　这一切都取决于作者的立场和态度。我发现作者是真的热爱农业劳动，热爱在土地上辛勤劳作的农民。他无形中把自己也变成了一位农民，以农民的口吻去讲述劳动的乐趣。这就决定了小说的叙述特点。它就像是一位经验丰富的老农得意地向人们介绍种地的诀窍。它涉及很多专业性的问题。这个专业就是农业生产，阅读小说就让我感到，农业同样是一门学问。而我也佩服作者对这门学问的了解，他讲述农业讲述得很专业，也许他真的就在地里劳作过，所以他讲起来就不是隔靴搔痒，不是浮皮了事。小说像谈专业一样地谈憨憨的农业生产，于是带来一种特殊的阅读效果，这让我们感觉到，农业生产也是需要专业知识的，因此一个老农给我们讲农业生产，不亚于一名宇航员给我们讲航天飞船。所以，读这篇小说有时候会让你觉得不是在读一篇小说，像是一位农民津津有味地给你讲种地的乐趣，向你传授生产的诀窍，也是在你面前坦诚地倾诉他内心的愿望和遭遇的不公。于是作者就剔除了小说能够拥有的全部华丽装饰，质朴、直白，毫不拐弯抹角地将其呈现在我们的面前。我们或许要批评说这篇小说写得太没有技巧了，但没有技巧是否正是一种技巧呢？

此文发表于《黄河》杂志2008年第2期

因为温暖，所以芬芳

——读蒋殊散文集《阳光下的蜀葵》

◆丁晓平

　　我喜欢蒋殊的散文，喜欢那种的感觉，就像当兵离开家乡在夜深人静的时候独自思念自己的亲人、思念自己的故乡。读蒋殊的散文，一个遥远的人一下子就变得如此的亲近，一个陌生的人一下子就变得如此的熟悉，仿佛曾经是在一起生活过的亲人。

　　蒋殊在她的散文里说："我的本身，就是一个农民。我的根，本该在农村。"她在她如今已经渐渐疏离、失落和老去的乡村生活了十七年，而我生活了十八年的乡村和她的乡村一样，也正遭遇现代化和城市化，但故乡永远是我生命映像中最深沉的本色。或许正是这种曾经有着相似和共同的乡村生活背景给了我强大的暗示，让她的文字在我心灵的阅读中体会到了一种难以抑制的不安，诱惑着我情不自禁地回忆自己的故乡，想起生我养我的那片土地上的那些人、那些事。

　　蒋殊出生的那个乡村与我的乡村，隔着黄河隔着淮河，隔着太行山隔着大别山。但山水阻隔不了人性共同的温暖，阻隔不了人类共同的爱情，阻隔不了人与大地之间发生的共鸣。因此，我真惊讶于蒋殊她是如何在那片贫瘠的土地上，同时获得了对生命、对汉语如此平淡却又如此深刻的生命体验。她触角的敏锐、观察的细微、感悟的亲切，渗透和发挥着她特有的趣味和个性。读她的散文，仿佛一下子能唤醒有过农村生活体验的我们内心的某种灵感。它是什么东西，其实，我也很难把它说得清楚。

　　翻开《阳光下的蜀葵》，在田地里任劳任怨、在生活中忍气吞声极少流泪的母亲，在大雪封路的夜晚女儿出嫁时扒着车窗追出老远，如今老了坐在阳光里默默无言的父亲，神秘刚强、来去匆匆、手握念珠、坐在炕头、默默诵读经文的姥姥，身材矮小、精明能干却十分要强会做人做事的奶奶，还有彼此摩擦相互纠结的叔叔婶婶们，天下最难处理的婆媳关系，懵懂无知的初恋，等等。乡村里"那些偶尔的风吹草动，偶发的矛盾纷争，偶生的狗急跳墙，偶出的鸡飞蛋打"，以及那些生活中的鸡毛蒜皮，"那个乡村的一点一滴、那些乡人的一举一动，那些庄稼的一春一秋"，还有一只母鸡的苦难、一只死去的蜜蜂等等发生在乡村的那些少年糗事，有美有丑、有善有恶，有光明有黑暗、有炎热有寒凉，人生的冷暖在她的笔下都让你触摸到善良给人类带来的最初的那种温暖。往事并非事事如意，往事并不渐渐如烟。蒋殊用她朴素、温暖的文字，抚摸她的乡村，那个在外人看来或许非常落后、愚昧、丑陋和荒芜的村庄，在她的笔下却风生水起、灵秀生动，以一种不经意地、绵绵地力量打动了你坚硬如水的内心，与她的人生发生血缘关系的那个无名的乡村里的亲情、乡情和爱情，一下子就变得丰富多彩、绰约多姿，并勾起你无限的回忆和无边的快乐。

读蒋殊的文字，需要细细琢磨，像山西的刀削面，有劲道；像山西的老陈醋，有辛酸。她的文字就像田野里的泥土，不招人，不吭声，而从那里面长出的庄稼就像我们从来没有见过的蜀葵一样，灿烂、明媚、热烈，不屈不挠地占据了你的视线。我们几乎有着共同文化背景和人情世故的时代，通过她这些朴素却意味深长的文字，典雅清新中内含着一种从容不迫的气度，慢条斯理地发现中没有了浮躁和焦灼。那个村庄的天空下和大地上发生的那些哪怕看起来最不起眼的生命或存在，皆可入文如诗，透出的是一种人格的自尊和自信。这是一个古典而又现代的歌者，是一个大地芬芳的歌者，是一个乡村温暖的歌者。

蒋殊的散文充满着乡村的淳朴，没有世俗的功利，没有矫揉造作。读她的散文，就像把一枚小小的邮票贴在了写给远在故乡的父亲母亲的一封家书上，那种感觉，一种淡淡的乡愁里袅袅升起思念、牵挂和盼望。读她的散文，故乡就像是那一只一不小心被自己挂在了树梢上的风筝，那种感觉，一种恬恬的惆怅里氤氲着一种莫名的心痛，还有一种无可名状的反省和思考。无论是邮票，还是风筝，我们的联想都是空白的，其实蒋殊散文的核心是善良和真诚，这是她汉语写作和她乡村的灵魂。因此，她一个人的村庄，就不再是一个人的了，也是我的村庄；她一个人笔下的那些人、那些事和那片地，也就不是她一个人的了，而是我们心中想往和惦念的了。

假如将文字比喻成一杯白开水，蒋殊的散文里就像在这杯白开水里洒了一把盐，颜色没有变，味道却大不相同。蒋殊的散文有着刚性的低调、沉稳和大方，里里外外透着一种成熟的美。"人说山西好风光"。我去过山西，去过娘子关，在博大恢宏缠绵不绝的太行山里，一辆辆满载的煤车与我们擦肩而过，山边的悬崖绝壁全部被煤灰染成了银灰色，很有中国水墨画的味道。我感觉，蒋殊的散文里也有中国水墨的味道，是一幅无声的画，一首无言的诗，一部无语的哲学。蒋殊的文字，需要你静坐下来品味，适合在一盏昏黄的台灯下阅读，读着读着，你有时眼睛一亮，有时鼻子一酸，眼含热泪却不能流泪、不敢流泪，那眼泪就噙在眼眶中怎么也掉不下来，继而让你有了发自心底的带泪的微笑。我十分惊讶她对于文字的捕捉能力，都是一样的汉字，经过她的重新排列组合，我们有着共同文化认同的大地和乡村，在她平静从容的文字里，却有了久违的芬芳。这功夫有点像乡村女人腌制的咸菜，经过不同人的手，味道则完全不同。

文学，要有益，还要有趣。蒋殊的散文不是小女人散文，也不是小散文，是真诚写作、真情写作、真实写作，她写得缓慢，我们读得带劲。她的散文，我还没有全部读完，但我还会在夜深人静的时候继续读下去，我甚至想，如果时间允许，我会从她的每一篇文章中吸取某种力量来写一篇自己乡村的那些人、那些事和那片地，因为她的文字里有一种东西勾引着我去回味，去想念，去思考，或许她的故乡也是我心灵的故乡。蒋殊的散文，或者说她文学的内心，有一种境界，写出了人性的温存、人生的温情和人文的温暖，可以用四句话十六个字来总结，那就是——"怨而不怒，哀而不伤，缠绵悱恻，句句真话"。至少，目前我的创作还难以达到她的这种境界。

坐在我们面前的蒋殊，就像一部书。打开了，却还没有读；没有读，却已经有了读的感觉。蒋殊说："往事，自然暖暖的，暖得让人不愿也不忍扔下这一切离去。"因为温暖，所以芬芳。蒋殊的散文创作，她找到了属于自己的一条道路。虽然我不知道，她应该怎么继续前进，但我会祝福她，而且我相信——鲜花将沿着她前进的道路不断地开放。

总是在细微处洇出向善的力量

——读蒋殊《阳光下的蜀葵》

◆谢大光

　　有几年不见了。印象中，蒋殊喜爱文学，有些天分，写作算不得勤奋。她在一家大企业做宣传工作，很敬业。一次在唐山海滨度假，单位临时有事，火车返程来不及，她执意一个人从天津换乘夜班大巴赶回去，我和朋友放心不下，手机一路盯着，次日一早短信发来，她已经安坐在办公室。刚认识时，蒋殊写小说，有了些名堂又中断了，这次一下子拿出十多万字散文，着实出乎我的意料。文学也许就应该是这样，水涨水落，断断续续，平日里淡淡的并非那么壮观夺人，一旦遇到转折或碰撞，触到了兴奋点，就可能平地喷涌，落崖成瀑。这是文学的自然景观。

　　蒋殊的兴奋点是她的乡村情结。她出生在晋东南山村，十七岁才进入城市。十七年，地里的庄稼一茬茬春种秋收，院里的猪羊鸡犬也轮回了几遭；十七年桃红杏白，山泉催长，乡情入心，足以给一个姑娘留下终生难忘的感动和秘密，即使城市脱去了她身上的乡野气息，她的内心依然保留着那一片纯净的天地。她说："我的本身，就是一个农民。我的根，本该在农村。"如今，她的乡村和父辈一起老去，渐渐荒芜、废圮。许多美好的事物，我们身在其中习以为常，直到将要失去时才突然发现她的美好。蒋殊不甘心就这样失去她赖以安放心灵的乡村，她一次次地还乡，希图重温那些珍藏的温暖，却一次比一次更深地感到疏离、失落，徒留伤感。她明白了，她的对手太强大，她没有一丝取胜的希望，无论怎样努力，乡村，她的乡村，终将逝去，只剩下记忆。无奈中，她随手写下关于乡村的记忆，开始可能只是作为排遣，只是为了尝试留住，无意中却打开了一个宝库。记忆是很奇特的。流水一样的人生似乎不着痕迹地过去了，不经意间还是有几片浪花、几点漩涡落在了时光深处，并非刻意记下的细节，满带着情感的印痕，一经文字打捞，便不可遏制地生动起来，汹涌而出。常常在依照一个题目下笔时，忆念的浪潮率性地冲破堤岸，左突右拐，挟带出了下一个或是下一批题目。沉浮在这样的写作状态中，蒋殊感到从未体验到的快意。她把生命中最为珍惜的人和事捧到阳光下，散发的光彩回照着作者自己的心灵，这使得她的第一部散文集充满了暖意。

城镇化背景下的乡情写作，很容易将个人记忆融合成共通的集体情绪，叠加出的无非是又一个公共话题。如果蒋殊的写作仅止于对过往乡村生活的怀念，文字难得存有自己的烙印，或许还会带点矫情。然而毕竟离开乡村二十多年了，她对于乡村的怀念中，必然掺入了一些陌生人的打量，这打量的目光透过时间的冷峻，穿越命运的叵测，也就添上了几分冷静，几分沉重。这是一种自然的心理真实。蒋殊没有回避这真实，她以热切交织着冷峻的目光打量着家乡的老屋、老院、老井台，打量着她至亲至爱的亲人，笔下的乡风亲情有了别样的分量。坐在阳光里的父亲，那样一个英俊硬朗、风度翩翩的男人，在女儿出嫁的雪夜，扒着车窗追出老远的父亲，被岁月和病痛磋磨得只是憨憨笑着，以致让人不忍面对，"眼前这孩子一样的老人，还是我伟岸的父亲吗？还是那个说一不二的坚强汉子吗？我的面前，分明坐着一个孩子，一个还未长大的孩子。我必须用十二分的耐心，去给他讲一些连小孩子都很容易懂的道理。"还有那眼睛静如止水，经过丧夫、失子，没有一滴眼泪的姥姥，命运在炙烤她的耐心吗，还是上天派她来散播爱的真谛？"有一种爱，不是说出来的，不是赤裸裸做出来的，是用一种看似坚硬的方式，慢慢穿透进你内心，帮你成长。也许多年以后才能读懂；也许，永远无法读懂。但爱，就在那里。"蒋殊用同样的目光打量着自己，《多年前那个小婴儿》就是她和小学三年级的自己的对话："喂，你还好吗，小姑娘，经历过如此纷繁的世事，你的内心可还保有原来的柔软和任性？"当她把这热切而冷峻的目光投向她的乡邻好友，投向她的猪羊鸡犬，投向素不相识的芸芸众生，那些被漠视的弱小生命时，悲悯的博爱之情自然从心中生出。有一种温暖是痛惜。《尘世一回》也许只是听来的故事，小山的命运却击中了作者心中最柔软的部分，不由自己地为之歌哭。命运不该如此捉弄善良的人。平静的叙述中埋伏着不平的呐喊。蒋殊的散文不论所为何题，总是在细微处洇出向善的力量。

善良是需要传递的。在写母亲和婆婆的两篇文字中，作者真实地表现了母女两代人的内心世界，面对各自不同却同样最难处理的婆媳关系，她们以心换心，患难见真情，融化了传统习见的坚冰，传递着人性的温暖。女儿的身上，怎能没有母亲的影子。两代人，也是世代人，这股积极向善的力量，世世代代传承于最底层的乡村，"礼失求助于野"，正是我们民族历经苦难而不倒的内在动因。从这一视角来看，蒋殊散文聚焦于真诚向善的力量，恰恰抓住了乡村的灵魂。

蒋殊说，这是她第一本献给故乡的书。她还会继续书写故乡，书写村庄，书写土地。她会翻开土地，看看风平浪静、风轻云淡的故乡背后，还深藏了什么。阅读本书，我们会发现，排在后面的一些篇章，如《再回故乡》《婚宴》等，已经在发生变化，确定的单向的情感判断，开始出现游移、困惑、发散的取向，被书写的事物，正向它的背后延伸，呈现着鲜明的当下精神特征。这标志作者在忆念中不断思考、开掘，酝酿着突破。我们有理由期待，蒋殊接下来的乡村书写，将不止带给读者新的故事，新的人物，还将有新的发现，新的感悟。我们殷切地期待着。

2013 年 10 月 29 日星期二

本文发表于《文学自由谈》2014 年第 2 期；《黄河》2014 年第 4 期

山西省作家协会　编

再造中华审美

新世纪三晋新锐作家群论集

卷三

山西出版传媒集团　北岳文艺出版社
BEIYUE LITERATURE & ART PUBLISHING HOUSE

·太原·

目录

70后：思想着的写作者

80后：充满诗意情趣的美好世界

90后：唤醒青春的记忆

附录　媒体报道：他们着眼的是世界

70 后：思想者的写作者

一曲农耕文明的挽歌

——评李骏虎《众生之路》

◆ 王迅

　　李骏虎《众生之路》对特定历史时期社会生活的再现性描写，显出了这一代作家驾驭长篇叙事的概括能力。

　　作为李骏虎的长篇新作，《众生之路》延续《母系氏家》对乡村风貌和人情世故的精心描绘，但视野更开阔，气势更宏大，作品展现了城市化背景下晋南乡村农耕文明如何由盛转衰的整个过程。从南无村历史变迁来看，《众生之路》是一曲农耕文明的挽歌，它不免使人想起十年前出版的《秦腔》，通过乡间民情世相的细腻描绘，竭力呈现出乡村败落的趋势，是两部作品共同的主体脉络。贾平凹以社会转型期乡村的日益破败和土地的行将消失，反思现代化进程带来的诸种问题。南无村如同清风街，在城镇化浪潮冲击下宿命般地走向衰败和萧瑟，成为现代工业文明冲击下中国乡村命运的缩影。贾平凹于十年前的预测，在李骏虎的叙事中得到验证。从连喜把磨坊改造成纸箱厂，到韩国工业园的征地，南无村在城镇化进程中逐渐变得面目全非，这意味着传统农耕文明的彻底衰落。李骏虎欲以南无村为个案，展望中国乡村社会未来的可能性，同时又不乏反思，村民集体搬迁到城市，只剩下兴儿爸留守于此，成为南无村最后一个农民。而当搬迁到城里的人纷纷回到农村租地耕种，耕地忽然变得金贵，他又感到无比自得和庆幸。从这一笔，既可看出城市化带来的种种问题，又颇能感受到作者浓浓的乡愁。

　　小说人物繁多，但几乎没有贯穿全篇的核心人物。李骏虎意识到，只有把视点对准日常"众生"，而不是传统现实主义美学视野中的"典型"，乡土世界更有可能获得原汁原味的呈现。小说中的人物，不仅充当推动故事发展的行动元，而且携带着浓厚的时代文化气息。比如，从暴发户跌落到穷光蛋的二福，鼓捣科学种田却被人耻笑的学书爸，公司改制失败后自杀的榨油厂总经理云良，卖了土地却四处找地种的村支书银亮等等，这些人物充满时代气息，是历史的产物，以至成了中国社会转型期的文化符号。同时，另一些人物，虽然称不上时代弄潮儿，却浸润了风土民情，具有独特的审美价值。比如，把女儿嫁给冤家对头的郭老师，没了胃却长得白白胖胖"眯眼儿"二贵，奴役可怜寡妇的"土教母"，做了"村妓"的秀芳，暗里使劲底下烧火的银贵，像圣母一样爱着全村人的秀娟，誓死捍卫耕地的兴儿爸等等，这些看似不重要的人物，都被刻画得活色生香，构成了极富晋南乡土地方风情的原生图景。

从叙述上看，小说上部重视细节描写，松弛而舒缓，而下部加强了情节的起伏变化，变得紧凑密集。这种形式上的变化，可见出作者的心机。那个自足而诗意的村庄，包裹着作者内心深处的浓烈乡愁，而这种眷念之情更适于细节的呈现。比如，学书跟着庆有偷瓜的画面，仿如鲁迅《故乡》少年闰土的世界，这些不无抒情性质的段落可当散文来读。下部讲述这个充满生机的乡土世界是如何凋敝的，越是到后面，故事性越强，尤其到了明争暗斗的村委选举，叙述开始提速，可读性不断增强。李骏虎对两幅笔墨张弛有致的调度，让我们见识了70后小说美学灵活多变的生长空间。

从时间上看，《众生之路》的叙事大约起始于改革开放前后，70年代生人正是从这个时期成长起来的，对中国社会历史发展脉络持有相对清晰的记忆。这样看来，《众生之路》的写作主要依赖个体经验和记忆，渗透了创作主体悲愤交加的浓烈乡愁。

对一代人精神历程的评析

——论李骏虎的小说创作

◆傅书华

　　李骏虎小说创作的意义、价值是多方面的。但我想从他作为一个在中国内陆地区出生的 1970 年代生人，在面对中国社会历史性的社会转型中，所形成的精神演化形态、精神历程的角度，考察一下他的小说创作的意义与价值；并认为这样的一种考察，可能对我们如何认识中国与市场经济同时同步成长的一代人的经验形态、精神形态、价值形态，对我们如何认识自鸦片战争以来，中国现代文学的精神形态、价值形态的演化历程，有着一定的典型性的参考意义。

一

　　能够体现李骏虎第一个阶段小说创作代表性的成果，我想应该是写一代青年人在都市生活的长篇小说《奋斗期的爱情》《公司春秋》《婚姻之痒》以及《解决》《七年》《牛郎》等若干部短篇。在这些小说中，我们看到了一个从乡村来到都市的青年人，由最初的充满希望的雄心勃勃的奋斗，到对复杂的都市生活的深层品尝，再到一种在近乎无奈、绝望之后的对自我在都市的放逐与反思。现代都市与一代从乡村步入都市的青年人的相遇形态，在这些小说中，得到了非常深刻的血肉丰满的揭示。

　　《奋斗期的爱情》讲的是一个乡村青年"初次"与都市相遇的故事。我之所以强调"初次"，一是因为作品主人公对都市的感受是初次的，一是因为作品所写的主人公感受的都市生活形态，也是都市生活的表层形态。作品的主人公叫李乐，在都市郊区的一家报纸做编辑工作，是一位想依靠自己的写作实力在都市立足的乡村青年人。作者做这样的安排，与我前面所说的"初次"形态是非常吻合的：正是都市郊区而非都市中心，才可以把都市的表层形态得以更恰当的体现；正是报社而非商业机构，才使得都市披上了一层精神的外衣；而想依靠自己的写作实力而非物质性力量在都市立足，正体现了主人公比较单纯的生命向往与精神追求。在这样的背景设置下，作者从以下几个方面给我们讲了这位青年人与都市的相遇形态。

　　第一，是作者反复所写的，主人公在喜爱他的女性面前，来自于身体的自卑感。作品写主人公李乐是一位身体矮小、瘦弱，男性特征不强且心态时时处于被动的男性，而喜爱他的都市女性，或者他所面对的都市女性，却无一例外地，都身体丰腴、健康且性格主动。如是，主人公李乐在面对都市女性时，第一个直接的感觉，总是来自于身体的自卑感："我始终坐在椅子上……我不能站起来，是因为看到张亮太高了，保守地估计也在一米七十五以上——我从不把高个子男人放在眼里，但女人就不同了，尤其是高个子漂亮女人，总是让我自惭形秽"，"这家伙足有张亮那么高，于是我就躺着没动，不愿在陌生的漂亮姑娘面前暴露出自己的缺点来"。这种自卑感，从实质上说，其实是传统文化、乡村文化在如何对待身体、根植于身体的欲望，享受面对现代文化、都市文化的自卑感。其焦点是中国社会价值形态从传统的重社会伦理规范到重个体感性生命的社会转型中，不知如何面对、安置个体感性生命；或者说，不知如何面对、安置"身体"的迷茫与困惑、焦虑，如刘小枫所说的"沉重的肉身"。这样的一种来自于"身体"的自卑感，在这种自卑感中所暗藏的对都市女性身体的向往，在中华民族在自身传统崩溃而面对现代社会现代文化的现代化进程中，可谓是屡见不鲜，只是表现形态各异。最典型的莫过于在清末民初时，中国赴日留学生笔下对中国男性与日本女性"身体形态"的文化身份的设定：中国男性的身体总是病态的、瘦弱的，性格是内向的；而日本女性的身体则总是丰腴的、健康的，性格则是主动的外向的。郁达夫的小说《沉沦》是这方面最为典型的代表作，其中对中国男性留学生眼中的日本女性身体的描写，也因此成为这一文化"症候"的经典片断："他起初以为看一看就可以走的，然而到了一看之后，他竟同被钉子钉住的一样，动也不能动了。那一双雪样的乳峰。那一双肥白的大腿。这全身的曲线。呼气也不呼，仔仔细细地看了一会，他面上的筋肉，都发起痉挛来了"。这样的文化"症候"，在市场经济大潮促使中国社会形态在 20 世纪 90 年代全面转型时，显得特别突出，成为一个时代的"时代症候"：无时不在无处不在而又不知如何面对、安置的"沉重的肉身"，几乎成为一个时代的"流行语"。李骏虎的《奋斗期的爱情》在这一点上，也因此具有了时代的沉重感与历史的纵深感。

第二，是作者反复所写的，主人公在喜爱他的女性面前的物质上的贫穷感："那个阶段我正穷困潦倒，好长时间没来一笔像样的稿费了，幸亏经常光顾的那家小饭店肯赊账，否则我真要把嘴吊起来了"。"可是在这种情况下，怎么好意思和别人借钱？况且这是多么煞风景的事呀。我心头狂跳不已，装作随便地从裤兜里摸了皮夹子，打开来——却看见里面除了那次给郭芙复印的那张黑色一百元压岁钱，竟然一个钢镚儿也没有了。我赶紧合上皮夹子，头上冷森森，胸中空荡荡，往日的自信和高傲荡然无存"。这种贫穷感，与我前述的身体上的自卑感，在性质上如出一辙，或者说，是我前述的身体上的自卑感的更为深层的原因所在：正是因为物质上的贫穷，才使得根植于身体的欲望、享受，失去了得以实现的前提与保障。这样的一种贫穷感，来自于对传统的乡村经济与现代的都市经济相遇时真实境况的真实体验，也是传统的乡村经济在最初与现代都市经济相遇时境况的真实体现。

第三，是作者反复所写的，主人公为了改变自身生存境况征服外在环境的奋斗精神："我每天晚上都至少要看三十页书，写两千字的文章"，"勒紧裤带玩命写作我已习以为常"。这样的一种征服精神奋斗精神，我们似乎并不陌生，在那些描写乡下人进入都市的中外作品中，我们似乎时时看到的就是这一点，并因之使这样的一种征服精神奋斗精神被赋予了现代都市精神的含义。但李骏虎的《奋斗期的爱情》乃至李骏虎所有的写都市生活的小说，与我们所熟悉的那些描写乡下人进入都市并征服了都市的中外作品有一个很大的不同。那就是，他作品中的主人公，其征服精神奋斗精神，不是体现在物质终于富有、都市生活形态的实现、都市身份的认可、都市文明的习得等等，而是体现在一种超越都市乡村之上的精神的实现上，这就是作者对主人公对文学写作实现的追求的设计。不是以对都市的占有来证明自己对都市的征服、对自己奋斗的肯定，也不是以乡村生活战胜都市生活来证明自己对都市的征服、对自己奋斗的肯定，而是以一种超越于都市乡村之上的精神的实现，来体现自己奋斗的价值。如是，作者写了几位都市女性对作品主人公的追求，但却没有如同我们所熟悉的那些描写乡下人进入都市的中外作品那样，以进入都市的乡下人实现了与都市女性结合，来证实自己对都市的进入、征服与自己奋斗的实现。在李骏虎的笔下，作品的主人公虽然得到了几位不同的都市女性的青睐，但作品的主人公却并不因此而感到满足，或者说，并不能在这几位现代都市女性对他的认可中，体现自身价值的实现。如此的写作设计，体现了作者对现存价值形态的拒绝，使作品具有了超越现实世界的价值诉求，具有了超越诸如现代性、都市形态等等"确指的经验性目标"的价值诉求，而成为一种类似"生命的自由自律的生存动姿"，使作品具有了与中国现代文学中的精神漂泊的主题一脉相承的意义深度。但在其主人公与几位现代都市女性的缠绵中，又不能不让我们有着某种深深的担心：主人公毕竟年青，不可能具有如鲁迅在"过客"中所写的"过客"对"小女孩"温情对"老人"经验丰富的"忠告"的拒绝。这样的"青年"姿态，是中国最初从乡村走向都市的一种必然的价值形态生命形态。只是这样的一种形态，当他深入到了喧嚣复杂的现代都市的深处，他的境遇又会如何呢？他又能走多远呢？这就是李骏虎在接下来所写的长篇小说《公司春秋》及《七年》《逆流而上》《牛郎》《解决》等短篇小说中所要告诉我们的。

在《奋斗期的爱情》的结尾，李骏虎所设计的主人公，终于如愿以偿地进入了现代都市的中心。但是，他在自己心向往之的都市的中心的境遇如何呢？李骏虎在《公司春秋》中，对此做了进一步的叙写：小说的主人公邵儿与年长与他的女同事阮姐情感相近，这本来无可厚非：孤独的男性青少年在其生命成长的过程中，往往是年长于他的女性成为他生命成长的引路人，传统中国的妻子往往在生理、心理上长于丈夫；西方文化中，孤独的男性青少年在其成长过程中的情人，也往往年长于他，即均出于此。邵儿与年长于他的女同事情感相近，其最为深层的原因是：邵儿这来自于乡村的生命，在都市的土壤中无法扎根，以及由此带来的初入陌生的都市所产生的情感的无可皈依，正是这些，使他总是对年长于他的都市女性情有独钟，譬如他与上司的妻子的关系是如此，与在出租屋相遇的成熟少妇的关系是如此。即使是与其在都市的恋人李美，我们也可以时时处处看到，在他们二人的关系中李美总是处于主导位置，以至于连主人公自己也免不了发出了自己的感叹：我怎么总是与那些有夫之妇会发生情感上的纠葛呢？

让我们再回到主人公邵儿初入都市时与阮姐的相遇：二人的关系本来是纯净的，无可厚非，或者说，这是一个现代都市与传统乡村关系的隐喻。传统乡村男性的生命向往与现代都市女性感性生命对其的引诱，在这一隐喻中，有着极好的丰富的体现。但邵儿与阮姐的这一关系，却在单位闹得沸沸扬扬，二人最后终于把流言变成了现实，以至于伤痕累累无法收场。这或许可以算是邵儿进入现代都市的一个预兆、征兆，即：上述二者所体现的传统乡村男性与现代都市女性的关系，因了其存在环境的扭曲，最终却只能以一种扭曲的形式出现。邵儿与其上司妻子的关系、与出租屋成熟少妇的关系、与李美的关系均可以作如是观。

明了了这一含义，我们对小说所写的邵儿与各种少女关系的描写，也就有了比较准确的把握。譬如说，他对妓女文静的感受：文静曾经是个两次因情而割腕自杀的多情女子，但最后却沦落成为人尽可夫的风尘女子。她外出时常常所做的让人无法认出的极为怪异的化妆，正是其外在与内在完全割裂及人们对她根本无法认知的绝妙显现。如果说，邵儿与文静的关系，是男女之间截然割裂的极端性的体现，那么，邵儿与刘小姗则是在正常的日常生活中，注定不能沟通的典型。刘小姗曾经是邵儿的一个梦想，但在她成为一个实际存在时，却因了种种利益的限制、算计等等，成了一个永远不能走近的存在。

以个人性的男女之间情感作为载体的精神追求、向往，让邵儿倍感失望倍受伤害。作为社会性的人与人之间的关系，更让邵儿真切地感受到了世间人与人之间关系的残酷：大丁坑害"哥们"，携款潜逃；副总们算计老总，把老总在桑拿间抓个正着；同事设套给副总，用针孔摄像机取证；原本是老板手中玩物的李美，最终却成功地将老板玩弄于股掌之中；老总的夫妻关系徒有虚名等等等等。平安夜化妆晚会上，邵儿看到"四个人，总共只有五只胳膊六条腿"的幻象，其实正是现代都市人在利益、欲望面前被"异化""扭曲"的真实形象。小说中有一个颇有象征意味的道具"流氓兔"——被别人尽情地玩弄也尽情地玩弄别人，那正是现代都市人生存心态的形象写照。

生活在这样的生存环境中，是会让人极端厌倦的。小说主人公邵儿在小说结尾部分，不断地感到困倦，充满了睡意，时时在最热闹时分，会突然睡过去，就表明了这样的一种厌倦感。在如此厌倦了曾经非常向往非常想进入也已经深深进入了的充满了刺激、动荡、诱惑的现代都市生活之后，作者的精神追求心灵港湾又会在哪里呢？

不要外面的风雨，也不要外面的彩虹，平平淡淡正正常常的普通人的家庭生活，或许可以安放这疲倦的心灵？这是一个从外在追求退回内在世界的合乎逻辑的非常自然的选择。但这样的一个选择又如何呢？李骏虎接着写了《婚姻之痒》

《婚姻之痒》中的主人公马小波与妻子庄丽原本互相关爱且也满足于温饱型的日常生活，妻子耍耍小性子，丈夫哄一哄，本来也使家庭生活别有一番情趣，但没有精神滋养的日常生活，终于磨损了夫妻之间的感情。马小波在苦闷之中偶尔的艳遇，不仅没能缓解自己的苦闷，反而导致了夫妻的分居，增添了自己更大的苦恼。与崇拜自己的刘阿朵的同居，也并不能够解决日常生活中夫妻之间的情感问题。马小波最终选择了重新回到庄丽身边。但长期的精神、情感的抑郁，终于引发了庄丽内分泌失调，最终导致了脏器衰竭而死亡，马小波则沉浸在终生的痛悔之中。如果对个人来说，连最基本的平平常常普普通通的家庭生活都不再是自己能够立足之地的话，那么，现代都市生活，还有什么是可以让人留恋的呢？

从向往现代都市生活，到深入地进入到现代都市生活，再到在现代都市生活中，连最后的立足之地都不存在，这就是李骏虎给我们讲述的乡村青年与现代都市的关系。可想而知，回望乡村，成了面对现代都市失望之后的必然选择。于是，我们看到了李骏虎在这之后的回望乡村生活的小说创作。

二

由于原本就是从乡村出发，由于在现代都市伤痕累累，所以，在回望乡村时，必然是充满了怀念之情："每次回乡，一踩上乡村的土地，就感觉到非常踏实。从村口步行回家，走在村巷里与晒太阳的老汉、抱娃娃的妇女简单打个招呼，就能给我一种力量，心中特别温暖"。在如此情感形态的对乡村的回望中，其眼中的乡村，必然是温馨的、多情的。所以，李骏虎的乡村小说，写的不是乡村贫穷、落后、残酷的一面，而是与现代都市情感缺失价值危机构成互补的文化形态的乡村。李骏虎的这一类的小说，给他赢得了巨大的声誉，文坛所称道的他的小说，譬如，他所获得的鲁迅文学奖、赵树理文学奖的小说，也是这类小说。这类小说中，最具代表性的，是长篇小说《母系氏家》，中篇小说《前面就是麦季》，短篇小说《用镰刀割草的男孩》《还乡》等。

《母系氏家》中写得最为成功的是兰英、秀娟、红芳这三个女性的形象，并因此构成了一个女性谱系。如果我们将这三个形象，与我们所读过的李骏虎写现代都市生活的小说来做比较，就会更清楚地看到作者的乡村情怀。

兰英本是一个如花似玉、身健体美、心灵手巧的女子，因为出身不好，受政治上血统论的影响，不得不嫁给了一个缺乏男子性征的矮子七星。但她却不甘心于完全被命运所左右，而是为了通过下一代来改变自己的命运，或纯然是利用，或不禁情动于中地与"一文一武"——一个公社秘书、一个"土匪长盛"，发生了性关系。与李骏虎写现代都市小说中，男女人物在性关系上，或者是利益关系或者是欲望横流或者是虚伪作态相比，兰英即使是与公社秘书的纯然利用的性关系，也仍然包含着对自身命运不公的反叛因素。兰英身上所体现的"恶"，她近其一生地对她身边人的攻击性言行，是其旺盛的生命欲望的不能正常实现、充沛的生命能量的不能正常释放、强劲的生命力量的不能得到正常的对象化体现与肯定的结果。于其中，让我们感到愤怒与惋惜的，是病态社会对兰英健康生命的扭曲与吞噬，而不是兰英本身。

秀娟是一个"地母"式的女性，四十多岁了，仍然未婚，独身一人，但却安之若素，且在与他人相处中忍辱负重，与世无争，善济他人，慈悲为怀。她虽然自己的生活并不富裕，却尽自己之力在财力上周济他人；虽然自己并无多余住房，却将自家所居住的磨坊院出让给乡村企业家以给乡人就业机会；在与乡人、家人相处中，总是不取他人，却只求有助于人。最能体现其"地母"品格的，是其在家人孩子过满月的酒席上喝多了，被受副村长之托的两个年轻人送回她独居的屋子，但这两个年轻人，却趁其酒醉，偷了她辛辛苦苦积攒下来的七千元逃跑了，且给她带来了被这两个年轻人强暴的恶名。但秀娟对此却不加申辩，也不戳穿两个年轻人盗取她钱财却并没有强暴她之举的真相，面对众人的风言风语，她淡然处之，安稳地过自己的日子。直至事情水落石出后，秀娟也无意追究两个年轻人的责任，显示了其内心世界的强大，显示了其宽厚而博大的心胸。这与李骏虎现代都市小说中人物的精于锱铢计算，相互利用、损害、剥夺，恰成反比。

红芳是一个心身都比较健康的乡村青年女性。她对生活没有太多的要求，每天只是为着自己的小家庭忙忙碌碌；她对他人也没有太多的希冀，少心没肺的，不计较言语之间的冲突，也不太记恨别人。因此，她更多地生活在一种简单的快乐之中。与李骏虎现代都市小说中人物的追求功名，残酷竞争，被外在于人的各种利益形态所强力制作、强力塑造的人生相比，这是一种人人都能够达到的平常人在最为普通的日常生活中的单纯快乐朴素的人生，是与大自然一样自然的人生形态。

正是这样的一种乡村情怀，使《母系氏家》中的邪恶女子，也透着一种本质上的大气与美好。譬如彩霞，对自己所从事的变相卖淫毫无羞臊之意，且夫妻二人关系却也亲近融洽。通读作者对彩霞的描述，并不让人感到其淫荡、猥琐、鄙陋，却给人以温静、坦荡之印象。其原因，盖出于其存在于作者乡村情怀之中。

这样的一种乡村情怀，不仅使李骏虎乡村小说中的人物形象塑造充满着温馨亲切的人情味，也使他笔下的自然景色、情景描写，使他字里行间所流溢着的情趣，充满着一种人性、人情的暖意，《用镰刀割草的男孩》《还乡》等作品中，那些比比皆是举不胜举的出色的情景、景物描写及叙述文字，就是这方面成功的例证。诚如李骏虎本人所说：乡村"是有容颜和记忆能量、有年轮和光阴故事的，它需要视觉凭证，需要岁月依据，需要细节支撑，哪怕蛛丝马迹，哪怕一井一石一树"都是"有根、有物象、有丰富内涵的信息体"，承载着"记忆与情感，承载着人生活动和岁月内容"并构成了"抒情的可能和心灵的基础"。

如前所述，李骏虎记写乡村生活的小说每每为读者为文坛所称道，他自己也是属意于此的，并因之在相比较之下，对自己在此前所写的青年人在现代都市生活的小说，有所看轻。他说过这样的话："我之所以要写农村，是因为我意识到作品要有思想力量和精神向度。这要求我必须回到大地，才能仰望天空。不能老写中国这种不成型都市的人的情感困惑，因为它上不着天下不着地，是空中的东西。只有回到农村，脚踩大地，才能找到精神向度和思想力量"。我以前也是认可这一点的，也是把李骏虎写乡村的小说看得高于其写青年人在现代都市生活的小说，也是读其写乡村生活的小说，觉得更具有一种亲切感。但是，在我通读了李骏虎的小说后，我的感觉与想法却发生了根本性的变化。几千年乡土中国的传统，使我们一直对城市对现代都市有着一种对立感、敌视感。我们一方面羡慕都市的物质生活，一方面又在精神上将现代都市视为罪恶的渊薮。面对今天现代都市的竞争、刺激、动荡、新鲜、残酷、享受等等，我们原有的心理图式、情感图式，受到了极大的冲击，有着一种非常难以适应的惶恐。在这种惶恐面前，我们会轻车熟路地很容易地退回到我们习以为常的原有的生活形态之中，或者在对原有生活形态美化的幻想中，置放自己不知何处安置如何安置的情感、心灵。这正是我们读到李骏虎乡村小说备感亲切的主要原因。只是我原来以为，或者我原本有着一种期待，就是李骏虎这代人，他们的生命形态、经验形态、情感形态，是伴随着中国市场经济同步生成的，是与中国现代都市形态同步形成、同步成长的，他们可能会在经过了与现代都市的一系列生死冲突、血肉搏斗后，把自己生命的根扎在现代都市的沃土中，把自己的生命之花开在现代都市的土壤上，会让现代都市成为一片新的可以让诗意栖居的大地，会给我们提供一种全新的生命形态、经验形态、情感形态，并因此而对我们习惯的乡土经验、形态，有着又一种全然不同的再观照。我没有想到，李骏虎会这样快地就撤退到了我们所习惯了的乡土家园之中，并成功地为这一家园增添了新的亮丽景色。面对着作者自己对打造这一亮丽景色的努力、付出的执着，面对着我们在这一亮丽景色中，由于心灵、情感得以安妥而带来的欣慰，总之，面对着李骏虎乡土小说的成功及对此的一片赞扬之声，我不得不感叹于乡土悠久历史的伟力、魅力，不得不感叹于现代都市形态在古老中国的脆弱。但是，在这一感叹中，我仍然在心底里有着一种挥之不去的隐隐的期待，期待着李骏虎这一代作家，在经历了对现代都市的渴望、进入、批判、绝望之后，在经历了重回传统乡土的精神洗礼之后，能够为我们提供出几千年来古老中国所没有的，超越了现代都市与传统乡土两相对立的新的现代社会的经验形态。这或许可以算作是对李骏虎今后创作的广阔空间、灿烂明天的美好期待吧。但在这一广阔空间驰骋，这一灿烂明天的实际到来，可能需要着时间的积累，需要着新的价值资源的引入与借鉴。而在这其中，对历史的重新回顾与反思，清醒的创作意识，或许是必经的途径。在李骏虎近年对历史题材小说的创作追求中，在李骏虎日益清醒地对现实主义创作精神的认识与执着中，我就分明地看到了这一点。

三

长篇小说《母系氏家》及中短篇小说集《前面就是麦季》之后，李骏虎乡村小说创作的高潮暂时告一段落。虽然仍有一些写乡村生活或者直面现实生活的作品问世，但他把主要的创作精力用于对历史题材的小说创作之中，试图在对历史的重新审视中，寻求新的价值路向。这一创作努力的结果是初步完成了一部反映山西抗战史实的长篇小说，但却由于种种原因，暂时搁置起来，但我们从其发表的个别章节，仍然可以见出他努力的意图。这就是发表于《作品与争鸣》2012年第2期的中篇小说《弃城》

《弃城》以真实的史实为写作基础，写阎锡山部下的一个旅长，带领自己的部队，在自己的家乡——隋唐时代所建的极为险要的军事要塞打击日本侵略军的故事。史料的引入，地理景观的如实再现，事件的构成，都显示出作者力求给读者以历史史实真实感的努力。小说的内容是坚实的，故事是吸引人的，人物性格的塑造也是生动的。但作品对于李骏虎创作的真正价值不在这里，也不在于将一度被遮蔽的国民党实力派在抗战中的真相予以"敞亮"——这样的作品在国内已然大量出现，且写作成功者也为数不少，《弃城》在这方面并没有大的突破。这部作品之于李骏虎的意义在于，李骏虎试图以此走进历史的深处，洞悉历史的真相，从而在观察今天多样、浮躁、平面的社会现实时，具有历史纵深感的眼光作为支撑，因为只有具有历史的纵深感，才能对现实做出更准确更有力的判断。中国一向有文史哲不分的传统，文学是对一个历史时段真相的揭示与洞悉，且在这种揭示与洞悉中，蕴含了社会、人生的哲理。克罗齐讲：一切历史都是当代史。对于历史的关注，正体现了李骏虎打通文史哲，打通古今，并借此用文学更深入地进入、理解今天现实的努力。

对文学与人、社会、历史关系的这一理解，必然决定了李骏虎对现实主义创作精神、方法的推崇。如果说，在他创作之始，他对此还没有非常清醒、鲜明的认识，但却由于自己的艺术直觉而在自觉不自觉中予以追求、实现，特别是在他的乡村小说创作中，更是如此。譬如，在我们前述的《母系氏家》中，在对三位女性形象的塑造中，我们即通过其性格的复杂性，能够真切地感受到这一点。只是在今天，在经过了长期的创作积累与实践探索后，他的这种意识是更为鲜明更为自觉了。他多次在不同的各种场合，表述过这样的观点：现实主义方法是最为先锋的创作方法。在我看来，李骏虎的这一判断，是非常深刻的，是极富现实意义的，且具有历史的纵深感。

中国的传统小说，受中国天人合一、物我合一的"一个世界观"的影响，受中国抒情艺术诗歌的影响，是"意象造型观"。但伴随着中国传统社会结构的崩溃，这种"意象造型观"的创作范式也就走向了崩溃，其标志是《红楼梦》的出现。如鲁迅所说：一到《红楼梦》传统的写法就全被打破了，"如实描写，并无讳饰"的现实主义精神，在中国文学自身的发展过程中，开始生长出来，并在生长过程中，合乎逻辑地借西方文学之力，开创了五四时代及1930年代中国现代文学的现实主义潮流。这一潮流，是与其时新的资本经济、都市形态、社会结构的生成、形成"同构"的。所以，我们在这一时代的小说中，看到了资本经济对中国传统大家族的冲击，看到了金钱、欲望对生命的激活与损害，看到了都市形态与乡土形态的冲突。1940年代之后，伴随着资本经济的退场，伴随着中国传统文化的回归，从都市走向乡村，成为一个时代的主流，文学创作也从现实主义走向了与"意象造型观"有着某种"异质同构"形态的"社会主义现实主义"及"两结合"。但自1990年代以来，伴随着中国市场经济大潮的再度汹涌，都市形态再次成为中国社会的主要社会形态，诚如西方社会批评学家戈尔德曼所说：一定历史阶段的社会经济结构与其时的文学结构、文学的叙事意识与社会的集体意识，"具有严格的同构性"关系。如是，与今天市场经济、都市形态、社会结构相对应地，现实主义也再次成为中国主要的文学潮流。虽然在面对现代都市这个"魔影"时，各种非理性的现代主义感受也会时时出现在文学的世界中，但正如李骏虎所说，今天的现实主义，是一个包容性极强的创作方式，各种非理性的现代主义感受及其文学的表达方式，是可以丰富、深化今天的现实主义的。只是在我们经历了面对都市、乡村及传统、现代的困惑之后，我们或许会在对历史的重新审视中，在对现实的直面中，有着新的对自身对世界的认识与把握吧。正因此，我非常重视李骏虎小说创作历程中所提供给我们的精神演化形态、价值演化形态；正因此，我在李骏虎等新一代中国作家身上，看到了中国文学创作的广阔前景，并对他们的创作充满了期待之情。

此文刊发于《小说评论》2014年第4期

《母系氏家》：一部见微知著的家庭政治演义

◆康志宏　马顿

　　读古典文学作品，许多时候我们会感慨，无论作品的题材是什么，内容涉猎多么宽泛，最后我们总能把所有故事的推动力归结到一个"家庭"的小范围之内。比如我们读《东周列国志》，列国争斗纷纷扬扬，其实最触目惊心的却是各国王室内部的争权夺利，父子拔刀，兄弟相残，甚至一国向另一国出兵，往往都会趁对方内乱的时候行事。与这些作品相比，《金瓶梅》干脆撒开了外部干扰，直接就拿一个家庭开刀，对其内部争斗进行了最细致的铺排描述。一个潘金莲，与东周时代各国王室的女人们相比，毫不逊色，甚至更加"威名远播"，将其与武则天和慈禧比肩，似乎也无不可。然后我们会发现，虽然我们现在已经不再"封建"，也已不再"一夫多妻"，然而，家庭政治心理，却顽固地流存在我们的血液里，数千年不曾改变。

　　李骏虎的长篇小说《母系氏家》写了一个现代潘金莲似的人物，其切入的角度也是家庭生活，读此书，有时候会发笑，因为一地的鸡毛蒜皮，竟然件件都能上升到"政治"问题；有时候却也惊心，因为在看似朴素的生活中，蕴含着人性深处的计谋与利益之争。由此我们可以发现，乡村家庭生态与历史上的宫廷生态是本质相通、一脉相承的。我们无须问，是政治渗入了人性还是人性渗入了政治，其实，无论贫富贵贱，人即是政治！不是谁把一地鸡毛蒜皮上升到了政治问题，而是鸡毛蒜皮本身就蕴含着政治。而乡村，即是中国，一个乡村家庭，可以照见整个中国的民族心理。

　　"母系氏家"从"母系氏族"演化而来，作为本书的书名，异常贴切。从历史上的母系到父系，再到本书所谓的"母系"，是一个主导权变换的过程，也是一个争夺的过程，书中故事具现了这样的主导权争夺。这是一个具体而微的人类史，人类史的演义。从大，到小；从宏观，到微观；从"氏族"，到"氏家"，是一个自然的传承和探微。

人物的价值取向决定各自行为的截然不同

一个叫作兰英的好身材的女人，由父母做主嫁给了一个武大郎一般高低的男人，为了不被人看低与取笑，决定借种，生出"比别人都要高出一头、俊上三分"的儿女来，从而启动了母女、婆媳一家两代女人截然不同的人生故事。

兰英是个有心的人。她对命运有自己的主见。她认为："只要把生什么样的娃娃、生什么人的种把握在自己手里，就把握了后半生，就不愁扬眉吐气的那一天，不愁翻不过身来的那一天。"她要逆转自己的命运，因此，"她像一只色彩艳丽的蜘蛛，耐心地结着自己的网，等待那些不安分的蝴蝶撞上来，成为自己的猎物"。向来我们都把女人比作"蝴蝶"，在比喻中身份的逆转显示了兰英内心的强悍。原来野心是可以使男女的位置和角色互换的，野心是男女通用的。然而，这样的如意算盘，岂不也是自欺欺人、顾头不顾尾的？自己一心想让儿女来为自己撑门面，却未想到借来的种子在他人眼里遭到的只能是嘲笑。如此一来，那就是聪明反被聪明误了。或许兰英会想，只要自己做得隐秘，别人就不会知道。也有可能兰英根本就顾不上想这一层，因为在她的价值观里，"撑脸面"是最重要的，或者说，命运和性格把她推到这一步，她不服，她要赌，做了就有可能"扬眉吐气"，不做就一辈子"把脸装到裤子里"。面对这种情况，她就顾不上为将来的儿女的脸面做考虑了。那另一重的尴尬，兰英一时顾虑不到，也显示了她的"自私"。如此，她的有心，既包含了"野心"，也包含了"私心"，后来她两度借种成功，更显示了她的"机心"。

第一次借种，找的是个公社秘书，兰英眼里的"文才子"。"文才子"牌面好，然而胆子小，跟兰英生的又是个闺女，兰英就决定换人。第二次借种，找的是个外号"土匪"的倒插门女婿，该人身躯高大，状似"武生"，交合之后，兰英觉得，"跟长盛比，矮子根本就不是个男人，连那个秀气的公社秘书都只能算个二尾子"。如此，或许我们可以认为兰英已经满足了，然而没有，她对"土匪"长盛说："你要是个干部就更好了。"她又想到了公社秘书，她希望她遇到的是个文武全才。由此，我们看到了这个人物丰富的内心世界，她像现实世界里存在的许多人一样，在某一方面是个完美主义者，或者说，是个不知足的人。当她初次也是唯一的一次与公社秘书相交时，她觉得，"能活在这世上真美"，——原本只是为了借种，却"意外"地收获了性爱的滋味。及至遇上长盛，她最初的动机变得复杂起来，我们已经无法确知她的"捕猎"行为，到底只是为了"借种"，仅仅关乎生殖带来的尊严，还是关乎情欲，甚至关乎心灵上的快乐，抑或都有？对这种变化的捕捉与把握，使兰英这个形象真实地立了起来。

媳妇红芳是个无心的人。往往，头脑越简单的人，道德感越强，在红芳身上就充分地体现了这一点。这样一个媳妇，偏偏遇上了兰英这样一个婆婆，可以说是绝配。一方面，一个有心的人和一个无心的人，在言语交流上先会不对称，容易出现喜剧效果。比如兰英见媳妇怀不上娃娃，就想探听探听她的想法，却又不明说，而是东家长西家短地绕，想把红芳引到主题上去，红芳却偏偏听不出她话里有话，兰英的弦外之音就成了绝响，只好自己把意思明摆出来。没想到红芳还是不接招，话锋一转，说："也不用太着急，还是先把光景过好，光景比不过别人，有了娃也是个累。"红芳的话说得实，软绵绵地一挥巴掌就把问题拂一边儿去了。兰英见此，依然能保持说话的艺术，然而，话的内容却已经像刀子一样尖刻了，她说："看你说的，你不过门前我们还要不过日子了呢！"这话任谁听了都会往心里去，偏偏红芳不会，红芳不是个针尖对麦芒的人，她的反应让对手顿生英雄无用武之地之感。"红芳像个小女孩一样撒娇地说：'妈呀，你可不敢这么说，我哪里有那么大的本事！'"遇到这样的"对手"，兰英再有心，说话再艺术，也不能不恼羞成怒、凶相毕露了，真个是图穷匕见。

另一方面，兰英会变通，红芳认死理儿；兰英是个自我满足胜过道德感的人，红芳是个道德感压过美感的人，二人相互反衬，对人物形象的树立起到了强化作用。当红芳得知"土匪"长盛是福元的生身父亲、自己真正的"公公"之后，她即刻产生了强烈的生理反应，"一想到自己是长盛的儿媳妇，红芳就像吃了一只活苍蝇，忍不住地干呕"。当然，这里面应该也有婆媳不和、恨屋及乌的因素在，然而其对长盛与婆婆的行为的厌恶仍然主要出于自己的道德感。其实，从形象上来说，长盛比公公矮子七星要强过许多，如若红芳与这两个人没有任何关系，并且不知道长盛在男女关系上有"见不得人的事"，红芳在好感上自然会倾向于长盛而不是七星。可是事实上长盛在道德上"亏"了，而七星又是个心善的人，在红芳的心里，两个人的分量与亲疏就有了非自然属性带来的差别。后来长盛到兰英家来串门，时过境迁，七星都接纳了他，红芳却不给好脸色，并且指桑骂槐。婆婆到底心虚，敢怒而不敢言。——红芳在生娃娃的问题上可以忍受喝十年汤药的苦，在道德问题上却一丝也不肯迁就，终于也站在另一个制高点上赢了一回。兰英也知道了生不了孩子的原因在儿子身上，而不是媳妇红芳，竟然有在媳妇身上复制一次自己的"成功案例"的心思，实在有些匪夷所思。一方面，由此我们可以看出兰英几十年下来一点变化、一点悔意都没有，仍然坚持着她的实用主义；另一方面，也不难看出，兰英极想借机让媳妇理解自己当年的作为，站到自己的立场上来，接纳自己，接纳长盛，接纳自己和长盛的关系。然而，这事何其难也，红芳终究不是兰英。

女儿秀娟是个静心的人。红芳的无心是天生的，上天生出红芳来似乎就是为了与兰英配成婆媳对。秀娟的静心则是后天形成的，是她年幼时撞见母亲和长盛偷情心灵受到刺激的结果，因此，可以说是兰英造就了秀娟寡淡的心性和她孤寂的一生。虽然，秀娟曾被知青程和平追求，程和平也间接地因为她的缘故耽误了后半生，然而，从秀娟在整个被追求的过程中的反应来看，程和平后来身陷囹圄的遭遇并不能导致她选择独守终身。无论是福元还是秀娟，本来都不应是属于兰英的，是兰英"借"来的种。既然是"借"来的，便不长久，因此福元不能生育，秀娟终生未嫁，算是命运给了兰英这个"厉害人"一个"合理"的交代。

无论是与媳妇红芳还是女儿秀娟的相处，都能体现出兰英的性格和心理特点。所谓是非人有是非心，什么人眼里出什么事。当秀娟在福元抱养的儿子满月那天酒醉后由两个小年轻送回她独居的磨坊之后，一家人都能真正把她当成一个"家人"来照看和关心，偏偏兰英敏感而多疑，以为两个小年轻强奸了秀娟——在闲话传开之前，做母亲的先自这样想了，可真怪不得他人嚼舌。而秀娟面对突如其来的谣言的袭击，不怒不争，依然故我，更加显示了她心静得深。他人远避尘嚣，深入山林，也未必修炼得来这样的境界。但也不能说她真的就不食人间烟火了，她有她的欲望，比如说，她比谁都热切地希望福元有个孩子，哪怕是抱养的；她对希望得到她的帮助的人，以及日子不好过的人，也总能倾心相助，而不计自己的得失。她的"欲望"，与母亲兰英截然不同，她不是自私的、功利的、势利的，而是处处透露着温情。

　　七星是个有仁心的人。孔子曾言："仁者必有勇。"孟子也说："仁者爱人。"虽然，我们看见的七星是个比常人矮小、其貌不扬的老好人，是个明知老婆出轨却不敢言声的窝囊男人，但是如果我们抛开有色眼镜来看看他，不难看到他比常人强出许多的地方。事实上，他就是这样一个光环大于阴影的人。我们先看他对兰英的风流韵事的隐忍。兰英第一次"借种"，一次成功，而后就生下了秀娟。在这个过程中，七星应该是不知道内情的，面对一个新生命，七星表现出了比一般的父亲更多的爱心。他对秀娟的珍视，在那个无节制生育的年代是罕见的，加上当时农村男女的婚龄普遍不高于20周岁，大部分人生孩子的时候自己就还是个孩子，七星的表现，更显突出。后来出现个"土匪"长盛，跟兰英长久厮缠，终于生下了男孩福元。这俩人的事七星是知道的，虽然在福元长成之前他并不肯定这个"儿子"到底是谁的种。我们看到，自始至终，七星对兰英都是又怕又恨的。怕，自然有他性格上的原因，但是我们也看到，不管兰英如何，也不管福元是不是自己的亲生，当天灾人祸来欺凌这个家庭时，七星总能表现出无比的勇气——先是在三年困难时期为一双儿女抓鱼，差点陷入泥坑毙命；后来闹"文革"红卫兵要批斗兰英，七星举瓦刀从屋顶跃下，吓退众人。这些作为，正可为"时穷节乃见"作一注脚，是七星胸怀"仁心"的体现。包括收留逃难来到南无村的那一家人，也是其"仁心"的表现。虽然后来这一家人无情无义、恩将仇报，但发生这些事情后七星只不过是"挺后悔留下这一家人"，一个并不激烈的"挺"字，道出了七星的绵善。

　　我们再来看七星对于父权的行使。七星对于兰英的夫权受到了很大限制，他也并没有表现出多少"维权"的努力来，然而对于父权他一直不曾放弃。兰英嫌红芳不生孩子，指桑骂槐，惹得红芳要分家，福元就在当妈的撺掇下第一次打了媳妇。面对此情此景，七星一锹拍蒙了福元，救出了儿媳，也维护了自己的父权。虽然在后来的窝里斗中，兰英再一次撺掇儿子侵犯他人，甚至打了作为父亲的七星，打得老子怕了儿子，但是七星对于儿媳仍然还是敢于维护的。从这些事情中我们不难发现，七星怕兰英，那是真怕，而不是所谓的因爱生怕。那么他怕她什么呢？虽然兰英极有心机，但是，她常常表现得专横而毫无理性，说翻脸就翻脸，像七星这样一个唯恐天下不太平的人哪里敢捋她的虎须呢？除非是为了维护他人的正当权益。有意思的是，有时候对于权利的放弃，竟然也会成为反抗的有效手段。当兰英因与儿媳讨论"洗洗更健康"而唤起性需求，破天荒地主动向七星提出要求后，七星以一句"你以为你还年轻呀"作为回应，正所谓物极必反，如此竟意外地从另一方面维护了自己的夫权。——当一个人对于欲望不是那么俯首帖耳、卑躬屈膝，他是可以掌握更多的主动权的。

除了以上四个人物，书中还有两个小角色需要说一说。这两个人，一个叫宾宾，一个叫强，是两个小年轻。这两个人是在秀娟的故事中才出现的。虽然他俩并没有影响秀娟的命运走向，但正是他俩的出现为秀娟后来平淡的生活增添了一些曲折，在增强这一部分的故事性的同时反衬了秀娟的性格和心理特征。这两个人一出场，就是在为一些蝇头小利动心思——在福元儿子的满月礼上抢烟。这个小细节，暴露了他俩的价值取向，为他们后来犯下更大的事埋下了伏笔。后来秀娟受诬、福元担惊，全和他俩有关。因此，总的来说，这本书在人物设计上是充分考虑了人物心理和精神世界的代表性以及与其行为的一致性的。这样写出来的人物，丰富，立体，真实，人物一旦立起来，就产生了超出故事之外的意义，从而具有了长久流传的价值。

鸡毛蒜皮都是政治

人物的价值取向，投射到现实中就是利益取舍，而对于利益的维护与争夺，就是政治了。自古及今，无论朝野，子嗣在权、利争夺中都占据关键位置，所谓的"狸猫换太子"就是最典型的案例。兰英是个天生具有极强的政治心理的人物，她的一生都纠缠于子嗣的优劣和有无。在她整个以此为主线的生命故事中，无论是对于自己的命运，对于自己在家里的位置，自家与别家的关系，她都表现出了特出的控制欲。于是，虽然一辈子生长于乡土弹丸之地（皇宫岂不也是弹丸之地?），她也能把生活搞得风生水起，一切鸡毛蒜皮，全都抖擞着政治含义。

在兰英"逆转"命运的努力中，邻居比她长一辈儿的金菊是个关键人物。这位支书夫人，在其中起到了《水浒传》中王婆的作用。然而，从金菊与兰英、金菊与王婆的目的对比中我们可以发现，兰英和王婆都在"谋生"，金菊却在"谋死"，金菊的行为，实际代表了中国人更深一层的精神需求。从兰英和王婆的动机来看，一个是谋活着的风光，一个是谋活着的钱财。虽然在王婆的故事中，西门庆提到了要给她十两银子"做棺材本"，王婆设计潘金莲的关键道具，也是一套"送终衣料"，却也还是此番"轮回"的事，是所谓"善终"的一部分。而金菊则直接提到了对于来世的期盼，说："我到死都想戴个好首饰，活着没戴过死了戴上也行，盼望下辈子托生个好人家。"金菊图来世，因为她已此生无望；兰英谋今生，正好利用了金菊和她与金菊的关系，实现了各取所需，这是她的"政治智慧"的第一次闪现。这第一次闪现，也是她与人唯一的一次"合作"，而后，就以"斗争"为主了。

在家里，兰英争的是谁做主的地位和权力。

先看兰英怎样慑服丈夫七星。饥馑年代，七星以差点丢命的代价捞到两条鱼，拿回家准备给兰英和两个孩子吃，兰英初则喜，继而叱，再而骂，反复了多次，以其心中怨毒，直逼得七星近乎窒息。第一次变脸，作家写道："兰英经过短暂的惊愕，又恢复了瞧他不起的脸孔，叱道：'把你成了南无村的光棍了，大天白日谁家的烟囱敢冒烟？'矮子说：'有办法，就在这屋里立两块土坯，架上那个小铝锅烧水就行——大铁锅炼钢了，小铝锅你还藏着啊。'兰英说：'村里人看不见咱院子里冒烟？闻不着香味？人都是瞎子，没鼻子呀！'"这一段里兰英的表现，警惕，刻薄，只会发牢骚不会想办法，对人对事均持否定态度，正是这种态度把鸡毛蒜皮激化成了政治。而后七星想了个办法，点着几只烂布鞋作障眼法，一可以对外谎称烧烂布鞋熏蚊子，二可以以鞋臭盖住鱼香味。兰英"笑纳"了这个办法，七星就去杀鱼。然而，很快兰英第二次变了脸，"正忙活，兰英一掀门帘又出来了，端着一盆水浇到烂布鞋上，'哧——'一声灭了火，回头指着矮子低声骂：'你就是个没苦胆的，自己在河里滚了一身泥，不知怎么瞎猫碰上死老鼠抓了两条烂鱼，又不是偷他队里的，烧火冒烟怕他谁？！'"——一个字：刁。兰英不是头脑简单的"泼妇"，而是心毒嘴刁的"狠人"。以七星的性格，既不屑于与她对峙，也不敢。到老了，儿女都大了，肩上担子可以卸了，才稍稍跟兰英斗那么一斗，却仍然总是落败。

再看兰英怎样降伏儿媳红芳。红芳没在"设定"的时间怀上娃娃，还跟上福元去拉炭挣钱，这在兰英的眼里，是"罪上加罪"，因为她认为，红芳不是为着生计去的，而是为了占有她的儿子。她是这样说的："成天在一起叽叽咕咕还不够，非要绑到一块儿去！"红芳累了一天回来，秀娟要替她做饭，让兰英给挤对走了。红芳把饭做好，兰英又故意刁难，把菜吐到地上，说：

"呸呸，不知道我不能吃太咸的吗？不想让我吃饭，明说！"说完回屋躺着去了。红芳去赔不是，兰英道："承受不起，反正要当绝户，早饿死早托生！"过了段日子，兰英逼着七星捉住一只老母鸡要杀，当着红芳的面骂道："叫你不下蛋，叫你不下蛋，吃得肥肥壮壮，光招公鸡踩，踩不出个屁来。我要是你啊，早飞进茅坑淹死了。"此话终于激得红芳要分家，兰英就此唆使儿子向媳妇动了武。言语、武力而外，对红芳最有力的杀手锏是把不能生孩子的事诿过于她，使她内疚、心虚，欺瞒得她喝了十年的苦药。兰英为什么要这样做？当福元跟红芳稍稍有些亲密时，兰英便会恨道："真没出息，迟早要被媳妇子降住！"诸如此类的话，兰英常常挂在嘴边，显示了她对于当家做主的强烈欲望——做媳妇时降住了自己的男人，甚至公婆，做了婆婆又怕儿子被儿媳降住。这样的心理，矛盾而又统一，归结到一点，就是：任何时候都以她自己为核心，自己的权益是唯一的，他人不过都是附属品。虽然，兰英这个人物的表现有些极端，然而，她的心理，却是很有代表性和普遍性的。甚至可以说，婆媳关系是中国一切人际关系的集中体现，话语权、决定权等等权力，都凝聚于此。我们可以看到，兰英所有的作为，都是为了争得更好的生存权。虽然她的一些做法，确实会使人觉得可恨，然而同时，也难免令人由此而生可悲、可怜之叹，因为，在她的作为背后，我们同样看到了她内心的恐惧。

至于秀娟和福元，虽然兰英对女儿的不嫁心怀怨愤，对儿子在媳妇面前的温顺也有不满，但这二人毕竟是她的骨肉，对他们，兰英是有绝对权威的，既不需要言语威慑也不需要动武。反过来，秀娟和福元虽然对母亲的强势与刻薄也看不惯，但他俩对母亲的权威是绝对维护的。我们看到，血缘在他们三个人之间显示了强大的力量。不光母亲与一双儿女血浓于水，秀娟和福元之间也是姐弟情深。做姐姐的期待弟弟生育子女，早早就把婴儿衣服做了两大箱，当弟弟抱养了一个小孩后，她又把这个孩子视同己出；做弟弟的处处维护姐姐，甚至容不得媳妇在姐姐面前说一句有可能伤着她的话。他们三个人，是一个稳定的利益共同体，是一个稳固的三角形。这样一来，做父亲的七星和做媳妇的红芳就显得有些势单力薄了，偶尔，七星会为红芳出出头，但也是无济于事的。当然，虽然只是一个小家庭，其内部关系也不可能如此简单，在福元和红芳之间、秀娟和七星之间，也还有夫妻情、父女情在，这才维持了整个家庭关系的平衡。如果把这五个人的关系画个结构图出来的话，正好是一间屋子的模样：

兰英

秀娟　　　福元

七星　　　红芳

出了家门，兰英争的就是以她为核心的家庭的利益和自己的面子了。兰英好面子，除了借种一事外，最明显地表现在儿子媳妇不能生育和抱养孩子一事上。不能生育，不可声张；抱养孩子，虽然必须做，但也不能声张，在院子里说得声音高一点，均会被她喝止，这样的情景出现过多次。此外还可以举三个例子：

第一个例子和女儿秀娟有关。深爱着秀娟的知青程和平误伤人命，服刑前想见见秀娟，兰英一瞬间就划清了程和平与秀娟乃至整个家庭的界线，"翻了脸，冷生生地说：'他见我们女子干什么？我们和他有什么瓜葛？我见这娃恓惶，才让他经常上门，早知道他对秀娟安着心思，就不让他进门了！'"捎话的人问秀娟能不能写封信，"秀娟还没说话，兰英说：'不写，我女子不识字！'"一个前恭后倨、势利刻薄的模样跃然纸上。兰英心气极高，然而，这心气高得烫手，可以伤人。对于有损自家利益的人、事，兰英一贯是这样决绝的态度。

第二个例子还和秀娟有关。大家怀疑村里的小年轻宾宾强奸了秀娟，畏罪潜逃了，宾宾妈巧香一方面害怕、着急，另一方面又希望错在秀娟，儿子无辜，就来找兰英探口风。兰英是个厉害人，时刻都对利害关系一清二楚，面对巧香，把她的心理把握得准准的，先说："我也不相信有真事情，可人嘴里带毒啊，还有那不要脸的婆娘自己站在街上宣传，也不怕她儿将来说不下媳妇。"可巧宾宾刚订婚，如果他不能自证清白，亲家那边真就要退婚呢。这一说，巧香害怕了，兰英乘胜追击，又道："不行就报案，让派出所去找。"吓得巧香要下跪，兰英顺势又拿她一把："不报案也行，你去跟那个烂婆娘玉翠说，她要再敢到处煽风，说我女子的坏话，就是逼我去报告派出所哩。"我们说，兰英心气高，但光有心气是不管用的，心气需要能力来支撑，兰英就有这样的能力。不过，我们也可以看到，这样的能力很多时候是把双刃剑。

第三个例子有一点复杂。一家人决定抱养一个小孩，这个小孩，是兰英的哥哥的孙子。到了医院，福元去替产妇结住院费，兰英在病房里接收孩子，"把娃娃从头到脚摸了一遍，又提起两只小脚看看脊背和小屁股，确信没什么毛病，才笑不拢嘴地把那小心肝捧起来放到新被褥上"。这一举动，可以说是对自家利益的维护。而后，表弟要让福元再出两千块钱营养费，福元钱不够，就去借，这时候舅舅也不明说，只说手续还没办完，让兰英她们几个女人抱上娃娃先走。对于这件事，红芳不情愿，却又无奈；秀娟心寒，而且少见地生了气；兰英在红芳说过一句"不多，两千块，要不是亲戚还不知道要多少呢"之后，"拉下脸来说：'要不是亲戚，给多少钱人家舍得把个男娃娃给你？'"这个表现，看似与她一贯地强势维护自家利益相悖，其实并不矛盾，因为，很明显，她是在维护娘家的脸面了，另一层血缘关系发挥了作用。这里面有一个血缘的长幼序列的问题，兰英对下要维护子女利益，对上要维护娘家利益，当二者产生矛盾时，什么该认真，什么该妥协，她的意识很清楚。我们可以假设，要是那句话不是红芳而是秀娟或福元说的，兰英会怎么反应呢？态度可能不同，但话可能还是一样的话吧。

红芳作为一个自始至终都处于家庭血缘关系之外的人，不管在家里挨多少打、受多少委屈，对于家庭荣誉的维护，却也是强势的，值得一说。比如，长盛来家里串门，最反感的竟然是红芳，她认为，"他这是欺负咱呢"，并表示，长盛"要敢再来我就给他难看"。最终，在她的讥刺之下，长盛再也不敢来了。再比如，红芳撞见强妈在宾宾妈面前编排秀娟勾引强和宾宾的故事，并捎带把一家人都骂了，红芳二话不说，上手就打。这两件事，都显示了她是一个对家庭具有强烈的认同感的人，而这种心理，也是具有普遍性和代表性的。在这种情况下，家庭，无疑已经化作了一个微小的政治单位，其共同利益，也就是每个成员的切身利益。

此外，福元的一个变化也值得一说。当福元得知自己没有生育能力后，"第一次发现自己跟别人不一样，这个文化水平不太高的人，居然有了跟世界的距离感，产生了对生命和活着的不曾有过的全新的思考，并且几乎就在那个时候，从此改变了他对于别人的一贯的态度"。"命运的不公，不但加深了他的善良，暴露了他的软弱，还逼他显示出了不曾示人的温柔和体贴"。这个曾经多次动手打媳妇的人，竟少见地买了些吃的，去犒劳他的媳妇。对于这个变化的描写，有两个优胜之处：一是对其心理的分析和对善的赞扬，显示了作家悲天悯人的情怀，从而使得这一部分超越了"政治"，具有了哲学意义上的拔高，具有了大作品的气象；二是对福元和红芳的夫妻情的温情摹画，感人至深。后者，是容易做到的，然而前者，就是国产小说之所缺了。

李骏虎是山西作家，曾有论者将他的作品列入"后赵树理写作"之列。我认为，从其《母系氏家》等农村题材的作品来看，确有对赵树理的继承，然而，我们更应该理一理二者之间的区别，因为在新的时代，文学需要有新的发展。仅以《母系氏家》来进行对照，我们可以发现，赵树理的作品是与其所处的时代紧紧合拍的，写的是外界新事物对乡村的影响以及乡村人物在被动地接受改造的过程中的各种不同表现；《母系氏家》写的则是乡村内部的繁衍生息，其变化全是内因使然，没有大起大落的故事，全是日常生活，是生活的内在需求在推动人物行为和故事发展。此为一点浅见。

阴影中的铁乌鸦

—— 薛振海《爬行者》序

◆金汝平

　　某个显而易见的现象是，我们自以为熟悉的事物，常常在不经意之时，呈现出它令人惊异令人不安的一面；我们自以为了解的某个人，也总是以他更内在更突如其来的陌生唤起我们重新审视重新认识的欲望。因此，对于一个成天"厮混"在一起的朋友，我们所谓的熟悉也仍然是局部的、片面的、有限的，尤其涉及他隐秘、深邃而又庞杂的精神世界。我们看见他爽朗的笑，紧皱的眉头，高昂的头颅，匆匆离开的背影，然而，他是谁？他到底是谁？这样的质问产生之时也注定是我们哑口无言之时。此刻，当我坐在灯下，吸着烟，喝着茶，静静翻阅着诗人薛振海两年来的大量诗作，我感到十分困惑：这些才华横溢的诗篇，对于他意味着什么？是什么样的存在孕育了他的灵感？又是什么支配了他诗中阴森、怪诞、沉重而又有些飘忽不定的诸多意象？后现代思想家罗兰·巴特曾出语惊人地宣称"作者之死"，但只要严肃地、专业地写作，作者就决不会死去。不，他还活得极其有力、强悍，暴露在他写下的每一个词里、每一行诗里。是诗人在写诗，游离于诗人之外的诗是不可思议的。

　　薛振海的笔名为"铁乌鸦"，笔名总是泄露诗人内心的秘密。乌鸦，俗称"老鸹""老鸦"，鸟纲，鸦科；全身或大部分羽毛为乌黑色，故名；多在树上营巢，常成群结队且飞且鸣，声音嘶哑；杂食谷类、昆虫等。乌鸦的存在，以一种阴郁的黑、不祥的黑，预示着光明的反面，它尖锐刺耳的枭叫声也不得不给生活在幸福幻觉中的人们带来难以言诉的惶恐。在中国这个习惯浸淫于喜乐氛围中的国度里，谁不是喜欢喜鹊厌恶乌鸦呢？薛振海在乌鸦之前又冠之"铁"则显示出诗人坚定不移的价值立场——与现实对抗、搏击，而且决不妥协，哪怕最终以悲剧告终。"铁乌鸦"，一个笔名竟如此意味深长！同时这个笔名也预言了自我的宿命。我想，一个诗人的气质很大程度是与生俱来的，可以变化，加强或减弱，膨胀或缩小，但极难更改。一个叫"铁乌鸦"的人，已被命运选定在反抗的高度上写诗，在怀疑的高度上写诗，在反唯美主义、反中庸主义、反犬儒主义的高度上写诗，选择，已经别无选择了。

> 四周的物
> 越聚越多
> 挤压着他
> 他站在稀薄的空气之上谈论
> 站在密闭的囚室中谈论
>
> ——《对恐惧的批评》

在振海的诗里，贯穿着一个核心的思想并繁殖出极其纷乱的意象，从而构造了他带着鲜明现代气息的诗歌世界。活在这个时代，活在物质主义的重重压迫及重重围困里，诗人的任何超越，任何逃避已经丧失了可能。如果说，陶潜还可以充当闲适的隐士"采菊东篱下，悠然见南山"，李白在政治理想幻灭后还可以"人生在世不称意，明朝散发弄扁舟"，那么，在今天一个人已经无处可逃。天地之间，权利和财富之间，义务和责任之间，青春和衰老之间，我们又能够逃到那里去呢？物诱惑着我们也践踏着我们，物提升着我们也降低着我们，物解放着我们也奴役着我们，物的泛滥把人也变为另一种类型的微不足道的"物"——如此密不透风的困境击碎了诗人关于一切乌托邦的幻觉，爱的幻觉，家园的幻觉，正义与真理的幻觉，艺术的幻觉，还有诗本身的幻觉。确实，诗本身的意义也被物质的世界扭曲了，篡改了，甚至取消了。荷尔德林曾经问："在这贫乏的时代，诗人何为？"我们回答："诗人只能写诗，就像醉鬼只能喝酒。"至于其他的功利作用，还是让它随风飘散，飘到爪哇国里去吧。在一篇题目为"从绝望开始"的短文中，薛振海也从个人的角度做了回答："作为一个诗歌写作者，面对这个庞大、冷酷、充满诱惑的现实，除了用一个个坚硬的词汇与其对抗外，又能何为？"是的，"除了一个个坚硬的词"，诗人没有任何武器。这样的回答是明智的，也是悲哀的，是强大的也是虚弱的，但诗人只能如此。"四周的物，越聚越多，挤压着他，"诗人就在这无所不在的挤压中发出了声音。听，听，这空荡荡的声音在物质的堆积中回响，像亡灵的声音来自另一个国度；它叫作火焰，它叫作灰烬，它叫作虚无。

如果我们承认辩证法是宇宙运行的基本法则，那么，物质与虚无就在神秘不息的变化之中。物质之毁导向虚无，虚无则意味着最终的瓦解，最终的溃散，最终的死亡。细致阅读，我发现薛振海的诗中充满着大量的、甚至有点过度的"虚无"一词——这只能证明：物质的压迫在他内心引发的某种畸变。"虚无"一词乃笼统地、整体地概括了他对现实生存的本质体验。有时，我们并不能直接说出物，我们只能用某一个词来指称它，并与物构成一种或暗或明、或远或近、或真或假的对应。由于惧怕物，从而在意识深处试图抹杀它，取消它，超越它，脱离它，这也许是薛振海喜欢运用"虚无"一词的心理原因。虽然从终极价值来说，"虚无"本身是非虚无的，是每个人所达不到的。和许多诗人不同，薛振海的思维中有一种迷恋形而上学的倾向。这一方面支配了他的诗作对生存意义的深层探询，另一方面也迫使他的诗歌蒙上一层飘忽、玄虚的色泽，在增加了诗的内在意蕴的同时，也显得晦涩、间接、模糊、玄妙，某些句子因此迷失在语言的黑洞中。在我看来，一个诗人充沛的现实感具有多种多样的表达方式，并不一定牢牢地建筑在具体事件的捕获上、对细节的描摹上，只要对这个社会具有一种活生生的现实感就足够了。但一种抽象的形而上的思维如何在诗歌中适当地展开，并升华为震撼人心的诗意，的确是很难把握的诗学问题。这一点也形成了薛振海对自我的反思，"一种影子式的生活"：

　　　　它就在不远处
　　　　打重着笨拙的身躯像自己的猎物
　　　　我的肉体沉默着
　　　　饮着徒劳的酒像反抗
　　　　一个面包或一杯可乐
　　　　　　　　　　——《我感到影子以及可耻地分离》
　　　　当街灯次第亮起
　　　　那只鸟
　　　　作为黑暗的一部分

被远远抛在身后

　　　　　　　　　　　　　　——《反讽：鸟》

　　没有必要具体地询问鸟被抛在身后的原因，但我有理由把这鸟当成一个象征。它或许是诗人从诗学上对反讽的一种审视与态度；它或许象征着千姿百态的大自然，象征着童年、少年纯洁天真的生活，象征着故乡、家园，养育我们也给我们压抑与苦闷的一片热土，然而它必然地消失了，被抛在身后了，而且作为"黑暗的一部分"。难道不是如此吗？当时代的巨兽张开它无形而又无所不在的血腥之嘴吞噬着每个孤单个体的血肉之躯，丧失，丧失，唯有丧失才成为我们生存的依据。每一个极度敏锐的诗人都用他的第三只眼凝视着这一切，无奈地焦灼地绝望地凝视着这一切。有人唱出哀伤的挽歌，有人则沉溺于感伤主义的怀旧中泪水汪汪。但薛振海没有加入这些诗人的行列，他直面现实，关注现实，探究现实，保持了一个诗人极其珍贵的"现实主义精神"，并把它贯穿到他日益成熟的写作中，那就是反对目前泛滥成灾的新古典诗写作，并无比决绝，义无反顾。确实，大多数对农耕文明的怀恋已沦落为创造力匮乏的惯性书写，美学上的标新立异归入空无。一片田野一朵花一汪湖水，在19世纪浪漫主义诗人的笔下已得到了淋漓尽致的表达，今天再追随他们的低吟浅唱，有可能背弃自我内心最真诚、最本质的感受，这难道不是对诗人写作道德和才华的极大考验吗？何况诗人和时代的关系乃是最密切的。对时代的反抗，与时代的搏斗，对时代的批判和高傲的审视，就是这种密切关系的外化形式。振海的诗拥有一个现代城市的背景，但又不仅仅是背景，他已经把这种背景转化为一种内在的血肉，并和诗人的心灵息息相关。童年时代的田园生活在薛振海的诗里没有留下多少痕迹，诗人有意避开了它，转向更富有现代意义的诗学探索，在这个意义上说，薛振海是一个典型的现代诗人。他传承的是波德莱尔、艾略特、狄兰托马斯、史蒂文斯、贝克特等人的传统，并深受他所喜欢的后现代主义理论家福柯、波德里亚、本雅明、利奥塔等人的思想启发和文本启发。大量工业意象的驱使乃是受制于一颗在物质主宰的当代生活中苦苦挣扎和苦苦搏斗的心灵，而这种心灵只能存在于分裂的个体、矛盾的个体、难以命名的个体。

　　"现代诗"存在的合理依据在于：第一它是现代的，第二它必须是诗，两者相辅相成，构成有机的整体。正像艰难的社会体制的转型，诗由古典向现代的转型只是开始，远远没有结束。更不会结束。现代，这个运用率极高的术语，充斥着太多的歧义，容纳了太多的矛盾，隐匿着太多悬而未决的问题。有人强调诗的题材、素材等所谓"内容"的现代性，要求诗坚定地、直接地、尖锐地介入目前的真实，但它忽略了构成诗的现代性必不可少的"形式"；另一些诗人意识到这里潜伏庸俗社会学的阴影，反抗"题材决定论"。但无论在形式上怎样探求，农耕意象的泛滥，古典情怀的抒写，最终落入传统的黑洞，创造的光芒日益黯淡。许多诗也逃不脱"借尸还魂"的厄运。怎样把现代性的内容和现代性的形式融合为焕然一新的诗，该是现代诗的大方向。我看到了阴影中的铁乌鸦骤然飞起，掠过建筑群、咖啡馆、广告牌、破产的工厂和奔流的污泥浊水，掠过广场上的喷泉、大街小巷黑压压的人群，掠过歌厅的小姐、蛮横的警察、被迫拆迁的房屋、鲜血淋淋的幼儿园……它到底要飞到那里，答案就是没有答案，飞翔就是它内心的意志，飞翔就是它的极乐和哀伤。而且，"与时代紧张感的解除，他的喉咙只能发出含混不清的声音"。

也许，诗人正是因为他对世界的无能为力才写诗，也许诗人因写诗会变得对这个世界更加无能为力。透过薛振海诗中形形色色的图景、场面、氛围、情思、感知，透过他别具匠心的诗性语言，我们不难窥伺到诗人精神内部一种无法自拔的虚弱感、无助感、渺小感、挫败感。它们混沌不清地交融着、杂糅着，共同支撑着他诗中的悲剧意识。在诗中和诗论中，他不止一次地称自己为"亡灵"：

　　　　亡灵式生存。因为你与亡灵只有一墙之隔。甚至阳光也是一种慰藉，甚至哭泣也是一种祝福，甚至时间就是生者与死者的搏斗。

　　　　　　　　　　　　　　　　　　　　　　　　——《黑暗之胃》

　　　　我不需要犹疑不决的时刻
　　　　不需要盘旋在头顶的鹰
　　　　不需要过早夭折的星辰
　　　　请留下满街的亡灵
　　　　我要骑上它穿越梦魇
　　　　一切都带走

　　　　　　　　　　　　　　　　　　　——《我不需要尖锐的啮齿》

我远离现在

远离我远离黄皮肤的自己

肉体警告那个提前别着袖章的亡灵

除非你的眼睛

肯原谅

——《我远离现在》

这并不是随意地发点牢骚或故作惊人之语，一个把自己称为"亡灵"的诗人早已洞穿了写作的性质，写作的规律，写作的奥秘，写作的宿命，而他仍然置身其中。"乌鸦们宣称，仅仅一只乌鸦就足以摧毁天空。这话无可置疑，但对天空来说它什么也无法证明，因为天空意味着乌鸦无能为力。"我深知薛振海的嗜书如命和他庞杂的阅读量，那么多古今中外的思想者诗人的作品都是他的枕边之物，除了他偏爱的一些后现代主义理论家，卡夫卡也是薛振海非常热爱的作家，也许这句话就是卡夫卡说给他听的：穿过千山万水，穿过荆棘和石头，穿过苦难与奴役之路，穿过城堡与流放地，穿过囚禁我们的空间与时间。

对一个朋友的观察，会随着时光的悄然流逝而不断加深，对一个诗人的理解，也必然伴随着不同程度的误解。他是谁？他到底是谁？在山西诗人中，薛振海低调谦逊而又强悍地存在着，他从不希望吸引更多关注的眼光，执着、持续地写作本身就满足了他用语言透视生命的激情和渴望。写诗不可替代的价值就在写诗这种特殊的个人化的行为里。过分追逐"发表"，定会伤害自己的写作，写出好诗就是一个诗人最高的荣誉，一个诗人在诗歌的创造里就满足了。其他是次要的，是依附性的。2008年他的第一本诗集《黄昏的练习曲》，让许多朋友发现了一个优秀诗人耀眼的才华。近两年来，他在诗艺上不断精进，突入更高的美学境界："一种不断变化的力，首先粉碎自身。"我们看到，他的诗作在增多，形式在更新，对文体疆域的占有导致了文体外在模式的瓦解，又在另一种陌生的书写中重合。他对虚无的热情仍在继续着，但虚无内部游荡着更实在、更坚硬、更有质有量的内在精神，"虚无"变得让人易于触摸易于把握了。一个影子注入一个诗人骚动不安的血肉，玄学爱好者的纯思辨逐渐隐退了，而自我与时代牢固的联系得以建立。让自我承受时代粗暴的伤害，也让时代痛楚地不停地重塑着自我，谁说白色笔记，永远就是白色的呢？不，白可以变为红，红可以变为黑，黑可以潜入黑中之黑，绝对之黑。薛振海以一颗日益巨大的"黑暗之胃"，时时刻刻消化着世界给予的一切粮食，甜美的，苦涩的，带电的，有毒的，酸甜苦辣五味俱全的。与此相对应，他的语言摆脱了早期的单向度、一元化、模式化的弊病，转向对所有语言资源的自由容纳，感官之门终于广阔地打开。骨力、重量、尖锐的锋芒和轻盈飘逸的旋律融为一体，直觉的鲜活与哲思的玄妙幻象的迷茫互相缠绕着作用着，构成了一个激发我们想象力的审美整体。一切可以随意利用，该长则长，该短则短，该写成散文诗就写成散文诗，该记下一些精美、简洁、富于断裂感的碎片就记下这些碎片。只有如此，"重新复述一个人的命运，疲倦和勇气"，才成为可能。对这个时代和自己的心灵之旅提供某些卑微的证词才成为可能。《黑暗之胃》《必须承受》《我不需要尖锐的啮齿》等作品可以证明之。在这篇碎片式的文章里，我对薛振海的认识也不过是某种理性的碎片，它远远不是结论——因为一个诗人还远远没有完成自己，未来会塑造出他更加个人化的形象，会打造出他更杰出的精神产品。这一点，我坚信。

阴影中的铁乌鸦，将更高地飞，更勇敢地飞，

迎着正午或黄昏的一缕金光，迎着时代的敌意和恨，背负着整个天空。

"羊凹岭" 新的传说

——袁省梅小小说印象

◆ 杨晓敏

  众所周知，当代小小说之所以 30 年兴盛不衰，有一个不容置疑的事实是，小小说写作队伍的梯次结构的合理形成，各个时期均有雨后春笋般的写作者涌现，而每一茬新生队伍里面，又都有在创作数量和质量上等量齐观的代表性人物，成为这一时期业界的翘楚。这种波浪涌动蜿蜒前行的引领状态所形成的活力，构成我国文坛独特的一种团队精神景观。一方面，这种现象是动态的，尚需要长期实践来遴选和淘汰，物竞天择，毕竟作家终是要以作品来证明自己；另一方面，囿于小小说文体自身的局限性，小小说作家要耐得住寂寞，方可保证自己的写作才华一点一滴地释放出来，以集腋成裘、聚沙成塔、滴水成溪的力量，来完成所需的文学储备，以求登顶。

  所以，仅有创作数量构不成作品的高度，那只是一片低矮的小丛林，它会显得单薄而浅平；或者偶尔写出了一篇脍炙人口的名篇佳构，奠定了某种高度，也只能是一朵花的芬芳一棵树的摇曳，终究无法与满坡姹紫嫣红一片葳蕤森林的神奇魅力相提并论。因此，能否成为一个时期内真正意义上的小小说作家代表性人物，作品高度和厚度的相对统一，一般会以"数质兼优"的标准来考量。

  山西历来是人文荟萃之地，当今文坛有著名的"山药蛋文学流派"，也有因写小小说"到黑夜想你没办法"而名噪一时的著名作家曹乃谦。作为后学的小小说作家袁省梅，以数十年的时间伏案用功，温故知新，也默默地做着冲刺前的准备。

  尤其在近两年来，她以"羊凹岭"为背景，写出了一系列既富有时代色彩，又具有特色意味的乡土小小说。在一篇随笔中，袁省梅说："每个人，终其一生也难以逃脱他的出生地和他成长的环境给予他的影响。在我的羊凹岭，有我贫穷的童年和孤独的少年生活；有呛得我流泪的黑白烟火，有漫天清亮的繁星和繁星下的传说……"理解苦难，敏感多思，加上文学的天赋表现力和文学素养的积淀，就会在人们习以为常的世道人心中发现新异和歧义，渐渐形成独立的思辨和洞察力。

2011年，《百花园》《小小说选刊》曾同时推出袁省梅九篇作品，以示重点推介业界新人。《槐抱柳》是一篇赢得诸多好评的小小说。在这篇小小说里，作者以诗意的语言，不断变换的视角，描写了一位与恶劣环境抗争的老人。在"人们被风沙撵着，忙着搬家"的时候，老人却不愿离开故土。因为"那些空荡荡的院子房子不让他走，五里柳不让他走。"还有那棵槐抱柳，"五里柳唯一的一棵树，也是五里柳最老的树"。"老人说，我走了，谁管这棵槐抱柳呢？"老人果真留下了，担水浇树，给沙地上栽种沙枣树。老人用他衰老的身体和不衰老的信念，坚信能让五里柳回到以前的热闹。人们被老人的行为感动，纷纷前来与老人一起植树种草。作为小说人物，王长信老人的刻画非常可感，把那种忧心和倔强，淳朴和狡黠，表现得淋漓尽致，艺术地展现了生活的真实性和人物的典型性。作家笔下倾注了全部温情，"老树说，老人才是精哩，他是五里柳的精魂。老人嘎嘎地笑着，靠着老树的槽坐了下去。老树看见老人慢慢地坐在了它的怀里，老树用它糙糙的却温暖的'马槽'像抱柳树一样，抱住了老人。"这里，人与自然之间相互关照的理想主义思绪在鼓荡，成为一种诉求。人如此，树如此，一个村庄如此，一个民族巍然亦是如此。于是老人与树融为一体成为一种寓意，一种象征。

袁省梅以晋南民俗文化为背景，写出了《暖墓穴》《过年》《张三钱的年》《六月六》等等一系列河东民俗文化小小说，塑造了众多心怀良善、乐观豁达，对生活充满希冀，对土地饱含深情的姿态各异的乡村人物形象。这些小小说或幽默，或深沉，或明快，都可读出她对乡土文化的挚爱，对家乡故园的深情。在民俗文化日渐式微的今日，这样的写作，愈加难能可贵。

《活儿》就是一篇以民俗文化为背景的优秀小小说。故事是一个普通的大家熟知的话题，腐败问题。类似的作品如过江之鲫，要想推陈出新，旧曲里唱出新调，必须有独特的眼光、独到的见解和独有的艺术表现力。袁省梅的《活儿》做到了。根爷是一个普通、平常的农村老头，对于人情世故、为官为民，他坚守着最朴素的人生价值观念。在儿子升迁之前，借着羊凹岭闰月里要给老人做活儿这一风俗，从选材制作到暖棺，根爷步步为营，精心设计，给儿子导演了一出有惊无险的"戏"，最终的目的就是为了让儿子警醒，让儿子知道："人活一世，不管干多大的事，都要图个躺这里头时踏实"的结局。话虽朴实，但如雷鸣般振聋发聩。

美好纯粹的情感是人生的主旋律，最痛苦的莫过于生离死别。在《捡脚印》中，保斤和媳妇的生离是一朝分手永不相见的永别。如果说死别是生命的无奈，那么，生离却体现了命运的残忍。保斤在媳妇因病离开他后，买马并骑马到媳妇门前，虽未见到媳妇了却心愿，也有了一丝的安慰，因为他相信"捡脚印"的传说，他已将脚印留在了媳妇的门前了。这些细腻传神的文字表述，将人物性格、心理描写和情节推进等把握得准确到位。在这个传说里，寒凉悲戚不再无边肃杀反而成为一种温馨呼唤。

文学即人学，意味着作家关注的中心是人，作家的创作力，表现的是对人的关注。一个作品中所凸显的东西，必然蕴含着作家特定的思想情感的价值取向，给人以生活的希望和对未来的憧憬。真正的文学创作要有高远、深广的精神向度，给人艺术的享受和思想的提升。袁省梅以饱蘸深情的凝练笔墨，细腻地呈现着"羊凹岭"的父老乡亲们的庸常生活状态，在看似波澜不兴的常态中，捕捉人物内心深处的呼唤，描写人物与命运的抗争。《土地谣》《农事》《水涧不能干》等篇什，通过从容的叙述，精致的刻画，集合起众多的人物典型。

袁省梅有良好的文学敏感性，言情状物生动传神，描写叙述的艺术感染力强，语言简练，晓畅朴实尚不乏灵动。袁省梅在一篇随笔中写道："与城市的边缘化，与当今主流生活的边缘化，是羊凹岭的无奈，也是我的痛。我深深地体味到了，我努力使我的羊凹岭能够入住更多的人事，这样，我的羊凹岭才不是封闭的，不是偏居的。它在大时代的背景下变化着，是一个开放的地方。这是我心之所系，是我的笔端所向，也是我写作的目标。"

天道酬勤，期待袁省梅能在文学创作之路上走得更远。

智性写作、幽默写作与诗性写作

——袁省梅小小说漫评

◆蔡楠

我是写小小说的，偶尔也写些评论文字，还主编着一份刊物——《河北小小说》。作为一个长期从事小小说写作和小小说研究以及小小说编辑的热心人来说，关注小小说文体的发展，关注小小说队伍的壮大，关注小小说作家的成长，是我分内的事情。小小说的创作，从20世纪80年代至今三十余年，代际更替，各领风骚，优秀作家数以百计，优秀作品数以万计，这些作家和作品，共同构筑着小小说大厦的辉煌。但在我办刊期间，我更愿意不断扩大着自己的视野，不断发现着当下潜心写作、潜质优秀、潜力汹涌的小小说作家。他们是小小说大厦的有力构筑者。山西的袁省梅就是在这种情况下，带着她羊凹岭鲜活的露珠、潮润的乡风和时光的斑驳投影闯入我的视野的。毋庸置疑，袁省梅就是当下一位潜心写作、潜质优秀、潜力汹涌的小小说作家。

生活在晋南运城的袁省梅当然是潜心写作的，甚至是孤独写作的。杜拉斯说过，写书的人和他周围的人之间始终要有所分离，这就是一种孤独，是作者的孤独，是作品的孤独……身处几乎完全孤独之中，这时，你会发现写作会拯救你。"袁省梅就是这样的，她不图热闹，不喜喧哗，只爱在她的生活的领地羊凹岭上逡巡、驻足、寻觅，挖掘迷人的风景。我曾经编发过她的三篇小小说。其中《饭在锅里》获得河北作协小小说艺委会和《河北小小说》杂志组织的"新华杯"全国小小说大奖赛二等奖，《到北京去》获得"税苑杯"全国小小说大奖赛一等奖，《生活里的那点意思》发表在《河北小小说》2012年第2期上。就是这三篇小小说，已经足以证明了袁省梅是一个潜质优秀的作家。

《饭在锅里》写的是农民工讨账的事情。陈卓子兜里放了刀子去找包工头应人讨要欠发的工资。应人没见到，倒是先见到了小饭馆的女人。确切地说是见到了帘后女人的声音，那个女人隐在了帘后。正是因为这样一个气定神闲、在生活的波折中已经看开人生的女人的声音，一点一点地让陈卓子释放了攥出汗来的刀子，释放了仇杀的心情，避免了一场可能带血的纠纷。那个隐在帘后的女人是个智者，作家袁省梅也是个智者。智慧的小说家是一位希望隐藏在他的小说后面的人，或者说使他作品的意义隐藏在他创作的形象之后。因为站在小说的前面或者说小说的里面，就使他的作品处于了一种危险的境地。他可能成为他的行为，他的表达，他的立场和观点的附庸，他可能会成为人物的代言人。这是小说的说教，而不是小说的智慧。小说的智慧应该是高于小说本身的，就像山泉的淙淙之音是穿过山间，回响在山后一样。

《日子里的那点意思》同样是这样的一篇优秀之作。这也是一篇与讨钱有关的小小说。所不同的是应人欠陈卓子的是工资，武六欠壳子的是现款。武六借了壳子500块钱，壳子就去要，钱没要来，却要来了"日子里的那点意思"。"那点意思"是武六给壳子的。什么"意思"呢？壳子也说不清。作者袁省梅也说不清，哦，不对，是袁省梅故意不说清，说清了就没味道了，不说清才是大智慧。小说是个体想象的天堂，当然小小说也是。说不清或者不说清，就有了想象的空间、想象的余地、想象的永恒。这不是大智慧是什么？

除了智性写作之外，幽默写作也是袁省梅小小说的一个特色。幽默是智慧的延伸。小说不是哲学，小说的智慧跟哲学的智慧也不一样，小说的智慧不是诞生于理论精神，而是诞生于幽默精神。我们来看小小说《活儿》。"活儿"是什么？是棺材，羊凹岭流行在闰月给活人做棺材的习俗，是给老人添寿加福的习俗。根娃在儿子升职后的紧要当口非要做口棺材，而且做完了，还要儿子躺在棺材里，而且还把棺材盖儿给彻底盖上了，任凭儿子怎么叫唤也不打开。在这里棺材成了根娃教育儿子的道具。人一旦躺在棺材里，就跨越了生与死的界限。这时候所有的欲望、渴求、争斗、倾轧、高官厚禄、金钱美女都失去了意义。那么再让你从棺材里出来，死而复生，你是不是对世界对人生会有崭新的领悟呢？《活儿》的意义就在于以幽默之笔写出了活的意义、生命的价值和人生的真谛。它更是一篇质量上乘的廉政小小说。读着小说，我在发笑，也在沉思。小说是幽默轻松的，但题旨是深刻的、宏大的。

这一类的作品还有《不欠》。光子的儿子考上大学，学费差两千，亲戚邻居都借不来，这时候儿子的初中班主任张老师送来了两千块钱。这两千块钱让光子"皱了多少天的心""一下子舒展了"。光子就觉得欠了张老师个人情。柿子花生收下来之后，光子拎一篮子柿子花生去给张老师送礼表示心意，可结果光子没送成就又折回来了。原因是张老师不光给光子一家钱了，村里考上大学的娃，他都给了钱。按照光子的逻辑，假如张老师独独给光子的娃娃钱，他就欠张老师的情，现在张老师都给了村里考上大学的娃娃钱，他就不欠张老师的情了。而且他以后见了张老师还可以不理，可以"头一撇装着没看见"，还可以"黑着脸"吭地走了。这是一篇具有冷幽默力量的小小说，是有强烈的反讽意味。它批判了光子那种自私、狭隘、封闭、麻木的小农意识，从而表达了在当下农村重新树立新的道德观和价值观的必要和急迫，揭示了张老师这种善举不为村人理解的悲哀。

袁省梅的小小说写作，还是诗性写作。首先是语言的诗性。《唱家》中，瓜瓜的小曲是一种诗性，它将一个美好的爱情故事用小曲儿的形式串起来。一年十二个月，月月有小曲儿。小曲儿的形式，诗的语言，便有了诗的意境。第二是形式的诗性，在小小说创作中，组织小小说的形式从来就不仅仅是形式，也不应仅仅是形式，它有时又是内容的一部分，是诗性表达的一部分。《槐枹柳》开头的闲笔，是介绍槐枹柳这棵树的，生动的描写，有诗的意蕴，看似闲笔，实则不闲。下文，槐枹柳又成了小说中的一个人物，一个有血有肉有思想有语言表达能力的人物。老树与护树老人王长信的情感交流，相伴厮守，相互依偎，是一种超越生活常态的想象，是一种诗性的形式，更是一种诗性的表达。风沙把村里的人们刮走了，老人和老树的真情又唤回了村里人重新栽树，这也是一种诗意的祈盼，诗意的象征。第三是行动中止的诗性。斯特恩说过，诗性并非在行动中，而在行动停止之处。也就是说，小说的诗性存在于因果关系之上，存在于不可计量之中。《不欠》就是不合因果关系的。张老师对光子有恩，却没换来光子的报答，相反却换来光子的不屑，这是悲剧之美。《土地谣》里，被拆迁失去土地来到城里的老头老婆按照自己的意愿行动者，行走着，老头还在小院里种那"鸡尻子大的土地"，老婆还在用麦秆编织草帽。这是生活的惯性。他们希望找回自己先前的日子。可是，一切的行动却被人为地中止了，家家户户防卫盗贼的院墙垒起来了，老头菜地失去了生机；麦子改用收割机收了，麦秆没有了，老婆的草帽编不下去了，即使编出来也没人戴了。老头老婆的行动就被残酷地中止了。这种行动中止的诗性告诉我们：现代化、城市化进程是一柄双刃剑，在加速经济发展的同时，也带来了它的负面效应，那就是环境的恶化、人心的隔膜和田园牧歌式的生活的消失。这是一种不可计量的因果。

　　袁省梅小小说的智性写作、幽默写作和诗性写作，使她的小小说创作道路上必然地产生了羊凹岭系列这样一个小小说的奇迹。这足以证明，她有着奔流不息、汹涌澎湃的创作潜力。借此，袁省梅便自然而然地成长为当下中国小小说领域不可小觑的小小说新锐作家了！

2013 年 3 月 20 日于荷香斋

在生活的坡度之上眺望

——读刘宁小说集《光线笔直地照射》

◆成向阳

  很长时间以来我总在想究竟什么样的现实才可以进入小说，以及借作家之笔进入小说之后的现实又会比现实本身多出一些什么。或者说，我真正在想的是我们身边的日常，我们普通人每天生存其间的凡俗庸常，是否可以被有效地整合进小说，以及当它们进入小说之后会生长出怎样的异质性，这样的异质性会不会对读者形成有效的触动、冲击乃至震撼。这些一直缠绕着我的迷思，在我阅读《光线笔直地照射》的过程中，逐一地得到了解答，像一个疙里疙瘩盘踞在内心深处的毛线团被笔直照射的光线之手细致而耐心地慢慢解开。小说家刘宁先生让我明白，生活本身，即使是过于平凡的你每天生活其间的生活本身其实也并不缺乏精彩的戏剧性，每个平凡者的人生其实都是戏剧人生。正如他在自己的大多数小说中反复写下的那句标志性的话语："其实，事情就是这样的。"是的，生活其实就是这样精彩而繁复，就是这样雾霾笼罩，就是这样缓缓尘埃落定，充满了我们肉眼看不见的特异之质，只是我们大多数人，深陷于现实庸常之中无暇自拔。作为正在亲身体验的体验者，却并没有体验出这样的"其实"，进而怀疑这样的"其实"是否存在。更明确地说，作为一个环境之中的视察者我们可能从未真正注视过自己楼上楼下的万般隐秘，以及家门四周每时每刻都发生着的惊心动魄的日常。我们更没有从每天都投入的职业之间发现它既黑沉沉又熠熠闪光的每一个焦点，并用内心的显影液将这一片阴影呈现出时间遗留下的刻痕与细节。我们的日常性疏忽形成了我们永久性的空洞与虚无，这就使刘宁这样的从平凡现实中的发掘性写作显得异常必要，而他从生活表面轻轻一刀切入之后所发掘出的戏剧性又绝对有效。其有效性依然体现在，读着他书的人会一拍脑门惊叫起来——哎哟，事情其实就是这样的啊！

刘宁先生的中短篇小说集《光线笔直地照射》是北岳文艺出版社 2015 年 11 月出版的"晋军方阵第二辑"系列图书中的一本，其中辑录了作者富有代表性的中短篇小说 14 篇。这些篇章所涉及的生活图景皆与作者的现实人生息息相关，以至于它们形成了一条清晰而有力的既像血脉、又像缆绳的线索，好像你猛然一提，就能牵动作者刘宁所经历的那些气息浓烈的人生片段。它们又像一艘搁浅在时光河流中的驳船一样，伴随着你阅读中思维的一拉一扯，便带着生活底层的腥涩之气向你缓缓地一点点地压制过来。那些来自于两条铁路经行的晋北县城里的人，那些活跃于省城底层生活里的人，那些游荡于生活边缘妄图在迁徙中提升自我人生的人，尤其是那些个既妖娆多姿又多多少少带一些"问题性"的美丽女人，便一个一个活跃在你的眼前，而生活的戏剧又无一例外地逐一毁灭了他们（她们）的梦想乃至血肉之躯，只余一缕缕淡淡的忧伤与空茫在微妙的时间里萦绕着、消散着。而"其实，事情就是这样的"啊，这几乎是你在读完每一篇刘宁小说之后都回荡在心底里的异样声响。它像铜锣一样镗镗敲着，但你发散出去的意识却一时难以收兵回营。

而对于我来说，小说家刘宁又具有某种特殊的意义。这可能主要是因为他作为一个写作者离我这个晚到的阅读者实在是太近了，他的居所与我的居所之间的物理距离其实不超过 2 公里。他在坡上写作，我在坡下阅读，一个叫五龙口的地方是我们口头上共同的地标。而如果具体到脚步之下，我如果穿越五龙口铁路桥一路朝东上坡，20 分钟之内就能抵达他的楼下。但同时作为基本生活于同一城市范围里的两个人，我们之间的心理距离实在又太远了，我几乎是刚刚发现在自己身边竟然还隐藏着这样一个小说家。这让我在读他书的过程中始终惊讶不已，像突然发现自己隔壁其实隐藏着一个本领异常的绿林高手。他竟然还写出了这么多就发生在我身边的富有强烈戏剧性的故事。尤其是这样的故事在进入他的小说之后竟然显得离我的经验如此遥远而陌生，散发着我浑不熟悉的异样气息，这就使我对自己日常的疏忽无法容忍，又不得不对他和他的写作产生特别的敬意。这样的敬意，与同一个寺庙里的两个和尚之间的微妙敬意是相似的，因为在同一口铜钟之上，一个人撞出了另一个人可能永远撞不出来的金声玉振。他振振有词，让你不由得理屈词穷，只能对着他高踞在坡度之上的一颗硕大的光头频频致意。

比如他的中篇小说《光线笔直地照射》就取材于几年前省城大东关偶然

发生的一起恶性凶杀案。一个修自行车的男人用大号铁扳手和十字头长杆改锥极其残忍地杀死了他修车摊近旁一个开文印店的女人和她年仅八岁的儿子。这起凶杀案当时被省城各路媒体密切关注、深入报道，一时间闹得沸沸扬扬，但作为它发生地近旁的一个市民，我却并没有过于热心地去关注过它的细枝末节。我根本没有进入过这一事件本身，而只像大多数普通人那样从它旁边十米以外轻轻擦过，将其作为一个恶性的市井争执事件匆匆扔进了时间的垃圾箱。这也可能是我对大多数发生在家门口的日常现实的通常处理方法，我的眼光似乎永久性地投注在离我十分遥远的别处。但我完全没有想到这一近在咫尺的事件却被刘宁生发成一篇具有鲜明悬疑特色的罪案小说。其实我并不是怀疑这一事件进入小说的可能性，它的突然性与刺激程度绝对不比世界范围内的任何一起凶杀案低多少。但我绝对没有想到的是我身边的一个人会迅速地从相似的生活背景之中突入这一事件，调兵遣将、攻城略地迅速完成一桩闪闪发光的事业。同样作为一个凶杀案发生地近旁的人，刘宁对这一事件显现出与我完全不同程度的关注力。我甚至觉得这起凶杀案极大程度地刺激了他，让他生出了过分强烈的好奇与兴奋，以致立即奋尽全力投入了对此案的追踪与调查。在这篇小说中，他像亨弗莱鲍佳经常饰演的私家侦探那样，心里揣着猎犬与高倍数的放大镜，歪戴着一顶黑礼帽摸黑出发了。他既顺藤摸瓜捋清楚了整个案件的来龙去脉，同时又深入几个主要人物的深层心理，将其激烈而异样的身体行为的心理动因解析得一览无遗。尤其是对杀人凶手王卫东，作家不但写出了其瞬间冲动杀人的必然性，又对这种底层人物在时代的撕扯错位中不由自主地披挂在身上的浓郁的屈辱感抱有深深的同情。这无疑是一个优秀的写作者对庞大而冷漠的日常生活该有的悲悯态度。它缓缓地从生活的高坡度上释放并降落下来，沉落在坡底生活的小人物头上，像早晨五龙口奇异的光束一般，在那些罪恶而懵懂的头颅四周形成慈悲的光轮。

也就是说，作为一个小说家，高踞在一个坡度之上的刘宁在呈现他生活近旁血淋淋的暴力、罪恶与苦难的同时，对这块"其实就是这个样子"的坡下生活，以及这生活里的悲惨、压抑、屈辱、无奈，最终不得不以奋起杀害其他无辜者为代价来维持自身尊严的生命，他始终有一种深浓的身在其中的悲愤感。这一悲愤，在小说中是逐步建立起来的，但在最终的揭破时分则显得相当明显而坚固，隐隐然如一声对时代庞然之恶的断喝。他借助报道这一案件的电视台主持人杨建涛的心理与行为间接地表达了这一价值判断。作为一个法制节目的当红主持人，杨建涛当然对发生在本土的恶性凶杀案敏感而兴奋。他最初甚至将这种程度的恶性案件作为自己进一步走红的阶梯来对待，以至于在报道中虽然慷慨激昂、义正词严，但始终却透着那么一股身在事外、言不由衷的市侩气息。但随着案情因由的一步步明朗，尤其是在最后对案犯王卫东的狱中直播环节里，站于摄像机镜头之后充当着正义审判者的杨建涛愕然发现，带着镣铐坐在镜头前的被审判者王卫东竟然是一位故人、一位当年的铁路宿舍小区里的邻居、一个与自己的家庭相交甚密的父辈人物。小说庞大的良心在此刻突然显现，一束奇异的神光迅速介入了血色淋漓的恶性事件。它不但使小说里的人物杨建涛在大吃一惊之后迅速反省自己对这一案件、这一案犯的态度，进而使小说迅速由相对简单的事件批判进入社会反思的复杂程度，也使我们这些读者的神经为之一颤，迅速生出从作者此前挖出的叙述之坑里爬上来重做观照的欲望。在这一刻，所有的阅读者都是小说中意欲一探究竟的杨建涛，都是在社会庞大的正义已经宣判之后仍想用个体的良心重做一次审判的审判者。当夜幕之中那只在文印店铝合金边框的玻璃门上抬腿撒尿的金毛突然出现的时候，所有的良心都颤抖了起来，且一连颤抖了三次。一只夜晚被无良的主人肆意放纵登门撒尿的狗引发了一对母子对一个修车人的当面质问与侮辱，而修车人因自身家庭的屈辱已经临近爆发的边缘，一声貌似平常的侮辱之辞成为点燃他的最后一根稻草。在秋日阳光笔直地照射下，他顺手挥舞起了凶器。而那些夺走了无辜者人命的大号铁扳手和十字头长杆改锥，在多年之前这个人的手里，曾经作为带有阶级意味的工具，送给他一个无比骄傲的身份与一份响彻心底的荣耀。而此刻，同样的铁质工具在时代的变异之中却成为击在人脑与反复插进人胸腹的利器。工具的变异就这样富有了深刻而复杂的寓意，折射出一个特殊时代里城市人群庞大的失落与无奈。而小说家注视着并放大了这一切，并以颤动之心赋予它一束笔直的阳光，使它既生动鲜活，又持久地刺激着，像福尔马林溶液中浸泡的某样器官，记录着时代对个体的某一次切割与毁灭。这是我如此喜欢《阳光笔直地照射》的理由之一，也是我忽然对刘宁此人生出由衷敬意与强烈好奇心的驱动。我甚至想在日后经常性地约出这个近邻，在我们共同的地标周遭，认真地一米一米行走，听他讲讲从这里捡拾过的隐秘细节。

但作为小说家的刘宁又不仅仅是个隐藏在我家坡上伞儿树村里的一个城市近邻，他也根本不是这个城市里单纯的土著，他的来路要比一个城市土著复杂得多，甚至连他的血统来源都比我们这座城里的大多数人要曲折悠远。关于这一点，你只要看看他那张异相丛生的脸孔就可以知道。这是一个生存经历异常丰富的人，他展现在此刻的城市形象只是一个片段，像一段闪闪发光绵延过来伸展在你眼前的铁轨，其实只是漫长铁路之中的一段，而他则是铁路本身。哦，请原谅我有意无意地引入了铁路意象，因为铁路以及与铁路有关的一切之于小说家刘宁来说意义重大。这不仅是因为刘宁的出生地首先与铁路密切相关，甚至可以说是两条经行此处的著名铁路赋予了那个晋北城镇以巨大的身份意义。铁路穿过了出生地，并用黑色的翅膀带跑了它。这一点，对于生长在此间的少数人来说拥有绝对重要的意义。因为他一出生，肋骨两侧就先天性地插上了飞出去的无形之翅，他只需要使自己的灵魂呼扇起来，就可以飞得很远很远。而刘宁，就是这群从铁路沿线的小城镇飞出来的少数人之一。但他的人生飞行亦是曲折的，有些时间里竟然呈现出某种候鸟的茫然姿态。在飞行中他首先成了一个出生地的基层铁路职工，又顺着蜿蜒伸展的铁路成为省城铁路系统里的驻勤机关报记者。这是一段颇不平凡的飞行之旅，它几乎耗尽了小说家刘宁的青年时代。在那些年里的往返飞行中，他用铁路系统内部的通票乘坐一辆绿皮通勤小票车一次一次往返于出生地与省城之间。在那辆车上他注视过多少人，在景色单调的铁路线上想过多少事，都已经无法确考，但是一篇《天堂一直下雨》却部分地将我们带回到那个弥留着青春尾季的忧伤现场，目睹了一段生命里的奇遇、聚合与别离。

在我读来，这显然是一篇多少带有作家本人生命印记的小说，因为那里面有一种不停散射出来的来自生命本身的疼痛感。而疼痛感与欣喜不同，那是无法伪装的一种深沉情感。此刻它弥漫在小说的每个角落，借助一个读《圣经》的美丽女乘务员和一个铁路报驻勤记者的相遇一缕一缕浮上纸面。一开始，记者欣喜于这一段"有女同车"的单调旅途，怀揣着某种并不高尚的"将翱将翔"的勾引意识，他借助自己的丰富学识逐步地接近了美丽而忧郁的女乘务员。在时间之中，他与她逐步地熟悉起来，慢慢地又有了某种同是天涯沦落人的惺惺相惜，但二者之间对彼此的人生路径并不熟悉，而是刻意保持着若即若离的神秘距离。而当火车穿越过某一次旅途之上那唯一的黑暗隧道，抵挡突变发生的某一个停靠小站时，男记者的生命突然与女乘务员的生命匆促叠加在一起。记者隔窗看到一群人顺着月台蜂拥而至，在抵达女乘务员身后时他们突然大打出手，那一刻记者梦幻般地跳窗而出，英雄救美，代女受过，在被打断了肋骨、打掉了下巴的同时，他也悲惨地丢掉了自己在省城驻勤工作的资格，被迫返回出生地重新做了一名铁路基层职工。理所当然，他在堕落至此地步的同时获得了女乘务员发誓以身答报的爱情，他与她迅速地融合在一起，但这份爱情对他而言却并不是生命重新起飞的助翼，而像一只戴丝绒手套的黑手再次将他推至人生的另一重谷底。女乘务员过于奇特而悲惨的前史造成了一种来自世俗与伦理的双重压力，而女乘务员过分的美丽又使这种压力过于引人注目。当他与她在城镇的集市上突然被身后来历不明的石子飞打，扭回头却只有人群灰色而恶毒的沉默时，他真正地恐惧起来，最终连他的父亲都开始以拒绝同桌吃饭来坚决抵制他。此刻，一本《圣经》拯救不了这深陷困境中的男女，远在天堂的耶稣也没有向着他们伸出标志性的怀抱。天堂一直下雨，她在一个秋雨淋漓的清晨登上一列南下的火车决绝地逃离，而他手里捏着同一趟列车的硬卧车票选择了对爱情的抛弃。而"事情其实就是这样的"，让本属于天堂的爱情归于天堂，让本属于大地的雨水重新回到大地，永久地淋湿你青春际遇中的某次怯懦与犹疑，而铁路依然延伸着，朝向你永远无法抵达的幸福与天堂。

《天堂一直下雨》就这样成为我最喜欢的刘宁小说，也是截至目前以来我阅读范围内最值得怀念的爱情小说之一。它是高级的文学产品。它的高级绝不是因为它引入了《圣经》段落，并对那些著名段落予以有效阐释，而是因为它给出了《圣经》中的人生奥义以中国特定时代、特定现实中的悲伤形象。如果说《圣经》是黑暗悲伤人世里光明与希望的奥义书，那么《天堂一直下雨》则意味着我们所面对的湿淋淋的人世，其实有着奥义书所无法阐释更无力解救的个体命运。女乘务员陆晓玲乘坐着火车逃向了她臆想中的陌生天涯，但那里也无非是另一个重新开始的生死场，她作为一个被侮辱与被损害的逃离者向着光明一面的翻身可能并没有想象中那样轻松与容易。

刘宁作为小说家，是一个显然的塑造女性形象的高手。他这本集子中14篇小说里几乎每一篇都有一个令人过目难忘且久久回想的女人。这些女人无一例外地美丽、精明、坚韧、强大、不满于现实，有着不住向外张望与突破的意识与现实行动，但同时也无一例外地被她们所生存的世界与日常生活逐一地损害与毁灭。无论是开篇中《啊，小寇》里的小寇的女人、《光线笔直地照射》里的文印店女老板郝翠花，还是《古山》里的佟玉洁、《下水道有鱼》里的王晖、《戴鸭舌帽的瘦削女人》里的唐嫣华、《瑞士军刀》里的杨二妮，以及《美女》中令人惊艳的"蓝色妖姬"和《流水与岩石》中那个出场即逝的南方女人都是如此。损害与毁灭她们的并不是多么奇异、诡秘与邪恶的黑暗势力，而恰是她们所梦想的那种光明与幸福的日常生活本身。而"事情其实就是这样的啊"，生活本身的深灰色质地像隐伏在暗处磨着利牙的怪兽，一口一口地吞掉了她们美如香玉的肉体与灵魂。而作为观照者的刘宁显然是一个怜香惜玉者。怜香惜玉，在有些人纯属一时性起且目的暧昧，而之于另一些人，如刘宁这样的小说家，怜惜却是天生长在骨头缝里的悲悯情怀。他们好像先天性地具备在人群中准确嗅到那种被侮辱、欺凌与损害的气息，并总能一步上前紧紧将那气息的发射者——那些美丽而带有问题的女性拥到眼前。而那些被拥抱者最终构成了他残破内心里最无法被庸常生活所软化的硬核，和着他的辛酸与悲悯在小说里开成了一朵一朵带泪的美艳之花。

　　我始终认为，小说家的想象力绝不是没有来头的，绝不是凭空臆造信手偶得，这里虽然有才华的因素，但主要还是因了生命的全力投入和灵魂的深度下潜。所以当我在小说中读到刘宁摹写女性形象时那些饱涨着想象力且堪称神奇的段落时，我清晰地意识到他的内心深处一定有着一片暴雨浇淋之后的花园。他珍爱着她们，并时时刻刻地检视着她们，并在小说里伸出笔尖一样颤抖的手指，轻轻地为她们拭去了面颊上随同雨水而至的两行清泪。

逝去年代的月光与生存现场的闪电
——韩玉光诗歌论

◆霍俊明

对于像韩玉光这样的"70后"群体中的一位诗人，在21世纪的阳光和冬雪中，我依然不能不想到岁月深处的海明威、帕索斯这些"迷惘"的一代，凯鲁亚克、艾伦·金斯堡、伯勒斯这些"垮掉"的一代。因为一代人的历史属性以及由历史所规范下的思想特征很可能就是他们诗学呈现的源头，甚至就是诗歌的本身和目的。透过浓厚的历史烟云，在中国20世纪最后的红色年代的尾声中，在"70后"这一代人不乏戏剧性的登场中，在理想主义、集体主义和实用主义、消费主义纠结的时代氛围中，我注意到了这些"红旗下的蛋"集体尴尬的面影和一颗颗永远追寻又似乎永远无所适从的灵魂。

一

尽管韩玉光从1988年即已开始了诗歌写作，但我关注他的诗歌还是近些年的事情，他参加"青春诗会"的组诗《黄河十八吟》给我留下了深刻印象。韩玉光是一个清瘦、沉默、不事张扬的人，更多的时候是香烟的烟雾笼罩着他，而这在我看来显然是一个成熟诗人的标志。而他的诗歌也是在静静的流淌中，呈现出历史的余光与现世的阴影。作为1970年代出生的诗人，韩玉光大体和其他同时代诗人一样经历了政治、农村、贫困以及后社会主义时代的城市、机器和欲望的轰鸣。而可贵的是韩玉光在诗歌面前时时担任了一个冷静的沉思者和审慎的观察者，他在黄河的巨大而混浊的声响中心无旁骛地准确测量着这个纷扰的年代，也在时时地眷顾已经远远逝去年代的人世沧桑，"与纯洁无关／与高尚无关／刀子劈开的老树／支撑着老屋由来已久／我代替祖

先居住在这里 / 没有见过神 / 甚至没有听过神的暗示 / 所以我是愚钝的 / 只知道种种麦子 / 生生孩子 / 只知道大海在南方 / 草原在北方 / 山峰在村庄对面 / 多少年都没有移动过 // 北风向南吹 / 总有一些东西被带走 / 总有一些东西留下来 / 我祭奠过亡灵 / 也充当过接生婆 / 但我懂得 / 很长的时间里 / 我还没有资格 / 谈及生或者死"（《北风向南吹》）。韩玉光正像是一个 1970 年代的月亮，高悬在他的故乡青龙街的上空，在温暖与寒冷的夹杂中，在真实与想象、历史和生存之间凸现了特殊的景观，"我们俯视人间。被折叠的时间 / 也会如一把扇子那样突然展开 / 上面江山如画。人烟早已稀少 / 我们一时沉默 / 我想一只 1970 年的月亮 / 听到我那迟缓的声音 / 是否是在过早地对抗着 / 这唯一的结局 / 一只月亮的清瘦，是否 / 只是为了减轻树枝的重负"（《1970 年的月亮》）。当下的诗人在沉溺的自我和沉浸的现场中大体丧失了命名和发现的能力，而在原平、西南贾、青龙街、滹沱河、红旗桥、四堰地等这些带有历史和现实、生存与文化双重意味的坐标彰显了诗人优秀的命名能力。韩玉光的很多诗作都带有向往日情怀和历史致敬的"回溯性"特征。而更为重要的是这种回溯性的诗歌写作和其中呈现的意绪并非是不及物的，而恰恰是来自于现实生存阵痛和感怀中本源性的与土地、生存、命运、困厄、挣扎不可分割地融合在一起的"介入"。韩玉光的个人生存体验的焦灼感与诗学立场的忧患意识在紧张而双向拉开的向度中，以深入向下的勘探姿态夯击、锤打。

二

韩玉光的诗歌写作再次印证了我在《尴尬的一代：中国 70 后先锋诗歌》中所说的，这是尴尬的夹缝中的一代。政治年代的最后红色火焰曾经燎烤着这些小家伙们的红彤彤的胸膛，然而当工业、商业和城市化的现代列车在无限制的加速度中到来的时候，理想情怀和生存的挣扎所构成的巨大峡谷呈现了少有的沉寂和死静。政治运动的余声、革命英雄和阶级斗争故事的课本、漏水的阴暗的土坯房教室、生产队集体劳作的尾声、干草车子乡村土路上的缓慢行驶、三好学生的奖状、成长年代的红色帷幕，这一切都成为 70 年代人特有的成长履历表上的印章和指印。而青春期的手抄本的冲动，90 年代通俗地摊文学封面上裸露的时髦女郎的白色身体、大哥大、万元户、尘土飞扬城镇路边的"野鸡"、互联网络的虚拟、人群泛滥的"群交"、下等酒吧醉醺醺的陌生男女的拥抱和城市街心花园的亲吻者……深植脑海的价值体系崩溃了，越来越张扬的金钱和本能的欲望以及文学的迅速边缘化，更成为这一代人必须面对的生活现场和精神场景。作为在成长经历中经受了精神和物质双重饥饿的一代人而言，韩玉光的诗歌印证了这种"尴尬"和"饥饿"状态。而正是这种"饥饿"和由此而产生的觅食飘荡——在生活、社会、精神中的漂泊和游移——的状态使得"70后"诗人不断在纷乱的生存现场中将视野不断投注到那个逝去的年代，实现自我的一种渴望。

　　"70后"一代的乡村体验和理想年代的晚照中虽然纯朴、落后却自然的农耕情怀，让他们对异乡和都市怀有一种天生的怀疑和反抗，但他们却只能在理想情怀和浪漫光辉已永远难以再现的失落中，深深地无奈和探问。青春期在回忆中是如此漫长，但现实中青春又总是那么短暂。没过多久在一个中国社会发生转折和剧变的关口上，这些"70后"们很快就在80年代末、90年代初踏上了去异乡和外省的求学、工作、生存的道路，"每一次在外省注视月亮／都有一种他乡遇故知的心情／好像怀揣着一块美玉／突然取出来仔细端详"（《月亮》）。他们的生活也从此与"异乡"纠缠在一起，而乡村则成为这一时代的反讽叙事，"原地不动。西南贾。／当我从城市的高层建筑俯瞰，／一切都在流动。／一切都在越过季节。／蚂蚁的爬行正成为一种时尚元素"（《原地》）。在这种陌生的现代化的"撕咬"中，异乡的漂泊，精神和生存上双重的难以安栖的漂泊宿命和外省意识也成为难以挣脱的荒原体验，成为诗歌写作中不无刺目的闪电，"我听不见更弱的声音／隐隐的雷声暗藏了另一片雨水／玻璃外的城市和夜晚融为一体／闪电映亮的静物／瞬间又归于寂静"（《闪电照亮的细节》）。"70后"一代人只能在尴尬的漩涡中展开无尽的异乡漂泊的旅途和无奈的外省意识。这在精神和物质上"缺乏营养的一代人"不得不从"出生地"出走，在一个城市和另一个城市之间不断穿梭，他们却注定了精神的"归乡无路"，无家可归的潮水正日夜涌来。游动悬崖的一侧是"返乡"，另一侧是"离乡"，然而这些"70后"诗人既不愿迅速离去，又无法彻底地返回过去。那么站在中间的一道细细的布满荆棘的刀锋上，他们到底该如何面对这两股强大的左右而来的力量？如何对待立在刀锋上的那颗火热而尴尬不已的惊颤的心？历史的场景有时是如此的相近，黑色的一幕总在不断上演。"返乡"之途是如此的艰难。当一个个近似于老式的灯盏在返乡的途中被时代工业的飙风一次又一次吹灭的时候，那一只只颤抖的手不能不一次次小心翼翼地点燃。"70后"一代人的回乡之路连同那颗尴尬不已的分裂的内心都一起被时代的巨踵踩成了祭坛。在一个个漏雨的屋顶，这一代人却领受了浩瀚的宇宙和满天璀璨的星光，他们仍然在痛苦中秉持神圣的火焰，仍然在内心秉持着70年代的月光。韩玉光的诗歌中存在着大量的"月亮"意象，这个个人化意象成为诗人的内心与外物之间最为妥帖的客观对应物，清冷、明亮、理想、忧伤、希冀、怀想都在不动声色而又深入的展开与拓殖。

三

20世纪80年代中后期以降，古老温润的农耕庆典在中国不可避免地成了黄昏最后的闪光。理想情怀中大地上那延展不息的本源性依托，而无限加速的工业列车正在飞速前进。那曾经的一切，那古老乡村土地上的一切都在飞速行驶车辆的后视镜中远去。时代犹如被强行颠倒过来的望远镜，曾经的一切变得如此遥远，模糊，陌生，"每个人的内心都蜷缩着庞大的老虎 / 随时准备站起，像寒风一样 / 令人猝不及防。我像一座木质栅栏 / 移动在太原以北的高速公路 // 还看不见星光，它在我的目力之外 / 闪烁着。冬天的苍茫均匀地铺展 / 在北方的原野上，只有零散的灯光 / 从左边迅速掠过，犹如 / 栅栏外新鲜的猎物"（《11月29日：苍茫时分》）。于是，精神高地上一代人的降旗仪式不可避免地开始了。在这场颇具祭奠意味的仪式与挽歌中，大地、乡村、自然之物，迅速成了一种眷恋式的经验表述和照看的苍白。这一时期的诗歌对失落的农耕情怀的追忆和重新命名与发现的能力已经相当贫乏。在20世纪80年代甚或90年代的诗歌写作中，仿效海子的"麦子诗"曾大量涌现，但这只不过是拙劣的仿写和近似于孩子组装玩具的游戏。这些仿写使包括"乡村"在内的一些伟大的诗歌元素不是受到了滋养而是受到了戕害。土地、庄稼、乡野的自然意象，这些恰恰能够彰显出中国诗人复杂经验和想象力的名词已反过来限制了大部分诗人的想象与再次发现和命名的能力。这种现象直到20世纪90年代后期，"70后"一代人的诗歌的出现才让这些伟大的乡土诗歌元素得以全新的面目重新苏醒。"麦田"等经典而传统的意象，再次在诗歌中呈现了本真的沉重感和荒芜感。烟草、汗腥、柴火、泥土、柴门、院落这些典型的乡村事物作为一种切切实实的生活和中国记忆，在"70后"一代诗人身上再一次得到挖掘和闪烁。

即使是他们中的大多数在城市的地下像土拨鼠一样的忙碌，但是他们的那只挖掘的手仍在不断地谈向内心的深处，探向遥远的乡村往日，"我两手空空。哦！我一无所有／我是村庄里年轻的歌手／依靠丰收的稼禾，坚定地活着／直到死亡迫近，直到我／把最后一首歌谣唱完／啊，村庄！我在这一年的冬天归来"（《村庄》）。诗歌写作已经确确实实地成了包括韩玉光在内的一代人集体的乡村挽歌和记忆。在黄昏中，这些孤独的孩子在落寞中注视着乡村事物如轻烟一样渐渐远去，旧日乡村的历史以一种空前紧张、分裂的认识心态，一种古朴的具有雕塑感的诗学方法让它们经过过滤，然后，在显影纸上扩散、显现、放大和定格，为中国农耕时代的黄昏镀上了一层金黄而沉重的诗歌油彩。原平、青龙街、红旗桥、滹沱河和平常的村庄场景都呈现了灰暗的色调，沉寂和寒冷成了常年不变的背景。在这些略显老旧的事物和场景面前时光的斑点是如此强大，个体的生命体验和时间的宿命惯性不无强烈地叠加。这正印证了布罗茨基的"诗歌是对人类记忆的表达"，"滹沱河，回来的时候从红旗桥往下看／仿佛一条窄窄的围巾裹在稻田之间／人就同粮食一样，一茬一茬／末了就是麸壳，轻如空气／像这时候的父亲，由村南五里外轻轻回来"（《空白》）。在韩玉光这里，时间、记忆同 20 世纪 70 年代的月亮和 21 世纪仍旧疼痛的现场紧张而缓慢地胶着在一起，诘问和喟叹不时发出声响，"青龙街。两棵高大的碎叶杨／也在衰老。仿佛三十年时光的化石／陈列在树干上／／我不在的日子，夜色／显得更加辽阔了／月亮移动着，越来越像 18 世纪的灯笼"（《青龙街》）。记忆似乎成了一场场不经意间播放的默片，唤醒的是陈年往事和脆黄年代曾经的鲜活，"一只粗瓷碗／一只陶罐／1995 年陈列在黄梨木条案上／／我忍不住看了几眼／两只容器／盛着零散的光线／／有点陈旧／像一只老电影的结尾／一米之外播放着"（《视觉记忆》）。"70 后"一代人把土地、城市、工业、贫困、挣扎和根性乡情不可分割地融合、纠缠在一起，拒绝了矫情和伪诗，祛除了一些诗人在所谓私人化写作的无病呻吟和纯诗歌技巧的无所事事的炫耀与乏力，让 70 诗歌呈现了一片显耀的天地。乡村在"70 后"诗人这里是如此地实实在在，他们的根和想象力都来源于乡村生生不断的滋养。而乡村之所以成为"70 后"诗人的根性叙事的最重要的原因还在于这里是他们的出生地，历史、文化、生命和灵魂的出生地。乡村的出生地就是"70 后"一代人的集体胎记和合法身份。起码对于"70 后"一代诗人而言，在工业和物质联合作战成为这个时代的图腾而倍受崇拜的后现代语境下，乡村的记忆与抒写就不是一种简单的可有可无的美学趣味，而成了重要的衡量尺度的良知与道德。韩玉光是以一种反观过往的记忆能力，呈现了个人化历史想象力观照之下乡村图景的一种特有的"慢"，并渴望这种"慢"能返折回来，沉潜下去，形成一种古朴、原生的永恒，"应该有几十年了，回忆显得平静 / 青龙街的鸟不止七种吧 / 它们从祖父视线中的杨树上轮流飞过 / 姿势惊人地相似 / 嘴里噙着的鸣声错落在叶缝间 // 也有了摇曳的动态，我八九岁的样子 / 将头枕在祖父身上，听这些往事 / 随他抽汗烟袋发出的吧嗒声 / 掉在地面上，像众多草籽 / 走失在泥土中 / 这预示着我要在多年以后 / 靠记忆去分辨它们的后代"（《回忆》）。早在 30 年前，在一本黑色的亡灵书上，乡村就已经开始陷落，而随着巨大的工业推土机的履带一起被碾压的，还有几千年的乡村伦理和农耕道德。在这种措手不及的消失中，乡村的一切事物似乎一下子都接近了黄昏而毗邻黑暗。

就韩玉光诗歌中的家族谱系叙事中的"母亲"和"父亲"形象并不是单一的完全只属于个人的，而是具有了不无显豁的一代人的精神图景和家族景观。例如江非的诗歌中大量出现了"父亲""祖父""外祖父"的家族谱系形象。实际上和江非同样的另外一个山东临沂的青年诗人邰筐的诗歌中一个突出的家族形象也是父亲。而在韩玉光这里，这个"祖父""父亲"形象并不高大，他们普通的身上也许还有不少缺点，他们并不高贵甚至是痛苦地存在着。这正暗含了整整一代人的家族故事的症候——平实、烦闷、孤独。而当这些家族形象再次出现在诗歌中的时候已经带有了个人历史感的寒冷与苍茫，一个细节、一个不经意的举动都成了极巨心理能量、记忆势能和象征性的场域，这都以惊悸、疼痛和挽留的方式出现在诗歌中，"那时祖父的青草已经捆绑利索，一米外直起身子 / 在我的记忆中，包括梦境，祖父这个动作 / 重复了几乎三十年，他望着我 / 像一块苔藓锈蚀了的青砖 / 从城墙上剥落到草丛，我望着至少有五种草 / 在风里拂动，还有蚱蜢的颤鸣"（《回忆涉及一些蚂蚁》）。而笼罩在"70 后"诗人以及这一代人家族身上的是茫茫的夜色和同样无尽的惆怅与重压甚至还有死亡的阴影，这也呈现了诗人韩玉光个体家族命运，"我和母亲坐在前面的座位上 / 你在后面。父亲 /2001 年的冬天，我们一家人 / 乘坐一辆蓝色工具车 / 回家。经过红旗桥的时候 / 母亲不能苛责自己的眼泪 / 腊月的滹沱河少有动静 / 它的无声相对于母亲的哭诉 / 只是一座桥梁的尺度 / 父亲。你在我们的身后 / 显得无动于衷，仅仅几小时的壕沟 / 就隔断了我们语言的交流"（《2001 年冬天》）。在庞大而尖利的后工业文明的背景之下，韩玉光面对乡村，除了这些灰黑色景观的抒写，还大量地呈现为关于乡村的死亡叙事。这种无处不在的乡村背景下的死亡抒写就像一道庞大的闪电掠过了黑暗中的乡村墓场，以空前疼痛的方式刺中了一个又一个被怀念塞满的隐忧的灵魂，"墓地在村庄以南，二里之遥 / 中间是玉米地 / 稻草人上有鸟儿栖落 / 夏天为雨冬天成雾 / 墓地有着漫长的历史 / 和美丽的名字：四堰地 // 2001 年父亲在这儿长眠 / 在他的旁边祖父祖母入土为安 / 没有碑文，只有流泻的阳光 / 只有轮回的草长莺飞 / 更远的地方，是更远的长辈"（《怀念》）。韩玉光的乡村死亡的叙事是与家族故事连续在一起的，外婆、外祖父、祖母、祖父成了诗歌中的一个个亡灵。这些斑驳不堪光阴中的乡村亡灵承载了乡村的历史，而这种历史在韩玉光这一代人这里得到的是最为个性化的呈现。换言之，韩玉光以有别于以往宏大历史叙事的个人化的历史想象力廓清了乡村以及乡村死亡的尘霾，还原出了乡村和生存的真相。面对着往日影像中的乡村，在黑色的诗行之中乡村中的死亡显得宁静而荒凉，平淡而寒冷，好像死亡本身就是乡村的日常生活。就像那束灰白的头发，已经成为乡村的基本颜色和表征。它不可怕，也不可人，就这样日复一日波澜不惊地存在着而已。韩玉光像是秋霜落日下的一群观察者，在渐渐的萧瑟中听到到了生命消殒的声响，看见了时间寓言的沉重阴影。

在韩玉光这里，我们领受了 20 世纪 70 年代的不无寒冷但也不乏温情的月光，我们也同时看到了时光和生存场景中令人心悸的闪电。时间给我们留下了越来越多的难以排除的沉沙，往日的河水已经被干冷裸露的河床所替代，而唯有诗歌的力量能够承受这一切，"我走到岸边的一刻 / 就像泥沙全部沉淀到心底 / 以后我每次越过滹沱河 / 都努力将身体内的沙退回河水 / 事实上它越来越多 / 我发现自己正慢慢变成河床 / 在树林的边缘躺下来 / 望着滹沱河在高处静止不动"（《滹沱河》）。

2009 年 11 月于北京雪中，黄寺

"月亮"与"滹沱河"

——韩玉光诗歌意象分析

◆张德明

　　某种程度上，诗歌思维就是意象思维，诗歌创作就是借助意象的选择与组合来吐露情感表达思想。诚如英国文艺批评家辛·刘易斯所云："诗始于印象，恰似一江生活之水中的一小滴，结晶为意象。"在这个基础上可以说，意象的精妙恰当与否直接决定了一首诗的成与败。诗歌意象与主题的关系由此显得极为切要。刘易斯精彩地论述道：

　　　　一首诗中的意象就像一系列放置在不同角度的镜子，当主题过来的时候，镜子就从各种角度反映了主题的各个不同侧面。但它们不是一般的镜子，而具有惊人的魔力；他们不仅仅反映了主题，而且赋予主题以生命和外形，它们足以使精神形象可见。

　　阅读山西优秀诗人韩玉光的诗作时，我也将关注的焦点聚集在诗人使用的意象上。不难发现，韩玉光进行诗歌创作时或许并没有着意于采撷繁复的意象来铺缀纷纭的诗情。他的诗如同他的体形一样，总是显得瘦劲、干练，没有过多的意象陈列，反而凸显了意象在诗中的珍奇价值。在玉光诗歌并不繁冗的意象群中，我注意到两个意象格外醒目，那就是"月亮"与"滹沱河"，这两个意象反复出现在他的篇什之中，个中意味值得我们细致品味。

　　"月亮"是中国古典诗词中咏之不尽的基本意象。古代诗人用他们优美的文字将明月所蕴有的人伦情感和美学意味进行了充分的敞现，今人如若再以月亮为诗歌的主体意象来浓墨重彩地加以渲染，显然具有极大的难度和风险性。韩玉光由此不无自嘲地写道："李白之后／我本不该歌颂明月／它太让人惆怅／而且他用尽了汉字的精华"（《黑月亮》）。有趣的是，诗人不仅在李白之后，仍旧写到了明月，而且还"不止一次"，月亮在他的诗篇中，成为一种有意义的美学符号，成为诗人观照世界、审思自我的重要精神光源。

生于 1970 年的韩玉光，其生命的最初记忆是与月亮连在一起的。可以说，在他降生到这个世界的时候，照进他心田的第一缕光正是月光。在《1970 年的月亮》中，诗人写道："我一直在想 1970 年／一只瘦月亮落在枝头的样子／在半亩大的院落上空／它第一次看见我——"在中外无数咏月的诗篇中，人与月亮的视觉关系往往体现为人仰头看见了月亮，玉光则反其道而行之，将人月的视觉关系转变为月亮低下头第一次看见了"我"。主客关系的颠转其实暗示了月光对自我生命的着意投射，月亮因而成了诗人生活中一个重要的道具，一个不得不倾其一生与之交谈对之钟爱有加的自然物象。"一个人的出场／有无数的道具，我偏爱月亮／有时候我将世界这个大道具／孤零零地抛在一边／和月亮交谈。"诗人对月亮的偏爱，也许正是对自我原初的生命记忆的珍惜，对这个滚滚凡尘的眷顾。

更多时候，月亮成了玉光与他栖居其间的大千世界的存在背景，在这个独特的背景下，诗人得以睹见了许多富有情味的场景和物象。"我知道村庄。唯一能有的收获在秋天／进入谷仓。农人在月亮下祭祀／那里牛羊在马厩里静卧／母亲在窗户下祈祷／啊，我热泪盈眶"（《村庄》）。"从白色房子的窗棂望出去／月亮正路过／院子里唯一的李树／枝头的苦李子／微微颤动了一下"（《瞬间的相遇》）。无论是月光下农人的祭祀、牛羊的静卧、母亲的祈祷，还是枝头的苦李子微微的颤动，都呈现出神秘和温煦的情感色调。当月亮作为奇幻的"飞行者"出现的时候，跟随月光的脚步，诗人赫然发现了更多精彩的现实图貌："需要一只月亮悬在窗口／丰满的消瘦的都行／我只是想感觉它静静越过／黑夜的速度和力量／／它横穿了大海和山脉／最后出现在一节枝桠上／和蓬松的鸟巢平行／又渐渐远离／／它一直在我的视线中／我守着被它照亮的城市／有时直到天明／／一段时间我发现一只鸟／也被月色染白／它一动不动蹲在我和月亮中间／收拢了翅膀直到天明"（《飞行者》）。在飞行着的月亮辉映之下，城市被鲜明照亮了，而鸟儿也被月色染白，生存背景的光亮性特征熏染了周围的诸多事物，这是诗人每每感到惊喜和难忘的生命境况。在诗人笔下，月亮某些时候还是故乡的代名词，"每一次在外省注视月亮／都有一种他乡遇故知的心情／好像怀揣着一块美玉／突然取出来仔细端详／温润、明净，让人心境安宁"（《月亮》）。因为对月亮的无比钟情，诗人甚至乐意人们计划三世的情爱，也要在月光下进行，"一个人坐在月亮下／把没有来得及爱的人／放在了来世的开头"（《简单》）。

月亮是高悬于诗人头顶的自然物，它带着某些朦胧的色彩和神秘的气息，经由诗人想象加工和处理，成了玉光诗歌中屡屡出场的主体意象。如果仅有月亮的意象，那么韩玉光描画的诗意世界将会显得有些空浮，有些务虚，缺乏稳靠的生命地基。这种情形下，一个带有独特审美内涵的地域名词的出现就显得非常必要了，这正是我看重"滹沱河"在玉光诗歌中所具有的重要价值的原因所在。

作为流经山西的一大水源，滹沱河对于这个西部省份的重要意义是不言而喻的。而当它作为一种美学符号进入玉光的诗章中时，河流更呈现了别样的文化意蕴和生命容量。终日不停流淌的滹沱河，是诗人成长历史的最可靠见证者。"我最初歌颂滹沱河的时候／还上小学三年级／河水在十里外由北向南移动／那是它仿佛操场的旗帜／高高地展示着圣洁／十二岁那年我站在河流的中心／第一次感觉眩晕／阳光温暖地铺在水面上／向下游涌去／我走到岸边的一刻／就像泥沙全部沉淀到心底／以后我每次越过滹沱河／都努力将身体内的沙退回河水／事实上它越来越多／我发现自己正慢慢变成河床／在树林的边缘躺下来／望着滹沱河在高处静止不动"（《滹沱河》）。这就是说，诗人成长过程中每个关键的节点，都与这条河流纠缠在一起。而在生命中的许多重要场合，滹沱河都与我们在一起，它目睹了父亲离世带给我们家庭的悲痛。"经过红旗桥的时候／母亲在不能苛责自己的眼泪／腊月的滹沱河少有动静／它的无声相对于母亲的哭诉／只是一座桥梁的尺度"（《2001年冬天》）。它也是伟大母爱的见证人。"再次路过滹沱河，东南十余里的屋子里／母亲已煮好粽子／她不太了解屈原和汨罗江，但了解我／所有的口味，她等我从滹沱河的西岸／回到东面"（《空白》）。

在韩玉光的诗中，具有某些虚拟性特征的月亮意象和实实在在的地理学名词滹沱河也时常同时在场，联袂演绎出诱人的诗情画意。"月亮在滹沱河中／与天空中截然不同／／当我站在河边／看着让水洗得干干净净的月亮／周围顿时暗了下来"（《河水中的月亮》），"保持缄默，已是多年的习惯／去年的五月，明年的五月／大抵如此／我不会比伸向窗口的枝叶／更接近西移的月亮／在空廓的晋西北农业区／我望着一群优种山羊／跟随滹沱河缓缓远行"（《回到五月》）。在这些诗中，高悬头顶的明月和流淌在脚下的滹沱河相互照耀，交相辉映，共同编织出一个情韵流转、意趣生动的存在场域，彰显了诗人生存环境的审美性质素。

总体而言，"月亮"和"滹沱河"是韩玉光诗中两个非常重要、表达功能极强的美学意象。而我认为，对于诗人的艺术创造来说，这两个意象的出现和存在都是意义不凡的。滹沱河显示了诗人生存的具体空间，是诗人成长过程中所依托的物质基础，它在玉光诗中的频频出场，授予了诗情散发最可靠的根据地，使其诗歌创作显示为一种有根的写作，而不是浮萍性的随意抒情。"月亮"作为一种积淀着传统文化基因、蓄垒着神秘情韵的光源性事物，它不时照亮了诗人的生存与生活，它被诗人屡屡撰入诗行之中，从而将贫乏的现实提升为具有美学力量的诗性之物，平常的事物和生命因此都涂抹上了诗意的光泽。在韩玉光的诗中，如果说"滹沱河"几乎是一种实在的写照的话，那么"月亮"往往掺入了想象性和虚拟性的元素，二者一实一虚，虚实相生，使诗歌敞现出意味无穷的美学张力。诗歌的繁复主题和丰富蕴涵，也被这两面意象之镜从各个不同角度纷纷照亮。

在高处迎着海啸缓行

——读王国伟诗集《神话》

◆祝雪侠

　　山西人杰地灵，文化底蕴深厚。一方水土养一方人，山西的人也如"都说山西好风光"，给大家留下深刻的印象！与王国伟相识，来自于鲁迅文学院的鲁十九高研班。在鲁院相处的日子，觉得王国伟不光诗写得好，做人也有他独特的魅力和风采！他总是那么绅士，去帮助身边的同学。在学校社会活动实践中，他是摄影师，为不少同学留下珍贵的记忆和倩影。

　　王国伟为人如他的诗歌一样，性格真挚率真。他对诗歌的感觉都是发自内心的真情告白。他更注重诗歌本身所要表达的真善美，就如他内心的蓝天和白云，纯净而美妙如梦如幻！他已经出版多部著作，如评论集《云心乃水》，诗集《神话》《相思树》，编剧电影《浴血雁门关》获得山西省赵树理文学奖，编剧电视剧《忽必烈》获国家广电总局优秀电视剧剧本奖。这些成绩都源自于他对文学的痴迷热爱和多年笔耕不辍的辛勤耕耘！

　　他的为人为文都是让人欣赏和敬重的，做事也是慷慨仗义，对朋友更是有情有义。这样的感动，是最珍贵的友谊和缘分。在他的诗歌中，可以让读者感受到诗人的洒脱情怀，他用诗歌的语言，将自己的个性色彩表达得淋漓尽致。在作品中，他比较含蓄，在做事中他比较谦虚低调。但给人更多的是幽默。他总能说出让大家开怀一笑的话语，幽默的语言如闪耀的光环，总能给别人美好的感触。他的形象很像风靡世界的鸟叔，在鲁院文艺汇演中，他和几位女同学一起表演了这个角色，非常精彩可爱至极！给大家留下深刻而难忘的美好回忆！在诗歌朗诵中，他感情真挚的诗句，让很多同学沉浸在即将分别的时刻，流下了不舍分别的泪水。在鲁十九的日子里，让我们留下太多珍贵的回忆和美好的画面。

在友情的天空，我们在蓝天白云的见证下让历史记住了这些美好。在今天我想把对同学点点滴滴的记忆，像夏日的雨丝洒在心灵最珍贵的角落。王国伟的诗歌浪漫而温情，和他的心胸一样广阔。他的诗集《神话》倾注了他的浪漫情怀，留下了让读者回味的诗情画意！他的文如其人，文字幽默而温暖，像清澈的小溪，潺潺的河水流淌着甘甜，给人内心深处的滋润！

《神话》这部诗集，如名字一样充满着神奇的魅力！他的境界和思想让人有更多的想象空间。这是一部诗集，这是一个神话，这是作者内心的真情播撒！他将文字的把握用自己心灵深处的感觉让读者感受到有一股生命的穿透力！每一本著作，都是作者心灵深处的情感火花的迸发，都是作者辛勤耕耘的汗水结出的累累硕果！我们热爱大自然，更加珍惜大自然给予的阳光和空气！灵感再现，我们将内心深处的情感真挚表达，将思想的火花如烟花般绽放！对于生活的点点滴滴，我们用青春的脚步去歌唱去收获！将爱心进行到底，见证的是人间大爱！将情感释放，荡漾出温馨和美妙！

面对生活赐予我们的神圣，内心深处或多或少都会涌现一丝丝的波澜。从王国伟的诗歌中，我们能体会到他对诗歌语言的字斟句酌，他对诗歌情感的细腻体验！在表达的方式上，也有自己独到的见解和把握！诗人都有一颗浪漫的心，温情的梦！也许梦醒，一切皆为空，但在诗歌的天地，有梦就有希望，有希望就是幸福的！在现实与梦幻之间穿越时空，用真情抒写人生，给予自己诗歌灵魂的羽翼，让它展翅高飞！不是每个诗人都如此表达，不是每首诗歌都能让人内心产生共鸣！"在高处迎着海啸缓行"，是我对这部诗集的整体感觉。他不畏风暴在前行，迎着海啸在缓行，有着高度和含蓄，让人读来回味无穷，意犹未尽！

我们领略了诗人的情怀，感受到诗人的风采！王国伟的心态很好，在他的诗歌世界里，没有虚虚假假的对白和情愫，一切都是真挚的情怀，一切都发生在心灵深处。美在这里是一首动听的歌谣，歌声里能让人感受到阳光明媚和晴空万里的气象！《神话》这本诗集的名字起得很好，我们热爱诗歌，喜欢用文字表达的人，其实内心就是向往一种神奇的力量，能让自己的心灵释放有着梦幻，有着神奇和美丽的向往！《神话》走进了我们的视野，《神话》也会注入心灵的大海，波光粼粼，碧波荡漾！王国伟的诗集让我对这个《神话》的定位更加贴切，对诗意生活的感觉，都如神话一样，如梦如幻！

一切喧哗终将寂寞，剩下的将是记忆中历久弥新的神话。王国伟的诗歌从《神话》开始了在高处迎着海啸缓行的斑驳轨迹。日影锁着"蓝色血液"，月光"震颤了深渊中的绿水"，"在柳枝的抽打下凝结成紫衣"，"空气中溅起的涟漪"，"在梦呓的歌唱中摆渡到月牙泉／摆渡到天边"，"这正是我最痛彻的唯一的眷恋"。深情的吟唱中，不难感受到印在诗人心中的种种纠结与缠绵悱恻。

《神话》，既是整部诗集压卷之作，也是压轴之戏，把诗情从风平浪静的海滩推向了波峰浪谷，激流中没有一丝喘息的机会，仿佛滚滚雷霆自天边而来，在半空中炸响，久久惊呆了地上的行人。思绪将诗丝抽出，精美地编织，前尘的壮烈，今生的浮游，来世的祈念。所有的经历，所有的想象，所有的记挂，随着"悬崖上的薰衣草"演绎出一曲鸿蒙初辟的一次次的追问。每一个问题中都蕴含着答案，爱与恨，苦与甜，悲与喜，真实与虚无，隐藏与曝光，永恒与瞬间，无始无终，循环往复。

诗歌作为最为原始最为神秘的直抒胸臆，使得我们可以平心静气地走进一个人的内心世界，无法掩饰，也无须掩饰。诗歌从最本色的吟咏中反映出诗人的情怀与焦虑。"城市的成长／如欲望一样／不可遏制／通向天堂／通向地狱"，这一断言"如魔咒"在繁华的都市中，在世人的耳畔响起，每个人都在"寻找猎物或被猎物寻找"，"在没有迷失的迷失之中"彷徨。

随着汹涌进入城市的乡村子弟，用自己的青春换取的多是迷茫，人生如梦，在梦幻里我们可以为所欲为地去做超人的自己，但面对现实，我们要找回失落的自己，把生活的真谛演绎！放下一切心结，去挣脱命运的牵绊，过自己想要的生活！把心灵的火把点燃，让漫天星火照耀璀璨的人生！让放飞的梦想在希望的田野上歌唱！诗歌可以净化心灵，可以让内心在激情绽放之后增添几分宁静与甜美！如眨着眼睛的星星，它是精灵，给予我们美丽的夜晚！把本该拥有的天伦之乐赌在与自己语言和习俗无法融化的雾霾中，把"生命悬丝于奢侈"，倾其所有，倾其所能，倾其所没有，倾其所不能，与时尚与流行周旋。泪水已经成为奢侈品的一部分，不再属于自己的心情。一张张嘴都在寻找倾诉的对象，一双双耳朵似张实合，再也没有了高山流水的千古知音。文字不再从一颗寂寞的心抵达另一颗孤独的心，"无蕊之花"迷失，忧伤，凋零，枯萎，在某年某月某一天，"将花瓣拾起又葬在我的心头"，欲望变得更加彻底和永恒。

诗人的自信是建立在对于人生、对于人性的认知上，"我知道，一切将继续，我将继续进入你的领地"，唯有诗歌是心灵的芳草地，也唯有诗人能够带领我们去寻找心中的那片茂盛的草原，在那里才能感受到亲人的春天——目光深邃，云蒸霞蔚，柔情蜜意。

《一个人的襄阳》《没有爱人的假面舞会》《幽篁》等虽说是作者"穿金庸小说人物杨过、顺治等人的'马甲'时的临屏戏作"，却足以彰显在当下人的内心深处，在虚拟时空的穿越中，我思故我在的一种生存姿态，与现实中的所作所为，所思所想，何者为虚，何者为实，恐怕没有几个能看透分清。雾里看花、水中望月的反倒比比皆是，孰是孰非，孰轻孰重，自己都无法知晓，更何况指指点点的外人？

王国伟在编织一个诗歌的神话，有些疑问，更多的是自信："天知道，她要做什么／手执吴钩，将日月吹成号角"，"宇宙如此洪荒，谁将抓起最后的白纸／记录天地间永恒的秘密"（《诗人的追逐》）。唯有聆听自然箫声的诗人，能在诗歌的节奏与旋律中，凭着仅存的激情唱响永恒的诗意，谱写"相思树"讲述的"神话"。

读王国伟《神话》想到的

◆董大中

　　面前摆着两本书，王国伟著，一本是诗集《神话》，另一本名叫《云心乃水》，收入了批评和供拍摄的影视脚本。这里说说我读《神话》的想法。

　　小说是诠释生活的，诗是感受生活的。诠释生活就要写出"他者"，感受生活就要写出自身，这就是两者的不同。诗是更主观的东西。古人先有感受生活，所以诗歌产生很早；也有对生活的描摹，如"坎坎伐檀"就是，但那是进入文明以后的事了。进入革命时代，产生一种鼓动诗，是很需要的，它主要作用于人们的精神。感受生活并不限于早期，它贯穿在人生的始终，所以诗歌永远存在，就像人生永不枯竭一样。不同的时代提供不同的生活，不同的人有不同的感受，诗歌之泉不仅不会枯竭，而且随着时势的变迁常常会泛出大的浪花。即使在无风之夜，只要诗人有一双慧眼，有穿透钢铁之墙的思维能力，依然会写出精彩的华章。

　　作为书名的《神话》一诗，是感受生活的一篇典范之作。所说感受生活，都是时代的生活。我们生活的时代，既充满着兴奋和诱惑，也随处可见污秽和恶臭，既在日新月异的变化，也常有沉渣泛起。在这篇里，诗人用了一连串"是××还是××"的句式，向人生发出了考问。开篇"是上升还是陷落"，是借着"悬崖上的薰衣草"发问的，却已经接触到生活本身。最后"向左还是向右，向前还是向后／站在街心的交通岗，我遗失了戒律／是孤独纷乱了我的窗口／是寂寞渲染了我的画布／是温柔消弭了我的目光／我在温柔中徜徉，如那只不愿逃离的蛙郎／是不是最先爬上城楼的，将死的最早／那么，这是我不该到的地方……"把考问的焦点一步步推向生活的核心。像"是××还是××"的句式，全诗中至少有十五处。诗人的这种惶惑，不是个人的，它是一种时代病。这里充满着焦灼，充满着期待，也充满着不安。

都是写感受，如何把自己的感受写得与众不同，就靠诗人的才情了。郭沫若的《女神》，作于20世纪初年的日本，作者用以表达他的感受的全部秘密，可以用"站在地球边上放号"几个字概括。唯其"站在地球边上"，就有广大的境界，就有全人类的视角和胸怀；唯其是"在地球边上放号"，诗中就像号角在鸣，有一股鼓舞人向上、催动人奋发的力量。他以大制小，以动制静，这部诗集一出，就把中国这一池静到快要腐臭的死水吹起浪花来了。但是，"站在地球边上放号"仅仅属于郭沫若，不会有人重复，人们大都是从个人角度进入诗的世界的。我读《神话》，心灵中隐隐出现圣徒的影子，就是用一颗善良的心，从平民的立场去看待周围的事物和所出现的事件。《在城市的高处》中"天空灰暗／下岗工人封堵了十字路口／标语上打着原始的理由／医院门庭若市／一个个心存侥幸／这不是我的家园／那它是谁的领土"一节，属于白描的一种，缺少诗的意境和优美的想象，但它却较好地传达了诗人的真情实感。在这首诗的开头，诗人以上帝的身份出现，但其实仍是圣徒之心。

我更喜欢《地震》开头的两节："我把它看得很轻，／轻得就像那猝然飘走的魂灵。／我把它看得很重，／重得就像数万生命堆积起来的坟茔。／／我不能歌唱，／除非我为了生命的自尊和坚强。／我选择沉默，／那是我哽咽着哀痛的印痕。"

有些诗深入到哲理层次，发人深省。《在城市的高处》"失去了家园／失去了信任／原本就是死亡的预警"的，岂止是一只"闯进了五星级宾馆的楼道"的鸟儿，那是人生的写照。最富有哲理意味的，也许是《一个人》。读这首诗，我想到老诗人臧克家的《有个人》。如果说臧克家的诗是把渺小跟伟大相比较，那么，这里的《一个人》写了生活中常见不鲜的两种人生哲学和生活态度。在同样的事物或景象面前，各人有各人的感知，互相之间可以很不相同，甚至截然相反。这使所有的诗都成了个性的表现，多种风情，形态各异。问题在仅仅写出感知是不够的，只有能给人提供想象的空间、思索的余地才是好诗。面对着"一只只钢铁般坚硬的甲壳虫／扑扑闪闪／晃动着磷火般的触角／在黑暗中游荡"和"污浊的空气冒充春天的风"滚滚袭来，人们所表现出的无奈，跟那个能够扭转乾坤的巨大力量比起来，自会引起读者更多的遐思。

我们生活的时代，不需要马雅可夫斯基的鼓动和煽情，他的《向左进行曲》，把本来就是左的东西推向极致，也不应该拿廉价的歌颂和什么"揭露"为诗歌划分成分和定性，我们今天需要的是勇敢和真诚。太多的谎言磨厚了人耳中的老茧，一个个放飞了的许诺已使人的心灵变得麻木。勇敢和真诚既是人最可宝贵的品格，也是诗最可宝贵的品格。要做到勇敢和真诚，我们只能期待圣徒，真正的圣徒。

读这本《神话》，我还想到两点：

一是可以有"无韵之《离骚》"，不可有无韵之诗歌。这可以说是我的老生常谈，我在多篇文章中都说到诗歌一定要押韵。不完全是旧体诗，新诗也要押韵，自由体也不能没有韵律。之所以说可以有"无韵之《离骚》"，不可有无韵之诗歌，就在于押韵本就是诗歌不可或缺的构件之一。

王国伟这本《神话》在押韵上比较讲究，那是诗人的自觉追求，不是偶然为之。比如《我想哭》，这是一首——按五四新文学出现以后的说法——新格律体诗，大都四行一节，韵母落在"i"上，每节第二行、第四行叶韵，读起来节奏感强，有的第一行起韵。再如《青花瓷的午后》《新春的乐章》等，押韵都很整齐。即使两行一节的诗，如《白日梦》《方糖》等，作者也都使用了韵脚。《方糖》是长句子，看似两行一节，其实跟四行相仿。《白日梦》用"u"的韵，如"河流山川我无欲无求／我和神仙是否曾经拥有／／花开花败只是一场错误／谁将花瓣拾起又葬在我的心头"。有些诗不是押韵脚，而是在一行之中内部含有韵律。如"在山之西水之西人之西的那丛幽篁里"，这句诗比较长，读者在读到"人之西"后会有一个小的停顿，这里的"西"正好跟句末的"里"叶韵。再如《佛诞日》末句："如大雨般瓢泼，那被淋湿的苦痛和柔弱。"这也是一个长句子，前一个分句的"泼"和后一个分句的"弱"，韵母都是"o"，读起来就有了节奏感。《神话》中"是遗忘还是抛弃，让更长的诗篇／也无法描述你的美丽。是昙花还是莲蓬"，把韵脚移到行中，也是好的。

在五四以来的新诗中，新格律体押韵已成共识，自由体要不要押韵则一直存在着争议，有的认为应该押，有的认为没有必要，在他们笔下，有些地方本来可以押韵，他们偏偏用上不叶韵的字眼。我认为应该押大致相近的韵，但不必太过严格。文学是语言的艺术，诗对语言的要求更加严格。为什么小说从一种语言翻译成另一种语言，常常不失其风采，而诗是不适于翻译的，外国许多好诗，翻译成汉语以后，就寡淡无味。同样的道理，许多唐诗宋词，翻译成他种语言，也会不耐咀嚼，原因就在语言上。像"鸟宿池边树，僧敲月下门"，在他种语言里，"敲"的妙处很难表现出来。诗由歌发展而来，原本可以歌唱，所以韵律和节奏是诗歌的天然构成要素，押韵的效果就在使诗有了韵律和节奏。汉语的特点决定了押韵有其必要性。外国有所谓"无韵诗"，如果把这一点搬到中国，显然违背了汉语的特点。我说押大致相近的韵，不可太严格，是指在无适当韵脚的时候不要勉强，可从别方面加强节奏感和韵律感以补之，勉强或生硬地押韵，常常会削足适履，甚至以辞害意。总之，是否押韵，如何掌握韵律，要以有没有节奏感为取舍标准。同时，押韵的方法可以容许多样，不必一定是押脚韵。

另一是对诗体形式的探索。我读王国伟这本《神话》，明显感到，诗人是在有意识地进行诗体形式的探索。第一辑《行走碎片》，收入将近四十首诗，就具有多种形式。用传统分类法，有新格律体，有自由体，有从国外传来的十四行体，有民歌中的信天游。同为新格律体，也有多种形式。从句式说，有的诗行很长，有的很短。《神话》具有现代派特征，同为"是××还是××"句式，有的在行首出现，有的在行末出现，有的出现后只有一二句描写，有的有多句描写。《失眠之夜》第六节"飙车的夜行者/像绝望的神风敢死队/呼啸着风和响镝/从寂静的黑暗中冲进/黑暗的寂静/让睡不着的人/颤栗着睡去/让睡着的人/颤栗着醒来"，把自由体发挥到极致。

我这里着重说一下十四行体。十四行体又叫商籁体，是从西方传来的，莎士比亚就写有十四行体。这种诗体是西方的格律诗，在行数、音步或押韵格式诸方面要求严格。它适于抒情，写隐秘的内心活动，缠绵悱恻，婉转细致。在我国，进入二十年代，有多人试验过这种体裁。诗人写于五年前的《无蕊之花》就是一首十四行体。诗的题目已经把诗人伤悼的对象点明——无蕊之花。诗人面对"无蕊之花"，既为"哦，在没有流水的梨花林里/谁带走那些故乡梦中的落英"而感到凄迷，又为"她们铺满了我曾赞美的大地/她们枯萎了我曾向往的天空"而伤心、难过，整首诗情绪低沉，如泣如诉，使人想到黛玉葬花。从诗的形式说，全诗十四行，字数完全相同，非常工整，达到了闻一多所说诗的"建筑的美"。稍后写的《贺诗》末句为"歌之蹈之，为你十四行的散板"，说明诗人熟识这种形式，他是自觉运用的。

读王国伟这部诗集，我还隐约听到了通俗歌曲的唱法。像"看桃花已开过，梨花也飘落，/却依然扛着时光的连枷锁。"广泛吸取，把一切可用的东西拿来为我所用，使这部诗集显出多重奏的特色。

前边说到闻一多。闻一多正写有十四行诗，他的《你指着太阳起誓》为名篇之一。我在青年时代最喜读闻一多的诗，把他的《红烛》和《死水》两本诗集全抄了下来，装在口袋。读王国伟的《无蕊之花》，我想到闻一多；读两行一节的《白日梦》和《方糖》，也想到闻一多，闻一多也有这种形式的诗作，比如《初夏一夜底印象》就是。前边说到民歌体的信天游，王国伟的这几首诗，既有信天游味道，更具有闻一多诗的风味。闻一多在诗体的实验上做过许多努力，他提出了明确的诗的美学追求，其中很重要的一点是建筑的美，即利用汉字是方块字的特点，把诗码成各种几何图形。闻一多曾受到过"形式主义"的批评。我们的时代不可能产生震惊人心的大作品，而诗人又像秋天果园里成熟的苹果一样随手可拣一篮，人们都要表现自我，而且要表现得好，在形式上玩玩新的花样，有何不可？闻一多曾经的努力，也许可以作为一种启迪吧。

忧郁的北方神

——论玄武散文

◆杨矗

　　中国古代神话中有四方之神：东青龙，西白虎，南朱雀，北玄武。玄武是龟蛇合体的水神。水关联到人类的生命之源始，而龟蛇则同中华民族最古老的图腾崇拜有关。玄又是道家的本根，是万物之源的"道"的基本特征。因此，玄武可说是最具有源始性、古老文化意味和中国特色的一个"神"。玄武又是一个写了许多散文的作家。他给他的散文集起了一个别致的名字：《逝书——汉字乌托邦》。他给他自己起了一个同样别致的名字：玄武。为什么是"玄武"？为什么是"《汉字乌托邦》"？其中大有深意。玄武与汉字乌托邦正可互文互释，其中正内含着玄武文学的内在的神魂。

　　就印象、感受论，玄武散文给人这样一些直观的印象：一、特殊的题材域，古老的神话、传说；梦魇；动物、植物及其和人的关系；父子母子亲情。二、感性理性浑融未分的致思路向，充满想象的、发散式的运思行文逻辑。三、繁复的意象，铺摛的文采。四、东跳西跳的跳跃式句法结构。让人想到冯文炳的诗，甚至想到巴洛克式的奇异、动感、不稳定性。五、诉诸感觉，不做独断式的（霸权的）、单极性的表达，力求一种悖论的、具有张力的含混态和矛盾境。使艺术空间朝弹性化开启，使意指向不确定的混沌性内敛。六、杂体化的文体，具有小说的虚拟性，诗歌的含混、跳跃，和戏剧的内心独白、表现矛盾冲突等等特点，呈现出杂糅众体的兼性特征。发散开来说，它是浪漫主义的、象征主义的、魔幻的、意识流的、表现主义的，同时亦是具有明显的后现代性特征的。就整体艺术风格言，它有屈骚之华彩美艳的繁富，有庄哲之肆漫汪洋的理思；有李贺之奇诡怪诞，有李商隐之神秘多义，还可使人联想到李金发、废名、穆旦……总之，它是富想象的，是奇特、玄奥、绚烂的。但有些地方也难免艰涩、晦暗些。尤其是失掉了西方现代派以来被文学先锋一路秉承发扬了的反讽的幽默，如在中国像王朔、王小波、朱文、张弛等那样。这也许是它的一个缺憾吧。这是玄武散文给我的一个总的印象。当然也是我对它的积极的接受的结果——填空、对话、甚至是合理的"误读"。其中不免有我的感受、想象、情感、理趣和"创造"在。有似于"我注六经"。可能你会说是"主观化"了，未免失之偏颇。不怕，我们可参证他本人的言论和他的作品本身。

玄武的文学言论反映了他的文学观念，无疑是有效进入他的作品内核的钥匙。他在《文字乌托邦》一文中明确地表明了他的文学观、文学立场、文学追求，他坦言："有时我在文字里凸现了个人的蔑视。比如对于某一类小说的蔑视。作为一种宏大的叙事方式，其拖沓和铺陈令人无法忍受"。"而我在个人的阅读和写作中，对那种白话文以来的中学生作文体写作厌倦透了。对那种比比皆是的貌似实用简约实则市侩的文风厌倦透了。对小说的铺陈、语句拖沓和缺乏想象力和与深度厌倦透了。对白话文仿照西文的造句方式和由此形成的笨重句式绝望透了。对翻译体文风厌倦透了。对铺天盖地的伪乡村诗歌散文厌倦透了"。"成系统的叙事，是文学最重要的作用吗？……于我，世界不是叙事性的。虽然我在文字里并不排斥叙事，但只会是碎片。也许我在有意拒绝叙事的完整性和单纯性"。他要寻找一种理想的文体："我想得到一种文体，一种富于包容性和弹性的文体，一种东方式的东西，东方式的神秘、厚重和博大复杂，甚至东方式的脆弱，但去除了东方式的感怀伤世，那种在古诗词里无节制地蔓延的苍白的自怜的情趣情调；它像中国古代建筑那样子，有一种空间铺排开来的庄大"。在这里他突出强调的是"东方式的"——它具有包容性、弹性、神秘、厚重、博大、铺排、复杂。其实正是我们中国传统中那种诗性与神性相融、主客未分、情理一体的浪漫、绚烂、厚重、宏阔的文体，如庄子寓言、屈骚、汉赋、李贺李商隐的诗……他于中选中了散文。当然不是大家已然司空见惯了的那种追求写真实的散文，也不是有意结撰意境的"诗散文"，也非学者们的"文化散文"、学术随笔，当然也不是"小女人散文"或淡雅闲适的"小品文"，而是那符合他心中认定的上述的"东方式的"诗、神、哲三位一体的、最具文学性的宏大散文。他说："在我看来，一些文学革命，最先在散文领域里展开。散文成为最具文学暴力倾向的文体，它倾斜，晃动，综合多种表现手段以求表述准确、丰富，它具不确定性。这样理解，我愿意我的文字属于散文"。他这样赞美富有诗性、神话性和哲理性的散文："在某一类文字里，想象和激情高于一切。它们成为最高的美。我希望把它们的综合在文字里挥发到极致，梦想将语言最原始的美挥发到极致"。不难看出，在玄武文学观念里有这样几个要点：诗性（感觉的、体验的、想象的、整体的，亦即真正的文学性的），主客未分、情理一体的"神性"（神话性的、泛灵论的、活力论的；是原始思维、神话思维或野性思维的），形上化追求（具有哲理内涵，关注人的生存本体，是生态论和存在论的）。为此，他反对"文以载道"，反对理性化的、线性的、独断论的叙事和价值判断，反对工具理性（反工具性或技术性，反对物化），贬叙事而任想象，轻写实而崇诗性。他为什么要这样做呢？他说："我们的思维中已经丢失了一份极为珍贵的东西。"据他的作品来看，这"珍贵的东西"无疑就是传统的诗、神、哲一体的东西。他在《创作谈：汉字》一文中说："诗源于巫，是通灵术，诗人于不经意间的高度孤独中与万物交流、在刹那间发现并完成与宇宙万物的隐秘联系……就汉字本身而言，每一个汉字都孑然无依，独善其身，每一个汉字都透出醇厚悠久的诗意……而世界越来越理性和技术化。诗的精神渐为人遗弃……作为一个写作者，我自己始终处于诗的状态；写作，生活，俱常为诗的激情所驱使"。显见，他是在为诗性的丧失而忧郁，为诗性的回归而写作。为这源始性的诗性（具有神话性的、主客未分的），他选择了那种具有浓厚的诗性、神性的散文，并且以玄武为名，把自己的作品也统称为《汉字乌托邦》。其用意是十分明显的，"玄武"已不用说了，就说汉字，汉字是象形文字，具有形象美，感性理性未分正是它的根本特征；而"乌托邦"，则是希望之乡，理想之域。抑或还是一个源始的、超越性的、混沌的、和谐的精神生态。玄武所忧的、玄武文学所求的正是这样一种本根性的诗性之境，玄武文学之神魂于此见矣！基于此，我才化用法国结构主义和神话人类学大师列维－斯特劳斯的《忧郁的热带》，把玄武及其文学称为"忧郁的北方神"。——它是忧郁的，它内含着美丽的乡愁。

行笔于此，我想起了 18 世纪末德国诗人荷尔德林和德国 20 世纪存在主义大师海德格尔。荷尔德林是德国浪漫主义时代的一位具有浓重宗教情怀的诗人，他认为诗的真正作者不是诗人而是神，诗人只是神意的传达者；神意是人生存的本真尺度，诗人的天职就是将聆听到的神意传达给民众，为后世提供生存的本真尺度；他认为在他的那个时代神是逐渐"隐匿"、丧失了，人类进入了一个空前贫乏的时代，"在这贫乏的时代，诗人何为？"——那就是要担当起歌唱神圣的重任。可以说，荷尔德林重新开启的正是古希腊早期那种与神性浑融未分的古老诗思。这种诗思后来被主客二分的理性越来越挤压得无处容身。对于这一人类重大的历史境遇，海德格尔也洞见深察。他慧眼识珠发现了荷尔德林的独特价值，称荷尔德林是一位"指向未来、期待上帝"的诗人，他的诗歌诗意地思了存在之真理（澄明），诗意地道出了诗人的使命，故他称他是别具一格的"诗人之诗人"。海德格尔重新在他的"存在论视域"中对荷尔德林及其诗作做出了新的阐释、评价，提出了他的"存在历史观"，认为自柏拉图一直到现代，西方是一部存在被遗忘的历史，是一部逐渐遗忘存在的本源、漂离本源的存在的"沉沦"史。现代性世界的本质和基础是主体性形而上学（近现代主体哲学），在思维上集中表现为主客二分的表象思维；其根源则是"技术座架"，即人被技术所结构、所驱使，处于技术的逼索性行为情境内，把周身的一切都纳入自己的功利、算计性视域内，千篇一律地纳入技术需要、技术程序中，使万物不再自由。然而，人也一样失去了自由，为处于背后的更宏大、深刻的技术"座架"所框定。用海氏的话说就是："核时代中滚滚而来的技术革命把人的思维逼索、摆置得只剩下计算性思维作为唯一的思维还适用和得以运用"。海氏认为要超越此困境，拯救现代社会，就只能靠"思"和"诗"——靠对物的泰然任之，和对神秘的虚怀敞开。或，一句话，要靠像荷尔德林那样的对神圣的歌唱。这样，自然万物才能如其所"是"地存在，那作为"存在"的"原初"或"本真"才能回复、重临。在德国，早于海氏的社会学家马克斯·韦伯也曾指出"现代性"是以理性化或合理性为基本特征的，与之对应的则是"世界已被祛魅"，"那些终极的、最高贵的价值，已从公共生活中销声匿迹，它们或者遁入神秘生活的超验领域，或者走进了个人之间直接的私人交往的友爱之中"（《学术与政治》，三联书店，1998，第 48 页）。他认为理性化的基本含义就是"理智的思考与计算"。并指出西方社会理性化的过程，是工具合理性逐渐扩展直至压倒价值合理性，占据社会各领域的主导地位的过程。其实，这种认识、这种致思路向，在人类历史上是存在着一个大的谱系的，如中国的老庄、屈原、陶潜、曹雪芹，在西方还有卢梭、维柯、席勒、布留尔、A·N·怀特海、列维－斯特劳斯、马尔库塞等。英国哲学家 A·N·怀特海认为，人类身上存在着两种性质不同而又密切相关的力量，一种表现为宗教的虔诚、道德的完善、审美的玄思、艺术的感悟；一种表现为精确的观察、逻辑的推理、严格的控制、有效的操作。而在工业时代迅猛发展的 300 年里，第二种力量被推向了极致，第一种力量则被冷落以至于横遭压制。马尔库塞也明确提出资本主义的生产活动（科技、分工），把人变成了"单面人"（机器人、动物人），而主张进行"审美的革命"。而而今建设性的后现代理论所主张的"生态中心"理论，其实也可看作是这一谱系在当前的新的延续和发展。之所以绕这么个大弯，目的就是要说明玄武文学是属于这个大的谱系的。他的文学就是要恢复人的第一种力量，就是要赓续老庄，就是要张显那种主客浑融一体的生命之原初、本真的"存在"。玄武文学的意义正于此见矣！其意义之重大亦不言自明。

玄武是明确地要用自己的文学形式（特殊的散文）来发掘人与物、物与物、人与人之间最古老的浑融性和混沌状态——自然的诗性关系。用神话思维、意象诗语来重建一个朴野、浑融的文学世界，一个如荷尔德林、海德格尔所说的可让人诗意地栖居的本真家园。因此，他才要写梦、神话、动物、植物；才要用弹性的富有张力的语言和句法；才要追求"虚拟化""诗化"和"意象化"。玄武的非凡追求和努力，使他实现了两个重大突破：主题的突破——寻找和标举人的原始的朴野、强健的感性生命力，是本真的人的回归；文体的突破——是文的解放，散文的杂体化、文学化。他的《诸神记》是对人的原初的生命力、创造活动的讴歌。其中，"女娲"在弘扬创造；"仓颉"在强调人和文字的"互化"；"息壤"在书写人之心灵、精神主体。《东方故事》之"精卫"，写牺牲、奉献、残酷、美、神话、文化的有机性、统一性；"蚕马"突出的是信义，主张人应对"物"以敬（尊重）、讲信、讲爱；"盘瓠"强调的是人自己的感性本能和生命力，还有信——真实。在文中，马、犬为何能救人？其彰显的正是人的本能、感性力量的强大。写犬可在爱情中说话，实在强调"情"的价值。写动物亦因情而有灵、通神。《梦魇》的"路""井""洞穴"，是对人的根与出路的思考；"兔子"关涉到欲望和理想追求；"金梦"——铁器、刀、锯、斧头、刀耕火种、杀伐等，都可能关涉到人生、命运、生命力，特别是人的阳刚的生命活力。《风月》则在为"风月"正名，它是对欲望、生命力之思，是对美、追求、生命另一半的文化思考。另外，作品中那些写动物、植物的篇章，涉及的是人性、人和物的关系，突出地表现出尊重、亲和"物"的神话思维和生态和谐观念。在文本策略上，玄武的散文又具有后现代的互文、戏仿特点，即与我国古代的神话传说、中外的一些已有的文学作品互文、戏仿，使文本与文本之间互释互动，拓展了作品的意义空间，使其文本意义始终处于动态的增殖状态。

这就是玄武和他的文学。我们已看出，玄武的追求是特殊的、可贵的、宏大的、奇伟的、是超越了一般散文家的。玄武是中国当代的"荷尔德林"——像海德格尔的"思"与"诗"之求一样，玄武对诗性、神性相融的古老诗思、古老人性、人的本真"存在"的追求，也不是一种简单的回复，而是在新的历史条件下的否定之否定式的超越性的重建。他面对的是根本性的、既传统又崭新的建设事业。

——玄武何为？玄武为何？为何玄武？——一言以蔽之，是为回归人的"诗意的家园"——"诗意的栖居"。是为重启那个"存在的历史"（海德格尔语）。

愤怒与烂漫之花

——读玄武散文

◆梁鸿

读玄武散文，感觉玄武骨子里是一个冲突性极强的人。

一种激烈的理想主义倾向，渴望与向往纯粹精神。他分析海子，解读死亡，面对自然，回归田园；他旗帜鲜明地选择朋友，清晰地向世界表达他的意见、态度与价值；他对社会不公敏感而愤怒，不经意的一两句话总是泄露他内心的尖锐和几乎要胀破胸膛的侠义之气。

在《死者所知》中，他写海子的死，"美的法则与生存法则，在他的时代就有可能是相悖的。他以美生存，缘木求鱼，在美的尽头丧尽一切。美最终吞噬了他，他成为美最为惨烈的部分。"对美的追求毁灭了美本身，或者，这是关于海子之死的最好表达。对于这样一个矛盾而能够产生美的灵魂，玄武充满了真挚的热爱，他以海子来体会这个世俗而卑微的时代，也以海子之死来传达他对这个时代的激愤。

《父子多年》中你看到两个暴烈之人，如何愤怒地面对彼此和人世。生命的对抗后面是强烈的生命的力，而这力背后又有着慢慢生长的爱。不愿和解，并非真正生气，而是不愿放下自己。两个有棱角、有枝杈的人，以棱角和枝杈战斗，平等、残忍，但经由漫长岁月的塑造，却在黑暗中各自生出花来。父和子，就是一对最热烈、最奇怪的关系。

散文最是藏不住自己。那语言既是语言，却以最浪漫的方式袒露你的灵魂。仿佛低语，宛如孤独，有时又如静坐的一个人在倾听自己内心血液的流动声。

是的，玄武无疑又是一个烂漫之人。不是不谙世事，不明白这种激烈性格所带来的孤立、纷争和举步维艰，而是因为他清楚这些，又选择坦然处之。

既然选择了这一生活，就接受它所带来的结果，道同者谋，道不同者走，虽然艰难数倍，但却坚守住了这一份纯粹。欲望缩小，生活就也会变得简单清澈。

《巨鱼》的文字烂漫、奇妙而丰富，就像在阳光下漫飞的五彩泡泡，每一个泡泡折射出一个时间、空间和镜像。"佛陀衣衫朽坏，神情憔悴高贵。一条藤从裤裆钻出，在他的身上绕了数匝，已高出头顶。一只蚂蚁迷失在他的毛发中；一条小蜥蜴钻进他的左鼻孔，然后从右鼻孔爬出来。"高贵的佛陀毛发中爬着蚂蚁，而伟大的孔子的内裤在空中飞舞，会编草鞋的庄子想象着鱼儿飞翔的快乐，辛伯达在巨鱼的背脊上凿洞烧饭，作者以宽阔的视野，以一种万物生长、万物平等、混沌未开的幽微和幽默回到文明之初，还原文明发生之前的世界和关于世界的想象。

这样的烂漫、单纯，在《温小刀》中，随着小狗的到来与离去，一点点洇染到文字中。初生的小狗，一个巴掌那么大小，带着凄楚、渴望和依赖与主人公的生命发生了交接。

这是温情、细腻的玄武。他热爱生命，或者说，热爱自然中的每一个生灵，因他认为每一生灵内部都有灵魂，有与世界交流的渴望与欲求。小刀对于"我"的依恋，"我"对小刀的珍惜，不是人与动物之间的依恋关系，而是生命与生命之间的关系，如兄如父，如子如女，彼此平等尊重，相互怜惜。

借由小刀，作者看到与自由相关的存在，"他的速度令我心醉神迷。我想到与自由有关的一些事物，想到字在纸上坚定、坚硬，其内在的韵律却有如黄昏的天光一般、迅疾地、无声地、一波压过一波吞噬入黑暗。

这一天他有了一个名字，叫作温小刀。他是无愧于这名字的。他的奔跑像小刀一样锋利，光和风在前面迎刃而解，人仿佛能听到光和风发出帛撕裂开来一般的声响。"

借由小刀，作者重新回到大自然之中，"我有时也想到一只兽对人的改变，从生活习性，到人内心。多少次我带他去公园外面的草坪，但自从我迁居到公园门口的此处，却几乎没有踏入过公园。仅仅是常在楼上，在深夜、黎明或者正午，站在窗前眺望，看窗前深黑赤裸的槐树枝丫绽出嫩叶、嫩叶披离；看槐花洁白、浓密、繁重地盛开，仿佛要开上我的身体、开上我的头颅；看槐花落尽、槐叶浓绿舒展，槐枝几乎要伸入我在四楼的窗子。"

玄武热爱自然，或许在他的圈子，早已被人熟知，我却是从他的作品中感知。他对自然界的花草、植物，对天空、大地、雨露的热爱，几乎到了偏执的地步，那是来自灵魂深处的共鸣，是把自己放置于山水、万物之中的喜悦，"在对植物的热爱和培育过程中，我获取一种新的世界观，坦然，自然，真实，真诚。这也成为我的一种新的写作态度。对植物的热爱也成为一种哲学。"

众生平等，万物繁复而美好。"人有六道轮回，也许下一世，他会是我的兄弟，无论做狗还是其他。"作者把自己也低到尘埃中，把自己作为尘埃的一分子，他看到作为一只小兽的小刀内心的情感和需求，同时，也感受到自己内心对小兽的热爱和关怀，那是两头小兽间的惺惺相惜。

由于小刀，作者感受到生命的单纯与脆弱，也感受到自身存在的无力。他反复思辨自己与小刀、与世界的关系。依托与被依托，弱者与强者，社会不公与个人的弱小，他看到这世界的裂隙和黑暗之处，看到人的有限性和对这有限性的不甘。

《温小刀》最后写到人间世界的无情，写到刘师傅的死，看似闲笔，却也正是由此及彼，由外及内，这是更深的痛楚，是无法把握的时间的流逝和无法控制的遗忘的开始。世界因这流逝和遗忘而无情，却也因此而美好。

玄武说，"我心目中的好散文就像马匹：优雅，高贵，匀称，内敛，在严格的秩序中站立；一旦奔跑，瞬间便爆发出惊人的力量。"

是的，愤怒与优雅，奔跑与内敛，这矛盾的词语或许正是相辅相成的存在，以一种均衡的张力传达出玄武散文内部的灵魂和外部的基本形态。

相信我们都没什么主义

——李来兵小说一瞥

◆王祥夫

谈李来兵小说

在山西乃至在全国，李来兵的短篇小说都是比较特别的，想一下子对此来一次理清或来一个归纳都十分不容易。李来兵的小说首先不是传统的，但也不那么光艳和新潮，好像是，李来兵的小说就好在不新不旧之间，这是大印象。

中国是个喜欢在几乎是所有的事物中都要寻找出某种主义的国度，凡事都要像挤果汁一样挤出哪怕是只有一滴的主义来。但我们的现实生活告诉我们，我们现在实在是没有主义可谈或主义缺乏。来兵和我，我们当年谈小说的时候，"主义"这两个字好像还时时闪烁于我们的对谈之中，时间才过去没有多久，我们迎来了新世纪，再从头把来兵的新旧小说找来读一下，也包括我自己的小说，或还有其他人的小说，我们会发现我们现在已经无主义可谈，这实实在在是个没有主义的时代。而李来兵的小说恰恰在这个时期开花结果，把李来兵的小说又重新读了一遍，我发现李来兵的小说是"没主义小说。"我喜欢我的这个发现，只此一点，来兵的小说真正是与这个时代合拍。多少年来，作家其实都是想在那里做教主，对读者唇干舌燥地进行指手画脚，对读者诸君有一百个不放心。这不放心既是道德上的又是政治上的，唯恐读者不明白什么是道德和什么是政治，唯恐读者找不到主义。多少年来，作家总想要为读者指出一条路，这起码是众多作家在写作时的所想。而实际上许多的猎物总是聪明于猎狗，读者更多的时候是把小说或其他文学读物只当作捕获物来享用。

短篇小说在山西，就像是河心石在碛口，船到这里都要百倍小心。而李来兵的短篇应该是很大的一块，大到足以把评论家的船一下子撞沉，如果你低估他的话。首先一点，我以为李来兵的小说已经不在那里讲故事，而是让你自己在他的叙述里去寻找你自己想当然应该是这样的故事。很久以来，山药蛋派的传人们，说实话，是很难不把小说写成是一个故事，你想让他不把小说写成是一个故事都不可能。从这一点上讲，李来兵的轻松挣脱是一种进步。因为我们早已迈过了扫盲时代，那时候的许多小说是要让那些识字分子一个字一个字地念给那些不识字的分子听，所以必须要讲述。而现在我们早已过了那个时期，所以小说不再以讲述的方法出现亦是一大进步。李来兵写小说，看上去轻轻松松，其实他是在布迷阵，这里一下子，那里一下子，到最后再一下子，你以为他的小说还没有完，他却在那里端端地结束了。《花巧的失踪》这篇小说就这样，一个叫花巧的男人到处瞎走了十五六天，到最后又回来了，这是小说的整体。小说的中间地带有多少担心和猜测，便可以说是这部小说的细节和起伏。所有可能发生的不好人们都往花巧身上想，所有的悲剧可怜也都往他身上安排。虚拟的种种终于完结，结局是花巧又荡回来了，他可是饿坏了，向他老婆要吃的，并且吃起来，他躺在院子里的那堆烂叶子上直到他女人把那堆烂叶子用火一下子点着，小说便告以结束。这是一篇难度比较大的小说，可以拍欧美大片。这也是李来兵的小说中很少见的某种结构类型的小说，有点喜剧的味道，却不浓，仔细闻却分明苦涩。这篇小说在结构上是首尾相接，中间大，两头小，呈枣核状。故事性还算比较强，但这个小说的魅力是它的扑朔迷离。花巧到底去做什么了？小说中间的种种线索哪一条能跟他连接上？作者都没有交代。多年前，我对我的评论界朋友和作家朋友说李来兵在山西是个异数，是个要渐渐杰出起来的小说家，近期读他的小说我依然这样认为。就短篇小说的写作，李来兵做了许多探索，而且他的小说越来越好看，这好看就是他现在的短篇与以前的短篇有区别。是在看上去没有故事的状态下把小说写好，一点点小事，居然能风摆杨柳，千姿百态。

李来兵的小说，剥去他小说的故事外壳，这么说，其实已经不对了，他的小说很少有那种故事的外壳。短篇小说发展到今天，已经从以故事为主体的阶段进入到了以情绪为主体的阶段。我以为，李来兵的小说用来展示小说人物情绪的成分很大，如他的短篇《在包厢》，左看右看就是一张素描。主人公的我上了车，这里一下，那里一下，先是进错了软座，进错只是一瞬间的事，可以一笔带过或做简单交代，而李来兵却要细细地写，写第一回进错的软座里的那两个人。通过写，让读者有心理上的预感，是不是，要出什么事了？是不是，那个人要做什么了？但故事发展到后来，却屁事没有，后边的事却与前边的那两个人毫无关系。这就很轻松，是文章态度，是生活的常态。能把生活常态写好极不容易。问题是，许多作家一写，就把生活的常态弄没了。汪曾祺先生算是能把生活常态写得最好的作家之一，王安忆也是，东写西写，看上去和小说没一点点关系，但到了后来你才会明白那都是妙笔！李来兵小说的高于他人的地方正在这里。《在包厢》是一篇让人完全找不到主题的小说，却很好看，上车，下车，在车上睡了一夜，读者等待的东西都没出现，故事却已经完了。多少年来，我们一提到写作，马上心里第一个冒上来的就是"主题"二字。从国外引进的《文学概论》简单化了文学的种种议题。我们写东西有时候可以有主题，有时候完全可以没有主题。当主题太明显的时候往往这篇小说就要出事了，露骨了，不好看了，像是一次火车出轨。"锄禾日当午"和"昨日入城市"这两首诗有主题。"两只黄鹂鸣翠柳"和"黄四娘家花满蹊"却只好在它的画面感。而李来兵的《在包厢》，这篇小说实际上是写人物情绪的，也可以说是写我们这个时代的情绪，人与人的互相疏离的那种不正常状态正是我们这个时期代表性的时代表情。这篇小说是琐屑而真实，是一场素描，人生的况味都在里边；这是一篇没有故事，没有人物内核却能引人去读的作品，相对我们十分熟悉的许许多多短篇小说，针对那种习惯性的写作，这不啻为一篇好看的短篇。这篇小说，也让人掂量出李来兵绵密扎实的功力。再如李来兵的另一篇小说《手擀面》，这个小说比较大，故事和故事里边的层次都比较多，像一张千层饼。齐淑香，这个母亲，之所以她有这个母亲的身份是因为她有个儿子，终于有一天他的儿子带着对象回来了，两代人，对性的看法，是，齐淑香坚持不让儿子和儿子的对象晚上睡在一起。两代人所持有的对生活的态度是不一样的，而这篇小说似乎又不全是写这个。这个短篇是"散点透视"，是散散碎碎，七七八八，重点好像是在写气氛，或者是某种气息，生活所持有的质感把这一大团的碎东西都拢在了一处，从而完成了这篇小说。在李来兵这里，故事从来都不是故事，只是一种供货商般的提供，提供了一些场景或对谈，然后让读者自己来分析。这篇小说可以说是李来兵长期以来为之努力的小说的代表性作品。一不是在讲起承转合的故事，二是没有明确坚定的方向。我们所能看到的只是一大片五彩斑斓的生活。李来兵的小说里有一句看不到的潜台词：我就不告诉你什么什么？你自己看吧！只此一点，李来兵的短篇小说已经跳出了当下短篇小说的套路。而且，尤为突出。

读李来兵的小说，往往会被他自由自在我行我素的作风感动。比如他的《跳舞的女人》。读这篇小说时我想到一个问题，李来兵的小说实际上是忽略开头与结尾的，是，没有头，一下子就那么进入了，一点点"前戏"都没有。是，一下子就结束了，让人觉着是不是刊物发排时丢了些什么，但已经结束了，你读的时候已经很快感了，分明已经结束了。李来兵的小说是这种状态。在早几年，李来兵的小说总是给我以某种片段的感觉，像是从中篇或长篇上截下了那么一块儿，但最近的几篇却已经在化蛹为蝶。李来兵的小说现在的另外一个特点是：貌似旧，实际上却是新。这是他近几年的进步。《跳舞的女人》这篇小说，为我们展示的是平民的生活，是，底层平民的生活，垃圾、水坑、男人解裤子小便的背影，她们，这些跳舞的女人都住在这种地方，但她们却要去跳舞，这才是真正的底层人的生活，有苦有乐，或，苦中寻乐。跳舞让她们的生活有一个亮点。这篇小说的主人公叫汉珍，她住在别人的房子里边，房东是个老太太。下边这段描写是中国式的，温馨而家常却感动人："汉珍的院子，房东是一个老太太，三间瓦房下边搭了间小房，院子里到处是花，一大盆一大盆的，夏天了，当院还要种一些豆角，西红柿、茄子辣椒什么的。"而这篇小说，还有一个亮点，就是那个跳舞的老郎，这个老郎是街头卖猪头肉的，也是生活在底层，小说中，汉珍和老郎他们两个跳舞了，好像是还要发生什么？但没了后文，老郎怎么了？小说之妙在这里，跳舞跳出什么了？小说之妙也妙在这里。李来兵的小说的疑障总是在这里。这为他的小说增添不少魅力，我不说，就是不说，你们想吧。我们好像听到李来兵在那里窃窃私语。

这里要说一下小说的意韵。好的小说都是要有意韵，就好像我们的吃饭，原本不是为了吃那碗里的白菜啊山药啊萝卜啊，我们要吃的是味道。李来兵的小说有味道。光能让人吃饱的饭并不是好饭，能让人读完的小说也不是什么好小说，好饭要有味道，好的短篇小说要有味道！

李来兵近期的小说，让人能够注意到的是他的某种散文气味。如他的《正月十五雪打灯》，这篇小说我很喜欢，是百姓的年景，即将阑珊的年景。

雪在这篇小说里是不可少的道具。雪下来了，一大早就让人们惊喜和忙碌。这是年十五的雪，过了十五，年就要过完了。这家人，还剩下一只鸡，他们计划过了，要早上吃一半，中午吃油炸糕，晚上再吃另一半，这都安排好了，百姓的日子都是精打细算来的，哪个细节上都不能出错，所以老百姓过日子总是小心翼翼，这也便见出一种小心翼翼的生活之美。这篇小说，是一些细节给人们愉悦，吃饺子吃出硬币，是母亲吃出来的，却为了儿子高兴，趁儿子不注意又把硬币悄悄放在儿子的碗里。儿子那边，果然是一个惊喜：我有福了！这篇小说可真是安详，这是一篇安详的小说。我以为小说到这里已经完了。是散文手法让这篇小说披上了安详的外衣。

李来兵小说在章法上最大的特点是进入快速，从来都没有不必要的描写，一下子就进入却不会显得生硬。李来兵的小说结尾却总是让人觉着不该这样结束吧？他却就这样结束了。就这样。

李来兵的短篇小说在全国和山西都是特别的，在怎么写上是有自己独到的地方。李来兵对生活的态度是散淡的，这就有一种美好的呈露，不是刀枪剑戟血光闪闪。李来兵近几年的小说有骨子里的温婉。生活本来就是这样，作为一个作家，你就是要在血光闪闪的生活中看到温婉，关于这一点我没有异议。而且我喜欢。

但对那些非要在小说中找到某种意义的人而言，李来兵的小说也许会让他们失望，因为李来兵的小说意义总是不明显。就像那离离的原上草，一棵一棵独立出来总没有一大片那么来得壮观，但你不能说它没有什么特别的意义，它的意义就在于让人们从它的个体之中感受到荒原上那一年年的风霜雨露，我们作家写小说的意义就在这里。

支撑我们继续写下去的，仔细想想，在过去，或许是信念或者是主义。但我们现在好像是找不到什么主义，这就一如李来兵的小说，在人性的荒原上，既无思想的沟壑也没有主义的痕迹，也许我们需要的正是这些，当后人再次地想起我们，也许会赞许我们的没主义。我们有的是悲悯和温情，除此，我们还要什么呢？

从精神流浪到梦里梦外

——李来兵小说创作的一种解读

◆侯文宜

当我在阅读了李来兵的小说和创作谈，又试图体味这一切时，它使我顿然联想到奥地利心理学哲学家弗洛伊德。作为 20 世纪全球最具影响力的理论发现，弗洛伊德的精神分析学曾使多少学者倾倒，亦引起多少怀疑和批评。不过，即使怀疑和批评者，也不得不承认弗氏精神分析美学的真理性："艺术即白日梦"，"艺术是一种疗伤和拯救的手段，它通过幻想、宣泄、创造给人以抚慰和快乐"，李来兵的创作活动显然再度诠证了这一审美的本质。

但并不是每个人都能幸运地进入这种创造的欢愉的，它需要文学的天赋和艺术才华。在李来兵身上，就天然地具备了这一点。不少论者在谈到他的小说时用了"冷硬""水上冰山""看不透""寒冷的理智"等等的字眼，其实，这正是李来兵走向文学的一种生命潜力。高尔基是在受尽底层苦难步入小说创作的，鲁迅也是在看够世相炎凉投身写作的，内心与外在的紧张往往成为艺术创造的萌芽。如果说李来兵生性内敛，对外在的一切有一副冷面孔，但他内心的温情理想和好幻想、好想象的精神肌质又时时驱使其寻找着精神的栖息地。用他自己的话说："我一直不快乐是因为即使我奔跑，也只与小说若即若离，那座城府始终在我内心卡夫卡式地存在着。"而当其终与小说相遇时，他是那样的快然："只有小说能与我相依为命……我必须到梦里去"，因为只有在梦里才能与一种"虚无却更强大的在场"真实地站在一起。当然，他又不是一个梦幻症者，清醒的理性使他走向小说创作——一种想象世界与现实世界的打通，"梦醒了，梦里的东西变成了一种具体的实在呈现于当下，他们像一群蝌蚪找到了水的皈依……作为一个通道，小说空前地如此紧密地把我们和这个世界联系起来。"可以说，李来兵的创作，即是这样的一种从精神流浪到梦里梦外的心路轨迹。

由此，决定了李来兵小说创作在这代山西新锐作家群中的独特性。

如果说山西这代新锐作家有什么共同点的话，主要也就是一种地域或年龄上的关联了。在这样的关联中，我们可以说，李来兵的创作有着与同代作家共同的东西：一是对市场经济下社会转型时代的生活和情绪表现以及某些现代主义、后现代主义色彩，比如他小说中非常精彩和好看的《一天》与闫文盛的《波浪说》、手指的《去张城》一样突显出这种特质；二是叙事艺术上的现代意识和技巧，之所以说上述小说有现代后现代色彩，就是它们不仅在内容上表现出现代生活、现代情感和情绪，而且还有形式上的简明式、板块式结构和冷漠、荒诞的语调；三是语言的灵活运用和文体的多样化，李来兵同很多作者一样兼有传统和现代两副笔墨，不断尝试着创新和创造自己独特的小说，这代作家总体上表现出时代化的形式感。但李来兵之为李来兵，更在于他提供了一种迥异于人的审美经验和文学世界。

李来兵文学才气的崭露是从 2004 年开始的。这年，《黄河》杂志连续一年以"期期见"冠名集中推介他的小说，由此引起关注，其小说《一天》迅即为《北京文学中篇小说月报》转载。从 2006 年后，李来兵的创作冲向全国，在《人民文学》上发表了《节日》《教师节》。2007 年之后的作品除刊发于山西本省的文学杂志外，大量刊发于《中国作家》《长城》《文学界》《芙蓉》《鸭绿江》《滇池》《小说月报·原创版》《黄河文学》《佛山文艺》等刊物，构筑起一个丰富多彩的中短篇小说的艺术世界。虽然作者生活在一个小县城，但他的眼界并不闭狭，如果对他迄今为止的 50 多部小说做个分类，大体上可概括为这样几类题材：一是写乡下农村人的生活，如《客人》《姑娘》《节日》《别人的村庄》《活法》等，写出男女老少的各色生活情状；二是写小城中的市民生活，如《赵丙哥》《幸福惹的祸》《城市民谣》《正月十五雪打灯》等，都是小市民日常的琐碎生活；三是写小城普通公职人员的生活，如《在信息流淌的日子里》《花絮》《教师节》《天空》等，包括了机关干部、文书、记者、老师不同人等的现实真实；四是写其他社会生活方面的，如写军人生活的《雪山雪山》、写警察生活的《午后的旅行》、写凶杀的《一天》及写死亡的《死亡的秘密》《苍蝇的死亡之旅》等。在同代新锐作家中，他的小说生活面涉及之广是最突出的。这无疑与其职业有关，他一直是山西北部小城怀仁报社的记者，这使其小说创作具有了开阔的生活面和观察捕捉，展现出近乎全景般的乡间小城生活。但无疑，这里的一切，已经是一个李来兵审美重构了的世界，在它们的生命气息中，凸显出作者独特的创作个性和艺术特色。

首先是作者对现实的非逻辑混乱的直觉，或者说梦里梦外的逆转与张力，由此形成由温情趋向冷寂的悖论式形象体系构造。例如《幸福惹的祸》写一个畏畏缩缩的卖豆皮的个体户，女儿考上了大学，喜从天降，欢欣庆祝，应该是幸福生活的感人叙事了，李来兵却无意给这种有些瘟头瘟脑的幸福增加多少厚度，而是让他买鞭炮去了，结果撞在一个赌场里、又撞上前来抓赌的警察进了看守所，一个关于对美好事物向往的感人故事就在一个个意外的搅扰下变成人生的空寂；《最后的村庄》中的"闲人"韩文仲因有着一副善良的热心肠受到村人拥戴，尤其敢担道义的精神成为村子和村长的重要支撑，但在他以自己的奉献换来为村里排忧解难的背后，却受到种种阴谋的欺骗和暗算，以致最后村长会被他打倒在血泊中；《客人》中，客人骑着驴子的到来为女主人一家带来一阵温馨，孩子收到礼物嚼着糖块玩耍去了，客人和女主人享受着温馨的甜蜜，但没想到，最后却是孩子和驴子的丢失，客人和女主人的迷茫暗淡。在所有这些小说中，《一天》是最为戏剧性的一篇，也最为典型地表现出这种悖论式的形象构造特点。一般都将这个由四个短篇构成的小说看作写谋杀凶案的故事，这没错，但读之却不能这样简单定论。《一天》也可看作是写小城日常生活的，"逛街"写了夫妻逛街购物、"恋爱"写青年学生的恋爱纠葛、"债务"写市民买房交易、"家务"写王芳和丈夫的家事。本来都是正常的暖色的生活，但在温情的逻辑中却插进了偶然的悖谬，一个个无法控制的事端发生了。温顺之人突然抓起屠刀成了杀人狂魔，无辜之人猝不及防匆匆命丧黄泉，一切美好骤然之间变成了悲剧。在上述小说中，显然都透出一种不可预知的神秘，即生活的实际经验和逻辑是不可靠的，美好的事物常常在现实的非逻辑变化中走向逆反。那么，为什么会如此呢？为什么将日常的经验世界重构为艺术世界时，展示一种破灭的冷寂？这无疑来自作者的审美经验和自意识。作者的精神内部是一个矛盾体，一方面，他有着温和的、向好的愿望和理想，也看到人类的善良愿望，因为温情出于人性本然；但另一方面，他沉郁冷静的性情又造就了他与现实的一种对立、远观、静观，当作者将那个感受到虚空的"我"溶解于静观中时，就使作者对宇宙万物有一种冷然淡定，有一种看透一切的犀利眼光，在温情的描写中总是逐渐走向对叙事世界的一种深刻的穿透，由此就有了失望的、不幸的、虚无的或冷酷的、冷硬的、冷寂的结局。虽然如此，但同时也会感到一种生命的高扬，于是"悖论"在作者生命内部受到肯定，悲壮也成了一种美的享受。所以，他的文学形象体系是在一种超现实与现实的回环中构筑的，往往将自我的思想、历史的经验等糅合重组，构成一个独立的统一的艺术世界。诚如现代美学家马采所说，"让感受性在多方面享受更多的世界，充分发挥它的素质吧。让人格的力量更加深化强化，不是理性的自由，消化更多的世界吧"。由此而来，就构成李来兵小说的一种深刻，即常常灌注着一种精神的拷问、精神的割裂，在美的享受中感知生命的存在和意义，而从被动的感觉到主动的思维之间走向自由的意志。所以他真实地建造着自己的小说世界，在这个世界中，有梦想和欢欣的一切，有忙碌和为之努力的一切。然而，这一切欲望又是那样的茫然而不知所措、盲目而不知所归，一切就化为虚无。正是这种特别的、极端的写照，揭示了人类生活的种种矛盾和悖论。所有这些，就形成李来兵创作的一种独特面孔、一种独特格调，有论者用"冷颜、热心、智语"或"寒冷的理智"来形容李来兵的创作，对其气息神韵可谓体验到位。

其次，读李来兵的小说，往往感觉作者用笔的俭省和世相的镜头感、放大感，有如记者的人物、事件特写，或者说，在特征性的人物故事与灵魂剖露中完成对社会和人的观照是其又一特点。曾有论者谈到李来兵小说"人物的符号化"，有的称作"符号性人物"，这恰恰触及了作者对特征性形象或细节的偏爱，深得短篇小说三昧，黑格尔、歌德都强调人物事物的标记特征。不像当下一些小说家对马尔克斯、普鲁斯特的模仿，往往轻视、忽略人物形象和性格特征的塑造，沉湎于对人物回忆和情绪的意识流展现，终至造成人物的模糊、心灵的碎片而难以动人，李来兵的小说仍重传统技法，总是将一个鲜活的特征性生命和灵魂置于读者面前。这种效果其实来自于作者的艺术追求。李来兵对文学有独到的理解和审美观，他特别强调心灵，曾说"小说不是写给眼睛看"。记得莎士比亚也持类似的审美观，莎翁好像说过，给眼睛看的视觉艺术是不能同给心灵看的语言艺术相比的，前者迅疾从眼前消逝，后者则久久弥留于心中。所以李来兵的小说很注意人物刻画，写人的肖像、写人的性情，写活了人物。故而读过他的小说，几乎每篇都有一个鲜活的人物留在读者脑中，如《赵丙哥》中的赵丙、《客人》中的客人、《姑娘》中的姑娘、《别人的村庄》中的韩文仲、《活法》中的大老六、《幸福惹的祸》中的于五、《城市民谣》中的"隋他妈的"等等小说人物。我们看他的小说，在一定意义上说就是看人物，犹如作者自己所说："当我把我所有的人物调遣出来，放在台面上，实际上，是他们的心灵先感动了我。而后，才感动了小说。而即使远远望着小说，也让我倍加感动。"正是由于这样的一种小说观，作者特别注意人物的出场，往往几笔勾勒、描画就让人物活跃起来。例如《别人的村庄》：

> 天差不多快要黑尽了。炊烟此起彼伏的。韩文仲拖拖拉拉地朝前走着。夏日黄昏少有的凉风缠缠绵绵窜过肩、耳和脸颊，韩文仲感觉就像一群蚊子在草丛里唱歌。真舒服呵——，他双手举过头顶，使劲握了握，又蹦蹦跳了几跳，样子像个孩子似的。

再如《活法》：

> 早上起来，大老六出了院，蹲在墙根，一边刷牙一边扭头向狗窝嗷儿嗷儿地叫。囊了一嘴牙膏水，他的叫声很含混……大老六刷完牙，声音爽利了。站起来，全身也都一松。他矮还胖，蹲这个姿势最委屈人，刷牙的时候又不习惯像女儿那样笔直住退，只伸出头；也不觉得女人菊莲九十度鞠躬一样倾下身有什么好；蹲下来，虽然窝腰曲胯，但那才正经八百，跟吃饭一样，跟睡觉一样。

这两段，把两个不同性格的农人写得活脱脱的，可谓精彩传神，一下子就走到了读者面前，好像在与读者共同呼吸、共同生活在一起。但小说的主旨其实又并不止于、并不在于人物外在形貌的刻画，随着故事的推进，小说就会一步步展现人物的社会关系、矛盾纠葛、言谈举止、行为心理，最终直现人物的内在情感和灵魂世界。韩文仲表面的闲散之下是古道热肠、嫉恶如仇、刚烈勇敢的魂魄；大老六表面的粗俗之下有着乡下人的生活恪守和执拗性情。短篇小说《客人》的特征化人物也很突出，全篇几乎没有什么冲突性的情节，在朦胧的乡间环境中，客人、女人、女孩、男孩构成了全部。然而，大人间瞬时迷醉的男女欢爱，孩子心里对客人的怀疑仇视，就是这几个特征性人物演绎了复杂微妙的人际关系，演绎了人性的本能、欲望、意愿、自私、对立、排斥、距离等等丰富的哲意。他小说中的大多人物都有复杂的情感、人性的幽微，都有着要走向读者的一种冲击。鲁顺民对此是看得很透的，他说："李来兵的故事不过是个幌子，当然不是说故事在他小说里不重要……李来兵将故事的元素撕撕扯扯一番，然后打碎，他的笔永远在做一种破坏性的工作，一层一层将覆盖在人物身上故事的外壳挑开，直抵人物的内心，直到让你看得心惊肉跳不安起来。最后，看到的已经不是故事本身，人物本身，你只会看到有一个叫作李来兵的家伙在那里冷静地摆布着关于人性的密码。"

而上述一切的"摆布"，无疑与他对叙事方式和叙事技巧的娴熟运用是分不开的。在这代山西新锐作家中，李来兵按时下说法可谓之"70后"，因而比之年轻的闫文盛、手指等人，李来兵的创作在现代感中又多些传统色彩。所以，他的小说总体上呈现出传统小说的路数和写法：叙述一个乡村故事，以人物带事件，有故事，有情节，其创作特色尤在传统的描摹手法、细节和场面的传神描绘、活灵活现的形象刻画。他的小说各篇用笔用力不同，叙写方法不同，有的很写实（如《活着》），有的较空灵（如《客人》），有的主要靠对话镜头推进（如《一天》），有的则是线性故事发展（如《别人的村庄》），但我最喜欢的是《客人》的情调和灵气、《一天》的现代感和情境转移式架构，从中也可看出李来兵的想象力和表现力。许多评论家以"冷硬"的笔调称谓李来兵的风格，其实并不尽然，应该说他的总体格调是温馨与冷硬的互衬，笔调是温馨的、温情的，但人物的性格和命运结局总是走向冷寂的厄运。这或许正是李来兵对生活的一种独特体验：他一方面温情地肯定生活中美好的事物和人们的梦想，另一方面又无情地揭示出生活对人的戏弄和梦的必然破碎。《别人的村庄》中仗义而又仁义的韩文仲最终与村长的决裂、《客人》中客人和女主人最终被孩子们的抛弃都是如此，这种温情中的冷硬在《一天》中几乎纯粹表现为"冷硬"，连叙述语言都变成了短促冷硬的了，其实是李来兵小说中的另类。对《一天》已有几位评论者给予评论过，认为写得突兀而又奇妙，其实小说构思奇特、结构新鲜，随着人物的出行和视线展开一个个情境、事件和生活片段，既步步为营地铺垫了人物情绪异变的过程，又富有生活的节奏和情绪的节奏，紧凑、急变，可谓是一步一景，精彩好看。应该说，李来兵的叙事总体上注意到了"奇正"结合，即将新鲜奇特的与传统优秀的手法融合并用。作为"70后"，又由于其生长的环境和经历，处于山西北部的小县城，形成一种低沉的、内省型的气质，因而就少了80后那样一种后现代感——浮躁、放纵、不屑、调侃、嘲弄的气息，这使他的小说在传统与现代之间找到了自己独特的表达方式，有适当的环境描写、情境营造，仍讲究人物、故事、场面、细节，这都增强了小说的可读性。

说到小说叙事，在中国有三次大的演变：一次是现代伊始的"五四"后从古代章回体小说演变为现代自由体小说，一次是20世纪70年代末80年代初由王蒙《春之声》率先变革的意识流、多维放射性叙事，更近的一次是80年代中期以来由先锋派小说引发的叙事变革。这里我所熟悉的起码有两种形态，一类是当年马原、洪峰的故事迷宫制造，那时候流行着所谓"无主题、无故事、无人物"三无小说，提出"讲什么故事并不重要，重要的是讲故事的方式"。如果说马原、洪峰一代的文学并不模式化，而作为"新新人类"的一代则更直接受到普鲁斯特《追忆似水流年》、马尔克斯《百年孤独》、福克纳小说《躁动与喧哗》的影响，完全追求一种叙事的时间感、情绪式事件流，再加之与后现代文化思潮和我们市场经济下现实生活的茫然感合流，就形成了一种非常模式化的直线式的单调叙事——时间流中的情绪宣达和个人记忆式的片段叙述。这种小说写法看似新奇，其实可读性颇值怀疑。80年代后小说有一个大的突破——就是从单一性叙事中走向开放的多维性叙事，任何写法上的套路和模仿只会窒息了自己的文学生命，而李来兵在叙事技巧上，应该说已初步形成了自己的一种格调。

另外，对于小说来说，语言功夫自然是重中之重。就李来兵的小说语言，黄风曾有过精到的评论："他构造的只是冰山一角，把许多'地方'留给读者来完成。短篇小说就是这样，要求作家必须做到节制、隐忍、含蓄，使语言于高度内敛之中形成某种强劲的张力，并借助多种修辞手段，在智性化的叙事处理中传达出作家丰沛的审美思想。"的确，读李来兵的小说，不仅叙述语言总体上显得简洁、凝练、富有节奏感，还让人明显地感觉到许多"省略"或"空白"。这点在《一天》中是最显著的，作者简直惜墨如金，在四个故事的开头引子中就一句话："杀了人，他们都进了自己不愿进的地方。"末尾仍是一句话："一天始于清晨，终于黄昏。"话里内蕴着多少意味、多少哲理，都留给读者自己去咀嚼，诚如伊瑟尔所说的"召唤结构"。即使在关键地方他要讲究描写，也绝不拖沓，寥寥几笔，常常能精彩地将人物、景物、事物鲜活而传神地呈现出来。譬如在《客人》中写客人骑着驴子来到村口时的情景："要是路上起了尘，那准定是又有客人到了。阳光下，客人这个词的形状是一架虚张声势的驴车，车辕上跨着瘦溜的主人。嘴角叼着一柄发青的骨头烟枪，被烟油浸塌的烟丝袋沉重地摆来摆去……到了孩子们的中心，那驴仰头打了一个气味浓烈的呛鼻，并用脊背的力量把车抵起了半尺，沉睡的主人方才得到了提醒。他腾地跳下来……"此段描写可谓活灵活现，令人读之神气顿领。

　　如果说对李来兵的小说创作有什么遗憾，似乎还缺乏一种大气、厚度、深度。虽然作者的生活面不窄，但颇显琐碎，小情小事，缺乏宏大，虽然时下不兴宏大叙事，但"一地鸡毛"毕竟轻薄，关键在于鲁迅所说的"开掘要深"，这是小说作者的硬功夫。山西小说的每一代人各自创造了自己的叙事史，如果说，山西文学曾经的辉煌主要是由"山药蛋"派和"晋军"创造的，那么，未来的文学则有赖于当下的新锐作家群。对李来兵来说，独特的精神个性和创造力无疑构成他的独特价值。如果说苏格拉底的哲学价值在于"点燃了内面的直觉，煽起了灵魂的革命"，而且对现实"毫不假错，毫无容情"，李来兵创作的"寒冷的理智"意义也在于此。然而，仅此还不够，怎样才能写出一种内涵丰赡、耐人咀嚼的小说？怎样才能写出蕴含着时代、历史、文化、风俗而富有思想深度的小说？李来兵艺术的路还很长，需要不断开拓自己的艺术空间，这就需要有一种大情怀、大境界、大手笔。这个"大"不是说必须写大题材，也不是说必须处身于大地方，马尔克斯的《百年孤独》就写了一个小镇，提出"复调小说"的俄国批评理论家巴赫金也一直处身于一个小镇，但是他们的世界都很大、想象和思想都很大，这里的"大"是说胸中装着"大"，小中有大，小中见大。我们期待着山西新锐作家的一种"大"，也期待着李来兵写出更多更好的小说。

李心丽小说 《流年》 里的悲怆

◆徐春林

　　山西女作家都是保持低调出场的。李心丽近年来在 《中国作家》《广州文艺》《黄河》《山西文学》 等刊发了不少小说，那些小说都是她开垦的土地，栽种了各种果树。我真正认识李心丽是从她的短篇小说 《流年》（见 《当代》 2013 年 4 期） 开始的。也许 《流年》 不是她写得最好的作品，在潜意识里告诉我，《流年》 里的平淡婚姻是生活的真实写照。

　　在当代小说里面，有一大群小说家在 "制作" 小说。新、奇、特，以此来冲击读者的视觉。他们以地域作为奋斗的坐标，各自展示着一方水土。李心丽出场不同，把目光投递在 "大众" 上。就比如短篇小说 《流年》。

　　而 《流年》 是我所阅读的小说里面最为简单的叙述。爱情就像是一座空房子，你要用鼻子去嗅是没有什么味道的。如果没有情感的传递，生活会让很多人过不下去。小说的主人公陈若兰，面对一座空房的时候，就感觉世界末日已经来临，对死亡有了浓厚的兴趣，可还是恐惧得十分害怕。

　　故事从闫江平十天没有消息开始。陈若兰给一个有着深厚友谊的朋友韩香打电话，没想到韩香却告诉她一个不幸的消息，她的丈夫知知走了，出去送货的时候被车撞了。"她心里咯噔了一下，她见过知知，他们订婚、结婚的时候，结婚后他们去了一个很遥远的地方，知知一直打工的那个城市，之后，十几年了，他们再没有见过面。"语言很简单，没有深刻的心理刻画和描写。

　　陈若兰的丈夫闫江平已经离家出走了十多天，走的时候说要出去散散心。最关键的是这些积累了一些矛盾。村子里的老宅要拆了，闫江平想让父母来住在一块，她不同意。就是为了这点事，他把手机放在床头的抽屉里走了。

之后寻找，却发现关在派出所。一个非常简单的故事，叙述得没有半点波澜。如果陈若英不阻挡闫江平的父母搬进来，也就没有闫江平离家出走事件的发生。

闫江平离家出走的十多天里，爱情观被洗头妹而改变。以至于半年后陈若兰与丈夫闫江平走上了离婚的歧途。小说讲着一件没有凶险的婚姻生活，潜藏的爱情却已经走远。读完后内心在隐隐作痛，事情不小可完全可以成全，抛弃孝道的爱情显然会腐朽。

在鉴赏小说的时候，我不得不把这种看似"痒"的小说读得很不是滋味。小说的题材很小，是一件非常普遍的事情。无非是在深入小说写作的时候，穿插了几个与小说有着关联的场景。这些场景只是辅佐着小说延伸，并没有十分复杂的情节。以至于我读完后，没有太多的话要说。

当然了，不得不说《流年》是个十分完整的小说。也是个非常出色的小说，要写好这个题材显然不容易。从头到尾把握得相当的恰分。读起来没有任何负累感。从这可以看出小说家漫不经心的创作表情。这是一个贴切主题的小说，"流年"二字里隐藏着悲怆是百般无奈的。

迷藏世界里的侧逆光

——从李心丽小说《迷藏》谈起

◆李迎兵

　　李心丽的小说世界，与她自身所处的生活环境和现实际遇相关。所以，在梳理李心丽的近期小说作品时，也就不得不注意到这一点。只有如此，才能看出她整体的创作思路和发展脉络。我在近期李心丽小说作品《迷藏》里就能读出某种暗含的玄机。首先，李心丽对笔下女主人公依然有着内在直觉力和细微情感之处变化的捕捉和把握。说句实话，李心丽的小说情节大多并不复杂，甚至很少以宏大叙述和波澜曲折的故事性取胜。相反，她更关注女主人公内心微观世界的某种交织变化或自生自灭的原子状态。

　　夏洛蒂·勃朗特在1847年出版的《简·爱》，代表了当时独立女性的经典；《飘》里女主人公斯佳丽对男权社会的反叛及女性在男权社会中的作用，也都是女性意识的觉醒和体现。如何赋予小说以更多强劲的生命力呢？我在李心丽的《迷藏》和《侧逆光》里得到更多具象化的这个时代平凡女性世界存在的可能性的情感标本。李心丽的小说世界呈现某种女性不断幽闭而又在忐忑不安中寻求解脱自救的特性，很多时候并非是一种积极主动的进取，而是一种被动的、盲目的，时时处处陷入焦躁的状态。李心丽擅长对同龄女性进行某种近距离的温情关照，甚或有时又不时闪露出某种犀利解剖的锋芒。

一

　　作为70后女作家的李心丽，正处于创作的关键时期。李心丽的许多作品，一直把关注的目光放在女性的命运上，展现她们情感和婚姻的真实状态。其中《黑名单》《片上》《与房子无关》等，就是其中的代表作。这种抒写有着强烈的现实主义色彩，但又有着女性特有的视角和直觉力。

李心丽不想让自己的小说作品仅限于某种题材，甚至于她有一段时间也有某种创作的焦虑。于是，她试图在创作题材和创作内容上有新的尝试。这也许就是她的《过客》首先在省外刊物《广州文艺》刊登的意义了。随后，《当代》《中国作家》《清明》《天津文学》《延安文学》《雨花》等发表了她的一系列小说，总体上她在原有的基础上有了一些变化，无论是内容上，还是笔法上，都有了一些值得让文坛注意的嬗变。

李心丽的短篇新作《迷藏》和《侧逆光》，《迷藏》刊发于《都市》2016年第8期，被《小说月报》第9期选载。《侧逆光》刊发于《清明》2016年第6期。这两个小说，在原有的女性单向视角上，又向复杂微观的内宇宙逼近了一步。

公允地说，我不能说李心丽这样的逼近是毫无意义的，至少她试图在小说的观念和技术上不断求新和求变。其一，李心丽有着女性独有的近距离和近视角。虽然，她缺少男性作家历史和现实的宏大性和前瞻性，但她始终在具象化的表达上，体现着细腻的柔韧度和单向度特性。

比如这一段：

> 温丽华看到胡建平有些反常。她知道胡建平不管有什么事也是不会讲给她的。温丽华现在觉得他们这种关系非常尴尬。她对胡建平越来越不了解了。他们现在这种关系，既不能同甘苦，也不能共患难。胡建平的世界是胡建平的世界，她的世界是她的。除了儿子，他们之间几乎没有共同的集合。

所谓的"迷藏"，实际上是一对早已各自偷偷出轨却又在表面上安然无事的小夫妻，因为丈夫出差手机丢在家里，导致妻子窥探到丈夫的秘密。于是，丈夫为了寻找到手机，与假想中的小偷（实际上是妻子）展开了一番讨价还价。结果让人啼笑皆非。

李心丽在《迷藏》里想要表达的是一种现实中饮食男女的情感空虚和人生的错乱感。当然，小说还不仅限于此。李心丽的叙述是极为细致和琐碎的，就是把整个小夫妻之间的真实状态作了严酷的抒写，揭示了现实中的荒诞性和人性的简单性和复杂性。

再比如这一段：

> 关于对温丽华的问讯，一直没有开始，漫长的时间里温丽华想了无
> 数个对策，但一个也没有派上用场。胡建平用一种陌生的目光盯着温丽
> 华看，之后他出去了。温丽华在还没有开口交代的时候，就允许被胡建
> 平带走，没想到温丽华说她不愿意走，既然来这儿走了一趟，她不能莫
> 名其妙地回去。

上面这一段在派出所的抒写，也就进一步逼近了"迷藏"中的真相。真
相出现的时候，也正是这对夫妻关系名存实亡的时候。这样的逼近，让夫妻
双方在对方的形象不仅仅是面目全非了，而是变得一下子"狰狞可怖"起来
了。这种"狰狞可怖"的面目，多半就是这对夫妻关系的真实状态了。

所谓这些年的底层情怀，或者底层写作。到了李心丽这儿就是一种如此
令笔下人物尴尬的景象。实际上，"底层写作"和"民间写作"，几近于一种
文学标签。如果一味地用先入为主的概念去套身边的生活，常常会文不对题。
其实，类似契诃夫、莫泊桑或者鲁迅之类笔下底层"小人物"的生活境遇的，
到了李心丽《迷藏》这儿就有了更多的变异性和悲剧感。李心丽也写过纯粹
底层的乡土世界，比如那些生活在社会最底层农民的生活境遇如何？我在她
的另一个小说《寂静的世界》里，发现她有了更多的表达，她在抒写因为土
地兄弟失和的人性沦丧。在很长的一段时期里，农民作为一个被紧紧地束缚
在土地上的人群，似乎也开始了向都市迁徙，去打工。李心丽近期长篇小说
以老桑家的变迁为主要事象，不断地深入和细致地叙述了他们平凡而又简单
的日常生活。应该说，李心丽试图通过大篇幅来展现一个底层农民家庭在城
市化进程中被动的改变，以及更多生活的际遇，具有更加普遍、更加真切的
生存境况，来抒写她自己的一部"创业史"。因而，在这一点上，她的抒写就
具有某种微观视角的审美价值。就此而言，李心丽无意识中深化和拓展了
"底层写作"这个概念。

二

李心丽的即时性体验对她的创作是一个重大补充。从《迷藏》《侧逆光》

这两篇小说看，这种即时性体验弥补了一些历史现实宏大性体验的某些不足。读李心丽的这类小说，就能读出她擅长于在扬长避短中发挥自己作为女性作家的感性经验优势。很多当代作家面临的一大问题，就是体验性资源逐年递减，甚或枯竭，直接导致创作力完全衰退，即便他们少年或青年时期的资源库如何给读者留下了深刻的印记，但是，很快，他们的原生态经验资源就挥霍完了。于是，胡编乱造了，写得反倒也越来越快，越写越多了，内容却也越来越苍白无力，情感也陷入停顿状态。李心丽的小说《柴锁平的第二次婚姻》就是一个例证，她实际上基于自己按部就班的人生经验和情感体验。正因为李心丽擅长于捕捉身边同龄人婚恋状态的某些细微末节，所以我能看到随处可见的生活细节，闪烁着某些来自第一现场的情感温度。不足之处是历史现实背景的抽空，导致她笔下的人物处于一种相对独立的人性世界的真空状态之中。当然，这并非她的小说特质，相反她的宏观性小说格局还处于不确定的朦胧状态。

再回到《迷藏》提供的小说情境之中。比如妻子温丽华与丈夫胡建平的婚恋状态，就是一种人性的迷藏过程中为了将婚姻进行到底下去利益最大化的走钢丝游戏，结果是游戏演砸了。而《侧逆光》里的抒写有所不同。女主人公青鱼的生活世界有很多情感的空白需要某种东西填补，恰好这个时候，刘帆与她重新取得了联系。作为已婚男女，两人的交流既有分寸感，又有更多的伸缩空间。

李心丽小说《侧逆光》里写道：

> 我有时候会想，如果我们两个走到一起，不知会是一种什么样子，你有没有这样想过？刘帆问青鱼。青鱼说我觉得状态应该和现在差不多，该外遇的时候到底还是会外遇，不知为什么关于人生青鱼就以她的方式理解了。她说我听我们楼里的一位老大爷说，当你八十岁的时候，你连外遇的心思都不会有了，所以你要有这心思，也不要觉得是罪过。刘帆说人生也不过如此。

这类抒写体现了作者在用感性的方式去思考。单个人的生活，单个婚姻的标本，从孤立的某个悬置状态，体会到普遍性的真实，平静如斯，到了让人讶异的程度。再比如，某个男人的世界，他的生命节律，一直与青鱼不合拍。

李心丽通过青鱼的心在体察身边的一切。她写道：

　　男人说我感觉我们已经分手了，要不是车祸这件事，我不会再来见你了。所以我对你也不会有那类情感了。青鱼说你真的这样想吗？你是不是有了新的外遇了？男人说别瞎说，我看到一个生命突然陨落的过程，开始顿悟自己想过一种简单规矩的生活。不是别的。

　　这个人比青鱼大整整一轮。青鱼想，他变化的节奏原来一直与她合不上拍。

　　这个情节，我看了以后就非常熟悉。这一点，正是李心丽下意识之间的真实想法。在她的审美世界里，她只能容纳年龄相当的男女在一起，而对年龄相差过大，甚或不是同代人的相爱男女，抱有某种天然的不解和警觉。李心丽一直在写她能够接受的事物。她有她的世俗价值观。

　　李心丽还是有着一以贯之的传统伦理感和世俗的人性观。在属于她的文学世界里，依然有着来自现实世界对她的牵引。很多时候，她又是矛盾的，直白而又简单的，为了生活中的琐碎而琐碎，来自生活的原点，然后绕了一大圈之后，又回到了出发的原点。你说她目标明确也好，你说她没有目标也好，她多半只是随着生活和她自己的写作天性起舞。在接下来的底层写作话题上，就还是回到《寂静的世界》，回到《悬着的愿望》，去感受俞家大哥或者刘翠花们所面对的生存困境。李心丽把升华生活和创造小人物的能力，力求建立在现实生活中某些人性的丑恶和黑暗上，进行真实的铺陈和处理，从而表现出伦理上和美学上双重的把握力和提升力。

　　李心丽的抒写是不自觉的，只是某种萌动的天性在跳跃，在推动她一步步前行。虽然，有些小说涉及的事与土地、生存和尊严有关，甚至与爱与死亡有关的事象，但是，她却着力表现挖掘和表现人物身上的美好的一面，企图彰显人性的光彩。比如，在俞家大哥弥留之际，他才体会到一点迟到的人间亲情。

　　李心丽的小说是一个充满"迷藏"的世界。她如同一个有眼光的摄影艺术家，在"侧逆光"的视角里，有了对生活世相的新发现。一个真正的作家，通常既是一个用故事来塑造人物形象的高手，也必然是一个善于用感觉化的具象描写来重塑艺术世界的文学巨匠。

那些流转中的年华

——王文海诗歌印象

◆李燕蓉

　　在诗的国度里，他是自己的君王和臣民，无比地尊贵又虔诚。

　　在诗的国度里，他亦是塞外的侠士，婉转着千年的侠骨柔肠。

　　在诗的国度里，他更是谦谦君子，温润如玉。

　　"你也许不是生长在一个佛教的国度，或出生在一个佛教家庭，你也许吃肉而且崇拜绕车歌手 Eminem，但这不表示你不能是佛教徒……"四年前在《正见》里看到了这段话，当时的自己完全是一副震惊的表情，然后，开始泪流满面。这是第一次因为一句话而落泪，之前的种种往事、不快在那一刻似乎全都氤氲成了雾气湿漉漉的贴在脸上，当它们滑落的瞬间，我的心开始体会到了某种喜悦，是如书中所说的真正的内心喜悦和释然。看王文海的诗突然又想起了多年前的这一幕，想起了"虔诚"这两个字。毫无疑问，王文海是个极具天赋和才华的人，从他上初中一年级时在报刊上发表诗歌开始，到后来的参加青春诗会、全国各大诗刊不断发表的作品以及不断获得各种奖项，这一切都让人清晰地看到他的才华和努力。任何好到极致的东西总是会明明白白地摆在那儿，谁都能看得到。但我觉得，比他的才华更为珍贵的是，才华包裹之下的那颗无比地虔诚的心。因为虔诚，他的诗几乎在一瞬间就击中了我，如同多年以前读泰戈尔的《飞鸟集》，"生如夏花般灿烂，死若秋叶般静美"（Let life be beautiful like summer flowers and death like autumn leaves）。那种彻入心肺的力量和美，让人无端地会扬起某种意念的风帆，一再起航。写的人自然有他独有的心情，读的人却只觉得是契合了自己心境，觉得那些字句是自己心灵的写照。我也明白，由一个人去解读另一个人，无疑是不准确的，甚至会背道而驰。但真实从来都是相对的，一个人写诗的心情我想，我只能揣测，但此刻，我读诗的时候，这些字句却是可以触摸的，这也许是另外一种真实吧。

"雨珠像念珠，在佛的手心里跳跃、藏匿——一些纯粹的修辞站立起来，没有打伞，为了沐浴——他们祷告，我也祷告，但更像一种列席——鼓声三通，谁的本相可以端坐在香火之上——我正凝神，一只鸟疾飞而过，露出破绽 弥补只是一种徒然的必要，我心自省，向内向下"这是王文海在《雨中华严寺》里的诗句。看着这些字、词，耳边可以清晰地听到寺院的晨钟暮鼓，可以听到僧人敲响回音缭绕的磬，可以嗅到淡淡的焚烧的烟火。也许我们所叩拜的一直就是我们自己的真神，它有时游离在远处，有时端坐对面。那一句，"弥补只是一种徒然的必要，"把一个虔诚却又清醒的凡夫俗子的叩拜，最后推到了极致。佛经说，当你不再为过去和未来牵绊，你就真的快乐了。但我总觉得，一个诗人，在他的诗里，过去和未来应该始终都牵绊着他，煎熬着他。那他的快乐呢？是刻在那些已经写下的字句里，还是隐藏在未来无限的可能里？一切都未可知。"禅"和"佛"在王文海的诗里不止一次地出现，我想，一个人在三十几年的光阴里不断地写下一些关于佛的禅机，关于叩拜的预见，无论他是否是佛教徒，他都有一颗向善的虔诚的心。对于文学，还有什么比虔诚更可贵，对于诗本身还有什么比虔诚的触摸更能打动人。在王文海自己诗的国度里，他是一个虔诚又尊贵的国王。他的诗，在虔诚之上，更有一份尊贵的坚守。那份坚守让他从不随波逐流，无论世事怎样变化，他都只认可内心的萌动。

在诗的国度里，王文海亦是塞外的侠士，婉转着千年的侠骨柔肠。《他年爱》组诗里从《初见》时"微澜，无弦的琴已被月色镂空 让一个偏旁站成守夜的人"到《如初见》的"月光每闪烁一次，白骨就会开出 一朵玫瑰，——春天就被我们布置成新房，两停红烛像对应的前世和今生 那样永远立着，却从未点燃"再到《若只如初见》的"你顺便向侧面扭了扭头 那姿势刚好够倾斜我的一生"，最后，《人生若只如初见》里"一个梦被另一个梦打断 当鲜血从我的眼睛里逐渐渗出 我开始相信，世界并不可信"，一切被慢慢地推向了高潮。那是只有爱过的人才懂的爱恋。我不知道"纳兰性德"看到这首由他的词延伸出去的诗会有何感想。也许只句"你顺便向侧面扭了扭头 那姿势刚好够倾斜我的一生"就足以让他欣慰了吧。自古的爱情，愁肠百转的多为女子，心结可以被心爱的人一再地扣起来，再解开。一个女人，倘若真的可以倾斜另一个人的一生，她的侧脸、她的扭转，该会是怎样的幸福和满足。

"西湖"，一个极致美妙又极尽故事的地方，多少名人曾写过无数的佳句来赞美它。在王文海诗里我们却看到了完全不同以往的风景。在"贴水而飞的鸟在绚烂的波影里 找到了你的旗袍上最后一颗纽扣 传说终于被和盘托出"这样的句子里，西湖被轻轻地从最后一颗旗袍纽扣里剥落了出来，那些残荷、苏堤、雷峰塔缓缓点缀在旁边，隔世的西子又一次站到了我们面前。她不同以往，她变得有生气了，我们甚至能看到她白皙的皮肤里透出的隔世情殇，而诗人的手紧握着的是断桥上那一弯残月。它明晃晃地照着西子的前世今生。

从寺院的肃穆跨越到隔世的情殇，王文海似乎毫不费力气。如同，他可以说，"雁门关 是一个人的两千年。在塞北，一个人的影子比他的一生还长。"这份血脉里与生俱来的凛冽孤独让他如玉石般坚硬又润泽。他写"十月，一场大风来袭，受孕的长城显得臃肿"那样郁郁葱葱的十月只两个字"受孕"就那么形象地描绘了出来。看他的诗句"秦汉时的野花开到如今，心事重重——雁门既高且冷，拦住了流云和写在飞鸟翅膀上的归程，春天总在这里失声 吹不响的胡笳让黄昏无处安身 一只乌鸦立在汉墓顶上，东张西望 像是召唤，又像是引领 散落的砖瓦放大了一个民族的寂静 暗处，有一只羽箭，正瞄准历史的靶心。"我开始怀疑自己是站在一片古前的战场上，看一个侠士的全部过往，风吹起的时候，一切归于沉静，那些风沙里有人开始翩翩起舞、有人在独自吹箫。

大约从春秋开始，因孔子曰："玉有"十德"，仁、义、礼、乐、忠、信、天、地、德、道。"才有了文人、君子佩戴玉的传统。在这之前玉多用作祭司和酒器。在生活里，对诗人更贴切的形容应该是"谦谦君子，温润如玉"吧。诗人，逢人总是先柔和地笑一笑，才开口，一切都淡淡的，彬彬有礼，像一个旧时的君子；他的外表远不及他的诗来得热烈，来得磅礴。但其中的那份坚韧却又总是清晰可见。外在的谦和与内心的坚韧，是这些才让王文海走得更远、更高吧。一个人的世界，寂寞的同时也是强大的。在我的只言片语里，只能窥视诗人世界的其中一二，一切还需你细细读诗才能领略诗中的奥妙。我不想说什么祝福的话，唯希望，兄出书后，读的人，随手拿着，书经过时间和水汽的氤氲现出旧书特有泛黄的印渍来，那时，无论是书的颜色抑或是摸上去的手感都该是温馨的。

思想着的写作者

——读王文海近作《故道书》

◆安琪

一

诗人写作选取什么样的题材作为他语言的落脚点也许与他个人成长的经验有着自我印证的关系。当我在 70 后诗人王文海新近提供的《故道书》组诗里读到方言、桑干、窑洞、西口、炊烟、碗碗花、草垛等语素时，我固执地认为，这个祖籍山西山阴、长于大同的小伙子尽管有过京城生涯并且刚刚在浙大念完研究生，他其实并未被光影错乱的都市和婉转润湿的江南迷住心神，他所乐意并坚决要呈现给我们的，依然是他现在生活并安居其中的乡土大地。它们有着被阳光朗诵过的辽阔，它们沉默如土豆，如一树杏花的忧伤不可亲近，它们在王文海笔下就像血肉中埋藏的骨架将他抒写的格局搭建起来：关于本乡本土的持久记忆同时也将是每个中国文化人挥之不去的母题——在持续一生的跋涉中唯有足下的土地才是不可须臾离去的基础！

布鲁斯·瑙曼说：真正的艺术家通过揭示神秘真理来帮助世界。无疑，王文海找到了他揭示神秘真理的本质主义的思考去向。所谓真理，就是符合或接近客观事实的理论，对应于王文海的诗则是"土地"一词所涵纳的平静、和谐、富有秩序和对称的结构旨趣。他说：

> 柔软的夜色是煤油灯唯一的新娘
> 在窑洞的心脏，藏着安谧的时光
> 如果没有鸡鸣，一切都会微笑着老去
> 如同镜子里四季不动声色的更替。

在这里，"土地"具有朴素的自治原则和它的美学存在标准，夜色柔软，时光安谧，鸡鸣微笑，四季更替，诗歌同生活已没有了界限，一个相当诱人的精神之梦栖息在俗世的此在仿佛净化过一般，完美而自足，使用着人们理想中的快乐与憧憬。

有时，"土地"也会被诗人拿来作为非直线般顺畅的"比喻"，譬如那三千亩月光一样的"乡愁"没有山水可以埋葬，它永远高悬星空并且指认你用一生去偿还。乡愁无边而生也有涯，而你被诗歌唤醒的心灵再也不会习惯在尘埃中酣睡，它总是要时时跃起，创造出新的具有审美意义的空间。必须注意王文海诗歌写作中的新奇质地，他沉溺于对事物的观察，用着他来生的视角，他不屈不挠把目力所及的每一个微小信息当作独立于这世界的一个整体。他说：我可以把灯火阑珊说成是寂静么？我可以划动所有的桨叶到冬天么？我可以重新去诠释一头牛的叫声么？在他看来，一切被规定的经验都能获得崭新的维度，只要他想，他手中掌握了重新赋予既有意义以新的意义的密码——词。

他说：让一个词躺在母亲的皱纹里，让一个词在西风里繁花似锦，让一个词在炊烟里回家。那么究竟这是一个什么样的词促进了诗人诗歌感受力的转变并直接制造出只属于作者的可读可解的幻象般的领地？我们不得而知也无须刻意追问，我们只需知道诗人在打磨语言的熊熊烈焰中喷射出的火星曾经灼烫了每一颗路过的心灵，就够了。

王文海是一个有节制的人，他温文尔雅从未让人见到言辞激烈的一面。也许他从来就没有言辞激烈过？他舒缓，有理，有节，时常穿着得体的深蓝西装；他梳着工整的小分头，每一根毛发都那么服帖，有条不紊；他白净，细腻，善于倾听而拙于表现；他谦恭，热情，在青春诗会随笔中他不吝赞美之词给与会诗兄弟却唯独对自己不置一语……他是我见到的70后诗人中对诗歌有着坚定不移信念的"这一个"，同样可贵的是，他有旺盛的火热的创造力和稳定的不凡的诗歌写作水平！

王文海是个思想着的写作者，在一个人的边塞中，他沉默地坐在石头上守望来时的路，脑中满是寂静的喧嚣。这路上来往过许许多多的人却又像什么也没发生过。这就是天、地、人的孤独。人生天地间，"无人"不构成天地而天地最终又不属于任一"个人"，人的孤独因此显得更为浩渺而无助。王文海的孤独更多来自天地而非人际，因此他的孤独是恒久的、解决不了的孤独——谁也拿天地之恒久没有办法！唯一能够抵抗天地之恒久的也许只有"文字"的力量，这也正是众多文学中人恒久的白日梦。

他们用这白日梦实现着克尔凯郭尔的"孤独个体"论：每个孤独个体的生存体验都是其他个体无法替代的。从这个意义上我们认同海子的这样一句话："孤独，妙不可言。"而王文海则如此表达：

"雾气把村庄的孤独不断地放大。"

二

"故道"在名词解释中有两种意思：1.旧有的道路，老路；2.水流已经改道的旧河道。通常我们在看到"故道"一词所能引起的条件反射一般是"黄河故道"。联系王文海生活其中的山西我们不难推断出作者企图凭借他一意孤行的诗写去恢复一个文明古城的雄心。山西自古便有"黄河文明源山西"的说法，而炎黄古帝、尧舜禹三圣这些大家所熟知的名字，表里河山、帝王之乡、华夏之祖、炎黄之根这些充满敬意的词汇，都和山西紧紧地联系在一起。当王文海用《故道书》作为组诗的标题时，他冀望通过"故道"概念确立其存在的本质结构。他通过对自己生存之根的发现而凭借文本再次出发的意识，他挖掘、爬梳远去文明中残留的一星半爪火光的情怀臆想，都在"故道"二字发散出的气息中得到集聚。正如我将在下面继续谈到的，王文海所揭示的他存在的空间性和通过这种揭示本身把存在正确地理解为"有所指"与"有所感"的写作自觉，使它的诗作在成为他经历的自述的同时，也成为想象中沿袭先人的证物。

且以《方言里的落日》为例来看看王文海的抒情站位和价值体系。全诗以"我"为入口点，开章即提供观察视角者的身份和所秉持的立场，也就是，这个观察主体"我"将作为观察到的各个领域之间的关系的一种原始涌现并且是这些观察物的一部分，而穿梭往来于诗中观察并且记录。这个"我"将不是客观呈现的照相机——即使照相机也不会是客观呈现，取景者的选择决定了被摄取的世间万象将以何种样貌进入取景框——因此我认为，全然的客观呈现只是一种说辞，也因此我对王文海诗中颇带个人情绪的行文方式身受，并且感同。在《方言里的落日》中，扑入诗人纸上的首先是城堡上的"那只乌鸦"。乌鸦是黑的，在诗中被比喻成"黑痣"实在很形象，但诗人却要欲盖弥彰地说"不是有意",只能说,他内心有对乌鸦更好的比喻——"被熄灭的灯"。

动态的乌鸦和静悄悄因为被熄灭而阴暗一片的"灯"竟然可以如此互置,实在令人惊讶和叹服,这是实在论和唯心论的完美交接,乌鸦——灯(熄灭的)。在黑暗中,乌鸦何以寻找自己的脚印?熄灭的灯又何以寻找自己的脚印?循着它们的寻找我们又将看到什么——

我们看到了皱巴巴的岁月、越吸越瘪的旱烟袋、得不到回应的呼喊;

我们看到了"我们",衰草一样老去的我们!

而此时,天空依旧,牧羊人鞭子的响声依旧。需要提请读者注意的是这个响声的来源——"鞭子",而非"牧羊人"。读者经由文字抚触并融汇进入的王文海满怀的人世沧桑在此得到显豁的证实——鞭子将比牧羊人长久!

这是一幅黄昏幻景,有着黯而灰的色调,诗人注视的目光由实开始拉向虚:咫尺和天涯,这一对有别于"乌鸦""灯""鞭子"等实物的代表距离的词汇,被辅之以"背井离乡"和"明月里的咳嗽声"这两个定语而一下子有了冰融时期的凉意,虽"轻"却是白发脱落、老年斑长满窗棂的"轻",犹如昆德拉笔下"生命中不可承受的轻"的那种"轻"。

而此时,乌鸦飞走,它飞走带出的空白带来了关于时间其实也是关于生命的巨大悬疑。这空白又是什么?诗人说,空白也即是黑洞,而黑洞即是不让任何其边界以内的事物被外界看见的死亡恒星的剩余物。从"落日"到"黑洞",生命的追问并未得到完美解决,可见的落日因为持续深入的追问而显示它不可预知的黑洞性质,这不能不说是诗人惯于自找苦吃的必然结果——你有思想,你就去承担思想的苦吧。好在真正的诗人总是乐于承担这样的苦,并愿意在这样的苦中评判出思想的意义。

三

自觉的写作者总是不倦于在精神和技艺上自我诊断自我疗治并进而自我强健起来,一个从2006年开始阅读王文海的诗一直到现在的读者,将很明显地捕捉到一个在思想和语言上日渐构建自己特殊风格的王文海的形象。在王文海的诗中,我们读出了希望——绝望——希望的轮番上演,读出了他诗歌中关乎本土问题和地域特征的审美特质,读出了一个诗人饱满的关于认知的努力——用文字,为乡土中国塑像。

对于我你却是整个世界

——读王占斌写母亲的诗

◆ 洋滔

一位母亲在阵亡的儿子墓碑上写道："对于世界你只是普通的士兵，对于我你却是整个世界。"这是世上最好的写母亲的诗。读到它，我就想起山西诗人王占斌关于母亲的诗。

我对王占斌是陌生的，几乎一无所知，但一读他写母亲的诗就被深深打动了。他的诗总的来说比较严谨、考究、细腻、感性、真情，很合我的阅读胃口。

从王占斌的诗中，我们读到了"一脸菜色的风尘仆仆的母亲"在炉火正旺的屋子里，"仔细打量着白菜，打量着 / 她的孩子们。胖了，瘦了 / 干瘪的嘴角漾起希望"（王占斌《越冬的白菜吹着口哨》）在王占斌洋溢着母爱深情的诗里，我们看到贫病交加的母亲就像一个看到希望的太阳的天使，打量像白菜一样嫩生生的孩子们，是胖了，还是瘦了，坦然地为他们抹去痛苦，用真诚的爱为他们留下生命的灯。母亲的嘴唇是干瘪的，但母爱的力量是伟大的，她始终呵护着孩子们在人生的道路上前进，净化着天真纯洁的孩子，为孩子撑起一片蓝天，使孩子以后的路越走越宽敞。

王占斌把母亲和故乡紧密联系在一起，母亲就是故乡，故乡就是母亲，"顺手掐一朵 / 荞麦花，闻了又闻，嗅了又嗅 / 母亲不知道，不经意间她就成了开花的荞麦 // 开花的荞麦捂住伤口，捂住岁月的苍白 / 在镜子里，在我的视线里，在琐碎的事务里 / 那么零乱、清晰，迎风飘舞 // 突然间我的泪花翻滚起来 / 为荞麦的母亲，为一顶顶开花的伤口 / 为年年盛开乡思的故乡 / 那一生中割舍不断的热爱"（王占斌《荞麦开花顶顶上白》）。母亲对故乡的眷恋，写得好真切感人，诗人对母亲和故乡的大爱，写得好率直逼真。王占斌的白描里有浓浓的诗情，有清新的画意，有炽热的疼痛，有难舍的热爱，有涓涓的乡思，有熟悉的荞麦花和泪花的芳香。诗中流露出诗人割不断的亲情和乡情，母亲爱故乡，爱故乡的荞麦花。她久别故乡，回来后亲切地掐一朵荞麦花"闻了又闻，嗅了又嗅"，她不知道，不经意间她也成了"开花的荞麦""开花的伤口"。母亲、荞麦、诗人、故乡，天衣无缝地融合在一起了，诗人独到匠心的艺术境界展示得合情合理，淋漓尽致。

　　孩子是母亲的心头肉，捧在手里怕掉了，含在嘴里怕化了。母亲纯真伟大的爱是无私的，是一生一世不会变的。母爱并不一定惊天动地，生活中往往表现在最细微的地方，出门前的一声问候，盛夏里的一杯凉茶，寒冬里的一件毛衣，平日里的一些唠叨，病床前的焦急不安……都能体现母亲的融融深情。王占斌的诗让我们知道，母亲虽然年老体衰，但握针的手依然灵活，儿子那双三十九码的鞋垫，她用枯瘦的手量了许多年，不薄不厚，一针一线扎得结结实实，还用大红的绒线绣几朵牡丹和绿叶，母亲放慢针线，"看着绿叶发呆，绿叶真的老了/……花开富贵/母亲的笑不自觉地摇动着鞋垫上的花枝"。此刻，作为诗人的儿子"多么希望变换成你的绿叶啊！"（王占斌《绣满牡丹的鞋垫》）。没有承诺，没有夸张，也没有华丽辞藻的冠冕堂皇，但我们从母亲为儿子扎鞋垫绣牡丹绿叶这些朴素的诗句里，感受到拳拳母爱比天高，比海深。你怎么可能测得出来呢？这是需要用心来体会的。你要相信自己的母亲，她永远是爱你的，在同龄人看来，你永远是世界上最幸福孩子，因为你有一个让他们羡慕的母亲。母爱是什么？是春天里的鲜花，是夏天里的风凉，是秋天里的果实，是冬天里的衣衾，是吃饭的时候，她总是舍不得吃荤菜，说鱼腥，说肉烫，让你吃够她再吃，是每年总是张罗着给兄弟姐妹买新衣服，而她一年一年总是穿着同样的衣服，是你在外面遇到"不公正"待遇，她的思维随着你的叙述忐忑不安……如果你没有离开过家，你就很难体会母亲对你的关怀；如果你还没有自己的孩子，你就很难理解母亲爱你的根源。

　　著名诗人马萧萧说："写母亲的诗，没有不好的。"这句话很适合王占斌，他写母亲的诗，没有败笔。希望他写得更好，吸引更多的读者。

走近司马光

——评李金山的《司马光传》

◆孙德喜

司马光是宋代著名的政治家、史学家和文学家，生活在距今差不多一千年前。现代人对他的了解基本上就是历史上流传的"司马光砸缸"故事和他编纂的《资治通鉴》，而对于其人的了解和认识非常有限。虽然不少专家学者撰写并出版了司马光的传记，但是大多从学术研究出发，这些传记可能具有一定的学术价值，但是对于众多的普通读者来说，要通过阅读这些传记来认识和理解司马光，还是比较困难的。山西作家李金山新近出版的《司马光传》（山西传媒出版集团·北岳文艺出版社 2015 年 11 月版）则以极其有效的方式叙述，克服千年时间的阻隔，引领现代读者走近历史人物司马光，从而对这个历史人物有了比较全面而深刻的理解。

与以往阅读古代历史人物传记不同，在阅读李金山的《司马光传》时，我们首先感到的是轻松愉快。在许多古代历史人物传记那里，我们虽然可以接触到比较翔实的史实材料，但是所叙述的历史与我们现代人的生活相距甚远，因而始终对历史人物和传主所经历的历史事件认识非常模糊；我们虽然可以阅读到历史人物的曲折惊险的人生与令人惊叹的丰功伟绩，但是由于演义色彩十分浓厚而对其历史不能准确地把握，因而对传主的认识也可能产生一定的偏差。然而，在阅读李金山的《司马光传》时，我们与历史的阻隔消失了。这主要在于李金山善于将遥远的历史进行现代转换。所谓历史的现代转换，就是以现代话语和表达方式来叙述千年前的历史。司马光所生活的宋代虽然相比较秦汉隋唐来说，距我们比较近，但是那个时代的许多东西对我们现代人来说都是比较陌生的，除了相关的专家学者，要搞清楚这些东西绝非轻而易举。这就需要通过一定的方式转换成现代人所熟知的经验和知识。

在一些传记中，通常是以注释（有的是夹注，有的是脚注，有的是尾注）的方式达到这个目的。然而，注释常常造成阅读中断，特别是尾注方式的注释还要翻到其他页码，阅读很不顺畅，也不愉快。而李金山所采取的是以今说古的方式来解决这个问题。所谓以今说古，就是以今人的经验、知识和语言来叙说古代的人和事。我们在阅读《司马光传》时，必然接触到传主以及其他人所写的各类文章。而这些文章都是用千年前的文言文写成的，其中既包含不少文化掌故，也包含当时人的生活习惯和交往方式，还存在当时官职和机构的名称，但是由于李金山在将文言转换成白话的同时，还以现代相似的事物和现象进行类比，从而消除了历史的阻隔。司马光的父亲司马池做到了"群牧判官"，一般的作家在写作时往往只说这个职务就是管理养马的官职，而这样的解释很容易让人联想到孙悟空在天庭被玉皇大帝任命为"弼马温"，而"弼马温"在神仙的系列中是无足轻重的一个芝麻大的小官。这样，就容易对司马光父亲的职位产生误解，认为这个官职并不重要。而李金山在介绍这个官职时写道："司马池的官越做越大，做到了群牧判官。我们知道，冷兵器时代，马在战争中有着特殊重要的地位，因此，当时管理马政的机构群牧司直接隶属国家的最高军事机关枢密院，由枢密院决定官员的任命。群牧司判官在当时来说，属于一肥缺，争抢的人很多；但枢密院长官枢密使曹利用，根据公论选择的是司马池。"经过李金山这么一介绍，我们不仅了解到"群牧判官"这个职位的具体权力，而且还了解到司马光父亲担任这一官职显示了国家对他的器重。由此可见，司马光父亲的为人和能力是得到朝廷赏识的，而他的为人之道显然也会对传主产生深刻的影响。

与此同时，《司马光传》中虽然大量引用了司马光等人的文章和诗歌（作为原始史料而存在），但是李金山一方面在引文中对生僻字词以加括号的形式注音注义，另一方面在引文后对原文做了简要的解释。这种解释不是简单地将文言文翻译成白话文，而是指出其大意，这里虽有翻译的成分，但是更在于高度概括，便于读者抓住要领，更容易理解原文作者的意图。1055 年，司马光来到太原，这里的寒冷给他留下了深刻的印象，他作《苦寒行》一首记述他对这里酷寒的感受。司马光的这首诗如果不加解释，现代一般人难以读懂。李金山在抄录了全诗的同时，对诗歌的大意做了白话文的复述。经这一复述，诗的意义就很清晰地呈现在读者面前了。1063 年，宋仁宗去世，新皇帝宋英宗即位，如何处理驾崩皇帝的数以千计的嫔妃，是一个比较棘手的问题。司马光于是上疏就这一问题提出解决办法。李金山在抄录了司马光的《乞放宫人札子》一文后，以十分轻松的笔调阐述了司马光的意思："从司马光的这个札子来看，宋代宫廷有这种惯例，就是皇帝去世以后，后宫中地位低下的宫女们，就要遣散出宫。至于原因，除避嫌以外，还有节省开支的考虑。要留下来的包括三类人：一、生有子嗣的；二、地位较高的；三、管理卷宗的。被遣散的宫女，都要给予嫁妆，可算是青春损失费吧。这些宫女出宫以后，可以自由嫁人。"这里虽然没有严格按照司马光的原文做翻译（严格翻译原文可能是乏味的），但是司马光札子的意思是很明确的，给人的印象是很深刻的。经过这样的转换，我们走近司马光的障碍就被基本扫除了。

　　扫除历史阻隔所形成的障碍之后，我们可以走近司马光，来好好瞻仰这位历史上显赫的政治家、史学家和文学家了。李金山向我们所呈现的司马光是一位守礼、耿直、忠诚、低调、谦恭、敢于直言、善于自省和纳言的谦谦君子。出身于仕宦之家的司马光从小受到父亲司马池的影响，聪颖、机智，注重品格修养，深厚的儒家文化滋润着他，令他追求崇高的人格。《司马光传》中给我印象最深的是，司马光对皇帝的多次进谏和请辞。在中国历史上，唐朝的魏征以敢于进谏而著称，读了《司马光传》，我觉得司马光在向皇帝献言献计与进谏方面堪与魏征相比。所谓进谏其实就是对国家最高领导人作善意的批评，既需要看到问题的实质，又需要足够的胆量和魄力，更需要智慧和进谏艺术，稍有差池，就可能招惹祸患，给自己和家人造成不幸。因此，进谏是要冒风险的，而敢于冒风险向皇帝进谏，确实是赤胆忠心，既是对朝廷的忠诚，也是对国家的负责。辞官在古代虽然比较多，但是情况各不相同。有的因年老体弱，辞官为了静心养老；有的是在官场与人发生矛盾冲突，而且处于下风，在官场上混不下去，通过辞官图个清静；还有人以退为进，辞去现职，是为了攀升更高的官职。然而，在官本位的中国，辞官毕竟只是少数人，更多的人是为了利益而想方设法谋官升官。而司马光的辞官，从李金山的这本传记来看，原因是多方面的，有时是担心别人误会，有时是出于自谦，有时是为了守孝，其中最重要的是辞官以自责。司马光在任开封府推官不久，就上《乞虢州第一状》，要求辞去开封府推官职务到虢州去任职。当时，开封府推官，是"京师的第三把手，主管司法，相当于今天的北京市中级人民法院院长，当然是个不错的差使，升迁的机会也肯定比任职地方大得多。"但是，司马光却辞职要求到地方任职，原因是前不久经历的"屈野河事件"，参与的人几乎都被贬黜，司马光也参与了此事，但是他却没有被贬；因而他要通过请求辞官以自我放逐，以减轻自己的负罪感。这当中当然还表明他敢于担当。而在司马光的请辞中，我们看到他常常不被批准，于是再三上书请求辞职。这种状况在中国历史上可能并不多见，因而令人惊叹。从这当中，人们可以见出司马光的人品。

在司马光的人生中，他与王安石在变法问题上的矛盾和对立，也往往是人们关注的重点问题。在许多人的印象中，王安石就是改革派，受到赞许；而司马光由于质疑改革，于是被认为是保守派，而保守派是受到否定的，对他的评价就比较低。对于这个问题，李金山一方面将司马光与王安石之间在变法问题上的主要观点摆列出来，另一方面仔细分析了当时的形势与有关政策的利弊以及双方的出发点，进而让读者从整个变法的过程来看双方意见的优劣得失，从而避免了简单的肯定与否定。

现代人了解和认识古人，既不是为了一般的怀古，也不只是要从遥远的历史那里去寻找自己的历史镜像，同样不是为了从过去的辉煌中，找到可以骄傲和自豪的东西，而是为了从历史的血脉中搞清楚我们的文化基因，为了从古人那里寻求值得借鉴和利用的精神资源，为了以史为鉴吸取历史经验教训，避免重蹈历史覆辙。李金山的传记所叙述的司马光让我们看到他敢于直言、敢于担当的精神。他对历史的熟稔，他那富有战略性的眼光以及他对于问题的深刻思考，在修纂《资治通鉴》时的认真态度等，都令我们敬佩，也应该融入我们的精神。我们走近司马光，近观他的人生，既是作为 21 世纪的今人与千年前古人的精神对话，也是从历史中汲取精神营养。

2016 年 2 月 18 日于扬州存思屋

《重说司马光》序

◆ 韩石山

金山先生写此书时，我还在一家刊物任职，待到此书写完，我已退职回家，金山先生不负前约，仍让我为他的书写序，这分情义，让我感念不已。

看着整齐的书稿，不由得想起金山写此书时的情形。同在一个楼上办公，我们的办公室是对门，偶尔我会去他那边坐坐，他也会来我这边坐坐。一次他说起，要写一部"司马光传"，我问他资料收集得如何，他说已购得若干种书，还有几种尚未购得。正好他缺的几种里，有三两种我有，下次上班时便带来送他。约莫过了一年，就开始动笔了。再去他那边闲坐时，若没有公事，常见他坐在电脑前写他的书，那么专注，那么兴奋。我心想，写书就应当是这个样子。见他正忙，不便久坐，聊上几句就走开了，一面默默地祝愿他的书早日写成，早日出版。大概就是某次我去看他的时候，他说让我为他的书写序，当时也没多想，就贸然答应了。这才两年，已大功告成，真是够快的。

全书数十万字，怕我太劳累，只给了我不到十万字的样子，虽说不及全书的三分之一，在我看来，已足见此书的体例与品相了。

书名没有像他当初说的那样叫"司马光传"，而叫了《重说司马光》，初看容易想到时下的"戏说"，及至看过，反觉得这个名字很是恰切。从体例上说，既是纯正的历史叙述，又确有自己的"说"在里面。他的说，可分为两种，一种是对史实的阐释与辩证，还有一种，则是由史实引发的联想，最见心性，也最见才智。

比如第十三章《在并州》，写司马光在并州任职的情形，开头说了并州即当今太原一带之后，接下来说：这年"司马光 37 岁，当然，按照现在的习惯算法，就是 35 岁多或者 36 岁。与他年龄相仿的作者，在近千年后的太原城里，写下本章。"同章中，说到司马光的诗作《酪羹》，诠释中插了一句："现在太原人冬天爱吃的羊汤、羊杂割，大概当时就已经流行了。初到太原的人，对这种地域性的美食，一时半会儿不大容易接受。司马光也不例外。"也是此时，司马光曾与知州庞籍一同到城西阅兵，引述其诗作《从始平公城西大阅》后，接下来说："司马光当日的阅兵场所，距离本书作者现在所坐的地方，不过咫尺之遥，汾水、西山都是再熟悉不过的事物，摇曳的旗帜，雄壮的呼号，似乎正从诗句背后凸现出来，我们隐约可以见到或听到。"写历史人物，将自己即时性的感受也掺和进去，这写法真够别致的。（更绝的是，有的章节里，将作品贴在网上后网友们的议论也写了进去。）

再如第二十七章《遗赐》，写了国库艰窘，而皇上赏赐无度，司马光遂上疏要求准许官员以捐的方式退还所赐的钱物，在引述了《言遗赐札子》的内容之后，接着说：

皇帝赏赐多好啊，金银珠宝谁不喜欢，笑纳才对呀！这就好比公务员的年终发双薪，哪个不是欣欣然，没心没肺的样子，没听说有谁主动不要的。而司马光就提出来了。那个时代还没有发行国库券，因此只能是这种捐款捐物。司马光没有请皇帝不要赏赐，而是请皇帝同意群臣可以随意捐献，皇帝赏赐下来，群臣再进献上去，皇恩浩荡，群臣仁义。看来确是个两全其美的解决办法。

这样的插叙，一下子拉近了古今的距离，让我们感到，这位司马先生，就生活在我们身边，古代的事儿，也跟现在的事儿多少有些牵连。

这样的"说"，既是一种亲切的黏合，也是一种机警的引领。没有了埋首古籍的烦恼，反而时不时地让你会心一笑。

人物传记是历史与文学的结缘，要的是史实的确凿，叙事的流畅，二者缺一，便是一种偏颇。多少人物传记，在这方面的表现总让人生不出敬意。而金山先生的这本书，没有这个毛病，甚至不妨说，他最看重的是史实的精确，遇到重大的事件，总是广征博引，务期穷究。而叙述，又是那样的清爽酣畅，欲罢不能。

比如第十三章第三节《屈野河事件》，先写事件的原委：麟州（治今陕西省神木县北）位于黄河以西，该州有条河叫屈野河（今窟野河），河西多良田，与西夏接壤。彼此疆界不明，时常受到西夏兵士的侵扰，逐年蚕食，逼近州城。麟州属河东路管辖，并州知州庞籍，同时身兼河东路经略安抚使，接到下级的禀报，便派通判司马光去处理此事。麟州的官员告诉司马光说，州城西临屈野河，从河西到边界五六十里，连个侦察哨所也没有，敌人因此肆意横行，甚至绕到城东，州人都不知道。若能在河西二十里左右修筑两个小堡，每堡要不了十天就能竣工，等到夏人再次聚集，两堡侦知，州城就可免遭突袭。州兵出入有了落脚的地方，堡外被侵占的农田也可悉数收复。司马光觉得言之有理，回到并州后就向庞籍做了汇报，庞籍遂令麟州依申请修筑二堡。时间紧迫，庞籍只是向朝廷做了报奏，没等批复就下了命令。偏偏这个时候，西夏发动攻击，宋军轻敌败绩，朝廷怪罪下来，加之权臣作梗，遂酿成大狱，庞籍降职调离，麟州官员也各有处罚。司马光因庞籍的保护，未受到惩处，只是调回京师，另有任用。事情到此，本可结束，但司马光因为自己的参与，使主帅受责，心中愧疚，接连上书，一则为庞籍辩诬开脱，二则请求对自己从重惩处。两次上书，未获批复，又去中书省、枢密院请罪，要求重则处斩，中则流放，轻则发往边郡任职。两院仍未理睬。为此，司马光愧悔难当，觉得这是自己出卖了大家，宁复为人，"一想到这些，白天就扔掉筷子罢吃，夜晚就捶打床席唉声叹气，终身引为遗憾，感到耻辱，无法洗刷，好像胸中有很多石头瓦块"。

这只是举一个例子。在此后的章节中，几乎国家每遇大事，不管是对皇上，还是对众大臣，只要认为错误的，司马光都能挺身而出，据理力争。史书上说司马光当时就有"司马牛"的绰号，只有看了这些史实，才知道他是怎样的"牛"，怎样的执拗。

确凿精细而又酣畅淋漓的叙事，可说是本书的一大特色。从这个意义上说，书名的"重说"二字，可以理解为"重（chóng）说"，也可以理解为"重（zhòng）说"，浓墨重彩，逐层皴染，直到那个"司马牛"昂然于天地之间。

写到这里，也想仿金山的写法，"说"上一下。读史书的效用，不外知人论世。作为一个历史人物，不管是"修齐治平"的四级递进，还是"立德、立功、立言"的三足鼎立，司马光都达到了一个极高的层面。何以致之？未必全是读了此书，也有先前的一些思考，比如前些时我刚读过柳宗元的传记就不无体会，是不是有这样一个规律性的东西：有大学问者，方能臻大境界，经大磨难者，方能成大事业。再就是，家学渊源，家庭教养在人的一生中的作用，至关重要。近世以来多少"平地起高楼"的尝试，所以难以奏效，怕还是对中国历史的脾气没有摸透吧？

写完了才发觉，我的这种"说"，是不能和金山的"说"相比的。太正经了，太无趣了。没办法，书生老矣，本来就不多的那点才气早就消磨殆尽了。

金山年纪轻轻，能在这么短的时间里，完成这样一部厚重而又颇具特色的著作，无论是作为永远的同乡，还是先前的同事，我都是感觉欣喜的。承蒙不弃，委我作序，书此短章，权作引言，更多的精妙之处，还请读者诸公自己去体味吧。

2007 年 9 月 27 日于潺湲室

错乱叙事的匠心独运
——评陈年的小说《小烟妆》

◆彭学明

　　陈年的《小烟妆》是时下最流行的底层文学、草根表达，应该说《小烟妆》是倾注了作者的悲悯情感的。三个人和三个家庭的故事，牵动的是企业草根的命运。三个人背后的故事由此展开。三鬼、刘军、小烟，三个不同的人及三个不同的家庭，命运的底色却殊途同归，艰涩而灰暗。

　　原名叫陈果的小烟因为丈夫李春在矿难中死去，不得不悄然进城卖春把儿子养大成人。三鬼和刘军也在多年后因为煤矿不景气而进城跑摩的做生意。这样，跑摩的拉客的煤矿工人三鬼和刘军，在拉客和嫖宿时与小烟相遇了，多年未与得子宫癌的妻子享受床第之欢的刘军最后也与小烟苟且偷情。即便一个卖春，一个买春，小说在辛酸的叙述中还是透着淡淡的暖意和弱者的尊严。小烟时不时地总要请三鬼和刘军吃点东西以示谢意，三鬼的车被扣一时交不出三千元罚金，小烟二话没说悉数垫付。而刘军和三鬼也不忘回请，即使在与小烟有了床第之事后，刘军也不忘记给小烟的出租屋整修好漏水的水龙头，让小烟隐隐有了一种对男人的依靠之感。平民之间微小而恬淡的快乐和相互尊重，像一滴水墨，淡淡浸出。遗憾的是，作者没有在这微小的快乐和相互尊重及弱者的尊严中再多下些笔墨，而是剑走偏锋，在短短的两万多字中，用了太多的篇幅描写床第之事，而且似乎津津乐道，损伤了艺术情感。这使我对这部小说，有了一种警惕、隔膜。但从艺术的角度，这部小说有值得我们学习或者探讨的地方。

　　《小烟妆》的叙述，打破了小说叙事惯有的平铺直叙，以一种复调似的错乱叙述，不断把读者带入一种秘境，又走出一种秘境，再带入一种秘境，再走出一种秘境……说是复调，是因为小说一方面是以一种进行时的状态，写刘军与小烟的床笫之欢，一方面是一种过去时的状态，回溯刘军、小烟和三鬼各自不同的人生轨迹与家庭命运。现在进行时和过去进行时两种生活状态的交替出现，不但有一种时空轮换感，也有一种叙述的错乱感，使人读起来吃力费劲，有一种云里雾里不知所以的茫然感和疏离感。而作者的功力，在于凭借这种叙述的错乱感和读者的茫然感，把读者带入作者设置的种种秘境，然后再带出种种秘境，也就是说，给出了一个个答案，这种答案有的模糊，有的清晰。比如，小烟到底是不是刘军和三鬼死去的同事的妻子陈果，作者给出的答案就是既清晰又模糊的。

作者的这种"错乱叙事"，既像层层剥茧，层层抽丝，让读者先看到茧再看到丝，又像层层抽丝，层层剥茧，让读者先看到丝再看到茧。这种叙述有别于简单的情节剧。情节剧是先把结果铺开，然后再沿着结果寻找真相。比如，先来一个结果：一桩凶杀案，然后再追踪这个凶杀案。而《小烟妆》只是把一个过程铺开，然后沿着这个过程追寻过程，回溯过去。作者是把刘军和小烟苟合这根丝抽出来，露出一点点丝头，然后顺着丝头把茧一层层剥开，直到最后抽出所有的丝，剥开所有的茧，露出所有的真相。就像人倒着走路也可以慢慢抵达目标一样，作者是倒着叙事，也能够慢慢抵达真相。

这种"错乱叙事"的魅力是，开始读起来好像是东一棒头西一棒头的错乱，最后才知道这东一棒头西一棒头的错乱都是有意的，有意的背后是有序，有序的背后是匠心。

尽管作者这种艺术上的追求与探索值得褒奖和欣赏，也比较成功和可取，但作者在现实与过往的转承启合中还是尚欠自然，在现实和过往的起承转合中，开的口子还不够宽，榫头契合时，有一种硬拽硬扎的感觉。也就是说，从现实到过往的追述中，作者有时候跳得太远，落点自然就有些偏。比如第六章节的一跳，就离前面几个章节落点太远。前面几个章节都在围绕刘军、三鬼、小烟转，突然冒出个李春和陈果。尽管后来交代了陈果就是小烟，但这一跳缺乏更合理的逻辑性和更自然的关联性。因为这一跳，不是沿着原来固有的生活故事轨道，贴着地面自然一跳，而像是突然从天而降的仙人跳。

但话还得说回来，瑕不掩瑜，作者的"错乱叙事"，还是达到了作者的预期效果，也给读者留下了较深的印象。

春风"沉沦"的晚上

——评陈年的小说《小烟妆》

◆何吉贤

《小烟妆》是个很 in 的题目，会让人想到时尚、风尘，想到娱记笔下的"话题"，想到烟熏妆中王菲的经典……

陈年的这篇小说披着这样一件"香艳"的外衣，春风沉醉，欲望蓬勃。虽然内里却是消沉的，疾病、死亡，破败的矿山，无法跨越的贫富鸿沟，小说里的人物无声地"沉沦"。其中，看不到一点希望，甚至没有一点希望的愿望。

因为清除农民工，因为伤病，井下的矿工上升到地面，开起了"黑摩的"，混迹于城乡交界处。丈夫死于井下的矿工妻子为供孩子上学，坠入风尘，做起了暗娼。挣扎于生活不同底层的两拨人，最终在城里高尚小区外碰头，于是，因妻子患病而无法行夫妻之事的失业男矿工，与丈夫死于矿下而做了妓女的矿工妻子上了床——当然，这是以"交易"的形式进行的，感情被排除。

作者在叙述方式上做了刻意的安排，两条线索——矿工（现在的黑摩的司机）及其家庭生活的展示与那场性交易的过程——互相穿插。一偏粗，一偏细，一偏叙述，一偏描写。对于这两条叙述线索，作者在人称上也做了特别的安排。在性交易中出场的男女，无名无姓，只有男女之分。在一定程度上，他（她）们是欲望的代表。但令人印象深刻的是，这样两个"无名"的欲望体，却有着敏感、细腻的感觉和心理。在这个"无名"的世界中，感觉复活，色彩呈现，一滴水带活了整个夜晚，"一群小蚂蚁"可以从"骨头缝里游出来"。如果用视觉呈现，我想，这应该是一个彩色的世界。而在另一条线索，那个阳光下的（失业）矿工们（及其家属）的白天的生活世界里，他（她）们有了自己的名字，有了自己作为丈夫、妻子、父亲、母亲的合法的社会身份，以及作为"黑摩的司机"和"暗娼"的不合法的职业身份。但是，在这个"明亮"的世界里，色彩暗淡，人物的感觉迟钝，对话几乎陷于机械。再次放置到视觉呈现中，我想，它应该是一个凝重僵滞的黑白世界。在这个世界中，这些"有身份（证）"的人，是一些真正的"无名者"，贫穷、疾病、苦难模糊和抹平了他们的脸庞，吸纳了他们的声音，麻木了他们的感觉。

在这样的叙述安排中，那个很 in 的"小烟妆"就获得了强烈的冲击力。她在日暮时分的浮现，犹如白天对黑夜的凝视，那么的明媚娇艳，那么的触目惊心。"无名者"隐身在黑夜中，"小烟妆"是他（她）们留下的质问。

时代在变化，社会在分化，文学的潮流和风尚也在变化，这也犹如女人的脸，时而素颜，时而浓妆，时而"烟熏"，时而"小烟"。但无论怎样变化，文学总要以自己的方式，记录下这个时代变化的印记——无论是直观的、感性的，还是曲折、变形的。

但在这篇小说中，底层世界除了为日常生活操心外，没有其他共同的交汇点。在底层这个灰色的生活世界中，精神（甚至心理）被掏空，激活他们的只是共同的欲望。苦难没有带来心灵的高洁，只带来了心理的麻木和精神的堕落。共同的遭际没有带来相互的认同，更没有引出共同的意识，只带来相互的隔离，甚至伤害。因为底层一旦突出自己的生活世界而进入到精神世界，就只能分享和追寻上层的意识（形态）：那是欲望的逻辑，是尔虞我诈的逻辑，是资本欺凌劳动的逻辑。这也许是生活的现实，是现实的必然。但在我看来，这可以是现实真实的逻辑，却并不能成为文学的逻辑。

看到这篇小说，我想起了现代文学史上以"香艳"著称的作家郁达夫的名篇《春风沉醉的晚上》。这里同样是一个物质极度匮乏的世界，但人的精神却强韧地活着，在囊空如洗的文人眼中，烟厂女工仍是"纯洁的处女"。小说结尾，文人从贫民窟夜游到租界洋楼对面："天上罩满了灰白的薄云，同腐烂的尸体似的沉沉地盖在那里。云层破处也能看得出一点两点星来，但星的近处，黝黝看得出来的天色，好像有无限的哀愁蕴藏着的样子。"

我想，这就是文学的逻辑。也许微弱，却能照亮人心。

也许，在现在这样一个"春风'沉沦'的晚上"，我们更需要文学的那一点两点星光。

如何让小说艺术地"穿越"

——小岸《温城之恋》三人谈

◆何镇邦　张陵　石一宁

主持人：从某种意义上说，小说是"穿越"的艺术，它让我们穿越现实，穿越历史，穿越心灵（作者的，小说人物的，甚至读者的），从而得以建构并讲述"生活在别处"的故事。然而，我们当下的一些作者，似乎忽略了小说的这一特性，往往将故事讲得步履沉重，举步维艰，让我读完之后，除了一声叹息，再无驰骋想象的冲动。基于这个原因，本期争鸣，我们请何镇邦、张陵、石一宁三位评论家来讨论小岸的中篇小说《温城之恋》。因为，在这篇小说中，蕴含着"穿越"的努力及其可能性与界限，这一切都体现在对现代都市生活的灰色描摹中，体现在对现代都市爱情的失望无助中，体现在对遥远小村、古朴老宅、纯美乡村少女的深情刻画中，体现在对小院中波斯菊灼灼怒放的讶异中……

何镇邦（评论家，以下简称何）：我以为这篇小说是《聊斋》故事的当代翻版。小说的情节提炼得很单纯，人物关系也很简单。它只写了三个人物：迟岩、温小楠和蓝心。迟岩是一家杂志社的编辑。他在家是一个娇生惯养的独生子，在单位却是个被众女编辑包围的孤独男青年。他工余时间喜欢到公司附近的蓝山咖啡馆消磨时间，于是认识了这家咖啡馆二十出头的年轻女服务员温小楠。他曾在杂志上介绍过一个叫温城的几近荒芜的村庄，这个村庄也因此而意外地火了起来，成为人们旅游度假的首选之地。温小楠的老家在温城，因为政府要在温城建度假村，祖宅将被拆除，温小楠受父亲之托要回温城办理拆除补偿事宜，于是约迟岩一起去。迟岩欣然答应。两位青年男女一同前往温城。迟岩与温小楠，虽然玩得都很高兴，但并未产生预期的故事。然而途中温小楠陈述她太奶奶凄美的故事却做了很好的铺垫。到了温城，温小楠住进村长家的家庭旅馆，而迟岩却在雨中闯进了一家只有一个美丽村姑在家的古朴温馨的农舍，和那位叫蓝心的美丽村姑一见钟情。一夜痴情后，翌日，迟岩与蓝心告别，同温小楠相遇，到温小楠祖宅拆除现场。他触景生情，心魄动摇，于是向村人打听蓝心的消息，然而结果令人绝望——村里竟无人知道蓝心姑娘。绝望之时，他在温小楠祖宅的废墟中发现了一件绣着迟岩肖像的上等绣品。温小楠打电话给父亲，得知她太奶奶就叫蓝心……迟岩想再见蓝心一面而不得，于是变得神思恍惚，只有在网上查到"时间虫洞说"才得以释然。

这个颇像蒲松龄笔下聊斋故事的凄美爱情故事，既表现了当下久居闹市的人们回归自然的志趣和返璞归真的审美趣味，而迟岩与蓝心远隔八十年却在"时间虫洞"中相遇的一夜痴情，又写得如此缠绵悱恻，这是颇有审美意味的。

石一宁（评论家，《民族文学》杂志社副主编，以下简称石）：在小说中，作者想同时呈现两个主题：一个是通过温城这个原生态的村庄表达对当代城市生活的疏离和对田园牧歌的向往；一个是通过主人公穿越八十年时光与蓝心姑娘的相爱表达对古典式爱情的执守。这也是两种回归：对田园的回归和对古典爱情的回归。小说的价值观是旗帜鲜明的。小说以迟岩在杂志社的午饭开始：味同嚼蜡的蒜薹炒肉，煎煳了的煎蛋，吝啬地飘着几片青菜叶的番茄汤，硬得粒粒分明的米饭……实际上，"味同嚼蜡"的不仅是公司的午饭，这一用词和这段描写也隐喻着作者对当代城市生活的评价。作者的批判不仅对着城市的物，也指向城市的人：迟岩所在的编辑部是一个女人扎堆的地方，男性除了他以外还有一名主编。主编已经被空气中密不透风的雌性激素同化了。女同事们的聊天话题永远围绕男人、美容、减肥，偶尔还会挑起隐私话题。对这些人，迟岩感到"简直有些恐怖"。他认为女性应是以羞涩为美的，但当代城市生活业已摧毁了他心目中的女性形象。"实在是个羞怯的男子，似乎不属于这个时代，不属于这个毫无遮掩、没羞没臊的时代"的迟岩，喜欢的是依山傍水，"屋舍院落呈阶梯状分布，石碑钟楼，千年老树，仿佛还停留在过去的年代，散发着没有被工业社会染指的纯净气质"的温城这么一个古老村落，爱恋的是"从没去过温城以外的地方"，"羞怯，美丽，单纯，朴实"的蓝心姑娘，这是可以理解的人物形象和性格。作者的批判和肯定，迟岩的追求和抉择，有其合理性，这是作者个人的，也是现代性产生以来被激发出的一种普遍的人文"乡愁"与情怀。田园牧歌与古典爱情，包括穿越的想望，虽然只是一种当代人的白日梦，但也契合着当代人的内心需求。因此，我们读《温城之恋》（"温城"一词显然别有意涵）觉得清新可喜。

张陵（评论家，《文艺报》副总编辑，以下简称张）：爱情是人性中最基本的内容，也成了小说故事最基本的题材。正因此，爱情故事也就最难写。差不多每一个小说家都写过爱情故事。爱情故事那么多，好的故事，特别是千古绝唱却并不多。许多作家都试图实现"千古绝唱"的梦想，但都以失败而告终。其实，能否成为"绝唱"并不重要，重要的是爱情如何成为我们文学永恒的主题，时时激发着作家巨大的热情，去表达我们人类生生不息的伟大理想。我们现在读到的小说《温城之恋》，也是无数爱情小说的一部。它也和所有爱情小说一样，努力探索着一种人性的奥秘。小说有一种试图摆脱以往同一题材小说写作上的某些模式，寻找到自己个性表达的艺术追求。例如运用时空变化的多种可能性来结构故事，使作品在表达主题时显得不同凡响，也使叙述有一种不俗的手法。看得出，作者受过比较规范的小说叙事训练，具有相当的语言控制力，并知道如何使语言表达体现出艺术张力。作者的艺术手法显然带有一些蒲松龄小说的意味，不过仔细读，又会觉得和当代那种"穿越"作品有着某种联系。当然，我们最后会发现，小说艺术表达的影响源可能是当代商业性电影，如《大话西游》《神话》等。

主持人：说到底，吸引人的是这篇小说呈现主题的方式。

石：这是一篇形式颇为别致的作品。可以将它称为穿越小说，但不同于一般同类小说的是，它所穿越的时光并不很久远，只是八十年前的一个昼夜。另一方面，它又是一篇充满现实元素的作品，或许也可以称作具有现实主义色彩的穿越小说。当代小说对形式的强调不仅仅是一种美学的考虑，而且是对应着当代生活的复杂、琐碎和多样的内容，是小说家对人生、对世界更为深入和多层次的思索与把握所必需。在当代小说看来，形式与内容一样重要，甚至极而言之，内容就是形式，形式就是内容。《温城之恋》让我们又一次看到了小说家对形式的看重和对形式的慎重选择。

何：小说的最大长处是情节单纯而又曲折动人。作者用了近一半的篇幅写迟岩与温小楠在蓝山咖啡馆的相识及结伴去温城的经过，写温小楠关于太奶奶故事的陈述，这个写实的铺垫，不仅不显得冗赘，而且十分诱人和必要。而写迟岩与蓝心的一夜痴情，虽然亦幻亦真，也动人心扉。这种老到的叙述笔调让人很难相信小说出自一位年轻作者之手。人物关系简单，于是可以集中笔墨刻画迟岩、温小楠和蓝心三位主要人物的形象，也凸显作者不俗的艺术功力。

小说在艺术上是对我国古典小说的一种传承，简言之，是受《聊斋》的启发和对《聊斋》的借鉴。我国的小说传统自魏晋以降，从志人的《世说新语》和志怪的《搜神记》到唐人传奇，到宋元话本，直到蒲松龄的《聊斋志异》，明清的八大才子书，以至"三言""二拍"以及晚清谴责小说，有宝贵的传统和丰富的经验值得当代作家们借鉴。遗憾的是，当代作家们，尤其是青年作家，大都把目光投向西欧、北美或拉美。现在，小岸把目光投向中国古典小说传统经验的宝库，这值得赞许。

主持人：关于这篇小说借鉴的资源，很容易就能想到穿越小说和志怪小说，但刚才张陵老师提到了当代商业性电影，我想听听您的具体解读。

张：我个人对电影《大话西游》评价是比较高的。我始终认为，这部作品在叙述大圣情感生活方面的手法颇具匠心。看上去无厘头，但当我们看到大圣回眸城楼上那对爱情男女的凄凉惆怅的一眼时，我们能感觉到这部电影主题与传统文化的联系。这一眼，回报了整部影片那些无厘头的设计。电影《神话》的叙事努力我以为更成熟稳健，虽然爱情时空越过千年，但我们恍如昨天。这些作品对爱情的表现当然说不上经典，不过模式的时代特色却相当鲜明。因此，我们会认为《温城之恋》的叙事受到这样的时代模式的影响非常自然。

不可否认，《温城之恋》有自己的爱情观。不过，在这部小说里，爱情观并不重要，重要的是怎样表达。事实上，在我们这个很浮躁的时代，很难有什么新的爱情观，特别是能够成为小说思想资源的爱情观出现。我们不能指望这样一部还不算特别成熟的小说会给我们提供多少新思想。好在作家也没有打算做这方面的尝试。他只是想把这个故事讲得和别人略有不一样而已。在这样的前提下，我们会注意到，小说在调度时空时显得简单了一些。首先，故事时空的调度依据是一种科学假说——时间虫洞理论。由于故事线条过于单纯，会让我们以为，故事是为了证明虫洞理论而设计的。这就会有理念先行主题先行的嫌疑，从而影响故事讲述的真实性。其次，就算虫洞理论成立，但时空变形一定需要很复杂的条件，小说仅靠一场普通的大雨就实现了，这不能让人信服，也很难写出彩。其三，进入这样的时空的人应该具备什么样独有的个性心理是最不能忽视的，不应该是什么人都有条件进入。可是，小说男主人公迟岩是个阳光青年，没有多少与众不同之处，不可能这样自如进入，哪怕只有一次。至少是这些问题能够直接影响到小说故事的可读性、耐读性、感人性，也使可能很好的创意很难深化推进，而流于一般。

主持人：这篇小说的确体现了艺术超越的努力，但这种努力的可能性在哪里？潜在的危险又在哪里？

何：向中国古典小说取经，我们追求"神似"，反对"形似"。这篇小说对《聊斋》等的借鉴还很难说达到了"神似"的境界，尤其是作为铺垫的写实部分和作为主体的"温城之恋"部分，还没有完全交融在一起，终篇处的"时间虫洞说"，力图把二者焊接起来，也没有完全达到目的。这多少给人们留下一些艺术上的遗憾之处。

石：穿越，是与历史人物相处，亦可谓与死人或死而复生的人打交道，因此穿越小说也不妨说是中国古典志怪传奇小说的现代翻版。《温城之恋》的写作也借鉴了中国传统此类小说的一些手法。如作品对温城和蓝心姑娘的描写，就颇有此类古典笔法和趣味。但《温城之恋》又是一篇不成熟的小说。不成熟不是指穿越这种形式，而是指作品的内容。具体而言，是指小说的爱情描写。小说中的爱情过于简单，也过于肤浅。小说对蓝心姑娘的"羞怯、单纯、朴实"表现得太少（且蓝心与迟岩相识当晚即与其有肌肤之亲并订终身，也不符此种性格定位），给予读者的印象，似乎迟岩对蓝心的爱，更是因为她的"美丽"，因为那"极俊俏的一张脸"。读者只看到美貌的诱惑，而看不到美德的吸引。诚然，人世间有各种各样的爱情，有以貌取人的爱情，有以"财"取人的爱情。但值得作家讴歌颂赞的，只有情投意合与志同道合的爱情，即那种超越了美貌、财产等功利的更深刻、更高层次的爱情。在缺乏对"志同道合"或"情投意合"的更多细节支持的情形下，主人公放弃城市投奔温城，厮守一段八十年前的梦幻爱情之举，在当代语境中显得十分夸张和荒诞（穿越小说的夸张和荒诞是其形式，而不是情节安排的不合逻辑）。古典志怪传奇小说中，固有对郎才女貌式爱情的潦草处理，但也有对才子佳人（美德兼美貌方称佳人）式爱情的细腻表现，其中，不乏通过矛盾与冲突表现美德、智慧与性格之作。因此，《温城之恋》这篇小说让人感到，当代创作如何继承古典文学传统的优秀成分并加以创新拓展，的确是一个有待进一步探讨的课题。

张：小说故事的困难并不是到《温城之恋》才遇到的问题。事实上，长期以来中国当代小说一直受到讲不好故事的困扰。小说技巧虽然不能决定小说主题的本质，但没有技巧肯定讲不好故事。我以为，当我们无法突破思想理念时，技巧是小说之所以能够存在的理由，并且是争取读者的保证。

从女人到女神

——浅论小岸的小说

◆李娜

　　在人类社会发展的原始时期，女性地位比较崇高，人类的创世神话几乎由女性来完成。然而随着社会生产力的发展，男性逐渐居于社会的统治地位，于是漫长的男权社会开始了，女性的独立人格一而再再而三地被贬斥，沦为"物"和男人的附属品，完全丧失了其"话语"。直到五四时期，提倡"男女平等"的口号再次把女性提升到"人"的位置，随后大量女性作家涌出，开始关注到女性的个体生命。由此女性地位经历了一个"女神——女性——女人"的变革过程。正当我们沉沦于此时，山西新锐女作家小岸却用她的作品给我们重新构筑了一个女性世界。不同于很多作家对于女性在社会生存境况中的种种解构，小岸通过她的妙笔，重新建构，让她笔下的普通女性散发出神性的光辉，完成了从女人到女神的蜕变。这其中传递出的脉脉温情，让我们看到女性如何在艰难逼仄的生存环境中用一颗原宥的心包容万象，拯救我们日益荒芜的精神家园。

　　日常生活中随处可见的朴实无华的女人，却由于独特的处事方式，隐隐闪现出女性神性的光辉，使我们惊叹于女性力量强大的同时，也再次感受到"地母精神"对于当代社会建构的重大意义。小岸小说的独特之处就在于：她以女性神性烛照的温暖世界作为对抗平庸现实的"理想彼岸"，以日常生活中普罗大众的卑琐人性作为观照生活质感的"此岸切口"。正因为此，发现女性身上的神性之光就成了小岸创作源源不断的动力，也是她力图给我们构建的温柔敦厚的世界。在这个物欲横流、信仰溃败、价值层面群魔乱舞的年代，"'神性'和'人性'既成为个体自我反省的内在价值参照，也是个体之人获得意义确认和赋予的生活理由；'人性'成为小岸有意展示生活奥秘和复杂理解的基础体验和基础话语，而'神性'是小岸小说呈现昭示价值和意义重建的内在价值机体，这也构成了小岸"温情叙事"的文化命理，从而成就了小岸在山西文学界和中国当代同代际作家群当中的独特之质。"

一

　　随着中国现代化进程的日益加速，物质主义和消费主义已经深深渗透到我们社会的各个层面中，琳琅满目的商品构成眼花缭乱的物质镜像之城，改变着现代人的生活方式。利己主义的泛滥和"钱"本位的嚣张，让我们无法自拔地陷入物欲的洪流中，生活变得混沌不堪，而女性由于其性别的特殊性，更加承载着生存困境和精神困境的双重打压，她们无法逃脱大的时代潮流，其中金钱则成为造成她们困境的最主要来源。小岸的小说，并不回避女性在金钱的胁迫下面临的生存残酷和精神困苦，她让自己笔下的女性人物直面惨淡的人生，在酸甜苦辣的日常生活中不断成长；她用女性独有的神性之光来照耀现实生活中的不平之处，让现世看似合情合理的社会法则、伦理道德、流行观念在女性面前溃下阵来。这种女性的神性之光不单单映衬出俗世的污浊和不堪，还通过其温暖的力量，化解着生活中的种种无奈、悲情、低微和扭曲，使得残缺的生活得以继续、圆满，使个体之人不失追求幸福和诗意生存的动力。小岸似乎在告诉我们，即使面对"金钱"对人的不断异化，女性依然可以守住心中的爱，秉持自己的价值观和理想，不与丑恶同流合污，执着于责任与担当。在这些女性面前，我们似乎找到了突破"金钱魔咒"的道路。

　　《车祸》讲述了一个回头不是岸的故事，小岸借助一个突如其来的车祸，表面上打破了袁晓月一家原有的生活，实际上也同样打碎了亲情人性的虚伪面纱，曾有的爱情和家人的亲情在强硬的金钱面前一败涂地。从这种一败涂地出发，小岸对于当下时代的社会伦理、金钱对人性的腐蚀进行着深邃的思考，颇有卡夫卡《变形记》的意味。这篇小说以一个怀抱美好生活向往、重情重义的弱女子的人生悲剧，揭示了当代人与人、人与世界之间的可怕关系，以及自我确认的艰难。袁晓月虽然逃离过、恨过、怨过，但她终究顾念曾有过的点滴爱意，选择原谅这一切，成全了自己的家人，自己也获得超脱，这就是成熟女性的神性之光。袁晓月是一个美容技师，因为脸上意外出痘而被派往外地出差，在回程买车票时钱包被偷，不料该车出了车祸。袁晓月作为死难者使家人获得了巨额赔款，自己也获得了"新生"，可以摆脱过去沉重的亲情伦理包袱为自己活一把。她寻找到"清水"这一净土，却发现在这个物欲横流的年代里没有净土；她想通过宗教进行自我救赎，找到精神上的依附，却最终徒劳。当潜藏在内心深处"家"的观念召唤她时，她毅然决然地踏上了回家的路程，可是"家"早已不复存在。丈夫利用她死亡赔偿的7万块钱和早有的外遇结婚，并且幸福地孕育着他们的孩子；弟弟利用这笔赔款买了房子和已离婚的弟媳重归于好。愁眉不展的母亲也变得笑逐颜开。这些她曾经拼尽全力爱护的人在她活着的时候没有得到现有的幸福，反而因她的去世过上了更好的生活，比起她活，他们更希望她"死"，这对袁晓月来说是一个多么沉痛的打击。作为一个女人，为娘家，她经常接济补贴，备受婆家和丈夫的苛责，但却得不到娘家人的亲情；对丈夫，她尽心尽力，可终究因为没有孩子，他们感情日益淡薄，直到丈夫有了外遇，她曾有过的幸福如过眼云烟离她远去。袁晓月具有传统妇女的一切美德，终究被现有的社会法则所抛弃。金钱带给人的巨大好处无法用"美德"来衡量，但足以摧毁"亲情人伦"，把"爱"消磨殆尽，人被异化为金钱的奴隶却不自知。讽刺的是人却得到了他们期盼的幸福，被侮辱者与被损害者只能黯然伤神。如果光这么写，小岸的深刻之处就太浅薄了。她写出了女性神性之美，比起对亲情的渴望、男女之间的情爱之真的追逐，真正的超越来自于"对他人的对整个人世的爱的负荷与承担。"晓月"忘不了父亲去世后，母亲是如何起早贪黑养育他们的。"（《车祸》）；晓月的丈夫李伟当初为了与她成婚，不惜与家里死命抗争，虽然一波三折，到底还是顺利成婚，李伟不是也曾与她"爱得水深火热，刀山火海都分不开么？"（《车祸》）。比起对金钱的热爱，袁晓月更多的是对家人无私的爱与牵绊。为此，她不得不变成"活死人"成全所爱之人的幸福，独自承担悲剧的现实生活。

在《杨杨的理想》当中，杨杨的理想一共发生了四次变更：小时候当警察的梦想非常单纯，那时个体化的感觉远远大于时代赋予的职业内涵，想当警察是因为可以穿英姿飒爽的警服，而不是伸张正义，除暴安良；中学想当医生的直接动力是得了心脏病的奶奶因为没钱而去"坐水瓮"，父母又因为奶奶的事争吵、大打出手，她看到了"金钱"在亲情伦理关系中的重要性，理想变得现实了；第三个理想是杨杨希望弟弟念医科大学，替自己圆梦，为此她外出劳动，省吃俭用，可是弟弟考上综合性大学标志着她的理想破灭；第四个理想是要攒够一万块钱让母亲高兴，为此杨杨吝啬到无以复加的地步。其间作者又写了崔莉和罗佳的所谓"理想"，同样也是为"钱"，最后三人得到不同的结局，杨杨通过自己的不断奋斗攒够了一万块钱；崔莉放弃了对物质婚姻的追求，也过上了平凡幸福的日子；罗佳对"金钱"的执着，走上了一条不归路，可以说她的存在是与杨杨形成鲜明对比的。杨杨的理想一步步落入现实社会，直到最后对金钱的狂热追逐，都是为了她心中神圣的信念——"家的幸福与圆满"。在她看来，金钱只是她实现理想的途径与方式，是一步步迈向家庭幸福的阶梯，是帮助朋友摆脱危机的手段。对于"金钱"的渴望并没有使她丧失做人的准则，她通过个人的不断奋斗，不被周围环境浸染，始终在卑微中向理想的实现迈进。在别人眼中，她是"异类"，可正是这个"异类"告诉我们什么是可取的、值得敬佩的。在杨杨孤独的心灵当中，唯有"家""朋友"间的亲情友爱是全部信念的支撑和安托，传统文化当中最为朴实却最为厚重的信仰成为支撑杨杨不懈努力的力量，这是我们当代社会缺失的品质，也是我们可以努力建构的方向。

二

"所谓'家园'一般具有两层含义，一是指形而下的现实时空，小至家庭、故乡，大至城邦、国家；二是指形而上的人类赖以生存的精神皈依之处。"我们的传统是形而下的"家园意识"非常浓厚，几千年的文化积淀使"家"成为集权统治的外化。但是近代社会的到来却打破我们原有的神话，"自从19世纪中叶，'全球化'的潮水涌进中国，逼迫中国社会转向陌生的历史方向，中国人就一直想弄明白，将来的世界应该是个什么样子。先是康有为、章太炎和孙中山这一代人，培育出一个'强国'的梦想，这梦想几经变化，但在半个多世纪的时间里，它大体上一直主导者大多数中国人的前景想象。进入80年代以后，情形不同了，人们受够了'国家''阶级'之类集体性概念的愚弄，于是决绝地转过身去，再次将'个人'看作最重要的东西。从80年代到90年代，从渴望精神的自由到实现物质的欲求，中国社会对于'个人'的'发达'的关注，愈益明显地超过了对于'国家'的'强盛'的祈望。"随着个体化时代的到来，整个社会充斥着一股"自由化"气息。我们打破传统、挑战权威、颠覆神话，随心所欲、个性张扬成为时代标签；我们尽享着物质世界带来的极大欢乐，却在精神的世界里一片荒芜。人的主体性在进入更高的阶段时，随之带来的问题也日益显现：个性的力量不断增加，道德的力量不断减弱，是社会在进步，还是文明在退化？当暧昧、婚外恋、钱色交易成了世俗社会中见怪不怪的法则，当口无遮拦、恣意妄为成为女性解放的标签，我们的社会何以为序。正是基于对社会现象的深思，对"家园"双重内涵的追寻，小岸的小说以"回归家庭"的理念、"守望传统"的姿态，重新构建当代社会人应该坚守的精神家园、秉持的道德底线。无论是追逐纯爱过程中得而复失的遗憾，还是婚外恋对家庭、个人心灵造成的伤害，"小岸作品中所呈现出的是以'传统文化'和'乡土文明'为基石的价值取向，这也成为贯穿其作品始终的灵魂。"而表现这一灵魂的载体则是她笔下的女性人物，她们由女人到女神的过渡和所展现出来的宽宥给我们以深深的启迪。

《温城之恋》看似是一个俗套的穿越故事，实则是对当下现实的一种反抗、一种对女性美的重新塑造，它表达的主题也很鲜明，即对现代社会爱情、婚姻、女性的反思和对田园牧歌式真挚爱情、生活方式的向往。女性意识在中国的迅速发展使我们似乎走入了一个误区：如果女性还被传统美德所束缚，女性将永远不能走向解放之路，于是我们看到更多的是女人脸不红心不跳地大谈隐私话题，"诸如，例假延后，内分泌失调，性冷淡，还有一次兴致勃勃探讨性高潮。"（《温城之恋》）这些都是她们放肆的谈资，她们丢掉了女性应有的"羞怯"之美，大胆之处让男人都受不了，这使迟岩对现代女性心生恐惧，丧失了爱的能力。一次意外的"温城"之旅，一次偶然的穿越，使迟岩在不明就里中回到八十年前，见到了一个完全不同于平时所见的清纯女孩——蓝心。这个女孩完全没有现代气息，她羞怯，美丽，单纯，古朴……简直就是迟岩心目中理想女性的化身，他不可遏止地爱上了蓝心，收获了爱的能力，对蓝心付出了自己真挚的爱恋。可是命运的捉弄却使他们只能拥有"一夜情"，迟岩被重新带回现实，蓝心只能一辈子苦心等待"外乡人"的永远不可能归来。蓝心不仅具有无法抹去的女性之美，她在苦等"外乡人"无望之后，没有抱怨，而是以一颗理解、原宥、信任的心默然地活了一世。当迟岩知道了这一切，明知再次穿越找到蓝心无望，可仍旧回到与蓝心邂逅的地方，以另一种方式与她厮守一生。小岸使用了一个颇具流行意味的"穿越"模式，歌咏的却是被我们早已丢弃的传统的女性之美，"是她明明知道本然性的女性之美的极致，在历史规律与现实法则面前的无奈并因此给女性自身带来不能超越的存在困境，但却仍然在字里行间流淌着对此的坚守，对无奈的反抗，从而在这种坚守与反抗中，使她笔下的本然性的女性之美的极致，超越了悲剧性的女性之美而具有了'神性'的意味。"蓝心所带有的古典女性之美，是一种对古老记忆的诗意化，是对纯真无瑕的美的追寻，它的狭小整洁的道德系统，都是离现实很远的，却是最动人心魄的。这种女性之美熏染了神性之光，那是对爱情的坚守、对爱人的信任，是我们精神家园的皈依之所。这种矢志不渝的情感，以及原宥，都是对当下人们"自我"放纵的有力回击，对个体化时代为所欲为的反抗。这种女性身上散发出的温暖之光、神性之光处处与现代人的行为方式对照着，照出当下人身上的丑陋之处，照出我们的回归之途。

《梦里见洛神》《比邻若天涯》《你是你，我是我》中的辛晓雪、朱文妮、崔若珊则是个体化时代的产物，她们都不安于现有的婚姻状态。当有一天她们与自己内心渴望的男子相遇时，仿佛抓住了救命的稻草，她们以为"出走家庭"可以得到幸福，可结果呢，除了满身伤害一无所有。现代社会的婚外情就像速食产品一样，比如汉堡，即使两个人贴的再近，中间还是夹着家庭、孩子、责任、流言这些东西，任何风吹草动就能把两个人分开。不同于《廊桥遗梦》中弗朗西斯卡那种在道德与个体爱情之间挣扎的感人至深，这些女性主人公的经历只是一场为自我编织的梦，她们拥有的更多的是一厢情愿，无论是辛晓雪以自杀的形式威胁杜浩然就范，还是崔若珊与毕海生博弈之间的妥协，都在为自己幻想一个爱的存在。她们为此赴汤蹈火，可是一旦她们触及男主人公的利益或暂时不能满足他们的要求时，男性人物嫌弃、怨恨、冷淡的情绪就毫不犹豫地流露出来。我们在此没有看到真情，更多的是时下对婚姻不满而借婚外情寻求自我满足的一种手段。因为没有契约，所以更谈不上责任，但它却往往会对现有家庭造成无法弥补的伤害，更会对人的精神进行长久的折磨。小岸的小说试图解构当下流行的婚外恋模式，个体化自由的追逐虽然符合现代人性的发展，但它却丢弃了"责任""道德"，对传统伦理家庭的背弃并不能提升个体的幸福感，只有恪守"家园"，我们才会在细水长流的生活中获取温暖、幸福。

三

张爱玲一直对"地母精神"颇有推崇，她曾总结过"地母"作为女性精神象征的三个特点："……二是女性对生活热烈直接的态度。作为女性的地母，像大地母亲一样爱她的生民和万物，她对世界上受难的芸芸众生说：'只有爱'，'爱你们一大堆人，爱死你们'，她的爱是慈悲博大的。'超人是男性的，神却带有女性的成分，超人是进取的，是一种生存的目标，神是广大的，同情，慈悲，了解，安息。'"正因如此，女人身上常带有母性、悲悯性、包容性，她的胸怀仿佛可以藏污纳垢的大地一般，净化丑恶，吐纳芬芳，给人带来希望。所以历来有好多女性作家十分推崇这种"地母精神"，萧红、张爱玲、苏青、王安忆、严歌苓等无一不用自己的作品表达出对这种精神的赞颂，这是受苦难的女性何以自处及不断给周围人带来希望、幸福的生存智慧。或许受到前辈作家的影响，小岸的创作中也深深流露出这种情感。从步入二十世纪起，人类就进入了一个无法言说的精神困境时代，"上帝死了""信仰没了"，唯有"地母"以她的博爱化解着种种不幸，是人类永世存在、生生不息的精神家园，因为"地母无条件的爱里有一个隐含的背景，即西方人类起源的原罪说和存在主义哲学人生存的孤独和荒诞感。人类如何来拯救自己的罪恶、孤独和荒诞，别无他法，唯有爱、包容和忍耐，能给不幸的人类以精神慰藉。"小岸的小说里不乏这样女性的地母，她笔下的女性都是裹挟于日常生活中的小人物，拥有着或好或坏的生活。但是一个偶然的触碰，她们对生活的理解不断加深，对爱和理解的追寻使她们具有了"神性"的光辉，"地母精神"得以彰显，女性天生就有的母性、悲悯心被激发出来，给身边的人带来了无可估量的温暖和力量。

《守口如瓶》就是一个女性用爱和理解沟通起两个世界，从而使现实生活更加圆满、幸福的故事。"守口如瓶"不是信守任何承诺与秘密，而是信守成熟女性对他人无私的爱与理解，让被关怀的人在不知不觉中走向更深层次的幸福，不是物质层面的满足而是精神层面的愉悦。小岸通过一个简单的故事，写出了女性在世俗生活中的升华，那是一颗澄澈的凡俗中的英雄心，那里闪现着女性神性的智慧光芒。小说始终以苏素、唐叶、武修文三者循环的自述作为结构，为我们呈现出两个完全不同的世界：每个人在现实世界中伪装得很好，苏素与武修文是一对相敬如宾的夫妻，他们之间的亲情之爱远胜于爱情，在平淡的生活中相守相依，不时涌出些许温暖；苏素与唐叶是一对"清如水，淡如菊"（《守口如瓶》）的朋友，她们羡慕对方所拥有的幸福。但是这只是表面，在他们波澜不惊的生活中，隐藏着截然相反的面孔，孤独、苦闷、疏离的时代病早已深深地烙印在他们身上，他们只有在虚拟的网络世界里才能得到排遣和寄托，把自己的内心世界一览无余地展现出来。一次偶然的机会，苏素看到了一个名叫"云上的舞蹈"的博客，跟着随后的链接，她意外地看到了丈夫的博客，在这里她发现了一个与自己眼里截然不同的丈夫和朋友：老实木讷的丈夫内心却是多愁善感，怀有忧愤思想，写诗，渴望做一个诗人；阳光明媚的唐叶一直过着孤苦狼狈的生活，强悍只是那个孤独、心灰意冷、沮丧的唐叶的伪装。苏素忽然就心痛了，她为自己对于丈夫和朋友的疏忽和冷漠感到内疚，她要努力改变这一切。此时的苏素就具有了"地母精神"。作为个体时代的人，她有着自己不可抗拒的孤独、不被理解，可是当她看到自己在意的人同样承受这种感觉时，她放下了自我，"因为懂得，所以慈悲"，她开始转变对武修文的态度，"她要为他营造一个内心之外的，温暖如春，四季飘香的氛围。……终有一天，丈夫诗句里隐隐透出来的寒气，悲伤，会通过外界生活改变，舒缓。"（《守口如瓶》）这是苏素内心对今生最爱的男人的承诺，为此她不怕付出努力与辛苦。对唐叶，"苏素决心要承担起一个好友的责任，她四处撒网，托周围同事帮她寻觅年龄相当，与唐叶匹配的单身男子。"（《守口如瓶》）她苦心经营，终于使唐叶和焦文顺利相识。苏素所代表的女性人物的善良、理解、原宥等品质，让我们重新认识到现代女性的本真存在，是她们的无私改变使我们的生活更加幸福、美满。

对爱的理解和追寻还体现在小岸超脱了以俗世法律、道德为评判标准的体系，在"人性"与"法律""道德"的冲突中，因为人与人之间的关爱、理解、信任，摆脱了自我认知的执念，最终灵魂得到超脱。《零点有约》是一个双向度救赎的故事：一方面，钟梅若无条件的同情、理解、信任以及对韩国强及其家人的帮助完成了她对韩国强的拯救（投案自首），使一个并非"大奸大恶"的杀人凶手勇于站在阳光底下，承担责任，拥有重新做人的机会；另一方面，韩国强无条件的信任也使钟梅若一直苦苦纠结的自我否定得到了救赎，假大空的话语虽然对听众是一种欺骗，但是她的声音和心是真诚的，在生活中我们每个人都需要善意的谎言，需要希望，看破这一点，钟梅若也就得到救赎（重新回到"零点有约"）。在这个小说中，钟梅若无疑是一个弱女子，工作是颠倒黑白，还得说一些违心话；男友是精明且无意娶她，大龄没有婚姻保障……但是，她却用自己的声音，给收音机前的听众以温暖、力量。她有自己的价值标准，有自己的人文关怀，面对传统法律道德体系中不能容忍的"犯罪、杀人"，她从人性角度出发，以悲悯的心态看待韩国强所犯的罪恶，在了解事情的起因经过后，她用自己的力量无私地帮助韩国强。正如刘小枫所说"让那些伟男子感到难堪，甚至因难堪而感愤怒的是，弱女子竟然有比他们更苦涩的信念，有在任何悲惨和丑恶的处境中都不愿抛弃的神圣情怀……一位弱女子竟然拼命要求告那被中国历史判为不可能的然而却是神圣的东西，要拼命与"人间正道是沧桑"的历史法则抗争，拒不承认它的绝对力量的精神意向"。

小　结

小岸的小说，虽以温情见长，但不像铁凝《火锅子》那样始终有一种爱的意蕴萦绕其间，而是跌宕起伏，由锐利转向温情。作者并非看不到现实的逼仄，商业时代对心灵的扭曲，而是始终乐意以一种暖的色调来对抗这个冷的世界。无论是金钱对人性的异化，还是精神家园的缺失，对爱的理解和追寻始终是化解现世荒诞的良药。当我们熟悉于时代法则对亲情、友情、爱情、神话、现实一一解构时，当我们几千年坚守的伦理道德、价值体系轰然倒塌时，当我们的精神无处皈依时，小岸小说的出现仿佛一剂良药，她虽也解构现实，把血淋淋的一幕幕呈现在读者面前，但是，她的温暖之处就在于解构之后的建构，她始终坚守的价值虽如彼岸花，但终会在此岸开放。于是她用笔下的女性人物来承载这一理想，用"回归家园"和"守望传统"作为指引我们精神皈依的灯塔，以"地母精神"作为传播爱、包容、理解的源流。"从女人到女神"的过渡无疑是小岸理性温情的彰显，也是她对构建理想世界的有力探索！

《中国女性文化》2016 年 7 月

与词语搏斗

——读《虚掩的门》

◆赵勇

　　《虚掩的门》（北岳文艺出版社 2016 年版）是山西青年诗人悦芳的第一部诗集。读里面的诗之前，我先翻阅的是她为这本诗集写成散文的后记。她说："我曾不止一次，迷失于文字的丛林。不知是把琐屑的生活写成诗，还是把诗变成实实在在的生活。我时常发现一种紧迫感旋转在我的指尖，不停地跳跃，我知道，美在用这种方式召唤我。"——这是一个不断被诗神眷顾的人，我想。滚滚红尘中，还能与诗神为伍，至少说明她的顽强和执着，她还坚守着心中的那份诗意。再往下看，就发现了她写下的这段文字："诗，不过是每个人灵魂深处的一个固有情结，每个人身上都萦绕着一种天生的自然的诗意。只是在人生的路上，有的人放逐了诗歌，有的人却坚定地要抵达诗歌的本质。诗与我们，近在咫尺却远在天涯。它在时间之中，和我们平行，之间的距离肉眼看不见、摸不着，只能感应，语言是它的本质。通往语言之途，就是和经验搏斗之途，每个诗人都筋疲力尽。"

　　说得真好！而我也从中读出了弗洛伊德和海德格尔的某些意味。因为前者曾经说过一句名言："每一个人在内心都是一个诗人，直到最后一个人死去，最后一个诗人才死去。"后者则写过《在通向语言的途中》一书，里面探讨的是语言、经验与诗歌的关系。那句广为人知的命题——"语言是存在之家"——就是他在此书中思考的一个结晶。

　　这么说，悦芳读过海德格尔？我觉得应该读过。或者至少，她是熟悉海德格尔的许多论述的。带着这样一种"前理解"走进这本诗集，果然也就发现了海德格尔所谓的"思"与"诗"的许多痕迹。

　　这部诗集分为五辑，分别命名为"囚禁""对话""时光""存在"与

"幻象"，把它们串在一起看，那里面就有了一种浓浓的哲学意味。或者也可以说，她选中的每个词语似乎都是那些大思想家（比如加缪、巴赫金、伯格森、海德格尔、萨特、拉康、贡布里希等等）须穷其一生苦思冥想的重要范畴。在这些范畴之下，是诗人时而写得显豁但更多的时候却让人略感神秘的诗句。显豁者中，我首选《我哭了》：

　　　　八岁那年。父亲对我说/你该上学了/我从他手中接过书本、铅笔、三角板/我上学了。父亲却走了/我没有哭

　　　　二十八岁那年。母亲对我说/你该成家了/我从她手里接过尺子、剪刀、针和线/我成家了。母亲也走了/我没有哭

　　　　今天，我三十八岁了/没有人再对我说什么/家乡的紫荆芥也该成熟了吧/想着想着/我哭了

　　这是一首明白如话的诗。在这种朴素的表达中，我们除能读出一种无法遣怀之情外，还能读出诗人的一种创伤经历和伤痛体验。记住她的这种经历与体验，我们再去读她的一些诗时便不会感到突兀。那是作者创伤记忆的一次次发作，以及发作之后借助于诗歌的一次次治疗。例如："春天也长不出嘴唇/雨，是清明最忧伤的语言/把耳朵贴近墓碑，期待一场/隔世的对话。飞舞的黑蝶/唤醒过往的岁月"（《隔世的对话》）。

　　我从悦芳的创伤记忆谈起，是想说明我对这部诗集的一个总体感受。在许多首诗中，无论她写到了什么，那种语调都是低回甚至压抑的。它们仿佛带人走向一个下行的矿井之中，眼前是越来越浓的黑暗，还有黑暗带来的各种生理反应和心理感受。于是，她的诗中常常出现孤独、忧伤、黑夜、死亡、紧张等等心绪或意象，它们相互指涉又彼此映照，让这本诗集呈现出一种特殊的现代性意味。如此想来，创伤记忆是不是它们的发动机？或者，它们是不是创伤记忆结出的一枚枚青涩或成熟的果实？

　　这是我所无法确定的。我能确定的是，为了这种心绪和意象，诗人似乎一直处在一种焦灼和搏斗之中——因焦灼而搏斗，或者是为搏斗而焦灼。而这种搏斗感又突出地体现在她与语言、词语、文字的较量中。

　　可以以她的几首诗略作说明。

　　有一首诗名为《词语即梦境》。诗人写道："总想将你植入诗歌，种进梦

里／又一次把你剔除／驱逐出梦。语言与情感的角力／难分胜负，紧张、对立／无休无止。拒绝你又亲近你／你的诱惑在我的耳畔／低语。它越过界线的黑暗／发出呼叫、呻吟、欢唱、倾诉／在无法触及的地方闪烁，无处不在／又无迹可寻"。按照我的理解，这里记录的是一次诗人与词语搏斗的过程。在她的描述中，词语就像梦境那样似有若无，朦胧美妙，她在用力地捕捉着，以便寻找到情感的对应物，却又不断扑空。最终，"在一个很稀有的时刻／有一行诗的第一个字／在它们中心，形成／词与梦坚硬的内核／脱颖而出"。这就意味着经过这番较量，语词终于浮出水面，而诗人也成了胜利者。

还有一首叫作《倾听一种声音》，我把它全部征引如下：

> 在时光黑下来的时候／低伏于虫鸣花香，倾听／一些故事情节／与某个词语相遇的声音／这是柳林的夜晚／幸福就像那些花儿／我叫不出名字，但它们一直在生长
>
> 明月高高在上。小路没入灌木丛／我们走着，说着／重新安排内心的秩序／语言在路上，追逐或逃逸／呼吸一阵紧似一阵。石头沉默／风，仿佛是今夜的中心／轻轻啃噬我寄居的身体／时光突然黑下来的时候／在一种声音里／我找到了落叶一般的存在

诗中呈现出一种奇特的感觉。可以想象这是诗人与友人在一次漫游之中的闲聊。诗人在倾听着故事的讲述，但是故事情节又撞击到了某个词语。在这里，诗人显然是通过特定的语词感受着那个故事的脉络或走向。而一旦语词乃至语象被唤醒，故事便有了新的理路。大概这便是"内心的秩序"需要重新安排的缘由。"语言在路上，追逐或逃逸"一句，表达得尤其奇妙。它既可以理解成讲述者的语言，更可以理解成是不断被激活或唤醒的诗人的内心语言，就像鲁利亚描述的"句法关系较为松散、结构残缺但都黏附着丰富心理表现、充满生命活力的内部言语"那样。在对他者故事与自己心音的不断倾听中，"我"找到了自己的"存在"。但这种存在又很不稳定，因为它形同落叶，是一种飘零的意象。至此为止，诗人似又完成了一次通过语词捕获诗意的过程。

我还想提到一首名为《文字三部曲》的诗歌。在这首诗中，诗人先是感受着"文字的温度"，其中的诗眼在于，"生命的四季在五指并拢／手心，始

终握不住／一把字词的温暖"。在这种情境中，诗是人焦灼的。而到第二章中，诗人已可以"借文字取暖"："在最后，接近辉煌的灰烬中／我必以微弱的喘息／用文字的方式将自己／点燃成／触痛的火焰"。这似乎可以理解成一种凤凰涅槃似的放手一搏。而经过这番搏斗，文字已"变成呼吸"："多年前语言的光辉／睁着石头的眼睛／在向日葵的镜子里／伫立成喋血的夕阳／以轻描淡写的面具／深藏唯一的结局"。或许，"当文字变成呼吸"只是诗人的一种想象，但这已是一个大团圆结局了。因为文字抑或语言已在自己手中变得驯服，它不再外在于我，不再是抓不住的物件，而是与我的知、情、意融为了一体。

把悦芳的这几首诗集中呈现如上，是想说明我的一个感受：许多时候，我们都生活在一个庸常的世界，了无诗意。但是，在某个场合、某个瞬间或某种情境之下，我们又确乎感到了诗意的袭击。或许那只是惊鸿一瞥，却至关重要，因为那几乎就是我们存在的理由。然而，普通人对这种诗意的光顾是毫无办法的，他们只能任它来去匆匆，事如春梦了无痕。而诗人却必须抓住这个瞬间，把它咽染成一片初春的原野。这时候，语词便成了关键。也就是说，在日常话语之外，能否找到最适合这种诗意的语词，以及与此相伴的语象和意象、旋律和节奏，就成了诗人必然经历的重大事件。从古至今，真正的诗人都在与语词搏斗，他们上天入地，穷其所有，带着转瞬即逝的诗意杀入语词的密林里，寻寻觅觅，披荆斩棘，为的是让诗意与语词形成深刻的遇合、完美的对接，为的是把诗意固定到一个恰如其分的位置。

悦芳显然在这一诗歌写作传统之中。我甚至觉得，就连她"邂逅策兰"，"夜读兰波""遭遇卡夫卡"等等，都不仅是在聆听一种域外的声音，而且也是在寻找一种最高端的诗歌语言。要知道，策兰正是把德语经营到极致，才写出了《死亡赋格》那样的杰作，进而打破了阿多诺所谓的"奥斯威辛之后写诗是野蛮的"之禁忌。悦芳写道："你的诗句在我身体最深刻的地方／不停地发酵／你死去，我开始呼吸"（《邂逅策兰》）我想，这里的"呼吸"也应该包括文字或语词的呼吸吧。

因为悦芳的这种执着，我也就毫无悬念地想到了海德格尔。海氏曾引用斯退芬·格奥尔格的一首题为《词语》的诗，然后对最后一行展开了强劲的解读和分析。在他看来，"词语破碎处，无物存在（Kein ding sei wo das wort gebricht）"涉及词与物的关系。所谓词语破碎，也就是词语缺失。当词语残缺时，物就处于缺席状态。"唯当表示物的词语已被发现之际，物才是一物"。

"唯词语才使物获得存在"。正是在这个意义上，他提出了"任何存在者的存在居住于词语之中"和"语言是存在之家"的著名命题。

把悦芳的所作所为代入到海德格尔的描述之中，似可发现一个小小的秘密：她如此执着地与语词搏斗，并非语言洁癖症或语词偏执狂，而是为了揭示或证明一种存在的可能性。从通常的意义上看，我们似乎都存在着，因为我们无疑也居住在词语之中。但问题是，我们赖以存在的日常语言其实早已被磨损和污染，就像顾城所说的那样，那是一种类似于钞票的语言，它在流通的过程中已被用得又脏又旧。借助于这种语言存在，我们实际上是存在于不在。诗人的职责就是要在这种破烂不堪的日常语料库中翻检，寻找，如同波德莱尔笔下的拾荒者。他们拯救了语词，也就拯救了经验；拯救了经验，也就拯救了存在。从这个意义上说，悦芳的语词勘探工作也就有了特殊的价值：不仅是镀亮了自己的存在，而且也让人明白了如何才能诗意地存在。她写诗的时间虽然不算很长，但一开始就走到了一条正路上。那是海德格尔所谓的"大道"（Ereignis），是用语词、诗句和诗行正在搭建的一个存在之家。

走笔至此，我似乎也能对聂尔为悦芳的这部诗集写下的序言做一个回应了。聂尔把他这篇序言命名为《在诗之途》，这当然是通常意义上的"在诗之途"——诗人走在诗歌写作的途中。但是，如果把这个表达移植到海德格尔的语境里，"在途中"（Unterwegs–sein）马上就有了一种形而上的意涵。因为他说过："经验某事意味着：在途中、在一条道路上去获得某事。从某事上取得一种经验意谓：这个某事——我们为了获得它而正在通向它的途中——关涉于我们本身、与我们照面、要求我们，因为它把我们转变而达乎其本身。"我希望悦芳结结实实走在海德格尔所描述的这种途中，因为那里有语词的诗意经验，或是有被诗意经验浸泡过的语词。

就像她在《到春天里走走》中所写的那样：

> 一个词的咒语。不知
> 最初被谁脱口而出
> 刚一言爱，就满树花开

这是一种绚丽的意象，但更是一种写诗的境界。如同苏东坡所言："好诗冲口谁能择，俗子疑人未遣闻。"

2016 年 12 月 2 日

在诗之途
——读悦芳诗集

◆聂尔

　　悦芳在大约五年的时间里写了上百首诗。这是一个从入门级到升级版的过程。这个时间段正好与我认识她的时间重合。五年前或者更早时候她大约也写诗，但我见证的是最近这五年，这百余首诗的从无到有。在这五年的一些可见的时间片断里，我相信我看到了一个诗的凝思的形象：有时微蹙双眉，有时略含笑意，有时叙述，有时提问，总之所有的言说和所期待的言说都事关一个紧要问题，那就是什么是诗，什么是文学？以及，一个人要怎样才能够离开生活，来到纯粹的文学世界？

　　后一个问题与我们在童年时代遭遇的问题相仿佛，那就是我们要怎样才能投身于瑰丽的童话世界？并且永不回来。成人的文学世界与儿童的童话空间的区别在于，前者是一个以语言为中心的世界，后者是一个形象的世界。形象的世界伴随着人的成长而逐渐塌陷于泥土之中，代之以语言的世界成为了人的家园。那么，我们能否存身于这唯一的家园，就像儿童进入他的童话空间里一样，只在这里，而不在别处呢？这是很多哲人都曾经探讨和实践过的永恒问题之一，但我们这些常人也仍然可能面临这一深渊。悦芳就是以朴实的方式来重提这一问题的。她说，虽然很多人包括她的家人都认为她最应该去的地方是生活的中心地带，而不是离开生活，埋首到纸页中，她说她自己原来也是这样给自身定位的，但现在，亦即这五年中她的那些个矛盾而苦恼的瞬间，她不这样认为了。她认识到她真正的心愿就是要进入到诗歌的世界，使诗成为个人存在的中心，使诗之外的生活边缘化。

　　看起来这仿佛是一个意志的决断，但实际上这是一个逐渐被发现的个人愿望，因为它来自于内心深处的苦恼。所谓苦恼，我指的是因言语缺失而生出的补救的焦虑，如同卡佛小说中无法叙述的人生一样，如同策兰诗歌中语言的断裂一样，如同凡·高画中和海子诗中的炽烈火光一样。当生活变得无法叙述，人生变得不可言说，当深渊已经浮现出来，在这样的危急时刻，也就是苦恼的时刻，语言就会觉醒，那久已遗忘的家园之舟向你驶来。当我们看到惯常奔忙的一个人忽然俯身下来，停顿和专注于地上的路径、细节，鸟语花香，那就是语言向他袭来并将他覆盖的时刻。悦芳就这样停下了生活的脚步，走进了诗歌中。

在这样的危急时刻和苦恼时分，首先呈现的是一些大词。词本无所谓大小，但使用得多了也便分出了大小，比如"世界""灵魂""永恒"等被人不分场合地滥用，就成了令人生厌的大词；还有一种词，如"寂寞""痛楚""悲伤""孤独"等，虽然指向的是个人，却也被短暂的时代磨损至形销骨立，我谓之"瘦词"。无论大词还是瘦词，它们原本是属于诗歌的，现在却只属于广告软文、心灵鸡汤和微信段子。在五年写诗的初始阶段，悦芳频繁地使用了这些词。这首先是因为正是这些词的存在才造成了她的生的困惑和诗的困惑，这些困惑一日不得解除，它们对于她就仍然是具有词的效力的；她那时还没有找到这些词的"客观对应物"，可以说她正在寻找，比如她稍后开始频繁使用的"黑夜""语言""花朵""伤口"和"大地"等词就仿佛成了过渡之词。

我们也曾经历过这样一种寻找和摸索的过程，因为谁不曾整体性地看待过世界呢？只是因为无奈我们后来才将目光浸淫于细节和语言的工艺，所以我对此有同情的了解。总有一些时候，我们必须要为自己的双脚寻求站立之地，因为我们无法忍受"灵魂"的悬空，无法承受"生命中不可承受之轻"。如果我不能确认世界之永恒，我就成了浮游生物，存在而不能自知；如果我有痛楚却不能撕心裂肺地呼喊，我就会疼痛至死，并且死而不能自知；如果我孤独，我却以说出孤独为可耻，我将被彻底的孤独所囚禁，孤独而无法自知。当我已经看到我是孤独地在这世界上，但因为不喜欢这两个被异化的词和它们之间的关系，我就得把自身处境置换为：我被闪闪发亮的新家具和经年不换的老朋友们所簇拥，或者我的爱人在远方，"我的所爱在山腰"。因此，我们最初都生活在宽阔的世界上，被一些大词所托举，俯瞰一切，情系万有，直至有一天我们被词语之箭击中，才会去寻找人在语言中的具体位置，以及语言之于每个人的特殊意义。这一天是这样来临的：

当你的目光

切入世界的局限

我无处可逃

　　　　——《无处可逃》

　　原本宽广无垠直通宇宙的世界，因为一道碎碎的砖墙，一树繁花，一夜的泪水，一天的日记，而訇然掉落于内心。这种内在的觉醒缘于世界作为语言的转换之始。世界宽广，原本供人逃跑，但一旦以醒觉的目光相追随，人便再也无处可逃了。世界变小了。世界变成语言的一个细节，一个词而已。

这一天也可以这样来临：

我站在坏天气里

没有方向。忽然想起

托尔斯泰 1896 年的日记

手心冰凉。真想哭，真想爱。

　　　　——《断章》

　　我想说这是一首好诗。孤独一词无须出现，孤独之人却自那个坏天气里确凿地浮现在我们眼前，她的手心冰凉是因为 1896 年托尔斯泰的手而引起，重要的是，这个数字和手引起了时间的坍塌。人因为时间而悲伤，人因为时间之绳上爬满了密密麻麻蚊蝇般的记事结而悲伤，当她忽然看清楚了那个结，时间就会将她陷落到 1896 年，或者任何一年，她会忽然和着时间一起悲伤。这些只因为一个坏天气和一本日记。如果没有那本日记，坏天气就只是坏天气而已。日记这样一种语词的秘藏，可以给人以怎样的震荡啊。

　　有一日的诞生，也有一天天的遗忘。当"词语消失于远方"，诗人用诗歌来遗忘，但遗忘的事物在诗中变得如此具体，石头般硌痛了诗人的眼睛。诗人注解她的遗忘为：

……

是消磨的时光，瘦落的街道，荒郊的月亮

是马勒交响曲中不可居留的故乡

是一座灯火中的城市

——《让遗忘对抗遗忘》

　　这怎么是遗忘呢？抒情语调中这些并置的意象简直就是遗忘的宝库，语言的珍迹，其中的"马勒交响曲中不可居留的故乡"一句，进入了不可言说的诗意之境。在这里，诗人试图遗忘的事物，如月光下的精灵，朦胧而活跃地找寻着那不可居留的居留之地。诗歌是人的不可居留的故乡，诗人是在故乡的流放者，她在坚实的语词中跳跃，她漂游在相互背离的事物之间，抓住那些短促的联系，编织存在的蛛网，并顺着这网觊觎着所有可能的方向，企图开始新一轮的跳跃，构造事物间新的联系。事物间本无联系，也原本无情，它们在诗中聚合为世界，在诗人的遗忘中发生情谊。惟诗人之无情可谓有情，惟诗人之遗忘可谓记忆。

　　学习诗艺为的是忘却这人世间混乱的表象，淆乱人为的秩序，从而恢复事物，擦亮语词，打捞那些离散和沦亡的词语，给其生命和家园。其实用不着创造，因为这已经是在创造。其中一项极为重要的工作，是研习那些传世经典诗人的诗作，因为无数词语已经在那里鱼群般聚集，处于潜在的活跃状态，它们沉默呼唤阅读的双眼前去接纳。阅读仿佛暴风雨的前夜，所碰触到的词语乌云般集聚，一道闪电划出了黑暗天空的罅隙，照亮人与语言的关系。人在深谷，雨意点点。诗人的自豪在于，她应该可以期待一场暴风雨，濯清所有混乱、模糊、冗余以及距离，令所有事物在语言中鳞次栉比，无比清晰。语言的天空至少在此一瞬间照亮了人的位置，以及她所有的尴尬和豪情。

　　悦芳用她的诗写下了她所"遭遇"的经典诗人：策兰，里尔克，卡夫卡，齐奥朗，兰波，海子，金斯堡，马尔克斯，等等。在这些诗中，女诗人显得精神异常集中，面貌非常清爽，用词简单有力，轻缓有致，仪态万方，一如语言中的自然景象。她看见"烈火中的智者"，"悖论的罅隙中真诚的面容"，她惊异于"炽热的眼睛／宛如两潭不属于此世的光源"，她邂逅策兰"冒烟的嘴巴"，她用内心之眼看到了那束"看不到的光"。阅读中的女诗人自己则变身为里尔克的玫瑰：

玫瑰

独享着"无人之眠"

听湖泊与群山间的呼吸

——《里尔克的玫瑰》

这孤独的宁静安然，是诗人所神往的群山之巅，玫瑰中的玫瑰，蓝天下的湖泊，诗句的中央。她正走在通往那里的途中，一路上采撷挹芬，徘徊辗转，姿态有时很好，步伐有时旋转如舞蹈。

悦芳已在诗之途中。愿诗神垂青于她！

2015 年 5 月 13 日初稿，16 日改定

"埃塔"的命运

——评李晋瑞小说《原地》

◆ 肖志远

一

　　李晋瑞的长篇小说《原地》讲述的是这样一个故事：代表着现代文明的两兄弟陆天羽和陆天翼受"玉石"大王夏太平的委托，打着"文明扶贫"的旗号，跋山涉水来到地广人稀、与世隔绝的少数民族居住区"埃塔"。当他们踏入这片原始土地，被这里优美的自然景观、纯朴的世俗风情所吸引，对原始母系氏族"走婚"制的真切关注，"勾起了作者内心对真爱与自由的向往，也酝生了远离喧闹都市的纯美爱情"。卓玛是草原上美丽、贤惠姑娘的象征，她与扎西是"奶奶"的后代，她把扎西当作自己最亲近的哥哥看待。但扎西早已清楚卓玛是"奶奶"在雪地里捡回的孩子，并非是"奶奶"的血脉，他对卓玛的爱既有兄妹之情，更暗含了青年男子对女子的爱慕。尕瓦木措是原始部落最优秀的青年，他接受过现代文明的熏陶，是埃塔这块封闭的土地上最具典型意义的代表。他把追逐卓玛当作"走婚"的目标，无疑是正确的选择。这原本是天经地义、合情合理的走婚事实，却遭到了扎西的强烈反对和嫉恨。但在当时女性"统治"下的"埃塔"，女子对男子的好恶是决定"走婚"成败的关键，扎西是不能为所欲为的，何况卓玛对自己的身世浑然不觉。埃塔人在陆天翼和尕瓦木措的带领下，开山辟路，将能使埃塔人实现致富愿望的"羊脂玉"运出去，换回城市的物质文明。

　　现代文明踏进这片沉睡的土地，注入了私有制和商品经济的思想和新的生命活力，尕瓦木措凭借他个人的威信和现代文明的力量，意欲改变原始公社平均分配物质的社会生活。他首先的举措就是将牛羊牲畜和其他物质生产资料，按人口数量分配给牧民，让牧民们各自为战，自主经营；其次既是带领埃塔人开山筑路，让城里的汽车进来，将人们传说中最为值钱的"羊脂玉"运出去。"羊脂玉"作为埃塔未来致富的产业，无疑成为现代文明与愚昧落后相融的神秘物质，幻化出城市文明与原始部落各自所需的精神乌托邦。

作家陆天羽早已厌倦了城市的喧嚣嘈杂和与肖月红全然无趣的婚姻，才逃离到埃塔的。但陆天羽忽视了一点，现代人即便沉浸于这块本真的世界，也未必能洗尽与生俱来的私心和欲望。他来到这里与其说是欣赏自然美景，不如说是躲避肖月红的婚姻纠缠。事实上他在埃塔的日子里，一边遥想与苏然过去的甜蜜和快乐，一边与卓玛不清不楚的暧昧关系，多少给读者留下一丝遗憾和感伤。陆天翼作为夏太平"文明扶贫"计划的实施者，实际最终目的是为掠夺"羊脂玉"而堂而皇之地进入埃塔。作者赋予了他非常复杂的性格特征。他绝不等同于他的哥哥陆天羽外表和内里于一的秉性和作家文静的诗性，也有别于陆天羽以一种将现实与历史割裂、偏安一隅寻找心灵慰藉的姿态，而是主动地将现代文明的种子遍散于埃塔这块土地上。他对孕瓦木措说："我们现在都到社会主义初级阶段，可埃塔还在原始部落时期，没有经过奴隶社会，封建社会，更不用说资本主义社会，这是不行的。埃塔人要想变化，需要两步走，一步让他们知道自己是可以拥有别人没有的东西，第二步让他们手中有很多钱。也就是说，得让他们有动力。这就必须得打破现在财产共有的格局，把能分的东西都分到各家各户去。"尽管他的思想动机和行为方式，古老的埃塔人一时难以接受，这却是现代文明与贫困落后文化的撞击与对接。他像一粒石子，虽然小，投进静如止水的湖面，溅起层层涟漪，搅乱了这里平静的生活和社会秩序。作者深刻揭示了一种文化与另一种文化的融合，绝不是数学概念的数字叠加那样简单，也绝非短期内一蹴而就的事情，而是反映了历史长河的流变中，代表先进生产力的思想文化所具有的更替力量。夏太平是为了追求"羊脂玉"的高额价值，标榜"文明扶贫"和以改善埃塔贫穷落后面貌的理由，经过长久和周密计划打入埃塔的。他初始为埃塔人安装电视机等一些现代生活物质和设备，其目的是为了换取对原始土地开发的权利，但他的贪婪本性一经被埃塔人识破，纯朴善良的埃塔牧民决不答应。夏太平与陆天翼在利润上的矛盾，预示着他的商业掠夺行为必然破灭，也隐含了作者对人类所剩不多的纯自然的真挚热爱和拳拳赤心。但埃塔不再是一块纯净的土地，它将是历史翻过去的一页。而埃塔人也永远不会固守在这片蛮荒的土地上，他们觉醒后必然要对现代文明的曙光进行瞭望和期盼。

二

"埃塔"——一块恬静、神秘、深邃的土地，它既是空间概念，更是渐行渐远的历史沉积。在这里，没有物质形态的宗教寺院和颇具规模的宗教信仰组织，中国的儒道文化与这里相隔千山万水，但是这里的牧民内心世界对雪山、圣湖奉若神明，寄予了虔诚的期待与崇拜，成为牧民们赖以生存的精神寄托。一切物质生活和精神活动即生老病死和对自然界的迷茫与困惑，都围绕着雪山、圣湖来图腾，以获得心灵的慰藉。由于长久与外界隔绝，母权制社会得以沿袭至今，"奶奶""母亲"是家庭和社会的权力象征。一般情况下，子女知母而不知父，因此，他们的血缘关系只能从母亲方面来确定。

作者在"原地"里表达了非常复杂、矛盾和凝重的心情。时间已是二十一世纪，人类进入了信息时代，中国的版图上居然还有一块尚待开发和利用的土地是将埃塔的原始母系氏族原封不动地保留下来？那样的话，中国的建设就会因"复古"而停滞不前。历史形成的原始畜牧文明与大自然和谐共振的怡然自得的自然环境和人生姿态，给我们展现了这样一幅图景——牧民们在与日月相伴的日子里，放牧、捕鱼打猎，挤奶喝酒，到深夜男女"走婚"，进行着繁衍后代的活动……这些平庸的俗事垒起了世世代代人的日子，他们从来没有觉得哪些不对头，天地人神各司其职，不必强求改变什么。草原始终不慌不忙地迎送一个又一个日出日落，这种自然静谧，亘古不变的生活秩序，为什么非要城市化、商品化呢？

作者提出了一个两难而又沉重的话题。这个话题的回答，绝非是一个作家、一个社会组织，抑或一个企业集团所能回答得了的，而是不分国家和民族的人类共同的问题。人类与自然的关系，是一个涵盖了政治、经济、民族文化、自然生态、科学的可持续发展的问题。绝非永远保持一种静态的、两不相扰的"遥望"。地球上将不会存有人类从未涉足的地方，包括冰天雪地人类难以生存的"两极"。问题是人类如何面对尚未开发的原始自然和蒙昧文化。"埃塔"是作者意象中理想的原始部落文化的描述对象，虽然"原始"，但它必定是中国版图上某个民族的真实写照。作者不仅回答了人与自然的关系，他的深刻含意在于：每个民族都是根据自己所依赖的不同的自然环境和人文环境形成了自己的民族文化。这种民族文化的内涵所表现的那些剽悍勇猛的民族习性，淳厚质朴的民族风俗，五彩缤纷的民族服装，曲调浑厚的民族歌舞等等，无不体现了该民族鲜明的文化个性和风格。中华各民族文化的相互借鉴，相互交融，不断发展成为一种不可阻止的客观趋势。这些斑斓多姿的民族文化，在新的历史条件和新的文化背景下，必将产生新的变化和有新的发展。埃塔作为一个特定的原始部落——民族文化单元，最终会融入中华各民族瀚海的民族文化中去。

三

在如何表现现代文明与蒙昧文明的矛盾冲突、渗透和融合方面，小说成功地运用了几处富有深刻愚意的"象喻"方式：

卓玛和尕瓦木措的"奶奶"代表了愚昧落后的原始部落的最后势力。卓玛奶奶的不辞而别，意味深长。她似乎已经预见到埃塔未来将有一场超乎自然力量的暴风骤雨，面对现代文明的"洗礼"，埃塔再也没有抵御的力量，过去的"埃塔"将一去不复存在，她就像动物界的老年大象那样，孑然地去寻觅一处"行将就木"的地方熄灭自己的生命。尕瓦木措奶奶在几经抗争和拼搏后，含服一株毒草而一命归天。她们的行为是对现代文明的退守和对几千年一成不变的原始社会的祈祭。她们的离去，不是简单的生命消失，而是作者叙述结构的重大突破，也是小说叙述伦理的逻辑需要。

卓玛与尕瓦木措的婚姻是一种不成熟的、扭曲的婚姻形式，它深刻地揭示了原始落后的走婚习俗与现代婚姻的不相容性。确切地说，尕瓦木措这个土生土长的埃塔青年，孕育了渴望埃塔走出贫困、向往幸福生活的新的生命种子。

他仅在都市"呆过"的人生经历和初露的先进思想萌芽，就与埃塔的旧的、愚昧落后的思想习俗，包括走婚制度格格不入，显示出强烈不满和抵触。尕瓦木措人性的巨变，表达了作者在批评与否定埃塔原始部落落后文化的同时，更多地给予了现实主义的关注和关爱，也隐喻了现代婚姻伦理终将取代或荡涤一切藏匿于历史旮旯的原始"伙婚制""偶婚制"和"走婚制"。

作者对狼的描写，极尽关爱与呵护，赋予了浪漫主义色彩和人本主义情结。在小说里，狼已经看不到它们的野性、凶残的一面，对牧民也未构成多少威胁。埃塔的原始自然生态未遭到破坏前，它们与牧民同享一片天，同饮一湖水，在大自然赐予的森林、草场里，各自安详闲适地生活着，相互间保持了和谐的关系。狼群与扎西的亲切对话，狼群守护走失的牦牛犊"哈达"，狼群咬伤了带头"侵犯"它们生活领地的尕瓦木措，而不置他于死地，最后，狼群不得以袭击了牧民村庄，逃向了更深更远的栖息地，一去不复返。作者富有哲理的隐含义表现在：一般而言，动物界的狼，难以驯化成人性，它那与生俱有的猜忌、防范、逃遁，或者反过来与人类做殊死搏斗，是狼固有的本性，是自然界无可辩驳的客观规律。但小说中的狼，充满了人性的理智和谦卑，具有了人的心灵向度。作者将人性的光辉照耀在埃塔的每一片土地上，包括狼在内的其他动物，都是真善美的使者，这不能不说是作者的大胆写意。

难以找寻的"原乡"

——评李晋瑞中篇小说《雪噬》

◆闫东方

    乡村，是当代山西作家绕不开的书写主题。从"山药蛋派"的"问题小说"到晋军作家的"寻根小说"，闪耀着黄土高原独特光彩的地域经常让人读出几分"原乡"的情味，但在世纪之交的社会转型之际，这些"原乡"的色调渐趋幽微。我们也许可以从被命名为"迷惘的一代"的美国作家那里找到一个对照："在巴黎或是在潘普洛纳，在写作、饮酒、看斗牛或是谈情说爱的同时，他们一直思念着肯塔基的山中小屋，衣阿华或是威斯康星的农舍，密执安的森林，蓝色的花，一个他们'失去了，啊，失去了的'国土；一个他们不能回去的家。"（考利《流放者归来》第6页）在《雪噬》里，作家李晋瑞也写了一个几户人家的村庄。同样的小山村，然而，他说山村是干瘦的，伏卧在灰蒙蒙的山中，像个毫无生气的老太太，村子里仅剩下三口人，三口人的故事却都是苦事，大雪像是要把村庄吞没，也隐没了他们三人的命运。

    对农耕文明的自然之美的迷恋和激赏固然是乡土小说的主要动力，但自鲁迅开始所关注的思想开掘为这一题材奠定了更深远的价值和意义。面对急剧转型中的当代中国，乡土作家已经无法再局限于"原乡"的唯美寄托，也不能再只沉溺于旧有的乡土观念。《雪噬》使用了第一人称叙事的方式，记叙了城市摄影师"我"为了拍摄山村雪景而在隆冬季节借住在一个留守老人家里的故事，塑造了乐知天命不愿给别人添麻烦的"老哥哥"形象。乍一看，小说类似于传统意义上的"原乡"小说，在对乡野风情进行描绘的过程中，淡淡的乡愁萦绕其间，"我"虽非游子归乡，但对老哥哥生活的认同似乎也透露出"我"已将这个村庄当作了自己的精神归属地。但是仔细推究小说情节设置，似乎并非如此，小说在"回乡模式"的外衣之下，放置的是城乡一体化过程中无法调和的矛盾，以"我"的眼看到的幸福，也似乎有些可疑。

"原乡"之难以找寻，首先源于"都市流浪者"或曰"乡土边缘人"的"隔膜"的产生。乡土作家们总是在离开乡土，接受了新的教育之后才能写出乡土小说，而这个时候，他们往往就拥有了知识分子的腔调，乡土往往就成为被批判或者寄托怀念的对象，没见过世面的乡下人本身无法通过文学途径向他人构建乡土社会图景。《雪噬》中勾勒这个仅有三口人村庄相貌的是第一人称叙事者"我"，就使得小说充满了"看"与"被看"的对立，"我"在叙事中的完全介入使得乡村成为"我"眼中凋敝，但是却留有人情味儿的世界。

"我"的回乡之旅确切来说是一趟下乡采风，"我"作为老干部在城里安营扎寨多年，虽然身居城市但是却有着"热闹是别人的，我什么也没有"的孤独，所以"我"哪怕危险也要完成《乡村四季》的拍摄，"尽管人生充满遗憾，可我偏偏不想是这个"。与"我"的孤独相对比的是牛和老猫对老哥哥温柔的陪伴，于是"我"产生了"他并不孤独"的认识，这种认识推翻了之前我睡在暗黑的窑洞中感受到的漫漫长夜。在"我"的视角之下，老哥哥比"我"幸福，他对一切都不是很在意，生活、命运、世界似乎都和他没有关系。他只是活着，尽自己的本分，他有着通达从容的生死观，虽为别人活了一辈子却不愿给别人添麻烦，他在乡村的生活"不闲着"，也就少了寂寞。而我在拥挤的城市之中却无人搭理，儿女双全却各自繁忙，170平方米的房子虽大却只能一个人住，虽然比老哥哥的年纪小两轮，可是注重养生已经十几年，孱弱的同时，不免有了贪生怕死的嫌疑。

老哥哥过继来的儿子有祥的到来撕开了乡村和城市之间隐秘的疼痛。为了生活，为了给儿子买房娶妻，有祥必须进城打工，而84岁的道义上的"父亲"成了他对故乡最难割舍的牵挂，横亘在他们之间的不仅仅是巨大的经济压力，还有生活习惯和人生观念的差异，这些矛盾常常使得两代人甚至三代人一直处于远香近臭的尴尬境地。有祥"出于责任"，不能丢下父亲坐视不管。他和儿子在大雪天回家对老哥哥软硬兼施，希望带他进城，情急之下脱口而出的"知道的，人家说你犟，不知道的，人家不说我忘恩负义?"成了促使老哥哥进城的直接原因。面对这个两难的境地，老哥哥没有选择，只能妥协。这辈子他都在为别人活着，年轻时为两个弟弟张罗媳妇耽误了自己，老了又为了避免让有祥背上骂名而进城。篇末，因"我"突发疾病而不得不终止了这次采风，也将老哥哥进城之后的生活悬置。

小说里，老牛成了乡村仅有的六口活物中第一个死去的，而且它选择了颇具意味的死法——吃尿素自杀身亡。文中为我们讲述了老哥哥和老牛相依为命的过去，现在有灵性的老牛这样死去似乎预示了乡村彻底消逝的开始。老哥哥作为最后的留守者和牛一样，他想决定自己的归宿，"他的墓是自己挖坑，自己从石窝扛来石头自己碹的，他还用石灰泥勾了墙缝，入口的拱门处还雕了花"，他要给自己预留最后一次的体面。史铁生说"死是一件无须乎着急去做的事，是一件无论怎样耽搁也不会错过了的事，一个必然会降临的节日"。在老哥哥眼里，死只是一道门，是"一间屋子向另一件屋子的过渡"，遗憾的是这道门在乡村迅速被吞没的过程中似乎关闭了，他的最后一点理想极有可能无法顺利实现。

　　"老哥哥强调他只有在这山村才感觉自己是个活人"，"一旦离开村庄，他就觉得自己背叛了"，持有浓重安土重迁观念的老哥哥不愿意离开乡村，但是有祥、向前都劝他去城里"享福"，所谓福分显示出两辈人观念中的巨大差异。古老的山村在老哥哥眼里有传承的血脉，"他每天都走在他们曾经走过的路，每天都使用着他们用过的工具，即使是院门口一块石头，他坐在上面都能感受到父辈、祖辈的温度"，可是一旦当他离开，这一些都不复存在。对于有祥们来说，山村已经不能在飞速发展的经济社会里满足他们生存的需求，农村娶媳妇都要求在县城有房子，所以有祥的离开义无反顾，向前也只是因为被瞎眼老母拖累才被困在山村里。晚辈们决心抛弃的，恰恰是长辈满心留恋的。

　　尽管小说中一再强调乡村和老家对于老哥哥的价值："这房子每块石头都散发着亲人的气味，每件器物都渍有着家人的记忆，那些窗明几净的楼房现代、时尚，按平米作价，尽管这窑洞丑陋、破败、落后，它却无价"，然而也在无意之间泄露出来自城市的"我"对这样的生活避之不及，十冬腊月"和泥打炭"是"我"坚决不愿承受的。正如"我"难以再去适应乡下生活，城乡一体化过程中真正难以解决的矛盾也许并不在于乡村失去了田园诗意，而是让农民进城或者"上楼"让他们按照城里人的生活方式活着是否真的是他们所需要的。把父母接到城里享福，是否能让他们真正享福？路遥那句"只有享不了福，没有受不了罪"似乎否定了这个问题的答案。

　　小说结尾处，"我"拍摄的大雪压山、吞噬乡村的照片获得了金奖。其实这只是一张经过"我"的儿子后期加工过的图片，却没有人追究，加之前面"我"曾评价儿子更功利化社会化，似乎将城市塑造成一个无望的冰冷世界。城乡之间，"抑城扬村"的对比十分明显。在这样的写法中，城市和乡村或许都有些失真，钢铁森林的城市在发展中丢掉的太多，作家们把头重新扭向乡村，塑造了不少老哥哥这样的形象，但是老哥哥的行为准则显然也是"我"不能完全赞同的。城乡之间难以平衡的，不仅仅是资源分配，更是价值观念的改换。

乡土作家一唱三叹，在寻找"原乡"路上的精神漫游抑扬顿挫。失去乡村的不仅仅是老哥哥、有祥这些和乡村有着血脉联系的人，更是"我"这样在城市中无根，在乡村里也没有魂的人。现实中，乡村的消逝似乎更加隐秘而难以被人察觉，面对已经发生的消逝，带来一个极大的困惑其实是乡愁今后要指向哪里？提及乡愁，不论是江南水乡还是黄土高原又或者是塞外边疆，首先映入脑海的总归是一个旧时的村庄，若将一本全是高楼大厦的影集命名为"乡愁"，似乎就不太对味，出于文学对我们的熏陶，暂时我们还未能将乡愁和城市的楼宇相联系。然而随着乡村的失落，"故乡"对现代人来说即将成为一个失落的名词，而乡愁本身似乎也将要和游子一样遭遇无处可依的命运。

李晋瑞的小说中，《雪噬》较为特别，以往他写得最多的是城市里没有爱情的爱情故事，他失去了在本体论之上讨论爱情的决绝，而男女之间的情事写到最后好像常常要归结于虚无。在《雪噬》里，他似乎是要为失落了情味儿的城市找回一点光亮，但是这趟寻找就像他的爱情小说一样没有结果，徒增了几分无助："那铺天盖地的雪，山村显得那么小，那么无力，感觉就像要被大雪吞噬了一般"。小说里说"我"的摄影作品给人归属感，遗憾的是这样强烈的吞噬之感似乎更将人生指向了虚无。

与新时代底层人生现实的"在场""肉搏"

——读浦歌长篇小说《一嘴泥土》

◆傅书华

在读了许多花拳绣腿观念先行在空中飘舞的小说之后，读 2015 作为三晋百部长篇小说文库之一种出版的 "70 后" 作家浦歌的新作《一嘴泥土》，无疑会给人以耳目一新之感。这是一部生成于底层人生现实泥土并把读者从时尚幻觉中警醒恢复读者人生记忆的小说，是一部对底层写作有所突破的小说（虽然突破这词在今天文坛因为过于轻易使用而流于泛滥不再为读者所相信），也是一部于当今文坛有着某种警示意味的小说。

1927 年至 1936 年是民国的黄金十年，今天新一轮市场经济大潮所引发的 "民国热" 的兴起，给我们重新认识这十年以新的视角，却也构成了对这十年的神化，形成了新的误区与遮蔽。其中之一，就是对底层个体生存困境的漠视、轻视及相应而来的五四文学、左翼文学的边缘化。毋庸置疑，今天中国大地的市场经济浪潮，形成了新的利益组合与价值诉求，为这一浪潮所生成的社会时尚中，底层尤其是底层中的个人成了再次被漠视、轻视的边缘化存在，文学则在 "被消费" 中，日益与社会时尚合谋于将公众精神娱乐化。即使是以反映社会底层人生而一度为人所瞩目的 "底层写作"，我们于其中，也更多看到的是观念中的底层，"他者" 眼中的底层，作为 "整体" 的底层，或者是底层对自身人生的浪漫性追求与想象，从而给残酷琐碎的作为个体的底层现实人生披上一层道德化的五彩外衣，达不到如别林斯基所说的，将现实人生揭示到了 "令人害羞的程度"，也因之让文学丧失了代以个体为价值单位的底层利益发声以制衡市场经济弊端的对现实的批判功能。究其深层原因，一是市场经济在现代化的名义下，获得了位居时代高度的合法性，并因之使与之相应的在其中生成的价值形态获得了位居时代高度的合法性，从而造成了新的对作为个体的社会底层人生的漠视与遮蔽。一是中国历史久远的意象造型观，再次让中国的文学世界里，丧失了原本就脆弱的直面现实的现实主义品格，或者使各种观念性得以将真实的作为个体的社会底层人生改造为各种社会底层人生意象，从而让读者在习以为常的阅读接受习惯中得以认可与接受；或者是社会底层以对自己不如意的现实人生虚幻的浪漫性想象，将真实的现实自身处境改造为符合自己美好想象的社会底层人生意象，以在与外部世界的不平衡中，以退回内心世界求得心理性的满足与平衡。

但是，新一轮的不成熟的市场经济，再次引发了社会各利益阶层的利益冲突。作为金字塔中位居最大体积的底座的社会底层，其利益诉求，其自身声音，成为中国社会格局中，各种社会力量所构成的"张力"中的重要一维，也成为制衡市场经济弊端的最重要的力量。在打开国门追新求异不免目迷五色的气喘吁吁声中，现实主义在中国文坛一度被冷落，各种新的现代小说的叙事方式，在给小说表达以多种可能的时候，却也常常以此成为文学远离现实人生的"文学性"借口。而各种观念化意象化的对严酷现实的改写，让文学世界日益与现实世界脱节，成为既存文学格局中文学自娱自乐的卡拉OK。无论从社会结构与文学结构的某种同一性来讲，还是在中国小说走过了一段少年时代追新求异的激情之后，步入了对现实有了深刻洞察可能的成熟中年之际，抑或是从社会现实对文学创作的迫切要求来考察，不是以社会现实为本体构成的中国式的现实主义，而是经历了浪漫主义洗礼过的，以个体生命为本体构成的真实直面并深刻揭示社会变革与人生命运的西方经典的现实主义，继在五四时代昙花一现之后，正在重新成为中国文坛一道新的灿烂景观。正是在这样的社会背景与文学背景下，新锐作家浦歌最近出版的长篇小说《一嘴泥土》，遥承五四及左翼文学传统并有新的发展，执着于对社会底层现实泥土人生泥土的裸露，并因此构成了文学对现实的批判性力量，构成了在当下文坛值得我们给以特别关注的所在。

一

这部小说给人最深刻印象的是对新的时代作为个体的底层生存困境的毫无遮掩的直面与深入的透视，这首先表现在对底层人那永远无法走出的生存困境的揭示上。

小说主人公大虎一家所生存的"沟里",是新的时代底层生存困境的形象体现。中国传统的乡村,在急剧的社会变革中,行政权力取代了原有的乡村自治,这在新的时代,依然没有得到改变,只是行政权力与新的经济分配结合在一起,在新的经济时代,不仅仅靠行政权力,更可以靠经济力量,构成对村民的有效统治。所以,大虎的父亲只因为与村干部相争执,一家人就被挤兑到了村外的不通电的"沟里",孤独地以卖沙为生。

中国的传统社会,是以伦理关系来结构社会关系的,因之,能够体现这一伦理关系的文化代言人的读书人,曾经在这一社会结构中,有着相当的地位并因之获得相当的尊重,所谓学而优则仕之谓也。通过读书科考所形成的人才流动形式,也就曾是下层人走出原有生存困境改变自身命运的有效方式。在中国传统社会中所反复出现的出身下层的读书人,一朝金榜题名而显贵乡邻的故事即因此而比比皆是。这样的故事曾经因为以下层人为基本队伍的暴力革命政治革命而一度中断,但在革命成功后,即得以很大程度的修复。所以,大虎的父亲,一直有着一个愿望,一个幻想,即让儿子通过读大学,得到一个市县级领导秘书的职位,从而通过秘书职位的行政力量,击败欺压自己的村干部,改变自身的生存处境。这是在原有的行政体制内,用原有的价值法则,用行政力量对抗行政力量的结果。但是,大虎父亲这一愿望却终于没有实现的可能,这是因为大虎虽然读到了大学毕业,但在新的时代,大学毕业生却已经没有了原有的去政府机构任职的可能。杰姆逊曾指出:进入市场经济时代之后"社会机器却完全是以纯经济的方式来组织,其他的一切都和经济有关,都受经济的制约",大学也是这样。社会各个机构不再以伦理关系来结构社会关系,大学生或者失去了作为伦理关系文化代言人的身份,或者失去了作为伦理关系文化代言人身份在社会中的优势。下层人通过读书科考而改变自身处境的努力,受到了比暴力革命政治革命更为根本性的打击:暴力革命政治革命成功之后的社会结构,仍然是以伦理——虽然是新的伦理——来结构社会关系的,而市场经济时代,却是以经济的方式来组织社会。如此,大虎大学毕业之后,仍然只能重回他曾想离开的"沟里",就是必然的了;大虎父亲想通过大虎读大学谋求秘书职位改变一家人生存处境的愿望的破灭,也就是必然的了。明了了这一点,即在经济社会,原有的在伦理社会中,读书人在社会中优势地位的丧失,也就可以明了。尽管村子里的人,受原有文化传统的影响,也通过客气的寒暄,对大虎与二虎有着表面上的夸奖,但在现实的实际生活中，却并不把他们放在眼里，却没有根本上的尊重。于是乎，我们就不难理解，尽管村子仅有的两个大学生是大虎及他的弟弟二虎，但这仍然无法改变他们一家被村人所轻视所挤兑的现实。我们也就不难理解，为何大学毕业回到家乡的大虎，许多次地会在乡亲们的面前感到特别的难堪，特别的难为情。联想到在当今中国，大学生普遍的就业难及就业薪水之低，联想到因此而来的大学生在当今中国社会位置的普遍下降，对大学生的尊重甚至远远不及对小学文化程度但在商业活动中小有成就者，特别是与20世纪80年代社会上对大学生的普遍尊重相比较，我们也就会情不自禁地在阅读到这些地方时，为作者在这方面细致而出色的描写拍案击掌。

大虎父子想通过大虎读书走出原有生存困境改变自身命运的失败，或者说，读书人在经济时代位置、价值的失落，在大虎与女性的关系上，也有着鲜明的体现。如前所述，不管是旧的伦理还是新的伦理，在原有的以伦理关系结构社会关系的时代，读书人在社会中是有着优势位置的。中国传统社会中的才子佳人故事即是如此：下层的穷困潦倒的读书人，却在科考的路上，总能赢得上层女子的芳心且最后花好月圆。在中国新文学中，这样的故事也屡屡出现：即使被戴罪发配到社会最底层的作为读书人的右派，也每每得到姣好女子的眷注；底层好学的读书人，更是被社会所公认的美人所垂青。如张贤亮笔下的章永璘，《平凡的世界》中的孙少安。但在一个新的经济的社会，经济的时代，这样的神话已然不再。大虎在大学上学时，虽然以对文学的博览与悟性而出色，虽然他所钟情的出身城里的女同学安忆对他也心存好感，但在毕业分配之际，当大虎仍然只能重回他曾想离开的"沟里"时，他所钟情的安忆甚至连与他接触也尽量逃避。正是在这样的对"孙少安神话"的改写中，我们看到了"孙少安们"在新的经济时代命运的变化，并通过他们命运的变化看到了时代的沧桑变化，也不由得为作者对时代的敏感把握所叫好。小说中对此还有两处精彩描写，一处是写大虎大学毕业回到家乡时，曾经出现在他的梦中的小学时公认的最漂亮的他的小学同学小花，已然嫁给了作为村中首富的儿子，也是他与小花的小学同学的高权，虽然大虎曾经在梦中梦到"他在大水中救了她（小花）于是她不再嫌弃他的穷困"。还有一处是作者写大虎饱经沧桑的老父亲眼光之"毒"，是小说写大虎与李文花的情感及结局：虽然大虎几次让父亲看他与大学同学安忆等人的合影，但关心大虎婚事的老父亲对此毫无感觉，却一眼相中同样出身底层的照片中大虎的大学同学李文花并力促二人的结合。大虎父亲眼光的这种"毒"，是来自于几千年底层实际人生积累的承传，这样的"直觉"足以用实际中存在着的现实生活的残酷，祛除下层读书人通过语言世界制作的对自身命运的幻觉，也在非理性上，与新的经济时代读书人的命运相通。但这样的一种"毒"，同样因为是来自于原有底层人生的积累，所以，也有着无法应对新的经济时代的陈旧的一面，这就是大虎父亲对大虎与李文花情感关系判定的失误：当大虎与李文花从"沟里""大山里"走出之后，他们就再也回不到原有的生活轨道之中了。所以，小说中写了大虎与李文花回到家乡后同样的失落与无奈，当二人都茫然不知所措时，你又怎么能够指望二人能够走到一起呢？与安忆及小花、李文花在男女情感上的三重失败，祛除了许多小说中那掩饰现实生活残酷的粉红色面纱，昭示了大虎在新的时代那走不出的人生困境。

走出原有生存境遇，在一个完全不同的社会环境中，接受新的文明形态，再返回自身原有的生存境遇，并以此而改变了原有的生存境遇，是鸦片战争之后，国人屡屡的希望，大到负笈英美、取道德法、效法俄苏之后重返中国大地并令江山易容，小到走出家庭、走出家乡、走出既定社会格局之后重归故里并让故里换貌。这样的希望，也因此屡屡出现在中国的新文学中，只是在民国时代，这样的希望屡屡以失望宣告结束。你就看看鲁迅的《在酒楼上》、茅盾的《子夜》、曹禺的《雷雨》、钱钟书的《围城》等等，对此即可领略一斑。在共和国文学中，这样的希望则每每得以实现，从《白毛女》中的大春，到农村题材小说中那些变革传统乡村的带头人大多是由回乡的复员军人担任，对此亦可有所了解。何以如此，那深层原因自非几句话能够言明。但我们在《一嘴泥土》中所看到的，却是对上述"失望"谱系的延续：尽管大虎带回来了《尤里西斯》《作为意志与表象的世界》，也带回来了《史记》《庄子》，但这对于改变他们一家的生存困境毫无帮助，他们依旧只能在原有的育林、养兔子失败之后，延续着既存的卖沙的生产方式。而且，不管他们怎样辛苦如何拼命，甚至寄希望于沙中钻石的出现，但终归无济于事，底层的生存困境，是他们永远也走不出去的魔咒般的存在。大虎让安忆眼前一亮的对家乡景色讲述，他在给李文花信中所描绘的家乡景色，只是满足城里人城市文化需求的语言幻影而已。

再次出走，是走出——返回失败之后必然的无奈之举，鲁迅《故乡》《祝福》中的"我"、《子夜》中的吴荪甫、柔石《二月》中的萧涧秋等等都是如此，只是他们不知该走向何方。《一嘴泥土》中的大虎再次出走的目的地倒是很明确，那就是重新来到城里。小说结尾写大虎再次来到城里寻求就业的机会，却被人所骗，最后只能暂时在城郊的被人抛弃的小屋存身，那无疑是一个最终在城里地位的预兆，至少是一个他重新回到城里的新起点吧。只是这一新起点，怎么也让人兴奋不起来，怎么也让人感到沮丧，但这却是无法回避的现实，是目下一代甚至将来几代接受了现代城市文明洗礼的农家子弟在现代经济社会处于传统社会与现代社会"夹缝"中的尴尬处境，而小说直面现实的力量也正在于此。

于是，你不得不感叹于小说作者这难得的对新时代中新形成的底层人生存困境的深刻揭示，也不得不因了这形象的力量而导致你陷入深深的思索，虽然这思索可能没有答案。作为专业的文学评论者，则不得不为这小说突破了目下仍以阶级、阶层利益现状、冲突为写作范畴的底层写作格局而对此小说刮目相看，将底层写作延伸到中国现代进程中的某些普遍性问题，则至少是《一嘴泥土》给底层写作的有益启示。

二

读这部小说，你一定还会对现代文明与底层人生的脱节及那扯也扯不断的二者的纠缠留下极为深刻的印象，而且，这一印象一定也让你感到十分刺目。

大虎在城里大学读书时，迷恋的是西方的现代文学经典《追忆似水年华》《尤里西斯》《百年孤独》《喧哗与骚动》，也有中国的文学经典《红楼梦》《聊斋志异》《庄子》等等等等。他从城里带回家乡的，也是这些让他魂牵梦萦的文学宝典，虽然这些文学宝典装在那"露出'碳铵'两个黑体大字"的蛇皮袋子里，但他却是怀揣着如此神圣而又深奥的文学之梦回到自己贫困的家乡的。然而，他这梦却与实际的现实生活有着遥远的距离。现实中等待他的是那无情而又残酷的贫困的生活：将祖父与一卷破旧单薄的被子、一只有了豁口与裂纹的饭碗、一只夜间用的尿盆子共置于一辆快散架的平板车上，那就是他们贫困生活的形象缩影。面对如此贫困的现实生活，大虎终于发现"这里没有宗教，没有贵族，没有教堂，没有法庭，也没有显赫的高官家族，没有美貌的姑娘，没有狐狸，甚至没有凶杀和通奸，也没有任何人会思考存在与虚无，会觉得世界只是意志的表象，他们的任何感觉都无法套用到这些独特的农民头上，这让他绝望"。在这样的因了文学世界与现实世界的脱节而导致的绝望中，在终日劳作所导致的再无余力的疲惫不堪中，大虎"早就忘了那些文学大师，忘了普鲁斯特，忘了卡夫卡，忘了庄子，忘了《悲惨世界》，以及他在任何书上看到的故事，这些故事没有一个可以解释瑞的情形，并令他好受一些"。

导致大虎在精神上所迷恋的文学世界与他所身在其中的现实世界脱节的原因有多种。而这些原因，无不是在中国由传统社会向现代社会、由伦理社会向经济社会转型中形成的，无不是在这一转型中的中西方的文化冲突中形成的。概而言之有三：其一，物质世界与精神世界的落差。西方现代文学名著中所体现的精神世界，是西方物质文明发展到一定程度的产物，这一精神文明，与中国贫困乡村建筑在贫困的物质世界上的精神需求有着不小的落差。这样的落差，在中国的现代化进程中，有着某种历史的必然性与规律性，在五四时代、民国黄金十年、新时期的新启蒙时代，都曾不同程度的发生过。究其原因，乃是因为按照马克思的社会结构学说，经济基础、上层建筑、意识形态、精神形态是层递性地发生变化的，但在西方这一层递性历时性构建的西方的物质文明与精神文明，却几乎是共时性地进入到中国的。由是，导致了西方的精神文明形态总是与中国的现实大地的精神需求有着不小的落差。其二，中国的知识分子特别是出身贫苦的知识分子，他们是直接从文化思想层面上接受西方精神文明的，但他们却又身处贫困的中国的现实世界之中，所以，这二者的落差在他们身上体现的特别明显，所以，一方面，他们总是力图在文化思想层面上给民众以启蒙，另一方面，这一启蒙，却又因为与实际的社会现实脱节而屡屡碰壁。大虎即是这样的其中一位。一方面，在文化思想层面所受到的西方文明的浸染，使大虎对家乡有了新的感知视角并因此有了新的感受——他总是时时自觉不自觉地把自己所处的环境及这环境下的所作所为，与自己所读过的名著中的人物、场景相对比，所以，他在与父亲同样的劳作中，却时时有着更为明显的新的人生体会与发现。但另一方面，他的思考及其所借助的语言方式，却又时时会远离于自己所身处的实际，大虎在给同学李文花的信中，憧憬着"地球像个大操场，供我们一起散步、聊天"但收到此信的李文花，却正为音讯不通、压抑、贫困的偏僻深山所苦，二者的疏离，令人触目惊心。其三，诚如杰姆逊所说："只是在资本主义、个人主义出现之后，上层建筑的各层次才分离开来。宗教失去了其统治地位……这也和社会的'世俗化'是联系在一起的……进入资本主义社会之后，"他引用艾略特的话说："资本主义是个世俗化的社会……没有文化"。同样，在大虎所身处的商业经济潮流下的新的世俗化社会——没有文化。所以，大虎携带着他的文学宝典进入这样一个"没有文化"的世俗化社会中，就显得二者分外脱节分外不合时宜。

但这种脱节，仅仅是事物的一个方面，事物还有着另外一个方面，那就是二者那扯也扯不断的纠缠，正是对此的生动表现，显示了小说作者的又一深刻之处。在作品中，我们看到，在疲累的劳作的间隙，大虎一家又是那样自觉不自觉地为大虎所带来的这些文学宝典所吸引，只要有点空闲，大虎还是不自禁地要回到他带回来的那些文学宝典的世界中去；劳作间隙中大虎与二虎对这些文学宝典的争抢阅读，二虎对大虎痴迷于文学宝典的调侃，都显示着他们与这些文学宝典在精神上的血肉联系。特别是大虎的父母，他们对这些似乎远离于他们生活实际的文学宝典也有着骨子里的热爱，大虎的父亲常常会以自己的眼光来评判这些作品中人物的言行，大虎的母亲虽然因为陀思妥耶夫斯基这样的作者姓名之怪之难记而让她常常说错他的名字，但这丝毫不影响她在大虎父子们谈论陀氏笔下人物时，发表自己的看法——那里有着他们精神躁动的对应性实现。有了这种精神躁动，也就有了大虎兄弟在传统的乡亲们面前的难为情，有了大虎一家与传统的乡亲们的格格不入，有了他们对原有的生活的不一样的体验与不满足，这正是现代精神文明的力量之所在，虽然在二者之间，常常是以"脱节"的形式出现。杰姆逊在认为资本主义是个没有文化的世俗化社会之后还认为："宗教不仅成了革命的形式，而且造成了声势浩大的革命力量。宗教现在不再和农民联系在一起，而基本上是属于城市无产阶级的革命"。如果我们把宗教理解为对思想对精神的追求，那么，这句话同样适用于用来评判大虎一家痴迷、热爱文学宝典的意义之所在。在原有的思想、精神权威丧失之后，在对现存处境的不满足与挣扎之中，正是大虎带回来的这些文学宝典，成为大虎一家新的思想、精神追求之所在，诚如阿尔贝·雅卡尔所说："我们并不能（因为原有的思想、精神权威的丧失）因此就宣称'上帝死了'，在我看来，这是没有意义的一声胜利的呼喊……我们的尊严在于我们拒绝接受自然规定的种种限制，正是通过这一拒绝，我们成为共同的创造者，一步步地接近'上帝'一词努力想表达的东西"。大虎一家正是在自觉不自觉中，力图通过大虎所带回来的文学宝典"拒绝接受自然规定的各种限制"而去进行新的创造，并试图"一步步地接近"那真正具备人之所以为人意义的生活。

可以说，这样的"一步步地接近"，正是底层人在其下一代人在汲取了现代文明之后，因了现代文明的刺激而建立于自身的自觉不自觉地觉醒。这样的一种觉醒，使他们成为底层中最早的对新生活的追求者与先行者，也使他们成为底层中的异类与孤独者。作品在这方面对此有着多处的提示与描写：大虎一家远离群居的村民而孤独地生活于"沟里"；相较于大虎"随时都会遇见的村民——运输汽车的拥有者、开小工厂的厂主和他们的儿女，开十八马力四轮的殷实家庭，跑钻石工具的富有商人种庄稼的平民，还有父亲斗争和敌对的对象——村支部书记……当然也有非常贫穷的农户，但他们大都儿女少而且小，他们决不穿补丁衣服，那是涉及他们面子的底线，也不会欠小商店的钱"，大虎一家与哪一类也没有相似之处；大虎的父亲一年到头"几乎从来不脱原先厚厚的、但似乎磨薄了的中山装，蓝的一身，绿的一身，都是相似的：严重褪色，袖口撕裂，屁股上补丁，侧面有露肉的裂缝，后背白色的盐碱圈"这是他区别于村民也区别于城里文化人的标志，犹如孔乙己那永远不愿脱下来的破旧的长衫。在一个新旧转型的时代，从旧营垒中走出的先行者往往是既不被众人理解且自己也难以对自身行为有着清醒的判断与认知的孤独者。这样的先行者与孤独者，我们在文学巨匠笔下可以看到许多，尤以女性与知识分子这样两类敏感的群体为最，如托尔斯泰笔下的安娜，鲁迅笔下的魏连殳等等。让我们感到很高兴的是，《一嘴泥土》的作者为我们的文学画廊增添了一个来自社会底层特别是来自中国农村的先行者与孤独者的形象，这个形象，是可以作为中国社会转型在农村的"症候"而存在的。

行文至此，我想读者一定会感到，我在本文中仍时时用底层写作这样一个有着特定内涵的文学术语来评介《一嘴泥土》是多么文不对题。目前中国的底层写作，仍以阶级、阶层利益现状、冲突为写作范畴，《一嘴泥土》将底层写作延伸到中国现代进程中的某些普遍性问题，对我们重新深入认识中国底层，对开拓、深化当下中国的底层写作，我想都是颇有益处的，也可以与当下中国对底层的认识与抒写构成一定的衔接，构成一定的有机关联，是学术发展承传上的"接着说"，而没有必要为了表示出新，总是三番五次地"从头说"。正是出于此考虑，我才仍然在本文评价《一嘴泥土》时，用了"底层写作"这样一个内涵颇有些陈旧狭窄的概念。

三

20世纪90年代之后，中国文学创作的一大病症是如胡风所说的"主客观的相生相克""自我扩张"式的创作，来自作者生命体验生命冲动的创作越来越少，来自文学职业性写作冲动或商业职业性写作冲动的创作越来越多。这其中的原因，是一大批功成名就的作家，其生命形态与社会现实的"紧张"程度越来越小，而另一批新成长的作家，则顺应市场的意识越来越自觉，顺应市场的能力越来越强。表现在文学作品中，就是前者擅长用某种先进而又抽象的理念确立主题结构情节，如现代与传统的冲突、都市与乡村的冲突、生命与伦理的冲突等等；后者则擅长用市场元素、套路来确立主题结构情节，如情爱、凶杀、几派敌对社会势力之间的冲突并杂以个人情爱冲突与其间等等。时尚新潮些的，或在其中掺杂一些现代艺术的表现手法。不能说这些理念不深刻，也不能说这些元素没有市场效应，但因为没有鲜活的生命体验与充满血肉的现实生活作为依托，读这些作品，总觉得离我们身边的生活太远，更谈不到让我们感动。读这些作品，单单看其情节的发展、人物命运的变化，似乎还是有些意味的，但不能细读，更没有让人一读再读的魅力：细节、场面、对话的描写，都十分苍白。一些评论家，拿到这样的作品，粗粗翻阅后，就其立意、情节或者某些象征意味即大谈特谈其价值与成就，更促成了这样的写作泛滥成灾。情节、主题是作者理性作用的结果，细节、场面、对话描写等等，则是作者感性作用的结果，而作者创作中的生命体验、生命冲突则往往体现在作者的感性之中。这些描写，实际地体现着作者来自自身生命冲动的对现实与人生的感知能力感动程度，并因之也令我们读来有了对现实与人生的感知与感动，让我们一读再读可以品味再三。所以，我们在中外文学史上，常常看到这样的文学巨作，那就是，作者通过主题、情节告诉读者的理性思考，往往是禁不住历史检验的，甚至是错误的，但作者通过细节、场面、对话描写所体现的对时代、对人生的感性体验，却使作品超越了作者的理性思考，构成了作品让历代读者反复品味的永久的艺术魅力。

《一嘴泥土》的一个大可称道之处，正在于作者来自于自身生命冲动的与现实与人生的"肉搏"式的"紧张"。其具体表现则在于作者对底层人生存困境的切实感受，得力于作者对这一生存困境微小之处的真实而又细密的描写，譬如作者对大虎一家日常生活吃、穿、住、言行情状的描写，对大虎一家装沙、平整路况的描写，作者对大虎面对村人的心理感受等等。这些描写异常真实，又异常细密，显示了作者熟悉、观察、表现生活的功力。为节省篇幅，我在这里仅举大虎一家用小四轮拉沙上坡下坡时艰难而又险象环生的一小段描写为例：

"现在，他简直不敢相信地到了 S 型大坡的第二个大拐弯处，也是四轮往日经常熄火的地方，正等他希望它冲上去时，车头突然放缓了簸动，喘息着吐出最后一股烟，熄灭了。他立刻到车后推住斗子，看四轮是否在踩闸的情况下依然下滑，然后去找石头。这次很顺利，他很快又站到车头，他害怕无法发动车辆，而车辆竟然发动起来，依旧像刚才一样怪异呐喊着，喷吐着魔鬼般的浓烟。车剧烈震动起来，他再次感到尿急，车一丝一毫地前行，几乎像游泳一样看不出前进，他无暇顾及任何事物，只关注车头的移动、他的尿急和尿急之后的勃起。等他们上了最陡的一截坡之后，他松了一口气"。

这种真实、细密的描写，贯穿于二十余万字的长篇的字里行间，读来让人感到即坚实又沉重，迫使读者不得不在这种有些让人阅读费力的感受中，感受那被我们一向忽视的底层生活，让我们看到了某种"熟悉的陌生"。这种坚实与沉重，又是与底层生活困境的质感是相一致的。这样的现实主义的笔力，是文坛所久违了的。有那么一个文学时段，文学界急于突破现有的文学戒律，急匆匆地学习着西方现代小说的各种表现手法，隐喻、象征、怪诞、变形等等，这自然没有什么不好，但却在这其中，冷落了最为急需的西方现实主义的巴尔扎克式的真实，甚至误把这种真实视为一种落后的文学表现方式。西方文学批评家马尔科姆·考利多次告诫那些热衷于用现代小说技法进行创作的写作者说：如果不真实，就不可能是象征；如果不成故事，就更不成神话；如果一个人活不起来，它不可能成为现代生活的原型。这话说得是极有道理的。

但凡读完这部小说的读者，我想大都有这样的相同的体会：这部小说读来不轻松。作品所叙述的生活的沉重及缺少亮色，与叙述节奏的缓慢沉滞相辅相成。在今天这样的快节奏的生活中，在今天这样追求感官刺激并在这感官刺激中得到快感的阅读习气中，在众多作品为了迎合这种生活与阅读习气而制造的情节的流畅动人中，面对《一嘴泥土》这样的小说，无疑是对我们轻浮、舒畅的小说阅读习惯的挑战。

　　这种挑战还来自于我们已经习惯于用既定的流行的观念来理解生活、进入作品，并在这样的过程中，缓解我们自身在现实生活中的"紧张"、麻木我们对生活的痛感，在文字以及影视的世界中逃避现实的世界。当生活以其真实的一面，在作品中出现在我们面前，逼迫我们予以直面时，我们反而感到了不适、惶恐与不安。这是一种以与现实人生"在场""肉搏"方式进行创作的小说，在读这样的小说时，也迫使我们与现实人生在"在场"中进行"肉搏"。无论是这样的小说，还是这样的阅读，在今天，都是太需要了。这样的小说，出自浦歌这样的"70后"作家之手，让我们对"70后"作家有了新的认识，也希望"70后""80后""00后"的读者喜爱这样的小说。

《当代作家评论》2016 年第 4 期

诗意无处栖居：
乡村知识分子的心理透视与精神裂变
——关于浦歌长篇小说《一嘴泥土》

◆王春林　赵闪

　　在对浦歌长篇小说《一嘴泥土》（北岳文艺出版社 2015 年 8 月版）的阅读过程中，由不得会涌起一股股撼人身心的悲戚，尽管很难真正地感同身受，但却不免满怀同情，因为，流淌在小说文本字里行间的，可以说是一种无处安放的哀伤。这是成长的迷惘，记忆的疤痕，然而，经过血和泪的滋养，却终于愈合成了一朵花的模样。浦歌的《一嘴泥土》，作为一部典型的成长小说，其意恐怕并不在于要刻意地彰显什么。究其根本，作家只不过是出于倾诉的需要，把那一路走来的跌跌撞撞刻写成章。作家的这种书写，很显然可以被看作是一种对于心灵的慰藉。一嘴泥土，坚涩如深，吟不出如诗如画的田园牧歌，也读不出对故土的深情眷恋；似水年华，不忍回眸，那本该活力张扬的青春岁月，充斥着的却尽是自卑的瑟缩与怯懦；淋漓尽致，卒章不快，到最后，就连一丝些微的希望也变成了彻底的失望，年轻的主人公既把握不住命运的掌纹，也看不到悲伤消逝的尽头。浦歌将叙事视角定格在远离城乡，甚至远离村庄的一条沟壑，犹如被世界遗弃的角落，王大虎一家在这里过着近乎原始的生活，上演着命运掌控下的生存挣扎与无奈。20 世纪 90 年代，作为王家祖祖辈辈的第一个大学生，大虎曾经是整个家庭的荣光与自尊来源，寒门确实出了贵子，也确实值得骄傲。然而，寒门的贵子却时刻面临着被残酷现实打回原形的危险。知识确也改变了命运，然而，也只不过是让王大虎有了逃离困顿的短暂机会，不过是给了他一段梦幻般的大学时光而已。曾经一度遭逢的来自于现代城市的梦幻迷离，让大虎愈加觉出自身所处境地的鄙陋，流光溢彩的城市生活和难以摆脱的浓厚乡土气质之间的必然冲突，在一种伪装的压力之下，让一个本应该充满青春活力的形体不得不颓靡委顿了。

如果说进城读大学曾经是他在世人面前的骄傲，可以让他挺直腰杆，维护全家人的尊严，显示自身与他人的平等，很可惜，除此之外，他仍然一无所有，这层虚弱的骄傲终究是敌不过早已深入骨髓的自卑。伴随着毕业的来临，对城市生活割舍的疼痛，对乡村世界无力拒绝的无奈，十余年的寒来暑往，窗前苦读，终归还是逃不脱灰暗的"一嘴泥土"的乡村，如坠深渊，没有任何攀附，挣扎也是徒劳，忍不住悲从中来。作为一个文学专业的大学生，大虎自然免不了会有多愁善感的一面，他有一个光辉的作家梦，可父亲却说那是能将自己饿死的选择；他倾慕于一位如花的女孩，但那只是他一个人的爱情，甚至卑微到不需要有任何回应的地步。爱情的无望，前途的渺茫，固然是他的伤痛，但真正严峻的，却是他无可逃脱的乡村生活：一条贫瘠而荒草丛生的沟壑，两间低矮昏暗的土坯小屋，一位终年身着褴褛中山装的父亲，一位一笑就露出粉红牙龈的母亲，两个同样处于青春敏感期的弟弟，还有整个村庄投射来的含有强烈嘲讽意味的目光。与此同时，大学校园里的那些所有的优雅，诸如聚会的欢快，图书馆的静谧、电影院的浪漫，等等，也都将随风散去。面对着如此一种特别巨大的生活落差，毕业归乡的知识青年王大虎的内心世界，无可避免地受到了强烈的撞击，仅仅月余时间，却仿若隔世一般，在种种不可把握因素的撕扯之下，一种充满内在张力的精神裂变在大虎身上的发生也就势在必行了。

就艺术表现方式而言，《一嘴泥土》对于王大虎精神裂变的呈现，采用的是一种现代心理描写手法，通篇都在借助大虎的视角观照、感知他所寄身于其间的这个世界。从大虎大学毕业后的归家，到他的再度离家出走，一个月的时间着实不长，但却经历了一种堪称曲折起伏的漫长心路历程。细腻逼真的心理刻画，犹如灵魂赤诚的独白，既可以让读者清楚地看到大虎的精神裂变过程，也强有力地凸显出了其精神裂变的生成原因。作家描写的逼真直至一览无余，直入人物内心世界，直陈其所思所想。无谓的遮掩，自是不必的，因为这是心灵的实录。从其中，我们所看出的，乃是一个更为真实的大虎。受过高等教育从城市归来的他，对自己的故土不自觉地会持有一种审视的态度，甚至还携带有某种莫名其妙的憎恨情绪。当他回到家初见母亲叶好时，我们从大虎的眼中看到了这样一个母亲形象："后脑勺束着干草根似的小马尾刷，身材矮矬，脖子油亮，他觉得眼前这个母亲形象严重侮辱了活跃在心中的母亲，他几乎不忍心再看。他想回避眼前这个形象，就像用手摸烫手的山芋一样，一遍遍想否定山芋的烫，又一遍遍将山芋扔下来。"在这里，读者可以明显感觉到大虎的内心矛盾：出于爱，他一遍遍地将山芋拾起；出于审视，他又一遍遍的将山芋扔下。关键还在于，当大虎的情绪发生波动时，作者通过他的眼睛所观察到的事物也相应地发生着变化，有时候甚至会表现得截然相反。这一点，在大虎对待两个弟弟的态度上就可以明显看出来，在刚刚回家，家里氛围尚且平和的时候，他对两个弟弟是乐于相见的，同样处于青春期，便会有更多的共同语言。他们不仅乐于分享彼此学习生活中有趣的事情，而且还会站在易怒父亲的对立面，私享只属于他们三人的笑料。然而，他们一旦共同投入艰苦的劳动，烦躁着无意义的体力付出时，又或者，一旦身居赤贫家庭的他们，要拼命地努力维护自身尊严的时候，他们的内心便会因产生隔膜而互相厌烦。尤其是当大虎认为他的大哥身份受到不尊重与挑衅时，就连二虎、三虎的相貌，都会让他觉得可鄙，就连二虎病恹恹的柔弱无力的卷曲头发以及那总是不屑和不耐烦的表情，也都会让大虎感到战栗不已。然而，大虎其人却又是如此地怯懦，通常只能够一个人伤心生闷气，抑或是在内心进行恶毒的诅咒。事实上，也正是曾经的城市生活与乡村生活之间的巨大落差，从根本上决定着大虎内心深处的所有挣扎、矛盾与苦痛。浦歌的相关描写，不仅真实，而且真切。只要设身处地地想一想，读者便会对大虎的如此一种心态产生强烈的认同感，与之同悲，同戚，同感，同忧。当然，必须强调的一点是，贯穿全篇的，也不全都是纯粹的心理描写，小说中也有相当篇幅的外部描写，但这些外部描写，却大多是通过大虎的视角来加以呈现的。比如，通过大虎的眼睛，我们就能够真切感知到大虎一家五口人所居住的两间小屋的逼仄与简陋："进门得弯腰，地上没有铺砖，踩得很瓷实的裸地坑坑洼洼；小小的两米见方的炕，炕上铺着发糟的，露出大窟窿（下面是毛毡）的脏床单；土砖炉子敞着熏黑的螺旋状窟窿，靠近炉子的毛毡边角被烧黑；朝东的墙上竖着几根弯弯曲曲的粗木棍，糊着雪连纸当窗户，捅破的窗纸舌头一样垂下来，有风就瑟瑟抖动……"这样的一种居住环境，与之前大学时期相比，无疑相差太多。置身于如此这般糟糕的家庭环境之中，我们自然也就不难理解大虎一种强烈排斥心态的生成了。

通过细腻入微的心理刻画让人更加感到悚然心惊的，是浦歌笔端的酷烈劳动场景。既然是"一嘴泥土"，那肯定少不了要与泥土打交道。关键的问题是，这泥土，不仅既不肥沃，也不松软，而且更多时候还处于板结状态。在经历过种植养殖的失败后，大虎一家只有靠向工地拉沙维持生计。拉沙这活儿并不轻松，可以说十分艰苦。头顶毒辣的烈日，肌肤被暴晒而翻卷脱皮，汗水在脸上凝成盐粒，汗与沙混合腻在脖间，脚踩晒至烫人的沙粒，一铁锹一铁锹地做重复动作。最可怕的，还是送沙路上的那道 S 型大坡。每每到这个时候，大虎总是提心吊胆，对 S 型大坡充满各种恐怖的想象："他屏住呼吸，偷看一两眼左面近在咫尺幽深森然的沟壑，然后赶紧紧盯前方几乎是下坠的陡峭路面，时刻准备在危险来临前跳下车。每一个拐弯处，他都害怕车无法转头，或者会因为向心力摔到沟里，或者无法控制地撞上突然闪过弯迎面上坡的人、摩托、四轮、面包车。"由以上真切描述可见，如同大虎这样的拉沙，已不仅仅是体力和汗水的付出了，在心理层面上，大虎更是遭受着深广的折磨。我们注意到，大虎在劳动时，常常会进入一种机械的状态，甚至有时还会寻找适合自己的节奏。浦歌《一嘴泥土》中的如此一种精准描写，直让我们联想到英国作家劳伦斯那部著名的长篇小说《查泰莱夫人的情人》中描写煤矿工人的一个场景："他们是非人的人，是煤、铁与黏土的灵魂，他们是碳、铁、硅等元素的动物。他们也许具有几分矿物那种奇异的非人之美，有煤的光泽，铁的沉重、忧郁与坚韧，玻璃的透明。他们是矿物世界那怪异变形的元素生物！他们属于煤、铁、黏土，就像鱼儿属于水，虫儿属于朽木一样，他们是分解矿物的生物！"劳伦斯的这种描写，很显然是在控诉现代工业对于人性的摧残。相比较而言，大虎他们在泥土上的劳作，尽管与现代工业无关，但却又何尝不带有类似的生命摧残意味呢？！如果生命的存在方式只是由繁重的劳动来填充决定，那么，作为现代人的价值又该怎样体现呢？尤其对于如同大虎这样接受过高等教育的大学生来说，他生命存在的意义和价值难道仅仅只是如此么？无论如何，这繁重的体力劳动确实是对生命的一种摧残与损毁，因为它完全将人格降低到了机械的生物层次。唯其如此，拥有一颗敏感心灵的大虎，才会不止一次地感叹自己会淹没在这被世界遗忘的沟壑中而永无出头之日。

除了几乎遍及全篇的细腻心理描写，浦歌还别具新意地采用了另外一种叙述方式，也即在小说中多处适度穿插了对于经典文学作品的介绍。如此一种艺术设定，非常契合大虎的特定身份。一方面，大虎所修专业本就是文学，另一方面，作为文学拥趸的大虎也特别酷爱阅读。文本中适度穿插的这些作品，既融入了大虎的思想，也进入了他的日常生活。他的文学梦想之伟大，表现为他希望自己有一天可以写出一部像《百年孤独》那样的名著，也获得一个诺贝尔文学奖。但他的这一梦想，仅仅是个人意志的一种表达，与父亲王龙，与他的那个家庭无关。对于他的家庭来说，较之于《百年孤独》更重要的是，他是否可以在有朝一日成为某位县领导的秘书或报社的记者。他爱情的忧伤，则是那卷包了蓝色书皮的《追忆似水年华》。因为所写的情诗没有奏效，所以他便将希望寄托于这册《追忆似水年华》，希望心仪女孩安忆能通过这部小说名著的阅读明白他的心意。失意之后，爱情的伤痛，则化于主人公马塞尔爱情的无望。就这样，小说名著与人物心理彼此映照，作家很巧妙地借普鲁斯特的笔传达出了大虎的心声，写出了他想说的话。如此这般，小说的阅读空间便得到了强有力的一种拓展。诸如《百年孤独》《追忆逝水年华》这样一些早已经被经典化了的具有明确思想指向的文学名著，完全可以作为阅读本书的参照系而存在。类似的情绪，类似的意义延展，肯定能够在另一个维度上帮助读者加深对大虎的理解，也算是小说艺术上的一种独到之处。

实际上，也正是因为浦歌在心理透视方面做足了功课，所以他才极有说服力地表现出了大虎精神层面上的深刻裂变。小说从大虎的大学毕业写起，大学毕业，可以被看作是大虎两种截然不同生活方式的一个分界点。在他毕业归家的路上，火车换汽车，汽车换蹦蹦车，蹦蹦车而徒步，大城换小城，小城换乡村，大路换小路，沥青变浮土。借助于如此这般的一种回家方式，浦歌极富象征性地写出了大虎的精神失落过程。经历了这种失落过程之后的大虎，根本不可能找到自我精神的落脚点，于是，他的心情就变得格外复杂而忧郁。出身于贫穷的农村，尤其是农村中赤贫的家庭，这种家庭出身，就注定了他大学毕业之后的道路并不可能生气蓬勃，他的前途只能是一片黯淡无光。稍不留心，好不容易才读了大学的大虎就极有可能被早已被自己叛离了的乡村泥土再次吞没。一方面，他清楚地意识到，回到乡村，肯定找不到自身存在的意义，但在另一方面，那样的一种家庭出身却命中注定他只能返回乡村世界。不仅出身于赤贫家庭，而且这个家庭竟然还独居在远离村庄的沟壑，大虎的家庭毫无疑问会成为全村人的目光聚焦之所在。大学毕业后重新回到这个家庭的大虎，在清醒意识到物质上无法与别人平等的前提下，特别在意要想方设法维护自身的精神尊严。细读文本，即不难发现，尽管内心是那么的空虚，但大虎却非常在意别人的目光，总是在努力维护着自身在他人眼中应该有的形象。这样一来，我们就每每可以看到，日常生活中的大虎，常常站在他者的角度来审视并规范自己。一旦意识到他者审视目光的存在，大虎那如同初进贾府的林黛玉一般的伪装，表演以及敏感多思，就都无以避免地凸显出来了。他仿佛每一步都走得那么小心翼翼，思忖再三，恐怕被人耻笑了去。如果说在同学面前，他还可以进行隐瞒性的伪装，那么，在知根知底的村里人面前，他的伪装与表演就会变得特别没有底气，因为他们全都非常清楚他赤贫家庭的一切。这样，我们也就自然而然地看到了，毕业归来的大虎，竟然不顾乡村的肮脏，不无心疼地穿上他认为最奢华的衣服，身负三大包行李的情况下疾走，他竟然还要精心挑选着行走的路线，唯恐一不小心就遇上同村的人。类似的表演，还出现在大虎为五爷爷打墓以及出席五爷爷的葬礼的时候。大虎为五爷爷打墓的时候，刚刚遭遇了找寻工作的失败。因为一心想隐瞒不想为人所知，所以他认为来自于黑龙与克威他们的每一句话都是暗含深意的。他一边揣摩、志忑，一边埋头劳动，企图以这种方式证明自己的存在。但其实，黑龙与克威他们，也仅只是一种比较客观的论说而已，并不是专门针对自己。在参加五爷爷的葬礼时，大虎如此羞愧于自己一家人，所穿的像烟熏火燎的颜色已经发黄了的丧服，然而，一旦看到富裕的孝子引元叔叔也穿着同样的丧服，大虎便顿时觉得安全、自在了许多。

由以上分析可见，大虎的安全与不安全感，大多是来源于他者。面对他者的目光，大虎总是会不自觉地形成一种过度的揣摩心理。这种不健康的心理状态，在精神病理学的意义上或可被称为"迫害妄想症"。他人即是地狱，是大虎的自卑情绪，在一定程度上让他陷入到了这种精神困境之中。同样的，在爱情上的失意与自卑，也时常会让他自觉地低落到尘埃里："他用安忆的眼光看他周围的一切，他羞愧地首先看到这个属于他们当地特有的古怪蹦蹦车，看到他坐在蹦蹦车上的尴尬姿势，看到面前那个老农憨厚而又狡猾的脸。"面对着母亲，"他突然用安忆的目光打量起母亲，惊奇地发现母亲同别的农妇没有任何不同，甚至没有她们穿得好"。当父母夸赞大虎的相貌排场时，"他想象同学们听到这句话会怎样笑得背过去气去"。同时，又"把自己想象成安忆，然后想象一个大头平脸男人走到自己跟前的观感"。归根到底，安忆是他不可企及的一个如花般意义灿烂的幻梦。在安忆面前，他总是会不自觉地将自己放低。因了他所分裂出的安忆视角的带着光环而居高临下，他自己只能够自惭形秽，自卑汹涌。同样的情形，也出现在面对李文花的时候。对于李文花，他也总是充满了各种美好的想象。他想象，李文花家不仅有温馨宽敞的四间房屋，而且她也至少有一个属于她自己的抽屉，可以放她私人的物品。大虎之所以会做如此一种想象，关键在于这一切都是现今的自己所无法享有的。令大虎也令读者感到震惊的是，小说结尾处李文花的那封回信。通过那封信，我们方才真切了解到，其实她的生存环境可能比大虎还要恶劣许多，因为她的家乡不过是一个只有十几户人家的地处大山深处的小山村。实际上，浦歌借助于李文花这一形象，乃是要通过他们之间的反差，充分凸显大虎悲观情绪的严重程度。然而，大虎的悲观情绪固然重要，但更应该引起我们关注思考的，却是他为什么会形成如此一种悲观情绪？又或者，是什么样的一种社会语境方才导致了大虎悲观情绪的生成？这样一来，小说的批判矛头，自然也就指向了现实社会，指向了那难以逾越的贫富差距，以及这差距背后必然的一种阶层差异。

同样置身于一种巨大的阶层差异里而倍受折磨的，是大虎的父亲王龙这一人物形象。身为一个乡村赤贫家庭的家长，他事实上承受着多方面的压力：三个儿子读书的费用，赡养老人的压力，妻子随时发出的抱怨，乃至村干部强行收回承包沟的危险，等等。面对如此艰难而恓惶的光景，他所采取的，则是一种过度乐观的应对态度。他的很多种决定不仅往往伴随着巨大的热情，而且通常还都会以轰轰烈烈的失败方式告终。无论是嫁接脆枣枝，还是沟地种小麦，无论是旱地栽白菜，还是养殖兔子，所有这些生产活动，可以说不仅都没有达到王龙的预期效果，反而使家庭的光景越来越糟糕。以至于到最后只能以拉沙来勉强维持家庭的生计。但正所谓"江山易改，本性难移"，即使是拉沙，他也仍然会自以为是，甚至有时候还会不顾生命危险。有一次，眼看一场暴雨将至，王龙却仍然坚持要去拉一趟沙，既不考虑暴雨因素，也不考虑那个危险的 S 形大坡因素。如此一意孤行的结果，自然可想而知。到最后，他就像一个可怕的赌徒，只能够把自己弄得狼狈不堪。此外，父亲王龙的极端自以为是，还更多地体现在"钻石事件"和"三十辆卡车拉沙事件"这两个事件当中。首先，是"钻石事件"。王龙笃信从沙里挖出的彩色石头就是宝石或钻石，只待鉴定过之后，就可以为他们家带来巨大的财富。等到鉴定无果之后，王龙给出的说辞是："狗日的，他们也说不下样子，只是嫌它大——这就是钻石，大是因为不纯，纯了它想大也大不了。""什么是县城？什么是省城？县城要都是专家，还要省城干什么？咱这钻石只有拿到省城才能鉴别得了！"王龙的这种固执行为，就真正可谓是撞了南墙也不回头。其次，是"三十辆卡车事件"。因为在事情还没有最终敲定的时候，王龙就已笃信三十辆卡车必来无疑，所以就开始热火朝天地带领儿子们拓宽路面去修路了。当大虎他们都已经察觉到三十辆卡车会不会来都是一个问题的时候，他却仍然深信不疑。最后的结果只能是失望，他们父子长达十多天的劳动付出皆属徒劳，但他竟然将这失望处理得非常轻描淡写，更试图以更加卖力的拉沙来填补这十几天的空白。由以上种种情节，我们即不难判断，王龙的确是一位生活的乐观主义者，拥有着如同阿Q一般的自我修复能力，总是能够为自家光景的恓惶、为自己的失败找到合理的说辞。很多时候，他会把更多的希望寄托于假设的未来情景，寄托于自己的三个儿子。在大虎五爷爷的葬礼上，当众受辱之后的王龙，回到家的总结发言竟然是这样的："咱现在没有好办法，就看这收沙的了，收沙的一来，一两个月咱就赚够了，就是收了沟咱也值。再就是大虎的工作，咱看看报社方面有没有门路，若有的话，他们不敢收沟，记者，那是无冕之王，谁不怕？王金合他听见大虎当了记者，我保证他晚上都怕得睡不着哩！"自家的生存处境明明非常糟糕，但他却偏偏硬是要创造出这一通貌似乐观的说辞来。细细想来，不免让人感到可笑，耻笑他的自不量力，竟然将受辱之境况巧妙地转换为优胜的境况。但在耻笑之余，我们却又不禁要为他感到悲哀。然而，回头来再设身处地地想一想，却又多多少少会对他那种简直就是无师自通的阿Q精神产生一定程度的理解与谅解。道理说来非常简单，倘若没有了这种阿Q精神，那我们恐怕真的无法想象他会以怎样的一种方式来对抗生活的巨大压力。无论如何，我们得注意到，在他的阿Q精神后面所深深潜藏着的，是他对于家人那样一种发自内心的真诚的善意与爱。

行将结束本文之际，我们不能不提到《一嘴泥土》作为一部成长小说的特别结尾方式。从某种"阳光总在风雨后"的思维方式出发，我们在阅读过程中总是怀着一丝隐隐约约的希望，总以为在经过了那么多的苦难之后，生活总会出现一些转机。然而，文本的实际情形却是，一波三折之后，不仅还是失望，而且是更大的失望。大虎看似轰轰烈烈的所谓要去华北日报工作，只不过是一种说大话的结果。这样的一种大话，只可能让大虎从希望的云端跌入更加严峻的残酷现实，让他一个人在异乡的出租屋内流淌着无助的眼泪。但是，揆诸于生活的现实，或许这样的结尾方式方才更加切合实际的情况。如此一种悲剧的结尾方式，虽然少了一些圆满的慰藉，但却多了对于现实的冷峻思考。如此一种结尾方式，既可以提醒读者不去忘却大学毕业生王大虎的生存困境与精神裂变，也能够提醒他们不去忘记父亲王龙的阿Q精神。究其根本，浦歌《一嘴泥土》最重要的意义和价值，恐怕就是要告诉广大读者，面对着巨大的社会阶层差异，并不总是会各得其所，总是会有那么一些人以悲剧的形式而存在，而挣扎。用一种极其形象化的表达方式就是，含着一嘴泥土，无法诗意栖居。

2016 年 4 月 25 日

一个城墙上静伫瞭望的人
——读卢静 《雉堞》

◆聂尔

城墙，及其无限延伸的垛口，即雉堞，是一种特殊的废墟，虽然历时千年甚至更久，仍可供人行走，瞭望，沉思，它不仅令人发思古之幽情，它的环形或绵延的结构，更使它楔入了无限时空之中。我们每个人都可以：

"为了未来的回忆，倚着城墙我写下新的日记。"

一个独立沉思的个人，一个散文或诗歌的吟咏者，一个在城墙上晨练的人或干脆是一个观光客，她所能做的就是"写下新的日记"，不管这日记是写在纸上还是心中，或者只是写在她的一瞥所及的晨曦暮光之上。总之她会写下新的日记，就如同卢静此时所做的。她写下的新的日记，她将指望它们变旧，变作城墙上的一撮灰土，这灰土将因时光的作用而凝结到城墙上，并反射到晨曦暮光之中，反射到后来者的眼中，从而成为永恒的碎片之最微末的构成之一。

是的，永恒的碎片。如果借助飞行器的视角望下来，我们会看到，这条简单的线（城墙）比任何复杂的区域构成——比如城墙之内的那座城，都更像是一种永恒。尽管它只是呈现为一种试图突入永恒的碎片，但它伸入永恒的姿态正如同永恒本身是一样的。

当一座城已经沦为了废墟，城墙却仍能屹立不倒；当城内早已空无一物，只成了一个指向虚无的标志，城墙却愈发地坚固起来，并充满了实在，甚至从实在中溢出，腾跃，弥漫。绵延在时空中的墙，在此地斑驳，漫漶，沉实，却在看不见的远处直立了起来。正如卢静的描述：

"在似乎要蜿蜒到天边的城墙下，时间与空间都充满了弹性。"

在纯粹的自然中，干脆是没有时间的，正是时间的意识才是劈开鸿蒙的一把斧子。斧子劈开了深海，并从此游弋于其中，但蒙昧的自然仍在它的两侧汹涌着，随时可能闭合，将其逐出自然之海，使一切重新归于暗黑。时间与自然的这种紧张关系，一直映现在人的身上，驱之不去，于是他们修筑了庙宇和皇宫，建立了宗教和哲学，发展了文化和文明，为的是使大地和深海得以照亮并存留。那些貌似安详的庙宇躲在地的深处，星星点灯一般，明暗交替，忽隐忽现；那些皇宫和茅屋，城市与乡村，人及其脚迹，争相涌现在地平线上，实际只是争相映现于人的眼前。它们既给人以家园般的安慰，同时又引起人面向无限的茫然之感，以及坠入深渊的恐惧感。所谓崇高，正是事物悬于时间之轴上的那种危殆所给予人的迫压，那是自然与时间在那危殆之物上所取得的瞬时的平衡。时间自其诞生之日起，就始终被自然压迫着，何曾有过一丝一刻的"弹性"和从容。人从来就知道，自然对时间的战争是不会停歇的，人所能做的，就是伪装成为自然的代言人，建造出一种人与时间的关系，以遮蔽住自然之恶。人的最大的发明创造，就是上帝、佛和真主。所谓最大，正是着眼于时间，掌握住时间，或者使自身被时间所掌握，由此脱出自然的魔掌。挪亚方舟，轮回之苦（福），使人浮出自然之海，置身于时间的航线上，永远漂浮在上帝说要有光于是就有了光的那道光亮之中，也就是时间之中。战战兢兢的人类终于得救了，如卢静下面所写，那是一种危机中的得救：

"有一个瞬间，我觉得整个人群都像崖壁上的蝴蝶，又像孤舟上同渡的亲友，但是吞噬一切的黑暗中耸起了银帆，那是我想碰触的，所有事物内部闪烁的光芒。"

这些崖壁上的蝴蝶，孤舟上的亲友，他们悬望天际，渴盼海天交接处的一叶"银帆"，以便能够有所"碰触"。所谓崖壁，就是自然，所谓孤舟，就是希望。从自然到希望，海天辽阔，蝴蝶的翅膀确乎是太渺小了，岂止渺小，蝴蝶的翅膀简直是所有翅羽中最接近于无的一种，但唯其如此，才正与人的希望相同。于是有一叶"银帆"，翩然驶来，此时自然变成了"事物"，并闪烁出了光芒。此在得以建立，人得以建造。翅膀划出了时间，庙宇使大地呈现。只有在此时，才会有下面这个貌似魔术却胜似魔术的句子：

"星星的血液在食指上溅起回声。"

星星的血液在食指上溅起回声，这就是宇宙的成形。蝴蝶的翅膀所过之处，孤舟上的目光所及之远，空间得以产生，宇宙得以成形。然后，就得创造美和词语了。美总是如此令人惊奇地突然显现出来：

"我不敢相信自己的眼睛了，饥荒与传染病的阴影还在村口徘徊，而如此简陋的屋舍里，她充满自信的微笑，简直像一位女神，为原始村落蒙上一层宫殿般的光辉。"

村妇的笑和海伦的笑是一样的，红颜一笑是一声美的律令。它直接由身体发出，它表现出了人身上器官的表现性，它亦是人从命定之中的一次解放。原罪由此释放出其源源不绝的能量，它是善和恶同源并生的善恶之花，它亦是最初的音乐、言词和符号，他者从中诞生，寂静发出声响，一切存有都显出其灵转多姿的存在性。灿烂的和平和残酷的战争亦由是而起。秩序，冲突，固守，扩张，贪婪，犬儒，爱情，背叛……都从中一一浮现。为了那永恒的一笑，庙宇和宫殿瞬间得以建造，并由此变化出狞厉的笑，凶险的笑，无情的笑，骇人的笑，亦即所有的道德及其反面，都自一笑而之中诞生，如同一朵浪花诞生出了阿芙洛狄忒。而美一经诞生，就以其可见的铁律统治了整个宇宙，我们的每一天便都由它派来。它在时间轴线上的每一个不同的黎明唤醒同一双审美的眼睛，并使之不知疲劳。它之不知疲劳因为它是审美的。于是每一个黎明都是这样的：

"黎明又在诗人的琴弦上，垂下玫瑰红的手指时，东方天际的缝隙里，让万物仰望的熊熊燃烧的火红圆球，将要从大地永远的怀抱中一跃而出了！"

一个又一个的日子都是如此这般地降临。美，在时间的轴线上，在空间和宇宙，如无形之手搦无形之笔对一张纸的渲染，日日掀开人的倦怠的双眼，使其充满了生机和渴望。

但是，为什么太阳是从大地上跃起，而非大地跌落到了太阳的光寰里？为什么地上小小的玫瑰可以染红天上无垠的黎明？为什么黎明是在诗人的琴弦上演奏，而万物都要因应那个"火红圆球"？这是词语所赋予虚无的秩序。人以词语构造人的居所与万物的关联。这就是黎明，这就是玫瑰。玫瑰玫瑰玫瑰，玫瑰于是应声而出。语词呼唤出了万物，包括那个"火红圆球"，它的名字是太阳。

一切都在语词之后。有了语词：

"通向八方的道路，越来越繁复与多变了，最终当源于古老时代的价值体系崩溃后，当必须化解与摆脱的精神危机突现时，无论闹市通衢、幽静深巷，丛丛树叶都裹住动荡的思潮翻滚，我们也被高涨的风声吹逐到城门，一路上撞见近于昏厥的绝望者，开始深刻剖析"我"的沉思者，撞见占卜者、反抗者、纵欲者、赎罪者……我们迎面撞见新秩序的设计者，辩护者，未来的守城人，自然，我惊慌的记忆里，还储存了寥寥几个要逃脱社会与历史的束缚，一舟漂泊江湖，追寻个体自由的人……"

无论"古老时代的价值体系"，还是现代社会的语言之流，抑或后现代的语词碎片，都可一并收入人的眼，因为它们不过是语词之长城，正如从眼前延伸出去的雉堞一样：

"蜿蜒不尽的古城墙，似乎只是一厘米厚的史籍。"

就在这"一厘米厚的史籍"中，有了以上的形形色色的人及其思想。是"动荡的思潮"裹挟万有而来，否则，万有不仅是暗黑的，而且是纯粹物质的，它们会一直停留在远古，无法移动至目前。是语词减轻了万物的重量，使它们能够逐浪而来。诗人最能明白的正是这一点，于是她说出了自己关于"词语"的愿望：

"让我们热爱的词语，像一粒粒种子，在经过冬季北风的摧打与白雪隆重的洗礼后，显示出惊人的饱满，从黄褐色泥土里冒出头抽枝发芽，旷野上生长着茂盛的词组、短语与复句。"

于是，我们看到，"一个城墙上静伫瞭望的人"，她是站立在一个语词之上，瞭望着装满了众多语词的那本史籍，满怀深情地，看它如何绵延，为何永恒。

2015 年 4 月 26 日

孤独与游荡

——读李燕蓉的小说

◆陈涛

　　山西有许多优秀的青年作家，李燕蓉是其中很有代表性的一位。她从2004年开始写作，至今已有八年多的时间。时间不算长，但也不算短，可她创作发表的小说作品却不多。2012年她当选了中国作家协会举办的"二十一世纪文学之星"，并由此出版了第一本小说集《那与那之间》。里面收录了作者这些年来的十二个中短篇小说。综观作者的创作，作品数量虽不多，但每篇均有很高的水准，展示了其出色的写作才华。

　　这十二个作品，除去一个是农村题材外，其余均为都市题材，这也表明了作者是一个偏爱都市生活题材的作家。它们完成的时间不同，甚至有些间隔还很远，可它们毫无例外都强烈表达了作者对生活、人生的一种思索，这表明作者从写作起初就是有着诸多思考的。对一个优秀的小说写作者而言，需要具备的素质有很多，其中最为关键的应是能对琐碎、庸常生活进行穿透性的表达，而非生活的描摹与复刻。这一点在李燕蓉的作品中可谓得到了充分的展示。在她的笔下，生活丰富多彩，却又不那么重要，因为她始终关注的是在生活状态下的个体，关注他们的精神与灵魂。

　　这些作品另一个鲜明的特点在于叙述流畅、简约精准，具有洁净的美感。以《对面镜子里的床》一文的开头为例："应该发生许多事情的那个下午，事实上什么也没有发生。我还能清晰地记得我的手交叉放在膝盖上，过度的局促和期待使我的指尖微微的发麻。我的眼睛一直盯着桌子，但眼角的余光却在屋子里来回游走，时而也会从他身上滑过。一些音乐也掺杂其中。后来屋子里的光线变得昏黄、暗淡直至冥灭了踪迹。那个下午的时间在我后来的记忆里不断地出现。时间充裕的时候，我会仔细留心那个下午的许多细节。它们的羽毛在我的不断梳理中，变得日渐丰满。"它们简洁轻快，却又意蕴深厚，耐人寻味。同时，作者还善用一个个生动形象的比喻，描述文中人物的形象、状态以及情绪。譬如，她写相貌，"五官在强烈的阳光下变得像洗过多次的衬衣一样，很干净但无精打采。若退后几步，简直可以同背后的墙壁合而为一。""从下往上看，王大夫的脖子松松地耷拉下来，像褪了毛的鸡皮一样，一说话那儿就抖。"她写状态，"被水泡过的脸像冲开的茶叶一样，鲜活起来。"她写情绪，"除了床单皱巴巴的，还显示着一丝悲伤的痕迹。"文中类似这样的文字很多，它们妥帖传神，如同一束束光亮，给灰暗以明朗，与俗世以泽光，即使再不堪的生活也被赋予了美好的意义。

在李燕蓉的作品中，充满魅力的还是她笔下的那些人物。她的小说里，人物不多，一两个、两三个是常态。即使在寥寥的几个人中，她的笔墨也大多只放在其中一个人身上。除《旧事征兆》中的左福为农民外，其余的人物形象均为都市小人物，他们身份各异，男女有别，平平凡凡，过着平淡的日子。

他们的背景都很模糊，没有人知道他们来自哪里，没有人知道他们的年龄、长相、身高，也没有人知道他们将去向何方。如果仔细辨别，只能粗略知道他们所从事的职业较多，与广告公司、医院以及美术行业有关。至于他们工作状况是怎样的，作者都隐而不谈。

因为，在作者看来，作为个体的生存状态与精神状态才是最应该关注的，而她也在孜孜不倦地从事这方面的尝试与努力。这种写作意识，从作者的处女作《百分之三灰度》就存在了。这篇文章描写了一个名叫小奈的年轻人在周末一天的生活片段，故事起于主人公在大街的游荡，终于大街的游荡。他试图寻找爱情，他努力寻找安宁，他也想通过友情来填充内心的空洞，却始终无法遂愿。他只能是孑然一身，有些茫然，有些迷惘，除了在生活的道路上走下去，仅仅是走下去，别无他途。或许生活的意义如同作者讲述的百分之三灰度一样，"已经完全像某种过去式的情绪一样无法捕捉，又无比留恋。"在这篇作品中，留给我们深刻印象的只有两个词，一个是孤独，另一个是游荡。可以说，从作者开始创作，就给我们留下了一个这样的形象。

接下来作者又塑造了许多"小奈"式的人物。女性有：《对面镜子里的床》中的精神病医生。她是一个时常流泪，早已厌倦了自己这份对别人一忍再忍的工作，极其不满意自己生活的人。她在无助中想念那个男人，眼睁睁看着自己选择的生活与理想背道而驰。《干燥》里的小惠，离了婚，孤身一人。她每天都在让自己过得充实，积极参加朋友安排的相亲与聚会，甚至去酒吧寻求陌生男人的安慰，可安静时唯有叹息。《青黄》中的苏媛，是一个大龄女青年，终于在众人的帮助下结了婚。她的婚姻不可以用好坏去评判，而是到了必须结婚嫁人的时间，所以当她面对朋友问她婚后生活怎样时，她会说，"其实，我也不知道。"男性形象也有一些，譬如《蔓延》中的齐鹏，从一段感情到另一段感情，在这期间，他始终是被动的，他的灵魂总也无法与生活合一，他也曾拼命挽回感情，依旧落得被抛弃的下场。《那与那之间》中的美术家李操，借用偶然的车祸事故，导演了一场让众人瞠目结舌的行为艺术，当然自己也在别人的恼羞成怒中众叛亲离。《深白与浅色》中的赵峰，本来生活安稳，家庭幸福，自从因为医疗回扣被调查之后，就摆脱不了那些提心吊胆的日子，没有人待见他。

上面的这些人物，或许我们不可以用生活的失败者去界定他们，但我们必须承认他们是一群面对生活难言轻松的人。从他们的身上，我们看不到理想，看不到目标。或许他们隐约懂得前方的路，苦于没有明确的方向。同时，他们又都是动态的，如流水般，一直在以一种生活中的状态呈现，只是这流动多了些茫然，多了些无奈，少了些内心的坚定。另外，他们都在被动地承受、遭受以及忍受。生活的无聊，感情的枯涩，理想的背叛，人生的虚无，命运的折磨等等缠绕着他们。面对现实，他们是一群乏力者，冥冥中有一种无法言说的东西操纵着他们的思维与举止，反抗不得，摆脱不得。他们能做的，唯有裹紧单薄的衣裳，孤身一人，在寒风中，踉踉跄跄地游荡。

由此我们也可以看出，作者的眼睛始终盯在人物的身上，她描摹人物的生存状态，剖析人物的精神世界。她的作品中，活生生的现实变成了虚景，那些内容各异的生活场景，实则是为人物的展示做铺垫，并且会随着文中人物形象孤独感的逐渐凸显而日渐淡化。

在我看来，一部优秀的小说作品，应该蕴含着多义阐释的可能，会让人在阅读的过程中浮想联翩，感慨万千，但是在多义指向的背后，定会有一个强大、坚实的内核。待合卷细细思量，才发现所有的多义最终全都注入此内核之中，并且它们都是为内核服务的。李燕蓉的小说作品，虽然还有一些改进的地方，但就这一点来说，已经是很不错了。她的作品的内核是人，是人的生存状态与精神状态。至于这个人的身份、地位、居住环境、工作内容，来自都市或者是乡村等等，似乎都不那么重要了，毕竟这些都是外在的东西，是可以自由替换的。

我们很难准确地评判都市生活带给我们的利与弊哪个更大一些，但我们都能感觉到它对人性的异化与扭曲，关于此种的展示于剖析作品也很多。在都市里，我们有时是否如同一群失去魂灵的人，游荡，游荡，揉揉双眼，依旧遍寻不到方向。作者也曾在作品中试图从医学层面上寻找拯救的希望，以及一种类似家乡的存在，但结局凄惨。《大声朗读》中为了利益，最后连正常人都伪装成了精神病患者，《深白或浅色》中的大夫们因为回扣事件天天猜忌不安，《对面镜子里的床》中的精神病医生被生活的垃圾束缚摧残，连自己都无法拯救，还有《那与那之间》的荒诞事件，已让众人分不清何为清醒，何为疯狂。其实，我们心里很清楚，这些病症岂是医生所能医治得了的。

作者所描摹、刻画的这些孤独的游荡者，实际上是城市中众多此类人的缩影。而这种境地，也是每个人都有可能遇见的。从这方面来讲，她的作品具有了一种普遍而深刻的意义。在她平静的叙述之下，实则是她对我们精神世界的追问与考量，那就是我们应该走好一段人生的旅程。

作者所塑造的这群孤独者形象在打动我们的同时，也会带来一种灰暗色与无力感。好在作者还有一篇名为《飘红》的作品，与其他人物的落寞与被动不同，她刻画了一个先在家开股票交易所，后转行开棋牌室的小老板形象。他嗅觉敏锐，头脑清晰，行动有力，同时有情有义，爱护家庭，是一个有责任的男人形象。在他身上看不到迷惘与游离，取而代之的是智慧、坚定与果敢。在作者刻画的诸多人物当中，也就只有他还能带给我们一些温暖与希望，而这类人物，也应该是作者所要去努力塑造的方向。

在生活边缘与精神深处徘徊

——读李燕蓉小说集《那与那之间》

◆张艳梅

　　《那与那之间》是 70 后山西女作家李燕蓉最新小说集，收录了包括《百分之三灰度》《对面镜子里的床》《那与那之间》《深白或浅色》等作品。读李燕蓉小说，常想起张爱玲，也曾暗暗比对，哪些地方神似，哪些地方不及。如果说张爱玲看世界如水中月，李燕蓉笔下人生就是镜中花。水中之月，照见天地孤独，万事万物原本是空，所以张爱玲小说风格接近《红楼梦》，从人世最琐细处径直看到空无；镜中之花，兀自盛放，艳则艳矣，却和世事隔着一层幽凉和透彻，所以李燕蓉小说底色更近似《局外人》，在生活边缘处向世界内心张望。二人皆富才情，能文善画，却又都不是那种从内心深处兴兴头头热爱俗世生活的女子。李燕蓉的文字，如她的画，色调柔婉，而线条骨感，称得上婉约其表，冷峻其里。

　　麦克尤恩说："我比较喜欢一部作品有自我完善的特性，被它内在的气势和光辉所支撑着，他和这个世界很相似，却又不被他所左右。我喜欢故事，我总是在寻找那被我想象为具有不可抗拒吸引力的故事和男女之间的权力游戏。……另一个使我着迷的倾向，是关于男人和女人，他们之间的相互依赖、畏惧和爱恋，以及它们之间的权力游戏。"李燕蓉亦如是吧，她迷恋感情世界的拆解，却很少正面表现男欢女爱，对人生中的许多细微之处非常敏感，来自精神世界的质疑感很强烈，平淡的生活里有特别荒诞的因子。她抓住变异的瞬间和局部，展开，不为着改造人生的宏念，只为了隔镜感知岁月的心跳。其文字深处因而有种令人畏惧的幽光，如深夜对镜，总能看出这世界的变形。

　　她喜欢不那么分明的色彩，"百分之三灰度"算是典型。这种深白，或浅黑，是她一贯的小说基调，不是现实生活的逻辑，是充满了无限阐释空间的内在世界。没有过度理念化，也没有流俗化，笔触有些游移，或者淡漠，波平如镜的生活画面之下，是意识世界起起落落的暗流，充满一种难言的焦虑感。《百分之三灰度》中，主人公始终找不到自己想要的色度，电脑上的虚拟世界，眼前的现实生活，中间隔着微妙的异度空间。百分之三灰度是一种记忆，一种心情，是一种生活状态，比尘埃不染的白多了一些混沌，但是又不甘心趋向更灰茫以至黑暗。有些东西转瞬即逝如天空中那一小块灰色，马温与没有心灵感应的女友，小奈与没有面部特征的女人，虚幻而又真实。人生中真正的问题，从来不会有一劳永逸的解决，不过是纠缠到死的疲惫。每个人都带着陌生的表情，活在另一个我的世界，而世界另一端指认我们身份的人，同样面目模糊如一团污浊的空气，甚而隐匿并不现身。这篇小说，在李燕蓉作品中，颇有代表性。已知世界永远是我们的枷锁和牢狱，而理想世界即使在梦里也不过是一个幻觉，这种有关存在困境的隐喻，更近乎抽象的哲学表达。

《大声朗读》中仍然存在两个指向，一面是现实批判，一面是精神分析。现实层面的活动策划，虚假宣传，社会伪善，表现得更像闹剧；精神病人的种种表现，也颇具黑色幽默色调，抑或简直就是反讽。最后李小小辛田伪装成疯子，医生们也都伪装成疯子，对照波澜不惊的大声朗读，从意识深渊里映照出世界整体的病态，所有看起来很正常的人其实都是精神病人。《对面镜子里的床》《那和那之间》同样写的是精神病态。徐大夫，佩佩，段敏，李操……不是单个人的，是世界整体的病态。从原有的正常生活轨道漂移出来，在非理性状态下，生活和世界不断弯曲变形，悬空虚置。《干燥》写一个女子小惠的空虚和孤独，寂寞和躁动。本雅明在谈到艺术的气息时说：感知某个现象的气息（意味着）赋予它也回望我们的能力。这篇小说中小惠的处境是本雅明关于气息一说的旁证。那种干渴的触觉很分明，却稀释在拖泥带水的生活本体中。真的是"许多时候，你会听到门的另一面有许多模糊的声音，有一天你真的破门而入了，吓倒的不是别人，是你自己。你会发现除了黑乎乎的夜空，什么也没有，连声音也消失了，这一切不是做梦吧？可惜，没人回答你。"世界，就这样分裂为两部分，置身一侧，总是想象另一侧，而世界背面，还是空茫。李燕蓉喜欢写碎裂的感觉，包括现实世界的断裂，精神世界的拆解，各种事物的破碎。写作，于她，似乎就是在寻找一种并不存在的完整，是使命，也是宿命。《开始熟睡》隐含的主旨同样是精神分析，男主人公何健雄供职刑警队，喜欢研究犯罪心理，擅长精神分析。小说重点并不在于为我们呈现两个人的生存景况、情感态度和心理境遇，而是传达一种各自不在场的精神状态。真实的生活始终庸俗不堪模棱两可，偶尔还有让人崩溃的欲念。档案，记录本，何健雄的讲述，犯罪实录，彼此纠缠和对照，人生就像往返于档案馆和心理诊所的一条孤独长路，因为失眠，连黑夜都无处逃避。男女主人公的心理阴影，暗示了精神世界的分裂和变形。小说笔法洗练干净，又充满了多义性和延展性。《深白或浅色》《飘红》在冷静的社会批判和反思里，仍然有着精神分析的向度。

李燕蓉是一位严肃认真的写作者。在她笔下，现实关怀，社会问题意识，批判视角，人性深度，都不缺乏，与众不同的是，她还为我们带来了微妙的人生变形和精神世界的涉渡之舟。她写了很多小人物，在人生边缘徘徊，很无奈的生存状态，没有大喜大悲，但是找不到出口，多半处于失重状态，无论向哪个方向转，都会碰壁。小说有对世事人生的耐心解析，语言细腻内藏锋芒，恍如一把精致的刻刀，笔墨温润，调子微凉，不热切，也不居高临下，始终若即若离。没有鲜明的时代感和大事件，在微观世界辗转腾挪，散点透视，微距拍摄，背景拉成虚化，成像却层次丰富而立体。整体上，寂静的孤独气息萦绕，悲伤的诗意，在细碎的生活表象背后，抓住了悬崖边那根青藤。世界那么笨重，生活那么沉重，精神却常常处于失重状态。有种漫漶的荒诞感，不是特别强烈，在生存隐喻层面，越过幻灭，更像一种宽容的旁观。

说汉家，说《汉家文章》

◆ 成向阳

一、放了鹤，一株雪

12月4日，大风后天空明丽。辰时吉，于太原南站送老母幼子南下佛山，关岭迢迢，心下牵悬。巳时吉，于坞城路北岳文艺出版社接得一本新出的《汉家文章》，抱着行走五里。午时，与妻到双塔西街尔雅书店对面之燕麦餐厅共食一盆右玉炖羊肉。举筷前，我褪掉新书上的塑膜，翻开封面，见汉家抱臂，站在扉页上，夏日服饰，背景是虚淡之南方山水。遂与妻感慨："汉家不易！"

妻亦识汉家。是在我32岁那年的生日小宴上。汉家是我文友之中她所识无多的一个，于是妻亦嘘唏。于是我提笔在汉家相片下写道："见汉家兄站在一本书的扉页上，无比高兴。像看见二月桃花开了，雨水恰好也来。像看见十月里核桃落地，一个小孩恰好拾了它。人世好大，能予你影响者却少。于我，父亲尚不能，但汉家算一个。"

于是一页一页读，读得头昏脑涨，梦也多起来。但这样就好。这样汉家就慢慢清晰起来，一个写作者的真面目得以在纸上明确。汉家写汉家文章，听来浅白容易，理所当然，像卖冰糕的卖冰糕，像做凉皮的做凉皮，但于文章却殊不易。因为天下本没有太多文章，就像天下本没有太多的诗歌与美玉。而一本《汉家文章》在我看来却页页闪光，石头之光，青铜之光，黑铁之光。白银太软，黄金太俗，这里没有。这里更多的是金刚钻，有棱角，锐利，冷硬，耀眼，划着时代的钢化玻璃幕墙，也划着我脆弱的耳膜，嘎吱嘎吱响，牵心动肺。但亦温柔，多情，曲婉，有古典温度，如浩荡人世里一年年吹拂的春风，也如冬夜隔窗烛火，让人不由得敞开怀抱，不由得伸出手，想远远烤一烤。

一本书，一本散文，就该这样，既切割时代，也切割读者的理性与感官，同时抚慰着，提醒着，激励着，照耀着。汉家真的做到了，这需要许多许多年，需要一点一点具体的汗水与精力的投注与填塞，像一个习字者终于牵星摘月一笔一墨聚成了真正的文章，有志气，也有期待。期待人世说他一个好，说他在时光里不白费工夫，对得起灯油与干粮。

"有一本书，要足够大，那样才能将这些文字放得下。"这是汉家作为一个写作者的野心，也是作为散文集的《汉家文章》面世的意义所在。一本书的面世，是为了惊世。否则为何要拿它出来？这个冬天，汉家拿《汉家文章》出来，是他自信自己笔下字足够大，一粒一粒峥嵘磅礴，写满了人世机缘与白雪精神，写出了一个与白鹤一起出逃至汉语之乡者捧回的一株雪。

书中文章分了两辑。一辑"放了鹤"，录文 52 篇；二辑"一株雪"，录文 51 篇；加自序一篇《汉语》，恰得 104 之数，整整齐齐，赏心悦目。但辑名起得怪诞，读后却也豁然。所谓"放了鹤"，汉家就是那只鹤，黑的白的灰的不论，总之是有鹤之身与魂，但我猜他是洁白的，洁白者干净，有大傲慢，不容人世浑浊，故自己把自己放了，从粗鄙现世放至汉语的桃花源，从非我之阵放至自我之核，从流行之潮放至一叶扁舟，寻找，探源，发现并融入秘密的汉语异景，也找出天真的自己。而所谓"一株雪"，是汉语之树，疏枝横斜，是自我灵魂的本身，是清清明明的白雪枝叶。鹤放了，人心定了，魂不回来，而树在那里站着，远看就是一株雪。如此时之汉家，人在南方的虞山下身影冲淡，而《汉家文章》在北方的西山与东山之间精精神神，清清朗朗，灯下雪大如纸，飞在故乡读者的心里。

但，说汉家与汉家文章是危险的，是需要一些反常的机敏与蛮勇的，是需要避开许多熟人与俗人的。蛮勇我自命颇有几两，但机敏却一点也无。甚至也可不避险，俗人不说他，但熟人却避不开。你看，我还未想到避，已经说了这许多不中听的闲话，而我之喋喋不休，最终必将呈之于汉家兄本人之眼下，接受有效与无效之审视。这于我，是刀锋考验，是如坐针毡，但细想又有什么了不得？于是干脆不避，不要机敏，只说实话，傻话，家常话，如与明白人即席对坐，认真做个傻兄弟。

是的，读《汉家文章》就像读一部《汉语词典》，而谈论《汉家文章》也像去谈一部《汉语词典》，读时有千钧敬畏，评时更有万顷茫然。任何诚实的评者，可能都会感到多多少少的局促与徒劳，但又深感有全力以赴躬身一探之必要性。因为任何读者只要一页一页认真检阅过那些密集呈现出来的新鲜的汉字，体悟过汉家笔下字与字的认真掰手腕，词与词的赌气拔大河，以及一个句子用尽全力亲吻着另一个句子汇成文章蔚然的人世风景，就会有被此书更新、唤醒、刺激的新感觉，张口就想说一说。其实，这种评说多少多少已经与《汉家文章》本身无关。我们无非是在对《汉家文章》的阅读、审视与反省中，发现了自我的"此在"。一些僵化的东西被活化，一些坚硬的被敲开，一些扯皮的被撕裂，一些欲脱还羞、半遮半掩的遮羞布，干脆就脱掉了。

那就索性说出来，痛快。

二、我们说汉语

《汉家文章》的自序写得很有意思，甚至出人意料，但也干净利落，清楚明白，更重要的是它适合朗诵。我想几乎没有一本书的自序能够适合朗诵，除非写作者本人已在内心深处千万遍地朗诵了它。这篇自序，其实是很久以前汉家写的一首诗，常常被提及，也多次被不同媒介、不同版本的诗选选录，但它亦是一篇宣言，一个汉语写作者关于汉语本身的宣言，它的着重点在于"说"，但当然也包括了"写"，因为写无非是让说得以具体与物质化。这写，当然也就包括散文写作，以及对汉语散文写作的清楚态度。这个态度就是最后的一句白话："我们说汉语。"而在此前，他罗列出我们这一时代充斥于耳目的是日语、法语、印第安语、德语、英语……意大利语、丹麦语、希腊语和藏语。汉语像个被包围与挤压的小丑，又像一颗孤零零而全无一用的阑尾被弃置了。但，"我们说汉语"。因汉语是我们唯一的秤砣，唯一的标杆，唯一的度量衡。

"我们"究竟是谁？当然，可以理解为最大多数的汉人，但首先是、尤其是操持汉语写作的写作者。这一群人首当其冲，承受着汉语被挤兑而来的压力，也担负着汉语的命与运。

那么，一个语言意义上的汉人对汉语抱有深情与敬意是理所当然。但却显然又不然。集体的我们，包括相当多数的汉语写作者，已经不但丧失了汉语的写作能力，且对汉语缺乏一种血缘上的亲与信，更没有一种起而探索汉语奥秘与大美的壮烈之心，以及真正进入汉语本身进行写作的新鲜志向。这一点，正十分清晰地体现在当代汉语诗歌与散文写作的因袭之风上——篇篇都像是抄的。抄是如此之容易，因为你写我写看起来都也一样。很多很多的散文写作者，包括当代的所谓散文大家以及在散文期刊目录页反复出现的"中坚派"，多有使用死语言写作的人。这些人，更像是汉语的赶尸人，驱着汉语之鬼编排人间舞蹈，并努着一把气力鞭鬼唱歌，唱清平调，唱国际歌。很少有人去想，汉语之魂魄何在？汉语之精气神何在？汉语的美艳与清好又是从何处来的？这样写来写去，就写不下去了。写下去也没有人愿意读了。因为读了等于不读，读你干什么？读此等文字集合物，尚不如读一本《汉语词典》来得直接有用。

而汉家不同，他是个觉醒者，一个有语言反骨的人，是那个敢于翻身起来把自己抛出汉语死鬼之阵向着遥远的冰河之岸远远夜奔了的那个人，是在汉语的深山老林十年面壁寻求语言精魄的人。他的开悟，源于他的冷静出离与不懈寻找的志向，源于他方向感的正确与不避前途之远，源于他把立即的、决绝的反向行动视作唯一的伦理，把美视为法度。是的，无疑，他在某种程度上找到了又真又活的汉语，以及又真又活的汉语书写方式（"找到"是个无限延伸着的行动，永远没有休止，就像新鲜的在新鲜的下一刻即进入腐烂。这也意味着探索者汉家永远不可能一劳永逸）。他进入了这火热而新鲜的汉语言，就像龙女进入烈火，孵化了三枚隔世的龙蛋并节衣缩食喂养它们。而后，他成为一个汉语写作的驭龙者，一个与着火的语言的凤凰共同涅槃的人，一个在汉语散文写作中以飞行为大志向的人，一个新汉语散文执着而大胆的书写者。也正因此，作为散文集的《汉家文章》是新的，真的，热的，飞行的，有龙之姿，焰之美。

其实，我说汉家找到了汉语又真又活的道路，并非说他在文章中大量使用了具有标志性意义的汉语语词意象。当然，他的文章里经常性地使用诸如"节气""梅花""野鹤""蛾眉""铜镜""凤凰"等路标式的词语，好像踩着这些石头、摸着这些灯盏就可以爬山过河一路找到神秘的桃花源，但我说的不是这些皮相，而是驱使着这些语词的灵魂。汉家，他有着汉语活的灵魂，这灵魂和着血团和石块吐出来就成为活泼泼的语言。他呀，甚至是把汉语当成了一位小表妹，是把对汉语的亲与敬写成了对小表妹的亲与敬——

"我是怕了你，怕你深挖红瓤的西瓜，甜甜地招我过来，白露与寒蝉未到，我就丢下了扇子，甘愿为奴。你是开阔去的，长江长过了三里八乡，你还要更长一些，抵达飞萤往来的小站。你是静的，你说停下就停下，拨弄发

丝。我望见你的衣衫与手札，炉火燃烧，你护住汉语的法身。"（《湖心月》）

"你的美是去高山的路历尽艰险，大雪封山却偏要上山，冻僵耳朵也听得出风的指向。你的美又直对小桥流水，通宵说着私房话。"（《你的南方有水》）

就是这般，汉语的法身前站着可爱且一身贵气的小表妹，站着一位南方水一样的情人，等着他去漫长地寻找，去亲去爱。在以上的引述中，我们除了发现写作者汉家来自于灵魂与身体的语言温度之外，还能清楚地感知他语言的腔调，或者说口型，是迷人的，散发着看不明白其究竟的魔力。这并不是因为他快，快是心虚者的惯技，汉家心里牢靠，他自信自己靠得牢，因而敢放得慢。在慢里荡漾着神奇，乃至于都像一种炫耀。汉家的汉语腔调，有民国的优雅与贵气，甚至有晚明的从容疏朗与淡淡颓废——

"没有人惹你，你却委屈。你够着胭脂红，那时的货郎为美少年，你偷眼望。你尽管周游，听民间的语文发酵，想象塞北大漠的样子与一口寂寞深井。长大后，你有白鹭鸶的长腿，跨过去，无非踏响一只等你的芦苇，怜惜已不经意。我不与你绝世，人间常是烟火散；我不与你卜卦，你生就一副好相貌。你不能有切肤的冷，不必见寒潮，你不担心这些细碎，你说你自有胆气，能饮足够的酒，开出了春风浩荡，浩浩荡荡。"（《湖心月》）

但呈现腔调并非汉家之目的，他写的是自己清清楚楚心里话，与古人也无关。他在一篇文中引了李渔"竟似古人寻我，并非我觅古人"一句，似在言志。即他并不是在刻意模仿古人之腔调语气，而是古人入了他的心胸魂魄，借了他的嘴来说话。关于这一点，在他论文友乙先生时说得更为明白。其对乙先生为人为文之欣赏赞慕亦是他自己的美学追求：并非只依附古典，而直言今日之人情物理，写生而为人之直接感受。以及"与万物生情，四处野，拽到了天心深处"，并在"高音区飞行"。

汉家信任"飞行"。或者说"飞行"才是汉家关于汉语写作的追求，而这一追求又是他文艺观的分支之一。也即"飞行"与否，是他衡量艺术与伪艺术的重要标准。而具体到语言中，汉家无疑是一个高明的飞行者。他能一霎时在舒缓悠然之间飞升起来，使语言之弦呈现疾速的张力——

"而五更之后，你头枕着海浪入睡，不必早早起床，气息和美，这是永不完结的假期。我的春梦露出了一点端倪，就美得不像样了，在桃花源的渔船上亲吻伊比利亚的诗意，此时已是灿烂纪，我兴奋到肉紧。"（《五更之后》）

很难想象，一个写作者在桃花源的渔船上亲吻伊比利亚的诗意是怎样的一种快意，但读他这样的句子，我们能清晰地体验到语言的张力，又快又猛，力道巨大，使感受中的人心怦怦跳。我常常想，汉语散文就应该是这样，一瞬间抵达并释放，在人心里开出硕大的莲花。而不是老人般的散步，不是意味虚张声势的太极拳。

类似于此的语言张力在文章中弥漫与扩张，作为读者，你在三十页之后就可以逐渐熟悉汉家的语言技术，语言的回马枪，语言的撒手锏，语言暗暗打出的流星锤，语言密不透风、左右回旋的双股剑，这些你慢慢就可以体会并心领神会地一笑。这些当然都是绝技，但这些又都并不重要，已经成为下意识习惯性动作的都不重要，重要的是技术之上事关心灵的东西，也即人进入语言之后与语言本身的关系问题。

我发现，进入语言的汉家像是一个通电的媒介。自动具备了形式意味的语言一瞬间漫过他蜂拥着呈现。此时，不是他用语言在呈现，用语言在表达，而是语言找到他、通过他来呈现。他是一个即时性被语言所捕获并淹没掉的人。他正是在这种被俘虏与被淹没的过程中发现了汉语的异景，如一个打鱼溺水的人发现了水底鲜红的珊瑚。

这形成了汉家文章性好铺排的一面。铺排首先是一种富裕，以及发现富裕后的惊喜，一种来不及节制就暴露出来的华丽与奢侈。为此，他的散文时而便呈现一种失控般的排比的蔓延。这在很多篇章中都有体现：

"我怀念过去的冬天，我想起生火的炉子，我热爱煤炭。我不为自己感到难堪，我随着芬芳摇摆，我很镇定。我无力还原记忆，我生活在偏差的中心，我也不停地兜圈子。我压制过多的热情，排斥大而不当的点缀，澄清心里的浑水。"（《一丝不挂》）

"我要奔跑，像初生儿一般站在未来面前。我将是未来宠爱的儿子，而不是烈火中的钢铁沉渣。我是清流下的低唱，而不是铁流中的石块瓦砾。我是自由的，我的声带坚硬，却念出柔软的对白。"（《五更之后》）

语言的触角一旦进入"我"，语言就恣肆成汪洋大海。汉家就是这样习惯性地甩出了语言的绫罗绸缎，好像一只语言的巨蚕在春日里倾泻般地吐丝结茧。但这样的倾泻并不对读者形成压力，毫不使人厌烦。因他的铺排是才华的展现与流动，不会让人讨厌，只觉得惊讶，并想一路看他究竟能走到哪里去。就像在乡村社火看一个披红挂绿的小孩踩着高跷的行走与跳跃，想着他会一失足摔倒，他会过不去一个沟坎，未曾想他竟步步莲花，最好一个凌空大劈叉，竟然翻山过河去啦。但这样豪华的铺排于汉家却还不够，铺排只是他的大幕拉开，只是他心曲的垫场。铺排之后总有一骑华丽丽地冲出，长枪大戟直底人心——

"你梦到了什么？快告诉我，让我站在你的身边，让我握住你的手，我的手心里有将心比心。"（《蝴蝶》）

"大树生长绿叶，地上开出花朵，河流养活鱼虾，我为自己生活。"（《呈堂供证》）

"我不据守任何一个要地，而我的命，万夫莫开。"（《万夫莫开》）

"我对自己进行拨乱反正——幻想世间本有一座仙山，有一个建在半空的楼阁，有专属于汉语诗人的一千零一夜。我种瓜得瓜也想得豆，可是我先得从走投无路种起。"（《概率》）

同时，爱花朵的人也爱走险路，汉家极喜在文章中铺排与当代生活产生明显阻隔的古典情境，这些情境的组合与穿插又常常使文章生出明面上的晦涩难懂——

"正午，恒通当铺的四爷向我微笑，我说，您老好啊，当下的日子紧，留在您那里的歌赋，请妥善保管，有朝一日，定然赎回来。

赵员外的小妾昨晚自沉于后院井中。春香楼的头牌姑娘远嫁到北方。张屠户脑袋上的肉瘤还在疯长。大和尚在初六开坛，不出意外，棉花巷的七嫂一早就会赶到。码头上新到了货物，号子响起，醉仙楼的掌柜正往嘴里送一枚上好的荔枝。一只蜻蜓飞入了花丛，我昏昏欲睡。

拐子陈、麻姑、独眼黑三，落脚在旧日的小店。缉拿红脸盗贼的捕头，今天不去衙门，倒是与临街的女子调笑。山林中的大王闭门不出，搂着新劫的压寨夫人。"（《蟠桃会》）

诸种场景，各式人物，貌似远离当下，背景依稀不辨哪朝哪代，只有背景前的人是活的，情境是活的，动作语气皆是活的，如一个新鲜而清晰的梦幻惹人玄想。但也不用多想，因为汉家马上会抛出那一句梦呓式的真话——

"人世的烽烟熄了又燃，野戏唱完了又开锣。胡琴呜咽，以及不着调的姻缘聚散——我在哪个朝代与你何干？我只是在等你，千山万水已过，我在等你。"

令人读之一愣，不胜唏嘘间若有所悟。古典情怀，良有以也！作为一个同样喜欢在古典中淘金的写作者，我敬服汉家对中国古代经典体悟的敏锐与深入。这是读多少书、写多少论文都读不出写不来的，这是一种缘，一种舍与得。只有真的把自己舍给汉语，才能换取这湿漉漉的一把。你看看汉家品评唐诗宋词，品评书法，品评梁祝故事，品评《西游记》《水浒传》，尤其是品评《红楼梦》的那些闪烁着美玉润泽之气的篇章，你就会明白我的敬服是真的。汉家甚至立了志向，说这一生定要为林黛玉做些什么，因为他不满当世人对林的品评。当然这是题外话，但也让人凭空多了几分对未来的期待。

回到汉语散文的写作问题，汉家是个把汉语既当作老祖母去敬，又当作小表妹去亲的人。汉语，以及汉语经典文本，在他是一种伟大的传统，也是一种可以开出新局的资源，甚至是唯一的资源。他说："你的灵魂即是语言。"（《绵掌》）"你管辖着出身于自我灵魂的黑话"（《概率》）。他的灵魂，是已经在汉语之河流中浸染过的灵魂，且浸染了一遍又一遍。他的面向汉语回溯的写作实践向我们展示了一种宝贵的可能，即深入汉语后会长出怎样的心脏、怎样的嘴唇、怎样的情绪、怎样的呼吸，以及写出怎样新鲜而繁复的文章。

单就对汉语散文写作可能性的开辟而言，《汉家文章》绝对可以算 2015年散文创作的一大收获，不惟山西境内，即使放之于 2015 年之中国文界，亦有大意义。

三、反对

但，汉家并非一个钻入汉语之阵中龟守不出的人，他是一个无限敞开的人，他有显而易见的更为广阔的非汉语文学背景。甚至可以猜测，他从一开始就是个西方文学经典文本的迷恋者，（而汉语，是他返身而回时重新发现的武库）。他有广阔深厚的西方现代文学阅读经历，熟谙西方经典诗歌与散文文本。这从他的《你即使一事无成》《晚宴》等诸多篇章中可以十分清楚地看出来。但又正如他所说："他不是外国人，他永远不是外国人，他是人类的单个人——他只能是单个的人，人类只能是他的总括性的族谱。"（《他不是外国人》）

在同一篇文章中开始的部分，他提到了自己，他将自己对语言技艺的掌握视为一种魔术，这种语言技艺使他在心生幻觉的同时又听凭直觉决然地走向了价值观的反面。而来自正面"压迫式的鼓励"更使这种向着反面前进的忤逆之心获得一种"甘心归顺"的力量。于是，汉家开始成为从语言层面进入价值观层面的一个反对者。这使他的散文充满了凛然的斗士气质与批判者风格。

但是他的战斗与批判都是内向性的，或者说首先都是内向性的。他不像很多丈八烛台式的战斗家与批判者，空着内心对世界指手画脚，斗别人不斗自己。他首先展开的是对自我的真诚批斗。这种庞大的批斗在生活中、在写作行为中，化为了一种具体的、行动的、现实的痛楚与隔离，说血淋淋亦不为过。

他的反对首先是一种自我清理。"每到人生的一个阶段，他就需要清理一次情感与理智的肠胃，他的自我清理充满着危险的探索性质，其危险性相当于九死一生。"但这种通过清理而进行的反对又是必需的，因为：

"真正的反对是内向的——你反对的首先是自己，即真正的反对开始于反对自己。只有那些最不能妥协的灵魂，其反对最终结束于自己——从反对自己开始，亦结束于对自己的反对。贯穿这里的反对，说到底是一种基于反对的信念，一种以否定面目出现的肯定。"（《吃奶》）

这已经说得很清楚，汉家正是作为一个首先从反对自己开始的反对者，向读者展示了他最不能妥协的灵魂，无论是在语言丛中，还是在世界丛中，他都力争排除所有"非人，非我"的东西，进而回到自己，让我最终"是一朵一丝不挂的莲花"。

"我必须说明自己，我故意不走进中央，故意上当，故意把头偏向危险的一方。"

"我只希望做对一件事，我的希望不是无望。我极力摆脱非我的一面，使自己变得牢靠。"

"我解散那些围观的人，回到自己，回到神秘的姿势，回到顺风而去的季节，回到平安的村庄，回到打开的身体，回到了歌声中。"（《一丝不挂》）

而这一切，都是为了我能"看到语言的故乡"，能在语言中同时也在灵魂中使完全属于自我的那一部分洁净而牢靠，能在"当白云也笑着飘过的时候，当疾病痊愈的时候，当爱的誓言被无限放大的时候，我是一朵一丝不挂的莲花"。为此，他反对日常的无聊，反对日常的零碎的舒适，反对存在的无效，反对神一样的"是的是的是的"，反对毫无悬念，反对适应性，反对经验。

他由内向外反对，把满肚子的刀子抛向一切使之非人、非我的事物、世界。这一部分的恶世界是个武装着的钢铁敌人，而汉家以红口白牙对付它，咬他。《摩登城市》《八千公尺》等篇章中充满了这样的撕咬与仇恨，汉家的语言尖锐地指向了现实以及不言自明的历史的幽暗荒谬之处。

"人们努力制造历史上最庞大的文明垃圾，白色的塑料袋与变种的语言交替污染环境，人们扛着，扛着飞翔的房子、刻板的教育和危险的医院。城市生出了逆子，这逆子越背运就越叛逆，越叛逆就越紧张，越紧张就越离不开这个竞技场。"（《摩登城市》）

"人们只有把不义全部归于秘密，才能给自己披上合法的外衣。保守秘密被美化成最高的忠诚。人们陶醉其中，在集体安全中享受着人性的丑陋。这种丑陋的刺激让人们变得更加疯狂。"（《八千公尺》）

但汉家本质上并不是一个冷酷无情的撕咬者，他不是一个挥舞着语言的长刀砍伐世界的急先锋，并不是我们臆想中的那种破坏者。他，他的撕咬与讨伐，都是因为了心底里柔软的爱，自爱以及他爱。为了这爱不受污染与侵害，他只能高高举起盾牌，冲锋陷阵。但他跑得太快了，甚至比先锋更快，乃至冲到了最前面最残酷的地方去了。但，他并不像熟谙冲锋那样熟谙撤退术。他不善于自己给自己吹响集结号。所以，他只能那样举着语言之盾，在敌阵之前茫茫然，想着遥远的童年，遥远的故乡之爱。

这样的描述可能并不准确，但这却是我这样乏理论的读者唯一可以把握的直觉，来自于语言的直觉、情怀的直觉、性命的直觉。

四、糖浆以及砒霜

汉家的心中有糖浆，爱的糖浆，甜蜜蜜的。他心情好的时候竟像个事事满意的小孩，竟有口里塞着一块糖，衣袋里还有一块，手里也捏了一块，坐在小板凳上看远方的满意样子，甜滋滋地说着又闲又有意思的胡话。你看《海龟先生》《红袖青衫》《午时唱早》《哎哟妈妈》《温柔当令》等篇，尽是小儿女言语，直见性命，痴痴傻傻，一片深情。

"我真的爱了，我爱你，我的海龟先生。我爱了，爱着海龟的一切，爱面前的你，也爱你身后的大海，爱亲爱的海龟先生。我不知道我怎么就爱了——就这样爱了，亲爱的海龟先生，我爱你，爱一点都不剩的你。"（《海龟先生》）

"我们穿着新衣裳，互相追逐，笑与骂，美让我蒙上了眼睛。人生还有多少时间？——现在尚早，容得下我们的胡闹。"（《红袖青衫》）

"我梦见我们向南走，走到头就是南天门；我们向西走，西方就是小西天；我们向北走，就来到了北海道。如果我们站在原地不动，原地就是好望角，它位于大西洋与印度洋的汇合处，是通往东方的神秘航道，葡萄牙航海

家迪亚士称它为风暴角——我们从此开航，远赴东方，去那太阳升起的地方。"（《午时唱早》）

以及那篇不能不提的《天使之眼》：

亲爱的，我长不大了。我希望每天都穿一件新衣裳，我希望每天都听到一个刚诞生的笑话，我希望每天都是一个欢闹的节日。

……

"我有天南与海北，我的嘴里没有苦味，从此不再迷途。我有乡土，有黄河，有长江，有飘落的大雪和细雨中的露天戏台。

我泪如雨下，亲爱的，你不知道我有多爱你。"

多纯多美，多痴情，让人动容。这个男人敞开了他孩子式的清白，展示他一怀抱满满的爱的糖浆。这里面，有一种幸福的"痴"，以及幸福失陷之后失重一般的空落。以致当这个小孩以及这个小孩式的男人一旦在时光中回望，就会在对熟悉的气味的感伤中背身而泣，一种个体面向时代的伤感便迅速地淹没了他，以致那当初的糖浆在此刻都像甜蜜的砒霜，供他合泪吞下。

已经够长了，之于一篇谈论。尤其是对这样一部根本无须过多谈论的书的谈论，已经太长了。请原谅我的无的放矢，请原谅我言语中毫无悬念地到来的无效，请原谅，汉家兄，以及这本书将来的读者们。

最后，我想说，时代早已不是那个书籍挂着铁锁与石碌传播的时代了，时代让好人好书插上了翅膀。但一些特别的人、特别的作品依旧寸步难行，传播直径不足百里方圆。因为自我，因为神秘，因为说不清楚的机缘。我想，汉家与这本《汉家文章》，以及他即将出版和尚未进入出版者视野的那些诗歌与小说，如果尚不能尽快被网络下的现实世界认识与接受，那么时间终会在未来的某一刻接受并给予他和它们应有的荣光。我相信终会有这样一个漆黑而透出微光的夜晚，一个人在某间阁楼上，用远道而来的一只手秉烛翻出一个叫汉家的人多年前写下的书页，并用发现者的惊喜惊醒沉睡的一世人。

而这一幕，在明末的夜晚，借助袁宏道对徐渭的伟大发现已经预演过了。而之于崇爱徐渭的汉家而言，这似乎是一种前世镜像，一种当世命运。

"请不要漫天飞舞"。汉家如此在《汉家文章》中提醒那些妄图评说他的人。而汉家兄，我不漫天飞舞，我没有那么多，我的言语，只是一片故乡雪，乘夜随风飘往你客居的南方。

读《汉家文章》

◆苏唐果

  我是汉家的早期读者。一日我偶遇他的博客，读之颇喜，颇不按捺。六年后，2015年冬，汉家出了第一本散文集《汉家文章》。车前子评论说"汉家文章，独树一帜！我读汉家，很多人的散文在我看来，只是抄家——抄来的"，我很认同。我也以为汉家的散文新奇，是自创一派的，像魔术师，我期待着他那频繁的向虚无的空中一抓，嗒，这就有了。在心底我把他和车前子、姚月归为同类。后来，汉家也写诗，但我更爱他的散文。

  我最爱看他的读书笔记，有一些收录在此书的第一辑《放了鹤》，都是一己之见，准确，新颖。如果他做导游，会做得非常棒。他引你领略不同的风景，路途却不遥远，不让你疲倦，因他的讲解别致有效。比如中午看的两篇《西游啊》和《甄宝玉和些假悟空》，欢喜处我也像猴，汉家感叹这孙猴子欣喜时的"跳跳舞舞"，我倒不跳舞，我果断放下书来，好东西我要悠着点儿，拖长它的享受期。

  我还喜欢看他的深情系列。这时候他是柔软的江南，一生只解自己想要的那一只谜语。他还有一部分是童话的。这个高高大大的太原男人，我简直搞不懂他，如此多集的成分何来。我说过，我把他和车前子，姚月归为一类，他们都属于谜。迷人的谜。

  我喜欢看车前子的随笔，不愿读他的诗，不为旁的，因为我读不懂，只能感受些末个意思。有一次现场听车前子讲他的诗歌，这才惊觉车诗中的美意和深妙。汉家却能体味到他，他写车前子的诗评是很好看的，此书中共收录三篇：《今日开哪一朵菖蒲花》《之岩石——》《之汤汁——》。在《化蝶》一篇中汉家曾经写道，"化蝶一节的美丽，以街角老妪的话说，不为旁的，只因为化蝶好看。"好看"是老妪的家常话，亦是我的法度。"，我以为这个法度，不仅指他为文的标准，还指达到这标准的深邃。

我知道汉家立志做一个汉语写作的"重写者"，重新书写者。从他文章的语言，形式，结构，思辨可以见得。他的语言尤其独味，更有诗的质地，是敞开着的大自然，信手拈来皆"我有""我用"。他在文章中的思考亦精彩，比如他写："哲学很深刻，却无力解释生活，因为哲学在根本上无法解释浅薄，而生活正是浅薄的。这是简单的道理，道理之所以是道理，就是因为道理是浅薄的。我也读哲学书，当作一种训练：训练我的忍耐力。这种训练的终极目的，是引导自己在任何时刻都不要被浅薄所迷惑。对于浅薄而言，深刻是一个华贵的陪衬，华贵的陪衬也是陪衬，它并无实际效用，但不必下地狱。"

五月时我第一次见他。约在了沧浪亭，我们都比约定的时间早到，他来门前迎我，是第一次见，却一眼就知道是这个人。我们几个人在树下喝茶，剥枇杷吃，聊了一些什么我记不太清了，心里却是亲切。桂花开时又见了一次，那日难得，平日水深的空心潭见了底，工人们忙于运走潭底污泥，好一番杂乱场景，我倒不觉懊恼，只觉得我们几个人在一起，见底好。

我的太原朋友圈，素出"故人"，深情人，汉家算一个。汉家曾说过他的文章是写给知己看的，"知己皆故人"。

"什么人相知什么人，这就对了。梁山泊的好汉以前只是闻名，相见就下拜施重礼，然后去吃酒，更有性命托付。惺惺惜惺惺，不见时已引为兄弟了。人世有这样的情分，是因为相知。最耀眼的关系不是跟随或引领，而是共我。这样看来，我看桃花，亦是看我。林妹妹葬花，葬的是林妹妹"。

汉家在《然后书之》一文中写道："蔡邕说：'书者，散也。欲书先散怀抱，任情恣性，然后书之。'意书者无所畏惧，而直见本性。儿时，我认的第一个汉字是外祖父所教，他把着我的右手，将笔尖落在了白纸上。我人生初见汉字，胸中尚无针线痕迹，亦无余音。"，我以为，汉家渐渐已成为这然后书之的人了。

谈《流年》及杨遥小说的语言

◆ 王继军

　　2015 年，浙江《野草》杂志有一个改稿会，我第一次碰到杨遥，大吃了一惊。在这之前，我看过三四篇他寄来的作品，写的多是城市题材，有的还比较有探索性，所以，透过作品，我想象的杨遥是一个都市青年，应该略微有点反叛的样子。及至见到真人，然后听到他的言谈，觉得他写的作品应该是林斤澜孙犁那一路。他太淳朴了，而且看上去还有悠然的一面，悠然中透着他特有的幽默，写公务员的苦闷，写现代气息很强的荒诞，似乎还有点浪漫气息，感觉不合他的心性。当时只顾着惊讶了，没有多谈。但是后来电话交流时，我还是谈了我的一些感想，觉得他应该把自己的状态融到作品里，尤其是他的幽默感，而且语言上他应该适合白描。我记得他也说过，虽然别人都觉得他也很好玩，很幽默，但骨子里很紧张。但是，他没说他写过另外一类作品。

　　后来我就收到了他的新作《流年》。在信里，杨遥说："小说中有些小幽默，但在情节中。目前对我来说，把幽默写到对话中，还做不到，很遗憾。"通读完作品，确实如他所说，情节的设置上有一定的幽默感：比如两个主人公攒够去加州的钱时，女朋友聂小倩突然决定不去了。聂小倩终于有时间专心练歌了，突然心生厌倦了。凌云飞给她争取到在星光大道上唱歌的机会后，她却放弃演唱拿手的王菲的歌，唱了一首《小背篓》。而凌云飞小心翼翼地工作，却得不到什么升迁机会，当他变得放肆，又送礼又醉酒，却得到领导的赏识、同事的亲近。这不是我们说的正常的幽默，更接近美国曾经出了一大批作家作品的黑色幽默风格。整个作品的气氛更接近他自认的一面："骨子里很紧张"。《流年》将普通公务员的窘迫，那种既努力挣扎又无力无由改善生活的生存状况写得很实在，写到了骨子里。

不记得谁说过，读杨遥的小说不读到最后，不知道他怎么结尾。《流年》也有这个特点。从某种意义上说，在当下文学创作氛围里，这应该是他的一个特点，而且算得上罕见的品质。一方面，可以说是杨遥的创作真的是来源于生活，来源于他个人真实的感受，就像我们现在经常说的生活远超了作家的想象；另一方面，也可以说是作家有独特的心性，可以从生活中概括出属于自己的情节。关键是，读者猜不到的故事发展，而一旦作者呈现出来，又觉得特别真实和自然。

读完第一遍，直觉这是一篇有分量的作品，虽然主题就是现代人生存的压力，主题和题材看上去都不是很新颖，但是人物生存压力写得很实在，主人公公务员的身份也具有代表性，人物有特点，或者说情节的设置非常突出，而且这种突出甚至有点突兀的设置又不是为了小说的可读性，而是一步步深入真实。当然仅有这种生活的真实，似乎还很难构成一篇意蕴丰富的作品。《流年》还有它空灵的一面。这个"空灵"不是来自作者有什么形而上的思考，而是由两处设置使作品有了上升的空间：

一是女主人公聂小倩无常的性情。《流年》围绕王菲的歌曲展开，这个意象给作品增色不少，由王菲歌曲引出的这一段爱情，也是作品很大的亮色，使作品的色调变得复杂，而不是一路沉闷下去。而且这一段感情写得正常而且感人，这在我们现在的所谓严肃作品里是不常见的。但是这个爱情生活还是属于小说写实的一面。而聂小倩无常的性情，她每次突兀的变化，虽然在叙述上是很实在地叙述出来的，但是，如果跟男主人公凌云飞的变化比，她变化的"虚"的一面就明显呈现出来。凌云飞每一次高兴和沮丧，小说交代得非常清楚，原因写得实实在在，读者能看得见，感受得到，很容易理解。而聂小倩的变化，都是突然的，如果她第一次突然改变主意不去加州，而选择送礼，还能让人理解一点，那么她第二次突然放弃唱歌，莫名其妙的成分就增加了不少，然后开始信佛，也是没有来由。因为后面的没有来由，前面第一个看上去有理由的变化也显得有点其他意味了。虽然，就她自己来说，她信佛获得了平静，好像是一种解脱，但是因为有凌云飞的绝望相随，这种解脱，其实也是一种窘迫。这两个人的窘迫，对照下来看，一个是在具体的生存环境的压力下形成的，一个是在无形的压力下形成的。这种虚实结合的表现，给读者呈现的就不仅仅是官场，是某个具体环境的虚无，而是暗示了整个存在环境的虚无。如果说凌云飞遇到的压力还有办法解决，而聂小倩遇到的压力则无从下手，然后，再反过来看，凌云飞的办法看似办法，其实是导向更深的困窘，那里真的是只有虚无了。

二是王小倩这个人物的设置。这是个很实在的细节，而且看上去是一个比较笨拙的设置。王小倩，连名字都跟女主人公相同，而且也会唱王菲的歌曲，跟凌云飞相遇时，唱的还是同一首歌《红豆》，凌云飞关注的点也是当姑娘唱到"我会相信一切有尽头"中的"一切"时她能不能稳稳地降下来，声音飘不缥缈，清不清晰。小说几乎复制了凌云飞初遇聂小倩的情景。这个时候，凌云飞正面临婚姻的绝境，最容易想到的情节是他和这个唱歌小姐会有"婚外情"。但是完全相反，王小倩唤醒了凌云飞冷凝下来的心，不知不觉改善了他跟妻子的关系，最后挽救了他们的婚姻。这个看似笨拙的设置，竟然使作品柳暗花明，变得别有洞天。

我为什么说这个设置使作品增加了意蕴空间呢？在婚姻濒临破产的时候，凌云飞遇到一个唱歌小姐，想必大家在读到这里时想到的后面的情节都会与作者叙述的大相径庭，但是作者处理得出乎我们的意料，却又十分自然。我觉得这里是显示作者心性的地方。一个作品的好坏，尤其是境界的高低，最后还是取决于心性。不同的心性会有不同的与之相应的情节。也许作者是偶然的甚至出于好玩或恶作剧的一个设置，但是像弗洛伊德说的即使是口误都显示的是潜意识的真实，在意识上是偶然的设置，在心性上却可能早已是必然了。杨遥的这个处理，表面上使小说的情节更完满；内在里，显示的是作者对人对世界的一种态度。杨遥的态度是温厚的，如果没有这种感情，恰巧也有这种设置，读起来就会失真，就不可能真的使人物绝处逢生。凌云飞对王小倩的那点同情，那点善心，我觉得也是作者最后的持守，不管生活多么糟糕，退到这里是无论如何不能再退了。这里有点近似信仰的味道，就是说不用论证这个善好不好，有没有用，是天经地义要守住的。有了这种味道，这个看似笨拙的设置，才有了"扭转乾坤"的力量。

在这个意义上，一颗独特的心灵才是最大的想象力，它感受到的独特的生活，好像是想象出来似的。而真正靠想象力到达的地方，别人也早已在那里等着了。

另外，我也谈谈这篇小说的不足。一直到王小倩改变凌云飞夫妻的生活为止，小说都写得非常饱满，但是夫妻关系改善之后怎么结束，写得稍显仓促。我想到的一个原因是作者对佛教可能不是太熟，因为聂小倩信了佛，宗教因素的出现应该是能增加这个小说的深度，但在小说里，佛教的东西显得外在了一些，最后聂小倩离开了佛教，重新回归正常的家庭生活是完全成立的，但是如果作者对佛教或者佛教生活有更深入的体验，那可能会回归得更有深意一些。

最后，我想说一下语言问题。第一遍读完《流年》，我真是坐了好一会儿，一方面是因为受到震撼，觉得作品显示了相当的分量；另一方面，除了结尾的问题外，小说的语言让人感到不足，就是语言很抒情：一个是感情很外露，遇到高兴或不高兴的事情时会直接表达出来；一个是形容词用得比较多，作者会直接把人物的情绪写出来，对处境的看法也写出来，跟我以前看到的作者的几篇作品有点相似。这种抒情无疑会削弱作品的意蕴，削弱作品蕴含的所谓分量。现在发表出来的作品在语言上有很大改观，抒情性几乎降至零了。但是在我的印象里，一直觉得杨遥的语言有这样一个算得上比较大的问题，也正是这种抒情性，使我觉得他是一个十足的都市青年。然后就在我写这篇稿子之前，我又去阅读了他的其他作品，确切地说是他的一部分乡土题材的小说，然后又扎实地吃了一惊，原来他真的是林斤澜甚至是废名一路的作家，他写小学生活，写乡村生活，语言里只有动作、景物，对话实实在在，比喻生动贴切，写一个小孩子在暴雨里走，感觉是旁边的小河立起来流在他身上一样。语言生动自然，几乎称得上老到。乡土题材的语言跟城市题材或者说探索性题材的语言好像是两个人写出来的。这也算是杨遥身上另一个比较"罕见"的特点吧。我觉得一个作家的语言风格最终来源于作家骨子里的东西，骨子里最真实自然的状态。杨遥现在算下来可能在城市里生活的时间更久，但是浸润更深的似乎是乡村生活，当他想呈现它们的时候，细节会更丰盈，场景感更强。而对城市的感受可能情绪性强，需要观念去把握。

现在写乡土小说可能面临落伍的嫌疑。乡土题材似乎不如城市题材更容易表现现代人面临的生存问题，这有很多原因，比如，现在的乡村没有废名沈从文时代的韵味了，不可能"礼失求诸野"了，但是那时的乡村在鲁迅眼里也是破产的世界了，他也从这个破产的世界里创造出好作品。题材的好坏可能还是取决于作者的眼光。杨遥那篇《闪亮的铁轨》写的也是乡村生活，但是主题已经深具现代性了。像沈从文鲁迅写乡土其实都是面对时代大问题写出来的，所以呈现的乡土世界远不是乡土所能局限的，给出的是一个更阔大的世界，而当时很多写城市题材的作品，甚至是大作家，反而显示的是一个很小的世界，更快地过时了。

　　当然，随着城市生活的延长，城市也变成身体里的一部分，当压抑荒诞虚无不再是一个情绪一个观念时，城市在心中变得更复杂时，语言也可能自然回到细节中，而且，我觉得一个醇厚的心性更具有开放性，更能感受到环境的真实之处，到了那里，语言也会水到渠成。

下层人的生活承受和感情表达

——读杨遥《二弟的碉堡》

◆董大中

　　由张平、翁小绵任总主编的《山西中青年作家作品精选》，共四卷五册，散文、诗歌、报告文学三卷各一册。小说卷由李骏虎主编，中篇、短篇各一册。我拿起小说卷，随手翻阅，读了二十多篇，有几篇留下的印象比较深刻，它们是《闪亮的铁轨》《谎》《杨树巷》等。我在座谈会上说了。张发在发言中特别提到杨遥。我多年很少读当前文学作品，特别是青年作家的作品，总想挑几位有代表性的作家读一读，便请张发找一下杨遥的小说。杨遥给我寄来了，是一本集子，名《二弟的碉堡》，属于《21世纪文学之星丛书·2009年卷》，作家出版社出版。这个集子的第一篇是《闪亮的铁轨》，原来我比较喜欢的那篇小说的作者便是杨遥。这位作家确实是值得注意的，这本集子能给人一股新的气息。小说都没有注明写作时间。杨遥是何时发表处女作的，各篇写于什么时候，除这个集子外还有没有别的，我概不知道，因此很难从纵向上探索他的创作，只能把各篇放在一个平面上来谈。

一

　　我国真正的农民文学，是由鲁迅开创的。在鲁迅的农民文学画廊里，下层人是很大的一个群落，阿Q、华老栓等已成为不朽的典型。在其后的文学发展中，山西作家描写下层人生活的很多。赵树理的作品中，下层人占了一大半，而且都是小说的主角，阎家山老槐树底的人，无一不是下层。其他作家也都是描写下层人生活的好手。这个传统似乎一直由新起的作家一代一代地继续着。九十年代我读过曹乃谦等几位作家的集子，也写了文章。在杨遥笔下，我看到了阿Q、福贵、李有才、陈小元们的后代。这是由生活的环境决定的。山西——扩而大之，北方——的经济一直比较落后，而且又一直是农业经济占主导地位，广大劳动群众经济状况不是很好，自然只能居于生活的下层。下层人的生活状况，就成为我们这个地区人们生活的"窗口"；从这个"窗口"看进去，当地人们的现状，它的过去甚至未来，大致可以了解。另外，就跟作家们的内心世界和创作思想有关了。作家对描写的客体持什么态度，是现实主义地去观察，还是浪漫主义地去描绘，是根据"市场需要"去编造，还是以一颗巨大的爱心写出自己的所见所闻、所思所想，尽作家"生活画手"的职责，是摆在作家面前的严肃课题。在这个问题上，我觉得山西作家们的回答是及格的。他们坚守在现实主义的轨道上。这轨道是"闪亮"的，更是坚硬的，顺畅的。冷静看待描写客体，如实写出自己所认识的人生，是我读过的二十多篇小说的共同特色，也是杨遥这本集子的特色。

在这篇文章中，我特别提出"下层人"这个概念，是因为"下层人"在杨遥的笔下非常鲜活，他们的一举一动，他们说话的声口，他们的行事方式，即在掩卷之后多天，仍然挥之不去。

杨遥笔下的下层人，是崭新的一代。他们虽然生活在街上有迪厅、人人有手机的时代，他们的生活却又牛马不如，猪狗不如。许多人为寻找职业而奔波，从村镇到北京。他们"喜欢从事各种各样卑微的工作，像搓澡、蹬三轮车、门童、服务生等"，女子，不是做"鸡"，就是被骗去跳脱衣舞。食和色，是这些下层人最基本的生存需求，也是他们最奢侈的享受。食，无所谓等级，谈不到品位，处在跟猪狗相争的地步。《结伴寻找幸福》中的田七，掰了块馒头，喂黑豹（狗的名字），黑豹不吃，他自己吃了。《江湖谣》的主角钟飞，"勤劳、手巧、憨厚、孝顺父母……可是就是没有女人嫁给他。""钟飞的生活目标其实很简单，娶个媳妇，好好活着。"钟飞在下层人中算小有成就，但他"手中的积蓄离昂贵的彩礼还有一大段距离，他的父亲还是个无底洞……"田七和几个捡垃圾的青年朋友想搞女人，穷得没钱，想到把狗卖掉。沉重的生活担子压在每个下层人的肩上，让他们喘不过气来。下层人生活承受之重，是难以想象的。

《丢失了的，永远丢失》极富戏剧性，也令人深思。大明作为一个小人物，居然敢于强奸自己的顶头上司P。P有两幅面孔。她刚当了局长，严格要求属下按时上班，要求属下打扫卫生，使机关的面貌焕然一新。大明有两副心态。对于 P 工作上的一切，他佩服，他敬畏。但当两人都作为"人"出现时，情况变了。"大明想，P 单纯作为一个女人，他肯定愿意为她做一切事情。"他在这个思想指导下施行了强暴。P 曾有反抗，最后只能接受，只能配合。你可以指责大明犯罪，但 P 不能告发，因为她要顾全她这个局长的面子。在人性上，下层人跟上层人是平等的，领导与被领导，上级与下级，没有区别。小说强调"丢失"和"找回"，正是指的人性。在这里，人性战胜了人的社会地位的高低贵贱。

这些下层的人们又是有道德的，而且心灵美好，正直。不受意识形态的羁绊，他们把传统美德作为最高人生价值去追求。在《谯楼下》，姑娘爱上那个男孩，是因为男孩子"特别仗义，对朋友特好，他进去就是因为替朋友出气"，她自己，每个月要送给男朋友五百元，即使来路并不光彩。姑娘说："我这都是为了他，他出来不要我我也不怪他。他进去的时候，我说判十五年我等十五年，判二十年我等二十年。"《闪亮的铁轨》开头所写"弧"（村名）的人们对一个来路不明的流浪儿的关切、爱护，是人性美的生动写照。田七等结伙去找一个女的，被怀疑偷东西。"他们听见很气愤，他们怎么会去偷东西呢？要是偷东西的话，他们也不会去拾垃圾了。他们觉得受了侮辱……""拾垃圾"是光明磊落的，它表示的是生活状况而不是人格。

在作者所写下层人中少有的一个强者，是《二弟的碉堡》的主人公二弟。二弟是一个男性化的女人的名字。她强悍，她鬼点子多，她节俭到鸡蛋破了，会趴在地上，用舌头舔"鸡蛋汁。她靠"采摘贼麻花攒下一笔钱，买下这个院子"；她养猫，吵得四邻右舍不得安宁，却成了她发家致富的一条门路。她只顾个人、不管周围人们的死活。她成了"国民公敌"。她颠覆了历来对女子的一切说法和认识。她新建的房子成了被垃圾围裹的碉堡，但她毫不示弱。小说的结尾，用"把一块绣着乌鸦的刺绣""高高插在屋顶上"，表现了这个既孤独又坚强的女人的意志和决心。这是从下层突围出来的一个强者，是个异化了的女人，以致"那个满脸络腮胡子的丈夫……在她面前却乖得像只猫"。作家没有把人物理想化，他只是写出所见所闻。现实是可怕的，作家所展示的现实的这个角落，令人窒息。二弟以"国民公敌"的形象出现，却使这阴暗的角落和灰色的人群中透出一股别样的气息。

下层人的生存状态如何，是整个社会人生的缩影和象征，从最基本的方面反映着社会的面貌和文明程度。山西作家有一种浓浓的"下层情怀""平民意识"，他们始终关注着下层人的命运，描写着下层人的生活。这构成山西文学发展长河的一个特色。

二

杨遥的小说，不仅写出了下层人的生存状态，而且写出了他们的斗争和觉醒，无论那是有意识还是无意识的，是正确还是不正确的。

穷困的生活使人们心情烦躁，容易发怒。人们过激的行为，大都来源于生活的不平等和地位的不平等，来源于社会存在种种不公正现象。杨遥小说中写杀人——或说动刀子动枪——很多。田七回到家，发现他挂在墙外树枝上的袋子不见了，就"变得和黑豹一样愤怒"。钟飞看到几个女孩子"连牛马都不如"，想解救她们。他连夜放了一把火。河边"昨天表演歌舞的地方，黑乎乎的一片，那些帐篷和合木头搭的架子都烧没了……年轻的女子不见了……"小说写道："我看了看钟飞，他……那只眼紧闭着，但像一把锋利的刀子，能让人感觉里面的光，脸上一点表情都没有，双手抱在胸前，十分镇定，活脱脱一副大侠的样子。"《谯楼下》所写成七，只因跟"旁边的红鼻子卖肉的"，对姑娘看法不同而动了刀子，使"成七那些不安的夜晚永远消失了"。相似的生活境遇常常造就相同的人生悲剧。就连生活在十六世纪初期远在万里之外的巴黎的阿累，当他意识到他受的是"狗也不如的人的气"的时候，就在给人理发的当儿，把刀子刺了进去。

下层人的周围布满了邪恶的势力。《偷鱼者》写了警察这种跟下层人直接对峙的权势者的胡作非为，随意罚款成了这类人发财致富的利器，而可怜的小老百姓受到欺负还觉得自己有罪。《唐强的仇人》中的王二，属于黑社会头目，虽然精瘦，却有一股使普通人丧胆的力量，"你打了他，他会拉几汽车的人来把咱们村洗了"。黑恶势力都有权势者做保护伞，他们沆瀣一气，鱼肉百姓。

人们在躁动中喷发，在不安中觉醒。《太阳悬浮》的主人公丁丁，同情被通缉的杀人犯，不仅没有告发，反指出一条逃跑的道路。这不是包庇犯罪，丁丁这样做，实际是对邪恶势力的抗争，具有反抗邪恶的意义。

《你在巴黎呆过没有》，在这个集子里显得特别。这篇小说展现的时空环境都跟我们相距甚远。为什么是一五三二？16世纪初期的法国，是一个相对和平的年代，又是专制主义比较稳固的年代，但这跟小说的主人公关系不大。主人公不是路易、查理，而是一个纯属中国人名字的阿累。阿累跑到了巴黎，在那里当理发店的学徒，后来独立开店，他"只有拼命地干活，才能维持各种开销"。但他也跟当今中国社会的下层人一样，有说不清、道不明的无穷的烦恼，有对自己职业的厌弃和不得不从事的无奈。他终于忍不住了。"以前是没完没了的头，从今天开始，还要加上没完没了的腋窝，还要受这些狗也不如的人的气，一辈子就是这样？阿累的思绪飞了。惬意中的男人醒了过来，他大怒：'妈的，想杀老子。快剃！''想杀老子'这句话冲进阿累耳中，被嗡嗡放大，像一句魔咒。他的脑袋在轰鸣，阿累的刀切了下去……"年轻的剃头匠成了杀人犯，使杨遥笔下的"犯罪分子"多了一个异乡人。他的师傅会用最原始、最野蛮的方法"疗伤"，他最后因之成了大夫。这个发生在十六世纪初遥远巴黎的故事，就像发生在我们身边，故事的主人公就像我们"结伴寻找幸福"中的一个，当然，他也是最不能控制自己的一个。阿累生活的时代，是现代人文主义产生的时代；阿累生活的环境，是现代人文主义产生的土壤所在。我不知道作者选择"一五三二"这个年干是有意还是无意，我只能说，这是值得深思的。在这里，巴黎只是一个符号。

《腮帮子疼是治疗打呼噜的最好良方》最后写道："……小孟打呼噜不和别人睡；北京客人打呼噜要求单独开房间；领导打呼噜做手术彻底治好；我打呼噜一点办法也没有。由此，我又想到白连春病了，只好回到四川老家，躺在一家市级医院里，一些善良的文友给他捐款。还有一些人病了，检查出来就回家等死。还有一些人病了检查也不检查，死了也不知道自己是因为什么死的。要是领导病了，肯定现在待在三〇一医院，接受最好的治疗，用最先进最昂贵的国外药品……"这段话有无比强大的真实性，它是现实主义的描绘。这段话可说是整部集子中国社会人生状态的缩影，而下层人就挣扎在各种人的缝隙里，占据极小一个空间。如果不是作家们关注它，描写它，人们很可能早已把它遗忘。它把下层人的生活状态跟其他阶层的人放在一架天平上衡量。

这就是我们所生活的现实。我们的头上照耀着明晃晃的太阳，但是在我们的下层，在远离水泥森林的地方，却正上演着一桩桩悲剧。阶层的存在大约是不成问题的。过去许多年一直被当作我们思考问题的根本原则的阶级观点和阶级分析方法，现在究竟应置于何等地位，是有用呢还是已经过时？如果有用，那现在应该如何认识？

三

这里，我着重说一下《闪亮的铁轨》。

《闪亮的铁轨》写了一个流浪儿。这个幽灵一样的孩子，来无踪，去无影。他跟所处世界、所处环境对话、交流的方式，主要是沉默。他几乎是以"无声"，跟他人"共生"，跟他人相处。当他用"炉盖，往自己手上烫去"而让人无法理解、被"赶出屋子"的时候，他"愤怒地哇哇说着一些话，谁也听不懂"。在此后的一系列活动中，他依然很少说话，人们只知道他是来找母亲的，他以为母亲来到了这个村庄。这个叫"弧"的村庄，原来像一池平静的春水，流浪儿的到来把它彻底搅乱了。人们由同情进到疑惑，又由疑惑进到怀疑，进到憎恶。"少年像带着瘟疫，在哪里人们都躲着他。"

小说有重在写人和重在写事的两种。事，指故事。杨遥是写人的好手。《闪亮的铁轨》写到的人物比较多。小说表现了各种各样的人性。善良的王玉香老人，好心又耐心的李老师，德高望重又富有人生智慧的七眼伯，给了流浪儿多方面的关照和帮助，使这篇小说成了一副生动逼真的风情画。

小说中的流浪儿，有最强大的生活承受力。他的生活标准不能以常人来衡量。是生活本身把他锻造成这样坚强。他有属于自己的思维。他的许多举动"出人意料"，他在饥饿时的表现既让人同情，又让人难以理解。小说中写到疯子，那似乎是作者有意跟流浪儿对照的。流浪儿不是疯子，他思维健全，只是跟常人不同。他缺少的是理解，偏偏周围的人无法理解。他生活在无人理解的环境里，他被人们赶走，他成了被人们随意处理的一个物件。他没有反抗。这篇小说的最大成就，不在写出了一个鲜活而独特的流浪儿，而在写出了流浪儿的生存所体现的社会学意义。在其他篇里，我们看到了形形色色下层人的不同生存状态和感情表达方式，在这篇里，作家把他的笔深入到生存权上。不完全是社会性的，而是由多种因素构成。孩子的巨大的生活承受力和他顽强的生命力，来源也是多方面的。这个处在少年时代的流浪儿，是中国社会"下层人"队伍的后备军。三五年之后，他会走进寻找职业的团伙里，也会像阿累或"二弟"那样，独自搞起一个什么门脸来。小说用"闪亮的铁轨"几个字作题，既交代了这个流浪儿来自不知何地的远方，又象征着他的遥远的未来不知将通向哪里，具有双重的意义。

流浪儿的内心世界跟他的"外在"并不一致。他的内心世界是丰富的。他一直以他幼小的心灵观察着、审视着这个可能藏匿了他的母亲的陌生的环境。这是一种新型的人生关系。流浪儿跟"弧"的人们处在互相审视之中。流浪儿审视着"弧"的人们，"弧"的人们审视着流浪儿，双方构成一种"看与被看"的关系。"弧"的人们由关心这个孩子变为防着这个孩子、最后"送"走这个孩子，是他们不断审视的结果，当然不一定是正确的，存在着误会和隔膜。

鲁迅时代的人生关系，可用"吃与被吃"模式概括；20世纪40年代到70年代末小说里的人生关系，可用"斗与被斗"四个字概括；"看与被看"是近年来小说中人生关系的新形式、新状态。这三种人生关系模式建立在三种不同的人性基础上。"吃与被吃"建立在经济地位不平等的人性基础上，"斗与被斗"建立在政治地位不平等的人性基础上，"看与被看"建立在平等基础上。从下层人的角度说，他们先是"被吃"，然后是"斗"人，由被动变为主动，在"看与被看"模式里，则是互为主动，也互为被动，走了一个"之"字形路线。从社会发展看，"看与被看"的模式必将成为今后人生关系的主要模式。随着全球经济一体化和旅游事业的大发展，人们常常走进陌生的环境，跟过去不相识的人接触、来往，这样，互相审视就成了今后人生关系的主要模式。杨遥的《闪亮的铁轨》把这种模式完美地呈现了出来。

四

好的小说，在艺术上至少具备两个条件。一是描写到位，不枝不蔓，话语增加一句即嫌多，少写一句便使人觉得缺憾。二是充分调动起读者的阅读兴趣，扩大他们的期待视野。我读杨遥的小说，就有这么个感觉。杨遥不写"为什么"，不做社会学思考，只写"是什么""怎么样"。二弟为什么是这样一个人，他不管；《我们迅速老去》第四节出现了一个搞摄影的"眯眯眼"，显得有些游离、突兀；佳佳把自己的朋友蒲叫来，代替自己给"我"做老婆，事先并不告"我"，成为事实后"我"才意会到：这种种现象都显示着一种写作手法。他只写人物的眼下，平常所说"铺垫"等，在杨遥小说中是很少看到的。小说的开头，大都是正在行进中的事件的片段，而且不交代前因后果。小说情节的发展，常常是读者难以预料的，就像生活本身难以预料一样。

《我们迅速老去》中的李铃，是一个主要人物，但直到小说过半才出场。这是杨遥小说一个突出的特点。这个特点，一方面要求作者仔细描写人物当下的言行和情景，笔墨集中又十分简洁。另一方面，给读者带来巨大的想象空间。杨遥创造的文本，跟"山药蛋派"老一辈作家不同，是不确定的。《闪亮的铁轨》同样体现了作者的这些特点。流浪儿为什么要用炉盖烫自己的手，他是如何生活的，他母亲为什么逃出，诸多疑问，作者都没有交代，而是留给读者去思考，从而使这篇小说具有丰富的内涵。他把解读生活的任务交给读者。杨遥的小说耐人寻味。

前边说到"看与被看"的模式。《谯楼下》的成七和那个姑娘，也是"看和被看"的关系。他看到姑娘美好心灵的一面，后来并为着跟"旁边的红鼻子卖肉的"，因为观点不同而动了刀子，使"成七那些不安的夜晚永远消失了"。是姑娘每月给她被关的有义气有力量的朋友五百元生活费，感动了成七。在成七看来，不管钱的来路如何，那种忠实、那种对朋友——不说对爱情——的真挚，才是最可贵的。他作为"候补丈夫"的角色，卑微的地位决定了他容易看到人性光彩的一面。杨遥小说中的人物，都是年轻人，又都是在寻求生活道路之中，他们的环境时时刻刻在变。他们不断接触新的人物新的环境。要适应新的环境，就要熟悉它，认识它。杨遥写人物心理很多，有些篇以心理描写为主要创作手段；有半数小说采用第一人称，为心理描写提供了便利条件。人物心理活动的主要内容就是认识和熟悉客观世界。在过去很长时间里，作家们被要求按照阶级斗争的有色眼镜去看人生，去看世界，自然不能真切地反映社会人生的本来面目。读了杨遥的小说，对文学已回归文学自身，有了更深切的体会。从广义说，"看与被看"必将成为人物关系主要格局的一种。杨遥的小说在表现"看与被看"上是成功的。

杨遥有许多精彩的比喻。把"提着楦子"说成"像捏着一只死人的脚"，说"女孩的咳嗽声""像一把破烂的二胡发出的声音"，男人的睡相"像一张摊开的煎饼"，"他们看到了五颜六色的女式内衣小巧精致地悬挂在一根铁丝上，像他们渴望中的热带水果一样"等，都带有创造性。

杨遥具有很好的艺术感受能力和表达能力。他的观察细致，描写简练而生动，配上冷峻的调子和巧妙多彩的比喻，可以说，杨遥已初步建立了自己的风格。我读青年作家的作品不多，我想，像杨遥这样的作品，这样的作家，一定有很多。这是新世纪文学勃兴的好兆头。

故事的道具及其意义

——读张暄小说集《病症》

◆ 聂尔

张暄的小说，都写的是凡人琐事，俗人俗事。

为什么都写凡人？这当然是容易理解的，因为张暄的小说是写实的，并且都是写当下社会的，而在我们当下的社会或曰时代中间，早已没有了超人、奇人、伟人，浪漫之人，畸零之人等。同时，因为没有了英雄，也便没有了其对立面，坏人。于是所有人一律都成了不好不坏的人，成了我们每一个人都可以理解、了解、触摸和想象的普通人。他们"虽无大才大德，却也不奸不滑"。这正是所谓的凡人，俗人。但是凡人也可以有不凡的经历，也可以做大事，坏事，奇瑰之事，甚至成就不凡之伟业，为什么就不可以写呢？那是因为张暄不相信，因为近 20 年的警察生涯使他成了一个"世故"之人。他很明白，"生活不是我们想象的模样"，而生活中的人都是"人与人的关系，人与周遭世界万物的关系，人与自身灵魂的关系"的产物，所有这些关系"构成一个人人生之历程的全部"（上面所引均来自张暄《创作谈三则》）。

张暄的上述感悟可以翻译或总括成一句我们非常熟悉的老话：人是一切社会关系的总和（可见无论何时，要逃出马克思主义的论断是不容易的）。也就是说，时代如此，人必如此。也就是说，张暄笔下的人物，都是一些被时代，亦即被"一切社会关系"所决定了的人。这样的一些人物是不是我们当代文学的普遍面相，我还说不定，但至少他们不是陌生的人。无论对于中国当代文学还是当代社会来说，他们都不是"局外人"，这是一定的。

但是，就是这些仿佛已然被决定，仿佛是本质先于存在的人，仍然具有他们的飘忽不定的个人性，因为他们在小说中是以肉身的形式存在的，他们不可避免地是妻子，丈夫，情人，亲戚，朋友，乡镇公务员，警察，教师，医生等等，这与其说是他们的一个身份，不如说是他们的一种处境。他们每时每刻都在他们的特定的处境中，需要做出他们面对人生的决定。他们的决定是灰色的，微妙的，心理的，俗气的，被动的，谨小慎微的，有时甚至是卑鄙的（但充其量只是小卑鄙而已）。他们没有拯救众生的宗教情怀，没有英雄情结，没有重新划定罪与罚边界的雄心，他们甚至也没有关于爱情的幻想。他们只是缩在自己卑微的原子式的愿望之中。他们的愿望就是不要被生活的绳索绊倒，跌个嘴啃泥。但是，这一点往往达不到，他们往往被绊住，迈不开脚，陷入难堪。但也只是难堪而已，谈不到是多么大的困境。用张暄自己的话说，是"一个小人物在这个无可奈何的世界中的磕绊和困顿"（《创作谈三则》）。虽然这些"磕绊和困顿"如蛛网一般密布，使人举步维艰，但它却是非本质化的，它是生活本身，而非生活的本质。如果它本质化了，它就成为高山，壁障，深渊，魔鬼，人就会要求成为天使，与其奋斗，但它没有，它是一摊烂泥，一潭死水，所以，被纠缠在其中的人便也无法成为普罗米修斯或西绪福斯。人在这里被生活同化，变得越来越委琐，低下，可怜，越来越变成一种偶然的生物。

几乎总是这样：一个美好的愿景只是遇到一个轻微的阻力，便如肥皂泡一般破灭了；每一个良善的企图也总是走入鬼打墙一般的迷途之中，而连连碰壁。比如，一个小伙子把姑娘的名字纹到自己身上，以表示他的不变的爱情，但两人却因为一点琐事争吵，误会，打架，最后，已经刻入肉中的爱的符号被一嘴咬没了（《刺青》）；比如，一个已婚男人一深一浅地和婚外的两个女性暧昧，当暧昧正玩到当紧处，他的眼镜突然掉入水中，他只好退到岸上，眼睁睁看着二人关系的漠然的本质原形毕露；再比如，身处下层极力要葆有自尊的"洗脚女关婷"，像所有女人一样也渴望遇到一个温暖的男人，像所有漂亮的女人一样她到底遇见了一个富有的男人，但这个男人在最后关头却说了一句煞风景的话，令她突然意识到二人身份的差距而逃之夭夭。这就是《病症》中所有"爱情小说"的模式。这种模式就是，根本就没有爱情，有的只是男人和女人的关系，这种关系总是短暂、飘忽、脆弱，充满了负疚感，并且总是被不期而遇的诡计所瓦解。对主人公而言，这一诡计是不期而遇的；而对于张暄小说的读者，它是一个已经设置好的捕鼠器一样的小说机关，它总是等在老鼠的必经之路上，轻易地命运一般地将其捕获，并且将其杀死。

因为男人和女人的这一关系本是虚拟的，是缺乏激情注入的，是盲目地精心算计的，也就是说事实上是不存在的，因此只经过短暂的一瞬便烟花般归于寂灭，正是这种关系的注定的结局。这不仅是男人与女人的关系，它也是人与人之间的普遍关系。所有人都是萍水相逢，他们之间只发生一种社会的关系，而非心灵的关联，因此这一关系不会有任何的恒定性。真正爱情中的两人，是作为激情的人和理想的人相互走向对方的，如果这二者是缺乏的，他们就只能作为一个灰色的人影绕行于对方周围，并且迅速识破对方为鬼影而即刻逃离。不仅在爱情中，在其他的人与人的关系中，人也当怀有某种人性的信念才可能驻留在一段关系之中。在《病症》一书写官场和婚姻的其他小说中，这信念显然也是没有的。这大约就是张暄所揭疗的我们时代的人与人之间关系的根本性病症？

令人感到奇怪的是，如此平庸，枯燥，缺乏诗意的人们，及其相互之间的关系，张暄竟能将其铺排成小说，我们竟也能够津津有味地读下去，这是为什么？而且这些小说的语言似乎还过于朴素，平实，过于节制，不仅毫无激情可言，里面还既无爱情也无风景，那么究竟是什么吸引了我们？我以为是故事。

张暄精心编织了曲径通幽的故事。他用某种玩意引诱我们进入到他的故事中，使我们寸步不离地跟随他的笔触，一路看到最后，看到他呈现给我们的那个空虚之底。他让我们看的就是这个？看完之后我们不禁这样问道，但我们却已经看完了。这其中一定有什么秘密。

我们一定觉得我们早已经不需要故事了，因为故事是虚构的，骗人的，是哄小孩的，而且现在它连小孩都哄不了了。我们通过报纸，电视，网络，所有的现代传媒，领略了太多真实的故事，并且那些故事是通过逼真的画面直接显现给我们的，难道我们还需要虚构的、骗人的故事？这就是文学和小说被太多人离弃的原因，这也是我们的作家轻视故事，移情别恋，以为文学的秘密在别处的原因。但是张暄却不理会这些，他到处寻找故事，找到后便埋头一心一意地编织起来，直至完成。故事只要是好的，自会有人读。张暄小说中的故事好就好在，他找到了那根在很多人手中丢失了无数遍的绳子——当然有的人是觉得这根绳子已经无用，所以丢弃了它，还有的人是从来就没有摸到过它。我要说的是，这根绳子如果不是万能的，至少它是确实有用的。试想，生活如此迷茫，意义如此破碎，雾霾如此浓重，社会和人群时刻准备作鸟兽散，没有绳子怎么能行？于是张暄就去找绳子了。他找到的绳子是这样的：它是《刺青》里面最终被姑娘咬没了的那个男子身上的文身，它出入于肉中，以证明爱的有无；它是《眼镜》中的那只眼镜，丢失了它才能看清楚真相，戴上它是为了保持虚伪无害的混沌状态；它是《上下左右》中那份根本不需要的会议材料，这份"操他妈"的材料生生搅动了一个平常夜晚的黑暗流水，简直令人无语；它是《姐妹》中的那座别人的房子，这座贪官的房子成了姐妹关系的可笑的试金石，更为可笑的是它居然真的试出来了；它是乡镇干部"孙部长"的那颗跳来跳去的良心，这颗良心低频率的跳动就像一颗漏气的皮球，趋向于无限的寂静，令人心随之沉落。

我称之为绳子的这些东西，它们当然并不真的是绳子。它们是张暄短篇小说的结构要素，也是在那些小说里面撑起每一个故事的小小的道具。学会搬用如此这般的道具，是小说家的基本功。它是用于小说故事基本构型的那个基础的构件。张暄似乎对此不仅深有所悟，而且他似乎已经练好了这套基本功。接下来要看他如何使这道具隐于无形，如何将其完全融入结构中，使它变为文本的藏于肉中的骨骼。

张暄用他虚构的引人入胜的故事，形塑出了生活的真实。他拾掇一地鸡毛，将其连缀为一体，并且看起来还有模有样。有过小说实践的人都知道，这是何其了得的一番功夫。即使不写小说的人也当明白，如果没有这些故事，我们如何能够知晓他人眼中的真实是怎样的，如何能够知晓世界之大，究竟如何藏于人心。不得不承认，张暄确实找到了结构故事的那根绳子。他也确实把一些故事植入到了我们混沌的视线之上。我们知道这已经相当不易。但我们也还可以对年轻的作家提出进一步的希望，因为我们觉得，仅有故事和真实还不能令我们，也不能令他笔下的小说感到完全的满足。作家还需要找到意义。所谓意义，也许就是打开故事和真实的那把钥匙。有了这钥匙，故事里的小怪物就会全都释放出来，在阳光下欢腾雀跃，无所不至。这当然是一个太复杂的问题。一句话，我们希望得到珠联璧合，鸡毛璀璨，夺人心魂，如同张暄所心仪的门罗式的那种小说。

2016 年 4 月 3 日

是谁蜷在树杈上做梦

——马牛的《妻子嫉妒女佣的美貌》

◆杨新宇

　　朋友极力向我推荐马牛的短篇小说集《妻子嫉妒女佣的美貌》，称这些极富想象力的极短篇特别适合我这个对小说已极度失望的人阅读。我在预想中便期待着看到一位布扎蒂、埃梅、星新一这些短篇小说之王在中国的徒子徒孙，翻开书页，许多小说甚至短得超乎我的想象，我大喜过望，但读完之后却令我大跌眼镜，包裹在布扎蒂们超拔的想象力之下的仍是些精巧、奇诡的事件，但马牛的小说可以是诗的，视觉的，行为艺术的，甚至是肉体的，但绝不是小说的，他的小说中即使有事件，也是断裂不成片段的，即使偶尔不断裂，也是毫无逻辑可言的。这使我想到，"马牛"一定是个笔名，可能来自"风马牛不相及"，肯定不是来自"莫为儿孙作马牛"。

　　我们这个时代绝无可能产生文学大师，这是一个超稳定而又极度平庸的时代，每个人的经历几乎都千篇一律，上学、恋爱、工作、结婚，最多还有些婚外恋、同性恋，70后作家如卫慧之流只能书写自己的身体秘史，或许并非他们特别热衷此道，因为这是他们唯一能把握到的真实，80后不说也罢，免得被他们骂。1977年出生的马牛自然也不例外，他的小说是独一无二的，看不出对大师技巧的借鉴，但同时也是典型学院派的，马牛同样欠缺丰富的人生体验，也没有编造故事的能力，但南京大学中文系的科班出身，使他过度耽于意象之癖。读马牛的小说最易联想到的是海子的《初恋》《木船》以及孙甘露的小说，同样依赖诗化达到反小说的效果，但海子的神秘气息可以感受，孙甘露的意象经营整饬、纯净，工于匠心，而马牛显得更为独特，完全依赖灵性写作，光怪陆离的意象层出不穷，完全不加修饰甚至不加节制地管涌。"你永远不知道他会从哪里翻出一片垃圾，用絮絮叨叨的语言把它清洗干净，打磨光滑，回顾它的来历，秘语它的传奇。"（马牛：《宋的城堡》）神秘主义或超现实主义不足以描摹它的风格，我姑且名之曰：意象派短篇。"意象派"自然应该很短，似乎也只适合诗歌，庞德的名篇《地铁车站》就只有两句，而马牛的小说尽管很短，但密集的意象，却加大了小说的密度，如同度数很高的浓缩酒精，一次就足以让读者"心醉神迷"。

小说集以短篇《妻子嫉妒女佣的美貌》为名，或许出于市场的考虑，因为这篇小说是最不晦涩的一篇，且光从名字就可以读出"性、欲望、故事"，颇能吸引人的眼球。因为马牛为自己创造了一个私人的宇宙，那些随意出没的"远远取譬"的意象，诡谲多姿，但作者并不提供读者进入其意象体系的线索，读者只能远观其私人宇宙的富丽堂皇，却无由亵玩其深奥。于是我们只有借助他相对好懂的小说，寻求深入其小说的可能性。《妻子嫉妒女佣的美貌》曾被编入黑龙江美术出版社 2005 年出版的《K 文件·不用麻药的举手》一书，这是一本汇聚网络有趣图片、文字的解颐之书，多数作品带有恶搞的气质，可见这篇小说在网络中是颇有知名度的。的确，《妻子嫉妒女佣的美貌》具有这样的"K 文化"特点，荒诞的超现实主义色彩涂抹了一个表现人性嫉妒的故事，然而妻子因嫉妒女佣的美貌，而采用的将女佣暴露在外的身体包起来、套起来的做法却造成了意想不到的效果，女佣的"美并没有为此减少一分一毫"，因为她似乎"已经美到需要把身体保护起来的程度"了，"别人眼睛都亮在外面让人看"，女佣的眼睛"却像一个性器官似的被遮蔽着"。的确，"只有当裸露和遮盖的冲突出现而无法消除的时候，色情才会发生。"这样突转的效果的确是网络文化所乐于接受的，而又绝无晦涩之处。这篇小说中强烈的感官性，对身体的敏感，对性的隐蔽表达，在马牛其他更为意象化的作品中同样表现出来，只是表现得更加隐秘。

《新寡妇之夜》中新寡妇的所作所为便比《妻子嫉妒女佣的美貌》中的妻子要难于理解，"她用胶带把左眼贴住，戴上墨镜；用棉花把左鼻孔堵死；用红泥把左耳孔泥住；用黑绷带把左臂左大腿缠得密不透风；用细长的铁丝把左脚的脚趾一只只细细捆扎；头发一半全部剃光，另一半有时辫成辫子垂在右肩，有时塞进帽子"。然而因为《妻子嫉妒女佣的美貌》的存在，我们便能理解马牛对身体能量放大镜般的敏感，对一半身体的捆绑和遮蔽抑或修饰，带来难抑的颓废气息，看似压抑了身体欲望，塑造了寡居的贞洁形象，实质上，如真的贞洁又何须压抑，而对身体局部的指事式的标注，恰恰成为色情的展示。马牛对性、身体的颓废、绝望式展现分布于他的多数篇章中，皮肉、骨头之类的意象大量出现。《七刀》也是特别精致的一篇易懂作品，写人被时间安排。在马牛笔下，人，表现为他的皮肉，骨头，身体，不停地为秒刀、分刀、时刀、日刀、月刀、年刀、生刀所砍杀。《七刀》给别人可能会写成一篇哲理美文，但马牛在《七刀》中却以简洁的方式解剖了自己钟爱的两个主要意象：身体和时间。而身体，有时候被马牛提升为生命，有时候又加以物质化，如《两个字的书中岁月》及《我的玫瑰试验》中的雌雄玫瑰，而它们总在时间的无情鞭策下，发生着异化，被时间击败，挣脱不了自我的束缚，成为物的奴隶。如《链条女》，"把链条缠在身上，想象自己是架什么机器，工作机器、吃饭机器、睡觉机器、做爱机器……"，"她开始她的机器生活。她把那个温暖柔软的自己隐藏起来，藏到冰凉的机器后面"。而《标签女》则"把自己藏在标签后面，不让人发现"，"始终没有被探索被发现的乐趣"。《远道而来的客人》忘了自己国家的语言，忘记了回家的路线，将近半个世纪过去，依然住在我们的城里，但"我们之间已经没有分别了"，尽管他们还是从不出门。而《一则外乡人的故事》中外乡人起初试图唤醒树枝上沉睡的村民，最后自己也找了一棵满意的树，信心十足地爬了上去，而沉睡似乎象征着死亡。《亲爱的肉》让人想起电影台词"跟着你，有肉吃"，"你就是靠着这些肉，邀我与你度日"，"我起初并不想用月季和你交换肉，爱情与物质不可交换，但我也有肉食的需要，不能不屈服于这等价交换的原则，但最终我也像动物一样被你的鞭子赶进绞肉机，成为一堆跳动不已的肉"。而《这个农夫爱杂草》中农夫竟然"无法接受没有杂草的菜地"。

由于拒绝读者轻易地进入其私人宇宙，马牛便成为他所创造的意象的唯一主宰，这些意象"灵验不灵验"完全由作者主观操控。"城堡里的第一尾鱼在某堵墙的水草中诞生了""玫瑰试验""图形云朵"之类以神秘主义面貌出现的带有童话一般品性的意象俯拾即是，能指焕发出熠熠光辉，甚至带来影像般的梦幻节奏，然而它的所指又是极其缥缈的，正如张炎评吴文英词："如七宝楼台，炫人眼目，拆碎下来，不成片断。"每一个意象如同珍珠一样炫目，但作者却不给你串珍珠的线，而这些珍珠一样的童话因子，由于串不成串，不可能达到童话诗人如顾城早期诗作那样虽不可确解，但仍清澈纯净的效果，看起来更像一个精神谵妄症患者的呓语狂言，恰如顾城后期诗作已拒绝别人理解的晦涩一般。由于马牛创造者的角色，他对意象群体的精细描摹带给读者更多的感受颤动，马牛纯意象的作品如《沙粒上的爱情》《我的玫瑰试验》《是谁蜷在树杈上做梦》等，创造了沙粒、玫瑰、自转的树叶等纯粹的意象，能够带给读者比较纯粹的诗意感受，《八月意象集》里不断渗透的意象更使这种纯粹性升华。而那些下定义式的判断，则显得比较生硬，如《革命的腰最美》《亲爱的，你恨不死蚊子》，既让读者莫名其妙，又易给读者造成心理障碍。"爱一个人就是往嘴里塞东西"之类的表述也显得毫无意义，既是反小说的，也是反诗的。《妻子嫉妒女佣的美貌》《七刀》《亲爱的肉》《神的循环》《城里的皮屑》等篇则是逻辑性较强的篇章，是真正意义上有意有象的作品，但这样的作品为数不多，更多的则有丰腴的象而无意，难免有故弄玄虚之嫌。

马牛清楚地知道自己写的是什么，他也坦言是因为"觉得诗歌太短，写诗不过瘾才开始写小说"的，而他的小说也正是"拉长了写的诗歌"。因而，马牛的多篇小说对于小说或书甚至虚构本身进行了探讨，如《羊皮书》《泪之书》《子虚乌有的大师》《蚯蚓巷臆想书》等，这些他想象中的书，肯定也寄予了对自己创作的希望。《泪之书》更像是他自己创作的写照，"这根本不是一本让我阅读的书"，"这本书首先寻找的是精通光影变化、精通乐理的读者"，"整本书的每个泪形文字在不同的光线下，都会散发不同光芒，光芒不同带出节奏的不同，节奏的不同又使得每一行、每一段、每一页不期然地演变为一支光的交响乐"，因为这本书"发出的邀请直接针对身体：来吧，感受，只需要感受"，它提供的不是故事，而是"舒展、紧促、顽皮、哀伤、惶然、月光下的呜咽"这些纯粹的无法具象化的节奏。另一方面，马牛的小说中也经常出现"讨厌它的书和书里纷乱繁杂的梦""我也不会拿起书读这些莫名其妙的字"这样的句子，很像是他的自嘲。剖析诗歌有毁坏美的危险，剖析诗歌化的小说同样是危险的，不知我捎扯到的这根线索是否是虚幻的。

马牛的这些意象派短篇，注定是小众的，但还是值得向感受性强的读得下去诗歌的读者推荐，疯癫的意象带来肉体般的感受，进而上升为灵魂的呼应，这是阅读马牛小说带来的快感所在。这部书，是需要放在随手可及的地方，在漫长的岁月里慢慢去阅读的，因为这些意象的烈酒，一次饮得太多，会令人恍惚而抓狂，我知道我还会无数次地去翻阅它，用它唤醒肉体的感觉。真的应该特别感谢黑蓝文丛，在泡沫文学泛滥的时代竟有如此魄力，去出版"十数年来在中国一直处于低谷"、没有什么市场的中、短篇小说集，尤其像马牛的本来只能存在于网络中的意象派短篇。这几乎是一本不可能被出版的书，马牛本人就说"把它当成无法出版的小说去写的"，现在读者能够读到它，真的是一种幸运，尽管它还显出生硬与青涩。当然，马牛这种过于自足的写作方式，不仅晦涩，也妨碍对生命体验的深度开掘，如果能够继续保持意象丰盈的想象力，又能够在跳跃的意象间架起引渡的桥梁，并不会降低小说的先锋性，却能吸引更多读者的关注，所以觉得马牛的小说之一《是谁蜷在树杈上做梦》恰是他创作态度的写照，故而引用它作为这篇评论的标题。

《中国图书评论》2008 年第 2 期

写作的多面手——闫文盛

◆李朝全

    山西有着良好的文学创作的传统，山西青年文学创作人才迭出，令人瞩目。太原作家闫文盛正是山西青年作家的一位突出代表。2010 年其散文集《失踪者的旅行》入选中国作协主办的"21 世纪文学之星丛书"，是该年度全国 40 岁以下青年散文作家唯一入选的。2012 年他关于孝义木偶艺人状况的报告文学创作计划入围中国作协定点深入生活项目。他还入选了中国作协具体负责的"百位中国文化名人传记"创作工程，计划撰写《罗贯中传》。由此可见，闫文盛的创作不仅已受到文坛关注，而且多次进入国家级文学工程的视野，证明其创作已取得了突出的成绩。

    闫文盛是一位写作的多面手。散文、小说、诗歌、评论、电视剧等各种文体他都能比较娴熟地运用，几乎可谓文学的十八般武艺样样都拿得起来，耍得开来，使得顺手。他的不少作品有让人耳目一新之感。他的创作，在熟练运用各种文体的同时，善于融会贯通，将各种文体相互打通、融合。譬如，他的散文中有诗意，有诗味，尤其是他的千字散文堪称一首首散文诗。他的散文同时又富于哲理，有深刻的寓意。他的小说则大多采用散文式笔法，有时也借鉴了散文"形散神聚"的特点，情节和人物既荡得开又收得拢。他的评论充溢着个性，显见性情与胸襟，亦颇有散文的韵味。闫文盛善于打通现实与主观感受。文本中表现的现实是一种艺术真实，是作者主观映照下的心灵真实。他的作品中流贯着作者主体性的情绪、思想，是一种个人性、主观性很强的真实表现。与之相应的，他的作品大多贯通了诗、情、思，将诗意诗韵、情感情趣、思想思索三者融于一诗一文之中，使其作品焕现出与众不同的色彩。

一、小说：描画"尴尬人"及其生存处境

闫文盛的小说善于塑造独特的人物，可谓是抓住了小说之三昧。如他的《大人物》刻画了一个一心想出人头地、成为大人物的人，在生活中却处处受限处处碰壁，十分局促和窘困，违心地娶了杂志社行政主管的女儿、一个"大肚婆"，最后又与自己当年最不齿的那个曾与自己公公通奸的女人纠缠到了一起，在她的手下谋生，成为她的"地下情人"。这个"大人物"的角色有点像阿Q，有自慰心态，但又不同于阿Q，是文盛独创的一个个性鲜明的"尴尬人"形象。中篇小说《在危崖上》则创造了"借贷者"形象。这对生活在城市中的男女，日子艰难，到处向自己的亲友借贷举债，又沾染吸毒恶习，结果弄得大家避之如瘟疫。他们是生活在城市中的边缘人、"零余者"，是在夹缝中生存的人。《回乡偶书》刻画的"回乡者"形象富于深刻寓意。这个"京漂族"试图回乡，为其父亲扩建庭院出力。最终，庭院扩建因为要占用公用的一米半的道路而遭到村民们的竭力反对。主人公与旧日恋人二妮的旧情复燃也没能延续而归于灰飞烟灭，而他在京城好容易谋得的职务却因为此次的未请假旷工而被除名。回乡者陷入了一种全面的危机，四面楚歌：家乡已无法返回，京城生活亦大不易，这是又一个处境尴尬无奈的小人物。"尴尬人"角色正是作者着力塑造的典型形象。

闫文盛的小说注重表现当下转型期社会人们千疮百孔的生活与错综纠结的心灵。他笔下的人物大多身心俱疲，生活令其遍体鳞伤。《分居》中的乡村夫妻因为丈夫有外遇导致妻子与之分居，同处一个屋檐下几十年却形同陌路，不来往不交谈。直至男子身体罹疾生活不能自理。他们的儿子深受此害，在与妻子相处上出现困难和问题。最终，儿子在父亲危急之际终于赶回了家，试图重新拯救那脆弱如纸的亲情与爱情。《作家的没落》里的作家为生存所迫不得不为五斗米折腰，应大款约请"屈尊"为其写作恋爱故事，大款与他的表妹恋爱成功，作家只成为一个笑料，陷入几面都不是人的尴尬处境。作者的笔墨充满了反讽的意味。《只有大海苍茫如幕》的主人公好容易挤出时间陪妻子去看海，一路上却遭遇种种不快及难堪，其像一个小丑式的表演令人感喟。这是一个在城市生活重压下的小人物的真实写照。《与房地产商谈判》中的作家在自己的臆想中与房地产商面对面谈判，要求其付给自己违约金，还指望通过媒体的朋友帮忙来给房地产商施压，在现实中却是不断地受到物业

的捉弄，始终处于被动地位，接受了对方苛刻的谈判条件。《长相思》中的主人公表面看似乎是一位"爱情狂"，遇到哪位女子都口口声声自己爱得死去活来、海枯石烂，待披着的虚伪外衣揭去后，他却是一个脚踩两只船的龌龊人，在真爱面前不敢直面，最终娶了一个富婆，向物质投降，继续虚伪地宣扬自己深爱着富婆。——亦是针针见血无言的讽刺与嘲笑。这些作品中的人物的生存几乎都是矛盾纠结的、千疮百孔的。作家提供给读者的没有完美人生更没有完美之人，基本上是一些"畸零人""尴尬人"或"龌龊人"，都是一些无奈又无力与命运与生活抗争下去的小人物。

闫文盛小说讲究叙事技巧和手法。每次创作都努力追求有其新颖之处或创新与突破。《在悬崖上》整部作品就像一个巨大的叙事圈套活着一道谜语，三个不同的叙述者，讲述的其实都是同一件事：借钱的故事。一对夫妻在城市中生活艰难，于是男人向自己的好友借钱、女人向自己的表姐借钱，结果所有的人都从开始的想方设法躲着他们到借钱后到处寻找他们。作者先后通过两位被借钱者以及借钱者的讲述，实质上指向的都是这同一对年轻夫妻。读者在阅读过程中，借助重新补白、组合、想象、还原，像猜谜似的，逐步了解到借钱故事比较完整的真相，一对处境艰窘的小人物形象慢慢浮出水面。《长相思》则尝试通篇采用戏剧式的对话，让读者在有难度的阅读中去想象和还原人物故事，发现人物个性。

二、主观化散文及其特色

闫文盛的散文创作大致可以归为主观散文类型。人们常说，未经咀嚼和省思的人生没有价值，闫文盛书写的正是经过自己反复咀嚼和省思的人生。在他的笔下，集市、火车站、田园、小巷、夜行车乃至邻居、时间、信件、旧杂志、冰雪、黄昏、睡眠等等往事、经历、家庭、亲人、各种事物和小物件都能成为他的写作对象，都能引发他的无限遐想和思绪，并泼墨成篇。这些事物经由其咀嚼省思和主体性照射之后，都被一一激活和照亮，成为一种有艺术情趣的文本。

其散文善于从诗性意象或词语入手，书写的是个人经验。譬如，《暗部》《小事物》《滴水时光》《向内的旅行》等，都是由此而引发出个人的感触、思绪与哲思。这些作品都可以看作是作者的一种生活呼吸，是来自生活的又是生活赖以存续的呼吸，是时间的呼吸，也是命运的呼吸。在行文的一呼一吸、吐故纳新之间，作者体悟到了自己的存在以及存在的真实，并进而思索更为深邃的存在哲学的命题，如思考存在本身，思考存在的困惑、迷惘，"人在何方"，"你往哪里去"和人自身"不明的身份"。

在我看来，闫文盛的主观散文传承了独语体散文的传统。作品更多的书写记忆，更多的是心灵独白，是内心的自语，带有浓烈的主观抒情意味。他的散文中都有鲜明之"我"，描写的都是"我"的或者"我"外化的、外在的思绪、情思或感悟。闫文盛的心灵独语思考的是人与人、人与世界、人与自己、人与存在的关系等诸多生存命题，重自我感觉、感受与感想，具主观性、抒发性，是在平常生活中发现情思与哲理。这是一种"向内转"的散文，向作者主体内宇宙、内心深处开掘。尤其是他 2012–2013 年创作的《主观书》系列散文，思索的皆是诸如"别一时空""无限性""彼岸""寄身之感""局外""自我否定""身心之累""本能""潜意识"等更为形而上的、更为内在的、深层的存在哲学命题，显示出作者新的艺术探索及初步收获。其散文深受诗歌创作的影响。语言简短洗练，干净利索，同时亦不乏诗的意境。

三、诗歌及其他文体的创作

闫文盛的诗歌大多在怀旧与记忆中思考人生和生存。诗行间充满了意象的跳跃和内在旋律，与散文作品相似，同样具有某种哲理性的蕴涵，如《南渡》《客途》《创世纪》等。诗歌是他创作的基点或出发点。诗歌创作的经验极大地影响着他在散文及小说等文体上的创作特点。

闫文盛的文学评论显示出作者广阔的阅读视野。其评论重文本细读，着眼于文本创造实践和感性分析，如以探秘式解读吕新作品，指出其"成也新潮败也新潮"，吕新创作的成就得失皆与新潮小说紧密关联。又如，他对莫言长篇小说《生死疲劳》的剖析，认为作品书写的是农民与土地的主题，是一部感恩之书。这与莫言自己对这部作品的最新解读，称自己这本书是要献给母亲的云云，不谋而合。由此可见，文盛的评论是贴切的、令人信服的。而他对祝勇纪实散文《辛亥年》、安妮宝贝小说《莲花》、张爱玲《半生缘》的评论，他对师涛诗集《天堂的边疆》的分析，指出写诗之艰难，乃在于身灵的脱节与对抗，等等，无不精当、可取。或许，阅读视野的开阔以及文学评论的精研，客观上也帮助了闫文盛其他体裁的创作，使其更加清楚自己的创作可以着力、能够突破的地方，从而发现并抢占当下创作的某些空白点，焕发自我创作的个性与特色。

四、今后可以努力的方向

作为一位青年作家，闫文盛正处于创作旺盛期。他的写作存在很大的可能性。

一是可以更多地向本土经验转向。包括对太原、山西历史以及历史人物的观照与叙写，也包括可以将笔墨伸向本地化的现实、本地社会生活与故事。

二是可以更多地向本土资源开掘和学习。可以向本土的民间故事、语言、风俗习惯等学习，从中汲取营养，增强自身作品的地域色彩。

三是可以向外转向。打开自己的创作视野及天地，将社会现实与心灵哲思更好地勾连起来。

作为太原文学青年新军一位堪以领军的作家，闫文盛的创作前景无量。相信他能在更多地参与国家级文学创作工程中，成长得更快更好。

《都市》2014 年第 2 期

生发与沉潜的力量
——读闫文盛散文

◆杨献平

　　像其他优秀作家一样，闫文盛也是诗歌起家。诗歌在很大程度上，启发和引领了作家写作之初对文学的基本把握与持续颖悟，也是一种有效的文学训练和艺术素质的提升。与其他同龄作家相比，闫文盛的优势是非常明显的，他由诗歌进而兼顾散文和小说，而且每一个体裁都做得异常出色。与此同时，闫文盛还做文学批评。就目前来看，闫文盛的创作成绩远远超出了他的实际年龄。就其散文创作而言，无论是数量还是质量，艺术追求及其成色都令人侧目。这尤其难得，单单从闫文盛散文当中，我更多地读到了一个写作者的心灵和生活史，以及现实生活在一个人精神和灵魂当中制造的绵密影像与引发的诸多"声响"。

一、个人成长的内在经验和诗性表现

　　《失踪者的旅行》一书可以看作是闫文盛散文写作肇始与形成的一个综合点。在这本书中，闫文盛确立了自己的书写方式与散文的基本态度。在《生年》这篇文章当中，闫文盛以一种惶惑的语气，通过一系列荡漾在内心和精神层面的蛛丝马迹，对生养己身的"乡下"进行了一次不确定的回望。尤其是一个入城者对"乡下"的不自觉的疏离。是的，因为现实生活，"入城者"对乡村的念想乃至维系他们与乡村之间关系的，除了地理方位和时常遭逢的乡村事物，就只剩下了亲人之间的那种源自血缘的亲情。

　　这种感受，每一个出身乡村的"城里人"都有。在文中，闫文盛把这种感觉表达得若即若离，其中有淡淡的忧伤，也荡漾着一种发自内心的暖意。正是这种暖意，让我们从文字当中体验到了一种深切的情感。这也是一个人

对待世界的方式和态度的文学体现。《寻常巷陌》一文当是闫文盛在心里对个人时光的一种检视性的回忆与摹写。那些烟火升腾的旧时光，刻在个人记忆当中的生活琐屑，旧事旧物对个人精神和生活的影响，微妙而富有诗意。接下来的《集市》则可以看作是《寻常巷陌》的下文，是一个转出，也是递进。在一个人的成长路上，一个地方，一种氛围，一种人群，往往能在多年后带给我们一些历久弥新的感觉，也可以称之为再发现。当多年以后，再次从记忆当中挖掘出当时并不在意的东西，我们突然被之震慑，甚至可以从片刻光影与零星事物中发觉出跟随和影响我们一生的东西。

与上相同，《火车站》《一个来历不明的人》《寄居者》等文也是在呈现一个人曾经的生活痕迹，并且以淡雅而略微忧伤的方式，让我们看到生活中细小事物在一个人内心的动作及其有意味的"回响"。《火车站》可以看作是一个人在逗留与远行之间的一种似是而非的心理状态，尤其是"我"和一个乘火车出外赚钱的人的短暂交集，使得这种意味更具有动感与节奏性。《世事如烟》可能更准确地记叙了一个外出者对故乡的某种惶惑情绪，尤其是对家族、根脉的求证性的书写，使得这篇文章更具有精神意义。"从何处来，到何处去"是一个永恒的哲学命题，闫文盛以一篇短文，将一个人在空间和人群中的迷茫与不安，痛苦与温暖表达得入木三分而又充满蕴意与张力。

正如闫文盛自己发出的喟叹那样："我现在知道，我的身体在这里，灵魂呢，却已远赴他乡。"身体和灵魂的不协调，精神向往与现实生活的两相矛盾，使得每一个人具有生命籍贯，但又在大地上漫无目的的人显得痛苦不安。好在，闫文盛在承认这种痛苦的不可避免之后，并且以忏悔和纠正自己的方式，宽恕了自己，也与整个现实生活和解。他的《南方的寒冷》一文应当是一次漂泊的记录，那种在异乡的切腹孤独感，青春时代的迷茫、不定与张望，在字里行间都有着真切的表现。对他这样一个境遇，上世纪八九十年代由乡村入城者大都有过。其他的写作者可能会以"剧烈的文学方式"来追忆曾经的"苦难青春"，而闫文盛则是柔和的，他不避讳，也不张扬，而是把这一次漂泊当作生命和灵魂当中必要的经历和组成部分。这使得他的这一文章，在众人之间瞬间就有了一种境界和高度。

正如我们现在所颖悟的那样，艺术的主要支撑力和感染力不是技术和题材，也不是语言和结构，而是气象和境界。年少时候，我们常常以炫耀才华，尤其是对艺术的颠覆性实验为理想和追求。一旦到了某种年龄或者达到了某种修为，才峰回路转，认同大道至简和返璞归真这个艺术的基本规律。《在异乡》《师范街的黄昏》《旧园》等等篇章也是如此。而在"无规则叙事"为标题的一系列文章当中，在文本上和精神状态上，闫文盛则表现得更为自由，也开始透彻与笃定起来。先前的那些惶惑，那些基于个人成长经验的散点式的展现转换成了一种展开与飞翔的勇气，甚至还有一些决绝。而在"光线"为总题目的一些文章当中，闫文盛对"时间中的亲人"如既在的母亲，新生的孩子，自己幼年的记忆、与个人有过交集的旧杂志、账务和"暗部"的理发铺、理发师等等，都进行了拂去尘埃式的文学关照。

可以看出，无论是怎样的转换角度，闫文盛最初的散文写作，都还建立在个人的成长经验之上，即使较长的文字如《宁静的加速度》《思维练习册》等，也没离开过个人的成长以及成长路上对个人影响至深的那些人事物。他的另一些作品，如《你到哪里去》《夜晚的顺序》《乱翻书》等等，可能更逼近他为时不远的某段生活经历。但在这些文章当中，闫文盛的散文写作显示出了一种切近自我灵魂的迹象。也就是说，闫文盛开始有了一种向内看的勇气，也有了对当下生活进行文学观察与书写的冲动。相比较而言，上述几部长文显示了闫文盛更强烈的文学野心及其实践的努力。

整体来看，《失踪者的旅行》一书作为闫文盛散文书写的最初成果，其中有安静的文字呈现，也有严肃的探索和实验。一本书中数十篇文章，都饱含着诗性的、自由的、安静的品质。尤其是他就个人的某一段人生旅程和现实生活，乃至生命在不同时间段的遭际而进行的文学性记叙和展现，如一个人对着星空的喃喃私语，也更像置于温热午后阳光中的灵魂晾晒，其中有尘土的腥味，也有生命的体温，有现实的参悟，更有精神的提升。因此，《失踪者的旅行》作为一个起点式的总结，对于闫文盛而言，它一开始就具备的高度，是他迄今为止的文学创作愈发宽阔与茂盛的一个起点和重要征象。

二、基于现实的个人密踪与灵魂镜像

相对于小说，散文是最容易暴露"内在的自己"，散文同时又是一种极难突出个性与建立自我文学高度的文体。散文的方式可以多样，但其基点必定是真诚。小说和诗歌也是如此。真诚是作家面对世界、表达自我对世界态度的基本要素。从闫文盛散文当中，可以明确地读出真诚而满怀深情与孤独感的一个人，如何以自己的方式和语言去承载他自己感觉的世界，以及他与现实生活的种种接触方式。

在《你到哪里去》这部散文长卷当中，闫文盛展示的是一个写作者，一个具有幽闭性质的人，在现实生活中的精神困境、思想诘难与灵魂壮游，安坐不动而心神万里，居一隅而能凌空俯瞰、一切确凿而又处处充满悖论，这种生命和灵魂状态，是当下写作者的一种常见状态。或许，对闫文盛来说，他的全部生活只是与必要的生活来源接轨，其他的，都付诸书本、文字和个人的日常生活。他不去故作胸怀天下，也不要求自己入世而显得人情练达，而是将自己安放在生活与灵魂的临街地带，以一颗心，以及思想去观察、内化和阐发。

也就是说，闫文盛的这种写作显然是脱离潮流和风向的。当更多的人以正面切入时代现场为能事，另一些人以历史解读与重构获得市场和声名之时，闫文盛则甘于把自己封闭起来，以心灵与事物交谈，用灵魂与世界对话。这种状态，有一种遗世而独立的意味。从他的这一系列文章当中，我觉得了一种闫文盛式的孤独。当我们更多地被物质环绕，被各种生存所需裹挟，人的很多时候是从众的，而且不假思索，很多时候也是无奈的，没有反抗的余地。他的《孤单的人》一文就是这种状态的有效阐释。他提出的命题虽一直困扰着人类，但对于个人而言，一个人在茫茫人世，苍苍众生之中，如何自处，又向何处去？这始终是一个看起来毫无意义，但却时常围困精神的一个大问题。"在许多时候，世界被分成几份，谁也搞不懂它会在什么时候合拢，又会在什么时候继续分化。""事情的真相总是被一些借故做出的举动遮盖起来。"诸如此类的日常发现和自我思考，在闫文盛眼里，所谓的问题都不是单一的，也绝对不是个案，"到何处去"不仅是一个大众化的哲学口号，还可能对一个具体的人造成思想上的困惑与不安。

正如闫文盛自己所说："生活的发展演变与内心的躁动一脉相称。"由此，我想到的一个问题是，任何的文学艺术都是由个体经验出发，由现实生活的烟火于尘埃之间升腾，最终达到一种具有普适性的艺术成品。闫文盛的这一系列散文正是如此。它们让我从中觉得了现实与精神融合的力量，世界在个人灵魂中的万种迹象。《迷茫的指向》《落雪之日》《幻觉》《预测》《动荡》等文字，也体现出闫文盛对生活观察的细致入微，更为可贵的是，闫文盛能从现实在个人内心影响的蛛丝马迹中，捕捉到一些人所共有的"现实经验"，以及这些经验对人思想和精神的"干预"与"介入"。

在《碎部》一文中，闫文盛如此说："我想我可能已经习惯了这样的生活。当我在深夜里回过头去，想象这样的日子开始于何时，我看见夜色同黎明交接，窗户上泛起曙光，有一种奇怪的心情在我的生命底部潜滋暗长。我同人不说事情，长久地沉浸于一种叙述中的时光渐渐远去，这样的感觉穿越了我生命中的一个季节。而今，我渐渐地静止下来，看到某些事物在悄悄地回归，我亦不管是好的坏的，都一股脑儿地接受过来。这是生命中一种复杂的体验，它们似乎原本并不存在于我的心间。我喜欢在这样的时候说话，喜欢一种情感，喜欢梦境中肆无忌惮的光芒渗透到我生活里的角角落落。由此决定了我的这部分文字，它们不是有忧伤的质地，而是相反。我努力使自己深信就是这样子的。若非如此，我可能会嫉妒别人，但事实上，这样的时候，这种感觉明显地减轻了。我恍惚中看到了错落的年轮。我曾经作为一段过客的时期渐渐远去，但这样的事情是真实的吗？我在醒来时反复地问自己。"

这段文字当中，闫文盛类似于一语和自问的叙述方式，使得他现实在他个人内心的反映细致而又强烈，充满动感但又携带困惑。人在生活中，很多困惑不是来自于原汁原味的生活本身，而是生活的根须与鬈发在无意之间触碰到了人的思维神经。闫文盛是那种事事入心粒粒注目的写作者，他的敏感和敏锐，造就了他的散文品质，即：基于现实的自我省察，源自生活的精神探寻。这一点，在他以《你往哪里去》为总题目的系列作品当中有很好的体现。如果将这部作品放置在更大的背景下去考察，他的意义显然更多，可以说，在一个以身处喧嚣而热衷录之表象，现实奇诡而摹其皮毛的文学环境当中，闫文盛的个人坚持，不仅体现出了独立的操守，也具备了坚定的文学认知与实践。

三、怀疑的缘起和确认的艰难

当一个人孤独时候，最好的方式是与自己交谈。而写作者这方面更为发达。就闫文盛的系列散文《主观书》来说，尽管我和闫文盛没有任何实际接触，但也能明确地感受到他个人的一种孤僻和孤独。或许，闫文盛的生活仅仅处在一个棱角分明的氛围里，家庭、单位、写作，至于交往，我不太确定闫文盛在各种场子里的具体表现。主观上，我认定闫文盛是一个安静的人，他的世界似乎更多人无关，甚至完全沉浸在个人的世界里。文字是他是外界沟通与互信，排除疑难与隔阂的唯一途径。

当然，我对幽闭性的写作始终保持警惕。之所以有以上看法（猜测），是因为早年在巴丹吉林沙漠时候，我也曾经如此这般地书写过。不涉尘埃、无关世事，只是一个人与自然与上帝与虚无的文字交谈。除此之外，一切皆空。后来我排斥这种方式，文学书写还是要给人以尽可能丰盛的"时代生活现场"及其无限可能。在读闫文盛《主观书》时候，毋庸讳言，我感觉到了一种内在的结实与丰满。这些文字有些闪烁其词，有些地方还有些含混和不怎么准确，但我却能从他的密集的文字之间，感受到一个人用心灵对世事的检点，对生活的不满、排斥、和解、包容与针锋相对。这些文字当中，也有原地逃跑而不能、基于欲望的自我遏制、顺从灵魂的高尚放纵等等，使得我对闫文盛这一系列文字，有了一种难以言说的感觉。

正如闫文盛在《身心之累》中所说："我有一些思想难以为我所察，当我意识及此，我知道，那种久违的对抗性是构成我生活在此的一个源头。我的整个身心都被这种无来由的困惑折磨着，许多年如一日。"这种自我困惑的暴露与获得，其实是我们每个人的"日常功课"。每个人都是世界的一员，每一个人也都必须向"世界"做出相应的反应和交代。纷攘的生活本身就是一条充满鲜花与刀锋的不归路。生有时候仿佛一连串密集的假象，也是一种主观上的自我鼓励与安慰。

闫文盛深切地意识到这一点，才把有些幽闭的，个人气息非常浓烈的题材处理得有了高度。他写的不只是他个人的，貌似狭窄但辐射性很强，由一点而全局，从个体而覆盖更多人。这一点，正是闫文盛这一系列作品的出色之处。另外，闫文盛似乎很注重现实遭际对个人心境的影响，而且对生活当中的那些场景变化非常敏感。如他的《自我否定》《在公交车上》《咫尺之间》《寄身之感》等等。再者，闫文盛也对自己的文学书写有更多的反思和"认定"，如《并非精确的》《新鲜感》《异乡人》《不惑》等。这些文字，大都短小，一个突如其来的感觉，一幅场景引发的内心震动，一种态度和词语导致的思考等等，都闪烁着思辨的光泽，也投射着力量。

相对而言，我觉得，闫文盛诸多小断章，如《原始》《瞬间记》《对坐无人》《理想的黄金》《翻新房子》《古事纪》《山林前》等等，体现出闫文盛的一种才华，即像诗歌一样去阐释和书写，这种写法虽然不新鲜，但闫文盛拿捏到位，节制而却丰满，把生活对个人的日常触碰，世事和内心在一瞬间的弹跳与扩散，书写得摇曳多姿，且内敛有力，这是非常难得。也要比那些所谓的散文诗要高明和优秀得多。散文写作需要更大幅度的敞开，要破除一些禁忌，也要确立一种基于道统和个人的"准则"与"律令"。毋庸讳言，"内宇宙"是一个丰饶的所在，是一架永恒的转换器与过滤机，当然也是提升的渠道与超拔的开端。闫文盛在用一种诗歌的方式，对自我与生活，与世界的种种联系，尤其是这种"联系"之间的细水微澜展开的深度发现与文学创作，他所呈现和抵达的，完全是一个丰饶而多义的幽秘境界。

如闫文盛在《无所不在》中表述的那样："我基于人生的种种可能而活着，可是营养与损伤无所不在。我总是急于写下心灵的现实，可是梦境和遗忘无所不在。在整个世界都向我提供解救的时候，我却自感忍受着屈辱。可是，另外一些时候，我的周围都是敌人，为了生存下去，只要不被谋杀，我就去写点东西，在虚幻和绝望之间制造爱的假象，一晃就是多年。读罗兰·巴尔特的《哀痛日记》，我突然发现自己人生的某一种疏失，即那种所谓的虚伪，残害了我的灵魂。我在想着，我为什么没有勇气写下更多的，内在的，刹那逝去的思绪。那种剧烈的部分一去不返了，可我总在憧憬着剥离时光的智慧，直到今天，我突然发现的事实对于先前的我不无打击。是啊，许多我想拥有的素质，在我的身上并不存在。随着崭新悲伤的建立，旧有的秩序被改变了，而我能重新从十二年前走过来吗？整体性的一切从未被巨细无遗地勾勒，如果可能，我真想再次写写我的失恋。"

诸如此类的关于读书写作的文字，盛满自我思考与生命动感。他读书，写作，并在书籍和写作当中一次次地怀疑和确认。当然，怀疑是容易的，而确认何其艰难？一个写作者明知道每一条路都很通达，但具体哪一条路更契合自己，自己如何再走一条路，并使得这条路植被茂盛，葳蕤多彩，始终是一个无可逃避的问题。与此同时，闫文盛也意识到"我不可能仅仅靠思想写作。我或许没有思想。"他的这一说法我深为赞同，就目前的中国作家来说，真正谈得上思想写作的寥寥无几，因为我们正处在一个看起来纷繁，实却单调贫乏的时代，写作者都在以模仿为能事，以当世声名和利益为终点，再加上无形的钳制，思想在很多时候只是一种奢望或者故作姿态。

相比之下，我更喜欢闫文盛关于某些现实场景的诗性表达，如《灰色大街》《陌生人眼中的海》《夜色还乡》《消食记》那样的作品。这些作品虚实结合，内外融洽，显然出一种蓬勃的生命力量。它们也有着人间的温度和人生的某种独特滋味。需要说的是，很长时间以来，我对那种饱含隐喻的片段式的写作有一种不知何从的犹豫，至少在读到闫文盛《主观书》之前是这样的。我以为，文学是要建立一个由现实开端抵达灵魂的"场域"和"空间"，它们不可能是空中楼阁，也不可能独立存在，它们应当是尘世与精神的结合部，是生命和灵魂的通达处。

　　散文写作无疑是多面的，也因人而异。任何一种形式的写作前面都可能是无尽坦途与个人文学宫殿的持续建立。但文学始终有一个基点，那就是基于现实的心灵谜语，源自内心的独立书写；关怀众生的悲悯之心，精神明亮的艺术表达。落实到闫文盛近些年来的散文写作，以全国的背景来看，他始终是独立的，没有跟风跑，也没有随潮流。正是他的坚持自我，使得他的散文与众不同，进而有效地与同龄人，乃至整个时代的散文写作区别开来。对闫文盛来说，从《失踪者的旅行》到《你到哪里去》再到《主观书》，他走的是一条上升之路，沉潜之路，向内的不遗余力与四两拨千斤，向外的自由与简约，尤其是其散文的诗性与哲思品质，由日常生活对个人的影响而进行的"瞬间爆发"与"片刻惊醒"，既而在纸上进行的词语冒险与灵魂对话，使得闫文盛的散文呈现出一种内在的爆发力，同时也闪烁着一种普世之光。闫文盛的散文，是个人的，也是更多人的。他是一个于细微处窥见巨浪的写作者，是一个在单调中发掘宏大与苍茫的写作者。他的文字呈现的是世界于个人内心的诸般景象，也释放着世界在一个人身上的种种"声响"。更其可贵的是，他的散文写作，就这样不由分说地突兀在了我们面前。

　　　　　山西省作协创研部编《创作研究》2015 年刊

生怕情多累美人

—— 简评成向阳《青春诗经——出自国风的别样花事》

◆张锐

　　据说，成向阳兄喜欢席地饮酒——好一伸巴掌就能拍地纵情大哭，或大笑。他是诗人底子，性情中人，由他来解"出自国风的别样花事"，比起学者们重重叠叠的注释和考证，更能舒卷出诗意的自由和余味。他寄我的《青春诗经》，扉页赠语曰"常读诗经，可瘦腰身，此秘诀也"，真是妙语，为伊消得人憔悴的伤感，随减肥良方的玩笑一笔带过，知我者谓我心忧，不知我者以为癫狂无来由——非过来人，不能体味个中伤感和无奈。何谓过来人，如果你的青春里有过爱情的忧伤和咏叹，有过相思和迷惘，有过炽热和甜蜜，你就是诗经河流里湿漉漉的过客。

　　向阳兄以次第舒卷的字花，来解诗经爱情岁月，有钻石璀璨的光芒，有时又有如火如荼的炽热。越是苍凉绝望，他遣词越是花团锦簇。错彩镂金的热闹解读背后，是爱情曲终人散的忧伤，但至少在那一瞬，相思曾饱满而热烈，爱情纯真而炽热，怅惘薄如蝉翼，邂逅的欢欣饱满如清晨一滴露水般圆润而剔透，这刹那的永恒已经存在在那里，纵然清风已老，何曾时过境迁，依然驻留在诗经的时代里。

　　他爱屋及乌，耽溺遣词之美，连标题也要呈现出汉字的好时光，如《月亮是抛上天空的一块疤》《让我因你泪落如雨》《绸缪在青春的柴堆上》《怀念是种温柔的刑罚》，惫赖迹近标题党之流的语不惊人死不休，而初衷无非诱惑你触摸诗经的纹理和肌肤，以及和青春有关的故事。他说《泽陂》是一首失恋者的古歌，"这个世上虽有哭塌的城墙，却并没有几次哭回来的爱情"，对"涕泗滂沱"四字，他这样理解："失恋……就像中国南方传说中的蛊，刺人于无形之中。那感觉就像胸中有无数尖刺却吐不出来，但偏偏又木槌在肋骨上敲打，越打越疼，终于哇的一声让你痛哭了出来。然而又怕惊扰了别人，只能无声的抽泣，哭到伤心之处，竟然就泪落如雨"。他把一句黏稠的诗，融化成长长短短的散文，回魂转世，有了发挥和引申，不再是亦步亦趋的解释，有了温度，有了仪态万方的徘徊。是"六经注我"，而非"我注六经"，所以，他有时摇曳生姿，多有闲笔，说甲骨文的寓意，聊聊巴黎为爱情锁压垮的艺术桥，谈谈庄子里抱柱而死的尾生，游离其外，不离其宗。

而在《绸缪在青春的柴堆上》一文，而他解读的原诗是"今夕何夕，见此良人"的欢欣的句子，星光下发现熟悉的心上人如莲花一瓣一瓣地绽放，一种不曾发现的美，脱口而出的喟叹里，有深深的欢喜，又略感迷惘。向阳兄提及草垛上星光见证的缠绵和甜蜜时，勾出的却是痛苦的少年回忆：一对在谷草堆上看着星星私会的少男少女葬身于偶发的大火。故事结果是男孩无所顾忌点燃的香烟，以及茫然无知的片刻沉睡，引发了数百人集体见证的冲天大火。但残忍的大火尚未引发之前，成向阳的描述甜蜜而悠长，"爬到三米高的草堆顶上，星星为他们点亮早恋的明灯。他们喃喃耳语，继而热烈的缠绵，然后他们从堆顶上刨出一个洞，滑落到谷草的深处，像两条彼此相悦的鱼儿沉入水底那样。在那种散发着新鲜谷草气息的暖烘烘的漆黑中，一颗禁果垂落"，仿佛以句子的绵延，来延宕冥冥之中火光灾厄降临的时间，越甜蜜，结局越残忍，情感和最终的命运让他左右为难，他写的时候，我猜他内心一定很疼。

他梳理的是诗经的思无邪，内心涌动的是离骚的忧，宋词的媚，以及不甘心昔日理想随柴米油盐短兵相接后填入肥腩的喃喃梦呓。他在诗经里看到的是如星辰璀璨永恒般爱情的倒影。东风一过，三千赤壁只是渔樵闲话，所有功业都会灰飞烟灭，所有长生的梦幻都是南柯一梦。茫茫宇宙之中，人生如寄，生之前，茫然无绪，死之后，万劫不复，你我都是天涯沦落人，短暂的生命里唯有爱情才是最终的救赎。彼此相拥，相濡以沫，山盟海誓，缠绵悱恻，灵魂扭结在一起的刹那，来抵御终将如约而至的生死大限。此刻，成向阳像一个孤独的行吟诗人，拢起一堆野草，点燃，本想读诗经温暖自己，没想到如火如荼，连自己的灵魂也顺带燃烧。

一直很喜欢成兄一首小诗：相府小姐院那枝月季 / 素白汤碗大 / 一层一层咬着牙 / 人心褪到最后 / 就是这个样子。看看这落花满地对萧红，我忽然觉得他的诗行里，有诗经岁月里偷来的月令，浩浩光影移，又如沉秋水，徘徊又徘徊。

80 后：充满诗意情趣的美好世界

来自北方的温情婉约
——续小强诗集《反向》读后

◆ 鲍贝

　　小强的诗集出版了，这是他的第一本诗集，真心为他高兴。收到他寄来的诗集，是在去年年末的晚上。年末几天总是又忙又乱，春节又去了澳洲。小强的诗集一直躺在我杭州的书桌上，独自静着。时间过得真快。我清楚地记得，收到他诗集的那个晚上，我坐在书桌前给他打电话。他说他在火车上。他总是在火车上。今晚的我，又捧起他的诗集，已经是坐在今年的春天里了。今晚的他，又在火车上。他刚参加完博士生考试，从天津坐火车回太原的途中。

　　小强给我的感觉是淡的，他不是一个浓烈的人。他的生活、情感，以及他的名字，都是淡而平直的。我这样以为。他自己也是这么认定自己的，他基本属于循规蹈矩生活，并认真努力工作着的一个理性的人。有很长一段时间，我甚至都不知道他写诗，我只知道他负责编一本知名度颇高的杂志。知道他写诗，是后来的事了。

　　今天，他的诗集就摊在我的书桌上，书名《反向》。这是他在生活和工作之外，为自己开辟出的一条清晰的精神路径，他沿着它逆走，重新回到原点。在那里，他记录了他第一次产生爱欲和表达冲动的瞬间，记录了他初为人父的激动和忐忑，记录了他对父亲母亲的爱与哀愁。这是一本关于爱与纯真的诗集。温暖的记述是整本诗集的主题，也是小强的一种语气。在他的诗集里，描写的对象大都是至亲的人：妻子，女儿，父亲，母亲。这些对象的选定，注定了他叙述的语气离不开暖，离不开温情脉脉。孤独依稀可见。然而，孤独也是暖的。像晨露，晶莹剔透，稍纵即逝。

　　在这本诗集里，小强收集了他从1998年开始，到2010年的诗作。就我所知，他在 2011 年也写过一些诗，但却并未被选进去。人的一生，和写文章一样，从开篇到结束，总是需要分开段落和章节的。也许，对于小强来说，2011 年以后的人生和写作，应该会是一个新的起点，或是一个转折。因此他将 2010 年前的作品，划分为一个段落。

我们都认同，旧时光是个美人。最好的时光，是一个属于过去时态的词组。然而，我们又通常认为，幸福则是将来时的，甚至是趋向于无穷远的将来。最不幸福最不美好的总是在当下。然而，当我们感慨过去最为美好的某个段落时，并没有期待它挣脱时间的束缚，来到我们的眼前，让它去重新发生或者继续发生一遍。在那个时段里，我们爱，却不再需要。我们只是在孤独的时候，凭借记忆对它念想一番，假装还在它的怀里。在前行的途中，我们总是喜欢不停地回过头去看。过去的美丽记忆，偶尔会让我们产生想停留在某个时段里的瞬间冲动，然而更多的却是推着我们往前走，一直走下去。一次又一次对过去的回忆，一次又一次对将来的想象，让我们蠢蠢欲动，又心灰意冷。对于回忆和梦想，幸福和向往，我们总是自相矛盾，总是前言不搭后语。这不是我们的错，是时间的错。而我们，只是被时间挟持着，从未获得过自由的意愿。

翻开小强的这本诗集，就像走进一个诗意的居所，是他用一颗诚挚的赤子之心和他的才情构筑起来的。在这里，我读到了他的过去年代，读到了美丽耀眼的爱恋，读到了似曾相识的少年往事，读到了像雨水一样浓密的心思，读到了纯真。

在诗集的开篇《一个人的早晨》，他这样写道：

> 让我仰仗一次朝阳
> 我只需要一秒光亮
> 来安慰，哭泣的
> 一整片夜的黑暗
> 一秒钟足够
> 我已迈过最后的台阶
> 长满青苔的钥匙
> 但愿能够通过
> 我第二次看到天空

从孤独走向孤独

走向我，让我疲惫

让我萌生痛哭的念头

一秒钟之后

我希望再也见不到我的影子

我将走向黑夜

在无限长的黄昏里埋下头，埋下头……

文字真是洁净。孤独的意味悠长又饱满。却仍然不失去希望。这首诗，让我莫名地想起艾米莉·狄金森的诗，其中有一句：

如同亲人相见在一个夜晚

我们隔墙交谈——

直到青苔长到我们的唇上

且淹没了我们的名字

能够读到这样的诗句，真是好。可是，它好在哪里？我却说不出来。正如小强在篇首所写的："是模糊的，但仿佛有光。"

我们还是继续来读他的诗吧。

反向——给我的女儿希希

我就是你的父亲。一个迟缓的人

我拥有孤独的天赋。在你的眼神中

我的轮廓漂移不定。你正在聚集星辰给予你的光

我偏向于野草正在覆盖的小路。没有谁注意到你的小手无边际的寻找

我走过每一条街道之后：哦，始终如一的悬崖

我不属于你，不属于你的母亲。以及曾经平静的窑房

我为一种幽暗的使命献身。在时间的沙子里

你是我筛出的最美妙的一个词语。我要求自己像煤一样墨守

一本书的位置，一支笔的虚空，一篇日记的时间。你清静的笑容

我深信这是我的过去和未来。你血液中的时针一刻不停

而我已轻松地告别。仿佛一只木船，靠在石头上沉睡、腐朽

奢望雨季的到来，奢望河床的充盈。

整整两个月了，南方一直下着雨，一直阴冷。梅还是开了。此刻我坐在书房，听着窗外的雨声，闻着梅的清香，阅读小强写的诗，每翻过去一页，每读完一首，就仿佛多了一份暖与温情，化解着南方的阴冷。这是小强亲手布局的一座美丽的公园，我被他的文字牵引，走过一丛紫竹，走过一座凉亭，走过一弯溪水，走过一丛碎密的小花，走过一片芳草地……不知不觉间，我把整座公园里的风景都走完了。合上诗集，我知道这里面记述的一切，都是他过去年代的生活与经历。

生活是舞台，诗人就是舞者，每一首诗歌，就是诗人的一场精神舞蹈。相信每一个诗人，都会找到属于他自己的独特支点。不难看出，小强写诗的动力和支点，源自他对这个世界的同情与爱。这也正是他通向诗歌之路的重要保证。

在他的诗歌里，无数次提到砖窑、槐花、苹果花、黄土地等等。这些事物，都属于北方，是他生活的家园。因此，他的诗歌，仍带着家园式的清朗与忧伤，带着一份北方式的温情与婉约。纯真的表达，纯真的记忆。不知道今后的小强，还会不会写出这样纯真的诗歌，会不会从他的家园跳脱出去？也许会，也许不会。我想小强自己也不一定知道。每一个人的情感方式和生活姿态，都将随着时门的流逝而改变。而写作，亦会随着一个人的经历的改变而改变。至于怎么变，变到何种程度，关于变的种种历程，我将它视为烟雾笼罩下的事物，接近于谜。你无法对它下定义，无法预知，无法设定，无法拥有，因此成为诱惑。

如此亲切却不为人知

——续小强诗集《反向》读后

◆ 李晋豫

1998 年秋天，我读大学三年级，第一次见到大一学生续小强，他那时刚从晋中来到太原，看上去并不像一个"文青"。我和他的第一次见面，是在山西大学主楼二层最北端的教室门口，说了什么已经完全忘记了。之后不久，在一次诗歌朗诵会上，他朗诵了晋中诗人陈瑞的诗，我们在台下坐着，完全没做好准备，突然，他抬高声调，极大声喊道："马——！"这是诗中的一句，把我吓了一大跳。

据续小强说，在 1998 年秋天之后的一段时间，我们曾经在山西大学 2 号楼那间阴暗宿舍里长时间谈论诗歌。我对那些情景印象模糊，但记得，当时有一本受欢迎的刊物《大学生》，中文系从 93 级到 98 级，只有两个人在这本刊物上发表过诗，一个是 93 级的孟绍勇，另一个就是 98 级的续小强。我和这两个人后来建立了亲密的友谊。到 2001 年年初的时候，续小强他们几位办的校园刊物《我们》印数已几与本省某文学刊物扯平，他们约我写一篇谈诗歌的短文，那篇稿子后来和孟绍勇、续小强的稿子放在一个栏目里，有一点彼此壮胆唬人的意思。此后十多年间，孟绍勇去兰州大学念了文学博士，续小强一边办《名作欣赏》一边写诗，办刊写诗都成了气候，而我，则由那篇短文里自嘲的"诗歌的观望者"变成了陌路人。

所以，当今年春节前收到续小强诗集《反向》的时候，当他要求我写篇读后感的时候，对我而言是多么尴尬的一件事。我屡次翻阅这本诗集，迟迟不能动笔。后来终于想清楚了，他要的不是一篇严格意义上的诗评。作为他诗歌旅程里某一段的见证者，我的发言或许更应该看作一次忆旧。

在《反向》封二，续小强写道："诗歌不是决心，不是苦难，而是生活的行动，以及行动的生活；也不是悲情，而是一种艰难的确证；或许，还不是贵族、歌手，或许，更像平民的异类，口吃的同伴。"我非常喜欢这段话，认为是他言辞恳切的经验之谈。我在十多年前那篇给《我们》的短文里说过一个看法，大意是，我的诗歌"像摆放在书桌左上角的盒子，看到它时感到温暖和有依靠"。这与续小强对诗歌的看法有差别，但在一点上应该相通，就是，诗歌表达的是很个人的事，那些试图承载更广阔意义的做法是值得商榷的。

《反向》的编辑体例使我希望探究某种规律性变化的努力受到制约，时间在其中显得毫无秩序，甚至也不是完全根据内容划分的，这种体例或许仅仅和续小强本人的生命体验有关。那些情景、情绪、事物和人，如同一粒粒秘而不发的种子，我在读到其中某些篇什的时候，像看到续小强当年"生活的行动"，有小小的探轶兴奋——这是熟悉导致的缺陷。

对更多不熟悉作者的读者而言，我想说，这些诗歌提供了引发情感共鸣或形成默契的可能，比如对当下的无意识抗拒，比如感性和理性的博弈，比如执拗而残忍的反省，比如对回忆的沉迷，比如孤独的骄傲和惶恐……我惊讶地发现，这些诗呈现了一个更丰富的甚至是陌生的人生，像有一个秘密的朋友，纠结得如此亲切却不为人知。

但必须要说，《反向》的表达与我们概念里的"文青"式表达大相径庭，是故作姿态、滔滔不绝地宣泄的敌人，这种表达更诚恳、更内敛、更从容、更令人回味。

如果让今天的续小强再朗诵陈瑞那首诗，他或许不会那么大声地喊了，更或者，他不一定有兴趣朗诵那样高亢的诗了。按照我的理解，一个对诗歌充满绮丽幻想的青年，已经度过了最初战战兢兢的岁月，可以平视这高贵的文体，可以言由心生，驾轻就熟地从个体生命、冗杂生活中发掘诗意。这种变化，不是激情消退，而是日久弥深，自然、私人、充满人情味。

我愿意挑几句出来：

> 外面的一切，排着长队。/ 我只能慢慢地，慢慢地/ 为你寻找一次逃跑的机会
>
> （《外面的一切》）
>
> 我要一直待在交响乐的旁边 / 不听，直到死去

我不难过／因为从来不害怕真相／只是偶尔会／为美而伤神。

（《你的病》）

我不属于你，不属于你的母亲。以及曾经平静的窑房／我为一种幽暗的使命献身。在时间的沙子里／你是我筛出的最美妙的一个词语。

（《反向——给我的女儿希希》）

这些句子里"我"的频频在场，并不会令人难堪，如同诗集里那些"给某某""致某某"的诗句，并不意味着只是一次倾诉或交流。我相信，无论是写作还是阅读，我们选择诗歌这种形式，等于选择一次心灵的旅行，这次旅行是无目的的，所以抵达不同的河岸。旅行中遇到的形象、色彩和声音，有没有摔倒，会不会疼，都只通过各自的个人记忆重新确认。

诗集后记里有一句话，陈述续小强的阅读观，他说："我迷恋一种与诗歌温暖、亲密的阅读关系。"我把这句话同时理解为他的写作观。

续小强的诗，与恢宏的形式无关，与炫目的修辞无关，与高远的想往无关，甚至与读者无关，但一定是纯粹的诗。与那些有志于隐喻、执着于生僻词汇、坐在保卫森严的宫殿里发号施令的诗人不同，续小强的诗显得朴实而无距离。我熟悉他描述的场景，知道他用词的含义，对他的情绪能够感受。从这个意义上讲，《反向》的表达是无野心的、非功利的，对《反向》的阅读是日渐麻木的日常生活里偶然的奢侈行动，是令人感慨、值得珍惜的。

2012 年 6 月 25 日

中文房间悖论和心灵的诗意图像

——孔令剑诗集《阿基米德之点》序

张锐锋

　　一个人的某种灵感，很可能从一句诗开始，因为诗本身就是灵感的结晶，甚至是灵感的最好譬喻。青春勃发的英国科学家图灵的具有重要意义的人生选择，就来自两句令人恐怖的诗句——"让苹果浸泡于毒汤，渗入沉睡和死亡"。这是童话剧作《白雪公主和七个小矮人》中的台词，邪恶的巫婆把一个苹果放入了沸腾的毒汤中，她的口中念着这样的诗句，既像是魔咒，又像是对美好事物的邪恶判决，毛骨悚然的悬念，蔓延到了舞台之外。

　　这一咒语般的巫婆的语言中传递了怎样的信息？它使作为观众的图灵感到了巨大的精神震撼，在散场之后就走向神奇的密码学生涯。他开始研究隐藏在数字背后的秘密，试图破解一切魔咒。这一决定性的选择，使他发表了人生第一篇论文，并在论文的附录里描绘了一种可以辅助研究数学的机器。这就是著名的"图灵机"。这一写在纸上的卓越想象，建立了纯数学符号逻辑与实体世界的联系，将人类带入了一个伟大的计算机时代。之后的事情就是互联网的诞生，一个与实体世界平行的巨大的虚拟空间出现了，在上帝创世之后，人类创造了属于自己的另一个世界。

　　看起来柔软的、毫无用处的诗歌竟然有着无比巨大的威力，以至它可以开辟一个非凡时代，诗歌作为历史的细节之一改变并创造了历史。近年来，我阅读的图书中，诗歌作品占有很大的比例。诗歌给我的启迪远胜于其他文体，每当看到一首不同寻常的诗，就会给我带来巨大的惊喜和愉悦。我对那些创造了不朽诗歌的诗人表示敬意，还对他们惊人的头脑风暴感到震惊。我喜欢诗歌，不仅因为我曾尝试着写过一些被称作诗的作品，还因为它与我的个性和气质有着天然的共振力，通过那些卓越的诗，我可以看到世界更为深广的一面，也可以在它优雅的流水中隐约窥见自己的面容。

最近我读了孔令剑先生的诗集，其中许多诗对我有所触动。我们是工作中熟悉的同事，在平凡的日子里，我更多地关注他的工作和学习。他的勤奋和敏捷、青春的活力以及卓越的行动能力，给我留下了深刻印象。有时我也会偶然读到他写的诗，但仅仅限于粗浅的浏览，并未更多留意。现在孔令剑先生的诗歌作品要结集出版，我便获得了阅读他作品的优先权。一大摞厚厚的打印件，可以说是他近年来的诗歌探索的结晶，其中蕴含了他对诗的理解和对生活的思考，他对世界的观察角度和立场以及个体经验、生活场景的寓言指向，都凝聚在他的创作中。

比如说《里程》一诗中，他写道："走在黄昏的街道 | 犹如走在一条静默的 | 记忆之河。此时，世界 | 是一口躺倒的水井 | 而他，是一个背着自己影子 | 从井底向世界之外 | 行进的人。越走 | 他的脚步越沉重 | 影子却越轻盈，越走 | 世界越亲近 | 呼吸也纯净 | 直到黑夜蒙住眼睛 | 他才发现，自己 | 竟是这世界唯一的陆地"——这首诗的异象纷呈，但能够感受到诗人的情感指向，他感到了记忆和现实之间出现的巨大误差，黄昏、街道、记忆、水井、影子、陆地……它们有着各自不同的寓意，真实和幻觉之间的交叉和折叠，呈现了诗歌迷离恍惚的复杂度和独特的魅力。

另一首诗歌《来源》具有同样的特点："夜晚和夜晚的月亮 | 他总也不忘 | 仿佛，他从那里诞生 | 从他眼睛看不到的 | 墓地般的 | 沉静里诞生 | 而那月亮—— | 婴儿的脸庞 | 黄金的目光 | 如他此刻的心 | 一声不响"月亮拥有婴儿的脸庞和黄金的目光，而一个仰望者眼睛中却更多黑暗，这种外在事物和内心充满沉静的苦痛的比对，构成了个体心灵中矛盾重重的暗影。在《话题》中，诗人这样写道："在夜晚想起夜晚 | 总是另一个 | 每一个，都有一盏灯 | 坐在未眠的窗前，静静 | 阅读时间的空白 | 都有书页，在羽翅中打开 | 同夜一样黑的文字 | 在一双眼睛里逗留，又 | 沿着灯的光线飞走 | 都有一个人 | 从夜色中剪下自己的影子 | 挂上身后空寂的墙 | 此刻，所有这些影子坐在一起 | 谈论一个话题： | 沿着一颗星星钻探的隧洞 | 如何开掘这夜晚之上的 | 另一片天空"。夜晚是诗人喜欢使用的意象之一，它意味着黑暗、忧郁、神秘、孤单和恐惧。在这里，所有的黑夜涵盖了漫长的光阴，有着无限的意味，时间一页一页翻动，空白的、无字的书，"在羽翅中打开"，谁的羽翅？是时间还是时间中的人？一个孤独者和他的影子相伴，好像一个人和他的影子是各自独立的存在，

只在某种对峙和交流中建立起联系，而共同的话题是夜晚之上是否存在"另一片天空"，那是生活的另一种可能、另一种选择，这里可能关涉对自由的向往和人类对于未知的好奇。

还有一首诗让我印象深刻，那就是《鸟巢》："飞鸟已经带着翅膀离去 | 只留下这鸟巢，在单向度的风中 | 回忆每一片叶子的存在 | 那是一段虚幻的光阴 | 在生长和枯亡之间 | 曾经画出宿命的弧线 | 跳跃或者逃离 | 无法抵挡一种声音的消失 | 缓慢，寂静如这空荡的田野 | 一眼望穿整个冬季 | 在睡梦中找寻希望 | 最终都要回到孤独的色泽 | 即使心脏仍然跳动 | 这心却也日渐消瘦 | 即使放开喉咙奋力嘶喊 | 也不会听到半点回声 | 只有身旁的铁轨 | 耸着肩膀走完最后的旅程 | 身体也开始倾斜，这树 | 已厌倦了直线的上升"。飞翔中的孤独感，听不到回声的孤独感，对于直线飞行的厌倦，对于归宿感的追寻，可能是诗歌的意义所在，诗人在这些隐晦的句式中泄露了自己内心的秘密。

当然，任何一首诗的解读途径不会是一条，这是诗歌魅力的源泉。这让我想到了"中文房间悖论"。这是 20 世纪 80 年代美国哲学家约翰·塞尔设计的一个思维实验，大致内容是：一个只说英语的人身处某个独立的房间，这个房间除了一个小窗口之外，全是封闭的。他随身带着一本写有中文翻译程序的手册，房间准备了足够的稿纸和铅笔。如果外面的人将写有中文的纸片通过窗口递入，房间里的人就可以根据手册上的程序翻译这些中文，并且以中文作答。这会让任何外面的人都认为房间里的人完全熟悉中文。事实上这个人对于中文一窍不通，仅仅是使用工具手册完成了语言的转换工作。约翰·塞尔借用这一精巧的实验设计，反驳机能主义者提出的人工智能能够实现像人类一样思考的主张。

他的意思是，即使计算机拥有适当的程序，就认为它拥有认知状态以及可以像人一样进行理解事物的活动，是一种有关键瑕疵的理论假想。因为计算机依靠程序进行信息处理的运行原理，和中文房间的实验具有类似的性质，它无法理解接收到的信息，但并不影响它能够准确处理信息，人们对它的智能印象，并不意味着计算机能够真正具有思考和理解的能力。有人对这一设计给予另一角度的辩驳：房间里的人、纸和笔以及工具手册，是一个完整的系统，这个房间里的人不会中文，但这个"房间系统"作为整体是能够思考的，可以认为它完全懂得中文。所以，计算机只要能够通过图灵测试，我们对其的智能印象，即可认为就是它的智能。

这一中文房间悖论所得出的仍然是矛盾重重的结论，它的内部存在着彼此的冲突、反诘和观点的较量。我们的诗歌创作者是不是也有这样一本工具手册？借以用语言的方式不断翻译内心存在的诗意图像。在很多时候，也许诗人都会惊讶自己写下的诗句，他甚至未必能够完全理解自己的作品，但是他依然尊重隐藏在黑暗中的程序手册，使得我们处于房间之外的阅读者感到这些诗歌是如此深奥，以至于难以求解。所以我们对于真正诗歌的评判，不能依据常规的经验，因为你所面对的乃是一个人心灵的翻译，它超出了日常生活奠定的规则，却又总是能够将日常生活囊括其中。

事实上，许多杰出的诗人都是如此，他们在自己心灵里漫游，并将自己幽暗的、难以看清的东西，借助了语言的幽光将其照亮，就在一瞬间捕捉到自己的语言中。这种微妙的转换，是诗歌创作的操作程序，这往往让阅读诗歌的人们不知道面对的是诗人还是上帝：一个精妙的句式怎能表达那么多的内容？怎能经得起一次次的推敲？为什么会显现出比一个人更高的智能？这也许归结于诗人借助了一个更为深广的类似于"中文房间"，一个强大的精神系统发挥了非凡的威力。

也许，孔令剑先生的一首诗试图将一首诗诞生的方程式，给出一个求解的方案："不被照耀，一首诗 | 缓缓爬上头顶 | 天花板上什么都没有 | 时钟赠予它脚步 | 而它更慢，一秒或半个世纪 | 终于转过一个直角，在 | 一张婚纱摄影里 | 回味爱情 | 爱过，这很重要 | 继续向下，飞身跳进 | 另一首诗的默诵 | 没有边际，没有声响 | 开始一支铅笔 | 缓缓吐露内心 | 在纸张无限的空白"。无论是婚纱照里埋藏的爱情秘密，还是另一些复杂的内心感受，都在神奇的时间中飞翔，它们安享着沉默，守望着自己，但是诗人的笔惊醒了它，它从虚无中一跃而起，落在了诗行里。不过，诗人所描绘的，仍然是表象，其深层的本性乃是掩埋在泥土中的，生命、暗中的奥秘、不能破解的复杂性、不可理解的个体禀赋以及自己为早就被遗忘的经验和场景，作为一个整体，已经在不可知的状态下登场了，但我们看不到……能够进入我们的视线的却是最后显露在表面的诗句。

每一个人的心灵里都有着诗意的图像，甚至这些诗意的图像乃是生命审美本性的关键缘由。这些图像是内在的、天然的禀赋，是大自然赋予我们的独特性之一，也是我们养成德行美行的秘密指针。诗人的义务是将这样的图像用语言得以揭露，并再一次通过别人的阅读，进一步浸入人的灵魂。诗歌给予我们的，不仅是审美意义上的，还是让我们获得看到自我投影，并让我们与自我重逢的一次不同寻常的机遇。它给我们的启示是多重的，既让我们从花瓣和花蕊中获得赏心悦目的审美感受，又让我们从花的中心取得回味深长的蜜；既让我们看见自己，也使我们从自己的心中找到世界。

可是，这一过程有时是迷惘的。因为世界有着不同的光源，我们的影子也不会只有一个，哪一个是我们自己？孔令剑先生的诗作《进与出》中，试图表达这种令人困惑的经验："你给我一串光芒的钥匙丨而我却感到迷失丨如果一扇门的背后丨永远有另一扇门丨我不知道自己是在丨一步步进入丨还是一步步远远地走出"。这首短诗采用了"门"这一意象，让人感到"光芒的钥匙"所打开的，仅仅是一部分。这是人的有限性因世界的无限而感到的困惑，是自我的迷失和未知的悬念的对决，是对暗的深邃和光的幽暗的失望。这很容易让我想起几年前发生的一次对埃及金字塔的探秘过程——考古学家利用机器人试图穿过金字塔的一扇墓门，以获得墓门背后隐藏的景观，当机器人在进入其中之后，发现墓门的背后仍然是一道墓门……悬念的背后仍然是悬念，一个悬念引出的不是结果，而是另一个悬念。这是我们所面对的世界的一个基本事实，是一个绝妙的、具有深意的哲学寓言。

这些诗句的指向不是太阳，而是因为太阳的存在而产生的暗影。完全的光明是没有意义的，它等于完全的黑暗。我们不愿意在任何时候处于失明状态，要看清事物的努力，是生命的根本之一，是生存者获得生存的重要条件，它进而转化为人的必不可少的精神需求。孔令剑的诗歌指出了人的这种需求的匮乏状态，世界没有应允我们有一个完全清晰可辨的物象，也没有给我们一把能够打开所有"门"的钥匙，我们在更多的时候处于一种无奈的、绝望的处境中。我们所面对的，经常是休谟所说的无从得知的因果关系，无法确定的事物联系，更多的时候，经验总是处于失效状态，我们就会在难以把握的事实面前获得某种无力感、虚无感，被迫沦为一个失败者的角色。

这种虚无感、无力感更多的会与人生联系起来。在《轮椅上的老妇人》一诗中，孔令剑先生这样写道："每天下楼的时候，我都会看到她丨昏暗的楼道里，坐着轮椅被人推着丨那人也上了年纪，是丈夫或者儿子丨太老了，时间的影子丨已经从她的脸上完全消失丨而她深陷的眼睛，仿佛仍在努力丨洞穿这人世。也许丨那最后的一点光正协助着她丨看到死亡敞开的大门丨从那门里，她也因此看到丨自己缓慢的一生。现在丨每天从她身旁匆忙走过的年轻人丨她看他矫健的双腿，不久也会变成｜她那轮椅上两个结实而空旷的零"。他从一个坐着轮椅的老妇人身上，看到了人的归宿——"她那轮椅上两个结实而空旷的零"。"零"是一个特殊的数字，既不是简单代表"无"，也不是简单的"有"，若它是有意义的，我们必须从生命历程中做出推论，事实上，这一推论并没有一个实在的逻辑起点，它所引发的却是更深的怀疑、更多的迷蒙。一想到这一点，就会生发一种对生的迷惘和死的恐惧，老妇人衰老的形象让人很快联想到即将到来的一切，那么在年轻者的身上何曾不能看到？一个人所面对的不是康德的"教条式的噩梦"，而是残酷的必然性，以及最终的否定。

孔令剑的诗歌中有一种精神执着，充溢着生活的哲思以及对生命和诗的坚守，经由各种独特的诗歌意象，投射出对于现代性世界深重的忧虑与批判。其中既有对现实的某种抗拒，又有理想化的、参照式的自我针砭，更多地传达了在现实、历史和未来之间的人的尴尬处境和个体经验，以及作为生存者的某种不安和焦虑。他的诗歌的语言是质朴的，他试图在质朴中探寻蕴含于语言内部的某种天然张力，并将之与自己的内心隐秘相对应，获得丰蕴的诗性。他的诗作，诗句短促而有力，追求更为强烈的节奏，以便在语言的内在之美和音效之美之间获得平衡，充分利用汉语言的特点造成更强的心灵冲击感。

思辨的丰富性是孔令剑诗作的另一特点，这种思辨不完全是哲学式的，而是借助了某种来自生活的细节、场景和富有寓意的意象展开，这些意象和现实场景以及一些细节的彼此勾连、交织甚至冲突，将诗作的审美指向一点点引向内心生活，给人以复杂的、多重的联想。当然这一切都是作为一个阅读者的理解和猜想，实际上孔令剑先生"中文房间"里的操作秘密，我们不可能知道。即使是诗人自己，也不可能完全洞悉诗歌的奥秘，也许只有被灵感照亮的那一刻，他能够感受到诗歌带来的巨大狂喜。谁又知道这瞬间闪烁的灵感是怎样酝酿的？这突然出现的光亮中，含有多少矛盾、冲突、辩驳和反诘、对峙与破局以及不断失去平衡之后的痛苦与绝望？我想说的是，文学是绝望的艺术，诗歌尤其如此。唯其绝望，美才更为璀璨、更为彻底、更为惊心动魄。

2016 年 6 月

平淡的孤独或寂静的哭泣

——谈孔令剑和他的诗歌

◆刘芳坤

　　谈起一个诗人奇特的风格，总是会首先考虑他奇特的社会位置和生活方式。本雅明和波德莱尔显然都在他们的时代里找不到什么喜欢的事情，于是，本雅明写下《发达资本主义时代的抒情诗人》，诗人缩在巴黎角落里狂乱地表白对宇宙的战栗，而诗论者同样以飘忽不定的笔调描画"文人"曲线。如果顺着这一思路，作为同代人的诗论者我，就会穿越太原五一路的现代浮华或古旧衰颓，一路寻找那些刺激诗人孔令剑的现代主义冲动，然后又一次谈论我们这一代人的"波德莱尔式忧郁"，这期间肯定还会又一次夹杂着对某种现实图景的疲惫、逃避直至诅咒。孔令剑的诗歌中，那个如波德莱尔一样对抗孤独的抒情主人公还在，但是这种孤独却并非本雅明所谓的"nolime tangere"（顽固的皮肤溃疡），那也是一种个人，不指望揭开疮口的个人，萦绕在一种化为平淡的孤独之中。

> 下午三点
> 他独自坐在窗前
> 看，天上的云
> 堆积心事
> 空气中微尘漂浮
> 那是他身体里
> 飞走的鸟儿，带着秘密
> 文字的秘密到处都有
> 他要努力破译，还有风

在其中来来去去

为迎接这一时刻来临

他很想在自己的言语里

放声哭泣

　　这首《雨》是我个人比较喜欢的诗歌，读后我曾告诉令剑，要教给我儿子背诵，令剑玩笑问："我写的是儿童文学啊？"这问答之中其实包含了一个中国诗歌的基本问题——造境。我们发现，脍炙人口的童蒙诗歌，均有着简单而精致的造境功力："床前明月光，疑是地上霜"；"千山鸟飞绝，万径人踪灭"；"返景人深林，复照青苔上"。在《雨》这首诗中，诗人和"雨"通感，雨境亦是人境，在一个狂风忽起的午后，"他"独坐于窗前，乌云堆积，空气膨胀，压抑人心，想在字里行间找到出口，这一刻等待很久了。生活中嘈杂的声音已经充斥了耳朵太久，遏抑的灵魂早就想冲破身体，天马行空地飞翔。处在特定的社会语境中，诗人会不自觉地在作品中流露出一种黯淡和沉重的气息，这也折射出"80后"诗歌的整体风貌。但是，孔令剑诗歌造境却走"化简"的路子，这使得他的诗风干净而蕴藉，从而彻底摆脱了年轻诗人在诗歌写作中情感节制和语言控制的问题。"为迎接这一时刻来临 / 他很想在自己的言语里 / 放声哭泣。"雨和人在这里彻底融为一体，"很想"却没有"放声"，大地在等待潮湿的洗礼，而个体在等待"言语"的爆发。在造境中表达内心节制的情感，简单的境界"破译"一个游离的个体，这正是阅读孔令剑诗歌的第一个维度。

　　在《问答》中，诗人通过营造一个形象化意境，将难言的忧伤和无奈隐匿在字里行间。难以启齿的玻璃 / 一片浑浊的光照耀，更加腼腆 / 别处有一扇不能穿越的门 / 看见看不见的情感，越收越紧 / 而平淡生活成就或者损坏 / 正如语言。尚未达到顶点 / 飘忽不定的光斑仍在心间。情感本是抽象的，但诗人通过具体的意象"玻璃""门"，使抽象的心绪具有了可感性。孔令剑擅长在造境中表达内心节制的情感，这与现代新诗史上新月派提出的"理性节制情感"的美学原则异曲同工。客观化的间接的抒情方式的创造，一方面变"直抒胸臆"的抒情方式为主观情愫的客观对象化，另一方面是对个人情感的着意克制，努力在诗人自身与客观现实之间拉开距离。在一定的意义上可以说，艺术创作从放纵到控制是个合乎规律的发展，是艺术日趋成熟的表现。

为了"节制情感"，孔令剑还常常借助象征手法抒发情感，在情绪与外物之间寻找对应、相近点，因而其意蕴相对显得明晰、纯粹一些。但由于客体与主体之间、外物与内情之间有象征体的缓冲，感情的强力受到一定的阻遏与制约，所以其诗也就显得含蓄蕴藉。

一直以来，"80后"诗歌都被评论家和学者认为缺乏深沉的人生历练和思想底蕴，精神衰竭而物欲膨胀，呈现出一种虚无的反叛、虚伪的先锋、盲目的胜利的态势。孔令剑在《话题》中也营造了一种无所适从的精神困境，表达一种空白感、虚无感：

> 在夜晚想起夜晚
> 总是另一个
> 每一个，都有一盏灯
> 坐在未眠的窗前，静静
> 阅读时间的空白
> 都有书页，在羽翅中打开
> 同夜一样黑的文字
> 在一双眼睛里逗留，又
> 沿着灯的光线飞走
> 都有一个人
> 从夜色中剪下自己的影子
> 挂上身后空寂的墙
> 此刻，所有这些影子坐在一起
> 谈论一个话题：
> 沿着一颗星星钻探的隧洞
> 如何开掘这夜晚之上的
> 另一片天空

在无眠的夜晚感受时间的流逝，孤寂的身影，空寂的墙影，在夜色中对视，诗人想象它们在开掘另一片天空，实则想表达的是一切皆是寂寞的、孤独的，而这种寂寞孤独那么平淡而渺小，诗人并无多少感情起伏，没有隐晦抑或郁愤的内心挣扎。整个诗境皆是平和而淡漠的，我们时常感受得到孔令剑似乎渴望用诗歌来拯救空心感："我烧制它／每一首／并用它来建造／我的墓地，在我生命消逝之际／每一首／都不能缺少／每一首／都有我的足迹／我对生活的质疑"（《诗歌》），但同时他却把"领悟了幸福的真谛"和"全部的痛苦"命名为"简约生活"。 在这个意义上，夜晚的另一片天空其实已经打开，那便是正在用键盘钻透星空的诗人的背影，他总是在夜晚写诗，手擒一支烟蒂，穿行在文字之间。写着，想着，然后睡着，这也是另一片天空，这也是"简约生活"。

与诗境相关联的，是诗人的生活履历。在孔令剑的诗歌当中，并没有过度强调一种陌生化的效果，诗人的情绪也不经历腾达或没落，他讲一种漂泊的情绪，但是内心的哭泣却整合了对抗。

　　　　身边没有答案

　　　　我不得不向远方

　　　　眺望

　　　　远方没有答案

　　　　我不得不向天空

　　　　打量

　　　　天空没有答案

　　　　我不得不低头

　　　　默想

　　　　内心丰富的宇宙

　　　　伴我痛苦地成长

在这首《寻找》中，孔令剑书写了一种漂泊中的孤独体验。向远方、天空、内心寻找答案，都一无所获，伴随而来的是成长的痛苦，这种痛苦便是真切的精神漂泊感。此时此刻，他是无所归依的现代"游子"，这同样是"80后"诗人普遍的精神状态。著名诗人、评论家赵卫峰曾说："漂泊，既可指80后诗人的具体生命与生活的待稳定与不落实的摇曳状态，更指一代人精神行进、阅读体验、身心经历的动态过程。"我们姑且以"80后"命名显然存在简单代际划分，漂泊是一种生命的常态，在诗歌里获得一种真实的写照，在中国现代诗歌一直存在着一种"抒情传统"，这种传统曾经在战争的洗礼之下浮现于九叶派、现代派、象征派等的诗歌当中，知识分子诗歌脉络之上的"朦胧诗——后朦胧诗"继续了于日常生活的碎片之中整合漂泊的情感体验。"简约生活"和"漂泊体验"的并置，由此折射出的代际体验和诗歌传统的双向承继，是阅读孔令剑诗歌的第二个维度。

漂泊是一种生命的常态，这种常态在孔令剑的诗歌里获得一种真实的写照。在《鸟巢》中，我们仿佛看到了诗人的生命体验：飞鸟已经带着翅膀离去／只留下这鸟巢，在单向度的风中／回忆每一片叶子的存在／那是一段虚幻的光阴／在生长和枯亡之间／曾经画出宿命的弧线／跳跃或者逃离／无法抵挡一种声音的消失。飞鸟带着翅膀离去，留下孤立的巢穴，正如诗人携着行李远走异乡，留下深深的眷念在风中毫无附着地飘荡，诗人的宿命在生长和枯亡之间那么无力。而身体的漂泊只是一种表象而已，更为实质的则是灵魂的漂泊。真正的诗人，大抵都摆脱不了漂泊的命运。正如 20 世纪德语世界的巅峰诗人里尔克所说："一个人只有在第二故乡，才能检视自己灵魂的强度和灵魂的承载力。"也许，这才是漂泊的答案。而"80 后"诗人对生存、婚姻、命运、精神等各种困境的体验，他们的困惑、迷惘与挣扎、突围、搏斗都观照出漂泊的本质，因此，相似的生命体验展现出了诗人们相似的情感面貌。

凡此诗情已经部分昭示了"质朴诗人"之履历。我与令剑曾有过一次电话长谈，正是这次长谈激起了久没有过的诗论冲动。令剑有过一个"北大梦"，并且在高考中差点就圆梦。这个"梦"无疑构成一代人的隐喻，然而这"梦"并不是一个新鲜的隐喻，更让我感触到的是：诗人谈履历却摆脱了那种"伟大局外人"的姿态，他说起调剂到山西大学，说起自己立志写出点啥而不得，又说起到山西文学院任职行政管理岗位，却总受到韩石山这样老前辈的文学鼓舞。日常生活全部与他息息相关，我看不清他当时表情，只听见似有微微笑意，辨不清笑意是有些反讽还是泰然。总之，不知怎么，当时我眼前是一个圆脸蛋、戴眼镜的十三四岁少年正沐浴在黄土高原的阳光里，他的旁边或许还长着几株沙棘树，这沙棘树环绕着就是他补习的那所学校。虽然我知道令剑是运城人，这幻境出于自我虚构。令剑的诗歌中确实也出现过成长的顺序："你的童年在空中／在云朵的白色里睡觉／在天空的蓝色里洗澡／在飞鸟的翅膀里捉迷藏／／少年时，你在树上／叶子是你翻动的课本。／风是吹奏，阳光是捕捉。"（《顺序》）但是终于有一天，这个少年蓄势待发："把整个字典吞进腹中／不用咒骂和称颂／在内部，词会排列组合／产生毒和有用的诗歌"(《言说》) 诗人又以怀旧之笔复现少年时光的感慨：

> 一张张陌生的脸孔闪现
>
> 如同在记忆中
>
> 发出光芒
>
> 另一些记忆被唤醒
>
> 他们面前没有摆放诗集
>
> 或哲学著作，取而代之是瓜子
>
> 花生，不会燃烧的金橘
>
> 偶尔夹杂的绿色叶片
>
> 仅仅印证了他们生的年纪
>
> 他们更不会用刚刚完成
>
> 变声期的嗓音，深情朗诵或者描述
>
> 一个自我存在的宽广之域
>
> 而是做起屁股抢夺凳子的游戏
>
> 毫无疑问，我们的到来
>
> 使这间教室变得更加陈旧
>
> 难以容纳，我们曾经的激情

阅读孔令剑诗歌的第三个维度，就是在岁月怀旧的感慨之后，我们看到了诗歌的终极性命题——对于时间和死亡同一性的思考。孔令剑常常用"黑夜""天空""影子"等意象，使诗歌弥漫着一种黯淡和忧伤的气息：带走最后的证明，死亡从我身上／证明他曾光顾，并鼓起勇气／将我带入黑暗的天堂／是我拒绝了他，还是他最终放弃／不是。是生活把我一次次从阴影里扯拉／令他害怕。一个不健全的人背后／连影子也没有。他说。当黑夜降临／巨大的影子把我遮蔽，我才猛然醒悟／波浪里浮沉的生，只是死的复数（《颓废》）诗句浸润着一种苍凉的死亡的气息，但透过"波浪里沉浮的生"我们看到的是"被死亡拒绝"的诗人并不颓废的背影。正如海子和顾城，他们把死亡当作情人一样看待，热爱死亡、倾心死亡、献身死亡。诗人们真挚地热爱生命，对死亡的热烈追求反映了他们对生命的热烈向往。在《写诗》中，作者表达了自己写作的终极目的，在此过程中，个体在痛苦和磨砺中涅槃重生——被肢解而不是被塑造，在诗的灵魂里游荡，找不到身体和方向，以为可以通向远方，却永远阻隔了眺望远方的目光。诗歌给诗人带来慰藉，同样也带来危机后的希望与绝望。诗歌是诗人对生活的质疑，每接近真相一步，他就离"死亡"更近了一步，诗人用诗来建造自己的墓地，他将危机和绝望都埋葬在这里，携着慰藉和希望在精神世界里寂静哭泣：

　　当我寻找词语
　　而不是词语找我
　　注定我是一个被肢解
　　而不是被塑造的人

　　带着某种心思
　　一步步向她靠近
　　词语却后退
　　她只给我她的灵魂

　　在她的灵魂里游荡
　　感觉不到身体和方向
　　我用词语铺自己的路
　　却砌出了我的墙

尖锐背后的疼痛

——谈手指的小说

◆刘波

1

在写小说之前，手指曾有过一段时间的诗歌写作经历，其诗歌在世纪初的网络上也曾独具魅力。对于手指来说，诗歌写作的尝试有可能成为他后来写小说的一个前奏，语言的简洁明快与想象的生动鲜活，也许都是诗歌写作所带来的教益。如今，手指很少写诗歌了，他将小说当作了自己更为钟情的恒久行当。从早期的《坟地》《恐惧》《害怕》到中期《健康从早餐开始》《中间空着》《原封不动》，从转变期的《赵西啊赵西》《每个老头都有一个怪习惯》到后来的《去张城》《朋友即将来访》《我们为什么不吃鱼》《没人知道你在想什么》，再至最近的《吴胖子，你现在好么》《在大街上狂奔而过》等，手指的小说写作经历了多重的路数变换与写作方式的游移，现在，他似乎终于有了初步的风格定位。

一直以来，故事情节的碎片化，人物的恐惧意识与饥饿感，是手指的小说给人最深的印象。他笔下人物的虚无和消极之处，就在于他们对生活的过分在意而又满腹焦虑与无所谓，这种矛盾的心理状态，让手指的小说极富冷酷性与消解力量。人物的饥饿几乎成了手指小说中的固定现实，他们不仅有着生理上的饥饿，而且更多的是精神上的饥饿。手指凭借着他激情与内敛这两种情感抒写方式，来展示这些饥饿者们的敏感与卑微，孤独乃至麻木，这是手指的小说叙事所带来的人物的命运走向：他们的脆弱与懒散，他们的自闭与压抑，都在生活的重负下被赤裸裸地暴露出来。

几个无所事事的人物，几处了无生气的场景，那些粗暴而又调侃的姿态，一切都定格在充满虚无意义的画面中，画面人物的焦虑与烦躁，情节的荒诞与悖谬，都在手指简洁的叙述中逼真地呈现了出来。此时，丧失了激情的人物在小说中充满着怀疑精神，他们怀疑他人的可信赖性，怀疑社会的公正，甚至怀疑自身生活的真实性，怀疑一切在这个疯狂的消费社会的存在价值。人物的这种悲观心态，源于压抑的社会氛围，人与人之间那种虚假的交往，以及现代人的一种精神病态，这些都可能是手指的小说中底层小人物不断出现厌世情结的重要原因。

2

正当同龄的作家们都沉浸在对青春期朦胧的小资情爱与孩子式的天真想象的追寻中时，手指已经把他的触角伸向了人的死亡、罪恶、苦难与精神的挣扎。他深知，他的写作无法回避现实，他的写作与时尚无关，而只能服从于内心对于人性本能的揭示和挖掘，这是手指小说在调侃表象下所具有的严肃底色的根本。

手指对生活中细微事物的把握源于他敏感的内心，我们在他的小说中看到的人物，通常都有着一张张愤怒而又玩世不恭的面孔，他们是失落的，迷茫的，不知所措的。在此，思想似乎被手指叙述的快感涂抹掉了，然而，它们或许蕴含在更加深邃的层面，我们一时无法感受到。他笔下的人物没有了使命，没有了承担，更没有了生活的自信与深思熟虑的精神在场，他们有的只是被现实所困扰的萎靡，有的只是分裂的灵魂，有的只是对小事斤斤计较的破坏劲头，有的只是失落内心里隐藏的无所适从，恰恰是现代人的这些精神病症，让手指的小说有了一种严肃的审视取向。如赵西（《赵西啊赵西》）、老鸟（《租碟》）、张名（《中间空着》）、王爱国（《去张城》）、"我"（《没人知道你在想什么》）等等都是在不遗余力地与这个世界进行对抗，他们内心的疼痛有时是无法疗治的，仅有的那一点负罪感都在对尊严的维护上几近消磨。这些人没有完全堕落与颓废，其内心残存的一点希望可以让他们的生活在短时间内维持下去，而一旦诱惑侵入他们的灵魂时，崩溃在所难免。手指所能做的，只是在一种反讽与自嘲的解构中，在粗暴与野性的放纵叙述中，让他们感受到这个世界生存的荒诞。为此，他不惜让他的叙述中透着猛烈的批判，透着毫不留情的残酷。

在手指的小说中，总是由那些琐碎的片断开始，最终抵达的依然是支离破碎的生活场景，因为他笔下的人物无法作为完整的个体融入这个社会，所以总是带着破碎的身影和一意孤行的偏执。而手指所要表达的那种偏执，恰恰与这些人物的不驯服状态形成了呼应：在每一个人都存有紧张与矛盾心理的现实里，世界的沉重越来越恣肆地逼近了焦躁的我们，以至于让我们身心交瘁，不知所措。

3

手指的两篇新小说《吴胖子，你现在好么》和《在大街上狂奔而过》，延续了他一贯的小说风格，没有跌宕起伏的故事冲突，没有引人入胜的情节，小说总是在一种情绪化的延展中推动着叙事的发展。

《吴胖子，你现在好么》以"我"和李小毛的对话开始，从李小毛的儿子吴胖子（吴建军）犯事逃跑开始了回忆性的叙述。吴胖子曾经和"我"是同学，由于打了教师宋大头而离开了学校，在"我"的接济下才得以生存。因为"我"的同学王小丽，"我"和吴胖子打了一架，之后，"我"和吴胖子绝交。"我"毕业后没有继续念书，而成天待在家里看电视，还迷上了足球比赛。这时，小说从回忆又转到现实中来，接续上了吴胖子逃跑后的现实生活。"我"开始找王小丽，并决定与她结婚，此事遭到了"我"父亲的反对。到年底的时候，父亲允许"我"和王小丽结婚，并答应给"我"结婚的钱，其条件是要"我"在两年之内将钱还给他。当我们立下字据后，父亲将吴胖子骗他钱的借条给了"我"，让我去找李小毛要回这钱。当"我"去找李小毛要钱时，没想到他慷慨地替吴胖子将钱还给了"我"。结果，又因为王小丽，"我"和李小毛打了一架。后来，"我"和王小丽的婚约也不了了之，她到外地做了妓女，而"我"又回到了孤单的生活中，并偶尔想起吴胖子来，这种情绪里有一种说不清、道不明的特殊感受，或许是"我"经历世事之后的宽容心性使然。

而《在大街上狂奔而过》这篇小说的故事就更简单了，即"我"和"我"的同事东方喜欢在深夜骑着自行车到大街上狂奔，故事中穿插着"我们"所在公司拖欠员工工资、偷自行车、到包子铺偷东西吃、捡到一百块钱、"我"因说出真相而挨打以及"我"和东方去偷公司电脑零件的情节。最后，"我"

将东方送上回老家的火车，在买来的一堆报纸上，"我"看到了很多和自己的现实生活一样的奇闻轶事。手指在小说中重点刻画了东方，他是一个伪知识人，声称自己有很多藏书，当"我"去他租的房子时，发现他所有的藏书只有两种，即《青年文摘》和《读者》。当公司发不出来工资时，东方将自己快要生产的老婆送回了老家，并将所有的《青年文摘》和《读者》当废纸卖掉，来投奔了"我"。作为一个不能养家糊口的男人，他感到非常内疚。当东方的理想和愿望与现实生活发生冲突时，人所拥有的高贵和尊严都荡然无存，在生活面前的屈服，是东方和"我"乃至所有人的悲剧。小说在我看到一则自杀新闻的过程中结束，生活中时刻充斥着悲剧，让小说显得意味深长。

这两篇小说似乎有着相同的精神底色，那就是人在生活困境面前的无助。在人被金钱所控制（《吴胖子，你现在好么》中的"我"父亲）和被现实生活所困扰（《在大街上狂奔而过》中的"我"和东方）的社会中，敏感者似乎永远难以摆脱生活的怪圈。他们总是在尊严面前表现得那么脆弱而又不甘，却又总是在批判与质疑中陷入歇斯底里。这种矛盾的状态，正是手指所要通过小说传达给我们的一类人生存的耻辱感。现实中的一切压力，精神上的一切不顺，竟然可以通过在大街上狂奔这种无聊的方式而得到解决。就像手指于《在大街上狂奔而过》开头劝说东方那样："当你在晚上的大街上狂奔不止的时候，你会觉得自己越来越疲倦，越来越平静，越来越感到满足，对这个世界充满感情。"或许正是如此，手指小说的人物都是在一种狂躁中开始自己的人生之旅，在经历失败的打击之后，不得不无奈地重新回归现实生活，不管它是平庸的，还是无趣的，莫不如此。

在一种极端的、带有强烈讽刺语调的叙述里，手指写出了与现实社会秩序格格不入的脆弱者们的心理状态，无奈又恐惧，惶惑又不安，荒诞的场景，愤怒的声音，导致人有一种尖锐的内心之痛。尖锐，是手指小说一个重要的关键词，可以说，尖锐无处不在，但这种尖锐中似乎总是透着淡淡的忧伤。正是尖锐和忧伤，或许才让人感觉生活的不可信。

其实，手指小说的尖锐与忧伤，都隐藏在夸张的粗暴叙事和巴洛克风格的狂欢化语言中，这些都契合了作家笔下精神迷途们内心的悲伤，而且深深地触及到了生活表象下人的灵魂出路。当然，手指小说里的一些叙事，包括语言、节奏等，有时还显得急促而刻意，如果能再平静一些，自然一些，理性一些，他的小说或许会有另一番耐人寻味的内涵。

"成熟"的况味

——读手指小说《研究一段来源不明的情感》

◆ 刘芳坤

　　手指是"80后"作家中的"现代派"，在他的小说中，始终走动着一些面目不甚清晰的古惑仔们。马泰·卡林内斯库的名著《现代性的五副面孔》，作者认为美国现代性的三重对立终将走向危机：对立于传统，对立于资本主义文明，最后对立于其自身。与之相似，手指的小说实际以先锋之姿态终结先锋。小说描述了"我们"这代人冲破了"土地"，在城市轴心思想的边缘晃动、焦躁、进而突围，就是在这种不稳定性里，先锋的面影出现了，如毕加索的画像。我想，手指在有意无意间触及到了所谓"现代"的面影，那也是逐渐趋近于城市之心的痛的边缘的东西。

一、从"寻找"到"研究"

　　始终觉得手指小说的名字像摇滚歌曲名，充满了即将撕裂的质问，更确切地说是一种欲破不破时的创作灵感中介点。如果说，一个小说的开头就决定了小说的一半成败，那么篇名起码占到了四分之一小说的成败。手指小说的名称都收到了一定的效果，如《我们为什么没老婆》《疯狂的旅行》《我们干点什么吧》《我们为什么不吃鱼》《寻找建新》《去张城》等等。这些名字全部都是悬疑的，更多时候是直接疑问句，而整个小说就成了婉转回环的叙事解答或者说圈套。《我们干点什么吧》《我们为什么没老婆》都是以饭局始，以饭局终，插叙前事，而展现暴虐的当前事，读者甚至经常忘记这个小说是在一个设问句之下的创作。《去张城》里的主人公最终也没有到达张城，这不是王子猷的"吾本乘兴而行，兴尽而返，何必见戴?"从出发的被动目的，到主动的归来，一切都笼罩在灰蒙蒙的摇滚色彩中。在小说题目的提醒下，那种似乎呐喊但并不通透的"80后"代际创作特色已浮出水面。《研究一段来源不明的情感》的一个变化是，呐喊不在却转而"研究"，来源不明，去处可追。诸种词语迹象指向了一个"80后"先锋派的"成熟"况味。

古惑仔们变成了中年情感危机的男人张旭和王凯，他们共同遭遇了李丽。同一个李丽在王凯是艳遇，在张旭却是"甜蜜、空虚、幸福、痛苦"的百般滋味。故事似无惊艳之处，但在先锋派作家手指那里，设计满溢了叙事的乐趣。小说开始于倾吐的欲望，张旭始终怀疑自己为何会遭遇一段前所未有的强烈情感，于是他向王凯不断地倾诉和求证。"当时张旭觉得，自己遭遇了一段热烈的情感，这情感前所未有，最主要的是，女方也表达了对他同等的热情"，这个开头很容易让人联想起《大话西游》的经典对白，《大话西游》里的至尊宝和孙悟空永远不能在"当时"解情之滋味，而倾诉和开导又一再被以唐僧为代表的唠叨派解构，小说"后现代"的情感危机已经一目了然。小说中的王凯除了能看出是张旭的同事外，似乎性格不明，但王凯无疑是小说一个重要的功能人物。情感的来源必须由王凯来确定，但是张旭的求证心与王凯的否定无谓形成强烈的对比："恨不得和王凯谈到天亮"，"事后回想起来，张旭可以清晰地感觉到，当自己给王凯讲述所有事情时，王凯其实一直在阻止自己。""张旭不知道该怎么面对王凯，这些天他一直避开他。""唯一的不同在于，自己跟王凯谈了这段感情。"这类"功能人物"是手指小说的特色，在其代表作《寻找建新》里，建新就是一个在不同的成长阶段扮演向导的人物，还有在小说中时时一飞而去的"老鸟"等。那么，王凯这个功能人物的意义何在呢？表面看来，"两男一女"的模式在手指的小说里不是第一次出现，例如《曹胖子，咱们就此别过》讲述了"我"对梦中情人李小染一直止于单相思境地，但我却一边观看她和曹胖子的暧昧关系，一边和曹胖子干些坏勾当。但细究就会发现，手指的指向之变，如果说此前的功能人物扮演的是"焦虑与寻找"的角色，而王凯的角色就是"验伪、化简进而消失。"必须指出，手指小说里"功能人物"的精神掘进力量在弱化，结合近年来众多"80后"的"情感创作"遭遇"中年危机"，我们就不能不思考整个创作群体的走向问题。

手指似乎不情愿把一段来源不明的情感就此否决，于是小说的高潮出现在第二部分的搜索当中。"百度百科"是当代社会一个十分有趣的存在，它以"正确答案"或者说是"真理"的姿态影响到每一个人，而实际上它却是一个人人皆可修改，一切网上著作、言论的拼凑大狂欢，但张旭在必须与王凯"和好"之后，转而求证于"百度百科"。更为精彩之处在于张旭以何为检索词，小说给出的答案是三个：除了李丽的名字生日外，还有"一段强烈的情感"和"爱情是一种病"。百度搜索的任何结果只能是在他人的故事里，在信息的超级爆炸中，越来越疲惫。在手指的小说中，最为理想主义的一幕却出现在搜索之中。在搜索中，爱情的意义被确定："李丽对此有概括，她说，爱是折磨，让两个人都受苦。而张旭的看法是，爱是拯救，爱是意义，爱是力量，他在日记本上写了许多累死的话。当陷入爱情中时，整个世界都会得到重新排列。张旭当时觉得自己如同得到了新生一般。"可能正是新生的渴望唤起张旭持续不断魔怔般地继续搜索。对于爱的意义讨论，这在手指的小说里极其少见，在《我们都是害怕寂寞的人》曾有结论："爱是一场嚎啕。那时候我想念过你。"从"寻找"到"研究"只是小说的表壳，而从"嚎啕"到"意义"，这可能才是"80后"的中年危机的求解之道。

二、从"我们"到"呕吐人"

手指曾经是一位坚定的第一人称叙事者，"我"不同于"五四"狂飙突进之下的"大我"，也有异于近年来青春期故事中的"小我"。另外，最为明显的，手指小说的发问通常都采用集体性质的叙事人称："我们"。第一人称复数，在苏珊·S.兰瑟那里，被称作集体叙述，具体来讲就是"以字面的'我们'为形式的第一人称复数叙事，各种不同的声音统一发出一个声音。"她又进一步将这种叙述形式划分为，同时型集体叙述，顺时性集体叙述。

在笔者的观察里，中国采用"我们"叙事的小说作品数量不是很多，而且手指这种类型更是稀有。像王安忆的《纪实与虚构》里采用"我们"叙事，那可以说是同时型集体叙述，是"我"的代替品，更进一步是69届初中生的代言人。而手指小说里的"我们"通常是指老鸟、麻子、李东、老正等朋友的聚合，作者不但在小说的开头就指出这一聚合体的类型，而且还彰显他们的分野，更是让他们的声音产生暴力的张力，然后走向濒临毁灭的迷醉、阵痛和无奈。如此的"我们"的组合是不同于王安忆那种代言式的50后作家的集体主义影响，而同时具有了顺时型集体叙述的特点，即让"我们"在一系列互相协作的"我"中诞生并发言。需要知道，这在小说的叙述构型中是非常艰难的，它将会对个人的叙述权威构成威胁，可能是因为80后作家那种与生俱来的孤独／独立并行的文学经验，能大胆挑战这种方式的小说是难能可贵的。与撕裂的"我们"相对应的是，配合以第二、第三人称的诘问、又一次像摇滚副歌部分那样的此起彼伏、新潮难平。例如《我们干点什么吧》里有第一人称、第二人称的连续质问："我们都干了点什么呢？""干球什么呢？啥球也没干。打麻将？""你想干啥？""啥也不想干，你说干啥？我们总得干点什么吧？"这是多声部的顺时集体叙述，完全展现了成长的迷乱状态。

《研究一段来源不明的情感》设计了第三人称主人公张旭，曾经的暴力青年们此时似乎变得温情脉脉。小说的第三部分"反刍"显然开始咀嚼自我的半消化物，而扮演这个半消化物的角色就是二十年后张旭的朋友"呕吐人"。此时的张旭已经单身，朋友聚餐后他成为别人情感的倾听者，被称为"张老师"的他，似乎依然没留住该留住的，没想明白该明白的：

"时间真快啊，张旭也端起了茶水，一边喝一边想，一眨眼的工夫，我就成了快退休的人了。继而他又想到，成熟是多么扯淡的事情，现在的自己和这个年轻人，有什么区别？和自己八岁时候，又有什么区别？该害怕的还是害怕，该恐惧的还是恐惧。唯一的感觉就是，时间太快了。"

手指就这样继续把别样的纯真寄托给成熟了的"我们"身上，依然使用手指式的狂躁语言："成熟是多么扯淡的事情。"时间永是快速流逝，思考未及，却故作成熟地观看另一个自我的镜像——呕吐人。张旭的年轻朋友同样遇到了情感危机，开始搜寻情感的来源，在朋友大醉呕吐之机，自己和李丽的一幕幕却在脑海中重放。二十年后的反刍回顾，依然不能清晰辨明来源，最后借呕吐人之口谈起理想爱情的处理方案就是"不谈论她，也不要靠近她"。

自在《收获》发表处女作《去张城》开始，手指从来没有离开过城乡结合地的问题青年。多年来，他精益求精，作品数量不大，但每一发表就透露出一种浓重的氛围感和真诚的求索精神。如今，在一个短篇小说里，他更横跨二十多年，研究一段来源不明的情感，其中"成熟"的况味是值得深究的。第一，李丽在手指的小说里，不是个新人，她甚至直接出现在年初的新作《李丽正在离开》中。李丽们似乎不总妖娆，却总是代表着不能到达和正在离开的理想。此篇《研究一段来源不明的情感》中，没有涉及生存的焦虑，没有任何烟火气息，而直指人的灵魂。从之前的现实焦虑到灵魂忧思，这是写作深入所必须经历的过程。第二，从第一人称复数到第三人称，甚至出现了第三人称的镜像"呕吐人"。这一方面说明手指与过渡泛滥的"80后"中产阶级想象保持了一定的距离。另一方面，小说人物只不过是从原始的生命形态过渡为破碎的先锋面影。作为专业读者，我们也许更希望看到手指小说里更为欣喜的觉醒，这种觉醒也许可以命名为战胜虚无。

过分抒情和自我宣泄的年代终将过去，幽闭的自我圈子等待着突围。城市恢宏的变革是文学的不竭动力，特别是人性与城市现代性的紧密结合书写。雨果的《巴黎圣母院》是大胆接近城市之心的伟大作品，在恢宏的巴黎圣母院一角，还拥有着吉普赛人艾丝美拉达生存的虽然肮脏但却张力十足的社区。手指的小说还没有自觉性的恢宏叙事，仅仅是小说的现代叙述偶遇城市先锋的面影，但是作品中的面影无意间参与了80后的历史叙事。从西方的城市史中可见，每一次革命将引起城市的重新表达。在笔者看来，城市生存与乡村相比，其更具有不稳定性，而"我们"这代人独特的城市心路史正是时代历史的最好表征。城市书写，这种死火重温的种子，到了该复苏的时刻。唯有大胆接近城市真实生存的面影，才可能给"我们"这代人的历史以真正的表达和赋意。

赋予方向感的写作

——李晓奇《随遇而安》序

◆ 潞潞

　　我是怀着欣喜的心情阅读了晓奇的这部诗稿。大约七八年前，我认识了晓奇，他到我家来，和我母亲是武乡同乡，一老一小用乡音聊得十分亲切欢畅。那时晓奇已经开始在《山西文学》发表诗作，当然我也认真读了，感觉有灵气，但还是显得稚嫩。晓奇是"80"后，20世纪80年代是中国一个特殊年代，诗歌几乎受到全民关注，诗人遍地开花，号称"一片树叶掉下来就能砸到一个诗人"。我赶上了那一拨。现在诗歌没有那么热了，甚至被边缘化了，诗人出名比我们那时候难得多。不过，诗人还是一茬接一茬生长，八十年代写诗的人还没放下诗笔，这不，八十年代出生的人已然走上诗坛的前台。

　　这是一部成熟的诗集，就像作者本人，从当年一个初出茅庐的小伙子，已经成为稳重成熟的青年才俊，这中间成长的过程，一直伴随着他的诗歌写作。诗集中有若干闪光的地方，容我不去一一提及，读者自然能够读到。我想说的是其中一个组诗《八槐街，那些绿色的枝头装饰两旁》，给我留下深刻印象。我以为，这组诗代表了作者的某种创作倾向，或者，表达了作者目前的诗歌观念，而这种观念则是在长期的创作实践中感悟并修正来的。

　　每一个青年都是一个诗人，即使他（她）不写诗也是。这说明诗歌天然地与青春和激情相关。但是青春期的写作很快会过去，激情也不可能永久保持下去。艾略特说：任何一个超过二十五岁的诗人，如果想继续写诗，必须得有一种历史感。很多诗人熟知艾略特的这一说法，但在具体的创作中做到却不容易。在经历了必需的青春和激情之后，作者拿出了《八槐街》这样的诗作。这组诗由八首短诗构成，每首诗都触及山西的一个文化标志，它们分别是：洪洞大槐树、晋商乔家大院、佛教圣地五台山、黄河壶口瀑布、太行山、杏花村、云冈、走西口，这是精心选择的，也是极具象征意义的。洪洞大槐树是根，是生命的起始，组诗因此从这里切入，后面的诗不仅涉及普遍的文化意义，而且有着个人的生命体验，比如太行山，那是作者的故乡，生于斯长于斯；杏花村，是作者工作和生活的地方。如果诗歌不处理个人存在，即便面对文化的主题，亦将演变为文化学，诗人将成为论文的写手。针对如此庞大的文化象征，"我在"依然是至关重要的。

《八槐街》是一个完整的结构，每首诗都扣着另一首诗，它们有互文的性质，是一个统一体，可看作是首尾衔接的一首诗。通过这些诗，我们不仅看到作者匠心的运用，更重要的是它标志着作者的成熟，即他已经从个人的经验和情感中升华，挣脱了青春期写作的无形囚笼，其诗歌触角已经伸向一个深广的领域。个人经验，包括日常生活都是诗歌不可或缺的资源，但是成熟的诗歌不会随意拿来，一定要经过抽象的提取，使其具有普世价值和意义，以赢得更多人的共鸣。一些青年诗人当激情消退，诗歌创作也就难以为继，因此有一种"诗歌属于青年"的说法。其实不然，中年以后的诗人往往更加睿智，他们能处理更复杂的题材，当然前提是必须有能力超越个人的狭隘王国。

《八槐街》有如一道长廊，这个用"绿色枝头装饰两旁"的街巷，这个虚构的、象征的"八槐街"，其方向标指向历史文化深处，诗人由此进入一个挖掘不尽的宝库，这里的宝藏赋予了他诗歌写作的方向感，这是有抱负的诗人梦寐以求的事情。对于一个有观察力、感受力和想象力的诗人而言，这个宝库几乎处处可以撷取到诗意，但是如何表现，即最终以语言的方式呈现，无疑充满了冒险和挑战。晓奇自如地处理了手头这个有难度的题材，他运用象征、隐喻种种手法，以诗的面貌重新展示了对那些历史文化景观的阐释，并在其中与生命本身进行了对话，"阐释"和"对话"正是诗的神秘创造性所在。

诗集中《村庄史》等诗篇，都具有明显的写作上的方向感，在历史文化这个向度上，它们有一个共同的指向，就是寻找或回归"家园"。20世纪80年代，文学创作曾出现过"寻根"热，这个命题实际上一直持续着。而且，今天的社会生态和文化生态较之从前发生了深刻的变化。晓奇这样出生农村，尽管农村早已不是古典诗歌里的田园牧歌，但与他现在生活的城市依然有着本质的不同，和传统社会的唯一脐带剪断了，和自然的时空背景隔离了，个人生命被放在完全异质的环境中，多么孤独而凄凉。然而这就是命运，是他们这一代人的命运，他们离开了，就意味着永远回不去了，这也是他们和上一代人的最大不同，也是和尤利西斯式的回乡根本不同。他们什么都没有了，那么唯一的庇护就是——精神家园。只有在这个精神家园里，他们才能安然栖息，才能被拯救。看起来这似乎更接近哲学，是的，诗歌已经度过了它的浪漫时代和青春时代，诗歌日益和哲学靠近，诗与思，将合为同一大道。

我姥姥家那个小山村，作为移民村，已经从新版地图上消失了，一个数十代人生活的地方就这么没了。沧海桑田，斗转星移，对人世间的演变，我们不必太悲催，但我们不能放弃记忆，因为这是历史的一部分，所谓文化就是这么一点一滴积累起来的。诗歌当然地具有储存记忆，复活历史的功能，因此，诗人们是负有使命的。

是为序。

我把每一个死者都想象成你我被寄走的替身

◆ 张执浩

　　张二棍是近两年才突然引人注目的诗人，用"横空出世"来形容他的出现也不为过。很多人向我推荐过他，后来我去网络上搜读了他的一些作品，着实有点惊讶。这位有着"异人"面相的年轻写作者也有着异于常人的天资禀赋，与其说他的诗充满了"悲悯"，不如说他更像一个老实巴交的石匠，一点一点地镌刻着他内心深处的那尊"石佛"，如同他在那首短小而隽永的诗歌《石匠》里所描述的那样：

> 他祖传的手艺
> 无非是，把一尊佛
> 从石头中
> 救出来
> 给他磕头
> 也无非是，把一个人
> 囚进石头里
> 也给他磕头。

　　在"救"与"囚"之间，诗人已悄然完成了从人到佛的角色转换，但这种换位是建立在自身精湛的"手艺"基础之上的。所以，当我阅读张二棍的时候，丝毫没有感觉到时下盛行的那类主题先行的写作流弊，他的语言质地精良，经得住打磨，呈现出来的纹理既朴拙又现代，闪烁着睿智的光泽。

　　我读过有关他的一些访谈，看得出来他的写作与他的生活是并行不悖的。

和许多底层写作者一样，这位终年行走在户外山野之地的地质钻探工，也把写作主题集中在了"苦难叙事"上面，但我们从中读到的不仅仅是对苦难的展示和控诉，更多的是苦难背后人的承受力和忍耐力，以及那种近乎荒诞的原始的生命欲求。

《哭丧人》就是这样一首典型的被抽空了悲喜之后遗世独立的好诗，这首诗用一种压抑的语调和声腔，向我们讲述了一个发生在我们身边的故事：训练有素、荡气回肠的职业哭丧人，抑扬顿挫的哭声，莫须有的悲伤……而事实上，当哭声响彻山野空谷时，某种难以名状的更大的悲伤正无情地笼罩在我们头顶，让我们的生活现场犹如坟场一般，一朵经久不散的乌云盖住了苍穹，再也没有什么能够驱散它。

随着微信等交流平台出现，近年来，许许多多冠以（被动或主动）"草根诗人"面目出现的诗歌充斥在我们的视野里，其中当然不乏锥心之作，但更多的诗带有显而易见的造作的痕迹，缺乏对人性欲望的深度发掘，更缺少基于两难困境之下的中国当代社会现场的开阔视野，只是一味偏执地攫取生活中的苦难片段，展示，或挞伐，这些诗除了能给读者带来片刻的廉价的感动外，并不能真正唤醒我们内心深处五味杂陈的情感。

而张二棍用一种平实的口吻向我们呈示出了这个充满苦难的人世里的另外一番景象，在他的笔下，死去的人和活着的人同存于世，流年的悲伤无法遮掩短暂而渺小的欢乐，亲人们充满劳绩却生生不息：

> 在我的乡下，神仙们坐在穷人的
> 堂屋里，接受了粗茶淡饭。有年冬天
> 他们围在清冷的香案上，分食着几瓣烤红薯
> 而我小脚的祖母，不管他们是否乐意
> 就端来一盆清水，擦洗每一张瓷质的脸
> 然后，又为我揩净乌黑的唇角
>
> （《在乡下，神是朴素的》）

就是在这种人神混居的逼仄又昏暗的空间里，诗人用敏感的心灵细细体味着生活的艰辛和生命的不易。这样的写作者不会以放弃生活的真相为代价，来博取世俗意义上的幸福，他永怀敬畏，一如他在诗中所言：

因为苍天在上

我愿埋首人间

（《六言》）

在一首题为《穿墙术》的诗里，张二棍写道：

你有没有见过一个孩子

摁着自己的头，往墙上磕。

读到这里，我停顿一下，回想着记忆中是否有过这样一幕，然后我发现很多人都是张二棍笔下的那个撞墙的孩子，很多女性都近似于那位面色苍白憔悴的母亲。在孩子、墙壁和母亲之间，疼痛不停地在寻找着它的宿主，"似乎疼痛，可以穿墙而过"，其实最终只有母亲千疮百孔的怀抱才能容纳和消化孩子的痛苦。

这首构思精巧的诗作是张二棍许许多多作品的一个缩影，在对乡村、贫穷或苦难的一再书写中，张二棍执着于对痛感的发现，寻找痛感的触点，而以头撞墙不过是感受疼痛的千万种方式之一，是一种试图挣脱痛苦的手段。

正是基于这样的认知，我们在阅读张二棍的时候，往往有种置身于苦难现场的感觉，痛楚排山倒海又无力排解，显示出悲剧美学的强大感染力。

你肯定理解什么叫束手无策

但是你，可能不会理解

一个束手无策的人

你也不会理解他

茫然，无助的样子

他蹲在墙角

一遍遍揉着头发，和脸

像揉着一张无辜的报纸

（《束手无策》）

这世上让我们感到束手无策的事真的很多，但这就是命，活着不过是运气使然。揉皱的报纸在风中翻卷，但没有哪一桩苦难能轻易地随风而逝。

在他手里，诗歌成了一支狙击步枪
——评张二棍的诗

◆刘年

1

坦诚，是张二棍给我最深的印象。我认为，这是一个优秀诗人的先兆。坦诚，不仅需要过硬的品质和宽厚的胸襟做支撑，还需要有同充斥谎言的堕落的世俗对峙的信念。诗写到最后，技术经常会显得不够用，需要用自身的品质、胸襟及信念，给词语注入生机和力量。

2

非要分类的话，我会把目前的汉语新诗，分为两种。一种是西方式写作，一种是中国式写作。前者的根在西方，但垄断了诗坛很长时间，其特点是自我，深邃，高蹈，复杂，耐品，缺点在于晦涩、隔膜，难以传播。后者是走了很多弯路后，新近成熟的，继承了诗经楚辞、唐诗宋词的传统，但又吸取了西方诗歌的优点，它们入世，宽广，关照现实，悲悯众生，好读好懂，感染力强。张二棍的诗，就是比较典型的中国式写作，虽然他对待世界和生命的态度，带着西方的哲学背景，但题材完全是这片土地上土生土长的现实，意象的选择与组合，意境的营造，比赋兴的运用，甚至遣词造句的方式，都摆脱了翻译诗的阴影，既有其现代性，又自然、亲切、鲜活、走心。

3

诗的本质是生命，对生命的理解有多深，对诗歌的理解就有多深。张二棍上完初中后，只念过一年技校，但他读透了天地人寰这本大书，因此在诗歌写作上，才能如此通透。他长年在野外工作，做过各种生意，给私人矿山打过工，甚至经历过丧子之痛。有三年，他在非洲列国落后的部落帮人打井，目睹过朋友被土匪用枪爆头、小孩被饭馆当成了菜、母亲争着献出自己的亲生儿女做祭祀……与纸上的不同，这些见识是第一手资料，没有被别人加工过的，是最接近于真相的东西。接近了真相，往往就接近了真理。六祖慧能，不识一字，能勘破天地，便是如此。

4

"好诗人应该是个狙击手。隐忍，冷静，有一击必杀，然后迅速抽身的本能"，张二棍如是说。《清晨的噩耗，黄昏的捷报》《黄石匠》《林子大了，什么鸟都有》《我用一生，在梦里造船》《我不能反对的比喻》《太阳落山了》等诗，就是这种观点的身体力行。《拒绝》一诗，是其中的典型。精确，简洁，是这首诗最大的特质，像一支轻型的狙击步枪一样，几乎没有一个多余的零件，语言贴切新颖，蚰蜒与弃腿、蠕虫与隐士、母亲与溺婴、病人和拒医等词语与意象的碰撞与摩擦，有了金属的质感与声响。尤其，将蠕虫比喻成隐士，两种反差极大的事物，组装在一起，却又严丝合缝，表达了隐士（我认为也是作者自身）的无奈、痛苦与挣扎，体现了诗人魔术师般的想象和手法。其实，整首诗亦可看成一次成功的狙击行动。前面三件事，在读者看来是铺陈，在狙击手看来是埋伏。到第四件的时候，"——村妇已耄耋，白内障多年／看谁的脸，都一团模糊"，子弹上膛了。"拒绝医治"四个字，是作者扣动扳机后飞出的子弹。读者惊魂未定，思考"村妇为什么拒绝医治？因为怕痛？因为缺钱？因为看不惯谁？还是看不惯这世界"的时候，他已经拆下狙击步枪，像提着琴盒的小提琴师一样，离开了。

　　"给诗人一间 KTV 包厢，也许他会变成庙宇"，张二棍如是说。诗，到了最关键的时候，和禅一样，不可教，只可悟。《某山，某寺》就是诗与禅的合一。这首诗的意境，很像金基德同题材的电影《春夏秋冬又一春》，在但金的电影刻于精致了，艺术和木匠活还是有区别的。张二棍在野外工作的时候，曾因大雪封山，与世隔绝了半年，也曾在山林中迷路三天，几近绝望。这首诗，算是山野给他的回报。诗中，作者一洗怒目金刚的做派，成了一尊拈花微笑的低眉菩萨。比之金戈铁马、怒发冲冠，我认为举重若轻、春风化雨，方是诗之上善，就如同"爱"，永远大于、高于、强于、长于"恨"一样。这首诗耀眼之处，在于细节，诗人独到的发现，赋予了庸常如"光缆""倒车镜""牛仔裤"这些毫无诗意的事物以光芒，如同点石头成金一样，这是一种巫术，如同让一群麻雀恢复呼吸与体温一样，这又是一种功德。犹喜第七节，"那个褴褛的朝圣人啊 / 为什么在庙门外 / 徘徊那么久，才肯进去 / 为什么在寺庙中 / 拜了那么久，还不出来"。这节诗中，语言只简单地写了朝圣者在庙里庙外的两个场面，但朝圣者的虔诚、苦楚、委屈甚至绝望，以及作者的同情、尊敬，都在语言之外被语言送进读者的内心。这首诗，除第 12 节的表达，真实性自然度稍弱之外，其余都能做到水到渠成，瓜熟蒂落。此诗，我认为是他迄今为止的写得最为宽广厚重的一首，并不像文字表面上的那样消极，文字背后，破纸欲出的"敬畏"二字，正是这个时代紧缺的事物。"世界是越来越残缺的，而一个诗人的一生都要在内心中竭力恢复完美。这很虚无，也很实际。……我们在完成上帝遗留的工作"，张二棍如是说。

　　死亡，是所有的宗教、哲学和艺术都想解决的终极命题，是所有生命的归宿。一个人对生命的理解有多深，往往体现在对死亡的态度上。《冬日公墓》一首，在死亡这个主题上，作者四两拨千斤，去写一些被常人忽略的细节。首尾两节，"一只只蝴蝶 / 在微风中 / 努力靠近 / 一朵朵花圈 /"和"路过一个男子的墓地 / 他和我同年，却不在了 / 是意外？是疾病？还是其他？/ 我与他墓庐上的荒草一样 / 对此都一无所知"轻拿轻放，怕惊醒了死者似的。对他人死亡的尊重，对自己死亡的淡泊，这是对死亡彻悟的态度。全诗哀而不伤，悲凉中又给人间留有希望，做到了一个好诗人应该做的。大多数的时候，诗是一种平衡的艺术，过犹不及。同样涉及死亡的《乡村断章》，虽有"悲伤应该是乌鸦的样子／快乐应该是喜鹊的样子／只有，贫穷和屈辱／有时是麻雀的样子／有时是耕叔的样子／有时，是被耕叔打了一顿／瘫在墙角的耕婶的样子／"这样让人心动的诗节，也有"你看看，这人间太过狰狞／如一面哈哈镜"这样概括性很强的"豹尾"，但整诗下手太狠，而显得张牙舞爪，面目可憎。

7

"野，应该是一个诗人必须保持的精神状态……哪怕磕磕绊绊，哪怕无人喝彩，诗歌就要那种虽千万人吾往矣的野味儿"，张二棍如是说。始终保持着写作的冒险精神，放松地写，放下架子去写，光着脚板来写，像没成名一样，这是他难能可贵的地方。他写过如《六言》这种没有任何细节，全篇"大"词的"大"诗，但又能把"大"词按住，而呈现出苍茫浑厚的意境，还写过玩世不恭、带着颓废和冷幽默的《一辈子总得在地摊上买一套内六角扳手》，还有仅仅两句但张力十足的《我已经和这个世界格格不入了》和《勘探者耳语》，这些诗别开生面，增加了他作品库里的层次感。犯错不要紧，写烂不要紧，李白、杜甫都写烂诗，平庸才是诗歌的癌。冒险，往往意味着冒犯，而对俗世的冒犯，往往又是一首优秀诗歌的先兆。

8

"大部分诗人用轻狂，扼杀了诗歌。但我们欣慰的是，每个时代总有一少部分人，在坚守。我想靠近那少部分，我在努力"，张二棍如是说。在几次长达深夜的交谈中，我能感受他对诗歌越来越多的虔诚。虔诚，世间重器也。欣赏那些身负虔诚的人，如苏格拉底，如梵高，如贝多芬，如曹雪芹，如冈仁波齐山下的那些朝圣者，他们就像身负巨石的西西弗斯一样，其生命本身，就是一首首充满力量的诗。

城市蚁族的生存实录

——简析陈克海《都是因为我们穷》

◆张艳梅

近年来，随着社会阶层不断固化，各种矛盾日益突出，底层写作也在不断分化，对乡村和都市生活的理解及表述，愈见分歧。市场经济畸形发展，把更多人抛到了时代边缘，物质标准成为重新定位社会阶层的法则，底层不断扩大，个体的社会身份和文化认同大都由经济地位决定。公共话语完成了新的分离，写作者选择不同的社会话语来表达自己的立场。对于底层民生的关注，客观上是社会批判意识的具象呈现。

陈克海对于生存的敏感和思辨，使他的小说有了自己的声音。在年轻写作者中，他的文化心态相当稳定，安静地书写大山里，城市中，那些无声无息行走着的普通人。在这个色调斑斓的时代，他的文字更像一部黑白纪录片。他在尝试各种不同的视角，各种进入当代生活内在氛围的途径，他只是想写一些自己熟悉的故事，写那些小人物真实的情感和心路历程。关注他们的处境、悲欢和命运，在众生图景的背后，给出他对社会生活的理解和判断。

中篇小说《都是因为我们穷》发表于《广西文学》2012 年 8 期，《中篇小说选刊》2012 年 6 期选载。小说题目有两层含义，一是物质匮乏的现实处境，二是由此带来的对社会生活的无奈认同。陈克海把一个合租的故事，讲得百转千回，又平淡忧伤。年轻人的城市漂泊，满眼都是，不足为奇。桃园三巷，没有丝毫世外桃源气息。生活轰鸣，而内心黯淡。恋爱热闹，而情感稀薄。俗事纷扰，而世态凉薄。乔飞因为与女友孟娜同居，遂与王玉瑶、朱丽同住一屋檐下。乔飞读研即将毕业答辩，孟娜不声不响背叛他跟别人结婚。王玉瑶年龄渐大又无花容月貌终成剩女，不断寻觅男人企图把自己早日嫁掉。朱丽爱上有妇之夫吴天明，最终身心受伤。乔飞失恋，借索尔·贝娄和音乐，独自心理疗伤，期间不乏自我放纵。终遇古典女子孟静，收心敛意，计划逃离桃园寻找新生。

　　小说聚焦于这些城市漂泊者的精神和情感困境。人生灰茫，感情几乎是唯一的温暖和寄托。那些快餐式的情感历程，反衬出人世的荒芜。那么，这个时代和社会，为什么不能给人生以坚定的希望和信念？女孩子只能找个有钱人嫁掉？读了那么多年文学的读书人失恋了只能把一夜风流演变成强暴事件？生活，从什么时候开始变得如此让人颓废？"都是因为我们穷"吗？显然不是，至少不完全是。五四时期，西南联大时期，八十年代，物质都匮乏，但是整体时代精神是正向的。对于这一切，作者有自己的理性思考，当然，已有思考还可以继续深入。这篇小说以横截面的方式，打开了异性合租生活背后的时代之门。精神世界的一地废墟，是这个时代的整体特征。我们身边都是平凡的小人物，其实也包括我们自身，作为物质主义大潮的被吞噬者，令人感叹的是，为什么就这么毫无反抗地接受并迎合了这个时代？乔飞似乎有所挣扎，不是他疯狂，是经由赫索格眼睛看到的世界完全疯癫。小说中，朱丽的粉红色卧室，和那幅漫画，都是不错的细节。

　　作者在创作谈中，提到了道德底线和自我约束这个话题。生活在群体中的个人，是不是习惯于把真实的自我藏匿起来？还是说，在陌生人群体中，会让真实的自我失去监督而变得无所顾忌？合租房中的各种故事，是社会生活的缩影，也是时代病症的表征。陈克海于日常生活叙事中，有所疑，有所问，虽然他自陈最初的写作动机，在叙事之流中，已渐渐改变了河道，不过小说结尾处，乔飞翻看《约翰·契弗短篇小说集》，其中那一句："幻想与现实之间的鸿沟显得如此之宽"，应该是解读《都是因为我们穷》这篇小说的一个有效介质。看得出，陈克海不满足于讲故事，不局限于生活白描，这种文化自觉，对于一位年轻的写作者来说，是难能可贵的。百年来，思想启蒙的重要使命就是现代文化伦理变革。伦理道德领域的纷争向来复杂。是依靠伦理建设，实现道德自觉，还是依靠制度建设，实现道德自律，这个话题并不容易得出明确结论。小说，带给我们时代侧影和生活倒影，作为自我反省及世界认知的参照。陈克海默默关注被这个高速运转的社会丢弃的弱者，那些小人物被困在时代废墟之上，陈克海不仅是听到，看到，感受到他们，还与他们一起，亲历这个时代的一切常态与异形，并且以小说的形式，绘出了底层芜杂的精神分析图。

说几句题外话，与克海这篇小说没有多少关联。南帆老师在本期《中篇小说选刊》篇末总评时，谈到了这一代年轻人历史感的缺失。其实 70 年代初的写作者都已经 40 岁了，所谓四十不惑，在现实生活中，显然并不容易做到。80 后的写作者更缺少表达历史的宏大志向，小时代，小情爱，小悲欢，参差映现，带着从容的调侃，戏谑，以及隐约的对历史和生活的冒犯冲动，那么，造成这一代人历史感缺失的原因是什么呢？作为 70 后，出生于文革时代，成长于新时期，身上打着深刻的历史烙印。只是没有多少人能把经历的三十多年中国社会变迁，转换为叙事的历史眼光，以及对时代认知的历史哲学高度。历史感到底是什么？写历史，不一定有历史感；写现实，也不一定没有历史感。历史感是看取生活的角度，是思考生活的人文立场，是细碎的生活表象背后的本质探求。一些写作者，喜欢把人物命运从历史之流中剥离出来，这种自闭式叙事，来自于写作者内心对世界的不信任和拒绝，当然，在后现代文化场域里，往往也意味着个体的无限放大，直至淹没生活和历史本身。

　　陈克海是 80 后作家，他的小说写作正在形成自己独特的历史文化视野，他的民族身份，生活经历，时代意识和审美自觉，都显示出他艺术探索的无限可能，期待看到他更多更厚重的作品。

陈克海小说创作印象

◆李鲁平

　　陈克海是一位在山西工作和创作的土家族青年作家，近年来小说创作成绩突出。他向本次研讨会提供了十四部中短篇小说作品，大都是 2008 年以来发表的。我重点阅读了作家的"六记"，即《从前记》《寻欢记》《牛皮记》《还乡记》《折腾记》《拼居记》。下面简要介绍作家的"六记"系列小说，并结合阅读，谈谈对陈克海小说的印象。

　　《从前记》讲述的是一个大山深处的故事。两个小伙伴，杨祖献、朱中都机灵、精明、调皮，但成天在大山里转，对学校和学习没有兴趣。一个因为迷恋女孩杨小朵而退学，一个因为迷恋大山带来的各种便利而退学，最终走上不同的成长道路。《折腾记》叙述的是山区农民的梦想和奋斗。读过初中而且漂亮的小姑一直渴望嫁到一个比家乡渔川好的地方。但几经周折还是嫁到了一个穷地方，并且嫁了一个心高气傲、身体不好的小伙子。大姑爷李治田爱说笑，爱折腾，远走他乡带着人种田，在乡政府旁边盖楼、种菜、种花种草、收购药材、承包饭馆。小姑爷李治武沉默寡言、瘦瘦弱弱，高考填志愿一门心思填北大清华，几次失败；回乡后梦想种药材，不是亏了就是被盗了；好不容易生了个儿子，居然有软骨症，在儿子做骨髓移植的时候又发现自己的骨髓配不上，大姑爷的却配上了。小姑爷在与大姑爷大吵一架后便出去打工去了。尽管如此，大姑爷历尽辛苦，治好了孩子的疾病，并还清了小姑爷的债务，找回了小姑爷。日子再次回归从前。

　　《还乡记》通过作品中的"我"的所见所闻、所思所想，叙述了家庭成员的生活，也剖析了自己的成长和成熟。大舅、大姨、小姨因为财产继承吵成一团；大哥与强悍的大嫂争争吵吵几十年，倍感疲惫；二哥因为二嫂有红颜知己闹离婚……作品表面讲述的是送姥姥回乡、与姥爷合葬的过程，实质上是通过这一过程，叙述兄弟姐妹难得的散心、放松、交流，也通过这一过程叙述了包括"我"在内的每个家庭成员对自己的折腾、做派、浪费年华的反思。

《寻欢记》试图从一个爆炸案入手，呈现当代生活中的一种乱象。局长姚明亮退休前力主由副局长陆昊明接手，但私下地却要求陆昊明必须完成一件事，敲断司机岳博的腿。陆昊明物色了一个从小就四处流窜的惯犯"彭加爵"挑断了岳博的脚筋。但陆昊明如愿以偿当上局长后就不再买姚明亮的帐，姚明亮便向岳博透露了陆昊明打残岳博的秘密。岳博于是出资杀死陆昊明，具有讽刺意味的是他找到的杀手还是彭加爵。

《牛皮记》《拼居记》都以当代都市青年生活为题材。《牛皮记》刻画了一个说大话、要面子，但直率、真实的青年李云飞的形象。李云飞每天想的是找漂亮的女朋友、做大生意，但从未真正找到他描述的女朋友，也从未赚大钱，但他从未心灰意冷，反而不断折腾、充满热情地折腾、甚至是有一些幼稚或单纯地追求。但这样一个人，在我们的生活中逐渐被接受，因为他为平静的生活制造了波澜和话题。《拼居记》叙述的是大龄女青年"晓艳"的租房生活。在北京工作稳定的晓艳因为旅游途中遇到一个老外，于是便从北京跑到撩城工作了。在晓艳租的大房子这个舞台上，当代青年特别是女青年的生活和内心世界逐步逐步显现。晓艳与朱东不冷不热的交往和不咸不淡的情感。夜晚做服务生的大学生王蜜搬进来不久就找到了大十几岁的男人。离婚了医生于倩住进来不久又筹备结婚。房东维佳与王丹丹的婚外情日记在晓艳寂寞的单身生活中不断补充刺激和困惑。来自母亲和表姐的相亲压力以及拼居生活带来的各种尴尬，都令晓艳躁动不安。最后只有赶紧以按揭买房的方式结束租房生活。

首先，陈克海的小说创作题材领域广泛。系列小说"六记"并不是完全以作家现在工作和生活的山西为背景地。其中有以恩施（作家称之为"渔川"）为背景的《从前记》《折腾记》；有以山西（作家称之为"撩城"）为背景的《寻欢记》《牛皮记》《拼居记》。陈克海能写的既有大山里的生活，也有大都市的青年生活。在这些作品中，作家塑造的人物有农民如"大姑爷李治田"、也有都市白领如"晓艳"，还有教师"陈民爱"；有老人如"杨纯田"，也有少年、青年如"朱中"；还有职业干部，如"陆昊明"。这些作品显示了作家对生活的熟悉程度和把握能力。对历史和生活的了解、体验与认知，往往是 80 后以及更年轻的作家所缺乏的。陈克海出生于湘鄂西的山村,又求学工作于大都市,具有对大山生活的经验和历史的积累,也有对现代化都市生活的体验,这是陈克海独具的创作资源。

其次,陈克海的小说创作对人物的选择是有特色的、更是有意味的。他关注的人物一般都是日常生活中的普通人物、小人物,如李云飞、朱中等,而且这些人物中的很多在社会公众评价体系中,往往处于负面或非肯定的位置,比如大龄青年晓艳、从小精明后来沉迷赌博的杨祖献、夸夸其谈的李云飞等。作家所写的事件也都是日常琐事如"还乡记"中的兄弟姐妹各自的心事,"从前记"中朱中和杨祖献的成长,"折腾记"中大姑的婚姻和大姑爷的折腾、承担,"牛皮记"中李云飞的谋生与奋斗,"拼居记"中三位女性不同的情感归宿。这些人物所置身的事件和生活过程,在当代社会进程中,在每个人的历史中,可能算不上是显著和宏大,但对作家所写的每个人物来说,却是真实的、深切的历史过程;是贴近每个个体感受的人生体验。当下社会生活的复杂多变、斑驳零碎,每一个具体的个人的心理感受和精神生活既面临困惑,也渴望得到解释,每个人都急需解决意义的支撑。在这个角度上说,陈克海所写的这些故事、所刻画的这些人物,无疑具有值得尊重的价值,它让我们对当下生活感同身受,让我们自己的内心和精神世界得以以互文的方式、形象地得到阐释。同时,作家的这一叙事策略,与 20 世纪 90 年代以来中国社会的精神生活转变轨迹是一致的、呼应的。在 20 世纪 90 年代以前,作为个体的大众基本没有个人的精神世界,人们的精神生活基本上是政治生活或者是意识形态规定的精神生活。个人的主体性、自我的生活基本都处于被遮蔽的状态。随着 90 年代的现代化进程及其思想解放,个人的独特生活、个人的精神世界才成为可能,才真正属于每一个人的自我历史的一部分。正是在这一背景下,个人无论是农民的奋斗、还是打工族的折腾;无论是女性的情感困惑,还是普通公务员的婚姻危机;无论是道德崇高的英雄,还是境界平凡的草民,等等,才成为文学应该重视的对象。因为这些并非宏大的题材和生活,折射的是一个时代在其发展进程中呈现出来的鲜活真实的精神血肉。也因为如此,陈克海对普通人群生存的关注才值得重视。

其三,值得注意的是陈克海小说在叙述上表现出鲜明的语言风格,即"过渡性"特征。他的叙事既不是新时期文学以来的传统叙事,比如 50 后、60 后作家的叙事方式,也不同于当下的网络叙事(超越传统语法、口语化、粗俗化、简明、高效、诙谐、随意）。在叙述农村生活时，这一特征非常鲜明，比如"从前记"中的语言"他连那么烂俗的套路都想得出来""一点都不晓得低调行事""她也许还能说得上身材惹火"，这些语言是在叙述大山深处 80、90 年代的生活；"折腾记"中写大姑爷 80 年代承包土地种田，说"他竟然举家搬到常德，说起来也挺牛逼的"。当然，陈克海的独特性还在于他既了解山村又了解都市，更主要的是他吸取了当下时尚的、快节奏的、简明的叙述、描述方式，以及网络时代的语言元素，比如"还乡记"中，作品写母亲苏醒所在的村子，"中原之地，又是晋南富庶的群山之间，不曾发生巨大的迁徙。转眼就千年"；"在这个冷风横扫的下午，脑子早已找不到北"；"等到长大成人，发现世人所做的一切可能并不是当初知道的那样，会不会纠结"。在叙述都市生活时，这一叙事艺术上的时尚性更加明显。把陈克海的叙述语言放在当代小说创作进程中审视，可以称之为"过渡带的叙事"或者说叙述的过渡性特征。它既不是过去，传统的叙述，也不是当下的深受网络时代影响的叙述，但又同时有二者的因素。

　　当然，我也希望作家，一是要对网络文化尤其是网络时代语言带来的随意性保持警惕，另外，在结构故事的框架上更严谨一些。比如，作家在《从前记》最后一章写到哥哥朱中要回来结婚时突然出现奶奶的声音，小说最后一段突然写到"朱中"带回的"比我还小的女人"，这些人物的出现都显得突入。

看那苍凉而幽暗的人生

——孙频的叙事美学

◆李德南

一、 从几个写作主题谈起

孙频是"80后"这一代里最会讲故事的小说家之一。她先后写下的《玻璃唇》《美人》《醉长安》《西江月》等小说，主角都是"恋爱中的女人"，带有鲜明的女性特色。她们大多天生就对爱情没有什么免疫力，有时候为着一个眼神，为着三两句柔软而贴心的话，或仅仅是相通的气息，就会轻易地爱上对方。《玻璃唇》里的林成宝堪称典型。有一次跟着男朋友去参加他们的同学聚会，"她站在人群中一直觉得身上粘着一双眼睛，这眼睛穿过衣服粘在她的皮肤上，像枚滑腻而锋利的钉子往深里钻。她猛一回头，就遇上了一双眼睛。那双眼睛隔着汹涌的人群像颗河底的石子一样安静清凉地看着她。就是在那一瞬间，她几乎落泪。"就这样，林成宝不可遏止地爱上了这双眼睛的主人霍明树。她撇下相处多年的男朋友，"带着近于私奔的快乐"，成了霍明树的女朋友、妻子。

在林成宝看来，"男人和女人之间可能就是那一眼两眼的事情"。爱情对她来说，是一种"原初的激情"。一旦爱情来了，她就只能敞开自身，勇敢地投奔她所爱的那个人，领受属于她的命运。与林成宝的果断、勇敢、执着相比，霍明树却因为觉得生活的担子太重，被吓跑了，留下林成宝一人带着孩子苦熬。这是一个懦弱的男人。孙频笔下的男性，往往有着程度不一的无能与懦弱，既可爱，又可恨。两相遇合，这些女性的爱情，自然是好事多磨，千疮百孔，既可悲，又可叹。

爱上一个人是容易的。麻烦的是，想爱，却不能爱；不能爱，却又放不下。爱情之于"她们"，既是"原初的激情"，又像是"终极的信仰"。《醉长安》里的孟青提，或可看作是林成宝在另一种社会语境里的再现与延续。孟青提先后遇到几个"既可爱、又可恨"的男性，有过多次的恋爱经历。受了多次重伤后，她似乎早已把爱情看作是乌有之物，"孟青提虽然再没谈过男朋友，却陆陆续续有了些情人……这种情人关系如露水一般，说不来哪天早晨醒来就蒸发了。他们把她当过客，她把他们当过河的石头，踩完一块再踩一块，一步一步才能到得了河对岸。他们每个人给她的那点喜欢和温暖就像一支支的柴火一样，她在深夜里把所有这些柴火堆在一起才能凑成一个取暖的火堆，多一个人少一个人不过是多支柴火少支柴火的问题。她毕竟不是钢做的，铁做的，她需要有人怜惜，哪怕这怜惜其实就是瞬间的烟花，只是一种假象，那也比没有的好。"这是经受创伤后而形成的一种情感结构，貌似有其稳固、合理的一面。然而在遇到张以平以后，孟青提才发现，爱情并非乌有，而依然是信仰，"她一直信那点东西，就算她和一百个男人上过床，被一百个男人伤过，她还是信那点东西。她像根骨头一样已经长在她身体里了，任是她怎样，都无法从身体里把它剔出去。"虽然孟青提的前男友李冬曾经对她说过"谈恋爱是为了让你自己幸福，不是让你找信仰的"，但是对于孟青提来说，爱情和信仰，确实可以画等号。她，"她们"，似乎生来就注定了要为爱情受苦，受难。这是一种可悲悯的事实。

爱情，既是一种"原初的激情"，又是一种"终极的信仰"——这可以看作是孙频小说的一个重要主题。另外，她还用了很多的笔墨来书写那些有理想、有"天才梦"的人在平庸现实里的不甘与抗争。

对现代文学有所了解的人想必都会记得，张爱玲曾写过一篇题为《天才梦》的名文。这位海派文学的"祖师奶奶"在文章开篇即故作惊人语："我是一个古怪的女孩，从小被目为天才，除了发展我的天才外别无生存的目标。"孙频笔下，也有不少人，做着类似的"天才梦"，以发展个人天才为目标。《美人》中的杨敏玉，"从小认为自己是属于天才那个生物群里的"；《凌波渡》中的陈芬园，《琴瑟无端》中的李亚如，也认为自己有着与众不同的天性。他们或是降生于穷乡僻壤、缺乏实现理想的平台，或是在追求理想的过程受到他人的打击，或是本身并非天才、徒有天才的幻觉，最终都只能如张爱玲所说的，"当童年的狂想逐渐褪色的时候"，才发现"除了天才的梦之外一无所有——所有的只是天才的乖僻缺点。"的确，带着这样一种"天才梦"被抛入平庸的现实里是恐怖的；一旦梦想不死，幻觉不灭，心有不甘，他们就只能站在此岸眺望彼岸，犹如在地狱眺望天堂，除了煎熬还是煎熬，连世俗的幸福都不能拥有。

对青春与时间的流逝所带来的恐惧，可以看作是孙频小说的第三个主题，也是最根本的主题。对时间的念兹在兹的敏感，在《碛口渡》《夜无眠》《祛魅》这些小说中所在多有。从时间的角度来理解人性的暧昧与复杂，追问人生的意义，可谓是别具慧眼。在《存在与时间》这本20世纪西方哲学的皇皇巨著里，海德格尔就把时间看作是理解存在的重要境域，认为不管是存在还是存在之意义的生成，都离不开时间。人这种独一无二的存在者，更是在时间的绽露中获得其存在属性。人在时间中立身，在时间中筹划生之一切。正是在时间面前，人才真正意识到自己的存在是有限的，也才能真正确定行为的意义。如果没有时间的限制，一个人就可以永远地做着"天才梦"，也可以永无止境地追逐爱情，可这只是一种过于完美的设想。时间远比我们想象的要无情，令人心生恐惧与战栗。孙频也深谙时间的力量，因此，在《美人》等作品中，她干脆将上述三个主题并置在一起，让杨敏玉等人在多重的挣扎中体会人生可悲的一面。

二、人生的底色与文明的暗疾

想爱而不能爱，有理想而不能实现，因时间与生命有限而生出诸多的遗憾，是很多人在生命历程中都会遇到、都会切身体验的。孙频的小说，之所以有这么多读者喜欢，与她对这些具有永恒意味的基本命题的关注不无关联。这种写法，也有冒险的地方：取材过于恒常，小说就不容易出彩；以男女情爱作为中心，更容易让写作沦为缺乏新意的老生常谈。孙频却常常能在平中见奇，俗中见雅，以小见大。这是因为，她既看到不同人生里有很多相通、相似的地方，也注重把人物放在不同的社会语境中进行打量。《夜无眠》写的是知识女性在高校里的存在状态；《碛口渡》的故事则发生在黄河边上，地方特色浓厚；《美人》则是将人放在一个高度物化、欲望化的现代商业社会中进行观照。对于人生的真相与人生的意义，孙频也始终持一种追问乃至拷问的立场。生之意义，通常是靠预设来建立，靠非理性的"我相信"来维系的。孙频却如剥洋葱一样，把人们好不容易建构、积淀起来的诸多意义一层一层地剥下来，把存在的真相抛到我们面前：人生的内里，并没有所谓意义的核；那些我们借以安身立命的"我相信"，不过是幻觉或错觉。

解构之道，是很多小说家都擅长的；孙频干脆将这种技艺发挥到极致，并上升到一种类似人生观的高度：人生在世，短暂的快乐或许会有，但人生的底色，终究是苍凉的。人生，终究是可悲的。

　　辽阔的社会背景，拓宽了孙频的精神视野，也丰富了文本的内涵；对人生的不竭追问，则增加了文本的深度与厚度。孙频的文字，又向来考究、精彩，见才情见智慧，阅读它们本身就已是一种享受。这些，都是一般作家作品所不具备的。因此，我们并不把她看作是一位通俗作家。更值得注意的是，孙频近两年创作、发表的《杀生三种》《菩提阱》《半面妆》《万物生》等作品，在很大程度上已经脱开了那几个常用主题的限制，在思想和艺术层面都有大的拓展，令人眼前一亮。

　　《半面妆》《万物生》两篇小说，均以吕梁山作为背景。我们能记住吕梁山这一文学地标，李锐等山西作家，于功有焉。早在上一世纪八十年代中期，李锐就发表了一组名为"吕梁山印象"的小说作品，引起广泛注意。时至今日，李锐早已成为中国文学的重要代表，同在山西的孙频有意沿着吕梁山脉行进，大概也与李锐等人的影响有关。

　　《半面妆》与《万物生》都用了不少笔墨来写当地在衣食住行方面的习惯，还有拉骈套（卖淫）的风俗："这是山里女人们做的一种营生，很多女人就靠做这个养家活口的。如果家里有个女人在拉骈套，那男人就是什么都不做，一家人也基本活得了。男人只管每天白天袖着两只手往路边一戳，扯着祖宗八代以上的闲话，数着来来去去的汽车，哈哈笑着看着别人家把狗和鸡往路上赶。晚上大不了给自己女人拉皮条，帮自己的女人拉拉客。来光顾的客人有本村的，有外村的，还有从县里特意跑来的，还有深山里的那些煤矿里的工人领了工钱就定期过来解决一下生活，泄泄火，回去后继续那种暗无天日的地下生活。就是本村来的男人也分光棍和有老婆的，别说是光棍们，就是有老婆的也是正大光明地来再正大光明地去。自己家里睡在炕上的老婆是绝不会管男人们一个字的，她们根本不把这当回事，你爱和谁睡睡去。男人自然也不会怕老婆，还会数落自己老婆，有本事你也拉骈套去，看看人家一年下来能拉多少。"这或许有些满足读者猎奇心理的意味，更深层的用意，则在于通过这个视角来书写人性深处的幽暗，考掘社会、文化对个体的影响，并对何谓野蛮与文明给出自己的省思。

　　在美国文化人类学家拉尔夫·林顿看来，个体的行为与人格的养成，有其社会、文化的背景，"研究个体的行为，不仅要涉及他所处社会的整体文化，还要关系他所处的社会加诸他的特定文化要求，毕竟他在其中占有一席之地。"孙频写吕梁风俗，也是将其看作是社会、文化的背景来呈现，最终的落足点还是在人。《万物生》中的于国琴就从小目睹母亲干着这样的营生养家。孙频在小说里还提到一点："在山里人的心目中，拉骈套不是件见不得人的事情，相反，能拉得了偏套的女人地位很高，就像家里的主劳力一样，自己的男人也得敬着几分"，在当地的社会、文化环境里，她们可能会"生活得很好，内心也很平静，有尊严也有价值"，"都是很强大的女人"，可是对于接受过"另一种文明"熏陶的周红兵和于国琴来说，这种成长方式始终伴随着耻辱，毫无尊严可言。一旦有机会进入到另一种社会、文化环境，他们都试图隐瞒自己的出身，适应另一种法则。问题是，从心里长出来的精神胎记，是无法抹掉的；只要心脏还在跳动，耻辱就一直在那里。置身于两种文化、文明之间的周红兵与于国琴，都不得不备受煎熬，带着屈辱与创伤，艰难地活下去。

对于不同的社会、文化与文明，孙频都持批判的立场，理由在于，任何的社会与文化内部都有其黑暗面，"每一种文明都渗透了亿万苍生的血与泪"。大学毕业后的周红兵成功地接受了另一种文化、文明的教养，顺利进入了官场。正是他，为了晋升而用诡计将竞争对手引向亲生姐姐的炕头。这是一种何其病态的行为。每月定期资助于国琴的那位历史系退休老教授，最终也要求于国琴在他面前赤身裸体，与他"赤诚相见"。这也未尝不是一种病态。

到底是先有病态的个人，然后有病态的社会、文化与文明，还是病态的社会、文化与文明造就了病态的人，实在难以说清。然而，如果一个社会、一种文化与文明里普遍潜藏着病态的因子，那么活在其中的个人，他的心灵是难得健全的。这在《杀生三种》里得到了淋漓尽致的展现。小说里的伍娟，出生于一个底层的贫困家庭。她的父亲伍自明一天到晚来土地里刨食，能在晚上吃上一根黄瓜、喝上二两酒就已是全部的寄托；她的哥哥伍强则游手好闲，沉迷于赌博，变着法子从家里偷钱。伍娟所生活的那个村庄，从里到外，都散发着腐烂、衰败、野蛮的气息。在这样一种生活环境中，伍娟的存在是令人惊异的。她厌恶周围的一切人——除了她父亲，宁愿把爱与同情给予独眼的狗与毒蛇，也不愿意分给他们。伍娟对这一病态的世界有着清醒的意识，然而在不知不觉当中，她自身也无法抵挡那无所不在的野蛮与恶，被周围的人所同化。不同的只是病态的形式。否则，我们无以解释，她为什么会冷漠地用毒蛇去杀那位不争气的哥哥，又拼死保护那毒蛇。面对伍娟的结局，有心人难免要扼腕叹息；她那人生的底色，岂止是苍凉，简直是密不透风的幽暗。

三、"兀自燃烧的句子"及其他

孙频小说的迷人之处，还在于她的作品大多注重技巧、形式与细节的经营。

美国批评家迪克斯坦在《途中的镜子》一书中曾经提出一个观点："从18世纪起，文学的伟大革新之一，就是对技巧的雕琢，使作品更紧密地与周围世界联系起来，小说尤其如此。"傅雷在讨论张爱玲的小说时，也提醒我们要特别注重形式上的"种种琐碎的事情"，因为一般作家"一向对技巧抱着鄙夷的态度……仿佛一有准确的意识就能立地成佛似的，区区艺术更是不成问题。"这种小说文体的自觉意识，孙频也是有的，还经常会把它贯彻到底，将个人所擅长的技艺最大限度地发挥出来。

通常说来，故事是小说原初的、基本的形态，因此小说家也常常被看作是"讲故事的人"。孙频的小说，也往往有一个完整的故事。阅读孙频的小说，总觉得她并不是作为一个超然的观察者而存在的，她会把自己的喜怒哀乐摆进去。不是以自然主义的方式来呈现，而是融叙事、议论与抒情于一炉，借此来充分调动读者的情绪，也对笔下的人物投以理解之同情。

孙频的小说，极其注重情绪的渲染，有如浓彩重抹；在关键时刻，又特别节省，比如《杀生三种》里多次写到伍娟看到父亲内裤上的洞，对这一未婚少女的性心理有所暗示，却也止于暗示，没因过度铺张而流于低俗，削弱文本的意义。

孙频长于修辞。她有的小说，取材并不新颖，然而凭着对人物心理的捕捉能力，还有出色的修辞能力，依然能够打动读者，让读者随着缤纷的语言而感之叹之。比如《醉长安》，着力于写二女一男的感情纠纷，取材着实不新，但孙频借着那些排山倒海般的精彩比喻，那些张爱玲或盛可以式的精辟"警句"，让读者在熟悉的情节中获得一种"陌生化"的体验："一个女人在撞见自己的男人出轨后，还要装得像个母亲一样宽容他，还要把牙齿打碎了往下咽，这是多么残酷的事情。那些牙齿她根本就是消化不掉的，它们在她身体里一寸一寸咬着她，咬得她肝脏俱损却不能发出一点声音。""她的一只手握在他手里，他整个晚上无边无际地抱着她，后来她的身体在他怀里一点点变冷，变僵。他更紧地抱着她，像是要把她嵌入自己的身体里。她的温度在一点一点消失，他感觉她像流水一样经过他的身边，任凭他怎样都不可能挡住这流水，她从他指缝间，从他身体中间，从他的血液里穿过去，流走。"

诸如此类的句子，即使脱离文本的具体语境，也让人觉得赏心悦目，多少具备刘绍铭所说的"兀自燃烧"的能力。

行文至此，我突然想起前不久，曾有几位作家在微博里讨论"对于长篇小说而言，到底是结构重要，还是故事重要"这一问题。在我看来，故事和结构，在写作某部作品时可有所侧重，从理论层面着眼，则很难说哪个重要，哪个不重要。当下小说家们所必须面对的难题，不是因为故事与结构已经成了对立的两极，而在于很多读者，尤其是不少专业读者，已不满足于阅读那些只在某一方面用力的作品。他们对小说的期待，是全方面位的，涉及故事、结构、语言和意义等方面。如何放宽自己的视野，具备多方面的才能，让小说变成一种"综合的艺术"，这才是小说家们真正需要迎难而上的地方。

不管是在故事与结构，还是在语言和意义的层面，孙频的小说，都有可观之处。遗憾的是，她有时候只是单方面地将这些长处发挥出来，只有少数几个文本在几个方面都臻于完善。对于一个如此年轻的作家来说，这已经十分不易。可是，如果我的苛求里有合理的成分，想必孙频会乐于接受。毕竟，她对自己的要求，远比我所期待的要苛刻。

情欲：孤独、失败和时间的幻象

——读孙频的中篇小说《我看过草叶葳蕤》

◆马明高

一

这是孙频发表在《收获》2016 年第三期头条的中篇小说，有着只属于孙频小说质地和辨识度的小说。这是我今年看的第二篇她的小说。那一篇是《东山宴》，发在今年的《花城》第二期，好像也是头条。孙频是个产量很高的 80 后女作家，但她 80 后作家的特征最不明显，而且女性作家的特征也不明显，而具有强烈的 50 后作家和 60 后作家的特征，而且是一个看不出性别的作家。由此可见，对作家的过度强调代际归类，其实是这个时代变化大快、人心急躁的一种文学暗疾。十年树木，百年树人，更何况是亘古的文学呢？古人说"文章千古事"，是有道理的。更何况十年在人类历史的长河中算什么呢？就是当代文学的 60 年放到人类漫长的历史长河中又算得了什么？文学从来就是像博尔赫斯说的"随心所欲"又"长时间仔细推敲"的"慢慢地快写"的事业，而不是时时想着创新的事业。正如唐诺所言，"创新是个太粗糙的用词，也是一个切断意味太浓厚的用词，这其实是表演者而不是书写者的要求，表演者面对的是观众而不是读者（即使到今天，我仍然相信读者不是所谓的观众），当然得每天更换戏码才行；书写的要求至多到希冀有所不同，也就是有所进展，我喜欢昆德拉含笑说的：'一再重复真没面子'"。（见《尽头》663 页）文学，更是不能切断"传统"的事业。卡夫卡正是从陀思妥耶夫斯基来的，而陀氏又是从福楼拜来的。而福氏又是从巴尔扎克来的。我想说的是，孙频的这些，才是一个作家成熟的标志。让我们仿佛看到了当年巴金、曹禺、丁玲和张爱玲的样子，当年贾平凹、韩少功、铁凝的样子，当年余华、陈染、林白、海男的样子。尽管他们每一个人都是不一样的。

孙频的小说创作不是能用 80 后这个标签简单归了类的，它已具有自己明显的特征了。她的强项是中篇小说，短短的几年时间，已经有四五个中篇集子了，已经形成一个"存在"了。她的小说是宽阔的、丰饶的、黑暗的、茂盛的、葳蕤的，也是苍凉的、孤独的、卑微的，绝望的、冷峻的，是书写在"一个人的冲突"中的孤苦、斗争、挣扎和悲凉。她写的都是那些来自贫困、落后和传统的乡村、小镇和县城的人们，面对这个既是漫长的、又是剧烈的，无所没有，无所不能的转型社会的生活遭遇和精神遭遇。这些男人或女人都是失败者、边缘人和多余者，他们绝望的温情、无处逃遁的羞耻、轻薄的尊严、疯狂的情欲和几乎崩溃的精神分裂，都是面对这个"天崩地裂"的"大变局"时代的人的精神境况和社会镜像。在写作手法上，也已经形成了自己的风格和特点，有了写作上的自觉。注重技巧、形式和细节的经营，画面感极强、繁复细密的语言、敏锐细节的捕捉，细腻入微的心理描写，还有步步惊心的情节构置，基本构成了她的写作的基本风貌。从今年的这两篇近作来看，她似乎又有了新的进展和自觉，这就是象征、隐喻和哲学化的倾向。关于她的写作特点，我觉得同龄人作家蔡东说得很到位的。她说：孙频的小说让人"过目难忘，像用漂亮的小刀子刻在了心上，什么时候摸一摸，都还在。孙频的才华，是一种'咬人'的才华。那贵张浩荡的才情，那发达的艺术感觉，不可复制，难以追赶，即使是天才女作家，也仅止于鼎盛时期才可能拥有，如此的鲜丽饱满，如此的丰沛浓冽，四下漫溢，燃烧着喷放。"（见豆瓣读书《孤独与慈悲》）当然，有好些评论家也一而再地指出她小说创作的问题。王春林在《女性命运的书写及其他》中说："孙频某种意义上还是对于生活进行了提纯化的处理"，"人物自身的独立性不够"，"总是被孙频所操控"。"什么时候，孙频笔端的人物，能够彻底挣脱孙频的操控，能够不再给人以牵线木偶的感觉，真正拥有了自身足够强大的力量，那就意味着孙频进入了一种更高的小说写作境界"。（见《中国当代文学现场（2013 — 2014）》第 61 页）吴天舟、金理在《通向天国的阶梯——孙频论》中也说："孙频探讨的议题委实不应小觑"，但"倘若在这些问题上处理失当，那么对于女性命运的真诚悲悼便会流于肤浅无力的感伤，进而滑至意义的悬置与实践的停顿中，她"笔间渲染的恻隐堪比杜鹃啼血"，"字字皆用血泪筑成"，但"逢用情处，她便不免为过度的激愤和悲悯所累，继而将社会批判的用心退居到了次要的位置"，"她在一些作品中放弃了思想上的持续掘进，而选择在苦难、尊严、爱等大词面前迫不以待地交出自己较为苍白的结论"，而从将"我们切实栖身于其中的现实世界的问题被完全递交到了理念世界予以解决"，"于是，对问题真实解决方案的追问反被偷梁换住地替代掉了"，而且，"在这些宗教性的处理中，浮显着孙频难以将息的焦躁灵魂"，而且，"这般回应现实症候的急切心态已渐有凝固为思维定式的迹象"。（见《扬子江评论》2016年第3期）我在一篇题为《反抗绝望、庸常与写作的偏执》中也说："孙频的小说给人的感觉就有些'过渡性'的黑暗与绝望，生命深处与身处世界都是浓重的黑暗，致使她的小说出现了'黑暗'的偏执，几乎每篇都充满了苍凉、幽深和阴暗，即使中间偶尔出现一点点光，一丝丝暖意，也只是惊鸿一瞥而已，光线的两端还是无尽的黑暗与空虚"，她"是和世界拧劲似的一步一步把人物往绝望上推，有时候就因为有些过度的编造失去了生活的逻辑性与生活的丰富性"。（见《都市》2015年第3期）《收获》发过的《不速之客》和今年《花城》上的《东山宴》，尤其如此。

我常常偷偷地发笑，庆幸她没有都听评论家的话。评论家的话是不能都听的，写作上的事情只能靠自己的写作来解决，别人是帮不上什么忙的。倘若他们说的都去听的话，你很可能就写不成了，写出来的也不再是你的小说了。我心想，倘若孙频都按评论家说的写的话，她的小说还是"孙频的"吗？最好的评论是什么？评论后能够达到的"效果"又是什么？我认为英国那位60后的"著名的文学评论家、作家"詹姆斯·伍德说的好，"以批评家立场提出，从作家角度问答"，"学院批评和文学理论"给不出"圆满答案"，当然，最好的评论就是"提出理论层面的问题而给予操作层面的解答"。这位"现任哈佛大学文学批评实践教授和《纽约客》专栏作家"的家伙说："令人惊讶的是，小说方面这类书却寥寥无几。E. M. 福斯特1927年出版的《小说面面观》，自有其典范地位，但今日读来已欠精准。我很欣赏米兰·昆德拉谈小说艺术的三本书，但昆德拉是小说家、散文家，非奋战第一线的批评家。有时我们希望他的手指能用多染些文本的油墨。"他说："我最喜欢的两位20世纪小说批评家，是俄国形式主义者维克多·什克洛夫斯基和法国形式主义兼结构主义者罗兰·巴特。二位皆大批评家，理由在于：作为形式主义者，他们像作家一样思考，他们关心风格、词语、形式，关心比喻还有意象。什克洛夫斯基和巴特像作家一样思考，却又抽身于作家的创造本能，倒像监守自盗的银

行职员，心思全用来一次又一次地攫取他们赖以为生的根源——文学风格。"（见《小说机杼》第2页）

二

　　扯得太远了的？还是回来谈这篇《我看过草叶葳蕤》吧！男人李天星和女人杨国红同样是两个失败者、孤独者、边缘人和多余者。小说写的就是李天星对自己与杨国红从第一次情爱至今十五年的情感纠结、失望、冲突、疲倦、麻木、回望与归来。尽管从现在小说的叙事时空中，重点写了他和三个女人的关系，尽管写他和那个年轻女人，"面色苍白，几乎能看到皮肤下的血管"，"也许还不到二十，还是个孩子"的成衣厂的裁缝，几个夜晚的情欲的内容很多，但其实都是个幌子，其目的还是要写李天星对女人杨国红情感心灵上的纠结、犹豫与回归。尽管这是一个女人和男人年龄相差十三岁的情感故事。但这种故事我们在孙频的小说中见的多了，比如《祛魅》中的山村中学教师李林燕和小自己十五岁的，曾经"贫困中学生"，如今大学生的蔡成钢的情感故事。但这是这两个大女小男的情感故事是有新的发展和倾向了。这或许可能孙频写作新的变化。关于这些，我在后面还要重点说。

　　李天星现在已经是一个四十岁的男人，是一个进入"逐渐开始丑陋的年龄"的，仅靠在城市景区湖边画画为生，租个破房子住的"无业游民"，没有父母，没有老婆和子女，成天嗜瘾于与各种女人"一夜情"的情欲和偷情，成了"一堆苍老的肉，一堆丑陋的没有了名字和身份的肉"。他情欲旺盛，却见到了女人，闻到的是"那种类似于菌类的腐败气息"，闻到"肉质的潮湿，感觉那潮湿的肉体里长满了各种菌类、蘑菇、蕈子、地衣、木耳"。他感觉到"老是丑。醉是丑。疼是丑。恐惧是丑。不死也是丑。"

　　李天星从很小便没有了父母，父母丧生于一起当年轰动一时的铜矿事故，他便只好跟着外婆相依为命，只有摸着外婆那两只"一尺见长，从胸前一直吊到被腰带上"的，"干瘪的布满青筋的老乳房"，"才会觉得自己没有被这世界遗弃，这乳房便是他的家"。外婆年龄大了，他也跟着住到了舅舅家里，寄人篱下，从小就学会了看人眼色、察言观色、取悦别人、讨好主人。他七岁开始上学，"总是恐惧于人多处，恐惧和同学在一起玩耍"，开始迷恋上了植物，迷恋上了画画。他十岁时外婆去世，舅舅答应外婆继续供他上学，让他将来自谋一条活路。1991年，他考上了在太原的一所轻工业学校，读完了四年中专的设计专业，1995年时他19岁，"被分配回交城县做了一名小学美术教师"，他仿佛"搭乘着一艘宇宙飞船在一个虚拟的空间中飘荡了四年"又在原地着陆，交城县已是和四年前一模一样，"县城的四条街还是四条街，县城中心四层的百货大楼还是全市最高的建筑"。他就住在了小学后面破旧的单身宿舍里，开始教孩子们画画。无聊的生活让他滋生了恐惧。他想成为画家，可画家在这个地方能产生吗？他想他不能在这个地方结婚，不能永远钉死在这里。"他开始畏惧于每一天的开始，他觉得每一个早晨都无比巨大，空洞而陌生"。"为了抵御这种孤独和恐惧，他开始不节制的自慰"，以至成瘾，一晚上好几次，把床头贴的那几张女明星画报"涂抹得黄渍斑斑"。不自慰了，他只会更加孤单和痛苦。直到二十三岁那年，因他经常去百货大楼买画画的颜料和纸，认识了三十三岁的女售货员杨国红，在单位锅炉房旁大楼楼梯后面的值班室发生了情爱，"几乎整晚都在做，一次又一次，无休止地"。他对所有的女人的想象力在那一晚上加盖了封条，强大的情欲从他的肉身里跑出来，盯着她那正裸着上身耸着的两只"白的、圆的、很明亮"的乳房，先他一步，不顾一切地一把抱住了女人，"他羞愧地观察着从他的身体里爬出来，简直像在观看一头愚蠢的生物，这使她近乎恼怒，也使他的情欲更加庞大凶猛"。杨国红二十三岁结婚，十年了还没有孩子，和丈夫已经好几年没有性生活了，丈夫和她一天到晚没有一句话，还总是喝醉。"她皮肤白净，烫着一头当年流行的大花卷头，还故意在额头下垂下一缕，再用头油固定住了，使那缕卷发看上去钢丝一样岿然不动。"这种当年美好的形象，十五年来，一直在李天星的脑袋里留人了深刻的印象。杨国红也仿佛要留住当年的美好形象，十五年来，一直不改这那过去时代的固定发型，成为她帮助、呼唤李天星回归的象征。他俩在值班室、锅炉房、麦垛生、树林里、小旅馆里，甚至人群密匝的露天电影场里，贪恋性爱，燃烧着青春的激情和孤独的时光。因此，也无人给他介绍对象了。她则一度萌发了离婚嫁给他的想法，但他一直想出去当画家的想法和年龄的差值，让他很快熄灯了她离婚的念头。两个心中有着"奇异痛苦"的人，为了抵御人生的失败、孤独，为了度过那漫长而宽阔无边的时间，从此开始了几近疯狂的情欲。时间是个弹性很强的个东西。对于成功者、美满者和幸福者，它是飞箭快船，不知不觉就溜走了；而对于失败者、孤独者和痛苦寂寥者，它就是无边无际，无始无终，漫长暗夜，度日如年。于是，他和她逃到了情欲的世界里，不顾一切地吸收营养，去共同战胜"一种前所未有的巨大孤独"。

1997年，横扫全中国的砸铁饭碗下岗潮，让杨国红所在的百货大楼也同许多国有企业工厂一样破产倒闭，"一夜之间她的头发几乎白了一半"，她下岗失业了，在中学门口租了个小门面，开了自己的小商店。李天星面对这个春天的交城县街头忽然冒出的很久小商贩，"卖东西的人比买东西的人还多"，"街头每日充斥着各种嘈杂声、叫卖声、骂架声、拉客声、恐吓声"，感到"众人聚在一起正在过一种奇怪的盛大节日"。就在此时，李天星"第一次闻到了那种类似于各种菌类混在一起的腐烂味道"，"他再次惊恐地感觉到，他厌恶这里，他必须逃离这个小县城"，"他感觉到了一种前所未有的巨大孤独，巨大得简直不像他一个人的孤独，倒像是有千万个人的重量一起压在了他的身上，要把他的压碎，压成齑粉"。不久，杨国红离了婚了。她以前是单料货，爱情的失败者，现在她成了双料货了，爱情和事业的失败者。但更重要的是，她的美好年华也随容颜的"流光溢彩"而一去不复返。李天星面对单身的她——没有了偷情安全感的恐惧，面对她整日抱着的，装"满了又空，空了又满白开水"的"那只巨大的罐头瓶子——心灵精神开始衰老的恐惧，面对她头上里面一半的白发"和"毛衣下面开始隆起的小腹"——身体生理的衰老，忽然"痛苦地大叫了一声，放开我。然后，他的泪就下来了"。男性刺目的观照，更反衬了杨国红三重的失败。快四十岁的人了，作为一个女人，她还没有一个孩子。她何止是三重失败者？她是多重的失败。她唯一的救命稻草就是这个小他十三岁的男人。而这个男人却痛苦地要她放开他。其实，她是一个大大的彻底的失败者、孤独者。于是，"那个跪着的女人顿了一下，他感到自己大腿上一片湿凉，那是她的眼泪。"面对这个痛苦无比的女人，李天星又何尝不是？有谁又能理解他的痛苦？"从杨国红的店里出来很久了，他还是无法停止哭泣。他一边没有目的地走在街上，一边哗哗流泪，后来他索性当着来来往往行人的面蹲在了街头嚎啕大哭。"这一部分写得太精彩了。巨大的时代变局与渺小的个人境遇形成强大的落差。写出了人在时代、历史和社会面前的无力和软弱，写出了失败者在时代、历史和社会大潮中的孤独无助和虚无渺小。

三

　　杨国红说你既然不想在这个小县城呆了，你就出去吧，出去的唯一出路就是再考大学，大学生的费用由她供。李天星感到"她已经在他面前债台高筑了"，他以为杨国红以后要他连债台和利息一起支付，赖着他不放。但他错了，以后一直至十五年后的今天，她只是对他在最困难的时候都是默默无闻地从遥远的地方帮助他，而不对他提任何要求。从1997年至1999年，李天星连续高考了三次，都没有成功，却被人匿名举报到教育局说他乱搞男女关系睡人家老婆被开除了。他也成了一个彻底的失败者了。杨国红来到他那个年久失修、无人管理的破旧宿舍，去看喝得大醉、满地尿瓶，面条发霉，连读几天没有出门的失败者李天星，说唯一的出路还是考大学出去，我以前和前夫没有爱觉得过一辈子不值，我离婚了，又下岗了，成了一个什么都没有的人了。可你是要成为画家的，你怎么能和我一样？你是我心里真的喜欢的一个人，但与喜欢的人不一定要结婚，不如想让他想去哪里去哪里，因为在一起不一定是幸福的。"你去上大学，我供你上。人要是只为自己活都活不下去的，都要为点别人，都得在心里相信点什么"。面对杨国红，李天星感慨万端，他说："不要让我再考了，我就愿意死在这破宿舍里，我就愿意老死在这里。你不要走，我们现在做吧。这世上还有什么比做爱更有意思的事情？……想怎么做就怎么做，好不好？"但他最终都做不成，直至自己彻底放弃了，都紧抱着她，不肯放手。在杨国红托当高中教师的表哥的帮助下，他进了学校复习了半年，终于考上了杭州的一所美术学院，离开了交城。

　　大学毕业后，已经是2005年，已经是十九岁的李天星加入了千军万马的失业队伍之中，虔诚，恭敬，谄媚，急切，恐惧，在这个南方城市的一个广告公司终于有了落身之地。一无所有的他，在城市里已经失去结婚的资本了，倒是还有与各种女人偷情纵欲的优势。而这个社会已经进入了男的找情人，女的找鲜肉的毫无羞耻的情欲欢娱时代。因一新来的三十多岁的少妇艺术总监与他的偷情欢娱，让他因多次拒绝而窦生恐惧，辞职来到一家杂志社做美编，因与两个假记者采访行骗被判处有期徒刑一年。他不好意思告诉杨国红实情，说他要出国一年。杨国红就在电话中祝贺他，"看看你现在多有出息"，并在高兴之余告诉他那年举报他的人就是她，还兴奋地说"你没钱了说一声，我就给你寄钱。我一个人攒下钱也没有用"，"你什么时候想回来就回来"，她永远守在交城等他。这已经是他在南方大学毕业后第四年的事了。从牢里出来之后，李天星又失业了，靠在城市景区湖边给人画像和画画为生了。与各种各样女人的一夜情狂欢情欲，就成了他度过孤独和失败、度过流逝光阴的唯一法宝。他就在粗糙的欢娱中又度过了十五年，已经四十岁了。"他渐渐发现自己需要的其实已经不是女人，也不是性欲，他需要的，其实只是一种对成瘾心理的满足"，"他绝望地感到自己成了一名性瘾患者，一种新鲜的疾病。它像病菌一样在新的时空和光阴里生长着，进化着"。作家借李天星这个显微镜与放大镜，对当今社会情欲放纵的社会现象进行了无情的剖析："现在的人们都已经不知道自己到底该去做什么该去想什么，或者说什么都不能做，什么都不相信的时候，人们就会开始向情欲靠拢吧，纵欲成了一个社会必然的需要。要不然做什么？大脑简单，心灵空虚的人们。更何况现在的人，有钱人钱多到不知道该怎么消费，钱死活花不出去，没钱人说不定最后还得靠卖淫为生。大约也只有靠情欲，所有人才会觉得暂时总有点事做了，不必有那么多的痛苦，也不必再思考那么多无用的东西。我们只是一个最渺小的个体，不随波逐流，我们能做什么？"

由此，我们看到情欲不仅成了人们失败和孤独的幻象，而且也成了人们在时间中存在的幻象。马克思说：人是一切社会关系的总和。现代心理学的客体关系理论认为，人是被他所处的关系所造就的，没有关系的存在，就不可能有人，也不可能有人类社会。所以，艾米莉·狄金森才说：孤独是迷人的，孤独也是可耻的。孤独是一种没有"关系"的关系，是一种没有与他人交流的、自己与自己的关系。当一个人处于青春期，特别是青春期中期，二十岁左右的时候，会有一种难以遏制的孤独感。因为随着生理和心理的成熟，独立的愿望已经增长到了一定程度，使他想摆脱对父母的依赖，但他还没有完全地社会化，既没有自己固定的交际圈，又没有经济上的独立，进入了一种两头不着地的状态。如果合理有效地走出孤独，他就会健康明朗阳光。倘若他走不出来，越陷越深，就从被动孤独陷为主动孤独了，他的内心世界就陷入不和谐的泥沼之中，孤独就成为他异常艰辛和剧烈痛苦的劳役，把他折磨得疲惫不堪，甚至置人于死地。为了挣脱孤独对人的折磨，他或者她，就开始寻找自己突围自己的途径和渠道。这时，自慰和外在的情感诱惑就是最好的途径渠道，"夕阳西下，我孤身一人。没有人爱我，只有我爱我自己……我的爱，就是世界"。在这样的时刻，时光就在这一刻，成为寂静而安宁的时刻，此时也是孤独最美的时刻。但是，这个时刻是不会长久而持续的。可是，为了长久或持续，只能再次进入那个辉煌过后安宁的时刻。长而久之，情欲的成了他或她挣脱孤独的幻象了。所以玛格丽特·杜拉斯说：情欲是孤独的，"爱之于我，不是肌肤之亲，不是一蔬一饭，它是一种不死的欲望，是疲惫生活中的英雄梦想"。孤独是无边的寂寞，它不能用自己或他人的身体温暖，人的血液是热的，但心是冷的，这样，和一个没有爱的人甚至是陌生的人的一夜情、几夜情，就纯粹成了枉费生命与时间，消费身体和激情的疯狂与欢娱。在情欲中，是不会有情感和爱情的，它没有爱情的羞涩与含蓄，有的倒是生理上的坦然和大方、直接和纯粹。你听杜拉斯这个女人说得多么直接而痛快！"如果一个女人一辈子只和一个男人做爱，那是因为她不喜欢做爱。但发生一次爱情故事比上床四十五次更加重要，更有意义"，"对付男人的方法是必须非常非常爱他们，否则，他们会变得令人难以忍受。我爱男人，我只爱男人。我可以一次有五十个男人"，"任何一个女人都比男人神秘，比男人聪明、生动、清新，从来也不想做男人"。但这个女家伙对情欲只是孤独的幻象的认识又是多么的彻底和深刻呀！"孤独总是以疯狂为伴。这我知道。人们看不见疯狂。仅仅有时能预感到它。我想它不会是别的样子"，"爱情并不存在，男女之间有的只是激情。在爱情中寻找安逸是绝对不合适的，甚至是可怜的。但她又认为，如果活着没有爱，心中没有位置，没有期待的位置，那是无法想象的"。（均转引自夏风颜《情欲是孤独的》附录"杜拉斯经典语录"，第216、217页）孤独就里这样的，情潮涌起的不过是幻象。从李天星与无数次相遇的女人的故事，还有杨国红的情感遭遇来看，可怕的是，当下这种因人生失败和孤独而产生情欲幻象的人，却不是少数的。孤独并不是一个人才是，那是孤单。孤独的人，他就是在家人和朋友围满的时候，就是在万众之中也是孤独的。所以，博尔赫斯才说："人群并不存在，人群只是幻觉"。孤独跟权力、金钱、地位、财富是没有关系的。所以，你不要看见他或她人五人六、人模狗样的，但却是内心无比孤独的，其情欲是更加泛滥而疯狂的，因为他或她有资本和优势。而在这些方面失败的孤独者和边缘人，只能去自慰或卖淫了。如此，孤独才不是一个人的孤独，而是一群人的孤独，一个世界的孤独。

时间又是什么呢？中国远古时代的那种日暑计时的插一根长针的石头圆家伙，告诉我们：时间就是光线和阴影，简称光阴。"光阴在子夜里消逝"，这是丁尼生的一句诗。"光阴就在某些东西已离我们远去的时刻消逝",博尔赫斯说这是布瓦洛的一句诗。"我的朋友,当你我年轻的时候,世界已经很老了",这是英国人切斯特顿说的。台湾的唐诺说;"博尔赫斯讲过,我们有两种看时间大河的方式,一种是时间从过去,不知不觉穿行过此刻的我们,向未来流去;另一种比较刺激,它迎面而来,从未来,你眼睁睁看着它越过我们,消失于过去","我们对世界的苍老感受,使用的是第二种方法"。(见《尽头》120 页)从福楼拜开始,现代主义作家就开始反抗巴尔扎克了,在小说中找到了空间这把利器,一鼓作气地想挣脱时间的束缚,让文学更真实、更自然,结果使得现代小说越来越成了碎片化、破碎化,缺乏了对世界的整体把握和意义的俯瞰。连现代以来世界上有着最伟大、最杰出脑袋的爱因斯坦,觉得卡夫卡挺有名的,叫朋友拿来他的小说看了,笑曰:对不起,他这个小说对我来说太深奥了,完全看不懂。这个爱氏老头也是,不知道隔行如隔山、隔行不取利吗?人家要的就是这个效果嘛!不想给你提供答案,不想给你提供意义,让你感到人在世界上的渺小、无望和不可预知。现代以来,有了飞机动车,有了互联网手机,地球都成了一个村了,陌陌上都能偷情了,手机上都能直播了,想干什么就干什么,一切都是空间与空间的紧挨和拥挤,谁还懒得记起时间呢?但当你突然从幻境中出来,问道"时间哪儿去了?",你已经苍老了,世界已经苍老了。于是,有智慧的作家突然顿悟了。这样不提供意义和答案的文学有意义吗?于是中国当代最有智慧、最有实力的 60 后作家格非,早在 2010 年 4 月出版的《文学的邀约》专门讲了"时间与空间",今年 1 月 20 日又在清华大学做了一场伟大的演讲,重申要《重返时间的河流》,"没有对时间的沉思,没有对意义的思考,所有空间性的事物,不过是一堆绚丽的事物,一堆绚丽的荒芜。如果我们不能够重新回到时间的河流当中去,我们过度地迷恋这些空间的碎片,我们本人,我们每一个人也会成为这个河流中偶然性的风景,成为一个匆匆的过客"。(见《作家》2016年第 3 期)其实,古今中外的伟大而优秀的文学和艺术都在告诉我们这个真理。《圣经》不就是用七天的时间讲了世界的诞生和人类的形成吗?它在讲苦难和磨砺是总会有结束的。《红楼梦》的"天下没有不散的筵席"不是讲时间吗?《桃花扇》的"眼见他起朱楼,眼见他宴宾客,眼见他楼塌了"也是在讲时间。它们在讲:荣华富贵和享乐也是总会结束的。所以,俄国著名的导演安德烈·塔可夫斯基在他著名的《雕刻时光》中说:"我认为,人们去电影院的一般目的是因为时间：为了失去或错过的，为了不曾拥有的时光。人们为了生活经验去看电影，因为电影有一点是其他艺术不能比的，它能够开阔、丰富、浓缩人们的实际经验，它不仅丰富，而且延长，就像我们常说的那样。这就是电影真实的力量所在，而明星、情节、娱乐性，都与此无关。在真实的电影中，观众不仅是观众，而是见证人"。匈牙利当代最杰出的电影导演贝拉·塔尔说："什么是故事？什么是叙述？能抛开情节地讲述人的存在状况吗？"紧接着，他几乎顿悟般地说："时间、空间、自然以及生活在其中的人，它们是浑然一体的，电影唯一能保留的，是时间的痕迹，是在时间的流逝中，人的存在"。他的最后一部电影《都灵之马》用六天的时间讲了世界的毁灭，世界在萧索中逐渐崩溃，直到一无所有。扯远了吗？"时间都到哪儿了？"，《我看过草叶葳蕤》中的李天星与杨国红的早期故事，以及李天星与那么多女人的故事，告诉我们：情欲也是时间一天又一天、一年又一年的幻象，它在被隐藏起来的时间中，尽情地让他享受偷情、疯狂、上升与堕落，从而迷惑了他的心智。他该怎么办呢？

四

桑塔格在《加缪的日记》中说过：好的作家大抵分为两类，一类是丈夫，一类是情人。"有些作家满足了一个丈夫的可敬品德：可靠、讲理、大方、正派。另有一些作家，人们看重他们身上情人的天赋，即诱惑的天赋，而不是美德的天赋。众所周知，女人能够忍受情人的一些品性——喜怒无常、自私、不可靠、残忍——以换取刺激以及强烈情感的充盈，而当这些品性出现在丈夫身上时，她们决不苟同。同样，读者可以忍受一个作家的不可理喻、纠缠不休、痛苦的真相、谎言和糟糕的语法——只要能获得补偿就行，那就是该作家能让他们体验到罕见的情感和危险的感受。在艺术中，正如在生活中，丈夫和情人不可或缺。当一个人被迫在他们之间做出取舍的时候，那真是天大的憾事。"孙频是那一类型呢？布罗斯基在《空中灾难》中也把作家分为两类，"第一种无疑是大多数，他们把人生视为唯一可获得的现实。这种人一旦变成作家，便会巨细靡遗地复制现实：他会给你一段卧室里的谈话，一个战争场面，家具垫衬物的质地，味道和气息，其精确度足以匹比你的五官和你相机的镜头，也许还足以匹比现实本身。……第二种是少数，他把自己和任何别人的生活视为一种测试某些人类特质的试管，这类特质在试管里极端禁锢状态下的保持力，对于证明无论是教会版或人类学版的人类起源都是至关重要的。这种人一旦成为作家，就不会给你很多细节，而是会描述他的人物的状态和心灵的种种转折，其描述是如此彻底全面……"（见《小于一》241页）孙频又是哪一种呢？我认为，孙频是用现代主义的精神去写的现实主义小说，她是严酷的现实主义。我觉得，她越来越有些靠近陀思妥耶夫斯基了。她小说中的人物几乎都是"一根筋"和"偏执狂"。而且，她小说的人物，只有一种单一的性格特征，在整部小说中不会有太多的变化，只会一次又一次地反复出现，或者不断地强化，按福斯特的《小说面面观》中分类，就是"扁平人物"，而非"圆形人物"。而福斯特是轻贬"扁平人物"，更高看"圆形人物"的。有的评论家也说，她小说中的这些人物在现实生活中不可能有，他们的某些细节让人怀疑失真，或者说是"孙频控制的牵线木偶"，但他们让人读后感到就是丰满生动，既偏执又自洽，具有丰沛的张力。我心想，这就可以了，了不得了。现在小说中的那一个人物不是"扁平"的，菊豆、秋菊不是？刘震云《手机》和《一句顶万句》中的人物也是。其实，你看加缪、卡夫卡和马尔克斯小说中的人物，也是如此。孙频就不能了？但你听詹姆斯·伍德怎么讲，"我会高高兴兴把'圆形人物'驱逐出去，因为它高压我们——读者，小说家，批评家——强加给我们一个不可能的理念。'圆形'在小说当中是不可能的，因为虚构人物，虽然以他们自己的方式充满活力，但并非真人（当然现实生活中也有很多真人颇为扁平，似乎不怎么圆）。真正要紧的是微妙性——分析，质询、考虑，感受压力的那种微妙——表现这种微妙只需要一个小口子就行了。"（见《小说机杼》93，94页）何况孙频就是要在自己小说的"试管"里，对病态的社会、病态的人生进行精神式的分析，进行"彻底全面"的描述，那些来自贫困、落后，愚昧的乡村、县城的人们，面对时代大转型和社会快速发展的"人物的状态和心灵的种种转折"。自然是"不可理喻、纠缠不休"的"罕见的情愫和危险的感受"。

孙频的所有小说都可以用陀思妥耶夫斯基的一个小说题目概括，这就是《罪与罚》。从这篇小说中，我已经清晰地看到了她有了新的变化，这就是陀氏式的精神分析、心理分析、宗教分析和哲学分析。不过，她不是在小说中进行大篇的理论阐述，而是通过对人物一意孤行的行为和步步逼近的心理、对话来进行的。其实，从《不速之客》《东山宴》已经有这种端倪了，而是在

《我看过草叶葳蕤》才清晰化了。第"九"中的那一连串排比式的几段"一个人的对话"或者叫独语是不是如此？杨国红的性格如此，那个年轻女人的行为也是如此。孙频是要通过对女人的潮湿味道、偏执情欲、腐败气息、狂欢肉感和凋零哀情，一而再，再而三地强化、蹂躏、挖掘、质询和追问，来写尽生命的真实本相，写尽人在时代大潮中的屈辱、痛苦、可怜和悲伤，写尽时代和社会对人的挤压、摧残、撕裂和碾砸。

《祛魅》中的四十五岁的"剩女"李林燕，面对小自己十五岁的情人蔡成钢和年轻大学生小三董萍是举起了屠刀决定同归于尽。而如今四十岁的"剩男"李天星，面对"还不到二十，还是个孩子"的"年轻女人"的情欲与大他十三岁的老女人杨国红十几年的情感守望究竟做何选择呢？那个"四十多岁"的女人的遭遇和最后对人生的告别对他启发很大。很早以前，这个女人二十多岁的时候，和他刚刚结婚的男人，一起来过李天星每天画画的湖边游玩过，但是，回到老家不久，男人就和她离婚了。这个女人再没有找人结婚，因为"我后来发现还是他最好。每天晚上睡觉之前我都会想他一会儿，都会把我们在一起时所有精彩再温习一遍，我总是一遍一遍想起当年我们一起手拉手走在这湖边的情形"。但这个男人人二十年里再没有回来找过她。前几天，他忽然来找她了。她决定再来二十年前留下最美好的时光的地方走走，她感叹"二十年过去了，荷花还在，鱼还在，只有人回不到从前了"。她为了留住二十年前的美好情感，停止自己的时光，悄悄地投湖自尽了。我想，不要管它失真这里操控，你既可以理解为小说文本中对于情感的象征，也可以理解为这是借此对杨国红十五年来，甚至二十年来珍爱他真实心理的描述。虽然用笔寥寥数笔，但读后令人心疼而难过。或许，面对杨国红十五年来一次又一次的呼唤："在哪里不好就回来吧"，"你还是回来吧，我早想对你说了，其实画不画画儿真的没那么重要的"，"哪天想回来就回来吧"，"我都在这里"，才看这个"四十多岁"女人对美好情感留守的刚烈与坚毅，他突然觉得"这一辈子他和任何别的女人结婚都将是一种罪孽"，最后他下决心斩断了那个"不到二十岁"的年轻女人的旺盛的情欲，回到远在老家交城县城的杨国红那里。"他回到交城县的那一天，杨国红早已等在车站接他，她一头花白的卷发，看起来安洋如银器"，"那缕钢丝一样的卷发还挂在她的额头上"。坍塌了！就在他们在集市上驰购东西，准备晚上好好吃一顿，"忽然听见县城中心天崩地裂一声巨响"，"县城里曾经最高的百货大楼"被炸平了，新的开发商要在这里开发楼盘了。这些，你可以理解为宏大的"你方唱罢我登场"的时代风云变幻，也可以理解为李天星心中那巨大而虚无的情欲色魔幻象的彻底坍塌，都可以。总之，不管它宏大的时代变成什么样子，我们都应该踏踏实实地过咱老百姓的小日子，摒弃那些空洞的、貌似宏大却不切实际的、诱惑人的种种虚妄的幻象，踏踏实实来珍惜人生、度过时光，就是好好地活过了这一辈子。我的理解是如此。

其实，这是孙频对陀思妥耶夫斯基小说对人物行为哲学化分析的借鉴和活化，完全可以不把她们当作小说或生活中真实的人物，可能就是一种哲学化的、对情感与情欲的隐喻和象征。情感与情欲是绝对不同的。情感中有一种爱的东西在垫地，它是男女两人之间，特别是两个受迫害者之间，彼此紧紧相依相靠的温情，它是善良、同情、仁慈、自豪、无畏无惧等等的混合感情。它一旦形成后，就会发展出一种纯然的良善的温情，它既是能够活着便自然流露出来的一种喜乐，也是生命力发展和延续的一种来源。老年之后老夫老妻互相帮助与疼爱的老伴关系，已经与性受没有多少关系了，即便是轻轻地拥抱、抚摸，或者共同的叹喟，都是自然而幸福的。这就是情感最典型的范本。所以，汉娜·阿伦特才说："在'黑暗时代'中，温情乃是一种光明的替代品，对于那些不齿于社会现状、宁愿躲在暗无天日中求个心安理得的人来说，自有其另类的魅力，躲在没有能见度的混沌之中，大可以不理那个清晰可见的世界，只要靠着一群紧紧依在的人，温情和博爱就能补偿那个非常态的现实，尽管所到之处的人际关系都是一种无世界状态，同那个全体人类所共有的世界一点关系也没有。"（转引自《尽头》，164 页）而情欲则不同，它与人的身体紧紧相连，是暂时性的疯狂和欢娱，很容易把人的复杂、特殊行为和思维还原为只是某种动物、甚至生物的本能。李天星就受不了那个年轻女人在做爱中表现出的"诡异的快感"和"无比的兴奋"，一种"嗜血的气"，"她不像在做爱，倒更像在打仗"。情欲具有一种强大的紊乱破坏力，是一种急速而粗糙的快感搏斗。情欲关系是私密的、亲密的，或者说是激情的、相互侵犯的，赤裸裸的肉搏，而且不是平等的，总觉得具有一种支配性关系的施虐与受虐的关系。所以，李天星与那个年轻女人做完肉搏式的爱之后，仿佛恋人一样揽她入怀，一步逼一步地质询和追问她："你到底是谁？你叫什么名字？"，"你觉得你爱的是我还是别的什么？"，"其实你找过很多男人，每个男人离开你之后，你都会不顾一切地去寻找下一个是不是？"，"你对每一个男人……都会把你的命拿出来对他们好，因为怕他们离开你抛弃你，是不是?"，"你对每一个男人都会说，求求你再和我做一次吧，是不是?"，"越是贫困潦倒的男人你越想对他好，……你想用你的好去控制他，只有这样你才会有一点可怜的安全感。是不是?"这样的女人在现实生活中肯定是没有的。但孙频这样借陀氏式的精神分析法去写，是为了对情欲的心理动机做发展式的哲学分析。他不仅写出了人物最表面的公开的动机，而且写出了人物潜意识的动机，还写出了人物最里面的病态的、哲学的、宗教的、信仰的神秘动机。这些人物如此行事，可能他们自己并没有意识到这一点，并未想暴露这些自己的卑贱和缺乏尊严，并未想暴露出自己这些灵魂可耻的阴暗面。作家帮助我们深刻认识到了这些"骇人听闻的灵魂之深"，这样就达到文学的目的和小说的意义了。

2016 年 6 月 15 日于孝义

白琳：一个灵慧的女作家

◆韩石山

对白琳，我还是熟悉的。

出了大学的门，进了一家编辑部的门。已取得本科文凭，又读了个硕士研究生。夫君在一所高校任教，日子过得轻松而又惬意。

也有过交谈，看她的志趣，似乎在艺术史的某一方面。究竟是什么，说过几次都没弄个清爽。后来还是她要讨教个什么，细问之下方始明白，原来是历代书画笔记的文体研究。听了之后，让我这自诩还有点学问的村学究，顿时有挢舌不下之感。

他们那家刊物，偶尔的，我也能看到一两期。是去年还是前年，无意间在某一期上，看到一篇散文，名为《正畸》。或许是那一会儿，正闲得无聊，或许还得加上，这个怪怪的题名诱惑了我，便看了下去。心里想的是，弄清这个正畸的意思，看是不是恰如我的猜测。我当作一正一畸那样的对偶。及至看出，此正畸非彼正畸，乃是校正歪斜的牙齿之意，按说该扔过不看了，然而，似乎受了某种蛊惑，还是看完了。看完之后，由不得想知道作者是谁，翻到前面一看，竟是白琳。

这名字太平常了。我竟没有想到就是那个日子过得轻松惬意的小妇人。

再后来，还是她在电话上说起，说她写了一篇散文，问看过没有，这才知道，此白琳者，彼日子过得轻松惬意之小妇人也。

听我说看过，她甚是惊喜，问感受如何，几乎不假思索，冲口而出，说是一篇灵慧的文章。用不着敷衍。对这样有交往的女孩子，我倒是希望，我起初得到的是另外一种感受，比如晦涩比如浅薄比如冗长，比如任何一种初学写作者都可能犯的过错。倘是这样，我重炫故技，耳提面命，聒聒不休，大谈一通为文之道。日后稍有长进，便可以将她的成绩，毫无愧怍地揽入自己的怀抱。

也是这次交谈，方知文中所写，均是她的亲历。这才忆起，前些年她的门牙上，确曾套过亮闪闪的金属的丝网。我的女儿，当年也曾做这样的正畸之术。

说话到了今年夏天，又看到她的一篇散文，名为《考博未遂记》。

这回再不会犯当初的错误了，一看就知道是这个白琳的，也就看了个尽兴。

说尽兴，一点不假。看白琳的作品，不必说什么艺术的品位，也不必说什么思想的升华，最真截，最便当的一个感受，就是尽兴，兴致勃勃地直到那个尽头。若非得与艺术有点关联不可，那就是我起初的那个感觉，不断地得到加强，即是两个字——灵慧。意思是一样的，不过一个是俗的直白，一个是雅的表述。

这期间，还看过她的两篇什么，名字忘记了。

因为是熟人，又因为知道她最初的志业，我一直以为，这样的书写，不过是偶有所感，信笔为文，就像爱唱歌的人，到了歌厅亮上几嗓子，不必就说是成了歌者一样。

我错了。两三年下来，当日的年轻人，后来的小妇人，如今已是卓有声名的散文作家，且以长篇散文为人称道。这不，连《都市》这样的纯文学杂志，都要为她做个小辑，且到了惊动我的地步。这样说，绝不是说我有多大的本事，他人心动不起，而是想说，我已是退休多年的文学边缘人，惊动了我，可见这波涛溅起的浪花，有多高多远，已然打到了山林间枯坐的老僧的脸上。

一个灵慧的人儿，一篇又一篇灵慧的文章。

结合人与文，只能是这样的概括。

且举两个例子。一个是《正畸》里的，一个《考博未遂记》里的。

《正畸》写的是一个职业女性，因为牙齿有点畸形，去省城一家医院正畸的经过。去了第一个程序便是挂了号，坐在走廊里的长椅上等候叫号。这可是一个病人，思虑多多也感受多多的时辰。且看这一样段话：

尽管在这几张长椅上，大家交流过各种拔牙或是小手术的过程，谈论时也故作轻松，但紧张疼痛者一定有，而紧张疼痛至哀嚎者则无。可是现在，

"他"的哀嚎从对面的诊室里传出来，一声高过一声，声声声嘶力竭，这声音毫无悬念地穿透了发黄的墙壁，那上面现出斑驳的白色印记，像是被水浸过一样，也像是声浪的涟漪。整个走廊因为哭喊，突然有血有肉，鲜活起来。

声音从墙壁那面，穿透墙壁传到这边，本是平常的叙述，然而一加上"发黄的墙壁，那上面现出斑驳的白色印记，像是被水浸过一样，也像是声浪的涟漪"，这样的延伸描述，这声音就不一样了，有了起伏，有了情感，更加鲜活也更加刺疼人心。

对于一个成熟的写作者来说，这种寻常词语的合理延伸，也许只能说是小焉者的技巧，有他不多，无他不少，权且认下，请看下一个例子。

前面说过，《考博未遂记》也是一篇写亲历的作品。考博的女孩，一去了学校，最先受到关注的是那些已然在读的博士生们。偏偏这所高校，艺术系的硕士生与体育体的博士生在一座楼上，好戏很快开场：

体育系的博士多数是壮汉，孔武有力却总觉得有一点尼安德特人的模糊轮廓。他们看到艺术系来了十几个小姑娘简直要摆出飞蛾扑火的作态……有一天我正在无所事事地往口语课本上画一个我自己都认不出什么玩意的糟糕一团，突然一个细脖子男人从我的身后探出他扁平的头部，他呼着气说，哎呀，你画的真好呢。他的口腔里蕴含着浓厚的湿气，还有一点点绿箭口香糖和韭菜盒子混合的味道，令我毛骨悚然。他大大方方在我身边坐下，表现得十分自信——虽然我并不知道他的自信来自何处。这是我第一次和尼安德特人近距离接触，我对于他的夸奖哑口无言，翻着眼睛想要不要道声谢，谁知道他下一步的动作就是把手臂撑在桌上，支着头看我，说，教教我怎么画好吧？

此一刻，我们主人公的感觉是，大哥，拜托你泡妞再多点招。看着他细长的脖子，很担心它撑不住那头颅的重量，庆幸他很明智地用手帮它撑住了它。

这里，看着他细长的脖子，很担心撑不住那头颅的重量，庆幸他很明智地用手帮它撑住了它，已不是寻常词语的合理延伸，而是，将一个平面的形态（细脖子），化作了一个立体的动作（用手扶住）。

有人或许会说，这算什么呀，不就是一个生动的描写吗，谁不会。

我在这里，用了一点小小计谋，就是，想给不见面的朋友，上一堂文学的常识课。且莫辜负了一个老文学工作者的苦心。既然是为发表《有多少欲望等待发射》配发的评论，这儿要举的例子，且从此文中寻找。不必寻，也不必找，顺手就拈过来一个。

此文写的是一个家庭里的琐事，也可以说是一对男女的龌龊事。舅妈家里，表姐为了满足虚荣心，傍上了一个并不怎么大的大款，与之同居，而这个"姐夫"，是个颟顸而又粗鄙的家伙，动不动就打电话到家里，叫嚷着要舅妈把她的女儿"给我领回去"，且这样的电话，多是半夜三更打过来。每当这样的电话来了，舅妈又羞愧又害怕，偏偏这次，她睡在客厅，全都看到了。无奈之际，替舅妈接了电话，又回电话给表姐，要不就回来一下。于是我们看到了：

我舅妈的脸终于抽搐起来，她恨恨上前压了电话，带着恼怒对我说，怎么这么多事，谁让你现在打电话了，你到底想干什么？正说着，两行泪突然滋溅出来，一部分落在我的下颌上一部分顺着她憔悴的面颊纵横四海，她终于抑制不住倒在了沙发上大哭。

这还只是事件的有序进展，只有一点，让人难以揣想，舅妈哭是哭了，何以两行泪水滋溅出来，一部分竟会落在她的下颌上。看到这里，要么滑过去，知是溅到她的脸上就行了，至于下颌是脸上的什么部位，不会深究。要么会想，这个舅妈定然是个高个子，人笑的时候，会仰首大笑，哭的时候，必定是俯首而泣，而这个外甥又是个小个子，那么，滋溅的泪水，就会落在外甥脸上的某个部位。作为一种动作的延伸描述，到此也就结束了。

这个灵慧的小妇人，没有我们想象的那样单纯。我不知道白琳在过日子上，是不是个高手，在我这不会过日子的村学究看来，她该是很会过日子的，一个能在文字上尽显心智的女人，过日子上也差不到哪儿。就在我们以为该结束的地方，又喋喋不休地说了下去：

我舅舅一边安慰她一边安慰我。我真觉得自己可能有点不知轻重，所以并没感觉被我舅妈的指责伤了几分。我倒是第一次看到人的眼泪可以从眼眶里那么三十度角喷出来，想，她该是有多伤心才会这样

那眼泪所以滋溅到她的下颌上，不是因为一方个子高，一方个子矮，而是舅妈的眼泪在悲愤之际，竟是以三十度角的力度喷射出来的。

若还说这些都是文字的技巧，不足挂齿，我就不敢苟同了。文学的全部，就在文字的运行中，舍此谈何文学，又谈何创作？大的方面，不是没有，是我不愿再费笔墨，一一论列。简略言之，那就是，精巧的构思，肆意的书写。

说来说去，仍是在文字的运行中。所谓精巧的构思，不过是给文字的运行营造一个合适的框架，使之更其引人入胜罢了。

什么叫灵慧，这就叫灵慧。

什么叫创作，这就叫创作。

面对这样的文字，你只有宾服。

宾服是宾服，我也有我的困惑。

这困惑就是，一个看去要做学问，且做那种高品质学问的小女子，起初以为她写文章不过是闹着玩儿，怎么会接二连三，连四接五地写了起来，在这纯文学日益没落的时期，在这靠写作注定发不了大财的今天。

更让我困惑的是，她起首的选择，不是小说，不是诗歌，而是最难出人头地的散文，且是长长的这种。散文不比别的文学品种，越长越难以发表，也就难以获得声名。

还要说的是，她的散文，从某种意义上说，更近似小说。记得多年前，文坛上出过一件事儿。以写小说出名的史铁生，将他的一篇作品寄给《上海文学》，编辑们左看右看，都说是散文，史先生硬要说是小说，编辑无奈，只好按小说发表。发表后大获好评。这就是几乎成了史氏后半生代表之作的《我与地坛》。

一次闲谈中，我说了这个故事，白琳问我，你到底以为是小说还是散文。我说，以人生而论，散文是其质地，小说是其形态，一篇记述人生的作品，究竟是散文还是小说，不过是各人的感觉不同罢了。究其实，并无多大的差异。强调质地，就是散文，强调形态，便是小说。

再举一个例子。我佩服的两个三十年代作家，且是中学同班同学，一位是写小说胜的郁达夫，一位是写散文胜的徐志摩（至于他的新诗，另当别论），在写散文上难分高下，然而一到了写小说上，郁氏明显高了徐氏一筹。所以然者何？只能说，徐氏过分重视了小说虚构的一面，而忽略了两者质地的相同。倘若他将与几位女性的纠葛，全部如实地写出，只改变一下姓名，谁敢说不是最好的小说？再看郁氏的聪明，不过是把能言之事，写成了散文，难以言之的事写成了小说。

现在我们要探究的是，白琳，这原本没有想当作家的女子，何以能一上手就写出如此娴熟而精致的，近似小说的长长的散文。除了她对两种文体质地的认同之外，还有没有别的专擅之长？

少有交流，我这村学究，只能瞪起老花的双眼，在她已发表的文字里，细细寻觅。谢天谢地，没有费多大的事儿，还真让我寻见了。且看这样一段话，还是《有多少欲望等待发射》里，那个接电话的情景中：

怎么搞的，声音大得就像功放，叫我听得一点也不费心费力。我鬼鬼祟祟像是安置在舅妈身边的间谍，总想着窃取一点情报。后来我觉得自己八卦的个性根本就是天生的，我这么爱爆料，下辈子没准会罚我当一只兔子肚子里憋无数的料却根本无声排泄。

注意"自己八卦的个性"这几个字。

所谓的八卦，在我看来，就是一种趣味叙事的能力。会八卦的，每一个不经意的地方，都暗藏着玄机。一个一个小的玄机的连接与破解，便是一个大的引人入胜的故事。当下多少古代与现代的电视连续剧，就是这么一集一集地将观众，舒舒适适地引领着上了西天——完结。

跟文学最近的艺术门类，不管别人以为是什么，我的感觉，只能是书法。道理在于，都是用最不具形色的方式，表达最具形色的内容。这里，且将写书用墨的黑色，与出版物文字的黑色，全都排除在外。书法上，有许多著名的例子，说明入道的奇妙，比如有人是看见一个妇人舞剑，遂悟出了书法之道，更特别的是，有人看了泥途挽车，竟也悟出了书法之道。写作，也有许多奇奇怪怪的入道之悟。比如从豹头猪肚虎尾，悟出文章的章法，从风行水上，悟出文章的本原，从行云流水悟出行文的笔致。真应了老子那句粗鄙的话，道在便溺之处。

既然处处有道可悟，白琳，这聪慧的女子，从八卦中悟出了作文的道理，又有什么好奇怪的呢？

"文青"看世界

◆ 杨扬

　　白琳给我电话，说有几篇文章请我看看。我与她有一面之雅，曾在菲律宾的文学营度过 10 天。那时我讲课，她听课，不知道她对我有何印象，我觉得她很阳光，与菲律宾的阳光相比，一点都不逊色。回国后没有了联系，想不到她还在坚持写作，而且，发来的作品，让我感叹之余，也惊诧于她的细腻和敏感。

　　在文学史上有不少女性创作的作品，很难在文体上加以归类。譬如萧红的《呼兰河传》，有人曾认为是萧红濒临死亡之际，对自己生活的回忆；也有人认为是一种小说虚构。对写作者而言，是回忆还是小说并不重要，重要的是表达出来，感染读者。但对于读者，尤其是研究者而言，回忆还是虚构作品，有时会成为一个关注的问题，因为不同的问题，会引起不同的阅读兴趣，导向不同的评价。我读白琳的四篇作品，常常会在虚实之间来回跳跃。就如她写的《考博未遂记》，分明是她自己的考博经历，但读着读着，却让我觉得像一篇虚构的小说，小说中的女主角恍恍惚惚住在一间灯光灰暗的陋室中，面前放了一大堆书，她一会儿翻翻这本，一会儿翻翻那本，心气烦躁，却又异想天开，想象着遇见导师时的情景，想象着考博的场面，想象着那些博士生活的荒诞可笑。这样的场景，有点像英国作家伍尔夫《墙上的斑点》中所呈现的意识流状态。这种意识的流程，被白琳描写得活灵活现，想来，她在复习迎考时期，那种无聊而折磨心智的生活遭遇，给她留下了铭心刻骨的印象。但仔细想想，如果一个人真的像作品中的人物那样，处于一种恍惚的精神状态，复习迎考，怎么能够无往而不胜呢？所以，作品的用意不在于写自己的精神状态，而在于揭示一种无聊而恍惚的生活。

对现实生活的切入，在白琳作品中有着自己的特色。《有多少欲望等待发射》是很有意味的一部作品，写的是"我"的表姐夫陷于网络艳照门事件。当"我"刚看到这一艳照时，为表姐感到扼腕，觉得表姐不值。但随着"我"对表姐与表姐夫生活的追根溯源，感觉着这两个人半斤八两，彼此差不多。艳照不艳照，对官员和名人可能有杀伤力，但对表姐夫这样的俗人，似乎没有致命的打击。但对于周围的围观者来说，似乎多了一种围观的风景和看点。白琳在描写和刻画人物时，有一种透视的眼光，她能够看穿事件背后最根本的东西。如《我的年少在你的怀抱》和《正畸》，很平常的事情，但在她眼中，有一种凄凉而淡淡的悲哀。这或许是文艺青年独有的气质，但却有着天赋的才能。

在阅读文学作品时，人们常常希望看到一些惊心动魄的场面和委婉动人的故事情节。但现代小说却摒弃了这种美学规则，专门在一些庸常的生活状态和场景中，寻找小说的表现题材。像卡夫卡《变形记》《城堡》，是人们比较熟悉的，他就是写了一种庸常生活状态之下的人的状态。鲁迅的《孔乙己》和《祝福》，也是在一种平常状态中，揭示生活的残酷性。而我们今天，在一种平和的生活环境中，庸常也成为一种生活的逻辑，但在文学世界中，今天的很多写作者似乎与这种生活还处于一种隔膜状态。人们不知道怎样将这种生活纳入文学的写作视野。在我看来，庸常生活与文学作品的揭示庸常之间，不是一个简单的对等关系。生活的庸常，属于大多数沉默的人群。但作者对这种庸常生活的揭示，有时是可以引发人们的很多思考和关注。就如卡夫卡《变形记》中所揭示的人的变形和异化状态。白琳作品对于自己周围世界的观察和揭示，我觉得有一种敏锐，很多写作者是不会像她那样来处理手中的素材，但她仿佛是从生活中接收过来，然后，以一种文学的方式，接着说下去。随着她的叙述的演进，你会觉得有一种坐立不安的感觉，感到有很多错综复杂的问题，在阅读中慢慢浮上心头，当然，这不是问题小说，而是文学的笔触引导你，去审视自己的周围生活。这是白琳作品给我的意外收获。

在历程将给白纸着色的路途上

—— 我看李禹东《写书的人》

◆ 梁鸿鹰

　　山西少年李禹东上高中时候出的《写书的人》，已经是他的第 4 本集子了，里面包括小说、散文、随笔、评论等，长的短的都有，有篇东西的题目叫《历程将给白纸着色》，这正是他的很好写照。这个热爱文学的孩子，善于观察、乐于思考，在书里记下生活的点点滴滴，能看得出，他有着鲜明的个性和执着的人生追求，他在用写作为自己的人生历程着色，在这条路途上有苦闷也有欣喜，有思考也有收获。

　　亲近文学的人，无论长幼，都应得到鼓励。文学以语言反映现实、表达情感，是一种智性的、沉静的精神劳动，历来青睐那些细腻敏感的心灵，喜欢那些乐于通过她抵达内心宁静彼岸的人们。少年写作在相当一段时间里的兴盛，得益于社会进步、文化繁荣以及人的自觉精神、主体意识的提高，得益于青少年和其他社会群众一样，文学创作热情能够得到有效激发。但这股热潮也不可避免地裹挟着一些喧嚣与浮躁，李禹东不属于这份热闹，还没有受到市场的浸染，应该说是十分幸运的事情。文学是他心目中神圣的缪斯，是他确定不移的人生追求，写作的意义之巨大达到了几乎与日常生活、学习等量齐观的程度。而且，他还不止于把文学当成心灵的避风港、情感的停靠站，他甚至说，自己的最高目标，就是学习鲁迅先生，要像他那样，做出更大的成就，努力成为文学上的一面"旗帜"。他在文学的海洋里徜徉留恋，乐而忘返，吮吸着多种养分，也锻炼着意志与耐力，他为此牺牲了许多与同年龄孩子嬉戏的乐趣，以这样的精神去朝圣文学，通过写作找到自信，找到了属于自己的尊严，无论从哪个意义上讲都应给予肯定。

　　《写书的人》是一份校园生活的忠实纪录。学校的日常活动及相关事件、场景构成作品的重要内容，分数、辅导班、"特长""一本""三本"，这样一些词汇和反复在书中高频率出现的概念，让人们重新回到我国教育的现实之中。透过他的笔触我们发现，在很多时候，进入高中学习阶段的孩子们，像被关在笼子里的小动物一样，为了应付考试，重复做着各种不得不重复做的事情，孩子们被迫放弃了电脑游戏、学习 FLASH、吸收百科知识等的乐趣，生活被格式化为单调而枯燥的程式。在我们这个人口过多、教育资源紧缺的国家，教育在适应现代化国家建设的过程中举步维艰，学生、家长、教师苦苦挣扎、探求，李禹东的作品为这一生动景观留下了一份独具个性化特色的纪录。

写书的李禹东十分热爱思考。他对各种社会问题有着浓厚兴趣，表现出与自己年龄不相符的成熟。他在作品中记录了自己似乎过多地遭受社会不合理现象冲击的现实，以及由此引发的情感上的、心智上的矛盾。其中写得最多的当然是围绕文学创作所发生的一切，譬如，他的勤奋不被人理解，他用劳动换来的写作成果遭到妒忌，他的辛劳被人质问为"有什么意义？"，他对文学的追求，遇到了周围人的质疑、冷眼和排斥，这使他百思不得其解。我们吃惊地发现，他似乎还经常陷入复杂人际关系造成的苦闷之中，他所理想的人与人和谐、单纯、平等交往的关系，似乎往往是那么可望而不可即。而且，在他身边总是时常发生着让他无所适从的变化，这使他的作品蒙上了一种与年龄不大相称的忧郁、苦闷与彷徨的色彩。

调适自己与现实关系的文字是作品中最有特点、给人印象最深的部分。小作者坦诚地表示："我要感谢那些一直把我当作朋友、一直鼓励我、一直催促我进步的同学们，但我却没有办法用最真诚的眼光去面对那些本没有能力但却总是嫉妒别人的人。"他力图去认识生活中的某些怪现象，比如，他发现自己曾以诚相待交过的朋友，实际上只"停留在表面"，关键时刻完全没有朋友的情分。比如，现实中似乎到处都是不公与虚荣心，在他看来，"有的人，或者干脆可以说是绝大多数的人都像是包装纸中裹着的内容，充满了奇妙的虚荣心。""这虚荣深深地在一些成年人的世界扎下了根，并正在发芽、长大。"的确，虚荣心正在侵蚀我们的社会空气，我们见多了好多家长受着虚荣心驱使的行为，在现实生活中，他们往往自觉不自觉地拿自己的孩子与同事、朋友、邻居拼面子，这样也造成了人与人之间的许多不和谐，小作者的忧虑、愤懑和苦闷，呼唤人们营造和谐的人文环境，以我们的努力让青少年在更加坦诚、融洽的氛围中健康成长。

　　作品也是小作者丰富精神追求的忠实见证。作者以自己的敏锐、真诚、冷峻，写了学校日常生活的多彩，写了围绕自己的情感波动所发生的一切，其中有对现实反思，不乏他调和与周围环境冲突的努力。他热爱生活，时时关注周围和世界上发生的事情。我们从他对乌克兰舍甫琴科绿茵场上的拼搏，对罗纳尔多在世界杯上的第 15 个进球的描写，发现他正在努力拓展创作的视野，渴望以更开阔的胸襟，反映世间更多的侧面。但我们也不难发现，他与同龄的孩子一样，正经历着人生的重要转折，而他与同龄的孩子不一样的是，他内心世界更为丰富，他比别人有着更多的精神追求、更多的精神诉求，因此也需要更多地融入生活，增添更多的生活内容，以丰富和充实自己的文学世界。衷心祝愿他在学业上、在文学上有更大的进步。像他说的那样，在"历程将给白纸着色"的未来岁月，体会出生活赐予的更为丰富的内涵，感受到生命奉献的更加多样的精彩。

他那不肯屈服的探求目光

——读李禹东散文集《狂若处子》

◆王宗仁

这是我读到的李禹东的第二本散文集，另一本《写书的人》留给我难以消失的印象是，他敏锐新颖的思想锋芒总是直视现实生活中众人关注的热点问题。那独特的语言叙述方式，常常使人瞬间会忘掉这是出自一个 10 多岁孩子的笔端。这本《狂若处子》则使我们清晰可信地探视到了李禹东成长的行为轨迹，找到了他新鲜思想的必然源路。冰冻三尺，非一日之寒。

李禹东的少年才华，不仅仅表现在他十分清晰地把自己从小学到中学分为 6 个成长阶段，更令人赞叹的是，他十分精妙地用 3 首歌的歌名和 3 部文学名著的书名，妥切而形象地展现了各个阶段的离奇经历。毫无疑问，只有热爱生活苦读博学的孩子，才会写出这样结构新颖的文章。在小学二年级时，因为老师的偏爱他当上了"路队长"，他认真履行队长职责伤害了同学，他写道："由于我与老师靠得太近，我的同学害怕我过分富有责任感，过分认真，给他们打'小报告'。但是，当我今天重新回想小学时的熙熙攘攘时，我发现，那时的我却是懂事的。""懂事"，一支歌名。在初中第一学期时，他在一些神秘的男生面前显得低人一等，甚至"到了无从下手"的地步。他写道："在这个我全然不知的陌生环境里，我就如雾都孤儿般寂寞，我重新失去了朋友，迷失于弥天大雾之中。""雾都孤儿"，一部世界文学名著。

在这本《狂若处子》里，李禹东写了许多人物，有亲人、老师、同学、护士，还有小偷和外国教师；写了他的种种经历，如在校园里被人欺负和欺负别人的苦楚、参加世界杯外围赛途中的不幸遭遇、"非典"流行日子里在河边散步时的见闻；写了他阅读中外名著的愉悦和感悟。正是这些人的关爱或歧视，这些事从正反两面的营养，这些书的引导和陶冶，铸造了少年作家李禹东非凡的素质。所有这些都是人生的财富，正如他在《这三年》中所写的那样："我曾经犯过许多错误，但当那段历史唤起我的记忆时，却又如同埋藏了多年的宝藏，我嘲笑自己的年幼无知，我嘲笑自己的无理冲动；我曾经被许多人冤枉，但当那段历史浮现在我眼前的时候，它变成了一笔财富，我学会了克制自己，我学会了保持冷静；我曾经有过许多朋友，但当我将他们对我的帮助一一回忆起来的时候，时间已所剩无几，我悔恨自己，我责怪自己；我曾经遇到了那么一位老师，他为人正直、待人诚恳、心地善良，但是我无法将他的优点一一学尽，事到如今我已后悔莫及。"反思往往带有遗憾乃至谴责，但不可否认经常醒悟自己的过失无疑是向上向前迈进的阶梯。

尤其令我感动且深深敬佩的是，我从这本散文集里读出了李禹东对书籍的酷爱和读书的快乐。他的不少篇章记录下了他读中外文学名著的过程以及读感。读书有眼读与笔读之分。一般而言，眼读只是浏览书中的好景致，读到动心处也会拍案叫绝。但毕竟是走马观花，很难深刻品尝到书中三昧。笔读则不然，落笔处必是思考极深处，用笔记下读出的思想火花或者读出的存疑。李禹东显然是将眼读与笔读比较完美地结合起来了，这是读书的非常好的习惯。他读书读出了存疑，读出了境界。可以肯定地说，李禹东在文学创作上展现出来的少年才华，与他读了许多书和这种很好的读书方法是有直接关系的。

从李禹东的笔读中，很明显看出他喜欢的作家和他们的作品主要有："推理小说之父"柯南道尔的《福尔摩斯探案全集》及他早期的作品《恐怖谷》，"推理小说女皇"阿加莎·克里斯帝的波洛故事，维尔基·柯林斯的《月亮宝石》，"侦探小说之父"爱伦·坡的《失窃的信》，切斯特顿的《布朗神父探案集》《狗的启示》，安徒生的童话等。中国作家他喜欢读鲁迅，读孙犁等。我以为李禹东对文学巨匠狄更斯情有独钟，对他的《远大前程》《双城记》《雾都孤儿》爱不释手地精读数遍。他认为"举世无双的《双城记》曾经跨越了时间的界限，将一幅悲惨的法国大革命时期的画面展现在了我面前"；他认为《雾都孤儿》"提到了许许多多值得令世人思考的问题，强调发展必须要靠严格的法律，但绝不可以大肆使用暴力手段来欺压老百姓"；他认为狄更斯在"晚年的时候决心将自己所有经过的事情、所有美好的期望写成一本书，这就是《远大前程》"。李禹东写下了他读狄更斯的感想："狄更斯之所以被后人公认为最成功的作家之一，就是因为他拥有一颗勇敢的心。他敢于揭露社会的种种腐败现象，敢于和邪恶势力进行针锋相对的斗争。正因为这样，狄更斯的小说写得有声有色，每一个人物都是真正活在人们心中。"

读书是苦事，亦是乐事。看到李禹东在读书上那种苦苦研读并快乐着的神情，我不由得想起李白的诗《翰林读书言怀呈集贤诸学士》，李白写道："观书散遗帙，探古穷至妙。片言苟会心，掩卷忽而笑。"李白告诉人们，读书想得"妙境"非得有绝不罢休的顽强精神不可。走入这样的境界是很快乐的事。李禹东的这种快乐充盈在他的字里行间。

实实在在地说，读少年作家李禹东的散文，使我收益颇多。但愿他那双不肯屈服的目光一直延伸着，探求着雾海上的岸。他会到达彼岸。一定！

一个充满诗意情趣的美好世界

——评张琳的世界

◆吴思敬

　　从诗人张琳的出生年龄看，她实际上应该归入90后诗人群体，她的诗灵气和才气兼得，有一种清新和清心的感觉。纵观古今诗人的优秀作品，凡能够千年传诵的都具有"一语天然万古新"的品质。诗的品质很重要，诗品即人品，因此，诗人张琳绝对是有一颗通灵之心的。她善于从事物的任何地方找到入口，并为我们有限的阅读呈上一首自然而优美的诗作。

　　一个人能不能成为一个名副其实的诗人，关键在于她先天的诗意获得能力和后天的诗学储备能否神奇地结合在一起。诗人张琳属于这样的诗界后起之秀。读张琳的诗，你会吃惊于她对诗意瞬间的捕捉能力，她只要写出来，就带来了一个充满诗意情趣的美好世界。她的每一首诗都来源于生活的细腻之处，相比于那些堆砌辞藻，沉迷于虚假写作的诗人，张琳的自然和随心为一首诗的出现提供了可靠的空气、水分和养分。她笔下的一只鸟、一朵花、一片雪花都似乎是神的恩赐。

　　以一首短诗为例：

野外偶得

走着，走着
就到了悬崖边，酸枣树很红
沙棘果很黄，白云正在天边滑翔。
我爱这些悬崖边的事物。
我爱

站在悬崖边，看那深不见底的风景

我爱，一只手在光线中

分针一样指向远处，另一只手

被你紧紧地攥着，是你在说

瀑布终于找到了悬崖。

诗人在野外能够看见的事物自然有许多，张琳在这儿看见了酸枣树、沙棘果和白云，这些山西原野上随处可见的事物在张琳的注目下充满了无限诗意。酸枣的红、沙棘果的黄、白云的白为我们呈现出大自然美丽的色彩，让一首诗的色泽丰富明亮起来，而且那种高矮动静结合的非常巧妙。诗人看见了悬崖，探身于那深不见底的风景。这是一首诗转向未知事物的神秘小径，诗人张琳显然轻松地找到了。诗的结尾的"瀑布终于找到了悬崖。"俨然神来之笔，是一个诗人终于在世界上找到了自己的位置。

诗人张琳的每一首诗都值得细细赏阅，这不仅是她的诗精致、隽永，更重要的是她有举重若轻的理解世界的能力。她能在有限的生活积累中打开认识生活的无限之门，这使我认为张琳是一个值得我们进一步去认识的诗人，她还年轻，相信她会成为未来诗歌之路上的一个不可忽略的诗人。

像春天一样美丽

——评张琳的诗

◆慕白

　　诗歌是很个人化的，我比较倾向于微观，内省的世界，甚至说诗歌就是一个人的心灵日记，记录下对这个人间的感受、体验、冥思。张琳的这组作品，朴实，安静地写个人对人世理解和生命感受，又有女性诗人的温润、新鲜、知性与浪漫姿态，显示了诗人的基本品质。

> 我只给他们读，从不让他们
> 跟着我读
> 我只是想让他们懂得：历史
> 是不可以重复的。
> 　　　　　　——《历史课》

　　什么是历史，真相是什么，有谁能够告诉世界自己读懂了。人生有些事情永远是无奈的，精神的自由或许可以让我们保持一种平衡。写诗这一种自觉的行为，可以把良心、道义、责任与审美结合起来，在真切的物质生活的表层下对精神世界做些探求、体悟生命，还原生活的真实面目，我喜欢张琳的诚实，因为她的文字再现她的情怀。

> 按我的理解，不外乎是
> 熙来攘往的名利，滚滚如逝水的爱恨
> 情仇，而这些，我还从来没有
> 拿起，而已经拿起来的

对远方的好奇之心，对弹丸之地的热爱

对度完此生也只能写出一首草稿的诗歌

我还真的无法放下。

——《偈》

人生是空的，诗歌也是空的，很多人喜欢拼命往中心挤，可是到了中心一看，里面也是空的。

编一只竹篮，用一生

去水边打水。

——《水边怀想》

生活就是海市蜃楼，诗人与民工，狗日的生活。我曾经和诗人大解讨论过诗歌，一首好诗，就像是一阵风吹过草地，把草摁在地上，但不会要了草的命。也就是说，诗歌在人的心上轻轻地划一下，让你感觉疼痛，但没有留下伤痕。

那万种风情集于一身的妩媚

彻底断了我模仿她的念头。

——《滹沱河小记》

无知的人总是认为自己无所不知，什么都不瞧在眼里。无知的人以及少年最常说的话就是：我懂、我知道、这太简单了，如此等等。

诗人成熟似乎是一件很残酷的事情，它代表了青春的流失和梦想的褪色。可是，走向成熟是人生的方向，况且，一种持久的平和的幸福人生离不开成熟。

你的眼睛里有毒，而我却被你看了一眼

你的心里一定有解药，却藏得那么深。

我相信，我是一个中毒极深的人

我不相信你是一个见死不救的人。

——《小情歌》

儿女情长，在语词、意义之间贯通，含不尽之意于言外。在读过这是《小情歌》之后，我想起一段曾经读过的写作指南：

"基本上，所有具体的指南，无论是人生指南还是写作指南，最后都会小聪明地加上一句对所有指南的否定，比如一篇写了很长的女性穿衣指南最后通常会说，'当然啦，最高规则是能抓住你喜欢的男人的心'，或者一个逃生指南往往装模作样地最后陈词，'最高标准是不要将自己置于需要逃生的境地'。你看，大多数写指南的人都是不自信的，因为抽象原则的指南在具体语境中经常遭遇狙击，世界千变万化，指南是解决不了所有问题的——它倒是的确能解决不少问题"。

喝下我秘密酿制的雪花酒，现出原形
该在枝头唱歌的就唱歌
该在水中撒欢的就撒欢
再也回不到尘世去

——《理想园》

一个成熟的诗人应该"轻视诗歌"，不把诗歌当回事。这里说"轻视诗歌"，主要是指能够用一种平和、健康、冷静的心态理解和交往诗歌。同时要否定自己、不断地否定自己。只要你时时地反省和面对自己，你就会时时地否定自己。认识自己并不容易，否定自己同样困难，人最容易自以为是和固执己见。在真理面前，没有谁有资格自负。有句话说得好，我们最需要改变的可能就是我们最坚持的东西。

美好的一生
应该就这样慢慢度过：
温暖，湿润，友好，高远
像一首诗，写成了绝句

像面膜一样的春天，让我日益美丽。

——《像春天一样美丽》

　　绝不是单单表达乌托邦的向往。一个苹果的落地，科学家能够思考到天体运行的规律，一粒简单的沙子，哲学家可以通过它发现一个新的世界。理论学术的建立，是在简单、原始概念之上的；思想的产生和深入，也是来源于人们对朴素世界、简单问题的深入思考。哲学的根源"在于蒙昧时代的愚昧无知的观念"。如果真正懂得了简单，那么这个世界上就不存在复杂。

　　相信人生像春天一样美丽。

90 后：唤醒青春的记忆

唤醒我青春的记忆
—— 董晓琼《岁月有痕之流逝的青春记忆》序

◆杜学文

　　为人作序，我以为要具备这样几个条件。一是要对作者熟悉，起码要了解他的工作情况。当然，还知道他的生活习性、经历、思想就更好了。二是要对书所涉及的领域有相当的研究。至少应该知道这本书在这一领域有什么特点、创新、追求，以及作者创作这部作品时的思考、努力等等。三是应该是这一领域的权威，说话别人相信，判断比较准确，效果才会好。这样看来，我就基本上不具备这些条件了。首先我并不认识这本书的作者，更谈不上了解。至于他的经历、创作追求什么的更是无从谈起。这样要说话，恐怕不得要领，南辕北辙。其次是我对长篇小说的创作趋势没有研究，很难从全局的层面来衡量这部作品的优劣，评价是否恰当就不好说了。评价不准就可能误导别人。既然这几个方面都不了解，权威性自然也就没有了。

　　不过李水合并不管这些。也许太熟悉的缘故，知道我的软肋在哪里。他打电话说，有个小孩，农村来的，一直坚持创作。现在，要出版一部长篇小说，想请你作序，你一定要写。一个年轻人，怀着对文学的憧憬与热爱，从农村一路走来，拜师学艺，坚持苦守，写过电影剧本，终于要出版一部长篇小说，希望我写个序，再有多忙，又有什么理由不能答应呢？这是一种道义，一种责任，是对一颗向善向美的心的呼应。在人生成长的路途上，是需要这样的鼓励、关心和支持的。在一个很多人都追求世俗功利的时刻，有这样执着的人对人类的精神世界充满向往，并企图用自己的努力丰富人们的心灵，是应该受到尊重的。因为，我们更需要这样的追求。

　　但是我并不认识董晓琼，对他的了解接近于无。大概来说，他生活在晋北阳高县的农村，是古城大同一带的地方。热爱文学，作文水平比较高，应该是受到了老师和同学们的肯定。高中期间，董晓琼已经写出了电影剧本。不知道他写了多少，但可以肯定的是他先后与曾任山西电影制片厂厂长的李水合以及广西、内蒙古等地的电影厂领导相识。他们对他的创作给予了热情的指导，使他感受到来自社会，特别是电影界的关心和支持。他的剧本应该是没有拍成电影。因为高中直接面临的就是高考。按他在后记中所言，电影剧本也丢失了。于是，他在过去创作的基础上改写成现在的小说。

《岁月有痕之流逝的青春记忆》以热爱文学创作的余露为中心，描写了一群临近高考的高三学生的校园生活。对青年学子们来说，这是人生中最难忘的经历，也是人生抉择最关键的时刻。董晓琼为我们写出了这群乐观的、热爱生活的、珍惜情谊的、对未来充满希望的学子群像。不过，与传统的小说结构模式不同，这部小说没有叙述的中心事件。说是小说，我倒以为更有散文的特点。因为它不追求小说的故事性。但是，就目前长篇小说的创作来看，故事性似乎也不是绝对的要求。人们正在创新着小说的模式。当然，我现在还不能说董晓琼的小说是一种创新。但可以说的是，他的作品不同于一般的小说。没有中心事件，甚至也没有不中心的事件。他给我们呈现的只是一些生活的片段。不过，这些所谓的生活片断还是很有吸引力的，并没有给阅读带来困难。其原因主要是董晓琼很好地把握并呈现了那一年龄段学生的心理特点、思维方式、语言习惯，以及人际关系和情感状态。不同于成年人笔下的学生，董晓琼写的是包括他自己在内的学子群像，是他自己。他的人物出现得过于随意，缺乏设计，也没有交代。这在很大程度上影响了读者对小说人物、情节的了解。但在董晓琼的笔下，这些年轻人很自然地融合在这样一个特定的小社会中，并表现出不同的生活状态、性格特色。最使我认可的是作者的语言描写能够非常自然、准确地呈现出高三学子的交流方式，以及由此而来的人物关系、情感性格等。董晓琼的小说还缺乏更加细致丰富的描写。比如对环境的描写、人物经历的描写、故事的描写，以及细节的描写等等。但奇怪的是，《岁月有痕之流逝的青春记忆》主要依靠语言描写就具有了比较强的吸引力。这是一般人难以达到的。这部作品有许多感人的地方，常使人落泪。同学们之间那种毫无功利感的难以重现的"兄弟"情让人感慨。特别是高考将至时，余露用电脑复制了因家庭变故而退学打工的张海涛的照片，使全班的合影实现了大团圆等情节都令人感动。但是，就作者而言，并不着意渲染这些情感点。作者是非常节制的、冷静的。他的长处就在于从看似平淡的叙述中让人受到感染。小说写到校刊主编朱老师陪老父亲到市里看病。他在逛书店时看到了一套《山西文艺创作五十年精品选——电视剧（上下）卷》，就专程买了送给余露，并请他单独吃饭，希望能够在创作上帮助他。这使余露很感动。而我在为朱老师的这种情怀感动时，也得到了些许的安慰。新中国成立五十年的时候，我所在的单位决定要编一套二三十本的《山西文艺创作五十年精品选》。为编好这套书，还专门召开了多次座谈会，动员了大量的专家参与工作。而我就是具体承担组织和选编工作的人。时过境迁，这些书现在都找不到了。但令人意外的是董晓琼竟然把它写到了自己的小说中，那位可敬的"朱老师"又把它买了回来。如果，这套书，尽管只是其中的一卷，能够对一个人的成长产生哪怕是微弱的启示，也是令人高兴的。

《岁月有痕之流逝的青春记忆》并不是单纯地表现这些即将高考的学子们如何备考，或者恋爱等等。在这些日常的生活中，作者表现了他们的人生选择和价值追求。余露的课桌里放着一本《鲁迅精品选》。那是他初中的美女同学任姗送的毕业礼物。而这也正是任姗激励他坚持创作的一片心意。余露与任姗有了人生最初的恋情。但是他们并没有因此而陷入情感的漩涡，而是在一种淡淡的、理性的表达中相互支持着。一个影视制作公司的副总想让余露写些"能够赚钱"的剧本。但这与余露的创作理念不符，他不能违背自己内心的坚守为钱而写，予以拒绝。这种灵魂的纯粹性表现出新一代精神上的高贵。小说还写了许多同学之间的互助、情谊，老师对同学的关心、帮助，以及余露所接触到的影视界前辈对他的关怀。总之，董晓琼为我们创造了一个净洁的、透明的情感世界。那是一个我们已经在现实中淡漠了的青春世界，是一个应该常常回忆并激励我们保持纯粹性的世界。他的小说唤醒了我青春的记忆，并追念这生命中不可再遇的美好时光。

到目前为止，董晓琼已经出版了一部散文集，还获得了这样那样的奖励。这是生活对他坚守文学创作的回馈。随着岁月的流逝，单纯的、透明的青春将离我们而去。但是，文学以及我们内心的热爱和追求并不会因为岁月的改变而消失。即将走出青春时代的董晓琼，你还能继续保持内心的那种执着吗？文学或者就在这样的坚持、孤独，甚至曲折和不如意中生长。才华和坚守不仅属于你的青春时代，也将是你存在的证明。当我们这一代人的青春早已消逝时，更多的人正风华正茂着，展开青春的翅膀，飞向辽阔美好的未来。

我，还有更多的人，正在远方深深地祝福着！

仪式、死亡与"三角"叙事

——顾拜妮短篇小说创作浅析

◆林培源

　　"伟大的成就感"在顾拜妮的小说《请你掀我裙摆》中频繁出现，几乎成了这篇小说的题眼。小说讲的是"我"对成长的渴望以及此种渴望最终被消解的故事。小说中的"我"只有十二岁，却想长成如姐姐那样的尤物。身体意识的觉醒使得"我"对姐姐的裙子充满占有欲。"那是一条紫色的肩带上缀着小小白花的连衣裙，裙子的裙摆很短，但如果穿在我身上的话长度应该正好。我无法忘记裙子表面的细微褶皱，以及手指触及时感受到的那种刻意而为的颗粒感。"而在喜欢上一个小男生之后，"我"更加迫切希望穿上裙子，好让小男生来掀一次裙摆。这便是主人公认为的"伟大的成就感"——"那伟大的成就感，为了对抗生活的百无聊赖值得冒险一试。"但后来"我"的计划落空了，"伟大的成就感"在"我"偶然撞见姐姐与男人发生关系之后分崩离析。"我"最终在一次大雨中迎来了经血，不可抗拒地完成了成长的仪式。

　　如果说刊于《收获》2014年第5期"青年作家专号"的《请你掀我的裙摆》总体上还稍显稚嫩的话，那么在《白桦林》中，无论语言、叙述节奏还是整体架构，顾拜妮的小说技艺都有了长足的进步。《白桦林》刊于《收获》2015年第5期。时隔一年，顾拜妮的小说从对"成长"的片段式速写，迅速蜕变为糅合着死亡、故乡、逃离等主题的素描。在这则短篇小说里，顾拜妮将"吴镇"纳入到叙述视野，承接《请你掀我裙摆》，小说依旧采用第一人称叙述，叙述者李稚是个在吴镇舞厅看场子的姑娘。《白桦林》的故事便围绕"我"（李稚）与死去的苏生哥和廖智展开。"白桦林"是个中心意象：既指代一首名为《白桦林》的歌，又指代吴镇的舞厅。在"我"的主观意识里，苏生哥并没有死，只是失踪了，或者去往别的城市，但在廖智看来这只是李稚虚妄的想象。廖智对"我"说："跟我离开这儿，永远不要回来，不要继续等一个已经死了的人。"歌曲《白桦林》讲述了女人对死于远方的爱人的思念，在小说的情景中，这首歌便与李稚对苏生哥的等待与悼怀构成互文。"消失"（或者说死去）的苏生哥是缺席的存在，他出现在"我"的回忆中，变成叙述的中"虚"的部分；而廖智则代表"实"的部分。这个重返吴镇（故乡）的年轻人希望"我"和他一起离开。《白桦林》讲了一个三角故事，然而这个三角关系却是极其不稳固的。活着的人与死去的人共处同个空间，这个空间既有实在性，又有精神性。换言之，小说借助三角关系指涉了深层的——"离乡 / 归乡"——的城乡问题。"一路上见到很多正在施工的新建筑，吴镇正秘密地隶属于紧邻的省会城市……吴镇将会成为省会的另外一个新区，不再是落后的小镇。"小说结束于吴镇的拆迁，舞厅"白桦林"也将因此消失。借助这篇小说，顾拜妮确立了小说潜在的叙述结构，它承载了下文即将分析的"死亡意识"。

从《白桦林》再到发表于《山花》2015 年第 11 期的《清明，清明》，以及本刊《西湖》"新锐"专辑的两则小说（《我和刘波》《表哥杨日》），"死亡意识"一直幽灵般萦绕在顾拜妮的小说中。这种沉重的意识经由第一人称的"我"以戏谑、冷幽默甚至是自嘲的口吻叙述出来（顾拜妮的几则小说皆采用第一人称叙述视角），其造成的反讽效果更凸显出死亡意识强大的弥散能量。

《清明，清明》延续了《白桦林》的三角叙事，小说的主体部分讲的是某次外出到水库野炊，"我"与徐烨趁机在车里偷情，而与此同时，一同野炊的女孩子刘宁却意外溺毙的故事。小说由"我"在清明节这天给刘宁上坟而遇见徐烨讲起，沉重的往事在回忆和现实的交织中行进。小说也因此获得某种缺席和在场之间的戏剧性张力。自始至终，小说都隐约透露出"我"挥之不去的"负罪感"。这种负罪感一方面关联着死亡，另一方面也和小说的不确定叙事相关。小说并没有明确指出刘宁溺毙的真相，这就给读者留下了想象空白，同时也是小说文本亟待填补的一项叙述空缺。"那时我感到伤感，很不理解，人怎么能永远待在一座局促的山丘下面呢。每次站在老家门口那条暗黑的河流前，都会忍不住想象已经不存在了的人们。……有些时候真的很害怕自己也会顺着那肮脏的河水流走，和提前熟透落入水里的枣一起。""刘宁的墓旁开着一种淡黄色的小野花，还不难看。"——以上引用的，间接或直接触及山丘、河流、墓地这些与死亡息息相关的意象。而清明节上坟也就不仅仅是悼亡仪式了，它更多承载着主人公内心的负罪感。

《我和刘波》还有《表哥杨日》作为顾拜妮近期的创作，将它们放在一起讨论，或许更能检视顾拜妮短篇小说创作的肌理，这两篇小说讲的故事不同，但它们都指涉了人生的"存在"和"缺席"。

《我和刘波》的叙述始于刘波的葬礼，父母给刘波安排了阴婚。"刘波的葬礼看起来很冷清，他爸爸给他娶了个阴配姑娘，活着的时候是个护士，未婚，居然是宫颈癌死掉的。"这样的葬礼仪式显得荒诞，又铭刻生活的真实。刘波的葬礼"采用他们家乡传统的土葬方式，今天的葬礼亦是婚礼"。"我"在葬礼上遇见另一个和刘波同名的老同学，叙述也由此延展开来。在这里，顾拜妮式的不确定的三角叙事再次浮现。这次缺席（死去）的刘波（小说中叫"刘小波"）成为"我"和同名者（小说里他被称作"刘大波"）共同的回忆对象。这种叙述方式和《白桦林》《清明，清明》异曲同工；《表哥杨日》用的依旧是第一人称"我"的视角，围绕表哥断了的那根食指，在一次家庭聚会上，"我"回忆起表哥的初恋以及表哥和表嫂相恋、结婚到离婚的人生经历。小说开篇借用了 2014 年诺贝文文学奖得主莫迪亚诺的《暗店街》："我什么也不是。" 小说的主体部分就围绕着我对表哥因何失去食指的猜测得以进行，而过去的回忆与现实的生活穿插进行，组成了这篇小说看似松散实则密实的叙事肌理。表哥从小是家族的正面教育典范，而"我"则是反面教材，二者的落差随着各自的成长得到了弥补甚至颠倒，表哥的婚姻是失败的，而我对自己的存在、生活的意义也感到"无意义"——在这点上，表哥失败的人生成了我追寻存在意义的一个镜像。《暗店街》也变成了这篇小说超越日常叙事的一个深层的"互文本"："再次想起莫迪亚诺在《暗店街》里说的：我什么也不是。否则我是什么呢？我想知道自己是什么，但又不知道知道以后能有什么用。我觉得表哥是朦胧的，自己也是朦胧的，一切都是朦胧的，在某种意义上。"表哥那根断了（缺席）的食指不断提醒我人生意义的"在场"，让我意识到"一切都是朦胧的"，我们的存在究竟有何意义？

顾拜妮的小说聚焦于琐碎的日常生活，其中情感纠葛、性爱和沉重的生命交织在一起。她的三角叙事不过是表层形式，其深层的叙述动机或许是她的"镜像"意识。在这几篇小说中，"镜像"总与死亡相伴相生：死亡成就镜像叙述，镜像叙述折射了作者的死亡意识。借助以上的分析，我们大体勾勒了顾拜妮短篇小说的整体风格。她的小说语言隐约透着王小波的影子，叙述也有着鲜明的口语化倾向，这就使得小说在讲述悲恸时呈现某种"远观"的效果，从而拉开主人公的行动与死亡意识间的裂隙。这道裂隙愈大，小说透出的美学效果愈明显。在描摹细节、对话、人物内在心理方面，顾拜妮有着优于同龄人的老练和成熟，但在小说内在精神的勘探上，还有迢迢黑暗等待着她去昭示。我们有理由相信，顾拜妮会沿着她开拓的路径，在小说的疆域走得更宽更远。

文体自噬：赵应诗歌中的景观、场域与身份

◆李啸洋

评价一首诗的坐标系是什么？什么样的诗歌是好的诗歌？标准的问题被有意无意隐去，因为标准总是为好诗所确立，言外之意排斥了很多"不标准"的诗歌。新诗的无难度的准入门槛，以及利益共同体的绑架，导致了这个问题石沉大海。诗歌的美学口味又是嬗变的，所以标准的问题总不能解决。

虽然标准嬗变，但是诗歌的评价框架还是存在的。1953年，M.H艾布拉姆斯的《镜与灯——浪漫主义文论及批评传统》提出了"文学四要素"：世界、作者、文本、读者。对于诗歌而言，评价一首诗同样需要从诗歌文本、文本与诗人、文本与社会语境三个层面来考量。就文体本身而言，语言样式、吟述方式、隐喻与象征系统、功能模式、风格特征基本架构起一首诗歌的风貌。诗歌文本是诗人的五官，长得秀气雅致还是长得鬼斧神工，南方人还是北方人，一望便知。第二层面是诗人，一首诗展露的是诗人的价值观，展露的是诗人对世界的体验方式、思维方式，展示的是深层次的精神结构和个性心理。第三个层面，是文本与社会语境的关系。社会语境的生成既包括诗歌的书写传统，又包括了诗歌书写的当下环境。诗歌的接受语境是审美生成的环境，文化语境是支撑诗歌审美的文化场域。上述三个层面是把握诗歌的几个基本维度。

一、景观化书写：脱域、引渡与身份再造

"脱域化"书写是赵应诗歌写作的一个特点。"脱域化"要从如下几个方面描述：从写作角度而言，赵应以小说的笔法介入到诗歌写作中。这样做的好处是，增加诗歌写作的复杂度，使诗歌从古典传统和现代新诗的书写范

畴中脱域出来，赋予诗歌一种全新的叙述视角。但是，小说笔法介入诗歌也有危险之处：文体的自我反噬。自我反噬就不允许诗意的溢出，也不允许有不确定联想。宇文所安在《迷楼》一书中说："每个人心中都有一只野兽，它不喜欢身上的枷锁。诗歌用言辞饲养这只野兽，唆使它恢复反抗和欲望的本性。"

小说精确的笔法，无疑克制了诗歌自身的发酵能力。诗歌旨在突破语言的边界，语言的精确对诗歌无疑是一种藩篱。在诗歌《界限》中，连作者自己都在似乎承认这一点："在小说的庞大地界里，我过着家畜般的甜美生活。"

艾略特曾言："过去的过去性，过去的现存性。"从时间轴的分布来讲，诗歌处在过去与未来、当下与传统的二元维度中。90后诗人群在民族化和全球化语境中生成，是一种独特的美学现象。赵应是90后书写的诗人样本，他的诗糅合了民间言说、小说与散文的叙述基调，将诗歌拓展为不定型的形态。在新的诗歌形态中，全球化经验的移植与引渡过程中，诗人不自觉地扮演了各种观察身份：比如民间者的身份："晋北那些刁钻蛮横的女人只能活在自己的属相里。"（《坏血统》）；比如亦古亦新的中间者身份："一万个优良传统，不如两次对敌招手；承接酸雨的，不止有沉重华美的汉白玉石，还有南朝四百八十寺中和尚们的锃亮光头。"（《土篇：传统在此时此刻欢喜打坐参禅》）比如亦中亦洋的观察者："一个宠妃子死了老皇帝，耶稣在中国农村，没了辙。"（《耶稣在中国农村》）

身份的转换与错位，折射出全球化语境中的困惑。在诗歌资源开放、诗歌文化贸易发达的今天，诗人将身份的困惑和文化的破碎描述的淋漓尽致："大神死了，小神便会借尸还魂，包括民族主义这个小神，这是遍及今日世界各地的一个事实。"（《但愿这不是让人绝望的时刻》）民族主义与全球化写作媾和出新的写作样态，这为重识现实提供了一把崭新的钥匙。诗人在《毒鼠用药》中，这样描述猫鼠关系："嘘！他们认为我们的皮下脂肪里流淌着民脂民膏。/嘘！他们传言社会上正流行一种传染病：病源因种种原因尚无法查明。/夏目漱石再也不用说他是猫了。/猫天良丧尽，反使与它同谋的人们疯狂。呸！/你们听过高密东北乡的猫腔吗？我就听过。其声呜呜然，如泣如诉……"诗人将全球性的文化资源信手拈来，将之嫁接到诗歌写作中，呈现出全面的景观性。日本小说家夏目漱石的《猫》、法国哲学家加缪的《鼠疫》、莫言在《生死疲劳》中描述的猫腔、《诗经》中的《硕鼠》等都成了诗歌写作可资利用的资源。这种景观化的书写方式，模糊了地域性。它没有身份，没有民族性，诗句像从世界各地移植而来的花圃，只见花朵，不见根系。诗歌语言的自我言说自成一体，而文本的所指似乎并不能确定。

诗人约翰·邓恩曾在诗歌中预言："没有谁是一座孤岛／自成一体／每个人都是大陆的一小块／是大陆的一部分。"赵应的诗歌响应了全球化的写作预言。景观化的写作样态，指向了人存在的荒谬境况，折射出戏剧化的生存困境。诗歌《我有失身份》描述了人的谬相："一大群牛鬼蛇神（我不是头领）挤在某国X商场的某间地下室开首脑会议。两个端茶倒水的女服务员，突然在会场中央的空地上踢起了毽子。"诗歌《裸体纸牌》："四个帝国留下三具干尸，转身去投奔在历史学家们的放大镜下／十万匈奴下了大赌局，汉武帝轻轻拨弄着地球仪。／亚历山大是个魔术师，本世纪纵情意淫着下一个世纪，他们曾经都有过玩跷跷板和骑马射箭的青春。"全球化作为新的幽魅，对文化带来的影响不言而喻。诗人用词语的压射和短语并置涵化了经验，在文本中"祈求召回历史，有时又好奇地取消历史。"《葫芦崇拜》暗示了这种交杂经验的恐怖："遂有全球性的洪水将所有力量都暗暗积蓄在了四大洋底部。全球性的异族通婚因此将变得寻常。全球性的万物生长因此更加像七月里某只大鸟的哀号：那一刻仿佛地球生生将息，末日的荧荧之光端倪渐露。而哲学家们全都预言：新的理想国即将建立，或被葫芦永恒封存于我们的幻想中。"

二、混合式写作形态：叙事、民间与游移

赵应的诗歌有一种奇特的能力：在背景中对主体予以特写。这样的特写描述、放大了地域的面孔，给人一种猝不及防的打击。《高原上的女人》书写商品经济时代下传统农业文明面临的凄凉处境："在黄土之上，农耕只是失败者的事业。像是一辆牛车，一卷陈旧的羊皮，更像一个掩门闭窗的老妇人，把自己洗净、脱光，埋入远山温热的灰烬。"《鬼年景》写是农民和后代对阶层固化、对无可选择的命运的无奈："某年某月某日，我回到晋北老家。天大旱，庄稼几近绝收；父亲赵志明，才个把月说老就老了。真的，最好的水浇地也缺水呀！玉米秆子从发黄，直至发黑。村与村民堆叠在一起，哭苍天，哭大地，那里面就有我呀，一个青年痞子，竟也动了恻隐之心。"原本以为诗人会将诗歌引向纯粹的苦难表述，但是诗人随即另起一行，跳出了苦难的书写路径："但为什么南方人都羡慕北方人豪爽。但为什么北方人又羡慕南方人温婉。"

不论是自然经济／商品经济、农民／时代、温婉／豪爽，诗人都在为诗歌中为生民立命。赵应诗歌中的民间去掉了崇高、去掉永恒意义、去掉意识形态和决定论，指向日常生活的经验本身："在有性欲的日子里，却无人愿意跟我搭伙，这难免会让人感到有些伤怀。无事此静坐，一分钟也显得格外漫长。"（《八段锦·鱼翔浅底》）；"不过是尽欢，但终归是要结束的。"（《弹琴唱歌跳舞》）诗人在诗歌中用民间心态质问性爱的本质，诗歌中弥漫着苍凉的末世主义。农民作为一个庞大的民间群体，被从宏达的背景中开掘出来。他们是主体，是全球化和经济化浪潮下被隐蔽的民间主体。诗人再一次在诗歌中拿起小说之刀，用白描的笔法锉掉光怪陆离的表象，呈现民间农民的"裸命"生存状态。《高原上的女人》《鬼年景》充满了批判精神，也充满戾气，因为它是尖锐的、矛盾的、深刻的、拒绝的、疑问的、否定的。似乎如《界限》中所立下的预言："平民和圣贤，必将齐声走上前来——溺于水，或葬于火。"

　　文学实践是文学与现实不断递进的实践关系。新诗化古，新诗化欧的古老回音也在赵应的诗歌创作中不时游移。从《诗经》确立的写作传统来看，赵应的诗歌扬"赋"扬"兴"，但抑制了"比"的书写比例。这样写作的结果，是文体结构和价值审美呈现出均匀分布的样态。组诗《废园九章》《五行，与我的朋友们》《创造黑夜》《失落体》莫不是这种写作风格。《废园九章》下辖了几个小标题：《公牛与桃色新闻》《天津卫与葫芦》《手枪拼图》《你没有如期归来》《猫与兔之歌》《破坏人造林计划的流产》《毒鼠用药》《牛羊下山》《公鸡之死亡》。这些短章造就、折射出丰富的作者镜像：波德莱尔的邪典、巴略霍式的广博、郭沫若式的激情和后现代哲学式的思辨。《废园九章》有讽喻的味道，讽喻起一种引渡作用，将古典诗歌不可言说的惰性引渡到现代诗歌的解构性的框架中。且看《庄周卖水》中的对庄子的意象引渡："可谁知庄周这人穷得叮当响，连贩水的本钱也不够。庄周这人有脑子。他可以上溯一千年，后望一千年，只可惜在泱泱大中国，一百万个臣民中只有区区一千个读者，一千个读者中大概只有三五人偶尔翻翻他的书。"在这首诗歌里，庄周从古代文学的想象中脱域出来，进入新的描述境地。诗人用"庄子卖水"来隐喻文化的失落，指出市场化语境下世人的功利心态。

　　《界限》的写作是一种箴言化的写作。这种箴言化的写作，不是参禅，不是教化，是一种混合了诗歌神秘和民间口语的样态。譬如"浑身是鬼的人，说话不能太大声。"（《无可宣讲的宣讲家》）；"鸡的话语强奸了鹰的话语。"

《我有失身份》 "干站在岸上的人，是永远喝不到水的。"（《一千零一夜的情史》）；"低贱的黑煤块。低贱的粮食。低贱的被围困在黑夜的人。"（《两个影子》）；"情欲——连同我们的身体在芳香中温暖——这美的母坯子，繁衍。繁衍。"（《鸭的悲剧》）；"黑夜是一种蛊，将黎明和失眠症患者通通杀死。"（《创造黑夜》）；"秋天，取悦着大地；我，在水上迎亲。"（《牛羊下山》）。神秘、鬼马、先知、巫性，诗人在诗歌中将游吟身份与敏锐观察者的身份并置，让写作呈现出别样的风貌。箴言式的词语走出了叙事的平面性，走出了景观化的碎片拼接，走出了纷繁人世与诗歌热情的决斗，而走指向一种神秘的根性思考。

三、批判：词语压射与"戛然而止"的瞬间

"我的朋友甲生前穿金戴银，极尽奢华。性刚烈，尤喜柏木，凭一手精湛木匠活儿行天下。"（《金篇：那柏木建造的白日梦轰然崩塌》） "你看万道马不停蹄的老路正被挖掘机彻底摧毁，当更多的暴行在风中飘荡，谁吃着一小碗社会主义的凉粉，谁的嘴巴翻过千山万岭去吃蛇、吃蛙、吃云南猴脑"（《飞行术》） "一种潮润，一种唇干舌燥，一部后知后觉的野史。此间的书写，就全靠我历尽艰辛保存下来的那两箱活字了"（《木篇：战后的西北山上群匪后知后觉》） "你是流浪歌手吗？你老实点，说你呢！咳咳。你真心想要那些本地的蔬菜瓜果和荣誉奖项吗？你姓甚名谁？咳咳。听清楚，今天你是要死还是要活？"（《猫与兔之歌》）这些带有小说笔法的诗句，给现实切开了更深的口子。诗人化身为批判者，将讽刺针砭、流氓调侃、哲学思辨、匪徒黑话和学院派的腔调杂烩在一起，用文明和匪气编织出一套颠倒的话语体系，用名词的并列、追问的逼近、防御性的辩护、陈述与疑问的叠加，架构起诗歌文本的张力。

读赵应的诗，像鼻子里呛进了芥末。呛、辣、鲜，欲罢不能。芥末放多了，最期待的是直冲脑门的麻痹感能戛然而止。在一些诗中，赵应书写了许多"戛然而止"的瞬间："'砰'的一声巨响——三辆摩托车相撞在村南的公路上。血流了一地就不流了。"（《创造黑夜：在深夜与友人谈论哲学》） "不如凌迟至死，你我戛然一下失声……真理的葵花，朵朵向日；讲过的错话，鼻青脸肿"（《无可宣讲的宣讲家》）；"嘘！你听——"激情，正如轮子／因闲置而完美。"（《毒鼠用药》），戛然而止让时间和经验陷入停顿，这是小说家

的节奏惯性，是现代诗中较少出现的一种书写形式。

诗人不忘将政治话语引入到诗歌中，做"道德上的大扫除"：民主、封建、资本主义、社会主义，显现出别样的审美趣味。"'没有阵痛就没有民主！'有人在网上反驳。'你带着你的阵痛民主去吧。'我平静地说道。"（《但愿这不是让人绝望的时刻》）"我举起了手，碰到了黑暗中的一些旋转楼梯和棺材。"（《破坏人造林计划的流产》）"务必赖活着，黎明前咬一口手指，陶醉你，温热你，封建羊肉般恶心你！"（《公鸡之死亡》）"不颠倒，不革命；不后入，不爱情／1960 年代的山西农村，日夜翻滚呻吟，鸡犬不宁"（《无可宣讲的宣讲家》）。诗人写是一种民间想象的断裂。诗人将性、暴力、政治、自弃并置在诗歌中，诗歌成为私人情感、词语和民间激情的新容器，诗人在诗歌里展现出小说家的复杂，在语言陈述上释放了一个小说家的能量：讽喻、调侃、错置、苦乐、颠倒等等。乔纳森·卡勒提出"阅读程式"的概念。他认为读者拥有一定的阅读能力，是基于无意识的、约定俗成的。读者步入诗人设定好的阅读程式，读者仿佛走到了高压水喷头底他们被词语压射出的激流淋透，从头到脚且不知所措。

当然，赵应有时也是传统的，虽然他的部分诗歌有一副激进的面相。"一个大国可以同时裂为三块碎片／在褐色的高地，一条河流是这样的／沉默是实体，其他是泪水／而同一速度的列国周游既有害／又无声：这一夜，像流亡／这一夜，如果大雪封门"（《山西》）；"你天生即是衣冠禽兽。父母双亲亦皆为贫下农民／在山西，他们脚下的路面颓坍殆尽，积雪幽蓝／像空中滚过苍黄的云，羡慕着你的坏血统。而你曾在／村南的西阳坡上放驴，摘花，撒野，半道山脊拦你／如拦一只地道的猛虎"（《坏血统》）；"裂纹出现。梦中的白墙壁骤然发黑，海水无边无际。我打开胸腔，徒手取出两根白花花的大肋骨——这爱的膨胀物，我的女人，你本就是属于我身体的一部分。"（《裸体纸牌》）这些回归传统的诗歌写作中，诗人在反观生活的本相中宁静下来。诗人在写作中进行自我反思荷忏悔，在用诗歌反复的揣摩与无限的接近自我时，诗人抵达了灵魂中不能到达的那一刻。这是写作的缘起与初衷，是诗歌语言洗尽铅华后回到传统母体后的坦然心态，诚然如他在《在舒家大院仰望星空，并本心录》做出的剖析与坦白："其实心有不忍。／虚火一除，性欲可猛可柔；月儿弯弯，照得人人魂不守舍，好比说星空是我，／暴戾，但洗净生命。放着蒲扇，去捕蝉鸣。"

诗意生活的捕光者

——简析荆卓然的诗歌

◆刘施文

　　在生活的百花园里，他像一个诗意的采集者，用尚未娴熟的慧眼寻寻觅觅，总能发现用生活的放大镜所呈现的微观美。原来生活中处处都有诗歌写作的素材，诗歌可以用精练的语言讲述生活。他对生活的热爱不仅渗透到诗句中，更能延伸为对父母、兄弟、爱人甚至对祖国的大爱里，他就是荆卓然。

　　认识卓然是通过韩玉光老师的那篇《以星子和玫瑰的方式生长》——山西90后诗人简评。虽然我们素未谋面，但是彼此间的友情通过诗歌架起的桥梁渐渐升温，感觉像是认识了好久。到如今甚至有了为他的诗歌写点东西的想法，首先申明，这并不是一篇诗评，因为我的诗歌造诣还未达到能对别人的作品说三道四的程度，这可以算是我对卓然诗歌主观上的理解和解读吧。

　　卓然在年龄上和我相差四岁，这恰恰是我跟旭锋哥的年龄差距。但是卓然在文学道路上所取得的成就，作为现在的我尚不能望其项背。他的诗歌作品已经在几十家报纸杂志上公开发表，获得过许多诗歌奖项，年纪轻轻就已加入阳泉市作家协会……看起来我这有点扬他人志气，灭自己威风。但卓然打动我的并不是文学成果，而是有血有肉的作品。

　　阳泉那片有着文化底蕴的热土，使得他对生活有着更细微的观察与感触。不曾读到《宣纸上的阳泉》，但那一定是最懂家乡的深情诗篇之一，那是一个有着文学梦想的少年对家乡最纯真的赞歌。卓然的作品一般不会出现在 QQ 空间和新浪博客上，这些平台上更新的总是他的作品不断上刊，不断收获的好消息，让人看着羡慕。能够目睹的也就是刊物目录上诗歌作品的题目，这次能一下读到他的三组诗歌，真是有点"久旱逢甘霖"的喜悦。

　　《台灯下和古人交谈》组诗中《荆轲》里有这样的诗句："我也姓荆 / 却文

无建树 /武不沾边 /愧对祖先"可见他的自谦之心。《杜甫》中有这样的诗句："草堂现已成为旅游胜地 /安史之乱的喊杀声已经生锈 /你为何还像钉子户一样 /住在这里"字句中彰显着自己的秉性以及对历史的思考，诗歌在立意上有了升华的空间。《两个人的战争》组诗：《我从你家楼前经过》《养喜鹊的男孩》《你是否记得》《夜晚独想》等诗篇中有着淡淡的情愫。看到过卓然的生活照，他阳光帅气的外表下多了几分同龄人没有的成熟和稳重，所以对爱情的追求与诠释，也就读不出稚嫩和浅显。他在《两个人的战争》中写道："这是一场最奇特的战争 /你只对我嫣然一笑 /我就已经全军覆没"这句诗我读了好几遍，不只是语句的幽默，我更读出了卓然对感情的包容与担当。

相对于追风少年，我更愿意说卓然是诗意生活的捕光者。拔萝卜、刨土豆都是生活中再平凡不过的农事，带着浓重的乡土气。但是在卓然的诗歌中，这些事物都饶有情趣，他在用诗歌阐述和勾勒生活中的美，生活是他大部分诗歌的写作素材，他是生活的有心人。

卓然说：活着，就是讲述生活。这句话说得轻快而又深刻！在他的《女生宿舍》组诗中可以看出，他在给美好的校园生活披上诗意的色彩。《师专的小路》《图书馆》《操场》《新生报到的那些天》《文学社》等作品中充满了校园的生活气息，他是在校园里寻觅诗意的聪慧诗人。那首《女生宿舍》中写道："仙女们的闺房 /男生们的向往；你不出墙不等于无人拆墙 /总有男生跋山涉水的目光 /潜入梦乡"对女生宿舍的向往，更是道出了许多男生们的心声，作为在校大学生，我也有着强烈的共鸣。诗句中并没有太华丽的辞藻，却在无形中有了感染力。他在捕捉生活之光的同时，也能捕捉到读者的心思，这是一种具有引导性的诗歌写作思维。

他还年轻，他的文学路才刚刚开始，他的未来充满了无限可能。虽然在他的诗歌中有的诗句略显肤浅和直白，但是瑕不掩瑜，他的诗歌一定会有大突破的！我希望他能在以后的创作道路中，慷慨地把自己的作品拿出来。因为能够经得起推敲和咀嚼的作品，完全有自信让更多的人读到，没有人会去拒绝好作品的。眼下诗歌需要进步，文学需要进步！只要坚持下去，他的努力必定会赢来诗坛的尊重和认可。

以星子和玫瑰的方式生长

——山西90后9诗人作品简评

◆韩玉光

中国90后诗人的登场似乎远没有80后诗人当时的那种先声夺人，这并不能说明90后诗人没有在文字里激起自己的青春浪潮，恰恰相反，这种无声的崛起并没有影响他们发出自己应有的光芒。相对于80后诗人的符号式出场与合唱效应，90后诗人以独唱者的身份逐一将歌声送出诗意的窗口，也同样引起了先行一步的诗人们的注目。2009年到2010年之间，一批90后诗人相继进入我们的视野，比如原筱菲、李唐 蓝冰丫头、高璨、苏笑嫣、余幼幼等以充满了青春期的敏感度与想象力的诗作在网络与纸媒先后亮相，他们的作品从一开始就有一种不同于前面几代人的安静与亲和，他们也有峥嵘，但让人更多感觉到的是他们将峥嵘也赋予了明亮与温暖，好像90后诗人正是在几代诗人给予诗歌土壤以各种养分之后适时生长起来的诗歌之树。当我们看见他们的时候，他们已经将枝叶伸展到了诗歌这座圣殿的台阶上。

我在2009年曾以《浮出水面的光芒》（《诗歌月刊》2009年10期）评价山西的80后诗人群体，仅仅时隔五年，另一个诗歌的后浪已然与前浪汇合在了一起，这不能不说是诗的奇迹。虽然相比于全国的90后诗人现状，山西90后诗人要晚熟一些，作品的尖锐度和稳定性要弱一些，但他们激扬文字的热情与谦逊的姿态已经决定了他们今后的诗歌走向，我们可以期待，未来的山西诗歌会因他们的出现而变得更加富有魅力。

这9位年轻的诗人中，高晓东、寇宗源、赵应比较熟悉，郭凯欣、荆卓然、李鑫鑫、李义利、刘施文、赵星瑜的作品都是第一次读到。高晓东的诗在物与我的相互渗透中获得了一种诗意的安静，仿佛他是一位菩提树下的觉悟者，在光线中慢慢洁净着自己的灵魂。其实我只想在风里吹一吹／觉得这比在雨水的洗涤／会使灵魂更干净（《十月，北风吹》），世界小了就无声了／只是心跳证明我还活着（《我的世界》）源于对自我与世界自觉的凝视和聆听，高晓东显得敏感却沉默，简单中透露出对身外之物的理解和宽容。寇宗源的诗多从间接经验切入，他的冥想空间总是在写作的同时被内心照亮，那些类意象的事物实际上是一种瞬间的闪现，看似具体的客观物象其实是抽象的合成物。他写下空城，那空城只是不断变幻中的一座空城，仿佛他心头的一次颤动，也仿佛他泪水流下的痕迹。我的泪花一直是分行的／我甚至宁愿化成那颗埃土／游在时光之河，触摸大地的疼痛（《与时光书》）他的时光书是一场精神之旅，他的痛不切肤，只关乎痛的源头。赵应的诗开阔而具有直面生活的勇气，他总是能够从细微的生活体验中找到诗的起点和终点，他以局外人的身份取得了哭泣和痛苦的资格，这是诗人不以己悲的居高临下的方式，他看见的，仿佛就是他已经经历或即将经历的命运场景。我的软肋与我没有任何关系：／只是偶尔会被人戳到，蒙受羞辱。伤害多一些，再多一些。／我需要警惕，需要理解。需要某间陋室（《哲学书》）。在诗人赵应得到某间陋室的同时，我想他也将得到属于自己的那片天空。郭凯欣的诗既是属于童话也是属于梦的，他的每一丝微笑每一次快乐都是诗的涟漪。在他的心中，连旧时光也是美人。你告诉我，旧时光是个美人／我想了想，忆起童年的天真（《邂逅旧时光》）这种纯真与无邪正是诗的源头，郭凯欣用自己的美好心灵与目光感受着观察着世界，也必然赋予诗歌一种透明而喜悦的光泽。荆卓然的诗仿佛流淌的溪水，明亮又充满温情，读她的诗就像一次诗意的行走，中途有花草的芬芳，也有婉转的鸟鸣。在城中村的一条大道上／我遇到了一群正在赶路的羊／穿着羊毛衫的我／此刻是否像一头披着羊皮的狼（《大路口遇到一群羊》）对自然的热爱，像血液一样流动在她的身体里，偶尔，她也会逼近自己的内心，看清自己对自然的关爱与悲悯之情。李鑫鑫的诗简洁而直接，她以近乎白描的叙述策略记录着生活，但那描述既会让你流泪也会让你温暖，说到底，只要拥有一颗诗心，那么，每一次跳动都会充满了诗意。我想写诗、想喝酒、想吃饭／我想过用敌人的手榴弹把自己炸醒／我睡一觉／曾可怜，没有梦想（《没有梦想》），诗人的率性天生就接近了诗歌，她的梦想也许诗已经替她做过了。李义利的诗是玫瑰做的，他写自己的爱，花瓣、叶子和刺都是浪漫的，他以玫瑰的方式生长着，诗也一样。我继续行走 慢慢地生出许多邪念／比如挽你腰的时候扯断你的项链／比如拉你手的时候撕掉你的裙边／我傻

笑 我茫然 我从来没这么勇敢（《邪念两首》）他以爱的脚步行走着，所谓邪念也是两朵玫瑰而已。刘施文的诗让我相信情到深处都是诗，对故乡、异乡、心爱的人以及生活中那些令他难忘的细节，在诗人刘施文的内心都仿佛一缕缕星光，闪烁一下，时光就亮一下，然后就有了诗。常年漂泊的身影／不忍目睹火车。归人／对家眷的承诺／挺起一个男子汉的脊梁／不轻易招惹乡愁（《异客》）甚至，诗人都不忍目睹一列火车，生怕归心像词语，总想回到家园般的诗中。赵星瑜钟情于普拉斯或许是她抒发个人感受的方式与普拉斯有相似之处，她的诗有时候像火山的岩浆呼啸而出，有时候又像一场风暴，残酷地将自己都要摧毁。这是对生命的诘问和责难，是一个非宿命论者敢于埋葬荒凉的勇气。只要一想到过去没有痕迹的美丽／与哀愁，就越发想要／在未来屈指可数的日子里记录（《记录》），或许，美丽没有痕迹，但诗人赵星瑜已经写下了发自内心的诗篇。

茨维塔耶娃在《诗歌在生长》中写下：诗歌以星子和玫瑰的方式生长。阅读 9 位诗人的作品，我突然感到他们也正在以星子和玫瑰的方式生长着，世界在他们的诗歌中也恰恰是星子的规则，花朵的公式。诗永远是青春的翅膀，而青春则永远是诗的故乡。在他们的诗歌作品中尽管有稚气，但不乏飞翔的勇气，他们以诗的方式沉思、追问、观照自我与世界的同时，也注定是以诗的方式靠近着生活的十字路口。我想，无论他们看见的是红灯还是绿灯，他们都会从上一行诗句走到下一行诗中，因为，他们写下的正是他们内心需要的。里尔克《给一个青年诗人的十封信》中写道："在你夜深最寂静的时刻问问自己，我必须写吗？你要在自身内挖掘一个深的答复。"他们不仅答复了自己，也答复了诗歌。

附录

媒体报道:他们着眼的是世界

我相信它能够迸发出神奇的力量

——新世纪"三晋新锐"作家群研讨会发言摘要

编者按：2016 年 8 月 13 日，新世纪"三晋新锐"作家群研讨会在北京中国现代文学馆主办。会议由中国作家协会、山西省委宣传部主办，中国作家协会创研部、山西省作家协会、山西出版传媒集团承办。中国作家协会主席铁凝出席会议并讲话。山西省政协副主席李悦娥，中国民主同盟副主席、中国作家协会副主席张平出席会议。来自北京与山西的有关专家对山西新近涌现出的作家及其创作进行了研讨。山西省委宣传部、山西省作家协会、山西出版传媒集团有关负责人及山西的部分作家、评论家参加了会议。

会议由中国作家协会副主席李敬泽主持。

时　　间：2016 年 8 月 13 日
地　　点：北京中国现代文学馆
主　　办：中国作家协会　中共山西省委宣传部
主持人：李敬泽（中国作家协会副主席）

铁凝（中国作家协会主席）：（见本书上卷第 1 页）。
杜学文（山西作家协会党组书记、主席）：尊敬的铁凝主席，各位领导，各位专家，新闻界的朋友们，大家好！今天这么多领导、专家、朋友们聚集在现代文学馆，就新世纪"三晋新锐"作家群的创作进行研讨，很受感动。这是文学的感动。特别是刚才铁凝主席的讲话，那么了解山西，了解山西作家的创作，充满了感情，充满了激励。在此，我代表山西省作家协会，代表山西广大文学工作者向所有到会的领导、朋友们表示衷心的感谢！在此，我也要特别解释一下，省委常委、宣传部长胡苏平同志对这次会议非常重视，对会议的筹备做了具体的指示，今天，因公不能到会。但是省委特别派省政协副主席李悦娥同志参加会议。由此可见省委对山西文学的关怀与重视。

新世纪以来，山西出现了一批更年轻的作家，以 60 后为主，包括 70 后、80 后、90 后的作家，形成了一个可以称之为"三晋新锐"的作家群。其中，刘慈欣获得了世界科幻文学"雨果奖"，吕新、葛水平、李骏虎先后获得了鲁迅文学奖，张锐锋获得了中宣部"五个一工程奖"。还有更多的人获得了其他重要的文学奖项。从创作风格来看，其中有继续关注农村题材、比较突出地显现出赵树理等老一辈作家的精神的作家，还有吸收了外来创作元素、具有不同程度的先锋性的创作。除小说之外，这批作家在诗歌、散文、报告文学及评论等方面也都比较活跃，在网络创作方面也出现了一批具有较大影响的作品。总而言之，"三晋新锐"作家群有这样一些特点：一是创作涉及各个领域，不再是小说一枝独秀；二是在年龄构成上有合理的梯次结构；三是他们的影响逐步扩大。这批作家表现出极强的个性。他们接受了传统的审美精神，对中国文化进行不自觉的传承，特别是受到了赵树理创作精神的影响，具有强烈的社会责任感，对普通民众表现出强烈的关爱。同时，在创作中不断探索，不断创新，善于吸收外来表现方式中与我有益的元素，具有兼容并蓄、开放包容的性格。

习近平总书记在文艺工作座谈会上的讲话中指出，要结合新的时代条件传承和弘扬中华优秀传统文化，实现中华文化的创造性转化和创新性发展。新世纪以来，"三晋新锐"作家群进行了积极的探索。我们也相信，在各方面的关心和支持下，特别是这次研讨会，各位专家做了非常认真的准备，将要进行严肃的研讨，发表重要的意见。这些都会对大家的创作产生积极的推动，相信大家会更加努力，不辜负时代的期望。

最后，我要向中国作家协会表示衷心的感谢！因为你们，使我们感受到了文学的温暖，增添了文学的力量和前行的动力。我也要再次向各位专家表示感谢。每当我们提到你们，似乎在说一个个熟悉的家人。你们已经成为我们生活的一部分。我要特别感谢新闻界的朋友们。因为你们的工作，才使文学能够更多地进入人们的视野，成为人们关心的话题，你们的工作放大了文学的魅力。我还要感谢山西省委宣传部，感谢山西出版传媒集团。因为有了你们，我们才有了做好工作的主心骨。最后要感谢现代文学馆为我们提供了很好的条件。

各位领导、朋友们，山西历史悠久，景色壮丽，四季分明，欢迎大家到山西考察、采风、旅游，指导工作。祝大家万事如意，事业腾达。祝中国文学繁荣兴盛，再创辉煌！谢谢。

张平（民盟中央副主席、中国作家协会副主席）：铁凝主席，各位领导，各位朋友，首先感谢中国作协的领导能够出席今天这个会。这是对山西作协最高规格的支持，也是对山西作家，特别是山西文学创作一个高度的评价和充分的肯定。铁凝主席对我们山西作家的关心和支持是一贯的。她多次去山西，每次都给我们留下珍贵的记忆。铁凝主席去过大同，也去过煤矿。每次去山西她都会走访老作家，比如胡正，并且跟我们在座的很多作家有过很多交流，山西作家深深地被感动着。

特别感谢各位评论家。雷达老师，梁鸿鹰主编，施战军、胡平、白烨等等，给予山西一代一代作家强烈的关注，对于我们山西的年轻作家少走弯路提供了很多帮助。

我还要特别感谢在座的山西作家，总是不断地给中国文坛带来很多的惊喜。过去的那一批作家给中国那个时代留下了记录，把山西的文学创作带入一个新的景象。但是没有多久，我们的作家越来越多，呈现出一种良好的发展态势。在古代，有王维、白居易、罗贯中等，当代有以赵树理、马烽为主的"山药蛋"派作家，接着有1980年代的"晋军崛起"。现在，我们既有像张锐锋、刘慈欣这样的作家，全才、怪才、奇才，还有葛水平、李骏虎、蒋殊、手指等这样很有活力的作家。山西作家的创作，不仅有"山药蛋"，还有"过油肉"，甚至生猛海鲜。正是山西这一块土地养育了一批又一批优秀的作家，反过来一批又一批的优秀作家把山西这块土地放大开来。年轻作家是山西的财富，也是中国文坛的荣耀。

最后，我要感谢新一届山西作协班子。现在，大家都在埋头创作，获大奖。今天这样的研讨会能够在北京举办，我也对山西作协的班子表示敬意。希望大家把好的势头发展下去。相信山西的创作一定会为中国文坛带来新气象。我们将一如既往地支持大家的创作，为大家的创作鼓掌喝彩。谢谢大家。

雷达（中国小说学会会长）：我是山西文学界的老朋友，也曾是《汾水》杂志的作者，几代山西作家我都很熟悉。这次"三晋新锐"作家群研讨会，既有展示的意思，但还是要探讨现代转型中山西文学的发展情况。山西文学在现代文学史上根深叶茂，源远流长，是不可小看的。山西是中华文明的发祥地之一，更重要的是革命文学的传承，是以赵树理为代表的山药蛋文学的发祥地。

在现代转型冲突的状况下，山西文学面临着继承和创新的问题，还有新锐作家的培育和成长问题，这些问题都是当下有待解决的问题。对赵树理的传承，离开他不可能，恪守他也不可能。赵树理是民族化和通俗化的代表。他的作品贴近生活，贴近群众，贴近土地，贴近时代，具有新鲜朴素的民族形式和生动活泼的语言。我觉得赵树理小说的优势，今天依然还是非常鲜明的。

新时期以来，山西文学出现了很多人物。比如说在座的张平。近年来出现的山西文学新锐更是不得了。比如说刘慈欣的好作品，不只是《三体》，他还写过很多中短篇小说。还有葛水平，我认为她的长篇很不错，散文也好。但是葛水平对文学最大的贡献还是中篇小说。再就是李骏虎。我这次阅读的一个突出的印象，就是他的《母系世家》。这本书我看了很欣喜，有大手笔的特点，语言功力和叙事功力都很好。小说主要写了晋南农村的大家庭，一个麻雀就可以打开一个世界，文化内涵有很大的升华。

另外，讲一讲我印象深刻的作家王保忠的小说。他已经形成自己独特的选材写法，有自己特别的地域文化气韵，也有自己的调子，像听山西民歌一样。他的小说读起来很平易，让生活自然展开，被生活厚厚地包裹着，落脚点是对中国农民胸怀的维护和认可。山西陈亚珍的作品也不错。她的《羊哭了，猪笑了，蚂蚁病了》，讲述了死后二十年灵魂重返人间，反思了从抗战到新中国成立的历史。我有一个感觉非常奇妙，作者把山西老根据地寡妇村使用得非常到位。

最后，要说一下孙频的作品。她的作品是被看好的，这几年引起了很大反响。她的作品比较寒冷，甚至比较意外。有人说她不像80后的女作家，她像一个男人，甚至像一个中老年的男人的写作。我不同意。我觉得她的作品女性意识很强，但是她的女性意识不是简单呼喊和维护，对于人性的弱点敢于抨击，甚至一层一层拷问灵魂。比如她写的《色身》，看了以后有强烈的冲击力。谢谢。

段崇轩（山西省作家协会原副主席）：中国社会和文学正经历着一场剧烈而深刻的转型，其标志是：从传统的农业文明与文化向现代工业科技文明和城市文化的蜕变，从作为主潮的乡村文学向现代城市文学的演变。但对这场前所未有的文学转型，我们的认识还不够清醒、自觉，我们的应对还不够有力、到位。据观察，乡村题材文学呈现衰退趋向，城市题材文学呈现繁荣态势，在长篇、中篇、短篇小说文体上都是如此。譬如每年公开发表的三四千篇短篇小说，乡村题材的比例占不到三分之一，城市题材占到三分之二以上。这些现象足以说明，中国社会、文化、文学的转型，正在走向深广，加速推进。

在这场文学转型中，乡村题材与城市题材之间的此消彼长、对峙交融，还只是一种表面现象、外在形态。因为题材只是社会生活的某个侧面和文学的一种载体。但它实际上折射了、蕴含了包括政治、经济、文化乃至社会、人生的丰富内容。特别是反映了从传统农业文明和文化向现代城市文明和文化的剧烈演进。当然，这一文学转型是复杂的、艰难的、漫长的。在这一过程中，乡村题材并不会消亡，它还会继续探索、变革，汲取城市文学的思想内容和艺术形式，在表现农业文明和文化衰落过程中谱写出杰出的乃至伟大的作品。而城市题材则会不断成长壮大，克服自身的局限和问题，借鉴乡村文学的传统和经验，真正形成具有中国特色的城市文学精神和风格。

在全国文学格局中，山西文学有自己的独特位置和风格。从"山药蛋派"到"晋军崛起"，以至"晋军"之后的第四代作家，都是以农村题材小说创作为主的，形成了一种源远流长的文学传统，产生了大批的优秀作品乃至经典作品。而到20世纪90年代特别是21世纪之后，全国范围内城市文学强势兴起，乡村文学出现衰微，山西文学传统受到了前所未有的冲击和挑战，面临着艰难甚至是痛苦的转型。这种文学处境，想来陕西、河南、山东、河北等文学界也是感同身受的。为什么当年的"晋军"作家现在大多转向了纪实文学、影视文学创作？为什么山西第四代作家有的创作上止步不前、有的干脆罢笔？我想一个重要原因就在于难以适应今天的文学转型。幸运的是，山西文化和文学自古以来就有厚重、开放、包容的品格和特征，山西的第三、第四代作家从20世纪80年代中期就开始探索多样化的创作路子，这些都为山西的新锐作家——第五代作家的崛起和创新铺平了道路。

对山西文学来说，第五代新锐作家，既是承传、发展的一代，又是叛逆、创新的一代。他们中的部分作家继承了生生不息的乡村小说创作传统，坚持了现实主义文学精神，在一定程度上实现了突破和创新，对山西乃至全国的乡村题材创作做出了贡献。在这个方面，葛水平、王保忠是具有代表性的。同时，这一代作家中的许多位，已把创作重心转向了城市和城市人，转向了城乡交融地带，转向了更多样的题材领域，推动山西文学走向了一个开放、多元的时代。尽管他们的创作还存在这样那样的问题，但我们相信他们会推动乡村题材创作实现新的突破和跨越。

梁鸿鹰（《文艺报》总编）：山西青年作家的作品读起来特别有亲和的感觉，我也写过好多评论文章，觉得他们的创作都有自己的独特领域，写出了乡村故土，非常有特点。李骏虎就是这样一位作家，他喜欢写自己的生活和家乡，写在那里辛劳和智慧的人们，把村庄的历史变成自己小说的灵感，真正把自己经历的生活和作品融合在了一起。读李骏虎的几部小说，感觉到他头脑里面全是乡村的东西，一打开故事就往外飞，完全不需要编织或虚构。

还有那些人生活的细节，他们的行为习惯都能在他笔下自由流淌，描写人物的情感关系非常紧密，体现了中国人的一种审美。他在《母系氏家》中说，村子里面的女人很朴素，一看就是我们中国人的思维方式。她们生活在烟火气当中，没有被任何的政治概念和外在的东西影响，没有被别人的那种宣传，或者强加给她们的东西所阻挡，这是非常可贵的。这些女性是自己历史的创作者，经历并见证了乡村的变化，她们虽然生活得艰苦，但是面对生活的勇气并未受挫，是非常勇敢的。

李骏虎去年新出的作品《共赴国难》，跟他以往的创作有很大区别，由虚构直接变成了虚构和非虚构结合的文体尝试。作品的时间跨度虽然不大，但是说明了中国共产党和国民党在抗战问题上走向联合的过程，描绘了在民族危亡的关键时刻，各种生死较量。这部作品非常扎实，能看得出他有很强的使命感和担当意识。他把这些重要人物，我们耳熟能详的毛主席、周总理、朱德、博古，包括阎锡山等人，那些容易被忽略的东西，特别是他们跟山西的关系，挖掘表现得非常到位。我觉得是对抗战历史非常重要的一个文学上的描写，但是在评论方面对这部作品的重视程度不够。谢谢大家。

傅书华（太原师范学院教授）：我想谈谈对小岸及陈年小说创作的看法。

小岸小说的突出之处是写超越了现实之爱的神性之爱。她的小说常常讲男女情爱或者亲情友情的悲剧，但造成这悲剧的，你又不能将其归结为具体的人物的善恶品行，或者将其归结为我们所习惯的社会问题，而是由社会结构所决定的人的生存结构，是一种存在性的无奈。面对这种无奈，小说中的主人公，作者的叙事立场，是用爱来面对。这种爱，虽然不能实际性地解决现实问题，却构成了对现实世界的价值性超越，用西方神学家温德尔曼的话说，是在无奈中更为强壮的表现。由于中国强大的文化传统是建立在实用理性基础、世俗生活的基础上的，所以，一向重视产生于或者作用于现实实际人生利益的现实之爱，譬如阶级之爱、人伦之爱，而神性之爱一向十分稀薄，甚至会被指责为对残酷斗争的逃避。在中国新文学史上，冰心、沈从文、孙犁、茹志鹃构成了这样一条发展线索，虽然这条线索总是被包裹在儿童文学、乡村情怀、战争、革命的外衣下，被误读。这样的一种神性之爱，在今天这样一个戾气盛行的时代，不论从继承新文学某一种价值路向的发展线索上，还是从对今天社会的现实意义上，都值得我们给以重视。

陈年的小说创作有别于一般的工农叙事，对继承了左翼文学的底层叙事提供了新的价值资源，可以引发我们对现实主义的新的理解。现实主义文学对现实的批判力量，对下层人在商业经济冲击下的呻吟的反映，对社会各阶层从原有壁垒中走出时的"精神奴役的创伤"的揭示，是当下中国文坛所大为缺失的。陈年的小说大多写的是社会下层的"被侮辱与被损害者"，但又不同于过去的阶级压迫话语，而是社会结构性冲突的结果，她的小说贴近读者迫切感受到的现实的人生经验，构成了对现实的批判力量，值得称道。

就人物塑造来说，我们过去总是从观念出发去塑造人物，或者是阶级观念，或者是文化观念、家族观念，或者是西方某一种人生哲学观念。看似不同，但其实创作人物的范型不变，都是各种各样类型化中的"这一个"，不是独特的"这一个"。陈年小说中的人物，是活生生的，是感性的，不能用既定的观念去概括它，好像不够典型，但形象更饱满、更鲜活。

近年来的许多小说创作，重视主题、情节，重视细节的隐喻、象征，但不重视细节的现实生活的真实性。陈年的小说生动的细节很多，这些生动的细节充满了现实生活的真实性，所以，也值得特别提出。谢谢。

白烨（中国当代文学研究会会长）：山西文学在现代时期、抗战时期和当代时期都代表了当时文学很高的水平，所体现的文学精神已经成为现当代文学的传统。从这个意义上说，赵树理精神已经成为山西文学和中国当代文学重要的精神元素与文化积淀，谈山西不谈赵树理是不行的，赵树理对山西文学的影响是根深蒂固的，是潜移默化的。无论是从张平还是张锐锋，你都能看到赵树理的影响，看到他们在此基础上的与时俱进。赵树理的影响不止是在题材上，更重要的是在文学趣味上的文学化。这可能是赵树理最重要的东西。而这个东西在现在很多山西作家的作品中都能看到。比如说像刘慈欣，我看了他的《三体》很吃惊，是关于科技的想象力、艺术的想象力的一种结合。整个作品充满了非常的内容，恰恰是具有人文内涵的一种情感，敢于把中国元素大量运用，并且从中国文化基础上去写，表现了文化自省的理念。这一点是突破和创新的。再比如陈年，她的小说写得很特别，写出了底层人之间的温暖、关爱与扶持，有非常好的一种品质。

另外一个作家是李燕蓉，她的作品我看了差不多十年了。她的作品可以概括为一句话，小人物、小情绪、小波澜、小悲观，以小博大。2015 年，她在《中国作家》第十期发了一个长篇《出口》，可概括为微观叙事。作品中穿插了很多人的故事，讲了很多人的心事，看起来是写了一个爱情的世界，但是通过事情把当下人的情感疲惫，精神上的一种迷茫状态写得非常真实，所以我看了之后觉得真是以小博大，把看似很小的东西写得非常好。我觉得这种写法有突破性，带有某种后现代性，在山西青年作家当中是很醒目的。谢谢。

王春林（山西大学教授）：我想重点谈一下吕新。我认为，就最近一个时期转型之后吕新的创作状况来说，他完全可以被看作是一位"落地的先锋"。一方面，对于吕新超乎寻常的写作天赋赞赏不已，但在另一方面却又为他长时间的某种停滞不前而倍感遗憾。这种带有自我矛盾色彩的批评立场所折射出的，其实是我内心中一种渴盼吕新的小说写作能够早日臻于一流思想艺术境界的强烈焦虑。然而，在读过吕新近一个时期相继发表的中篇小说《白杨木的春天》《雨下了七八天》与长篇小说《掩面》《下弦月》之后，我却不无惊讶地发现，自己所熟悉的那个吕新已然发生着某种绝对称得上是脱胎换骨的思想艺术蜕变，那种为我期待已久的"可以被称之为精神哲学的弥漫于全篇的形而上思考"终于登场现身了。假若说吕新在很长一段时间内都只是一位特别迷恋于艺术形式实验的先锋作家，他的小说写作带有突出的炫技色彩的话，那么，到了近期的小说创作中，这种炫技的成分几乎荡然无存了。不是说吕新小说技术上那些天然的优势不复存在，而是说吕新终于认识到小说既有技术性的一面，更有精神性的一面。他终于体会到，仅仅只是满足于叙事上的技术实验，并不可能成就真正优秀的小说作品。吕新一方面依然保持着其一贯的天才语言意识和先锋艺术品格，另一方面他以一种不无执着的理性姿态沉潜到了历史的纵深处。在体察发现历史的复杂与吊诡的同时，吕新更是对于人的命运沉浮有了一种存在层面上的谛视与感悟。唯其如此，我们方才可以认定，他最近的一系列优秀作品，不仅在他自己的小说创作历程中占有重要地位，而且也毫无疑问应该被看作是新世纪文学的重要收获。尤其《白杨木的春天》，更是可以被看作是新世纪以来并不多见的具有经典意味的一部中篇小说。

再一个，我要谈一下对李燕蓉小说创作的理解与认识。如果说吕新是"落地的先锋"，那么李燕蓉无疑就是一位"内敛的先锋"。她出道时间不是很长，先是以短篇小说《那与那之间》荣登中国小说学会的年度排行榜，然后又以中短篇小说集《那与那之间》入选"21世纪文学之星"丛书。但相比较而言，令人倍感惊艳的是白烨老师刚刚谈到的她的长篇小说《出口》。毫无疑问，《出口》是一部具有明显精神叙事特征的长篇小说。所谓"精神叙事"，意即作家远离重大题材的宏大叙事，只是专心致志地挖一口深井，以深刻地探究表现当下时代带有普遍性的精神病症。从某种意义上看，我们完全可以说，小说中所有的出场者都在"出口"的寻找过程中，甚至作者也在这部《出口》中寻找着自己的"出口"。李燕蓉表达的是一种对现实和历史的精神迷茫的感觉，一种发自内心深处的精神困惑。一方面她固然是在表达个人的精神迷茫，但在另一方面，这种精神迷茫又是属于现代人的。她以某种非常内敛的形式为自己也为每一个现代人寻找着可能的精神出口。谢谢大家。

彭学明（中国作家协会创联部主任）：我在创研部待了多年，对山西文学有很多的理解。山西的作家声名显赫，我认为不仅是山西文学的排头兵，也是中国文学的排头兵，在整个中国文学里面是一道靓丽的风景线。第一个特色，他们的作品都非常接地气，具有三晋大地的泥土气息，也有世俗味，体现着山西文学的色彩。他们给读者端上的不是原材料，而是过滤和提纯的生活，他们笔下的生活真实纯粹，是一种具有亲和力的生活。第二个特色，他们的作品都有现实情怀，无论乡村叙事，还是城市表达，都是当下城乡的人和事。大时代和小时代，大日子和小日子，悲悯是他们的主基调。第三个特色，他们作品的人物都有故事，都是通过人物命运和人性抒写的，展示的是有血有肉的生命。特别是刘慈欣，他的《三体》科幻小说不是简单的科幻，而是把现实和科幻巧妙地融为一体，以一种现实的情怀表现出来，让人身临其境。谢谢。

施战军（《人民文学》主编）：我大概说三个方面，一是山西文学生态合理，二是山西文学功力了得，三是山西文学是中国文坛的缩影。

第一个方面，生态合理表现在诸多地方。刚才铁凝主席说得非常全面，正如张平主席的概括，"既有山药蛋，也有过油肉"，这个太有意思了。山西是生态合理的地方，什么好吃的都能长好，也能做好。我们看到，葛水平已经成为中国乡土文学中一个主要现象。虽然年纪不大，但是大家是以高标准的眼光来看她的创作的。再就是李骏虎的创作，每一个题材抓到手里都能够找到敏感点，在山西作家里面是一个最聪明的作家。我最近看到他除了《母系氏家》之外，还有《众生之路》这个小说，写乡村写得那样丰满，而且又那样沉痛，值得大家去重视。还有王保忠，他的《甘家湾风景》已经是名牌了。他有一篇小说被大家忽视了，这个小说叫《一百零八》，完全可以进入到写作教材中去，一个字一个标点都不用动。小说写一个老奶奶去世前的那种恍惚，对于后代等等一系列人的惦记，看得人心里特别疼，而且又充满了一种喜感。除了小说之外，山西非常重要的就是散文学的写作。在座的像张锐锋，还有闫文盛，他们的散文非常有文化。我觉得更重要的是文化，跟山西老一辈作家，那种文脉是相承的，既充盈又感觉非常厚实。这是非常珍贵的，非常期待着山西在散文随笔方面能够有新的贡献。山西诗歌创作也是非常值得重视的，生态也非常合理，在全国诗坛上也是引人注目的。还有文学评论，像现在活跃的批评家，像春林，像其他更年轻的批评家们，真是激情四射。

第二个方面，我刚才介绍各位创作的时候，说到了功力了得。功力不仅仅是在主业上，在重要的文体上写得了得，在他们兴趣爱好方面也功力了得。山西作家很少有只写一种文体的，写评论的也写别的，往往不仅止于一种文体上。这方面非常值得去夸奖，由于他们功力非常了得，非常勤奋。

第三个方面，他们是中国文坛的缩影。山西这样的生态，在某种程度上说，其他省份很难相比，尤其是中青年作家的创作。山西文学就是中国文坛一个非常好的缩影。谢谢。

刘芳坤（山西大学副教授）：我主要谈谈山西"80后"写作的整体风貌。《人生》里有一首诗：我愿你是生着翅膀的大雁，/自由地去爱每一片蓝天。/哪一块土地更适合你的生存，/你就应该把那里当作你的家园……。高加林无法给黄亚萍答案，不久之后即被打回原形，不是选择去适合他的土地，而是根本没有适合他的土地。三十年后，同样跋山涉水的山西大同 217 地质队青年张二棍，虽然没有高加林健美的身姿，但却用响亮的诗句回敬给了黄亚萍：因为拥有翅膀 / 鸟群高于大地 / 因为只有翅膀 / 白云高于群鸟 / 因为物我两忘 / 天空高于一切 / 因为苍天在上 / 我愿埋首人间。

高加林们已死，张二棍们充满自信。当然这样一个对比似乎有搞笑之嫌。但在我看来，张二棍诗歌里"高于群鸟，物我两忘""苍天在上，埋首人间"正是山西"80后"作家群体应有之风貌。城乡壁垒既已经突破，年轻诗人面对天空陷入自我沉思，甚至开始寻找飞翔的"反向"。问题就是一代人在找到翅膀之后，如何飞翔？在山西这片土地上的年轻诗人们似乎已经找到了答案。与其彷徨无地，不如守住本真；与其跌落于远方，不如沉思于当下。在现代转型时期，赵树理传统在变异都市找到了其可以继承和发扬、创新的场域。

而在小说、散文等其他的文学体裁上，山西80后群体也表现出了难得的"苍天在上，埋首人间"姿态。在山西籍小说家当中，就有许多代表性的作品，例如笛安的《光辉岁月》，孙频的《我看过草叶葳蕤》，吕魁的《我们的女神》，手指《寻找建新》，陈克海的《清白生活迎面而来》，李禹东《失焦》等都是利用自身成长的经验思考时代的记忆问题的佳作。"80后"这代人独特的城市心路史正是时代历史的最好表征。在高加林洒泪黄土、死于城市突进的道路上之后，我的希望是：中国山西"80后"作家们并不止于洒泪都市，飞翔在自我的心路历程里，我们还是期待着一个更为坚定的、有力的、宏阔的外部方向。谢谢。

胡平（中国作家协会小说委员会副主任）：主要谈谈李骏虎和葛水平。山西作家确实比较强。葛水平是天生的作家，电视剧《平凡的世界》主要是她写的。我看了剧本，写得太好了。她的长篇是最发挥想象力的作品，又看了她的中篇《天下》和《小包袱》，一样代表了她现在小说创作的水平。小说写得非常结实，如果把它比喻成盖的一栋房子，用料非常讲究，全是上等材料。散文也是她的一大长项，散文集《心灵的行走》和《河水带走两岸》完全写出另外一个世界，让人感觉到艺术和心灵的贯通。

李骏虎非常聪明，悟性强，不断突破。18岁以前他一直生活在农村，一开始写都市小说，主要是长篇。但是他获奖主要是乡土题材。最近他又在写乡村。《众生之路》我觉得这个乡土长篇，比《母系氏家》又飞跃了一次。乡村的环境更逼近人的原始生存状态，人的群落状态和人性的自然状态呈现非常鲜明。对于李骏虎来说，他每一笔都能刻出文学的纹路，他抓住了乡村环境的状态，写出了人性在人群中的挣扎。李骏虎在《众生之路》写的那种死，是城市题材不可想象的，那种生命形式是令人震撼的。包括《共赴国难》这部作品，由表现走向呈现，是他艺术上一个相当大的转变。谢谢大家。

张志忠（首都师范大学教授）：王保忠专著于短篇小说和中篇小说，这是我对于他作品的一个印象。王保忠的作品表现了农村的另一种景观，写在现代化的进程当中，乡村的标的及乡村的破落。我们都会说，写乡村理性的婚姻爱情和欲望，但是在他的作品里面，你感到的是乡村太寂寞，太孤独，很多女性不是说她们是风流种子，而是因为男人常年不在身边，常年在外奔波，给她们的命运，给她们的选择带来了新的变数。比如说《甘家洼风景》里边写的村长老甘。现在我们看到很多小说里的村干部都很霸道，手里边有权，也有很多资源，在各个地方称王称霸。但是这个村长你看到的是非常辛酸，非常不容易。村子眼看日渐没落，也许还要撤销，但是他全力想把这个地方维持住，殚精竭虑，费尽心思。这一点应该是特别独特的发现。谢谢。

赵勇（北京师范大学教授）：我想谈三位作家，浦歌、白琳和张暄。先说浦歌。由于时间的关系，我只针对他的长篇小说《一嘴泥土》谈一下感受。这个小说出来之后我读过一遍，经过修改出版之后又读过一遍。我读的时候非常惊讶，感觉这是一个既土气又洋气的作品。作品没有太多的故事情节，写的就是主人公王大虎大学毕业回到家乡和父母兄弟同吃同住同劳动的故事，时间跨度也不长。但是他写得风生水起。他非常关注呈现细节，尤其是呈现那些看上去无足轻重，但是又非常丰富的细节，然后通过这些细节去揭示文化当中内在的矛盾。我的感觉是，现在的趋势是许多作家会叙事不会描写，会写对话不会写场景，会展开粗枝大叶的故事情节，但是不怎么会描写丰富多彩的心理细节。从这个意义上说，我觉得浦歌的写法很值得提倡。我很看好浦歌，觉得他是个会有大出息的作家。他写的是生活在城市边缘小人物的故事，但是他写出了一种现代性的体验。我觉得浦歌已经在五千米的高度盘旋，我期待着他能够升到万里高空，能够写出更优秀的文学作品来。

再说一下白琳。我最近想写一篇文章，看白琳如何"八卦"。去年冬天，她给我寄来一个散文集，我读了感到非常不得了。她的散文当中有一种"八卦"的精神，这种气质和精神让她的散文与众不同。在她的散文集里，她并不忌讳"八卦"这个说法，她用"八卦"这个词在说别人，也说自己，说的时候有那么一点调侃，或者自嘲。后来我觉得她"八卦"的个性根本就是天生的。我想很多作家很少会写自己很爱"八卦"。那种表白像王朔那样，一下确定了自己写作的腔调，形成一种对抗。白琳通过她的故事，抓住了我们这个时代的一种精神现象。当严肃的东西越来越无法进入到话语系统，越来越无法很好地用言语表达，我们就只好"八卦"。我们的媒体到处是"八卦"记者的"八卦"新闻，网络上到处是网络"八卦"爆料，我们仿佛生活在快乐的海洋中。

张暄是我老家的作家，本职工作是警察。他写小说写得很有意思。他的小说最基本的特点是不知不觉就触摸到了这个时代的脉搏，小说的一些心理活动写得非常细，非常微妙。他虽然刚刚出道，但是我对他还是有信心和希望的。他以后的写作还会有很大的起色。谢谢。

王干 （《小说选刊》副主编）：第一，山西文学、山西作家非常有特点。山西的作家代际之间非常明显，很多省的作家出一茬下一茬就没了。山西作家在座的张平主席，直到80后的手指，一代又一代，代代相传。第二，山西文学的品种生态平衡。从长篇小说到中篇小说、短篇小说和散文，文学的体裁非常综合。第三，山西文学的题材非常丰富多样，从乡土到城市，从大题材到个人，从历史到现实都非常丰富。谢谢。

李朝全 （中国作家协会创研部副主任）：报告文学这种文体一般都比较边缘化。但是山西的报告文学非常引人注目，这个群体壮观。一大批年轻作家在崛起，文学实力非常强劲。

先讲鲁顺民。他用纪实的手法来创作乡土文学，传承费孝通所开辟的社会学调查和发现这种报告文学写作方式。他笔下的农村现实社会，比如农村为什么贫困，以及对贫困现象的分析，都让我们过目难忘，具有很高研究性的价值，体现了对民间文化和民间习俗自觉的传承，是一个立足社会，接地气的写作。尤其是他的《380毫米降水线》，具有很高的文化价值。因此，他是被我们小看了的一个作家。黄风是《黄河》杂志的主编。他的写作以《黄河岸边的歌王》为代表，写的都是普通人，刻画的都是小人物，都是山西的民间文化艺人，都是非物质文化遗产的传承人。这些人物都是他非常生动而鲜活的创作资源。他特别注重写活人物，突出人物的命运感和个性。在他笔下，人物个个都能存活，能够让我们过目难忘，是一种非常贴近人物式的写作。再如《滇缅之列》，他的写作对时代精神和民族精神的弘扬，对爱国、报国和守护边境安宁的弘扬，有很自觉的文化担当和社会担当。谢谢。

刘慈欣（山西省作家协会副主席）：大家好！从我自己来说，我在山西的作家里面也没有什么代表性，和山西的文学还是有一定距离的。山西文学目前最经典的当然是赵树理。我相信对赵树理的研究也有很多，但是我请大家注意一个很俗的问题，他作品的销量有多大，你们恐怕说不出数来，其实数量是相当惊人的。如果他今天拿的是版税，他会在中国作家富豪榜排列第一名。

山西文学要想继续获得生命力和辉煌，就必须回归大众。我作为一个科幻作者，前不久一个美国作家知道我的年龄后，他说你们是最幸运的一代人。为什么？因为人类历史上从来没有一代人像你们这样目睹周围的世界，目睹整个生活发生天翻地覆的变化。大众视野里的文学已经发生了变化，我们今天在这儿谈的文学，和大众视野里的文学差异很大。从历史上看，我认为文学和市场是不对立的。我曾经见过一个博士生，是研究出版方面的。他列出一百本目前公认的最经典的文学作品，有国内的，有国外的。就销量而言，他发现接近百分之九十当时都是畅销的。所以我们认为市场和文学本身对立是一个错觉。从山西文学来说，山西优秀的文学作品在市场上是很成功的。像张平老师的《抉择》，在市场上销得很好。大众眼中的文学和我们现在谈论的文学差别在哪儿？经常有西方媒体采访的时候问我一个问题，他说中国的科幻小说是如何反映中国现实的？我跟他说，中国科幻小说对中国现实最深刻的反映恰恰在于他远离中国现实。这种日益远离中国现实，面向星空，面向太空，面向未来的小说，在中国获得认可，获得繁荣，恰恰深刻地反映了中国社会，特别是中国新一代人思维方式最深刻的转变。如果在一个面临着战乱，面临着到处是贫困的一个国家里，以想象力为基础的超现实主义文学是绝对不会如此的，只有在一个进行着快速工业化的进程，现代化进程发展起来、繁荣起来的时刻，人们才有闲暇，人们的思想才能够开阔到那样的程度去面对未来。未来是有想象力的。

总的来说，我们山西的文学应该直面文学发生的变化，并且做出自己的改变。山西厚重的文化既能承载大地，也能够承载现实，更能够面对未来。我们厚重的文化传统，它如果能同我们新的文学视野结合起来，我相信它能够迸发出神奇的力量。

李悦娥（山西省政协副主席）：尊敬的铁凝主席，李敬泽副主席，各位专家、教授，各位作家，媒体界的朋友们、同志们，今天我们在这里举办新世纪"三晋新锐"作家群研讨会，铁凝主席和几位中国作协的领导，各位专家和同志们牺牲了周末的时间，或者是自己创作的时间来参加会议，在此，我向百忙之中参加这次活动的各位领导和嘉宾表示衷心的感谢！今天我们集中研究新世纪以来"三晋新锐"作家群的创作，目的就是进一步鞭策大家继续努力，推动山西文艺事业继续繁荣发展，为中国文坛提供更多更优秀的精神产品。

山西的文艺创作传承有序，不断创新，在新世纪以来表现出了新的特点。除了老一辈作家仍然保持了旺盛的创作活力外，以"60后"为主，"70后""80后""90后"相继步入文坛，并表现出比较活跃的态势，在全国产生了积极的影响，引起了广泛的关注，一些同志还获得了国内外的各种奖项，成绩令人瞩目。他们的发展让人期待，可以说山西已经形成了初具规模、举足轻重的文学新力量。我们把这一批作家称为"三晋新锐"作家群，把他们的特点概括为"三个传统，两个变化，一个主题"。所谓"三个传统"，就是中国文学的优秀传统；新文化运动以来革命根据地文学的传统；新中国成立以来"山药蛋派"的文学传统。所谓"两个变化"，一是在题材选择方面，由过去注重农村题材向其他生活领域的拓展转变；二是在表现手法方面，由过去注重写实白描等向多元化拓展转变。所谓"一个主题"，就是坚持表现人民群众的生活与愿望、理想和追求。

这批作家比较典型地接受了民族传统，文以栽道、诗以言志、道法自然，自觉和不自觉地受到了赵树理等创造精神的影响，吸收了众多现代艺术的表现手法，使文学表现的空间大大拓展。他们脚踏实地的坚持以人民为中心的创作导向，密切关注现实生活，继承优良传统，传承民族文化，同时又不封闭，不保守，结合时代精神探索创新，对新的历史条件下再造中华审美做出了积极的努力。今天，我们对新世纪以来"三晋新锐"作家群的创作进行研讨，具有很强的现实针对性，特别是对落实习近平总书记在文艺工作座谈会上的讲话精神，进一步繁荣文艺创作，构建中华审美精神具有积极的意义。

刚才刘慈欣同志代表山西作家也做了很好的发言。他在肯定山西文艺工作贡献的基础上，指出了我们应该努力的方向，也希望我们山西的作家找出自己的差距，充分认识到我们还存在许多的不足，需要进一步努力。省作家协会要认真研究，针对性地采取措施，进一步推动我省文艺创作持续繁荣。

今天，我们比历史上任何时期都更接近中华民族伟大复兴的目标。为实现民族复兴中国梦而努力奋斗，就是我们这个时代的精神主题。实现中华民族伟大复兴的中国梦，文艺的作用不可替代，文艺工作者大有可为，大家要进一步认清自己所负的光荣使命，大力弘扬社会主义核心价值观，坚持以人民为中心的创作导向，努力创作出更多无愧于时代和人民的优秀作品。

要努力提高自身素质，不断提高自己各方面的素养，既要在艺术上追求卓越，更要在道德修养上追求卓越。要深入生活，向社会学习；认真读书，向书本学习；相互交流，向同行学习，更好地认识社会，了解社会，把握现实，反映现实，以开放包容的心态对待外来文化，学习新的优秀成果并融入自己创作中去，努力做到从传统中发掘现代因素，积极探索风格、流派、形式的创新，增强文学作品的吸引力和感染力，在继承和创新的融合中实现民族文化的创新型转化和创新型发展。

山西作家一向有深入生活、扎根人民的优良传统。我们要深入下去走向生活，拜人民为师，向实践学习，增强对国情的了解，增进对群众的感情，从人民群众的火热生活中发现素材，提炼主题，汲取灵感，用富有时代气息的艺术手法来表现中国的发展进步，塑造充满魅力的中国人形象。

创作是作家的终身任务，作品是作家的立身之本。我们要脚踏实地，不求名利，把全部的心力投入到文学创作中去，努力用精品力作来证明自己的劳动价值。希望通过大家的努力，在三晋这块古老而厚重的文化热土上，不仅有文学的高原，还将涌现出许许多多文学的高峰。

目前，山西有这么一批颇具实力的新锐作家，基本形成了阵容齐整的创作群体。我们也相信山西的文艺工作者会更加努力，不断创新，续写文学事业的新辉煌，为塑造山西美好形象，实现山西振兴崛起，为民族复兴做出历史性的贡献。谢谢大家。

主持人：谢谢李主席。今天上午这个会起码对我来说是很有教育意义。它让我强烈意识到山西这支如此庞大，又如此有特点，又这么鲜活的新锐作家队伍很有潜力，很有希望。除了今天到场的，刚才各位还谈到一些未到场的。我记得山西有个诗人叫张二棍，很有意思。山西确实有这么一大批新锐作家。我也能听到、感受到他们潜在的焦虑。就像烧开水一样，我们总是烧到了 80 度、85 度，还没有烧到 100 度，还没有开锅。这个焦虑我觉得是可以理解的，但也不用着急。我想我们有这么多有才华的、优秀的青年作家，山西文学新一轮的、巨大的繁荣发展是完全可以期待的。我们今天的会，一方面是检视山西新锐作家群的成果，另一方面，探讨我们的作家在继承山西文学优秀传统的基础上如何创新，如何探索自己新的可能性。在这方面我觉得还有很多可以再深入探讨的话题，比如刚才像刘慈欣提到的一些问题，其实可以深入地探讨。你可以想想多少代人，在我们有限的生命里，见证了沧海桑田。

在这个沧海桑田的变化中，文学也正在发生着同样巨大的变化，这对我们现在的作家来说是巨大的考验。在这个考验中我们也不必瞎乐观。我相信很多人是会被这个时代洗掉的。不要看我们现在还很热闹，也许一百年后看，五十年后看，我们已经被时代洗掉了。但是，同时这里也蕴藏着巨大的机会，巨大的可能性为我们开辟一个无穷无尽的新的创造力的空间。正是在这个意义上，我们叫作新锐作家群。何以是新锐，何以能够说站在这个时代的潮头，回应这个时代的巨大变化，回应这个时代的巨大变化对文学巨大的新的考验，我觉得这真的是摆在我们所有新锐作家面前的一个大课题。山西在这方面可以说是具有标本性、标志性意义的一个样本，我刚才跟杜书记说，开半天会远远不够，我们有很多很多话题，今后还需要进一步深入探讨。而这种探讨不仅对于山西文学，对于中国文学的发展都是有意义的。

最后，我想我还可以代表北京的这些朋友们，也代表中国作家协会祝愿山西文学进一步的繁荣发展。同时我想我们大家也都会一如既往、全力以赴地支持山西文学界的朋友们，支持山西这些具有创造力的作家。愿你们一切顺利！

《黄河》

新世纪"三晋新锐"作家群研讨会摘编

关于葛水平

雷达：葛水平是山西沁水人，赵树理的小同乡，与赵树理同饮一河水。赵树理去世的那年，她才四岁，但一方水土养一方人，耳濡目染之际，她不可能不受赵树理的影响。赵树理喜欢地方戏曲，葛水平也酷爱戏曲。我以为最主要的影响还在于她热爱人民，扎根乡土上，在于对民间精神和民间伦理的浸渍上。其长篇《裸地》有句话："土地裸露着，日子过去了"，颇富禅意，犹如"天空没有痕迹，鸟儿已经飞过"。好像是说，土地是永恒的，日子是不停的，有如铁打的营盘流水的兵；土地永远是敞开的，无私的，宽厚的，泽被万物的，而时光却匆匆且无情。这是很令人怅惘的。但她的作品最好的还是中篇小说。她不是一个仅仅拿自身的、私人的生存经验作为主要资源来写作的。她的中篇气魄比较大，刚柔相济，在她笔下，太行山的世界是很丰富的。《喊山》是个拐卖故事，太行山深处农民身上的那种蓬勃的生命力，十分感人。看《黑雪球》，力度很强，我觉得不像一个女作家写的。她的《甩鞭》《地气》，写得惊心动魄，作为年轻女作家，能把土地改革前后的中国乡土生活的韵味写到这样的程度很不容易。

胡平：葛水平是天生的作家，电视剧《平凡的世界》实际上主要是她写的，我看了她的脚本，写得太好了，是小说加戏剧，把两方面的才能都发挥出来了，一般小说家写不出来，一般编剧也写不出来，丰富了路遥。她一写小说就获鲁奖，显出她从戏剧走向小说非常轻易，因为这是相通的。她的《裸地》是她最用力气写的一部长篇，显示了她真正兴趣所在，也是她最发挥想象力的作品。后来就闲散一些了。最近又看到她的中篇《天下》和《小包袱》，可以代表葛水平小说创作的现有水平。《小包袱》写一个乡村母亲到城里探亲时随身带的小包袱，那里的秘密和子女间的亲情，写得曲折细腻。但我更喜欢《天下》，写八路军武工队长借了一家农民用命换来的 61 块光洋，写了借条，事后就忘了，而这家农民为了这张借条折腾了几十年，最后一笔余味无穷。我的感觉是，这 3 万字很扎实，如果比喻成盖了一所房子的话，用料很讲究，全是上等材料，也就是非常有嚼头的乡村语言砌成的，这和葛水平出生在窑洞里有关。在这方面，年轻作家要想和她比，也得生在窑洞里才行。

实际上散文也是葛水平的一大长项，除散文集《心灵的行走》《河水带走两岸》外，又出版了《幕后的私语》，主要写作者与戏剧的缘分，完全写出了另一个世界，让人感到生命和艺术的贯通。实际上，葛水平活到现在，每一分钟都没耽误，不是生活就是艺术，这两样又合成了一件事。

施战军：我们看到葛水平已经成为乡土文学当中中国的一个重镇，虽然年纪并不大，但是大家看到她小说的时候已经以大师的眼光来看她的创作了，尤其是她中篇小说的细节。

王干：葛水平的小说非常有特点，作为一个山西的女作家，她融合了南方作家跟北方作家的双优。一般的女作家，比如像张爱玲这样的作家，她有身段，有水袖，但是缺少骨感。葛水平的小说里面有身段，也有水袖，但是有骨感，作为女作家来说能写出这个来是非常难的。

段崇轩：葛水平走上文学坦途只有十几年时间，2004 年她的中篇小说处女作《甩鞭》《地气》一炮打响，风行文坛。她既写现实乡村，也写历史乡村，在时空重叠中凸显古老土地和乡村社会的历史变迁，展示各种农民特别是底层女性的人生命运和情感世界。她的长篇小说《裸地》，讲述从清末民初到 20 世纪 40 年代，太行山一个乡镇的移民史和盖氏家族的兴衰史，把历史变迁与家族命运、农民与土地、时代风云与复杂人性等等熔为一炉，谱写出一部悲壮幽深的社会人生交响曲。葛水平的乡村小说，以广阔的社会生活、驳杂的思想内涵、遒劲的人物形象、峭拔的叙事方式，打破了山西乡村小说的创作传统与经验，给中国的乡村小说吹进一股自由的山野之风。

关于李骏虎

梁鸿鹰：山西青年一代作家求新求变，他们的创作都是有自己的一个独特领域，同时也能够开拓、延展自己的创作，比方说有好多山西的青年作家与他们的前辈一样，描画出了乡村与自己故土的精神，为那些非常有特点的乡村人物们写心立传。李骏虎也是这样的，他同样喜欢写自己所生活过的家乡，写那里辛劳和智慧的人们，他把村庄的历史视为自己小说的灵感，让村庄里那条无名的小小河流成为他创作的主题，他不能不这样做，因为对土地感情深，使他真正能够把自己经历的生活化为作品的血肉，让自己与小说中的那些人物融合在一起。读李骏虎的《前面就是麦季》《母系氏家》《众生之路》这几部小说，感觉到他头脑里面全是乡村气象万千的东西。乡村的河流、田地、庄稼，那里面的植物和动物，对他来说已化为他的血肉。他的作品是乡村的百宝盒，一打开，故事就往外飞。骏虎是个有编织故事才能的人，首先是因为他的生活厚实，与生活融合得紧密，他所在生活中获得的这样那样的感觉，使他在写作中完全不需要去编织什么或者说是去虚构什么，而是让你感觉到，他只需按动记忆的按钮，启动岁月的闸门，所有的一切都会复活，气象万千的一切自然就会扑面而来。

作品的灵魂是人物，你对土地爱得深，必然爱在这方土地上的人们，因为他们的呼吸曾经与你同在，他们的痛苦成为你的记忆，在这个众声喧哗的世界里，还有什么比人的欢笑、迟疑和满足更能吸引人的呢？如果说我们是亚当和夏娃的后代，我们就保留着他们的优点和短处，我们经受着诱惑，我们追求着应该追求的和应该向往的，我们只为在这个世界上"活在人前面"。是的，乡村的人们同样不放弃"活在人前面"这些念头，而且毅然决然地去争取，只不过，这个路途对于女性来说，是过于遥远和艰辛了，但唯其如此，才更有诱惑力，更有质感吧。骏虎的创作的其中一点好处，就在于抓住了乡村女性这种"活在人前面"的心性。他大概是怀着滚烫的心，来冷静地看待这些可爱的女性的，兰英、红、秀娟们，在他的笔下变得让人意想不到的仪态万方、活灵活现，她们出自农家不起眼的院落，她们有着比天高的、别人难以看破的心性，她们要走在前面，她们不惜头破血流。当然，她们带着乡村的小女子们所有的小心思、小脾气和小诡计，去应对这个负载着长久"传统"负担的生活。她们达不到男性主导的意志与期待的地方太多了，但她们不放弃，她们在自己细小的河流中流淌，主导自己的感觉，希望与生活保持始终的亲近与良好。她们也没有更大的志向，在改天换地的声浪中，她们是小浪花、小波澜。骏虎把这些人生活中的那些细节、脾性、话语，把她们的行为习惯、一颦一笑，都化为感性的语流，在他笔下自由地出入。他写乡村的这几部作品，虽说都并不是很长，十几万字的样子，但探究了人的内心，探究了女性内心那些柔软、任性和隐秘的角落，他那些非常流畅的语句与段落，是他长期观察的结果，是小说得以与生活同构的依据。我们从小说中可以看出，作者与自己的时代、与自己的人物是融合在一起的，他与这些可爱、可怜又可笑的女性们，保持着最密切的关系，他与自己所描写人物的情感，不是割裂的，而是非常紧密的，因此他也看出了她们的弱点和不堪之处。

骏虎的作品在审美追求上是有着中国化的自觉的，这在当今并不容易，我们在全球化的声音中，希望加入大合唱，反而容易忘记自己所拥有的文化密码，而这种追求在他看来也是自然，并不需要刻意地造作。比方他在《母系氏家》里有一个段落是讲乡村给女人起名字：

> 村子里的女人朴素，名字也朴素。光阴流水一般过去了，"梅、兰、竹、菊"和"叶"们渐渐熬成了婆婆，"霞、玉、芳、红"和"雪"们就从黄毛丫头出落得有模有样儿，出嫁后自然成了人家的媳妇。两辈子女人不同，修饰"梅兰竹菊"和"霞玉芳红"的前缀或后缀可都是"英、翠、灵、秀"和"香"，"凤、琴、萍、花"和"娟"们更是混迹于两代女人之中成为通用。

村子里面的女人朴素，正如她们的名字，他记录下的实际上是我们中国人的思维方式，朴素得与自然同源，朴素得与大地同构，出嫁了自然成了人家的媳妇，但两辈子的人都摆脱不了习惯的轮回，这便是中国女人的命运。他所把握的，是很久以来中国文化中所留存的、延续的、仍然饱满着的东西，是中国风格和中国气派，但说到底符合中国人的思维与生活习惯。在我们这块土地上，我们与自己周围的一切一切，是永远在一起的，连同传统中的优长与缺陷，再也无法分离，如同李骏虎小说里的这些人物，她们也不用刻意地表现自己，她们只要出来说话、与人打交道，她们就是地方的、乡土的、自然的，这些生活在乡村的烟火气当中，她们从来不会被任何概念、口号等外在东西影响与左右。她们遵守着乡间的规则，她们的脚步没有被任何强加给她们的东西所阻挡。这些女性是自己历史的创造者，也与她们所心爱和痛恨的生活一起共同创造历史，特别是兰英、红芳、秀娟们至今仍然生活在中国乡村大地的角角落落里，这几个人的挣扎、抗争与欢笑，仿佛代表着、见证着无处不在的乡土的力量。只依靠她们自己的声息与体温，好像永远也走不远，但在乡村的变化中，她们毕竟越来越无拘无束，虽然生活是苦的，但是她们增加着面对生活的勇气，她们不再怯懦、迟疑，毕竟，她们变得勇敢而智慧了。在他的乡村系列的小说当中，似乎也没有生活的旁观者。在热闹的人群里面，你怎么也无法猜测一个人的存在方式，为什么流泪，为什么忧郁，你是无法确知的。生活需不需要理由呢，我们只知道，一个人和自己在一起的时候，有很多事情伤心，我们背后及前面的生活，还是有、还会有很多的挫折。但是，作者告诉我们，这完全与他没有关系，我们会跨过这一切，因为前面有麦地，毕竟，带着希望，我们会创造一切。

雷达：在我看来，"三晋新锐作家群"研讨会，虽有展示实力的意思，但主要还是讨论现代转型中的山西文学发展态势。山西文学在现代文学史上，根深叶茂，源远流长，不可小看。它有两大传统，一个是传统文化的传统，它是黄河文化的汇聚之地，也是中华民族的发祥地之一，明清以降的晋商更是名声赫赫。另一个是革命文学的传统，尤其曾是解放区文艺的重镇，是以赵树理为代表的"山药蛋派"的故乡。

所以，在现代转型冲突的大背景下，山西文学一直面临着传统的继承与创新问题；乡土文学的继承、扬弃与开拓问题；新一代作家的培养、成长、续写辉煌问题，这在今天显得突出。这其实也是中国当下文学亟需面对的问题。

先说说赵树理传统，这个传统对山西文学是带根本性的，离开它不可能，永远恪守它也没有出路。赵树理是人民作家，是大众化、民族化、通俗化的前驱，其作品洋溢着中国作风，中国气派，为人民群众喜闻乐见。其作品的特色是，贴近群众，贴近土地，贴近时代，与现实生活节奏同步，具有新鲜朴素的民族形式、生动活泼的群众语言、清新舒张的乡土气息。但在当时，要他"停下来"去搞深化拓展也很难。

赵树理及其"山药蛋派"的艺术特色，今天仍然值得学习、传承。例如很善于讲一个首尾相援的好看故事，一气呵成；例如，在行动中刻画人物，吸收中国古典小说中说话的动感性；再例如，善于抓人物特征，甚至善于起绰号，堪称一绝；再如，民俗民情的自然展开，《李家庄的变迁》中之"吃烙饼"就十分有趣；再如，在晋南方言基础上锻造的鲜活生动、明白晓畅、幽默风趣的小说语言，有股子来自民间的达观精神。

"山药蛋派"是革命现实主义最具风格特征的流派之一，后来涌现了一大批优秀作家，如马烽的《三年早知道》《我的第一个上级》，西戎的《赖大嫂》以及李束为、胡正、孙谦、韩文洲等人，在"十七年"文学中是一支耀眼的队伍。新时期以来，"山药蛋"的传统血脉还在，但已弱化，新的作家们，努力求新求变，创造了各式各样的小说，从一到多，使山西小说面貌发生了巨大的分化和流变。他们主要是：李锐、成一、蒋韵、韩石山、张石山、周宗奇、曹乃谦、王祥夫、吕新以及两栖作家哲夫等等。

在这里，我要特别说一说属于新锐的李骏虎的《母系氏家》。这部书他不断地改，一直改到2014年底。能碰上一部好小说是让人惊喜的，《母系氏家》便是这样令人惊喜之作。此前他的中篇《前面就是麦季》，当然也不错，没有耸动的外在事件，也没有常见的苦难倾吐，它是那么平静、日常，通过一个农家三位女性的纠葛，围绕抱养孩子，置办满月酒，展开了一幅乡村风俗画，含有诉不尽的温情与关爱，被认为是"后赵树理写作"的代表作，不无道理，可是，毕竟有点轻，有点平，深度略逊。《母系氏家》就深厚得多了，两作前后有贯通，但格局气象则完全不同。《母系氏家》显露出某种大手笔的特点，语言功力和叙事能力渐趋老到。小说主要写了晋南农村的一个家庭和相关的一个村庄。每一个村庄都是一个大家庭，而每一个家庭，都隐喻着一方乡土的伦理精神；有时解剖一只麻雀，就能打开一个世界。我感到，它既有赵树理式的平实与风趣，却并不跟着生活节奏"平面走"，它能"停下来"，使文化内涵尽量得到扩大与深化。作者的笔力，主要落在人及人性的深度揭示上。可以见出，作品明显受到《金瓶梅》《红楼梦》笔法的某些影响，李已不是原先的李了。

从故事看，兰英嫁了个"武大郎"，为改变后代的血缘基因两次"借种"，这是否突兀，是否猎奇？但看进去，就不得不服了。一切是那样合乎人物逻辑。《母系氏家》中确实有政治，有宗法文化，有阴盛阳衰，兰英身上那种强烈的控制欲，占有欲，延续子孙欲，从另一方面说，也是顽强的生命力的表现。她的建立家长权威，她的心计、口齿，颇像潘金莲，也像凤辣子。潘金莲偷情也好，"霸拦汉子"也好，凭着自己的聪明与色相，放纵与狠毒，企图改变自己的身份地位。兰英当然只是一个农妇，但也不要看得太简单，她利用"色欲"却并不沉溺于色欲，她为的是家族血缘的强旺。她没有别的法子，只有这一个办法了。那一对翡翠镯子的细节，运用得多么好。当年赵树理就很注重农村家庭的劳动分工、经济分配和乡村伦理以及家庭内部成员之间复杂的关系，李骏虎也有此特点，通过兰英，力图揭示旧的家长权威与新的变革生活之间的冲突，由此折射出南无村的变化。

胡平：李骏虎是个不断自我突破的作家，这种突破源于他不一般的悟性，这种悟性又源于他极聪颖的天资。他供职于作家协会，属于坐班族，能腾出来供写作的精力不多，考虑到这一点，就晓得他更靠勤奋取得目前突出的创作业绩，如果能多给他些时间，他无疑能爆发出更惊人的能量。

18 岁以前，这位 70 后作家一直生长于乡村。他自嘲不具备当农民的禀赋，割麦子时很吃力，曾发生过一下把大脚趾的肉割翻了的事情，但这 18 年对他未来的创作却至关重要。他从事写作后，一开始主要写城市小说，以长篇为主，但后来荣获鲁迅文学奖，凭借的却是一部乡土题材的中篇小说，即《前面就是麦季》。以后我们才得知，那时他已经转向写乡土长篇了，这个中篇实际是长篇小说《母系氏家》的一部分。我仔细对照过，在《母系氏家》里，这一部分基本没有改动，它处于长篇的中段，与前后浑然一体。《前面就是麦季》中，长篇的主要人物兰英、七星、红芳、秀娟、福元等都有出场，但他们之间复杂的前缘后事并未交代，却没有影响作品的完整性和引人入胜的阅读魅力。这说明作品的质地的确是上乘的，浓郁而质朴的乡间生活场面征服了读者。我以为，从《母系氏家》起，李骏虎找到了他独立的叙事空间和立足文坛的基础。此后，他又写了《众生之路》，它同样是一部乡土长篇，比之《母系氏家》，在眼界和气度上又有新的飞跃。

中国大部分农村出身的作家，后来在都市里生活的时间要比乡村里度过的时光长得多，但他们最好的作品往往还是乡土写作，这似乎是个谜，也似乎不能仅仅解释为童年记忆的强盛，因为许多在城里长到 18 岁的知青，成为作家后，最好的作品也表达了乡村经验。我以为，乡村经验与文学有着更密切的联系，也许这是因为，乡村环境更逼近人的原始生存状态、人的群落状态和人性的自然呈现状态。与此对照，城市，至今对人类来说都还是一种陌生和异己的存在。所以，李骏虎的乡土小说里，每一笔都能刻出文学的纹路。

这纹路里也包括有他运用的语言，他乡土小说里语言也是乡土的一部分，像土里长出的庄稼一样和泥土混合，而这块文学的土壤是几千年里形成的，文化积淀深厚。

相比都市环境，村落环境是真正的人群环境。李骏虎抓住了村落环境的典型样态，写出了人性在人群中的挣扎，也创造出他小说的特色。《母系氏家》里，兰英是个标致的女性，只因为出身富农，嫁给了武大郎式的矮子七星。为了给后代留下好种，她先后与两个男人偷情，生下一男一女。仔细想，她的嫁给七星，正出于人群的迫力，而她的偷情则出于繁衍的本能。在城里，这种偷情未必被人察觉，在村里不被发现就不大可能了。而且，她的子女，长大后也不可能不知道母亲的事，因为村里总会有人告诉他们。于是，这个家庭里两代女人的命运，就被早早决定了。乡间人群的压力是如此之大，又导致了秀娟的终身不嫁。事实上，矮子七星的命运也是值得同情的，他毕竟辛辛苦苦拉扯大了两个孩子，而当儿子了解到他不是亲生父亲后，还帮自己的母亲打过他，想必他心底的苦楚更难向外人道出。乡间的偷情故事，和城里的总不大一样，它们显得更原始，更关乎生存，也更显露人生的脆弱。李骏虎笔下的各种乡间人生往往是很脆弱的人生，一个偶然的事件就可以决定一生的不幸。

乡村简单、初始、质朴的生活方式，确实可以简化和放大普通人生的形式。《众生之路》比《母系氏家》更开阔，不限于一个家庭，书写了一个村庄里芸芸众生的命运。其中最令人印象深刻的，是一些农人的死。这些死法是让城里人想不通的，如巧儿动不动就喝农药，发现丈夫和妹妹的私情后，终于死成；村里有个孤老婆子，养了一头猪，卖了三百块钱，钱被人骗了，转眼她便上吊了。这种轻生是可以受到传染的，一个叫文明的学生，功课好心眼窄，听了别人几句闲话，就喝了敌敌畏。村里这些事李骏虎写得相当真切，你读时绝不怀疑这些人曾经活在世上，他们似乎从没有认真思想过生命的意义，就轻易地离开了世界。李骏虎说，这些人死时连"自杀"这个词都还不会，他写出了生命的卑微，卑微到不及三百块钱和几句闲话分量更重。李骏虎现在当然是城里人了，他回首望去，望见和回想起故里乡亲们曾被简化的生命形式，难免心底震撼，写出的作品也震撼人心。文学是不在乎你写乡村还是写都市的，在乎你是否把人生写得透彻，而乡土题材提供给文学的，也正是许多容易被体谅和融化得更透彻的人生。

从《母系氏家》到《众生之路》，李骏虎的艺术视界更为开阔，笔调更为深沉，对生活的呈现重于表现。文学上的呈现与表现各有各的价值，《母系氏家》以表现为重：由于兰英嫁给七星，内心不服，开始反抗，由这个起点起，生成一系列相关情境，基本是顺着表现走的。《众生之路》则不同，《众生之路》中没有表现的明确线索，生活流就变得芜杂、混沌，有泥沙、枯枝、败叶裹挟而下，更多呈现出生活的丰富质感和细部的复杂意味。书中有些次要人物，本不过像河里的一条条枯枝漂来，也使人过目不忘。如郭老师，与庆有妈和铁头妈都不合，她大闺女嫁给了庆有，两方面成了亲家，仍拦不住她在村里骂庆有妈；后来二闺女嫁给了铁头，她又堵到铁头家门口骂。这样的人物，为何如此，虽未细写，却是极生动的，又由于未及细写，更耐人寻味。许多这样的人物加在一起，便构成村里千姿百态的群像，厚重了小说的内涵。当然，小说也是离不开表现的，在整部作品里，作者尽量呈现出南无村的众生态，但所有呈现汇集在一起又是表现，表现了南无村的"光景"和"众生之路"。可见，李骏虎对现代小说的理解是有过人之处的。

这样写下去，李骏虎的创作前景未可估量。

施战军： 李骏虎的创作，他过去是散点，每一个题材抓到手里边能够找到敏感点。我最近看到他除了《母系世家》之外，还有《众生之路》这个小说，我当时在书页旁边写了一行字：小心豆子变成了种子。他的小说里边那种生长性，他一个作家可以扎根，可以长成树，长成森林，《众生之路》是他创作历程当中最重要的作品，值得重视。写乡村写得那样的丰满，而且又那样沉痛，同时里边纠缠争斗和宽解的那种矛盾之间的一种叙事，我觉得是非常了不起的，值得大家去重视。

关于刘慈欣

彭学明： 刘慈欣的《三体》科幻小说不是简单的科幻，而是把现实和科幻巧妙地融为一体。他以一种纪实的情怀表现出来，不仅在于科幻，而是科学的幻想，还有科学的真实，让人身临其境。

吴言： 去年初我受山西作协评论委员会委托，为评论集《穿越——从农村到城市》撰写刘慈欣评论。我总体的感觉是，除了阅读上有一些挑战，科幻文学和主流文学的同质性要远超过差异性，它们只是实现的手段不同。刘慈欣的创作道路跟很多取得成就的主流文学作家很相似，他的创作体系也已经比较完整。首先有质量上乘的中短篇小说创作，其次是有大量的关于科幻创作的文论，对科幻进行理性思考，增强文学自觉性，最后是经过多部长篇小说实践，写出长篇小说代表作。

刘慈欣对自己的创作认识是比较清醒的，2010 年在写完《三体》的第三部《死神永生》后，他对自己的科幻创作进行了总结，他写了《重归伊甸园——科幻十年创作回顾》这一文论。他把自己的创作划分为三个阶段，第一阶段是纯科幻阶段，第二阶段是人与自然阶段，第三阶段是社会实验阶段。他把自己最成功的中短篇小说如《乡村教师》《全频道干扰阻塞》，和《三体》第一部归入第二阶段，这一阶段他创立了现实主义加科幻的写作手法，我和其他一些评论家都不约而同地将此命名为"科幻现实主义"。比如《乡村教师》，在主流文学里是《凤凰琴》这样的版本。增加了科幻的视角后，关照点一下从地面超拔到了宇宙，有种非常强的冲击，比纯粹的现实主义写法，或者纯粹的科幻小说，更有震撼力。《三体》第二部《黑暗森林》归入第三阶段，即社会实验阶段。虽然这一部很流行，但刘慈欣并不认为这一阶段是成功的。此后的《三体》第三部《死神永生》放弃了社会实验，转入更纯粹的科幻，所以他称为"重归伊甸园"。这种回归被证明是成功的。《三体》第三部的科幻价值和文学价值都是很高的，可以称得上是经典。我写的刘慈欣综论在他去年八月获"雨果奖"前已经完成，到他获奖时，很喜悦但并不意外，正像有的评论家预言的那样，刘慈欣获奖只是时间问题。他的创作已经达到了世界级的水准。

刘慈欣能取得这样的创作成就，我觉得这要得益于他多年对科幻的痴迷和不懈的追求，得益于他的技术背景和文学天赋，得益于他的专注和勤奋，得益于他对科幻文学独立深入的思考和高度的自觉性，得益于他对科幻创作规律的探索和把握。而探究更深层次的动因，我感受到的是一个作家的自尊和作为中国人的尊严，就是不满足于模仿和跟随，不满足于在西方人创造的科幻世界中讲故事，即便科幻文学被西方发达国家一统天下，也要有勇气创造属于中国人自己的科幻世界。刘慈欣很早就有了这样的自觉意识，是这样的志向推动他不断迈向创作高峰。除了个人层面的因素，刘慈欣多次说过他的获奖同中国的国力强大分不开，我觉得这是他的理性认识，也是他的肺腑之言。

山西文学有着现实主义的写作传统，刘慈欣的科幻作品相对独立于这个传统。地域总是要影响到一个作家的文字气质，在刘慈欣这里也不例外。同北京的科幻作家比较，能很明显地感受到这一点。比如另一位重要的科幻作家韩松，他写了一部作品是《地铁》，写的是地铁故障停运后在地下发生的情形，很荒诞，也很后现代。今年获得"雨果奖"的北京作家郝景芳，写的是《北京折叠》，灵感来自于北京实行的交通管制。可以看得出这是他们真实的生活场景。都市的拥堵，将人的想象力压迫到了一个很逼仄的空间，这同刘慈欣作品中的恢宏大气和开阔空灵，以及古典气息是不同的。刘慈欣的作品是在太行山下完成的，太行山阻隔了外部的喧嚣，为作家提供了宁静的写作空间，也赋予了他的作品一种太行山气质。雄伟的太行山脉的孕育能力是超出人们想象的。太行山也是一座非常神奇的山脉，上古时期的许多神话就发生在这里。太行山厚重的农耕文明传统和飞翔的神话传说，很好地印证了当前山西文学现实主义和科幻文学并存的风格。

我们的生活已经越来越科幻，不仅因为科技的发展极大地改变了我们的生活，还因为科幻作品中因灾难题材引发的人类的道德困境，在我们现实世界中也在不断发生。当前世界极端主义的暗流在蔓延，人类是不是有足够的道德力量驾驭科学技术，我们的世界将向何处去，这是科幻作家以及全体作家都需要思考和面对的问题。不管我们是从事主流文学还是科幻文学，不管我们是从事文学原创还是文学评论，不管我们是学院派还是业余作者，每个人都应该不断拓宽自己的边界，在文学艺术上不断探索，共同繁荣中国的文学事业。

关于王保忠

雷达： 王保忠的小说已形成自己独特的选材、写法及思想道德情感的倾向。《甘家洼风景》的名字让人想到是否受曹乃谦的影响，其实两者差异很大。王保忠有自己特有的民间思想资源和地域文化气质作为支撑，也有自己独特的调子和味道，像听山西民歌一样的荡气回肠。他的小说看起来很舒服，平易如泥土般质朴，从容道来，不疾不徐，让生活自身自然地摊开来。他很会讲故事，"做"的痕迹不重，像巧合、误会、突转，这些手法他不是不运用，但总能被生活的土香厚厚地包裹，保持着生活本身的芬芳。他的小说也有对麻木愚昧的痛切批判，但其落脚点主要还是对美好人情、民间淳朴的伦理情感以及中国农民的宽厚胸怀的礼赞。他并非不批判，但他更主导的方面是维护和认同。

张志忠： 王保忠的小说围绕着死火山旁边的甘家洼，围绕着北方的山村，在平静与骚动之间井然展开。说平静，是因为这里的乡村历史久远，人们的生活方式和思维方式都具有相当的稳定性，日常生活沿着它自己的轨迹展开，波澜不惊。说骚动，是因为大时代的剧烈变迁也在或隐或显地冲击、侵蚀着这片古老的土地，使这一片乡村以及乡村的农民在潜移默化之中发生着大大小小的变化。在这种变与不变之间就传递着时代的脉搏和乡村命运的沉浮。在许多时候，王保忠都是在做减法。他的作品，少有大起大落的戏剧性情节，却喜欢在缜密而扎实的细节和反复推敲的语言上用力气。这才是真正的艺术辩证法，把足够的震撼力克制在冷处理的程度上，让它到读者的心目中去发酵去爆炸，就像那一片看似寂灭的死火山未必就不曾奔涌着炽热的岩浆、蕴含着迸发的能量一样。

施战军： 王保忠，他的《甘家洼风景》已经是名牌了，他有一篇小说被大家忽视了，这个小说叫《一百零八》，完全可以进入到写作教材。这样一部小说，相当经典，我是觉得一个字一个标点都不用动，小说写到那样一种精确度，而且写到一个老奶奶，婆婆去世前的那种恍惚，对于后代等等一系列人的惦记，看到那里心里特别疼，而且这个小说本身充满了一种喜感，它可以作为一个经典小说来看。

彭学明： 山西作家的作品都有现实情怀。无论乡村叙事，还是城市表达，他们表达的都是当下的城乡，是人和事，一个大时代和小时代，大日子小日子，悲悯是他们的主基调。比如王保忠的《中年》，揭示了深层次的农业问题。

段崇轩： 王保忠的乡村小说呈现出另一种风貌。在新一代作家中，他无疑是最得山西文学精神与写法的作家，但他又上下求索，努力融合，形成了自己的路子和风格。赵树理的"问题小说"写法，沈从文的诗化抒情模式，鲁迅的现代启蒙思想，都在他的创作中得到了吸取和体现。他执着短篇小说文体，《张树的最后生活》《美元》《家长会》等，成为脍炙人口的经典型作品。系列短篇构成的长篇小说《甘家洼风景》，逼真、艺术地记录了社会转型期一个晋北自然村的衰落情状，成为近年来乡村小说中的力作。

关于唐晋

李林荣：唐晋的旧体诗赋和现代诗文，拥有各体兼工的笔力和才情，大概数遍全国同辈的知名作家，也没有多少可以相提并论者。

何亦聪：他给我印象最深的作品是长诗《侏儒纪》，从形式上讲，我更愿意将这部作品视为一部长篇的散文诗。在中国 20 世纪文学史上，应该说，散文诗是一种非常尴尬的、成就也相当有限的创作形式，因为散文美学与诗的美学本身彼此是有一定冲突的，绝大部分的写作者都不能有效地处理好这种美学上的冲突。长期以来，我们所谈论的优秀的散文诗作品主要只有鲁迅的一本《野草》，而多数人对散文诗的印象也基本上停留在某些时尚杂志的卷首语上面，从这个意义上说，我觉得，唐晋在文体上的试验和创新是值得给予高度肯定的。尤其是《侏儒纪》，这是一部不仅仅停留在实验阶段，而是达到了真正的艺术成熟的作品，在这部作品里面，各种复杂的元素都被组织得浑融一体，正如作者所说："它呈现着散文的姿势，语言则是典型的诗语言，并且，它的任何段落、意象、典故都可以形成小说内容展开，同时，在大量的独白中可以看到戏剧的情绪。"

关于玄武

李林荣：读完玄武的《父子多年》《死者所知》等构制精微、气韵浑厚的少数完整成篇的力作之余，面对玄武这样笔下功底颇深的作家的作品时，也会常觉得有些遗憾和迷惑：他们是否把自己上乘的笔墨挥洒得过于零散、过于随意了？精彩的行文细节比比皆是，篇章足具的完整作品却难得一见。当然，部件堆积而成品少见，这正是真实的劳作现场本该有的局面。但人到中年时分，创作历练已超过二十年，拿捏作品成型的分寸和火候，照理也接近自如和圆熟，好的基本功和好的创作成品却尚未达成量与质的均衡匹配，欠缺的临门一脚或最后一公里的差失，到底在哪里？

何亦聪：对于"诗人之文"，因为以往的阅读经验，我是存有一定的成见的。大体说来，诗歌的写作重密度、质感、速度感，散文的写作则重自然度、绵密感与文气之流贯；诗歌讲究直抵本质，散文则讲究低徊雍容。以散文笔法写诗，往往失之迟钝、缠绕、没有力度；以诗歌笔法为文，则往往失之跳荡、生硬、有骨无肉。但很奇怪的是，作为典型的"诗人之文"，玄武和唐晋的散文作品并没有在阅读当中给我造成任何违和感，为什么会如此呢？

对于玄武，我想起的是他说过的一句话，在一篇纪念海子的长文中，玄武谈到当下"文青"群体中泛滥的"海子热"，曾写过这样一句话："情趣损害了情感的质朴，而质朴具有原初性的力度，使审美的触觉敏锐而锋利，抵达天堂一般的高度。"我想，这句话或许是解析玄武散文艺术的关键所在。长久以来，"诗性散文"的概念几乎被等同于抒情散文，然而，种种文学杂志、时尚杂志上泛滥的抒情散文作品却往往仅关乎情趣，而与深层的、质朴的情感无关，从20世纪散文发展史的角度来看，此类作品的危害之大、影响之广，算得上是首屈一指。玄武敌视情趣，因为情趣往往是情感表达的某种"套路"，正如抒情散文已经成为散文写作的一种套路。而反套路化，追寻"原初性的力度"，应当即是玄武散文作品的首要艺术特质。

关于陈年

白烨： 陈年的《小烟妆》写的是一个小姐跟矿工之间的来往，很特别，她写了底层人之间相互温暖，相互关爱，相互扶持。从她的小说中能读出来，陈年还有很多可能性，因为她的小说有非常好的一种品质。

傅书华： 陈年是生活在山西大同煤矿的自由职业者，她的代表作有小说集《小烟妆》。她的小说创作有别于工农兵文学的工农叙事，对继承了左翼文学的底层叙事，提供了新的价值资源，或者说，可以引发我们对现实主义的新的理解。

中国自鸦片战争之后，帝国中央意识的崩溃与危机，使一味求新求变与再三再四地怀旧恋古成为百年来中国文化的二重变奏，但唯独少了立足现实对现实的直面。或在民族化浪潮中，中国传统的意象化的艺术方式再占上风，只是这意象化之意象从心理感受的真实，演化为自以为体现了客观真实的"观念"；或在现代化浪潮中，现代主义、后现代主义成为时尚，现实主义则被视若过时的"陈旧"与被淘汰的"过去"。但现实主义却并不因为你主观上不重视它而失去它真实存在的现实意义。

西方文论家戈尔德曼认为：文学的结构与社会经济结构、文学的叙事意识与社会的集体意识"具有严格的同构性"。从大视野考察，这话大体不错。

西式现实主义发生自经济结构型社会对伦理结构型社会产生巨大冲击之后的价值动荡之中，而经过以"个人"为至高无上之价值标尺的浪漫主义洗礼，其立足于"被侮辱与被损害的"下层民众个人利益诉求对社会的批判则是其鲜明的价值立场，人道主义则是其写作情怀，这可以以最初的现实主义画家库尔贝的画展及其后俄国现实主义创作高峰为实证。无论从传统群体伦理型社会结构的"老中国"，途经五四时代文化层面商业文明的短暂洗礼再发展，到今日中国经济结构型社会对伦理结构型社会产生巨大冲击之后的价值动荡，或从今日中国商业文明导致的中国全民性自觉或不自觉"个人"意识的觉醒，抑或从商业经济对下层民众的损伤，西式现实主义的文学结构都与当下中国的文学结构有着极强的对应性。犹如市场经济商业文明是不可逾越、跨越的社会发展阶段，现实主义也是现代中国文学所不可跨越的历史发展的必然阶段。现实主义文学对现实的批判力量，对下层人在商业经济冲击下的呻吟的反映，对社会各阶层从原有壁垒中走出时的"精神奴役的创伤"的揭示，都是当下中国文坛所大为缺失的，而在这方面，陈年的小说就显示出了她的可贵。

陈年的小说大多写的是社会下层的"被侮辱与被损害者"，但又不同于过去的阶级压迫话语，而是社会结构性冲突的结果。譬如她的《浮生如寄》，写不识字打电话的民工、写妓女、写回收废旧物品的普通人、修理自行车的普通人，写出了他们在物质上与精神上的"被侮辱与被损害"。她的《小烟妆》写伦理结构型社会向经济结构型社会转型期间对原有人与人结构关系的破坏，工友与工友的妻子成了卖淫的双方，但在这其中，又充满着人性的温情。现在的社会，问题很多，困惑很多，但许多小说远离读者迫切感受到的现实的人生经验，缺乏对现实的批判力量，陈年的小说不是这样。

小说是写人的，写典型人物是小说理论所特别强调的。但是，我们过去总是从观念出发去塑造人物，或者是阶级观念，或者是文化观念、家族观念，或者是西方某一种人生哲学观念，看似不同，但其实创作人物的范型、模板不变，所以，都是各种各样类型化中的"这一个"，不是独特的"这一个"。陈年的小说，她的人物，是活生生的，是感性的，有许多我们不能用既定的观念去概括它、提升它，所以，好像不够典型。譬如《声声慢》中七弦的父亲，《胭脂杏》中的陈小手、胭脂。但在这方面，一方面，陈年笔下的人物应该更饱满，另一方面，我们可能需要调整我们原有的从既定理论来概括人物的评价人物形象的方式。

陈年小说还有一个值得特别提出之处，就是她的小说，生动的细节很多，这些生动的细节充满了现实生活的真实性。近年来的许多小说创作，重视主题、情节，重视细节的隐喻、象征，但不重视细节的现实生活的真实性。细节的真实，需要的是作家对社会、人生深刻的观察与化入个人生命血肉的体悟，细节的真实，蕴含着对社会现实对人物的丰富性的巨大概括，中外许多作家的作品，主题、理念、情节失误，偏颇多多，但正是因为有众多的丰富的"细节的真实"，才给了当时及后代读者以无尽的回味与意义的阐释不尽。西方文论家考利多次告诫那些热衷于用现代小说技法进行创作的写作者说：如果不真实，就不可能是象征；如果不成故事，就更不成神话；如果一个人活不起来，它不可能成为现代生活的原型。这话说的是极有道理的。

关于小岸

傅书华：小岸是生活在山西阳泉的自由职业者，她的代表作有中篇小说集《温城之恋》《梦里见洛神》等等。她的小说突出之处是写超越了现实之爱的神性之爱，这种神性之爱，当然在作品中的人物、故事的情节中有所体现，但更多地体现在作者的叙事立场上，浸润在作品字里行间的叙事倾向上。她的小说中所讲的故事，往往是男女情爱或者亲情友情的悲剧，或者说，是现实生活中，每一个个人，在与你最紧密最密切的人际关系中所形成的悲剧。但造成这悲剧的，你又不能将其归结为具体的人物的善恶品行，或者将其归结为我们所习惯的社会问题。造成这悲剧的，是由社会结构所决定的人的生存结构，每一方都有着自己合理的生存理由。譬如《半个夏天》中的彭思阳，《水仙花开》中的泽兴等等。这是一种存在性的无奈。面对这种无奈，小说中的主人公，或者作者的叙事立场，是用爱来面对。譬如前面说过的《半个夏天》《水仙花开》，还有《车祸》中的袁小月，《温城之恋》中的迟岩等等。这种爱，虽然不能实际性地解决不能解决的现实问题，却构成了对现实世界的价值性超越，并且强健了人自身。用西方神学家温德尔曼的话说，不是在无奈中的虚弱认可，而是一种更为强壮的表现。这种神性之爱，与中国传统文化中的"地母"形象有近似之处，但也有着很大的不同。由于中国强大的文化传统是建立在实用理性基础、世俗生活的基础上的，所以，一向重视产生于或者作用于现实实际人生利益的现实之爱，譬如阶级之爱、人伦之爱，而神性之爱一向十分稀薄，甚至会被指责为宗教性的精神麻醉，或者对残酷斗争的逃避。在中国新文学史上，冰心、沈从文、孙犁、茹志鹃构成了这样一条发展线索，虽然这条线索比较单薄，而且，总是被包裹在儿童文学、乡村情怀、战争、革命的外衣下，被误读。但这样的一种神性之爱，在今天这样一个戾气盛行的时代，却有着特别重要的现实意义。所以，不论从继承新文学某一种价值路向的发展线索上，还是从对今天社会的现实意义上，小岸的小说，都值得我们给以重视。

关于浦歌

赵勇：浦歌的《一嘴泥土》刚刚写出来之后读过一遍，经过修改出版之后又读过一遍，我读这个小说的时候非常惊讶，而且有一种很惊奇的感觉，感觉这是一个既土气，又洋气的作品，最开始的时候我对他的写法非常感兴趣，因为我觉得这个小说没有太多的故事情节，写的就是主人公王大虎大学回到家乡和父母兄弟同吃同住同劳动的故事，时间跨度也不长，但是他写得风生水起，后来借用文化人类学的语言厚描，我觉得他确确实实使用了描写，而且还不是一般的描写，厚描他更关注呈现细节，尤其是呈现那些看上去无足轻重，但是又非常丰富的细节，然后通过这样一些细节去揭示文化当中内在的矛盾，这时候有一个关键所在，所以我觉得浦歌的小说体现了这个特征，因为我觉得他恢复或者是捍卫了小说的一种尊严。进一步琢磨过程当中，我也特别意识到，他这个长篇所呈现出来的气质我也非常喜欢，这个小说写了两种生活，第一种生活就是一种常规的十分严肃的皱眉头的生活，充满了虔诚的生活，我借用了巴赫金的说法，事实上他整个是在他父亲的统治之下，不得不出工干活劳动。第二种生活是什么呢？有那么一点巴赫金所谓的狂欢化的味道，他不但读着《追忆似水年华》，而且他以前读过所有的作品都在里边发作。小说里边也写到了无处不在的消费体验，写到了父母和主人公之间的关系，有荒诞感，又有一种喜感，这个特别有意思，喜感我曾经做过一些思考，他这个小说不经意地走进了三兄弟的叙事模式当中，但是他和以往三兄弟的叙事模式不太一样。我很看好浦歌，我觉得他是有大出息的作家，他写城市边缘里边小人物的故事，但是他写出了一种现代性的体验，比如说卑微描写，这些都是他要写的东西，我觉得浦歌已经在五千米的高度盘旋，我期待着他能够升到万里高空，能够写出更优秀的文学作品。

关于杨遥

金春平：现代性的基本要义，是人的个体化的构建和独立，高度理性的个体，是当代人生存状态的理想目标。杨遥站在个体化的角度，审视着个体成长的难度和前景，同时，杨遥还将个体置于其一度欲蝉蜕的集体化当中，审视集体作为制掣性的反启蒙力量所蕴藏的普世人性。杨遥的小说对民间乌托邦进行祛魅，他执着于对边缘者与民间集体之间的对峙、逃避、改造、反击乃至回归企望中的"反乌托邦"的心灵图景的谱绘，呈现出人身处其中所面对的"压抑"的无处可逃和残酷阴冷。

杨遥不断从底层文学的叙事窠臼中，寻找新的叙事段位，他避开了对社会机制和政治形态造成的底层悲苦的"原因追溯式"的批判，而更注重对悲苦现状的"结果或状态段位"的精神描摹，因而更具人类对自我存在体反思的镜像效果。

杨遥不仅洞悉着人身处压抑情境中的无可挣脱，群体压抑、俗世压抑、宿命压抑的无处不在，他还以冷峻但不失激情的内在情感，审视着生活中形形色色的弱者，如何在精神自由的境界中，在人的本质性的内在力量的激发之下，通过种种虚幻或短暂的自我救赎的方式，完成着压抑解放的行动实践和心灵蜕变。

自我的救赎既然无效，在解构年代重新相信"上帝复活"，似乎是陷入上帝死了的后现代社会当中的一条复归式途径，在上帝祛魅的过程中，自由成为最高目标，但是自由疆域的漫游，某种意义上将人推到了流浪的弃儿境地。杨遥以神性宗教情怀的人性叙事，重构一度被解构的上帝，正是人类在寻找到自我的自由之后，持续寻找精神家园的后续精神动力。

杨遥的小说，执着于刻摹喧嚣时代中，边缘群体的生活状态和精神世界，为底层书写这一较为抽象的概念，做更具质感和肌理的注解。他窥视着当代人所普遍蕴藏的"压抑与解放"这一永恒的文学命题，并通过小说的演绎，将这一命题推向了人的存在困境的现代主义高度。

关于李燕蓉

白烨：她所关注的事情比较细，都不宏大。作品可以概括为一句话，小人物，小情绪，小波澜，小悲观，但是你会感觉到她在写的过程当中，关注女人的情感精神状态关注，并且有一种细腻的观察，包括她现状的一些问题，所以看了之后，觉得这个作者会爆发。果不其然，2015年她在《中国作家》第十期上发了一个长篇，显示了她这种概括为微观叙事，而且是以小搏大的可能性。这个小说类似于爱情测试，她突然出走看他什么反应，她出走之后首先电视台介入了，说我们法制栏目有一个栏目要做一档节目，寻找女孩林林的节目，结果那个节目又带悬疑性，结果收视率非常火爆。之后警察先找到她的，就告诉宁远，说林林回来了，你回来，你不告诉我，你先告诉警察，这样两个人心里头有嫌隙，就不愿意再找她，这个不是重点，重点是作品还穿插了很多人的故事，讲了很多人的心事，而且在找出口，这个作品看起来她是写了一个爱情的世界，但是通过事情把当下人的情感疲惫，精神上这样一个迷茫的状态写得非常真实，所以这部作品我看了之后觉得真是以小搏大，把看起来很小的东西写得非常好，我看这种写法也有突破性，而且她的写法带有某种后现代性，在山西作家里面还是很超前的。

王春林：我谈一下李燕蓉的创作，我把她叫作内敛的先锋。她出道时间不是很长，还有白烨老师谈到的长篇，保持了她一贯叙事的特点，一直专心致志来挖一口深井，她一直在表现现代人的某种精神焦虑，她采用假定性的叙事方式，她写带有人为叙事色彩的出走事件，通过出走，她是要考察验证到底她的男朋友对她的情感态度是什么样的，所以小说里面是这么说的，在一起的多数时间里他都是茫然的，不停地分析、判断，不停地来回摇摆，宁远成了她最不了解的人，永远只随着宁远而波动。通过出走事件，表达的是对现实历史无法表现的精神迷茫的感觉，一种发自内心深处的精神困惑。某种意义上来说，一方面是在写精神迷茫，她同时也是在写现代人的，你的我的她的，我们多多少少都会面临同样的精神困境。所以我觉得李燕蓉的先锋跟吕新的不一样，她以非常内敛的形式，塑造了一个精神的出口。

关于张暄

赵勇：《病症》中的大部分小说讲述的就是这样的故事，人物不好不坏，关系不清不楚，味道不咸不淡，读后让人莫名所以，唯有一声叹息。叹息之后，我似乎也发现了《病症》的写作秘密：张暄笔下的故事常常衍生于为人忽略的犄角旮旯，它们或者是生活的褶皱处，或者是情感的幽暗处，或者是人性的不阴不阳处。这样的地方通常会被人屏蔽或删除，但张暄却聚焦于此，然后用显微镜反复观照之，仔细揣摩之，铺陈渲染之，结果便催生了一篇篇小说。实际上，《病症》中的所有小说似乎都可用一个"小"字概括：小官场、小领导、小人物、小欲望、小伎俩、小心思、小欢喜、小忧伤……这似乎与我们这个小时代也搭调合拍。当"解放政治"变成"生活政治"，当"宏大叙事"变成"微小叙事"，我们这个时代确实已无法称大。而小说又该如何呈现我们这个时代的特征，也确实是摆在小说家面前的一个课题。在这一方面，我以为张暄自觉不自觉地触摸到了时代的脉搏，其小说也就与这个时代形成了某种互动或同构。

关于闫文盛

施战军：闫文盛的散文非常有文化，文化感跟山西老一辈作家那种文脉是相承的，既充盈又感觉非常厚实。我们是非常期待着山西能够在文化散文随笔方面有新的竞技。

李林荣：闫文盛近年潜心聚力推进散文长卷《主观书》的创作，语体、文体独辟蹊径，整体姿态已渐入佳境。

关于手指

郭晓鸿：手指的小说集 《鸽子飞过城墙》以"一本爱情小说集"为副标题，让人不免先入为主地怀有一种阅读期待，以为自己会读到几篇爱情故事。不过出乎意料的是，整部小说没有一篇是写传统意义上的爱情。有的评论家把手指归于现代先锋小说，我感觉也不太妥帖。因为先锋意味着创新、实验性，甚至时尚感，曾经被誉为先锋小说家的余华曾说过："真正的先锋，其实就是一种精神的超前性。人家体验不到的，他体验到了；人家没有思考到的，他思考到了；人家不能表达的，他能够成功地表达了。而且还有更重要的一点，我认为在任何一个时代，他都是走在前面的。"当然先锋究竟如何定义也是见仁见智。手指小说不大具备20世纪80年代先锋小说的特征和新鲜感，当然他的小说依然属于具备现代意识和现代感的小说，他所处的时代和20世纪80年代已经完全不同，他已经是以现代小说的方式来表达生活，而不是像80年代的先锋小说作家那样有意识地去追求一种先锋性。

既然一部小说集被命名为一部爱情小说，那还是从爱情角度来分析一下手指小说里人物的爱情。通常来说，爱情的色彩给人感觉应该是粉红色或者是桃红色的，色彩的深浅随着感情和身体接触的程度而变化。手指的小说总体色调是灰暗的、基调是颓唐的，名为爱情小说，但他通过小说人物传达出来的信息是他不相信爱情。他笔下的人物不仅物质生活贫乏、逼仄，精神生活更是苍白得无从谈起，由于金钱的匮乏，情欲的无处发泄，对女人的要求也降到了最低点。对情感无力把控的感觉弥漫在整部小说集中，不管是有钱的没钱的，有工作的还是无业的，都在各自的情感生活中迷茫而手足失措。

可以说，这是一部没有爱情的爱情小说，它客观冷静地揭示了底层小人物可怜可笑可悲的生活、思想以及情感，他们都是精神上的漂泊者和流浪汉，焦虑于找不到社会的入口，无法与社会沟通，找不到自己的立足点和位置，无法为躁动不安的心灵和身体找到归宿。

因此，他们不承认爱情的存在，质疑底层奋斗的意义，痛恨社会分配不公的现象，他们在孤独的时空里独自叹息，他们的精神与现实不断地发生碰撞，呈现出一种紧张的状态，而全部的这一切都融合了作家对他们的生存困境形而上的思考，他们在不同程度上体现了现代人的精神困境。

关于孙频

雷达：孙频的小说大都寒凉、幽暗、惊悚，背负着剧痛。不大为人指出的是，她的小说还潜藏着传奇性。她自言，"冷眼观察着这人世间，却无法不深深地爱着这苍凉与残酷"。有一种看法是，认为她更像是男性作家，或是中老年的男性作家。对此，我很不同意。恰恰相反，我认为孙频小说的女性视角和女性意识鲜明而且强烈；虽然我们确实很难把她跟一个80后的年轻的女性作家联系起来。她的小说锋芒往往指向男性的性别霸权，她往往能揭示被遮蔽的女性的真实生命体验，她的小说主要写无助的底层的女性人物，常常与性爱，性倒错，罪与罚，缠绕在一起，对女性人物的弱点她也并不宽恕，因而具有审视和拷问灵魂的性质。《月煞》是她的一部有影响的中篇，就写了一个集体的性犯罪的故事，既控诉了小镇上犯罪者与旁观者的麻木不仁及有限的救赎，同时细致描写了祖孙三代女性的深重的精神痛苦。近作《丑闻》更把一个高知女性最隐秘的潜意识巧妙托出，引人深思。孙频的产量很高，我希望她能开拓更宽广的审美空间。

关于白琳

赵勇：实际上，在我认真阅读白琳的这本散文集时，有一个问题就挥之不去：为什么她的散文如此好看？为什么她能把那些陈芝麻烂谷子的事情写出花来？我当然知道，这与才情有关，并不是每一个考博未遂的家伙一咬牙一跺脚就可以放下屠刀立地成佛的。但除此之外，还有什么主宰着、推动着她的叙述呢？当我读到这本书的末尾，尤其是读完《太原爱情故事》和《有多少欲望等待发射》时，我突然开窍了。是八卦！正是那些八卦构成了这些散文的主旋律。

大概正是因为八卦精神的推动，白琳的散文才显得与众不同。当白琳讲述着这些故事时，我发现她通常都有一股狠劲。她笔下的那些事情往往是情爱之殇、生活之丑或生存之窘，好多又涉及同学朋友亲戚，按照"家丑不可外扬"的古训，有些事情可能是不能讲、不便讲或不好讲的，但她就那么不管不顾地讲出来了。不但要讲出来，还要讲得一波三折，余音袅袅。我想，如果缺少一种八卦式的好奇心，它们就无法被记住；如果再缺少一种爆料或自我爆料的勇气，它们又很难被言说，进而在散文中安营扎寨。但所有这些假设在白琳那里都不是问题。正是因为没有这些条条框框和清规戒律，白琳一上手就扩大了散文写作的取材范围。

何亦聪：白琳的某些散文作品应该归入我近年所看到的、个人感觉最喜欢的女性散文之列，她既保持了女性散文所特有的那种敏锐而细腻的感受力，又没有陷入那种过于狭窄的个体经验之中不能自拔，更加难能可贵的是，在她平静的笔调之下常常蕴藏着深厚的悲悯之情。

李林荣：白琳《白鸟悠悠下》等散文借取小说和诗的造境手段，叠合了现代女性散文和当代先锋小说的风致。

《山西文学》

"三晋新锐"作家群仰天怒放的时刻即将来临

◆杜学文　蒋殊

　　　　刚刚过去的 8 月份，"新世纪'三晋新锐'作家群"成了各大媒体关注的焦点，在中国文坛引起强烈震动，山西作家身上也聚集了无数羡慕的眼光。今天，《映像》走进山西省作家协会党组书记、主席杜学文，听他深入解读，细说"三晋新锐"。

　　8 月 13 日，由中国作家协会、山西省委宣传部联合主办，中国作家协会创研部、山西省作家协会、山西出版传媒集团联合承办的"新世纪'三晋新锐'作家群研讨会"在北京中国现代文学馆召开。中国作家协会主席铁凝，中国作家协会副主席李敬泽，民盟中央副主席、中国作家协会副主席张平，山西省政协副主席李悦娥，著名评论家雷达、梁鸿鹰、施战军、白烨、胡平、彭建明、王干、张志忠、赵勇、李朝全，以及段崇轩、傅书华、王春林、刘芳坤等一应出席。会议迅速引起全国文坛的极大关注，山西作家身上自然聚焦了诸多羡慕的眼光。为此，《映像》记者采访了山西省作家协会党组书记、主席杜学文，听他深入畅谈"三晋新锐"。

　　蒋殊：请问，这个会议不仅是山西文学界的一次盛宴，也是在全国文坛引起强烈反响的大动作。在这个时候举办这场山西新世纪以来的首次大型研讨会，初衷是什么？

　　杜学文：首先要说明的是我们不是为开会而开会，也不是单纯地要宣传造势。开这个会主要是基于山西文学创作的实际以及山西的现实。从创作角度来看，新世纪以来山西确实出现了许多很好的作家，而且不是一个两个，是一批，是一个群体。其中许多人获得了非常重要的奖项，产生了重要的影响，还有人应该说在某一方面成为全国的领军人物。比如大家都知道的刘慈欣，获得了世界科幻文学"雨果奖"，被誉为是凭一己之力把中国科幻文学提升到世界水平。此外，不说年龄更大的作家，仅这些可以列入"新锐"的作家中，就有吕新、葛水平、李骏虎获得了鲁迅文学奖，张锐锋获得了中宣部"五个一工程"奖。今年还有很多人获得了比较重要的奖项。如张二棍获得了《诗刊》的优秀诗歌奖，最近鲁顺民获得了冰心文学奖，你的微小说也获得了《小说选刊》年度奖等等。除了这些外，一些人在全国来看，比较活跃，关注度比较高。因此，我们有必要进行认真的总结，从全国的层面来看看我们的长处在哪里，短板是什么，今后的努力方向是什么。当然，这也就包含了给大家鼓劲、激励的意思在内。

另一方面是从山西发展的现实来考虑。大家知道山西现在正处于改革开放以来最困难的时期。但是，除了要解决问题外，我们还要鼓舞士气，激励信心。所以省委提出要塑造山西美好形象，推动山西振兴发展。山西的文学有良好的传统、较强的阵容，在全国产生了积极的影响。我们需要让大家认识到，山西人是有能力、有智慧创造新生活的，是有巨大潜力与可能性的。也正因为此，这个会议受到了中国作家协会与省委宣传部的高度重视。

蒋殊：我们这次会议的主题除了接续三晋文脉，还有"再造中华审美"。许多读者也想知道其中的含义是什么？

杜学文：这也是从中国文学面临的使命及山西文学的现实来考虑的。一方面，山西文学经过这些年的努力，发生了重要的变化。山西文学的传统比较深厚，其中既包括中国文学自身发展的传统，也包括山西特定地域的文学传统，如现当代以来革命根据地文学的传统，特别是以赵树理为代表的"山药蛋派"的传统。这些传统对山西历代作家影响至深。但是，仅仅模仿传统是没有活力的，重要的是要在继承传统的前提下不断创新。新世纪以来，山西文学发生的变化正是在继承传统上的发展创新，表现出鲜明的新变。另一方面，中国在实现现代化的进程中，面临着如何再造文明的重大课题。从文学的角度来看，也就有如何再造中华审美的问题。这个问题习近平总书记在文艺工作座谈会上的讲话中有明确的论述，要求我们要努力实现中华文化的创造性转化与创新性发展。这是一个我们这代人不可回避的历史性课题。山西作家实际上也在自己的创作中就继承传统与创新求变进行了努力，并成为一种趋势。我们通过这个研讨会，在讨论山西作家创作的同时，也力求为解决这样的时代命题而贡献力量。

蒋殊："三晋新锐"作家群主要指的是哪些作家？其构成是什么样的？他们是否接续了三晋文脉，创作风格又是怎样的？

杜学文：我们所说的"三晋新锐"作家群，主要是指目前活跃在文坛的以"60后"为主，包括"70后""80后""90后"等在内的山西作家。他们中的相当一部分已经在全国产生了比较大的影响，还有许多人具有很好的潜力。他们的出现不仅对山西文学的发展有重要意义，从全国范围来看也将产生不可忽略的影响。

"三晋新锐"作家群的构成十分复杂。虽然说其中的"60后"比较成熟，但"60后"并非同时出现在文坛。其中吕新、张锐锋、鲁顺民等，引起文坛注目的时间比较早。实际上把他们划入崛起的晋军也算能说得过去。他们的出现虽然比晋军作家较晚，但至今也有30年左右的创作经历。而刘慈欣、葛水平、王保忠、黄风等人，其起步相对来说要晚一些。无论如何，他们均属于"60后"。此外，"70后""80后""90后"的情况也不能一概而论。他们出现的时期及产生影响的时间都不同。一些人已经在全国范围内引起比较广泛的关注，并表现出十分活跃的态势。还有很多人则处于探索阶段，但是潜力已经非常明显地表现出来。实事求是地讲，"三晋新锐"作家群是一个开放的群体，我们很难说谁属于或不属于这个群体。但是，大体来看，60年代后出生的、创作比较活跃的作家均属于这个群体。

崛起的晋军之后，新出现的作家由于种种原因分化也很厉害。但令人欣慰的是，山西文学依然血脉相传，总有人前赴后继步入文坛。从创作风格而言，有继续关注农村题材，比较突出地显现出赵树理等老一辈作家创作追求，但又有新的拓展的作家；有从本土出发，在文体、题材、语言、表达手法等方面进行了积极的探索，比较明显地表现出现代派色彩，具有不同程度先锋性的作家；当然也有关注本土历史，力图从中发掘对今天有重要启示的精神资源的努力。同时，在散文文体的创新、题材的拓展等方面，山西作家的努力及其成效也是非常明显的；在纪实文学创作方面，势头强劲；诗歌创作方面也出现了一些比较活跃、影响广泛的更年轻的诗人；网络作家的创作也表现出比较活跃的态势，被论者称为典型地体现了现实主义精神；科幻文学更是一枝独秀；文学理论与评论方面也出现一批比较年轻的新人。与崛起的晋军不同，这些新锐们一走上文坛就以鲜明的个性特色出现，而不是以统一的风格引人注目。他们很难说谁与谁是同一种风格。不同是他们最相同的地方。但他们身上也明显地表现出文脉的承传，能够找到受传统影响的明显痕迹。他们共同活跃在今天的文坛，构成了今天山西文学色彩斑斓的动人景色。

蒋殊： 提到山西作家，人们必然会想到"山药蛋派"。您如何评价"山药蛋派"？

杜学文： "山药蛋派"是中国文学的一个重要现象。它的意义不仅止于文学，也不仅止于山西。首先，"山药蛋派"是最生动典型地表现中国从传统社会向现代社会转型进程中觉醒了的普通人的作家群。其次，他们的创作不仅影响了山西的文学，对中国现当代文学也有非常深刻的影响；不仅在当时产生了重要影响，也对之后的文学产生了或隐或显的影响；不仅在国内有巨大的影响，在国外也具有重要的影响。再次，除作品外，他们的创作精神与艺术风格已经成为中国文学宝库中的重要组成部分，比如说具有强烈的家国情怀、突出的民本思想、鲜明的地域特色、不变的农村题材，以及独特的表达方式等。

蒋殊： 从"山药蛋派"到"三晋新锐"，山西作家进行了怎样的传承与延续？

杜学文： 当代山西文学，在赵树理及"西、李、马、胡、孙"等之后不久，又出现了一批数量不小的作家。除焦祖尧等个别人外，基本承袭了第一代作家的风格，可以称为"山药蛋派"的第二代作家。总体来看，这两代作家创作风格比较一致，缺少变化。20世纪70年代末80年代初，山西新一代作家以集群式的姿态涌上文坛，被称为"晋军崛起"。这批作家出现的时间比较集中，最初的创作风格也基本一致，可以说是以"山药蛋派"第三代作家的面目出现的。到了80年代后期，这批作家的个性色彩不断凸显，不仅不能说他们具有相近的风格，也不能说他们是"山药蛋派"的第三代作家。尽管他们与"山药蛋派"之间联系密切，但很多人已不再有"山药蛋派"的许多特点。随着改革开放的不断推进与国外文艺思潮的涌入，这些人也因不同的文化背景及接受的教育不同、审美的倾向不同发生变化。一般而言，年龄小的接受外来影响程度相对大；外籍作家接受外来影响比较快，而本籍作家则相对持坚守姿态。比较典型的如在第二代作家中，外籍作家如焦祖尧，不仅题材选择多为工业题材，而且其艺术表达也特别注重心理描写。与他同时期的本籍作家则基本上承袭了前辈作家的风格。20世纪80年代崛起的晋军作家也基本如此。但吕新是一个特例。他不仅以先锋作家的形象踏入文坛，而且一直坚守先锋创作 30 余年，被称为是"中国最后一个先锋作家"。

蒋殊：那么是不是可以说，"山药蛋派"慢慢退出历史了？

杜学文：这种分化并不意味着"山药蛋派"退出历史。从某种角度看，我们仍然能够非常明显地看到"山药蛋派"的影响。首先是那种浓郁的家国情怀在这代晋军作家身上更加鲜明。他们之所以引人注目，其作品之所以厚重，一个非常重要的原因就在于他们这种根深蒂固的文化情结。这与赵树理等人是一致的。他们当中依然表现出明显"山药蛋派"特色的作家自不必说，如张石山就以此为自豪。那些在表现方式上明显不同于"山药蛋派"的作家，实际上是从另一层面对"山药蛋派"进行了拓展丰富，他们承接了赵树理关于社会文化的表现，使文学中的这一脉得以延续并逐渐扩大。单就这批作家来看，不论他们的创作特色有多少差异，个性追求表现出多么的不同，与赵树理等人的文脉承接是明显地存在的。当然，在狭义晋军中，他们已不再是前辈的翻版，而是进行了新的拓展，使山西的文学变得更为丰富。

蒋殊：您认为"三晋新锐"与山药蛋派及崛起的晋军相比，其作品的精神品格是否有共通之处？区别又在哪里？

杜学文：不管哪一代山西作家，浓郁的家国情怀是最突出的精神品格。他们关心社会的进步、国家的命运，以及民众的福祉。他们的笔下往往有揪心泣血般的表达。然而这种情怀在不同作家身上的表现却不尽相同。在赵树理等人那里，其主调是明晰的。他们基本上相信生活会越来越美好。他们作品中的英雄主义、理想主义极其明显。这也使得他们的作品有一种乐观、明朗的情调。在崛起的晋军那里，他们呼唤新的发展时期的到来，同样具有新的时代的英雄主义色彩。我们都会记得从山区偏远小县返回北京，驻足于天安门广场的李向南。历史的重任落在了他们这代人身上。在祖国的心脏，他深切地感到了自己的使命，以及国家的未来。这两代作家成熟之时，正是中国发生激烈变革之时——前者是抗日战争的胜利与新中国的建立，后者是改革开放的开始——其历史性影响极为深远。在历史的巨大变革关口，他们表现出与时代同呼吸，与祖国共进步的气概。随着生活的延续，当初的激情转换为新的思考与探寻。赵树理是描写那些具有理想主义人格的人物，晋军作家是寻找新的思想文化资源。但是，他们理想的激情并没有消减。他们是期待并推动中国进步变革的精神标志。在"三晋新锐"们这里，仍然充满对美好未来的期冀。但是，他们的表达至少从几个方向展开。一种是诸如葛水平、李骏虎、鲁顺民等，从具有超越时代意味的描写中表现生命的力量；一种是诸如玄武、唐晋等，从历史中寻找能够激励今人的精神资源；一种是诸如杨遥、手指、小岸、陈年等，企图从平凡的日常生活中发现生命存在的意义；还有一种是诸如闫文盛、赵树义等，完全退回内心，希望从人的内心世界发现生命的价值。无论如何，他们的创作是严肃的，企图用自己的笔来为这个时代提供精神的力量。

蒋殊：作家首先要关注民众。这一点上，"三晋新锐"们做得如何？

杜学文：从几代山西作家对待民众的态度中，我们也可以发现某种传承性的元素。赵树理等人认为自己与民众是同命运的。但他们与民众又是不同的。这种不同就表现在他们是自觉的，而民众是自为的。虽然他们与民众息息相关、血脉相连，但是，民众仍然有一个觉醒的历史过程。这种自觉在晋军作家中演变为精神上的超越。他们是具有历史理想主义的布道者。他们希望整个社会，包括自己代表的民众能够清醒进步。而在这批新锐那里，也同样表现出他们与民众密不可分的关系。但是，他们并没有做代言人、布道者的意图。他们只是一个与普通老百姓一样的普通人。说得不好听点，他们满足于"混同于普通的老百姓"。这种精神状态年龄越小表现得越明显。他们写自己，也就是在写那些普通人。

蒋殊：您如何看待"三晋新锐"作家们的艺术表达特色？

杜学文：讨论这批作家的艺术表达是非常困难的。主要是他们至少在表面上表现出一种巨大的差异。不仅不同于过去的作家，也不同于同时期的其他作家。应该说，这是一种极为可喜的现象。尽管如此，他们与传统还是有着千丝万缕的联系。比如在一些小说的描写中，比较琐碎地叙述主人公的日常凡俗生活及其过程，其中是不是也有着诸如《儒林外史》的影子？他们那种不刻意修饰的描写与赵树理等人擅长的白描有没有联系？那些虚构"非现实的现实"的作品可不可能也受到《聊斋志异》的影响？但可以肯定地说，他们不是对传统经典的简单照搬与模仿，有属于自己的创造，是对传统的一种新变。其中除了对传统表现手法自觉不自觉的继承外，还非常明显地吸纳了其他表现手法，从而形成一种属于作家自己的表达。这首先表现在文体的新变上；其次，也表现在内容的时代性上。但这些还是比较容易让人看出来的。更主要的是，在语言构成方面，包括语句结构的变化与传统语言不同；在描写方面，除了对客观外在存在的描写，如对景物的描写等外，在对人物感觉以及作者感觉的描写等方面都与传统的作品是不同的；至于那种纯粹内心世界的描写则是非常典型地借鉴了外来作品的手法。

蒋殊：从您刚才的介绍里，我听出新锐作家的创作既有传承，也有新变。那么造成几代作家的同与不同，主要是哪些因素？

杜学文：几代作家的同与不同，我以为与他们所处的社会环境、生活阅历、教育状况有极大的关系。赵树理至晋军的几代作家，经历了中国最剧烈的几乎是翻天覆地的变革，就个人而言也是阅尽人间。他们所受的教育同时受到传统文化与新时代文化的影响，骨子里有一种与生俱来的匹夫有责情怀，有一种与历史变革一致的气质。崛起的晋军似有变化，他们在比较年轻的时候有机会吸纳更多也更复杂的外来文化，这使他们的眼界发生了改变，思想受到了触动。而"60后"一代，正好是脚踏两岸的一批人。他们受新时代的教育，从小形成了关于国家、社会、个人的基本价值观。但是，在他们人生观基本形成时，又大量地接受了外来文化的影响。这使他们在文化构成上表现出更加复杂的一面，也就成为读完上一页书而又掀开下一页书的特殊的人群，一座连接两个时代作家的桥梁。而比他们更年轻的人，正处于一个缺乏变动又变动不止的时期。他们接受了更多的外来影响，以至于对自己传统的东西有些陌生。虽然他们在不知不觉中仍然受到了传统的影响，有时甚至表现得比较突出。但总体看他们是一批力图变革传统的人。虽然这种改变并不是从他们开始的，但却是在他们身上表现最突出的。

蒋殊：我们该如何面对传统？传统的东西是不是就完全不具备现代性？

杜学文：不是这样的。实际上传统也有明显的时代性。一个时代的传统或许正是另一时代的先锋。而另一时代的先锋则可能成为新时代的传统。每一代人都存在如何面对传统，如何新建规范的问题。重要的是，没有传统，并且不能正确对待传统，将难以完成对传统的扬弃新变。因为这样就失去了变革的根基。从这一角度来看，是不是应该首先返回传统？

蒋殊：山西作协以如此大的动作推出"三晋新锐"，对他们的未来有何期待？

杜学文：对"三晋新锐"作家群，我们必然寄予更大的期待。首先，他们已经取得了引人注目的成就。一些成就已经注定要写入中国文学的历史。可以说他们具有达到更高的巨大潜力与可能性。其次，他们基本上都是一些愿意并且能够吃苦的人。文学是清苦的事业，艰难的事业。这些作家仍然保持了淡泊名利、超然物外的情怀。他们知道只有艰苦的努力、不动摇的坚守才能收获。这种心志无比宝贵，是他们能够成功的一种精神保证。再次，他们是一些不甘因循，努力探索的人。他们不想重复别人，也不愿重复自己，力求寻找属于自己的艺术风格，为文学的可能性增添活力。我也想向他们说一句话，要勇敢地走出小我的局限，努力养成属于自己的浩然正气，要有更广阔的视野，更博大的精神追求，要有大品格与大情怀。而这是非常不容易的。但是，即将绽放的花蕾已经长成，仰天怒放的时刻就一定会来临。

蒋殊："新世纪'三晋新锐'作家群研讨会"一定只是一个开始，好比一场盛大演出刚刚拉开帷幕。那么，山西作协会以什么样的浇灌方式，推动并确保这些花蕾在万众瞩目中仰天怒放？

杜学文：的确是，研讨会只是一个新的开始，新的起点，后面还有很多工作要做。这次研讨会，专家们给予很多鼓励。但是，我们自己要头脑清醒，要很好地思考存在的问题、差距，要清楚与兄弟省市比，还有这样那样、这个方面那个方面的不足。绝不能自以为是、自满自足、自得其乐。首先，要转变观念。工作上要走出作协小院，走向广阔社会，要与各个方面合作，共同做好文学工作。创作上要走出个人小天地，走向广阔大世界，更多地了解社会，感受时代，熟悉人物。其次，要努力营造良好的创作环境。目前，我们的工作还存在许多困难，还有许多不足。特别是我们的文学阵地，影响不够大，经费比较缺，活动比较少；我们请进来不多，走出去很少，走下去不够，学术氛围不浓厚，文学交流不活跃。这些都需要逐步解决。再次是要有针对性地开展文学活动。一是根据不同情况开展培训。在坚持正确的创作方向、树立正确的创作观方面常抓不懈。同时要通过培训扩大视野、加强交流。二是采取不同形式、联合各种力量、尊重作家特点，组织大家走进改革发展的第一线，了解中国的发展变革，了解山西的振兴发展，了解人民的所思所想。三是加大扶持力度。在推荐学习、申报项目、帮助出版等方面多做工作。四是开展各种形式的文学活动。发挥理论评论的重要作用，组织不同形式的读书会、改稿会、研讨会，进一步增强主动性、实效性。五是强化阵地建设。努力提高《山西文学》《黄河》的影响力，加大推新人、出新作的力度。总之，需要做的工作很多，我们要继续努力，也希望得到社会各界的支持，共同营造山西文学百花盛开、万紫千红的繁荣局面。

蒋殊：感谢杜书记详细而深入的解读，我们共同期待"三晋新锐"作家群仰天怒放的时刻来临。

杜学文：共同期待！

《映像》

文学晋军再崛起

——接续三晋文脉 再造中华审美

◆杨鸥

　　"山西文坛既有'山药蛋'，又有奇珍异宝、生猛海鲜，给中国文坛不断带来惊喜。"在日前由中国作家协会举办的"新世纪三晋新锐作家群"研讨会上，中国作家协会副主席张平做了生动形象的形容。

　　新世纪以来，山西文学保持繁荣发展态势。除老作家们仍然保持了旺盛的创作活力外，以"60后"为主力，"70后""80后""90后"的作家也相继步入文坛，佳作频出，亮点纷呈，崛起一个新的创作集群："三晋新锐作家群"。其中，刘慈欣获美国科幻文学雨果奖及全国优秀儿童文学奖，葛水平、李骏虎、吕新先后获鲁迅文学奖。从创作风格而言，有继续关注农村题材，比较突出地显现出赵树理等老一辈作家创作追求，但又有新的拓展的作家如葛水平、李骏虎、王保忠等；有从本土出发，在文体、题材、语言、表达手法等方面进行积极探索，明显表现出现代派色彩的作家如吕新、孙频、唐晋、杨遥、手指、李燕蓉等；在散文文体的创新、题材的拓展等方面，出现了张锐锋、玄武、聂尔等。在纪实文学、诗歌、网络文学、文学理论与评论等方面，也表现出比较活跃的态势。

　　中国作协主席铁凝指出，山西作家总是以"群"的形象站在一起。这印象，固然与曾经响彻全国的"山药蛋派"有关、与80年代"晋军崛起"有关，更多的还是来源于山西作家作品的气象与品格。他们对于脚下站立的大地有着执着的热爱。山西作家自然而然地让地方色彩进入到作品中，生动活泼，可亲可感。他们写山西，立足于地方，着眼的是中国，是世界，是活生生的人的生活与梦想。

　　山西作家是有来处的。深入生活、扎根人民已然成为他们十分珍视的传统。山西作家始终坚持求变创新的文学精神，更年轻的作家们正在不断地涌现出来，且呈现出强劲的发展势头。他们接受了传统文化的深厚影响，又在不同时期进行具有时代特色的探索，使文学呈现出崭新的面貌，丰富了文学的主题、样式、表现手法，使文学的可能性得到了拓展。他们的努力体现了当下中国作家的担当和社会责任感，体现了中国作家在艺术表达上的自觉及创新精神，为中华审美的再造进行了积极的探索。

与会专家从地域、审美、传统、现代等多种维度对山西作家创作进行了解读。

《人民日报》(海外版)

2016 年 8 月 18 日第 9 版

"三晋新锐"作家群研讨会在京召开

◆孙蕾

　　新华网北京 8 月 15 日电（记者 孙蕾）由中国作家协会、山西省委宣传部联合主办，中国作家协会创研部、山西省作家协会、山西出版传媒集团联合承办的"新世纪'三晋新锐'作家群研讨会"，13 日在北京现代文学馆召开。中国作家协会主席铁凝，民盟中央副主席、中国作家协会副主席张平，以及山西作家代表 80 余人出席研讨会。

　　与会专家从地域、审美、传统、现代等多种维度对山西作家创作进行了解读。

　　在谈到山西作家"群像"时铁凝表示，在她的感性印象里，山西作家总是以"群"的形象站在一起。这固然与曾经响彻全国的"山药蛋派"有关、与 80 年代"晋军崛起"有关，更多的还是来源于山西作家作品的气象与品格。"他们写山西，却不仅仅只是为了写山西，哪怕是在描摹一个偏远的小山村，也有整个中国的影子。立足于地方，他们着眼的是中国，是世界，是活生生的人的生活与梦想。"

　　山西作家刘慈欣表示，"大众视野里的文学已经发生了天翻地覆的变化。从历史上看，我认为文学和市场不是对立的。如今，现实主义正在从大众的文学视野中淡出，而超现实的以想象力为基础的文学形态正在进入大众文学的视野。"山西文学应该直面文学发生的变化，并做出自己的改变，山西厚重的文化既能承载大地，也能承载现实，更应面向未来。

　　新世纪以来，山西作家群的创作引人瞩目。首先，60 岁以上的作家们仍然保持了旺盛的创作活力。这其中既有属于"山药蛋派"一代的胡正、刘江、刘德怀等老作家，也有近年来退休属于山西当代文学第二代作家及"晋军崛起"后在全国文坛产生重要影响的作家、诗人,形成独特的山西纪实文学创作现象。20世纪80年代"晋军崛起"后,山西又涌现出一批更年轻的作家。他们以"60后"为主力,包括"70后""80后""90后"的作家,相继步入文坛,形成了"三晋新锐"作家群。其中,刘慈欣获美国科幻文学雨果奖及全国优秀儿童文学奖,葛水平、李骏虎、吕新先后获鲁迅文学奖,张锐锋获中宣部"五个一工程"奖。

据悉,为促进山西文学的繁荣发展,山西省作协已推出"晋军新方阵"丛书,将连续3年出版30部山西青年作家的作品集。

新华网

"三晋新锐"作家群受关注

◆王国平

　　本报北京8月13日电（记者王国平）："现在山西作家的创作，不仅有'山药蛋'，还有'过油肉'，甚至有'生猛海鲜'。"13日，由中国作家协会、山西省委宣传部联合主办的新世纪"三晋新锐"作家群研讨会在京举行，中国作协副主席张平在发言时形象地阐述当前山西作家创作特点与态势。

　　自20世纪80年代"晋军崛起"后，山西涌现出以60后为主力、更年轻一代作家为梯队的"三晋新锐"作家群，包括刘慈欣、葛水平、李骁虎、吕新、张锐锋、杨遥、孙频、李燕蓉、蒋殊等。山西省作协主席杜学文介绍说，这批作家有的继续关注农村题材，继承了赵树理等老一辈作家的创作理念，同时又有新的拓展；有的从本土出发，在文体、题材、语言、表达手法上进行积极探索，表现出不同程度的先锋性；在创作体裁上涉及各个领域，不再只是小说，而是兼及散文、诗歌、报告文学、网络文学，科幻文学更是一枝独秀，文学理论与评论也有起色。

　　中国作协主席铁凝表示，山西作家似乎毫不费力地就让地方色彩进入到作品中，生动活泼又可亲可感。读山西作家的作品，对他们的生活世界有了直接的认识，对于他们之所以如此看世界有了更深入的了解，"更重要的是，他们写山西，却不仅仅只是为了写山西，哪怕是在描摹一个偏远的小山村的时候，这山村里也有整个中国的影子。立足于地方，他们着眼的是中国，是世界，是活生生的人的生活与梦想"。

　　据悉，为促进山西文学事业持续繁荣发展，山西省作协推出《晋军新方阵》丛书，连续3年出版30部山西青年作家的作品集，分别由三晋出版社、北岳文艺出版社出版。同时，段崇轩主编的《穿越·乡村与城市："晋军"小说新方阵扫描》由中国社会科学出版社出版，该书集纳了山西 15 位评论家对山西 15 位新锐小说家作品的研究成果。

《光明日报》

2016 年 8 月 14 日第 4 版

新世纪"三晋新锐"作家群研讨会举行

◆王觅

　　新世纪以来，山西文学事业继续保持繁荣发展态势。老作家们仍然保持了旺盛的创作活力，"60后"作家陆续成为主力，"70后""80后""90后"作家也相继步入文坛，佳作频出，亮点纷呈，逐渐形成一个新的创作集群——"三晋新锐"作家群。8月13日，由中国作家协会、中共山西省委宣传部主办，中国作协创研部、山西省作协、山西出版传媒集团承办的新世纪"三晋新锐"作家群研讨会在京举行。中国作协主席铁凝、中国作协副主席张平、山西省政协副主席李悦娥出席研讨会并讲话。研讨会由中国作协副主席李敬泽主持。

　　铁凝在讲话中说，山西作家总是以"群"的形象站在一起，这更多是来源于山西作家作品的气象与品格。一方水土养一方人，山西的山水、风云、河流汇聚到作家们的血脉里，山西的历史、传说、地方语言生长在他们的骨骼中，这一切无不潜移默化地流淌到他们的文字里，共同形成了我们所感知的山西文学精神。读了他们的作品，我们对他们的生活世界有了直接的认识，对于他们之所以如此看世界有了更深入的了解。更重要的是，立足于地方，他们着眼的是中国、是世界，是活生生的人的生活与梦想。

　　铁凝谈到，深入生活、扎根人民已然成为山西作家十分珍视的传统，这一传统必将成为他们创作的不竭动力。此外，山西作家始终坚持求变创新的文学精神。他们接受了传统文化的深厚影响，又在不同时期进行具有时代特色的探索，使文学呈现出崭新的面貌，丰富了文学的主题、样式、表现手法，使文学的可能性得到了拓展。他们的努力体现了当下中国作家的担当和社会责任感，体现了中国作家在艺术表达上的自觉及创新精神，为中华审美的再造进行了积极的探索。

铁凝指出，习近平总书记在文艺工作座谈会上的讲话为中国特色社会主义文学指明了方向，也为文学繁荣发展开辟了广阔的前景。今天我们研讨山西新锐作家群的创作，就是总结创作经验、鼓舞干劲、开拓文艺新天地的具体行动。相信在大家的共同努力下，山西文学将收获累累硕果，也将有更加美好的前景和未来。

李悦娥在讲话中说，山西作家们的创作始终继承中国文学的优秀传统、新文化运动以来革命根据地文学的传统、新中国成立以来"山药蛋派"文学的传统，坚持表现人民群众的生活、愿望、理想与追求，题材选择由过去注重农村题材向其他生活领域拓展转变，表现手法由过去注重写实白描等向多样化拓展转变，呈现出新的活力。她希望山西作家们深刻把握时代精神，努力提高自身素质，坚持深入火热生活，潜心创作优秀作品，续写文学事业的新辉煌，为塑造山西美好形象、实现山西振兴崛起，为民族复兴做出历史性贡献。

此次研讨会以"再造中华审美"为主题。与会专家学者从地域、审美、传统、现代等多种维度，结合具体作家和作品对山西作家的创作进行了广泛深入的研讨。大家认为，山西作家比较典型地接受了民族审美传统，自觉或不自觉地受到了赵树理等创作精神与人格操守的影响。同时，他们吸收了现代艺术表现手法，使文学表现的空间大大拓展，具有兼容并蓄、开放包容的品格。他们的文化之根是民族的、中国的，他们的艺术表达是多样的、丰富的。他们脚踩坚实的大地，心向广袤的天空，坚持以人民为中心，继承优良传统，关注现实生活，不断开拓创新，既拥有深厚的传统，传承了民族文化的血脉，又不封闭、不保守，结合时代精神探索创新，在民族审美的传承与再造中取得了积极成效。

会上，山西省作协党组书记、主席杜学文介绍了新世纪以来山西文学创作情况，山西省作协副主席刘慈欣代表山西作家做了发言。据悉，为促进山西文学事业持续繁荣发展，山西省作协推出《晋军新方阵》丛书，连续3年共出版30部山西青年作家的作品集。同时，《穿越·乡村与城市："晋军"小说新方阵扫描》由中国社会科学出版社推出，集纳了山西15位评论家对山西15位新锐小说家作品的研究评论。

《文艺报》

2016 年 8 月 17 日

接续三晋文脉，关注时代生活

——"三晋新锐"作家群研讨会在京举行

◆杨凤云

8月13日，由中国作家协会、山西省委宣传部联合主办，中国作家协会创研部、山西省作家协会、山西出版传媒集团联合承办的"新世纪'三晋新锐'作家群研讨会"在中国现代文学馆召开。中国作家协会主席铁凝，民盟中央副主席、中国作家协会副主席张平，山西省政协副主席李悦娥出席会议并讲话。会议由中国作家协会党组成员、副主席李敬泽主持。

新世纪以来，山西文学事业继续保持繁荣发展态势。老作家们仍然保持旺盛的创作活力，"60后"成为创作主力，"70后""80后""90后"作家也相继步入文坛，佳作频出，亮点纷呈，崛起一个新的创作集群："三晋新锐作家群"。其中，刘慈欣获"全国优秀儿童文学奖"及美国科幻文学"雨果奖"，葛水平、李骏虎、吕新先后获"鲁迅文学奖"，张锐锋获中宣部"五个一工程"奖。不少作家还先后获得了诸如庄重文文学奖、郭沫若诗歌散文奖、冰心文学奖、老舍文学奖、鲁彦周文学奖，以及《人民文学》《中国作家》《诗刊》《小说选刊》《十月》《上海文学》《小说月报》等在中国文坛具有重要影响的文学奖项，引起全国文坛关注。

与会专家从地域、审美、传统、现代等多种维度对山西作家创作进行了解读。他们认为，从创作风格而言，山西作家有的继续关注农村题材，比较突出地显现出赵树理等老一辈作家的创作追求，同时又在继承中展现出新的拓展，如葛水平、李骏虎、王保忠、杨凤喜、陈克海、韩思忠、张乐朋等；有的从本土出发，在文体、题材、语言、表达手法等方面进行积极探索，比较明显地表现出现代派色彩，具有不同程度先锋性，如吕新、孙频、唐晋、杨遥、手指、李燕蓉、小岸、马牛、汉家等；在散文文体的创新、题材的拓展等方面，出现了张锐锋、玄武、聂尔、闫文盛、赵树义、蒋殊、白琳等；在纪实文学创作方面，除赵瑜等知名作家外，鲁顺民、黄风、郭万新、柴然、江雪等也势头强劲；诗歌创作方面，出现了雷霆、石头、温建生、王立世、张二棍等；网络作家也表现出比较活跃的态势，出现了诸如陈风笑、常书欣、谢荣鹏等优秀网络作家；科幻文学更是一枝独秀，以刘慈欣为代表，为中国文学争得了世界性荣誉；文学理论与评论方面也出现了王春林、阎秋霞、崔昕平、刘芳坤、吴言、赵春秀、金春平等评论家；此外，老作家们、女作家群创作等方面也很活跃。

大家认为，这批作家比较典型地接受了民族审美传统，特别是"文以载道""诗以言志""意在相外""道法自然"等，自觉或不自觉地受到了赵树理等创作精神与人格操守的影响。同时，又不断探索，不断创新，结合文学发展的新条件，吸收了现代艺术的表现手法，具有兼容并蓄、开放包容的品格。他们的文化之根，是民族的、中国的；他们的艺术表达，是多样的、丰富的。他们脚踩坚实的大地，心向广袤的天空，坚持以人民为中心，继承优良传统，关注现实生活，不断开拓创新，既拥有深厚的传统，传承了民族文化的血脉，又不封闭、不保守，结合时代精神探索创新，在民族审美的传承与再造中取得了积极的成效。

参加研讨会的还有山西省委宣传部副部长刘英魁、山西省作家协会党组书记、主席杜学文以及雷达、胡平、梁鸿鹰、施战军、彭学明、白烨、段崇轩、傅书华、王春林、张志忠、赵勇、王干、李朝全、刘芳坤、葛水平、李骏虎、刘慈欣等作家、评论家、记者 80 余人。

中国作家网

"三晋新锐"作家群研讨会在京召开

◆杜一娜

8月13日，"新世纪'三晋新锐'作家群研讨会"在京举行。中国作家协会主席铁凝，民盟中央副主席、中国作家协会副主席张平出席会议。中国作家协会副主席李敬泽主持会议。

20世纪80年代以来，山西文学事业继续保持繁荣发展态势。他们以"60后"为主力，"70后""80后""90后"作家相继步入文坛，形成了一个"三晋新锐"作家群。其中，刘慈欣获美国科幻文学雨果奖，葛水平、李骏虎、吕新获鲁迅文学奖，张锐锋获中宣部"五个一工程"奖。山西省作家协会主席杜学文介绍，"三晋新锐"作家创作体裁涉及各个领域，不再是小说一枝独秀兼及报告文学和诗歌。

铁凝在研讨会上表示，山西作家的作品，立足于地方，他们着眼的是中国，是世界，是活生生的人的生活与梦想。张平用形象而幽默的语言概括了山西文学目前的现状，"既有山药蛋，又有过油肉，还有生猛海鲜"。

与会专家从地域、审美、传统、现代等多种维度对山西作家创作进行了评价。他们认为，在创作上，"三晋新锐"作家群表现出极强的个性追求，他们比较典型地接受了民族审美传统，传承了民族文化的血脉，又不封闭、不保守，结合时代精神探索创新，所以，对新世纪以来"三晋新锐"作家群的创作研讨，具有很强的现实意义。

本次研讨会由中国作家协会、山西省委宣传部联合主办，中国作家协会创研部、山西省作家协会、山西出版传媒集团联合承办。

另悉，为了扶持青年作家、批评家，山西省作家协会与山西出版传媒集团合作组织推出三批《晋军新方阵》丛书，先后由三晋出版社、北岳文艺出版社出版；由山西省作协评论委员会编辑、段崇轩主编的《穿越·乡村与城市："晋军"小说新方阵扫描》近日也由中国社会科学出版社出版发行。

《中国新闻出版广电报》

2016 年 8 月 15 日

铁凝赞山西新锐作家群崛起

◆ 路艳霞

    山西省作协推出的《晋军新方阵》丛书最近在京首发，"三晋新锐"作家群研讨会也同时举行。中国作协副主席张平打趣道，山西作家的创作不仅有"山药蛋"，还有"过油肉"乃至"生猛海鲜"，引来众人会心一笑。

    近年来，山西涌现出以 60 后为主力的"三晋新锐"作家群，包括刘慈欣、葛水平、吕新、张锐锋、杨遥、孙频等。山西省作协主席杜学文介绍，这批作家有的继续关注农村题材，继承赵树理等老一辈作家的创作理念；有的从本土出发，在文体、题材、语言、表达手法上进行积极探索，表现出不同程度的先锋性。

    《晋军新方阵》丛书连续 3 年出版 30 部山西青年作家的作品集，也引起文学界的关注。中国作协主席铁凝认为，山西作家不仅只是为了写山西，"哪怕是在描摹一个偏远小山村的时候，这山村里也有整个中国的影子。立足于地方，他们着眼的是世界，是活生生的人的生活与梦想"。

《北京日报》

2016 年 8 月 15 日第 11 版

文学"晋军"再崛起

◆吴炯

他们的文化之根，是民族的、中国的；他们的艺术表达，是多样的、丰富的。他们脚踩坚实的大地，心向广袤的天空，坚持以人民为中心，继承优良传统，关注现实生活，不断开拓创新。

核心提示

8月13日，由中国作家协会、山西省委宣传部联合主办，中国作家协会创研部、山西省作家协会、山西出版传媒集团联合承办的"新世纪 三晋新锐作家群研讨会"在北京现代文学馆召开。中国作家协会主席铁凝，民盟中央副主席、中国作家协会副主席张平，山西省政协副主席李悦娥出席会议并讲话。由中国作家协会为山西省作协主办会议，在近些年实属罕见。"三晋新锐"作家群一时间在全国广受关注。

1. 山西实力

刘慈欣获美国科幻文学雨果奖引发全国轰动；葛水平、李骏虎、吕新三位鲁迅文学奖获得者近年来佳作不断；张锐锋获中宣部"五个一工程"奖，不断推出力作，山西作家以实力为国内文坛所瞩目。

新世纪以来，山西文学事业继续保持繁荣发展态势。除老作家们仍然保持了旺盛的创作活力外，以"60后"为主力，"70后""80后""90后"的作家也相继步入文坛，佳作频出，亮点纷呈，崛起一个新的创作集群"：

三晋新锐"作家群。

中国作家协会主席铁凝指出："山西作家似乎毫不费力、自然而然地就让地方色彩进入到作品中，那么生动活泼，那么可亲可感。读了他们的作品，我们对他们的生活世界有了直接的认识，他们写山西，却不仅仅只是为了写山西，哪怕是在描摹一个偏远的小山村的时候，这山村里也有整个中国的影子。山西作家是有来处的。深入生活、扎根人民已然成为他们十分珍视的传统。"

2015 年 8 月 24 日，第 73 届雨果奖颁出。我省作家刘慈欣的《三体》获最佳长篇故事奖，这是亚洲人首次获得雨果奖。刘慈欣获奖引起全省的轰动，甚至引发全国的轰动。

葛水平、李骏虎、吕新三位鲁迅文学奖获得者创作势头不减，不断有佳作呈现。

2013 年，中国作家协会在山西沁水为葛水平的长篇散文《河水带走两岸》召开研讨会，大家充分肯定了这部深入生活、思想深刻的散文力作。

2014 年到 2016 年，葛水平又写出了两个中篇《天下》和《小包袱》，有评论家称："葛水平已经成为乡土文学的一个重镇，虽然年纪并不大，但是大家看她小说的时候已经以大师的眼光来看待，尤其她中篇小说的细节"。

李骏虎，2015 年先后推出《中国战场之共赴国难》《众生之路》两个长篇，在国内引发广泛反响。有评论家称："《中国战场之共赴国难》使人惊叹之处，在于它展现了出乎人们想象的红军东征的壮阔图景，说明了作者发现这一题材的慧眼。《众生之路》李骏虎抓住了村落环境的典型样态，写出了人性在人群中的挣扎，他乡土小说里的语言也是乡土的一部分，像土里长出的庄稼一样和泥土混合，而这块文学的土壤是几千年里形成的，文化积淀深厚"。

吕新，2014 年以《白杨木的春天》荣获第六届"鲁迅文学奖"中篇小说奖。2016 年《花城》第一期又刊发他的长篇《下弦月》，引起国内读者的广泛反响。有评论家称："吕新，是落地的先锋，他的一些作品标志着创作的一个转型，他一方面保持先锋的色彩，另一方面在保持先锋品质的同时，也开始触碰思考关注历史的重大命题，他在保持天才的语言意识与先锋艺术品格的同时，以一种理性的能力来面对历史和现实的复杂和调动，对人物命运有一种深刻的思考和感悟"。

张锐锋是读者都熟悉的作家，2012 年，凭《鼎立南极：昆仑站建站纪实》荣获"五个一工程"奖。2013 年又出版了长篇散文《卡夫卡谜题》，评论家称"他的散文不仅是有文化，更有智慧"。

2. 青年作家

以 70 后、80 后为主的方阵里，山西这些作家的名字也久为读者所熟悉，王保忠、韩思忠、陈克海、张乐朋、杨凤喜、孙频、唐晋、杨遥、手指、李燕蓉、小岸、马牛、汉家、浦歌等；玄武、聂尔、闫文盛、赵树义、蒋殊、白琳、指尖等，他们在小说和散文领域都各有擅长。

王保忠、张乐朋是近期在国内文坛较为活跃的作家。王保忠形成了自己特有的乡土文学创作风格，尤其《甘家洼风景》系列小说已成为名牌。凸显了古老土地和乡村的历史变迁。

张乐朋 2013 年出版长篇《桥堰》。2014 年出版中篇《乱结层》。评论家称："张乐朋的小说让人想到针脚，这种绵密的针脚把琐碎庸常的生活缀连起来，细细读下去就发现像在读生活本身一样，他的功夫已经到了一个和生活能够拉得很近的状态"。

孙频、陈克海、杨遥、手指、李燕蓉、小岸、浦歌这一批 70 后，现在呈现出旺盛的创作势头，在国内各种文学杂志上经常可以见到他们的"身影"。

2015 年《中国作家》刊发了李燕蓉的长篇《出口》，小说构思精巧，以一个爱情测试引发了一档电视节目的火爆，反映出当下各个阶层人们不同的内心世界。有评论家称："作品讲了很多人的心事，大家都在找出口，把当下人们情感疲惫，精神迷茫的状态写得非常真实，这部作品真是以小博大，把看起来细小的东西写得非常好"。

2015 年杨遥短篇小说集《硬起来的刀子》出版。有评论家称："杨遥的小说里有种诗意。也许生命是卑微和无奈的，但在杨遥表达的内心始终有一种歌，一种坚韧和昂扬"。

手指 2014 年出版《在大街上狂奔而过》《鸽子飞过城墙》。2015 年，作家出版社出版他的《暴力史》。有称评论家称："手指最拿手的是对城市同代人生存与精神状态的描写，能把他们的精神世界描绘得如此鲜活、精准、传神，提出一个严肃的社会问题，也是一种成功"。

2014 年陈克海出版了《清白生活扑面而来》。评论家称评论家称："陈克海小说在叙述上表现出鲜明的语言风格，他的独特性在于他既了解山村又了解都市，更主要的是他吸取了当下时尚的、快节奏的叙述方式，形成了自己独特的风格。"

山西在散文领域，有聂尔、赵树义、指尖这些沉稳、大气、哲思、灵动的作家。近期还涌现出一批 70 后有生气的作家。

玄武，2013 年出版《关云长·遗失的血性》繁体字中文版，于港澳台三地同时发行。有评论家称："玄武对散文写作的勃勃雄心十分明显，他用现代语言写出如此厚重、奇诡、玄秘、优美的作品，国内罕见"。

闫文盛，2015 年出版《你往哪里去》。有评论家称："文盛散文的叙述姿态很好，他仿佛是一个生活在文本中的人，他在每一次写作中，不太会有一个逐渐进入的过程，他就像一条鱼，本来就生活在水里"。

蒋殊在 2016 年里连续获奖。

白琳的散文以别具一格的风格引人关注。

3. 报告文学

报告文学领域，名家赵瑜在 2015 年荣获《南方人物周刊》"2014 中国魅力榜"的"求真之魅"大奖。实力不俗的鲁顺民、黄风、郭万新、柴然、江雪等也势头强劲

鲁顺民，2016 年出版《天下农人》，引起广泛关注，有评论家称："《天下农人》是一部厚实而珍贵的书。在写法上，鲁顺民并不拘泥于已有的散文范式，而是把散文、纪实和访谈融为一体。这种文体像庄稼一样茁壮"。

黄风近年连续推出《夕阳下的歌手》《滇缅之列》，有评论家称："他特别注重写活人物，突出人物的命运感和个性，在他的笔下每个人物都很鲜活，让我们过目难忘"。

4. 诗和远方

诗歌方面出现了雷霆、石头、温建生、王立世、张二棍等诗人，其中，2016 年 1 月，石头获第二届《人民文学》诗歌奖。2016 年 3 月，张二棍的

《暮色中的事物》获《诗刊》2015年度"陈子昂诗歌奖"年度青年诗人奖。

雷霆，2015年获第四届《中国作家》郭沫若诗歌奖。他的《官道梁诗篇》已成为一种经典。有评论家称："雷霆始终以素朴和略带伤感的笔调抒写村庄、羊群等普通的事物，而他让这些事物在诗句里实现了精神层面的高蹈"。

温建生的《与时光书》以华美、大气、独特的诗歌语言为读者所关注。

5. 理论评论

文学理论与评论方面出现了王春林、阎秋霞、崔昕平、刘芳坤、吴言、赵春秀、金春平等评论家。

2016年5月，由中国小说学会、山西出版传媒集团、山西省作协主办的"文学批评与我们时代的精神状况暨《王春林文学批评编年》学术研讨会"在太原举办。会议对王春林的文学批评给予高度的评价和肯定。

近年来，山西省又涌现出了阎秋霞、崔昕平、刘芳坤、吴言、赵春秀、金春平等一批70后、80后的年轻批评家，他们生气勃勃，为山西的文学批评事业添加了鲜艳的光彩。

《山西日报》

2016年9月14日

"山西新锐作家群"系列研讨活动启动

◆ 邢晓梅

　　9 月 20 日,由山西文学院主办的"山西新锐作家群"系列研讨会之开篇——"从《流年》看杨遥的文学世界"研讨会在并召开。这是继中国作家协会、山西省委宣传部联合在京举办"新世纪'三晋新锐'作家群研讨会"之后,山西省作家协会"推介作家、推出精品"工作的进一步深化和细化,旨在通过对我省文学创作的认真把脉,鼓舞干劲,进一步推动山西文学持续繁荣向前发展。山西评论家、作家近 40 人参加研讨。《小说选刊》副主编王干,《收获》资深编辑、小说《流年》责任编辑王继军,《上海文化》评论家黄德海受邀出席并发言。

　　杨遥作为山西新锐作家的代表之一,其小说一直保持着向上的姿态,受到文坛广泛关注。他近几年在《人民文学》《十月》《当代》《上海文学》等国内很有影响力的文学刊物频频发表作品,短篇小说集《二弟的碉堡》入选"21 世纪文学之星",并获《十月》《上海文学》等刊物的"优秀小说奖"和"赵树理文学奖",显示出颇为强劲的创作势头。

　　据悉,今后,山西文学院将继续开展散文、诗歌、网络、纪实等系列研讨活动,优中选优,争取用三到五年时间,打造一支更具有竞争力的山西作家队伍。

《太原日报》

2016 年 9 月 21 日

山西80后作家现状调查

◆霍虎勇

山西近年来坚持文学创作的80后作家大致有50余人，其中10人左右不在省内。经走访、研究，笔者发现在山西80后作家群体中，他们的身份和地域也存在着巨大的差异——

核心提示

近几年，笔者一直密切关注着山西文学的发展，尤其是山西80后作家群体的发展。山西大学文学院教授王春林先生曾提出，在中国当代文学史上，山西曾掀起过三次创作高潮：第一次，是"十七年"期间以赵树理领衔，主要由马烽、西戎、李束为、孙谦、胡正多位老作家组成的"山药蛋派"；第二次，是20世纪80年代中后期由成一、李锐、周宗奇、郑义、柯云路、张石山、韩石山、王东满、钟道新、蒋韵等作家共同推动形成的所谓"晋军崛起"；第三次，就是大约自20世纪90年代中后期起逐渐形成，在新世纪最初十年达到新高度的一次新的文学高潮，其中应也包含部分山西80后作家的创作。作为山西文学的新曙光、新力量，社会各界应给予这一群体更多的理解和帮助。

发现与寻找

一种新的文学作品的勃兴并形成一个时代、一个地区的文学创作主潮，除社会历史和文化习俗等因素外，往往得力于一定的批评优势。这种批评优势以鲜明的肯定或否定的评价形成某种导向或规范，直接影响着文学创作。我一直期待着山西80后作家群体能在评论家和媒体的关注与支持下迅速形成一股力量，带给我们更大的惊喜和希望。

为了更加详尽地了解80后作家群体的现状，4月8日，我前往省作协拜访了创联部主任阎珊珊女士。据她介绍，山西80后作家里面，笛安、孙频、手指、陈克海等创作量较大，有一定的影响力。近几年，笛安和孙频尤为突出，她们两人的创作量很大且多次荣获大奖，在全国有了自己的一席之地。关于山西有多少80后的写作者，省作协没有具体的统计数字，也很难统计。因为他们大多处于分散的个人创作状态，而且创作量不大，所以尚未引起省作协的特别关注。

通过省作家协会及各地作协提供的信息获悉，山西近年来坚持文学创作的80后作家大致在50余人，其中10人左右不在省内。经过整理、研究，我发现在山西80后作家群体中，他们的身份和地域也存在着巨大的差异——有农民，如刘小恒；有自由撰稿人，如李禹东；有媒体记者，如子轩；有杂志编辑，如手指；有出版社社长，如续小强；有企业老总，如李星恋……他们的分布也很散——古月儿在美国加州；吴小虫在重庆；笛安、曹谁、车邻等在北京……这使得他们很难形成一个固定的群体。整体上看，这些80后有着与其他年代的作者完全不同的个人气质和共同特性。他们突出而共同的特点是率性，而且表现得相当自觉和充分。另外的一个特点是他们在艺术感觉上和文学语言上都很见个性，很有天分，几乎个个都有属于自己的别致之处。从文学是"我手写我心"的要义上看，他们这样共性的特点，正相当直接地切近着文学写作的本义。随着他们的成长与成熟，他们必将给山西文学注入活力。

纯文学与大众文学并驾齐驱

从目前山西80后作家的发展趋势看，因为他们包含的因素多元，走向也必然是多样的。但在大的倾向上，主要还是两个方面：

一种可能的取向是靠近市场、走向大众。像笛安、曹谁、李禹东等，他们基本上是在市场经济的社会环境下成长起来的，他们在市场的氛围里耳濡目染，对市场的感觉非常好，他们与市场结合也是很自然的。比如笛安，她生于 1983 年，2003 年在《收获》发表处女作《姐姐的丛林》，一鸣惊人。曾获第八届"华语文学传媒大奖"最具潜力新人奖，荣登 2010 年、2011 年第五届、第六届中国作家富豪榜。现在是上海最世文化发展有限公司签约作家，《文艺风赏》杂志主编。比如曹谁，他生于 1982 年，2006 年毕业于青海民族大学中文系。目前为止，已出版十余部作品。长篇小说《昆仑秘史 1：时间地轴》获得第五届青海青年文学奖，并正在改编电视连续剧。这批写作者的商业素质普遍之高，超出了我们的预料。他们中的一些人选择靠近商业化的写作，进而成为大众化的作家，是非常可能的。

另一种可能的取向是坚守纯文学的写作。像孙频、手指、陈克海等。比如孙频，她生于 1983 年，毕业于兰州大学中文系，现供职于太原文学院。2008 年开始小说创作，至今在各文学期刊发表中短篇小说百余万字，代表作有中篇小说《醉长安》《玻璃唇》《隐形的女人》等。部分小说被《小说月报》《小说选刊》《中篇小说选刊》等选载。荣获《小说月报》第十五届百花奖等奖项。在采访中她说："我就迷恋写作这件事，小说里走得越远，你在现实中就只能越孤单……我喜欢创造出各种命运。"比如手指，他生于 1981 年，2004 年开始在《收获》《芙蓉》《大家》《文学界》《西湖》等刊物发表小说。现供职于《都市》文学杂志。总体来说，他们都具有稳定的工作和收入，比较专一而潜心地从事写作，不大考虑市场因素，与商业化保持着一定的距离。这样一种姿态坚持下去，成为主流文学的主力作家是完全可能的。

向诗歌高地迈进

近年来，山西的诗歌创作发展迅猛，尤其是 80 后诗群开始引起全国诗歌界的关注。续小强、孔令剑、吴小虫、曹谁、成亮、若寒、车邻、手指、童天鉴日、安平、孙忠晓、小鱼摆摆、张佳惠、王寒星、柴高原、那嘉、萧泊零羽、子轩、唐依、华睿、白云亮、张炯等一批优秀的 80 后诗人活跃于中国的诗坛上。他们的作品多见于《诗刊》《诗选刊》《星星》《中国诗歌》等文学刊物。以下是我摘录的一些关于山西 80 后诗群在全国诗歌视野下的展示：

2009 年《诗歌月刊》第 10 期刊发"山西 80 后诗人专辑"，其中有续小强、成亮、吴小虫、曹谁、若寒、车邻等 9 人；

2010 年《黄河文学》第 9 期刊发"山西 80 后诗辑"，其中有曹谁、童天鉴日、张佳惠、王凯菊、成向阳、吴小虫、孔令剑等 12 人；

2012 年 5 月《漂泊的一代：中国 80 后诗歌》收录了孔令剑、吴小虫两位山西诗人的作品；

2012 年《青年作家》第 5 期"中国 80 后诗群·印象"收录了吴小虫、霍虎勇两位诗人的作品。

以上充分说明，山西 80 后诗人正在逐渐形成固定的诗群且具有了一定的影响力。在这些诗人当中有的工作稳定，如孔令剑供职于山西文学月刊社，孙忠晓供职于临汾市委宣传部；而有些诗人则不然，比如童天鉴日、白云亮等，他们不在党政机关和国企单位，因此工作、收入都不够稳定。在众多的优秀诗人中，孔令剑、吴小虫、成亮等青年诗人在全国已有了不小的影响力。

孔令剑系省作家协会诗歌专业委员会秘书长。他的每一首诗歌都仿佛是一个调皮的精灵，充满想象和神奇。在这个物语横流的时代，他坚守着诗歌的纯洁与高雅。吴小虫目前在重庆一家寺院工作。我清楚地记得他说过的一些话："苦难与疼痛已经足够了。但我关注的不是这些！我关注花草的生长与河流的来去，关注每一个生命的欢笑和痛苦，关注灵魂的上升与堕落……作为诗人，你属于整个世界，每一个生命都在期待你的嘴唇开启。"一个青年诗人拥有这样的认知以及对诗歌的理解，已实属不易。成亮曾参加第 23 届青春诗会。在我的印象中，他一直是一个安静又勤奋的写作者。他的诗歌干净、朴素、自然，给人一种空灵的美。

网络文学抽新芽

在网络文学方面，董晓磊、许挺两位青年作家非常活跃。1983 年生于大同的董晓磊，是知名的网络青春作家，其语言风格轻松幽默，被著名文学评论家白烨誉为"80 后的女王朔"。出版有《我不是聪明女生》《我不是聪明女生终结版》《别走，我爱你》等作品。其作品《我不是聪明女生》在韩国极其流行，被称作是最接近韩国生活、最幽默、最唯美的网络小说，炫酷一族更是将其作品视为"另类"。1985 年生于临汾的许挺是北京中文在线签约作家。他的作品主要见于红袖添香，碧海银沙等著名原创文学网站。这是目前为止山西在网络文学方面发现的颇有成就的两位作家。关于网络文学，它一方面给我们的创作和阅读带来了极大地便利，但是另一方面又使我们陷入了快餐文学的泥潭。80 后网络作家需警惕网络文学的负面影响。

我相信每个 80 后的写作者皆会有这样类似的感受：在这个文学式微的时代，文学创作面临着前所未有的困惑与挑战。必须更清醒，更有定力和耐力。当物质的洪水无时无刻不在冲击着我们内心的"堡垒"时，其实很多人已经败下阵来，而只有为数不多的人表现出一贯强大的抵抗力，坚守着文学这片阵地。希望山西这些为数不多的文学骑士能一直坚持下去，文学的阳光终会洒满每个人的未来。也愿社会关注山西 80 后作家的状况，给予他们更多的支持与帮助。

《山西日报·文化周刊》

2014 年 4 月 16 日

在奋斗中寻找希望
"90后"成"大神"级网络作家

◆郝宏

　　站在门口往里看，一个年轻人正在电脑前"噼里啪啦"，上身穿花短袖，下身着肥大的短裤，脚上一双人字拖透着些不羁，扭头的一刹那，圆乎乎的脸庞还透着些许稚嫩。记者眼前的这个人叫侯鹏，1992年生人，网名"拓跋小妖"，"大神"级网络作家，同时也是山西文学院第五届签约作家。

　　虽是"90后"，侯鹏举手投足间却透着一丝与年龄不相称的成熟。13岁丧父，考上大学后又检查出患有强直性脊柱炎，最痛苦时，除了大脑，全身都不能动，就是这样一个年轻人，靠着对文学的热爱，从困境中重生了。

　　一个从山西农村走出的孩子，究竟如何一步步奋斗成大神级网络作家？6月29日，侯鹏带着他的第一本简体小说《浪子燕青》回家，记者采访了他。

与寂寞战斗，在书籍中寻找慰藉

　　侯鹏出生于朔州市平鲁区高石庄乡石湾村，这是一个世代以务农、发展养殖为主的村庄。侯鹏的父亲当过兵，立过二等功，复员回乡后在运输队干过，日子一度是村里最殷实的。后来一次出车，因为意外，父亲的胳膊骨折了，又因用药不适引发旧疾，发展到后期竟卧床不起，家中的光景也每况愈下。

　　家道中落，作为家里老小的侯鹏成了4个孩子中得到父亲陪伴最多的一个，"我爸在家养病，他喜欢看书，然后给我讲七侠五义、杨家将，还有隋唐演义，他能把里面的情节讲得特别生动，讲罗成和秦琼过招，我眼前就能浮现那个场景。"农村的环境虽然清苦，侯鹏却在父亲的启蒙下爱上了读书。小学期间，父亲的几本书已经被他翻烂。

侯鹏 13 岁时，父亲因病离世。失去了内心依靠的寂寞少年在书籍中寻找慰藉，"当时我在右玉县上初中，看书最疯狂的时候，全县 4 家租书店的书几乎被我借遍了。"侯鹏读书比较驳杂，名著、武侠以及网络小说都涉猎，他从仅有的生活费里挤出钱来租书，"我一直喜欢高尔基的一句话，'书是人类进步的阶梯'，在看书中，我获益很多"。

与无知战斗，开阔眼界收获自信

辗转到洪洞读高中后，侯鹏的身体经常不舒服，连体育课上的跑步都难坚持，他索性把时间省下来看书，因为活学活用，他的作文经常被老师当范文读，侯鹏那时开始尝试写小说。他的短篇小说《泣血雾都》发给了湖北一家杂志社，拿到了人生第一笔稿费，"60 块钱夹在一期刊物里寄给我，那个时候很激动"。

在知识的海洋里，这个农村少年扫去了无知，开阔了眼界，也收获了自信，他深深体会到读书破万卷，下笔才能有神。

高考前一天上午，他参加完学校组织的班级拔河比赛，因为用力过猛全身都痛，从厕所到教室，仅 200 米的距离，他走了 40 多分钟都没走到，全身都是汗，班里一位男同学想扶他回教室，发现他根本抬不起脚。"当时我哥也在洪洞读书，我同学把他叫来了，然后背我去看病，那时还没有诊断出来，只说肌肉拉伤了，吃了一点药。"侯鹏说，成长的记忆里仿佛总伴着些病痛，能扛就扛，不轻易给家里增添负担。那一年，侯鹏考上了忻州师范学院。

上了大学还不到半个学期，他的身体越来越弱，一到阴天下雨关节里就像火在烧，严重时持续低烧一个星期。经诊断，侯鹏患了强直性脊柱炎，家里人商议后给他办了退学前往北京治病。"我母亲在村里种地，哥哥和二姐在读书，只有我大姐在北京打工。当时去北京治病，也是为了方便她照顾我。"侯鹏的大姐在北京一家公司售卖电脑，有空闲的时候，她鼓励侯鹏学习修电脑，掌握一门技术。后来由于治疗费用超过负荷，侯鹏和大姐又回到朔州。

与病魔战斗，文学拯救了他

离开北京停了药以后，强直性脊柱炎在侯鹏的身体里彻底爆发，他陷入剧痛，仿佛每一秒钟都有无数根刺循环往复扎进他的肌肉里、骨头里、五脏六腑里，可能瘫痪的风险几乎摧毁了他的意志力。窗外已经花红柳绿，侯鹏躺在床上除了思维可以自由，没有一寸肌肉可以指挥，眼泪顺着脸颊流下都没有知觉，他甚至不敢在白天流泪，因为他连擦拭眼泪的力气都没有。"整个人都绝望了，也想过死，难过到极点的时候，我用霍金鼓励自己。"侯鹏反复思考，我该怎样活下去，母亲没了我该怎么活？我不是还能思考吗，我不是喜欢文学吗，我就用文学来走自己的人生！

这段时间，家里人在朔州当地寻访到一位中医，为侯鹏针灸治疗，治疗伴随的是蜕皮。有一次，医生给侯鹏拔火罐，没想到把背上的干皮引燃了，几个人手忙脚乱灭火，侯鹏母亲看着小儿子吧嗒吧嗒掉眼泪，捂着嘴泣不成声。

发病期间，侯鹏吸一口气都痛，不能躺只能坐。他后来调侃自己那时是"病中垂死惊坐起，谈笑风生又一年"。强直性脊柱炎的并发症之一是眼睛发炎，因为看电视比看书要省眼睛，侯鹏靠热播的抗日剧打发时间，加上身体好转，他开始创作自己的第一部长篇抗日小说《狼骑军》。小说写了 100 多万字，不经意间，他将自己对困境的挣扎投射到主人公的复仇中，只不过现实世界里，侯鹏的人生是与病魔战斗，小说世界里，主人公是与日寇战斗，连接这两个世界的是奋斗和战场。

与贫穷战斗，一天撰写一万字

当侯鹏在南京博库文化的网站上连载小说时，他开始受到关注。那还是"90 后"被冠以"脑残"的年月，为了减少外界质疑，这个农村少年隐瞒了自己的年龄，在作者出生资料一栏填上"1989 年"。

在他投入创作寻找自我时，家里传来不同的声音，"我姐说，一天写一万字，一个月才挣 800 块钱连看病都不够，写小说那么累还不如干保安。"带着病体写作，一天坐下来，侯鹏的身子常常僵着不能动，在家人的劝说下，侯鹏在学校门口摆起地摊卖玩具，这个羞怯的男孩常常坐一上午都张不开嘴吆喝一声，后来，大姐建议他出去找工作，而侯鹏则希望继续创作，他们爆发了激烈的争吵。侯鹏砸了所有的玩具，大姐扭头沉默，这时，母亲说话了："回村里写吧，妈支持你，家里有地还养着羊，再不行，妈能养活你。"

从大姐家回到石湾村，侯鹏潜心投入创作，他的《九阴神医》在网站上的阅读量越来越高，"拓跋小妖"的笔名也被置顶，在线更新最热的时候，有十几万名网友同时在线阅读，还有不少人给侯鹏发私信，"书里那个治病的药方，能给我用吗？"

原来，侯鹏在创作《九阴神医》时，加入了自己患病期间的真实感受，他也将病中阅读的《本草纲目》《伤寒杂病论》以及各种偏方融入小说里，侯鹏感谢中医让自己恢复健康，他对中医的敬畏与感恩流淌在作品中。

这个阶段，侯鹏跟着卖了家当的母亲到包头打工，他在网络作家群里认识了女作家姝沐，他们相爱了，这个琴棋书画皆通的潮汕女孩来到侯鹏身边，红袖添香，一盏茶，一炷香，侯鹏在幸福中创作。此时，《九阴神医》也受到了越来越多粉丝的关注，侯鹏的月收入也渐渐涨到了4500元、7500元……

与低俗作品战斗，在迎合潮流中成长

在网络作家的圈子里，写手们约定俗成地由水平高低被分为了"扑街""小神""中神""大神""高神"，知名网络作家唐家三少在2016年第十届作家榜之网络作家榜夺魁，个人版税收入为1.1亿元，他被奉为"至高神"。侯鹏写网络小说的七年间，完成了从扑街到大神的进阶，这七年，他创作了2000多万字，他的笔名"拓跋小妖"也有了一定的辨识度和含金量。

当全国500多万名网络作家在"扑街"时，侯鹏已经能娶妻生子购车买房了，然而这条看似是捷径的道路充满了诸多艰难。网络小说必须市场化，这意味着创作要迎合粉丝，良莠不齐的作品充斥在各种网站里，写手们日写一万字还不能轻易停止更新，他们全部时间都与电脑为伴，不论成名与否都承担着巨大的精神压力。侯鹏说："我的作品里有1000万字是'扑街'的，是为了迎合潮流创作的，但那些经历也让我成长，即便是现在，我每天还要写一万字，有一次我给父亲上坟停止了更新，结果被很多粉丝骂，有一个粉丝说，'用不用我给你也上坟啊？'"

侯鹏与记者交谈时，妻子姝沐一直在电脑前敲击键盘，这也是他们的常态，两人各自捧着笔记本电脑写小说，孩子都两岁了，这对小夫妻至今都没有时间去度蜜月。人生就像战场，对于侯鹏夫妇来说，网络就是他们的战场。玄幻小说里的主人公总能获得平常人真实生活中无法获得的神功、秘籍以及好运气，总能战胜他的对手和命运，但是真实生活里不是每个人都能获得各种各样的帮助，侯鹏通过自己的勤奋和努力，一步步走在战胜自己命运的道路上。

如今，侯鹏还在连载《功夫兵王》，作品中他融入了中国传统武术，专门邀请武术老师，每一招一式都在现场比画后才写进书里，连细节都如此认真。侯鹏对记者说："网络小说背后的价值不只是小说本身，还可能会出售影视版权、游戏版权，好作品一定是经得起推敲的作品。"说这话时，侯鹏的眼神里满是坚定和认真。

《山西晚报》

2016 年 7 月 4 日

山西作家常书欣创作《余罪》爆红网络

◆ 王姝

　　由山西网络作家常书欣创作的警匪题材小说《余罪》，通过写一名警校学员在一次选拔中意外成为进入匪窝的卧底，从而经历了一系列惊险、刺激的奇案故事。从混迹人群中的扒手到躲在深山老林里的悍匪，从横行街头的流氓到逡巡在海岸线边缘的毒枭，常书欣为读者描绘了一幅市井众像。主人公余罪不同于一般传统意义上的警察形象，典型的小人物，出身卑微，性格痞了吧唧，表面看胸无大志，只想回老家做个狐假虎威的小片警。在他身上有着底层人物既狡黠又善良的特征，有时为了达到目的会利用一些手段，甚至是越界。但同时也会为了伸张正义不惜一切代价。就是这样一个亦正亦邪的人却被警方安排在贩毒团伙作线人，走上了卧底的不归路，在与毒枭的斗智斗勇中最终成长为一个不为名利、只为正义而战的草根英雄。

《余罪》到底有多火

　　《余罪》从 2013 年在网上连载，创下了创世中文网连续两年冠军和百度风云榜小说榜前十的纪录，也是唯一的写实类小说。2013 年 12 月 20 日，中央电视台《新闻直播间》节目以《余罪：我的刑侦笔记》的火爆为话题采访山西作家常书欣。其同名新书第一部于 2015 年 10 月出版，首印 10 万册在预售阶段就被抢购一空，当当网开售第三天就登上了总榜销售第一的位置。目前，《余罪》第五部开售在即，前四部的累积销量已突破 100 万册。同名网剧今年 5 月 23 日上线，至 7 月初，两季播放总量突破 20 亿，稳居百度风云榜电视剧排行榜第一。微博阅读量突破 4.5 亿。

《警察郭哥》，预计 8 月中旬拍完。

常书欣是何许人

常书欣，原名常舒欣，20 世纪 70 年代生人，我省沁水人，山西网络文学院首批"在线作家"，网络原创文学作家，擅长创作都市类作品。原起点中文网白金作家，代表作品：《红男绿女》《黑锅》《超级大忽悠》《香色倾城》《余罪》《第三重人格》。

粉丝眼里的常书欣——天生豪迈又可爱的"老常"，网文大神，文锋犀利、笔力老到。善于讲故事，有生活，接地气；长于塑造小人物，有血有肉，不矫情；有理想有热血，在现实的泥泞中摸爬滚打却总是在追求理想中的那一丝暖意，因为触及了黑暗才更珍惜光明。

同行眼中的常书欣——马伯庸（著名作家，国内科幻文学最高奖"银河奖"得主）：常书欣是我所见过最好的通俗都市小说作家。俗话说，画神画鬼难画人。越是熟悉的领域，就越是难写，笔下稍微没到位，立刻就能被读者查知。能挑战其中一类，对作家来说已经是很大的考验，但常书欣同时挑战了两个——刑侦推理和市井。

常书欣眼中的自己——年轻时候也蹉跎过，为了生计，拉帮结伙，作奸犯科的事都干过。上过大学，却因为家庭变故，中途辍学，开过出租、贩过菜、卖过书、下过矿，在电信公司当过架线工人，还当过某报的区域代理，误打误撞开始写网文。现在生活在沁水县城，也经常在村里，就是城里人眼中的"乡下人"，乡下人眼中的"闲汉"。

我对 IP 改编其实没太大野心

《余罪》第二季原定于 6 月 13 日开播，因为盗版流出被迫提前一天开播，从另一个侧面反映了这部网剧现在有多火爆。随着网剧的上线，在一年前已经热销的纸质书《余罪》又掀起了一轮大卖。当初这部成名已久的网络小说之所以迟迟没有推出 IP 衍生品，却是因为警匪类型剧本身风险很大，制作方也把握不准。

在常书欣看来，网剧的热播既有意外却也在情理之中："火爆得有点出乎意料，我对 IP 改编其实没太大野心。这里面有偶然的因素，满屏的家庭伦理剧，让大家已经审美疲劳了，一下子出一部又野又泼又接地气的现代刑侦剧，自然要抢走注意力了，有运气的成分。""当然也有必然的因素，无论是小说还是网剧，它的魅力都在于接地气，虽然是警匪故事，但不是悲剧色调的；虽然触及了一些阴暗面，但用的是喜剧手法，更符合年轻人的口味，每一个调皮捣蛋的男孩，或是曾经有过英雄梦的男人，都能从余罪以及他的小伙伴身上找到自己的性格。"

常书欣认为网剧第一季拍得很不错，既紧凑了情节也保持了原作的风貌，但是第二季的改动很大："第二季有点偏，感情戏加太多，相比第一季节奏有点松散，罪案推进细节也乱了。"作为二次创作的剧本改编是应该尊重原著还是另起炉灶，一直都是有争议的。制片方、原著作者甚至读者各方的需求和想要表达的内容也都不尽相同，至于到底怎么改好，最终还是市场说了算。但有一点不可否认，《余罪》书、剧联动掀起的现象及热潮让常书欣成了时下最受关注的网络作家，让他的作品走入了更多人的视野。由常书欣另一部刑侦题材小说《黑锅》改编的电视剧《警察郭哥》的拍摄，7 月初已进入后期制作。作为《余罪》的姊妹篇，无论是青春励志、悬念迭出的情节还是阵容强大的演员、创作团队都令该剧大有未播先红之势。

读者、观众也接受了他身上的理想、信念

网络文学最值得称道、最常用的写法就是"屌丝逆袭"。面对"弱肉强食"的现实世界，网络文学选择用"弱者代入"的情感立场，通过各种"外挂"让主人公实现普通人在现实中达不到的理想，在迎合读者爽点的同时，也消解了因当下社会剧烈转型而带来的各种焦虑和欲望，延续了文学以保护弱者为本位的至善。而塑造小人物，恰恰是常书欣的长项。

在常书欣看来，成功的艺术作品，塑造人物是关键："《余罪》从表面上看是一部警匪题材的小说，但是如果去掉警匪这层皮，实际上写的是一个小人物的奋斗故事。如果再去掉这个小人物的奋斗框架，实际上写的还是人性，人性的善与恶、对与错。所有的小说里哪一种情节都会落伍，只有写人性的情节永远都不落伍。特别是一些很有现实意义的东西，更是玄幻、仙侠小说表现不了的。读者阅读这种写实的、表现现实的作品，更容易找到现实生活

的影子，更有代入感。""余罪这个人物好吃懒做、不求上进，既狡黠又善良，恰恰是一个底层人物的特征，也是大家喜欢他的地方。读者、观众在接受小人物自身缺点的同时，也接受了他所追求的理想、信念，他会为了自己那点小心思用上各种手段，但同时也会为了伸张正义而不惜代价。"

常书欣很欣赏由张一山扮演的余罪："张一山把余罪这个人物诠释得很到位，贱得可爱却不可恶，他把小人物身上缺点演绎得恰到好处，现在的观众早已接受不了高大全的形象了。"

作为小说作者，讲好故事才最重要

随着 IP 热的兴起，作为原创的优质内容提供者，最具延伸性、受众最广、产量最大的 IP 源头，网络文学成为影视剧、游戏、动漫、舞台剧等娱乐业态争相抢夺的优质资源。伴随着泛娱乐产业的兴起，《甄嬛传》《芈月传》《琅琊榜》《欢乐颂》等一批改编自网络文学影视剧的热播，作为 IP 核心来源的网络文学的盈利模式也随之发生了深刻变化，为整个行业带来了爆发式的契机。IP 热不仅搅动着整个文化娱乐产业，也引起了整个社会的空前关注。作为《余罪》这个当下最热门 IP 的作者，常书欣对此却表现得极为淡然。

"我对 IP 开发没有概念，作为小说作者，其实不用太多地考虑所谓的 IP，讲好故事才最重要。""只要故事好，读者喜欢，自然而然就是一个 IP，就会有制作单位愿意为它埋单，不必刻意追求。至于开发，我个人感觉作者还是不要参与的好，过度的商业化会影响创作，不能哪样赚钱就奔去干哪样，至少我还是很享受写小说这种天马行空的感觉。其实在我们山西，还有很多会讲故事的优秀网络作家，比如纷舞妖姬、老草吃嫩牛、陈风笑等等。"

《山西日报》

2016 年 7 月 6 日

山西 80 后网络作家曾登上美国《时代周刊》

《时代周刊》刊登栗科写作状态图

黄河新闻网科教频道讯（记者 邢康丽 张炜）2008 年大学毕业，2009 年初写成处女作《回到秦朝做剑仙》，到现在进账三十多万。近日，网络知名作家"红眸"又《染指大明》，开启了大明朝网络时代的血雨腥风。

"红眸"真名栗科，来自我省襄垣县。从 2008 年大学毕业至今，栗科写下了 1300 多万字的文学作品，年收入已经超过十万。2012 年 2 月，美国《时代周刊》在"伟大的中国涂鸦"一文中介绍栗科"尽管几乎每晚只休息四个小时，却能为其带来相当于正式工作三倍的薪水"。

近日，栗科向黄河新闻网记者讲述了他长达六年的创作之路。

坚守理想，成网络签约作家

栗科于 2008 年毕业于山西省艺术学校萨克斯专业，先后从事过助教、警察、婚庆、业务等工作。然而，每份工作他都没有坚持下来，因为栗科觉得，工作太耽误时间，影响了他的小说更新。于是，栗科便辞掉了工作，开始专职文学创作。

这份自由职业让栗科感觉到一种精神上的无所束缚，这是别的任何职业都无法企及的。

"我可以随心所欲，掌握自己的生活。反正我就是码字，不用过多和外人接触，也不用在乎别人的看法，因为没人能直接影响我。"在栗科创建的文学帝国里，他就是自己的王。

栗科说，网上写书竞争特别激烈，在纵横、起点等这样的大型文学网络，每天有成千上万册书上架，在这么多的书里面要想让读者注意到，只能靠编辑的推荐。编辑和写手之间没什么情分可讲，完全靠作者的更新量。一旦作者这个月有一次没按时更新，下个月的推荐就不用想了。而这一次推荐，可能就决定了这本书的命运。而一旦被推荐至首页，一天两更的更新速度就远远不够了，读者想看到三更、七更，乃至九更、十更。这时，栗科的状态就必须得像一张拉到最满的弓，将每一秒钟、每一个脑细胞都用来码字，熬夜到凌晨三四点更是家常便饭。

功夫不负有心人，一年后，栗科完成了337万字的处女作《回到秦朝做剑仙》一书，并成功签约某知名网站。

栗科告诉记者，《回到秦朝做剑仙》一书，到现在已经给他带来了三十多万元的进账。

六年"不断更"，码字1300万

初战告捷，栗科更加坚定了网络创作的决心。

虽然并没有人监督写手是否及时更新，但栗科始终坚持做到"不断更"。对他而言，按时更新是这个行业最基本的职业道德，如果一个网络写手整天"断更"甚至"太监"，绝对是不想干了。

栗科说，这是一个荣誉问题，更是关乎作品生死存亡的大事。

生活虽然枯燥，但一个月中总有七八天，是栗科写作状态最好的时候，这时他只需要两个半小时就能写出一万字。呈现在他眼前的不再是一个个方块字，而是一幅幅他早已构思好的画面。他所需要做的，只是把这些连绵起伏的画面用文字铺出来。

不同于朝九晚五还有双休日的上班族，六年来，栗科坚持"不断更"，几乎一年三百六十五天没有间断，写下了1300多万字。对于许多传统作家，终其一生可能都达不到这个创作量，但栗科却并不满足于这个数字，他说，一千万字只能说是刚刚入门，还没摸到"神格"的边呢。

在写完上部250万字的《铁血邪神》之后，栗科在今年4月份再度出手，《染指大明》。他每天至少需更新两章，每章两三千字，还要写两千多字的存稿，以备不时之需。

"我每天一睁眼，第一个念头就是又欠了一万字。"栗科说。

登上《时代周刊》，年收入超过十万

除了对文学的热爱，让栗科一直坚持下来的还有一个原因就是网络创作带给他高于别的工作的收入。至目前，栗科年收入已经超过十万，且呈上升趋势。

中国的网络写手现在已经超过了 200 万，而能够靠写作赚钱的不到 5%。栗科几年前曾加入了一个 200 多人的作者交流群，许多人写了 50 万字，没挣到钱，就放弃不写了，到现在还在坚持写的只剩下了两个。

栗科在某网站连载过三本小说，成了签约作家，网站每千字付给他三十块钱。此外，手机移动、各类阅读软件等第三方平台转载他的小说，也都要付费。加起来，每个月最多的时候他能挣到四五万元，最少也有一万左右的收入。而他在 2009 年初写成的处女作《回到秦朝做剑仙》，到现在已经给他带来了三十多万的进账。

除了高收入，还有一件让栗科特别骄傲的事就是他曾登上过美国的《时代周刊》。2012 年 2 月 13 日，美国《时代周刊》以"伟大的中国涂鸦"为题报道了中国原创文学的崛起，其中，对栗科日常的写作状态做了细致的描述。这次被采访的经历，也让他在圈里的声誉水涨船高。

看上去很美的网络写手

对于网络写手这个职业，很多人都觉得有点神秘，而栗科却坦言它只是"看上去很美"。除了高强度的更新量外，还有长期孤独而枯燥的写作状态。

早上十点起床，收拾家务，坐在电脑前构思情节；中午吃碗面，继续坐在电脑前思考直到下午四点，码三千字，更新一章，此时已是晚上八点。接受黄河新闻网科教记者采访时，他笑笑说一会结束了还得再码五六千字，这也意味着他又要熬到深夜。

"真正的网络写手没有一个不宅的，不是只有我一个这样。你看有的人在网上晒个什么出去喝下午茶的照片，那都是扯的。我们每天其实就干两件事儿，对着电脑发呆和对着电脑码字。"栗科谈起自己的生活状态时，每说完一句话都要叹口气，"我不是不能玩儿，我是不敢玩儿。偶尔出去疯玩一天，回来准得好几天不想写东西，郁闷得直挠墙。干我们这行的，心如止水就是最好的状态。什么事也别期待发生，什么事最好也不要发生，专心码字就行。"

栗科说，他上一次出远门已经是上个月七八号，去喝了一个同学家孩子的满月酒。平时的活动范围，就是他住的一方小院，最多就出门去便利店买趟烟，还得成箱的买，一买就是二十条。

以前，栗科主写玄幻题材，最新的这本《染指大明》转向了历史。同为数极多的网络写手一样，他写的也是所谓的"爽文"。为了让读者看得爽，他需要在小说中构思各种千奇百怪的情节，凸显主人公的过人之处。灵感如何得来？栗科解释道："高级的意淫都是需要专业基础做铺垫的。"为了做好铺垫，栗科需要花费大量时间和精力，在浩如烟海的典籍中查询资料，以期从中找到合适的桥段。

为了写《染指大明》，栗科购买了《明史》《天工开物》等许多专业书籍和大量地图，前后筹划了半个多月，光资料费就花了两千多元。也正是因为这些资料，栗科在书里写到了许多"高大上"的专业知识，甚至还让主人公在考场上做出了才惊四座的八股文。

栗科说，他有一个不算理想的理想，就是有朝一日，自己能写够一亿字。

黄河新闻网

2014 年 6 月 24 日

编选说明

20 世纪 80 年代"晋军崛起"后，山西又涌现出一批更年轻的作家。他们以"60 后"为主力，包括"70 后""80 后""90 后"的作家，相继步入文坛，形成了"三晋新锐"作家群。其中，刘慈欣获科幻文学雨果奖及全国优秀儿童文学奖，葛水平、李骏虎、吕新先后获鲁迅文学奖，张锐锋获中宣部"五个一工程"奖，还有许多人获得了其他重要奖项。从创作风格言，有继续关注农村题材，比较突出地显现出赵树理等老一辈作家创作追求，但又有新的拓展的作家；有从本土出发，在文体、题材、语言、表达手法等方面进行积极探索，比较明显地表现出现代派色彩，具有不同程度先锋性的作家。除小说外，散文、诗歌、纪实文学创作佳作迭出，网络作家也表现出比较活跃的态势，科幻文学更是一枝独秀，以刘慈欣为代表，为中国文学争得了荣誉。文学理论与评论方面也出现了一大批新锐力量。他们从创作与理论两个方面为新的历史时期再造中华审美做出了自己的努力。

山西年轻一代作家创作的活跃态势引起了关注。2016 年 8 月 13 日，中国作家协会与山西省委宣传部在北京中国现代文学馆召开了新世纪"三晋新锐"作家群研讨会。中国作协副主席李敬泽同志主持会议。中国作协主席铁凝同志出席会议并讲话。中国作协副主席、中国民盟副主席张平，山西省政协副主席李悦娥等同志出席会议。首都及山西等地的评论家参加会议并进行了深入研讨。《人民日报》《光明日报》《文艺报》、新华网、中国作家网等中央与地方媒体进行了广泛报道。

近年来，为推动山西文学创作的不断繁荣，在中国作家协会、山西省委宣传部等部门的支持下，山西省作家协会采取有效措施，着力扶持新人。实施签约作家与签约评论家制度，扶持新锐作家发表出版作品，编辑出版文学《晋军新方阵丛书》，召开系列研讨会及签约作家与签约评论家对话会，组织深入基层开展采风等活动。对他们的创作，许多机构、报刊、媒体及评论家、作家给予高度重视。新世纪"三晋新锐"作家群正表现出蓬勃的发展态势。为给历史留存研究资料，集中展示"三晋新锐"作家的阵容，特编选《再造中华审美——新世纪三晋新锐作家群论集》。根据收集的资料，首先编辑出版三卷，之后将继续编辑出版。

第一卷分四辑。第一辑为在北京召开的新世纪"三晋新锐"作家群研讨会上与会专家提交的论文。第二辑为有关专家对新世纪"三晋新锐"作家群的研究。第三辑收录了新世纪以来获得世界科幻文学雨果奖、鲁迅文学奖及全国精神文明建设"五个一工程"奖等国家级奖项作家的创作体会。第四辑为首届签约评论家与第五批签约作家的对话成果。

第二卷分两辑。第一辑为近年陆续出版的《晋军新方阵丛书》及《新锐批评家丛书》的序。第二辑，穿越生命的灵舞，是山西部分60后作家的相关评论。

第三卷分三辑。第一辑，思想着的写作者，是山西部分70后作家的相关评论。第二辑，充满诗意情趣的美好世界，为山西部分80后作家的相关评论。第三辑，唤醒青春的记忆，是山西部分90后作家的相关评论和创作谈。此外，还收录了新世纪"三晋新锐"作家群研讨会的发言纪要。

关于新世纪"三晋新锐"作家群的研究，不是一次性完成的工作。作家们的创作仍在继续，且日益表现出鲜明的风格，引起社会的关注。关于他们的研究也会持续跟踪。特别是在传统与现代的融合方面，"三晋新锐"作家群进行了艰苦的努力，做出了积极的探索。他们的文化之根，是民族的，中国的；他们的艺术表达，是多样的、丰富的。他们既拥有深厚的传统，传承了民族文化的血脉，又不封闭、不保守，结合时代精神探索创新，在民族审美的传承与再造中取得了积极的成效。所以，对新世纪以来"三晋新锐"作家群的创作进行追踪研究，对文学的繁荣发展具有很强的现实意义。

由于时间仓促，疏漏遗憾之处在所难免，还望大家提出更多建设性意见。愿接下来的编选，更妥当，更周全。

编者

2017 年 2 月 21 日